KB234087

◆한국현대문학 100년 기념출판◆

한국현대문학 작은사전

주요작가 · 작품 · 용어 1600개 항목을 요약정리

가람기획 편집부 엮음

가람 기획

◆한국현대문학 100년 기념출판◆

한국현대문학 작은사전

초판 1쇄 펴낸 날 / 2000. 4. 10

엮은이 / 가람기획 편집부
펴낸이 / 이광식
편집 · 교정 / 양은하 · 김혜진 · 오미영
영업 / 박득룡 · 김윤경

펴낸데 / 도서출판 **가람기획**
등록 / 제13-241(1990. 3. 24)
주소 / (121-130) 서울 마포구 구수동 68-8 진영빌딩 4F
전화 / (02) 3275-2915～7
팩스 / (02) 3275-2918
e-mail / garam815@chollian.net

ISBN 89-8435-033-8

* 값 · 뒤표지에 있음

20세기 첫머리에 들어서서 신체시와 신소설들이 활발하게 생산되던 신문학을 맹아로 하여 한국의 현대문학이 돛을 올린 지도 어느덧 1세기라는 연륜을 갖게 되었다.

짧다면 짧다고도 할 수 있는 이 100년 동안, 이 땅에는 수많은 문인들이 탄생했으며, 그들이 빚어낸 주옥같은 작품들은 이제 우리 민족의 빼어난 문화유산이 되고 있다. 그것들은 지금 세대들이 애독하고 있는 바이며, 앞으로 태어날 우리 다음 세대들에게까지 길이길이 이어져갈 우리 정신의 자양분이자, 무엇과도 바꿀 수 없는 소중한 유산인 것이다.

한국현대문학 100년을 맞아 최초로 우리 현대문학사전을 펴내게 된 것은 귀한 우리 문학의 자산목록을 간편하게 한 권으로 묶어내 언제 어디서나 쉽게 찾아볼 수 있게 하자는 바람에서였다.

이미 많은 한국문학사전들이 간행되었지만, 그 사전들을 살펴보면 1990년대 초반이 사실상 자료정리의 마지막 시기였고, 1990년대 후반에 간행된 것들은 수정 · 보완작업을 거치지 않은 채 그 이전 문학자료들을 모아 그대로 묶은 것이나 마찬가지였다. 우리 현대문학이 살이 붙고 뼈대가 단단해졌다면, 현대문학사전 역시 그만큼의 살이 쪄야 할 것이리라.

이에 가람기획 편집부는, 현재 활발한 문학활동을 펼치고 있음에도 불구하고, 혹은 우리 현대문학에 큰 공헌을 했음에도 불구하고 관계자료가 불충분한 문인들을 주대상으로 협조공문을 요청했다. 이 협조공문에는 문인에 대한 최신 자료를 본인이 직접 작성하도록 하여 정확도를 높였다.

현대문학사전 편찬을 위한 자료 송부 요청에 응해주신 문인 여러분께 이 지면을 빌려 진심으로 감사드린다. 아울러 관계자료에 착오나 오류가 있을 시 연락을 주시면 최대한 성실히 개정판에 반영할 것을 약속드린다.

5천 년이라는 거대한 흐름 속에 우리 민족에게 면면히 이어져내려온 문화유산들, 그중 가장 자랑스러운 자산에 속하는 문학을, 1세기라는 시간을 큰 항아리로, 문인 · 작품 · 문학용어를 각각 작은 항아리로 삼아 이 한 권에 잘 갈무리해 담아보고자 했다. 뜻한 바대로, 제대로 되었는지 걱정이 앞서지만, 모자라는 점은 판을 거듭하면서 계속 메워나가겠다는 다짐으로 위안을 삼아본다.

공부하는 학생이나 선생님, 그리고 우리 문학을 사랑하는 많은 사람들에게 읽히기를, 그리고 그들에게 조금이나마 도움이 되기를 희망한다.

2000년 4월 1일
발행인 이광식 씀

차례 / 한국현대문학 작은사전

일러두기

1. 이 사전은 한국 신문학 초창기부터 1999년에 이르기까지 현대문학사 100년에 이르는 영역에서 근본이 되고 가장 중요하다고 생각되는 사항 1600여 항목을 가려뽑아 가나다 순으로 배열한 것이다.
2. 수록된 항목은 크게 ①문인 ②작품 · 작품집 · 문학잡지 ③용어 및 사건 등 세 분야로 나뉘며, ①에 900여 항목, ②에 500여 항목, ③에 200여 항목이 실렸다.
3. 작품 및 작품집 관련 항목의 경우 각 항목에 해당되는 설명을 문인 항목에 종속시켰으며, 찾아보기에 무리 없도록 각 항목의 표제어를 독립시켜 두었다.
   예) 님의 침묵→한용운韓龍雲
4. 문인 항목의 경우, 본명보다 필명이나 호가 더 많이 알려진 이들은 필명이나 호를 표제어로 삼았으며, 뒤에 본명을 밝혔다.
   예) 나도향 羅稻香 1902~1927 소설가. 본명은 경손慶孫, 필명은 빈彬. 도향은 호이다.
5. 문인 항목에서 동명이인이 있을 경우, 출생년도 순으로 수록했다.
6. 한 작가의 여러 작품(혹은 작품집)이 수록될 경우 발표 연도순으로 실었다.
7. 작품 제목은 원제에 충실하되, 개제된 작품 제목이 더 많이 알려진 경우엔 이를 표제어로 삼았다.
   예) 임의 침묵→님의 침묵, 모밀꽃 필 무렵→메밀꽃 필 무렵
8. 띄어쓰기는 한글 띄어쓰기 원칙에 따랐으나, 복합명사나 보조동사 등의 경우에는 이를 붙여 썼다.
9. 각 항목을 풀이할 때 부호는 개별 작품을 일컬을 경우 '〈 〉', 신문 · 동인지 및 문학잡지 · 작품집 · 기타 저서 등 개별 작품의 발표 지면이 될 경우 '《 》'를 활용했다. 또한 동격의 사항이나 사물 등을 나열할 때는 '·'를 사용했다.
10. 권말부록으로 〈한국현대문학사 연표〉와 〈한국주요문학상 수상작가 · 작품목록〉을 덧붙였다.

한국현대문학
작은사전

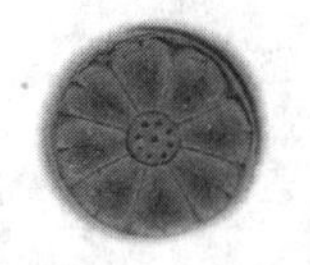

ㄱ

가고파 →이은상李殷相

가람시조집 嘉藍時調集 → 이병기李秉岐

가시내 선생 —先生 → 추식秋湜

가을의 기도 —祈禱 → 김현승金顯承

각본 脚本 연극 · 영화 · 텔레비전 · 라디오 등의 대사나 동작 등, 상연이나 제작에 필요한 사항을 적은 글. 대본臺本이라고도 한다. 오늘날에는 상연용의 텍스트, 영화의 시나리오와 같은 뜻으로도 쓰인다. 방송에서는 흔히 스크립트script라고 하는데, 희곡이 문학 작품으로서 일반 독자를 대상으로 하는 데 반해, 각본은 주로 드라마를 연출하는 현장의 입장에서 기술하고 있는 점이 다르다. 희곡 중에는 읽히는 데 그치는 레제드라마lesedrama가 있는데, 이것은 작품의 형식이나 내용에 따라서 작품 그대로는 상연에 적합하지 않기 때문에 새로 각본이 필요하게 되어 각색을 하게 된다.

각색 脚色 연극용어. 소설이나 논픽션 등 어떤 원작을 연극으로 무대에 올리기 위해 대본으로 바꿔 쓰는 것을 말한다. 방송극이나 영화 시나리오에서도 마찬가지로 각색해서 만든 대본을 각본이라고 한다. 소설이나 논픽션에서 각본이 만들어지는 외에 희곡도 경우에 따라 상연하기 위해 손질하는 예가 있으나 희곡 그대로를 각본이라 하지는 않는다. 각색에는 줄거리 · 인물 · 대화에 이르기까지 원작에 충실하는 경우와, 플롯의 변경, 인물의 생략, 대화의 창조 등으로 각색자가 제2의 창작을 하는 경우의 두 가지로 나누어진다.

각운 脚韻 시와 같은 운문에서 행수行首 · 행끝 · 행간휴지休止 등에 유음類音 혹은 동음同音을 반복해서 문장을 정비하는 수사법. 압운押韻이라고도 한다. 행의 처음에서 반복되는 것이 두운, 끝음에서 반복되는 것이 각운인데 이것이 좁은 뜻의 각운이다. 한시漢詩에서 흔히 볼 수 있는 기법이나 우리나라 시가에서는 고루한 것으로 생각되어 별로 쓰이지는 않지만 동시나 동요에서는 종종 찾아볼 수 있다.

각하 閣下 → 김상민金相民

갈가마귀 그 소리 →손소희孫素熙

감상주의 感傷主義 sentimentalism 지나치게 감정이 예민한 나머지 작은 충격에도 자극되기 쉽고 사유나 의지에 앞서 정적情的인 반응을 일으키되 비애에 기울기 쉬운 면을 지닌 개념의 용어이다. 사물에 감동되기 쉽고, 이내 감정에 빠져 그것을 억제하지 못하고 모든 것을 감정적으로만 보고 생각하는 경향이며 낭만주의의 말기적 증상으로 보기도 한다. 인간의 정서는 환경과의 교섭으로 부단히 변화하므로 외부로부터 청신한 인상의 공급을 받아야 하나, 그러한 공급을 받지 못할 경우 정서의 자극을 자신의 내부에서 인위적으로 만들어낼 수밖에 없다. 자기 내부에서 만들어내는 상태를 자의식自意識이라 하고, 이 자의식적인 정서를 감상주의, 센티멘털리즘이라고 한다. 우리 나라에서는 이미 주요한朱耀翰의 〈불놀이〉에도 짙게 깔려 있었으며, 《백조》 동인들의 시는 대부분 넓은 의미에서 감상주의라고 할 수 있다. 특히 노자영盧子泳과 홍사용洪思容은 감상주의적 성향이 강하다. 《백조》 동인은 아니었으나 이 같은 작품 경향을 지닌 또 다른 시인으로 김억金億 · 김소월金素月 등도 손꼽을 수 있다. 한편 백조파를 중심으로 한 우리 문단의 이 같은 경향은 1925년경에 대두된 신흥문학운동, 특히 신경향파新傾向派의 출현을 기다려 곧 붕괴되기 시작했다.

감자 →김동인金東仁

감정이입 感情移入 자기 자신의 상상이나 정신을 대상에 집어넣어 대상과의 융합을 의식하는 작용. 사람은 주위의 사물을 자기 중심으로 이해하려는 본능이 있으므로 생물과 무생물에 인격적 요소를 이입해 생각하게 되는 것이다. 절의 종소리는 감정적으로는 중성中性이지만, 듣는 이의 내면에 고뇌와 비애가 있을 때는 쓸쓸하고 공허하게 들린다. 이와 비슷한 것으로 '공감共感'이 있는데, 이것은 사람과 사람 사이의 감정이입이나 전달을 말하며, 인간 이외의 동물 · 식물 · 무생물 등과의 관계는 포함되지 않는다. "산이 날 에워싸고/씨나 뿌리고 살아라 한다(박목월)." 등의 표현이 감정이입의 예라고 할 수 있다.

감정이 있는 심연 感情—深淵 → 한무숙韓戊淑

감태준 甘泰俊 1947~ 시인. 경남 마산 출생. 중앙대 문창과를 거쳐 한양대 대학원 수학. 1972년 《월간문학》에 〈내력〉이 당선되어 등단했다. 주요 작품으로 〈우울한 증거〉 〈썰물〉 〈낙도〉 〈선은 살아〉 〈몸 바뀐 사람들〉 〈우리 사는 세상〉 〈종로별곡〉 〈한 번 더 구름보다 높이〉 〈마음의 집 한 채〉 등이 있다. 시상과 운율을 조화시키는 창작 능력을 보인 그의 시들은 개인의 체험을 바탕으로 대사회적인 관심을 형상화했다. 그러면서도 극히 서정적인 분위기를 현대적으로 간직해 새로운 맛을 주고 있다. 시집으로 《몸 바뀐 사람들》이 있다. 1982년 제2회 녹원문학상, 1986년 제18회 한국시인협회상을 수상했다.

강 江 → 서정인徐廷仁

강경애 姜敬愛 1907~1943 소설가. 황해도 장연 출생. 평양 숭의여학교 중퇴(1925). 1931년 《조선일보》에 단편 〈파금破琴〉을 발표했고, 같은 해 《혜성》에 단편 〈어머니와 딸〉을 발표해 등단했다. 1923년 문학 강연차 장연에 온 양주동梁柱東을 따라 상경해 금성사에서 기거하며 문학을 공부했다. 후에 간도로 이주, 어려운 살림살이와 병고, 중앙 문단과 멀리 떨어져 있다는 불리한 여건에도 불구하고 준열한 작가정신으로 식민지 한국의 빈궁문제를 작품화하는 데 힘썼다. 〈부자父子〉 〈채전菜田〉 〈지하촌地下村〉 〈소금〉 등을 발표했다. 조선일보 지국장을 지내기도 했으며(1939), 그곳의 불우한 환경 속에서 창작에 전념하다가 37세를 일기로 요절했다. 주요 작품으로 〈모자〉 〈지하촌地下村〉 〈어둠〉 〈해고解雇〉 〈산남山男〉 등이 있다. 특히 〈인간문제〉와 〈지하촌〉은 그를 특이한 작가의 한 사람으로 지목하게 한 문제작이다. 전자는 사회의 최하층에 속해 있는 여인의 비극적 생애를 그린 점에서, 후자는 극한적인 빈궁 속에서 사람의 삶이 얼마만큼 비참해질 수 있나 하는 것을 보여주고 있다는 점에서 높이 평가되었다. 불우한 생활을 했기 때문에 그의 작품은 밝은 면보다는 어두운 면, 상류 사회보다는 서민 생활을 리얼한 기법으로 강렬하게 묘사하는 데 특징이 있다. 이렇듯 당시의 극한적인 빈궁상이라는 사회적 모순을, 특히 그 나름의 사실적 기법으로 상세히 묘사한 점에서 그의 작품 세계는 누구도 넘보지 못할 1930년대 문학의 독특한 위치를 차지하는 것으로 평가되고 있다.

〈인간문제 人間問題〉 강경애의 장편소설. 1934년 8월부터 12월까지 《동아일보》에 연재되었다. 연재 직전 작가는 "이 시대에 있어서의 인간의 문제를 포착해 이 문제를 해결할 요소와 힘을 구비한 인간이 누구며 또 그 인간으로서의 갈 바를 지적하려고 노력"했다고 말했다. 그 인간문제는 이 작품에서 죽음과 같은 삶의 현실, 덕호·공장감독·그 위에 있는 인간들이 지배하는 밑에서 착취당하는 문제이다. 식민지하에서 그러한 모순을 이해하는 방법으로 지주와 농민문제의 대결에서 농민의 농촌이탈을 그 첫 단계로 설정하고, 다음 그들의 활동 무대를 공업지대로 바꾼다. 그것은 농민으로서의 수동적 순응형 인간상에서 능동적·주체적으로 세계관을 바꿔나가는 것으로 나타난다. 식민지 초기의 봉건적 농촌구조가 가중되는 탄압·수탈로 분해과정을 거치면서 이농-도시빈민-노동자로 계급화해 가는 모습을 사실적으로 그림으로써 농민문제를 노동자 문제로 승화시켜 이를 사회구조적으로 해결하려는 운동논리를 이끌어 간 점이 높이 평가된다.

▲1934년 8월 1일부터 《동아일보》에 연재된 〈인간문제〉 제1회분 일부와 화가 이상범의 삽화.

〈지하촌 地下村〉 강경애의 단편소설. 1936년 《조선일보》에 연재된 이 단편소설은 궁핍한 빈민의 순수한 사랑과 절망을 주제로 하고 있다. 이 작품에서 작자는 칠성이의 참담한 생활 현실을 밀도 있게 그려내면서, 1930년대의 어두운 현실을 섬세한 필치로 고발하고 있다. 이 소설에 나오는 인물은 한결같이 신체 부자유자들이다. 이들이 불구인 것은 그들의 운명이 아니고, 궁핍한 식민지 시대로부터 강요된 비극의 결과였다. 그것은 '지하촌'이라는 제목이 대변해주고 있다. 즉 지하촌은 햇빛이 스며들지 못하는 곳으로서 불모의 지대요, 인간이 인간답게 삶을 영위하는 '지상촌'과는 대립되는 개념인 것이다. 이 작품의 주제는 사회의 밑바닥을 파헤쳐 강렬한 사회 개혁의 의욕을 나타낸 것이라 할 수 있다. 간도를 배경으로 한 일련의 작품에서와 같이 이 작품 역시 일제치하의 참상을 사실적인 묘사로 강렬하게 고발한 것으로서, 작가 특유의 독특한 작품 세계를 구축한 대표작이다.

강경화 姜敬和 1951~ 시인. 충남 공주 출생. 연세대 영문과 및 동 대학원 졸업. 1974년 《조선일보》 신춘문예에 〈세 개의 전쟁〉이 당선, 1975년 《현대문학》에 시가 추천 완료되어 등단했다. 《성좌》 동인으로 활동. 주요 작품에 〈늦가을 배추벌레의 노래〉〈풍경〉 등이 있으며, 시집에 《늦가을 배추벌레의 노래》가 있다. 그는 지나간 과거의 일들을 오늘의 어두움·불안·쓸쓸함·슬픔의 모습으로 승화시킨 시세계를 형성했다. 그의 작품 세계는 서정적이고 어두우며 삶에 뿌리박지 못하고 사는 사람들의 삶을 형상화했다. 그의 시들은 적극적인 삶에의 참여보다는 고통의 인내를 통해 삶 자체를 극복하고자 하는 열망을 나타내고 있다.

강석경 姜石景 1951~ 소설가. 대구 출생. 이화여대 조소과 졸업(1974). 1974년《문학사상》제1회 신인상을 수상해 등단했다. 주요 작품에 〈달리는 황제〉〈동백꽃〉〈엘리제여 안녕〉〈세상의 별은 다, 라사에 뜬다〉〈내 안의 깊은 계단〉 등이 있으며, 작품집에《순례자의 노래》《밤의 요람》《숲속의 방》《가까운 골짜기》 등과 수필집《일하는 예술가들》《청색지대》 등이 있다. 그의 소설은 대체로 자의식이 강한 인물을 주인공으로 설정해 그들이 겪는 현실과 이상 사이의 괴리를 보여주고 있다. 강석경 소설의 주인공들이 바라보는 인간의 삶은 멀리서 보기에는 아름답지만 가까이서 보면 그 속에 고통과 함정과 갈등이 도사리고 있다. 이런 설정은 〈폐구〉〈거미의 집〉〈밤과 요람〉〈물 속의 방〉 등에서 나타난다. 주인공들은 이렇게 대립되는 양상 속에서 방황하지만 그러면서도 삶을 포기하지는 않는다. 이는 대립되는 두 측면을 변증법적으로 연결짓고자 하는 작가의 시각에서 비롯된다. 그는 자기 분열에 가까울 정도로 순수에 집착하는 인물 옆에 그를 바라보는 존재, 일상의 시선을 가진 인물을 설정한다. 이들을 동시에 설정함으로써 주인공이 어느 한쪽으로 매몰되어 가는 것을 미연에 방지하고 있는 것이다. 이런 설정은 자의식이 강한 인물인 '소양'과 현실감각을 지니고 있으면서 동생을 관찰하고 추적하는 인물인 언니 '미양'이 등장하는 〈숲속의 방〉과 같은 작품에서 찾아볼 수 있다. 이외에 〈지상에 없는 집〉〈지푸라기〉 등에서는 타인과의 교감을 막는 웅크린 자아를 지우고 그 단단한 껍질을 깨뜨려 버리려는 노력을 보여주기도 한다. 인물 및 배경 묘사에 있어 색채를 즐겨 사용하는 것은 그의 소설이 갖는 주요한 특징으로 지적된다. 1986년 중편소설 〈숲속의 방〉으로 녹원문학상 및 오늘의 작가상을 수상했다.

강석근 姜錫根 1925~1977 소설가. 전북 김제 출생. 국학대 국문과 졸업. 1966년《서울신문》 신춘문예에 장편소설 〈한국인〉이 당선되어 등단했다. 초등학교 교원 검정 시험에 합격해 초등학교에서 교편을 잡다가 중·고교로 옮겨 20여 년이 넘게 교직 생활을 했다. 등단 직후부터 단편 〈파문波紋〉〈봄〉〈계명戒名〉〈나무아미타불〉 등과 장편 〈징게맹경 외애밋들〉〈휴전선〉 등을 발표했다. 그의 대표작 〈한국인〉은 광복과 월남, 뒤이은 6·25사변을 통한 인간과 애정의 갈등을 전쟁이라는 상황을 통해서 파헤친 문제작이며, 〈휴전선〉은 단신 월남해 남한 사회에서 살게 된 한 인간의 기구한 운명과 재회한 가족들과의 이데올로기 갈등을 그린 작품이다. 또한 〈파문〉은 청춘의 정열도 사랑에 대한 모험심도 다 사라져버린 남성이 옛날의 애인을 만나게 되나, 그저 마음속의 한 작은 파문으로 그친다는 내용을 담고 있다. 그는 주로 남북분단이라는 비극적 상황 속에서 사는 한국인의 운명·고뇌·갈등 등을 사실적 기법으로 묘사했다.

강소천 姜小泉 1915~1963 아동문학가. 본명 용률龍律. 함남 고원 출생. 함흥 영생고보 졸업. 1930년《아이생활》《신소년》에 동요 〈버드나무 열매〉 등을 발표했고, 같은 해 동요 〈민들레와 울아기〉가《조선일보》 신춘문예에 당선된 이후, 1931년에 〈길가에 얼음판〉〈얼굴 모르는 동무에게〉〈호박꽃과 반딧불〉〈봄비〉, 1933년 〈닭〉 등 우수한 동요·동시를 다수 발표했

다. 1939년을 전후해 동화와 아동 소설도 쓰기 시작해 〈돌멩이〉 〈토끼 삼형제〉 〈마늘 먹기〉 〈전등불 이야기〉 〈꿈을 찍는 사진관〉 〈호박꽃 초롱〉 등 많은 작품을 발표했다. 또한 어린이헌장 기초, 독서 지도, 글짓기 지도 및 아동문학의 보급 · 육성에 남다른 열성을 기울였다. 그는 초기의 낭만적 · 예술적 향기 짙은 율문시대를 거친 다음 현실에 대한 긍정적 태도 위에 강한 교훈성을 부여한 후기의 산문시대를 맞이했다. 이러한 경향의 대표작이 〈꿈을 찍는 사진관〉인데, 이 작품은 교화성 문제로 논란을 겪기는 했으나 많은 아동 독자를 끌어들이는 데 성공했다. 작품집으로 《강소천 소년문학》 《강소천 아동문학독본》 등의 전집과 동요동시집 《호박꽃 초롱》, 동화집 《조그만 사진첩》 《진달래와 철쭉》 《꽃신》 《꿈을 찍는 사진관》 《종소리》 《무지개》 《인형의 꿈》 《꾸러기와 몽당연필》 《대답 없는 메아리》, 소년소설집 《해바라기 피는 마을》 《꽃들의 합창》 《봄이 너를 부른다》 등이 있다. 그의 작품은 자연에 몰입한 인간상으로 인간 본연의 자세를 추구하려 했고, 순진무구한 동심의 세계로 삶의 가치를 정립하려 했다. 1963년 아동 소설 〈어머니의 초상화〉로 제2회 5월문예상 본상을 수상했으며, 그가 49세를 일기로 타계한 뒤 그의 공로를 기념하기 위해 1965년 배영사에서 '소천아동문학상'을 제정했다.

〈꿈을 찍는 사진관 ―寫眞館〉 강소천의 대표적인 단편동화. 1954년 《소년세계》에 발표된 작품이다. 어느 봄날 화가인 '나'는 그림을 그리려고 산에 갔다가 꿈을 찍는 사진관을 발견하고, 그곳에서 어릴 때 고향에서 할미꽃을 꺾어 들고 놀던 시절의 꿈을 찍는다. 그러나 사진관 주인에게 사진을 받아들고 집에 돌아와서 펴보니, 그것은 사진이 아니라 노란 민들레꽃 카드였다. 고달픈 세속에서 자꾸만 잊혀져 가는 어릴 때 꿈의 세계를 안타까워하는 작자의 정신을 엿볼 수 있다.

《호박꽃 초롱》 강소천의 동시집. 1941년 박문서관에서 발행, 5백 부 한정판으로 나왔다. 1930년 이래 《아이생활》 《신소년》 《어린이》 《조선일보》 《소년》 등에 실린 초기 작품과 대표작 〈닭〉 〈민들레 울아기〉 〈호박꽃 초롱〉 〈조그만 하늘〉 등이 수록되어 있다. 백석白石의 〈호박꽃 초롱 서시〉가 실렸고, 4부로 나뉘어 '호박꽃 초롱'에 9편, '모래알'에 21편, '조그만 하늘'에 12편 등 모두 42편의 동시와 '돌멩이'에 2편의 동시적인 동화가 수록되어 있다. 여기 수록된 동시들은 한결같이 살아 움직이는 리듬감과 직관적인 표현으로 특징지을 수 있고, 이상주의적 기조 위에서 자연에의 동화 또는 몰입의 자세와 함께 현실에 대한 밝고 건강한 모습을 발견할 수 있다. 〈닭〉이나 〈호박꽃 초롱〉 〈보슬비의 속삭임〉 등에서 보이듯이 전형적인 음수율에 구애됨 없이 고도의 시적 수준을 유지하고 있음은 그의 예술적 재능을 말해 주는 것이라 하겠다. 〈달밤〉이나 〈봄비〉에서는 관조와 사색의 깊이를 보여주었고, 〈조그만 하늘〉에서는 종래의 동시 · 동요에 대한 통념을 넘어선 뚜렷한 개성을 표현했다. 맨 끝에 실린 〈돌멩이〉 I · II는 산문이다. 이것은 민족적 고난과 비애를 상징한 내용으로서, 아이들의 상상력과 돌멩이에의 감정이입을 자연스럽게 동화시켜 자연과 인간의 교감을 예술적으로 승화시킨 동화인데, 산문이면서도 시적인 분위기를 강하게 풍긴다. 신문학 이후 조국 광복에 이르기까지 발간된 두 권의 동시집 가운데 하나가 바로 이 《호박꽃 초롱》인데, 이는 우리

▲**호박꽃초롱** 강소천 지음. 1941년 박문서관. 고려대학교 도서관 소장.

아동문학의 개척자인 윤석중尹石重의 영역을 더욱 확충하는 역할을 했다. 그것은 초기 가창동요의 인습적 형식을 초극하고 새로운 시적 세계를 구축해 동시문학의 본질을 제시했으므로 우리 문학사상 시다운 동시의 출발은 이 시집에서 비롯된 것이라 할 수 있다. 일제 말기의 발악적인 국어말살정책 밑에서 우리말 우리글로 된 창작 동시집을 냈다는 점에서 이 시집이 지니는 문학사적 의미는 더욱 크다.

강신재 康信哉 1924~ 소설가. 서울 출생. 이화여전 중퇴. 1949년 단편 〈얼굴〉 〈정순이〉 등이 《문예》에 발표되어 등단했다. 그후 〈팬터마임〉 〈눈물〉 〈관용寬容〉 등 단편을 꾸준히 발표해 1958년 단편집 《희화戲畵》를 간행했고, 다음 해에 두번째 단편집 《여정旅情》을 간행했다. 초기에는 주로 현대 남녀들의 애정 모럴을 추구하는 데에 몰두, 그들의 생태를 리얼하고도 감각적인 기법으로 그리고 인물을 희화적으로 다루는 데에 능숙한 솜씨를 보였다. 1960년에는 계부의 이복 오빠와 오누이 아닌 오누이 관계에서 순수한 남녀로 돌아가 사랑하게 되는 과정을 섬세하고 리얼한 필치로 묘파한 단편 〈젊은 느티나무〉를 《사상계》에 발표, 본연한 인간성과 사랑의 순수한 경지를 추구하는 작가로서의 정평을 굳혔다. 1969년 을유문화사에서 간행한 전작 장편 〈임진강의 민들레〉는 6 · 25사변에서부터 9 · 28서울 탈환까지의 이화 일가梨花一家가 겪은 이야기가 중심이 되어 있거니와, 이 작품에서부터 사회의식 · 현실의식으로 확대된 이 작가의 정신을 엿볼 수 있다. 이듬해 연재된 장편 〈파도〉에서는 이러한 작가정신의 사회적 확대가 더욱 심화되었다. 창작집으로 《여정》 《신설新雪》 《젊은 느티나무》 등이 있고 기타 《북위38도선》이 있다. 작품 경향은 다양한 인물 선정과 주제를 표면에 드러내는 일이 없다. 아주 사소한 습관이나 차림새 같은 데서 인물의 특징을 캐치해 하나의 발랄한 생명체를 구성시키는 특이한 인물 묘사 기법을 구사, 세련된 감각으로 그만의 조화 있는 특이한 세계를 구축해 나가고 있다. 1959년 〈절벽〉으로 한국문인협회상을, 1967년 〈이 찬란한 슬픔을〉로 여류문학상을 수상했다. 이밖에 1989년 제33회 대한민국예술원상, 중앙문화대상 등을 수상했다.

〈젊은 느티나무〉 강신재의 단편소설. 아직도 젊고 아름다운 엄마와 함께 숙희는 시골 외할아버지 댁에서 살고 있다. 엄마는 서울의 모 대학 교수인 무슈 리와 재혼해 시골과 자기 곁을 떠난다. 숙희는 서울로 학교를 옮기고 엄마 곁으로 간다. 그 곳에서 무슈 리의 아들인 물리학 전공의 대학생 현규를 만난다. 시간의 흐름에 따라 숙희는 차차 오누이 아닌 오누이의 관계 속에서 현규를 오빠 아닌 타인으로 보고 있는 자신을 깨닫는다. 수려한 용모, 신사적인 성품, 뛰어난 수재인 현규에게 숙희는 자기의 중심을 잃어가며 고뇌에 빠진다. 현규와 숙희는 행복감과 고뇌를 안고 오누이에서 연인으로서의 남녀로 돌아간다. 서로가 정을 지닌 채 서로를 사랑해도 괜찮을 방법을 찾으면서 이성으로 각자 현재의 길을 걷자고 맹세한다. 이때 '젊은 느티나무'는 두 연인의 희망을 품은 슬픈 맹세를 듣는 증인이 된다. 현대의 서울 중심에서 떨어진 S촌과 느티나무가 있는 어느 시골을 배경으로 해, 윤리 의식에 갇힌 두 이복 남매간의 애정문제를 1인칭 서술자시점으로 묘사하고 있는 이 단편소설은 이복 남매간이기 때문에 금지된 사랑의 이야기이지만, 그 내용은 우리에게 불쾌감을 주지 않고 신선한 감각으로 다가온다. 이들 남녀가 설사 혈연 관계가 아니라 하더라도 갈등을 느낄 수밖에 없는 상태를 불행한 결말로 끝맺지 않고 시적인 처리를 함으로써 예술적으로 승화시키고 있다.

강용준 姜龍俊 1931~ 소설가. 황해도 안악 출생. 평양사대 중퇴. 1952년부터 3년간 포로 생활을 했으며 그후 국군에 입대, 복무 중이던 1960년 《사상계》 신인문학상에 〈철조망〉이 당선되어 등단했다. 그는 주로 6·25동란과 포로수용소에서의 체험을 제재로 극한 상황 속에서 인간의 생명이 얼마나 강요되고 있는지를 고발해 인간 생명의 회복이라는 휴머니즘과 자유의 고귀성을 제시했다. 주요 작품으로 단편 〈설원雪怨〉〈석척蜥蜴의 항고抗告〉〈아담의 길〉〈어떤 하루〉〈미쯔우라 선생〉〈비가悲歌〉〈영등포의 밤〉 등과 중편 〈광인일기狂人日記〉, 장편 〈밤으로의 긴 여로〉〈어느 수녀의 수기〉, 연작 〈멀고 긴 날의 시작〉〈화려한 순례〉 등이 꼽힌다. 창작집에 《광인일기》《가랑비》《나성에서 온 사내》 등이 있다. 데뷔작 〈철조망〉은 거제도 포로수용소 안의 좌우익 충돌 사건을 제재로, 숙명은 인간의 조건이며 인간조건은 바로 철조망이라는 등식을 보이면서 꺾이지 않는 생명의 강인한 의지를 그린 것이며, 단편 〈아담의 길〉은 비참한 전쟁 속에서 아담의 후예가 걸어야 할 운명의 가혹함을 보여준 명작이다. 단편 〈석척의 항고〉 역시 전쟁의 극한 상황 속에서 탈출도 후퇴도 못하고 있는 한 병사의 저항적인 몸부림과 호壕 속에 떨어진 죽은 도마뱀의 시체를 통해 인간의 운명을 우의寓意한 것이다. 그는 극한 상황 속에서 무수한 부조리의 벽과 대결하는 인간상을 즐겨 그렸으며, 현실의 온갖 불의·병폐·부정 등을 예리한 필치로 고발해 휴머니즘을 추구했다. 그의 리얼리즘은 그 영역이 북한 지역에까지 확대되었다는 것에서 주목할 만한 것으로 평가받기도 했다. 1971년 제4회 한국일보문학상, 1976년 대한민국문학상, 반공문학상, 대통령상 등을 수상했다.

강용흘 姜鏞訖 1898~1972 소설가. 함남 홍원 출생. 함흥 영생중학교를 졸업하고, 3·1운동 후 중국·일본을 거쳐 18세 때 도미해 보스턴대에서 의학을, 하버드대에서 영미문학을 전공했다. 이어 《대영백과사전》의 편집위원을 지냈다. 대표작으로 일제의 한국강점과 3·1운동을 배경으로 한 자전적인 첫 영문 장편소설 〈초당草堂(The Grass Roof)〉이 있다. 이 작품은 1931년 출간된 것으로, 1947년 김성칠金星七에 의해 1권이 국역되었으며 2권은 번역되지 못했다. 또한 독일·프랑스·유고슬라비아·체코슬로바키아 등 10여 개국에서 번역·간행되었으며 구겐하임 상을 수상하기도 했다. 이후 〈행복한 숲〉〈동양인 서양에 가다〉 등을 발표했고, 1971년에는 한용운韓龍雲의 《님의 침묵》을 번역·간행했다. 한때 서울대 교수를 역임하기도 한 그는 항상 한국과 한국인에게서 작품의 소재를 찾았다. 미국 작가 펄 벅은 '동방의 가장 빛나는 예지'라고 격찬했다.

〈초당 草堂〉 강용흘의 장편소설. 1931년 뉴욕에서 발행. 원제는 〈The Grass Roof〉로, 1948년 김성칠의 국역본이 발간되었다. 한국을 배경으로 한국인이 쓴 작품이긴 하지만 영어로 쓰여졌기 때문에 속문주의屬文主義에 의해 영문학에 귀속된다는 점에서 한때 논란의 대상이 되기도 했었다. 1부는 주인공인 '나'의 유년 시절을 다룬 것으로 윤선도尹善道의 〈오우가五友歌〉 등 한국 고전 시가가 배경이 되어 있는 것이 특색이며, 2부는 '나'가 서구사상인 신학문을 공부하다가 3·1운동에 가담해 쫓기게 되자 선교사의 도움으로 도미渡美하게 되는 과정을 그린 것이다. 작자의 반자전적인 이야기로 주인공의 투철한 민족의식이 반영되어 있으며, 침략자인 일제의 잔학성이 폭로되고 있다. 〈독립선언문獨立宣言文〉과 한용운의 시가 번역되어 있기도 하다.

강우식 姜禹植 1941~ 시인. 강원도 명주 출생. 성균관대 국문과 졸업(1965). 1966년 《현대문학》에 〈박꽃〉 〈사행시초四行詩抄〉가 추천되어 등단했다. 이후 《지하시地下詩》 동인으로 활약했으며, 연작시 〈사행시〉를 150여 수 발표했다. 성균관대 국문과 교수로 재직하고 있다. 그밖의 연작시로 〈탈춤고考〉 〈속화고俗畵考〉 〈화랑고花郎考〉 등이 있으며, 시집으로 《사행시초》 《고려의 눈보라》 《벌거숭이 방문》 《물의 혼》 《바보산수》 등이 있다. 저서로 《육감과 혼》 《한국 현대시의 존재성연구》 《한국 현대시의 상징성연구》 등이 있다. 그의 시는 우리 시의 전통적 자수율인 3·4조와 4·4조를 적용시켜 국어의 토속적인 색감과 음악성을 잘 살리고 있으며, 이를 바탕으로 강한 향토적 색채감각과 향수의 세계를 애틋하고 강렬하게 때로는 관능적으로 드러내고 있다. 또한 간결한 표현을 통해 함축성 있는 시 세계를 표현하고 있다. 전통적인 시적 형식의 새로운 변형에 관심을 두면서 4행시의 가능성을 꾸준히 탐구했으며, 완결된 시 형식에서 얻을 수 있는 균제의 미를 중시했다. 1974년 제20회 현대문학상, 1983년 제15회 한국시인협회상, 1986년 제6회 한국펜클럽문학상, 1999년 제34회 월탄문학상 등을 수상했다.

강은교 姜恩喬 1945~ 시인. 서울 출생. 연세대 영문과 및 동 대학원 졸업. 1968년 《사상계》 신인문학상에 시 〈순례자巡禮者의 잠〉이 당선되어 등단했다. 이후 《70년대》 동인으로 활동하면서 시 〈희유곡삼편嬉遊曲三篇〉 〈황혼곡조黃昏曲調〉 〈나의 평화주의〉 〈사랑법〉 〈우리가 물이 되어〉 등 많은 역작을 발표했다. 현재 동아대 국문과 교수로 재직 중이다. 시집으로 《허무집虛無集》 《풀잎》 《빈자일기貧者日記》 《소리집》 《슬픈 노래》 《벽 속의 편지》 《등불 하나가 걸어오네》 등이 있으며, 산문집 《추억제追憶祭》 《그물 사이로》 《우리가 물이 되어 만난다면》 등을 간행했다. 그의 초기 시는 허무주의를 창작방법상의 주요한 모티브로 차용하고 있다. 그러나 이 허무의식은 단순히 현실상황의 토대를 외면한 채 개인주의적 주관주의에 함몰되고 있는 것이 아니라, 새로운 삶을 모색하기 위한 정직하고 견고한 디딤돌로 기능하고 있다. 즉 그의 허무주의는 인간의 자유와 평등이 억압된 1960년 후반의 사회 현실 속에서 올바른 삶을 지키기 위한 그 나름대로의 현실 대응 방법으로 제시되고 있는 것이다. 한편 그의 후기 시는 어둠과 비극적 이미지가 사라지고, 적극적인 현실 인식 속에서 삶에 대한 낙관적인 전망을 강하게 드러낸다. 삶에 대한 내재적 진실성을 민중적 시각에서 추구하고 있다는 점에서 그의 후기 시는 민중시에 접근하고 있다는 평가를 받는다. 그러나 여타의 민중시들이 현실을 당위적인 차원에서 단순하게 형상화한 데 반해 그의 시는 이를 관념성과의 적절한 조화를 통해 형상화하고 있다는 점에서 이들과는 뚜렷이 구분되는 특징을 보여준다. 1968년 사상계 신인상, 1975년 제2회 한국문학작가상, 1992년 현대문학상 등을 수상했다.

강현서 姜顯瑞 1933~ 수필가. 필명 강나루. 충남 부여 출생. 국학대 졸업(1957). 1964년 동인지 《황인부락黃人部落》의 창립 멤버로 창작 활동을 활발히 하면서, 교육전문지를 통해 시 〈어떤 노예들〉, 단편 〈가난한 사람들의 선물〉, 수필 〈내가 만난 걸인〉 등을 추천받았다. 이후 1975년 《신동아》와 1990년 《한국수필》 등에 수필이 당선 · 추천되어 꾸준히 문단 활동을 하고 있다. 1977년부터는 활동 무대를 대전으로 옮겨 대전직할시문인협회 이사를 거쳐 1998년 이후 한국문협 대전광역시지회 부지회장으로 활약하고 있다. 지방과 중앙의 신문 및 문예지에 300여 편의 수필을 발표, 수필집으로 《그리움의 영마루에서》《정표상情表狀을 쓰면서》《우리 선생님》(공저) 《동행인의 어떤 날》(공저) 등을 발간했다. 그는 삶의 진솔한 체험을 솔직하게 보여주는 수필을 끈기 있게 창작하는 작가이다. 섬세하고 부드러운 필치로 인생의 따뜻한 점이 배어 있는 작품을 써왔고, 자신이 고난 속에서 의지로 살아온 고귀한 체험을 바탕한 사랑과 눈물을 인도주의적 차원에서 승화시켜 표현하는 등, 성실성 돋보이는 작품을 쓰고 있다. 1991년 제3회 대전문학상, 1998년 제10회 대전광역시문화상 등을 수상했다.

강호무 姜好武 1941~ 소설가. 일본 오사카 출생. 국학대 졸업(1963). 1962년 이청준李清俊 · 김승옥金承鈺 등과 《산문시대》 동인으로 활동하면서 동인지에 〈번지식물〉을 발표했다. 이후 〈멈칫거리는 파도〉 〈태양의 문〉 〈주력〉 〈홍물〉 〈바지락 줍기〉 〈화류항사花柳巷辭〉 〈천수정天水井〉 〈물가에 선 사람〉 등을 발표했다. 1965년 언어의 조탁을 통해 순수 서정의 아름다움을 추구한 시집 《관목》을 출간했으며, 1978년 소설집 《화류항사》를 발간했다. 그의 소설들은 시적인 문체에 신비주의적 성격을 띠고 있어 난해하다는 평가를 받고 있다. 주로 무의식 세계에서 허무감을 표현하고 있는 그는 언어를 전달의 도구나 수단으로 구사하는 대부분의 작가들과는 달리 언어를 목적으로 삼아 소설창작을 시도하는 대단한 집념을 보이고 있다. 따라서 그는 소설을 미학적으로 어떻게 완성시키느냐 하는 문제에 집착해 끊임없는 실험정신으로 새로운 기법과 형태를 창조해 가고 있다. 이는 그가 시인으로 출발했다는 사실과 무관하지 않다. 따라서 그의 소설은 우리 문학을 다양화시키는 데 기여했다고 할 수 있을 것이다.

개나리 → 최인욱崔仁旭

개벽 開闢 1920년대에 간행되었던 월간 종합잡지. 창간호는 국판. 편집인 이돈화李敦化, 발행인 이두성李斗星. 발행 통권 수는 종간호까지 합해 72호이며, 일제에 의해 1926년 8월에 폐간되었다. 원래 《개벽》의 창간은 신문화운동에 뜻을 두고 있던 이돈화 · 박달성朴達成 · 이두성 등이 언론기관 개벽사開闢社를 창립해 그 1차 사업으로 이루어진 것이다. 창간호는 발행 당일 압수되었고, 그후 발매금지 처분 34회, 정간처분 1회, 벌

▲개벽 창간호, 1920년 6월 내용 및 표지.

금형 1회를 당했다. 폐간 8년 후인 1934년 11월에 차상찬車相瓚에 의해 《개벽》 신간新刊 1호가 발행되었으나, 1935년 4호로 끝났다. 1946년 신년호로 통권 73호가 복간復刊되었다가 1949년 3월 통권 81호로 폐간되었다. 신간 4호를 합치면 통권 85호인 셈이다. 창간호에서 정신의 개벽과 사회의 개혁을 부르짖고, 항일사상을 고취했으며, 점차 사회주의·계급주의 경향을 띠게 되어 계급주의 문학의 본거지가 되었다. 계급주의 문학의 대표적 이론가는 김기진金基鎭·박영희朴英熙 등이었으며, 대표 작가는 이기영李箕永, 대표 시인은 조포석趙泡石이었다. 이밖에 현진건玄鎭健·나도향羅稻香·염상섭廉想涉·김동인金東仁·박종화朴鍾和·홍사용洪思容·김소월金素月·김억金億 등이 이 잡지를 통해 활동했다. 민족항일기의 《개벽》은 일제의 정치에 항거해 정간·발행금지·벌금, 그리고 발행정지 등의 가혹한 처벌을 감수하면서까지 민족의식 고취에 역점을 둔 대표적인 종합잡지이다. 뿐만 아니라, 문예잡지 못지않게 문학 이론의 전개, 문학작품의 발표, 외국문학의 소개, 신인 발굴 등 다각적인 배려를 함으로써 1920년대 문학 창달에 기여한 바가 커서 이 시기 문학 연구에 귀중한 문헌적 가치를 갖는다.

개척소설 開拓小說 소설의 한 유형. 일명 생산소설生産小說. 1940년 초 일제의 암흑정치 아래서 일체의 현실비판적인 작품 창작이 금지되자 그 탈출구로 등장하게 되었다. 작품의 배경이 주로 만주 미개지나 광산촌·어촌 등 산업촌이어서 개척소설, 혹은 생산소설이라 부르게 되었다. 농촌을 무대로 하나 당시 조선인 이민이 많았던 간도 등 만주지방의 개척농민 생활을 그린 점에서 농민소설과 구분되며 광산촌을 비롯한 공업지를 무대로 했으나 노동운동을 다룬 게 아니라 생산의욕만 고취하고자 한 점에서 프로문학이나 산업소설과는 구별된다. 또 대지라는 대자연을 바탕으로 삼았으나 그 자연을 아름다운 풍경화가 아닌 개발開發 대상으로 본 점에서 자연적인 서정파 소설과도 다르다. 당시 일본 제국주의 말기에 모든 전쟁물자의 고갈을 메울 목적으로 각 분야의 생산 의욕을 돋우어주기 위해 씌어진 소설과는 엄격히 다르다. 겉으로는 이런 정책에 편승하면서 속으로는 당시 조선 민중의 식민지적 고뇌를 경제적 측면에서 다루어 그 모순을 파헤친 일련의 작품을 가리킨다. 이기영李箕永의 〈신개지新開地〉〈광산촌鑛山村〉 및 윤세중尹世重의 〈백무록白茂綠〉, 그리고 당시 만주에 있던 작가들의 작품을 모은 단편집 《싹트는 대지》 등이 이 계열에 속한다.

개화기문학 開化期文學 1900년을 전후한 개화기의 시대적 사조를 배경으로 해 나타난 문학. 창가 · 신체시 · 신소설 · 신파극 등으로 대표되는 문학예술 활동으로서 고전문학과 신문학 사이의 과도기적 구실을 했다. 구한말 사회에서는 인습과 전통의 구속을 벗어나 새로운 지식을 받아들이고 일반 민중들로 하여금 무지에서 벗어나게 하려는 개화 · 계몽사상이 싹트기 시작했다. 이 개화기에는 새로운 것을 창조하겠다는 욕구보다는 낡은 것에서 벗어나려는 욕망이 선행되어 모든 신新 · 구舊는 대립되었고, 낡은 것은 일단 부정되는 단계였다. 이같은 개화기의 상황 속에서 문학도 자체적인 변화를 모색, 신문학의 싹인 신소설 · 창가 등이 나타났으며, 근대적 신문과 잡지의 간행, 역술譯述과 번안소설, 언문일치를 내세운 국어운동을 거쳐 본격적인 신문학으로 발전해 간 것이다. 창가로는 1896년 《독립신문》에 발표된 이용우의 〈애국가〉와 이중원의 〈동심가〉 등이 있고, 신소설로는 이인직李人稙의 〈혈의 누〉 〈치악산雉岳山〉과 이해조의 〈자유종自由鍾〉 및 최찬식 · 안국선 등의 작품이 있다. 또, 1908년 최남선이 신체시 〈해에게서 소년에게〉를 잡지 《소년》에 발표했고, 이인직이 세운 원각사圓覺社에서 개화사조를 본격적으로 반영한 연극이 상연되기 시작했다. 개화기문학의 주제는 자주독립, 자유민권, 신교육, 미신타파와 과학지식의 보급, 자유연애와 자유결혼, 평등사상 등으로 집약되겠으나, 고전문학의 테두리를 완전히 벗어나지 못한 신문학의 전단계적前段階的인 구실을 하는 데 머물렀다.

객관적 상관물 客觀的相關物 시작詩作의 한 방법으로서, 표현하고자 하는 어떤 정서나 사상을 그대로 나타낼 수 없으므로 그것을 나타내 주는 어떤 사물, 정황, 혹은 일련의 사건을 발견해 표현하는데, 이러한 사물 · 정물 · 정황 · 사건 등을 객관적 상관물이라 한다.

객주 客主 → 김주영金周榮

갯마을 → 오영수吳永壽

겁 刧 → 하유상河有祥

겨울밤 → 신경림申庚林

겨울의 환 —幻 → 김채원金采原

경철 景鐵 1938～ 시조시인 · 문학평론가. 호 녹봉鹿峰. 전북 부안 출생. 경기대 국문과를 거쳐 고려대 교육대학원과 한국교원대 대학원에서 한문교육을 전공. 1976년 《시조문학》에 시조 〈단장수제單章數題〉가 추천된 데 이어 1980년 《월간문학》에 시조 〈동해에서〉가 당선되어 등단했다. 《동심의 시》 동인으로 활동, 광주문인협회 부회장 · 한국시조시인협회 부회장 · 광산문인협회 초대회장 등을 역임했으며, 1999년 현재 광주시인협회 회장 · 호남시조문학회 회장 · 21세기문학회 고문으로 활동하고 있다. 시조집에 《산심山心의 노래》 《백팔염주》 《화엄삼매》 《조국연가》 《낭암산가》 《금남로 주변》 《무등산가》 《동심의 시조》 등이 있고, 주요 평론으로는 〈향토시인론〉 〈동시조의 새로운 전개〉 〈면앙정 시가연구〉 〈광주시조문학사연구〉 등 40여 편이 있다. 이밖에 불교관련 저서와 시론집 등을 다수 간행했다. 1985년 동백예술문화상, 1993년 광주문학상, 1993년 황산시조문학상, 1996년 한국아동문화상 등을 수상했다.

경향극 傾向劇 예술적 표현을 통해 사상적 경향 내지 처지에 관한 자기 주장을 표명해 대중을 같은 방향으로 유도하고자 하는 극.

프롤레타리아 문예가 조직적으로 발생되기 전단계의 짙은 사회성을 띤 극으로서, 미조직·미자각 상태의 '프로극'을 의미한다. 그렇지만 1920년대 초의 경향파 문인이나 연극인들 대부분이 1925년 조선프롤레타리아예술동맹(KAPF) 결성 이후에는 프롤레타리아문학과 연극으로 발전해 갔으므로, 광의의 경향극은 프로극도 포함한다고 볼 수 있다. 그러나 경향극과 프로극을 구분하는 기준은 다음과 같은 세 가지 측면이다. 첫째, 경향극 시기(1920년대 전반기)는 조직적인 연극운동에서라기보다는 자연발생적인 경향이 강했다는 점이다. 둘째, 경향극 시기는 계급의식에 근거하기는 했지만, 계급적인 각성이나 자각이 미약했다는 점이다. 그 계급의식의 기초를 이루는 것은 무산계급에 대한 동정심으로서, 범휴머니즘사상에 속한다고 볼 수 있다. 셋째, 본격적 프로극과 경향극은 그 작품성향에 큰 차이가 있다는 점이다. 경향극은 단순히 빈궁을 주제로 하거나 소박한 반항극으로, 그 빈궁의 사회적·계급적 원인이 무시되어 있으며, 빈궁에 대한 반항이 혁명적인 기초 위에 서 있지 않은 자연발생적인 개인적 동기나 감정에 기초되어 있다. 그 반면에 본격적 프롤레타리아극은 그런 빈궁의 사회적·계급적 원인을 추구하고, 그에 대한 반항의 혁명적인 근거를 명백히 하고 있다. 우리 나라의 경향극은 조명희趙明熙가 희곡 〈김영일의 사死〉를 쓴 1921년부터 시작되었고, 프로극으로 발전되어 1930년대 초반에 경향극단의 활동은 절정을 이루었다. 경향극은 연극운동의 성격상 희곡보다는 극단운동이 활발했다. 1922년 발족된 염군焰群을 출발로 해서 1925년 이후에는 경향성을 띤 극단들이 더욱 늘어났다. 그러나 그들이 활발한 공연활동을 벌인 것은 아니었다. 최초의 경향극단 염군도 일제의 탄압으로 단 한 번의 공연도 못한 채 흩어졌고, 1925년 11월에 조직된 조선프로극협회도 마찬가지였다. 1927년 초에 김기진金基鎭·박영희朴英熙·조명희 등 문인들이 조직했던 불개미극단도 '극을 통한 민중의 감정과 지능의 유도·계발'이라는 청사진만 제시하고 흩어지고 말았다. 다만, 같은 해 7월에 연학년延鶴年이 조직한 종합예술협회만은 안드레에프의 〈빰 맞는 그 자식〉을 천도교기념관에서 상연하다가 중지당했다. 이 극단은 이경손李慶孫·나운규羅雲奎 등이 조직했던 백양회白羊會와 합쳐졌기 때문에, 경향극단으로서는 탄탄했으나 일본경찰의 중지로 해산되고 만 것이다. 이와 같이 미미했던 경향극단활동은 1930년대에 들어서면서 전국적으로 극단이 조직되면서 활기를 띠어갔다. 그러나 이들 극단이 모두 활발한 공연활동을 벌인 것은 아니었다. 지방극단들은 활동이 부진했고, 서울의 극단들이 지방순회공연을 자주 했다. 서울에 근거지를 두었던 경향극단들도 당국의 철저한 감시로 공연 중지를 당하는 등 실제상의 공연은 많지 않았다. 그러나 비교적 흥행적인 성격을 띠었던 메가폰이나 신건설新建設·연극공장 같은 극단들은 여러 번의 공연을 가졌다. 그러나 1934년 8월에는 일제가 신건설사사건이라 불리는 대규모 검거 작업을 벌여, 전라북도를 기점으로 전국에서 좌익문인·연극인들을 체포했다. 이 사건 이후로 경향극단의 활동은 급속도로 쇠퇴했다. 신건설사사건과 카프의 해산 이후, 대부분의 좌익연극인들은 1935년 동양극장의 설립과 함께 상업주의연극으로 급선회했으며, 1940년대 전반에는 친일적인 국책극을 쓰기도 했다. 광복

이 되자 경향극은 다시 활발해져서 혼란한 서울의 연극가를 석권하기도 했다. 그러나 이들의 연극은 곧 도식화되고, 6 · 25동란 이후 많은 이들이 월북하게 된다. 이 경향극은 사회의식을 바탕으로 민중을 억압하는 생활조건이나 노동조건에 관심을 가졌고, 민중의 사회적 · 계급적 각성을 일깨우려 노력했다는 데 의의가 있다.

경향문학 傾向文學 예술적 표현을 통해 정치적 · 사회적 · 도덕적 주장을 의식적으로 내세워 민중을 그 방향으로 유도하려는 것을 목적으로 하는 문학. 이 경우 거기에는 반드시 어떤 특수한 경향이 있으므로 '경향문학'이라 한다. 문제극 · 문제소설 · 정치소설 · 프롤레타리아 문학 등이 넓은 의미에서 이 부류에 속한다. 모든 문학은 지은이의 사상이 표현되므로 경향적이라고 할 수 있으나, 경향문학은 특히 경향성이 강하다. 우리 나라에서는 3 · 1운동 이후 낭만주의의 퇴조와 함께 1923년을 전후해 약 10년간 전개되는데 김기진金基鎭 · 박영희朴英熙 등이 중심이 되어 카프KAPF를 결성하면서부터 시작된다. 이 땅의 대표적인 경향문학 운동으로서, 카프는 소위 프롤레타리아 문학을 정립시켰으며, 그것은 마르크스주의 문학론에 힘입은 바 크다. 특히 내용과 형식의 문제, 문학의 목적성 문제, 문학의 대중화론, 농민문학론, 창작방법론에 대한 논쟁이 활발했다. 경향문학적 성격은 그 이후에도 나타나는데, 6 · 25동란 이후의 현실참여문학, 4 · 19 이후 특히 1970년대 이후의 백낙청白樂晴 · 염무웅廉武雄 등의 《창작과 비평》을 중심으로 한 민족문학 · 민중문학이 이에 해당한다.

계급문학시비론 階級文學是非論 계급문학에 대한 시비是非를 다룬 이론적 논쟁. 1925년 프로문학파에서 《개벽》에 〈계급문학시비론〉을 게재함으로 시작되었다. 1923년 이래 김기진金基鎭 · 박영희朴英熙 등에 의해 주도된 프로문학은 《개벽》을 그들의 주요 발표기관으로 삼았고, 염상섭廉想涉 · 전영택田榮澤 · 김동인金東仁 등으로 구성된 민족주의문학파는 이광수李光洙 주재의 《조선문단》으로 뭉쳐 있었다. 이 두 파는 그들의 문학관을 본질적으로 달리해 그들간의 대립은 필연적인 것이었으나, 양파의 문단적 대립이 표면화된 것은 1925년 4월 《개벽》의 특집 〈계급문학시비론〉으로부터 비롯되었다. 이 특집에 동원된 프로문학측 문인은 김기진 · 박영희 · 김석송金石松 · 박종화朴鍾和였고, 반反 프로문학측은 염상섭 · 나도향羅稻香 · 이광수 · 김동인으로 각각 4명씩이었다. 이 〈계급문학시비론〉의 특집기획은 박영희에 의한 것으로 프로문학측이 공격적이라면 민족주의문학측은 수동적이라 할 수 있다. 프로측의 강경한 이론은 '계급문학이란 본질적 · 경향적 문제로 결코 피상적 제재 문제가 아니다'라는 김기진의 주장으로 대변될 수 있고, 박영희는 '생활이 문예를 창작해야 한다'는 견해를 분명히 했다. 그러나 휘트먼에 경도된 김석송은 프로측에 서기는 했으나 '인간에게는 계급은 없다'는 견해를 지키면서 '사람에게 계급이 생긴 이상 마땅히 싸울 것이나 계급의 이익보다는 전 인류의 생존을 중시해야 한다'는 정도의 이론에 그쳤으며, 일찍이 '힘의 예술'을 주장해 온 박종화는 '문학은 인생의 그림자요 인생을 떠나서는 문학이 없다. 계급이 있는 인간인 이상 문학에도 확실히 계급이 있을 것'이라 하여 두 계급의 문학이 시대에 따라 서로 교차한다고 보는 절충적 입장을 취했다. 이에 반해서 민족주의측의 주장은 비교적 치밀한 염상섭의 이론을 제외하면 대부분 상식에 그친 견해에 불과한 것들이었다. 김동인의 논리는 '강아지문학과 도야지문학'이라는 논리 이전의 위트 정도였고, 이광수는 '나는 계급을 초월한 예술을 믿는다' 라고 일구一句를 내세워 작가를 거미에 비유해 거미로 하여금 명령할 수 없는 것과 같이 계급문학을 부르짖음은 평론가의 소리일 뿐 별 효용은 없다고 반박했다. 나도향은 프로문학이 발생한 것은 당연한 사실로 보지만 '문학은 인생의 전부를 내놓을 수 없는 것이므로 반드시 부르니, 프로니 할 수 없다' 는 견해에 그쳤다. 그러나 비교적 논리적인 반프로측의 이론은 염상섭에게서 찾아볼 수 있다. 그는 '소위 예술이니 인생을 위한 예술이니 하지만 그 어느 견지로서든지 예술의 완전한 독립성을 거부할 수 없다' 고 분명히 단정했다. 경향 · 주의 · 유파 따위가 작가와 작품을 지배하는 주형이 아닌 이상, 유파에 대한 질문은 작가 쪽에서 볼 땐 무의미하다는 것이 염상섭의 주장이다. 즉 작품이 완성된 뒤에 그것을 무슨 주의, 무슨 유파라고 평가함은 자유이며 따라서 작품 이전과 이후를 개별적인 것으로 보아야 한다는 것이다. 자연주의문학론을 작품의 개성 발현에다 두는 그로서는 예술의 자율성을 옹호함이 당연하나, 작가가 소재에 임하는 태도와 생활 의식이 작품을 결정한다는 사실을 등한시한 감이 없지 않다. 어쨌든 〈계급문학시비론〉은 어느 쪽이든 일제식민지 정책을 정면의 적敵으로 한 지식인의 응전력의 한 방면이라는 사실을 염두에 둘 필요가 있으며, 이 기본 전제를 몰각한 자리에서의 시비 논의는 무의미한 것인데 당시에는 계급문학이란 '프로문학' 과 같은 의미로 쓰였다.

계몽주의 啓蒙主義 enlightenment 봉건적 구습舊習, 종교적 전통에 의존하는 무지, 미신, 도그마 등에서 벗어나 이성과 사실의 논리를 믿고 자유사상, 과학적 지식, 비판 정신 등을 고취하려는 정신운동. 그 바탕은 인간의 존엄을 자각하게 하려는 합리주의이다. 일반적으로 18세기를 '이성의 시대', '계몽의 시대' 라고 하거니와, 특히 18세기의 프랑스 및 독일을 비롯한 유럽의 반종교적(현세적), 반형이상학적(과학적) 사상을 자연의 인식뿐 아니라 사회 인식에까지 넓혀, 넓은 의미의 계몽, 즉 교육의 보급으로 사회적 부자유와 불평을 제거하려는 합리주의 사상 운동을 가리킨다. 우리 나라의 계몽주의는 18, 19세기의 실학파實學派까지 소급해 살필 수 있겠으나, 1900년대에서 1910년대까지 즉 개화기 이후 이광수李光洙 · 최남선崔南善의 2인 문단 시대까지의 문학, 특히 이광수 문학의 특질을 계몽주의 문학이라고 보는 것이 문단의 정설이다. 이러한 우리의 계몽주의 문학은 그 시대적 · 사회적 과제에 따라 두 가지로 나타났는데, 신채호申采浩 · 박은식朴殷植 · 장지연張志淵 등이 중심이 되어 일으킨 첫번째 계몽주의 문학은 근대화를 통해 국권을 수호하자는 것을 기본 노선으로 삼았다. 흔히 애국계몽운동이라고 일컬어지는 운동을 언론과 출판을 통해 전개하면서, 성리학적인 명분론에서 벗어나 민족의 위기를 바로 깨닫고 개혁과 구국의 의지를 가다듬고자 했다. 주동자들은 한문학에 대해 깊은 소양을 가지고 있었으나, 새 시대의 과업을 수행하기 위해서는 국한문혼용문을 기본 문체로 하여 광범위한 독자를 끌어들이며, 민족사에 대한 재인식을 근거로 당대의 문제를 다루어 민족적 각성을 촉구하고자 했다. 그렇게 하는데 있어서 가장 긴요한 장르는 역사적 영웅의 행위를 찬양하는 전기였으며, 신채호의 〈을지문덕乙支文德〉이 그 좋은 예이다. 구국의 영웅에 대한 소재를 밖에서도 구해 박은식은 〈서사건국지瑞士建國誌〉를, 장지연은 〈애국부인전愛國婦人傳〉을 내놓았다. 이와 함께, 가사의 형식을 개조해 친일과 매국 책동을 비판하고 풍자하는 노래를 신문을 통해서 다수 발표해 전통의 현대적 계승을 위한 방향을 제시했다. 첫번째 단계의 계몽주의 문학이 1910년 식민지화와 더불어 직접적인 탄압의 대상이 되자 이와는 다른 두번째 단계의 운동이 확대되었는데 그 주동자는 최남선과 이광수였다. 이들은 민족의 수난에 대해서는 적극적인 관심을 보이지 않고 문학표현의 근대화를 기본과제로 삼았으며, 자체의 전통을 계승하는 것보다는 서양 또는 일본 근대문학의 전례를 이식하는 것이 더욱 긴요한 방법이라고 했다. 그래서 최남선은 신체시를 실험하고, 이광수는 〈무정無情〉 등의 새로운 소설을 마련했다. 구시대의 속박에서 벗어난 젊은이가 감정의 자유로운 발산을 주장하며, 문명개화가 이룩될 미래에 대해 낙관적인 기대를 가져 마땅하다는 생각을 언문일치의 국문 문체로 나타내었다. 이렇게 해 전통적 가치를 부정하는 충격을 일으켰으나, 그 노선이 민족해방의 의지와 어긋났으며 지적으로 성숙되지 않은 단순 논리에 의거하고 있었으므로, 1919년 이후의 문학운동이 등장하자 비판의 대상이 되었다. 결국 우리 문학사에서 계몽주의란, 초창기에 새로운 문학양식과 새로운 가치관을 받아들임으로써 전통문화와 새로운 문화양식의 갈등을 지양하고 새로운 문학·예술·가치관의 보급을 위한 수단이었다고 생각할 수 있으나, 스스로 많은 한계를 노정하고 있었다.

계용묵 桂鎔默 1904~1961 소설가. 평북 선천 출생. 대지주 집안에서 태어나 신학문을 반대하는 할아버지 밑에서 한문을 수학. 약 4년 동안 고향에서 외국 문학서적을 탐독하다가 일본으로 건너가 도요대 동양학과에서 수학했으나 가산의 파산으로 1931년 귀국, 그뒤 조선일보사 등에서 근무했다. 1945년 정비석鄭飛石과 함께 잡지 《대조大潮》를 창간했고, 1·4후퇴 때는 제주도로 피난해 월간 《신문화》를 발간했다. 또 1948년에는 김억金億과 함께 출판사 수선사首善社를 창립하기도 했으나 대체로 성실한 작가생활로 생애를 보냈다. 1925년 《조선문단》에 단편 〈상환相換〉으로 등단해 40여 편의 단편을 남겼다. 1927년 단편 〈최서방〉을 《조선문단》에, 1928년 〈인두지주人頭蜘蛛〉를 《조선지광》에 발표하면서 본격적으로 문단 활동을 시작했다. 작품집으로는 《병풍에 그린 닭이》《별을 헨다》가 있으며, 수필집으로 《상아탑象牙塔》이 있다. 그의 문학은 발표시기에 따라 대체로 3기로 구별된다. 〈최서방〉〈인두지주〉로 대표되는 초기에는 대체로 지주와 소작인의 갈등을 그렸다는 점에서 경향파적이라고 할 수 있으나 적극적인 투쟁 의식이 없다는 점과 이후의 다른 작품들하고의 연관선상에서 볼 때 고통받는 서민에 대한 애정이 반영된 작품들이라고 보는 것이 타당하다. 그의 대표작인 〈백치 아다다〉를 발표하면서부터 그의 작품 경향은 바뀐다. 이 시기가 그의 황금기라고 할 수 있는데 예술성을 중시하는 인생파적인 경향을 느낄 수 있다. 〈병풍에 그린 닭이〉〈청춘도〉〈신기루〉 등에서의 주인공들은 선량한 사람이지만 주위의 편견이나 억압, 자신의 무지로 인해 불행에 빠지거나 패배자적인 위치에 처할 뿐, 아무런 해결책도 구하지 못하는 소극적인 인물 일색인데, 이러한 경향은 작품 세계에 적극적으로 뛰어들지 않고 방관자적인 입장을 유지하려는 계용묵 문학의 특징이자 한계점이라 할 수 있다. 광복 후 격동과 혼란 속을 살아가는 사람들의 이야기인 〈별을 헨다〉〈바람은 그냥 불고〉 등 세번째 시기의 작품에서도 그는 현실 인식의 소극성을 크게 뛰어넘지는 못했다. 그의 소설은 적극적인 현실 감각 및 역사의식의 부재, 서민에 대한 관조적 시선이 빚은 현실감 결여라는 문제점이 지적되지만, 1930년대 한국문학의 언어적 미감을 세련시키고 단편양식에 대한 관심을 확장시켰다는 점에서 문학사적 의의를 지닌다.

〈백치 아다다 白痴―〉 계용묵의 단편소설. 1935년 《조선문단》에 발표된 작자의 대표작이다. 단편집 《백치 아다다》에 수록. 아다다는 벙어리에다 백치였다. 나이가 찼으나 데려갈 사람이 없어서, 부모는 논 한 섬지기를 주어 가난뱅이 노총각에게 시집을 보냈다. 처음에는 재산을 가지고 왔다 하여 끔찍한 귀염을 받았으나, 살림에 여유가 생기고 투기에 손을 대어 큰 돈을 벌자, 남편은 딴 색시를 얻고 아다다를 내쫓았다. 친정에서는 시집으로 가라고 내몰고, 갈 곳이 없어진 아다다는 수롱이를 찾아갔다. 장가는 가볼 생각도 못하던 수롱이는 아다다를 데리고 안미도라는 섬으로 갔다. 수롱이가 모아 둔 돈 백오십 원을 보이며 밭을 사자고 했더니, 아다다는 그날 밤 지전 꾸러미를 들고 나가 바다에 뿌렸다. 뒤쫓아 온 수롱이가 썰물에 꽃잎처럼 떠내려 가는 돈을 움키려다 못하고 언덕으로 뛰어올라 아다다를 발로 찼다. 아다다는 바다로 굴러떨어져 물 속에 잠기어 죽는다. 가난한 시골의 삶을 배경으로, 인간의 원초적인 애욕과 애정을 전지적 관찰자 시점으로 표현한 이 소설의 주제는 애정과 물욕의 원초적 욕구를 초월한 정신적 사랑의 추구라 할 수 있다. 낭만주의적 바탕에 사실적인 기법을 곁들인 작품으로, 인생의 가치를 결정하는 것은 물질이 아니라는 작가의 인생파적 태도가 강하게 드러난 역작이다.

고가 古家 → 정한숙鄭漢淑

고개를 넘으면 → 박화성朴花城

고구마 → 이근영李根榮

고두동 高斗東 1903∼ 시조시인. 호 황산皇山·춘강春岡. 경남 통영 출생. 경성부기전수학원 졸업(1923). 1924년 《동아일보》에 〈월야月夜〉〈그네〉 등이 추천되어 등단했다. 이듬해 동인지 《토성》을 발간하는 등 시조창작에 힘썼다. 1953년에는 순수시조잡지인 《시조연구》를 창간하기도 했다. 1962년 시조집 《황산시조집》을 간행했다. 그의 작품은 주로 자연을 동양적인 정서를 통해 시조형식 속에 담아냈다는 평가를 받고 있다. 거문고의 고적한 울림을 통해 인간의 내면적인 한을 노래한 〈현금산조〉는 그의 대표작 중의 하나이다. 의열義烈을 읊조린 의열의 시인이란 평을 받아왔으며 주요 작품으로는 〈수평선〉〈증언〉〈벽력〉〈탁류〉〈의열〉〈낙화암〉 등 9백 수에 가까운 작품이 있다. 주요 시조집으로 《황산고두동문선皇山高斗東文選》《황산만년시조시집皇山晩年時調詩集》 등이 있으며, 1968년 부산시문화상, 1987년 육당시조문학상 등을 수상했다. 1987년 황산시조문학상을 제정해 시상하고 있다.

고목 古木 → 함세덕咸世德

고민문학 苦悶文學 1925년 전후 일부 프로문학파 이론가들이 주장한 문학 경향. 계급의식이나 혁명의식의 일방적 주장보다는 인간 자체의 내면적인 고뇌와 계급의식의 심층부를 파고드는 문학 형식을 말한다. 따라서 삶에 대한 근본적인 고민을 추구하는 것이 곧 문학이라는 결론에 도달함으로써 '고민문학'이라는 말이 생기게 되었다. 김기진金基鎭은 〈계급문학시비론階級文學是非論〉에서 문학은 단순히 계급의식을 강조하는 것에 그쳐서는 안된다고 주장, 사회적인 계급의식은 곧 생활방식의 차이를 낳고 이는 생활의식을 다르게 만들며 나아가 미의식까지 분열시키게 된다고 했다. 박영희朴英熙는 3 · 1운동의 좌절후 민족적인 허무주의의 분위기 속에서 퇴폐적인 경향으로 흘러가려는 문학에 반대, 현실비판 의식의 문학을 하도록 주장했다. 이 고민문학에서 마침내 신이상주의新理想主義가 나타나게 되었다.

고발문학 告發文學 정치 · 경제 · 사회 · 문화 등 주로 문학 외적인 모순을 문학작품을 통해 지적해 시정하도록 주장하는 소설 · 시의 총칭. 1930년대 유럽에서 유행하던 인민전선파人民戰線派의 반전反戰 · 반독재反獨裁 사상이 식민지 체제하의 우리 나라에 와서는 반제反帝 휴머니즘의 문학사상으로 받아들여져 현실도피 문학이 아닌 고발정신의 문학으로까지 발전했다. 김남천金南天은 〈고발문학의 정신〉〈창작방법의 신전개〉〈유다적인 것과 문학〉〈일신상一身上 진리와 모랄〉 등 일련의 평론에서 고발문학을 주장했다. 그는 '실로 모든 것을 고발하려는 높은 문학정신의 최초의 과제로서 작가 자신의 속에 있는 유다적인 것을 박탈하려'는 것이 고발문학이라 하면서 '애愛와 증憎의 두 감정의 극히 아름다운 통일 위에' 고발문학의 정신은 살아난다고 했다. 이런 주장으로 곧 당시의 고발문학이란 외부적인 모순을 직접적으로 고발하기보다는 작가의식의 근본적인 모럴을 비판 · 확립하는 뜻에 더 가까웠음을 알 수 있다. 이는 당시에 검열이 심하고 작가에 대한 탄압이 강화되어 자유롭게 현실을 고발할 수 없고 전향하는 작가가 늘어나 작가의식의 모럴을 더 한층 중시한 데서 나온 것으로 본다. 김남천은 자신의 고발문학 이론과 함께 작품 〈소년행少年行〉〈요지경〉〈처를 때리고〉〈대하大河〉 등을 직접 썼다. 이기영李箕永의 〈봄〉이나 한설야韓雪野의 〈탑塔〉 등도 이 계열에 속하는 작품으로 꼽히고 있다. 한국사회의 부정부패를 문학을 통해 끊임없이 고발해야 한다는 주장에 입각해 1960년 4 · 19를 전후해서 절정기에 이르렀다. 그후 참여문학參與文學 · 민족문학民族文學과 리얼리즘문학 등으로 이론이 전개되고 발전되었다.

고별 告別 → 백기만白基萬

고석규 高錫珪 1932~1958 시인 · 평론가. 함남 함흥 출생. 부산대 국문과 및 동 대학원 졸업. 손경하孫景河 · 하연승河然承 · 김일곤金日坤 등과 동인활동을 하면서 《신작품》《시조》《시연구》 등을 주재했다. 〈매혼埋魂〉〈영상映像〉〈울음〉〈침윤浸潤〉〈길〉〈11월〉 등의 시를 발표하는 한편, 문학평론에 주력해 김재섭金載燮의 시와 함께 평론집 《초극超劇》을 냈다. 이밖에 평론 〈지평선의 전달〉〈현대시의 형이상성〉〈현대시의 비유〉〈시인의 역설〉〈시적 상상력〉〈비평가의 교양〉 등을 발표했다. 특히 평론 〈윤동주尹東柱의 정신적 소묘〉는 윤동주의 시에 대한 체계적 연구로서, 윤동주 시의 내면의식과 심상, 심미적 요소들을 일제 암흑기 극복을 위한 실존적 몸부림으로 파악, 윤동주 연구의 길을 열어놓았다. 평론가로서 촉망받았으나 심장마비로 젊은 나이에 죽었다. 번역서로는 포올케의《실존주의》가 있다. 비평은 흔히 유럽의 존재론과 영미의 주지주의 이론에 바탕을 두고 있는 것으로 지적되었다.

고성주 高成柱 1942~ 극작가 · 아동문학가. 강원도 양양 출생. 강릉사범학교 및 명지대 졸업(1980). 1983년《월간문학》에 희곡〈나비야, 청산靑酸가리〉가 당선되어 등단했다. 한국동극작가협회 회장 · 한국희곡작가협회 회장 등을 역임했으며, 현재 을지초등학교 교장으로 재직 중이다. 주요 희곡 작품으로〈땅〉〈부평초〉〈나비야 청산가리〉〈구름 흘러가도〉등이 꼽히며, 동극집에《희망의 속삭임》《노란은행잎의 꿈》《외로운 별》《슬픔이 가득한 가을이야기》등이 있다. 이밖에 저서로《한국동극문학사》《아동극의 이론과 실제》등을 간행했다. 1980년 창작희곡상, 1981년 한국동극문학상, 1983년 대한민국문학상, 1993년 어린이도서상, 1993년 눈솔상, 1995년 박홍근아동문학상 등을 수상했다.

고원곤 高元坤 1942~ 수필가 · 시조시인. 호 백파白坡. 전북 군산 출생. 군산교대 졸업. 1980년《월간교육》에 시〈연기〉를 추천받아 작품 활동을 시작했다. 1985년과 1986년에 걸쳐《한국수필》에 수필〈오선지〉〈퉁소〉를 추천받았으며, 1989년에는《문학과 의식》에 시조〈비문〉외 2편이 당선되었다. 1988년 갈숲문학회라는 순수 수필문학 동인회를 창립, 지방수필시대의 장을 열기 위해 노력하고 있다. 수필〈초이의 노래〉〈꿈을 벗어 올리며〉〈산위에서 부르는 노래〉등이 있으며, 수필집에《지평선 노을을 그리며》《사랑의 풀꽃》(공저) 및《꿈꾸며 기다리며》등이 있다. 자연을 소재로 한 서정적인 표현 및 고향의 언어감각을 살린 문장 구성이 작품의 특색으로 평가되고 있다.

고원정 高元政 1956~ 소설가. 제주 출생. 경희대 국문과 졸업. 1985년《중앙일보》신춘문예에〈거인의 잠〉이 당선되어 등단했다. 단편집으로《거인의 잠》《칼 한 자루의 사상》《비둘기는 집으로 돌아온다》등을 간행했고, 장편으로〈최후의 계엄령〉(전3권)〈바다로 가는 먼 길〉(전2권)〈내일은 없다〉(전3권), 대하소설〈빙벽〉(전9권) 등이 있다. 사회적으로 가장 민감한 문제를 총체적이고도 집약적인 시각으로 파헤쳐온 작가는〈횃불〉에서는 한 · 일간의 역사를 뒤바꿔놓음으로써 역사에 정면으로 도전했으며, 매달 연재 형식 단행본으로 간행된〈대한제국 일본침략사〉는 20세기를 어떤 방식으로든 마감해야 할 한국과 일본의 정신적인 토양을 비옥하게 하자는 작가의 의지에서 집필되었다.

고은 高銀 1933~ 시인. 본명 은태銀泰. 법명 일초一超. 전북 군산 출생. 1951년부터 11년간 승려생활을 했다. 효봉대종사曉峰大宗師 상좌. 해인사海印寺 대교과大敎科를 거쳐 선禪 과정을 이수. 1958년 시〈폐결핵〉을 최초로 발표, 이어《현대문학》에〈봄밤의 말씀〉〈눈길〉〈천은사운泉隱寺韻〉등으로 추천을 받아 등단했다. 이후〈요오요오〉〈한라배례漢拏拜禮〉등 많은 작품을 발표했다. 1956년《불교신문》을 창간, 초대 주필을 지냈으며,《반야바라밀다심경해의》라는 책을 내기도 했다. 1970년대 이후 민주화운동에 적극 참여하면서 자유실천문인협의회 회장, 민주회복국민회의 중앙위원, 민족문학작가회의 회장, 민족예술인총연합회 의장 등을 역임했다. 저서에 시집 《피안감성彼岸感性》《해변의 운문집韻文集》《입산》《새벽길》《고은시선집》《마침내 시인이여》《만인보》《조국의 별》 등 다수와, 소설집 《피안앵彼岸櫻》《우리를 슬프게 하는 것들》《어린 나그네》《떠도는 사람》《산 넘어 산 넘어 벅찬 아픔이거라》《화엄경》《내가 만든 사막》 등을 비롯해 많은 소설집을 발간했다. 이밖에 수필집 《성聖 고은 에세이집》《인간은 슬프려고 태어났다》 등과 다수의 평론이 있다. 그의 초기 시들은 허무의 정서에 바탕을 두고 있다. 생에 대한 절망을 노래하면서 허무의 정서에 젖어 있는 시적 자아의 형상에는 삶에 대한 의지나 집착보다는 언제나 죽음의 그림자가 드리워져 있다. 하지만 죽음은 두려움의 대상이라기보다 심미적 탐닉의 대상으로 그려지고 있는 것이 특징이다. 뿐만 아니라 이 시기의 시적 언어는 지나치게 탐미적이고 감상성을 벗어나지 못한 채 불안정한 정서의 편린을 표출하고 있다. 그런데 그의 시세계는 1970년대 중반에 들어서면서 변모된 양상을 보인다. 이제 시적 자아는 자기 혐오나 허무감을 떨치고 역사와 현실 앞에 자기를 세우기 시작한다. 동시대에 대한 비판적인 안목과 민중 중심의 역사관에 바탕을 둔 이러한 자기 인식을 통해 시인은 정의롭지 못한 현재에 대한 격렬한 투쟁의지를 노래한다. 고은의 이러한 시적 변모는 이전의 시에서 볼 수 있었던 삶에 대한 회의적 태도가 생의 무상함에 대한 인식으로 변모하는 과정과 일치한다. 1980년을 경험한 후 그의 시세계는 다시 한 번 변모하는데, 연작시 〈만인보〉와 장시 〈백두산〉이 이 시기의 대표작이다. 〈만인보〉는 그 규모의 방대함과 시적 상상력의 포괄성에서 돋보이는 작품이다. 민족의 삶의 모습을 시간과 공간의 제약 없이 다채롭게 엮어가고 있는 이 시의 독특함은 반복과 중첩의 묘미에서 찾을 수 있다. 〈백두산〉이 역사에 대한 신념을 서사적으로 구성한 것이라면, 〈만인보〉는 민족의 삶과 그 진실을 서정의 언어로 통합시켜 놓은 훨씬 폭 넓고 깊은 역사의식을 포괄한 작품이라고 할 수 있다. 1999년에는 1994~95년까지 14회에 걸쳐 《문학사상》에 연재한 장시를 손질해 《머나먼 길》을 펴냈다. 이 시집에서는 한마리 연어의 먼 여정을 통해 생성과 소멸의 역사를 노래하고 있다. 1974년 한국문학작가상, 1989년 제3회 만해문학상, 중앙문화대상, 1999년 제4회 현대불교문학상 등을 수상했다.

고임순 高琳順 1932～ 수필가. 호 진안珍岸. 전북 전주 출생. 전북대 국문과를 거쳐 이화여대 대학원 국문과 졸업(1958). 1976년 《월간문학》에 〈난초 가꾸는 마음〉을 발표해 등단했다. 이화여대 국문과 강사 역임, 현재 협성대 강사, 수필문우회 간사, 여성문학인회와 이대동창문인회 이사로 활동하고 있다. 주요 작품으로 〈창〉〈해돋이〉〈하얀 저고리〉〈백목련의 하얀 시〉〈해빙기〉 등이 있으며, 《이 작은 행복》《사랑, 그 찬란한 생명의 무늬》《가슴으로 깊어지는 강》 등 5권의 수필집이 있다. 그는 일상적인 것, 평범한 일에 가려서 숨겨져 있는 의미를 찾아내는 수필쓰기에 주력하고 있다. 사물을 자아의 의식 속에 넣어서 파고드는 의식 수필, 정적 수필 속에 곧잘 지적 자극제를 반영시켜 독자들을 움직인다. 사색적이고 관조적인 수필, 삶에서 우러나는 원숙한 사색이 배어 있는 수필 등으로 작품 전편에 흐르는 세상보기는 그의 가슴으로 흐르는 인생의 강의 깊이를 보여준다는 평가를 받기도 했다. 1990년 제9회 현대수필문학상, 1996년 제6회 수필문학상대상 등을 수상했다.

고재종 高在鍾 1957~ 시인. 전남 담양 출생. 1984년 실천문학 신작시집《시여 무기여》에 시 〈동구밖집 열두 식구〉 등을 발표해 등단했다. 현재 민족문학작가회의 이사, 계간 시전문지《시와 사람》 편집주간, 월간 환경전문지《작은 것이 아름답다》 편집위원으로 활동하며 시창작에 주력하고 있다. 시집으로《바람 부는 솔숲에 사랑은 머물고》《새벽 들》《사람의 등불》《날랜 사랑》《앞강도 야위는 이 그리움》 등이 있으며, 산문집으로《쌀밥의 힘》《사람의 길은 하늘에 닿는다》 등을 출간했다. 그의 시는 땅·밥·곡식·노동·생명과 대지적 사랑 및 평화정신으로 이야기되는 농업적 삶과 농민의 애환 그리고 희망을 사실주의적인 방법으로 묘사·진술해 신서정의 세계를 염원한다. 또한 현대 자본문명과 산업화의 모순으로 빚어지는 자연과 생태계의 파괴 문제에 일찍이 천착해 21세기적 발상전환의 시적경향인 생명시의 길을 꾸준히 모색, 평단의 주목을 받고 있다. 1993년 제11회 신동엽창작기금, 1997년 제2회 시와시학상 젊은 시인상 등을 수상했다.

고정희 高靜熙 1948~1991 시인. 전남 해남 출생. 한국신학대 졸업(1976). 1975년《현대시학》에 〈연가戀歌〉가 추천되어 등단했다. 민족문학작가회의 이사, 여성문학인위원회 위원장, 시창작 분과위원회 부위원장을 역임했고, 《여성신문》 초대 편집주간을 지냈다. 《목요시》 동인으로 활동했으며, 주요 작품에 〈상한 영혼을 위하여〉 〈사랑법 첫째〉 등이 있다. 시집으로《누가 술틀을 밟고 있는가》《실락원 기행》《초혼제》《이 시대의 아벨》《눈물꽃》《지리산의 봄》《저 무덤 위에 푸른 잔디》《광주의 눈물비》《여성해방출사표》《아름다운 사람 하나》 등이 있으며, 1992년 유고시집《모든 사라지는 것들은 뒤에 여백을 남긴다》가 출간되었다. 이밖에 편역서로《예수와 사랑과 민중 그리고 시》가 있다. 그의 시들은 슬픔을 이야기하면서도 좌절이나 절망 혹은 한탄으로 이어지지 않고, 투쟁을 말하지 않으면서도 역동적인 힘이 넘치는 것으로 평가되거니와, 이는 바로 고정희 특유의 슬픔이 갖는 성격에서 비롯된다고 할 수 있을 것이다. 1983년 대한민국문학상을 수상했다.

고한승 高漢承 1902~1950 아동문학가·신극운동가. 경기도 개성 출생. 일본 도쿄 유학 중 신극연구단체인 극예술협회 창립회원으로 활약했다. 1921년 여름에 귀국, 개성좌에서 임영빈任英彬이 쓴 〈백파白波의 울음〉 〈과거의 죄인〉 등을 공연했고, 자신이 각색한 〈불쌍한 사람〉을 공연하는 등 아마추어 학생극 활동을 벌였다. 1923년에는 형설회순회연극단이라는 단체를 조직해 〈장구한 밤〉을 발표하는 등 전국을 돌며 공연을 하기도 했다. 그러다가 아동문학으로 방향을 돌려, 1923년 방정환方定煥·마해송馬海松·윤극영尹克榮 등과 함께 색동회를 조직해 소년운동에 앞장 섰다. 이 무렵 아동잡지《어린이》에 동화를 발표하기 시작했다. 1927년 한국 최초의 창작동화집《무지개》를 출간하고 색동회를 중심으로 동화의 창작과 구연 등을 통해 어린이의 정서함양에 힘썼다. 광복 직후에는 개벽사에 근무하면서《어린이》를 복간·주재하면서 많은 동화를 발표했다.

고향 故鄕 → 이기영李箕永

고향 없는 사람들 故鄕— → 박화성朴花城

고향의 봄 故鄕— → 이원수李元壽

고형렬 高炯烈 1954~ 시인. 전남 해남 출생. 속초고교 졸업(1972). 1982년 《현대문학》에 시 〈장자莊子〉 외 4편이 추천되어 등단했다. 《갈뫼》 《시힘》 동인으로 활동. 주요 작품에 〈쓰레기장 불〉 〈사리원 길〉 〈해주연서〉 등이 있으며, 시집으로 《대청봉 수박밭》 《해청》 등이 있다. 1999년에는 집필한 지 10년만에 장편산문 〈은빛물고기〉를 발간했다. 이 작품은 연어의 삶을 거의 완벽하게 재현한데다 존재와 인생의 숙명을 짚어내는 철학적 깊이를 더하고 있어 대작으로 평가받았다. 그는 시적 대상에 대한 자유로운 존재론적 접근과 맑고 튼튼한 남성적 서정으로 가난한 삶의 근저를 따뜻하게 노래하고 있다. 특히 그의 설화조의 변설은 시의 영역을 넓히는 것으로 주목받았다.

공감각 共感覺 심리학에서, 어떤 자극으로 일어난 한 감각과 동시에 일어나는 다른 종류의 감각을 말한다. 통감각通感覺이라고도 한다. 색채에서 맛을 느끼거나, 소리를 듣고 색채를 보는 것과 같이 한 감각이 다른 감각을 유발하는 일. "분수처럼 흩어지는 푸른 종소리(김광균)"와 같은 표현이 그 예이다.

공선옥 1964~ 소설가. 전남 강진 출생. 전남대 국문과 중퇴. 1991년 《창작과 비평》에 〈씨앗불〉이 발표되어 등단했다. 주요 작품으로는 〈목숨〉 〈우리 생애의 꽃〉 〈피어라 수선화〉 〈목마른 계절〉 〈시절들〉 〈어린 부처〉 〈술 먹고 담배 피우는 엄마〉 등이 꼽히며, 창작집으로 《꽃잎처럼》(공저) 《피어라 수선화》 《내 생의 알리바이》 등을 간행했다. 〈피어라 수선화〉 등의 초기 작품에서는 80년 5월 광주문제와 여성 억압에 관한 문제의식을 강하게 드러냈던 반면, 최근작들은 성문제에 있어 질긴 모성을 강조하는 것으로 변형되고 있다. 삶에 대한 치열성과 강렬한 이미지의 상황 설정은 그의 작품이 갖는 특징으로 평가되고 있다. 1992년 여성신문문학상을 수상했고, 1995년 신동엽창작기금을 받았다.

공지영 1963~ 소설가. 서울 출생. 연세대 영문과 졸업. 1988년 《창작과 비평》에 단편 〈동트는 새벽〉을 발표하면서 작품 활동을 시작한 그는 시대와 사회의 모순을 개인의 삶 속으로 수용하면서 진지하고 치열하게 문제 해결의 실마리를 모색하는 소설들로 주목받아왔다. 사회 변혁이라는 거대 명제 앞에서 고뇌하던 80년대 청춘들의 삶을 이야기한 장편소설 〈더 이상 아름다운 방황은 없다〉 〈그리고, 그들의 아름다운 시작〉 〈고등어〉를 비롯해 여성 문제를 90년대 한국사회의 중요한 쟁점으로 끌어올린 〈무소의 뿔처럼 혼자서 가라〉 〈착한 여자〉 등을 발표하며 90년대를 대표하는 작가로 자리잡았다. 이밖에 작품집 《인간에 대한 예의》 《존재는 눈물을 흘린다》와 장편 〈봉순이 언니〉, 산문집 《상처 없는 영혼》 등이 있다.

공진회 共進會 → 안국선安國善

공초오상순시선 空超吳相淳詩選 → 오상순吳相淳

곽재구 郭在九 1954~ 시인. 광주 출생. 전남대 국문과 졸업. 1981년 《중앙일보》 신춘문예에 시 〈사평역에서〉가 당선되어 등단했다. 《오월시》 동인으로 활동. 주요 작품에 〈사평역에서〉 〈20년 후의 가을〉 등이 있고, 시집으로는 《사평역에서》 《전장포 아리랑》 《한국의 연인들》 《서울 세노야》 《내가 사랑한 사람 내가 사랑한 세상》 《꽃보다 먼저 마음을 주었네》 등이 있다. 이외에도 산문집과 동화집을 수권 출간했다. 첫 시집 《사평역에서》부터 세번째 시집 《한국의 연인들》

까지는 사회와 역사에 대한 추상적 정열에서 구체적 사랑으로 확대·심화되어가는 모색과 자기정립의 단계라고 할 수 있다. 《서울 세노야》 이후 그의 시는 사랑의 구체적 실현과 재출발의 단계에 들어서고 있다. 그의 초기 시는 현실의 거대한 폭력에 대한 분노와 그 아래서 고통받는 민중들에 대한 사랑을 추구하고 있다. 이후 《서울 세노야》의 시편들은 인간과 사회, 역사에 대한 철저한 인식과 현실에 대한 분명한 태도를 드러내면서도 이를 구체적이고 서정적인 언어로 형상화하고 있다. 폭력적인 세계에 대한 단순한 분노와 슬픔을 넘어서 인간 본래의 순수성과 사랑을 회복하려는 시도를 보여주고 있다는 점이 주목된다. 1996년 제9회 동서문학상을 수상했다.

곽종원 郭鍾元 1915~ 평론가. 호 춘파春坡. 경북 고령 출생. 일본 니혼대 문과 및 영남대 대학원, 대만 중국문화대 졸업. 대학 재학시 《군상》 동인으로 활동했다. 1942년 〈문학의 함축성〉을 《매일신보》에 발표해 본격적인 평론활동을 시작했다. 해방 후 월간지 《생활문화》를 주재했고, 상명여고 교감·숙명여대 교수·동 대학교 총장 직무대리를 거쳐 건국대 총장을 역임했다. 한편 8·15 이후 줄곧 민족문학 진영의 입장에서 활발한 문단 활동을 전개해 1955년 전국문화단체총연합회 사무국장과 한국문학가협회 사무국장을 비롯, 예총 부회장, 예술원 문학분과 회장, 한국문화예술진흥원 원장 등 요직을 역임했다. 주요 평론에 〈정론문학政論文學과 작가정신〉 〈창작개성의 옹호〉 〈문학조류文學潮流의 개관槪觀〉 〈문학의 사상성과 예술성〉 〈시대의 의욕〉 〈한국소설의 특질〉 〈한국현대문학에 나타난 해학諧謔의 제양상諸樣相〉 등이 있다. 평론집으로 《신인간형新人間型의 탐구》 《사색과 행동의 세월》이 있고, 수필집 《사색思索의 반려伴侶》 《생활의 예지를 찾아서》와 역서 《나의 신조信條》 등이 있다. 특히 《신인간형의 탐구》는 해방 이후 10년 동안 발표한 그의 비평을 모은 것으로 허물어져 가는 인간상을 바로잡고 새시대에 적응한 새로운 인간의 스타일을 추구해 보자는 것이 기본과제였다. 이 평론집은 현대문학이 당면하고 있는 중요문제들을 탐구해 본 일반론적인 문학론이며 1950년대 평단에서 주요한 이슈가 되었던 문학상의 제문제도 다루고 있다. 1969년 예술원상, 1970년 국민훈장 동백장, 1980년 국민훈장 모란장, 1989년 5·16민족상 예술상 등을 수상했다.

곽하신 郭夏信 1920~ 소설가. 경기 연천 출생. 동국대 국문과 졸업. 1938년 〈실락원失樂園 이야기〉가 《동아일보》 신춘문예에 당선되어 등단했다. 이듬해 〈마냥모〉 〈사공〉 등으로 《문장》에 추천을 받았다. 이후 단편 〈나그네〉 〈두 여인〉, 장편 〈흐르는 연가戀歌〉 〈장미처럼〉 〈영시 이후〉 등을 발표하는 한편, 아동소설 〈내 마음 바다 건너〉 〈풍운의 성〉 등도 썼다. 소설집으로 《신작로新作路》가 있으며, 기타 작품으로는 〈연적硯滴〉 〈여직공〉 등 단편과 많은 소년소설이 있다. 해방 후 잡지 《여성문화》를 발간하는 한편, 《조선일보》 문화부장을 지내기도 했다. 그의 작품은 현실 도피적 경향과 더불어 요설체의 문장을 구사한다는 점이 특징적이다. 예리한 감수성과 독보적 문학세계로 인해 일찍부터 주목받은 바 있는 〈실락원〉과 향토적 애향심을 바탕으로 농촌 어린이들의 세계를 그린 〈신작로〉에 이러한 성격이 잘 드러나 있다. 그의 요설체는 주제 전개의 수단이 아니라 요설을 위한 요설의 경향을 보이기도 한다. 초기의 단편을 제외한 〈죄와 벌〉〈달은 뜨는가〉〈여인의 노래〉 등의 작품에서는 남성의 횡포와 법적인 사회 구속을 진실한 사랑으로 승화시키려는 여성의 도전적인 몸부림을 그려내는 한편 여러 인간상들의 애정에 얽힌 내면갈등과 세태 및 인생의 부조리를 파헤치고 있다. 작품의 특징은 현실도피를 즐겨 다루고 다변적인 문체를 구사하는 점이라고 할 수 있다.

〈무화과 그늘 無花果—〉 곽하신의 소설. 1958년부터 1959년까지 《세계일보》에 연재되었다. 사제간의 애정과 윤리의 갈등, 동료간의 우의와 욕구 등, 젊은 여인의 애정관을 깊이 있게 파고들어 인물의 성격을 부각시키고 있다. 소박하고 정직하며 우유부단한 손종호와 음흉하고 간교해 포악하기조차 한 황규찬 등의 상반된 인물을 중심으로 천진한 여학생의 고민과 행동 심리가 혼선을 빚고, 애정의 쟁탈과 그 정조의식에 좌절한다. 전후 여인들의 모습을 통해 인텔리층의 생활상을 표현한 작품이다.

〈신작로 新作路〉 곽하신의 단편소설. 1941년 《문장》에 발표된 작품으로 농촌 소년·소녀들의 애환이 잘 나타나 있다. 깊은 산마을, 돌쇠와 정이는 정다운 이웃이기도 했고, 까닭없이 흉을 보며 미워하는 사이이기도 했다. 그들 사이에 어느 날 중대한 사태가 일어났는데, 정이네가 서울로 이사를 가게 된 것이다. 돌쇠는 떠나지 말라고 말렸지만 처음부터 될 법한 이야기가 아니었다. 정이네가 이사가는 날 돌쇠는 정이네의 일손을 거드는데, 둘은 안타까워 견딜 수가 없다. 3년 만에 들어간 그녀의 방에서 사진 한 장을 집어 주머니에 감춘다. 정작 정이네 식구가 버스 정거장에서 서울로 떠날 때가 되었다. 정이 오빠는 사양하는 그에게 5원짜리 한 장을 품삯으로 준다. 차에 앉은 정이가 그를 정면으로 바라보면서 운다. 돌쇠는 견디다 못해 대합실로 뛰어가 문산 가는 표를 사서 버스에 뛰어오른다. 눈앞에는 신작로가 뻗어 있다.

곽학송 郭鶴松 1927～1992 소설가. 평북 정주출생. 서라벌예대 문예창작과 졸업(1950). 10여 년간 철도국에서 근무했다. 월간 《화제》의 편집장, 육군 9818 부대의 집필위원을 역임하기도 했다. 6·25 이후 《대한신문》 신춘문예에 소설 당선, 1953년 《문예》에 단편 〈안약眼藥〉〈독목교獨木橋〉가 추천되어 등단했다. 〈독목교〉는 6·25사변 때 공산군의 포위 속에서 살아남은 중대장 이덕호와 부관 김영수를 주인공으로 전쟁의 비인도성을 비판한 것이었다. 주로 전쟁과 현실을 제재로 취한 리얼리즘 소설을 썼으며 초기의 작품들을 엮어 단편집 《노농적위대勞農赤衛隊》 등을 발간했다. 주요 작품으로 단편 〈김金과 이李〉〈시발점〉, 중편 〈두 위도선〉〈낯설은 고향〉, 장편 〈바윗골〉〈밀고자〉〈둔주로遁走路〉 등이 있으며, 작품집으로는 《방어》《철로》《다시 만날 때까지》《도시의 그림자》《낯설은 골짜기》 등이 있다. 〈바윗골〉은 공산당의 학정을 폭로한 것이며, 〈김과 이〉〈집행인〉 등의 단편도 공산당의 잔인성과 부조리를 파헤친 반공적 작품들이다. 초기 작품들은 근대적 사실주의 경향이 강하고, 심리분석을 통해 성격을 창조한 것이 특색이다. 주로 선의의 작중인물들을 다루어 훈훈한 인정의 세계를 조명하려는 의도가 짙다. 초기 이후에는 추리소설의 경향을 띠었으나 후기에는 순수 본격문학에 관심을 쏟았다. 그는 카메라 렌즈와도 같이 대상을 빠짐없이 세밀하게 묘사할 뿐 아니라 미세한 인간심리의 구석구석을 여실하게 묘파해 내는 작가로 알려져 있다. 이러한 관찰력을 바탕으로 선의의 작중인물을 통해 따스한 인정의 세계를 조명하고 인간애를 중시하는 휴머니즘적 작품들이 그의 소설 세계의 주조를 이룬다. 그는 인간의 본성이 전쟁과 같은 절박한 시기에 여실하게 나타난다고 믿었기 때문에 그의 소설에서는 전쟁이 주된 배경으로 등장하기도 했다. 도의문학저작상, 반공문학상, 서울시문화상 등을 수상했다.

〈**독목교** 獨木橋〉 곽학송의 단편소설. 1952년 《문예》에 발표되었으며 그의 두번째 추천작이다. 6 · 25전쟁 중 어느 무명고지에서 전투를 하는 중대장 이덕호 중위와 중대부관 김영수 소위 사이의 갈등과 화해를 다룬 전쟁소설이다. 두 사람은 부하를 대하는 태도, 상부명령을 받아 실행하는 과정 등에서 심각한 마찰을 겪는다. 기계적인 군기확립을 외치며 원리원칙 · 절대복종을 신조로 삼는 이덕호 중위와 군대일지라도 상황에 따라 융통성이 발휘되어야 한다는 김영수 소위의 상반된 지휘방법을 보여주는 것이다. 이 작품에서는 중대장과 중대부관의 대립적 사고구조를 중심으로 시기 · 질투 · 갈등 등 심리적 추이와 전투상황을 결합시키면서 인간애나 자기반성 또는 상대방을 이해하려는 노력 등을 통해 갈등을 해소시키고 있다. 인정과 선의의 성격 창조를 주로 한 작가의 일반적 특성에 부합하는 작품이라고 할 수 있다.

〈**바윗골**〉 곽학송의 단편소설. 1955년 《중앙일보》에 발표되었다. 6 · 25동란 중 북녘에 있는 조그마한 마을을 국군이 점령한다. 주인공 김인수는 그곳 치안대장이 된다. 공산당 책임자이던 종기는 열렬한 공산당원으로서 마을사람들을 괴롭혀 왔으며, 후퇴시에는 많은 양민들을 학살했었다. 도망간 종기 대신 붙잡힌 문호 영감과 가족들을 놓고, 치안대 부대장과 대부분의 대원들은 죽이자고 고집한다. 이데올로기의 갈등으로 생명의 존엄성이 여지없이 짓밟히는 현실을 바라보는 주인공의 고독이 이 작품을 이끌고 있다.

관념소설 觀念小說 어떤 관념이나 사상을 구상화한 소설. 홍미위주의 소설이나 사실적인 풍속소설과는 달리, 풍부한 체험과 깊은 사색을 기초로 해 주체적인 관념이나 사상을 작품화한 소설을 뜻한다. 사상소설 · 종교소설도 관념소설의 일종이다. 위대한 소설은 대부분 관념소설적이지만, 관념이 작품 속에 충분히 용해되어 구상화되지 못하는 경우에는 예술성을 잃게 되어 작품으로 성공하지 못하는 수도 있다. 이광수李光洙의 소설도 일종의 관념소설이라고 할 수 있다.

관촌수필 冠村隨筆 → 이문구李文求

광야 曠野 → 이육사李陸史

광장 廣場 → 최인훈崔仁勳

구경서 具慶書 1921~ 시인. 호 남촌南村 · 가남嘉南. 충남 연기 출생. 동국대 국문과 졸업(1948). 1945년 《백맥》에 단편 〈곡曲〉을 발표해 등단했다. 다년간 교직 생활을 했고, 한국문인협회 이사, 한국펜클럽 이사를 역임했다. 시집으로 《폭음爆音》 《회귀선》 《전원교향곡》 《염전지대》 《투계鬪鷄》 《코스모스 앞에서》 등이 있다. 그는 풍부한 시어와 시적인 형상화를 통해 끊임없는 자기 탈피와 선탈蟬脫을 촉구하는 경향이 눈에 띄며, 사물을 대하는 감성의 예리함과 서로 조화되면서도 상극되는 두 개의 사물인 자연과 인생, 민족과 국가, 인류와 세계 · 역사 등의 현실적 문제를 철학적 차원에서 시화詩化하고 있는 것이 특징으로 평가되고 있다. 1978년 한국문학상, 1986년 조연현문학상 등을 수상했다.

구마검 驅魔劍 → 이해조李海朝

구상 具常 1919~ 시인. 본명 상준常浚. 함남 원산 출생. 일본 니혼대 종교과 졸업(1941). 1946년 원산문학가동맹의 동인시집 《응향凝香》에 〈길〉 〈여명도黎明圖〉 〈밤〉 등을 발표해 등단했다. 그러나 이 시집으로 말미암아 북조선문학예술총동맹 중앙위원회로부터 반동시인으로 낙인이 찍혔다. 즉 〈길〉 〈여명도〉는 현실에 대한 그로테스크한 인상에서 오는 허무한 표현의 유희이며, 〈밤〉에서는 낙오자로서의 죽어가는 애상의 표백밖에 찾아볼 수 없는 것이라는 규탄과 좌익의 비문학적 · 조직적인 탄압을 받고 월남, 서울에서 《백민》 등에 작품을 발표하기 시작했다. 《영남일보》 주필 겸 편집국장, 종군 작가단 부단장, 서울대 · 서강대 강사, 《경향신문》 논설위원 등을 역임. 시집으로는 《구상시집》 《초토焦土의 시》 《말씀의 실상實相》 《까마귀》 《구상연작시집》 등이 있으며, 《민주고발》 《형상파시학》 등의 평론집과 수필집 《침언부어沈言浮語》가 있다. 그는 시를 무정란적無精卵的인 것과 정충란적精蟲卵的인 것의 두 가지로 구분, 정충란적인 시, 즉 대리석에 정을 치듯 피땀을 흘려가며 투박하고 유치하더라도 온 정혼을 기울여 두껍고 깊게, 그리고 조심스럽게 시를 쓰고자 했다. 이러한 그의 시적 경향은 월남 후 발표한 시 〈발길에 채인 돌멩이와 어리석은 사나이〉 〈유언遺言〉 〈비롯함도 마침도 없는 임아〉 〈사랑을 지키리〉 〈옥상실존屋上實存〉 〈백련白蓮〉 〈구상무상具常無常〉 〈폐허廢墟에서〉 등의 작품에 일관되게 나타난다. 그의 시의 저변에는 북한 공산 치하의 비인간적 현실의 부조리를 비롯한 현실 상황의 고발과 이러한 현실을 극복하고 상승하려는 동경과 희구를 볼 수 있다. 따라서 그의 시는 리얼리티와 동시에 이상성의 빛을 내뿜고 있다. 시의 주제는 자기의 전인격全人格에서 발상되어야 하고, 인간의 유의식이 명하는 바 공동 이상을 자기의 사명으로 삼는다고 말했거니와, 이러한 그의 말은 그대로 리얼리티와 이상추구의 두 특질을 융합하려는 노력으로 볼 수 있고, 직접적으로 종교적 요소를 나타내지는 않으나 그가 독실한 카톨릭 신자라는 점에서 그런 신앙의 밑받침이 강하게 작용하고 있음을 알 수 있다. 6 · 25를 제재로 해서 쓴 시집 《초토焦土의 시》로 1957년 서울시문화상을 수상했다. 1998년에는 시집 《인류의 맹점에서》를 펴내 인간 존재에 대한 겸허한 성찰과 인생의 황혼을 맞은 시인의 마음을 담았다.

《초토의 시 焦土—》 구상의 두번째 시집. 1956년 청구문화사에서 간행되었다. 〈초토의 시〉 연작 15편이 수록되어 있다. 표제시인 〈초토의 시〉의 작품 현장은 6 · 25전쟁이 빚어낸 비극적 현실이다. 그러나 그의 시는 비극적 현실에 대한 절망과 탄식에 그치지 않고 전쟁의 비극과 참회, 이데올로기에 앞서는 형제애와 인류애를 강조한다. 이 시에 등장하는 '적'은 일관되게 저주나 말살의 대상이 아니라 사랑으로 극복하고 순화해야 할 대상이다. 이념이라는 허상과 인간본성의 암흑면인 투쟁욕이 빚은 국토분단과 동족상잔의 비참한 현실을 아파하는 것이다. 또한 시인에게 있어 현실의 어둠이란 피해야 하는 것도 아니요, 피할 수 있는 것도 아니다. 그러나 어둠에의 맹목적인 예속은 있을 수 없는 일이다. 뿐만 아니라 어둠의 내용은 똑똑히 파악돼야만 하는 것이다. 그것을 파악하지 못하면 다만 어둠에 갇힌 무의미한 절망과 치욕이 있을 따름이기 때문이다. 그래서 어둠의 내용·의미를 파악하는 것은 빛의 의미를 파악하는 것이다. 이와 같은 초극의 정신이 《초토의 시》 전편의 핵심을 이루고 있다. 6·25전쟁을 소재로 한 구상의 시는 전쟁의 비극을 기독교 신앙에 바탕을 둔 사랑으로 포용하고 초극하려는 의지가 엿보인다는 점이 특징이라고 할 수 있다.

구석본 1949~ 시인. 필명 구석본具石本을 쓰다가 한글로 씀. 경북 칠곡 출생. 영남대 국문과 졸업(1972). 1975년 《시문학》에 〈그 사람의 사진〉 〈소리〉 〈고분발굴古墳發掘〉이 추천을 받아 등단했다. 대구에서 교직 생활을 하며 《형상》 동인으로 활동했으며, 1991년 대구시인협회를 결성해 운영위원장을 맡기도 했다. 1992년 시인 강현국과 함께 시전문 계간지 《시와 반시》를 창간해 현재까지 공동주간을 맡고 있다. 주요 작품으로 〈그 사람의 사진〉 〈산에는 슬픔이〉 〈겨울〉 〈못가에서〉 〈허수아비의 노래〉 〈농아일기〉 등이 꼽히며, 시집으로 《지상의 그리운 섬》 《노을 앞에 서면 땅끝이 보인다》 등이 있다. 인간의 본질적 고뇌에 깊은 관심을 가지고 있으며 언어미와 시적 조형미를 추구했다. 인간이 지닌 원초적인 어둠의 세계를 형이상학적인 눈으로 접근하는 그의 시는 첨예한 감각, 경이로운 세계의 발견, 개성적인 이미지의 조형, 투명한 주제의식이 신선한 정서적 충동을 불러일으킨다는 평가를 받는다. 1985년 대한민국문학상을 수상했다.

구소설 舊小說 갑오경장 이전에 나온 소설의 통칭. 신소설에 대칭되는 말로서 고대소설이라고도 한다. 문장은 한글 또는 한문으로 되어 있다. 현대소설의 사건이 시간적 계기를 무시하는 입체적 구성법에 묘사적 표현법을 쓰고 있음에 비해, 구소설은 시간적 계기에 따라 사건을 전개해 나가는 평면적 구성법에 서술적 표현법을 쓰고 있다. 한글로 창작된 소설이라도 그 말의 태반은 한문식, 즉 궁중이나 상류의 언어를 한글로 옮겨다가 썼으며 3·4조 또는 4·4조 등 운문체의 문장이 대부분이다. 제재 역시 과거의 사실 또는 전기류傳記類가 많으며 내용도 비현실적인 전기체傳奇體와 우연·과장이 많고, 주인공은 정형적定型的이며 권선징악적인 교훈류로 인위적인 종말을 취한다. 《금오신화金鰲神話》에서 출발한 소설문학은 원호元昊의 〈몽유록夢遊錄〉, 남효온南孝溫의 〈수향기睡鄕記〉, 서거정徐巨正의 〈태평한화골계전太平閑話骨稽傳〉, 임제林悌의 〈수성지愁城誌〉 등을 거쳐 허균許筠의 〈홍길동전洪吉童傳〉에 와 내용과 형태의 정착이 이루어졌다. 본격적인 한글 소설은 김만중金萬重의 〈사씨남정기謝氏南征記〉와 〈구운몽九雲夢〉에 와서야 나타난다. 그는 당시 유학자들의 한글 천시 경향에 반발, 한글의 가치를 인정하고 높이 평가해 한글쓰기를 주장하고 한글로 소설을 써, 소설발달에 박차를 가했다. 구소설이 난숙기에 접어들면서 도입된 실학사상과 임진·병자의 전국민적인 시련은 구소설의 황금시기를 가져오게 했으며, 이 시기에 박지원朴趾源의 여러 소설에 나타난 근대적인 문학정신은 국문학사상 큰 의의를 지닌다.

구영주 丘英珠 1944~ 시인 · 수필가. 서울 출생. 중앙대 신문방송학과 및 관동대 국어교육과 졸업. 1979년 《월간문학》 신인상에 시 〈요정이 옵니다〉가 당선되어 등단했다. 시집으로 《마음 준 파도 못잊어요》《종鍾, 그 진동震動 항아리여》《홀로 뜨는 해》 등 다수가 있으며, 수필집으로 《다시 쓰는 편지》《너의 흔적이 지워지기까지》 등이 있다. 그의 시는 자연으로서의 인간과 인간으로서의 자연이 교묘하게 융화 · 대비 · 동화되어 자연계와 인간계의 경계선을 자유자재로 넘어든다는 평을 받고 있다.

구인환 丘仁煥 1929~ 소설가 · 국문학자. 호 운당雲堂. 충남 장항 출생. 서울대 국어교육과 졸업(1954), 동국대 대학원(1965) 및 서울대 대학원 국문과 수료(1979). 1960년 《문예》에 〈동굴주변〉을, 1961년 《현대문학》에 〈판자집 그늘〉을 발표해 등단했다. 이후 고등학교 교직 생활을 거쳐, 서울대 교수 및 명예교수를 역임했고, 한국문인협회 부이사장, 한국소설가협회 대표위원, 국어국문학회 대표이사, 한국현대소설학회 회장, 문학과 문학교육 연구소 소장 등으로 활동했다. 주요 작품으로 단편 〈산정의 신화〉〈숨쉬는 영정〉〈정교수와 파이프〉〈별과 선율〉〈창문〉, 중편 〈목마른 사람들〉〈용두골신화〉〈모래성의 열쇠〉, 장편 〈움트는 겨울〉〈별들의 영가〉〈일어서는 산〉〈동트는 여명〉 등이 있다. 이밖에 〈이기영의 두만강〉〈분단문학의 양상〉〈흙과 땅의 이론적 성취〉 등 50여 편의 문학 연구논문을 발표했으며, 작품집으로 단편집 5권, 중편집 3권, 장편 10권, 비평집 4권 등을 발간했다. 〈동굴주변〉은 동굴을 중심으로 사는 거지와 소매치기 등의 생활을 이미지의 전환과 비약으로 심리적인 고백체의 문장에 의해 진행시킨 작품이고, 〈판자집 그늘〉은 판자집 밑에서 인간 이하의 생활을 하는 사람들의 삶에 대한 절규를 그린 작품이다. 단편에서는 현대의 비인간화되고 메커니즘에 질식된 인간성을 고조해 휴머니즘의 산 증인이 되고, 분단민족의 한을 그리며, 고향의 풍경과 새로운 내일을 추구하는 인간상을 부각시킨다. 한편 장편을 통해 식민지 치하에서의 민초의 수난과 대학생의 미래지향적 삶 및 순수한 사랑을 추구하는 인간상을 부각해 어제의 수난과 오늘의 갈등을 통해 내일의 낙원을 추구한다. 간결하고 개성적인 문체와 상황전개의 기법으로 작품을 서사화하고 있다. 1981년 중화민국문화훈장, 1984년 주요섭문학상, 1987년 한국소설문학상, 1989년 한글문학대상, 1990년 예술가상, 1991년 서울시문화상, 1992년 월탄문학상, 1993년 충청문학상, 1994년 예술문화대상, 1995년 국민훈장동백장, 1996년 순수문학대상 등을 수상했다.

구인회 九人會 1933년 8월에 문단 및 예술계 작가 9명이 결성한 문학친목단체. 이종명李鍾鳴 · 김유영金幽影의 발기로 이효석李孝石 · 이무영李無影 · 유치진柳致眞 · 이태준李泰俊 · 조용만趙容萬 · 김기림金起林 · 정지용鄭芝溶 등이 참가했다. 발족한 지 얼마 안 가서 발기인인 이종명 · 김유영과 이효석이 탈퇴하고 그대신 박태원朴泰遠 · 이상李箱 · 박팔양朴八陽이 가입했으며, 그 뒤 또 유치진 · 조용만 대신에 김유정金裕貞 · 김환태金

煥泰가 보충되어 언제나 인원수는 9명이었다. 이들이 특별히 주장한 목표는 없으나, 경향주의문학에 반대한 '순수예술추구'를 취지로 해 3, 4년 동안 월 2, 3회의 모임과 서너 번의 문학강연회를 개최했고《시와 소설》이라는 기관지를 한 번 발행했다. 이들은 '친목단체'라고 일컬었지만 사실상 1930년대부터 문단의 주류가 된 순수문학의 가장 유력한 단체이다. 계급주의 및 공리주의 문학을 반대하고 순수문학을 확립하는 데 가장 커다란 문학적 분위기를 조성했다. 이들이 한 활동은 그다지 많지는 않지만, 당시 신인 및 중견작가로서 이들이 차지하는 문단에서의 역량 등으로 인해 이같은 문단의 분위기를 형성해간 것이었다. 특히, 이태준은 그의 서정성이 높은 문장과 미의식에 있어서 거의 독보적인 경지를 펼쳐갔으며, 이효석도 시골이나 도회의 주변적 인물이 지닌 애수적인 삶의 양상에 특출한 묘사력을 가지고 그의 예술적 개성을 성취한 서정적 작가였다. 박태원은〈사흘 굶은 봄달〉〈옆집 색시〉〈오월의 훈풍〉등을 발표했고, 표현과 묘사의 기교에 관심을 기울인 작가로서 간결체문장의 아름다움을 성공시킨 점을 높이 평가할 수 있다. 후에는〈천변풍경〉과 같은 작품을 써서 풍속적 저변을 들추어내어 사실주의에 기울어져 갔다. 이밖에도 정지용의 시에 있어서 상실감의 포착과 그 정서의 표현은 거의 독보적이었고 감각의 예리성과 섬세함이 형상성을 이루어 사상파寫像派의 효시가 되었다. 그러나 이들은 결성 이듬해, 이무영이 동인간의 경향의 불일치와 모순성을 지적한 것이 분열의 직접적 동기가 되고, 이어 이무영과 조벽암趙碧巖이 탈퇴, 이후 더이상의 적극적인 활동은 없었다. 김기림도 시의 회화적 · 감각적 심상에 주력한 근대주의적 서정성을 드높인 시인이었다. 조연현은 구인회의 문학사적 의의를 시문학파詩文學派에서 유도된 순수문학의 흐름을 계승 · 발전시켜 1930년대 이후의 민족문학의 주류를 형성하는 데 이바지했다고 말하고, 또 다른 한 의의는 근대문학의 성격을 현대문학의 성격에로 전환 · 발전시킨 점에서 그 문학사적 가치를 보유한다고 지적했다.

구자운 具滋雲 1926~1972 시인. 부산 출생. 동양외국어전문대 노어과 졸업(1949). 1957년《현대문학》에〈균열龜裂〉〈청자수병靑磁水甁〉〈매梅〉등으로 추천을 받고 등단했다. 이어〈묘비명墓碑銘〉〈이향이수異香二首〉등을 발표해 한국적인 전아한 시세계를 인류적 공감으로까지 확대시키려는 노력을 보여주었다. 이러한 시 경향은 4 · 19혁명 이후부터는 치열한 시대정신 및 가난과 실의에 찬 현실에의 저항으로 바뀌었다. 권력과 서민의 복합 구조가 빚어내는 엇갈린 훤소喧騷에 관심을 가졌던 그는〈봄〉〈우리들은 샘물에〉〈성〉〈그대들 둘이서〉등에서 서민의 불신감정, 5 · 16혁명 후의 시인의 자세, 정치적 상황의 변천 등을 반영한 작품을 발표했다.〈사람들은 그 소리를 듣고〉〈신호〉〈네온사인〉〈횡단〉〈실직〉등은 현대적 상황 속에서의 인간의 운명, 고통, 죽음의 의식 등을 읊은 것으로, 이 시인의 만년의 각박한 심정을 엿볼 수 있다. 이 무렵 전후 문협 간사에 피선되는 한편 박희진朴喜璡 · 성찬경成贊慶 등과《60년대사화집》을 창간, 활발한 작품 활동을 보였으나, 경제적 곤란과 가정적인 불행이 겹쳐 실의에 빠지게 된다. 후기 시의 역작〈벌거숭이 바다〉가 씌어진 것은 이 무렵이다. 가혹한 현실의 시련 앞에 선 그는 모든 이웃으로부터 격절된 채 벌거숭이 바다를 응시한다. 그리고 거역하면서 싸우는 이와 더불어 팔짱을 낄 결의에 몸부림치는 것이다. 그후 가난과 실의에 빠진 그는 살기 위해 부지런히 원고지를 메웠고, 시는 갈수록 현실에 대한 저항을 나타낸 비장한 것이 되어 갔다. 1972년 발표한 〈일하는 자의 손에 대하여〉에서 그는 "한밤중에도 쉬지않고/ 기름 때 톱니바퀴"처럼 일하는 시인의 손에 대해 노래했다. 이 무렵 이미 몸에 병이 깊었던 그는 가난 속에서 사망했다. 시집에 《청자수병》이 있다. 1958년 현대문학신인상을 수상했다.

구전문학 口傳文學 말로 표현된 문학을 총칭하는 개념. 글로 표현된 문학인 기록문학과는 구별된다. 말로 창작되고 전승되기 때문에 전승과정에서 계속 변하며, 그 변화의 누적으로 개별 작품이 존재하므로 구승문학口承文學·유동문학流動文學·표박문학漂泊文學·구비문학口碑文學이라고도 한다. 구전문학의 주요 장르로는 설화·민요·무가·판소리·민속극·속담·수수께끼 등을 들 수 있다. 구전문학의 특징은 첫째, 말로 된 문학이라는 점이다. 때문에 말로 표현되지 않고 문자로 표현된 것은 일단 구전문학에서 제외된다. 다만 구전문학의 생동하는 현장감을 그대로 살리면서 문자로 채록한 자료는 편의상 구전문학으로 인정하고 있다. 둘째, 반드시 구연되는 문학이라는 점이다. 이때에는 음성적 변화·표정·몸짓 등의 방식이 따른다. 셋째, 공동창작의 문학이라는 점이다. 구전문학은 실제로는 어떤 개인으로부터 산출되지만, 거기에 표현된 경험의 내용과 정신적 흥미는 집단의 공통적인 것이 되는 것이다. 넷째, 형식이나 내용이 단순하며 보편적인 문학이라는 점이다. 전승력을 획득하기 위해서는 기억과 이해가 용이해야 하며 향유집단의 공통적 욕구를 만족시킬 수 있어야 하기 때문이다. 따라서 구전문학은 문자가 발명되기 이전의 시대부터 오늘날까지 존재해 오는 국문학의 근원이자 바탕이며, 대다수 민중들이 영위하는 기층문학이다.

구중서 具仲書 1936~ 평론가. 경기도 광주 출생. 명지대 국문과 졸업(1970). 1963년 《신사조》에 〈역사를 사는 작가의 책임〉을 발표하면서 등단했다. 이후 〈중흥中興과 타락의 문학〉〈한국 현대시의 전개〉〈한국 리얼리즘문학의 형성〉〈문학과 역사학〉〈한국 현대문학의 지향〉〈행동의 시인 이육사李陸史〉〈상황의 형상적 인식〉〈민족시와 사상〉 등 다수의 평론을 발표했다. 1960년대 초기부터 한국문학 속에 이른바 참여의 경향이 두드러질 무렵 비평활동을 시작해 처음부터 문학인의 역사적·상황적 사명에 민감해 현실의식을 중시하게 되었다. 동시에 문학의 예술적 형상화를 경시하지 않고 그것의 역사적 상황과의 합일을 모색하고 있다. 그는 평론 〈한국 리얼리즘문학의 형성〉에서 한국의 리얼리즘문학은 현실도피적 순수문학의 허구를 깨고 현실적·객관적 진실의 창조를 위해 부단히 요청되는 문학적 태도이지만 그것은 세계문학사 속에 원래 주류를 이루어오는 원형原形리얼리즘이라고 주장했다. 이 평론은 뒤이어 리얼리즘에 대한 찬반논쟁을 불러일으켰다. 요산문학상, 한국문학 평론상, 팔봉비평문학상 등을 수상했다.

구중회 具重會 1946~ 시인. 전북 완주 출생. 경희대 대학원 국문과 박사과정 수료. 1980년 《심상》 신인상에 시 〈사시나무 울타리〉 외 2편이 당선되어 등단했다. 《심상회》 동인으로 활동. 주요 작품으로 〈죽마고우〉〈지휘봉〉〈이름〉〈수취인 불명〉 등이 있으며, 시집 《은하수 건너가며 스치는 여름밤》이 있다. 일상의 세계를 통해 자기 발견을 해나가는 과정이 그에게 있어서의 시의 의미이다. 즉 자신의 욕망과의 사이에서, 사회적 욕망과의 사이에서, 민족적 차원에서의 자기 자신이 설정해야 할 시적 체험이 바로 그것이다.

구체적 문예운동 具體的文藝運動 1920년 《창조》 동인들에 의해 실천된 신문학 운동. 김동인金東仁 등이 주축이 되었다. 그동안의 계몽주의적 성격을 탈피하고 새로운 문예사조를 받아들임으로써 신문학 발전에 이바지했다. 철저한 구어체 문장을 확립할 것, 막연한 근대사상으로서가 아니라 자연주의 혹은 사실주의의 일정한 문예사조를 따를 것, 시 · 소설 · 평론 등 문학 창작의 영역을 분명히 할 것, 사상보다 표현의 가치를 중시할 것 등을 그 내용으로 한다.

구파극 舊派劇 재래의 전통적 형식을 따른 연극. 전통적인 가면극 · 인형극 · 창극을 지칭한 것이다. 1908년 이인직李人稙의 〈은세계銀世界〉가 원각사에서 상연되자, 이를 신파극新派劇이라 하고 그 이전의 것을 구파극이라 일컫게 되었다.

구혜영 具暳瑛 1931~ 소설가. 강원도 춘천 출생. 숙명여대 국문과 졸업(1955). 1955년 《사상계》 신인작품 모집에 〈안개는 걷히고〉가 당선되어 등단했다. 이후 인간에 내재한 사랑의 욕구와 질곡 속에 갇힌 인간정신의 해방, 그 영혼의 구원을 추구하는 작품들을 꾸준히 발표해 왔다. 숙명여대 전임강사, 한국여류문학인회 부회장, 한국문인협회 소설분과위원장 등을 역임했다. 주요 작품으로 단편 〈암초暗礁〉 〈소희少姬〉 〈은銀빛깔의 작은 새〉 〈초가을〉 등이 있고, 장편 〈안개의 초상肖像〉 〈진아의 여인〉 〈칸나의 뜰〉 〈불멸의 진실〉 〈유라의 밀실〉 등이 있다. 창작집으로 《유라의 밀실》 《보리수 피리》 《고래의 노래》 등을 간행했다. 그는 특히 남녀의 애정문제를 주로 다루었는데, 이러한 문제를 다룸에 있어 지나치게 개방적이지도 않으면서 또한 고루한 보수성을 드러내지도 않았다. 남녀의 애정문제에 있어 중요한 것은 인간 본연의 자세로서의 사랑이며, 자유로운 인간성에 어긋나는 모든 굴레는 용납되지 않는다는 것이 그의 애정소설이 담고 있는 주제이다. 한국펜문학상, 한국소설문학상, 월탄문학상 등을 수상했다.

구효서 具孝書 1957~ 소설가. 경기도 강화 출생. 1987년 《중앙일보》 신춘문예에 단편 〈마디〉가 당선되어 작품 활동을 시작했다. 작품집 《노을은 다시 뜨는가》 《확성기가 있었고 저격병이 있었다》 《깡통따개가 없는 마을》 《도라지꽃 누님》 등과 장편소설 〈늪을 건너는 법〉 〈낯선 여름〉 〈라디오 라디오〉 〈비밀의 문〉 〈내 목련 한 그루〉 〈남자의 서쪽〉 등을 간행했다. 특히 〈낯선 여름〉은 영화 〈돼지가 우물에 빠진 날〉의 원작으로 호평을 받은 작품이다. 1996년 발표한 〈비밀의 문〉에서는 밀교의 세계를 다루었고 1997년 〈남자의 서쪽〉에서는 한 남자의 일탈 욕망을 그리는 등 다양한 소재를 취함과 동시에 소설의 형식과 문체를 과감히 바꾸는 실험을 통해 작품 활동을 계속하고 있다. 1994년 제27회 한국일보문학상을 수상했다.

국경의 밤 國境— → 김동환金東煥

국극 國劇 한 나라의 특유한 국민성을 나타낸 연극. 우리 나라에서는 일반적으로 창극과 같은 뜻으로 쓰인다. 오페라와 같이 여러 사람이 배역을 분담하고 무대에서 연기를 하며 판소리 가락에 대본을 얹어 부르는 음악극이다. 조선 순종 때 원각사에서 판소리 사설과 가락을 두고 배역을 나누어 분창分唱하던 것이, 그후 차차 연극에 가까워지고 대본을 판소리조 가락으로 부르게 되면서 본격화되었다. 해방 직후 배역을 여성만으로 구성한 여성국극단이 성행했으나 1960년 이후에는 거의 쇠퇴했다.

국물 있사옵니다 → 이근삼李根三

국민문학 國民文學

1) 한 나라의 국민성과 생활문화의 정신을 잘 나타낸 문학. 민족주의 또는 국수주의 사상을 바탕으로 일어나는 것이 일반적 현상이다. 우리 나라에 있어서는 1926년과 1927년에, 프로문학의 비문학적인 계급주의세력에 대항해 민족주의적 입장에 섰던 문인들에 의해 국민문학운동이 일어났다. 1926년에 '가갸날(한글날)'을 정하는 한편, 시조부흥론을 벌였는데, 염상섭廉想涉이 이 운동의 선봉이 되었다. 최남선崔南善의 시조집《백팔번뇌百八煩惱》와 논문〈조선 국민문학으로서의 시조〉, 손진태孫晋泰의〈시조와 시조에 표현된 조선사람〉, 염상섭의〈시조에 관하여〉, 이병기李秉岐의〈시조란 무엇인가〉등이 활발하게 발표되었다. 조운曺雲·이은상李殷相도 이 시기를 대변한 시인이었다. 이들을 문학사에서 '국민문학파'라고 한다. 국민문학파의 작품 활동은 주로 시조부흥운동과 역사소설 창작에 치중되었으며, 계급주의문학 쪽을 공격한 일련의 작품들과 농민소설 등 국민문학론에 입각한 창작이 있다. 그러나 1930년대에 들어서면서 일제의 대륙침략이 본격화되고 파시즘체제가 확립됨에 따라 일제의 본격적인 탄압에 의해 카프가 해체되고, 카프의 중심인물들이 전향선언을 하게 되었다. 이에 따라 계급주의문학 쪽이 와해되어 국민문학 쪽도 투쟁의 대상을 잃게 되자 그 시대적 의의는 퇴색하고 그 활동도 쇠퇴했다.

2) 민족항일기 말기의 어용문학잡지. 1941년 11월에서 1945년 2월까지 발행된 월간지로 최재서崔載瑞가 편집과 발행을 맡았고, 발행소는 인문사였다. 통권 38호까지 발간되었다. 일제의 전시 총동원체제, 이른바 신체제新體制 구축의 일환으로써 조선 총독부는 당시 조선문단 전체를 강압적으로 통합·어용화해 황도정신皇道精神에 입각하는 국책문학으로 기관지와《국민문학》을 발행하도록 했던 것이다. 이 잡지는《인문평론》의 후신 내지 개제改題로 알려져 있다. 그것은 두 잡지 모두 인문사의 최재서 주재로 간행되었고, 또한《인문평론》자체가 창간 당시부터 전체주의 문학론을 전개했던 사정을 염두에 두기 때문이다.《국민문학》은 우리 민족의 얼과 문화, 그리고 우리말을 말살하려고 날뛰던 일제의 책동에 이렇다 할 저항을 보이지 못하고 암흑기의 반민족적 문학행위를 대변했던 것으로서 우리 문학사에 있어 치욕의 장으로 남아 있다.

국민문학운동 國民文學運動 1926년부터 한국 문단을 제패하기 위해 일어난 카프의 계급 지상, 이데올로기 절대 우위에 대항해 일어난 문학운동. 문학 활동에서 민족 또는 국민의식의 필요를 역설하고 그 기초 위에서 문학과 예술이 논의되기를 주장했기 때문에 이런 이름이 붙여졌다. 이 문학운동의 주동이 된 인물은 최남선崔南善·이병기李秉岐·염상섭廉想涉·조운曺雲·김영진金永鎭·이은상李殷相·양주동梁柱東·주요한朱耀翰 등이었다. 또 이 운동의 구체적인 전개로는 국민의식을 진작시킬 수 있는 작품을 쓰고 읽힐 것, 역사소설을 제작해 대중으로 하여금 민족사에 눈을 뜨게 할 것, 시조부흥운동 등을 들 수 있다. 또한 국민문학의 표현매체가 되는 한글에 관심을 기울이고 한글의 연구, 한글날 제정을 제창한 것도 이 운동의 영향이었다.

국민신보 國民新報 1906년 1월 6일 이용구李容九 · 송병준宋秉畯 등이 창간한 일진회一進會의 기관지로 친일계 일간신문의 하나이다. 초대사장은 일진회 회장인 이용구였으며, 자본은 관찰사를 지냈던 일진회 간부 김세기金世基가 출자했다. 초창기의 주필은 최영년崔永年이 맡았으며, 기자로는 선우일鮮于日 · 김환金丸 등이 종사했다. 이 신문은 일제 통감부 정치를 열렬히 지지하는 논진論陣을 구성해 《대한매일신문》《황성신문》과 같은 민족진영의 신문과 격심한 대립을 했으나, 일반독자의 호응을 전혀 받지 못했다. 1907년 7월 19일에는 친일논조에 불만을 품은 동우회同友會와 시위군중들이 신문사를 습격해 사옥과 인쇄시설이 모조리 파괴당했다. 그러나 친일적인 논조는 계속되어 민족지와 여러 차례의 논전이 있었다. 제2대 사장은 친일파의 거두인 송병준이었으며, 1907년 5월에 송병준이 농상공부대신에 임명되자 한석진韓錫振이 제3대 사장을 맡았고, 제4대 사장은 최영년으로 폐간될 때까지 맡았다. 이 신문은 《대한매일신보》의 배설裵說과 양기탁梁起鐸이 국채보상금을 함부로 사용했다든가, 유길준兪吉濬이 이완용李完用에게 8천 원을 받아 자객을 모집한다는 등 악의에 찬 허위보도를 하는가 하면, 오보기사를 게재해 여러 번 피소되기도 했다. 역대 사장들의 친일행각은 국민들의 지탄대상이 되었고, 노골적인 민족부정적 언론의 표본이었다. 특히, 1909년 12월 4일 이용구는 송병준과 더불어 이른바 한일합방 상주문韓日合邦上奏文을 이완용 내각에 제출하고 이를 공표하는 동시에, 이 신문에 그 성명서를 발표해 민족진영의 신문인《대한매일신보》《황성신문》《대한민보》 등의 격렬한 비판을 받았다. 경영은 일진회에서 자본과 비용을 부담했고, 창간 초기에는 용지 등이 모자라고 충분한 자금력이 없어 정간되는 경우가 잦았으며, 충분한 독자를 확보할 수 없어 근근이 발행되었다. 국권상실 이후 모든 사회단체들이 해산될 때 일진회도 해체되어 시천교侍天敎의 기관지로 남아 발간을 계속하려고 했으나 1910년 폐간되었다.

국화 옆에서 菊花— → 서정주徐廷柱

권선징악소설 勸善懲惡小說 권선징악을 주제로 해서 지은 교훈 소설. 내용은 선인과 악인이 상대적으로 행동하며 끝내는 선이 승리하고 악이 징계된다는 것을 주제로 한다. 대체로 삼강오륜이 도덕적 기준이 되고 있으며, 우리 나라 구소설과 갑오경장 이후 초기의 신소설 작품들은 대개 권선징악을 주제로 한 범주를 벗어나지 못한 것이 많다. 대표적인 작품으로 구소설 중에는 〈장화홍련전〉〈흥부전〉 등이 있고, 신소설에는 이인직李人稙의 〈귀의 성〉〈치악산〉, 이해조李海朝의 〈구의산九疑山〉 등이 있다.

권영민 權寧珉 1948～ 평론가. 충남 보령 출생. 서울대 국문과 및 동 대학원 졸업. 1971년《중앙일보》신춘문예에 평론 〈오노마토포이아Onomatopoeia의 문학적 한계성〉이 당선되어 등단했다. 덕성여대 및 단국대 국문과 교수, 미국 하버드대 하버드 엔칭 연구소 초빙교수, 미국 버클리대 교환교수를 역임했다. 1988년부터 《문학사상》의 주간으로 활동했으며, 현재 서울대 국문과 교수로 재직하고 있다. 주요 저서로《한국근대소설론연구》《한국근대문학과 시대정신》《해방직후의 민족문학운동연구》《한국현대문학사》《소설과 운명의 언어》《한국계급문학운동사》 등이 있고, 편저로 《한국현대문학사연표》《한국근현대문인대사전》 등 다수가 있다. 그의 평론활동과 문학연구는 통합주의적 해석을 그 특징으로 한다. 그는 한국현대문학의 가장 중요한 과제로 일제시대에는 민족국가의 건설, 그리고 해방 이후에는 분단극복을 통한 통일국가의 건설을 설정하고, 각 시기의 다양한 문학활동이 이념적이고 미적인 측면에서 이 과제를 인식하고 극복하는 데 어떤 역할을 담당했는가를 문제삼는다. 그의 문학연구와 평론활동은 이러한 통합주의적 해석 태도로 인해 일제시대에는 월북문인들을, 해방 이후에는 북한의 문학 전반을 성공적으로 포괄해내고 있으며, 그 결과 총체적인 한국현대문학사 서술의 길을 개척한 것으로 평가되고 있다. 서울문화예술평론상, 현대문학평론상, 김환태문학상 등을 수상했다.

권용철 權容徹 1943~ 아동문학가. 호 파정坡亭. 경북 안동 출생. 성균관대 국문과 및 동 대학원 졸업. 1965년 《경향신문》 신춘문예에 동화 〈들국화〉가 당선되어 등단했다. 그의 작품은 동심과 천사주의를 바탕으로 한 환상과 신비를 갖추고 있으며 예술성이 짙다. 주요 작품으로 〈먼 햇살의 나라〉〈노을 비낀 옛강〉〈하얀 물새의 꿈〉〈별이 내리는 눈밭〉 등이 있으며, 동화집으로 《하얀 물새의 꿈》《별이 내리는 눈밭》《하늘이 보내준 여행》《내 어머니 흰 아침나라》 등이 있다. 이밖에도 수필집 《유년의 기억 속으로》를 간행했다. 그의 작품들은 한결같이 토속적 제재를 통해 짙은 교훈성을 담아내는 특징을 보여준다. 그러면서도, 대표작이라 할 수 있는 〈하얀 물새의 꿈〉에서 보이듯이 이야기의 비극적 종결도 마다하지 않는 등 다양한 경향을 유지하며 오랜 생명력을 지닌 작품들을 남기고 있다. 1973년 소천문학상, 1991년 방정환문학상 등을 수상했다.

권일송 權逸松 1933~1995 시인. 전북 순창 출생. 전남대 졸업. 1957년 《한국일보》 신춘문예에 〈불면不眠의 흉장胸章〉이 당선되어 등단했다. 이후 황명黃命 · 윤삼하尹三夏 등과 《신춘시》 동인으로 활동했다. 한국문인협회 시분과 회장, 한국경제신문 논설위원, 한국현대시인협회 부회장, 국제펜클럽 한국본부 이사 등을 역임했다. 안이한 센티멘털리즘을 배격하고 주지적 계열의 사회참여를 강조, 대담한 시의 골격 형상화에 역점을 두는 것이 초기 그의 시의 특징이다. 주요 작품에 〈해안선〉〈목격자〉〈철마는 달리고 싶다〉〈볼리비아의 기수旗手〉 등이 있으며, 시집으로는 《이 땅은 나를 술마시게 한다》《도시의 화전민》《바다의 여자》《바람과 눈물 사이》 등이 있다. 이밖에 수필집 《한해지旱害地에서 온 편지》《사랑은 허무라는 이야기》《우리들의 시대를 위하여》 등이 있다. 작품 초기에는 강렬한 사회의식과 현실비판을 내포하고 있었으나, 차츰 언어의 사회성에 회의를 품고 본질적인 서정성의 추구와 내면의식의 확충에 힘썼으며, 언어의 신서정新抒情을 중시해 인간의 진실을 내향화하는 데서 시의 기능을 찾았다. 1960년 제6회 전남문화상, 1983년 제1회 소청문학상, 1985년 제8회 현대시인상 등을 수상했다.

권정생 權正生 1937~ 아동문학가. 본명은 경수景守. 일본 도쿄 출생. 1945년 해방 후 귀국해 다년간 투병생활을 했다. 1969년 《기독교 교육》에 동화 〈강아지 똥〉이 당선되어 등단했다. 1971년 《대구매일》 신춘문예 동화부문에 〈아기양의 그림자 딸랑이〉가 입선, 1973년 《조선일보》 신춘문예에 〈무명저고리와 엄마〉가 당선되었다. 주요 작품으로 〈깜둥바가지 아줌마〉〈어시장 이야기〉〈눈이 내리는 여름〉〈떠내려간 흙번지 아기들〉〈방패연과 느티나무〉〈복사꽃 외딴집〉〈먹구렁이 기차〉 등이 있으며, 작품집으로 《몽실언니》《오물덩이처럼 뒹굴면서》《청춘나그네를 위하여》《훨훨 날아간다》《오소리네 집 꽃밭》 등을 발간했다. 1969년 기독교아동문학상, 1975년 한국아동문학상, 1995년 새싹문학상 등을 수상했다.

권혁진 權赫進 1947~ 시인. 경기도 파주 출생. 국제대 국문과 졸업(1972). 1975년 《현대문학》에 시 〈반달〉〈하늘〉〈노을〉 등이 추천되어 문단에 데뷔했으며, 대학 재학시 출판사와 연을 맺은 후 오랫동안 출판사 편집부에서 근무했다. 주요 작품으로 〈한증탕〉〈힘줄〉〈영등포〉 등이 있으며, 시집에는 《프리지아꽃을 들고》가 있다. 그는 처절하리만큼 강렬하게 가하는 자기에의 학대를 통해 인간의 존재론적 번뇌를 고통스럽고도 야유적으로 드러내고 있다. 그것은 아무리 삭여도 끝내 남아 자아를 괴롭히는 '가시' 같은 자의식, 명치끝에 걸리는 '하느님'과의 싸움으로 이 시인을 몰아가지만, 이 싸움이 근원적인 한 그의 시는 자기를 상실한 시대에 가시처럼 우리를 괴롭힐 것이다.

권환 權煥 1903~1954 시인 · 소설가. 본명은 경완景完. 경남 창원 출생. 일본 교토제국대 독문학과 졸업(1927). 1930년 8월 《음악과 시》 1호에 처음으로 시 〈머리를 땅까지 숙일 때까지〉를 발표했고, 1932년 《문학건설》 1호에 〈아버지 김첨지 어서 갑시다! 쇠돌아 갓난아 어서 가지!〉 등을 발표했으나, 예술적 가치보다는 구호적 성격이 강한 것들이었다. 그는 대학 재학 중 사상관계로 일본경찰에 검거되었고, 그 뒤 제3전선파第三戰線派가 주동이 된 잡지 《무산자》의 간행에도 관여했다. 김남천金南天 · 임화林和 등과 손을 잡고 일본에서 프로문학운동을 하다가 귀국해 김기진金基鎭 · 박영희朴英熙 등 구 카프계를 프로예맹에서 축출하고 이른바 소장파를 형성해 우리 나라 프로문학의 주도권을 잡기도 했다. 《중외일보》《중앙일보》《조선일보》 등의 기자로 활약하다가 2차에 걸친 카프검거에 연루되었고, 출옥 뒤에는 조선여자의학강습소 강사, 경성제국대 부속도서관 사서 등의 일을 했다. 광복 뒤에도 한동안 문학가동맹에 가담하기도 했으나 끝내 월북하지는 않았다. 옥중에서 얻은 폐환으로 52세에 마산에서 사망했다. 주요 작품으로는 〈목화와 콩〉〈광狂〉〈인쇄한 러브레터〉 등이 꼽힌다. 특히 단편소설 〈목화와 콩〉은 1930년대 초반 평판작으로 인정받은 바 있는 작품이다. 당시 요구되던 내용의 정형을 갖춘 작품이었기 때문이다. 저서로는 《자화상自畵像》《윤리倫理》《동결凍結》 등 3권의 시집이 있다. 시와 함께 평론에도 손을 대었고 약간의 수필과 소설도 썼으나, 그의 문학은 대체로 목적의식을 강조하고 이념의 노출이 심해 공감의 폭이 제한된 것이었다. 평론도 초기 프로문학 이론을 적용하는 경향이었다. 그는 철저한 프로문학의 신봉자였다고 할 수 있겠다.

〈목화와 콩〉 권환의 단편소설. 1931년 《조선일보》에 발표되었다. 경화동 마을 농민들은 사랑방에 모여앉아 내일 닥칠 일을 걱정하고 있다. 군청에서 목화를 강제로 심게 하기 위해 감시를 나오는데 목화를 심지 않은 밭은 무조건 갈아엎는다는 것이다. 농민들은 작년에 관청의 지시대로 목화를 재배했다가 입은 손해에 대해 저마다 한마디씩 푸념을 늘어놓는다. 두윤은 공판장에서

턱없이 낮게 매긴 수매값에 울분을 토하고, 정선달은 근수를 속여 두어 근을 떼먹는 수작에 분통을 터뜨린다. 그러나 면장 조카이면서 관청 일에 매우 협조적인 재선은 근수를 속이고 백성에게 해를 입힐 일을 관에서 할 까닭이 없노라고 두둔하고 나서다가 대성에게서 호된 질책을 듣는다. 대성은 이 마을에서 유일한 농민조합원이다. 잠시 후 이웃마을의 필성이 놀러온다. 그는 내일 일 때문에 심각한 고민에 빠져 있는 사람들에게 목화의 유통구조와 가격형성 배경, 강제재배정책에 대해 차근차근 설명해준다. 그들은 필성의 정연한 설명을 듣고 탄복하는 동시에 필성에 대해 지니고 있던 선입관을 버리게 된다. 농민들은 필성의 지도로 내일 관청 직원들과 싸울 방법을 밤 깊도록 의논한다. 이튿날, 두윤의 밭에 제일 먼저 들른 군기수는 데리고 온 사람들을 시켜 다짜고짜 두윤의 콩밭을 갈아엎으려 하다가 두윤의 완강한 저항에 부딪힌다. 군청 직원과 두윤이 실랑이를 벌이는 동안 밭 주변에 흩어져 있던 농민들이 모여들어 집단적으로 군청 직원에게 항의하고 이 과정에서 순사가 출동해 두윤과 대성이 잡혀간다. 하지만 결국 군청이 의도했던 목화재배 강요는 실패로 끝나고 농민들의 집단적인 저항이 결실을 얻게 된다. 주재소로 끌려갔던 두 사람도 곧 풀려나온다. 그해 초여름에는 드디어 경화동에도 농민조합 지부의 깃발이 나부끼게 된다. 이 소설은 김남천의 〈공장신문〉과 함께 1931년의 평판작으로 인정받았다. 예술운동의 볼셰비키화를 내걸고 그에 따르는 새로운 창작방법론을 제시했던 1930년대 초반의 카프 소장파들에게 구체적인 소설적 성과로 받아들여졌기 때문이다. 특히 농민문학의 성격을 지니면서도 대對지주투쟁이 아닌 제국주의 독점자본의 간교함을 폭로하고 그에 항거하는 농민에게서 소재를 취한 것이 돋보인다.

귀의 성 鬼一聲 → 이인직李人稙

귀천 歸天 → 천상병千祥炳

귀촉도 歸蜀途 → 서정주徐廷柱

그날이 오면 → 심훈沈熏

그리스도교 문학 一敎文學 christian literature 그리스도교를 근본 바탕으로 다루는 문학. 우선적으로 성서를 근거로 한 문학이어야 한다. 그러나 반드시 성서의 내용을 소재로 한다는 뜻은 아니다. 성서의 내용이 소재가 되지는 않더라도 반드시 성서적인 인간관과 자연관, 그리고 사회관이 문학의 기조를 이루고 있지 않으면 아무리 훌륭한 문학이라도 결코 그리스도교 문학이라고 할 수 없다. 한국의 그리스도교 문학이 기존 사회 질서에 미친 영향은 매우 크다고 볼 수 있다. 한국 신문학사를 일관할 때, 한국의 신문학이 크리스천 작가에 의해 첫발을 내딛었다는 사실은 괄목할 만하다. 우선 한국 최초의 순수문예 동인지였던 《창조》의 동인인 김동인金東仁·전영택田榮澤·주요한朱耀翰 등이 기독교인이었고, 이광수李光洙 또한 크리스천이었으니, 한국문학이 얼마나 그리스도교와 접근해 있었던가를 보여주는 좋은 본보기라고 할 수 있다. 최근에는 한국크리스천문학인협회가 조직되었고, 《한국그리스도교문학선집》, 시동인지 《기독교시단》《크리스천문학》 등을 통해 다채로운 크리스천 문학이 전개되고 있다. 특히 영어로 쓰여져서 한때 교계에서 물의를 일으켰던 재미작가 김은국金恩國의 〈순교자〉는 한국 크리스천 문학의 가능성을 가장 잘 보여준 예라고 할 수 있다. 또한 재론의 여지가 있는 이광수의 작품 세계는 그리스도교적인 것과 불교적인 두 영향을 복합시킨 것이라 할 수 있는데, 특히 그의 초기 작품에서 풍기는 성서적인 영향은 지울래야 지울 수 없는 것이다. 이광수는 한국 최초로 그리스도교 문학을 다룬 작가라고 할 수 있으며, 김동인도 그리스도교 입장에서 재평가되어야 할 것이다. 현대시인으로는 박두진朴斗鎭의 몇 작품, 즉 〈갈보리의 노래〉〈감람산 밤에〉 등은 그리스도교에 바탕을 둔 시이다. 이외에도 윤동주尹東柱의 몇 작품, 임인수林仁洙의 〈땅에 쓴 글씨〉, 석용원石鎔源의 〈종려〉, 윤혜승尹惠昇의 〈애가〉, 김경수金京洙의 〈문들의 영가靈歌〉는 한국 그리스도교 시의 초석이 될 것이다. 소설로는 박계주朴啓周의 〈순애보〉로서 그의 후기 작품이 통속화하긴 했으나 작품 세계는 완전히 성서적이었다는 것을 부정할 수 없다. 그외에 그리스도교적 작품으로는 임옥인林玉仁의 〈월남전후〉와 이범선李範宣의 〈천당간 사나이〉 등이 있다.

그 여름의 나팔꽃 → 김문수金文洙

극예술 劇藝術 1934년 4월에 창간된 극예술연구회의 기관지. 편집 겸 발행인 박용철朴龍喆. 발행처는 시문학사. 통권 7호로 종간되었다. 우리 나라 최초의 연극전문지로 극예술연구회의 동인이었던 김진섭金晋燮·유치진柳致眞·윤백남尹白南·이하윤異河潤·함대훈咸大勳·홍해성洪海星·장기제張起悌·서항석徐恒錫 등이 주로 연극·연출 이론과 외국의 희곡·연극 등을 소개하는 글을 썼다. 본래 극예술연구회는 1930년대에 등장한 우리 나라 신극운동의 대표적 단체로 여러 인재를 규합해 연극의 상업주의를 배격하고, 서구의 근대적 정통연극을 이 나라에 도입·정착시키려는 의도로 출발했기 때문에, 그들의 기관지 《극예술》도 이들

▲극예술 창간호. 1934년 4월. 최초의 연극전문지.

의 실천노선을 펴기 위한 장소를 제공하려는 취지에서 탄생한 것으로 볼 수 있다. 이 잡지는 일제의 민족문화운동 탄압정책에 의해 정간처분을 받아 더 이상 나오지 못했다. 이 잡지는 동인지 성격의 극단 기관지이며, 동시에 정기적 성격을 띤 연극전문지로서 당시 새로 등장한 신극의 정립을 위해 여러 가지 실천적인 소임도 수행했다.

극예술연구회 劇藝術硏究會 1931년 창단된 대표적인 연극단체. 1931년 7월에 발족해 1938년 3월 일제에 의해 강제해산, 곧이어 극연좌劇硏座로 명칭을 변경해 1939년 5월까지 존속했다. 창립동기는 극영동우회劇映同友會에 의한 연극영화전람회로 되어 있으나 그 이전의 동인 모임인 막우회莫友會가 그 모태이다. 외국문학전공의 도쿄 유학생들인 김진섭金晋燮·서항석徐恒錫·유치진柳致眞·이하윤異河潤·이헌구李軒求·장기제張起悌·정인섭鄭寅燮·조희순曺喜淳·최정우崔珽宇·함대훈咸大勳 등 10명이 주동해 연극계 선배 윤백남尹白南과 홍해성洪海星을 영입한 12명의 동인으로 구성했다. 창립취지는 '극예술에 대한 일반의 이해를 넓히고, 기성극단의 사도邪道에 흐름을 구제하는 동시에 나아가서는 진정한 의미의 우리 신극新劇을 수립'하는 데 있었고, 상업주의에 의거한 신파극新派劇 위주의 연극풍토를 개혁하려는 강한 의지를 표방해 우리 나

라 신극의 확립방향을 뚜렷이 했다. 이들의 활동은 전기 · 후기로 나누어 볼 때 전기(1934년말)까지는 먼저 기반구축작업에 착수해 하계강좌를 열고 연구생을 모집한 후 직속극단인 '실험무대'를 조직하고 신인연기자를 확보했다. 공연활동이 소극장적 성격을 띠어 직업성을 배제하고 신파연극의 오염에 저항한 것이 이 극단의 주장이자 체질이었고 동인들에 의한 비평활동과 기관지 《극예술》을 간행하기도 했다. 1935년 이후 해산에 이르기까지 후기의 성격은 두 가지로 요약할 수 있다. 창작극의 개발과 직업적 전문화로의 전환이 그것이다. 그러나 이 시기의 극단활동에서 가장 큰 변화는 일제의 가혹한 작품 검열에서 비롯되었다. 뿐만 아니라 연극동인에 대한 잦은 신문 · 투옥이 잇달았고 극단은 일종의 사상단체로 지목받게 되어서 1938년 3월 해체가 불가피하게 되었으며, 동인 중 서항석 · 유치진만이 남아 극연좌로 재출발하기에 이르렀다. 극예술연구회의 신극사적 의미는 근대 서구 사실주의의 도입 · 정착을 통한 본격적 신극 수립에서 찾을 수 있다. 1920년대의 토월회가 신파극의 극복을 위해 앞장서서 이룩한 공적을 이어받아 신극운동을 본격화시켰으며, 시대배경, 창립동인의 인적구성 및 자질, 운동목표의 명확한 인식, 상업주의와의 비타협적 배격, 범문화계적 호응 등 여러 요인으로 해서 토월회식 좌절과 변질을 극복할 수 있었다. 극연좌까지 합쳐 8년이라는 장기간의 활동을 지속했던 것은 그간 큰 변질없이 운동을 지속해 나갔으며, 극단 내부의 중대한 의견대립 또는 분파작용이 나타나지 않았고, 재정적 안정기반 없이도 극단을 운영하는 노력이 계속되었으며, 다각적으로 연극운동을 펼쳐나갔다는 데 그 요인을 찾아볼 수 있다. 그러나 민족항일기 말기의 가혹한 문화탄압의 일환으로 연극계의 여러 숙제를 미처 풀지 못한 채 활동을 중단해야 했던 것은 우리 나라 신극사상 가장 큰 역사적 사명을 부여받았던 이 극단뿐 아니라 나아가 우리 나라 신극의 발전에 적지 않은 불행이었다.

극예술협회 劇藝術協會

1)1920년 봄 일본 도쿄 유학생들이 조직한 연극연구단체. 주로 서양의 고전극 및 근대극 작품, 특히 셰익스피어 · 괴테 · 하우프트만 · 고골리 · 체호프 · 고리키 등의 희곡을 연구 · 토론했다. 주요 회원은 김우진金祐鎭 · 조명희趙明熙 · 유춘섭柳春燮 · 진장섭秦長燮 · 홍해성洪海星 · 고한승高漢承 · 조춘광趙春光 · 손봉원孫奉元 · 김영팔金永八 · 최승일崔承一 등 10여 명이었다. 1921년 여름 도쿄의 한국 고학생과 노동자들의 모임인 동우회同友會에서 동우회회관 건립기금 모집을 위한 하기순회연극단을 조직해 달라는 요청이 있자 극예술협회는 순회공연을 통해 실지무대에서 그들의 연극운동을 실천하고 아울러 고학생을 구제하려는 두 가지 목적에서 이 요청을 받아들여 동우회순회연극단을 조직했다. 이 극단은 1921년 7월 9일부터 8월 18일까지 약 한 달 동안 순회공연을 가졌고, 서울 종로 YMCA회관에서 해산식을 거행했다. 1923년에는 형설회순회연극단螢雪會巡廻演劇團을 조직해 6월 9일에 도쿄에서 시연회를 가지고, 7월 6일부터 8월 1일까지 순회공연을 가진 뒤에 곧 해산했다. 동우회순회연극단의 성공 이후 국내에서는 고학생의 순회연극단들이 매우 성행하게 되었다. 그러므로 극예술협회는 기성극단이나 성인들의 연극단체도 아니면서 저급한 신파극만 유행하던 1920년대 초

에 이 땅에 정통 서구근대극의 씨앗을 뿌렸으며, 소인극 붐을 일으키는 원동력이 되었고, 서구 사실주의극의 이식을 처음으로 시도한 단체라고 볼 수 있다.

2)1947년 5월에 조직해 활동하다가 국립극장 설립과 함께 신극협회에 흡수된 극단. 약칭해 극협劇協이라고도 한다. 좌익연극이 활개를 치던 해방 직후 그들에 대항해 민족극을 수립하기 위해 설립되었으며, 1930년대 극예술연구회의 신극정신을 이어받았다. 이 극단은 극작가 유치진柳致眞을 고문으로 하고, 이해랑李海浪·김동원金東園·이화삼李化三·박상익朴商翊·김선영金鮮英 등으로 조직되었다. 1947년 1월 31일에 극예술원이라는 명칭으로 출발했다가 유치진의 〈조국〉(2막) 공연의 성공을 계기로 자신을 얻어, 발전적 해체와 동시에 새로운 진용을 보강해 극예술협회라는 명칭으로 재창립했다. 그러다가 1950년 1월에 국립극장이 설립되자 국립극장의 전속극단 신극협의회로 흡수되었다. 극협은 만 3년 동안에 19회의 공연을 가졌는데, 극협이 공연한 연극들의 주제는 대체로 좌우익을 막론하고 광복 직후 연극들의 공통적인 주제였던 애국과 혼란한 사회를 비판한 풍자적인 작품들이었다. 극협은 반공의 기수로서 혼란기에 민족극의 정통을 이은 신극운동의 중심적 극단으로 평가받고 있다.

근대요 近代謠 갑오경장을 전후한 개화기 이후 내용이 크게 달라졌거나 새로이 발생한 민중의 노래. 신민요라고도 한다. 민요는 과거의 것이면서도 언제나 현재의 것으로 다시 창조되기 때문에 근대요가 생겨날 수 있는 것인데, 새로 생겨난 민요로는 무가에서 파생된 〈노랫가락〉과 〈창부타령〉 등을 들 수 있다. 〈아리랑〉은 오랜 민요이나 〈신아리랑〉 〈별조아리랑〉 등의 변이형으로 나타났다. 근대요의 내용은 대개 일제 침략 이후 오늘날까지의 사회상이나 생활의 변화를 반영하고 있는데, 그 반영의 각도는 크게 둘로 요약된다. 첫째, 퇴폐적이며 향락적인 생활을 노래한 것으로, 〈노랫가락〉 〈창부타령〉 〈양산도〉 등에 이런 경향이 잘 나타나 있으며 내용적으로도 유행가와 통해 널리 유행되었다. 둘째, 민중의 처지에서 사회를 비판하고 제국주의 침략에 항거한 내용으로, 특히 〈아리랑〉에 이런 예가 많다. 일제의 잔학상을 은연중에 고발하고 민중의 항거를 대변한다는 점에서 〈아리랑〉은 현대시보다 높이 평가되기도 한다.

금강 錦江 → 신동엽申東曄

금강 金剛 → 유치환柳致環

금따는 콩밭 金— → 김유정金裕貞

금삼의 피 錦衫— → 박종화朴鍾和

금성 金星 1923년 11월에 창간된 시전문 동인지. 손진태孫晉泰·양주동梁柱東·백기만白基萬·유엽柳葉 등 당시 일본 와세다대 문과 유학생들이 중심이 되어 창간한 시지詩誌이다. 1924년 통권 3호로 종간되었다. 발행 동기는 당시 일본 와세다대 문과에 다니던 문예동인들이 여름방학으로 귀국했는데 마침 관동대지진이 발생해 험악해진 일본 국내사정 때문에 일본으로 건너가지 못하고 서울에 모여 《금성》의 발간에 착수하게 된 것이다. 창간호의 〈육호잡기六號雜記〉(편집후기에 해당)에는 《금성》지가 '시가요조의 창작과 특히 외국시인의 작품 소개와 번역, 기타 소품을 중심으로 엮어진다'고 밝히고 있듯 대체로 낭만주의적 경향이 주조를 이루는 창작시를 주로 했으며, 번역시와 평론도 게재했다. 《금성》에서 시도된 외국시의 소개작업은 근대문학사에서 그다지

▲금성 창간호.

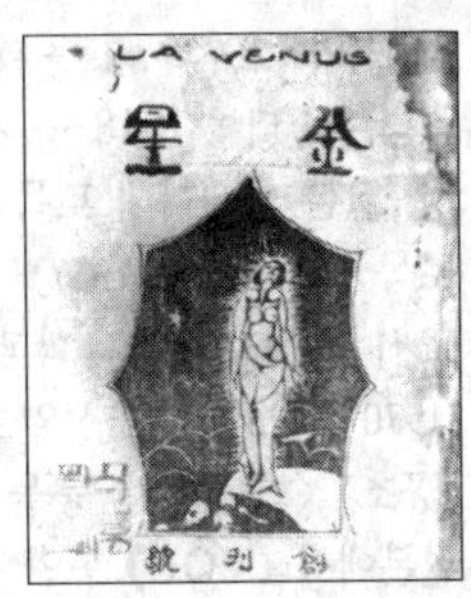

큰 뜻을 지니지 못하고 있다. 보들레르·베를레느 같은 프랑스 상징파의 시나 타고르·투르게네프는 이미 1918년 무렵부터 김억·황석우 등에 의해 소개된 바 있어 1923~24년경에는 첨단적 사조로서 신선한 충격을 줄 수 없는 것이었기 때문이다. 청소년적인 낭만을 읊은 시 작품들이 대부분의 지면을 차지했는데, 표현상의 특징으로서는 시적 감흥의 직설적 토로나 서술로 인해 탄력성이 결여된 점이 눈에 띈다. 한편, 동시童詩의 창작을 시도한 점에서 흥미를 끈다. 김근수金根洙는 "《금성》지가 일정한 사조나 주의를 내세우지 않고, 눈에 띌 만한 동인들의 공통 경향도 없었다. 당시의 문단을 풍미했던 우울·퇴폐·감상에서 벗어나 보다 밝고 건강한 분위기의 작품을 싣고 있다. 이 점이《금성》지의 특색이라면 특색이라 할 수 있다"고 평했다.《금성》은《창조》《폐허》《백조》에 이어 다음 세대의 문학적 관심을 집약하고 창작과 번역을 겸한 동인지였다고 볼 수 있다.

금수회의록 禽獸會議錄 → 안국선安國善

기교 技巧 예술적 표현의 수단, 또는 표현에 있어서의 신체적 과정을 의미한다. 즉, 표현 목적을 효과적으로 달성하기 위해 제재를 처리 혹은 가공하는 작품의 외면적 형성을 위한 능력이나 신체적 활동을 의미한다. 표현 매제媒材에 따라 각종 예술의 기교도 달라지며, 언어를 매체로 하는 문학에 있어서는 신체적 과정이 문제되지 않는다. 다만 문학 작품의 표현·플롯·성격 묘사·운율 구성 등을 포괄해 기교라 한다.

기교파 技巧派 문학작품의 창작에 있어서 사상·감정의 표현보다 형식이나 기교를 중시하는 일군의 작가·시인들을 이르는 용어. 1930년대 우리 나라 문단에 순수문학이라는 개념이 등장하면서 박용철朴龍喆·김영랑金永郎·정지용鄭芝溶 등《시문학》동인이 그 모체가 되었다. 이와 같은 시문학파의 경향은 구인회·해외문학파·시원 등을 중심으로 확산·전개되었다. 이들은 특히 작가의 방법적인 태도, 창작상의 기술적 표현 등을 강조했으며, 이 무렵에 비로소 '기교파', '예술파' 등의 용어가 출현했다. 기교파의 특색은 시의 생명의 원천이요, 미의 궁극의 목적인 살아 있는 시대 정신의 연소와 비평정신의 결여에 있으며, 따라서 음音이나 형型의 어느 한쪽에 치우치는 경향을 나타낸다. 음악적 어휘, 함축적 시어의 구축에 성공한 조지훈趙芝薰의 〈승무〉는 그 전형적인 예로 지적될 수 있다.

기록문학 記錄文學

1) '글로 된 문학'이란 뜻으로 구비문학口碑文學의 반대 개념. 구비문학도 일단 문자로 정착하면 기록문학이 되어 고정된다.

2)사실을 있는 그대로, 때로는 일정한 시점에 서서 관찰하고 기술하는 문학. 사회적·역사적인 사건이나 인물에 관한 것으로부터, 개인생활이나 특수한 사회에 관한 기록에 이르기까지 그 범위는 다양하며 르포르타주·다큐멘터리 등으로도 불린다. 좁은 뜻으로는 현지보고이지만, 넓은 뜻으로는 전기·자서전·일기·서간문·생활기록·회상록·견문록·종군기·탐험기·여행

기 · 역사 등도 포함된다. 허구가 아니라는 의미에서는 논픽션 문학이라고도 한다.

기아와 살육 饑餓―殺戮 → 최서해崔曙海

기행문학 紀行文學 여행 중에 견문한 사항이나 감상을 독자적인 관찰과 문학적인 표현 · 구성으로 기술한 것. 어떤 고장을 신선한 감수성으로 포착한 여행기, 이상한 체험 기록인 탐험기, 견문기, 문명비평적인 인상기 등의 종류가 있다. 우리 나라 기행문학의 대표적인 작자와 작품으로는 박지원朴趾源의 〈열하일기熱河日記〉, 유길준兪吉濬의 〈서유견문西遊見聞〉, 최남선崔南善의 〈백두산근참기白頭山覲參記〉 등을 꼽을 수 있다.

기형도 奇亨度 1960~1989 시인. 경기도 연평 출생. 연세대 정외과 졸업. 1985년 《동아일보》 신춘문예에 시 〈안개〉가 당선되어 등단했다. 1984년 중앙일보사에 입사해 정치부 · 문화부 · 편집부 등에서 근무하며 데뷔 후 독창적이면서 강한 개성의 시들을 발표했으나 1989년 3월 아까운 나이에 타계했다. 처음이자 마지막이 된 시집 《입 속의 검은 잎》 한 권만을 남겼다. 그는 이 시집에서 일상 속에 내재하는 폭압과 공포의 심리 구조를 추억의 형식을 통해 독특하게 표현하고 있다. 이후 그의 1주기에는 유고 산문집 《짧은 여행의 기록》이, 5주기에는 추모 문집 《사랑을 잃고 나는 쓰네》가 발간되었다. 또한 1999년에는 그의 10주기를 맞아 《기형도 전집》이 문학과 지성사에서 발간되었다. 그로테스크 현실주의로 명명될 그의 시세계는 우울한 유년시절과 부조리한 체험의 기억들을 기이하면서도 따뜻하며 처절하면서도 아름다운 시 공간 속에 펼쳐보인다. 또한 그의 시는 구체적 이미지들의 관념화, 추상적 관념들의 이미지화를 통해 사물과 현상의 법칙성을 추구했다.

김강사와 T교수 金講師―敎授 → 유진오兪鎭午

김경린 金璟麟 1918~ 시인. 함북 경성 출생. 일본 와세다대 토목과(1942) 및 한양대 토목공학과 졸업(1967). 서울대 행정대학원 도시 및 지역계획학과 석사과정 수료(1970). 1939년 《조선일보》에 시 〈차창車窓〉 〈꽁초〉 〈화안畵眼〉 등을 발표해 등단했다. 일본에서 《VOU》 동인으로 모더니즘 운동에 참가했으며, 광복후에는 《신시론》 동인으로 모더니즘 운동을 전개하기도 했다. 1951년에 《후반기後半期》, 1957년 《DIAL》 동인으로 활동하기도 했다. 주요 작품으로 〈국제열차는 타자기처럼〉 〈태양이 직각直角으로 떨어지는 서울〉 〈흐르는 별과도 같이〉 등이 있으며, 합동 시집으로 《새로운 도시와 시민들의 합창》 《현대의 온도》가 있다. 이밖에도 시집 《태양이 직각으로 떨어지는 서울》 《서울은 야생마처럼》 《그 내일에도 당신은 서울의 불새》 등과 저서 《알기 쉬운 포스트모더니즘과 그 주변 이야기》 등을 간행했다. 초기의 시는 일본의 모더니즘 영향을 받아 외계의 사물을 다시 다른 사물로 유추해 선명한 회화적 이미지로 형상화, 기계문명에 의한 불안의식과 더불어 시의 공간적 조형을 보였으나 후기에 와서는 의식 속의 심리까지 이미지화하려는 포스트모더니즘적 경향을 보였다. 녹조근정훈장, 대통령 표창 등을 비롯해 1986년 제5회 한국문학평론가협회문학상, 1988년 제3회 상화시인상, 1994년 한국예술가 평론협회상 등을 수상했다.

김계덕 金桂德 1937~ 시인. 서울 출생. 건국대 국문과 졸업(1961). 1976년 《시문학》에 시가 추천되면서 작품 활동을 시작한 그는 문명사적인 관점을 정점으로 해 리얼리티 인식의 인간 심리 작용을 정신분석적 견지에서 시화하려고 노력했다. 현재 한국문인협회 이사, 국제펜클럽 한국본부 이사, 서울문인클럽 부회장으로 활동하고 있다. 주요 시집으로는《창세에 울린 소리》《시지포스와 새》《불의 한강》《맨살로 일어서는 바다》《황무지의 꽃》 등이 있다. 그는 인간 의식의 문제와 함께 문명에 대한 구조적 모색, 극적 구성력에서 죽음과 환희의 문제에 이르기까지 다양한 시도를 한다. 또한 역사의식과 신화적 요소를 늘 곁에 두고 시적 영상미와 언어가 지닐 수 있는 표현의 최대공약수를 찾아 이를 표출시키는 등 그의 시는 우주와 인간과 문명의 기존 질서의식을 바탕에 두고 있다. 1989년 시문학상, 1992년 윤동주문학상을 수상했다.

김관식 金冠植 1934~1970 시인. 호 우현又玄. 충남 논산 출생. 동국대 중퇴. 1955년《현대문학》에 〈연〉〈계곡에서〉 등이 추천되어 등단했다. 어렸을 때부터 최남선崔南善, 오세창吳世昌 등 한학 대가들 밑에서 성리학·동양학·서예 등을 사사했다. 심한 주벽과 기행으로 많은 화제를 낳기도 했다. 가난과 질병으로 10여 년간 고생하다가 37세로 요절했다. 주요 작품으로 〈창세기초創世記艸〉〈가난 송가頌歌〉〈목양송牧羊頌〉〈다시 광야에〉〈병상록〉 등이 있으며, 시집으로는《낙화집》《김광식 시선》《해 넘어가기 전의 기도》 등이 있다. 번역서로는《서경書經》이 있다. 어려서 한학과 서예를 익히고, 성리학과 동양학을 배운 탓으로 동양인의 서정세계를 동양적인 감정으로 노래하는 특이한 시풍을 이룩, 세련된 시어와 밝은 동양적 경지로 승화하려는 높은 정신의 추구를 엿볼 수 있으며, 서양 외래사조를 배격하고 동양적 예지의 심오한 세계로 몰입해 그 경지를 생동감 있게 표현했다. 1960년대 후반에 이르러 그의 시세계는 이 시대의 사회적 부조리와 정치적 모순에 대한 직정적인 매도를 시로 표현했고, 가난하게 사는 자신과 이웃들에 대한 애정과 연민의 정이 융합된 시들을 보여주었다.

김광규 金光圭 1941~ 시인. 서울 출생. 서울대 독문과 및 동 대학원 졸업. 1975년《문학과 지성》에 〈유무有無〉〈영산靈山〉〈시론詩論〉을 발표해 등단했다. 주요 작품으로 〈희미한 옛사랑의 그림자〉〈어느 돌의 태어남〉〈옛 향로 앞에서〉〈만나고 싶은〉 등이 있다. 시집《우리를 적시는 마지막 꿈》《반달곰에게》《아니다 그렇지 않다》《크낙산의 마음》 등이 있다. 그의 작품 세계는 생활 세계와 현실에 대한 열려 있는 태도와 연관지어 생각하는 것이 일반적이다. 시적 의미 역시 개인적 정서와 경험의 영역에 국한되지 않는다. 현실의 구조적인 모순과 그 폭력화 현상에 대한 시적 관심을 그처럼 일관되게 유지해 온 경우도 흔치 않다. 그러나 그의 시가 사회적인 의미만으로 그 성격이 규정되는 것은 아니다. 현실과 생활의 문제를 순수한 주관적 언어로 드러내고 그 갈등을 풀어내는 것은 서정의 정신에서 비롯되고 있기 때문이다. 한편 그의 시적 언어는 일상적 감각의 직접 실현을 목표로 하지 않고 오히려 그 인식을 심화·확대한다. 결과적으로 그의 시어에는 자유로움이 있다. 그는 일상의 현실 속에서 언어의 일상성을 실현시킨다. 그의 작품들은 평이한 언어와 명료한 구문으로 씌어진 일상시이면서도 깊은 내용을 담고 있어, 난해시에 식상한 독자와의 소통을 회복하고 70년대 한국시의 새로운 지평을 연 것으로 평가받았다. 1981년 제1회 녹원문학상, 1981년 제5회 오늘의 작가상, 1984년 제4회 김수영문학상을 수상했다.

김광균 金光均 1914~1993 시인. 경기 개성 출생. 송도상고 졸업. 1930년《동아일보》에 〈야경차夜警車〉를 투고해 등단했다.《시인부락》《자오선》동인으로 활동했다. 영국 이미지즘 시운동을 열심히 도입·소개한 김기림金起林의 이론과 시작에 크게 공명해 그 영향을 주고받은 듯하며, '시는 회화'라는 모더니즘의 시론을 실천했다. 시 〈부두埠頭〉〈여름〉〈장미와 낙엽〉〈강협江陜과 나발〉〈화속화장花束化粧〉, 그리고 그의 이미지즘적 경향이 현저하게 드러난 대표작 〈성호부근星湖附近〉〈와사등瓦斯燈〉 등을 발표했거니와 이러한 초기 작품들은 〈외인촌外人村〉〈설야雪夜〉 등과 함께 첫번째 시집《와사등瓦斯燈》에 수록되었다. 이후 〈뎃상〉〈공원公園〉〈도심지대都心地帶〉〈야차夜車〉 등의 주요 작품을 계속 발표했고, 광복 후 두번째 시집《기항지寄港地》를 간행했다.《은수저》《미국에게 주는 시詩》《영미교永美橋》《황혼가黃昏歌》《추풍귀우》《임진화》 등의 시집이 더 있다. 영국의 이미지즘 운동은 물론, 1930년대에는 일본에서 하루야마 유키오春山行夫가 주로 편집한《시와 시론》이 발간되었던 때이므로, 일본 모더니즘의 영향도 받은 듯하다. 그의 시는 이미지즘, 또는 모더니즘 계열의 작품이요, 그를 모더니스트로 다루고 있음은 물론이지만, 그렇다고 해서 감상적 요소가 없는 것은 아니다. 소시민의 따뜻한 서정은 감상적인 것이며, 극단적으로 추구한 시의 회화성은 구체적 사물은 물론이요, 관념이나 심리적 사상까지도 그림으로 바꾸지 않으면 견디지 못한 시인이었고, 도시적 소재와 공감각적共感覺的 이미지를 즐겨 사용했으며, 이미지의 공간적 조형을 시도한 점 등에서 그의 시는 큰 주목을 받았다. 그의 시작詩作생활은 10여 년에 그쳤고, 그 이후로는 실업계에 투신, 건설업에 종사했다.

〈외인촌 外人村〉 김광균의 시. 1935년《조선중앙일보》에 발표했다. 〈외인촌의 기억〉이라는 제목으로 발표되었으며, 외인촌의 전경을 회화적으로 그려낸 작품이다. 선명한 시각적 이미지들로 이루어진 5연이 모두 독특한 장면을 지니며, 전체적으로 회화적 구도를 형성한다. 이국정조를 느끼게 하는 풍경 속에서 시적 화자가 대상에서 느끼는 것은 이 시인의 다른 작품에서와 마찬가지로 낯설고 외롭고 쓸쓸함이다. 시인에 의해 임의로 선택된 제재들이 비교적 객관적이고 사실적으로 나열되어 있다. 이 작품의 지배적인 분위기는 이국적이고 고독과 애상의 정조에 젖어 있는 듯하지만 그와는 반대로 아름답고 신선하고 명랑한 이미지를 지닌 시구들도 많다. 전체적으로 볼 때, 어둡고 부정적인 이미지와 밝고 긍정적인 이미지가 서로 조화되면서 이국적 정서를 자아내는 회화적 풍경을 이룬다. 특히 은유적 형상화가 탁월하게 이루어지고 있는 '분수처럼 흩어지는 푸른 종소리'는 청각을 시각과 결합시킨, 공감각적 이미지의 참신한 표현이다.

김광림 金光林 1929~ 시인. 본명 충남忠男. 함남 원산 출생. 국학대 문학부 졸업. 1947년 월남, 이후 〈문풍지〉〈내력〉〈장미〉 등을 발표했고, 1957년 김종삼金宗三·전봉건全鳳健 등과 3인 시집《전쟁과 음악과 희망과》를 발간해 본격적인 시작詩作 활동을 전개했다. 주요 작품에 〈새〉〈사막〉〈갈등〉〈상심하는 접목接木〉 등이 있으며, 시집으로는

《상심하는 접목》《오전의 투망》《학의 추락》《천상의 꽃》《말의 사막에서》《들창코에 꽃향기가》《곧이 곧대로》《대낮의 등불》《앓는 사내》 등과 시선집 《소용돌이》《멍청한 사내》 등을 간행했다. 이외에도 수상집 《뿌리 깊은 나무 잎새마다》《빛은 아직 어디에》《사랑을 그린다》 등과 시론집이 다수 있다. 그의 초기 시에는 전란의 상처가 짙게 깔려 있었으나, 휴전 이후부터는 사물의 회화적 이미지와 공간적 조형에 주력하게 되었으며, 이 점에서 1930년대 김기림金起林 · 김광균金光均 등의 이미지즘 경향과 접맥된다. 그는 의식적으로 산문적 · 관념적 요소를 배제하고, 지성을 바탕으로 한 참신하고 매력 있는 현대적 순수시를 쓰는 시인으로 평가되고 있다. 1973년 한국시인협회상, 1985년 대한민국문학상, 1987년 아시아시인공로상, 1999년 대만 문예작가협회 아시아문예특별공로상, 보관문화훈장 등을 수상했다.

김광섭 金珖燮 1905~1977 시인 · 평론가. 호 이산怡山. 함북 경성 출생. 일본 와세다대 영문과 졸업(1932). 1933년 《삼천리》에 〈현대영길리시단現代永吉利詩壇〉을 번역 · 발표했으며 같은 해 시 〈개 있는 풍경〉을 《신동아》에, 평론 〈문단 빈곤과 문인의 생활〉을 《동아일보》에 발표해 등단했다. 이어서 1934년 《문학》에 〈수필문학고隨筆文學考〉, 《조선문학》에 〈현대영문학에의 조선적 관심〉을 발표하는 등 여러 장르에 걸쳐 활발한 문학활동을 전개했다. 본격적으로 시작詩作에 들어선 것은 1935년 《시원》에 〈고독〉을 발표하면서부터이다. 이 시는 일본에 의해 주권을 상실한 좌절과 절망을 읊은 것이다. 이 계열의 작품으로는 〈동경憧憬〉〈초추初秋〉 등이 있는데, 만주사변을 배경으로 한 고독 · 불안 · 허무의식이 배경이 된 것들이었다. 이후 해외문학연구회, 《시원》 동인으로 활동했으며 1941년 중동학교 재직 중 사상불온으로 3년간 옥고를 치르기도 했다. 해방 후에는 〈속박과 해방〉〈민족의 제전祭典〉 등의 시와 〈정치의식과 문학의 기본이념〉〈민족문학의 방향〉〈민족문학을 위하여〉 등의 평론을 발표해 좌익의 전체주의 문학에 대항, 민족문학의 건설을 옹호했다. 시집으로는 《동경》《마음》《해바라기》《성북동 비둘기》《반응》 등이 있으며, 이밖에 평론 · 번역 · 수필 등 다수가 있다. 첫번째 시집 《동경》에 수록된 시에는 〈속박과 해방〉〈민족의 제전〉 등이 있는데, 광복의 환희와 민족의식을 표현한 것이었다. 1949년 간행된 두번째 시집 《마음》과 1957년에 간행된 세번째 시집 《해바라기》의 시는 민족의식과 조국애가 더욱 확대되고 심화된 시편들이었다. 작품 〈마음〉은 맑은 물과 백조의 조응을 통해 한 생명의 심상을 읊은 것이고, 〈해바라기〉는 높은 이념을 해로써 상징하고 민족의 지표를 제시한 것이었다. 후기의 작품들은 1966년 간행된 시집 《성북동 비둘기》와 1971년 간행된 《반응》에 수록되어 있는데 전자에서는 병상에서 터득한 인생 · 자연 · 문명에 대한 통찰과 아울러 1960년대의 시대적 비리도 비판했고, 후자는 사회성을 띤 시들로서 1970년대 산업사회의 모순 등을 드러내고 있다. 이때의 시편들은 관념이 예술적으로 세련 · 승화되어 관조와 각성의 원숙한 경지를 보여준다. 그는 민족적 지조를 고수한 시인이며, 초기의 작품은 관념적이고 지적이었으나 후기에 이르러 인간성과 문명의 괴리현상을 서정적으로 심화시킨 시인으로 높이 평가되고 있다. 그의 시풍은 관념어를 적절히 구사하는 특색을 지녔으면서도 시적 영상이 주로 시각에 의존된 주지적인 경향을 보였으며, 이른바 사상파寫像派의 영향과 주지파의 영향을 받았으면서도 우리 시의 개성을 독자적으로 형성한 시인으로서 문학사상 그 위치가 확고하다.

《동경 憧憬**》** 김광섭의 첫번째 시집. 1938년 대동인쇄소에서 간행. 4부로 나뉘어 모두 38편이 실려 있다. 1930년대의 암담한 식민지 치하에서 지성인이 겪어야 했던 고뇌를 투철한 민족의식의 바탕에서 읊은 이 시들은 차라리 완전한 죽음의 밤을 갈구하는 시인의 탄식이요, 몸부림이다. 이러한 작품의 특징은 작가 자신의 시정신과 연결되어 있다. 관념성의 시적 지향은 시문학파의 기교성과 서정성, 그리고 모더니즘시의 회화적 기법을 지양하려 한 창조적 시도로 가치가 있다. 그 극복의 방법이 바로 식민지 현실을 추상화해 표현하는 것이다.

〈성북동 비둘기 城北洞—**〉** 김광섭의 시. 1968년《월간문학》에 발표된 후, 네번째 시집《성북동 비둘기》에 수록되어 있다. 작자의 50년 가까운 시작 생활에서 가장 뛰어난 작품의 하나로 평가된다. 물질문명이 발달해 감에 따라 점점 살벌하고 속세화되어 가는 현실을 묘사한 작품으로, 순수한 자연미와 평화의 상징이라 할 수 있는 '비둘기'가 발붙일 곳 없어 쫓겨가는 상황을 절실하게 표현하고 있다. 자연·인생·문명 등의 근원적인 대조와 더불어 문명비평과 근원적인 자연성에의 탐구정신을 엿볼 수 있는 작품이다. 작자는 이 시집으로 1970년 문공부 예술상을 수상했다. 시집《성북동 비둘기》는 지성과 감성을 융합해 그 속에 흐르는 서정적 논리를 심화된 형상으로 응결시킨 작품집이다. 초기의 관념적이고 사변적인 서정감각에서 탈피해 따뜻한 인간애와 조국애가 자연스럽게 표출되어 있다. 여기서는 인생과 자연과 문명 등의 근원적인 문제들이 문명비평적 차원에서 형상화되고 있음을 볼 수 있다. 〈성북동 비둘기〉에서 보는 바와 같이 채석장의 비둘기로 상징된 현대인이 기계문명에 의해 점점 살벌해지고 속화되는 현실에서 순수한 자연과 평화가 발붙일 곳 없음을 개탄함으로써 평화로운 세계를 갈구하는 상념이 전편에 흐르고 있다.

김광식 金光植 1921~ 소설가. 호 청암靑巖. 평북 용천 출생. 일본 메이지대 문과 졸업. 1954년《사상계》에 단편〈환상곡〉을 발표해 등단했다. 이후〈오늘〉〈표류〉〈의자椅子의 풍경風景〉, 현대의 기계문명으로 말미암아 성실한 인간이 소외되는 과정을 그린〈213호 주택〉, 이어〈부녀상父女像〉〈입후보자立候補者〉등의 역작 단편을 발표, 문단의 주목을 끌었다. 한국문인협회 이사·한국소설가협회 회장 등을 역임했다. 그는 고도로 문명화·기계화된 현대 도시인의 생태를 주로 소재로 해 서민의 표정과 생활의 궁핍을 리얼한 기법으로 형상화했다. 1960년 발표된 단편〈아이스만 견문기〉는 지구보다도 훨씬 문명화한 또 다른 한 우주국의 잔인성, 냉전 상태, 비인간적인 기계문명을 그린 것으로 일종의 문명비판적 작품이다. 1963년에는 일제 치하의 전제專制 시대로 눈을 돌려 학병學兵을 피해 만주로 돌아다니는 주인공의 역정을 통해 민족 수난사를 그린 장편 〈식민지植民地〉를 발표했다. 창작집으로 《환상곡幻想曲》《비정非情의 향연》《진공지대眞空地帶》《상상하는 여인》 등과, 전작장편 〈식민지〉 〈고독한 양지〉 〈아름다운 오해〉 등이 있다. 도시의 양심적인 소시민이 규격화·획일화되어가는 과학 문명의 메커니즘 때문에 실직되고, 소외되고, 비인간화되어가는 인간상을 그리던 초기의 태도는 점점 더 확대되어, 미래의 문명 세계나 과거 일제 치하의 역사로 확대되면서 그의 리얼리즘은 더욱 발전했다는 평을 받기도 했다. 1957년 현대문학상, 1986년 국민훈장 모란장, 1991년 한국소설문학상, 1996년 보관문화훈장, 1999년 아세아기독교문학상 등을 수상했다.

〈213호 주택 二一三號住宅〉 김광식의 단편소설. 1956년 《문학예술》에 발표되었고, 같은 해 제2회 현대문학 신인상을 수상했다. 작자의 대표작의 하나로 메커니즘의 횡포를 신랄하게 비판함으로써 기계문명 속에 사는 인간의 허망감을 강조하고 있다. 회사에서 권고사직을 당한 김명학은 동창생과 울분에 차 술을 마시고 집으로 돌아온다. 버스 종점에서 내린 그는 골목길을 잘못 찾아들어 미국인과 한국여자가 사는 자기 집과 거의 같은 213호 주택으로 들어갔다가 봉변을 당하고 유치장 신세를 진다. 이튿날 아내의 부축을 받으며 돌아온 그는 부엌에서 식칼을 들고 나와 현관문에 빨래판 모양의 표시를 한다. 그리고 눈을 감은 채 그것을 자꾸만 더듬어본다는 것이 대강의 줄거리이다. 6·25동란 이후 폐허가 된 서울 거리에 꼭같은 유형의 국민주택이 지어지게 되었다. 구조와 규격이 획일적으로 건축된 이른바 문화 주택 단지에 이사온 주인공은 자기 집 호수가 213호라는 사실은 틀림없이 알고 있다. 그러나 집 모양이 똑같아서 어느 집이 자기 집인지 분간치 못했다는 것에 이 소설이 제기하는 문제점이 있는 것이다. 주인공 김명학은 일제 때 공고를 졸업한 인쇄소의 기장이다. 장마 때 습기 때문에 기계실의 모터가 자주 고장나는 데 대해 책임을 지고 권고사직을 당한다. 그는 획일화된 현대 문명 속에서 실업의 불안과 소외된 존재의식을 안고 있는 것이다. 따라서 이 소설에서 제기되고 있는 또 한 가지 문제점은 필요에 의해서 인간은 기계 문명을 이룩해 놓았으나, 결과적으로는 그 기계 문명 자체가 독립해 인간을 오히려 지배한다는 메커니즘에 대한 것이다. 메커니즘은 인간에 대해 봉사하는 한편, 인간의 개성이나 감각을 규격 속에 집어넣고 획일화시킨다는 것이 작품의 주제를 이룬다. 주인공의 행위는 현대의 기계적인 삶의 상황에서 자기 삶을 회복하려는 비극적 모습을 담고 있다.

김광주 金光洲 1910~1973 소설가. 필명은 평萍. 경기도 수원 출생. 중국 상해 남양의대 중퇴. 중일전쟁 중에는 중국에 머물다가 광복 후 귀국해 한때 김구金九를 보좌했다. 《문화시보》《예술조선》 등의 창간에 관여했고, 《경향신문》 문화부장으로 있으면서 활발한 작품 활동을 했다. 그는 재학 때부터 동인지 발간 및 창작극 공연활동을 했으며, 중국문학을 국내에 소개하는 한편, 1933년 《신동아》에 단편 〈밤이 깊어갈 때〉 〈포도의 우울〉 〈파혼〉 등을 발표하면서 작품 활동을 시작했다. 곧이어 〈북평서 온 영감〉 등을 발표했으며, 광복 후에도 발표한 수많은 단편소설은 3권의 단편집 《결혼도박》《연애제백장戀愛第百章》 《혼혈아》에 수록되어 있다. 장편소설로도 〈태양은 누구를 위하여〉 〈석방인〉 등이 있으나 그의 대표작이라고 할 만한 것은 단편 〈악야惡夜〉와 장편 〈석방인〉이다. 전자는 양공주 집에서 하룻밤 사이에 겪은 이야기이며, 후자는 반공포로 석방으로 자유를 찾은 주인공의 파란만장한 자취를 그린 작품이다. 이처럼 그의 작품 세계는 6·25남침 뒤의 세태를 나름의 현실감각으로 작품화한 하나의 계열과 오랜 기간에 걸친 중국생활 및 그 자신의 대륙적 기질이 반영된 폭넓고 선이 굵은 또 하나의 작품계열로 나누어진다. 이렇게 주제와 작품화 과정에서 매우 다양하고 개방적인 안목을 가지고 있어서 그의 문학은 우리 나라 현대소설사상 하나의 특이한 예를 보여주었다.

〈악야 惡夜〉 김광주가 1950년에 발표한 단편소설. 잡지사 기자이자 문인인 '나'는 신진 여류시인으로 행세하는 양공주 소니아를 알게 된다. 밑바닥 생활에 지친 '나'는 소니아를 찾게 되고 어두운 뒷골목의 진상을 목격한다. 양공주인 소니아에게 미쳐서 가산을 탕진하는 중년노인의 슬픈 모습, 인신매매의 현장을, 또 이재민 아파트촌에서 밤도둑이 저지른 비극을 보게 된다. 소니아의 딸 미리의 천연스러운 모습, 하룻밤 사이에 이 모두를 목격하고 사회의 어두운 단면에서 도피하고자 하는 '나'는 소니아를 잊게 되기를 또한 바란다. 그러나 소니아는 길에서, 미군기관에서, 명랑하고 초월적일 만큼 행복한 얼굴이다. 결국 양공주라고 돌팔매질을 받으면서 소니아는 군중 속으로 사라진다. 그 소니아를 '나'는 앉아서 바라보아야 한다. 여기에서 사회적·정치적 혼란의 부산물인 애정윤리의 타락과 비정·불신감을 보게 된다. 즉 윤리적 규범의 타락에 시점을 집중적으로 투영한다. 그러나 결말은 검토의 문제로 남겨져 객관성을 띠게 된다. '나'의 시점 속에 전개되는 모럴의 붕괴를 정면으로 보면서도 감상과 동경과는 상관없이 신변세태를 객관화하는 특징을 창안한다.

김광협 金光協 1941~ 시인. 제주도 서귀포 출생. 서울대 졸업. 1963년 《신세계》 신인문학상에 〈빙하를 위한 시〉가 당선되고, 1965년 《동아일보》 신춘문예에 〈강설기〉가 당선되어 등단했다. 《시학》 《시문장》 등의 동인으로 활동했다. 주요 작품에 〈국립서울대학교〉, 연작시 〈한 농부〉 〈카바이트 불〉 등이 있으며, 시집으로 《강설기》 《천파만파千波萬波》 《농민》 《황소와 탱크》 《돌하루방 어디 감수광》 등이 있다. 작품 초기에는 향토성 짙은 서정을 노래하고, 70년대에는 사회현실에 대한 통찰과 비판의식으로 투시했다. 이후에는 서정에 바탕을 두면서 감성과 이지의 조화를 명쾌하게 나타내고 있으며, 문명비판적 시각도 가미되고 있다. 1974년 현대문학상, 1981년 대한민국문학상을 수상했다.

김교선 金敎善 1912~ 평론가. 함남 함흥 출생. 일본 법정대 문학과 졸업(1939). 1962년 《현대문학》에 평론 〈불안문학의 계보와 이상李箱〉을 발표해 등단했다. 졸업 후 중학교에서 교직 생활을 했고, 해방 후 전북대 국문과 교수로 재직하면서 문학 활동을 전개했다. 초기에는 데뷔작품으로 알 수 있듯이 자의식 과잉의 비극, 부조리한 세계에서의 불안의식을 주로 하는 인생론적인 비평에 주력했으나 차츰 심미적인 비평으로 그 자세가 달라졌다. 초기비평의 대상이 되었던 이상이나 최명익崔明翊같은 계열의 작가를 한국문단에서 계속 찾아내기는 어려웠기 때문일 것이다. 그러나 초기 이후의 비평도 심미적 비평만으로 일관된 것은 아니며, 작품에서 제기된 문제의식에 관심을 기울이기도 했다. 주요 평론으로 초기 비평을 대변할 수 있는 〈불안문학의 계보와 이상〉〈현대적 배리의식背理意識의 원형〉, 심미적 비평으로의 변모기에 있어서의 〈성층적 구조의 소설〉〈조화미의 정점〉, 작품에서 제기된 문제의식이나 인간현상의 규명에 관심을 보인 〈관념소설론〉〈다양한 문제의식〉 등이 있으며, 평론집으로 《소설의 이해와 평가》《관념과 생리》 등이 있다. 그의 비평가로서의 일관된 태도는 작품에서 표현된 사상이 생경한 관념적 주장이 아니라 문학성을 지닌 것이 되어야 한다는 생각이었다. 이같은 그의 비평의 자세에 대해서는 방향제시가 부족하다는 지적도 있었다. 현대문학상, 전북문화상, 목정문학상, 모악문학상 등을 수상했다.

김구연 金丘衍 1942~ 아동문학가. 본명 치문治文. 서울 출생. 대구 영신고 졸업. 1971년 《월간문학》 신인상에 소년소설 〈꼴망태〉가 당선되어 등단했다. 동화와 시를 함께 쓰고 있으며, 농촌 어린이들의 생활을 사실적으로 그리는 데 주력해 왔다. 시집에 《꽃불》《빨간댕기산새》《가을 눈동자》《아이와 별》《나무와 새와 산길》 등이 있고, 동화집에 《점박이 꼬꼬》《누나와 별똥별》《다람쥐는 도토리를 먹고산다》 등이 있다. 그는 시에서 어린이와 어른이 함께 읽을 수 있는 소재와 표현을 택하고 있으며, 속이 빈 말재주를 거부, 언제까지나 인간스런 느낌의 순수하고 소박한 시세계를 구현하고 있다. 동화에서는 농촌아이들의 실생활을 사실적으로 묘사하면서 인간과 동물간의 사랑과 유대를 통해서 원초적인 사랑의 세계를 보여준다. 1974년 새싹문학상, 1976년 세종아동문학상, 1978년 소천아동문학상, 1986년 인천시문화상 등을 수상했다.

김구용 金丘庸 1922~ 시인. 본명 영탁永卓. 경북 상주 출생. 성균관대 국문과 졸업(1953). 1949년 《신천지》에 시 〈산중야山中夜〉〈백탑송白塔松〉 등을 발표해 등단했다. 6·25동란 이후 〈탈출〉〈산재散在〉〈오늘〉 등을 발표, 한자어의 능란한 구사를 통한 관념적이고 개성적인 시세계를 전개했다. 이후 '무의미한 난해難解'라는 평을 받기도 한 〈소인消印〉을 《현대문학》에 연재했으며, 〈심장 없는 인형〉〈침묵〉〈불협화음의 꽃〉〈아리랑〉 등을 발표했다. 특히 〈소인〉〈불협화음의 꽃〉은 원고지 100매가 넘는 산문시들로서 과거의 시와는 판이한 시세계를 보여주었다. 시집으로 《시집I》《시》《구곡九曲》《송백팔頌百八》 등이 있다. 그의 산문시는 6·25사변의 상흔으로 인한 폐허적 현실 속에서 부처님의 세계를 바탕으로 해 자의식의 세계를 추구해 보려는 것이었다고 할 수 있다. 또한 종전의 산문시 형태와는 달리 연聯과 행行이 무시되고 있으나, 그러면서도 시로서 형상화된 것은 밀도 있는 언어구사의 함축미 때문이다. 장시에서는 현대인의 자의식의 밑바탕을 규명하려는 강인하고도 끈질긴 노력을 보였다. 그의 시적 사상의 근저에는 한결같이 불교사상이 바탕하고 있으며 시적 기교는 동양적 불교사상을 시 세계의 근간으로 하되 그 표현 방법은 서구 초현실주의의 시적 방법을 구사, 현실의 산문적 요소를 도입했다. 시의 해체 직전까지 나아간 그의 시는 시의 영역을 확대시킨 점에서 그 공로를 인정받고 있다. 1956년 제1회 현대문학상을 수상했다.

김국태 金國泰 1938~ 소설가. 호 강사江史. 경기도 화성 출생. 서울대 교육학과 및 동대학 신문대학원을 거쳐 단국대 대학원 국문과 졸업. 1969년 《현대문학》에 〈까만 꽃〉

〈떨리는 손〉 등이 추천되어 등단했다. 주요 작품으로 단편 〈물 머금은 별〉〈불행한 김일병〉〈마풍북풍麻風北風〉, 중편 〈우리 교실의 전설〉〈귀는 왜 줄창 열려 있나〉 등이 있으며, 작품집으로 《황홀한 침몰》《각서풍년覺書豊年》《우리 교실의 전설》 등이 있다. 그의 작품은 대체로 주제의식이 한국의 현실을 살아가는 지식인의 고뇌를 추구하며 인간의 근원적 자유와 권리를 옹호하고자 한다. 또 그의 문학적 성향은 소시민적 삶의 허구성을 고발하는 등 비판적 리얼리즘을 바탕으로 하고 있다. 현대문학상, 월탄문학상 등을 수상했다.

김규동 金奎東 1925~ 시인. 호 문곡文谷. 함북 경성 출생. 연변의대 수료(1946). 1948년 월남, 《예술조선》 신춘문예에 시 〈강江〉이 당선되어 등단했다. 1951년부터 《후반기》 동인으로 활동, 1955년 《한국일보》《조선일보》 신춘문예에 〈우리는 살리라〉와 〈포대砲臺가 있는 풍경〉이 각각 당선되었다. 연합신문사 및 한국일보사의 문화부장, 삼중당의 주간을 역임했다. 《나비와 광장》《현대의 신화》《죽음 속의 영웅》《깨끗한 희망》《생명의 노래》 등의 시집과, 《새로운 시론》《문학강화文學講話》 등의 평론집, 《시인의 빈손》 등의 수필집이 있다. 그는 전쟁을 주된 소재로 다루고 기계문명과 자연을 대비, 현실의식이 강한 모더니즘적인 작품을 보였다. 난해성을 극복하고 알기 쉬운 시를 쓰며, 주지주의 혹은 쉬르리얼리즘적인 시를 발표했고, 70년대 이후에는 사회 내지 역사의식을 토대로 하는 사회성 짙은 리얼리즘을 지향하는 민중시의 경향을 띠기도 했다. 1959년 자유문협상을 수상했다.

김기림 金起林 1908~ ? 시인 · 평론가. 호 편석촌片石村. 함북 성진 출생. 일본 니혼대 문학예술과 및 도호쿠 제국대 영문과 졸업. 《조선일보》 학예부 기자로 재직하면서 시 〈전율戰慄하는 세기世紀〉〈고대苦待〉 등을 발표해 시단에 등단하고,

주지주의에 관한 단상인 〈피에로의 독백〉을 발표해 평론계에 등단. 그 뒤 시창작과 비평의 두 분야에서 활동했다. 경성중학에서 영어 · 수학을 가르친 바도 있으며, 구인회九人會 회원으로도 활동했다(1933). 광복 후 월남했으며(1946), 월남 후 한때 곤궁한 생활, 좌익계 조선문학가동맹에 휩쓸려 제1회 조선문학자대회에서 보고연설도 했으나 곧 전향. 이어 중앙대 · 연세대 등의 강사, 서울대 조교수, 신문화연구소장으로 재직하다가 6 · 25때 피난의 기회를 잃고 을지로에서 북한군에게 붙들려 서대문형무소에 수감, 이어 납북되었다. 시집으로 《태양의 풍속》《새소리》《바다와 나비》《기상도氣象圖》 등이 있고, 시론집으로 《시의 이해》《시론》《현대 시론집》 등이 있다. 그는 그의 시론을 실제 작품화하기 위해 노력한 시인으로 장시 〈기상도氣象圖〉는 그 모더니즘 이론을 충실하게 이해하려고 고심한 시이며, 현대시가 지녀야 할 주지성과 회화성, 문명 비평적 태도와 휴머니즘적 정신 등의 이론을 한꺼번에 실현하려고 애를 쓴 시이다. 비록 이 작품은 시도에 지나지 않았지만 한국에 최초로 등장한 모더니즘 시로서의 시사적詩史的인 의의를 지닌다. 시집 《태양의 풍속》은 〈기상도〉 이후에 발표된 시편들을 묶어낸 시집으로 차츰 이미지즘 방향으로 기우는 경향을 보여준 한편, 장시에서 단시로 시 경향이 변이되었다. 1940년에 접어들면서 〈프

로이드와 현대시〉〈시단詩壇의 동태〉〈시와 과학과 회화〉〈조선문학에의 반성〉 등의 시론을 발표하면서 〈겨울의 노래〉〈소곡小曲〉〈못〉〈파도소리 헤치고〉 등의 시를 발표했는데, 이 무렵의 시는 대부분 서정과 지성을 결합해 선명한 시각적 영상을 보여주었다. 그가 한국 시사詩史에 남긴 공적은 주지시의 수립과 과학적 방법의 도입, 제작하는 시에로의 전환, 리릭에서 이미지 중심의 시, 감동문학에서 주지적 비판문학으로의 전환 등으로 요약되며, 종래의 한국시에서 벗어나 현대시로서의 영역으로 끌어올리는 데 큰 역할을 했다.

김기진 金基鎭 1903~1985 평론가·소설가·시인. 호 팔봉八峰. 충북 청원淸原 출생. 일본 리쿄대 영문학부 중퇴(1923). 일본 유학시 박승희朴勝喜, 이서구李瑞求 등과 토월회土月會를 조직했으며(1922), 파스큘라의 동인이 되어 당시 국내의 탐미주의자 박영희朴英熙, 박종화朴鍾和에게 경향문학의 새 이론을 서신으로 소개했다. 시 〈애련모사哀戀慕思〉를 발표, 《백조》 3호부터 동인이 되어 시 〈한 갈래의 길〉〈한 개의 불빛〉〈권태〉〈비오는 날〉〈연못에 서서〉〈가심의 별〉 등 6편을 발표했고, 〈떨어지는 조각조각〉이라는 에세이에서 한국은 아직도 브나로드를 부르짖는 자가 없다고 하여, 신경향파 문학을 암시했다. 이어 신경향파 문학의 첫번째 작품인 단편소설 〈붉은 쥐〉를 시작으로 해 〈불이야 불이야〉〈젊은 이상주의자의 사死〉〈본능의 복수〉 등을 발표해 신경향파에서 프로 문학으로 발전, 카프의 이론적·실질적 지도자로서 해산될 무렵까지 크게 활동했다. 단편소설 〈Trick〉〈몰락〉, 평론 〈클라르테 운동의 세계화〉〈반자본 비애국적인 전후의 불란서 문학〉〈문예사상과 사회사상〉〈조선 프로문예운동의 선구자〉 등을 발표했고, 6·25 때 인민재판을 받았으나 구사일생九死一生했다. 그후로 건강이 몹시 나빠졌다. 역사소설에도 손을 대, 〈통일천하〉〈군웅群雄〉〈성군星群〉 등을 발표하기도 했다. 이밖에 대중소설이나 일제 식민지 밑에 신음하는 한국 어민들의 생활을 그린 〈해조음海潮音〉, 김옥균金玉均의 전기인 〈청년 김옥균〉 등이 있다. 그의 문학적 공로는 프로문학의 제창자로서 박영희와 함께 여러 차례 논쟁을 전개함으로써 현대 문예비평의 기초를 닦아 놓은 데 있다. 을지무공훈장·문화훈장 등을 수상한 바 있다.

〈붉은 쥐〉 김기진의 단편소설. 1924년 11월 《개벽》에 발표되었다. 신경향파 문학의 첫번째 작품으로서 관념주의 작품의 대표작으로 일컬어진다. 주인공은 사회주의를 공부하는 친구들과 함께 지내면서도 자신이 직접 운동에 뛰어들지는 않고 그를 바라보기만 하는 나약한 인물로서, 이러한 태도 때문에 동료들의 비판을 받는다. 지식과 행동 사이에서 갈등하던 주인공은 어느날 우연히 길가에서 먹이를 찾아 헤매다 소방차에 치여 죽은 붉은 쥐의 시체를 보고 강렬한 생명의 욕구를 느끼게 된다. 생명의 충동을 느낀 주인공은 눈에 보이는 가게를 들어가 닥치는 대로 물건을 훔치고 달아나면서 자신의 행동이 살기 위한 적극적인 행위였다고 생각한다. 작품이 발표되었던 당시는 문학이론이 앞서고 작품이 그것에 뒤따랐기에 작품은 추상적이고 관념적일 수밖에 없었다. 주인공 형준의 독백은 바로 당대 인텔리들의 고민을 대변하고 있지만 몹시 관념적이고 감상적이다. 물론 공상과 관념에 빠져 있으면서도 배가 고프다는 현실 생활의 깨달음이 중요하다고 내세우는 것에서, 관념론과 허무주의에서 벗어나려는 작가의 의도를 읽을 수 있다. 이 때문에 김기진은 이 작품이 프로의식을 소설화한 신경향파 소설의 효시라고 자부했던 것이다. 《백조》 시대의 낭만적 도피를 거부하고 추악한 현실에 폭력적으로 몸을 던진 주인공의 모습은 소설의 새로운 방향을 제시했다.

김기택 金基澤 1957~ 시인. 경기도 안양 출생. 중앙대 영문학과 졸업. 1989년 《한국일보》 신춘문예에 당선되어 등단했다. 《시운동》 동인으로 활동. 시집으로 《태아의 잠》 《바늘 구멍 속의 폭풍》 《사무원》 등을 간행했다. 대상에 대한 집요한 관찰과 명징한 묘사 등이 그의 시가 갖는 특징으로 꼽힌다. 작품 활동 초기에는 곤충을 포함한 동물들을 시적 소재로 삼아 비범한 은유를 성취했으며, 최근에는 '보잘 것 없는' 혹은 '평범한' 존재들에 대한 애정을 형상화하고 있다. 1995년 제14회 김수영문학상을 수상했다.

김남조 金南祚 1927~ 시인. 대구 출생. 서울대 국어교육과 졸업(1951). 1951년 첫번째 시집 《목숨》을 간행해 등단했다. 이어 〈황혼黃昏〉 〈낙일落日〉 등의 역작을 발표했다. 이러한 초기작은 인간성의 긍정과 생명의 연소를 바탕으로 한 정열을 주로 표현했으나, 두번째 시집 《나아드의 향유香油》에서부터 종교적 사랑과 윤리가 작품의 배후에 확고한 자리를 잡기 시작했다. 이리하여 후기에 올수록 한층 신앙적인 심저로 내려앉이 시형詩形의 엄격한 절제와 더불어 인내와 계율의 정서적 표출을 볼 수 있다. 1950년대에 등장해 전 세대인 모윤숙毛允淑 · 노천명盧天命과 후세대가 되는 1960년대를 잇는 교량의 역할을 담당한 대표적 시인이다. 시집으로 《너를 위하여》 《빛과 고요》 등 10여 권이 있고, 1997년엔 산문집 《아름다운 사람들》을 펴냈다. 그의 시의 정신적 지주는 카톨릭의 사랑과 인내와 계율이다. 이 때문에 모든 작품은 짙은 인간적인 목소리에 젖어 있으면서도 언제나 긍정과 윤리가 그 배경을 이루고 있다. 그러나 이같은 배경으로 인해 '종교시'가 되는 것은 아니다. 오히려 종교적인 배경은 인간적인 목소리를 더욱 짙고 깊이 있는 것으로 만드는 구실을 한다. 한편 기법상으로 보아 관심을 끄는 것은 리듬이다. 그의 시는 대부분 시행의 자유로운 배열로 형성되는데 그 형성이 우아하고 유연한 리듬으로 정밀하게 계산되어 있다. 이미지보다는 의미가 앞서는 그의 언어가 생생한 생명력을 지니는 것도 언어를 꿰뚫는 리듬 때문이다. 세번째 시집 《나무와 바람》으로 자유문학가협회상을, 다섯번째 시집 《풍림의 음악》으로 5월문학상을, 그밖에 제1회 자유문학가협회상, 한국시인협회상, 서울시문화상을 수상했다.

〈설일 雪日〉 김남조의 시. 1971년에 발간된 작자의 일곱번째 시집 《설일》의 표제작이다. 사랑이 영혼에 귀의하거나 혹은 영혼의 다스림을 받게 되면 그것은 사랑이기보다는 연민의 정이 된다. 이 작품에는 바로 그 연민의 정이 극명하게 드러나 있다. 그의 말은 사랑으로 비롯하지 않을 때가 없다. 때문에 그는 사랑의 시인이지만, 그 사랑을 영혼에 귀의시키거나 영혼의 다스림을 받게 하지 않을 때가 없으므로 연민의 시인인 것이다.

김남주 金南柱 1946~1994 시인. 전남 해남 출생. 전남대 영문학과 수학. 1974년《창작과 비평》여름호에 시〈잿더미〉외 7편을 발표하면서 등단했다. 1977년 해남에서 정광훈·홍영표·윤기현 등과 농민운동을 전개하고 황석영·최권행·김상윤 등과 광주에서 '민중문화연구소'를 개설했다. 1979년 이른바 '남민전' 사건에 연루되어 15년의 형기를 선고받아 복역했다. 1986년 함부르크에서 열린 세계펜대회 중 석방 촉구 결의, 1987년 9월 17일 '민족문학작가회의' 창립 총회에서 석방 촉구 결의문 채택. 1988년 3월 미국 펜본부 명예회원으로 추대되었다. 그는 전형적인 민족·민중시인으로 시집《진혼가》《나의 칼 나의 피》《이 좋은 세상에》등이 있다. 시집《나의 칼 나의 피》서문에서 고은高銀은 "남주의 시야말로 우리가 암송하고 낭송해 우리 자신들의 비겁을 깨뜨리게 하는 사상과 정서의 무한 교직의 폭력이다"라고 한 바 있다. 1995년에는 그의 1주기를 맞아 유고 시집《나와 함께 모든 노래가 사라진다면》이 간행되었다.

김남중 金南中 1917~1987 수필가. 호 남봉南鳳. 광주 출생. 일본 도쿄전수 전문부 졸업.《호남신문》편집국장,《전남일보》사장, 참의원 역임. 지방문화 발전을 위해 언론계와 체육계 등에 관계, 1971년 전남문화상을 수상했다. 1964년 수필집《사요나라의 나라》를 간행하면서 문단에 데뷔, 주요 작품에〈지옥의 향연〉〈넓은 의미의 색깔〉〈겨울, 그 종소리의 의미〉등이 있으며, 수필집으로《삼등열차三等列車》《월평선月平線》을 발간했다. 그의 수필은 세계 여행 중에 느낀 수상을 엮은 것과, 언론인의 눈에 비친 세태를 담은 것이 대부분이다.

김남천 金南天 1911~1953 소설가·평론가. 본명 효식孝植. 평양고보를 졸업하고 일본에 유학, 도쿄의 호세이대를 중퇴. 1927년 카프KAPF 도쿄지부가 발행한 동인지《제3전선第三戰線》에 임화林和·안막安漠·한재덕韓載德·이북만李北滿·김두용金斗鎔 등과 함께 동인으로 가담했으며, 1931년을 전후한 카프 제2차 방향전환기에 임화 등과 귀국, 김기진金基鎭이 주장한 프로문학의 대중화론에 대해 개량주의라고 비판하고 나섬으로써 극좌적 태도를 취했다. 1935년 카프가 경기도 경찰국에 해산계를 낼 때까지 조직에 충실하면서 사회주의적 리얼리즘을 추구했다. 1947년말 월북해 1953년 휴전 직후 남로당계 박헌영朴憲永 세력을 제거하는 사건과 관련, 당시 문화계 주모자로 몰려 사형당했다. 1930년에 있었던 평양고무 총파업에서 취재한 희곡〈파업조정안罷業調整案〉을 1931년에 발표하고, 이후〈공장신문工場新聞〉〈물〉〈고민苦悶〉〈문예구락부文藝俱樂部〉등의 단편을 발표했다. 그는 이후 고발문학론으로 기울어졌는데,〈남매〉〈처를 때리고〉〈소년행少年行〉〈춤추는 남편〉〈제퇴선祭退膳〉〈가애자可哀者〉〈미담美談〉〈무자리〉등이 이 계열의 작품에 속한다. 1937년 이후부터는 당대 상황에 대한 새로운 창작방법론으로 헤겔과 루카치의 이론을 수용한 로만개조론을 제시해, 묘사하는 대상의 총체성과 풍속이 드러나야 한다는 이론을 폈다. 이러한 결과로 전작 장편소설〈대하大河〉를 발표했다. 이 작품은 성천의 박성권 일가가 겪는 개화기의 시대상과 의식의 변화과정을 연대기적 가족사의 형식으로 그린 소설로 그의 대표적 장편이다. 그의 비평으로는〈창작방법에 있어서의 전환의 문제〉〈인테리문제의 신과제〉〈고발의 정신과 작가〉〈도덕의 문학적 파악〉〈시대와 문학의 정신〉〈소설의 장래와 인간성의 문제〉 등을 들 수 있다. 창작집에는《삼일운동》《맥麥》《생일전날》《그림》《사랑의 수족관》 등이 있다. 그는 작가의 창작을 좌우하는 방법문제에 있어서 조선 프롤레타리아의 당면한 과제에 관심을 가지고 있다면 그 과제를 작가 자신의 체험 속에 소화시키려는 작가의 결단적인 실천이 문제된다고 했다. 그러나 실제 그의 작품은 계급적 인간을 그리려는 과도한 시도로 현실 속의 산 인간을 충분히 그려내지는 못한 것으로 평가받기도 했다.

〈대하 大河〉 김남천의 전작 장편소설. 1939년 인문사에서 간행되었다. 가족사소설의 형태를 취하고 있는 이 소설은 제1부만이 단행본으로 간행된 채 그 속편이 발표되지 않았기 때문에 사실상 미완성의 작품이며, 광복 직후《신문예》에〈동맥動脈〉이라는 제목으로 속편의 일부가 발표되기는 했지만 끝내 작품으로서 완결을 보지 못했다. 이 소설은 비록 미완의 작품이긴 하지만 1930년대 후반에 크게 거론되었던 장편소설의 개조론에 근거해 이루어졌다는 점에서 그 소설사적 중요성이 인정된다. 김남천은 모든 소설의 근본과제를 모럴의 구현이라고 주장하면서, 모럴의 어원에 해당되는 라틴어 모레스mores에서 관습·풍속·성격 등의 의미를 발견한다. 그리고 모든 사회적 관습이 풍속과 밀접한 관계를 가지고 있으므로, 도덕이란 결국 풍속에 이르러 완전히 구현될 수 있을 것이라는 풍속론을 주장하게 된다. 그가 제시한 풍속의 작품화 방안은, 우선 풍속을 가족사를 통해 구현시켜 나감으로써 폭넓은 정황을 소설 속에서 묘사할 수 있다는 점, 연대기적인 파악을 통해 정황의 묘사를 전형화하고 그 핵심에 과학성과 합리성을 부여할 수 있다는 점 등으로 요약되고 있다. 이러한 로만개조론은 특히 우리 나라에 있어서 시민사회의 발흥기에 해당되는 개화기를 소설의 무대로 설정함으로써 현대에 찾기 어려운 활동적인 인물을 창조하며, 이에 따라 사회와 개인을 발생·성장·소멸이라는 그 전체적인 발전의 모습으로 형상화할 수 있다는 실천적 단계에까지 도달하게 되어, 1930년대 소설론의 중요한 쟁점의 하나로 부각되기에 이른다. 〈대하〉는 이와 같은 소설론의 방향을 가장 구체적으로 제시해 주는 대표적인 작품으로 평가받고 있다.

김내성 金來成 1909~1957 소설가. 호 아인雅人. 평남 대동 출생. 일본 와세다대 문과 수료, 동 대학 독법과에서 수학(1936). 1935년 일본의 탐정소설 전문지인《프로필》에 일문으로 된 탐정소설〈타원형의 거울〉을,《모던 일본》에〈연문기담戀文綺譚〉을 발표해 등단했다. 일본에서 공부하던 무렵, 한때 변호사가 되고자 했으나 결국 문학 쪽을 택했다. 이론적이고도 체계적인 사고를 필요로 하는 법률공부가 후일 탐정소설가로서의 그에게 많은 도움을 준 듯하다. 1936년 졸업과 동시에 귀국, 본격적인 작품 활동을 시작하면서 조선일보사에 입사했으나,《조선일보》가 폐간되자 직장을 화신상회로 옮겼다. 광복 후에도 계속 작품 활동을 했으며,《경향신문》에〈실락원失樂園의 별〉을 연재하던 도중 1957년에 뇌일혈로 죽었다. 일본에서의 데뷔 후, 귀국한 다음에도 계속해서《조선일보》에〈가상범인假

想犯人〉〈마인魔人〉,《소년》에 〈백가면白假面〉 등을 발표해 우리 나라 유일의 탐정소설가로서의 지위를 확립했다. 그러나 광복이 되자 여성문제를 다룬 〈행복의 위치〉와 애정문제 및 인생문제를 다룬 〈인생안내〉〈청춘극장〉 등을 발표해, 지금까지 초기의 탐정소설 경향을 벗어나 본격적인 대중소설을 개척하고자 노력했다. 그는 특히 사건구조의 치밀성과 인생문제를 대중적 관심에서 이끌어가는 탁월한 솜씨 때문에 대중작가로서 성공했다. 그에 의하면 통속성과 대중성은 구별되어야 하는 바, 통속성은 배척되어 마땅하지만 대중성은 소설적인 문학성으로서 중요시되어야 한다는 것이었다. 그의 이러한 주장은 일본의 중간소설에 영향받고 그러한 방향으로 나아가고자 한 의도를 보여준다. 이처럼 우리 나라 문학의 폭넓은 전개를 위해 그가 시도하고 주장했던 탐정소설이나 본격적인 대중소설이라는 분야는 깊이 논의되어야 할 것임에도 불구하고, 순수문학 선호경향이 짙은 문단 풍토에 의해 아직도 소외된 위치에 놓여 있다. 그밖의 작품에 〈부부일기〉〈쌍무지개 뜨는 언덕〉〈애인〉〈도개비감투〉〈사상의 장미〉 등이 있다. 그의 사후 그의 소설의 대중성을 높이 인정해 《소설계》에서 내성문학상을 제정한 일이 있다.

〈실락원의 별 失樂園—〉 김내성의 장편소설. 1956년 6월부터 1957년 2월까지 《경향신문》에 연재되었던 작품이다. 사랑하는 사람을 좇는 의지와 거기에서 오는 윤리적 파탄을 묘사한 것으로 애정의 모럴을 주제로 하고 있다. 주인공 강석운과 아내 김옥영은 4남매를 거느린 화목한 부부였다. 어느 날 석운은 출판사에 원고를 넘기러 가다가 여대생 고영림을 만난다. 영림은 석운에 대한 올케의 간절한 연모 때문에 석운을 만났으나, 도리어 그를 사랑하게 된다. 어느 날 영림과 석운은 깊은 관계를 맺고 도피하게 된다. 옥영은 남편에게 버림받자 자식들을 버리고 집을 나간다. 그 뒤 석운과 영림은 심리적 갈등과 경제적 타격으로 고민하게 되고 신문에는 "아버지, 어머니 돌아오세요"라는 광고까지 나온다. 그러자 영림은 스스로 그를 떠나고 석운은 가정으로 돌아오면서 이야기는 끝을 맺는다. 결국 이 작품은 윤리적 파탄의 과정과 그 해결의 방법, 애정의 모럴을 주제로 다룬 것이라 할 수 있다.

〈청춘극장 青春劇場〉 김내성의 장편소설. 1953년에서 1954년 사이 청운사에서 5권으로 간행되었으며, 1970년 성음사에서 3권으로 출간되기도 했다. 일제 말기 젊은 남녀의 애정문제에 독립투쟁에 대한 사회상을 곁들여 묘사하고 있는 중간소설이다. 이 작품은 전반적으로 사건의 필연성과 인물의 성격이 조화되지 못하고 오직 흥미만 유발한 작품이나, 주인공 백영민과 친구들의 애국운동을 미화시킴으로써 소설적 의미를 획득하고자 했다. 초기의 추리소설에 나타난 치밀성에다 대중적·통속적 흥미를 적절하게 가미시켜 본격적 대중소설의 영역을 확대시킨 면에서 주목되는 작품이다.

김녹촌 金鹿村 1927~ 아동문학가. 전남 장흥 출생. 광주사범 심상과 졸업(1947). 1968년 《동아일보》 신춘문예에 동시 〈연〉이 당선되어 등단했다. 한국아동문학가협회 시분과위원장, 경북아동문학회 회장 등으로 활동, 동시집에 《쌍안경 속의 수평선》《진달래 마음》《꽃 앞에서》 등이 있다. 1977년에 세종아동문학상, 1987년에 대구시문화상을 수상했다.

김달진 金達鎭 1907~1989 시인. 호 월하月

下. 경남 창원 출생. 불교전문 졸업(1939). 1929년 《문예공론》에 시 〈잡영수곡雜泳數曲〉이 추천되어 등단했다. 《시원》《시인부락》 동인으로 활동했다. 주요 작품으로 〈임의 모습〉〈생물〉〈금붕어〉〈마조천변磨造川邊에서〉 등이 있으며, 또한 《법구경法句經》 등 많은 불경과 《한산시집寒山詩集》 등 동양의 고전을 전아한 필치로 국역하기도 했다. 대체로 그의 초기 시는 불교 사상을 바탕으로 해 동양적 체념과 은인 자적하는 생활 이념이 바탕이 되어 있으며, 자의식적 주관의 경향보다는 전인류적 스케일을 드러내고 있다. 초기에 그가 발표한 모든 시를 묶은 시집 《청시靑柿》를 간행해 1940년대 우리 문단을 풍미하던 모더니즘 운동을 배격하고 동양 정신의 발굴에 주력했다. 후기의 시들은 대체로 향수적인 서정시로서, 내면화된 인생의 탐구 내지는 연정적인 경향으로 흘렀다. 1997년에는 그의 작품들을 한데 묶은 《김달진 시선집》이 발간되었다. 그의 시는 현실적인 면이라기보다는 내면적 정신세계의 이상을 자기대로의 활로로 개척해, 범동양적 세계 내지 차원 높은 우주관을 설정했다. 특히, 그는 한학漢學 탐구에 깊이 몰두해 동양 정신의 세계를 섭렵했으며, 후기의 시가 가지는 경향은 그와 같은 동양적 철학의 이념이 깊이 자리잡은 데서부터 기인한 것이라 볼 수 있다. 현대의 여러 풍조와 외면한, 한국적 전통으로부터 출발한 광범위한 분야의 시세계를 남기고 있다. 1990년 김달진문학상을 제정, 해마다 시상하고 있다.

《청시 靑柿》 김달진의 처녀시집. 1940년 청색지사에서 발간했다. 동양적인 관조의 세계가 고아한 차원으로 승화 · 응축되어 있다. 내용을 보면 제1부 '꿈꾸는 비둘기'에 22편, 제2부 '토련土蓮'에 16편, 제3부 '그 여자의 눈동자'에 12편, 제4부 '물 속에 빠지는 새'에 28편, 제5부 '풍경초風景抄'에 6편, 도합 84편이 수록되어 있다. 이 시집 이후에 나온 시집이 없을 뿐만 아니라, 이 시인이 《시인부락》《시원》 등의 동인으로 활약한 초기의 시편이 모두 수록되어 있어 중요한 시집이기도 하다. 특히 저자는 동양 정신의 차원 높은 경지를 이 시집 가운데 순화 · 융해하면서도 한국적인 일면에 치우치지 않고 범동양적인 경지를 개척했다. 다시 말해 불교적 · 유교적 정신세계를 대담하게 시로써 실험해 1940년대의 우리 문단을 풍미하던 모더니즘운동을 배격하고, 자기나름의 세계에 정착해 동양정신의 발굴을 위한 노력의 일단으로 펴낸 것이 이 시집이다.

김대규 金大圭 1942~ 시인. 경기도 안양 출생. 연세대 국문과(1964) 및 경희대 대학원 졸업(1971). 1960년 시집 《영靈의 유형流刑》으로 등단했다. 이후 흙을 주제로 한 현대문명의 비판과 민중의 인생론적 경향을 추구하는 작품을 발표했다. 주요 작품에 〈이 어둠 속에서의 지향〉〈엽서〉〈감자를 캐면서〉〈제화공製靴工〉 등이 있으며, 시집으로는 《이 어둠 속에서의 지향》《양지동 946번지》《견자見者에의 길》《흙의 사상》《흙의 시법詩法》《오 어머니 나의 어머니》 등이 있다. 이외에 번역서 《꿈의 해석》《시인의 편지》 등이 있다. 그의 시는 일상언어와 평이한 작업으로 시의 저변확대와 폭넓은 공감대를 형성하면서, '흙'의 순수성을 통한 반문명적 자세로 인간 영혼을 옹호하고 물질주의의 팽배를 경계하는 인생론적 경향을 갖는다. 1985년 흙의 문예상, 같은 해 경기도문학상을 수상했다.

김동극 金東極 1926~ 아동문학가. 경북 영

주 출생. 국학대 국문과 및 계명대 교육대학원 졸업. 1959년 상주 글짓기지도회와 더불어 최초의 글짓기 지도단체인 소백동인회를 창립해 글짓기 교육의 선구적인 업적을 남겼다. 주요 작품에 〈돌아오는 길〉〈아직은 모른다〉〈달나라 바윗돌〉 등이 있고, 동시집 《그또래 그만큼》이 있다. 그의 작품은 특히 농촌 어린이들의 생활을 소재로, 시의 음악성을 중시하고 있다. 1964년부터 1965년까지 《어깨동무》를 주재했고, 국민훈장 석류장, 화랑청백상, 색동회상, 사도대상 등을 수상했다.

김동리 金東里 1913~1995 소설가 · 시인 · 평론가. 본명 시종始鍾. 경북 경주 출생. 경신고보 중퇴. 1934년 《조선일보》 신춘문예에 시 〈백로白鷺〉가 입선, 1935년 《중앙일보》 신춘문예에 단편 〈화랑花郎의 후예後裔〉가 당선되어 등단했다. 경신고보 중퇴 후 4년 동안 세계문학을 섭렵하고 동양의 고전에 심취, 그 속에 표현되고 있는 인간과 신, 자연과 세계에 큰 관심을 가지게 되었다. 1933년 무렵에 서정주徐廷柱와 알게 되었고, 1935년 진주와 하동 사이에 있는 고찰古刹 다솔사多率寺로 들어갔다. 이 해 여름에 다시 해인사海印寺로 옮겼으며, 이듬해 〈산화山火〉가 《동아일보》 신춘문예에 당선되어 화제를 모았다. 1936년 상경, 종로 연건동에서 하숙 생활을 하면서 본격적인 창작 활동을 시작했다. 이후부터 본격문학을 주장하면서 〈바위〉〈무녀도巫女圖〉〈황토기黃土記〉〈찔레꽃〉〈완미설玩味說〉〈혼구昏衢〉〈동구洞口 앞길〉〈소녀少女〉〈다음 항구港口〉〈소년少年〉 등의 이채로운 역작 단편을 계속 발표해 작가적 위치를 굳혔으며, 한편 서정주 · 김달진金達鎭 등과 《시인부락》 동인으로, 시 〈구강산九江山〉〈행로음行路吟〉〈내 홀로 무어라 중얼거리며 가느뇨〉 등을 발표, 시인으로서도 우수한 재능을 나타냈다. 이 작가의 초기 작품들은 토속적 · 샤머니즘적 · 비현실적 제재에서 자기 생명 자체에서 파악한 인간 생명의 신비력과 허무적인 운명을 추구했으며, 또 한편 현실의 중압 때문에 선善의 목적지를 향해 걸어가는 모습을 그린 〈혼구〉, 현실에서 취재해 일상성을 그린 〈다음 항구〉 등의 두 경향을 보였다. 일제하에서 문인보국회, 국민문학연맹의 가입을 거부했고, 5년간이나 근무했던 광명학원이 폐쇄되자 한때 만주 등지로 여행했으며, 광복 후에는 좌익측 문학가동맹에 반대, 민족주의적 순수문학을 옹호하기 위해 조연현趙演鉉 등과 협력해 한국청년문학가협회를 창립, 초대 회장에 취임했다(1946). 이어 언론계에 투신, 《경향신문》 문화부장, 《민국일보》 편집국장, 《문예》 주간, 《서울신문》 출판국 차장을 지냈고, 한국문학가협회를 결성해 소설분과 위원장을 역임했다. 문교부예술위원, 서울시 문화위원 등으로도 활동했다. 6 · 25 이후 전쟁을 배경으로 그의 작품 경향은 변모되었는데, 〈혈거부족穴居部族〉〈역마驛馬〉〈형제兄弟〉〈밀다원시대密茶苑時代〉〈실존무實存舞〉 등의 작품들은 그러한 변모를 보여준다. 종래의 토속적 · 한국적 특성이 인류적 보편성으로, 종래의 한국적 인간상이 보편적 인간상으로, 한국적 현실이 세계적 현실로 확대된 것을 볼 수 있다. 기독교 관계 문헌에서 취재한 대표적 장편 〈사반의 십자가〉는 하늘의 질서와 땅의 질서를 대조시켜, 인류의 총체적인 운명을 걸고 있는 인간의 운명과 구원의 문제를 추구한 역작이며, 단편 〈등신불〉도 그의 대표적 단편 중 하나이다. 그의 문학정신의 기조는 인간성 옹호에 바탕을 둔 순수문학이며, 그것은 또한 그와 관련된 세 번의 논쟁과 그의 모든 작품의 배후에 일관하고 있는 철학이다. 저서로는 창작집 《무녀도》《황토기》《귀환장정歸還壯丁》《실존무》《등신불》 등이 있고, 평론집《문학과 인간》《문학개론》, 수필집 《자연과 인생》 등이 있다. 1997년에는 그의 작품관, 인생관, 교우관 및 작품의 탄생배경이 담긴 유고 자전에세이 《나를 찾아서》가 발간되었다. 시인으로서, 소설가로서, 평론가로서 각기 일가를 이루어 대가의 풍모를 지닌 그는 광복 직후의 좌우익 투쟁과 한국전쟁기를 통해 실질적인 민족 문단을 수호하고, 육성 및 관리한 공적은 지대하다. 아시아자유문학상, 대한민국예술원 예술원상, 3·1문화상 본상, 서울시문화상, 5·16민족상, 국민훈장 동백장 등을 수상했다.

〈**무녀도** 巫女圖〉 김동리의 단편소설. 1936년 《중앙》에 발표되었다. 굿을 잘하고 영감이 많은 무녀 모화에게는 성姓이 다른 욱이와 낭이라는 남매가 있다. 집을 나간 욱이가 예수꾼이 되어 돌아오면서 이야기가 전개된다. 어느 날 밤, 욱이가 부엌으로 가보니 모화가 성경책을 불사르며 객귀客鬼를 물리치고 있었다. 욱이가 성경책을 집으려 하자 모화는 얼떨결에 객귀를 물리던 칼로 욱을 찌른다. 아들이 죽고, 그 마을에 예수교는 자꾸 성행한다. 게다가, 벙어리인 낭이의 임신 사실이 밝혀진다. 뜻밖의 사건이 계속 일어나자 반미치광이가 된 모화는 굿을 할 때 사용하는 넋대를 잡은 채 강물에 빠져 죽는다. 무속 신앙의 마을에 기독교가 수용되어가는 상황을 1인칭 관찰자 시점으로 묘사한 이 단편소설은 〈황토기〉와 더불어 김동리의 초기 작품 세계를 대표한다. 이 작품에서 소설로서의 드라마는 모화와 욱이 사이에 전개된다. 모화와 욱이의 대립 및 충돌은 한국 토속 신앙과 기독교 신앙의 대립에서 비롯되는 것으로서, 이 충돌은 바로 이 소설에서 주류를 형성하는 것이다. 모화는 결국 예기소 깊은 물 속에 빠져죽고 마는데, 그 죽음은 외래 사상인 기독교 신앙 때문에 한국의 토속 신앙이 패퇴하는 비극을 상징한다. 물론 모화뿐 아니라 욱이 역시 죽게 되지만, 욱이의 죽음은 모화의 그것과는 성질을 달리한다. 그 죽음은 교회의 설립이란 열매를 남기게 된다. 따라서 한쪽은 패퇴의 죽음이요, 다른 한쪽은 승리의 죽음이라 할 수 있는 것이다. 김동리의 초기 작품 세계는 신비적인 색채와 인간 운명에 대한 허무감으로 특색지어진다. 그의 초기 작품 세계를 대표하는 이 소설은 처음 발표되고 나서 10여 년 뒤인 1947년에 단편집《무녀도》에 수록되면서 개작되었고, 그 뒤에 다시 한 번 개작되었다. 토속적이고 향토적인 서정성이 짙은 이 작품에 대한 애착으로 작자는 뒷날 같은 주제에 의해 장편 〈을화乙火〉를 발표했다.

〈**황토기** 黃土記〉 김동리의 단편소설. 1939년 《문장》에 발표되었으며, 창작집《황토기》에 수록되어 있는 작자의 대표작이다. 작품 초두에는 용이 흘린 피요, 혈을 찔려 맥이 끊어진 산이 흘린 피로 이루어졌다는 황토골 유래로써, 추락과 저주 및 거세의 함축적 의미를 제시한다. 이러한 전락과 하강 및 거세의 숙명을 상속받은 황토골에서 억쇠와 득보라는 두 사람의 장사가 무모한 힘겨룸을 벌인다. 억쇠는 원래 황토골의 타고난 장사이지만, 장사가 나면 불길한 조짐이

▲**황토기** 김동리 지음. 《문장》 1939년 5월호.

黃土記
金東里

라는 마을사람들의 속신俗信과 아버지의 경고 때문에, 힘을 써보고 싶은 충동을 항상 느끼나 좀처럼 힘을 써보지 못한 채 시간을 허송한다. 분이의 주막에서 술마시는 것으로 소일하던 어느 날, 그는 득보라는 또 다른 장사를 만나 분이와 더불어 살게 되며, 분이를 트집잡아 이들은 싸움을 벌이게 된다. 그 뒤 억쇠가 얌전한 설희를 들여앉히자 그녀에게 마음을 둔 득보는 다시 억쇠와 격렬한 몸싸움을 벌인다. 그런데 이를 질투하던 분이가 설희를 죽이고 득보마저 찌른 채 달아나버리자, 득보는 수척한 몸으로 분이를 찾아 떠난다. 얼마 뒤 득보가 분이 사이에 낳은 딸만을 데리고 돌아오자, 이들은 이제 마지막이 될지도 모르는 싸움을 향해 용냇가로 내려간다. 이 작품의 초두에 지시된 설화는 추락 · 저주 · 거세라는 이 작품내용의 전경적全景的 결구나 주제의 암시를 의미할 뿐 아니라, 구원과 희생이 아닌 저주받은 피의 상속성에 대한 문제를 제기하고 있다. 이것은 흔히 김동리 문학에 전제되어 있는 원초적인 경험의 틀이라고 할 수 있다.

〈**사반의 십자가** 一十字架〉 김동리의 장편소설. 1955년부터 1957년에 걸쳐 《현대문학》에 연재되었다. 작자는 이 작품으로 1958년 예술원작품상을 받았다. 주인공 사반은 2천년 전 로마의 식민 통치하에 있던 유대의 독립투사로서 혈맹단血盟團이라는 비밀결사대의 수령이다. 그는 언제나 조국의 독립이라는 현세적 · 지상적 영광을 추구한다. 그러나 때마침 구세주란 말을 들으면서 나타난 예수는 영혼의 구제, 즉 내세적 · 천상적인 영광만을 추구함으로써 사반과는 끝내 합쳐질 수 없는 평행선적 대립을 거듭하다가 다같이 십자가에 못박히고 만다. 예수가 매달린 십자가 바로 옆 십자가에서 "먼저 너 자신부터 구하고 남을 구하라"고 소리친 강도가 바로 사반이다. 이 소설은 신약성서의 복음서에 기록되어 있는 내용을 바탕으로 하고 있으나, 사반이라는 주인공은 어디까지나 작자의 상상력과 추리에 의해 설정되어 묘사되고 있다. 그리고 예수의 이적을 보는 관점도 성경적인 것이 아니라, 한국적 샤머니즘의 시점인 것이다. 그러나 이 소설은 한국적 현실을 초월해 보편적이며 인류사적인 소재로 인류의 구원 문제를 다루고 있다. 그런 의미에서 이 소설은 우리 나라 현대소설의 역사에서 처음으로 신과 인간의 문제를 심도 있게 다루었다는 의의를 가진다. 또한 소설은 예수와 사반의 대립을 통해 영혼과 육체를 스스로 대극점에 놓고 있는 모순된 존재로서의 인간의 근원적인 문제를 추구한 작품이라고 할 수 있다. 이러한 모순은 영혼과 육체의 조화로써 해결할 수밖에 없는데, 이 작품은 그러한 조화의 가능성이 몰락해 가는 서구문화가 아니라 새로운 동양문화 속에 있다는 시사를 던져주고 있다. 웅건 장대한 스케일과 빈틈없는 구성, 그리고 정확한 문장 등이 이 작품이 갖는 장점으로 평가되고 있다.

〈**등신불** 等身佛〉 김동리의 단편소설. 1961년 《사상계》에 발표, 창작집 《등신불》에 수록된 작품이다. 중국 정원사淨願寺를 배경으로, 만적萬寂 스님이 겪은 세속적 번뇌를 승화시켜 성불成佛의 높은 경지에 도달하는 과정이 극적으로 묘사되어 있다. '나'라는 재일 한국 유학생은 학병으로 강제 징병되어 중국으로 끌려갔으나, 살생을 할 수 없다는 일념으로 대열에서 이탈해 정원사 주지 스님을 찾게 되고, 경내 금불각 속에 안치된 등신불에 관심을 기울인다. 만적 스님의 소신 공양으로 이룩된 등신불의 내력을 알게 된 '나'는 단순한 슬픔도 아니요, 은의의 문제만도 아닌 단장의 아픔을 느낀다. 즉, 이 작품은 '나'와 만적과의 대비를 통해 불교 사상이 보여 주는 삶의 번뇌와 한계 상황, 그리고 인간 의지를 통한 그것의 초극을 그리고 있다. 그리고 그것은 단순히 자신의 목숨을 건지기 위해 불문에 귀의한 '나'의 소승적小乘的인 의지와는 달리, 자신의 몸을 불살라 인간적인 아픔과 슬픔을 성불의 경지로 승화시킨 만적의 대승적大乘的인 의지가 대비되면서 서로 관계를 가지고 있는 것이다. 그런데 문제는 성불한 그 등신불의 모습이 거룩하고 부드럽고 평화스러운 모습이 아니라, 오히려 우는 듯한, 찡그린 듯한, 오뇌와 비원이 서린 듯한 너무나 인간적인 형상을 띠고 있다는 데 있다. 원래 부처님이란 오뇌와 번뇌에서 벗어나 크게 깨달은 경지, 곧 대각大覺의 존재를 말하는 것이다. 그런데 그 등신불은 오뇌와 비원이 서린 듯한 모습을 그대로 간직하고 있으니 엄격히 말해 그것은 부처일 수 없는 것이다. 현대인은 이런 의미에서 부처가 될 수 없는 사실에 문제가 있다. 현대인이 설사 해탈을 위해 고행을 거듭한다 하더라도 부처가 될 수 있는 여지는 이미 우리 인간에게 남아 있지 않다. 등신불의 찡그린 것 같은 표정도 결국은 그와 같은 인간적인 한계를 말해 주는 것이라고 할 수 있다. 그런데 이 등신불은 모든 인간들의 숙명적인 고통에 대한 절대자의 자비를 구하는 대속의 의미가 담겨 있다. 인간의 원초적인 죄의식과 번뇌, 그리고 이에 대한 종교적 구원이라는 주제에 대해서 김동리는 장편 〈사반의 십자가〉에서 좀더 심도 있는 천착을 하고 있다.

〈까치소리〉 김동리의 단편소설. 1966년 발표되었다. 1967년 이 작품으로 3·1문화상을 수상했다. 이 작품은 개방적인 액자소설 구조로서, 작품 모두冒頭에 1인칭 서사적 자아인 '나'가 '나의 생명을 물려다오'라는 표제로 된 책의 수기 내용을 공개하는 것으로 시작된다. 주인공 봉수는 일선에서 수십 번 죽음의 고비를 겪은 제대군인이다. 그가 끈질기게 살아남은 것은 고향에 있는 애인 정순에 대한 사랑의 힘이었다고 할 수 있다. 그러나 제대해 보니 정순은 속임수에 넘어가 상호의 아내가 되어 있었다. 게다가 노모는 이상하게도 마을 회나무에서 까치가 울 때마다 발작을 일으키며 죽여달라는 소리를 연발한다. 그때마다 봉수는 살의를 느낀다. 그러던 어느 날 봉수는 정순에게 상호를 버리고 자기와 결혼할 것을 간청하나, 정순의 동생 영숙이 그럴 수 없다는 언니의 편지를 전한다. 봉수는 그때 갑자기 야수적 충동에 휘말려 영숙을 능욕하고 그녀를 목졸라 죽인다. 까치소리와 노모의 발작, 그리고 봉수의 살인은 아무런 관련이 없는 일인데도 현실적인 사건의 전개는 그 사이에 거의 필연적인 관련이 있음을 보인다. 그것은 생의 근원적 부조리, 즉 허무에 바탕을 둔 운명이라고 볼 수 있다. 전쟁의 재난적 상황에 마주친 인간의 에로스와 죽음의 갈등, 피해의 삶과 가해의 삶의 양상이 제시된 작품이다. 노경에 이른 작가의 예리한 인간분석의 필치를 십분 발휘한 역작의 하나이다.

김동명 金東鳴 1900~1968 시인. 호 초허超虛. 강원도 명주 출생. 일본 아오야마학원 신학과와 니혼대 철학과 졸업(1928). 1923년 《개벽》에 〈당신이 만약 문을 열어주시면〉 등을 발표해 등단했다. 1947년 월남, 한국신학대 교수, 다음해 이화여대 국문과 교수로 재직, 1960년에는 이화여대를 사직하고 참의원에 당선되어 정계에 진출했다. 그의 시는 일제의 탄압을 피해 농촌에 묻혀 전원적인 것을 소재로 향수·비애·고독을 참신하고 투명한 서정으로 읊었다. 첫 시집은 《나의 거문고》로 이때의 시 경향은 암담하고 우울했던 역사적 현실과 아울러 보들레르의 영향을 받아 퇴폐적이고 감상적인 경향이 농후했다. 이 시기의 시로서 남아 있는 작품으로는 〈나는 보고 섰노라〉 〈애달픈 기억〉 〈농녀農女〉 〈첫 봄〉을 들 수 있다. 그가 특유의 시 경지를 개척하기 시작한 것은 1930년 무렵부터였다. 그로부터 1940년대 초엽까지 약 10년간이 그의 황금기에 해당한다. 시집 《파초》와 《하늘》에 그의 시풍이 잘 나타나 있다. 이때 그는 전원에 살면서 자연물을 소재로 한 시를 많이 썼다. 하지만 이들은 단순한 전원시가 아니라 심층에는 민족적 비애나 역사적 고뇌가 짙게 배어 있다. 즉, 우국의 고뇌와 정열을 전원적 이미지로서 표현한 것이다. 대표적인 작품들로 〈파초〉 〈수선화〉 〈내 마음은〉 〈나의 뜰〉 〈바다〉 〈명상〉 〈술노래〉 등이 있다. 후기의 시세계는 광복과 더불어 바뀌었는데 시집 《삼팔선》과 《진주만》은 1954년부터 1957년까지 당시의 정치적 상황을 다룬 사회시이다. 《진주만》은 일본이 저지른 전쟁의 죄악과 그 인과응보적인 멸망을 태평양전쟁을 소재로 다루고 있으며, 《삼팔선》에서는 작자가 삼팔선을 넘기 전까지의 우울한 생활모습을 다루고 있다. 마지막 시집 《목격자》는 광복 전의 전원적 특질과 광복 후의 사회적 경향을 어느 정도 무리 없이 표현하고 있다. 1964년 펴낸 《내 마음은》에는 그의 모든 시가 수록되어 있다. 수필집으로는 《세대의 삽화》 《모래위에 쓴 낙서》가 있고, 정치평론집으로는 《역사의 배후에서》와 《나는 증언한다》가 있다. 1954년 자유문학상을 수상했다.

《파초 芭蕉》 김동명의 두번째 시집. 1938년 함흥 신성각에서 간행되었다. 작자의 대표작인 〈파초〉 〈내 마음은〉 등이 실려 있다. 이 시집은 전체 4부로 구성되어 있는데, 〈파초〉 〈명상〉 〈불놀이〉 〈단장〉 〈고별〉 〈수난〉 등 총 47편의 작품이 실려 있다. 수록된 대부분의 작품들은 저자가 일제 말엽 함경남도 서호진의 전원에 우거할 때 지은 것으로, 내용은 향수·고독·자연과의 친화·생활의 단상 등이 주류를 이루고 있다. 대부분의 작품들이 향수의 정서에 발단되고 있기는 하지만, 작자는 심리적인 갈등이나 위화감에 탐닉하지 않고 그것을 순화, 승화시키고 있다. 괴로움보다는 잔잔한 애상이나 그리움을, 나아가 자연과의 교감에 의한 평정과 여유를 그려보임으로써 삶에 대한 긍정적 태도와 따뜻한 인간애에 기초한 맑고 투명한 서정적 분위기를 풍겨주고 있다. 다만 후기 시들과 정치생활에서 보여준 기백을 생각할 때, 이 무렵의 자세에서는 그러한 저항의식을 느낄 수 없는 점이 이채롭다. 이 시집은 신석정辛夕汀·김상용金尙鎔의 작품들과 함께 1930년대 후기의 전원적 경향의 시를 이해하는 데 있어 기본적인 자료로 평가되고 있다.

김동인 金東仁 1900~1951 소설가. 호 금동琴童 · 춘사春士. 평양 출생. 일본 아오야마학원 졸업(1916), 카와바타미술학원 수학. 1919년 신문학 최초의 동인지 《창조》를 전영택田榮澤 · 주요한朱耀翰 등과 더불어 도쿄에서 창간하고 여기에 단편 〈약한 자의 슬픔〉을 발표, 등단했다. 이 작품은 한국 리얼리즘 또는 자연주의의 최초의 작품으로 알려져 있다. 소년기에는 유복하면서도 아버지의 엄한 훈도 아래 친구 없는 유아독존적 생활을 하면서 성장, 일본으로 건너가 메이지학원에 편입했을 때 주요한과의 경쟁의식 속에서 의사나 변호사가 되려던 당초 목표와는 달리 많은 독서를 통해 문학에 뜻을 두기 시작했다. 3 · 1운동의 파문으로 귀국한 뒤, 아우의 부탁을 받아 격문 초안을 작성해 주었다가 출판법 위반으로 투옥되어 6개월 징역을 살았으며, 1942년에는 이른바 일본 천황에 대한 불경죄라는 죄명으로 6개월간 복역한 경험이 있다. 1951년 1 · 4후퇴 당시 가족들이 피난간 사이에 죽었다. 그의 작품 세계는 크게 단편과 장편, 평론으로 나누어 볼 수 있는데 단편소설은 자연주의적 사실주의 계열에 속하는 〈감자〉〈배따라기〉〈김연실전金姸實傳〉〈명문〉〈태형笞刑〉〈발가락이 닮았다〉 등과 탐미주의적 계열에 속하는 〈광염소나타〉〈광화사狂畫師〉, 그리고 민족주의적 색채를 보이고 있는 〈붉은 산〉 등 다양한 작품 경향으로 구분된다. 이들은 모두 순문학 지향의 작품들이다. 그러나 역사소설이나 사담 등을 포함한 후기의 장편소설들은 상업적 · 통속적인 경향을 나타낸다. 그중 대표적인 역사소설로는 〈젊은 그들〉〈대수양大首陽〉〈운현궁의 봄〉 등이 있다. 평론 〈제월霽月씨의 평자적 가치評者的價値〉를 비롯해 〈조선근대소설고朝鮮近代小說考〉〈춘원 연구〉 등에서는 문학의 예술적 독자성에 대한 인식과 기법이라는 형식주의적 차원에 그의 관심이 집중되어 있다. 작자 자신의 자전적인 기록에도 밝혀져 있거니와 그는 매우 오만하고 당돌한 성격의 소유자였으며 이런 그의 성격은 문학적 스타일에도 반영되어 있어, 객관적 묘사라기보다는 호방하고도 직선적인 서술로 일관했다. 그가 남긴 현대문학사상의 공적은 이설이 분분하나 정리해 살펴보면 다음과 같다. 첫째, 결정론에 의거한 자연주의 문학을 도입해 그 터전을 마련했고 둘째, 이광수의 계몽주의적인 경향을 배척하고 문학의 독자성과 자율성을 확립했으며 셋째, 사재를 털어 이 땅의 최초 문예 동인지 《창조》를 비롯 《영대》 등을 간행해 동인지 운동의 첫 관문을 열었고 넷째, 자연주의문학과 더불어 〈광염소나타〉〈광화사〉 등의 이른바 유미주의 내지 탐미주의 경향의 작품을 발표해 예술지상주의의 길을 열었으며, 문장의 간결체를 형성했다. 김동인의 문학사적 의의는 문학에 있어 교훈주의의 청산과 한국 근대 단편소설의 한 전형을 이룩했다는 점에서 실로 값진 것이라 할 수 있다.

〈배따라기〉 김동인의 단편소설. 1921년 《창조》에 발표. '나'는 대동강으로 구경을 나갔다가 배따라기를 부르는 사람과 만나 그의 이야기를 듣게 된다. 그는 아름다운 아내와 우애가 깊은 동생과 함께 살았다. 아내와 동생의 사이도 유난히 원만했다. 어느 날 둘이 한 방에서 쥐를 잡느라 옷매무새가 흐트러진 것을 보고 오해해 아내를 내쫓아 그 아내는 죽게 되고 동생은 유랑의 길을 떠난다. 후에 잘못을 깨달은 그는 동생을 찾아 지금까지 20여 년간을 사공으로 떠돌아다니고 있다는 내용이다. 이 작품과 같은 형식의 소설을 가리켜서 액자 소설 또는 격자 소설이라고 한다. 마치 액자 속에 사진이나 그림을 넣듯이 이야기(겉이야기) 속에 또 하나의 이야기(속이야기)를 넣는 형식이다. 이 소설에서 겉줄거리는 화자話者인 '나'가 배따라기를 듣고, 그 소리의 주인공과 만나게 되는 것이다. 그리고 속줄거리는 영유의 어느 어촌을 중심한 형제의 이야기가 된다. 삶의 원천적인 비극을 주제로 하고 있는 이 소설은 한마디로 그 기법상의 경향을 말할 수는 없다. 사실주의적 기법이 기조를 이루면서, 낭만주의와 유미주의적 기법이 가미되어 있다. 이 작품이 겉줄거리와 속줄거리로 나뉘게 되는 것은 특별한 의미가 있다. 겉줄거리가 단순한 도입부로 끝나는 것이 아니라, 속줄거리와 대응을 이루고 있어 소설 기법상 중대한 의의를 가지는 것이다. 그리고 겉줄거리 속에는 중국의 진시황을 예찬하는 대목이 있는데, 거기에 주제가 놓여 있다. 즉 아름다움은 모든 것의 희생 위에 비로소 이루어진다는 것이 작가가 말하고자 하는 내용인 것이다.

〈감자〉 김동인의 단편소설. 1925년 《조선문단》에 발표된 작품으로, 환경의 지배를 받는 한 여인의 운명과 배금 사상을 비판하는 내용으로 발표 당시 자연주의적인 작품이라고 평판이 높았다. 가난한 농가에서 정직하게 자란 복녀는 남편이 게으른 탓으로 자신이 벌이에 나서야 했는데 송충이잡이에 나갔다가 감독과 정을 통하게 된 뒤부터 점차 윤락의 길에 들어서게 되고 마침내 중국인 왕서방과도 알게 된다. 그러나 왕서방이 딴 처녀와 결혼한다는 것을 알고는 소동을 벌이다 결국 그녀 자신이 죽음을 당하게 된다는 이야기로, 자연주의적인 객관성을 보이면서도 여주인공에 대한 연민의 정이 짙게 깔려 있는 수작이다. 소설의 주인공 복녀는 가난한 농가에서 자라나 환경의 지배를 받는 인물이다. 그의 남편은 게으름뱅이로서 도덕관념 따위는 안중에도 없다. 중국인 왕서방은 경제적인 부로 인간을 지배하는 인물로 묘사되어 있다. 교양이 있고 도덕심이 강한 사람이라도 그렇지 못한 환경에 놓이게 되면 결국은 환경의 지배를 받게 된다는 사실을 여주인공 복녀를 통해 보여주고 있는 것이다. 여느 자연주의 소설이나 마찬가지로 이 작품에서도 살인 사건이 발생하는데 인간의 생명이 하나의 물건처럼 돈으로 거래되고, 그리고는 사회 속에 잦아들어 사라지고 마는 현실을 폭로하는 것이 바로 자연주의 소설의 한 특징이다. 복녀의 경우 생활고에서 오는 경제적인 조건을 타개하기 위한 방법이 다른 남성에게 정조를 바치는 유일한 구실이 된다. 그것이 되풀이되면서 그와 같은 부정에 대한 윤리적이며 도덕적인 가책이나 고민이 복녀에게는 없고, 그녀는 오히려 자기의 불안한 행위를 합리화하는 것이다. 이 작품은 작가의 또 다른 단편소설 〈태형笞刑〉과 더불어 물질적인 악화가 인간의 정신을 말살시키는 면, 곧 도덕이나 윤리 따위에 대한 부정을 담고 있는 작품이다. 그리고 바로 이것이 프랑스의 졸라나 모파상 등 자연주의 작가들의 작

품 세계이기도 한 것이다.

〈발가락이 닮았다〉 김동인의 단편소설. 1932년《동광》에 발표되었다. 노총각 M은 친구들 몰래 결혼을 했으나 젊은 시절의 방탕한 생활로 그에게는 생식 능력이 없다. 어느 날 M이 갓난애를 안고 친구인 '나'의 병원으로 찾아온다. 어린애가 기관지를 앓고 있었지만 M의 진의는 그 애가 자기 애라는 보장을 얻으려는 데 있었다. M은 그 애가 제 증조부를 닮았다고 말하고, 자기와는 가운데 발가락이 닮았다는 것이다. 아내의 부정을 의심하면서도 어떻게든 그것을 삭여 보려는 M의 노력이 눈물겹기만 하다. 이 소설은 당시 M이 염상섭廉想涉을 모델로 했다 해서 김동인과 염상섭은 오랫동안 불화와 적대 관계에 놓이기도 했다고 한다. 이 작품은 자연과학적 사고를 바탕으로 해부적 방법을 원용하는 자연주의적 기법을 사용하면서도 그 본질은 휴머니즘에 바탕을 둔 작품이다. 즉, M에 대한 의사인 '나'의 고찰은 실험주의적 방법에 의해 해부적으로 현상을 포착한 것이지만, '나'는 결국 "발가락뿐 아니라 얼굴도 닮은 데가 있네"라고 말함으로써 그의 해부적 기법으로 세계를 의식하려는 태도와는 배치되는 정신으로 M을 구원했는데, 이는 곧 휴머니티의 발로라 할 수 있다.

〈붉은 산 —山〉 김동인의 단편소설. 1933년《삼천리문학》에 발표되었다. 부제는 '어떤 의사의 수기'로 되어 있으며, 1931년 7월 2일, 중국 길림성 지역에서 한·중 양국 농민 사이에 일어난 분쟁인 만보산사건萬寶山事件이 이 작품의 제작동기가 된 것으로 추정된다. 작가의 민족의식이 드러난 몇 안 되는 작품 중의 하나이다. 작품의 서술자인 '나'가 의학연구차 만주를 순회하던 중 가난한 한국소작인들이 모여 사는 마을에서 '삵'이라는 별명을 가진 정익호를 만나게 된다. 그는 투전과 싸움으로 이름난 마을의 골칫덩이였다. 그래서 마을 사람들은 그를 꺼려했으며, 사람이 죽으면 "삵이나 죽지" 할 정도로 그를 미워했다. 그러던 어느 날 송첨지라는 노인이 소작료를 적게 냈다고 만주인 지주에게 얻어맞아 죽는다. 이에 마을 사람들은 흥분만 할 뿐 감히 그에게 항의 한마디 하지 못했다. 그런데 이튿날 아침 동구 밖에 '삵'이 피투성이가 된 채 쓰러져 있었다. 그는 혼자서 그 만주인 지주를 찾아가 항의와 싸움 끝에 그를 해치웠고, 이로 인해 자신 또한 죽을 지경에 이른 것이다. '삵'은 임종 직전에 '나'에게 "붉은 산과 흰옷이 보고 싶다"고 말했고, 이 말과 함께 '삵'은 마을 사람들이 들려주는 애국가를 들으며 운명한다. 이 작품에는 고향 상실에의 의식이 밑바닥에 짙게 깔리면서 그로 비롯되는 한국인으로서의 뼈저린 비애와 분노가 담겨져 있다. 그 점에서 '삵'의 행동은 억눌렸던 민족의 복수감정을 어느 만큼은 해소시켜 주기까지 한다. '삵'이 이렇게 마음을 움직이게 된 것은 송첨지의 비명을 듣자 지금까지 '밥버러지 기생충' 생활만을 해온 자신의 비도덕적인 행위를 뉘우치고 남을 위해 무엇인가 헌신해야겠다는 속죄의식과 함께 같은 민족으로서의 울분이 동시에 작용했기 때문인 것으로 이해된다. 이에 '삵'의 행동은 민족감정에 부딪침으로써 민족애를 고취시켜준 비극미가 될 것이다. 그런 뜻에서 이 작품은 작가가 조국과 민족의식을 나름대로 극대화시켜 보여준 인생회화라 할 수 있다. 또 이를 소설화함에 주인공 '삵'을 1인칭 관찰자인 '나'의 눈을 통해 묘사함으로써 소설로서의 사실성을 강조하는 사실주의적 기교를 보여주었다는 점에서도 높이 평가된다.

〈운현궁의 봄 雲峴宮―〉 김동인의 역사소설. 1933년 4월부터 1934년까지 《조선일보》에 연재되었던 작품으로, 〈대수양〉과 더불어 예리한 역사의식을 보여준 작자의 대표적인 장편소설이다. 이 작품은 흥선대원군이 음산한 겨울에 죽었다는 이야기부터 시작된다. 이어서 흥선군의 낙척시대落拓時代로 돌아가 그가 겪은 수모와 시련을 줄거리로 해서 이를 어떻게 극복해 섭정의 권좌에 도달했는가를 보여준다. 이 작품은 전반부에서 흥선군과 안동김씨와의 관계를 중심으로 원대한 포부를 지닌 흥선군의 시견을 구체적으로 묘사함으로써 흥미를 유발시키고, 대원군의 파란만장한 일생과 조선말의 복잡한 내외정세 및 풍운을 그리고 있으나, 결국 흥선군을 영웅화함으로써 본격적인 역사소설의 수준에 도달하지는 못한다. 주인공의 야망과 그 실현과정에 집착할 때, 한 시대를 총체적으로 그리며, 역사적 대사건의 진정한 의미를 추구하는 역사소설과는 멀어지기 때문이다. 그러나 에피소드로 삽입된 여러 개의 일화들은 작품의 구성상 문제점을 지니면서도 한 시대의 모습을 어느 정도 드러내는 데에는 성공한 것으로 보인다.

김동준 金東俊 1931～ 시조시인. 호 노촌盧村. 서울 출생. 동국대 국문과 및 동 대학원 졸업(1964). 1966년 《동아일보》 신춘문예에 시조 〈대안對岸〉이 당선되어 문단에 데뷔했으며, 시조 외에도 시 · 수필 · 평론 등을 다수 발표했다. 주요 작품으로 시조 〈핥고간 바람 빛이〉 〈문패〉 등이 있고, 〈3월을 포효하는 아침에〉 〈실어증〉 등의 시와 평론 〈한국 근대소설의 주제연구〉 〈한국 근대문학배경론〉 〈시조문학의 반성〉 등이 있다. 또한 《시조문학론》 《시조문학의 구조연구》 등의 연구서를 상재했다. 그는 시조문학의 장르적 특징을 살리기 위해 낡은 정형시의 형식을 답습하는 반시대성뿐만 아니라, 지나치게 자유시나 모더니즘에로 경사되는 현대화 경향 또한 경계했다. 즉 복잡한 현대감각의 형상화를 기피하는 보수적이고 소극적인 태도는 물론이고, 시조의 본질을 그릇되게 인식해 그 한계를 뛰어넘음으로써 자유시에로 기우는 행위 또한 경계의 대상으로 삼았다. 이로 인해 그의 시조연구는 현대시조의 방향성을 이론적으로 점검하고 규명해 창작 활동에 활기를 주고, 그 굳건한 토대를 마련하는 데 기여했다는 평가를 받았다. 한편 그의 시는 개체의 서정성보다는 대사회적인 고발의 성격을 강하게 띠고 있다.

김동환 金東煥 1901～? 시인. 호 파인巴人. 함북 경성鏡城 출생. 일본 도요대 문과 수학. 1924년 《금성金星》에 〈적성赤星을 손가락질하며〉가 추천되어 문단에 데뷔. 이어 1925년 첫번째 시집 《국경國境의 밤》을 간행했다. 관동대진재로 중퇴하고 귀국, 함경북도 나남에 있는 《북선일보》 《조선일보》 《동아일보》 등의 신문사에서 기자로 일했다. 1929년 종합잡지 《삼천리三千里》를 자영했으며, 1938년에는 그 자매지로 문예지 《삼천리문학三千里文學》을 간행하기도 했다. 1942년 5월 《삼천리》를 《대동아大東亞》로 개명하면서 황국신민화운동을 벌이는 등 친일적인 행각을 시작했다. 이런 친일적인 행각으로 광복 후 반민특위에 의해 공민권 제한을 받다가 6 · 25때 납북되었으며, 그 뒤 행적에 대해서는 알려진 바가 없다. 시집으로는 장편 서사시인 《국경의 밤》 외에 《승천하는 청춘》《해당화》 등이 있고, 1962년 《돌아온 날개》와 《국경의 밤》 신판이 부인인 소설가 최정희에 의해 출간되었다. 두만강을 경계로 한 국경 지방인 황량한 북국北國의 특이하고 음산한 공포의 정서를 낭만적으로 노래한 〈국경의 밤〉은 우리 나라 신시사상 최초의 서사시로서 큰 반향을 일으키고, 그의 문단적 위치를 확고히 했다. 이후, 소작쟁의에 남편을 보낸 아낙네의 심정을 노래한 〈밤불〉을 발표했다. 초기에는 신경향파에 속했으나, 향토적이며 애국적인 감정을 토로한 민요적 색채가 짙은 서정시를 많이 발표해 한국문학 초창기에 이광수李光洙, 주요한朱耀翰 등과 함께 문명文名을 떨쳤다. 또한 그는 희곡 · 소설 · 수필 등을 써내는 다양한 재능을 보였으나, 그의 문학사적 위치는 시에서 확립되었다. 일제하에 살길이 막연했던 동포들의 참담한 생활상을 통해 민족적인 설움과 고통을 읊었던 그의 시 세계는 카프의 프롤레타리아 문학과는 차원을 달리하는 참된 민족주의에 바탕을 둔 것이라고 할 수 있다.

〈국경의 밤 國境―〉 김동환이 지은 3부 72절의 장시. 1925년 한성도서주식회사에서 발행한 그의 시집 《국경의 밤》에 수록되어 있다. 이 시집에는 김억金億의 서序와 서시序詩가 실리고 〈국경의 밤〉 이외에 〈북청 물장수〉 등 14편의 시가 수록되어 있다. 하룻밤과 이튿날 낮까지의 시간을 '현재'로 하고, 그 중간에 주인공의 소년시절을 '과거회상'으로 끼워 넣으면서 두만강변의 암울하고 참담한 생활과 고향 마을의 추억을 엮어 놓은 작품이다. 제1부는 제1절에서 제27절까지로 시간적 배경은 현재이고, 공간적 배경은 두만강변이다. 내용은 주인공 순이가 밀수하러 떠난 남편을 걱정하는 것과, 그 걱정이 이완되면서 옛사랑의 회상으로 빠져들게 되는 것이다. 제2부는 제28절에서 제57절까지로 시간적 배경은 과거이고, 공간적 배경은 산골마을이다. 여기서는 순이의 혈통이 밝혀지고, 또 언문을 아는 선비와의 불행한 사랑이 전개된다. 제3부는 제58절에서 제72절까지로 시간적 배경은 다시 현재가 되고, 공간적 배경은 두만강변과 산골마을이 된다. 내용은 순이를 다시 찾아온 언문을 아는 선비가 사랑을 호소하나 이를 거절한다는 것과, 마적의 총에 맞아 죽은 남편의 시신을 고향 산골마을에 매장한다는 내용이다. 시의 양식은 서사시로 보는 것이 일반적 경향이나 정설은 아니고 학계에서 논란이 있다. 이 작품에 대한 논의가 다양한 것은 이 작품이 지닌 문학사적 의의가 크다는 것을 보여준다. 이 작품은 우리 현대시의 흐름에 새로운 가능성을 제시했다고 평가되고 있다. 그것은 1920년대 초까지 서정시로 일관되어온 한국현대시사에 이야기의 도입이라는 새로운 시도를 했기 때문이다.

김말봉 金末峰 1901~1962 소설가. 본명 말봉末鳳. 부산 출생. 일신여학교를 3년 수료한 뒤 서울에 와 정신여학교를 졸업. 그 뒤 황해도 재령의 명신학교 교원으로 근무하다가, 1920년에 일본으로 건너가 다시 고등학교 과정을 거쳐 교토에 있는 도시샤대 영문과를 졸업했다. 1927년 귀국해 《중외일보》 기자로 취직, 결혼했다. 이 무렵까지 문학에 대해 특별한 관심을 가지고 있지 않았으나 기자로서 쓴 탐방기나 수필이 호평을 받자 1932년 보옥步玉이라는 이름으로 《중앙일보》 신춘문예에 단편 〈망명녀〉를 응모, 당선되어 등단했다. 1935년 《동아일보》에 장편 〈밀림密林〉을, 1937년 《조선일보》에 장편 〈찔레꽃〉을 연재하면서 각광을 받기 시작, 통속소설과 신문소설의 가능성을 보여주었다. 해방 후에는 사회개선운동에 투신하는 한편, 많은 장 · 단편소설을 발표했다. 대부분의 작품은 애욕愛慾의 문제를 다루었으나, 광복 후의 작품은 여기에 사회적 문제를 가미하려고 했으며, 그 대표작이 〈생명〉이다. 주요 작품에 단편 〈이슬에 젖어〉 〈바퀴소리〉, 장편 〈성좌星座는 부른다〉 〈해바라기〉 〈아담의 후예〉 등이 있다. 처음부터 그는 흥미 중심의 통속소설, 즉 애욕의 갈등 속에서도 건전하고 정의가 이기는 모럴을 지니되, 재미있게 읽을 수 있는 소설을 쓴다는 신조를 가진 소설가였다. 대체적으로 순수문학에만 집착하는 문단을 향해 "순수귀신을 버리라" 고까지 했다.

〈찔레꽃〉 김말봉의 장편소설. 1937년 《조선일보》에 연재된 두번째 작품으로 작가의 출세작인 동시에 대표작이다. 밀양이 고향인 이민수는 안정순의 애인이다. 정순은 아르바이트로 모 은행 두취頭取인 조만호의 집에 가정교사로 들어간다. 만호는 아내가 오랫동안 병석에 있는 관계로 여러 여자들과 관계를 갖는다. 그러다가 정순에게 사랑을 느끼고 접근하려 한다. 한편 만호의 아들 경구도 정순을 사랑하게 된다. 이와 함께 우연한 사건으로 민수가 만호의 집엘 몇 번 다녀간 후 그의 딸 경애는 민수를 사모하게 된다. 점차 정순과 민수의 사이가 멀어지자 정순은 불안을 느끼지만, 주변의 사람들이 민수와 경애, 정순과 경구가 맺어지길 바라고 있다. 조만호는 처가 죽자 침모를 통해 정순을 후처로 맞으려고 애쓴다. 그러나 침모는 엉뚱하게 정순 대신 자기 딸을 조만호에게 시집보내고자 각본을 꾸민다. 그 첫번째 계획은 성공해 침모는 많은 대가를 받는다. 그런데 만호에게는 한때 가까이 지내던 옥란이란 기생이 있었다. 만호는 그녀에게 아내가 죽으면 꼭 후처로 맞겠다는 언약을 했었다. 이때 옥란은 배반당한 것을 알고 만호의 방에서 밤중까지 기다리고 있다가 마침 침모의 딸과 정사를 치르는 순간 칼로 침모의 딸을 찔러 죽인다. 누명을 썼던 정순은 사실이 밝혀지자 조용히 그 집을 나와버린다.

〈생명 生命〉 김말봉의 장편소설. 1956년 11월부터 1957년 9월까지 《조선일보》에 연재한 작품으로, 종래의 개인적 애욕의 문제에 사회성을 부여하려고 한 의도를 엿볼 수 있다. 여주인공 전창님은 피를 뽑아 팔아야 할 정도로 가난한 여대생이다. 부모도 없고 중학교에 다니던 남동생은 비관해 한강에 투신 자살한다. 여기에 설병국이라는 동생의 담임선생이 창님에게 사랑을 구한다. 한편 창님의 동창생 정미와 그의 아버지 김한주 사장의 부패와 치부, 그리고 김한주의 첩 유화주의 파멸해 가는 여인상 등이 서로 얽히며 전개되어 나가다가 정의가 승리하는 것으로 이야기는 끝을 맺는다. 용모가 아름답고 순결성을 지키는 지성적인 창님과, 아름답기는 하나 여인이기 때문에 당하는 고난과 죄악에서 어쩔 수 없는 환경으로 말미암아 파멸해 가는 유화주는 좋은 대조를 이룬다. 이는 작자가 자주 쓰는 극적 기법의 전개과정이다.

김명수 金明秀 1945~ 시인. 경북 안동 출생. 독일 프랑크푸르트대 수학. 1977년 《서울신문》 신춘문예에 시 〈월식〉 〈세우〉 〈무지개〉 등이 당선되어 등단했다. 《반시》 동인으로 활동. 주요 작품에 〈늑대와 개〉〈백일홍〉〈청계천 평화시장〉〈하급반 교과서〉 등이 있고, 시집에 《월식月蝕》《하급반 교과서》《피뢰침과 심장》《침엽수지대》 등이 있다. 그의 시는 현실의 어둠을 간략하고 선명하게 조직해내고 있다. 즉 시인은 시적 대상을 이루는 당대의 어두운 현실을 시인의 날카로운 직관을 통해 꿰뚫어봄으로써 그 의미와 실체를 또렷하게 부각시킬 수 있었던 것이다. 그의 시 속에는 일상의 조그마한 것에서 큰 진실을 찾아내는 혜안慧眼이 눈떠 있어 때로는 서민들의 삶을 사랑으로 감싸고 때로는 예리한 정치의식에 번뜩이면서 우리를 긴장시킨다. 삶의 여러 계기들을 하나의 사물이나 비유를 통해서 형상화하는 이러한 직관적인 방식은 그의 감각적이고 명징한 언어와 조화를 이루고 있다는 평가를 받고 있다. 1980년 오늘의작가상, 1984년 신동엽 창작기금, 1992년 만해문학상을 수상했다.

김명순 金明淳 1896~ ? 시인 · 소설가. 필명은 탄실彈實 또는 망양초望洋草. 평양 출생. 서울 진명여학교 졸업. 1917년 《청춘》 현상문예에 단편 〈의심疑心의 소녀〉가 당선되어 등단했다. 이후, 단편 〈칠면조〉〈돌아볼 때〉〈탄실이와 주영이〉, 번역소설 〈상봉相逢〉 등을 발표했다. 1919년 도쿄 유학시절에 전영택田榮澤의 소개로 《창조》의 동인으로 참가하면서 본격적인 문필활동을 전개했으며, 《매일신보》의 신문기자를 역임했고, 한때 영화에도 관여해 안종화安鍾和감독의 〈꽃장사〉〈노래하는 시절〉 등에 주연으로 출연하기도 했다. 《창조》에 시 〈동경憧憬〉〈옛날의 노래여〉〈창궁蒼穹〉 등을 발표해 시인으로서도 재질을 보였다. 시집으로 《생명의 과실》이 있다. 1939년 이후 도쿄로 건너가 그곳에서 작품도 발표하지 못하고 생활고에 시달리다가 정신병에 걸려 도쿄 아오야마뇌병원에 수용 중 죽은 것으로 알려져 있다. 그의 시작품은 연정, 자연의 아름다움, 추억 등을 노래한 것이 대부분이며 소설작품은 인물에 대한 지적인 분석과 심리묘사에 치중했다. 신문학 최초의 여류문인으로서 여성해방을 부르짖은 선구자적 구실을 했으며, 여자 주인공의 내면심리를 치밀하게 묘사한 소설들을 많이 남겼다. 개인적인 생활의 고뇌와 사랑의 실패 등으로 인해 매우 불우한 삶을 살았다.

김명인 金明仁 1946~ 시인. 경북 울진 출생. 고려대 국문과 및 동 대학원 졸업. 1973년 《중앙일보》 신춘문예에 〈출항제出港祭〉가 당선되어 등단했다. 《중앙문예》와 《반시》 동인으로 활동. 현재 경기대 국문과 교수로 재직하고 있으며, 미국 브리검영대 객원교수, 러시아 극동주립대 객원교수 등을 역임했다. 주요 작품으로 〈베트남〉〈동두천〉〈어느 일요일 저녁의 종교〉 등이 있으며, 시집으로 《동두천》《마침내 겨울이 가려나 봐요》(공저)《머나먼 곳 스와니》《물 건너는 사람》《푸른 강아지와 놀다》《길의 침묵》《바닷가의 장례》 등이 있다. 그의 작품 세계는 약소민족의 설움이 기본 모티브가 되고 있으며, 비애와 비극의 정서가 고도의 감수성으로 용해되어 현실극복 의지와 열망으로 표출되고 있다. 그는 추억을 통해 현재의 자기 속에 도사린 타자를 발견하고 그 타자를 통해 삶의 새로운 가능성을 찾아간다. 따라서 체험의 추적이라는 시인의 시작 방법은 체험을 닫아두는 심정의 축소가 아니라 체험의 가능성을 열어두는 심정의 확대로 작용한다. 1992년 김달진문학상과 소월시문학상을 수상했다.

김명인 金明仁 1958~ 평론가. 강원도 삼척 출생. 서울대 국문과 졸업(1985). 인하대 대학원에서 석사 및 박사학위 취득(1998). 1985년 창작과 비평사 문학무크지 《한국문학의 현단계》 IV집에 평론 〈민족문학과 농민문학〉을 발표해 등단했다. 계간 《사상문예운동》 편집위원 및 주간, 계간 《문예중앙》 편집위원을 역임했으며, 현재 계간 《황해문화》 편집주간으로 있으면서 인하대 · 인천대에 출강 중. 데뷔 후 1987년 평론 〈지식인 문학의 위기와 새로운 민족문학의 구상〉을 발표해 민족문학주체논쟁을 야기시켰으며, 이후 민족 · 민중문학의 대표적인 소장이론가로 활동해 왔다. 대표적인 평론으로 〈이문열론 : 한 허무주의자의 길찾기〉 〈불을 찾아서〉 〈근대성과 미적 근대성〉 등이 있고, 저서로 평론집 《희망의 문학》, 기행문집 《잠들지 못하는 희망》 등이 있다. 1980년대 후반 급진적 민족문학론의 대표적 이론가의 한 사람으로 이전까지의 소시민 지식인 중심의 민족문학의 주체적 한계를 비판하고 민중적 당파성을 내세워 민족문학의 계급적 전환과 그를 통한 변혁운동에의 복무를 주장했다. 1990년 이래 민중 · 민족문학의 주 · 객관적 쇠퇴를 경험한 이후 90년대 평단에서 한동안 침묵했으나 다시금 문학이 지닌 근원적 정치성과 계몽성의 회복을 주장하며 계몽비평의 복권을 시도하고 있다.

김문수 金文洙 1939~ 소설가. 호 만취재인 晩翠齋人 · 시오是午. 충북 청주 출생. 서라벌예대 문예창작과 및 동국대 국문과 졸업(1962). 국민대 대학원 졸업(1984). 1959년 《자유신문》, 1961년 《조선일보》 신춘문예에 단편 〈외로운 사람〉과 〈이단부흥異端復興〉이 각각 당선되어 등단했다. 졸업 후 신문사 · 잡지사 · 출판사에서 근무했으며, 한국문인협회 이사, 국제펜클럽 한국본부 부회장 등을 역임했다. 현재 한양여대 문예창작과 교수로 재직 중이다. 주요 작품에 단편 〈회람신문〉 〈풍장〉 〈몰이〉, 중편 〈육아〉 〈노리개〉, 장편 〈젊은 가지들〉 〈환상의 섬〉 〈어둠의 저쪽〉 〈바람과 날개〉 〈그 여름의 나팔꽃〉 〈어둠 저쪽의 빛〉 〈가지 않은 길〉 등이 있고, 작품집으로 《증묘蒸猫》 《성흔聖痕》 《머리 둘 달린 새》 《물레나물꽃》 《서울이 좋다지만》 《가출》 등이 있다. 이밖에 장편동화 〈돌을 닮는 아이〉 〈민아네 집〉과 산문집 《가슴에 키우는 별》 및 3권의 콩트집이 있다. 등단 작품을 비롯한 초기의 소설이 서민들의 애환을 다루며, 현상적으로 눈에 보이는 평범하고도 사소한 일상을 한꺼풀씩 벗겨나감으로써 마침내 삶의 근원적인 핵심을 파헤친 정통적인 단편들인 반면, 70~80년대 이후부터는 역사적 현실, 사회부조리에 대해 날카롭게 풍자 · 비판하는 쪽으로 작품 경향이 바뀌었다. 1975년 현대문학상, 1979년 한국일보문학상, 1986년 한국문학작가상, 1987년 동국문학상, 1988년 조연현문학상, 1989년 동인문학상, 1997년 오영수문학상 등을 수상했다.

〈그 여름의 나팔꽃〉 김문수가 지은 소설. 1979년 《정경문화》 8월호에 게재되었다가 개작해 1981년 《한국문학》 10월호에 발표되고, 다시 장편으로 개작해 1982년 간행했다. 이 작품은 6 · 25사변 와중에 엇갈린 삶의 비극적 고통을 원한과 인과관계로 다루어 결국에는 화해로의 실마리를 푸는 인도주의적인 삶의 의식을 다루고 있다. 한 소년

이 6·25사변 당시에 헛간에서 나팔꽃을 기르며 그 생장과 개화 및 결실과정을 살피는 과정에서, 공산치하의 곤경에 빠진 조명원이라는 중년을 구하게 되고, 그는 감사의 뜻으로 소년에게 산호반지를 주게 된다. 30년의 세월이 흐른 뒤 우연하게도 회장이 된 조명원과 생물교사가 된 소년이 서로 만나게 된다. 조명원에 의해 소년의 아버지가 살해되었는데, 그것은 조명원의 고의가 아니라 도망치는 조명원을 인민위원회에 고발하려고 낫으로 위협을 가해 왔으므로 부득이한 조처였었다는 것이 이야기의 끝부분에서 밝혀진다. 조회장은 그의 딸과 옛날의 소년 은인과 결합하도록 권고한다. 원한과 은의가 삶의 과정에서 하나의 연쇄고리로 맺혔다 풀렸다 하는 관계의식을 서사화하고 있다. 조회장의 은의에 관한 깊은 사려나 소년의 나팔꽃의 항일성에 관한 순결한 인간미와 결백한 삶의 의식은 인간성 상실의 세대에 오히려 하나의 시적 지표로서 문예적 가치를 십분 사회화했다고 평가될 수 있다. 작가는 삶의 아름다움을 인간성의 문제로 조명하면서 고난도의 사랑으로 극복할 수 있다는 인간주의의 높은 경지를 서정적 감각으로 표현했다.

김문집 金文輯 1909~ ? 평론가. 호 화돈花豚. 대구 출생. 일본 도쿄제국대 문과 중퇴. 1936년《동아일보》에 〈전통과 기교문제〉를 연재, 이어 〈조선문단의 현대적 재인식〉〈문단투자론〉 등의 신랄한 평론을 발표하면서 등단했다. 이어《동아일보》에서는 '화돈 칼럼란'을 신설, 여기에 최재서崔載瑞·김문집이 당대의 신예비평가를 대표, 대립하게 된다. 이것이 소위 프로문학 퇴조 후의 전환기 모색비평의 일환이다. 그는 비평에 있어 처음부터 논리를 포기하고 그 자리에 기교 혹은 재주를 대치해 놓고 있다. 언어 곧 예술이라는 명제는 논리의 차원에서 벗어난 것이며, 동시에 그것은 모더니티를 철저히 배격하는 반문화주의로 규정된다. 이 반문화주의가 이 무렵 의미를 띨 수 있었던 것은 식민지 상황 때문이었다. 이같은 그의 명제가 바람직하게 나아갈 수 있는 곳은 소위 토착어의 인간상이 다른 작품으로 결부될 때였다. 이러한 그의 경향은 향토와 모국어에 대한 일종의 콤플렉스가 변형되어 나타난 것으로 파악되기도 했다. 조선어 및 조선문화에 대한 학문적 추구나 능력이 없었기 때문에, 처음 〈전통과 기교문제〉에서 피상적으로 보이던 향수의 단계를 포기하지 않으면 안되는 상황까지 이르러, 후엔 일본문예비평의 문체를 흉내내는 차원으로 전락하기에 이른다. 결국 그는 자신의 비평이론을 가지지 못했기 때문에 어떤 뚜렷한 결실을 이룩하지 못하고 일종의 오락적인 차원에 머물고 만 것이다. 저서에는 평론집《비평문학》과 일문 창작집《아리랑 고개》가 있다. 1939년 조선문인협회 간사로 재직 중 사임한 후 1941년 일본으로 귀화했다.

김병걸 金炳傑 1925~ 평론가. 함남 이원 출생. 일본 니혼대 고등사범부 수학. 1962년 평론 〈에고에의 귀환歸還〉이《현대문학》에 추천되어 등단했다. 그후 〈로고스의 궁지窮地〉에 이어 〈순수와의 결별〉을 발표하면서 문학의 역사적·사회적 제관계를 추구했다. 즉 인간성의 추구나 인간의 존재가치는 역사적인 상황 속에서 창조적으로 행동하는 데만이 있을 수 있다고 보고 있다. 그후 〈문학과 오리엔테이션〉〈오영수吳永壽의 양의성兩義性〉에서 본격적인 작가론을 펼쳤다. 그 뒤 〈참여론백서參與論白書〉〈60년대문학의 이슈〉〈예술과 민족〉〈문학의 참여성 시비〉〈김정한金廷漢 문학과 리얼리즘〉〈작가의 민족연대 의식〉〈한국소설과 사회의식〉 등을 발표해 순수문학보다는 민중감정과 역사의식에 의거한 참여문학을 주장했으며, 문학의 사회적 책임을 강조했다. 이는 1960년대 우리 문학에 있어서의 현실에 대한 상황의식을 강조하고 새로운 리얼리즘의 가능성을 제시했다는 점에서 주목할 만한 논조로 평가되었다. 평론집으로《리얼리즘 문학론》《민중예술과 사회사》《민중문학과 민족현실》《문학과 역사와 인간》 등을 간행했으며, 1991년 요산문학상, 김정한문학상 등을 수상했다.

김병욱 金炳旭 1939~ 평론가. 전남 장성 출생. 서강대 국문과 및 서울대 대학원 졸업. 1970년 평론 〈영원회귀의 문학〉으로《월간문학》 신인상을 받고 등단했다. 신화비평적神話批評的 방법으로 김동리金東里 문학에 접근한 이 평론은 1960년대 이후 한국에 소개되기 시작한 신화비평을 구체적으로 한국 작가에 적용한 첫 예이다. 그후 〈소설의 원형〉에서 〈홍길동전〉을 중심으로 소설의 원형적 접근을 시도, 이것은 고전문학과 현대문학 사이의 간극을 메우는 작업이자 전통의 연면한 맥락을 잇는 것이기도 했다. 이러한 작업의 일환인 〈영원회귀의 신화〉에서 문학의 차원을 넘어 현대인의 인간소외현상을 '영원회귀의 신화'로써 극복할 수 있다고 주장했다. 그의 비평방법은 자연히 가치평가를 배제하고 주로 분석에 그친다는 지적을 받기도 했으나, 최근에는 사회·문화적 비평방법을 구사해 소설에서 역사의식을 검증하기도 했다. 그밖의 평론으로 〈개인과 역사〉〈한국소설 속에 투영된 역사의식〉 등이 있으며, 번역논문 〈신화비평이란 무엇인가〉 등이 있다.

김병익 金炳翼 1938~ 평론가. 경북 상주 출생. 서울대 정치학과 졸업. 동 대학원 수료. 1967년 《사상계》에 〈문단의 세대연대론〉을 발표하면서 등단했다.

졸업 후 동아일보사에 입사해 문화부기자로 활동했으며 한국기자협회장을 역임했다. 동아언론사태로 해직된 후 출판사 문학과 지성사를 창립, 이후 대표로 운영하고 있다. 《68문학》 동인으로 참여 후 계간《문학과 지성》 동인으로도 참여해 작품 활동과 더불어 편집·운영을 병행한 바 있다. 1969년 평론 〈60년대 문학의 위치〉〈정치와 소설〉〈시작詩作의 의미〉 등을 발표하면서 본격적인 비평활동을 전개했다. 그는 C.R.밀스의 사회학적 상상력을 배경으로 정치와 사회를 문학 속에 수용한다는 기본입장에서 지성적인 사회비판과 문학성을 균형있게 조화시키려는 노력을 계속하고 있다. 저서로《현대한국문학의 이론》(공저)《한국문단사》《상황과 상상력》《지성과 문학》《전망을 위한 성찰》《숨은 진실과 문학》《새로운 글쓰기와 문학의 진정성》 등 10여 권의 비평집과 《지성과 반지성》《지식인됨의 괴로움》《무서운 멋진 신세계》 등의 산문집이 있다. 그는 문학의 자율성을 존중해 작품에 대한 성실한 읽기로 그 주제와 표현방법을 심층적으로 분석하면서, 현실적 상황과 문화적 맥락에서 비평활동을 한다. 그 시선은 온건하고 그 태도는 개방적이어서 진보주의적 문학에 대한 평가도 수행하며, 신세대문학에 대해서도 수용적이다. 1983년 현대문학상, 1989년 대한민국문화예술상, 1991년 대한민국문학상 및 펜문학상, 1994년 팔봉비평문학상, 1997년 대산문학상 등을 수상했다.

김병총 金並總 1939~ 소설가. 경남 마산 출생. 고려대 철학과(1963), 동 대학 교육대학원 졸업(1975). 1957년 《동아일보》 신춘문예에 동화 〈연과 얼굴과〉가 당선, 이후 〈꽃집 아이〉〈못난 고양이〉 등의 동화를 썼으나 1974년 《문학사상》 제1회 신인상에 단편 〈빨간 우산〉이 당선되어 소설가로 재데뷔. 《불칼》《내일은 비》《춤추는 맨발》《축제에의 약속》《태양의 딸》《달빛타기》《이별연습》 등 많은 소설집을 출간했다. 소설 속에서 그는 환상적인 동화의 세계에서 벗어나 체험을 근거로 한 '자의식'의 강한 정신역동을 주제화함으로써 힘의 미학을 문학적 특성으로 제시하고 있다. 그의 작품 도처에서 볼 수 있는 힘에 의한 처절한 승부의 세계는 근원적으로 원시적인 인간의 삶의 방식인 힘의 속성을 현대화한 것이라 할 수 있다.

김봉호 金鳳晧 1924~ 극작가 · 소설가. 전남 해남 출생. 서울대 교육학과 졸업. 1973년 《동아일보》 신춘문예에 희곡 〈타령打令〉이 당선, 1974년 《월간문학》 신인상에 〈찌〉가 당선되면서 등단했다. 주요 작품으로 희곡〈간이역〉〈소꿉질의 즐거움〉〈즐거운 대결〉, 소설 〈화전놀이〉〈슬픔을 참는 소리〉 등이 있다. 창극 〈황진이〉는 국립극장에서 공연되기도 했다.

김붕구 金鵬九 1922~1991 평론가 · 수필가. 호 석담石潭. 황해도 옹진 출생. 일본 와세다대 및 서울대 불문과 졸업. 첫 논문은 1954년 서울대 문리대 학보에 발표한 〈앙드레 지드와 현대 프랑스 문학〉이며, 그 뒤 계속해서 지드 · 프루스트 · 생텍쥐페리 · 말로 · 사르트르 · 카뮈 등의 문학을 소개했다. 특히 프랑스의 행동주의 문학과 실존주의를 소개, 정당한 이해 · 평가에 주력했다. 1973년 《작가와 사회》에서 사르트르와 생텍쥐페리, 이광수李光洙와 심훈沈薰을 비교해 말만의 참여보다는 행동의 참여가 더욱 바람직하며, 문인으로서의 작품 활동과 시민으로서의 참여는 별개의 것임을 밝혀, 1965년 전후의 참여문학의 한계를 천명했다. 한편, 인간심리의 움직임을 날카롭게 파헤친 심리분석적인 수필과 세태비판에 주력한 수필 등을 다수 발표, 주요 수필로 〈여수旅愁〉〈비장의 초상화〉 등이 있다. 저서로는 《불문학산고佛文學散考》《한국인과 문학사상》《작가와 사회》 등이 있다.

김사림 金思林 1939~1987 시인. 본명 광수光秀. 경남 밀양 출생. 동국대 국문과 및 명지대 대학원 졸업. 1960년 〈대지大地의 소나타〉가 《자유문학》에 추천되어 등단했다. 주요 작품으로 〈강하江河에〉〈3월은〉〈서울의 거리〉〈밤거리〉〈지난 여름 갑자기〉 등이 있으며, 시집으로 《잎을 모아서》《바람의 비밀》《송깃골 우화》《끄나풀》 등이 있다. 그의 시들은 사고의 정착화와 과학적인 분석을 시도하는 작풍을 지니고 있다. 또한 한국적 전통을 소재로 작품을 창작하고 있는데 특히 잃어가는 현대인의 인간성과 전통의식을 회복하려는 경향이 짙다. 1972년 세종문학상을 수상했다.

김사목 金思穆 1933~ 시인. 충남 예산 출생. 서울대 및 동 대학원 영문과 졸업. 대전공전 강사와 공주사대 전임강사 · 조교수를 거쳐 현재 고려대 교수로 재직 중. 1959년 《현대문학》에 〈장미와 달〉〈내가 마시는 이 물은〉〈공포의 달〉이 추천을 받아 등단했다. 이후 〈근작삼제〉〈모상〉〈여로〉 등 꾸준히 작품을 발표했는데, 대표작으로 〈모상〉〈땀으로 흘러가는 바다〉〈오뚝이의 노래〉〈가을〉〈장미〉 등이 꼽힌다. 시집 《영광》《화려한 꿈》 등을 간행했다. 그의 시는 형이상학적 의장을 통한 지성과 감성의 조화를 이루려는 데 주안점을 두고 있는데, 이를 통해 인간의 내적 생명 속에 깃들어 있는 영원한 향수, 그리움, 희구 등을 서정적으로 표현했다. 시창작과 함께 영문학 연구와 외국시의 소개에도 주력해 〈워어즈 워어드〉〈미국시단의 현황〉〈영역英譯된 소월시의 진단〉〈은유와 제유〉 등과 같은 평론을 발표하기도 했다.

김상묵 金相默 1947~ 시조시인. 충남 천안 출생. 독학으로 문학공부를 시작해 주로 생활에서 얻은 체험으로 시를 썼다. 그의 작품이 처음으로 선보인 것은 1966년 《중앙일보》에 〈12월 송頌〉이 발표되면서부터이다. 이후 1968년 《중앙일보》 신춘문예에 〈약주율躍走律〉이 입선되고, 1971년 《시조문학》에 〈꽃바람일기〉〈대춘待春〉〈오감도〉 등이 추천되어 등단했다. 그는 주로 향토적인 것을 소재로 해 토속적 서정을 추구하고 있다. 〈부부〉〈월식도〉〈열쇠〉〈휴일〉 등은 수작으로 꼽힌다. 1994년 오늘의 시조문학상을 수상했다.

김상민 金相民 1924~ 극작가. 함북 경흥 출생. 홍익대 졸업. 1957년 《현대문학》에 단막극 〈폭음爆音〉〈비오는 성좌星座〉로 추천을 받았다. 그후 《현대문학》을 통해 〈언덕에 선 집〉〈각하閣下〉〈증세症勢〉〈유랑극단〉〈산山에서〉 등 단막극이 발표되었고, 여러 소극장에 의해 상연되었다. 등장인물은 능동적이라기보다는 피동적이며 그들의 무기력한 면을 즐겨 다룬다는 점에서도 이 작가의 특성을 찾아볼 수 있다. 또한 희곡이 연극 이전에 하나의 문학으로서 뿌리를 내려야 한다는 생각에서 소극장 위주의 단막극을 많이 썼다.

〈각하 閣下〉 김상민의 희곡. 현실세계를 예리하게 파헤친 단막 희곡. 박람회 구경차 서울에 올라왔던 덕보와 우철은 노자가 떨어지자 곤경에 부딪치고 만다. 때마침 신문에 사람을 찾는 2만원 현상금이 붙은 광고를 보고 좋아한다. 이 무렵 문제의 인물과 비슷한 수염을 단 신사가 같은 하숙집에서 투숙하고 있어 신고하자 연이어 순경들이 찾아와서 '각하'라고 부르며 공경한다. 그러나 그 각하가 실상인즉 정신병자였음이 밝혀지자 순경은 물론 덕보와 우철은 좋다가 만다는 이야기. 우직한 인간심리와 관존민비의 세태를 풍자한 작품이라 할 수 있다.

김상옥 金相沃 1920~ 시조시인·시인. 호 초정草汀·艸汀. 경남 통영 출생. 1938년 김용호金容浩·함윤수咸允洙 등과 《맥貘》 동인으로 활동, 시 〈모래알〉〈다방〉〈고목〉 등을 발표했다. 1939년 《문장》에 시조 〈봉선화〉가 추천되었으며, 1941년 《동아일보》 신춘문예에 시조 〈낙엽〉이 당선되어 등단했다. 이후 〈추천〉〈사립문〉〈살구나무〉〈꽃의 자서自敍〉〈애도哀悼〉 등을 발표했다. 저서로는 시조집 《초적草笛》《삼행시 육십오편》을 비롯해, 시집 《의상衣裳》《목석木石의 노래》《삼행시三行詩》《고원의 곡》《이단의 시》《먹을 갈다가》, 동시집 《석류꽃》《꽃 속에 묻힌 집》 등이 있다. 그의 시는 초기의 전통적 서정에서 생명의 구원을 위한 광명에의 희구, 사물의 배후에 깃든 생명감 등을 포착해 영롱하고 섬세한 언어 감각으로 표현하고 있으며, 시조는 문화재 등을 소재로 해 민족 고유의 예술미와 전통적 정서를 형상화한 것이 많고 특히 이은상李殷相의 관념적 특성과 이병기李秉岐의 사실적인 청신한 감각성을 융합한 경지를 보여준다. 1982년 제1회 중앙시조대상, 노산문학상 등을 수상했다.

〈청자부 青磁賦〉 김상옥이 지은 연시조. 5수. 그의 첫 시조집 《초적草笛》에 실렸다. 이 시조집 3부에 문화적 유물을 소재로 한 작품들이 묶여 있는데, 그 중 제일 처음에 수록되어 있는 이 작품은 제목 그대로 고려의 청자를 소재로 해 그 외양의 아름다움과 정신적 가치 및 역사적 영원성을 찬양한 것이다. 조선의 백자를 노래한 그의 〈백자부白磁賦〉와 짝을 이룬다. 이 작품은 그가 16세 때 쓴 것으로 가람 이병기가 읽어 보고 그 뛰어난 재능에 감탄했다고 한다. 《문장》의 추천 작품인 〈봉숭아〉 이외에도 초기 작품은 많지만, 이 작품이 발표되어 올바른 평가를 받게 된 것을 감안할 때 이것을 실질적인 데뷔작으로 꼽을 수 있다. 1930년대 우리말의 공백기와 다름없는 황폐한 상황에서 고유한 가락으로 청자를 노래, 시조의 새로운 경지와 그 가능성을 보여준 것으로서, 시조문학사상 빼놓을 수 없는 작품으로 평가되고 있다. 이 작품이 그의 초기 작품이면서 시조문학사에 부각되는 까닭은 바로 여기에 있다. 시상의 간명한 처리, 시어의 현대적 감각은 시조가 갖는 재래적인 의미와 개념을 의식하지 않은 채 씌어졌다. 그러나 밝고 자연스러운 율격의 아치는 이 작품의 특징인 동시에, 또한 김상옥 시조의 우월성이기도 하다.

김상용 金尙鎔 1902~1951 시인. 호 월파月坡. 1927년 일본 리쿄대 졸업. 해방 전까지 이화여전 교수로 있었다. 최초의 문단 활동은 1926년 《동아일보》에 시 〈일어나거라〉를 발표하면서 출발했고, 그 뒤 〈이날도 앉아서 기다려볼까〉 〈무상〉 〈그러나 거문고 줄은 없고나〉 등을 계속 발표했으나, 이때 발표한 창작시들은 미숙한 것들이었다. 그의 시가 평단의 주목을 받게 된 것은 1935년부터 《시원》에 〈나〉 〈무제無題〉 〈마음의 조각〉 등 몇 편의 가작을 발표하고 나서부터이다. 일반적으로 그의 작품세계는 자연을 가까이하려는 단면을 드러내며 그와 함께 대상을 따뜻한 마음씨로 바라보는 눈길이 느껴진다. 1939년 유일한 시집 《망향望鄕》을 간행했는데, 우수와 동양적 체념이 깃든 관조적 서정시들이 수록되어 있다. 일본의 탄압과 수탈에 대해 소극적인 대응태세로 보이는 자연귀의의 정신경향이 나타난 결과로 보인다. 대표시 〈남으로 창窓을 내겠소〉에서는 자연 속에 묻혀 살면서도 그 속에서 생을 관조하는 단면이 엿보인다. 그는 또한 영문학자로서 해외문학의 소개에도 이바지했다. 1946년에는 도미해 보스턴대에서 영문학을 연구했다. 1950년 세태를 풍자한 수필집 《무하선생방랑기無何先生放浪記》를 간행, 과거의 관조적인 경향보다는 인생과 사회에 대한 풍자적이고 비판적인 안목을 보여주었다.

《망향 望鄕》 김상용의 시집. 1939년 문장사에서 간행되었다. 한지漢紙를 사용한 고전적인 전아한 멋을 풍겨 주는 장정으로, 내용은 첫머리에 '내 생生의 가장 진실한 느껴움을 여기 담는다'는 저자의 말이 실려 있고, 제자題字는 육필肉筆로 씌어졌다. 수록 작품은 그의 대표적인 명시 〈남으로 창을 내겠소〉를 비롯해 〈서글픈 꿈〉 〈노래 잃은 뻐꾹새〉 〈반딧불〉 〈괭이〉 〈포구浦口〉 등 모두 27편이다. 그의 시의 특징은 우수와 동양적 체험이 깃들인 관조적인 서정시라는 데에 있다. 이 시집은 당시 우리 시단과 평론계에서 상당한 호평을 받았다. 그것은 1930년대 후반에 들어서면서 우리 시가 언어를 남용하는 경향이 있었는데 반해 이 시집에 나타난 경향은 의식적으로 감정을 절제한 자취를 드러내며 인생사를 평정한 마음으로 바라보려는 마음의 자세를 엿보게 하는 작품들이 많다는 점 때문이었다. 이 시집에 수록된 시편들은 자연에 기울어져 있으며, 조용히 현상을 대하는 관조의 입장을 취하고 있다. 이러한 의미에서 《망향》의 세계는 동양적이며 자연귀의의 면을 보여주었다.

김상일 金相一 1926~ 평론가. 경기 가평 출생. 일본 후타마스학사전문학교 졸업. 1956년 평론 〈문체론에의 반성〉이 《현대문학》에 추천되어 등단했다. 이후 〈한국의 상징주의〉 〈예술과 정신분석학〉 〈현대문학의 맹점〉 〈신화비평입문〉 〈심청전의 기원〉 〈미군정과 문학〉 등을 발표했다. 초기에는 정신분석학적 비평을 시도했으나, 차차 신화비평 · 원형비평에 큰 관심을 가지고 이의 소개와 도입에 힘썼다. 특히 그의 비평적 특성은 정신분석학과 인류학을 가지고 접근하는 데 있다. 노드롭 프라이의 신화비평의 이론을 소개하는 한편 그 가설에 의해서 작품을 해석하되, 자연이 전위되고 있음을 강조, 한국문학상을 파악하려 했다. 저서에 《도깨비 연구》, 번역서에 프레이저의 《황금의 가지》가 있으며 1959년 현대문학신인상을 수상했다.

김상형 金相亨 1924~ 시조시인. 자 이필伊弼, 호 동산東山. 경북 청송 출생. 대한예수교장로회 신학교 신학과 졸업. 1957년 《영남일보》에 〈낙화암〉을 발표했고, 1975년 《시조문학》에 〈어머니〉 등으로 추천을 받아 등단했다. 주요 작품으로 〈십자가〉 〈송덕비〉 〈초롱불〉 〈새 하늘이 열립니다〉 〈한라산〉 등이 있으며, 시조집으로 《십자가》 《사모곡思母曲》 등이 있다. 현실의 역경을 희망과 기쁨으로 승화시키며 기독교의 깊은 철학이 담긴 작품을 쓰고 있다. 1989년 국민훈장 동백장, 1995년 한국기독교문학상 등을 수상했다.

김상훈 金尙勳 1936~ 시조시인. 호 민립民笠 · 난주蘭洲 · 고청古青. 경북 울릉 출생. 동국대(1959) 및 동 대학원 졸업(1981). 1957년부터 1959년까지 연속 3회 전국백일장에서 시조부 입선한 경력이 있고, 1958년 《매일신문》 신춘논문이 당선되었으며, 1961년 《부산일보》 신춘논문이 당선되었다. 1967년 《매일신문》 신춘문예 시조부문에 〈영춘송迎春頌〉이 당선되어 시조작가로서 등단했다. 1966년 만29세 때 《대구일보》 상임 논설위원으로 발탁되어 6년간 반독재민주화를 위한 정론직필에 앞장섰고, 그후 부산일보사로 옮겨 논설위원, 논설주간, 주필, 이사 겸 주필, 상무 겸 주필을 역임하고 현재 사장으로 재직 중이다. 아울러 민족시가연구소 이사장과 민족시가대상 운영위원장으로 활동하고 있다. 주요 작품으로 〈오늘〉 〈자우慈雨〉 〈한라산〉 〈파종기〉 〈내 모국〉 등이 있으며, 이들은 주로 한국의 토착적 시정과 조국에 대한 열애를 형상화한 작품이다. 시집으로 《파종원播種苑》 《우륵于勒의 춤》 《산거山居》 《내 구름되거든 자네 바람되게》 《다시 송라松羅에서》 등이 있으며, 역시집 《대밭바람, 솔밭바람(Bamboo Grove Winds, Pine Grove Winds)》 등과 다수의 학술논문집 및 정치논설집이 있다. 초기 그의 시는 시대적 상황에 대한 준열한 고발의식과 함께 자신의 정체성을 집요하게 추구하는 특징을 지니고 있다. 그후 그의 시는 자신을 정화 ·

통어하고, 자신의 고뇌와 번민을 다스리는 단계를 거쳐, 자연 속에 묻혀 자연과 대화하고 교감하면서 자연과 합일을 이룩하는 데까지 승화되고 있다. 문학평론가 원형갑元亨甲은 그의 시를 '자연에 대한 깊은 친숙성과 생명존재에 대한 등가주의적等價主義的 자기발견' 이라고 평가한 바 있다. 1984년 제1회 성파시조문학상, 1987년 부산시문화상, 1989년 노산문학상, 1994년 파성문학상, 1996년 조연현문학상 등을 수상했으며, 이 밖에도 국민훈장 석류장 · 목련장, 일맥문화대상, 가톨릭언론대상, 국무총리포장 등을 수훈 · 수상했다.

김석규 金晳圭 1941～ 시인. 경남 함양 출생. 1967년 《현대문학》에 〈봄언덕〉〈초동初冬〉〈삼천포기행〉 등이 추천되어 등단했다. 주요 작품에 〈무지개〉〈풀잎〉〈닭은 언제 우는가〉〈보리고개〉 등이 있으며, 시집으로는 《파수병》《늪에다 던지는 토속土俗》《풀잎》《백성의 흰옷》《남강하류에서》《대문을 열어 놓고》 등이 있다. 작품 초기에는 농촌생활의 토속적이고 서민적인 면을 서정적으로 노래했고, 이후 사회적 현실이나 상황을 투철한 역사의식과 윤리의식으로 비판하고 일깨우려 했으며, 후기에 들어 인간에 대한 무한한 사랑으로 도시 서민들의 삶의 애환을 긍정적으로 노래했다. 휴머니즘에 입각, 비판의식과 서정성이 균형을 이룬 것이 특징으로 꼽힌다. 1975년 제14회 경남문학상, 1985년 제31회 현대문학상을 수상했다.

김선굉 金善宏 1952～ 시인. 경북 영양 출생. 안동교대 및 대구대, 영남대 대학원 졸업. 1982년 《심상》에 〈우기雨期의 시詩〉〈귀가歸家〉〈달빛아래〉가 당선되어 등단. 《네사람》《신감각》 동인으로 활동. 주요 작품으로 〈아리랑을 위한 서시〉〈추억에서〉〈사월四月〉 등이 있으며 시집 《네사람1 · 2》《히브리 포로들의 노래》《캄캄한 항구에 닻을 내리며》《쟝 주네를 생각함》《눈물이 노래가 되랴》 등이 있다. 시를 화해의 문학으로 인식하는 그의 작품은 비교적 선명한 주제의식을 깔고 있으며 전통적인 형식과 건강한 서정을 바탕으로 하면서 궁극적으로 화해의 세계를 지향한다.

김선영 金善英 1938～ 시인. 경기도 개성 출생. 수도여사대 국문과 및 동 대학원 졸업. 1962년 시 〈메아리〉〈계절의 낙서〉 등이 《현대문학》에 추천되어 등단했다. 이후 《청미靑眉》 동인으로 활동하며 작품 활동을 전개했다. 시집으로 《사가思歌》《허무의 신발가게》《풀꽃제사 · 환상의 문지기》《밤에 쓴 말》《라일락 나무에 사시는 하느님》 등이 있다. 시집 《사가》까지는 곱고 맑고 밝기만 한 감정을 섬세하고 부드럽고 절도있는 언어로 노래하는 시를 썼으나, 두번째 시집부터는 언어로만 노래하지 않고 메타포에 주력, 지적인 시인으로 변모했다. 대체로 잘 계산된 메타포를 적절히 구사함으로써 시를 초기의 평면적 미학에서 입체적 미학으로 밀어올린다는 평가를 받는다. 1973년 장시 〈탈출하는 살〉로 현대시학작품상을 수상했다.

김선학 金善鶴 1944～ 평론가. 부산 출생. 동국대 국문과 및 동 대학원 졸업. 1981년 《현대문학》에 〈시혜적施惠的 지성의 한계〉와 〈설화의 시적 수용〉이 추천되어 평론활동을 시작했다. 그는 문학의 다양성을 인정, 한국문학의 통시적인 이해를 통해 편향된 시각을 극복하는 다원주의 및 자유주의적 입장에서 비평활동을 전개하고 있다. 평론집으로는 《비평 정신과 삶의 인식》《현실과 언어의 그물》 등이 있으며, 1989년 대한민국문학상을 수상했다.

김성도 金聖道 1914~1987 아동문학가. 호 어진길. 경북 경산 출생. 연희전문 문과 졸업(1937). 1936년 《신가정》에 동요 〈가을〉 〈달〉〈강아지래요〉 등이 입선하는 등 초기에는 주로 동요 창작과 작곡에 전념했다. 1950년대 이후부터는 동화 창작에 몰두, 〈생각하는 시계〉〈색동〉〈인형과 꽃씨〉 등의 동화를 발표했다. 동화집으로 《색동》《복조리》《별똥》《꽃주머니 복주머니》 등이 있다. 소천문학상, 소파아동문학상, 대한민국문학상 등을 수상했다.

김성동 金聖東 1947~ 소설가. 충남 보령 출생. 서라벌고 3학년 때 자퇴하고 입산, 1975년 《주간종교》 종교소설 현상모집에 〈목탁조木鐸鳥〉가 당선되었으나, 이 소설이 승려를 모독하고 불교계를 비방했다는 이유로 승적에서 제적당했다. 1978년 《한국문학》에 중편 〈만다라〉가 당선되어 문단에 정식으로 데뷔. 주요 작품에 단편 〈산란山蘭〉〈별〉〈하산〉〈밤〉〈오막살이 집 한 채〉 등과, 중편 〈피안彼岸의 새〉 〈황야에서〉, 장편 〈침묵의 산〉〈풍적風笛〉 〈그들의 벌판〉 등이 있다. 작품집으로《피안의 새》《오막살이 집 한 채》《하산》《집》《화려한 외출》《국수》 등과, 산문집《부치지 않은 편지》《그리고 삶은 떠나는 것》 등이 있다. 입산으로부터 10여 년의 승려생활, 그리고 환속에 이르는 자신의 불교 체험을 바탕으로 하고 있는 〈만다라〉를 위시해 〈산란〉〈등〉〈하산〉 등의 작품은 불교에서 말하는 소위 견성見性의 경지에 이르기 위한 피나는 수도의 과정과 그 본질을 밝히려는 시도를 보여주었다. 이후 김성동의 작품은 불교적 색채를 벗어나 한국전쟁이 남긴 우리 민족의 정신적 상처라는 문제에 집중한다. 한 개인의 상처와 고통이 멀리 한국전쟁으로 대표되는 분단체제의 모순에서 연유하는 것으로 보는 김성동의 현실인식은 이후에도 계속된다. 결국 그는 분단체제가 남긴 비극적 조건을 형상화함으로써 현재의 피폐한 삶의 근원에 도사리고 있는 부조리의 정체가 무엇인지 선명히 밝혀내고자 시도했던 셈이다. 1983년 〈황야에서〉로 소설문학작품상을 수상했으며, 신동엽창작기금을 받았다.

〈만다라〉 김성동의 장편소설. 1978년 《한국문학》에 발표되었다. 수도승 법운이 벽운사에서 알게 된 선배 승려 지산과 함께 도를 닦아가는 과정이 그려진다. 법운의 아버지는 한때 공산주의자였다가 전향, 6·25 직후 처형당한다. 법운의 어머니는 그런 사실에 충격을 받고 가출해 법운의 집안은 풍지박산이 되어버린다. 법운은 종조모집에서 한때를 보낸다. 그리고 종조모댁 산장에 요양 중인 지암스님을 만나 그의 설법에 접하게 되어 입산수도의 길을 택하는 것이다. 출가하고 나서 6년 동안 법운은 견성성불見性成佛의 뜻을 이루기 위해 기를 쓰고 도를 닦는다. 그러나 오묘한 화두의 비밀은 좀체 풀릴 줄을 모른다. 그는 그 비밀을 배낭에 담아 지고 바람처럼 여기저기를 떠돌아다닌다. 그러다가 우연히 들르게 된 벽운사에서 지산을 만나게 된다. 그때 지산은 스스로 가승·잡승이라고 자처하면서 기괴한 행동을 하고 있었다. 그는 불교의 계율에서 보면 엄청난 파계에 해당되는 일을 서슴없이 하면서 술과 여자도 거침없이 범하고 있었다. 그의 과거 역시 법운만큼 어쩌면 더 기구한 것이었다. 처음에는 파계승에 대한 호기심으로 지산 곁에 머물던 법운은 점차 그에게로 경사되어간다. 둘은 벽운사를 떠나서도 철저한 떠돌이가 되어 많은 시간을 함께 보낸다. 지산은 '고독할 수 있는 자유'를 보장하지 않는 종단체제와 공리적인 민간불교 신앙에 오염된 사찰에 대해서 회의하고, 고독이나 허무에 철저해질 수 없는 나약한 수도능력에 대해 회의한다. 그는 불교적인 전인全人형성을 위한 수도는 세속적인 생활과 욕망의 직접성에서 이탈함으로써 가능하다고 믿는다. 비인간적일 만큼 수도에만 전념해야 하는데도 법운도 지산도 그렇지가 못하다. 법운의 이상은 지산처럼 '무애無碍의 대승세계를 살고 있는 자유인'의 경지에 이르는 것이지만, 지산처럼 대담한 파계도 못한다. 법운과 지산은 마지막으로 오대산록에 있는 암자에서 거처한다. 지산은 암자 아래 술집에서 만취한 채 산중에서 얼어죽고 만다. 그는 결국 인간적인 욕망과 허무의 극복에 실패했던 것이다. 지암스님이 법운에게 준 공안 식으로 말하면, 지산이라는 새도 병(오욕의 굴레) 속에서 해탈하지 못한 것이다. 법운도 지산처럼 자살을 생각한다. 그러나 그것도 지산처럼 진실로 자기 삶을 투철하게 사랑했어야 명분이 선다는 것을 깨닫고 그만둔다. 그는 다시 자신의 수도가 피안에 도달하는 데 급급한 쪽이었다는 것을 뉘우친다. 그러고는 먼저 불쌍한 사람들을 구해야 한다는 것을 깨닫고 여관의 창녀와 동침한다. 그는 다음날 아침 거리의 인파 속으로 뛰어든다. 이 작품은 참된 성불成佛이란 무엇인가에 대해 질문을 던지고 있는 불교소설이다. 삶의 허위성에 대한 고민과 방황의 기록으로 주목할 만한 문제를 제기했다. 종교와 인생의 관련을 깊이있게 탐구한 장편소설을 거의 찾아보기 어려운 우리 문학사에서, 이문열의 〈사람의 아들〉과 함께 1970년대 말 대중적 반향을 일으킨 소설로 주목된다. 그러나 고민과 방황의 내용이 자기파괴적인 것으로 귀결되었을 뿐 사회와 개인의 구원에 이르지는 못한 한계를 보인다는 평가를 받기도 했다.

김성영 金成榮 1947~ 시인. 경북 안동 출생. 상지전문학교 졸업. 1972년《매일신문》신춘문예에 시 〈흙1〉이 당선, 같은 해《현대문학》에 〈작업〉〈손의 수고〉〈흙의 실체〉 등으로 추천을 받아 등단했다. 흔히 감성적이거나 외적인 수용으로 그치기 쉬운 종래의 흙을 노래한 많은 시편들의 위험을 극복하고, 보다 육성적인 발성법으로 흙에 사는 사람들의 비참한 현실을 형상화했다. 시집으로《흙》《백의 종군》《막달라 마리아》《바라바》 등이 있다.

김성한 金聲翰 1919~ 소설가. 함남 풍산 출생. 일본 도쿄제국대 중퇴, 뒤에 영국 멘체스터대에 유학, 사학을 전공했다. 광복 후 귀국, 서울 문리사대, 한국외국어대 등의 강사를 역임했고,《사상계》주간,《동아일보》논설위원, 동 출판국장, 동 편집국장 등을 지냈다. 1950년 단편 〈무명로無明路〉가《서울신문》신춘문예에 당선되어 등단했다. 이후 단편 〈김가성론金可成論〉〈암야행暗夜行〉〈제우스의 자살〉〈오분간〉〈바비도〉〈방황〉 등을 발표했다. 프로메테우스와 신神과의 5분간의 협상 회담을 통해 신의 질서에 저항한 인간의 승리를 암시한 〈오분간〉, 영국의 헨리 5세 때 재봉 직공인 바비도가 영역성서를 읽었다는 이유로 이단으로 몰려 화형되는 전말을 통해 교회의 횡포에 대항하는 진정한 신앙·인간의 존엄성·정의의 반항 등을 그린 〈바비도〉, 군대에서 제대한 청년이 직업없이 방황하다가 어느 여인에게서 진정한 애정을 발견해 결합한다는 〈방황〉 등 그의 소설은 인간의 존엄성과 정의의 구현을 적극적으로 실천하는 행동적·반항적인 인간을 창조, 우리 문학사에 새로운 인간형의 가능성을 보여주었다. 또한 신화의 풍유, 우화형식을 통해 현실상황을 자주 암시하는 등, 강렬한 현실의식을 바탕으로 하고 있다. 1966년에 발간된 3부작 장편소설 〈이성계李成桂〉 〈요하遼河〉 등은 이러한 현실의식을 민족사와 연관시켜 표현한 대표작이다. 〈요하〉는 수隨나라 양제煬帝의 113만 대군을 살수薩水에서 격퇴한 사실에서 민족 생존을 위한 투지와 항전의 모습을 그린 소설이다. 이밖의 주요 작품으로는 단편 〈자유인〉 〈개마고지의 전설〉 〈극한極限〉 〈귀환〉 〈광화문〉 등이 있으며, 1987년 《동아일보》에 〈임진왜란〉을 연재했다. 그의 소설들은 소재의 범위가 넓고 문장이 대체로 간결·경쾌하다는 점 등도 특징으로 지적된다. 1956년 〈바비도〉로 동인문학상을, 1957년 창작집 《오분간》으로 자유문학상을 수상했다. 이밖에 아시아자유문학상, 대한민국문화예술상, 보관문화훈장 등을 수상했다.

〈오분간 五分間**〉** 김성한의 단편소설. 1955년 《사상계》에 발표되었다. 신神과 프로메테우스와의 대립을 통해 현대인과 신의 문제를 상징화시킨 작품으로, 프로메테우스가 2천년 만에 코카서스에서 스스로 신으로부터 자유를 전취戰取하는 장면에서 시작해, 신과의 회담에서 신에 대항해 신의 자리를 차지해 보려는 그의 거만을 그린 후, 결국 신은 신대로 프로메테우스는 프로메테우스대로 아무런 해결도 보지 못한 채 헤어진다는 장면으로 끝맺고 있다. 작자는 이 '오분간'에 일어났던 인간세계의 무질서와 혼란을 통해 현대인의 신앙상실과 그 거부로부터 온 혼돈과 혼란을 그리고 있으며, 그 비극을 구할 자는 신도 인간도 아닌 제3의 존재라고 하면서 그의 출현을 기대하고 있다. 김성한의 문학 특성은 형이상학성·풍자성·반항성·우의성 등으로 요약된다. 이 때문에 그의 작품은 주지주의 문학의 정수로 꼽히는데, 풍유와 풍자의 비판력으로써 한순간도 쉬지 않는 인간사의 비리를 폭로한다. 그러나 이러한 성찰은 체험의 구체성 속에서 이루어지기보다 지적 인식으로 파악된다.

〈바비도〉 김성한의 단편소설. 1956년 《사상계》 5월호에 발표되었고, 같은 해 동인문학상을 수상했다. 1410년 이단으로 지목되어 화형을 받은 재봉직공의 이야기를 소설화한 것이다. 이것은 조직화된 교권제도의 틀에서 인간의 자유와 존엄성, 그리고 개성을 박탈당한 주인공 바비도가 이러한 메커니즘화된 조직에 어떻게 반항하다 이단죄로 화형을 받고 죽어갔는가 하는, 한 인간의 반항적이고 영웅적인 비극을 주제로 하고 있다. 바비도가 처한 상황, 그리고 그의 비극은 곧 현대의 상황, 현대인의 비극과도 상통하고 있다. 비록 역사적 제재와 인물 속에 설정되었지만, 그것은 현대사회에 대한 비탄과 메커니즘에의 반항으로 씌어진 작품이다. 이 작품에 드러난 인간의 기본적 자유와 양심에 대한 갈등과 저항과 죽음의 궤적은, 50년대 한국사회에 노출된 심각한 문제들과 맞닿아 있는 것으로 이해되고 있다. 즉, 일제 식민지 치하에서 손상된 민족적 정기의 회복과 6·25로 입게 된 피해의

식의 치유라는 시대적 소명이 과거 역사의 현재적 관점에서의 재구성에 의해 거족적으로 환기되는 의의를 지닐 수 있는 것이다. 부패한 자유당정권을 풍자한 것같이 보이기도 하는 이 작품은, 현실이 강요하는 권위와 독선에 대항해 보다 적극적이면서도 인간의 숭고한 존엄에의 수호를 외치는 실천적·반항적 인간형을 창출하고 있다. 그와 같은 면에서 이 작품은 재래 한국소설의 순수적 토속공간을 파괴하고 현대적 지성 위에 체질적 현대화를 단행한 것으로 평가받고 있다. 바비도를 통해서 제시된 사회적 정의와 개인적 양심의 문제는 단순한 도덕적 인간형의 제시 차원을 뛰어넘는 현대인의 비극과도 상통한다.

〈**방황** 彷徨〉 김성한의 단편소설. 1957년 《새벽》에 발표되었다. 홍만식은 정거장에서 석탄을 훔쳐내고 그 외의 시간은 공상에 몰두하는 건달이다. 그러나, 5년의 군대 복무로 훈장을 두 번이나 탄 그가 그처럼 된 데에는 까닭이 있었다. 제대 후의 구직 노력은 허사로 끝나고 굶주림에 지쳐 죽음을 생각한 끝에 '근자식지近者食之'의 깨침을 얻었던 것이다. 어느 날 애꾸눈 처녀가 경영하는 조그만 음식점에 가서 그 처녀의 호의로 밥과 술까지 얻어먹고, 자기보다 고급생활을 하는 이웃집 셰퍼드를 죽이려고 부르다가 그 주인에게 호되게 얻어맞았다. 자신은 인간이 아닌 생물일 뿐이라는 생각에서 그의 석탄 훔치기는 시작된다. 그러다가, 그는 셰퍼드 주인 상해혐의와 석탄 절도혐의로 경찰서 신세를 지고 나서, 애꾸눈 처녀의 식객이 되어, 둘 사이는 더욱 가까워지면서도 절도節度를 지켰다. 다시 석탄 절도 혐의로 구류를 살고 나온 그는, 애꾸눈 처녀의 물질적 도움과 충고를 듣고 스스로 생물 아닌 인간임을 긍정하며 그 곳을 떠난다.

김소엽 金小葉 1944~ 시인. 본명 광자光子. 대전 출생. 이화여대 영문과 및 연세대 신학대학원 졸업. 1978년 《한국문학》 신인상에 〈밤〉 〈방황〉 등이 당선되어 등단했다. 철저한 기독교 신앙을 바탕으로 시의 생활화와 기독교 정신의 구현을 위한 문인선교회를 조직해 시운동을 펼쳐왔고, 1994년 기독교문화예술총연합회 회장을 역임해 현재까지 활동하고 있다. 국제펜클럽 한국본부 이사, 여성문학인회 이사 등을 역임했고, 방송 및 잡지 편집에 관여해 행동하는 시인으로 활동하고 있다. 현재 호서대 교수로 재직 중이다. 작품집에는 시집 《그대는 별로 뜨고》 《어느 날의 고백》 《지금 우리는 사랑에 서툴지만》 《지난날 그리움을 황혼처럼 풀어놓고》 《마음속에 뜬 별》, 3인시집 《그대여, 좀 더 따뜻한 날에 이별할지라도》 등과 신앙시집들이 있다. 그밖에 수필집 《사랑 하나 별이 되어》, 동시집 《우리의 사랑도》 등이 있다. 그는 한국의 전통적 가락과 서정성을 바탕으로 기독교적 가치관과 세계관으로 사물과 인간을 파악하는 순도 높은 서정시를 쓰며, 신에 이르려는 부단한 갈망과 기도가 승화된 사랑의 형태로 노래되고 있다. 문학에 신학성과 철학성을 부여해 문학정신의 기틀을 이루었고, 한국 전통적인 서정시의 맥을 이어가면서 새로운 서구적 서정을 가미한 신서정의 지평을 열었다는 평을 얻기도 했다. 1993년 기독교문화대상, 1995년 윤동주문학상 등을 수상했다.

김소운 金素雲 1907~1981 시인·수필가·번역문학가. 본명 교중教重, 호 삼오당三誤堂. 일본 카이세이중학 중퇴(1923). 1924년 《시대일보》에 시 〈신조信條〉 〈가을〉 등을 발표해 등단했다. 13세 때 일본에 건너가 34

년간 체류, 20세 전후부터 일본시단에서 활약했다. 1927년《조선의 농민가요》를 일본의 잡지《지상낙원》에 번역·소개하면서 시작된 그의 한국문학 번역작업은 민요·동요·동화·현대시·사화 등 여러 부분에 걸쳐 폭넓게 이루어졌다. 그 가운데 중요한 것으로는《조선민요집》《조선동요선》《조선민요선》과 일본어 번역시집으로《유색乳色의 운雲》《조선시집》등을 들 수 있다. 이들 모두가 잘된 번역으로, 한국문학의 바른 모습을 일본인들에게 알리는 데 크게 공헌했다. 특히, 3년여의 편집과 번역 끝에 완수해 한국과 일본에서 공동출판한《한국현대문학선집》전 5권은 이 방면의 그의 업적을 총결산한 것이라고 할 수 있다. 또한 그는 한국수필문학사에서 현대를 대표하는 중요한 수필가 가운데 한 사람으로 꼽히고 있다. 첫 수필집《마이동풍첩馬耳東風帖》을 낸 뒤부터《목근통신木槿通信》등 8권의 수필집과《은수30년恩讐三十年》등 3권의 일문으로 된 수필집을 내기도 했다. 1978년, 그 동안의 수필을 총정리한《김소운수필전집》전5권을 간행했는데 그의 수필은 유려한 필치로 사회와 인생의 문제를 다각적으로 분석하는 것을 특징으로 하고 있다. 자의 또는 타의에 의해 34년간 일본에 체류했던 경험을 바탕으로 일본과의 관계를 다룬 글들이 많은 것도 그의 문학활동의 큰 특징이다. 단순하게 반일이나 친일의 입장을 떠나서 객관적으로 일본을 바로 알고 그들의 장점을 배우자는 논지를 분명히 하고 있다. 또한 일본인들이 한국에 대해서 이유없이 멸시하고 있는 것에 대해 강력한 항의나 분노를 표시하고 있는데, 특히 그 가운데서도 1951년 번역·발행한 장편수필〈목근통신〉은 일본인에게 보내는 공개장 형식을 취하고 있는 글로 일본에서 큰 반향을 불러일으키기도 했다. 1977년 한국번역문학상을 수상했다.

김소월 金素月 1902~1934 시인. 본명 정식廷湜. 평북 구성 출생. 오산학교·배제고보를 거쳐, 도쿄상대 중퇴(1923). 1920년《창조》에〈낭인浪人의 봄〉〈야夜의 우적雨滴〉〈그리워〉등 5편의 시가 추천되어 등단했다. 오산학교 시절의 성적은 우수했고, 정주에서 개최된 주산 대회에서 우승을 차지한 일도 있으나, 그의 시재詩才는 당시 오산학교 선생이었던 김억金億의 지도와 영향에서 개화했다. 나도향羅稻香과 가깝게 지냈다. 일본에서 귀국한 뒤 할아버지가 경영하는 광산 일을 도우며 고향에 있었으나 광산업의 실패로 가세가 크게 기울어져 처가가 있는 구성군으로 이사했다. 그곳에서《동아일보》지국을 개설, 경영했으나 실패한 뒤 심한 염세증에 빠졌다. 1930년대에 들어서 작품 활동은 저조해졌고 그 위에 생활고가 겹쳐 생에 대한 의욕을 잃기 시작, 1934년에는 고향 곽산에 돌아가 아편을 먹고 자살하기까지 이른다. 데뷔 이후 대표작〈금잔디〉〈엄마야 누나야〉〈진달래꽃〉등을《개벽》에 발표했다. 김동인金東仁·김찬영金瓚永·임장화林長和 등과 더불어《영대》동인으로 활동하면서〈산유화山有花〉〈밭고랑〉〈생과 사〉등을 발표하기도 했다. 계속적인 시작과 시론 활동을 하면서 1925년 그의 유일한 시집인《진달래꽃》을 간행했다. 민요 시인으로 등단한 소월은 전통적인 한恨의 정서를 여성적 정조情調로서 민요적 율조와 민중적 정감을 표출했다는 점에서 크게 주목되고 있다. 생에 대한 깨달음은

〈산유화〉〈첫치마〉〈금잔디〉〈달맞이〉 등에서 피고 지는 꽃의 생명 원리, 태어나고 죽는 인생 원리, 생성하고 소멸하는 존재 원리에 관한 통찰에까지 이르고 있음을 보여준다. 또한 시 〈진달래꽃〉〈예전엔 미처 몰랐어요〉〈먼후일〉〈꽃촛불 켜는 밤〉〈못잊어〉 등에서는 만나고 떠나는 사랑의 원리를 통한 삶의 인식을 보여줌으로써 단순한 민요시인의 차원을 넘어서는 시인으로 평가되고 있다. 시집 《진달래꽃》 이후의 후기 시에서는 현실인식과 민족주의적인 색채가 강하게 부각된다. 저서로 생전에 출간한 《진달래꽃》 외에 사후에 김억이 엮은 《소월시초素月詩抄》(1939), 하동호河東鎬 · 백순재白淳在 공편의 《못 잊을 그 사람》(1966)이 있다. 이후 100여 종에 가까운 소월시집이 다투어 출판되었다. 그의 시 근저에는 인간 사이에서 발생하는 이별, 그리움에서 우러나오는 슬픔 · 눈물 · 애한哀恨 등을 읊은 것이므로, 그 바탕은 동양적 자연 귀의 내지 자연주의가 아니라 유교적 인륜주의이다. 이상적 · 보편적인 정서를 민요적 율조로 담은 시가 대부분이나, 〈옷과 밥과 자유〉 등 몇 편의 시에서는 금전 문제 등 지극히 현실적인 문제를 생경하게 다룬 것을 볼 수 있다. 또, 그의 시에 나오는 '임'이 결혼하기 이전에 연정을 가졌던 일이 있다고 하는 오순吳順이라는 여성을 의미하느냐, 일제 치하의 조국을 상징하느냐 하는 문제, 그가 7 · 5조의 정형률을 많이 사용했는데, 이것으로 그가 민요적 시인이란 견해와 아니라는 견해 등의 논의가 있어 왔다. 1981년 예술 분야에서 대한민국 최고인 금관문화훈장이 추서되었다. 시비詩碑가 서울 남산에 세워지기도 했다.

《진달래꽃》 김소월의 시집. 1925년 매문사에서 간행되었다. 저자가 생전에 낸 유일한 시집이다. 체제는 전체를 16부로 나누어 총 127편의 작품을 수록하고 있다. 수록된 대부분의 작품은 김소월이 그 이전에 개별적으로 발표한 것들로서 발표 당시의 작품과는 그 문맥 처리나 형태 사이에 상당한 차이가 있는 점으로 보아, 시집 간행 당시 그가 이미 발표한 작품들을 다시 다듬고 손질한 것으로 보인다. 그의 시작 활동에서 주로 전반기에 쓴 작품들을 모은 이 시집은 그의 대표작으로 꼽히는 〈진달래꽃〉〈산유화〉〈초혼〉〈금잔디〉 등이 모두 망라되어 있을 뿐만 아니라 당시로 보아서는 이례적으로 많은 작품을 수록하고 있다. 수록시들은 민족정서를 민요적인 율격에 담아 표현함으로써 한국근대시사에서 중요한 위치를 차지하고 있으며, 또한 근대문학사상 가장 널리 읽힌 시집으로 높이 평가된다.

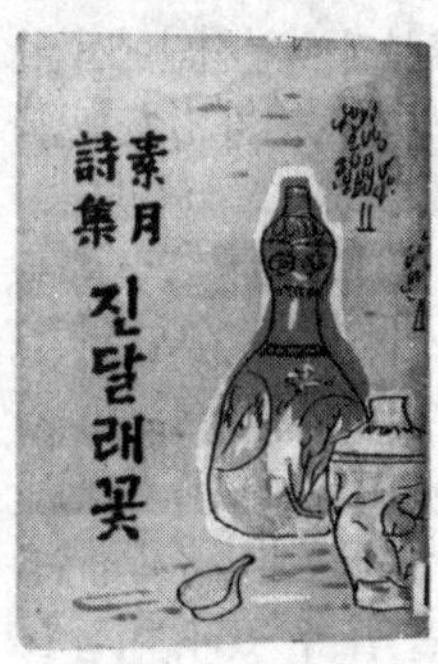

▲진달래꽃 김소월 지음. 1925년 매문사 간행. 국립중앙도서관 소장.

〈진달래꽃〉 김소월의 시. 1922년 《개벽》에 발표되었다. 우리의 고대 시가인 〈가시리〉〈아리랑〉의 맥을 잇는 이별가의 백미로서 김소월의 대표작으로 평가되고 있다. 그 이유는 이 작품 속에 우리 민족의 원형과 부합되는 측면이 있기 때문이다. 이 작품 속에 어쩔 수 없는 '이별'의 모티브가 기본축으로 자리해 있는데, 이때 떠나보내는 자의 가슴속에는 한恨의 정서가 간직되어 있다. 그것은 이 작품 속의 화자, 곧 님을 떠나보내는 자가 이별의 상황 앞에서 그것을 자학과 체념과 인내로 넘어서고자 하는 데서 만들어진 정서이다. 이 작품은 남녀간의 이별이라는 보편적인 주제를 역설적인 기법을 사용해 우리 민족의 원형에 강력하게 호소하고 있는 작품이라고 할 수 있다.

〈엄마야 누나야〉 김소월의 시. 1922년 《개벽》 1월호에 발표되었다가 1925년 시집 《진달래꽃》에 수록되었다. 4행으로 된 민요조의 서정시이다. 내용은 자연에 대한 강렬한 동경을 노래한 것에 지나지 않으나, 능숙한 언어구사로 완벽한 음악화에 성공한 작품이다. 민요조의 가락과 소박한 감정의 직정성直情性, 반복적인 운율의 묘를 최대한 살린 점이 소월시의 한 특징이라 할 때, 그것은 이 작품에 통용되는 원리가 되기도 한다. "엄마야 누나야 강변 살자" 1행과 4행에 반복되는 이 음악적인 호소는, 이 시의 핵심이며 그 전부라고 해도 과언이 아니다. 특히 여기에서 '어머니' '누님' 하는 일상용어 대신 어린이의 말투인 '엄마' '누나' 가 쓰였고 호격조사에 있어서도 아이들의 말인 '~야' 가 사용되었음이 중시된다. 또 '강변' 이라는 낱말의 밝은 음향, '살자' 라는 반말 같은 것이 모두 인위적인 허식을 털어버린 천진하고도 솔직한 호소여서, 이 시가 많은 독자를 사로잡는 비밀이 여기에 있다고 하겠다. 자연을 노래한 소월의 많은 작품 중에서 가장 잘 짜여지고 음악화에 성공한 대표작이다.

〈초혼 招魂**〉** 김소월의 시. 발표연대 미상인 작품으로 1925년 매문사에서 발간한 《진달래꽃》에 수록되어 있다. 1연 4행씩 전 5연의 형식을 지닌 시로서, 사랑하는 사람의 죽음으로 인한 슬픔을 격앙된 어조로 노래하고 있다. 그리하여 자칫 잘못하면 단순히 사랑하던 사람의 죽음을 슬퍼한 넋두리로 보아버릴 수도 있는 작품이다. 그러나 결코 그렇게 부정적인 평가로 일관될 작품은 아니다. 우선, '초혼' 이라는 제목이 우리 민족의 전통적인 상례의식의 한 절차인 고복의식皐復儀式에서 왔다는 점을 들 수 있다. 고복의식은 임종 직후 북쪽을 향해 죽은 사람의 이름을 세 번 부르는 행위로서, 죽은 사람을 재생시키려는 의지를 표현하는 부름의 의식이다. 그러나 결과적으로 죽음을 확인하는 절차인 것이다. 이러한 의식이 이 작품의 전체적 구조에 수용되어 있다. 또 하나의 특징은 이 작품에서 소월의 율격의식이 다양하게 나타나고 있다는 점이다. 김소월의 시는 이와 같은 다양한 율격의 실현을 통해 현대성을 획득하고 있으며, 〈초혼〉 역시 그 점에 손색이 없는 작품이라고 할 수 있다.

김소진 金昭晉 1963~1997 소설가. 강원도 철원 출생. 서울대 영문과 졸업. 1991년 《경향신문》 신춘문예에 단편 〈쥐잡기〉가 당선되어 등단했다. 이후 1993년 중·하층 사람들의 고단한 생활을 소재로 한 작품집 《열린 사회와 그 적들》을 상재해 문제작가로 주목받기 시작했다. 이후 왕성한 창작력을 과시하다가 1997년 암으로 안타까운 생을 마감하기까지 창작집 《고아떤 뺑덕어멈》 《자전거 도둑》 등과 장편 〈장석조네 사람들〉 〈양파〉, 콩트집 《바람부는 쪽으로 가라》를 간행했다. 유고집으로 소설집 《눈사람 속의 검은 항아리》, 산문집 《아버지의 미소》, 콩트집 《달팽이 사랑》 등이 출간됐다. 그의 작품 경향은 황석영·이문구·윤흥길 등의 작가들로 대표되는 사실주의 전통을 잇는 것으로서, 그의 작품이 지닌 풍부한 토속어와 단단한 서사구조, 그리고 한국적 정서 등은 1990년대 우리 문단의 소중한 자산으로 평가받았다. 1996년 오늘의 젊은예술가상을 수상했다.

김송 金松 1909~1988 극작가 · 소설가. 함남 함주 출생. 일본 니혼대 예술과 중퇴. 1940년 《인문평론》에 희곡 〈농월弄月〉을 발표해 등단했다. 해방 전까지는 주로 희곡을 써서 〈산의 승패勝敗〉〈호반湖畔의 비가悲歌〉 등을 발표했고, 해방 후 《백민》을 발행하면서 소설가로서 활동했다. 주요 작품으로 단편소설 〈남사당男寺黨〉〈파시波市의 여상女像〉〈청개구리〉, 장편 〈영원히 사는 곳〉〈애정도시〉〈시민사〉 등을 발표했다. 초기의 작품들은 대체로 지방색이 짙은 감상적 경향과 소시민의 생활상태를 보여주었으나, 후기에는 현실의식을 가지기 시작해 시야를 사회문제로까지 확대, 사회문제에 대한 증언자의 입장을 지키려는 모습을 보였다. 단편집으로 《남사당》《청개구리》《세월》 등을 간행했다.

김수경 金守經 1937~ 시인 · 수필가. 호 망일산인望日山人. 충남 서산 출생. 서울대 대학원에서 의학박사 학위 취득(1973). 1987년 《문학정신》에 시 〈사랑〉〈황진이에게〉 등이 추천되어 등단했다. 시집에 《나그네 향수》《파란 잔디 하얀 공》《민족이여 통일이여》 등이 있고, 수필집으로 《자연 그리고 삶》《삶의 여운》《세계의 산책로》 등이 있다. 그밖에 도자시화전陶磁詩畵展도 여러 차례 연 바 있다. 가장 자유로운 입장에서의 시작 활동, 즉 동인이나 운동 형식, 실험을 위주로 한 어떤 단체와도 무관하게 시를 통해서 삶이나 언어가 얼마나 자유를 획득할 수 있는가에 관심을 갖고 있다.

김수복 金秀福 1953~ 시인 · 평론가. 경남 함양 출생. 단국대 국문과 및 동 대학원 졸업. 1975년 《한국문학》 신인상에 〈겨울 숲에서〉〈청동그릇〉〈저물 무렵〉 등이 당선되어 등단했다. 주요 작품으로 〈산청山淸의 눈보라〉〈노을 속에서〉〈육자배기〉〈피리구멍〉 등이 있으며, 시집으로 《낮에 나온 반달》《새를 기다리며》《기도하는 나무》《또다른 사월》《모든 길들은 노래를 부른다》 등이 있다. 이밖에 평론집 《정신의 부드러운 힘 : 우리 시의 표정과 상징》《별의 노래 : 윤동주》 등이 있다. 1999년 발간한 《상징의 숲 : 우리 시의 상징과 자아동일성》은 한국의 주요 현대시인들의 시에 담긴 상징의 의미와 그 구조를 밝힌 시론집이다. 여기에서 그는 자아의 근원적인 무의식의 시간 속으로 돌아가려는 상징적 의식을 가질 때 인간 중심의 문화가 살아날 것이라며 시적 상징이 주는 서정의 힘을 강조했다. 그의 시는 우리의 전통적 사물을 시적 대상으로 해 우리 삶에 대한 총체적 인식을 형상화하는 데 시적 시각을 집중시키고 있다. 이러한 시각은 사물인식에 있어서 역사적 진실이나 세계에 대응하는 그의 상상력의 바탕에 깊이 내재되어 있다.

김수봉 金壽鳳 1937~ 수필가. 호 일강逸江. 전남 나주 출생. 조선대 국문과 졸업(1963). 1984년 《월간문학》에 수필 〈뜨락을 쓸면〉이 당선되어 등단했다. 일상 속에서 삶의 안목을 통한 한국인의 의식구조를 조명하는 수필 작품을 주로 쓰며, 수필집으로 《전라도 말씨로》《황토에 부는 바람》《예던 길 앞에 있네》《갈매빛 저 언덕》 등이 있다. 1989년 광주문학상을 수상했다.

김수영 金洙暎 1921~1968 시인. 서울 출생. 연세대 영문과 중퇴(1945). 1945년 《예술부락》에 〈묘정廟廷의 노래〉를 발표해 등단. 1941년 선린상업 학교를 졸업하고, 일본으로 가서 도쿄상대 전문부에 입학했다. 1943년 징집을 피해 귀국해, 1944년 가족과 함께 만주 길림성으로 이주했다. 그곳에서 교원생활도 했으며 연극운동도 했다. 북한의 남침으로 미처 피난하지 못한 그는 북한군에 징집되었다가 거제도 포로수용소에서 석방되었다. 그 뒤 미군 통역생활도 하고 평화신문사 문화부차장 등 여러 직장을 전전했으나, 1956년 이후부터는 시작詩作과 번역에만 전념하다가 교통사고로 사망했다. 시집으로 《평화에의 증언》《달나라의 장난》《거대한 뿌리》《달의 행로를 밟을지라도》《퓨리턴의 초상》 등이 있으며 저서 · 역서로는《20세기 문학평론》《카뮈의 사상과 문학》《현대문학의 영역》 등이 있다. 1956년을 전후해, 〈웃음〉〈긍지의 날〉〈여름 뜰〉〈일〉〈거리〉 등 격변하는 사회 속에서 겪어야 했던 지성의 방황과 고민을 육성으로 읊었다. 그 당시 모더니스트들의 유행적인 시사성 · 관념성 · 생경성을 극복해 지성과 감성의 조화를 이룬 작품으로 높은 평가를 받았다. 이어 〈예지〉〈영교일靈交日〉〈봄밤〉 등을 발표했다. 그는 관념어를 소화해 예술성으로 승화시킨 작품들을 발표했고, 강렬한 현실 의식과 저항 정신에 뿌리박은 새로운 시정詩情의 탐구는 참여파 시인들의 전위적 역할을 담당했다. 그는 현실의 억압과 좌절 속에서 일어서고자 했던 1960년대의 대표적인 시인의 한 사람이며 현실참여의 생경하지 않은 목소리를 보여줌으로써 1970년대는 물론 1980년대까지 강력한 영향을 미친 시인이라 할 수 있다. 1958년 제1회 한국시인협회상을 수상했다.

《달나라의 장난》 김수영의 시집. 1959년 춘조사에서 간행. 작자 생전의 유일한 단독 시집이다. 모더니스트로 활약하던 1940년대의 직설적 · 추상적 시풍에서 탈피해 새로운 서정의 개화를 이룩한 작품들로 평가받고 있다. 당시 한국시의 새로운 방향을 제시했다고 할 수 있다. 이 시집에 수록된 시 〈눈〉은, 결코 난해하지도 안일하지도 않으면서 '눈', '기침', '가래'의 이미지를 반복해 깨끗한 '눈'과 깨끗하지 못한 일상을 대조시켜 현실의 울분을 토로하는 아픔을 느끼게 하고 있다. 무엇인가 깨끗하게 살아 있는 생명을 갈구하는가 하면 그 깨끗한 생명의 눈 위에 가래침을 뱉는 고뇌와 몸부림이 또한 잘 나타나 있다.

〈푸른 하늘을〉 김수영의 시. 4 · 19혁명 직후에 씌어진 작품으로 작자의 시작생활 중 큰 의의를 지닌 작품으로 평가되고 있다. 이 무렵을 계기로 시 · 시론 등을 통해 현실참여를 고취시키고 사회정의를 부르짖었기 때문이다. 이 작품은 4 · 19를 테마로 하고 있으면서도, 4 · 19 직후의 흥분과 4 · 19에 대한 찬양을 맹목적으로 답습하고 있지는 않다. 많은 시인들이 거의 열광적으로 4 · 19를 찬양한 데 비해 그는 4 · 19를 통해 보다 근본적인 '혁명의 고독'을 본 것이다. 혁명을 껍데기로 노래한 것이 아니라 알맹이로 포착, 혁명이란 왜 고독한 것인가, 혁명이란 왜 고독해야 하는 것인가를 물음으로써, 이 시대를 사는 모든 사람들에게 시와 삶을 생각하는 깊이를 더해 주는 작품이다.

〈풀〉 김수영의 시. 1968년 6월 불의의 교통사고로 타계하기 직전에 쓴 그의 마지막 작품이자, 그의 대표작 중의 하나이다. 비바람에 날려 누웠다가 다시 일어서는 '풀'의 생태학적 현상에 대한 상념을 전3연 18행의 간결한 형식으로 노래한 이 작품은, 현실참여 · 풍자 · 야유 · 난해성을 특질로 하는 김수영 시의 일반적 경향과는 달리, 서정적이고 평이한 시이지만 매우 김수영적인 작품으로 평가되고 있다. 김수영을 1970년대 이후의 참여시 · 민중시의 아버지로 보는 민중주의자들은 '풀'을 어떠한 압력에도 굴하지 않고 일어서는 '민중'의 상징으로 해석하는 데 비해, 시의 전체적 맥락에 충실하고자 하는 인문주의적 평론가들은 삶의 여러 움직임을 보여주는 상징동력으로 이해하고 있다. 김수영의 시세계뿐만 아니라, 그와 1970년대 민중시의 관계를 이해하는 데 매우 중요한 작품으로 평가된다.

김숙현 金淑賢 1944~ 극작가. 경북 성주 출생. 동국대 연극영화과를 거쳐 동 대학원에서 국문과 석사, 경남대 대학원에서 박사과정 수료(1990). 1969년 《현대문학》에서 추천완료되어 등단했다. 부산문인협회 이사 역임. 주요 작품으로 〈잔영〉〈5년 후〉〈바벨탑 무너지다〉 등이 있으며 작품집에 《외줄 위의 분장사》《바이올렛 왈츠》 등이 있다. 여고시절부터 희곡을 쓰기 시작, 남성의 눈이 좀처럼 닿기 힘든 여성의 세계를 즐겨 파헤치는 경향을 갖는다. 〈잔영〉도 같은 계열의 작품이다. 1968년 신인예술상, 1988년 한국희곡문학상 및 현대문학상 등을 수상했다.

김승옥 金承鈺 1941~ 소설가. 일본 오사카 출생. 1945년 귀국 후, 전남 순천에 정착. 서울대 불문과 졸업(1965). 1962년 《한국일보》 신춘문예에 단편 〈생명연습〉이 당선되어 창작 활동을 시작. 이 해에 김현 · 최하림 崔夏林과 함께 동인지 《산문시대》를 창간하고 여기에 〈건乾〉〈환상수첩〉 등을 발표했다. 이어 〈역사力士〉〈싸게 사들이기〉〈무진기행霧津紀行〉〈서울 1964년 겨울〉〈차茶나 한 잔〉〈내가 훔친 여름〉〈60년대식六十年代式〉〈야행夜行〉 등의 역작을 발표했다. 이후 10여 년간 과작의 경향을 보이다가 1977년 중편 〈서울의 달빛 0장章〉을 발표하면서 작품 활동을 재개, 새롭게 주목을 받았으나 더 이상의 활동을 보이지는 않았다. 1980년 새로운 의욕을 갖고 장편 〈먼지의 방〉을 《동아일보》에 연재하기 시작했으나 '광주사태로 인한 집필 의욕 상실'을 이유로 15회 만에 자진중단했으며, 그로부터 1년 뒤인 1981년에는 〈나는 이제 허무주의자가 아니다〉라는 기독교 입문 선언문을 발표한 뒤 소설 창작을 중단하고 전도 활동에 전념하게 되었다. 1995년 《김승옥전집》이 전5권으로 기획 · 간행되었다. 그는 인간기미의 내밀성과 사회적 관계와의 윤리적 측면을 중요한 테마로 부각시켜 화제를 던졌고, '감수성 혁명'이란 극찬을 받기도 했다. 그의 소설의 특색은 일상적 소재에서 인간의 기미 특히 섹스를 모티브로 포착, 그것을 통해 개인의 자아의식을 자각해 나가는 데 있고, 그런 의미에서 개체와 전체와의 관계, 인간관계가 중요한 주제로 부각되고 있다. 사랑과 증오, 연민과 분노 등의 교감 문제나 소외의 문제는 모두 이 같은 주제의식과 관련되고 있으며, 밀도 있는 유려한 문체로 그의 소설을 성공으로 이끈다는 평가를 받는다. 이러한 경향은 〈무진기행〉〈60년대식〉〈내가 훔친 여름〉 등에 두드러지게 나타난다. 창작집으로 《서울, 1964년 겨울》

《60년대식》이 있으며 그 외 콩트 · 수필집 등이 있다. 1965년 〈서울, 1964년 겨울〉로 동인문학상을, 1977년 〈서울의 달빛 0장〉으로 이상문학상을 수상했다.

〈무진기행 霧津紀行〉 김승옥의 단편소설. 1964년 《사상계》에 발표되었다. 무진으로 가는 버스를 탄 '나'는 무진의 아침에 사람들이 만나는 안개가 그곳의 명산물이라고 생각한다. 그리고 '나'는 신선한 햇볕과 바람의 저온과 바다의 소금기를 합성해서 수면제를 만들겠다는 공상에 빠진다. 무진은 골방 안에서의 공상과 불면 · 수음 · 편도선 · 담배꽁초와 우편배달부를 기다리는 초조 등이 뒤엉킨, 어둡던 나의 청년시절의 고향이다. 무진에 온 '나'는 무진에서 탈출하기를 원하는 하인숙이라는 음악선생을 만난다. 서울로 데려가 달라는 그녀와 정사를 한 뒤, 이모 집에서 아내의 전보를 받고 무진을 떠나면서 '나'는 인숙에게 썼던 편지를 찢어버린다. 이 단편소설은 자기 존재의 이유의 확인을 통해 지적 패배주의나 윤리적인 자기 도피를 극복해 보려는 작가의식을 담고 있다. 아무에게도 발견되지 않은 '안개'라는 소재를 발견하고, 그것을 작중 상황으로 꾸미는 일에 성공함으로써 이 작품은 높이 평가된다. 이 소설에는 서울로 표상되는 일상의 공간과 무진으로 표상되는 탈일상의 공간이 선명하게 구분된다. 아내가 있고 직장이 있는 서울은 세속적이지만 현실적인 가치의 중심이고, 무진은 안개와 바다가 있고 자살한 여인의 시체와 하인숙의 노래가 있는 몽환적인 공간이다. 몽환의 나라 무진은 현실의 나라 서울보다 아름답지만, 사람은 몽환 속에서만 살 수는 없는 일이다. '무진'에 대한 부정은 "우리는 아마 행복할 수 있을 것"이라고 쓴 인숙에게의 편지를 찢고 그곳을 떠남으로써 완결된다.

〈서울, 1964년 겨울〉 김승옥의 단편소설. 1965년에 발표되어 많은 화제를 낳은 작품이다. 같은 해 동인문학상을 수상했다. 이 작품은 1960년대적인 의식의 방황을 형상화했다는 측면에서 의미가 크다. 김승옥 특유의 개체와 개체와의 관계, 즉 인간관계가 중요한 주제로 부각되고 있다. 25세의 구청 직원인 '나'와 대학원생인 '안安', 그리고 가난뱅이임이 분명한 35~36세 가량의 '사내'가 포장마차 안에서 우연히 만난다. 이들은 "안형, 파리를 사랑하십니까?", "김형, 꿈틀거리는 것을 사랑하십니까?" 하는 따위의 대화를 나누며 술을 마시고 밤거리를 어울려 다니다가 하룻밤을 같이 보내게 된다. 혼자 있기 싫다고 하던 30대의 사나이는 그 다음날 자살체로 발견되고 나머지 둘은 각각 헤어진다. 현실에서 소외된 고독한 세 인물은 서로 무심히 만나고 헤어지는 단순한 사건을 통해 각자 그들 나름의 개별성을 확인할 뿐, 아무런 사회적 연대성도 느끼지 못한다. 한국소설이 취락주의聚落主義 · 인정주의에서 개인주의에로 변모하는 한 경향을 다룬 작품으로서, 새로운 인간형의 제시가 이채로우며 한국소설의 개인적 존재 상황에의 변모와 가능성을 보여준다는 점에서 높이 평가되고 있는 작품이다. 60년대 작가들의 대명사처럼 일컬어지기도 했던 김승옥을 가리켜 내성적 기교주의자의 대표적 작가로 내세우기도 하는데, 이 소설은 그와 같은 특징을 유감없이 보여주고 있다. 이 소설의 '나'와 '안'이 보여주는 심각하고 진지한 것에 대한 거부감은 엄숙주의에 대한 거부인 것이다.

김승희 金勝熙 1952~ 시인. 광주 출생. 서강대 영문과 졸업. 1973년 《경향신문》 신춘문예에 시 〈그림 속의 물〉이 당선되어 등단했다. 주요 작품에 〈죽은 말의 꿈〉〈흰 여름의 포장마차〉〈해님의 사냥꾼〉〈흰 나무 아래의 즉흥卽興〉 등이 있다. 시집으로 《태양미사》《왼손을 위한 협주곡》《미완성을 위한 연가》 등이 있으며, 산문집 《성냥 한 개비의 사랑》《33세의 팡세》《벼랑의 노래》《고독을 가리키는 시계바늘》 등이 있다. 1999년에는 첫 장편소설 〈왼쪽 날개가 약간 무거운 새〉를 출간했다. 아직은 시인으로서 더 많이 알려진 그의 시는 강렬한 종말의식과 폐허의식 위에서 불멸자 혹은 잔인한 신으로서의 태양을 꿈꾼다. 젊은 혼의 상처입은 광기, 죽음 충동과 삶 충동의 진한 모자이크를 통한 미로, 살바도르 달리를 연상시키는 초현실주의적인 상상력과 무가적인 가락으로 노래한다. 그의 시세계는 오직 빛으로만 향해 내딛고 있는 참신한 언어와 밝은 톤으로 죽음의 빛을 형상화시킨 엑스레이 빛과 대조를 이루면서 백열의 광도를 보여주고 있다는 평가를 받았다.

김시백 金時百 1935~ 시조시인. 호 추강秋江. 경북 안동 출생. 총신대 신학부를 거쳐 목회신학원 졸업(1980), 계명대 교육대학원 상담과정 수료. 1971년 《시조문학》에 〈태백산〉〈소망〉〈독백〉 등이 추천되어 작품 활동을 시작했다. 한국문인협회 안동지부장 및 한국크리스천문협 시조분과 위원장 역임. 1999년 현재 한국크리스천문학가협회 시조분과 위원장, 시조문학작가회 이사로 활동하고 있다. 저서에 시집 《추강산조》《매여동시첩》《광야의 소리》《안동호》《순례의 길에서》《변화》《바라사계》, 수필집 《포도의 계절》《하나되게 하소서》 등이 있다.

김시종 金市宗 1942~ 시인 · 시조시인. 호 영강穎江. 경북 점촌 출생. 안동교대 및 한국방송통신대 법학과 졸업(1987). 1967년 《중앙일보》 신춘문예에 시 〈도약跳躍〉이 당선되어 등단했다. 초기 시조시인으로 향토적 서정세계를 추구했으나, 1969년 《월간문학》에 〈타령조〉를 발표하면서부터 자유시로 전환했다. 중 · 고교 교사로 재직하면서 한국현대시인협회 중앙위원, 노산문학회 이사, 문인협회 점촌지부장 등을 역임했다. 주요 작품으로 〈외팔이 춘희〉〈수로가水路歌〉〈도로 고考〉〈우는 농〉 등이 있으며, 시집에 《오뉘》《창맹의 입》《흙의 소리》《신의 베레모》《얼굴없는 여인》《외팔이 춘희》 등이 있다. 초기의 토속적이고 향토적인 색채를 벗어나 현실을 예리하게 풍자한 작품과 짙은 역사의식이 담긴 작품으로 변모해 왔다. 일상 생활의 고뇌를 쉬우면서도 절실하게 드러낸다는 평을 듣는다. 1983년 경북문화상, 1984년 도천문학상, 1988년 노산문학상 등을 수상했다.

김시철 金時哲 1930~ 시인. 호 하서河書. 함북 성진 출생. 성진학성고급중학 졸업(1948), 1 · 4후퇴시 월남. 이후 신문 · 잡지 기자로 전전하다가 김광섭金珖燮이 발행하던 《자유문학》의 편집장으로 일하게 되었다. 이후 한국시인협회 창설멤버, 자유문협 시분과 회원 등을 거치며 1956년에 첫 시집 《임금林檎》을 출간해 본격적인 작품 활동을 시작했다. 1960년에 출협出協 기관지 《출판문화》를 창간 · 편집했고, 국제펜클럽 한국본부 이사, 한국문인협회 이사, 예총 이사 등을 거쳐 1988년 문협 부이사장을 재임하고 1993년에 국제펜클럽 한국본부 부회장 및 회장권한대행을 거쳐 1995년부터 국제펜클럽 한국본부 회장을 맡아 현재까지 연임중에 있다. 시집으로 《임금》《조용한 무제》《생활》《시가 안되는 밤에》《금붕어가

간호하는 병실》《친구의 눈물》《그대 빈자리》 등이 있으며, 수상집 및 기타 저서에 《조우釣友수첩》《물가의 인생》《명당자리》《낚시와 인생》《격란과 낭만》, 번역시집 《세계명시선》이 있다. 그는 주로 서정을 바탕으로 일상생활 주변에서 일어나는 희로애락을 그리고 있으며, 사회적 부조리를 고발하는 풍자시도 쓰고 있다. 이 시대의 생활시인으로 일컬어지고 있다. 1977년 제14회 한국문학상, 1989년 제3회 한국예술문화상, 1992년 제41회 서울특별시문화상 등을 수상했다.

김시태 金時泰 1940∼ 평론가·시인. 제주 출생. 동국대 국문과 및 동 대학원 졸업. 1967년 《현대문학》에 평론 〈시와 신념의 관계〉로 추천을 받아 등단했다. 이후 평론 〈현대시의 좌표〉 〈현대시와 언어와 공간〉, 시 〈등화燈火의 말씀〉 〈하산기下山記〉 등을 발표했으며, 1970년에는 시집 《쳐다보는 돌》을 간행했다. 저서에 《현대시와 전통》《한국프로문학의 비평 연구》《문학과 삶의 성찰》《식민지시대의 비평문학》 등이 있다. 그는 동황動況이 아닌 정황靜況의 시인이며, 가시적인 아름다움보다 불가시적 인과의 아름다움 속에서 시어군들을 짜내기에 골몰하고 있다.

김시헌 金時憲 1925∼ 수필가. 경북 안동 출생. 안동 농림학교 졸업(1947). 1966년 《현대문학》에 수필 〈사담私談〉을 발표하면서 등단했다. 그후 〈권태〉 〈시인의 연서戀書〉 〈불행론〉 〈낙엽〉 〈아들〉 등 다수의 작품을 발표했다. 저서로 50인 수필집 《뒤안길의 대화》와 3인 수필집 《산문산책》 등이 있다. 수필의 경향은 죄의식·증오·사랑·미움·갈등 등 인간 속에 내재한 근원적인 문제들을 고백, 이러한 심적 현상에서 오는 허무와 권태·절망을 극복해 환희와 희망을 추구하는 의지를 보인다. 특히 본격문학으로서의 수필을 시도해 보이면서 철학성을 강하게 내포하고 있는 것이 작품의 특징이다.

김신철 金信哲 1933∼ 아동문학가. 전남 나주 출생. 조선대 행정대학원 수료. 1956년 《전남일보》 신춘문예에 동시 〈건져드릴까?〉가 당선되어 등단했다. 주요 작품에 동시 〈갈림길〉 〈아가 입은 힐쭉〉 〈철둑길 코스모스〉 〈누가 오실까?〉 〈소쩍새 우는 밤〉 등이 있으며, 동시집으로 《장미꽃》《은하수》《가을이 오는 소리》 등이 있다. 그의 작품은 주로 농촌과 어촌에서 얻어졌으며, 감동과 긍정을 통해 향토적인 경향을 드러내고 있다. 전남아동문학상 및 한정동아동문학상을 수상했다.

김약국의 딸들 金藥局― → 박경리朴景利

김양수 金良洙 1933∼ 평론가. 호 학봉鶴鳳. 인천 출생. 1955년 《현대문학》에 〈독성의식의 자폭〉이 추천되어 등단했다. 그후 예총 경기도지부 부지부장, 문인협회 경기도 지부장, 《경기일보》 상임논설위원 등을 역임했다. 주요 평론으로 〈문학에서의 미의 창조〉 〈참여문학의 문학학살〉 〈유치환柳致環의 수상록〉 〈민족문학 확립의 과제〉 〈형상화의 문학〉 등이 있다. 그는 그의 논문 〈불후성의 문학〉에서 문학은 그 대상이 무한정한 것이며, 어느 한 대상에 예속되는 것이 아니라고 주장한다. 현대와 같이 사회과학 만능주의·정치만능주의의 세태풍조 속에서 문학이 독자성을 갖춘다는 것은 여간 어려운 일이 아니나 문학은 인간의 참다운 정신과 마음을 형상화하고, '결국 문학이란 삶의 영원한 신화神話를 찾아나선 나그네의 발걸음'이요, '비실제의 영원한 사랑의 신화' 이기 때문에 헌신해야 한다는 점을 강조하고 있다. 그는 현실 참여의 문학을 비판하는 반참여 · 반리얼리즘 문학을 옹호하며, 문학의 독자성과 자율성에 입각한 미의 창조를 주장하는 순수예술을 지향한다. 또한 예술작품에서 받은 인상을 그대로 향유하고 그것을 분석 · 종합하는 인상주의 비평에 주력하고 있다. 현대문학신인상, 인천시문화상, 경기도문화상 등을 수상했다.

김양식 金良植 1931~ 시인. 호 초이初荑. 서울 출생. 이화여대 영문과 및 동국대 대학원 인도철학과 졸업. 1969년《월간문학》신인현상문예에 시〈풀꽃이 되어 풀잎이 되어〉가 당선되어 등단했다. 그는 한국시와 세계시와의 폭넓은 교감을 시도하고 있다. 주요 작품으로〈흑장미꽃이 지면〉〈복사꽃〉〈살구 한 알이〉등이 있으며, 저서에 시집《정읍후사井邑後詞》《초이시집初荑詩集》《수코양이 한마리》《새들의 해돋이》등과 수필집《세계시인과의 만남》및 다수의 영역시집이 있다. 초기 작품은 안개 같은 베일에 싸여 낭만과 서정을 만끽하며 삶을 읊었으나, 현실을 직시하려는 정신은 시작 속에 보다 이성적이고 철학적 사고를 더해가고 있다. 영혼의 순화를 갈망, 우주의 섭리를 자연으로의 회귀에서 찾는다. 1986년 한국현대시문학상을 수상했다.

김어수 金魚水 1907~1985 시조시인. 본명 소석素石. 부산 출생. 중앙불교전문대 졸업. 1931년 종교잡지《불교》에 시조〈황혼〉을 발표, 1934년《조선일보》에 시조〈조사弔詞〉를 발표해 등단했다. 이후〈옛고향〉〈오월의 낭만〉〈불국사의 밤〉〈조춘만정早春慢情〉등을 발표했다. 작품집으로《이 짙은 향기를 어이하리》《달 안개 피는 언덕길》《햇살 쏟아지는 뜨락》《회귀선의 꽃구름》《가로수 밑에 부서지는 햇살》등이 있다. 불교에 관심이 깊어《안락국태자경安樂國太子經》등을 번역했으며,《반야심경般若心經》해설서인《스님에게서 온 편지》를 발간하기도 했다. 그는 시조가 지니는 한국적 리듬에 현대적인 감각을 조화시켜 자연이나 현실의 실상을 노래했다.

김억 金億 1896~? 시인 · 평론가. 평북 정주 출생. 호 안서岸曙. 일본 게이오의숙 문과 중퇴. 1914년《학지광》에 시〈미련〉〈이별〉, 1918년《태서문예신보》에 프랑스 상징주의 시의 번역 및 소개, 창작시〈오히려〉〈봄〉〈봄은 간다〉등의 서정시를 발표해 등단했다. 모교인 오산중학 교원, 평양 숭덕학교 교원,《동아일보》기자, 경성중앙방송국 차장 등을 역임. 광복 후에는 출판사인 수선사首善社의 주간으로 일했다. 6 · 25동란 중 납북되었다. 문화인으로서 이용하려는 북한에 의해 출판사 교정원으로 보내졌으나, 신병으로 요양소에 입소했다(1953). 북한의 평화통일촉진협의회의 중앙위원으로 임명되었으며(1956), 곧 평북 철산 지방의 협동 농장으로 이주, 그후 생사불명. 문단 데뷔 후,《창조》후기 동인,《폐허》핵심 동인으로 활약하면서《영대》《개벽》《조선일보》《동아일보》《조선문단》등에 시 · 역시 · 평론 · 수필 및 그밖의 많은 작품을 발표했다. 저서로는, 시집《해파리의 노래》이외에도《불의 노래》《안서시집》《안서시초》《먼 동이 틀제》《안서민요시집》, 역시집으로《오뇌懊惱의 무도舞蹈》, 타고르의 시집《기탄자리》《신월新月》《원정園丁》《잃어진 진주》, 한시 번역시집으로《망우초

忘憂草》《동심초同心草》《꽃다발》《지나명시선支那名詩選》《야광주夜光珠》《옥잠화玉簪花》, 편저로 《소월시초》《소월민요집》, 산문집으로 학창여화學窓餘話인 《사상산필沙上散筆》과 서간집 《모범서한문模範書翰文》 등이 있다. 1910년대 후반부터 활발해진 프랑스 상징파의 시와 타고르 · 투르게네프 등 해외문학의 번역 · 소개에 있어서의 역할과 한국 근대문학의 형성 과정에 그가 남긴 공적은 매우 컸다. 특히, 1921년 간행된 우리 나라 최초의 역시집 《오뇌의 무도》가 《폐허》 및 《백조》 동인들의 초기 시에 미친 영향은 더욱 주목된다. 이와 같은 사실은 그가 행한 선구자적 구실의 중요성을 반영하고 있다. 그리고 1923년에 간행된 한국 최초의 창작시집 《해파리의 노래》는 프랑스 상징주의 시와 밀접한 관계를 보여주고 있어 그의 선구자적 역할을 더욱 돋보이게 한다. 한편, 에스페란토 연구에서도 선편先鞭을 잡고 그 보급을 위해 강습소를 열기도 했으며, 《개벽》에 〈에스페란토 자습실〉을 연재해, 뒤에 간행된 《에스페란토 단기강좌(Esperanto Kurso Ramida)》라는 한국어로 된 최초의 에스페란토 입문서가 되었다. 또한 김소월金素月의 스승으로서 김소월을 민요시인으로 길러냈고, 자신도 뒤에 민요조의 시를 많이 썼다. 해외시를 번역하는 데 주력한 다음, 민요시 운동에도 적극성을 보였던 그는 1920년대 한국 근대시 형성기에서 매우 중요한 구실을 담당했다. 첫 창작시집 《해파리의 노래》 전편에 흐르고 있는 감상주의적 색채는 역시집 《오뇌의 무도》와도 그 맥락이 닿는다. 시적 서정의 단순성을 바탕으로 그 안에 시대의 아픔을 수렴시키고 새로운 율조를 창안하려는 실험의식에서 이 시집이 지니는 문학사적 의의를 찾아볼 수 있다.

《오뇌의 무도 懊惱一舞蹈**》** 김억의 역시집. 1921년 광익서관에서 간행되었다. 167면. 우리 나라 최초의 번역시집인 동시에 단행본으로 출판된 우리 나라 최초의 현대시집이다. 김유방金惟邦의 장정에 장도빈張道斌 · 염상섭廉想涉 · 변영로卞榮魯의 서문과 역자 자신의 서문, 그리고 김유방의 서시가 있다. 내용은 1918년부터 1920년 사이에 김억이 《태서문예신보》《창조》《폐허》 등을 통해 발표했던 역시들을 한데 모은 것으로 베를레느의 〈가을의 노래〉 등 21편, 구르몽의 〈가을의 따님〉 등 10편, 사맹의 〈반주伴奏〉 등 8편, 보들레르의 〈죽음의 즐거움〉 등 7편, 예이츠의 〈꿈〉 등 6편, 기타 시인의 〈오뇌의 무도곡〉 등 23편, 〈소곡〉에 10편 등 모두 85편의 작품이 수록되어 있다. 번역의 대본은 에스페란토 역본이며 이밖에도 영어와 일어를 주로 참고하고 불어도 힘있는 한 참고했다고 역자 자신이 밝히고 있다. 재판본에서는 일부 시인의 작품이 삭제되거나 추가되어 초판보다 약 10편이 더 많은 94편의 시가 수록되어 있는데, 같은 작품의 경우에도 끊임없는 퇴고 과정을 통해 적지 않게 변모된 모습을 보이고 있다. 이는 모두 김억의 철저한 리듬의식의 소산이라 할 수 있는데, 원시가 지니고 있는 해조諧調를 가능한 한계 내에서 한국어의 리듬으로 살려보려 한 그의 노력을 잘 보여준다. 이 역시집은 최남선으로부터 끊임없이 모색되어 온 한국 자유시가 그 형태를 갖추는 데 결정적인 역할을 했다는 점에서 문학사적 의의가 인정된다. 또한 이 시집 전체에서 느껴지는 가늘고 여리고 애달프고 서러운 감각은 권태 · 절망 · 고뇌를 거쳐 나타나는 병적인 아름다움과 함께 1920년대 전기 우리 시의 체질을 형성하는 데 결정적인 영향을 미치

▲오뇌의 무도 김억 번역. 국립중앙도서관 소장. 우리나라 최초의 번역시집이자 최초의 현대시집.

▲해파리의 노래 속표지. 김억 지음. 1923년 발행.

기도 했다.

《해파리의 노래》 김억의 첫번째 시집. 1923년 조선도서주식회사에서 발간되었다. 총83편의 시를 9부로 나누었고, 자신의 서문 2편, 이광수李光洙의 서문 1편이 실려 있다. 김억은 첫번째 자서 〈해파리의 노래〉에서 이 시집 제목이 주는 상징성에 대해 언급하고 있는데, '바다'는 이 세상을, '해파리'는 그 세상에서 희로애락喜怒哀樂에 부대끼며 사는 자신의 삶을 비유한 것이라고 했다. 그리고 이광수도 서문에서, 이 시집의 시편들이 우리 민족의 아픔과 설움을 담고 있다고 말하고 있다. 여기에 실린 시편들은 그가 두번째 서문에서 밝힌 바, 9장 '북방의 소녀' 편을 제외하고는 모두 1921년에서 1922년 사이에 쓰여진 것들이다. 이 시집은 그의 초기 시를 대변하는 것으로서, 민요시에 몰두하기 이전의 시적 특징을 잘 보여준다. 즉 1920년을 전후해서 자유시에 경도했던 시기를 대변하는 만큼 철저하게 자유시의 형태를 취하고 있는 것이다. 또한 대부분의 시가 이별의 정한이나 슬픔과 같은 감상적인 내용을 자연의 소재에 의탁해 읊고 있다는 점도 특징적이다. 지나친 주관의 노출, 감정의 과잉호소, 관념적인 표현 및 배경적 묘사 등은 시의 정서적 긴장과 이미지의 형상화에 있어 미흡한 감이 없지 않으나 그 당시의 언어표현이나 시 형태에 비추어보면 매우 참신한 것이어서 1920년대 초 시단에 큰 영향을 주었다. 이러한 특징들을 잘 드러내주고 있는 작품으로 〈가을〉을 들 수 있다. 또, 이 시집은 우리 신시사상 자유시로서는 최초의 시집이라는 점에서 그 문학사적 의의는 매우 크다. 오늘의 안목으로 볼 때 만족스럽지 못한 일면이 없지 않으나 우리 근대시 형성에 중요한 구실을 수행했던 선구적 시집의 하나라 할 수 있으며 당대 시인들에게 미친 영향은 실로 큰 것이라 할 수 있다.

김여울 1949～ 아동문학가 · 소설가. 전남 고흥 출생. 전북 이리 남성고 졸업(1970). 1979년 《아동문학평론》에 동화 〈민들레의 고향〉이 천료된 데에 이어 1980년 《전남일보》 신춘문예에 소설 〈오지奧地에서 줍다〉가 당선, 1983년 《동아일보》 신춘문예에 동화 〈하느님의 발자국소리〉가 당선되어 등단했다. 현재 전북아동문학회 회장을 비롯해서 전주문인협회 부회장, 전북문인협회 아동문학분과 위원장을 맡고 있다. 대표 동화로 단편 〈하느님의 발자국소리〉 〈어린 시절 여우고개 이야기〉 〈선생님과 제과점 주인〉, 중편동화 〈백두산 풀꽃〉 등이 있으며, 동화집에 《뭉치의 추억만들기》 《꼴찌가 반장을 하는 교실》 《콩나물아이와 콩나무아이》 《뚱메골 민들레》 《파랑섬의 비밀》 《별을 그립니다》 등이 있다. 대표 소설로 〈오지에서 줍다〉 〈뻐꾹새 산조散調〉 등이 있으며, 소설집

《벽지僻地의 하늘》을 출간했다. 초기 작품의 경향은 소설에서 고발성이 짙게 풍겼으나 동화에서는 잃어버린 우리 것에 대한 동경과 더불어 향토성을 추구하는 데 주력했다. 최근에는 한동안 접어두었던 소설창작을 다시 시작하고 있으며, 줄곧 쓰고 있는 동화에서는 그리움이 무엇인가에 대한 화두를 풀어내는 데 몰두하고 있다. 1986년 전북아동문학상 및 전북장수군민의장 문화장, 1990년 한국현대아동문학상 및 한국문화예술진흥원 문예지원기금, 1991년 전북문학상 등을 수상했다.

김여정 金汝貞 1933~ 시인. 본명 정순貞順. 경남 진주 출생. 성균관대 국문과(1957) 및 경희대 대학원 졸업(1973). 1968년 《현대문학》에 시 〈남해도〉〈편지〉〈화음〉 등이 추천되어 등단했다. 《청미》 동인으로 활동했으며, 주요 작품에 〈미로迷路〉〈동반자〉〈6월의 노래〉〈꿈에 달이〉〈창경원 벚꽃〉 등이 있다. 시집으로는 《화음》《바다에 내린 햇살》《파도는 갈기를 날리며》《날으는 잠》 등이 있으며, 이밖에 수필집 《고독이 불탈 때》, 시해설집 《현대시의 이해와 감상》《별을 쳐다보며》 등이 있다. 그의 작품에서는 스스로를 부단히 파괴하려는 노력과 함께 새로이 열리는 시적 지평과 동양정신의 해석학적 사유의 지평을 만나게 된다. 이러한 사고의 힘은 사유의 세계를 단순히 사변적으로 처리하지 않고 심성을 여과하는 높은 차원의 시의 세계, 자애의 세계로 끌어가면서도 시의 형식이나 틀을 절제하고 있다. 1978년 제13회 월탄문학상, 1984년 제16회 한국시협상 등을 수상했다.

김열규 金烈圭 1932~ 평론가 · 수필가 · 국문학자. 필명 정반井畔. 경남 고성 출생. 서울대 국문과 및 동 대학원 졸업. 1963년 《조선일보》 신춘문예에 〈현대시의 언어적 미망迷妄〉이 당선되어 등단했다. 서강대 국문과 교수 및 미국 하버드대 객원교수를 역임했으며, 현재 인제대 국문과 교수로 재직하고 있다. 주요 평론으로 〈현대 한국시의 두 주류와 그 시적 변형기능〉〈원가의 수목상징〉〈윤동주론〉〈민담과 이조소설의 비교연구 서설〉〈한국문학과 비극적인 것〉 등이 있으며, 평론집으로 《한국민속과 문학연구》《서정과 형상》《한국문학사》《한국신화와 무속연구》《현대문학과 정신분석》 등을 간행했다. 이밖에도 수필집 《한국인 우리들은 누구인가》《삶의 의미를 묻는 당신에게》 등과 논저 《한국민족의 기원과 형성》《욕-그 카타르시스의 미학》《한국의 문화코드 열다섯 가지》 등이 있다. 그는 주로 민속과 문학에 특별한 관심을 가지고 있으며, 연구에서도 괄목할 만한 업적을 남기고 있다.

김영기 金永琪 1938~ 평론가. 강원도 삼척 출생. 전북대 국문과 수료. 1966년 《현대문학》에 〈한용운론韓龍雲論〉〈한국 고대소설의 두 방향〉이 추천되어 등단했다. 이후 〈한국 고대시가의 주제〉〈유배문학론流配文學論〉〈김유정론金裕貞論〉 등을 계속 발표하면서 비평활동을 전개했다. 대표 평론으로는 〈현실부정의 미학〉〈모방문학의 양식〉〈비극정신의 탄생〉〈시와 소외의 유혹〉〈한국적 자아의 모색-홍만종론洪萬宗論〉 등이 있다. 이들은 한결같이 한국문학의 전통 탐색과 한국고전문학의 현대적 평가 및 재해석 등을 꾀한 평문들이다. 이같은 작업을 통해 한국문학의 전통확립과 거인문화巨人文化의 창조를 노렸다. 이런 경향은 그의 〈현실부정의 미학〉에서 볼 수 있는 한국소설의 사회성 및 아웃사이더적 구조의 분석 · 확인에서 분명히 드러나고 있다. 또한 〈비극정신의 탄생〉에서는 한국적 실존상을 부각시키려고 하는가 하면, 〈시와 소외의 유혹〉에서는 시의 본질적 승리를 위해선 시적 체험의 자기확장이 필요하다고 역설했다. 이러한 일련의 모색은 전통성의 계승·확립을 위한 그의 비평정신의 발로인 것으로 평가되고 있다. 평론집에 《한국문학과 전통》 등이 있으며, 1971년 강원도문화상을 수상했다.

김영랑 金永郎 1903~1950 시인. 본명 윤식允植. 전남 강진 출생. 휘문고보를 거쳐 일본 아오야마학원 영문과 수학(1922). 1930년 박용철朴龍喆·정지용鄭芝溶과 함께 《시문학》 동인으로 참가, 시 〈동백잎에 빛나는 마음〉 〈언덕에 바로 누워〉 〈누이의 마음아 나를 보아라〉 등을 발표하며 작품 활동을 시작했다. 유년시절, 유복한 환경에서 한학을 공부하며 자랐고 1915년 강진보통학교를 졸업한 뒤 혼인했으나 1년 반 만에 부인과 사별했다. 그 뒤 조선중앙기독교청년회관에서 영어를 공부하고 난 다음 1917년 휘문의숙에 입학, 이때부터 문학에 대한 관심을 가지기 시작했다. 이때 휘문의숙에는 홍사용洪思容·안석주安碩柱·박종화朴鍾和 등의 선배와 정지용·이태준李泰俊 등의 후배, 그리고 동급반에 화백 이승만李承萬이 있어서 문학적 안목을 키우는데 직접·간접적으로 도움을 받았다. 휘문의숙 3학년 때인 1919년 3·1운동이 일어나자 고향 강진에서 거사하려다 일본 경찰에 체포되어 6개월간 대구형무소에서 옥고를 치루었다. 1920년에 일본으로 건너갔다가 1923년 관동대지진으로 인해 학업을 중단하고 귀국했다. 이후 향리에 머물면서 1925년 개성출신 김귀련金貴蓮과 재혼했다. 광복 후 은거생활에서 벗어나 사회에 적극 참여해 강진에서 우익운동을 주도했고, 대한독립촉성회에 관여해 강진대한청년회 단장을 지냈으며, 1948년 제헌국회의원선거에 출마해 낙선하기도 했다. 1949년에는 공보처 출판국장을 지냈다. 평소 음악에 대한 조예가 깊어 국악이나 서양 명곡을 즐겨들었고, 축구·테니스 등 운동에도 능해 비교적 여유 있는 삶을 영위하다가 9·28수복 당시 서울에 머물러 있던 중 유탄에 맞아 사망했다. 주요 시집에는 《영랑시집》과 《영랑시선》이 있으며, 그의 시와 산문이 실린 《모란이 피기까지는》이 1981년 간행되었다.

그의 시 세계는 전기와 후기로 크게 구분된다. 초기 시는 1935년 박용철에 의해 발간된 《영랑시집》 초판의 수록 시편들에 해당되는데, 여기서는 자연에 대한 깊은 애정이나 인생태도에 있어서의 역정·회의 같은 것은 찾아볼 수 없다. '슬픔'이나 '눈물'의 용어가 수없이 반복되면서 그 비애의식은 영탄이나 감상에 기울지 않고, '마음'의 내부로 향해져 정감의 극치를 이루고 있다. 요컨대, 그의 초기 시는 같은 《시문학》 동인인 정지용 시의 감각적 기교와 더불어 그 시대 한국 순수시의 극치를 보여주고 있다. 그러나 1940년을 전후해 민족항일기 말기에 발표된 〈거문고〉 〈독毒을 차고〉 〈망각〉 〈묘비명〉 등 일련의 후기 시에서는 그 형태적 변모와 함께 인생에 대한 깊은 회의와 '죽음'의 의식이 나타나 있다. 광복 이후에 발표된 〈바다로 가자〉 〈천리를 올라온다〉 등에서는 적극적인 사회참여의 의욕을 보여주고 있는데, 민족항일기에서의 제한된 공간의식과 강박관념에서 나온 자학적 충동인 회의와 죽음의식을 떨쳐버리고, 새나라 건설의 대열에 참여하려는 의욕으로 충만된 것이 광복 후의 시편들에 나타난 주제의식이다. 그의 시는 잘 다듬어진 언어로 리듬감 있는 율조를 이루고 있으며 섬세하고 영롱한 서정을 노래했다.

《영랑시집 永郎詩集**》** 1935년에 출간된 김영랑의 첫번째 시집. 발행자는 박용철로 시문학사에서 발행되었다. 그의 대표작 〈모란이 피기까지는〉을 비롯해 총 53편의 시가 실려 있으며, 처음 발표되었을 때의 제목을 버리고 일련번호를 붙인 것이 특색이다. 1930년대 초기 카프의 관념적인 프로문학이 범람하던 시기에 순수시 운동을 벌였던 시인답게 그의 시는 청징淸澄한 정서와, 새로 실험한 4행시의 유려한 시형詩型, 현묘한 운율, 시어조탁詩語彫琢의 정밀 · 섬세 및 기법의 참신성 등으로 순수서정시의 절정을 이루어 한국 현대시에 전환기를 마련한 시집이라 할 수 있다. 53편의 시 가운데 문예지에 실리지 않고 바로 이 시집에 발표된 작품은 〈뉘 눈길에 쏘이엿소〉〈바람이 부는 대로〉〈눈물에 실려 가면〉 등 18편인데, 이 제목들은 1948년의 《영랑시선永郎詩選》 이후 붙여진 것이다. 이 시집에서 작자는 '내음' '소색이는' '알개' '실비단하늘' 등 새로운 조어造語와 전라도 사투리를 발굴, 거기에다 그의 독특한 언어미와 전통적 아악雅樂 혹은 판소리 율감의 심화 등을 더해 1930년대 시단의 쌍벽이라 할 수 있는 정지용의 시와 더불어 커다란 공적을 우리 시단에 남겼으며, 전통적 계승의 문제에서 볼 때 이 시인의 세계는 소월의 뒤를 이어 서정주 · 조지훈 등에 넘긴 한국시의 한 전통세계의 산맥이다. 이 시집에서의 김영랑의 시는 다른 어느 누구의 시보다도 맑고 깨끗한 서정의 세계를 보여주기 때문에 《영랑시집》 이후 1938년부터 1950년까지로 이어지는 후기의 변모된 시 경향과는 구분을 해서 읽어야 할 필요가 있다.

〈모란이 피기까지는〉 김영랑의 시. 1934년 4월《문학》 3호에 발표되었고, 이듬해 시문학사에서 간행된 《영랑시집》에 재수록되었다. "모란이 피기까지는/나는 아즉 나의 봄을 기둘리고 있을테요/모란이 뚝뚝 떨어져 버린 날/나는 비로소 봄을 여흰 서름에 잠길테요…"로 시작되는 이 시에서 '모란'은 단지 객관적 대상으로 묘사되고 있는 것이 아니라, 시인의 마음과 합일되어 있는 대상이다. 그러므로 모란의 빛깔이나 향기에 대해서 말하지 않으면서도 모란을 독자의 마음에 효과적으로 살아 있게 만든다. 또한 직유나 은유의 도움 없이 모란에 대한 '기다림'을 절실하게 표현할 수 있다는 것은 모란과 화자가 혼연일체가 되었기 때문일 것이다. 소월이 진달래꽃을 이별의 징표로 형상화한 것과는 달리 영랑은 모란을 봄의 절정, 즉 봄의 모든 것으로 상징화하면서 삶의 보람, 삶의 목적을 모란에 귀일시키고 있다. 주체와 대상을 구별하지 않는 서정시의 원리를 극대화시킨 작품으로 널리 애송되고 있는 대표적인 시 중의 하나이다.

김영민 金榮敏 1955~ 평론가. 서울 출생. 연세대 국문과 및 동 대학원 졸업. 1981년 《조선일보》 신춘문예에 평론이 당선되어 등단했다. 현재 연세대 국문과 교수로 재직 중이다. 주요 평론으로 〈한국근대작가연구〉〈제3세대 비평문학〉〈한국현대시인연구〉〈한국근대문학비평사연구〉 등이 있으며, 저서로《한국문학 비평논쟁사》《한국근대소설사》 등을 간행했다. 특히 그의 《한국근대소설사》는 이전의 소설사들이 이인직의 〈혈의 누〉를 근대소설의 효시로 파악했던 반면,

그보다 최소한 10년 정도 앞선 1890년대의 작품들을 한국근대소설의 시초로 파악하고 있어 중요한 의미를 갖는 저서라 할 수 있다. 문학논의를 당대 현실 상황과 결합시키려 한 현실주의적 태도가 매우 긍정적으로 평가되고 있다. 1997년 연세대학술상, 1998년 한국백상출판문화상 등을 수상했다.

김영배 金英培 1931~ 수필가 · 시조시인. 호 논강論江. 충남 논산 출생. 강경상고 졸업(1951). 중 · 고등학교 교사 검정고시 합격. 1972년 《수필문학》에 수필 〈동심童心의 산〉 외에 2편, 1985년 《현대시조》에 시조 〈목련〉 외 3편을 추천받아 등단했다. 수필집 《정한 나무의 연륜》《사랑이 맞닿은 지평地平》, 시조집 《출항出港의 아침》 등을 비롯 다수의 수필집과 시조집이 있다. 현대사회에서 상실되어가는 인간성의 회복을 위해 인간주의적 도덕관 · 윤리관을 재고하려는 심성 수련의 노력이 그의 수필세계이며, 현대사회의 비인간화에의 고뇌를 순수무후한 경지로 형상화하려는 노력이 그의 시 세계이다. 한국신문예협회 문학상을 수상했다.

김영삼 金永三 1923~ 시인. 호 성암지수星岩之水. 평양 출생. 평양신학 및 와세다대 수학. 단국대 국문과 졸업(1961). 1945년 8 · 15광복 기념 현상모집에 시 〈추풍부秋風賦〉가 당선되어 문단에 데뷔, 1954년 《현대예술》을 창간했다. 경기대 · 단국대 · 한국항공대 · 충북대 교수를 역임했으며, 한국문학회 이사, 한국시문학회 이사, 한국현대시인협회 이사, 한국자유문인협회 자문위원, 세계시인클럽 회장 등으로 활동했다. 주요 작품으로 〈서시序詩〉 〈해녀海女와 꽃〉 〈소곡小曲〉 등이 있다. 시집으로는 《푸른 섬》을 비롯해 《저항의 유성流星》《물새와 해녀》 등과 장편시집 《아란의 불》《NORTH KOREA》, 장편서사시집 《대동강이 아즐가》, 장시집 《서경별곡》 등 다수가 있다. 이밖에 《제주민요집》《문장론》, 편저 《세계시집》《한국시큰사전》 등과 다수의 평론이 있다. 초기에는 서정의 아름다움을 노래했으나, 중 · 후기에는 목숨의 근원을 추구하려는 관념의 세계, 또는 실향失鄕에 대한 역사에의 의지를 담고 있다. 그의 서정시는 자연과의 관조로 인생의 아름다움을 노래하면서 인간상의 영원성을 추구했으며, 김소월의 정서와 정지용의 감각을 건전하게 융화시킨 것으로 평가받았다. 또한 그의 서사시는 서사시에서 갖춰야 할 제요소를 모두 갖추고 있으면서, 심오한 변증법으로 명쾌하게 해명해낸 대서사시다운 면모를 지닌 한국 최초의 서사시라는 평가를 받기도 했다. 1964년 5월문예상, 1977년 대한민국문예상, 1986년 선진문학인연합 M · M상, 1987년 미국 국제작가협회상 등을 수상했다.

김영수 金永壽 1911~1977 소설가 · 극작가. 서울 출생. 일본 와세다대 영문과 중퇴. 1934년 희곡 〈광풍狂風〉〈동맥動脈〉이 《조선일보》와 《동아일보》 신춘문예에 각각 당선되어 등단했다. 1939년에는 소설 〈소복素服〉이 《조선일보》에 당선됨으로써 소설도 쓰게 되었다. 조선일보사 기자로 재직하면서 소설과 희곡을 발표했으며, 신문이 폐간되자 동양극장 전속극작가가 되어 신파극본을 쓰면서 소설도 발표했다. 민족항일기 말엽에는 생활을 위해 고려영화사 선전부장, 유한양행 사원 등으로 근무했다. 광복을 맞아 어린이신문사 주간을 맡았고, 또 라디오드라마도 쓰기 시작했으며,

상업극단들과 연결을 맺고 대중적인 작품을 많이 썼다. 1947년 10월에는 중간극을 표방하는 신청년新青年이라는 극단을 조직해 전속작가로 활동했고, 이 시기에 연 6, 7편의 장막극을 발표할 정도로 왕성한 작품 활동을 했다. 6 · 25동란 중에도 피난지에서 작품을 발표하다가 1952년 일본으로 건너가 오키나와의 유엔방송국에서 8년간 근무하는 동안 작품 활동을 중단했다. 1960년에 귀국해 방송드라마를 썼다. 주요 작품으로 희곡 〈단층〉〈혈맥〉〈정열지대〉〈여사장〉〈사육신〉 등이 있고, 〈밤〉〈병실〉〈돼지〉〈외로운 사람들〉〈혼돈〉 등의 단편과 〈풍조風潮〉〈격정의 뜰〉〈바람아 불어라〉 등의 장편이 있다. 그는 극작가 · 소설가 · 방송작가로 변신한 대중작가로서, 희곡 · 소설 · 방송극을 각각 20여 편이나 남겼다. 작품 세계는 비극적 세태를 사실적 기법으로 대담하게 묘파한 것이 특징이다. 즉, 민족항일기에는 일본 통치가 빚은 우리 민족의 궁핍을 묘사했고, 광복 직후에는 식민지가 남긴 유산과 그 후유증을 신랄하게 비판했다. 그의 희곡은 사실주의 내지 자연주의 계열이며, 후기에는 낭만주의적 색채도 띠었다. 특히, 그는 쓰키지소극장에서 관람한 하우프트만이나 고리키의 작품에서 강한 영향을 받은 데다 가난하게 성장했기 때문에 민족의 궁핍화문제에 초점을 맞추었다. 환경에 대한 깊은 관심은 그로 하여금 우리 나라 근대연극사에 있어서 가장 뚜렷한 환경극작가가 되게 했다.

〈소복 素服〉 김영수의 단편소설. 1939년 《조선일보》 신춘문예 당선작이다. 가난으로 늙은 양서방에겐 젊은 아내 용녀가 있었으나, 용녀는 반찬 가게의 공서방과 놀아난다. 어느 날, 양서방은 현장을 목격하고 장작개비를 들었으나, 오히려 젊은 공서방에게 얻어맞고 자리에 눕는다. 공서방은 용녀에게 양서방이 죽으면 같이 살자고 한다. 가엾은 양서방은 드디어 죽고 만다. 용녀는 공서방과 같이 살게 되었으나, 그 공서방이 화장품 장수 꼽추와 놀아나는 것을 보고는 정신없이 울며 밤을 샌다. 이튿날은 눈이 내렸다. 용녀는 양서방의 무덤을 찾아가 울부짖는다. 죽은 양서방이 한없이 그리웠다. 작품의 제목인 '소복'은 흰옷, 곧 상복을 뜻한다. 용녀는 양서방이 죽었을 때 소복을 입지 않았다. 그러나 그의 무덤에 가서 흰 눈을 맞으며 울게 되자 그녀의 옷은 저절로 소복이 되었다. 이를테면 제 스스로가 끌어들인 죄 때문에 벌을 받고 정말 망부 노릇을 한 것이다. 죽은 양서방을 그리워하는 용녀의 몸부림은 삶을 통해 터득한 양심에 대한 몸부림이요, 진정한 자기에게로 귀의하려는 몸부림인 것이다. 작자는 이 몸부림을 통해 인간의 양심을 향해 호소하면서 양심으로 돌아가라고 절규하고 있다. 이 작품 이전의 한국의 단편소설들은 으레 순수소설과 동격으로 생각하는 것이 통념이었으나, 이 소설에는 다분히 통속적인 흥미가 가미되어 있다. 이 작품 이전의 대중소설의 경우 장편소설들만이 성공하고 있는 반면, 이 소설의 경우 단편임에도 불구하고 성공을 거둔 것으로 보고 있다. 남녀간의 치정문제를 다루면서도 인간성 회복의 주제로 되돌아온다는 데 이 소설의 문학적인 의의가 있다.

〈혈맥 血脈〉 김영수의 3막 4장의 희곡 작품. 1946년 《대조》에 발표되었으며 해방 직후의 빈궁과 후유증을 묘사하고 있는 김영수의 대표작이다. 극단 신청년에 의해 1948년 6월에 공연되었으며, 1949년 같은 이름의 희곡집 《혈맥》도 간행된 바 있다. 등장인물은 나란히 자리잡고 있는 세 개의 방공호 주민들과 그 인근 주민들로, 광복 직후의 혼란기를 살아가던 도시 빈민들이다. 특히 세 개의 방공호 중 두 곳의 주민이 월남피난민, 일제징용에서 돌아온 동포라는 점은 이 작품이 세태를 사실적으로 그리고 있다는 것과 깊은 관련을 가진다. 세 방공호의 주민들은 공통된 소망을 가지고 있다. 그것은 '거지움 같은 이 땅굴생활'을 하루바삐 면해보자는 것이다. 깡통을 두드려 대야 · 두레박 · 남포 등을 만드는 것을 생업으로 삼는 깡통영감의 후처 옥매는 전처 소생인 복순을 기생으로 집어넣음으로써 땅굴생활을 면하려는 계획을 가지고 있다. 또한, 전처가 죽은 뒤 혼자 거북이를 키워온 털보영감은 거북이를 미군부대 고용원으로 보냄으로써 땅굴생활을 청산하려고 한다. 방공호에서 사는 인물 중 원칠은 유일하게 고등교육을 받은 인물이건만, 땅굴생활을 면할 대책은 커녕 병든 형수에게 약 한 첩 지어줄 힘도 가지지 못하고 있다. 그는 지나치게 큰 꿈을 추구하는 이상주의자로, 담배 목판을 메고 나가 나날의 생계를 해결하는 현실적 생활인인 형과 매사에 불화를 빚는다. 작품의 말미에서 거북이와 복순은 공장직공이 되기 위해 각각 부모의 눈을 피해 가출한다. 한편, 현실과 이상의 갈등으로 대립하던 원팔과 원칠은 원팔의 아내 한씨의 죽음을 계기로 화해에 이르게 된다. 이 작품은 1948년 문교부 주최 제1회 전국연극경연대회에서 1등상을 수상한 작품이기도 하다. 또한 1963년 한양영화사에서 영화화해 제3회 대종상과 제1회 청룡영화상에서 여러 분야의 상을 받은 바 있다.

김영수 金永秀 1933~ 평론가. 호 남송南松. 경북 상주 출생. 중앙대 국문과(1960) 및 동대학원 졸업(1985). 1963년 《현대문학》에 〈문예학구조론〉이 추천을 받아 등단했다. 1960년 중앙대 문리대 조교를 시작으로 중앙대 · 상명사대 · 서원대 등 강사 역임, 청주대 교수로 28년 6개월 동안 재직했으며, 《중부매일》 논설위원 등을 거쳐 1998년 청주대에서 정년퇴임했다. 그는 학자적인 태도에 입각해 한국현대문학의 특질, 작가의 작품 세계 등에 대한 연구에 주력해 왔다. 저서로 《상황과 색채의 영상》 《문장론》 《한국문학의 맥락》 《사랑의 철학》 등이 있고, 데뷔 초기부터 '한국문학과 해학'에 관한 논문들을 여러 지면을 통해 발표한 바 있다. 데뷔 초기부터 오늘에 이르기까지 지속되고 있는 '해학문학' 탐구 외에 작품의 과학적인 분석방법으로 색채어를 통한 작품 분석작업을 시도하기도 했다. 최근에는 한국문학의 총체적인 인식을 위한 맥락 연구에 몰두하는 한편 '골계문학'에 관한 정리작업 중에 있다. 1987년 대통령 표창, 1990년 청석학술상 및 한국문학평론가협회상, 1992년 충북문화상, 국제펜클럽 봉사상, 정문문학상 등을 수상했다.

김영일 金英一 1914~1984 아동문학가. 황해도 신천 출생. 일본 니혼대 예술과 졸업(1938). 1934년 《매일신보》 신춘문예에 동요 〈반딧불〉이 당선된 데 이어, 1935년 《아이생활》에 동요 〈방울새〉가 당선되어 등단했다. 일본 유학 중이던 1937년 도쿄에서 아동지 《고향집》을 발행했다. 1940년을 전후해 계속 작품 활동을 했다. 1939년 《아이구락부》에 동화를 발표한 뒤 동화와 아동소설도 쓰기 시작했다. 광복 뒤 최병화崔秉和 · 연성흠延星欽 등과 같이 아동극단 '호동好童'을 조직했고, 1951년에는 부산에서 학생잡지 《중학시대》를, 1953년에는 태양신문사에서 발행한 주간지 《소년태양》을 편집했으며, 환도 후에는 주간지 《건아시보健兒時報》의 주간을 맡았다. 1960년 전국문화단체총연합회 · 한국자유문학가협회 · 한국문인협회의 간부를 역임했고, 1962년에 한국문인협회의 아동분과 위원장, 문교부 우량아동도서 선정위원장 등을 역임, 1971년에는 한국아동문학회 회장직을 맡았다. 작품집에는 동시집 《다람쥐》, 동요집 《소년기마대》《푸른 동산의 아이들》, 3인 공저 동화집 《밤톨 삼형제》《별 하나 나 하나》《미워 미워 미워》, 동요동시집 《봄동산에 오르면》, 동화집 《나팔꽃 병정》, 장편동화집 《꿈을 낚는 아이들》 외에 어린이 미담집 《착하고 아름답게》와 《글짓기를 위한 어린이 문학독본》 등 다수의 저서가 있다. 동시는 단시적 간결성, 감각적 참신성 및 집중조명에 의한 결구의 묘를 살렸으며, 동심의 발견과 자유시론을 주장했다. 동화에서는 허무주의를 저변에 깔고 있으나 대화에 의한 인물 부각의 사실성으로 생동감을 부여하고 있다. 1979년 제1회 대한민국아동문학상을 수상했고, 〈꿈을 낚는 아이들〉로 이주홍아동문학상을 수상했다.

《다람쥐》 김영일의 동시집. 전형적인 동요의 굳은 틀에서 벗어나서 촉발적인 감각의 시에 아름다움을 더 두려고 한 자유시론적 작품들이 실려 있다. 재래동요의 틀에서는 발랄한 동심을 담을 수 없으며 싱싱한 시심을 포착하기 어렵다고 주장한 그는, 이 시집에서 재래형식의 대구식 후렴의 리프레인적 효과를 깨뜨리고 감각의 참신을 꾀하면서 간결한 시행으로 동심의 해방과 놀라움의 세계를 형상화하고 있다.

김영일의 사 金英一一死 → 조명희趙明熙

김영태 金榮泰 1936~ 시인 · 화가. 서울 출생. 홍익대 서양화과 졸업(1961). 1959년 《사상계》에 시 〈설경雪景〉〈시련의 사과나무〉〈꽃씨를 받아 둔다〉 등이 추천되어 등단했다. 이후 〈햇빛의 여로〉〈희극〉〈귀로歸路〉 등을 발표했다. 시집 《유태인들이 사는 마을의 겨울》《바람이 센 날의 인상》《초개수첩草芥手帖》《북北호텔》《여울목 비오리》《연두벌레》 등과 3인 시집 《평균율平均律》을 2집까지 발간했으며, 산문집으로 《지구위의 조그만 방》《물 위에 피아노》《질기고 푸른 빵》 등이 있다. 화가이자 무용 · 음악평론가이며 무용 · 오페라 대본을 쓰는 등 예술 전반에 폭넓은 활동과 관여를 하고 있는 그는 시와 미술, 그리고 공연 예술에 대한 깊은 자의식을 드러낸다. 현실로부터 비켜나 아름다움의 실체를 향유하려는 그 자의식은 세련된 감수성의 세계와 인간의 왜소한 삶의 대조로 깊어지면서, 우리에게 부여된 꿈의 추구가 그것을 허용하지 않는 야비한 사물적 세계에 대한 탄식으로 되돌아와 누추한 우리의 삶을 반성케 한다. 그의 시적 특성은 에로티시즘 · 이국풍물 · 자기비하 · 감각적인 언어로 집약된다. 그러나 후기에는 차츰 일상적 삶의 추악성을 반어적으로 노래하고 있다. 1971년 제17회 현대문학상, 1982년 시인협회상을 수상했다.

김영팔 金永八 1902~ ? 극작가 · 소설가. 서울 출생. 일본 니혼대 중퇴. 1920년 도쿄 유학생들의 연극단체인 극예술협회 동인으로 연극운동에 참여해 〈싸구려 박사〉 등 여러 편의 작품을 썼으며, 신문학사상 최초의 프롤레타리아문화단체인 염군사의 창립동인이 되었고 카프조직의 창립회원으로도 활약했다. 그러나 1930년대 초에는 경성방송국에 취직해 카프로부터 제명당하기도 했다. 1924년에 단막극 〈미쳐가는 처녀〉를 《개벽》에 발표하면서 본격적인 극작가생활을 시작했다. 그가 주로 활동한 1930년대 초까지 희곡 10여 편과 소설 10여 편을 남겼다. 그의 작품 세계는 근대 희곡사의 두 흐름이라 볼 수 있는 전통적 인습의 질곡으로부터의 해방과 식민지 압제로부터의 해방으로 대변된다. 그러한 사회의식은 그 시대의 많은 작가들이 초점을 맞추었던 빈궁문제와 사회개혁의 문제에 직결되는 것이다. 전통인습에 대한 비판을 다룬 작품이 〈미쳐가는 처녀〉〈여성〉 등이며, 존재의 고통을 저항적으로 묘사한 작품이 〈싸움〉〈부음〉〈곱창칼〉〈마작〉 등이다. 프롤레타리아의 처지에서 인습타파와 생존권 확보를 주장하는 저항적 희곡의 첫번째 작품이 〈싸움〉이며, 1927년에 발표한 〈부음〉부터는 이데올로기 작품의 한 전형을 만들려고 애쓴 흔적이 역력히 보인다. 즉, 주인공을 가난한 하급노동자로, 또는 이데올로기로 무장된 격렬한 투사로 창조하고 있는 것이다. 그러다가 카프로부터 제명당한 뒤부터는 작품도 세태극으로 변모해 〈그 후의 대학생〉〈우는 아내와 웃는 남편〉을 발표했다. 〈그 후의 대학생〉은 우리 희곡사상 최초의 모노드라마로 평가받는다.

〈부음 訃音〉 김영팔의 희곡. 1927년 《문예시대》에 발표되었다. 프롤레타리아 계급을 위해 싸우는 청년과 그를 사모하는 여성 사이의 사랑과 고뇌, 그리고 치열한 계급적인 사명의식이 취급되어 있다는 점에서 대표적인 경향극으로 꼽히는 작품이기도 하다. 작품의 줄거리는 다음과 같다. 정숙은 남녀간의 연애를 부르주아적 근성으로 생각하면서도 경수를 사랑하는 감정을 억제하지 못해 괴로워한다. 경수는 자신이 믿고 있는 사회적 사명의식으로 인해 병든 어머니를 돌보지 못하고 늘 일경日警에게 쫓기는 신세다. 경수는 북쪽으로 먼 길을 떠나는 차에 정숙을 찾아가서 자기 대신 노모와 어린 여동생을 돌봐줄 것을 당부한다. 이때 정숙은 경수에게 자신의 사랑을 고백하게 되고 두 연인은 결혼을 약속한다. 경수가 길을 떠나려 할 때에 마침 정숙을 찾아온 경수의 여동생은 노모의 부음을 알린다. 경수는 집으로 달려가려 하나 정숙은 뒷일을 자기가 맡기로 하고 떠나도록 종용한다. 경수는 어머니의 임종도 보지 못해 '어머니의 원수를 갚기 위해서, 모든 인간과 싸우기 위해서' 무대 밖으로 사라진다. 12월에 경성 이동식 소형극장의 제1회 공연 레퍼토리로 채택된 이 작품은 이전의 경향극에 나타나는 무지향적 현실 폭로 경향이 다소 극복되면서, 계급운동적 목적성을 극 속에 수렴하려는 시도가 드러나기 시작한 희곡으로 평가된다. 그러나 이 극의 주요 갈등축인 혁명적 대의와 인륜적 갈망 사이의 갈등이 다소 작위적이고 관념적이라는 점이 결함으로 지적될 수 있다.

김영하 1968~ 소설가. 강원도 화천 출생. 연세대 경영학과 및 동 대학원 졸업. 1995년 계간《리뷰》봄호에 〈거울에 대한 명상〉을 발표하면서 작품 활동을 시작했다. 1996년 첨단의 도시적 감수성으로 죽음의 문제와 세기말의 악마주의적 심성을 세련되게 드러낸 비범한 작품이라는 평가를 받은 장편소설 〈나는 나를 파괴할 권리가 있다〉로 제1회 문학동네신인작가상을 수상함으로써 대표적인 신세대작가로 화려하게 떠올랐다. 소설집으로《호출》《엘리베이터에 낀 그 남자는 어떻게 되었나》 등이 있으며, 1998년 제44회 〈당신의 나무〉로 현대문학상을 수상했다. 그의 소설은 새로운 세대의 새로운 감수성과 세상 읽기를 선명하게 보여준다. 그는 소설이 영상 이미지의 즉각성과 경쟁할 수 있는 속도감과 활력을 가져야 한다는 요구에 적절히 부응하는 한편 영상 이미지가 담아낼 수 없는 것을 세련되게 형상화하는 유망한 작가로 평가받고 있다.

김영현 金永顯 1955~ 시인 · 소설가. 경남 창녕 출생. 서울대 철학과 졸업. 1984년 《창비신작소설집》에 단편소설 〈깊은 강은 멀리 흐른다〉를 발표하면서 작품 활동을 시작했다. 소설집으로 《깊은 강은 멀리 흐른다》 《해남 가는 길》 《그리고 아무 말도 하지 않았다》 《내 마음의 망명정부》 등이 있고 시소설집 《짜라투스트라의 사랑》, 시집 《겨울 바다》 《남해 엽서》, 산문집 《겨울날의 초상》 《서역의 달은 서쪽으로 흐른다-실크로드 기행문》 등이 있다. 1999년에는 궁핍한 시대를 힘겹게 살아가는 서민들의 자화상을 그린 세태풍자소설 〈날아라, 이 풍진 세상〉을 발표해 주목을 끌었다. 김영현 문학의 한 복판에는 뒤돌아 되살피는 반성적 탐구의 정신이 단단하게 자리잡고 있어 그의 문학을 계속해서 살아 움직이게 한다. 현실의 모순을 정면으로 응시하는 견결한 정신과 마지막까지 시대의 상처를 껴안고 거기 머무는 섬세한 연민의 마음은 그의 문학의 본원으로 보인다. 1990년 한국일보문학상을 수상했다.

김오남 金午南 1906~ 시조시인. 경기 연천 출생. 일본 니혼대 영문과 졸업. 1932년 《신동아》에 〈시조13수時調十三首〉를 발표하면서 등단했다. 1930년경 시조부흥론이 한창 대두될 때 여류시인으로는 유일하게 이 대열에 참가했다. 《동아일보》와 《조선일보》 등에 많은 작품을 발표해 주목을 끌었으나 당시의 시조가 거의 그러했듯이 그의 시조도 상식적인 관념세계를 벗어나지 못했다. 주요 작품에 〈시조 5수〉 〈무제음無題吟〉 〈청도淸道를 지나며〉 〈실제失題〉 등이 있고, 시조집으로 《김오남시조집》 《심영心影》 《여정旅情》 등을 간행했다. 그는 대부분 자연과의 교감과 기쁨과 예찬, 그리고 인생의 애환을 체념적인 태도로 담담하게 읊었다.

김완기 金完起 1938~ 아동문학가. 강원도 강릉 출생. 강릉사범을 졸업하고 관동대와 한국방송통신대에서 수학. 1968년 《서울신문》 신춘문예에 동시 〈선생님 눈 속에〉가 당선되어 등단했다. 교직에 몸담고 있으면서 한국글짓기지도회 회장 · 서울초등국어교육연구회 회장을 역임, 동시 · 동화를 꾸준히 발표했다. 어린이를 위한 독서와 글짓기 운동을 펴면서 교과서국어과 집필심의위원 · 한국아동문학회 사무국장 및 부회장으로 활동하기도 했으며, 후진양성에 힘쓰기도 했다. 동시집으로 《하늘이 단지 속에》 《너희도 하늘만큼》 《하늘을 달리는 새떼》 《산마을 산토끼》 등이 있고, 동화집 《둘만의 약속》 《꽃마치 공주님》 《꾸러기친구들》 《꼴찌가 일등됐어》 《어깨동무 삼총사》 《김완기 창작동화집》 등과, 《독서감상문쓰기》 《글짓기쓰기》 《논리와 짓기》 등 20여 권의 저서가 있다. 〈산〉 〈고드름〉 〈시를 쓸 때면〉 〈산새〉 등의 작품은 초등학교 국어교과서에 수록되어 있기도 하다. 그는 1960년대 초반 전국 교단작가모임인 《은방울》 동인으로 활동하면서 자연과 전원을 노래하는 동시 세계를 추구, 어린이들의 진솔한 삶을 그리는 데에 주력했다. 1970년대 후반부터 바르고 고운 동심을 생활 속에 표출시키는 동화 창작에 힘쓰는 동시에, 교단현장에서 체험한 일들을 많이 소재로 택한 편이다. 동시에서는 자연과 어린이의 삶 · 세계를 신선하게 형상화하고 있으며, 동화에서는 감동 속에 밝은 어린이상을 부각시키는 작품 경향을 지니고 있다. 1976년 한정동아동문학상, 1981년 한국아동문학작가상, 1996년 교육공로특공상, 1997년 대한민국동요대상 등을 수상했다.

김완성 金完成 1941~ 아동문학가 · 시조시인. 호 미산未山. 강원도 원주 출생. 경희대 교육대학원 국어과 졸업. 1978년 《중앙일보》에 동시 〈보리밭〉을 발표한 데 이어 1984년 《한국일보》에 시조 〈산가山家일기〉를 발표함으로써 등단했다. 한국아동문학가협회 이사, 강원시조문학회장을 역임했으며, 시집에 《탄광촌아이들》《비누방울》 등이 있다. 1982년 제8회 한국아동문학상을 수상했다.

김요섭 金耀燮 1927~1997 시인 · 아동문학가. 함북 청진 출생. 청진교원대 수학. 1941년 《매일신보》 신춘문예에 동화 〈고개 너머 선생〉이 당선, 이어 〈연〉〈은행잎 편지〉를 발표했고, 1947년 시 〈수풀에서〉가 동인지 《죽순》에 추천됨으로써 등단했다. 1957년 마해송馬海松 · 강소천姜小泉 등과 한국동화작가협회를 발족하고 1961년 자매학교 결연운동을 벌였으며, 1970년 계간지 《아동문학사상》을 발행했다. 동화집으로 《오, 멀고 먼 나라여》《깊은 밤 별들이 울리는 종》《날아다니는 코끼리》 등 30여 권이 있다. 시집으로 《체중》《달과 기계》《국어의 주인》《빛과의 관계》《달을 몰고 다니는 진흙의 거인》《은빛의 신》《검은 시간이 무덤을 파고》 등이, 평론집으로 《현대시의 우주》《현대동화의 환상적 탐험》 등이 있다. 6 · 25동란 이전까지의 초기에는 《소학생》을 중심으로 환상적 상황의 전개와 시적 분위기의 조성에 성공, 순수 본격적인 동화로서의 예술성을 높이 끌어올렸고, 6 · 25를 기점으로 해 현실에 밀착, 〈무지개와 시인〉〈은하수〉〈나비를 잡는 마을〉 등의 동화를 통해 전쟁을 소재로 한 현실 비판적인 작가적 태도를 굳혔다. 휴전 이후에는 혼란한 사회상을 긍정적인 희망과 기원에 의한 주제의 문학으로서 소년 소설의 창작에 전념했다. 1960년대 이후에는 기법상 서구적인 동화에 접근해 한국 동화의 새로운 탈출구를 모색하는 등 다양한 문학적 변모를 거치면서 아동 문학의 이론 확립에 주력했다. 또한 시에 있어서 그는 주로 빛과 새벽의 시인이라 할 만큼 빛의 조화에서 시의 광맥을 찾고 있는데 첫째, 우주라는 영계靈界에서 오는 계시啓示의 빛과 둘째, 태양의 빛과 셋째, 자연 자체가 지니고 있는 사물의 빛 등 세 가지를 들 수 있다. 이같은 빛이 그의 시를 다채롭게 해 그를 '빛의 시인'으로 불리게 했다. 순수시와 참여시의 조화를 꾀한 것으로 평가된다. 1965년 제1회 소천문학상, 1968년 5월문예상, 1981년 제13회 한국시인협회상, 1983년 한국펜문학상, 이주홍아동문학상, 1987년 대한민국문화예술상 등을 수상했다.

〈날아다니는 코끼리〉 김요섭의 장편동화. 1968년 현암사에서 발간되었다. 〈인형의 도시〉와 함께 제1회 소천문학상을 수상한 작품이다. 선전용 애드벌룬의 줄이 끊겨 바람에 날아가자 바구니에 타고 있던 세 어린이도 함께 하늘 여행을 하게 된다. 정글 속에서의 죽음을 건 모험, 해적선에 잡히기도 하며, 사막에서는 서커스단에 팔려 동양의 왕자와 공주가 되기도 한다. 기성세대의 가치관과 어른들의 이기주의를 어린이들의 눈을 통해 묘사, 문명에 대한 날카로운 비평 정신을 엿볼 수 있다.

김용구 金容九 1929~ 수필가. 서울 출생. 감리교신학교 졸업. 하버드대(1963), 도쿄대 수료(1985). 1972년 《주간한국》에 수필 〈산하山河는 알고 있다〉를 발표하면서 등단했다. 주요 작품에 〈아내에의 공개장〉〈겨울 강변〉〈대흥사大興寺의 밤〉〈아버지〉 등이 있고, 수필집으로 《신선한 아침 풍정》《동東과 서西 어디서 만나는가》《철학이 있는 삶과 문화》《하늘이 무어라 하더냐》《문학산책》 등이 있다. 1994년 올해의 수필문학상을 수상했다.

김용락 金容洛 1935~ 극작가 · 평론가. 호 남강南江. 충남 부여 출생. 서울대 영문과 및 인하대 대학원 졸업. 1968년 문화공보부 공모 장막희곡 〈동트는 새벽에 서다〉가 당선되어 등단했다. 고교에서 교직 생활을 했으며, 현재 한국문인협회 이사, 한국희곡작가협회 부회장으로 활동하면서 공주대 영어교육과 교수로 재직 중이다. 1970년 《서울신문》에 연극평론 〈비극성悲劇性의 고찰考察〉이 입선, 1971년 동지에 장막희곡 〈부정병동不貞病棟〉이 당선되었다. 주요 작품으로 장막 〈꿈속의 연인〉〈동리자전東里子傳〉, 단막 〈공모살인共謀殺人〉〈심판〉〈첫 야행夜行〉 등이 있고, 작품집으로 《김용락희곡선집》(전12권)이 있으며, 다수의 저서 · 역서 · 주해서를 냈다. 희곡에 관한 연구에도 열중해 다수의 논문들을 발표했는데, 〈카타르시스론〉〈유진 오닐의 생애와 작품의 상관관계〉〈사무엘 베케트의 후기극 연구〉〈희곡에 있어서의 사실성, 서사성, 부조리성, 기괴성, 그리고 복잡미묘성의 비교연구〉〈윤조병의 사실주의 희곡과 버나드 쇼의 사실주의 희곡의 비교연구〉〈이근삼과 오태석의 희곡에 나타난 '복잡미묘성'의 연구〉 등이 있다. 그의 작품 경향은 극히 도시적으로, 출구없는 현대인의 정신적 상황을 정신분석학적 각도에서 다룬다는 것이다. 1982년 대한민국문학상, 1991년 한국희곡문학상, 1996년 탐미문학상, 1997년 시와시론문학상, 1998년 서포문학상 등을 수상했다.

김용성 金容誠 1940~ 소설가. 일본 고베 출생. 경희대 영문과 졸업(1963). 1961년 《한국일보》 장편소설 현상모집에 〈잃은 자와 찾은 자〉가 당선되어 등단했다. 1964년 해병대 간부 후보생으로 입대해 1969년 해병 중위로 제대한 그는 한국일보사 《주간한국》 기자, 《한국일보》 문화부기자로 일한 적이 있다. 그의 등단작인 〈잃은 자와 찾은 자〉는 재불在佛 유학생인 주인공 허준의 6 · 25사변 참전을 소재로 하고 있다. 이후 중편 〈도전하는 혼魂〉〈버림받은 집〉, 단편 〈제6열 인간〉〈아폴락사스〉, 전쟁단편인 〈환멸幻滅〉〈희롱戱弄〉, 월남전을 제재로 한 〈불상佛像〉 등의 역작을 계속 발표했다. 주요 작품으로 단편 〈환멸〉〈불상〉〈두 아들〉, 중편 〈안개꽃〉〈슬픈 양복재단사의 나날〉〈버림받은 집〉, 장편 〈리빠똥 사장〉〈내일 또 내일〉〈떠도는 우상〉〈그것은 우리도 모른다〉 등이 꼽힌다. 저서에 작품집 《리빠똥 장군》《화려한 외출》《밀항》《탐욕이 열리는 나무》 등과 《한국현대문학사 탐방》이 있다. 《한국현대문학사 탐방》은

《한국일보》에 연재한 것으로, 저명한 근대 한국의 작가·시인들의 전기적 자료 발굴로 문학사의 자료정리에 큰 기여를 했다. 그는 그의 작품들을 통해 우리 현대사의 비극과 기계문명화가 개인에게 주는 문제점을 파헤쳐 나가고 있다. 1984년 현대문학상, 1986년 동서문학상을 수상했다.

〈도둑일기 一日記〉 김용성의 장편소설. 1983년 《현대문학》에 발표되었다. 한수·중수·성수 삼형제의 고아로서의 삶을 형상화한 작품이다. 삶 속에서 체득한 무반성적 배금주의 사고방식의 한수, 종교를 통해 자신의 삶을 반성하고 정화해가는 성수, 그들을 통해 자신의 참모습을 찾으려는 중수, 이 형제들은 우리 시대의 탐욕을 되돌아보게 하는 거울이다. 그러나 반성이라는 소극적 자세로 대응해 사회의 모순을 바로잡을, 적극적으로 조직화해내는 힘에 대한 전망이 불투명했던 것은 이 작품이 나온 사회적 여건과도 무관하지 않다.

김용운 金龍雲 1940~ 소설가. 서울 출생. 연세대 국문과 졸업. 1965년 《현대문학》에 단편 〈계단〉이 추천되어 등단했다. 주요 작품으로 단편 〈토정비결土亭秘訣〉〈벙어리 강江〉〈솜다리〉〈후견인〉〈이 춥고 어두운 한 낮〉 등이 있으며, 작품집으로 《벙어리 강》《에이프릴 풀》《통나무집》 등이 있다. 문인협회 이사, 소설가협회 감사 등을 역임했다. 그의 작품은 주로 가난이라는 극한상황, 사회적 모순과 부조리, 민족의 분단 등에 많은 관심을 기울이고 있으며 현실의식이 강하다. 또한 지적 준엄성을 피하기 위해 풍자적 방법을 도입하기도 하고, 주제의 강한 노출을 막기 위해 그 특유의 서정성을 분위기의 미학으로 삼고 있는 것도 특징 중의 하나로 평가되고 있다. 현대문학상, 한국문학상, 월탄문학상, 동서문학상, 한국소설문학상 등을 수상했다.

김용직 金容稷 1932~ 평론가. 경북 안동 출생. 서울대 국문과 및 동 대학원 졸업. 서울대 국문과 교수를 지냈다. 1961년 《자유문학》에 〈우리 현대시에 나타나는 두 양상에 대하여〉를 발표하며 등단했다. 이후 한국근대시의 흐름을 역사주의적 관점과 시 자체의 구조적인 관점을 결합시켜 체계화한 〈소월의 시와 앰비규어티〉〈시작에 있어서의 짜임새 문제〉 등 다수의 논문을 발표했다. 또한 동시대의 문학이 나아가야 할 길을 제시한 〈민족문학의 건설문제〉〈대중사회와 시의 길〉 등을 발표하며 활발한 평론활동을 펼치기도 했다. 저서로는 《한국문학의 비평적 성찰》《한국현대시연구》《전형기의 한국문예비평》《한국문학의 흐름》《한국근대문학의 사적 이해》《한국근대시사》《해방기 한국시문학사》《임화시문학연구》 등이 있다. 그의 평론활동은 주로 한국근대시의 올바른 체계화라는 일관된 목표하에 수행되어 왔다. 그는 이 목표를 위해 작가의 역사의식이라는 배타적인 관점을 지양하고 시의 앰비규어티, 짜임새, 해조, 기법, 긴장 등 형태주의적 개념을 도입했다. 작가의 역사의식 측면에서만 조명되던 김소월·한용운·이상화·윤동주·이육사 등의 시를 시의 구조적인 측면에서 해석해 이들 시의 보편적인 미의식을 밝혀냈으며, 또한 시문학파나 1930년대의 모더니즘운동 전반에 대해 정당한 자리를 매겨주었다. 이러한 그의 문학연구와 평론 활동은 한국근대시의 사적 체계화에 커다란 기여를 했으며, 또한 일관된 방법론은 한국의 근현대시 전반을 재질서화함으로써 한국시사의 과학적인 체계화를 위한 중요한 전범을 마련했다고 할 수 있다. 1989년 세종문화대상, 1992년 대한민국문학상, 1997년 3 · 1 문화상 등을 수상했다.

김용택 金龍澤 1948~ 시인. 전북 임실 출생. 1982년 창작과 비평사의 21인 신작 시집 《꺼지지 않는 횃불로》에 〈섬진강 1〉 외 시 8편을 발표하면서 등단했다. 시집에 《섬진강》《맑은 날》《꽃산 가는 길》《누이야 날 저문다》《그리운 꽃편지》《그대, 거침없는 사랑》《강 같은 세월》《그 여자네 집》 등이 있고, 산문집으로 《그리운 것들은 산 뒤에 있다》《작은 마을》이 있으며, 1999년 자신의 고향인 섬진강변의 진메마을 풍경을 그린 산문집 《섬진강 이야기》(전2권)를 발간했다. 그의 작품은 현대인이 잊고 지내는 농촌, 풀한 포기, 어머니의 머리 기름 냄새 등이 출발점을 이룬다. 그가 쏟는 애정의 대상은 주변 사람들, 혹은 그냥 지나치기 쉬운 주위의 흔한 사물들에 대한 것이기 때문에 시인의 그같이 섬세하고 여린 마음에 의해 도시에 살아가는 독자들도 농촌에 대해 거부감 없이 다가설 수 있는 것이다. 그런데, 농촌에 대한 친근감 넘치는 묘사가 단지 현상 파악에 그치지 않고 매서운 비판의 눈을 동반한다는 것이 김용택 시가 지닌 소중함이다. 또한 김용택 시의 근저에는 오랜 옛날부터 전해오는 공동체에 대한 소박한 소망이 깔려 있다. 이는 농촌 현장의 생활을 담고 있는 시인의 세계관을 키워낸 농촌의 오랜 연륜에서 나온 민중적 여유일 것이다. 전라도 방언과 속담, 속어의 연결은 농촌 공동체적 유대감을 더욱 강화하고 있으며 전통 시가의 절절한 가락은 독자의 감정을 조절하는 힘을 지녔다는 평가를 받는다. 1986년 김수영문학상, 1997년 소월시문학상을 수상했다.

김용호 金容浩 1912~1973 시인. 호 학산鶴山 · 추강秋江. 경남 마산 출생. 일본 메이지대 법과 졸업(1941). 1930년 《동아일보》에 시 〈춘원春怨〉〈선언宣言〉 등을 발표했고, 이해에 노자영盧子泳이 주재한 《신인문학》에 시 〈첫 여름밤 귀를 기울이다〉〈쓸쓸하던 그 날〉 등을 발표해 등단했다. 그러나 문학에 대해 적극적인 뜻을 갖게 된 것은 김대봉金大鳳과 알게 되어 《맥》 동인이 된 뒤부터였다. 이때부터 〈시그넬〉〈역설〉 등을 발표했고, 같은 해 장시 〈낙동강洛東江〉을 발표해 시단의 주목을 끌었다. 시집으로 《푸른별》《날개》《의상세례衣裳洗禮》 등이 있으며, 그 밖에 저서 및 편서로는 《시문학입문》《세계명작감상독본》《한국애정명시선》《항쟁의 광장》《시원산책詩園散策》 등이 있다. 그의 시 세계는 크게 세 시기로 나누어 변모과정을 추적해 볼 수 있다. 1941년에 간행된 첫 시집 《향연饗宴》과 두번째 시집 《해마다 피는 꽃》에서 나타나는 초기의 시 세계는 일제치하를 배경으로 한 어두운 시대상과 피압박민족의 서러움을 노래하는 절망과 비애의 시기라고 할 수 있다. 중기는 향수를 바탕으로 한 회고와 순수 서정, 그리고 6 · 25 사변과 같은 현실의 충격에 기인한 구국의 의지와 민족정기를 노래하던 시기로서, 그의 시작 활동 가운데 절정기에 해당한다. 1950년대에 간행된 《푸른 별》《남해찬가》《날개》가 이 시기에 속한다. 말기는 1960년대 이후로 시작 활동이 다소 침체된 느낌을 주는 가운데, 서민의식을 바탕으로 한 생활시가 중심을 이루고 있다. 여섯번째 시집 《의상세례》와 유작시집 《혼선》이 여기에 속한다. 1956년 서사시집 《남해찬가》로 아시아자유문학상을 수상했다.

김우정 金宇正 1932~1990 평론가. 전남 완도 출생. 목포상고 졸업. 1960년《한국일보》신춘문예에 평론〈시의 본질과 한국의 현대시〉가 입선, 1962년《조선일보》신춘문예에〈미망迷妄의 도표道標〉가 당선되어 등단했다. 그후〈현대시의 기법과 사상〉〈정을병鄭乙炳의 '개새끼들'〉〈환시幻視의 세계와 천치天痴의 세계〉〈공존하는 두 개의 시詩〉등 여러 편의 평론을 발표했다. 그밖에 강용준姜龍俊·김승옥金承鈺 등에 관한 작가론도 몇 개 있다. 초기에는 실존주의의 영향을 받아 주로 존재론적 입장에서 시론을 시도했으나 60년대 후반부터는 현실적 의식이 강하게 나타나, 작가는 자기 시대가 지니고 있는 고민과 환희를 통해서 그 시대를 살아 가고 있는 절실하고 생생한 인간성의 전형을 발견해야 한다고 말한다. 따라서 오늘날과 같이 인간이 권력이나 조직, 산업기구에 의해서 인간성이 침해당하고 소외당하는 시대에 있어서 잃어버린 자기를 되찾는 길은 자기의 현재의 좌표를 확인하는 의식의 회복이라고 주장했다. 이같은 문학관이 그의 시평이나 소설평의 기조를 이루고 있다.

김우종 金宇鍾 1930~ 평론가. 황해도 연안에서 성장. 서울대 국문과 졸업. 1957년《현대문학》에 평론〈은유법논고隱喩法論考〉〈이상론李箱論〉이 추천되어 등단했다. 충남대·경희대·덕성여대 교수를 역임했고,《한국대학신문》주필, 한국문학평론가협회 회장으로 있다. 주요 평론으로〈파산의 순수문학〉〈유적지의 인간과 그 문학〉〈순수의 자기기만〉〈정치권력이 문학에 미친 영향〉등이 있으며, 저서로《순수문학비판》《한국현대소설사》《작가론》및 에세이집《우리들의 진실을 위하여》등 30여 권이 있다. 초기에는 고전문학의 새로운 해석과 재평가에 주력해 민족문학의 전통을 확립하려고 했으며, 1960년대 이후 현역작가들에 관심을 기울여 비현실의 순수문학을 비판하고 현실상황 속에서 새로운 리얼리즘 문학의 가능성을 추구, 그 예술적 형상화 작업을 강조했다. 순수문학파와의 논쟁을 통해 문학의 사회참여운동을 확산시켜 왔으며, 1968년《한국현대소설사》출간 후 계속적인 수정보완 작업으로 1990년대까지 문학사 연구에 전념해 오고 있다. 1959년 한국문학가협회상, 1969년 월탄문학상, 1995년 서울시문학상 등을 수상했다.

김우진 金祐鎭 1897~1926 극작가·연극이론가. 호 초성焦星 또는 수산水山. 전남 장성 출생. 일본 와세다대 영문과 졸업(1924). 대학 시절부터 연극을 꿈꾸어 1920년에 조명희趙明熙·고한승高漢承·조춘광趙春光 등과 함께 연극 연구단체인 극예술협회를 조직했다. 1921년에는 동우회 순회연극단을 조직해 국내순회공연을 했는데, 이때 공연비 일체와 연출을 담당했고, 상연 극본인 아일랜드의 극작가 던세니의〈찬란한 문〉을 번역했다. 대학을 졸업하고 목포로 귀향해서는 상성합명회사의 사장에 취임했다. 이 시기에 시·희곡·평론에 몰두해서 48편의 시와 5편의 희곡, 20여 편의 평론을 썼다. 그러나 가정·사회·애정 문제로 번민하다가 1926년에 출분해 도쿄로 갔고, 그해 8월 소프라노 가수 윤심덕尹心悳과 현해탄에 투신해 죽었다. 그의〈죽엄〉〈사死와 생生의 이론〉〈죽엄의 이론〉등에서 잘 나타나는 것처럼 그의 시세계는 철저한 현실부정과 개혁의 세계를 보여준다. 희곡 세계 또한 시대적 · 가정적 고통을 담은 자전적 세계를 보여준다. 〈두덕이 시인의 환멸〉(1막)은 제목에서 풍기는 것처럼 전통윤리와 새로운 서구적 윤리의 첨예한 갈등을 그린 것이고, 〈이영녀李永女〉(3막)는 그가 살던 목포 유달산 밑의 사창가를 무대로 빈민들의 처참한 생활상을 자연주의 기법으로 그린 작품이다. 그리고 대표작으로 꼽히는 〈난파難破〉(3막 7장)와 〈산돼지〉(3막)는 우리 나라 문예사상 최초의 표현주의 희곡으로서 의의가 있을 뿐 아니라, 신파극만 존재했던 1920년대로서는 대단히 전위적인 실험극이다. 〈난파〉는 자살한 해인 1926년 봄에 쓴 작품으로서, 복잡하게 얽힌 유교적 가족구조 속에서 현대적인 서구윤리를 지닌 한 젊은 시인이 몰락하는 과정을 그리고 있는데 이 작품은 그대로 그의 자서전이기도 하다. 〈산돼지〉는 친구 조명희의 시 〈봄 잔디밭 위에〉에서 암시를 얻어 쓴 작품으로, 좌절당한 젊은이의 고뇌와 방황을 음울하게 그리고 있다. 특히 그의 사상인 사회개혁을 잘 보여주며, 지극히 몽환적인 분위기로 끌고간 것이 특징이다. 그는 또한 뛰어난 평론들을 많이 남겼는데, 그중에서 〈소위 근대극에 대하여〉 〈자유극장 이야기〉 〈구미歐美 극작가론〉 등은 탁월한 논문이다. 또 〈창작을 권합네다〉라는 글에서 한국작가들에게는 표현주의가 가장 알맞은 창작방법이라는 논지를 폈다. 그는 대단히 진실적인 문학관을 가지고 있어서 〈이광수류李光洙類의 문학을 매장하라〉라는 논문을 통해서 계몽적 민족주의와 인도주의를 신랄하게 비판했다. 그는 자기가 겪은 시대고를 적절히 희곡 속에 투영함으로써 당시 계몽적 민족주의나 인도주의 내지 감상주의에 머물렀던 기성문단을 훨씬 뛰어넘은 선구적 극작가였으며, 특히 표현주의를 직접 작품으로 실험한 점에서는 유일한 극작가이다. 또한 해박한 식견과 선구적 비평안을 가지고 당대 연극계와 문단에 탁월한 이론을 제시한 평론가이며, 최초로 신극운동을 일으킨 연극운동가로 평가된다.

〈난파 難破〉 1926년 김우진이 쓴 표현주의 희곡. 그의 5편의 희곡 중 하나로 자전적인 작품이다. 겉표지에 '3막으로 된 표현주의극' 이라고 독일어로 쓰여 있듯이 표현파 희곡에 속하는 작품으로 복잡하게 얽힌 유교식 가족구조 속에서 진보적 서구사상을 지닌 한 젊은 지성인인 시인의 정신적 몰락 과정을 상징적으로 묘사하고 있다. 표현파극이 대체로 그러하듯 이 작품도 줄거리가 선명하지 못하다. 어스름 달밤의 커다란 구식집 앞마당에서 사건이 벌어지는 제1막에는 젊은 시인(주인공) · 모母 · 악귀 · 신주 · 제1계모 등이 나오는데 시인이 계모와 다투는 것이 주내용이다. 왜 이러한 나라, 이러한 집안에 자기를 태어나게 했느냐는 젊은 시인의 항의가 대단하다. 그렇게 되자 비비가 시인에게 가족과 이별하도록 권하는 것이 제2막의 내용이다. 그러나 제3막에 가면 가족이 시인과 그를 사랑하는 비비를 떼어놓으려 한다. 그런데 우유부단한 시인은 가족과의 결별을 계속 권하는 비비의 충고마저 받아들이지 못하고 삶의 돌파구를 찾아 방황하다가, 끝내 파고가 높은 절망의 바다에서 난파당해 익사하고 만다. 이처럼 작가의 진보적 사상과 전형적 봉건가정은 궁극적으로 타협할 수 없었고, 결국 주인공의 파멸로 끝맺을 수밖에 없었던 것이다. 이러한 내용은 전통윤리와 서양적 근대윤리 사이에서 갈등하다가 자살로 끝맺은 김우진 자신의 삶과 일맥상통하는 데가 있다. 이 희곡은 당시로서는 아무도 이해할 수 없을 정도로 앞선 대단한 실험극으로서 표현파답게 상징적임은 물론이고 구성도 일관성이 없으며 인물들도 무질서하다. 최초의 표현주의 희곡이라는 기록을 남긴 작품이다.

〈산돼지 山―〉 김우진의 창작희곡. 1926년 11월부터 1927년 1월까지 《조선지광》에 발표되었다. 이 작품은 주인공 최원봉의 방황과 좌절을 통해 작가 자신의 내면심리를 표현하고자 한 가정극의 범주에 속하는 3막의 장막극이다. 이 작품에서 자신을 일러 '산돼지' 라고 놀리는 현실을 받아들이면서도 산돼지처럼 살아가지 못하고 집돼지로 갇혀 지내야 하는 현실 앞에 절망하고 있는 주인공 최원봉의 모습은 작가 김우진 자신의 고뇌를 표현하고 있다고 볼 수 있다. 이 작품은 해방전의 희곡에서는 보기 드물게 동학을 작품의 주요 모티브로 설정하고 있어 주목된다. 또한 이 작품에서는 이러한 동학과 현실과의 접맥, 그리고 최원봉의 출생에 관련된 사항이 몽환적인 장면을 통해 제시되고 있는데, 이 점은 종래의 사실주의 무대를 뛰어넘는 표현주의의 특징을 지닌다는 점에서 선구적인 의의를 지닌다고 할 수 있다. 그러나 이런 제반 장치가 작품 속의 현실적 사건과 직접 연결되지 못한다는 점, 그리고 극중 사건이 분명한 목표 아래에서 통일되지 못한 채 관념적인 결말로 끝맺어진다는 점은 이 작품이 갖는 한계라고 할 수 있다.

김우창 金禹昌 1937∼ 평론가 · 영문학자. 전남 함평 출생. 서울대 정치과에 입학했으나 영문과로 전과, 1958년 졸업 후 동 대학원에서 석사학위를 받았다. 이후 미국 코넬대 및 하버드대에서 석사 · 박사학위 취득. 1967년 《창작과 비평》 봄호에 근간의 한국시단을 개관하면서 황동규黃東奎를 비롯한 《사계四季》 동인들과 성찬경成贊慶의 시에서 시적 지성을 발견하는 〈시에 있어서의 지성〉을 발표한 후 《동아일보》에서 시월평을 담당했다. 《세대》에 〈한국시와 형이상形而上-하나의 관점〉, 《문학사상》에 한용운韓龍雲의 시를 분석한 〈궁핍한 시대의 시인〉을 썼다. 상당수에 달하는 영문학 연구논문과 비교했을 때 한국시론은 적은 편이지만, 많지 않은 한국의 시론가 중에서 날카롭고 탁월한 평문으로 한국시학에 많은 영향력을 발휘했다. 평론집으로 《궁핍한 시대의 시인》《문학의 비평》《심미적 이성의 탐구》《시인의 길》 등 다수와 《김우창 전집》을 간행했다. 외국문학을 전공하면서 한국문학을 분석하는 상당수의 비평가와는 달리, 그는 깊은 애정으로 한국의 시들을 읽으면서 보편적인 인식능력과 개별적인 개성의 농도를 함께 이해하고 사회적 현실과 언어적 표현을 대결시켜 갈등과 지성을 내면화시킨 창조적인 작품에 평가의 기준을 두고 있다. 따라서 그에게 있어서는 기교와 주제, 주관과 객관, 자아와 현실이 동시에 종합 · 분석되어 한국시의 구조적 취약성과 가능성을 제시하고 있다. 1993년 제4회 팔봉비평문학상, 1994년 제2회 대산문학상, 1997년 제14회 금호학술상 등을 수상했다.

김원석 金元錫 1947∼ 아동문학가. 호 자근紫菫. 서울 출생. 고려대 사회과를 거쳐 대한신학대 국문과 졸업(1986). 원우라는 필명으로 1975년 《월간문학》에 동시 〈할머니의 주름진 얼굴〉이 당선되어 등단했다. 동요동시집 《꽃밭에 서면》《초록빛 바람》《예솔아》, 동화집 《하얀 깃발》《고추 먹고 맴맴》 등이 있다. 1980년 호국문예상, 1981년 한국동시문학상, 1987년 소천아동문학상 등을 수상했다.

김원우 1947~ 소설가. 본명 원수源守. 경남 진영 출생. 경북대 영문과(1973) 및 서강대 대학원 국문과 졸업(1985). 1977년 《한국문학》 중편소설 공모에 〈임지任地〉가 준당선되어 등단했다. 이후 〈추도追悼〉 〈부정父情 또는 적의敵意〉 〈죽어가는 시인〉 〈무기질 청년〉 등과 장편 〈짐승의 시간〉 등을 발표했다. 소설집으로 《무기질 청년》《인생공부》《장애물 경주》《가슴없는 세상》《겨울 속의 너》《아득한 나날》《우국의 바다》 등을 발간했다. 1999년 발간된 《김원우 중편소설 전집》(전5권)은 초기작 〈임지로 가는 길〉에서부터 최근작 〈난민하치장〉에 이르기까지 모두 21편의 중편을 싣고 있다. 그의 소설은 초기 작품에서부터 최근의 〈낙타의 집〉 〈아득한 나날〉 등에 이르기까지 평범한 중산층의 세계에 대한 지속적인 관심을 보인다. 따라서 중산층에 대한 천착은 그의 작품 세계의 근간을 이룬다고 할 수 있다. 그의 소설에서 중산층은 속되기 그지없고 자신의 이익만을 추구하는 인간 부류로 그려지기도 하지만, 하찮아도 그것 없이는 삶을 영위할 수 없는 무기질과도 같은 존재로 인식된다. 그는 중산층의 속물적 삶을 극복하는 방식으로 두 가지 방식을 제시하는데, 그 하나는 외부의 매개자를 통해 정체된 중산층의 삶이 가진 한계를 깨닫게 하는 것이고, 다른 하나는 평범한 중산층의 삶 속에서 긍정적인 의미를 찾는 것이다. 한편 그의 작품에는 유년기와 청소년기의 체험들이 생생하게 나타나고 있다. 당대 한국인의 삶과 의식구조가 그의 삶의 고단한 속살을 통해서 드러나고 있는 것이다. 그의 작품은 작가 자신의 성장기적 체험을 문학적으로 심화 확대한 것이기 때문에 비판적이면서도 자기체험의 애정과 자상함이 배어 있고, 고집스러우면서도 정직하다는 평가를 받는다. 1999년 발간된 그의 장편소설 〈일인극 가족〉은 한국 역사상 처음으로 정권교체가 이루어질 무렵과 그 이후 몇달간을 배경으로 정치적 허무의식에 빠진 중산층의 의식구조와 가족 관계의 와해를 그리고 있다. 그러나 그의 소설에 나타나는 정직함과 깊은 비판의식에는 자상함이 수반되어 있어서 그의 소설은 단순한 세태소설로 떨어지지 않고 삶을 지적으로 고양하고 있는 것이다. 1983년 한국일보문학상, 1991년 동인문학상을 수상했다.

〈무기질 청년 無機質青年〉 김원우의 중편소설. 1980년 《작가》에 발표되었다. 지난 봄, 야구팬인 '나'는 오락가락하는 빗발로 주말경기가 순연되자 동료들과 맥주집을 순례한다. 제법 취해 맥주집을 나선 '나'의 손에 낯선 남의 봉투가 들려 있었고, 주인을 찾지 못한 채 그 안에 든 '내 젊은 날의 비망록'을 읽게 된다. 20대 후반의 대학원생인 이만집의 일기를 하나하나 읽어가면서 '나'는 평범하지만 의미있는 그의 삶과 생각에 친숙해지게 되고, 그를 이해하게 된다. 이만집의 일기는 역사와 사회에 대한 소견으로부터 자신의 신상명세, 수입과 지출에 관한 이야기까지 잡다하다. 그는 역사를 "흐르는 물 같지 않고 고여 있는 웅덩이 같다"고 생각하며, 자신을 '무기질'이라 규정하는 청년이다. 한동안 이만집의 비망록을 회사 책상서랍 속에 간직해둔 채 지낸 지 두 달 만에 예의 그 술집에서 '나'는 이만집을 만난다. 지독히 평범한 외모를 가진 그는 예상외로 눌변이었고, 공책을 돌려주겠다는 나에게 수고스럽지만 찢어서 쓰레기통에 버려 달라고 부탁한다. '나'는 그의 비망록을 버릴 수 없는 것처럼 내가 가지고 있는 어떤 기억이나 세태도 버릴 수 없는 세대가 되었음을 자각한다. 고통스러운 역사 혹은 개인의 아픈 기억들 속에서 우리 시대의 공통성과 익명성을 확인하고, 그것을 넘어서는 노력을 보여주는 작품이다. 세밀한 심리묘사와 객관적 시선을 확보하기 위한 문체적 시도가 두드러진다는 평가를 받는다.

김원일 金源一 1942~ 소설가. 경남 김해 출생. 서라벌예대 및 영남대 국문과 졸업(1968). 1966년 대구《매일신문》의 문학상에 단편 〈알제리아의 추억〉이 당선된 후, 1967년《현대문학》제1회 장편소설 공모에 〈어둠의 축제祝祭〉가 당선되어 등단했다. 이후 〈피의 체취〉〈어둠의 혼魂〉〈노을〉〈미망未忘〉〈불의 제전祭典〉 등의 문제작을 발표, 작가로서의 역량을 과시하고 있다. 단편집으로《어둠의 혼》《오늘 부는 바람》《도요새에 관한 명상》 등이 있고, 장편소설 〈어둠의 축제〉〈노을〉 등과 〈불의 제전〉 등을 출간했다. 1987년에는 〈늘푸른 소나무〉를《중앙일보》에 연재하기도 했다. 주로 젊은 세대의 정신적 공허감으로부터의 탈출을 시도하는 그들의 몸부림 등을 주제로 하고 있다. 가령 〈절망의 뿌리〉는 정신적 외상에서 연유한 자기분열과 신경질환을 묘파하고 있다. 주인공 '나'는 폭력배인데, 그 폭력행위는 유아 시절에 겪은 정신적 충격과 베트남에서의 전쟁 체험의 후유증 때문이다. 어린 시절에 당한 가혹한 불행이 한 인간의 성격구조에 결정적인 영향을 주어 그것이 그의 내부에서 깊이 뿌리박은 어둠으로 굳어진 것이다. 그는 한 성실한 지성인의 눈을 통해, 젊은 세대가 겪는 세대고世代苦와 이에 따르는 허무, 현실과 인간의 내면의식 속에 잠재한 아픔 등을 간결하고 시적인 문장으로 표현한다는 평을 듣고 있다. 거창양민학살사건을 조명한 〈겨울골짜기〉는 재일 문필가 윤학준에 의해 번역, 1996년 일본의 에이코 출판사에서 출간되었다. 1974년 현대문학상, 1978년 한국소설문학상, 대한민국문학상, 1979년 한국일보문학상, 1983년 동인문학상, 1998년 이산문학상 등을 수상했다.

〈어둠의 혼 一魂〉 김원일의 단편소설. 1973년에 발표, 단편집《어둠의 혼》에 수록되어 있다. 이 작품은 일본 유학을 한 지식인인 아버지가 1948년의 남로당 폭동에 관련되어 쫓겨다니다 체포되어 총살당해 죽은 시체를 본 어린 주인공이 혼란스럽고 폭력적인 세계에 대해 눈뜨고 마음에 상처를 입는다는 내용이다. 이 작품은 작가의 고향 진영이 공간적 배경으로 좌우익의 싸움이 격심하던 해방 직후가 시간적 배경으로 등장한다는 점, 남로당(빨치산) 폭동에 관련된 아버지와 그 아버지로 인해 고통받는 가족이 등장한다는 점, 작중 사건이 순진한 어린 소년의 눈으로 이해되고 있다는 점 등에서 김원일 소설의 기본적인 틀을 모두 갖추고 있다. 김원일의 소설에서는 특히 '빨갱이'인 아버지가 중요한 인물로 등장하는데, 그의 소설이 나아간 방향은 분단이라는 비극을 이 아버지라는 존재를 통해 이해하려는 것이라고 해도 무방하다. 하지만 이 작품에서 주인공 '갑해'는 아버지의 삶을 '너무나 큰 수수께끼' 로 받아들임으로써 이해의 한계를 드러낸다. 어린 소년에게 좌우익의 싸움이란 이해할 수 없는 사건, 마음에 상처만 준 혼란과 폭력 그 이상도 이하도 아니었던 것이다. 어두웠던 민족사의 한 토막을 열기 차고 호흡이 급한 문체로 조명해주고 있다. 어린이의 눈을 통해서 진술된 민족사의 어둠 속에서 파생되는 아버지의 이해할 수 없는 행동과 죽음을 통해 이 세계의 부조리를 발견하는 내면의 격동으로 시선이 모아지고 있다. 그의 대표작의 하나로 꼽힌다.

〈노을〉 김원일의 장편소설. 1977년 9월부터 1978년 9월까지 《현대문학》에 연재되었다. 이 작품은 1인칭 시점으로 전개되고 있으며, 그 구조가 29년의 시차를 두고 과거와 현재가 서로 엇갈리고 있다는 특징을 보여준다. 김원일의 대부분의 작품이 삼인칭으로 서술되어 있음을 상기할 때, 더욱이 작품의 특징인 구조적 특이성과 결부시킬 때, 그것은 매우 시사적인 의미를 드러낸다. 이 작품이 1인칭 시점을 택했다는 것은 두 가지 의미를 갖는다. 하나는 그의 작품들에서 보여 왔던 작위성을 극복하고 있다는 것이다. '나' 의 체험을 진술하며 그 진술 속에 이미 내면화된 외부세계까지를 내포시킴으로써 탁월한 형상화에 도달하고 있다. 작가의 의도는 좌익폭동, 또는 6·25의 역사성에 대한 해명에만 놓이는 것은 아니다. 오히려 한 극적인 사건에서 인식될 수 있는 세계관의 혼란과 그에 대한 한 인간의 정서적 반응이 밀도 있게 담겨져 있다. 빨치산 폭동이라는 외적 사건은 그에 관련된 아버지의 활동과 죽음에 더불어 주인공 '나' 의 성장 속에 내면화되었고, 그의 과제는 성장기에 가졌던 이 역사적 사건의 충격과 상처로부터 어떻게 자유로울 수 있는가 라는 문제이다.

〈도요새에 관한 명상 —冥想〉 김원일의 중편소설. 1979년 《한국문학》 6월호에 발표되었다. 현대사회의 가정과 도요새가 서식하는 동진강 유역을 배경으로, 타락한 삶에 대한 비판과 순수한 인간성 회복을 주제로 하고 있는 이 작품은 그 서술에서 네 부분으로 나뉘어 네 가지 시점으로 구성되어 있다. 첫째 부분은 병식이 1인칭 서술자로 등장하고, 둘째 부분은 병국이, 셋째 부분은 아버지가, 넷째 부분은 작가가 서술자로 등장한다. 결말에 이르러 전지적 작가 시점으로 묘사하며, 독자들에게 문제를 제기하는 기법상의 효과를 노리는 특수한 기법을 쓰고 있는 것이다.

김원호 金源浩 1940~ 시인. 서울 출생. 서울대 국어교육과 졸업(1963). 1962년 《동아일보》 신춘문예에 시 〈과수원〉이 당선되어 등단했다. 《신춘시》 및 《시정신》 동인으로 활동. 주요 작품으로 〈갇힌 여름〉 〈종이학〉 〈밤의 심연深淵〉 〈이 거룩한 밤에〉 〈전쟁이 끝나면〉 등이 있으며, 시집으로 《시간의 바다》 《불의 이야기》 《행복한 잠》 등이 있다. 그의 시는 대부분 인식론적 본질을 추구하되, 그것을 한국적 리리시즘으로 형상화시키고 있음을 볼 수 있다. 초기에는 서정적이고 감각적인 경향을 주로 띠었으나, 그후 인식론적인 방법과 역사의식을 가지고 대상에 대한 본질의 의미를 찾고자 한다. 따뜻한 인간관계를 소재로 하는 것도 하나의 특징으로 꼽힌다. 1984년 제30회 현대문학상을 수상했다.

김유정 金裕貞 1908~1937 소설가. 아명 멱설이. 강원도 춘천 출생. 연희전문 문과 중퇴. 1931년 실레마을에 야학을 열었고, 그후 얼마 동안 금광을 전전했으나 1932년부터 실레마을에 금병의숙錦屛義塾을 설립하고, 본격적인 계몽운동에 나섰다. 1933년 단편 〈소낙비〉와 산골 나그네〉를 집필, 1934년엔 단편 〈만무방〉을 지었다. 1935년 〈소낙비〉가 《조선일보》에, 〈노다지〉가 《중외일보》에 각각 당선되어 등단했다. 같은 해에 〈금 따는 콩밭〉 〈봄 봄〉 〈만무방〉 등을 발표했다. 일찍 부모를 여의고 고독과 빈곤 속에서 자라난데다가 심한 폐결핵 때문에 자신이 고백한 바와 같이 우울이 성격화되었으며, 스무 살 때 자기보다 1년 위인 일류 기생을 짝사랑했고, 이후 죽을 때까지 서너 명의 여인을 짝사랑해 그의 우울한 성격은 심화되었다. 등단 후, 광주 누님댁에서 병환으로 30세에 별세하기까지 불과 2년 동안 30여 편의 단편을 발표했으니, 그의 창작 의욕은 실로 왕성했던 것이라 할 수 있겠다. 후기 구인회의 일원으로 김문집 · 이상 등과 교분을 가지면서 창작 활동을 했으며, 1936년에 〈산골 나그네〉 〈봄과 따라지〉 〈동백꽃〉 등을 발표, 1937년에는 〈땡볕〉 〈따라지〉 등을 발표했다. 신춘문예 당선작 〈소낙비〉는 농촌을 무대로 이농, 도박, 야성적인 본능 등을 리얼하게 다룬 것이며, 〈금 따는 콩밭〉은 금광 광맥을 찾으려고 콩밭을 파헤치나 결국 실패하고 마는 인간의 물욕과 그 패배를 다룬 것이다. 또한 〈봄 봄〉은 머슴으로 일하는 데릴사위와 장인간의 희극적인 갈등을 그린 농촌 소설이며, 〈만무방〉 역시 농촌을 무대로, 전과자인 형이 도둑맞은 아우의 혐의를 풀기 위해 벼논 도둑을 잡고 보니 뜻밖에도 아우였다는 이야기이다. 〈동백꽃〉은 지주의 딸과 소작인의 아들의 정욕을 상징적인 기법으로 그린

것이며, 〈따라지〉는 셋방살이하는 서민들과 집주인과의 갈등을 그린 가작이다. 작품집으로는 《동백꽃》《김유정전집》이 출간되었다. 김유정의 소설은 크게 세 갈래로 나누어 고찰해 볼 수 있는데 그 하나는 고향 실레마을 사람들의 순박한 생활을 그린 〈봄 봄〉 〈동백꽃〉 등의 계열로서 그의 작가적 특징이 가장 잘 나타나는 갈래라고 할 수 있다. 다음은 그의 금광 체험에서 얻어진 것으로, 민족 항일기의 가난 속에서 일확천금을 꿈꾸는 사람들의 생활과 심리를 그린 〈노다지〉 〈금 따는 콩밭〉 등의 계열, 도시에서의 가난한 생활을 투영시킨 〈따라지〉 〈봄과 따라지〉 등의 계열이다. 그의 문학 세계는 본질적으로 희화적이어서, 냉철하고 이지적인 현실 감각이나 비극적인 진지성보다는 따뜻하고 희극적인 인간미가 넘쳐흐르는 게 특징이다. 한국문학사상 최초로 토착적 유머를 형상화시켜 놓음으로써 현대문학의 유산 가운데 값진 자기발견의 한 원형을 내놓았다. 또한 계몽적 이상주의나 감상적인 현실 중시의 피상적 농민문학이 아닌 당시의 농촌과 서민 · 농민의 생활 깊숙이 파고들어 그 생활감정과 습속의 내면적인 흐름 및 본질적인 인간상들을 보여줌으로써 하나의 사회학적인 입장에까지 작품의 차원을 끌어올리기도 했다. 그는 1930년대 문학을 관통했던 '최적의 장소에 최선의 말을 배치하는' 조사법에 뛰어난 작가였다.

〈봄봄〉 김유정의 단편소설. 1935년 《조광》에 발표되었다. 열여섯 살인 점순이는 '나'의 아내가 될 계집아인데 키가 너무 작다. 점순네 데릴사위로 3년 7개월이나 머슴일을 해 주었지만, 심술 사나운 '나'의 장인은 성례시킬 생각은 꿈에도 없는 듯해 투정을 부리기도 한두 번이 아니었다. 서낭당에

가서 치성도 드리고, 일꾼이라곤 '나' 밖에 없는 집에서 꾀병으로 눕기도 여러 번 했지만, 장인은 그때마다 몽둥이질이 고작이었을 뿐, "너 성례시켜 주마" 하는 말은 하지 않았다. 그래서 몇 번이고 "난 갈테야유, 그동안 사경쳐 내슈!" 하고 들이대기도 했고, 구장한테 장인을 끌고 가서 따지기도 했으나 소용 없다. 그런데, 하루는 점순이가 "구장님한테 갔다가 그냥 온담 그래!"라고 말하고는 살짝 돌아서면서 "이 바보야!" 하는 것이 아닌가. '나' 는 그날 마침내 장인과 무자비하게 싸웠고 다른 때처럼 용서하지도 않았다. 의기양양하게 점순이의 표정을 보았지만 점순이는 내 예상과는 달리 "에그머니! 이 망할 게 아버지 죽이네!"하고 내 귀를 잡아당기고 '나' 는 그만 어리둥절해지고 만다. 농촌 사회의 현실을 해학적인 필치로 묘사하고 있는 이 단편소설은 김유정 문학의 특징을 해학적인 성격에서 찾을 때 그 본보기로 흔히 거론되는 작품이다. 김유정은 구수하고 독특한 언어를 구사하는 작가로 평가되고 있다. 그의 소설은 구두어, 사투리, 비속어, 속담 등의 자유로운 구사와 함께 그 해학적 표현의 기교로 해서 재미있는 이야기로서의 기능을 감당하고 있다.

〈금따는 콩밭 金—〉 김유정의 단편소설. 1935년 《개벽》에 발표되었다. 제목이 암시하고 있듯이 반어적인 상황을 기조로 한 가운데 욕망에 이끌리는 인간의 탐욕적인 삶의 양식을 해학적으로 희화화戲畵化한 작품이다. 금광으로만 돌아다니던 수재의 꾀임으로 영식은 소작으로 땅을 얻어서 콩밭을 판다. 주인의 압력에도 불구하고 파고 또 팠으나 찾는 금은 나오지 않고 오히려 콩밭만 못쓰게 된다. 이런 상황에 화가 난 영식은 아내를 마구 때리고 나서 우는 아내를 달래는데, 그때 수재는 금줄을 잡았다고 소리친다. 영식 부부는 어리둥절 기뻐했으나, 수재는 그들에게 거짓이 탄로되기 전에 오늘 밤쯤은 도망가리라 생각하고 있었다. 이 작품은 탐욕의 무망함을 깨우치면서 아울러 그런 인간의 어리석음을 희극적으로 제시한 것이다. 그러면서도 이를 날카로운 풍자로써 해부한 것이 아니라 연민을 동반한 해학적으로 변용시키고 있다. 한편, 이런 해학적인 변용과 굴절에도 불구하고 이 작품은 1930년대 농촌의 삶의 현실이 적지 않게 반영되어 있기도 하다. 농촌생활의 궁핍현상과 그런 가난의 상태를 벗어나서 일확천금을 얻으려는 부박한 삶의 양식이 보편화되어 나타나고 있는 것이 그것이다.

〈동백꽃〉 김유정의 단편소설. 1936년 《조광》 5월호에 발표되었다. '나' 의 집은 점순네의 땅을 부쳐먹고 산다. 그뿐 아니라 집터를 빌렸으며, 양식을 자주 꾸기도 하는 처지이므로 우리집 사람들은 점순네에 늘상 굽신거린다. 그렇기 때문에 어머니는 '나' 에게 점순이와 붙어다니지 않도록 특히 주의를 주는 것이다. 어느 날 울타리를 엮고 있을 때 평소 서로 말을 않고 지내던 점순이가 살며시 와서 괜시리 말을 건다. "느집엔 이거 없지?" 하며 구운 감자 세 알을 내놓는 것이다. 고개도 안 돌리고 감자를 도로 밀어버린 '나' 를 점순이는 독하게 쏘아보고 눈에는 눈물까지 어리우더니 이를 악물고 가버린다. 그후 점순이는 기를 쓰고 '나' 를 괴롭힌다. 우리집 암탉을 때려 알을 못 낳게 할 뿐만 아니라 '나' 를 '바보', '배냇병신' 이라고 놀리기도 한다. 툭하면 사나운 자기네 집 수탉과 '나' 의 작은 수탉을 싸움붙여 놓는다. '나' 는 싸움에 이기게 하기 위해 닭에게 고추장까지 먹여보았으나, 점순이네

▲동백꽃 김유정 지음. 《조광》 1936년 5월호에서.

수탉에 쪼여 반죽음당하기는 먹이지 않았을 때와 마찬가지이다. 어느 날 늘어진 수탉을 홰에 가두고 일을 갔다오니 수탉이 보이지 않는다. 알고 보니, 점순이가 그 수탉을 꺼내다 자기 집 수탉과 산기슭 동백꽃 속에 또 싸움을 붙여놓고 저는 천연스레 호드기를 불고 있다. 역시 '나'의 수탉은 거의 죽을 지경으로 헤매고 있다. '나'는 화가 나 점순이네 큰 수탉을 때려죽이고 만다. 그러고는 스스로 저지른 일에 놀라 울기 시작한다. 점순이는 다음부터 그러지 말라고 하며 수탉 죽인 것을 비밀로 해주겠다고 한다. 그러고는 '나'의 어깨를 짚은 채 그대로 동백꽃 속에 푹 쓰러진다. '나'는 점순이와 뒹굴며 '알싸한 그리고 향긋한' 꽃냄새에 '땅이 꺼지는 듯이 온 정신이' 아찔해진다. 조금 후 점순 어머니의 부르는 소리에 점순이는 살금살금 꽃 밑을 기어 산을 내려가고 '나'는 엉금엉금 산 위로 도망친다. 사춘기의 두 남녀가 사랑에 눈뜨는 과정을 김유정 특유의 해학성으로 묘사했다. 점순이의 역설적 애정 표현과 그것에 대해 전혀 깨닫지 못하는 '나'의 비성숙성은 작품의 흥미와 긴장을 제공하는 독특한 갈등을 형성한다. 이같은 사건은 당시의 농촌 및 농민의 생활을 배경으로 함으로써 그의 다른 소설들과 더불어 농민의 생활감정과 습속의 내면적 모습을 보여준다. 그러나 이와 같은 김유정의 농촌은 그것이 가진 사회역사적 본질에 의해 매개되지 못한 채 묘사됨으로써 일정한 한계를 가진다. 작품 속의 동백꽃은 사실은 생강나무의 강원도 방언인 '동박꽃'이라는 설도 있다.

김윤배 金潤培 1944~ 시인. 충북 청주 출생. 한국방송통신대 및 고려대 교육대학원 졸업. 1981년 《시문학》《세계의 문학》 등에 〈야간비행〉〈새벽산을 오르며〉〈외줄타기〉〈길산댁〉 등으로 추천을 받고 등단했다. 시집으로 《숲을 숲이게 하는 것은》《겨울 숲에서》《떠돌이의 노래》《땅이여 바다여 하늘이여》(공저)《강 깊은 당신 편지》《따뜻한 말속에 욕망이 숨어 있다》 등을 간행했다. 초기에는 삶과 죽음, 좌절과 초극 문제에 깊은 관심을 나타냈으며, 민초들의 저항의식과 뜨거운 예술혼을 노래했다. 시집 《강 깊은 당신 편지》에서는 연시풍의 산문시들을 통해 '당신'에 대한 지칠 줄 모르는 사랑을 표현함과 동시에 뜨겁고 아프게 살아가는 이 땅의 순결한 영혼과의 만남을 갈구하는 아름다운 정신의 모습을 서정적으로 형상화했다. 경기도문화상을 수상한 바 있다.

김윤성 金潤成 1925~ 시인. 호 조운釣雲. 서울 출생. 1946년 구경서具慶書 · 정한모鄭漢模 등과 함께 동인지 《백맥》의 동인으로 출발, 시 〈들국화〉〈밤의 노래〉 등을 발표해 등단했다. 이어 《백맥》 동인 중에서 시인들만이 모여 1946년 《시탑》 동인회를 결성, 시 〈배꼽〉〈아침의 노래〉〈산정山頂에 서서〉 등을 발표했다. 이 무렵 문예지와 신문 등에 시를 계속 발표해 시인으로서의 입지를 굳혀나갔다. 또한 1949년에는 《백민》에 소설 〈명원이의 나〉를 발표하기도 했으나, 이후 계속 시작詩作에만 전념했다. 시집으로 《바다가 보이는 산길》《예감豫感》《애가》《돌의 계절》《김윤성시선》《꺼지지 않는 횃불로》 등이 있다. 그의 시적 기조는 형이상학적 의미의 추구에 있으며 평범한 일상사를 극히 평이한 언어로 형상화함으로써 평범 속의 비범을 노린다. 쉬운 표현, 지나칠 정도로 잔잔한 톤 뒤에는 삶의 예지가 번뜩이며 또한 지적인 리리시즘이 깔려 있어 간과할 수 없는 여운을 남기고 있다. 주로 만물의 윤회를 지각한 형이학적 고민과 비애를 노래했으며, 70년대 이후에는 서정성을 시의 바탕으로 하면서도 문명에 대한 현실의식 등을 융합해 모더니티가 있는 주지적 서정시를 발표했다. 1955년 한국문학가협회상, 1971년 월탄문학상, 1981년 대한민국문학상, 1995년 민족문학상, 1996년 실관문화훈장 등을 수상했다.

《바다가 보이는 산길 一山一**》** 김윤성의 첫번째 시집. 1956년 춘조사에서 발행했다. 해방 직후부터 1950년대 전반까지의 작품이 수록되어 있다. 〈나무에 앉은 새〉〈신록新綠〉〈플라타너스〉〈출발〉〈너의 눈〉〈새벽에〉 등 모두 44편을 4부로 나누어 수록. 그러나 작품의 집필연대는 6 · 25동란 이전의 것이 대부분을 차지하고 있다. 6 · 25동란 이후에는 현실상황의 급박성 때문에 작품을 많이 쓰지 못한 때문이다. 그 초기의 작품들이 씌어질 무렵에는 청록파적인 서정주의가 신인들에게 많은 영향을 미치고 있었다. 그러나 이 시집의 수록작품들은 그와는 달리 지적인 태도로 형이상학적인 세계를 추구하고 있다. 저자의 말대로 발레리와 릴케의 영향을 받아 주로 만물의 윤회를 지각한 형이상학적 고민과 비애를 노래한 것이 이 무렵의 작품 세계였다. 해방 후 10여 년 동안의 시를 모은 것이라고 한다.

《애가 哀歌**》** 김윤성의 세번째 시집. 1973년 한일출판사에서 간행되었다. 24편의 작품이 수록되어 있으며 대표작은 10편으로 된 연작시 〈애가〉이다. 연가戀歌의 형식을 취하면서 인생의 허무와 무상을 노래하고 있는 이 작품들은 인생의 허무와 무상을 딛고 서서 영원한 가치를 추구하려는 노력의 소산으로 평가되며 따라서 거기에는 깊은 비애가 따른다. 이것은 두번째 시집《예감豫感》의 세계가 보다 심화된 것이라 할 수 있다. 그는 이 시집에서 언어의 순탄한 결합을 노리고 있어 작품들은 비교적 평이하다.

김윤식 金允植 1936~ 평론가. 경남 김해 출생. 서울대 국어교육과 및 동 대학원 국문과 졸업. 1971년 일본 도쿄대 동양문화연구소의 초청으로 1년간 연구활동을 했고, 1980년 국제교류기금 후원으로 일본에 건너가 연구한 경력이 있다. 1962년《현대문학》에 평론 〈문학사방법론 서설序說〉과 〈역사와 비평〉이 추천되면서 등단했다. 그의 비평 활동은 1960년대 작가들의 문학사적 의의를 밝히는 일선비평적一線批評的인 측면과 개화기 이후의 한국비평사를 다시 복원하는 학문적 측면을 다같이 포함한다. 저서로《한국근대문예비평사연구》《근대한국문학연구》《한국현대시론비판》《한국현대소설비판》 등 100여 권이 있으니 한국문학 평론계의 거장이라 할 만하다. 1996년에는《김윤식문학선집》이 간행되었다. 그의 〈한국근대문예비평사연구〉는 프로문학 이후 해방 전까지의 한국 근대문예비평을 사적史的으로 개관한 최초의 분류사分類史이며, 〈근대한국문학연구〉는 장르사史가 아닌 비평가 개개인을 주로 다루고 있는 역작이다. 특히 프로문학비평에 대한 그의 연구는 자세한 자료 섭렵과 폭넓은 역사 인식으로 탁월한 업적을 이룩한다. 〈한국근대문예비평사연구〉와

〈근대한국문학연구〉는 실증주의의 영향을 강하게 받아 사실史實의 복원을 그 일차적인 목표로 하고 있지만, 1970년 이후의 일선비평은 이식문화론移殖文化論과 국수주의적 문화접근방법을 다같이 배격하면서 1960년대 문학의 의미와 한계를 드러내고자 했다. 1972년《문학과 지성》에 김현과 공동집필한〈한국문학사〉는 이러한 변모를 명료하게 보여준다. 1980년대 이후로는 평전 쓰기에 주력해《이광수李光洙와 그의 시대》《김동인金東仁 연구》《이상李箱 연구》《임화林和 연구》등의 비평서를 간행했다. 문학사상사 연구에도 큰 업적을 남겨《한국근대문학사상사》《한국현대문학사상사론》《한국근대문학사상연구 1 · 2》등의 연구서를 발간했다. 또한 그의 현장비평은 작가의 내면성과 글쓰기의 역사성을 동시에 통찰하고, 풍부한 문학사적 전거를 토대로 우리 현대문학의 특징적 징후들을 분석해내고 있는 것으로 평가된다. 현대문학신인상, 대한민국문학상, 김환태문학평론상, 팔봉문학상, 편운문학상, 요산문학상 등을 수상했다.

김은국 金恩國 1932~ 재미교포 소설가. 함남 함흥 출생. 6 · 25동란 때 미국 통역장교로 입대, 그후 도미渡美. 하버드대 대학원 졸업. 석사학위를 위해 쓴 영문소설〈순교자殉教者(The Martyred)〉로 일약 문명文名을 떨쳤다. 단행본으로 나온〈순교자〉는 도스토예프스키와 카뮈의 전통을 잇는 위대한 문학이라는 찬사를 받고, 미국에서 베스트셀러가 되었으며, 한국어 · 독일어로 번역되었다. 이어 5 · 16혁명을 제재로 한〈심판자〉와 일제하의 참혹한 현실을 제재로 한〈빼앗긴 이름〉등을 발표했다. 그는 불과 3편의 영문소설을 통해 미국 문단에서 확고한 기반을 갖고 신의 부재와 인간의 원죄를 다룬 진지한 테마로 어필하고 있다. 세 소설은 모두 한국을 무대로 한국인이 등장하고 있지만 그의 작가의식은 분단 또는 전쟁이라는 특수한 상황문제가 아니라 인간의 학대와 구원, 세계의 진상과 허위, 행동과 관찰이라는 인류의 문제로 확대되고 있어 한국적 개별성을 서구의 보편성으로 발전시키는 데 성공했다는 평가를 받았다.

〈**순교자** 殉教者〉 김은국의 장편소설. 1964년 아이오와주립대 대학원 석사학위 논문으로 쓴 영문소설이다. 그후 단행본을 발간, 1급 작가로 등장했다. 한국 동란을 배경으로 신과 인간의 관계를 다룬 심오한 종교문학으로《뉴욕타임스》《타임》등 권위있는 잡지로부터 "도스토예프스키와 카뮈의 전통을 잇는 위대한 작품"이라는 찬사를 받았고, 미국의 베스트셀러에도 올랐다. 북진北進으로 평양에 주둔한 정보장교 이대위는 적치하에서 순교한 여러 목사 중 신목사만이 생존하게 된 비밀에 부딪힌다. 굳은 신념으로 설교하는 신목사는 자신의 생존에 대해서는 함구하면서 순교한 목사들을 찬양한다. 그러나 이대위는 체포된 적의 장교로부터 다른 목사들은 모두 자신들의 신을 저주하며 저버렸지만 신목사만은 학대하는 자기들을 경멸할 수 있었기 때문에 그만은 살려주었다는 사실을 알아낸다. 신목사는 마침내 이대위에게 신은 존재하지 않으며, 이 세계는 고통과 불의만이 충만할 뿐이라는 무신론의 신앙을 고백한다. 그후 중공군이 남침, 후퇴가 불가피해졌으나 신목사는 월남할 것을 거부하고 그 곳에 남아 피난민을 돌보고 적치하의 신도들에게 인간의 구원을 계속 설교한다. 독일어로도 번역되었으며, 국내에는 장왕록張旺祿의 국역본이 나와 있다.

김의정 金義貞 1930~1999 소설가. 평남 강서 출생. 숙명여대 중퇴, 프랑스 소르본대에서 불문학 전공. 1961년《경향신문》장편소설 현상모집에〈인간에의 길〉이 당선되어 등단했다. 이후 중편〈외로운 생존〉〈살인자〉〈발아發芽의 계절〉등과, 장편〈목소리〉및 다수의 단편을 발표했다. 그는 언어의 특성을 최대한 이용해 그 의미를 확충하고, 독자의 상상에 따라 여러 가지로 해석할 수 있게 한다. 이 점에서 근대소설과 결별하고 시법詩法을 산문에 도입한 특이한 작가로 일컬어지기도 했다. 1967년〈목소리〉로 월탄문학상, 1997년〈산마루에 오르는 시간의 수레〉로 펜문학상을 수상했다.

김이석 金利錫 1914~1964 소설가. 평양 출생. 연희전문 중퇴. 일찍부터 문학적인 재질을 나타내 보통학교 때인 11세(1925)에 동요〈돌배나무〉를 발표한 적이 있고, 연희전문 재학 당시 단편소설〈환등幻燈〉(1938)을 발표하기도 했다. 본격적인 작품 활동은 1938년《동아일보》에 단편〈부어腐魚〉가 입선되면서부터였다. 그 당시 평양에서 구연묵具然默·김조규金朝奎·유항림兪恒林·양운한楊雲閒·최정익崔正翊·김화청金化淸 등과 함께 동인지《단층》을 발간하면서,〈감정세포의 전복顚覆〉등을 발표했다. 월남 후 종군작가단에 소속되면서도 작품 활동을 재개해, 1952년〈실비명失碑銘〉을 발표했고, 이어〈외뿔소〉〈달과 더불어〉〈소녀 태숙台淑의 이야기〉〈광풍狂風 속에서〉〈뻐꾸기〉등을 발표했다. 그는 전쟁 속에서 겪었던 인간수난의 어두운 실태를 묘사했는데, 작품 전반에 절망적인 현실을 따뜻한 눈으로 어루만지는 휴머니즘이 깔려 있다. 주요 작품으로는〈실비명〉〈지게부대〉〈재회〉등이 꼽히며, 후기 작품 활동은 주로 신문소설에 주력해《한국일보》《대한일보》에〈난세비화亂世飛花〉〈신 홍길동전〉등을 연재했다. 작품집으로《실비명》《동면冬眠》《신 홍길동전》등이 있다. 그의 문체는 치밀한 구성과 간결한 표현으로 한국적 정한情恨의 세계를 관조하는 인생의 담담한 심경으로 형상화해 독자에게 호소력을 가진다. 아시아자유문학상과 서울시문학상을 수상했으며 1964년 문화동 자택에서 고혈압으로 사망했다.

〈실비명 失碑銘〉 김이석의 단편소설. 1952년《문예》에 발표된 작품으로 1956년 아시아자유문학상을 수상했다. 김이석의 작품에는 여러 가지 상황 속에서 수난받는 인간을 그린 것이 많은데, 이 작품에는 오직 딸 도화만을 위해서 사는 인력거꾼 덕구가 그런 인물이다. 그러나 그의 딸은 끝내 이 선량한 주인공의 뜻을 어기게 된다. 덕구는 딸 때문에 절망에 빠지지만, 마지막까지 도화를 보는 그의 눈에는 따스함이 있다. 즉, 현실을 따뜻한 눈길로 바라보는 휴머니즘이 기조를 이루고 있는 것이다. 표제인 '실비명'은 비명(빗돌에 새긴 글)을 잃어버렸다는 뜻으로서, 아버지의 소망을 저버린 딸의 뉘우침을 상징하고 있다. 작자는 아버지의 꿈과 딸의 소양에 비극적 인간성을 설정해 놓고서, 일제 시대 때 불우했던 민족적 현실을 휴머니티의 힘으로 초극해 보려는 의도를 보여주고 있다. 빈곤의 어두움과 우울함을 작품 밑바닥에 깔아 놓은 채 인정의 아름다움을 훈훈하게 펼쳐보이고 있다.

김이연 金異然 1942~ 소설가. 본명 영자英子. 평남 진남포 출생. 서울대 수학과 졸업

(1965). 1967년 단편 〈임부姙婦〉가 《동서춘추》 신인상을 받았으며, 1970년 《월간문학》 신인작품 모집에 〈유리벽의 찻집〉이 당선되어 등단했다. 창작집으로 《쉬운 여자》 등이 있으며, 〈죽음과 함께 온 아침〉 〈눈으로 보낸 연서戀書〉 〈결혼하지 않은 남자〉 〈혼자 흐르는 강〉 등의 작품을 포함한 46권의 작품집을 간행했다. 그는 대체적으로 현실 속에서 살아가는 인간의 갈등과 고뇌를 묘사하고 심리적 변화과정에서 오는 이질적인 의식의 한계를 다루고 있다. 후광문학상을 수상하기도 했다.

김인숙 金仁淑 1963~ 소설가. 서울 출생. 연세대 신방과 졸업. 1983년 《조선일보》 신춘문예에 단편 〈상실의 계절〉이 당선되어 등단했다. 주로 장편소설을 쓰며 〈핏줄〉 〈불꽃〉 〈긴 밤, 짧게 다가온 아침〉 〈그래서 너를 안는다〉 〈시드니 그 푸른 바다에 서다〉 〈먼 길〉 〈그늘, 깊은 곳〉 〈꽃의 기억〉 등이 있다. 소설집으로 《함께 걷는 길》 《칼날과 사랑》 《유리구두》 등을 발간했다. 고독의 극지에서 위태롭게 삶을 영위하는 현대인의 존재 방식을 정밀하게 포착하는 그의 작품들은 마침내 인간과 사랑에 대한 성찰, 즉 정체성에 대한 새로운 시점을 확보하고 있는 것으로 평가받고 있다. 1995년 제28회 한국일보문학상을 수상했다.

김인환 金仁煥 1946~ 평론가. 호 회송懷松. 서울 출생. 고려대 국문과 및 동 대학원 졸업(1971). 1972년 《현대문학》에 〈박두진론〉을 발표하면서 등단했다. 현재 고려대 국문과 교수로 재직 중이며, 문학이론을 연구해 마르쿠제와 라캉 등을 최초로 한국에 소개하면서 한편으로는 현장비평에 참여하고 있다. 저서로 《문학과 문학사상》 《비평의 원리》 《문학교육론》 《동학의 이해》 《언어학과 문학》 등과 역서 《에로스와 문명》 《주역》, 편서 《언어교육론》 《문학의 새로운 이해》 등이 있다. 그는 정신분석이론을 연구하는 한편, 《주역》 등 동양고전을 활용해 문학이론을 새롭게 구성하려는 노력을 계속하고 있으며, 문학작품의 미학적 완성도를 화용론話用論에 근거해 해명하려는 시도를 계속하고 있다. 1972년 월간문학신인상, 1984년 서울신문평론상 등을 수상했다.

김일엽 金一葉 1896~1971 시인 · 수필가 · 승려. 본명 원주元周. 평남 용강 출생. 이화여전에서 수학하고 일본에서 유학. 원래 기독교 신자였으나 불교 신앙으로 전향하게 되어 만공滿空이 있던 예산 수덕사修德寺에 입산, 수도하는 불제자로 일생을 마쳤다. 문학 활동은 1920년부터 본격적으로 시작되었고, 같은 해에 창간된 《폐허》의 동인으로 활약했다. 활동했던 문학 영역은 시 · 소설 · 수필 등 분야이며, 1920년에는 우리나라 최초의 여성잡지 《신여자》를 간행해 스스로 그 주간이 되기도 했다. 또한 문학활동을 하는 한편, 동아일보사 문예부기자, 《불교》의 문화부장 등으로 활약하면서 여성의 자유와 개방을 추구하며 지위향상운동을 폈다. 작품으로는 시에 〈추회秋懷〉 〈이별〉 〈동생의 죽음〉 등과 수상록 《청춘을 불사르고》 《행복과 불행의 갈피에서》, 소설 〈계시啓示〉 〈자각自覺〉 〈순애의 죽음〉 〈사랑〉 등이 있다. 그의 문학적 특성은 예술성보다도 주제에 비중을 두고 있기 때문에 작품자체는 그다지 높이 평가할 만한 것은 못된다. 그러나 우리 나라 근대문학 초기에 여성으로서 대담한 사회활동과 아울러 남성들과 어깨를 나란히해 작품 활동을 함으로써, 오랫동안 폐쇄된 규범 속에 묻혀 있어야 했던 우리 나라 여성들이 사회 진출과 문학 활동에 참여할 수 있는 길을 열어놓았다는 점은 높이 평가받을 만하다.

김일환 金一煥 1936~ 아동문학가. 충남 서산 출생. 공주사범을 거쳐 경희대 졸업. 1962년 카톨릭 문예 현상모집에 동화 〈큰골 할머니〉가 당선, 1967년 《중앙일보》 신춘문예에 동화 〈운동화〉가 당선되어 등단했다. 이후 1971년 문화공보부 생활문예 현상모집에 희곡 〈알젓는 소리〉가 당선되는 등 계속 교단과 어린이를 주제로 한 많은 동화를 발표했다. 주요 작품에 중편 〈백지의 추억〉과 동화 〈안방 바닷속〉 등이 있고, 동화집으로 《금송아지》 《용감한 소녀》 《어둡던 여름》 《난장이 임금님》 등이 있다.

김자림 金玆林 1926~1994 극작가. 평남 평양 출생. 1948년 평양사범대 국문과 졸업. 1·4후퇴 때 월남, 부산 피난시절 잡지사 기자를 지냈다. 1959년 희곡 〈돌개바람〉이 《조선일보》 신춘문예에 가작 입선, 1960년 국립극장과 《서울신문》이 공동 주최한 작품 모집에 〈인공낙원〉이 입선, 1961년 동지에 〈유산遺産〉이 당선되었다. 그후 제작극회制作劇會 단원으로 소극장운동에도 관계했고 방송극 집필도 했다. 주요 작품에 장막극 〈이민선移民船〉 〈동거인〉 〈가갸 거리의 고교씨〉 등과 단막극 〈유산〉 〈가보家寶〉 〈화돈花豚〉 등이 있으며 희곡집 《이민선》 《하늘의 포도밭》 등을 출간했다. 그의 작품은 현대인이 가지고 있는 병폐를 날카롭게 지적한 것들이 대종을 이룬다. 그는 사회적인 문제를 파고드는 근대적인 강한 문제의식을 지녔으며 건실한 구성력을 바탕으로 많은 인물을 등장시켜 사건을 전개해 나간다는 평가를 받기도 했다. 공보부 주최 희곡작품상, 《한국일보》 주최 한국연극상 등을 수상했다.

〈이민선 移民船〉 김자림이 쓴 최초의 장막극. 3막 6장으로 구성된 이른바 사회극의 계열에 속하는 희곡이다. 작가 자신의 말을 빌면 '이민선에 오르기까지 그들 나름대로의 내부적 고뇌와 이들의 데가주망 속에 끓어오르는 다소 광적인 반항의식, 과거에 대한 불만, 이러한 정신적 파멸에 대한 결사적인 안간힘'을 부각시킨 작품이다. 무대는 부산 부둣가에 있는 보헤미안호텔로, 고창수라는 이민단장을 중심으로 출항 전날 밤 인물들 사이에 벌어지는 대립과 갈등과 자아의식의 발로가 결국은 작가의 윤리적인 민족의식과 감정적인 섬세성을 교묘하게 부각시키고 있다.

김재수 金在洙 1947~ 아동문학가. 필명 햇살. 경북 상주 출생. 안동교대 및 방송통신대 행정과 수료(1986). 1973년 동시 〈겨울 일기장〉 〈가로등〉이 《소년》에 추천되어 제1회 창주아동문학상을 수상함으로써 등단했다. 동시집에 《낙서가 있는 골목》 《겨울 일기장》 《마을 이야기》 등이 있다. 제12회 한정동아동문학상, 1986년 방송대문학상, 1988년 상주시문화상 등을 수상했다.

김재원 金在元 1939~ 시인. 서울 출생. 고려대 영문과 및 연세대 경영대학원 졸업. 1959년 《조선일보》 신춘문예에 시 〈문門〉이 당선되어 등단했다. 이후 〈분수噴水〉 〈멍든 4월〉 〈울어라 새여〉 〈몸 부딪는 비둘기〉 등을 발표. 현실문제에 관심을 가져, 특히 참여의 입장에서 4·19의거와 5·16혁명 등의 시대적 격변에 민감하게 반응, 다분히 저항적인 시를 썼다. 특히 1965년 《문학춘추》에 발표된 그의 시 〈마자서 우니노라〉는 산문과 율문의 고려가요 등을 섞어 쓴 장시로서 현실성이 짙은 시편이다.

김재철 金在喆 1907~1933 국문학자. 호 노정蘆汀. 충북 괴산 출생. 경성제대 조선어문학과 졸업. 재학 때 다카하시高橋亨 박사의 지도를 받고 한국문학을 전공했으며, 대학 졸업 후 평양사범학교 교유教諭로 근무하다가 27세로 요절했다. 두뇌가 명석하고 기지가 풍부했으며, 문학·음악 기타 예술부문을 섭렵하다가 최후에 우리 나라의 연극을 연구, 마침내 이 방면의 선구적 저작인 《조선연극사》를 간행했다. 《조선연극사》는 총 3편으로 되었는데, 제1편은 가면극, 제2편은 인형극, 제3편은 구극과 신극으로 나뉘어 있다. 연극사를 민속극을 중심으로 서술했기 때문에 민속연구에도 도움을 주고 있다. 방대한 문헌에 대한 섭렵 후에 얻어진 자료에 의해 서술되었으며, 현지조사를 통해 공시적 연구도 겸하고 있다. 한국의 연극사를 유기체적인 관계로 보아 고대의 제의祭儀에서부터 신극까지의 연극사를 발전적인 태도로 서술했다. 이는 우리 나라 연극사의 처녀지를 개척한 선구적인 업적으로 평가되며, 1939년 학예사에서 중간되었다. 이밖에 민요·소설·김삿갓 등의 연구를 묶어 출간한 《노정잡고蘆汀雜稿》가 있다.

김재홍 金載弘 1947~ 평론가. 충남 천원 출생. 서울대 대학원 국어교육과 및 국문과 졸업(1982). 1969년 《서울신문》 신춘문예에 평론 〈한국현대시 은유형태론〉이 입선되고, 1971년 《월간문학》 신인상 모집에 〈하늘과 땅의 변증법〉이 당선되어 등단했다. 현재 경희대 교수로 재직하면서 《시와 시학》 주간으로 활동하고 있다. 주요 평론으로 〈한국 근대시와 역사적 대응력〉〈4·19와 한국시의 문제점〉 등이 꼽히며, 평론집으로는 《한국현대시인연구》《한용운문학연구》《한국전쟁과 현대시의 응전력》《시와 진실》《현대시와 열린 정신》 등 다수가 있다. 그의 시 비평은 분석주의적 방법의 치밀성과 역사주의적 해석의 포괄성이 근간을 이룬다. 그는 시의 언어와 기법에 대해 깊은 관심을 기울였으며, 특히 한국 현대시의 은유의 방법에 대한 이론적인 접근을 시도한 바 있다. 현대시의 중요 시인들의 작품 세계를 조망하면서 시문학사의 전체적인 체계를 구축하고자 하는 그의 노력은 《한국현대시인연구》《카프시인연구》로 집약되고 있다. 그는 역사의식과 생명의식, 전통의식과 미의식을 탄력있게 조화시키는 작품을 가장 바람직하다고 보는 비평의식을 바탕으로 비평작업을 계속하고 있다. 녹원문학상, 현대문학상, 편운문학상, 김환태평론문학상 등을 수상했다.

김재황 金載晃 1942~ 시조시인. 본명 만웅滿雄. 만주 봉천 출생. 고려대 농과 졸업(1965). 1987년 《월간문학》 신인상에 시조 〈서울의 밤〉이 당선된 데 이어 《시조문학》에 천료됨으로써 등단했다. 《미래시》 동인으로 활동했으며, 주요 작품에 〈서울의 밤〉〈자명종〉〈귤밭일기〉〈동학사에서〉 등이 있다. 시집에 《거울 속의 천사》《바보여뀌》, 산문집 《비 속에서 피는 꽃치자나무》가 있다.

김정란 金正蘭 1953~ 시인. 서울 출생. 한국외대 불어과 및 프랑스 그르노블 3대학원 졸업. 1976년 《현대문학》에 시 〈스몰네 살의 바다〉 등을 발표해 등단했다. 현재 상지대 인문사회대 부교수로 재직 중이다. 시집으로 《다시 시작하는 나비》《매혹, 혹은 겹침》《그 여자 입구에서 가만히 뒤돌아보네》《스·타·카·토 내 영혼》 등이 있고, 이외에 사회평론집 《거품 아래로 깊이》, 번역서

《사랑의 이해》《람세스》《시간의 지배자》 등을 간행했다. 그의 시는 긴장과 배리背理를 원리로 삼는 실존주의에 입각하고 있다. 또한 그의 시에는 신화적 상상력을 도처에 흩뿌리면서 존재론의 층위를 자신의 방식으로 다져가는 만남과 그리움의 내력이 끊임없이 이어지고 있다. 문학평론가 김영민은 그의 시에 대해서 "시인은 소통하고 접촉하기 위해서, 살을 건드리기 위해서, 근대를 거친 남자에게 말을 건네기 위해서 우선 껍질을 깬다. 그 껍질의 이름은 '명징明澄'이고, 그녀가 시를 쓰는 방식은 우선 이 껍질을 깨는 방식"이라고 한 바 있다. 1999년 제14회 소월시문학상을 수상했다.

김정숙 金正淑 1931~ 시인. 전남 목포 출생. 목포 항도여고 수료. 1961년《현대문학》에 〈장미〉〈문門〉〈거울 앞에서〉 등이 추천되어 등단했다. 1970년 첫번째 시집《장미》를 발간, 이어《은빛 강산江山》《구름산과 우매한 나비》 등의 시집과 1984년 한하운韓何雲 평전《나는 나는 죽어서 파랑새 되리》(공저)를 발간했다. 주로 자연과 인생을 소재로 동양적 서정을 추구하는 섬세한 시세계를 보여주었다. 자연과의 교감을 짙은 서정으로 표현하고, 민족적인 역사의식, 분단의 아픔, 인생관조 등을 시로 승화해 인생의 근원적인 갈등과 비애, 사랑 등을 환상적으로 노래했다.

김정오 金政吾 1938~ 수필가. 본명 정오正五, 호 예솔 · 봉출 · 용산容山. 전남 영암 출생. 중앙대 대학원 졸업. 1975년《현대수필》에 〈생각에 잠긴 얼굴〉을 발표함으로써 작품 활동을 시작했다. 백제문화예술연구회 상임이사, 한국수필춘추 및 한국기독교문화연구회 회장으로 활동했다. 수필집에《빈 가슴을 적시는 단비처럼》《그 깊은 한恨의 강물이여》, 논저《성서 속의 여인상》 등이 있다. 한국기독교문학상, 소청문학상, 백제문화예술상 등을 수상했다.

김정한 金廷漢 1908~1996 소설가. 호 요산樂山. 경남 동래 출생. 동래고보 졸업(1928) 후, 일본 와세다대 제일고등학원 중퇴. 1932년 농민봉기사건에 관련되어 투옥. 부산대 교수,《부산일보》논설위원, 민족문학작가회의 명예회장 등을 역임했다. 1936년 〈사하촌寺下村〉이《조선일보》 신춘문예에 당선되어 등단했다. 이어 〈옥심이〉〈항진기抗進記〉〈기로岐路〉 등을 발표했다. 그후 신문사 일에 관계하다가 1940년대 초반 일제의 탄압이 극도로 심해질 무렵, 동인지《민족》 등이 폐간되자 붓을 꺾었다. 해방 후 건국준비위원회에 관계하면서《민주신보》 논설위원을 역임, 그 뒤 이시영李始榮의 전기 〈성재소전省齋小傳〉을 쓰고, 그 동안의 작품을 모아 첫 창작집《낙일홍》을 출간했다.《부산일보》 논설위원으로 사회활동을 하면서도 좀처럼 작품 발표가 없던 중, 1966년 〈모래톱 이야기〉를 발표하면서 중앙문단에 복귀했다. 그 뒤로 〈축생도畜生道〉〈수라도修羅道〉〈뒷기미 나루〉〈인간단지〉〈산거족山居族〉〈사밧재〉 등의 작품을 발표한 5년 동안 한국문학의 큰 줄기를 새로이 형성하게 되는데, 그것은 주로 낙동강 일대에 깔린 민중의 소리를 생기있는 문체로 소설화하는 작업이다. 역사 속에 흐르는 민중의 피맺힌 소리를 집단사회의 실태로서 뿐 아니라, 인간구원의 보편 타당한 문제로 들고 나옴으로써 민중문학의 한 정통을 수립하기에 이른다. 리얼리즘 소설의 정공법으로 소설이 비교적 성공을 거두고 있음이 그 사정을 말해준다. 작품집으로《낙일홍》《인간단지》《김정한소설전집》등이 있다. 역사를 과거의 일로만 보지 않고 현재와 밀접한 관계에서 파악한다는 점, 토속적인 배경과 요소를 중시한다는 점, 낙동강 유역의 농경민의 순박한 언어를 즐겨 다룬다는 점, 민족적 리얼리즘을 기조로 한다는 점 등이 그의 문학적 특징으로 지적되고 있다. 1969년 〈수라도〉로 한국문학상을, 1971년 〈산거족〉으로 문화예술상을 수상했다. 이밖에 부산시문화상, 문화훈장 등을 수상했다.

〈사하촌 寺下村**〉** 김정한의 단편소설. 1936년《조선일보》에 발표되었다. 일제 시대 소작 농촌인 사하촌, 성동리와 보광리를 배경으로 하는 이 단편소설은 그 서술의 초점이 고정되어 있지 않고 자유롭게 이동하고 있으며 여러 가지 에피소드가 연결되어 있다. 특별한 주인공이 있다기보다는 사하촌 주민들 모두가 묘사의 대상이 되고 있다. 이 소설에서 보광사는 종교적인 허울을 쓰고 자신의 사리사욕을 채우기 위해 혈안이 되어 있는 중들의 집단으로서, 그들은 악질 지주와 조금도 다를 바가 없다. 사실 일제 말기의 사찰법당 안에는 일제를 예찬하는 팻말이 서 있었고, 신도들이 기증한 땅에 의해 대지주로 탈바꿈하기도 했다. 이 소설은 일본이 조선의 토착 종교에 영합해 그 식민지화를 더욱 가속화하기 위해서 불교계에 여러 특혜를 주었기 때문에 타락하고 부유해진 중들의 횡포와 거기 아합함으로써 파생하는 한 단면을 그렸다. 일제하 대표적인 농민소설 중의 하나로 평가받는 이 작품은 특히 카프 해체 이후 지주와 소작 관계의 대립을 다룬 작품이 농민소설에서 거의 사라지게 된 다음에 발표된 작품이라 문학사적 의의가 더욱 크다. 1930년대 초반의 농민소설에서 볼 수 있는 긍정적 주인공의 형상화나 낙관적 전망은 제시되어 있지 않으나, 강도 높은 노동과 척박한 삶의 조건 속에서도 여유와 낙천적인 세계관을 잃지 않는 농민들을 형상화했다. 단편이면서도 단선적 구성으로 전개되지 않고, 농민들의 삶의 단면을 드러내는 일화 중심으로 엮어나가는 특이한 구성방식을 택했다. 작자는 이 소설을 발표한 후 중들에게 폭행과 협박을 받았고, 일제의 우리말 탄압이 있게 되자 1940년 붓을 꺾었다. 그는 이로부터 20년 이상 침묵을 지키다가 1960년대 후기에 〈모래톱 이야기〉를 내면서 다시 붓을 들었다.

〈모래톱 이야기〉 김정한의 단편소설. 작가가 약 20년간의 침묵을 깨고 문단에 복귀하면서 발표한 작품으로 1966년 10월《문학》6호에 게재되었다. 이 작품은 1975년 삼중당에서 간행된《김정한단편선》에 수록되어 있다. 또한 출세작 〈사하촌〉 이래 견지되어온 일관된 현실인식을 보여줌으로써 문단의 주목을 받은 작품이기도 하다. 이 작품은 20여 년 전 '내'가 담임을 맡고 있던 제자 '건우'의 가정방문을 계기로, 낙동강 하류의 어떤 외진 모래톱에 얽힌 사연을 술회하는 형식을 갖고 있다. 이 작품은 일종의 액자소설이다. 소설의 첫머리에 작중화자로 등장하는 '나'라는 1인칭 서술자가 작품의 창작동기를 말해주는 부분이 바로 액자의 외곽에 해당된다. 작가는 '나'의 서술자적 입장을 철저히 객관적인 보고자로서의 위치에 고정시킴으로써 소설적 상황의 인식에 리얼리티를 더해주고 있다. 등장인물들의 강인한 삶의 욕구와 행동성이 주축을 이루는 이 소설은 불의와 부조리에 대응하는 섬사람들의 태도에서 진정한 삶의 의미를 감지하게 한다. 현상에의 안주나 세속적인 안락의 추구를 거부하는 작가의 삶의 자세와 관련된 고통스러운 농촌현실의 실상에 대한 증언은, 농촌문제를 민족현실의 가장 중요한 부분으로 형상화해 민족문학의 발전에 이바지했다.

〈수라도 修羅道〉 김정한의 중편소설. 1969년 《월간문학》에 발표된 작품으로 제6회 한국문학상을 받았다. 구한말부터 해방 직후에 이르는 한 여인의 일생을 통해 허진사댁의 가족사와 한민족의 수난사가 실감있게 표현되어 있다. 시할아버지 허진사는 한일합방 직후 만주로 망명해 독립운동을 하다 서간도에서 유골로 돌아오고, 시동생 밀양양반은 3 · 1운동 때 일제에 죽임을 당한다. 일제에 반항해온 시아버지 오봉선생은 고등계 형사의 미행을 당하다가 태평양전쟁이 고비에 다다를 무렵 이른바 한산도사건이라는 애국지사 박해사건에 걸려 갖은 고초를 겪고 그 여독으로 일찍 타계한다. 한편 일본에 건너가 대학을 다니던 아들은 학병을 피해 숨어다녀야 했고, 집안일을 도우며 양딸 구실을 하던 옥이마저 전쟁말기에 정신대로 끌려갈 뻔한다. 6남매의 어머니로 며느리와 손자를 거느리게 된 수난의 여인상 가야부인은 8 · 15해방을 맞이하고도 신통한 일을 보지 못한 채 숨을 거둔다. 작품의 내용은 비록 허구적인 것이지만 그것이 바로 우리 근대사의 한 단면이라는 점에 유의하게 된다. 작가는 역사의 현장을 포착하기 위해 일제에 대한 항쟁을 그려내면서도, 전통적인 의식의 기반을 이루었던 유교와 불교의 갈등을 함께 그려내었고 또한 평민들의 삶의 의지를 중시했다. 결국 이 소설은 우리의 역사에 대한 포괄적인 인식의 범주에 속하는 것이다. 또한 모든 갈등이 여주인공인 가야부인을 중심으로 극복되고 있다는 점도 중요한 일면이다. 수난의 역사를 걸머지고 살아온 가야부인의 신심에 의해 모든 고난은 승화된 역사의 차원으로 고양된다. 더구나, 이러한 정신이 외손녀인 분이에게로 이어지도록 고안되어 있는 점은 가야부인의 이야기가 한 개인의 기록이 아니라 우리 민족 모두의 기억이며 이야기라는 추론을 가능케 하며, 이 작품의 진정한 의미를 짐작하게 한다.

〈인간단지 人間團地〉 김정한의 단편소설. 1970년 《월간문학》에 발표된 작자의 대표작이다. 반인간적 · 반사회적 · 반민족적 상황에 대한 문학적 저항의 압권이라 할 이 작품은 나환자 수용소를 무대로 이야기가 전개된다. 자유원自由園 원장 박성일의 비행을 보다 못해 우중신 노인을 비롯한 나환자 200여 명이 박원장의 부정사실을 낱낱이 폭로한 진정서를 당국에 내어 그의 처벌을 호소함으로써 문제는 야기된다. 부랑아 수용소인 희망원 청년들의 격분을 산 것은 물론이지만 불의를 보고 참지 못하는 우중신 노인은 자칭 애국자 사업가를 용납할 수 없어 끝까지 버틴다. 그러나 우노인 일행은 국립나환자 수용소에 감금되는 몸이 된다. 일찍이 독립운동에 투신해 고군분투의 길을 걸어왔지만 나병에 걸려 세도가의 행패에 몰리게 된 것이다. 박원장의 비인도적인 처사에서 가까스로 풀려나 우노인 일행은 정치적 지배를 받지 않는 새로운 공화국 '인간단지'를 창설하기에 이른다. 그러나 필생의 소원을 이룬 듯했으나 나병환자들과는 이웃할 수 없다는 이웃 부락민들의 습격에 일대 난투극이 벌어진다. 체제의 질곡에서 벗어나 복지사회를 모색해 본 민중의지의 항장抗章이라 할 만하다.

김정환 金正煥 1954~ 시인. 서울 출생. 서울대 영문과 졸업(1980). 1980년 《창작과비평》에 시 〈마포강변 동네에서〉 외 3편이 추천되어 등단했다. 주요 작품으로 〈마포강변 동네에서〉 〈해방서시〉 〈유채꽃밭〉 등이 있으며, 시집으로 《황색예수》 《지울 수 없는 노래》 《좋은 꽃》 《회복기》 등이 있다. 그는 시대의 진실을 밝혀내려는 결의와 열린 감성으로 우리 시대의 언어에 일대 변혁을 몰고온 젊은 시인으로 각광을 받았다. 그의 일련의 시집들은 80년대 민중운동의 성장과정과 한 지식인의 의식의 성장과정을 전형적으로 반영하고 있으며, 이러한 성장과정의 반영은 곧 그의 시가 끊임없이 독자를 긴장시키고 그의 시에 주목하도록 만드는 추동력이 되고 있다는 평가를 받고 있다.

김정희 金貞嬉 1934~ 시조시인·수필가. 호 소심素心. 일본 오사카 출생. 숙명여대 국문과 수학(1954). 1974년 시조시집 《소심素心》을 발간하고, 1975년 《시조문학》에 시조가 추천되어 등단했다. 1985년 《한국수필》에 수필을 발표하기 시작하면서 수필 작품 활동을 시작했다. 진주문인협회장 및 경남문협 부회장을 역임하면서 지역문단에 봉사해 왔다. 시조집으로 《소심》 《산여울·물여울》 《빈 잔에 고인 앙금》 《풀꽃은유》 등이 있으며, 수필집으로 《아픔으로 피는 꽃》이 있다. 그는 현실인식을 바탕으로 삼고 지성과 감성의 무늬를 엮어 삶의 진실을 표출하고자 했다. 시조의 정형을 성실하게 지키는 전범이 되는 작품을 쓴다는 평가를 받고 있다. 1988년 한국시조문학상, 1993년 성파시조문학상, 1996년 문체부장관표창, 1997년 경남문화상 등을 수상했다.

김제현 金濟鉉 1939~ 시조시인. 전남 장흥 출생. 경희대 국문과 및 한양대 대학원 졸업. 1960년 《조선일보》 신춘문예에 시조 〈고지高地〉가 입선, 《자유문학》에 〈산〉이 추천되고, 1963년 《현대문학》에 〈밤〉 〈도라지꽃〉 등이 추천되어 등단했다. 〈이호우론李鎬雨論〉을 비롯해 시조에 관한 논문도 발표했다. 작품에서는 전신轉身과 탈피脫皮의 연속적인 작업으로 시조문단에 자주 문제를 던져주곤 했다. 그의 작품이 간혹 형식상의 문제로 논란의 대상이 되는 것은 그의 변신과 탐색이 과감하게 발휘되고 있음을 입증하는 것이다. 작품은 대개의 경우 토속적 샤머니즘에서 전통적인 정서를 추출시키고 다시 그 정서는 이성을 곁들여 구상화하고 있다. 시조집으로 《동토凍土》 《산번지》 《무상의 별빛》 등이 있다. 자유와 평화를 만끽하던 조국, 그리고 어쩌면 신화처럼 사라지고만 국토 양단의 서러움 속에서 힘겹게 살아야 하는 오늘의 비애를 정교하게 다듬어 놓았다. 정운시조문학상, 중앙시조대상, 가람시조문학상, 조연현문학상, 월하시조문학상 등을 수상했다.

김종길 金宗吉 1926~ 시인·영문학자. 경북 안동 출생. 고려대 영문과 졸업(1950). 동국대 대학원을 거쳐 영국 세필드대에서 영문학을 연구했다. 고려대 교수 및 한국시인협회 회장을 역임했다. 1947년 《경향신문》 신춘문예에 시 〈문〉이 입선하고, 1955년 《현대문학》에 시 〈성탄제〉를 발표해 등단했다. 그후 시 〈수국水菊〉 〈달〉 〈고고孤高〉 등을 발표했고, 평론 〈사담史談〉 〈엘리어트의 인간〉 〈신낭만파와 운동파〉 〈시와 지성〉 〈아카데시즘과 나르시즘〉 〈실험과 재능〉 등을 발표했다. 시집에 《성탄제》 《하회河回에서》 《황사현상》 《달맞이꽃》 등이 있고, 평론집에 《시론》 《진실과 언어》 《한국시의 위상》 《시와 시인들》 등이 있다. 그의 시는 영미

주지주의의 영향을 받은 것으로 시재詩材는 일상생활의 주변에서 얻어지며, 열띤 감정이나 감성을 억제하고 사물의 선명한 이미지의 조형에 주력함으로써 언어가 매우 지적이며 절도 있고 간결하다. 이런 의미에서 김종길은 뛰어난 모더니스트 중의 한 명으로 평가받는다. 명징한 이미지는 그의 시가 지닌 제일의 특성이다. 그러나 다른 이미지스트들과는 달리 김종길의 시는 고전적인 품격을 제공한다. 그의 시가 갖는 미덕은 탁월한 상상력으로 빚은 이미지의 명징성과 고전적 품격에서 비롯되는 정신적 엄결성의 우아한 조화라고 말할 수 있을 것이다. 1978년 목월문학상, 1996년 인촌상을 수상했다.

〈성탄제 聖誕祭〉 1955년 4월《현대문학》에 발표된 김종길의 자유시. 10연 22행. 주지적 서정시 계열에 속한다. 1969년에 간행된 첫번째 시집《성탄제》에 재수록되었다. 영미 주지주의의 영향을 강하게 받았으면서 이를 극복하기 위해 노력하는 저자가 서구적 감수성이나 작시법을 원용해 동양적 정신이나 전통을 노래한 시들이 작품의 주종을 이루고 있다. 이는 시인 자신이 전통의 본고장인 안동 출신이면서 영미 주지주의를 전공한 영문학도라는 점과 상관관계가 있을 것이다. 〈성탄제〉는 바로 작자의 이같은 성향을 대표하는 작품이라 할 수 있는데, 흔히 쓰이는 크리스마스라는 말 대신에 '성탄제'라는 낯선 역어를 고집하는 것부터가 이같은 성향의 표출인 것이다. 곧, 서구적 정신의 바탕을 이루는 그리스도의 탄생과 수난의 의미를 작자는 유년시절의 체험을 통해 우리의 전통적 부성애와 등가물로 파악하고 있다. 병든 자식을 살리기 위해 아버지가 눈 덮인 산 속을 헤치고 산수유 열매를 따오던 그 밤을 작중화자는 성탄제의 밤과 같은 의미로 이해한다. 그리하여 눈 내리는 성탄절날 밤 성탄의 의미를 생각하며 잠 못 이루는 화자에게 '불현듯 아버지의 서늘한 옷자락'이 느껴지는 것이다. 결국 독생자를 십자가에 못박히게 한 성탄절의 의미는 작중화자로 하여금 '눈 속에 따오신 산수유 붉은 알알이 아직도 내 혈액 속에 녹아 흐름'을 자각하게 만든다. 이처럼 동양적 정신과 서구시의 기법이 별개의 것이 아니라는 점에서 이 시에서 이룩한 그의 성취는 쉽게 이루어질 수는 없는 것이다. 이 작품은 이같은 어려움을 무난하게 극복하고 있다는 점에서 일찍이 정지용鄭芝溶에 의해 개척된 주지적 서정시의 전통을 올바르게 계승한 작품이라 평가할 수 있다.

김종삼 金宗三 1921~1984 시인. 본관은 안산. 황해도 은율 출생. 일본 도요시마상업학교 졸업, 당시 영화인과 접촉하면서 조감독 생활을 했다. 광복 후에는 유치진柳致眞을 사사했고, 극예술협회 연출부에서 음악효과를 맡아보았다. 6·25때는 피난지인 대구에서 시를 발표하기 시작했고, 서울환도 후에는 군사다이제스트사 기자, 국방부 정훈국 방송실의 상임연출자로 10여 년간 근무하다가, 1963년부터 동아방송국 제작부에서 근무했다. 1951년 시 〈돌각담〉을 발표한 후 시작詩作에 전념, 1957년 김광림金光林·전봉건全鳳健 등과 3인시집《전쟁과 음악과 희망과》를 발간했다. 이후 초기의《현대시》동인으로 활약했으며 〈종달린 자전거〉〈시사회〉〈다리 밑〉〈원색原色〉 등을 발표, 1968년 문덕수文德守·김광림과의 3인 연대시집 《본적지本籍地》, 이듬해 첫 개인시집 《십이음계十二音階》를 간행했다. 이외의 시집으로 《북 치는 소년》 《누군가 나에게 물었다》 등이 있다. 그의 시는 대체로 동안童眼으로 보는 순수세계와 현대인의 절망의식을 상징하는 절박한 세계로 나누어 볼 수 있으며, 고도의 비약에 의한 어구의 연결과 시어가 울리는 음향의 효과를 살린 순수시들이다. 또한 이 시인의 삶에 대한 인식태도는 어린이는 무죄한 순결의 존재인 반면, 삶의 때가 묻은 어른은 죄 많은 존재로 받아들인다. 이러한 죄의식은 후기 시에 더욱 두드러지며, 시인이 겪는 삶의 참담함과 자신의 깊은 죄의식이 숨김없이 드러나고 있다. 1971년 현대시학상, 1983년 대한민국문학상 우수상을 수상했다.

김종철 金鍾鐵 1947~ 시인. 부산 출생. 1968년 《한국일보》 신춘문예에, 1970년 《서울신문》 신춘문예에 시가 당선되어 등단했다. 《신춘시》 《손과 손가락》 《시정신》 동인으로 활동, 한국시인협회 총무간사 및 상임위원을 역임했다. 시집으로는 《서울의 유서遺書》 《오이도烏耳島》 《오늘이 그날이다》 《못에 관한 명상》 등이 있다. 특히 그의 시집 《못에 관한 명상》은 인간의 실존적 삶을 사회 · 역사적 층위로 상승시키면서 신성사적 층위로 고양시키고, 그것을 인간승리로 심화시켜 가려는 노력을 보여준 데서 의의를 갖는다. 그의 시의 진술 방식은 무겁지도 않고 오히려 가벼운 편이지만 그의 시가 지니고 있는 주제의 무게는 독자들을 정화하고 일상의 묻혀진 진실에 눈뜨게 한다. 그의 시가 지니는 카타르시스도 우리를 현실에 안주케 하는 역할을 하기보다는 각성케 하고 사람살이의 뜻을 되묻게 하는 데 일조를 하고 있다는 평가를 받는다. 제6회 윤동주 문학상을 수상했다.

김종한 金鍾漢 1916~1944 시인 · 평론가. 호 을파소乙巴素. 함북 경성 출생. 일본 니혼대 예술과 졸업. 1937년 《조선일보》 신춘문예에 시 〈낡은 우물이 있는 풍경〉이 당선되고, 1939년 《문장》에 〈귀로歸路〉 〈고원故園〉 〈계보系譜〉가 추천되어 등단했다. 그의 시풍은 표현주의 감각을 보여주었으며 당시의 평은 '솔직하고 명쾌하고 단순하기 때문에 절로 쉬운 말과 적절한 센텐스와 표일한 스타일을 가지며, 비애를 기지로 포장하는 기술에 능하다'는 것이었다. 주요 작품으로 〈해협海峽의 달〉 〈하기휴가夏期休暇〉 〈길〉 〈연봉제설連峰霽雪〉 등이 있으며, 시집으로 일어판 《모친송》 한시일역 《설백집》이 있다. 작품 활동 못지않은 비평활동도 했는데 시론인 〈나의 작시설계도〉에서 정치나 사상에 예속된 작품이나 문명비판을 기도하는 주지적 경향을 비난하면서 이른바 '최고의 순간'을 표현하는 단시短詩를 주장했다. 이는 우리 나라 현대시사에 등장한 최초의 선시이론으로 꼽히기도 한다. 〈시문학의 정도正道〉에서는 시적인 상황을 그 자체로써 파악해 시화詩化해야 한다는 현대의 시정신을 다룬 순수시론을 펴기도 했다. 이효석李孝石의 작품 〈황제皇帝〉를 일어로 번역하기도 했으며 일본에서 《이인二人》이라는 시동인지를 발간해 민요풍의 서정시를 발표하기도 했다. 《국민문학》의 편집을 담당하게 된 것을 계기로 그의 친일문학적 색채는 뚜렷해졌으며, 28세의 젊은 나이로 죽었다.

김종해 金鍾海 1941~ 시인. 부산 출생. 국학대 국문과 졸업(1961). 1963년 시 〈저녁〉이 《자유문학》 신인문학상에 당선, 1965년 《경향신문》 신춘문예에 시 〈내란內亂〉이 당선되어 등단했다. 그후 시 〈환청〉 〈겨울집 비극〉〈침묵하는 마음〉〈서울의 정신〉 등을 계속 발표했다. 《현대시》《신년대》 동인으로 활동했으며, 주요 작품에 〈서울의 정신〉〈가을 보행〉〈거인의 시〉〈두드림에 대하여〉 등이 꼽힌다. 시집으로 《인간의 악기》《신의 열쇠》《왜 아니오시나요》《항해일지》, 장편 서사시집 《천노賤奴 일어서다》 등이 있다. 주로 현실에 처한 인간의 존재와 운명의 탐구를 주제로 삼으며 의식세계의 흐름을 지적 직관으로 형상화하고 있다. 연작시 〈항해일지〉로 1983년 현대문학상, 1986년 한국문학작가상을 수상했다.

김종회 金鍾會 1955~ 평론가. 경남 고성 출생. 경희대 국문과 및 동 대학원 졸업. 1988년 《문학사상》 신인상에 평론 〈삶과 죽음의 존재양식-황순원론〉이 당선되어 등단했다. 현재 경희대 국문과 교수, 일천만이산가족재회추진위원회 사무국장으로 활동하고 있다. 평론집에 《현실과 문학의 상상력》《위기의 시대와 문학》《문학과 전환기의 시대정신》, 저서에 《한국소설의 낙원의식 연구》《문학과 사회》《기독교문학의 발견》, 수필집에 《황금그물에 갇힌 예수》 등이 있다. 그는 비평의 근본주의자이다. 그의 주된 관심은 작품에서 받은 인상을 섬세하게 기술하는 데 있지 않고 문학의 시대정신과 사회사적 의미망의 상호작용을 해명하는 데 있다. 그렇다고 그가 문학사나 이론에만 관심이 있는 연구자인 것은 아니며, 그의 비평의 중심선은 문학과 사회와 문화가 서로 도와 이룩한 역사적 공간을 관통하며 지나간다. 그는 이론비평과 실천비평을 겸비한 폭이 넓은 평론가로 평가되고 있다. 문학활동과 함께 범사회적인 활동을 함께 하고 있는 그는 1987년 통일원장관상, 1992년 체육부장관상, 1997년 한국문학평론가협회상 등을 수상했다.

김주연 金柱演 1941~ 평론가. 호 이정伊汀. 서울 출생. 서울대 독문과 및 동 대학원, 미국버클리대 대학원과 독일 프라이부르크대에서 독문학을 연구했다. 1966년 《문학》에 평론 〈카프카시론〉이 당선되면서 등단했다. 데뷔 이후 계간 《문학과 지성》 동인으로 활동해 왔으며, 숙명여대 독문과 교수로 1978년 이후 재직해 오고 있다. 한국독어독문학회 회장을 역임했다. 초기 그의 평론들 〈시에 있어서의 의미문제〉〈왜곡된 소외의 사회학〉〈한국 현대시의 일반적 상황〉〈새 시대문학의 성립〉 등은, 시에 있어서의 언어의 미묘한 작용과 시인의 감수성에 대한 깊은 추구를 통해서 현실상황과 개인의식의 대결을 고찰한 점에서 높이 평가받기도 했다. 평론집으로 《상황과 인간》《현대한국문학의 이론》(공저)《문학비평론》《변동사회와 작가》《새로운 꿈을 위하여》《문학을 넘어서》《사랑과 권력》《가짜의 진실, 그 환상》 등이 있고, 그밖에 저서로 《독일시인론》《고트프리트벤연구》《독일문학의 본질》 등이 있다. 그는 샤머니즘과 허무주의의 극복, 일체의 억압으로부터의 자유를 꿈꾸는 이른바 4·19정신의 문학적 확장을 지향하는 4·19세대문학의 창출과 그 대변이라는 입장에 입각해 있다. 다른 한편 80년대 중반 이후 문학의 초월성과 신성성이라는 문제에 깊은 관심을 가지면서 문학의 형이상학적 지평을 넓히고 심화시키는 데 주력하면서도, 세기말 기술정보시대의 문학의 운명을 다각적으로 살펴본다. 1990년 제2회 김환태평론상,

1991년 제2회 우경문화저술상, 1995년 제6회 팔봉비평상 등을 수상했다.

김주영 金周榮 1939~ 소설가. 경북 청송 출생. 서라벌예대 문예창작과 졸업. 1970년 〈여름사냥〉이 《월간문학》에 가작 입선되고, 1971년 동지의 신인상 공모에 단편 〈휴면기休眠期〉가 당선되어 등단했다. 당시 《안동문학》의 주간을 맡고 있었고, 이후 한국문인협회 안동지부장을 역임했다. 문단 데뷔 당시부터 1977년까지 발표된 소설들은 크게 두 경향을 보이고 있다. 하나는 〈악령〉 〈도둑견습〉 〈모범사육〉 등 악동의 세계를 천착해 들어간 작품들이고, 다른 하나는 〈마군우화〉 〈차력사〉 〈묘적〉 등 건강한 하층민들의 삶과 도시적 속물들의 삶을 대비시키거나 시골 출신 인물이 서울에서 살아남기 위해 교활하게 변모해 가는 과정을 그려낸 작품들이다. 1978년 이후에는 〈붉은 노을〉 〈천궁의 칼〉 〈아들의 겨울〉 등 유년의 공간을 그린 작품들과 〈객주〉 〈활빈도〉 〈화척〉 등의 대하 역사소설을 발표했다. 이외에 〈외촌장外村場기행〉 〈천둥소리〉 〈거울 위의 여행〉 〈고기잡이는 갈대를 꺾지 않는다〉 〈홍어〉 등의 작품과 《여자를 찾습니다》 《위대한 악령》 《겨울새》 《천둥소리》 《어린 날의 초상》 등의 작품집이 있다. 그의 소설은 농촌을 배경으로 할 때에는 토속적인 공간을 무대로 향토색 짙은 언어와 현장감 있는 비어 · 속어 · 해학을 구사하고, 도시를 배경으로 할 때에는 소외된 인간에 대한 니힐한 묘사와 동물적인 환경 속에서의 생존에 대한 진한 회의, 이를 통한 비극적인 정황을 제시한다는 점에서 특징적이다. 한편 1979년 6월부터 1983년 2월까지, 4년 9개월 동안 《서울신문》에 연재된 〈객주〉는 그의 대표작으로 꼽힌다. 이 작품은 민중에 대한 작가의 깊은 애정과 피지배자인 백성들 쪽에서 바라본 새로운 역사인식을 보여주고 있으며, 높은 수준의 소설적 재미를 제공하면서 동시에 조선 후기의 세태풍속과 상업자본 형성 과정을 사실적으로 재현하고 있다는 평가를 받는다. 1982년 〈외촌장기행〉으로 제8회 한국소설문학상을, 1984년 〈객주〉로 제1회 유주현문학상, 1996년 〈화척〉으로 제8회 이산문학상을, 1998년 〈홍어〉로 대산문학상을 수상했다.

〈객주 客主〉 김주영의 대하소설. 1979년 6월부터 1983년 2월까지 《서울신문》에 연재되었다. 이 작품은 19세기 후반기 한말의 상인사회를 중심으로 사회적 변동을 입체적으로 투시한 작품으로서, 보부상 · 노비 · 타락한 관료 · 부상 · 농민 등 사회형성층간의 갈등과 유착을 다루면서 개항 이후의 역사적 진전을 서사화하고 있다. 특히, 신분적 권위를 누려온 상층 양반의 세력이 평민층의 경제력 신장으로 인해 사회적으로 부상하는 현상이 사실적 필치로써 제시되었으며, 평민층의 생활어를 질감 있게 발굴해 진실성을 높인 작품이다. 이 작품의 주요 인물인 천봉삼은 보부상으로서 정의감이 있고 의협심이 있는 강인한 성격의 소유자로서, 역경을 이겨내는 남성적 특징을 지닌 선량한 인물로 묘사되고 있다. 봉삼은 동무 선돌을 구하기 위해 청상과부 조소사를 납치하게 되나, 조소사와 봉삼 사이에 사랑이 싹트게 된다. 그러나 조소사는 거상 신석주의 첩실이 되고 만다. 후사가 없는 신석주는 조소사와 봉삼을 동침시켜 후사를 얻으려 했고, 봉삼은 그녀에게 아이를 잉태시켰으나 신석주로부터 쫓겨나게 된다. 뒤에 봉삼과 조소사는 만나게 되나, 사악하고 계략이 많은 매월에게 조소사는 죽음을 당한다. 사특한 길소개는 반가의 여인 운천택과 사통해 도망쳐, 선혜당 당상인 김보현에게 아부하고, 유필호와 사귀어 소과에 급제한다. 관직에 끼어든 길소개는 세곡선의 세곡을 횡령하고 신석주와 밀착해 천봉삼과 유필호를 내쫓는 배은망덕한 인물의 행태를 보인다. 특히, 선혜청 낭청에 승천되어 창곡을 농간 부려 양곡을 착복하고 그 부족한 양곡 대신 모래를 섞어 분배함으로써 분노한 군인들에 의해 임오군란이 일어나게 된다. 그는 매월의 악행을 알고 있는 인물로서, 특히 매월의 손에 조소사가 죽은 사실을 알고 있었으므로 매월은 길소개의 혀를 잘라버린다. 길소개는 뒤에 회개하고 봉삼의 수하에 든다. 이야기의 후반에 이르러 신석주는 월이를 속량시켜주고, 봉삼과 월이는 부부가 된다. 보부상들의 활동을 통해 조선 말기의 민중의 생활을 재현함에 역점을 두고 있다. 이같은 재현 과정 속에 작품은 당대의 다양한 풍속과 언어 및 생활양식을 보여주고 있는데, 그것은 작품의 생생하고 독특한 체험 세계를 구성한다. 한편 이조 후기의 상업자본 형성에 대해서도 관심을 기울이고 있는데, 그것은 작품을 단순한 풍속 묘사를 넘어서 보다 더 구체적인 역사성 위에 위치시킨다. 그러한 점은 당시의 사회적 · 정치적 변동에 대한 관심과도 맥을 같이하는 것이겠는 바, 그것은 결국 작품의 역사소설적 가치를 확인하는 것이기도 하다. 그러나 이 시대 민중의 저항과 투쟁에 대해서는 어느 정도 피상적인 관찰에 머물렀다는 한계를 지닌다. 이를테면 끝내 위정척사의 사고를 유지하며 왕권을 수호하려는 태도를 보이는 천봉삼 등의 태도는 당시 민중의 역동적 변혁 역량을 드러내지 못한 한계를 보여준다. 또한 이야기의 전개상 송만치 · 길소개 · 매월 등에 의한 잔학한 행위는 상상을 초월한 것으로서 독자에게 두려움까지 주고 있으며, 또 음모의 연속으로 이야기를 펼친 점도 시대 전체의 보편한 역사 진전의 원리에 입각한 서사 전개와도 다른 개성이 되고 있다. 이렇게 본다면 그 개성은 평민층의 삶이 지닌 긍적적 측면 못지않게 부정적 측면도 문제시한 작가적 의식에 의해 나타난 것임을 알 수 있다.

김준 金埈 1938~ 시조시인. 호 석우石牛. 전북 정읍 출생. 경희대 국문과 및 동 대학원 졸업. 1960년《자유문학》신인상에 시조〈이 마음〉이 당선, 1961년《시조문학》에〈염원〉〈저 구름〉등이 추천되어 등단했다. 한국시조시인협회 부회장을 역임했고, 1999년 현재 서울여대 국문과 교수로 있으면서 한국시조시인협회 회장, 시조문학작가회 회장,《시조문학》주간으로 활동하고 있다. 시조집에《사십이장(四十二章)》《인정은 물일레》《진실로 네 앞에서는 무엇을 미워하랴》《쓸쓸하지 않는 연습》이 있으며 이밖의 저서로는《한국농민소설연구》《여성과 문학》(공저)《현대시조문학론》등이 있다. 그의 시조는 역사의식에 입각해 인생을 멀리서 관조하는 것이 아니라 현실의 직관을 통해 심상화하고 있다. 그에게 있어 시는 서정의 표현 수단에서 나아가 자기 성찰의 도구로서의 성격이 짙다. 즉 시는 자기 수련의 도구요 목표 그 자체가 된다. 그는 자연을 대함에 있어 끊임없이 삶의 의미를 묻고 있다. 1985년 제7회 가람시조문학상, 1992년 제12회 경희문학상, 1995년 동백문학상, 1996년 황산시조문학상, 1998년 제3회 월하시조문학상 등을 수상했다.

김준태 金準泰 1948~ 시인. 전남 해남 출생. 조선대 독어교육과 졸업. 1969년 《전남일보》에 〈재기〉가, 《전남매일신문》에 〈이 봄의 교향악〉이 당선되었고, 《시인》에 〈시작詩作을 그렇게 하면 되나〉 〈어메리카〉 〈신 김수영新金洙暎〉 〈서울역〉 〈아스팔트〉 등을 발표하면서 등단했다. 1977년 첫 시집 《참깨를 털면서》를 간행했고, 1980년 광주민중항쟁 당시 〈아아, 광주여 우리 나라의 십자가여!〉를 《전남매일신문》에 발표했다. 이후, '광주'로 상징되는 현대사의 아픈 상처를 시어로 형상화하는 데 노력하고 있으며, 1988년 이러한 노력의 결과물인 평론집 《5월과 문학》을 간행했다. 《목요시》동인으로 활동. 그의 작품은 동물적인 기백의 순발력을 지닌 새로운 목소리와 새로운 형식을 보여주고 있다. 과거 우리 시사에서 쉽게 볼 수 없는 시의 특질로서 우리가 딛고 선 현실에 깊은 촉수를 내리며, 그것에 접근하는 방법으로 주위에 흩어져 있는 하잘것없는 것들에서 일차적으로 시의 의지를 캐낸다. 고향의 조용한 사건들을 만나 생경한 힘을 얻기도 하는데 고향 풍물에 관한 관심은 현실을 유추해 내기 위한 수단으로 동원된다. 이러한 태도는 일차적으로 시의 신뢰성을 제공하고 이차적으로는 시의 다양한 확대를 가져온다. 전남문화상을 수상했다.

김지연 金芝娟 1942~ 소설가. 본명 명자明子. 경남 진양 출생. 서라벌예대 문예창작과 졸업(1964). 1967년 《매일신문》 신춘문예에 단편 〈천태산 울녀〉가 당선, 1968년 《현대문학》에 단편 〈산영山影〉이 추천되어 등단했다. 주요 작품으로 단편 〈배꽃 질 때〉 〈산정山情〉 〈박사博士〉 등과 중편 〈불임여자〉, 장편 〈돌바람〉 〈산山배암〉 〈산울음〉 〈정녀情女〉 등이 있다. 작품집에는 《산山 가시내》 《산정山情》 《불임여자》 《어머니의 고리》 등이 있다. 초기작인 〈천태산 울녀〉 〈산영〉 등은 깊은 산골의 토속성과 인간성의 적나라한 면모를 보임으로써 원형적인 인간본성을 추구하는 한편, 사회의 부당한 행위에 대한 분노와 모순을 예리하고 날카로운 통찰력으로 처리했다. 또한 감각적이고 섬세한 터치로 인간의 본능과 남녀의 애정문제를 주로 다루었는데, 특히 여성심리의 섬세한 묘사를 통해 인간의 본능적인 성욕을 진솔하게 그려내고 있다. 1984년 한국소설문학상, 1991년 남명문학상, 1997년 월탄문학상을 수상했다.

김지원 金知原 1943~ 소설가. 서울 출생. 이화여대 영문과 졸업. 1975년 《현대문학》에 〈사랑의 기쁨〉 〈어떤 시작〉이 추천되어 등단했다. 이후 〈새벽의 목소리〉 〈알마덴〉 〈아내〉 〈내 노래가 꽃이면〉 〈꿈결〉 〈시간과 강물〉 〈잊혀진 전쟁〉 〈희망의 속삭임〉 〈물이 물속으로 흐르듯〉 등을 발표했다. 소설집으로는 《먼 집 먼 바다》(공저) 《모래시계》 《겨울나무 사이》 《잠과 꿈》 《꽃을 든 남자》 등이 있다. 그의 작품은 거친 외부 세계에 의해 침윤되는 개인 안에 담겨진 실체를 보여준다. 1979년 발표된 〈새벽의 목소리〉는 미국의 삶, 미국인과의 관계를 섬세하게 그려냈다. 1982년 쓰여진 〈차나 한 잔〉은 군집적인 아파트단지 공간의 독특한 구조성, 사회성의 생활양식을 묘사한 것으로 생태적인 환경 가운데 잠재되어 있는 파괴력을 암시하고 있다. 1998년 발표된 장편 〈낭만의 집〉은 딸만 다섯인 집의 가족을 주인공으로 삼아 예리한 통찰력과 성숙한 태도로 '하나의 아름다운 설화이며 꿈인 듯' 한 삶을 그리고 있다. 〈사랑의 예감〉으로 제21회 이상문학상을 수상했다.

김지하 金芝河 1941~ 시인. 본명 영일英一. 전남 목포 출생. 서울대 미학과 졸업(1966). 1963년 3월《목포문학》에 김지하金之夏라는 이름으로 〈저녁 이야기〉라는 시를 발표한 이후, 1969년 시 〈비〉〈황톳길〉〈녹두꽃〉 등을《시인》에 발표하면서 등단했다. 이후 사회현실을 날카롭게 비판한 풍자시 〈오적五賊〉을《사상계》에 발표해 반공법 위반 혐의로 구속·기소되었으나 보석으로 풀려났다. 1970년 시집《황토》를 간행, 이어 희곡 〈구리 이순신〉〈나폴레옹 코냑〉을 발표했다. 1972년 4월 권력의 횡포와 민심의 방향을 그린 담시 〈비어蜚語〉를 발표해서 다시 반공법 위반으로 입건된 후, 민청학련 사건으로 사형을 언도받기도 했다. 1960년대 말의 정치적·사회적 현실에 대한 그의 야유와 비판이 유발한 필화사건은 그에게 정신적·육체적 고통과 함께 문명文名을 가져다 주었고, 문제의 담시 〈오적〉은 정치적·사회적 물의를 일단 제쳐놓는다면, 우리 나라 고유의 '판소리' 형식을 계승·발전시킨 것으로 평가된다. 시집으로《황토》《타는 목마름으로》《남南》《애린 1·2》《검은 산 하얀 방》《이 가문 날의 비구름》《나의 어머니》《별밭을 우러르며》《중심의 괴로움》《남녘땅 뱃노래》《살림》 등이 있고, 산문집《밥》 등을 출간했다. 그는 자신의 시가 필사적인 자기표현으로서의 어떤 짧은 부르짖음-악몽의 시로, 이 작은 반도의 원귀들의 곡성과 한을 전달하는 강신의 시로, 새벽을 향해 헐떡거리며 기어가는 행동의 시로 되기를 바라고 있다. 1980년대에 들어서는 판소리 형식을 빌어 작자 자신의 새로운 문학장르라는 대설大說 〈남南〉을 연작으로 발간했다. 그의 시의 주조는 억눌린 자, 못 가진 자의 한과 분노이다. 따라서 자신의 삶에 대한 즐거움을 갖지 못했다고 시인에게 생각되는 자들, 말하자면 농민·무산층에 속하는 자들이 흔히 주인공으로 등장한다. 그리하여 '삶은/일하고 굶주리고 병들어 죽는 것'이라는 부정적이고 비관적인 인생관을 갖기에 이른다. 그러나 그의 정열은 힘없고 이름없는 속죄양들에 대한 애정, 그들의 이름없는 죽음에 대한 충정으로 들끓는다. 1980년 형집행정지로 출감했다. 1999년에는 '지하'라는 필명에서 본명 '영일'로 돌아갈 것을 선언, 시집《꽃과 그늘》의 표지도 〈김영일 시집〉으로 편집되는 등 화제를 모았다. 1975년 아시아·아프리카에서 주는 LOTUS상을 수상했으며, 1981년 국제시인회의의 위대한시인상을 수상했다.

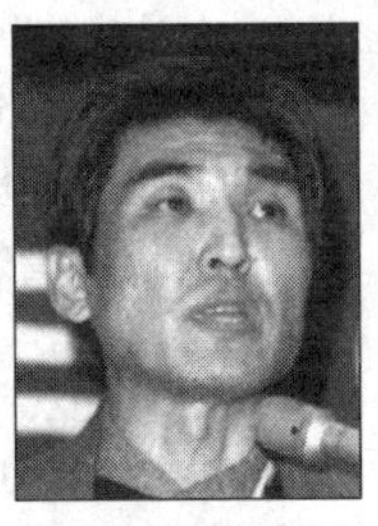

《황토 黃土**》** 김지하의 처녀시집. 전체 3부 32편으로 이루어져 있다. 현실에 대한 비관적인 인식을 바탕으로 절망과 좌절의 시대를 묘사하고 있다. 시인은 온갖 고난과 시련으로 점철된 이 땅의 역사를 직시하면서 투쟁정신과 저항의지를 다짐하고 있다. 여기에 등장하는 황톳길이나 흙냄새·핏자국·새·푸른 하늘 등은 모두 시대의 폭압에 항거하는 이미지로 사용되고 있으면서도, 서정적인 상징성을 잃지 않고 있다. 이후에 발표되는 〈오적〉이나 〈비어〉 등의 담시와 비교할 때, 이 시집은 서정성을 바탕으로 하고 있으며 시인 자신의 감정을 중심으로 한다는 특징이 있다. 김지하의 후기 시들이 다시 서정성으로 환원하고 있음을 고려할 때《황토》는 김지하 문학의 출발점인 동시에 그의 문학정신의 원형을 간직하고 있다고 할 수 있을 것이다.

김지향 金芝鄕 1938~ 시인. 호 우당佑堂. 일본 규슈 출생, 경남 양산에서 성장. 홍익대 국문과(1956) 및 단국대 대학원 졸업(1975). 1956년 시집 《병실》을 출간, 이후 《세계일보》《문예신보》 등에 작품을 발표하면서 등단했다. 한양여대 문예창작과 교수로 재직하면서 작품 활동도 활발히 전개해 시집 20권과 수필집 4권, 시론집 1권 등을 발간했으며, 한국문인협회 이사, 국제펜클럽 한국본부 이사, 한국현대시인협회 부회장, 한국여성문학인회 부회장, 한국크리스천문학회 회장 등을 역임했다. 현재 한국시인협회 상임위원, 한국여성문학인회 이사 등으로 활동하고 있다. 시집으로 《병실》《속의 밀알》《가을이야기》《세상을 쏘다》《밤, 별이 혼자 보고 있는》《유리상자 속의 생》 등과 에세이집 《빛과 어둠 사이》《사랑 더 깊은 사랑》《때로는 불꽃같은 그리움으로》, 시론집 《한국현대여성시인연구》 등이 있다. 그의 시는 견고하고 조각적인 이미지들이 곳곳에서 반짝이며 상호간의 마찰과 갈등·분열·조화의 긴장상태를 조성해 이미지의 연쇄반응을 추적함으로써 참신한 이미지들을 산출해내고 있다. 그의 이미지 표출방법은 초현실파의 이미지 산출방법에 의식적 비판적 지성을 가하고 있어 쉬르리얼리즘 운동에서 한 단계 변모해나간 방법이다. 따라서 하나하나의 이미지들이 불꽃튀는 긴장상태를 조성함으로써 시를 입체적으로 구성해 조각처럼 뚜렷한 형상미를 보여주고 있다. 이러한 제작방법 자체가 시인의 자기성찰에 기초한 것이라 볼 때 시가 곧 인간탐구의 길임을 확인할 수 있다. 인간의 내부에 꿈틀거리는 복잡한 충동의 때를 추적함으로써 우리 시대의 정신적 경위를 탐구하고 사회고발이나 문명비평에 도달하고 있기 때문이다. 1976년 제1회 시문학상, 1986년 대한민국문학상, 1987년 기독교문학상 및 한양학술상, 1989년 홍익문학상, 1991년 자유시인상, 1993년 세계시인상, 1999년 한국장로문학상 등을 수상했다.

김진광 金振光 1951~ 아동문학가·시인. 호 심해心海. 강원 삼척 출생. 관동대 국문과 졸업(1974). 1980년 《소년》에 동시 〈해야 솟아라〉 외 2편이, 1986년 《현대시학》에 시 〈김옥균〉 외 4편이 추천되어 등단했다. 1984년 《매일일보》 신춘문예에 당선된 바 있다. 주요 작품에 〈감나뭇골 아이〉〈그네〉 외에 연작시 〈뱃사람 이야기〉〈탐석〉 등이 있다. 현실을 사실적으로 보여주고 비전을 제시하는 참여시 계통의 글을 담시나 서사시로 형상화시키는 작업을 하고 있다. 1979년 기독교 아동문학상, 1981년 관동문학상, 1982년 월간문학신인상 등을 수상했다.

김진섭 金晉燮 1908~? 수필가·독문학자. 호 청천聽川. 전남 목포 출생. 일본 호세이대 독문과 졸업. 유학시 해외문학연구회 동인으로 1927년 《해외문학》 창간호에 평론 〈표현주의 문학론〉을 비롯해 번역소설·번역시 등을 발표하면서 등단했다. 6·25때 청운동 자택에서 납북되어 생사불명. 현대의 가장 본격적인 수필을 썼으며, 수필에 관한 이론도 확립했다. 생활에 관한 관찰과 사색, 그리고 시종일관 생활로부터 우러나온 철학적·서정적·사색적 기록을 볼 수 있다. 그는 우리 나라에서 처음으로 본격적인 수필을 개척한 작가로 지목되고 있으며, 1929년 《동아일보》에 〈수필의 문학적 영역〉을 발표해 수필의 문학적 정립을 시도하면서, 직접 〈백설부白雪賦〉 〈생활인의 철학〉 〈주부송主婦頌〉 등 경구적·사색적·분석적인 명수필을 잇따라 발표해 당시 이양하李敭河와 함께 우리 수필 문단의 쌍벽을 이루었다. 이양하의 작품이 서정적·고백적인 데 반해 그는 서정이나 환상을 배제하고 사색적이고 논리적인 방향으로 이끌어간 점이 특징이다. 1934년 《조선일보》에 발표한 〈기후철학氣候哲學-등하잡기燈下雜記〉는 문세文勢가 길고 중후한 느낌을 주는 중수필적인 것으로 이러한 경향은 그의 수필이 전체적으로 가지고 있는 특색이라고 할 수 있다. 주요 작품에는 〈생활인의 철학〉 〈백설부〉 〈주부송〉 등이 있으며, 수필집으로 《인생예찬》 《생활인의 철학》 《교양의 문학》 《청천수필평론집》 등이 있다.

김진수 金鎭壽 1909~1966 극작가. 호 춘담春潭. 평남 중화 출생. 일본 릿쿄대 문과 졸업. 대학 재학시절에 이미 도쿄 학생예술좌에 가담했고, 졸업 직후인 1936년에는 극예술연구회가 공모한 현상희곡에 장막극 〈길〉이 당선됨으로써 등단했다. 극예술연구회 회원으로 활동하면서 극작에 전념했으나, 작품은 〈종달새〉를 발표한 정도였다. 중학교 교사로 일하면서 〈유원지〉 〈코스모스〉 〈불더미 속에서〉 등을 발표했다. 6·25사변 때에는 종군작가로 활약하면서 〈이 몸 조국에 바치리〉 등을 발표했는데, 이때 가장 왕성하게 극작을 했다. 휴전 후 경희대 국문과 교수로 재직하면서 유일한 작품집인 《김진수희곡선》을 펴냈으며, 이밖에 연극론과 연극비평에도 손을 대어 〈희곡작법〉 〈희곡론〉 등을 발표하기도 했다. 비교적 과작의 작가였던 그는 30여 년에 걸쳐서 아동극 7편을 합쳐서 21편의 희곡을 남겼는데, 그중 성인극 14편 중 장막물은 6편이다. 그는 민족항일기로부터 시작해서 광복 직후의 혼란과 6·25사변을 겪는 동안의 사회변동을 작품 속에 투영했다. 그의 작품은 주로 젊은이의 애정과 결혼을 소재로 한 것이 많으며, 그는 시대고와 윤리적 문제에 대해 정면으로 대결하지 않고 언제나 우회적으로 다루었다는 점에서 그 시대의 다른 작가들과 차이를 지닌다는 평가를 받고 있다.

김진식 金鎭植 1938~ 수필가·아동문학가. 경남 밀양 출생. 동국대 경영대학원 수료(1980). 1980년 《한국수필》에 〈바람의 기억〉을 발표하고, 1981년 《소년한국》에 동시 〈봄바람〉을 발표하면서 등단했다. 주요 수필집에 《잊혀진 이름들》 《사랑은 가도 옛날은 남는 것》(동인집) 등 다수가 있고, 동요동시집으로 《내 마음 날개 달아》 《예쁜 아이》 등이 있다.

김진태 金鎭泰 1917~ 아동문학가. 서울 출생. 1938년 《만선일보》 신춘문예에 단편 〈이민移民의 아들〉이 당선되어 문단에 데뷔했으나, 1947년 《경향신문》에 동화 〈고집장이 양〉이 당선되면서부터 아동문학에 주력했다. 주요 작품에 동시 〈겨울 종달새〉 〈꽃사슴〉, 동화 〈달밤과 산양〉 〈바람이라는 이름의 말〉 등이 있고, 동화집으로 《별과 구름과 꽃》이 있다. 그의 작품은 주로 소외된 아동의 의식세계와 사회환경의 문제를 다루고 있다. 국민훈장 목련장 및 대구시문화상을 수상했다.

김창술 金昌述 1903~1950 시인. 호 야인野人. 전북 전주 출생. 노동을 하면서 독학을 했다고 전해지나 정확한 행적은 알 수 없다. 1925년 조선프롤레타리아예술동맹에 가담해 활동했다. 1924년 시 〈여명의 설움〉〈허무〉 등을 《조선일보》에, 1925년 시 〈대도행〉〈촛불〉〈긴 밤이 새여지이다〉를 《개벽》에, 〈문 열어라〉를 《조선일보》에 발표하면서 작품 활동을 시작했다. 1926년 〈효〉〈전선으로〉와 1927년 〈지형을 뜨는 무리〉〈무덤을 파는 무리〉 등을 통해 새로운 시대에 대한 열망을 표현했다. 1930년대 초반까지 〈끓는 유황〉〈우리는 어찌해 졌는가〉 등의 목적의식이 강한 시를 썼으나, 이후에는 작품 활동을 중지한다. 확인할 수는 없으나 《열과 광》《기관차》 등의 시집을 발간했다고 한다. 그는 사회주의의 영향을 받아, 성장하는 노동자와 농민들의 의식을 문학적으로 형상화한 신경향파시를 주로 제작했다. 이를 통해 겨울이 지나면 봄이 오는 자연의 섭리처럼, 일제에 강점된 조선에도 '봄', '새벽'이 오고 있다는 역사 발전의 원리와 함께 진보적 사회운동가로서의 현실 인식을 작품에 반영했다. 특히 1920년대 후반에 무산 대중의 이념을 직설적으로 드러내는 시를 주로 발표함으로써, 형식미보다는 내용 전달에 치우쳤던 신경향파시의 일반적 경향을 잘 보여주었다.

김창현 金昌鉉 1938~ 시조시인. 호 관촌冠村·월곡月谷. 충남 출생. 군산사범학교 및 한국방송통신대 졸업. 1991년 《시조문학》에 시조가, 1993년 《아동문예》에 동시조가 당선되어 등단했다. 한국아동문예작가회 이사, 한국불교문인협회 대전충남지회 부회장으로 활동했다. 시조집으로 《가슴냇가에 흐르는 사랑》《이승과 저승 사이》《세월의 길목》 등이 있고, 동시조집 《바람이 밀어주는 나그네》《고향노래》, 수필집 《개구리도 배꼽이 있나》《말더듬이의 하소연》 등이 있다. 한을 품은 듯 애조를 띈 멋의 여운과 아픔을 예술로 승화하는 곡진한 서정의 표출방법, 불가적 아픔의 형상화 및 시청각적 이미지의 조화 등이 그의 작품이 갖는 경향으로 평가되고 있다. 전국통일문예현상공모 최우수상, 민족동시조문학상, 국민훈장 동백장 등을 수상했다.

김채원 金采原 1946~ 소설가. 경기도 덕소 출생. 이화여대 회화과 졸업(1968). 1975년 〈밤 인사〉가 《현대문학》에 추천되어 등단했다. 이후 〈얼음집〉〈달의 손〉〈밀월〉〈초록빛 모자〉〈오월의 숨결〉〈공중에는 또 하나의 다른 방이〉〈가득찬 조용함〉〈애천〉 등을 발표했다. 김지원과의 자매소설집 《먼 집 먼 바다》와 창작집 《초록빛 모자》《가득 찬 조용함》《장미빛 인생》《형자와 그 옆사람》 등을 간행했다. 그의 소설은 독특한 분위기를 가지고 있다. 그 분위기는 먼저 과거의 기억과 현재의 심리적 상황을 수시로 병치시키는 구성에 의해 형성된다. 그의 소설 속에서 이야기 자체는 커다란 의미를 지니지 못한다. 한 인물의 내면적인 상황에서 비롯되는 이러한 감각적인 분위기, 그리고 그 상황의 이미지만이 압도적인 것으로 드러나 있기 때문이다. 또한 그 분위기는 대부분 짙은 상실감과 담담한 절망감을 동반하고 있다. 여기에서 상실감은 과거의 기억과 연관되어 있으며, 절망감은 현재의 상황과 연관되어 있다. 과거의 기억은 그것이 상처에 관한 것일지라도 유년의 순수함이나 추억의 음영을 가지고 있어 아름답게 회상된다. 그러므로 현재의 상황 역시 절망적이라 할지라도, 그것은 숨막힐 듯한 답답함이 아니라 오히려 담담한 것일 수도 있다. 과거의 추억들이 그 곁에 병치되고 있어, 현재에 반성적으로 접근할 수 있는 분위기를 조성하고 있기 때문이다. 김채원의 소설이 지니는 또 하나의 특징은 감각적인 문체이다. 대부분의 그의 소설에서 현실의 상황은 하나의 주관적인 시선에 의해 묘사된다. 그러므로 그의 소설의 문체는 현저히 독백적이다. 〈잃어진 노래〉와 같이 일인칭 화자가 나오는 경우는 물론이며, 그밖의 경우에도 사정은 크게 다르지 않다. 독백적 경향이 극에 달한 지점, 그것이 과거의 추억과 결합되면서 현재의 내면에로 옮겨지는 지점, 거기에서 〈겨울의 환〉과 같은 고백체가 존재한다. 1989년 〈겨울의 환〉으로 제13회 이상문학상을 수상했다.

〈겨울의 환 一幻〉 '밥상을 차리는 여인'이라는 부제가 달린 김채원의 중편소설. 1989년 《현대문학》 8월호에 발표되었다. 김채원의 다른 소설처럼 이 소설 또한 이야기 자체는 큰 의미를 지니지 못한다. '나'의 내면적인 상황에서 비롯되는 감각적인 분위기와 상황의 이미지만이 압도적인 것으로 드러나 있다. '나'는 현재의 자신과 거기에 이르는 과거의 역정들을 되돌아보며 성찰한다. 그리고 외할머니를 이모네 집으로 보내버린 지난날의 어머니의 행동을 이해하게 된다. 그것은 점점 소멸해 가는 외할머니를 감당하기 벅찼기 때문이었다고 이해하는 것이다. 이제 '나'는 베풀어야 할 사랑의 사명을 감당해야 한다고 느낀다. 따뜻한 밥상을 차리는 여인이 되는 것, 옛 동무인 '당신'에 대해 이제야 비로소 자신이 여자임을 발견하는 것 등이 바로 그 사랑으로 연결되는 것이다.

김철수 金鐵水 1949~ 아동문학가 · 시인. 호 금강수. 전남 함평 출생. 대한기독교신학대 교육과를 거쳐 미국 스윗워터 신학대에서 신학박사 학위 취득(1989). 1981년 《기독교 아동문학》에 동시 〈새벽종소리〉가, 1983년 《한국시학》에 시 〈신접살림〉이, 1984년 《월간문학》에 동화 〈꾸러기장군〉이 당선되어 등단했다. 동화집 《연꽃새의 욕심》《우정의 등불》《대추 삼형제》 외에 시집 · 수필집이 다수 있다. 동심회복과 양심회복운동의 차원으로 인간성 상실의 현세태에서 문제시되는 현실문제를 신앙과 휴머니즘의 시각으로 승화, 생동감과 희망을 주고 있다는 평을 받고 있다. 1981년 기독교 아동문학상을 비롯, 1990년 동양문학상을 수상하기까지 8회의 수상경력이 있다.

김초혜 金初蕙 1943~ 시인. 호 죽당竹堂. 충북 청주 출생. 동국대 국문과 졸업. 1964년 《현대문학》에 시 〈길〉〈문 앞에서〉〈4월〉이 추천되어 등단했다. 《소설문학》 주간, 《한국문학》 편집장, 한국문인협회 이사 등을 역임했다. 주요 작품으로 〈이별〉〈편지〉〈님에게〉〈아가〉〈길〉〈오늘〉 등이 있으며, 시집에 《어떤 전설》《떠돌이 별》《사랑굿》《섬》《어머니》《세상살이》 등이 있다. 그의 시는 초기 시집 《떠돌이별》로부터 《사랑굿》《섬》《어머니》에 이르기까지, 인간의 삶이 아픔이고 현실이 어둠이라는 사실을 인식한 뒤, 그 한계를 넘어서 존립할 수 있는 인간 속성을 구하는 데 바쳐지고 있다. 이런 의미에서 그의 시작과정은 인간이 인간답게 살아야 한다는 내면성의 창조이자 자기인식의 과정이라 할 수 있다. 포근한 인정미가 넘치는 서정을 바탕으로 한 작품 세계를 전개하고 있다. 1984년 제21회 한국문학상, 1985년 제18회 한국시인협회상을 수상했다.

김춘복 金春福 1938~ 소설가. 경남 밀양 출생. 서라벌예대 문예창작과 졸업(1959).

부산중학 2학년 때 오영수吳永壽를 만나 사사받았으며, 단편 〈낙인烙印〉이 《현대문학》에 추천을 받아 등단했다. 그후 몇 년간 농사를 짓다가 1974년부터

부산 영남상고·중대부속고교 등의 교단에 섰다. 1976년 《창작과 비평》 여름호부터 장편 〈쌈짓골〉을 연재해 호평을 받았으며, 1978년 장편 〈계절풍〉을 동지에 연재했다. 주로 장편소설에만 힘을 쏟으며 비교적 과작인 편이다. 대부분의 농촌소설이 1950~1960년대의 농촌현상을 그린 데 비해 〈쌈짓골〉은 1970년대의 농촌사회를 파헤쳐 현장적인 문제발굴의 투지를 보여준 점이 특이하다. 또한 그는 〈계절풍〉과 이에 이어지는 〈꽃바람 꽃샘바람〉을 통해서 8·15해방과 6·25동란, 4·19 등 시대적 격동기를 배경으로 민족의 한恨의 응어리를 파헤쳐 역사적 진보를 면밀히 추구하고 있다. 작품집으로 《쌈짓골》과 《꽃바람 꽃샘바람》 《벽, 풀빛》이 간행되었다.

〈쌈짓골〉 김춘복의 장편소설. 1976년 《창작과 비평》 여름호~겨울호에 발표되었다. 새마을운동의 바람이 방방곡곡에 기세 좋게 울려퍼지던 1970년대 초를 배경으로 씌어진 농촌소설이다. 주인공 팔기는 미친 놈이라는 소리를 들으면서도 신념을 가지고 수박 농사와 밤나무 재배에 힘을 기울이는 농민이다. 영달은 교활하고 이기적인, 팔기와 사사건건 대립하는 인물이며, 오영기는 농촌에서의 찌든 삶에 지쳐 도시로 뛰쳐나간 인물로, 팔기가 위기에 몰렸을 때 극적으로 나타나 도움을 준다. 인간사 모든 일의 어려움과 고단함이 한낱 구호나 운동으로 당장 줄어드는 것은 아닐지라도, 누대에 걸쳐 받아온 이 땅의 농민들에게 있어서 분배문제나 장기집권을 둘러싼 저항세력의 반발, 그리고 통일문제 등 당시의 정치적 문제들은 일단 옆으로 밀어놓고, 우선은 '잘살기운동'이 급선무라는 식의 집권당의 계산된 현실적인 구호는 어느 정도 설득력을 얻고 또 한줄기 희망을 준 것도 사실이어서, 순박한 농민들은 융자나 사채를 얻어 서둘러서 슬레이트 지붕으로 바꾸고 마을길도 넓힌 것이 1970년대 초였다. 이 작품은 새마을운동이 진행중인 농촌현실 속으로 접근해 들어가 수난과 모략, 바른 삶의 척박함 속에서 꿋꿋이 일어서는 농민 팔기의 의지를 그려냄으로써 1970년대 농촌문학의 한 전형을 이루어낸 의의를 갖는다.

김춘수 金春洙 1922~ 시인. 경남 충무 출생. 일본 니혼대 예술과 수학. 해방 1주년 기념 사화집 《날개》에 〈애가哀歌〉를 발표해 시작 활동을 시작했으며, 1948

년 대구에서 발행되던 동인지 《죽순》에 〈온실溫室〉 외 1편을 발표해 등단했다. 첫 시집 《구름과 장미》를 발간하고 〈산악山嶽〉 〈사蛇〉 〈기旗〉 〈모나리자에게〉 〈꽃〉 등을 발표해 시인으로서의 기반을 굳혔다. 초기에는 릴케에 경도되어 그의 짙은 영향을 받아 릴케와 관련된 평론 〈릴케와 천사〉 〈릴케적 실존〉 등을 발표했으며, 시가 아니고서는 표현할 수 없는 사물의 정확성과 치밀성, 진실성을 추구하는 노력을 했다. 시집 《늪》 《기旗》 《부다페스트에서의 소녀의 죽음》 《타령조 기타》 《처용》 《남천》 《비에 젖은 달》 《들림, 도스토예프스키》 등이 있으며 시론집도

다수 있다. 1997년에는 자전소설 〈꽃과 여우〉를 간행하기도 했다. 그의 작품 세계는 특이하며 한마디로 사물의 사물성을 집요하게 탐구한다. 모든 것이 인식의 대상으로서의 사물이고, 그의 언어는 인식을 위한 연장이다. 그가 '인식의 시인'으로 일컬어지는 이유가 여기에 있다. 초기 이후 현재에 이르기까지 벌여온 작업의 전과정에서 〈부다페스트에서의 소녀의 죽음〉의 경우를 빼고는 인식이 아닌 때가 없었으나, 거기서만은 이례적으로 그는 의미의 시인이다. 〈타령조〉에서도 그의 언어는 상당히 의미의 전달을 담당하는 듯이 보인다. 그러나 그에 못지않게 〈타령조〉의 도처에는 인식을 위한 연장으로서의 언어가 스며 있다. 그래서 〈타령조〉는 그가 끝내 의미의 시인으로서는 존립하기 힘든 시인임을 밝힌 증언이기도 하다. 인식을 위한 연장으로서의 언어가 담당하는 것은 사물의 깊은 안쪽으로 들어가서 본질을 발견하고 잡아내는 일이다. 그런데 본질이란 것은 의미 이전의 것이기 때문에 언어자체가 잡아내지 못한다. 그것을 할 수 있는 것은 이미지다. 그리하여 그의 언어는 이미지 구성의 자료가 되지 않으면 안되고 그럼으로써 언어가 언어의 자리를 떠나고 이미지가 언어의 자리를 차지하게 된다. 이런 뜻에서 그는 이미지의 시인이라고도 할 수 있다. 그는 이미지의 추구로서 우리 시의 표현이 조형적 리얼리티를 가지게 한 시인으로 평가받는다. 1999년 발간된 시집 《의자와 계단》에는 실험을 배제한 66편의 시가 실려 있고, 그것들이 편안하고 소박하게 읽혀 이 시집은 그의 시 세계의 또 하나의 분기점으로 주목되고 있다. 한국시인협회상, 아시아자유문학상, 경남문화상, 대한민국예술원예술상, 대한민국문학상, 대산문학상 등을 수상했다.

〈꽃〉 김춘수의 시. 1959년 출간된 네번째 시집 《부다페스트에서의 소녀의 죽음》에 수록된 작품으로 작자의 대표작이다. 이 작품은 그가 초기부터 인식의 시인이었다는 사실을 증명해준다. 여기서는 남자와 여자가 사물이므로 그의 인식의 대상이 되고 있다. 다시 말해 그에게 있어서는 사람도 인식의 과정을 통과하지 않으면 별로 쓸모 있는 것이 못된다. 그 과정을 통과함으로써 사람의 본질은 밝혀지고, 그럼으로써 이름을 가지게 되는데 그것이 가지는 이름이야말로 사람이 사람으로서 가질 수 있는 참된 이름인 것이다. 그리하여 사람은 비로소 의미를 가지게 되는 것이다. 그 이름이 이 작품에서는 꽃으로 나타나 있다.

김치수 金治洙 1940~ 평론가. 전북 고창 출생. 서울대 불문과 및 동 대학원, 프랑스 엑스마르세유대 대학원 졸업. 1964년 《산문시대》 동인으로 〈작가의 문학적 변모〉를 발표, 1966년 《중앙일보》 신춘문예에 평론 〈자연주의양고自然主義兩考〉가 입선되어 등단했다. 이후 《68문학》 《문학과 지성》 동인으로 활동하면서 많은 평론들을 발표했다. 저서로 《현대한국문학의 이론》(공저) 《한국소설의 공간》 《구조주의와 문학비평》 《박경리와 이청준》 《문학과 비평의 구조》 《공감의 비평을 위하여》 등과 《몬느대장》 《나나》 등의 역서를 발간했다. 한국사에 대한 폭넓은 접근과 프랑스 사실주의·자연주의 연극에서 비롯한 작가와 사회와의 관계에 대한 이해 아래 〈농촌소설별견〉 〈식민지시대의 문학〉 〈한국소설의 과제〉 〈역사적 탁류濁流의 인식〉 〈지식인의 망명亡命〉 등의 평론을 발표했다. 비평방법의 특색은 작가를 그가 속한 역사적 문맥 속에 되돌려 그 작가의 문화사적 위치를 밝히고 그 작가와 동시대의 다른 작가와의 차이점·상사점을 탐색함으로써, 작가의 정신사적 위치를 드러내려는 데 있다. 그것이 가장 잘 나타나 있는 것이 〈식민지시대의 문학〉과 〈한국소설의 과제〉이다. 식민지시대의 작가들에게서 그들에게 주어진 역사적 상황에의 응전능력을 찾아낸 그는 1960년대 작가들에게서 패배주의를 극복하려는 노력을 보면서도 염상섭적廉想涉的 소설 골격이 결여되어 있음을 비판하고 있다. 그것은 그의 염상섭, 채만식蔡萬植, 최인훈崔仁勳에 대한 경사의 문학적 근거를 이룬다. 1982년 제27회 현대문학평론상, 1992년 제3회 팔봉비평문학상 등을 수상했다.

김태영 金泰永 1933~ 소설가. 경기 개풍 출생. 경희대 영문과 졸업(1965). 1974년 《한국문학》 제1회 신인상에 단편 〈산놀이〉가 당선되어 등단했다. 주요 작품에 〈날벼락〉〈살려놓고 봐야죠〉〈차장 놓친 버스〉〈다물〉〈대륙관광열차〉〈북풍〉〈소설 한단고기〉 등이 있으며, 작품집으로 단편집 《살려놓고 봐야죠》, 민족미래소설 《다물》, 장편 〈소설 한단고기〉〈소설 단군〉 등이 있다. 특히 〈다물〉은 한국 고대사관 및 사관에 대한 풍부한 지식과 한반도 주변정세의 앞날에 대한 흥미있는 추리를 바탕으로 우리 나라 최초로 본격적인 미래소설의 한 전형을 보여주고 있다는 평가를 받기도 했다. 데뷔 이후 1984년까지 발표한 60여 편의 작품은 사회의식을 강하게 지니고 있을 뿐만 아니라 자기 시대에 대한 비판적 성찰이 강한 것들과 6·25의 참상을 그린 것들이 대부분이었으나, 1985년 미래소설 〈다물〉 이후에는 한국의 상고사 복원을 통해 실록의 정체성을 밝히려는 경향이 강했다. 〈다물〉 이외에도 〈소설 한단고기〉〈소설 단군〉 등도 그러한 성격을 갖는 작품들이다. 1990년 이후부터는 한국 고유의 심신수련법인 선도仙道 수련에 정진, 그 체험을 바탕으로 〈선도 체험기〉라는 장편 시리즈를 1999년 7월 현재 48권째 집필하고 있다. 1974년 한국문학신인상, 1982년 삼성문학상, 1985년 MBC문학상 등을 수상했다.

김태오 金泰午 1903~1976 시인·아동문학가·심리학자. 호 설강雪崗·정영靜影. 광주 출생. 일본 니혼대 법문학부 졸업. 중앙대 교수, 동 대학 학장 및 부총장을 역임했다. 1926년 《아이생활》의 주요 집필진으로 문필활동을 시작했으며, 동화 〈실 뽑는 색시〉, 동요 〈나물캐기〉〈해변의 소녀〉〈가을 추수〉, 시 〈새벽〉〈회고의 정〉〈새해〉〈흙을 노래하는 시인〉 등을 발표했다. 1927년 한정동·신재환·정지용·윤극영·고장환 등과 실천적 동요운동단체인 조선동요연구협회를 창립해, 이를 무대로 활동한 아동예술운동을 전개했다. 당시 동요계의 감상적이고 절망적인 경향을 비판하고, 강한 민족정신이 담긴 밝고 건전한 동요의 전파를 위해 노력했다. 그의 시는 자연 정경과 향토의 소박함을 읊은 것이 대부분이다. 아동문학 분야에서 동요·동시평론을 발표해 아동문학 비평분야에 공헌했다. 저서에 《민족심리학》《미학개론》 등과, 시집 《초원草原》, 작품집 《설강동요집雪崗童謠集》 등이 있다.

김태현 金泰賢 1956~ 평론가. 경북 예천 출생. 서울대 졸업 및 동 대학원 수료. 1983년 무크 《문학의시대》 창간호에 평론 〈열린 세계로서의 연극〉을 발표해 등단했다. 서울대·단국대·순천향대 강사 및 독일 지겐대 연구교수를 역임했고, 《실천문학》 편집위원, 《출판저널》 편집서평위원 등으로 활동했다. 현재 순천향대 교수로 재직 중이다. 주요 평론으로 〈리얼리즘의 아름다움〉〈관찰과 인식〉〈지식인문학론〉〈비평의 삼각형〉〈새로운 세계를 여는 시〉〈반공문학의 양상〉〈문학의 위기란 무엇인가〉〈동화의 사중주〉〈약진을 위한 성찰〉 등이 있으며, 문학평론집으로 《열린 세계의 문학》《그리움의 비평》《리얼리즘의 아름다움》《사랑의 파문》《문학과 교육》 등이 있다. 이밖에 저서 · 역서 · 논문이 다수 있다. 김태현 비평의 기본 입장은 리얼리즘이다. 그는 리얼리즘을 통해 도덕적 · 정치적 · 미학적 정통성과 우월성을 보존하고자 한다. 이러한 그의 입장 속에는 지금의 세상은 정화되고 바뀌어야 한다는 논리가 숨겨져 있다. 그리고 이런 논리에 의해 미학적 위계와 함께 도덕적 위계가 내장된다. 또한 그의 도덕적 리얼리즘은 유연하다. 이것은 리얼리즘의 이론주의에 구속되지 않는다. 그렇기 때문에 그가 관심을 기울이고 애정을 갖는 작가들이 많다. 그러나 선택과 옹호라는 준거의 바탕에 도덕주의가 자리하고 있다. 1988년 대한민국문학상, 1992년 한국문예진흥원 창작지원금을 받았다.

김학선 金學善 1949~ 아동문학가 · 평론가. 호 임호林湖. 경기 이천 출생. 국제대 국문과를 거쳐 단국대 대학원에서 석사학위 취득(1986). 1977년 《강원일보》 신춘문예 동시부문에 〈행주산성〉이 당선되어 등단했다. 1981년 《경향신문》 신춘문예 동화부문에 〈까치소리〉가 당선. 동화집으로 《말썽꾸러기 갈게》《날개 달린 임금님》《꽃새》《기찻굴 속은 무서워》《1학년이 읽는 동화》《태양을 향해 달리는 기차》(공저) 등이 있다. 1990년 해강아동문학상을 수상했다.

김해강 金海剛 1903~1987 시인. 본명 대준大駿. 전북 전주 출생. 전주사범 졸업. 1925년 《조선문단》에 〈달나라〉〈흙〉 등 발표, 《조선일보》에 〈도수장〉〈옛뜰〉 발표, 1926년 《동아일보》 신춘문예에 〈새날의 기원〉이 당선, 1927년 《조선지광》에 〈가을의 향기〉 발표, 1928년 동지에 〈5월의 태양〉을 발표하는 등 본격적인 시작 활동의 전성시대를 열었다. 정년퇴임 1년 후까지 평교사로 일관한 고고한 교육자였으며, 1935년부터 1940년까지 《시건설》 동인으로 활동, 편집 주간일을 했다. 초기에는 때로 경향적인 시를 쓰기도 하며 동반자작가로 활약했으나 이 시기 《시건설》 동인으로 참가하면서 순수시로 돌아와 순정과 정열에 넘치는 작품과 헌신으로써 온 시단을 주름잡았다. 주요 작품으로 〈태양을 등진 무리〉〈가을의 향기〉〈내 마음 둘 곳이 없어〉〈5월의 태양〉〈동방東方의 처녀處女〉 등이 있으며, 1940년 2인시집 《청색마》를 발행했다. 일제강점하에서 시집 《기관차機關車》《동방서곡》《아름다운 태양》 등을 발간하려 했으나 총독부 검열에 걸려 좌절됐다가, 해방 후에야 단독 첫 시집 《동방서곡》을 간행할 수 있었다. 1984년에는 《기도하는 마음으로》를 간행했다. 중기 이후에는 대체로 자연과 인사人事와의 교정交情을 통한 한국의 전통적인 서정의 세계를 노래했다. 1957년 전북문화상, 1968년 전주시장章, 1981년 남산문화상 등을 수상했다.

김해성 金海星 1935~ 시인 · 평론가. 본명 희철囍喆, 호 소심素心. 전남 나주 출생. 경희대 국문과 및 동 대학원 졸업. 서울대 신문대학원을 거쳐 동국대 대학원 졸업. 1956년 《자유문학》에 〈신라금관〉〈발〉이 추천되어 등단했다. 이후 1966년 《서울신문》 신춘문예에 평론이 당선되었다. 중앙대, 숙명여대 및 서울여대 교수 역임. 《청자문학》 동인으로 활동했다. 민족의식에 바탕을 두고 새로운 서사시적 인간상을 추구하는 그는 장편 서사시 〈영산강榮山江〉 〈산사대山四代〉 〈노고단老姑壇의 일월日月〉 〈남해南海의 북소리〉 등을 발표함으로써 빈약한 한국 장편시의 일면을 개척했다. 시집으로 《바다제비》 《신라금관》 《치악산》 《영산강》 《물동이 사연》 《김해성 시선집》 등이 있으며, 평론집 《한국현대시인론》 《한국현대시사》 《한국시론》 등 다수가 있다. 한국적인 지성의 맥을 잇는 시세계로 한국적 토속성과 자연성을 표출시키며, 서정성과 주지성을 조화시킨다. 1967년 문공부문학상, 1974년 한글학회공로상, 1984년 노산문학상 등을 수상했다.

김현 1942~1990 평론가 · 불문학자. 본명 광남光南. 전남 진도 출생. 서울대 불문과 및 동 대학원 졸업(1967). 1962년 《자유문학》에 평론 〈나르시스 시론詩論-시와 악惡의 문제〉가 추천되어 등단했다. 그후 말라르메와 발레리에 경도, 프랑스의 순수시 · 초현실주의를 바탕으로 한 시론을 주로 발표했다. 주요 평론은 〈한국문학의 양식화樣式化에 대한 고찰〉 〈한국문학의 가능성〉 〈한국소설의 가능성〉 〈여성주의女性主義의 승리〉 〈한국비평의 가능성〉 〈개화기의 문학인〉 〈식민지 시대의 문학〉 〈비평방법의 반성〉 등이다. 한편 《문학과 지성》에 김윤식金允植과 공동으로 연재한 영 · 정조에서 4 · 19에 이르는 〈한국문학사〉는 본격적인 한국문학사로 기록될 만한 것이다. 평론집으로 《존재와 언어》 《현대문학의 이론》 《상상력과 인간》 《문학과 유토피아》 《문학사회학》 《책읽기의 괴로움》 《분석과 해석》 《김현 문학전집》 등이 있고, 《몰로이》 《목로주점》 《행복한 죽음》 등 많은 역서가 있다. 《산문시대》 및 시론지 《사계》의 동인이었으며, 《68문학》의 창간멤버, 《문학과 지성》 편집동인으로 활동했다. 그의 〈한국문학의 양식화에 대한 고찰〉은 한국문학을 신라 향가에서부터 현대시 · 소설에 이르기까지 구조적으로 일별한 논문이다. 프랑스 문학의 탐닉으로부터 한국적인 문학상황으로 눈을 돌린 전기를 이룬 작품. 주로 프로이트의 심리주의에 바탕을 두고 예술로서의 문학의 절대성을 주장했던 그로서 한국문학의 구체적 현실에 실증적으로 접근했다는 점 이외에도 문학의 우열적 가치 판단의 기준으로서 개성과 규범의 두 요소를 제시, 그 스스로 개성 쪽을 천명했다는 점에서 그의 비평방향을 확실히 한 글이다. 이후 그의 글들은 이러한 방향에 대한 자기 충실의 노력으로 가득 차게 되었다. 1980년 제20회 현대문학평론상과 1990년 제1회 팔봉비평문학상을 수상했다.

김현곤 金賢坤 1923~ 수필가. 호 월촌月村. 경남 창녕 출생. 대구사대 국문과 졸업. 1978년 한국문인협회에 의해 시 〈사랑의 윤리〉 〈유학사 가는 길이〉를 추천받아 작품활동을 시작했다. 일생을 농촌 향리에서 교육에 종사함에 따라 작품 경향이 향토적이고 회고적이다. 주요 작품에 〈밤길〉 〈인정〉 〈유독 미운 것들〉과, 저서에 《고가정주古歌精註》 《가야산 해인사》 《속담대성》 《고사산책》 등이 있다.

김현승 金顯承 1913~1975 시인. 호 남풍南風 · 다형茶兄. 평양 출생. 평양 숭실전문학교 문과 졸업(1932). 1934년 교지에 투고했던 시 〈쓸쓸한 겨울 저녁이 올 때 당신들은〉

을《동아일보》에 발표해 등단했다. 이후 〈새벽은 당신을 부르고 있습니다〉〈아침〉〈황혼〉 등을 발표. 일제말기에는 침묵을 지키다가, 광복 후 〈동면〉〈내가 가난할 때〉 등의 작품을 발표했다. 처녀시집 《김현승시초金顯承詩抄》는 초기작 27편을 수록, 자연 예찬을 통한 발랄한 낭만적 감성의 생기를 엿볼 수 있다. 두번째 시집 《옹호자擁護者의 노래》는 반생半生의 주요 작품을 수록한 시집으로, 자연의 사물에서 얻은 감각과 인상의 표백, 내부적 기질의 숨김없는 토로, 가을에 관한 사색, 그리고 현실적으로 처해 있는 문명 · 사회 · 민족 등에 대한 신념 등의 다양성을 볼 수 있다. 이후 〈출발의 문을 열고〉〈무한無限의 창窓〉〈견고한 고독〉〈병病〉 등의 역작을 계속 발표했다. 이 무렵의 그의 시는 기독교, 특히 청교도적인 신앙과 사상에 입각한 내부적 생명의 세계로 파고들어 절대자와 고독한 인간과의 대화, 문명적인 시대 상황, 그리고 사랑 · 신앙 · 고독 등의 인간조건에 대한 투철한 추구를 계속했다.《견고한 고독》《절대고독》 등은 이러한 후기의 그의 특징을 단적으로 나타내고 있다. 기타 저서로는 《한국 현대시 해설》《김현승 시전집》 등과 시평문 다수가 있다. 그는 1930년대엔 민족적 로맨티시즘이나 센티멘털리즘이 짙게 풍기는 자연에 대한 예찬과 동경의 세계를 주로 노래하다가, 자연미에 기지와 풍자와 유머를 직조한 모더니즘의 경향을 띠기도 했으며, 민족의 암흑기를 벗어나 해방을 맞은 후부터 1960년대 초까지는 외면적인 자연의 세계에서 인간의 내면적인 세계로 관심을 쏟으면서 기독교정신을 기조基調로 한 시의 세계를 보여주었다. 1960년대에 들어와 고독을 주제로 한 일련의 작업은 기독교 시정신을 육화시키며 우리 현대시의 깊이를 더해준 시사의 기념비적 작품으로 평가받는다. 6 · 25동란 직후 광주에서《신문학》을 6집까지 간행, 향토문화 발전에 공헌했다. 1955년 전남문화상, 1973년 서울시문화상을 수상했다.

《김현승시초 金顯承詩抄》 김현승의 첫 시집. 1957년 문학사상사에서 간행되었다. 자서自序가 있고, 제1부에 〈눈물〉〈플라타너스〉〈5월의 환희〉〈사랑을 말함〉〈내가 가난할 때〉〈가을의 기도〉〈자화상〉 등 13편, 제2부에 〈창窓〉〈바람〉〈어제〉〈바다의 육체〉〈이별에게〉〈꿈〉 등 14편, 모두 27편의 작품이 수록되어 있으며 끝에 서정주徐廷柱의 발跋이 있다. 제1부는 1934년 이후의 초기 작품에서 뽑은 것이며, 제2부는 1950년대 전후의 작품이다. 이 시기의 시들은 주로 자연에 대한 주관적 서정과 감각적 인상을 노래하고 있으며, 점차 사회정의에 대한 윤리적 관심과 도덕적 열정을 표현하게 되는 경향을 보여주고 있다. 그가 추구하는 이미지들은 가을의 이미지로 많이 나타나는데, 덧없이 사라지는 비본질적이고 지상적인 가치를 상징하는 꽃잎 · 낙엽 · 재의 이미지와, 본질적이며 천상적인 가치를 상징하는 뿌리 · 보석 · 열매 등 단단한 물체의 이미지의 이원적 대립으로 표현되고 있다는 점이 특징적이다. 또한 그의 시는 절제된 언어를 통해 추상적 관념을 사물화하거나, 구체적 사물을 관념화하는 조소성과 명징성에 그 특징이 있다고 할 수 있다.

〈가을의 기도—祈禱〉 김현승의 시. 가을의 겸허함과 쓸쓸함, 기도하는 자세 등을 잘 나타낸 수작이다. "가을에는 기도하게 하소서…"로 시작되는 이 작품에는 시인으로서의 본질적인 요소라고 할 수 있는 '다소곳한 겸허', '쓸쓸한 감상', '반성의 기도' 등이 극명하게 나타나 있다. 이 시는 시인이 기독교 정신을 바탕으로 기도의 자세와 신앙심을 시 세계의 근간으로 하고 있는 대표적인 작품이다. 또한 이 작품은 김현승의 시 세계가 릴케의 영향을 받고 있음을 알 수 있는 구체적 근거가 되기도 한다.

〈눈물〉 김현승의 시. 1967년 《현대문학》에 발표되었다. 외면적인 자연에서 내면적인 세계로 돌아오는 변모과정을 잘 나타내 준 시로 평가되고 있다. 삶의 보람을 물질적인 것에서보다는 정신적인 것에서 찾는다는 정신우위의 평범한 세계를 노래한 것이다. 작자의 기독교적인 정신을 기저로 한 심화된 생명의 순결을 엿볼 수 있다.

〈절대고독 絶對孤獨**〉** 김현승의 시. 〈견고한 고독〉이나 〈고독의 끝〉이라는 시와 함께 고독의 세계를 본격적으로 추구한 대표작 중의 하나이다. 인생관은 기독교 정신을 바탕으로 하고 있으면서, 고독에 대한 관심을 가짐은 분명히 하나의 모순임에는 틀림이 없다. 이 관념과 생활과의 모순은 체질상 어쩔 수 없는 관계인지도 모른다. 작자에게 고독은 절망적인 고독이 아닌, 어디까지나 고독 그 자체를 위한 고독일 뿐이다. 이 고독들을 주제로 한 시편들은 감상 · 위축 · 허무의식의 고독이 아니라 윤리적 차원에서의 고독으로서, 그 속에서 시인 자신을 재발견하려는 인간본질의 추구이며 규명으로 해석된다.

김현승시초 金顯承詩抄 → 김현승金顯承

김형경 1960~ 소설가. 강원도 강릉 출생. 경희대 국문과 졸업. 1983년 《문예중앙》 신인문학상 공모에 시부문으로 당선, 1988년 《문학사상》에 중편 〈죽음잔치〉가 당선되어 등단했다. 1988년 시집 《모든 절망은 다르다》를 출간했으며, 소설집으로 《단종은 키가 작다》《푸른 나무의 기억》 등을 내놓으며 의욕적으로 작품 활동을 하다가 1993년 장편소설 〈새들은 제 이름을 부르며 운다〉를, 1995년에는 〈세월〉(전2권)을, 1999년에는 〈피리새는 피리가 없다〉(전2권)를 출간했다. 절제된 언어, 긴장된 표현으로 관념과 현실 사이의 변주를 날카롭게 포착하고 있는 그의 작품들은 이 시대가 직면하고 있는 문화적 위기에 대한 전면적인 반성을 모색한다. 특히 제도의 획일성, 집단논리의 횡포로 훼손되는 개인의 존재의식에 초점을 맞춤으로써 인간본질의 문제에 대해 신선한 질문을 던진다. 최근에 발간된 〈피리새는 피리가 없다〉의 소재는 지금까지 문학작품에서 거의 다루어지지 않았던 대중음악계의 내부를 깊이 있게 파헤치고 있다는 점에서 색다른 시도를 한 것으로 평가되고 있다.

김형석 金亨錫 1920~ 수필가 · 철학자. 평남 대동 출생. 일본 조치대 철학과 졸업(1943). 많은 철학적 수필을 발표해 독자에게 큰 감명을 주었으며 1959년 간행한 수필집 《고독이라는 병》은 베스트셀러가 되기도 했다. 수필집으로 《영원과 사랑의 대화》《오늘을 사는 지혜》《현대인과 그 과제》 등을 간행했으며, 1968년에는 전10권으로 《김형석 에세이 전작집》을 낼 정도로 대중의 환영을 받았다. 그의 수필은 소소한 일상사 속에서 작은 진리의 아름다움을 발견해 내며, 이와 아울러 현대인의 보편적 삶의 본질에 대해 성찰하는 자세를 보여준다. 수필전작집 간행 이후에도 《보이지 않는 희망》《내일을 위한 대화》《잠들지 않은 영혼을 위하여》

《당신은 누구이고 나는 누구입니까》 등의 수필집을 간행했다. 그의 수필은 현대인의 삶의 지표를 제시하기 위해 기독교적 실존주의를 배경으로 현대의 인간 조건을 추구, 부드럽고 시적인 문장으로 엮어 독자에게 감명을 주고 있다.

김형영 金炯榮 1944~ 시인. 전북 부안 출생. 서라벌예대 문예창작과 졸업(1969). 1966년 《문학춘추》에 시 〈소곡小曲〉으로 신인상을 수상하고, 1967년 문공부 신인예술상에 시 〈형성기形成期〉가 당선되어 등단했다. 데뷔 후 《70년대》 동인으로 활동, 《학원》《샘터》 등의 잡지에서 기자생활을 했다. 영원성에 접근하려는 노력과 문명에 대한 도전, 현실에 대한 초극으로 자아를 획득하려는 노력 등을 간접적이고 풍자적인 기법으로 표현하는 것이 그의 특징이다. 시집으로 《침묵의 무늬》《모기들은 혼자서도 소리를 친다》《다른 하늘이 열릴 때》《기다림이 끝나는 날에도》《새벽달처럼》 등이 있으며, 《한국전래동요선》《내가 찾은 숲속의 작은 길》 등의 편저가 있다. 그의 최근의 시들은 배반과 갈등, 사랑과 욕망, 탄생과 죽음, 심지어 종교에도 이끌리지 않는, 흔적없이 생겼다가 흔적없이 사라지는 바람과도 같은 시 세계를 보여준다. 그러한 세계는 조건없이 받아들이는 너그럽고 겸손한 마음의 경지에서 비롯되는 것인데, 기독교나 불교 등 종교 교파의 경계까지도 허물어뜨리는 초연함이 자못 새벽달 같은 단아함을 풍긴다. 그래서 시어들은 수식도 기교도 없어 단순하고 투명하다. 1988년 현대문학상, 1993년 한국시인협회상, 1997년 서라벌문학상을 수상했다.

김형원 金炯元 1901~? 시인. 호 석송石松. 충남 논산 출생. 보성고보 졸업. 《중외일보》《동아일보》《매일일보》 등의 기자를 거쳐 1937년 《조선일보》 편집국장, 공보처 차장을 지냈다. 6·25때 납북되었으며, 그 이후의 행적에 대해서는 확인할 수 없다. 1920년을 전후해 계급의식·반항의식을 주조로 한 경향시를 발표했고, 1924년 파스큘라에 가담하기도 했다. 미국의 시인 휘트먼의 시론을 수용해 민중시론을 제창, 신경향파 시론 형상에 이바지했다. 그의 시론은 〈계급을 위함이냐 문예를 위함이냐〉〈민주문예소론〉 등에 잘 드러난다. 그의 '역力의 시詩' 이론은 박종화朴鍾和·김기진金基鎭에 이르면서 신경향파의 시론으로 수용되었다. 그는 1930년대 말까지 꾸준히 시작 활동을 했는데 〈이향〉〈무산자의 절규〉〈해빛 못 보는 사람들〉〈숨쉬는 목내이〉〈탈선〉〈귀로〉〈나는 어대로〉 등 시 전반에 걸쳐 계급의식과 민중의식이 드러나지만, 관념적 서술, 생경한 시어의 사용 등으로 예술적 형상화에서는 실패했다. 그러나 자신의 시론을 중심으로 무산계급의식과 빈궁한 계급적 현실을 시로 형상화했다는 점에서 의의를 갖는다. 1979년 그의 작품을 모은 《석송 김형원시집》이 삼회사에서 발간되었다.

김혜숙 金惠淑 1937~ 시인. 강원도 강릉 출생. 이화여대 국문과 졸업(1960). 1958년 《현대문학》에 시 〈박〉〈길〉 등이 추천되어 등단했다. 《청미》 동인으로 활동. 주요 작품에 〈박〉〈구름〉〈문門〉〈광화문 네거리에서〉〈여담餘談〉〈겨울나무〉 등이 있다. 시집으로는 《예감豫感의 새》《잠깨우기》가 있으며, 수필집으로 《다시 사랑할 수 있다면》《보낼 수 없는 편지》가 있다. 그의 시는 일상적인 우리들의 삶을 평범하고 담담한 어조로 형상화해 건실하고 소박한 아름다움을 보여주고 있다. 또한 자연을 제재로 삼아 인간의 모습과 혼합된 생명의 모습을 보이며 자연을 향한 동심세계를 그림으로써 원초적인 그리움과 사랑을 일깨우고 있다. 그리고 시를 통해 어떻게 인생을 성숙시키고 완성시키는가에 대한 추구도 게을리하지 않고 있다. 제26회 현대문학상을 수상했다.

김혜순 金惠順 1955~ 시인. 경북 울진 출생. 건국대 국문과 및 동 대학원 졸업. 1978년 《동아일보》 신춘문예에 평론이 입선, 《문학과 지성》에 시 〈담배를 피우는 시인〉 외 4편을 발표해 등단했다. 주요 작품으로 〈납작납작〉 〈마라톤〉 〈연기의 알리바이〉 등이 있으며, 시집으로 《또 다른 별에서》 《불쌍한 사랑 기계》 등이 있다. 그의 시는 잃어버린 기억 속에 풍요한 서정을 불어넣어, 사물과 감정에 새로운 활기를 불러일으키는 독창적인 기법을 보이고 있다. 제16회 김수영문학상을 수상했다.

김홍신 金洪信 1947~ 소설가. 충남 공주 출생. 건국대 국문과 및 동 대학원 졸업. 1975년 《현대문학》에 단편 〈물살〉 〈본전댁本錢宅〉이 추천되어 등단했다. 주요 작품으로 단편 〈대역인간大役人間〉 〈무죄증명〉 〈어두운 여명〉 〈역벌逆罰〉 등과, 장편 〈해방영장〉 〈인간시장〉 〈난장판〉 등 다수가 있다. 창작집 《무죄증명》 《수녀와 늑대》 《청춘공화국》 《야망의 땅》 《내륙풍》 《비틀거리는 도시》 등과 콩트집 《도둑놈과 도둑님》 등을 발간했다. 〈인간시장〉으로 대표되는 그의 작품은 일상적인 소재를 배경으로 담백한 백성, 소외된 소시민들을 주인공으로 설정하고 그들의 욕망과 꿈을 그리고 있다. 그는 작품을 통해 독자로 하여금 불확실한 미래를 희망적으로 바라보게 하는 태도를 보여주었다. 90년대 중반 이후 정계에서 활동하고 있다. 한국소설문학상, 소설문학작품상 등을 수상했다.

김화영 金華榮 1941~ 평론가. 경북 영주 출생. 서울대 불문과 및 프랑스 엘스앙 프로방스대 졸업. 1964년 《세대》 신인상에 시 〈과원〉이 당선되었고, 1965년 《조선일보》 신춘문예에 시 〈육성〉이 가작으로 입선되어 문단에 등단했다. 《사계》 《68문학》 동인으로 활동. 그는 〈봄밤의 가곡〉 〈연가〉 〈유형지의 노래〉 〈나의 청춘문화〉 등의 시를 통해 세계의 근원적인 상황을 배경으로 해 인간 존재를 조명하는 지성적인 정신을 드러냈다. 1970년대 이후에는 주로 비평 활동에 주력하면서 〈조각으로서의 문학-알베르 까뮈의 예술관〉 〈가치의 무게와 노래의 가벼움〉 〈미당 서정주론〉 등의 평론을 발표했다. 평론집에 《문학상상력의 연구》 《미당 서정주의 시에 대하여》 《공간에 관한 노트》 《행복의 충격》 《소설의 꽃과 뿌리》 등이 있고, 1997년에는 그의 초기 시에서부터 에세이·비평 등을 두루 모은 문학선집 《한눈팔기와 글쓰기》를 발간했다. 그의 비평은 폭넓은 서구적 교양과 깊은 문학적 감성을 바탕으로 시대와 현실을 앞서가는 문학의 의미를 문화주의적 관점으로 조명하고 있다는 평을 받는다. 1991년 한국펜문학상, 1999년 팔봉문학상 등을 수상했다.

김환태 金煥泰 1909~1944 평론가. 호 눌인訥人. 전북 무주 출생. 일본 규슈제대 영문과 졸업(1934). 귀국 후 교편 생활을 하면서 포린사 크리슨의 〈예술과 과학과 미美와〉를 《조선일보》에 발표했다. 1934년 상경해 〈문예비평가의 태도에 대하여〉 〈예술의 순수성〉 〈문예비평-나의 비평태도〉 등을 《조선일보》에 발표했고, 《개벽》에 〈신춘창작총평新春創作總評〉 〈상허尙虛의 작품과 그 예술관〉 등을 발표해 평론가로서의 입지를

▲눌인 김환태문학기념비 전북 무주군 덕유산.

단단히 했다. 구인회의 후기동인, 《시문학》《시원》 등의 동인으로 본격적인 비평활동을 전개, 이때부터 비평의 목적이 '재구성적 체험'에 있음을 밝힌 동시에 인상주의비평을 내세워 1930년대의 평단에 비평기능의 새로운 동향을 열어놓았다. 이 무렵에는 〈형식에의 통론자〉〈페이터의 예술관〉〈시와 사상〉〈작가·평가·독자〉 등을 발표해 순수문학비평을 표방했다. 1936년 〈문예시평-비평문학의 확립을 위하여〉를 《조선일보》에 발표, 프로문학비평을 비판하고 그것을 극복하는 길로 문예비평의 중심은 어디까지나 문학이어야 한다는 비평의 순수한 독립성을 주장했다. 이 시기의 평문으로는 〈금년의 창작계〉〈동향 없는 문단〉〈정지용론鄭芝溶論〉 등이 있다. 1939년 《문장》을 중심으로 유진오兪鎭午와 김동리金東里의 세대론이 벌어지자 〈순수시비純粹是非〉를 발표해 순수문학을 주장하는 김동리를 옹호했다. 한편 이원조李源朝와의 논쟁에서 최명익崔明翊의 〈봄과 신작로新作路〉, 김동리의 〈황토기黃土記〉〈잉여설剩餘說〉, 허준許俊의 〈야사기夜寫記〉 등의 작품은 30대 작가의 작품에 못지않은 수준임을 주장, 문학정신만을 옹호하려는 의연한 태도를 견지했다. 현대비평의 기초를 확립시킨 공이 컸으며, 유저로《김환태전집》이 있다.

김후란 金后蘭 1934~ 시인. 본명 형덕炯德. 서울 출생. 서울대 가정과 수료. 1969년《현대문학》에 시 〈오늘을 위한 노래〉〈달팽이〉〈문〉 등이 추천되어 등단했다. 신문사 문화부 기자 및 논설위원 등을 역임했으며,《청미회》《화요회》 동인으로 활동하면서 시극운동에도 관심을 보여 '현대시를 위한 실험무대'에 참가했다. 주요 작품으로 〈목마〉〈장미〉〈나의 서울〉〈무관심〉〈죄〉 등이 있다. 시집으로《장도粧刀와 장미》《음계音階》《어떤 파도》《눈의 나라 시민이 되어》《사람 사는 세상에》 등이 있으며, 수필집《너로 하여 우는 가슴이 있다》가 있다. 그는 상징주의 기법으로 현실감각과 사회의식을 예리하게 표현하는 한편, 자연의 아름다운 생명의 미동을 잘 포착해 따뜻한 정서로 감싸기도 한다. 현대문학신인상, 월탄문학상 등을 수상했다.

김흥우 金興雨 1940~ 극작가·연출가. 호 방각方覺. 서울 출생. 동국대 연극영화과 및 동 대학원 졸업. 한국문인협회 이사, 한국희곡작가협회 부회장, 한국자유문인협회 부회장 등을 역임했으며 현재 동국대 연극영화과 교수로 재직하고 있다. 1964년《현대문학》에 〈일그러진 얼굴〉을 발표하며 문단에 데뷔한 이후, 〈영 아닌데〉〈천하대장군〉〈지하여장군〉〈대머리 여장군〉〈조신의 꿈〉

〈혼의 소리〉〈옴마니 반메훔〉 등을 발표했다. 대표적인 저서로《연극원리》《현대연기론》《요점 희곡론》 등이 있고, 희곡집으로《대머리 여장군》이 있다. 그의 작품은 가면무극의 형식을 원용한 표상적이며 상징적인 실험극의 성격을 띠고 있다. 한편 참인간형의 창조와 배우 자체의 주체의식을 소중히 한다는 취지에서 연기자의 상을 정립하고자 진정한 배우시대의 모상이 되는 그리스의 아크로폴리스로부터 출발해 연기의 역사적인 고찰을 시도하기도 했다. 1977년 문공부장관상, 1992년 한국희곡문학상을 수상했다.

김희보 金禧寶 1936~ 평론가 · 소설가. 평북 선천 출생. 서라벌예대 문예창작과(1960) 및 중앙대 국문과(1962), 장로회신학대학원(1982)과 미국 샌프란시스코 신학대학원(1992)에서 수학. 1958년 월간《학생예술》에 김동리의 추천으로 단편 〈임진강〉〈신화〉를 발표, 1968년 월간《기독교사상》에 평론 〈기독교문학 서설〉을 발표하여 등단했다. 데뷔 후 주로 기독교 신문과 잡지에 월평을 쓰는 한편 평론 〈기독교문학은 무엇인가?〉, 소설 〈소설 아포크리파〉 등을 쓰며, 한국 기독교문학 이론정립에 힘썼다. 서울장신대 교수와 월간《기독교사상》 주간, 주간《한국기독공보》 편집국장 및 전무를 역임했다. 저서로 소설집《창세기》《오계》《쿰란의 두루마리》와, 평론집《기독교문학 서설》《한국문학과 기독교》《종교와 문학》《세계문예사조사》 등 다수를 간행했다. 이외에 시극 〈에스더〉에 박재훈이 곡을 붙여 오페라로 공연하기도 했으며, 편저《한국문학 앤솔러지》 등 90여 권의 저서가 있다. 그는 평론 분야에서 나름대로 한국 기독교문학 이론정립에 이바지, 소설 분야에서도 인간의 원죄와 신의 침묵 또는 인간 영혼의 구원 등 기독교 신앙문제를 주제로 하여 독자적인 문학세계를 형성하였다는 평가를 받고 있다.

깃발 → 유치환柳致環

깊고 푸른 밤 → 최인호崔仁浩

까치소리 → 김동리金東里

꺼래이 → 백신애白信愛

꺼삐딴 리 → 전광용全光鏞

꽃 → 김춘수金春洙

꿈을 찍는 사진관 ─寫眞館 → 강소천姜小泉

꿈하늘 → 신채호申采浩

끊어진 다리 → 정한숙鄭漢淑

ㄴ

나그네 → 박목월朴木月

나그네는 길에서도 쉬지 않는다 → 이제하李祭夏

나는 왕이로소이다 —王— → 홍사용洪思容

나도 인간이 되련다 —人間— → 유치진柳致眞

나도향 羅稻香 1902~1927 소설가. 본명은 경손慶孫, 필명은 빈彬, 도향은 호이다. 서울 출생. 배재고보 졸업. 경성의전 중퇴. 1921년 《신민공론》에 처녀작 〈추억追憶〉을 발표하고, 이어 《백조》 동인으로 참가했다. 이듬해 홍사용洪思容 · 현진건玄鎭健 · 이상화李相和 · 박종화朴鍾和 등과 함께 문예 동인지 《백조》를 발간, 창간호에 〈젊은이의 시절〉을 발표했으며, 우리 나라 신문학사상 낭만주의 운동을 일으켰다. 같은 해에 〈별을 안거든 우지나 말걸〉에 이어 11월부터 장편 〈환희幻戱〉를 《동아일보》에 연재하는 한편, 〈옛날의 꿈은 창백蒼白하더이다〉를 발표했다. 1923년에는 〈은화백동화銀貨白銅貨〉 〈17원 50전十七圓五十錢〉 〈행랑자식〉을, 1924년에는 〈자기를 찾기 전〉을, 1925년에는 〈벙어리 삼룡이〉 〈물레방아〉 〈뽕〉 등을 발표했다. 1926년 일본에 잠시 갔다가 돌아와 요절할 때까지 〈피묻은 편지 몇 장〉 〈지형근〉 〈화염에 싸인 원한〉 등을 발표했다. 단편집 《진정眞情》이 있다. 초기에 그의 작품들은 주관적 감정을 토로하는 데 그쳐, 객관적 입장에서 서술하지 못하고 감상적인 낭만주의 경향을 벗어나지 못한다. 그러나 《여명》의 동인으로 활동하면서부터 차츰 초기의 낭만주의적 경향을 극복하고 사실주의로 변모된 작품 경향을 보인다. 이러한 양상을 여실히 보여주는 작품이 〈벙어리 삼룡이〉 〈물레방아〉 〈뽕〉이다. 이 작품들에는 본능과 물질에 대한 탐욕 때문에 갈등하고 괴로워하는 인간들의 모습이 객관적 사실 묘사에 의해 부각되어 있다. 등장인물의 치밀한 성격 창조를 기반으로 한국 농촌의 현실과 풍속을 보였다는 관점에서, 1920년대 한국소설의 전원적 사실주의로 꼽히기도 한다.

〈환희 幻戱〉 나도향의 첫번째 장편소설. 1922년부터 1923년까지 《동아일보》에 연재되었다. 작자는 이 작품을 발표해 일약 천재작가로 불리었으며, 《백조》의 기수노릇을 담당하다시피 했다. 혜숙은 가난한 고학생 선용을 오빠로부터 소개받아 사랑하게 되나 돈 많은 우영의 유혹에 넘어가 그의 아내가 된다. 그러나 그녀는 결혼에 실망하고 폐결핵에 걸리게 되어 어느 날 선용과 재회하나 선용은 다시 일본으로 돌아간다. 혜숙은 오빠와 함께 부여로 요양가던 중 오빠의 애인 설화를 죽게 한 죄책감과 선용과의 이루지 못한 사랑, 자신의 병마 등으로 괴로워하다 결국 물에 빠져 죽는다. 문장의 산만함과 치기가 흠이긴 하지만 신비적이고 낭만적인 죽음의 미의식이 발휘된 작품이다. 그리고 작가는 이 작품에서 이상국이라는 인물을 제시해 당시 사회의 축첩과 미신적 종교관에 대한 비판적 안목을 드러내준다. 따라서, 나도향은 낭만적인 애정문제와 현실비판적 작가의식을 병립시키려고 의도한 작가로 평가되며, 이러한 의도는 그의 이후 작품에서도 발견된다.

〈물레방아〉 나도향의 단편소설. 1925년 《조선문단》에 발표된 작품이다. 마을에서 가장 부자요, 세력이 있는 신치규 노인과 그 집에서 막일살이를 하는 방원 내외 사이에 벌어지는 비극. 어느 가을날, 달이 유난히 밝은 밤에 물레방앗간 옆에서 신치규와 방원의 처가 수작을 하는 데서부터 이야기는 시작된다. 늙은 신치규는 여자가 탐나 방원을 내쫓고 같이 살 흉계를 꾸민다. 방원의 처 역시 본래 지조가 없었고, 방원에게 오기 전에도 남편이 있었던 창부형의 여자였다. 아들만 낳아주면 모든 재산이 다 네것이 된다는 신치규의 꾐에 빠진 여자는 방원을 배반하기에 이른다. 어느 날 자신의 처와 늙은이가 함께 방앗간에서 나오는 것을 목격한 방원은 분에 못 이겨 늙은이를 몹시 패고 도망치려고 했다. 그러나, 처에게 끝내 거절당하고 오히려 상해죄로 석 달 동안 감옥살이를 하게 된다. 복역을 끝낸 방원은 밤중에 처자와 늙은이가 사는 집으로 찾아간다. 그는 옛정을 생각해서 여자에게 같이 도망할 것을 애원해 보았으나 허사, 마침내 품고 갔던 칼로 여자를 죽이고 자기도 자결한다. 우리 나라의 전근대적 농촌을 상징하는 밀회 장소인 물레방앗간을 배경으로 궁핍과 계층문제를, 삼각관계를 통해 표출시키고 있다. 나도향의 초기 작품에 스민 낭만주의적 경향이 다분히 남아 있지만, 봉건적 모순에 항거하는 인간의 한 단면을 보다 사실주의적으로 보여준 작품이다. 인간의 욕망과 애정관계에까지 뿌리 깊이 스며들어 있는 봉건사회의 모순이 비극적으로 형상화되어 있다.

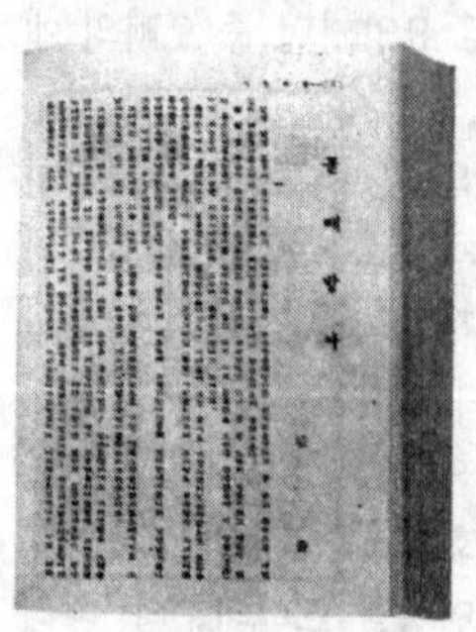

▲물레방아 나도향 지음. 1925년.

〈벙어리 삼룡이〉 나도향의 대표적 단편소설. 1925년 《여명》에 발표된 작품이다. 〈물레방아〉와 함께 나도향의 대표작이요, 한국 단편소설의 수작으로 평가되고 있다. 추남인데다 땅딸보이고 벙어리인 오생원 댁 머슴 삼룡이는 새로 들어온 주인댁의 새아씨가 망나니 남편에게 매일 구박과 매질을 당하는 것을 애처롭게 여기다가 그만 그 감정이 연정으로 변해 새아씨를 사모하게 된다. 그러다가 그것을 눈치챈 주인에게 매를 맞고 집에서 쫓겨난다. 그날밤 주인댁에 불을 지른 삼룡이는, 죽음을 무릅쓰고 집안으로 들어가 새아씨를 안고 지붕으로 올라간다. 새아씨를 무릎 위에 누이고 죽어가는 그의 입 가장자리에는 평화롭고 행복한 웃음이 번진다. 이 작품은 인간의 원초적인 사랑의 승화 및 일제 식민지 현실에서의 저항적인 정신을 주제로 하고 있다. 애매한 누명을 쓰고 주인 아들에게 온몸에 피가 맺히도록 얻어맞고 나서, 삼룡이의 가슴에 숨겨 있던 정의감이 머리를 들기 시작하고, 그가 아픔을 참으며 북받치는 분노를 억제하는 것은 이와 같은 주제의 한 단면이라 할 수 있다.

〈뽕〉 나도향의 단편소설. 1925년 12월 《개벽》에 발표되었다. 〈물레방아〉 〈벙어리 삼룡이〉와 더불어 작자의 대표작으로 꼽힌다. 강원도 철원에 사는 땅딸보 · 아편쟁이 · 노름꾼 김삼보와 그의 아내 안협집이 부부가 된 데에 대해서는 억측만이 구구할 뿐 자세한 내력을 아는 사람이 없다. 안협집은 인물이 고운 대신 무식하고 돈만 알아 정조관념이 약한 여자이다. 노름에 미쳐 집안을 돌보지 않는 남편을 대신해서 안협집은 동네 삯일을 하며 지내던 중, 어느 집 서방에게 강제로 정조를 팔게 되고 쌀과 피륙을 받는다. 이를 계기로 그것처럼 좋은 벌이가 없음을 깨닫고 나자 안협집은 자진해서 그런 벌이에 나서게 되었다. 힘이 세어 호랑이 삼돌이라고 불리는 뒷집 머슴 삼돌이는 돌도 없는 난봉꾼인데 안협집을 노리나 성공하지 못한다. 삼돌이는 우연히 안협집과 뽕밭에 갈 기회가 생겨 그때를 놓치지 않으려고 했으나 안협집이 뽕지기에게 붙들리는 바람에 뜻을 이루지 못한다. 김삼보가 귀가해서 부부싸움이 벌어졌을 때 앙심을 품고 있던 삼돌은 안협집의 행각을 일러 바친다. 분격한 김삼보는 자백을 받으려고 안협집을 무자비하게 구타한다. 그 다음날 김삼보가 집을 떠나자 안협집의 생활은 전과 다름없이 계속된다. 이 작품은 〈물레방아〉와 같이 농촌 사실주의의 맥락에서 이해되고 평가된다. 가난과 신고에 시달리며 살아가는 인간들의 도덕의식의 와해, 가정 내의 성질서 파괴 등이 작품의 주제를 이루고 있다. 주인공들은 무지하기 때문에 자신들이 당면한 가난의 근원이 무엇인지 모르고, 또 알려고 하지 않으며 손쉬운 교환가치로서의 성과 본능충족 수단으로서의 성에 탐닉한다. 윤리의식이 빠진 본능추구를 계속하는 주인공들을 냉정한 객관적 시선으로 따라가는 이 작품은 나도향이 도달한 사실주의의 극치라 할 수 있다.

나무들 비탈에 서다 → 황순원黃順元

나비 → 윤곤강尹崑崗

나의 침실로 —寢室— → 이상화李相和

나태주 羅泰柱 1945~ 시인. 충남 서천 출생. 공주사범 및 한국방송통신대 교육과를 거쳐 충남대 교육대학원 졸업(1988). 1971년 《서울신문》 신춘문예에 시 〈대숲 아래서〉가 당선되어 등단했다. 한국 서정시의 맥을 이으려는 집념을 가진 시인으로 지방 문학의 발전을 위해 노력했다. 《새여울》 동인으로 활동. 주요 작품으로 〈막동리 소묘〉 〈대숲 아래서〉 〈상수리나무 나뭇잎 떨어진 숲으로〉 〈산〉 등이 있다. 시집 《대숲 아래서》 《누님의 가을》 《모음母音》 《사랑이여 조그만 사랑이여》 《구름이여 꿈꾸는 구름이여》 《외할머니》 《굴뚝각시》 《사랑하는 마음 내게 있어도》 《막동리 소묘》와 산문집《대숲에 어리는 별빛》, 시화집 《사랑하는 마음 내게 있어도》 등이 있다. 그의 작품은 생명감각과 결합된 자연적 서정의 율감화를 보여주며, 이러한 전원적 서정과 생명감각의 율감화는 실상 김소월金素月과 김영랑金永郎 그리고 박목월朴木月 등의 시편을 관류하는 것으로서 그 맥락의 계승을 볼 수 있다. 1979년 제3회 흙의 문학상, 1988년 충남문화상 등을 수상했다.

나해철 羅海哲 1956~ 시인. 전남 나주 출생. 전남대 의대 졸업. 1982년 《동아일보》 신춘문예에 시 〈영산포 1 · 2〉가 당선되어 등단했다. 《5월시》 동인. 주요 작품에 〈무등無等에 올라〉 〈강강수월래〉 〈동해일기〉 〈봄노래〉 〈흙갈이의 노래〉 등이 있고, 시집으로 《무등에 올라》 《동해일기》가 있다. 그는 세상에 가득한 여러 삶의 모습들을 또렷이 기록하고 싶어하고, 더불어 역사 앞의 한 지식인으로서 순결치 못한 스스로의 삶에 크게 부끄러워하는 뉘우침들을 서정적으로 토해내고 있다. 그는 늘 맑고 따뜻한 감성의 가슴으로 주변 사물들과 사람들의 삶에 일치되고자 하며, 분단 시대를 살아가는 데 있어서 요구되는 젊은 지성적 시인의 자세를 잃지 않기 위해 노력하고 있다.

나혜석 羅蕙錫 1896~1946 화가 · 소설가 · 수필가. 본명은 정월晶月. 경기도 수원 출생. 도쿄여자미술전문학교 졸업. 도쿄 유학 중인 1915년, 《여자지계女子之界》의 발간에 앞장섰으며 이 잡지에 단편소설 〈정순〉 〈경희〉 등을 발표했다. 〈경희〉는 일본 유학생인 신여성이 구여성을 설득하며 자아를 발견해가는 과정을 그린 자전적 소설이며 1910년대 가장 빼어난 작품으로 꼽히기도 한다. 이후에도 여성들이 겪고 있는 질곡을 다룬 단편들을 주로 발표했다. 1920년 문학동인지 《폐허》의 창간에 참여해 이듬해 동지에 시 〈냇물〉 〈사〉를 발표했다. 귀국 후 함흥영생중학 교사를 지냈고, 1921년 3월 우리 나라 최초의 개인전을 개최했으며, 조선미술전람회에서 1회부터 5회까지 입선하는 등 서양화의 개척자로서 활약했다. 1923년 고려미술회를 창립하기도 했다. 만년을 불우하게 보내다가 1945년 사망했다. 그의 작품은 그리 많지 않다. 《폐허》에 발표한 〈사〉는 시의 전체적인 짜임새나 시상의 전개방식 면에서 볼 때 하나의 문학작품으로서 요구하는 미적인 완결성을 지녔다고 말하기는 어렵지만 당시의 시대적 상황으로 인한 허무주의적 경향과 암울한 분위기에서 자신을 향해 부르짖고 있는 처절한 삶의 호소를 볼 수 있다. 1921년 《매일신보》에 발표된 시 〈인형의 집〉은 인간적인 의지와 자유를 인습의 굴레에 의해 빼앗기고 있는 여성의 위치를 '인형-위안물' 이라는 말로 표상하고 있다. 시인의 개인적인 정서와 시대적 상황과의 미묘한 상관관계를 적나라하게 표현한 작품으로 볼 수 있다. 한편 그는 1926년과 1936년 두 차례에 걸쳐 〈규원〉 〈현숙〉 등의 소설을 발표했으나 성공적이라고 하기는 어렵다. 작중인물의 성격변화나 행위 등에 대해 일체의 도덕적 · 사회윤리적 평가를 유보한 채, 실상을 있는 그대로 보여주고 있다는 점이 특징적이다. 이들 외에 여러 편의 수필을 발표했다. 2000년 이상경 교수에 의해 《나혜석전집》과 평전 《나혜석》이 간행되어 그는 근대문학을 연 발군의 페미니즘 작가로 재조명되기도 했다.

낙동강 洛東江 → 조명희趙明熙

낙천주의 樂天主義 염세주의厭世主義의 반대가 되는 말. 신神이 만든 현세가 인간이 바랄 수 있는 최상의 것이라고 긍정적으로 생각하는 사상이다. 낙천주의는 관능면에서는 향락주의, 노력면에서는 영웅주의가 되며, 문예상으로는 유머를 만들어 낸다.

낙화 落花 → 이형기李炯基

난장이가 쏘아올린 작은 공 → 조세희趙世熙

난파 難破 → 김우진金祐鎭

난해시론 難解詩論 한국 최초의 난해시는 1930년대 이상李箱의 시로 대표된다. 1934년에 발표된 그의 작품 〈오감도烏瞰圖〉는 많은 독자들을 당황케 했다. 또한 난해시에 대한 옹호의 이론이 있었는데 김기림金起林의 평론 〈시의 난해성〉이 그것이다. 김기림은 이 평론에서 "시는 늘 고독 속을 걸어가야 한다고 하는 일은 시의 비극이요 동시에 영광일 것이다. 어떠한 시대에도 진보적인 시의 전위부대는 비난과 적막 속에서 버리워진 시기를 가졌다고 해도 과언이 아니다. 한때의 진보적인 시를 포위한 적군의 가장 큰 공격은 '그것은 알 수 없다' 는 비난이다.

'알 수 없다. 그러니까 나쁘다.' 이러한 간단한 논리는 얼른 들으면 매우 공중公衆을 즐겁게 하는 음향을 울리나 자세히 그 내용을 살펴보면 그 속에는 몇 개의 허구와 인식 부족과 악의가 포함되어 있는 것을 발견하게 될 것이다…"라고 했다. 1930년대에 이미 서구 주지주의 시가 도입 · 소개되면서부터 난해성은 현대시에 내재하는 한 운명적 요인임을 긍정하는 이론이 일어났다. 1950년대에 난해시는 크게 유행했다. 뒤늦게나마 서구 문예사조의 무제한 유입과 더불어 50년대 한국시단은 모더니즘의 격류를 겪는다. 6 · 25전쟁으로 인한 피난지 부산에서 김경린金璟麟 · 김규동金奎東 · 박인환朴寅煥 · 이봉래李奉來 등이 모인 《후반기》 동인이 50년대의 대표적 모더니스트들이며, 이들 자체가 난해시인이라기보다는 종래 한국시의 전통인 자연의 서정성을 파괴하는 역할을 했다. 서정적 타성이 파괴된 시형 위에 전후 세대의 젊은 시인들은 기존의 정신질서와 가치체계에 반발하면서 시의 혼란기를 가져왔다. 50년대 이후 난해시에 대해 적절히 논급한 이론으로 정한모鄭漢模의 〈난해와 전달〉이 있다. 그는 난해시라 할지라도 좋은 시는 반드시 이해되어 전달될 것이라고 주장한다. 현대의 시인들도 전달을 의도하지 않는 것이 아니라는 점을 주장하며, '진정한 시는 이해되기 전에 전달할 수가 있다'고 한 엘리어트의 말을 인용했다. 50년대에 번성한 난해시는 그후 60년대와 70년대에 신동엽申東曄 · 신경림申庚林 등의 평이한 표현에 의한 시의 성공으로 반성하는 계기가 되기도 했다.

날개 → 이상李箱

날아다니는 코끼리 → 김요섭金耀燮

남과 북 南—北 → 홍성원洪盛原

남상순 南相順 1963~ 소설가. 경북 문경 출생. 동덕여대 국문과 졸업(1988). 1992년 《문화일보》 문예공모에 단편 〈산 너머에는 기적소리가〉가 당선되어 등단했다. 주요 작품으로 장편 〈흰뱀을 찾아서〉가 꼽히며, 그 외 장편 〈나비는 어떻게 앉는가〉, 단편 〈악연〉 〈수염없는 고양이〉 〈호각소리〉 〈중독〉 〈죽음의 무늬〉 〈얼룩〉 등이 있다. 그의 작품은 문체나 주제가 개성적이지 못하고 자기만의 세계를 확립하고 있지 못하다는 지적을 받기도 하지만, 동화적이고 낭만적인 성향과 사회성이 결합해 독특한 성격을 띠고 있다. 특히 작품 전반에 폭력에 대한 예민한 의식이 잘 드러나 있는데 그것이 기계적 · 상투적으로 흐르지 않고 나름대로의 감동을 자아내고 있다. 제17회 오늘의작가상을 수상했다.

남용우 南龍祐 1922~1995 수필가 · 번역문학가. 호 하촌霞村. 서울 출생. 보성전문 법과 및 한국외국어대 대학원을 졸업(1943)하고 후에 고려대 대학원 영문과 수료(1970). 《문장가》 동인으로 수필을 발표, 등단했다. 주요 작품에 〈해바라기〉 〈사랑눈이 내린다〉 〈애제상愛弟想〉 등이 있고, 수필집 《효자송孝子頌》을 발간했다. 역서로 《코오바디스》 《데카메론》 《스케치북》 등이 있다.

남정현 南廷賢 1933~ 소설가. 충남 서산 출생. 대전사범학교 졸업. 1959년 《자유문학》에 단편소설 〈경고구역〉 〈굴뚝 밑의 유산〉이 추천되어 등단했다.

이후 〈모의시체模擬屍體〉 〈인간 플래카드〉 〈누락인종漏落人種〉 〈너는 뭐냐〉 〈기상도氣象圖〉 등의 역작을 발표했다. 중편 〈너는 뭐

냐〉는 아내에게 짓눌려 소외된 열등의식의 소유자인 관수가 거대한 남성의 항의 행렬에 가담함으로써 서구식 모방 귀족들의 횡포에 대한 반항을 그린 것이며, 단편 〈현장現場〉은 몰락 일로에 있는 어느 가정의 이야기를 통해서 폐인들의 대화, 체념 섞인 반발과 증오의 음성 등을 보여준다. 〈부주전상서父主前上書〉는 아버지에게 드리는 장황한 편지투를 통해서 구체적 정치 현실을 비판한 것이다. 또한 1965년 《현대문학》 3월호에 실린 〈분지糞地〉는 6·25이후의 현실을 분지에 비유한, 거친 현실 비판의 육성을 토로한 작품으로 작자는 이로 인해 반공법 위반으로 구속 기소되어 7년 구형, 1967년 선고유예 판결을 받고 풀려났으나 이른바 '분지사건' 은 당시 문단에 많은 물의를 일으켰다. 또한 1974년 대통령긴급조치1호 위반 혐의로 구속되었다가 해제로 석방되기도 했다. 작품집으로 《너는 뭐냐》 《굴뚝 밑의 유산》 《준이와의 3개월》 등이 있다. 철저한 저항작가의 한 사람인 그는 현실의 정치적·사회적·윤리적 부조리와 병폐를 우의와 풍자적 기법으로 과감하게 파헤쳤다. 제6회 동인문학상을 수상했다.

〈너는 뭐냐〉 남정현의 중편 풍자소설. 1961년 《자유문학》에 발표, 1965년 같은 제목의 단편집을 냈다. 제6회 동인문학상을 수상한 작품이다. 전통적인 생활양식과 한국적 사회의식을 송두리째 내버린 신흥 서구식 모방귀족 세력들의 횡포에 눌려 사는 서민의 고난을 알레고리로 표현한 작품이다. 주인공 관수는 아내를 비롯한 주위의 많은 여인들에게 짓밟히며 살아가고 있다. 차라리 그는 아내의 노예라고 해도 좋을 정도로 모든 명령에 복종만 할 뿐 거역을 모른다. 그러던 중 거대한 남성의 항의행렬이 있자 그도 여기에 가담한다. 이를 본 아내가 관수에게 데모를 못하게 협박하자 시위군중들은 "너는 뭐냐"면서 물리쳐 버린다. 관수는 이제 "너는 뭐냐"는 말 한마디로 모든 권위와 억압에 대항하는 지혜를 얻게 된 것이다. 이 작품에서의 여성은 그릇된 권력, 서구의 억압 세력을 상징한 것으로 해석된다.

〈분지 糞地〉 남정현의 단편소설. 1965년 《현대문학》에 발표되었다. 주인공 홍만수는 자칭 홍길동의 10대 후손이다. 어느 날 어머니가 미군에게 윤간을 당한 후 충격으로 죽고, 사랑하는 누이동생마저 스피드 상사의 첩이 되어 집안은 설상가상으로 몰락해 간다. 스피드 상사의 첩이 된 누이동생은 날마다 심한 성적 학대와 폭언에 못이겨 죽을 지경이다. 어느 날 스피드 상사의 본부인이 온다는 소식을 듣고, 만수는 그 본부인이 얼마나 잘 생겼기에 자기의 누이동생을 학대하는가를 알아보기 위해 그 부인을 유인하고 강간한다. 이 작품은 북한의 《통일전선》에 전재되었다는 이유로 작가가 구속되고 따라서 작품 역시 상당기간 독자에게 차단되어 있던, 이른바 '분지파동' 을 일으킨 문제작이다. 이러한 정치적 사건은 차치하고라도 이 작품은 우리 문학사에서 풍자적인 반미문학으로서 선구적 의미를 지닌다. 해방이 곧 미군정의 점령이었고, 이후 남한의 현대사는 미국에 대한 예속의 역사였다는 것, 그리고 그에 대한 분노와 저항을 신랄한 풍자적 우화로 담아낸 이 작품은 그 내용뿐 아니라 대담하고 발랄한 형식면에서도 특기할 만하다.

남진우 南眞祐 1960~ 시인·평론가. 중앙대 문예창작과 및 동 대학원 졸업. 1981년 《동아일보》, 1983년 《중앙일보》 신춘문예에 시와 평론부문에 각각 당선되어 등단했다. 주요 작품으로 시 〈우리시대의 표류물〉 〈양철북〉 〈타오르는 책〉 등이 있으며, 시집 《깊은 곳에 그물을》 《죽은 자를 위한 기도》와 평론집 《신성한 숲》 《연금술사의 꿈-정현종론》 《숲으로 된 성벽》 등을 간행했다. 지적 언어와 감성적 언어를 결합시켜 한편의 시처럼 매혹적인 평문을 쓰는 것으로 평가받는다. 작품에 관한 이미지 분석과 신화적 해석도 그의 평론이 갖는 특징이라 할 만하다. 1995년 제8회 동서문학상, 1996년 제6회 서라벌문학상, 1998년 제9회 김달진문학상, 1999년 제11회 소천비평문학상 등을 수상했다.

남진원 南鎭源 1953~ 아동문학가 · 시인 · 시조시인. 호 물내. 강원 정선 출생. 관동대 대학원 국어교육과 졸업. 1977년 《아동문예》에 동시조 〈아침청소〉가 추천되어 등단했다. 1980년 《월간문학》에 시조 〈가을산조〉, 1983년 《강원일보》 신춘문예에 시 〈봄빛〉이 당선되었다. 강원아동문학회 부회장 역임, 《해안》 《솔바람》 등의 동인으로 다양한 활동을 했으며, 시집으로 《싸리울》 《나비, 청산의 나비》 《넘치는 목숨으로 와서》 《풀잎과 코스모스》 등이 있다. 1983년 계몽사아동문학상, 1984년 강원아동문학상, 1989년 한정동아동문학상 등을 수상했다.

남풍 南風 → 손소희孫素熙

낭만주의 浪漫主義 로맨티시즘romanticism의 번역어이며 노만주의魯漫主義라고도 번역된다. 고전주의古典主義와 대립되는 개념으로서 18세기 말부터 19세기 초에 걸쳐 유럽 여러 나라의 민족정신의 각성과 때를 같이해 발생한 문예사조. 그러나 그 개념에서 주의할 점이 있으니, 미자각적인 용어로서의 '낭만적'과 자각적 사조로서의 '낭만주의'를 구별해야 하고, 특정의 시대 사조로서의 낭만주의와 시대 사조를 추상한 범시대적 사조로서의 일반적 개념인 낭만주의를 구별해야 한다는 점이다. 시대사조로서는 중세 낭만주의, 근대 낭만주의(18세기 말~20세기 초), 신낭만주의(neo-romanticism, 20세기) 등으로 나뉘고, 국가별로는 영국 낭만주의, 독일 낭만주의, 프랑스 낭만주의, 한국 낭만주의 등으로 나뉜다. 낭만주의는 문학 · 음악 · 회화 · 건축 등의 예술 양식 및 작품, 철학적 저술, 의상, 풍습 등 사회 전반에 걸쳐서 일어났으며 특히 문학에서 주도적 현상을 보였다. 낭만주의 문학은 감성의 해방, 무한에의 동경과 불안, 질서와 논리에의 반항을 특징으로 한다. 한국의 낭만주의는 주로 문학을 중심으로 한 운동이며 《태서문예신보》 《폐허》 《백조》 《장미촌》 등의 문학 동인지를 중심으로 전개되었다. 1925년을 분기점으로 그 전기에는 개인주의적 · 유미적 · 퇴폐적 낭만주의가 성행했고, 후기의 시에서는 민족 추구의 민중주의적 · 이념적 낭만주의가 추구되는 한편, 소설에서는 사실주의 혹은 계급주의적 성향으로 진전되는 모습을 보였다. 한국 낭만주의는 국권 상실과 3 · 1운동의 실패로 인한 시대적 조류를 반영하는 현상 및 일본을 통한 서구 낭만주의의 수입으로 설명되어 왔다. 한편으로 자율적인 문학사의 전개 과정상에서 근대문학 형성의 한 과정으로 성립된 문예 현상으로 간주되기도 한다. 서구 문화가 문화적 성향으로 수용되기 시작한 것은 1910년부터이고 1920년대는 시형상 자유시로 대표되는 퇴폐적 낭만주의 또는 상징주의라는 문예사조가 전통의 맥락 속에서 외래지향적인 성향을 추구하던 시대이다. 《폐허》로 대표되는 외국문학의 본격적인 소개 이전에 근대 한국문학에는 김억金

億·주요한朱耀翰·김소월金素月·홍사용洪思容·김동환金東煥과 같은 정신적 방황이나 낭만적 동경의 공통적 성향을 드러내는 작가들이 이미 있었다. 따라서 한국 낭만주의는 1910년대부터 개화기의 '민족'이라는 집단적 관념의 틀을 벗어나서 '개인의 감정'으로의 전환을 보여준 시점에서 태동했다고 볼 수 있다. 특히 개인의 서정을 읊은 김억의 시는 김소월에게 이어지면서 개인적 정서의 자각이 이루어졌다는 점에서 주목된다. 이러한 초기적 성향은 《폐허》《백조》《장미촌》《창조》 등을 거치는 동안 황석우黃錫禹·박종화朴鍾和·박영희朴英熙·이상화李相和·오상순吳相淳·노자영盧子泳의 시작품들과 김동인金東仁·염상섭廉想涉·현진건玄鎭健·나도향羅稻香 등의 초기 소설을 통해 하나의 문예사조로 정착되었다. 낭만주의 문학이 지향하는 상실, 현실 부정과 소외를 형상화하는 죽음과 꿈, 눈물과 한숨, 무덤·밀실·동굴·침실 등의 이미지들은 일제 식민지 치하의 좌절 및 도피의 양상, 또는 개인주의 및 자유주의가 무력해지고 패배하는 양상을 드러낸 것으로 볼 수 있다. 이는 곧 이들의 동일성 상실로 귀착되는데 서구의 낭만주의가 그 이념을 사회현상과 정치적 상황과의 연계하에서 전개되었던 데 반해, 한국의 낭만주의는 문화 전통과 당대의 역사적 현실이 이율배반적인 갈등 관계에 놓여 있어 사회질서 전반의 개혁을 추구하는 이념으로 형성될 여건이 성립될 수 없었던 점에 기인한다.

낭승만 浪承萬 1933~ 시인. 호 서천西泉. 서울 출생. 동국대 국문과 졸업(1957). 1955년 《문학예술》에 〈숲〉을 발표해 1회 추천을 받았고, 1962년 《현대문학》에 〈고지高地〉를 발표, 추천을 완료했다. 이후 주로 신문·잡지계에 종사하면서 시작 활동을 계속했다. 한국잡지기자협회 회장, 한국현대시인협회 이사, 한국불교문학가협회 시분과위원장을 역임. 《시단》 및 《영도》 동인으로 활동했다. 많은 작품들 중 특히 〈미스테리적 환상의〉 〈열매 속의 노래가〉 〈발보다 작은 나막신〉 등은 꿈과 환상의 깊은 심리세계를 형상화한 특이하고 개성 있는 작품들로 높이 평가받았다. 이밖에 주요 작품으로 〈가을의 기도〉 〈풀꽃 설화〉 〈안개꽃 연가〉 등이 있으며 시집으로 《사계의 노래》《북녘바람의 귀순》《우수제雨水祭》《한恨·비가悲歌》《안개꽃 연가》《어느 해 가을의 해일》 등이 있다. 작품 초기에는 주로 자연에 대한 사랑과 기도로 순수서정시를 추구했으며 점차 불교적 정신을 형상화하는 데 주력, 80년대에 들어서는 철저한 비극 속에서 불타는 한과 비애를 격정적으로 노래했다. 1971년 문공부장관표창, 1978년 반공문학상, 1983년 인천시문화상 등을 수상했다.

낯선 시간 속으로 —時間— → 이인성李仁星

내성 內省 자기의 의식과정을 자기가 관찰하는 것. 내부지각內部知覺. 이 경우, 관찰의 주체가 자기의 정신이며, 객체도 또한 자기의 정신과정이므로 내성의 가능성을 의심하는 이들도 많다. 그러나 심리학에서는 자기를 이중화하려고 노력하는 것이 아니라 감정·사고 등의 복잡한 과정을 경험 직후에 직접 기억으로써 관찰하는 방법을 인정하고 있다. 다만, 이것에는 특수한 숙련을 요하며, 누구든지 할 수 있는 방법은 아니다.

내연 內延 본래 논리학에서 사용되는 술어인데 현대문학에서는 다소 다른 의미로 사용되고 있다. 문학에서 사용하는 언어는 그 의미가 직선적이거나 평면적이라기보다는 입체적 내지 고차원적이라는 견해가 대두되면서 언어의 내연적 의미와 외연적 의미를 구별하게 된 것이다. 내연적 의미란, 어떤 특정한 문맥 속에서 독자가 외연적 의미 이외에 파악·감지하도록 되어 있는 의미들을 말한다. 외연적 의미를 표시적 의미로, 내연적 의미를 함축적 의미로 이해하면 보다 알기가 쉬울 것이다. 한 낱말이 어떤 단일한 의미를 표시할 뿐만 아니라 그 쓰인 문맥상으로 보아 동시에 다른 여러 뜻을 암시하거나 내포할 때, 즉 함축할 때 내연이라 하는 것이다.

내재율 內在律 시의 운율은 크게 외재율과 내재율로 나누어진다. 자유시는 정형적 운율에서 벗어난 것이지만, 운율과 전혀 관계가 없는 것이 아니라 여전히 운율을 가지고 있는데 그 운율을 일컬어 내재율이라 한다.

내적독백 內的獨白 20세기 심리소설의 한 서술 방법. 외적 사건에 의해서도 절대로 소리를 내어 지껄일 수 없는 감각적 인상, 사고, 회상, 연상 등을 한 인물 또는 두 인물의 심리적 독백을 통해 간접적으로 외적 사건을 그리는 기교. 내적독백은 소설 속의 인물의 '의식의 흐름'을 표현하기 위한 기법의 하나이며, 인물의 의식의 내면이 독백의 형식으로 서술되고, 언어로 표현되기 어려운 경우에는 이미지로 표출한다. 일견해 비논리적·연상적이고 무질서한 느낌을 주는 경우가 많다. 독자에게 작중 인물이 직접 지껄이는 형식의 것과, 작자가 개재해 그 장면에 맞도록 조절하며 때로는 코멘트를 하면서 작중 인물의 내적 독백을 해나가도록 하는 간접적인 것이 있다.

너는 뭐냐 → 남정현南廷賢

너도 먹고 물러나라 → 윤대성尹大星

노경식 盧炅植 1938~ 극작가. 전북 남원 출생. 경희대 경제과를 거쳐 드라마센터 연극아카데미 수료. 1965년 《서울신문》 신춘문예에 희곡 〈철새〉가 당선되어 등단했다. 그의 희곡을 제재와 주제에 따라 분류해보면, 먼저 역사와 관련된 작품들로 역사상 위인을 소재로 한 〈징비록〉〈흑하〉〈불타는 여울〉이 있으며, 특정 설화를 소재로 한 〈하늘 보고 활쏘기〉〈탑〉〈북〉〈강 건너 너부실로〉, 그리고 역사적 질곡 속에서 민초들의 애환을 묘사한 〈정읍사〉〈오돌또기〉〈침묵의 바다〉 등이 있다. 오늘날 우리 나라 현실과 관련된 작품들로는 분단문제를 다룬 〈하늘만큼 먼 나라〉〈타인의 하늘〉과, 농민 문제를 다룬 〈달집〉〈소작지〉 등이 있다. 사실주의 양식을 기조로 한 그의 희곡들은 주로 과거의 역사나 인물들을 다루고 있다. 그는 작품 속에서 끊임없는 고난 가운데서 나라를 지켜온 것은 이름없는 민초들의 힘임을 강조한다. 한국 농촌의 짙은 토속성과 풍토성으로 물들어 있는 것이 그의 작품의 특징이며, 특히 호남지방의 방언과 억양을 연극적인 대사로 탁월하게 구사하고 있다. 1971년 한국연극영화예술상, 1974년 전국지방연극제 대상을 수상하는 등 10여 차례에 걸쳐 각종 연극상을 수상했다.

노란 봉투 一封套 → 최일남崔一男

노유섭 盧柚燮 1952~ 시인·소설가. 광주 출생. 서울대 국어과 및 경영학과, 동 대학원 경영학과 졸업(1986). 1973년 시전문지 《풀과 별》에 시 〈가을비 소리〉〈초하初夏〉〈추상〉 등을 발표하며 작품 활동을 시작, 1990년 《우리문학》에 〈바람부는 날에는〉 외 9편을 발표해 문단에 데뷔했으며, 이후 1997년 《한글문학》에 단편소설 〈금당계곡의 신화〉를 발표해 소설가로도 활동하게 되었다. 첫 시집 《풀잎은 살아서》에는 짧은 시형으로 순수서정에 리얼리즘을 가미한 시편을 수록, 두번째 시집 《희망의 실타래를 풀고》 이후 환경문제를 핵으로 하는 《녹색시》 동인 활동으로 환경 및 사회생태와 관련한 작품을 씀과 동시에 순수서정, 기독교적 종교관에 기반을 둔 시를 쓰게 되는데, 세번째, 네번째 시집 《유리바다에 내리는 눈나라》와 《아름다운 비명을 위한 칸타타》가 그것이다. 단편 〈금당계곡의 신화〉 이후 짧으나 소시민적 애수가 어린 단편을 발표하고 있다. 그는 뛰어난 서정성을 바탕으로 하면서도 비판적 리얼리즘을 살려 시를 쓰고 있는데 기독교적 순응에 부합하면서도 1990년대 지구가 당면한 과제인 자연생태, 사회생태의식에 입각한 비판과 해결안을 아우른다. 단편소설은 짧으면서도 기지와 반전이 있는, 휴머니즘이 배어 있는 작품을 쓰고 있다. 1991년 제1회 우리문학상을 수상했다.

노을 → 김원일金源一

노자영 盧子泳 1898~1940 시인·수필가. 호 춘성春城. 황해도 장연 출생. 일본 니혼대 문과 수료. 1919년 8월 《매일신보》에 시 〈월하月下의 몽夢〉이, 같은 해 11월에 〈파몽破夢〉 〈낙목落木〉이 계속 2등으로 당선되어 등단했다. 평양 숭실중학교를 졸업하고 고향의 양지학교에서 교편 생활을 한 적이 있으며 1919년 상경해 한성도서주식회사에 입사했다. 이때 《서울》 《학생》의 기자로 있으면서 감상문 등을 발표하기도 했다. 1925년경 일본으로 가 니혼대에서 수학하고 귀국했으나 폐질환으로 5년간 병상생활을 했다. 오랜 병상에서 일어나 1934년 《신인문학》을 간행했으나 자본부족으로 중단하고, 1935년에는 조선일보사 출판부에 입사해 《조광》을 맡아 편집했다. 1938년에는 기자생활을 청산하고 청조사를 직접 경영했다. 등단 후 1921년 《장미촌》, 1922년 《백조》의 창간 동인으로 가담해 시·수필을 발표했다. 뿐만 아니라 1923년에는 소설 〈반항反抗〉을 출간하기도 했다. 1924년에는 첫 시집 《처녀의 화환》을, 1928년에는 두번째 시집 《내 혼魂이 불탈 때》를, 1938년에는 세번째 시집 《백공작白孔雀》을 간행했다. 기타 저서로는 시극·감상문·기행문 등을 모은 1925년 《표박漂泊의 비탄悲嘆》, 1925년 소설집 《영원의 몽상》, 1938년 수필집 《인생안내》 등이 있다. 그의 시는 낭만적 감상주의로 일관되고 있으나 때로는 신선한 감각을 보여주기도 한다. 산문에서도 소녀취향의 문장으로 명성을 떨쳤다.

《처녀의 화환 處女―花環**》** 노자영의 첫번째 시집. 초판본은 1924년 청조사에서, 재판본은 1929년 창문당서점에서 간행되었다. 서문이나 발문은 없고, 48편의 시작품을 4부로 나누어 실었다. 1부 '처녀의 화환'에 12편, 2부 '황금의 능금'에 12편, 3부 '나의 여왕'에 12편, 4부 '광야'에 12편이 수록되어 있다. 1919년 8월 25일자 《매일신보》 현상문에 입상작 〈월하의 몽〉을 비롯해 시집 간행 직전까지 쓴 작품들을 모아 엮었는데, 그 당시 폐허 및 백조 동인들의 문

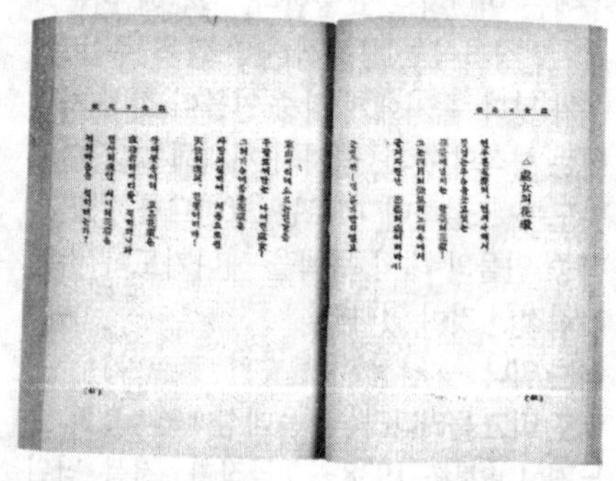

▲**처녀의 화환** 1924년에 간행한 노자영의 처녀시집.

학적 속성인 낭만적이고 감상적 경향을 특색으로 하고 있다. 고독과 비애의식, 그리고 소녀취향의 감상의 눈물로 호소하는 시풍은 그 시대 백조파 동인들에게 공통되는 시적 경향이기도 하다.

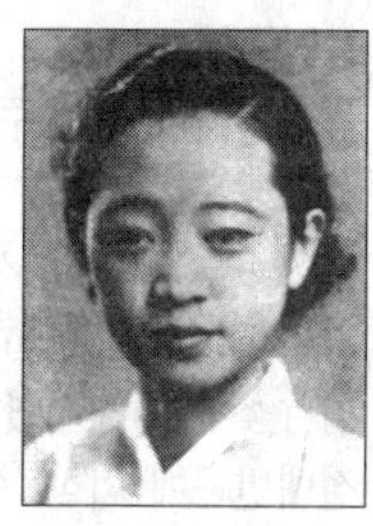

노천명 盧天命 1911~1957 시인. 황해도 장연 출생. 이화여전 영문과 졸업(1934). 1932년 《신동아》에 〈밤의 찬미〉 〈단상〉 〈포구의 밤〉 등을 발표해 등단했다. 이화여자전문학교 졸업 직후 조선중앙일보사 학예부 기자로 근무하다가 3년 뒤 신문사를 사임하고 잠시 북간도의 용정과 연길 등지를 여행하고 나서, 《여성》의 편집부와 매일신보사 학예부 기자로 근무했다. 8·15광복 후에는 서울신문사 문화부와 부녀신문사 편집차장을 역임했다. 6·25 당시 피난하지 못하고 서울에 남아 있다가 임화林和 등이 주도한 문학가동맹에 참여한 혐의로 수복 후 구속되어 옥고를 치렀다. 이어 중앙방송국 촉탁으로 있으면서 서라벌예대에 출강하는 한편, 이화여대 출판부에 있으면서 《이화 70년사》를 집필하기도 했다. 이 무렵 극도로 쇠약해져 재생불능성 뇌빈혈로 1957년에 사망했다. 노천명의 시작 활동은 이화여자전문학교 재학 때부터 시작되었다. 진명여자고등보통학교 시절에도 당시 일본에서 간행된 어린이 잡지에 응모해 입상하는 등 시재詩才가 뛰어나, 시를 지어 학우들 앞에서 낭독했다고 전해진다. 이화여자전문학교 시절에는 〈고성허古城墟에서〉 외 5편을 《이화》에, 〈밤의 찬미〉 외 2편을 《신동아》에, 〈제석除夕〉을 《신가정》에 발표했다. 1938년 간행된 첫 시집 《산호림珊瑚林》에 실린 49편 중에 대표작으로 손꼽히는 〈사슴〉이 수록되어 있다. 두번째 시집 《창변窓邊》은 1945년 매일신보사에서 간행되었는데 〈남사당〉 〈춘향〉 〈푸른 오월〉 〈장미〉 등을 주요 작품으로 꼽을 수 있다. 고독과 향수, 소박하면서도 여성특유의 섬세한 정감의 세계, 이것이 그 초기 시집들의 시편들에 일관하는 특색이 되고 있다. 이때의 시세계는 망향의 정을 담은 향토적이고 토속적인 풍물시들을 잘 절제된 감정으로 투영시켜 표현하고 있다. 그의 후기 시 세계로 나타나는 세번째 시집 《별을 쳐다보며》는 6·25사변 당시 옥고를 치른 체험을 바탕으로 쓴 옥중시 〈영어囹圄에서〉 외 20편과 그밖에 〈설중매〉 〈검정나비〉 〈그리운 마을〉 〈별을 쳐다보며〉 등이 수록되어 있다. 이때의 시 경향은 감옥에서의 수난체험과 거기서 오는 현실도피적인 시, 고향에의 향수 등이 담겨 있다. 네번째 시집 《사슴의 노래》는 그의 사후 1958년 한림사에서 간행되었는데, 수편의 미발표 유작시도 실려 있다. 산문집으로는 수필집 《산딸기》와 《나의 생활백서生活白書》 《여성서간문독본》 등이 있다. 이밖에 〈사월이〉 〈하숙下宿〉 〈외로운 사람들〉 등 몇 편의 소설과 평론이 있다. 그의 시는 전통적인 여류시의 맥락을 현대적으로 계승하는 한편, 모순으로서의 인생, 고독과 비극으로서의 생의 본질을 끊임없이 응시하고 그것을 견뎌 나가는 자세를 보여줌으로써 당대 여류시의 수준을 한 단계 끌어올려 놓았다고 볼 수 있다. 경기도 고양군 벽제면에 있는 묘지의 묘비에는 시 〈고별告別〉의 일절이 새겨져 있다.

《산호림 珊瑚林**》** 노천명의 첫번째 시집. 1938년에 간행되었으며 1961년 천명사에서 재판이 나왔다. 〈자화상〉 〈고독〉 〈가을

날〉〈소녀〉〈사슴〉〈여인〉 등 모두 49편을 수록했다. 재판 책머리에 "항상 고독 속에서 자신을 느낀 이 시인은 인생의 넓은 벌판에 자신에 대한 고삐를 늦추지 않고 한 정초情楚한 여인으로서 간드러지게 시를 썼다. (생략) 그런 의미에서인지 23년 전에 발간된 그의 처녀 시집 《산호림》에 대한 독자의 소리가 들려서 이 시집을 다시 발간한다"는 김광섭金光燮의 서문이 있다.

《사슴의 노래》 노천명의 네번째 시집. 국판.1958년 한림사에서 간행되었다. 작자의 사후에 김광섭金光燮 · 김종문金宗文 등의 주선으로 나온 유작집이다. 〈봄의 서곡〉〈아름다운 새벽들〉〈6월의 언덕〉〈낙엽〉〈사슴의 노래〉〈오늘〉〈어머니 날〉 등 모두 42편을 수록했다. 만년에 카톨릭에 귀의한 작자의 따스한 사랑과 종교적 참회의 경지를 엿볼 수 있는 시집이다.

노향림 盧香林 1942~ 시인. 전남 해남 출생. 중앙대 영문과 졸업(1964). 1970년 《월간문학》에 〈불빛의 새〉〈겨울 과원果園〉이 당선되어 등단했다. 《한국시》 동인으로 활약하면서, 〈달빛연가〉〈역촌동 입구〉〈신생아실〉〈어떤 죽음〉〈바람 부는 날〉〈하일夏日〉 등을 발표했다. 시집에 《K읍 기행》《연습기練習機를 띄우고》《눈이 오지 않는 나라》《그가 있는 이유》《후투티가 오지 않는 섬》 등이 있다. 그의 시는 극도로 절제된 언어로 감각적 인식을 형상화시키는데, 그 감각적 인식은 구체적인 사물을 통해 제시된다. 관념적 시가 빠지기 쉬운 개인적인 한탄이나 감정토로, 자의식 과잉에서 벗어나 어떤 주의나 주장보다는 객관적 대상의 묘사를 선명히 드러냄으로써 시의 공감을 얻으려 한다. 영미 이미지즘의 영향을 많이 받은 듯하며 사물인식과 한국시의 새로운 가능성을 보여주었다. 1987년 대한민국문학상, 1999년 한국시인협회상을 수상했다.

논개 論介 → 변영로卞榮魯

농무 農舞 → 신경림申庚林

농민 農民 → 이무영李無影

농민문학 農民文學 농촌의 자연 · 지방색 · 농민의 생활상을 주제로 그린 작품. 농민 스스로 창작한 문학도 농민문학이라고 할 수 있다. 우리 나라에서 농민문학론이 처음 제기된 것은 1930년대 초 안함광安含光과 백철白鐵에 의해서였다. 이들은 농민문학이 절대빈곤에 처한 농촌의 현실 속에서 어떤 역할을 수행해야 하느냐 하는 방법론상의 문제로 의견대립을 보였다. 이데올로기의 형태를 불문하고 1930년대 농민문학에 속할 수 있는 작품으로는 이광수李光洙의 〈흙〉, 이기영李箕永의 〈고향〉, 한설야韓雪野의 〈탑〉, 김유정金裕貞의 〈동백꽃〉, 김남천金南天의 〈생일전날〉, 심훈沈薰의 〈상록수〉 등이다. 1970년대가 시작되면서부터 문단에서는 주로 30대 평론가들 사이에 리얼리즘과 반리얼리즘 논쟁과 문맥을 같이한 농민문학론, 즉 농촌문학론이 전개되었다. 이들은 그동안 우리 나라에서 농민문학이라 일컬었던 작품의 대부분이 일제의 식민지 농촌의 수탈현상이나, 자본주의 경제체제가 그 속성으로 안고 있는 취약성, 또는 우리나라 농업이 처해 있는 역사적 생산조건 따위에 대한 통찰력이 없으므로 허다한 문학적 결함과 이론적인 한계를 지니고 있다고 주장했다. 1970년대를 전후해 한국문학에서 농촌소설에 속할 수 있는 것으로는 김정한金廷漢의 〈유채油菜〉, 오유권吳有權의 〈농지정리農地整理〉, 박경수朴敬洙의 〈동토凍土〉, 하근찬河瑾燦의 〈야호夜壺〉, 방영웅方榮雄의 〈분례기糞禮記〉 등이 있다.

농민의 비애 農民—悲哀 → 안회남安懷南

누님의 초상 —肖像 → 유재용柳在用

눈물 → 이상협李相協 · 김현승金顯承

눈이 큰 아이 → 임인수林仁洙

뉴크리티시즘 new criticism 1930년대 미국 남부 지방을 중심으로 일어난 분석주의적 비평 및 연구방법론. 신비평新批評이라고도 일컬어진다. 그 특징은 작품을 작가나 시대로부터 분리, 하나의 언어조직체로 처리하고 거기서 과학적인 평가 단위를 확정하는 것이다. 따라서 종래의 역사주의적 문학연구와는 대립된다. 그러나 이 뉴크리티시즘론이 작품의 내적 조건으로서의 언어 구조만을 문제삼을 때는 결국 폐쇄적인 한계점에 부딪치게 된다. 우리 나라에 이 방법론이 도입된 것은 백철白鐵의 〈I. A. 리처스씨와의 문학대화〉, 김용권金容權이 스톨먼의 〈뉴크리티시즘〉을 번역한 데서 비롯된다. 현대시에서는 김종길金宗吉의 〈의미와 음악〉 등이 뉴크리티시즘을 적용한 것에 해당된다. 이 신비평 이론은 지나치게 언어 조건 분석에 치우친 나머지 여러 가지 약점을 드러내게 되어 차차 자체 내의 반성이 일어나고 있다. 그러나 이 신비평론은 철저한 텍스트 분석의 신중성과 내재적인 작품가치를 고양했다는 점에서 현대비평 사상 가장 커다란 공헌이 인정되고 있다.

능라도 綾羅島 → 최찬식崔瓚植

님 → 윤정모尹靜慕

님의 침묵 —沈默 → 한용운韓龍雲

ㄷ

다다이즘 dadaism 1916년 스위스 취리히에서 루마니아인 차라Tzara가 중심이 되어 제창한 예술 사조. 기존의 모든 가치나 질서를 철저히 부정한 일종의 저항 운동이다. '다다'란 무의미한 말로, 무의미하기 때문에 사용한 것이며, 그 주장은 일체의 속박으로부터의 해방, 기성 예술의 파괴, 우연성의 도입, 도그마와 형식에서 개인을 해방하는 일 등이다. 후에 초현실주의로 흡수된다. 우리 나라에서는 1930년대 이상李箱의 시가 그 효시이다. 그의 경우, 시문법이나 형식에 대한 극도의 파괴정신이 언어 대신 숫자나 기이한 기호를 사용하게 했는데, 특히 〈선線에 대한 각서2〉〈파편破片의 경치〉〈예수를 거지로 환치換置하는 야유〉 등에 다다적 요소가 강하게 나타나 있다. 더욱이 〈오감도烏瞰圖〉〈시 제5호〉는 일체의 객관적 진실이나 과학정신 자체에 대한 저항이요, 이른바 충격의 미학으로 나타난다. 인습을 거절하고 새로운 가치를 창조하려는 다다이즘은 그 후 1950년대 《후반기》 동인 중 조향趙鄕의 시에서 콜라주 기법으로, 1960년 초에는 송욱宋稶의 모순된 언어의 결합으로, 김구용金丘庸이 시도한 이미지의 해체 등으로 시 장르의 위기로까지 받아들여졌다. 그러나 다다이즘 시의 실험성은 언어기능의 해체와 재조립을 통해 근본적인 생명감을 회복하려는 측면에 중요성이 있다고 볼 때, 이상의 시에 최초로 나타나는 띄어쓰기와 구두점 무시 등의 기법이 1960년대 후반에는 별 저항 없이 수용되며, 시 속에 삽입구를 넣는 방법, 숫자나 기호 또는 도표 등의 사용 등은 현대시에서는 보편성을 띠고 있는 실정이다.

다람쥐 → 김영일金英一

다시 월문리에서 一月門里一 → 송기원宋基元

다정불심 多情佛心 → 박종화朴鍾和

단씨의 형제들 段氏一兄弟一 → 박태순朴泰洵

단종애사 端宗哀史 → 이광수李光洙

단층 斷層 1937년 4월 관서關西문인들에 의해 창간된 문예동인지. 통권3호로 종간했다. 주요 동인은 김이석 金利錫 · 김화청金化清 · 김규조金奎朝 · 유항림兪恒林 · 최정익崔正翊 등이다. 주로 시와 소설을 다루었는데 그 중에서도 소설에 비중을 더 두었으며 특히 소설창작에 있어 심리주의 기법을 시도했다는 점에서 주목을 끌었다.

단편소설 短篇小說 인생에 있어서 가장 정채精彩있는 한 부분 또는 단편을 면밀하게 계획해 긴축적이며 인상적으로 표현하는 서사문학의 한 형식. 단편소설의 특징은 장편소설과 같이 인생의 전면을 다루는 것이 아니라 단면을 다루는 것이며, 사건 · 효과 · 주제 · 구성 등이 단일한 것이다. 즉 어떤 한 각도 또는 한 개성에 의해 예각적으로 파악된 현실의 한 단면만을 표현하려는 경향이 짙다. 중편소설과의 경계는 명확하지 않으나 보통 200자 원고지 70매 내외로 잡는다. 김동인 · 현진건 · 이효석 · 김유정 등을 현대문학 초창기 대표적 단편작가로 꼽을 수 있다.

달나라의 장난 → 김수영金洙暎

닳아지는 살들 → 이호철李浩哲

당신들의 천국 ─天國 → 이청준李淸俊

당원의 미소 黨員─微笑 → 이범선李範宣

대단원 大團圓 모든 일이 원만히 잘 마무리된다는 뜻. 장편소설이나 대규모의 연극이 해피엔딩으로 끝나는 국면을 말하는데 반드시 그런 것만은 아니다. 해피엔딩형의 드라마에서는 대단원이 명확히 제시되지만, 문제극에서는 일부러 대단원을 은폐하는 수가 많다. 즉 클라이맥스와 폐막이 동시에 일어나거나, 결말의 표시를 피하는 연출법도 있다. 비극에서는 주인공을 비롯해 다른 중요 인물들도 죽음으로 몰고가는 파국으로 종결되는 경우가 많다.

대수양 大首陽 → 이광래李光來

대중문학 大衆文學 대중을 대상으로 하는 문학 형식의 총칭. 시대소설 · 추리소설 · 통속연애소설 · 과학소설 · 가정소설 · 모험소설 · 괴기소설 · 유머소설 등을 포괄하며, 순수문학의 대립 개념으로 사용되고 있다. 순문학에 비해 오락을 본위로 하고 있으며 최근에는 중간소설도 대중문학의 범주에 넣고 있다. 방인근方仁根 · 정비석鄭飛石 · 조흔파趙欣坡 등이 현대의 대중문학 분야를 개척했다고 볼 수 있다.

대중소설론 大衆小說論 김기진金基鎭이 주장한 소설론. 1929년 3월 《동아일보》에 〈변증법적 사실주의〉라는 논문을 발표하면서 문학의 대중화를 주장했다. 즉 일제 식민지 아래서 문학은 대중과 접근하고 대중 속으로 들어가야 한다고 했다. 그는 이 논문의 핵심 논지로서 소설에 대해 문체가 평이할 것, 문장이 간결할 것, 심리묘사보다 사건의 기복이 뚜렷할 것, 현실적 · 구체적 방법으로 구성할 것 등을 역설했다. 그가 이같이 주장하게 된 동기는, 수준이 낮은 서민들에게 계급의식을 쉽게 침투시켜야겠다는 목적의식 이외에 일제의 검열을 피하자는 데 있었다. 박영희朴英熙 · 이북만李北滿 등이 동조적인 입장을 취한 반면, 임화林和 · 한설야韓雪野 · 안막安漠 등은 반박문을 발표했다. 특히 임화는 김기진의 대중소설론이 '마르크스적 · 혁명적 원칙을 포기하고 무장해제적인 의견을 토吐한 것'이라고 공격하고, 노동자 · 농민의 문화수준을 낮게 생각하는 견해 자체가 부르주아적 사고방식이라고 통박했으며 그를 자본주의 세계관에 빠진 개량주의자라고 비난하기도 했다.

대춘부 待春賦 → 박종화朴鍾和

대하 大河 → 김남천金南天

데카당스 decadence 19세기 말에 프랑스에서 유럽 각지로 퍼진 정신적 성향. 퇴폐적인 것에서 미적 동기를 구하는 관능주의 성격을 띠면서 뒤에 상징주의로 발전했다. 퇴폐주의. 문학 · 예술의 건전한 정신이 쇠잔해 난숙기의 예술 활동이 정상적인 기능을 잃고, 형식적으로도 막다른 경지에 이르러 이상한 감수성과 자극의 향락으로 나타난 퇴폐적 경향이다. 예술이 인간 생활의 이상에 참여하지 못하게 되고, 관능과 감각의 만족에만 그 구실을 다하게 되면 미 그 자체, 관능적인 미, 괴기한 미, 퇴폐의 미를 추구하게 되고, 예술은 타락 현상을 나타낸다. 이로 인해 문학은 탐미주의나 악마주의의 형식으로 나타나 전통의 파괴, 배덕背德, 반역의 특성을 갖게 되는 것이다. 19세기 말 영불英佛 문학은 이 경향이 짙고, 그 때문에 세기말의 문학을 일반적으로 퇴폐문학이라고 하며, 이러한 문학이나 생활 태도에 참여한 사람들을 퇴폐파라고도 한다.

도광의 都光義 1940～ 시인. 경북 경산 출생. 경북대 국문과 졸업. 1966년 《대구매일신문》 신춘문예에 〈비 젖은 홀스타인〉〈해변에의 향수〉가 당선, 1978년 《현대문학》에 〈갑골甲骨길〉〈눈 오지 않는 겨울〉 등 5편이 추천 완료되어 등단했다. 주요 작품에 〈저녁답이면〉〈과수원길〉〈갑골길〉 등이 있으며 시집에 《갑골길》이 있다. 이미지즘에서의 시는 사물이 감각화되고 있기 때문에 딱딱해지는 것이 보통인데, 그의 시는 하나의 풍경을 재현 즉, 풍경과 인간적인 입김이 혼합되어 있다. 그러면서 전통적인 맥과 함께 문명비판적 요소를 삽입하고 있다. 1982년 제1회 대구직할시문화상을 수상했다.

도둑일기 一日記 → 김용성金容誠

도요새에 관한 명상 一冥想 → 김원일金源一

도종환 都鍾煥 1954~ 시인. 충북 청주 출생. 충북대 국어교육과 및 동 대학원 졸업. 1984년 동인지 《분단시대》를 통해 작품 활동을 시작했다. 주요 작품으로 〈접시꽃 당신〉〈병실에서〉〈당신의 무덤가에〉〈저녁기도〉〈그대 떠난 빈 자리에〉 등이 있으며, 시집에 《고두미 마을에서》《접시꽃 당신I · II》 등이 있다. "앞서 간 아내 구수경의 영전에 못다한 이 말들을 바칩니다"라고 한 시집 《접시꽃 당신》은 발간된 후 서점가에서 장기간 베스트셀러가 되어 화제를 모으기도 했다. 이후 해직교사로서 10년 가까이 전교조에 몸담고 활동하면서 1993년 《당신은 누구십니까》, 1998년 《가지 않을 수 없었던 길》을 펴냈다.

도창회 都昌會 1937~ 수필가. 호 을목乙木 · 무현无顯. 경북 성주 출생. 동국대 영문과 및 동 대학원 졸업(1962). 1965년 《신태양》에 수필 〈여자의 손톱을 저주하는 글〉을 발표한 데 이어 1975년 《수필문학》에 〈꽃씨〉를 발표함으로써 작품 활동을 시작했다. 《죽순》《자유문학회》《전쟁문학회》 동인으로 활동, 주요 작품에 수필 〈호박장수이야기〉〈꽃씨〉〈날개〉 등이 있다. 수필집에 《땡감을 깨무는 마음으로》《겨울을 앓는 사람》, 시집 《혼불》 등이 있다.

독목교 獨木橋 → 곽학송郭鶴松

독 짓는 늙은이 → 황순원黃順元

돈황의 사랑 敦皇一 → 윤후명尹厚明

동경 憧憬 → 김광섭金珖燮

동광 東光 1926년 5월에 창간된 월간종합지. 편집 겸 발행인 주요한朱耀翰. 국판. 사상 · 역사 · 사회 · 문학 등 각 분야에 걸친 논설과 창작 · 번역 · 전기 · 풍속 등 종합지로서의 면모를 고루 갖춘 이 잡지는 《개벽》과 더불어 한국의 대표적인 잡지의 하나였다. 《동광》은 그 발행과정에 있어서 숱한 고난을 겪어야 했으며, 원고 압수와 삭제당한 논설 및 문예작품이 수없이 많았다. 철저하게 민족주의적 사상을 표방했고, 문학면에 있어서도 크게 공헌했다. 1933년 1월, 통권 40호로 종간되었다. 원고 압수로 3호를 발행하지 못했기에 실제로는 39호가 발행되었다. 1954년 9월 《새벽》으로 개제되어 발행되어 오다가 1960년 종간되었다.

동명 東明 1922년 창간된 주간잡지. 편집 겸 발행인 진학문秦學文, 주간 최남선崔南善. 1923년 6월 통권 41호로 종간하고 동년 7월 《시대일보》로 바뀌었다. 제호는 고구려

▲동광 1931년 1월호.

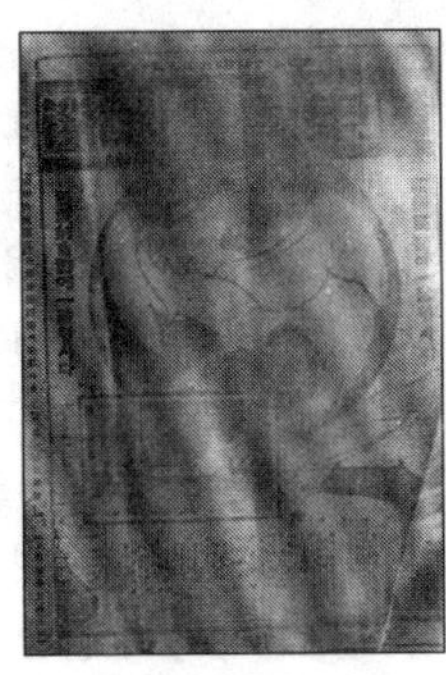
▲동명東明 창간호. 1922년 9월 3일.

의 동명왕에서 따온 것으로 추측되며, 이는 동방이 밝아온다는 뜻으로 겨레의 밝은 희망을 보여주는 것이다. 이 책은 "조선민족아 일치합시다. 민족적 자조에 일치합시다"라는 구호를 편집목표로 내걸었다. 이 책은 호를 거듭할수록 최남선의 개인적인 명망과 다채로운 편집으로 발전을 거듭했다. 또 처음부터 신문지법新聞紙法에 의한 허가를 얻어냈기 때문에 일간신문과는 달리 각종 당면한 시사문제를 심층적으로 보도하고 논평할 수 있었다. 시사평론과 학술 · 문예 등 다채로운 내용으로 꾸며졌다. 사회여론을 리드하는 날카로운 시평과 함께, 특히 문화면에 중점을 두어 염상섭廉想涉 · 변영로卞榮魯 등의 작품과 외국문학의 번역 소개에도 힘썼다. 당시로는 드물게 보는 대형 주간지였다.

동반자작가 同伴者作家 공산주의 혁명에 찬동하면서도 직접 혁명에 참여하지 않는 작가. 원래 러시아에서 혁명 이후 신경제정책(네프) 시대까지 상당한 세력을 가졌던 우익문학에 대해 1921년경에 부여된 명칭이다. 즉, 혁명에는 적극적으로 참가하지는 않았지만 속으로는 어느 정도 동조를 표시하는 지식인의 문학을 동반자문학이라 하고 그러한 작가를 동반자작가라 한다. 한국문학사에서 연구자들은 동반자작가의 개념을 '비가맹원非加盟員이면서 카프의 정책에 동조하는 작가'라고 정의하기도 했고, 카프에 가맹은 하지 않았어도 그 방향만은 같이하며, 또 자연생성적인 작품을 써서 카프의 뒤를 따르려고 하는 작가들을 총칭해 동반자작가라고 했다. 유진오兪鎭午 · 이효석李孝石 · 이무영李無影 · 채만식蔡萬植 · 유치진柳致眞 · 박화성朴花城 · 최정희崔貞熙 등이 동반자작가에 포함된다.

동백꽃 → 김유정金裕貞

동시 童詩 어린이다운 심리와 감정을 제재로 성인이 어린이를 위해 쓴 시. 어린이가 이해할 수 있는 언어로 소박하고 단순한 사상 · 감정 등이 표현되어 있어야 한다. 동시의 모태는 동요로서, 동요의 정형률을 부순 내재율과 산문율이 있는 산문으로 된 시에서 비로소 동시가 나타난 것이다. 갑오경장에서 1925년 무렵까지는 창가조의 동요뿐이었고, 1933년 동시집 《잃어버린 댕기》 이후에 비로소 동시의 기틀이 잡혔다. 그러나 그것도 '요적 동시謠的童詩', '시적 동요詩的童謠'라는 과도기적 형식으로 불렸던 것이다. 동시의 형태는 성인시와 마찬가지로 서사시 · 서정시 · 서경시로, 또 자유시와 산문시로 나눌 수 있다. 그러나 이들을 아동문학의 특수성에서 고려할 때 내용면에서는 동시와 동화시로, 형식면에서는 동시와 산문동시로 나눌 수 있다. 동화시란 동화적인 내용을 담은 동시로서, 시의 형식과 동화의 내용을 복합한 것이며, 이야기가 들어가므로 자연 그 형식이 길어지게 마련이다. 1967년에 발표된 이석현李錫鉉의 〈원숭이의 꿈〉은 동화시의 예이다. 산문동시는 산문시와 동일한 형식을 가진 동시를 말한다. 문학의 산문화 경향에 따라 리듬이나 의미의 단락에 구애를 받지 않는 산문동시는 연이나 행의 구분이 없는 산문체로 된 동시이다. 1964년에 발표된 유경환劉庚煥의 〈아이와 우체통〉, 1966년에 발표된 박경용朴敬用의 〈애드발룬이 띄우는 하늘〉 등은 산문동시이다. 우리 나라의 본격적인 동시 출현은 1937년에 주창된 김영일金英一의 〈자유시론〉으로부터 시작되었다. 이어 이원수李元壽·박목월朴木月·강소천姜小泉 등이 본격적으로 자유로운 형식의 동시를 썼으며, 6·25동란을 겪는 동안 동시는 아동문학의 중요 장르가 되었다.

동인지 同人誌 공통된 주의·목적을 가진 사람들이 주체가 되어 기획·집필·편집·발행하는 잡지. '동인잡지'라고도 한다. 이러한 잡지는 학술·사상·정치·문학 등 각 분야에 걸쳐 있으나 그 중에서도 양적으로 많은 것은 문학 분야이다. 유럽과 미국에 있어서는 18~19세기에 동인잡지가 발행되었으며 20세기에 이르러 동인지의 존재가 재평가되었다. 특히 제1차 세계대전 이후 문명의 기계화에 반항하는 사상가나 작가들이 영리를 목적으로 하지 않는 잡지를 발행함으로써 소수자의 사상전파에 노력했다. 우리 나라에서는 현대문학의 초창기라고 할 수 있는 3·1운동 전후에 동인지 운동이 활발하게 전개, 1919년 김동인金東仁이 처음으로 동인지 《창조》를 발행, 한국문학의 현대문학에로의 전환을 촉진시키는 역할을 했다. 최초의 시동인지인 《장미촌》은 1921년 발행되었으며, 그후 《폐허》《백조》《금성》 등의 동인지가 등장해 1930년 전후엔 동인지의 황금시대를 이루었다. 근대시민사회를 전제로 해 성립된 동인지는, 출판 활동이 자본주의적 경영의 대상이 되고부터 잡지 출판의 주도적 지위를 잃고 상업출판에 의해 충족되지 않는 공백을 메우는 역할밖에 할 수 없게 되었다.

동토 凍土 → 박경수朴敬洙

동화 童話 아동을 대상으로, 동심을 기조로 해서 지은 이야기. 동화는 크게 전래동화와 창작동화로 나뉜다. 전래동화는 아동을 위한 옛날이야기로 입으로 전해진다. 창작동화는 종래 있어온 단순한 어린이를 위한 이야기의 재구성이라기보다는 시정신에 입각한 인간보편의 진실을 상징적으로 표현하기를 지향한다. 우리 나라 근대의 창작동화로서는 최남선崔南善이 동화라는 이름으로 발표한 〈난잡이가 저잡이〉〈센둥이 검둥이〉(1913), 이광수李光洙가 '외배'라는 필명으로 《별나라》에 발표한 동화가 있고, 최초의 번역동화로 오천석吳天錫의 〈금방울〉, 방정환方定煥의 〈사랑의 선물〉 등이 계속해서 나왔으며, 방정환 주재의 잡지 《어린이》에 덴마크의 동화 〈성냥팔이 소녀〉, 프랑스 동화 〈장난 즐기는 귀신〉 등이 소개되었다. 그러나 그 무렵의 창작동화 역시 옛날 이야기와 비슷한 줄거리를 비슷한 기법으로 쓴 작품들이었고, 옛날이야기란 신화·전설·민화 등에서 아이들에게 알맞은 것을 빌어온 것이거나 아이들에게 알맞도록 다시 꾸민 것들이었다. 1920년대에 들어서서 진장섭秦長燮의 〈생명수〉, 마해송馬海松의 〈어머님의 선물〉, 고한승高漢承의 〈백일홍 이야기〉 등의 창작동화가 계속 발표되고, 이어 작가들이 창작 활동을 활발히 전개함으로써 비로소 그 기반을 구축하게 되었다. 시에 가까운 산문문학인 동화는 뛰어난 상상력으로 커다란 유열愉悅과 황홀한 미감을 주며, 다양한 활동에 의해 비교할 수 없는 인간성의 미묘함과 인생의 진실을 보여준다는 특성을 가지고 있다.

들끓는 모음 一母音 → 신동집申瞳集

등신불 等身佛 → 김동리金東里	**땅가시와 보리알** → 한승원韓勝源
디 데이의 병촌 一兵村 → 홍성원洪盛原	**떡배단배** → 마해송馬海松

ㄹ

레디메이드 인생 —人生 → 채만식蔡萬植

렌의 애가 —哀歌 → 모윤숙毛允淑

류시화 1957~ 시인. 본명 안재찬. 경희대 국문과 졸업. 1980년 《한국일보》 신춘문예에 시가 당선되어 등단했다. 1980년부터 1982년까지 《시운동》 동인으로 참여했다. 1983년부터 돌연 작품 활동을 중단하고 구도의 길을 걷기 시작해 이 기간 동안 명상서적 번역작업을 했다. 시집 《그대가 곁에 있어도 나는 그대가 그립다》《외눈박이 물고기의 사랑》 등과 산문집 《삶이 나에게 가르쳐준 것들》《딱정벌레》《달새는 달만 생각한다》《하늘 호수로 떠난 여행》 등으로 독특한 작품 세계를 인정받았으며, 특히 그의 첫 시집 《그대가 곁에 있어도 나는 그대가 그립다》는 90년대 대중으로부터 꾸준한 사랑을 받는 시집 중 하나이다. 이밖에 번역서로 《성자가 된 청소부》《나는 왜 너가 아니고 나인가》《마음을 열어주는 101가지 이야기》 등 40여 권을 간행했다.

리터엉 할아버지 → 최태호崔台鎬

ㅁ

마광수 馬光洙 1951~ 시인 · 소설가 · 평론가. 서울 출생. 연세대 국문과 및 동 대학원 졸업. 1977년 《현대문학》에 〈겁怯〉〈배꼽에〉 등이 추천되어 등단했다. 이후 1989년에는 장편소설 〈권태〉를 《문학사상》에 연재해 소설가로서의 활동을 시작했다. 홍익대 교수를 거쳐 현재 연세대 국문과 교수로 재직 중이다. 장편소설 〈즐거운 사라〉의 외설성이 문제되어 1992년 전격 구속되기도 하는 등, 관능적 상상력에 관련된 작품을 많이 썼다. 그의 작품은 주로 인간의 본능과 성욕의 세계를 그림으로써, 윤리 · 도덕 · 종교 · 및 정치적 이념 때문에 억압된 인간의 순수하고 자연적인 본성을 되찾고자 하는 의지를 나타내고 있다. 주요 작품에 〈망나니의 노래〉〈나는 야한 여자가 좋다〉〈업業〉〈왜 나는 순수한 민주주의에 몰두하지 못할까〉 등이 있으며, 시집에 《광마집》《귀골貴骨》《사랑의 슬픔》《가자, 장미여관으로》 등이 있다. 장편소설로 〈권태〉〈광마일기狂馬日記〉〈즐거운 사라〉〈불안〉〈자궁 속으로〉 등을 출간했으며, 에세이집 《나는 야한 여자가 좋다》《운명》《성애론》《열려라 참깨》《사라를 위한 변명》《사랑받지 못하여》, 문학평론 및 이론서 《상징시학》《마광수문학론집》《카타르시스란 무엇인가》《윤동주 연구》 등이 있다. 초기 시에서는 지식인의 내적 갈등과 본능적 욕구 등을 다루다가 차츰 성性문제를 중심으로 인간의 변태적 욕구와 가학성 또는 마조히즘 등을 주제로 하는 시로 옮아갔다. 첫 장편소설 〈권태〉에서는 성적 권태를 사도마조히즘 및 페티시즘으로 극복하는 과정을 탐미주의적 입장에서 다루었으며, 특히 〈즐거운 사라〉에서는 여성의 성적 자각과정과 프리섹스에의 갈망을 다루고, 〈불안〉에서는 유미적 판타지를 정밀하게 묘사했다. 에세이에서는 주로 지식인의 이중성과 수구적 봉건윤리의 타파, 관능적 쾌락주의 등을 주제로 삼았고, 여러 평론서를 통해 문학적 다원주의 및 본능의 대리배설로서의 문학을 강조하기도 했다.

마의태자 麻衣太子 → 이광수李光洙 · 유치진柳致眞

마종기 馬鍾基 1939~ 시인. 일본 도쿄 출생. 연세대 의대 및 서울대 대학원 의학과 졸업. 의학연구를 위해 도미, 오하이오주립대 의과대학 교수 역임. 1959년 《현대문학》에 〈나도 꽃으로 서서〉 등이 추천을 받아 등단했다. 이후 〈정신과 병동〉〈꽃잎을 여는 시간에는〉〈독방〉〈두개의 일상〉 등과 연작시 〈연가戀歌〉 등을 발표했다. 시집으로 《조용한 개선凱旋》《겨울이야기》《변경의 꽃》《안보이는 사랑의 나라》《마종기 시선》《평균율1 · 2》(공저) 《이슬의 눈》 등이 있다. 의사로서의 생활체험, 즉 타인의 병고와 죽음을 통해 인간의 근원적인 조건을 읊은 것이 대부분이며 조국에 대한 향수와 이국의 풍물을 그린 것도 많다. 후에는 인간 통찰의 세계를 심화시킨 내용들로 변모되었다. 1997년 제7회 편운문학상, 같은 해 제9회 이산문학상을 수상했다.

마종하 馬鍾河 1943~ 시인. 강원도 원주

출생. 동국대 국문과 졸업(1969). 1968년 《동아일보》와 《경향신문》 신춘문예에 시 〈겨울행진〉과 〈귀가〉 2편이 각각 당선되어 등단했다. 이후 〈새우〉〈잠에 대한 연구〉〈렌즈와 창〉〈걸어가는 달〉〈밤의 해〉 등의 작품을 계속 발표, 자신만의 특이한 어법과 문맥을 구축하면서 현대 상황의 부조리와 모순의 극복을 추구했다. 시집으로 《노래하는 바다》《파냄새 속에서》《한 바이올린 주자의 절망》 등이 있고 소설집으로 《하늘의 발자국》을 간행했다. 작품 초기에는 참신한 언어 감각으로 꿈의 밀도와 탄력을 노래하고 그후 이분론의 편향성을 극복하는 전인성을 추구, 언어 육질적 기법으로 시의 확대에 이바지했으며, 근래에는 자기성찰의 균형잡힌 진지성을 보여주고 있다.

마해송 馬海松 1905~1966 아동문학가. 본명 상규湘圭. 개성 출생. 1920년 일본 니혼대 예술과 재학 중에 홍난파洪蘭坡등과 유학생극단 동우회를 조직했고, 한편으로는 방정환方定煥 등과 함께 색동회 동인으로서 활동했다. 졸업하자 곧 일본의 종합교양지 《문예춘추》 초대편집장을 거쳐 1930년에는 《모던일본》을 발행하다가 광복 후 귀국, 1945년 송도학술연구회 위원장, 1950년 국방부 한국문화연구소장을 역임했다. 6 · 25사변 중에는 국방부 정훈국 편집실 고문, 승리일보사 고문을 지내면서 평안북도 영변까지 종군했다. 그 뒤 마을문고 보급회장, 대한소년단 이사 등을 지냈고, 1962년에는 서울특별시 시민헌장을 기초하기도 했다. 그는 중앙고등보통학교 재학시 잡지 《여광》의 동인이 되었고, 1922년에는 문학모임 녹파회를 조직, 본격적인 문학 활동을 시작했다. 1923년에는 《새별》에 최초의 창작동화 〈바위나리와 아기별〉〈어머님의 선물〉〈복남이와 네 동무〉 등을 발표하는 한편, 송도소녀가극단을 도와 지방순회를 하면서 자작동화를 구연했다. 동화창작은 1935년까지 꾸준히 계속되어 〈토끼와 원숭이〉 등의 중편과 많은 단편을 발표했고, 광복 후에는 장편동화에 주력해 〈앙그리께〉〈멍멍 나그네〉〈모래알 고금〉 등을 발표했다. 한편, 아동문화운동에도 크게 관심을 가져 천주교에 귀의한 전해인 1957년에는 〈대한민국 어린이헌장〉을 기초해 발표했고, 또한 1958년 최초의 '어린이헌장비'를 대구에 건립하는 데 진력했다. 저서로는 위에 든 것 외에 소설 〈홍길동〉〈아름다운 새벽〉과 동화집 《해송동화집》《토끼와 원숭이》《떡배 단배》《모래알 고금》《멍멍나그네》《마해송아동문학독본》《비둘기가 돌아온다면》 등이 있고 수필집 《편편상片片想》《속편편상》《전진戰塵과 인생》《씩씩한 사람들》《요설록饒舌錄》《오후의 좌석》 등이 있다. 1967년 1월에 새싹회에 의해 '해송동화상'이 제정되었으나 2회로 중단되었다.

《떡배단배》 마해송이 쓴 동화의 제목이자 창작동화집의 제목. 창작동화는 1948년에 발표된 것으로 어린이들에게 자주성과 독립심을 길러주기 위해 쓴 작품인 듯하다. 이 작품에서 갑동이와 돌쇠라는 소년이 배를 타고 도착함으로써 벌어지는 일련의 사건들을 풍자적으로 그려내고 있다. 이 작품에서 갑동은 민족적 주체의식이 없고 다만 자기 자신을 위해서만 사는 인물인 데 비해 돌쇠는 민족의식이 뚜렷한 순박한 농민상을 지니고 있다. 또한 여기에서 떡배와 단배는 약소국에 대해서 수단방법을 가리지 않고 속국화시키려는 강대국으로 볼 수 있다. 단것과 떡으로써 마을 사람들을 곤궁에 빠뜨리지만 결국 마을의 단결과 하늘의 도움으로 마을은 다시 예전처럼 떳떳하게 살아간다는 내용을 담고 있다. 구한말 이후 일제시대에 이르기까지 우리 나라는 외국세력의 소용돌이 속에서 주체세력을 상실하고 끝내는 국치國恥의 수난을 겪게 되었다. 이 작품은 그 당시의 외세를 떡배와 단배로 상징해 떡배측과 단배측에 붙어 기회주의적인 행위를 일삼는 자들의 비행과, 끝내는 떡배와 단배를 물리치는 섬사람들의 단결력을 보여준다. 상징의 기법이 뛰어난 작품이다.

〈바위나리와 아기별〉 마해송이 19세 때 쓴 동화. 1926년 《어린이》에 발표되었다. 작자가, 박홍근朴弘根이 조직한 송도소녀가극단을 도와 지방을 순회하면서 구연했던 작품이다. 아름다운 문장과 순정적인 내용이 종래의 공식화된 동화의 세계를 떠나 새로운 동화의 양식을 보여주고 있다. 문학의 장르 중 특히 아동문학의 경우 무생물의 의인화가 두드러진다고 할 수 있는데, 이 작품에서 바위나리와 별이 주고받는 다정한 대화는 인간 사이에서 들어볼 수 없는 청신한 감각을 풍기고 있다. 줄거리는 다음과 같다. 예쁜 새싹이 돋았다. 그 풀이 자라 오색이 찬란한 꽃을 피웠는데, 그것이 바로 바위나리였다. 바위나리는 외로운 마음을 달랠 길 없어 함께 이야기할 벗을 애타게 기다리고 있던 중 하늘의 아기별이 내려와 아름다운 우정을 나누게 된다. 밤이면 내려와 바위나리와 지새고 새벽이면 별나라로 올라가곤 하던 아기별은 어느 날 별나라 임금에게 탄로가 나 쫓겨난다. 그때 바위나리는 추위에 병들어 바다에 휩쓸려 들어가 죽는다. 쫓겨난 아기별은 바위나리가 있던 해안에 떨어졌으나 바위나리는 이미 바닷물에 쓸려가고 없었다. 어른의 완고함을 왕의 폭력에 비유해 쓴 것으로 우리 나라 창작동화의 선구적인 위치를 차지하고 있다.

〈토끼와 원숭이〉 마해송의 동화. 1931년부터 1933년까지 《어린이》에 연재된 작품이다. 큰 개울을 사이에 두고 동쪽에는 원숭이나라, 서쪽에는 토끼나라가 있었다. 어느 날 원숭이들이 배를 타고 놀다 풍랑을 만나 토끼나라에 이른다. 토끼들은 원숭이들을 잘 간호해 자기 나라로 돌려보낸다. 원숭이나라 왕은 서쪽에 토끼나라가 있는 줄 알고 무기를 사용해 토끼나라를 정복한다. 욕심이 생긴 왕은 또 다른 나라를 정복하기 위해 싸움을 벌이고, 그 바람에 토끼들만 중간에서 짓밟힌다. 그러나 싸움은 끝나고 토끼들은 자유를 찾게 된다는 내용으로 일제의 한국 침략과 광복 후의 상황을 동물의 의인화로 예리하게 풍자한 작품이다.

〈모래알 고금〉 마해송의 장편동화. 1958년 가톨릭출판사에서 단행본으로 발간되었다. 이 동화는 모래알을 의인화해 상징적인 아동상으로 형상화시킴으로써 6 · 25사변을 전후해서 나타난 사회의 부패상을 그린 것이다. '고금'은 모래알의 이름이다. 이 작품은 모래알을 의인화해 '나'라는 1인칭으로 이야기가 전개된다. 처음에는 심술궂은 임이식이라는 아이의 호주머니에 들어가서 임이식과 그의 친구들이 벌이는 소꿉놀이를 통해 정치가 · 은행가 · 사장 등의 부조리한 관계를 그렸다. 다음에는 임이식의 누나인 선희라는 소녀의 집으로 가서 그 부모의 비극적 애정 이야기를 펼쳐놓고, 다시 창수와 용길이라는 구두닦이 소년의 생활을 들여다보기도 한다. 이와 같이, 이야기가 일관성 있게 전개되는 것이 아니라 여러 개의 이야기를 연결시킴으로써 주제의 집중적 통일을 꾀하는 방법을 쓴 것이 매우 특이하다. 인생에 있어서 긍정적인 면보다는 부정적이며 어두운 면을 더 짙게 그려나감으로써, 인정세태를 풍자하는 마해송의 체취가 노골적으로 드러난 작품이다.

만다라 → 김성동金聖東

만세보 萬歲報 조선 말기인 1906년 6월 17일 천도교에서 창간한 일간신문. 손병희孫秉熙의 제창으로 오세창吳世昌을 사장으로 해 발행인 겸 편집인에 신광희申光熙, 주필에 이인직李人稙의 진용으로 발족했다. 이 신문은 친일단체 일진회一進會를 강경한 논조로 공격하고 반민족 행위에 대해 맹렬한 비판을 가하는 등 독립사상을 고취하는 데 앞장섰다. 국문학사상 중요한 의의를 갖는 최초의 신소설 이인직의 〈혈血의 누淚〉가 7월부터 연재되었다. 그러나 신문사가 경영난에 빠지자, 이완용李完用의 사주를 받은 이인직이 1907년 6월 30일 시설 일체를 사들여 《대한신문》으로 제호를 바꾸고 친일내각의 기관지로 탈바꿈시켰다.

만세전 萬歲前 → 염상섭廉想涉

망나니 → 윤대성尹大星

망향 望鄕 → 김상용金尙鎔

매너리즘 mannerism 이탈리아말의 'maniera(시대의, 지방의, 또는 기교상의 특색 있는 기법을 의미함)'에서 온 말. 자기의 관찰력, 독창력에 의하지 않고, 대상인 자연을 외면하고, 어떤 창작 기법의 형型을 만들어 항상 그 고정된 형에 의거해 쓰는 태도. 그러므로 예술가나 시인이 충실한 창조력을 상실하고 타성적으로 일정한 표현법을 반복해 어떤 양식으로 고정되는 경우를 말하며, 이런 입장에 의해서 지배되는 창작 활동의 침체된 경향을 매너리즘이라 한다. 한 사람 한 사람의 작가는 물론 시대 전체에 대해서도 예술이 침체 상태에 빠졌을 때는 매너리즘에 빠지는 것이 보통이다.

맥 貘 1938년 6월에 창간된 시전문지. 발행 겸 편집인 김정기金正琦. 국판. 통권 5호로 1939년 4월에 종간되었다. 과거의 퇴폐적이고도 본능적이며 감상적이었던 경향을 배격, 주지적 요소를 강하게 표방한 시문학지였다. 5집까지 발행된 것으로 알려져 있으나 현재 4집까지밖에 발견되지 않았다.

맹문재 孟文在 1965~ 시인. 충북 단양 출생. 중앙대 대학원 문예창작과 졸업(1997). 1991년 《문학정신》 신인상에 시 〈내싸리〉 등을 발표해 등단했다. 이후 노동시와 환경시에 많은 관심을 갖고 작품 활동을 했다. 1998년부터는 《현대시학》에 평론을 발표해 평론 활동도 겸했다. 중앙대 · 경희대 등에서 문학을 강의했으며 출판사의 주간을 맡아 출판활동도 했다. 주요 작품으로 〈미숫가루를 타며〉 〈그는 날개를 그들에게 줬다〉 등이 있고, 시집으로 《먼 길을 움직인다》가 있다. 번역서로 아동용 백과사전 《포유동물》이 있다. 그는 1990년대 초 노동시를 추구하는 시인으로 출발해 사회와 시대의 모순에 대해 반성적 자기 성찰을 통해 대응해 나갔다. 나아가 민족적 동질성 회복을 의도하며 북한동포의 입장에서 그 어조로 쓰는 시를 처음으로 시도했으며, 1990년대 후반부터는 환경문제에 대한 관심으로 시의 영역을 넓혀나가고 있다. 1991년 제3회 문학정신신인문학상, 1993년 제5회 전태일문학상, 1996년 제6회 윤상원문학상 등을 수상했다.

맹진사댁 경사 孟進士宅慶事 → 오영진吳泳鎭

먼 그대 → 서영은徐永恩

메밀꽃 필 무렵 → 이효석李孝石

메타포 metaphor 은유隱喩·암유暗喩·수사시修辭詩의 용어로서 직유直喩에 대응하는 것. 'A는 B다'와 같이 직접적인 속성을 A에 옮겨 서술한다. 연결어가 없는 두 어구의 결합이므로, 직유가 축약된 것이라고 할 수 있고 또 직유보다 결합의 밀도가 강하며, 그만큼 의미도 함축적이다. 메타포는 단지 수사법의 일종일 뿐 아니라 대단히 많이 쓰이는 언어의 광범한 현상이다. 원래 구상적 사물을 가리키는 언어가 추상적·비유적으로 사용되면 곧 메타포가 된다. 우리는 무의식중에 메타포를 사용하는 때가 많은데, 교묘한 메타포의 사용은 표현에 발랄함과 간결함, 강세 등을 주는 데 있어 효과적이다.

멜로드라마 melodrama 사건의 기복이 심하고 통속적인 정의감이나 선정적인 면이 많은 대중극. 지금은 방송극·텔레비전 드라마·영화 등에도 쓰인다. 19세기 초에는 주제와 줄거리가 낭만적이며 노래와 반주 음악이 삽입된 무대극이었으나, 차차 음악적 요소가 중시되었다. 18세기 후반 부르주아지의 발흥과 함께 프랑스를 중심으로 반고전주의 풍조에 자극을 받아 발전한 오락적 대중극이다.

명동엘레지 明洞— → 이봉구李鳳九

명정 40년 酩酊四十年 → 변영로卞榮魯

모기윤 毛麒允 1912~ 아동문학가·수필가·국문학자. 호 월천月泉. 함남 원산 출생. 연희전문 문과 졸업(1937). 1925년《신소설》《별나라》《아이생활》 등의 아동지에 동요 등이 당선, 1927년《동아일보》신춘문예에 〈눈·꽃·새〉가 입선, 이어 시 〈등대燈臺〉〈넘어가는 태양〉〈조선의 노래〉 등을 발표하면서 등단했다. 이후 〈꽃〉〈어머니 울지 마세요〉 등 동요·동화·시·수필 200여 편을 발표했다. 1969년 제1회 대한민국 문화예술상을 수상했으며, 아동소설집《백두산의 꽃》외에 여러 권의 번역서들이 있다.

모더니즘 modernism 19세기 말엽부터 유럽 소시민적 지식인들 사이에서 발생하기 시작해 20세기에 들어와 크게 유행한 문예사조. 근대주의 또는 현대주의라고도 한다. 기존의 리얼리즘과 합리적인 기성도덕, 전통적인 신념 등을 일절 부정하고 극단적인 개인주의, 도시문명이 가져다 준 인간성 상실에 대한 문제의식 등에 기반을 둔 다양한 문예사조들을 통틀어 일컫는 말이다. 기존의 사회질서·종교·도덕의 전통을 밑받침하고 있던 확실성에 회의를 품은 니체의 허무주의, 마르크스의 유물사관과 혁명이론, 프로이트의 정신분석학 등의 선구적 사상들이 이미 그 토대를 마련해 놓았으며, 세계를 정신적·물질적으로 황폐화시킨 제1차 세계대전을 전후해 크게 성행했다. 모더니즘은 다양한 양상으로 세계 여러 지역에서 전개되었다. 표현주의·이미지즘·미래파·신즉물주의·주지주의·초현실주의 등이 모두 모더니즘에 해당한다. 이러한 다양성 때문에 낭만주의나 사실주의와 대등한 중요한 문예사조이면서도 그 개념의 정립이 막연할 수밖에 없다. 모더니즘은 제2차 세계대전 이후에도 계속되고 있으며, 이것은 신모더니즘, 후기모더니즘이라고도 불린다. 모더니즘 이론들을 가장 많이 받아들여 소개한 이는 김기림金起林과 최재서崔載瑞이다. 이들은 기존 낭만주의 시들이 지닌 지나친 내용 위주 및 감정 노출 등을 비판하고 단단한 형식, 지성에 의한 감정의 통제 등을 표방했다. 서구의 경우에 이미지즘은 견고한 이미지를 제시하는 사물시事物詩를 목표로 했고, 주지주의는 회화적 기법에만 머물고 만 이미지즘의 단점을 보강하고

자 이미지즘의 뒤를 이어 생겨난 데 비해, 우리의 경우에는 이들 두 사조가 명확하게 구별되지 않는 상태로 동시에 수용되었다. 대체로 주지주의적인 성격이 강조되었으며, 특히 T. S. 엘리어트의 객관이론과 I. A. 리처즈의 포괄이론 등이 많이 소개되었다. 김기림은 〈오전의 시론〉, 〈포에지와 모더니티〉 등의 수많은 논문을 통해서 지적 정신에 의한 문명비판, 풍자, 당위의 시, 시각적 회화성의 시 등을 역설했다. 그밖에 이양하李敭河의 〈리챠즈의 가치론〉, 최재서의 〈비평과 과학〉 등이 주지주의 이론을 소개한 대표적인 논문들이다. 당대 시인들 중 이미지즘적 성향이 강한 이로는 정지용鄭芝溶과 김광균金光均이 있다. 《정지용시집》(1935)과 《와사등瓦斯燈》(1939)에 실려 있는 시들은 대체로 그 회화적 기법들이 뛰어나다. 주지주의적인 대표적 작품으로는 김기림의 장시長詩 〈기상도氣象圖〉(1936)를 들 수 있다. 한편 한국의 다다이즘 운동은 여러 해 동안의 준비 기간을 거쳐 이상李箱에 이르러 본격화되었다. 그의 시 〈이상한 가역반응可逆反應〉 〈오감도烏瞰圖〉는 전통적인 삶의 양식과 가치체계를 부정하는 다다이즘적 성격이 강하다. 또한 그는 초현실주의의 무의식적인 받아쓰기의 기법도 잘 활용하고 있는데, 그 대표적인 작품으로는 〈날개〉를 들 수 있다. 광복 후 1949년을 전후로 해 모더니즘 운동이 다시 일기 시작했다. 김경린金璟麟·박인환朴寅煥·김규동金奎東 등의 도시감각·현대문명의식, 조향趙鄕·이봉래李奉來의 초현실주의, 김수영金洙暎의 지성의 현실참여 등의 양상으로 나타났다. 1950년대 후반기에는 영미 주지주의 이론의 재평가와 더불어 모더니즘의 새로운 진전을 보였다. 송욱宋稶의 《하여지향何如之鄕》(1961)에 보이는 순수와 문명의 표정, 박남수朴南秀의 심층 이미지 추구, 김춘수金春洙의 현실의식과 존재론적 이미지, 김광림金光林의 주지적 서정 등에서 모더니즘의 심도 있는 전개를 보여주었다.

모델소설 —小說 실제로 존재한 인물의 성격·행동을 있는 그대로 혹은 첨삭해 만드는 소설, 또는 작가 자신의 사적인 체험을 소설적으로 허구화해 만든 소설. 대부분의 소설이 어느 정도는 체험에 의존하고 있기 때문에 소설의 주인공이 무의식적으로 어떤 인물의 골격을 빌 수도 있지만, 모델소설의 경우에는 그것이 두드러져 독자들에게 실록적인 흥미를 불러일으키게 하는 특징이 있다.

모란병 牡丹屛 → 이해조李海朝

모란봉 牡丹峰 → 이인직李人稙

모란이 피기까지는 牡丹— → 김영랑金永郎

모래알 고금 → 마해송馬海松

모래톱 이야기 → 김정한金廷漢

모반 謀反 → 오상원吳尙源

모방 模倣 원상原象과 유사한 모상模像을 만들어내는 것. 예술상으로는 두 가지로 구별된다. 첫째로 남의 작품을 모범으로 그것과 비슷한 방법으로 비슷한 작품을 만드는 것이다. 로마시대와 근대의 의고전주의擬古典主義의 시작 이론은 여기에 입각하고 있다. 둘째로 현실의 존재를 본떠 표현하는 것이다. 이것은 다시 외적·객관적 사물을 대상으로 해서 그대로 재현·묘사함을 의미하며, 따라서 내적·주관적 표현과는 대립되는 경우와, 더 넓은 뜻에서 인간의 행동이나 자연을 모방해 이념의 세계와 보편적 진리까지도 표현하는 것을 의미하는 경우로 나뉜다.

모범경작생 模範耕作生 → 박영준朴榮濬

모윤숙 毛允淑 1910~1990 시인. 호 영운嶺雲. 함남 원산 출생. 이화여전 졸업(1931). 간도의 명신여학교 교원, 배화여고 교사, 중앙방송국 기자 등으로 근무하면서 시를 썼다. 한때 시 〈조선의 딸〉〈이 생명을〉 등을 발표해 경기도 경찰서에 구류되기도 했다. 1948년 유엔 한국대표로 참석한 바 있으며, 1949년 《문예》를 창간했다. 1976년에는 이화여대로부터 명예문학박사 학위를 받았다. 주요 작품에 〈화랑〉〈조선의 딸〉〈어머니〉 등이 있으며, 시집 《모윤숙 시전집》《모윤숙 전집》《렌의 애가》, 수필집 《시몬은 누구인가》《포도원》 등을 간행했다. 초기의 그의 작품은 감상적이고 자유분방한 정열을 발랄하고 화려한 이미지로 형상화한 것이 특징이었으나, 해방 후에는 민족주의적 이념으로 조국애와 민족애를 고취시킨 작품이 많다. 국민훈장 모란장, 예술원상, 3·1문화상 등을 수상했다.

《렌의 애가 —哀歌**》** 모윤숙의 장편산문집. 《여성》에 1936년부터 연재했고, 1937년 일월서방에서 단행본으로 간행했다. 이 작품집은 1978년까지 53판이 거듭되었고, 특히 1954년 무렵에는 약 4만 부가 판매되는 기록을 보이는 등 상당한 대중적 호소력을 발휘했다. '렌ren'이란 아프리카 밀림지대에서 홀로 우는 새의 이름이다. 작가는 이룰 수 없는 사랑의 애타는 내면을 이 렌이라는 새를 빌려서 토로했다. 손쉽게 사랑할 수도, 혼인할 수도 없는, 손이 닿지 않는 절대 거리 밖에 위치하는 중년남성인 대상 '시몬'과 시적 자아와의 거리는 렌이라는 새의 고독감에서 비유적으로 묘사된다. 애상적 비애감이 일본 식민지체제의 시대를 거쳐 전쟁을 배경으로 하면서 관심이 고조되어 갔다는 점이 시사하는 바는 이 작품의 주제의 통속성과도 맥락이 닿아 있다. 개인이 사회로부터 소외될 때의 좌절과 장애가 자아 내면으로의 시각으로 전환된다는 시점으로 보면, 현실을 거부하는 이 작품의 서정적 자아는 여성적 시각을 선택할 수밖에 없다. 한국근대문학에서의 일련의 여성적 시각의 편향성과 일치된 문학적 특성이다. 전쟁과 같은 남성적 세계의 중화도 바로 이러한 지속성을 가지는 여성적 세계의 저력과 맞닿아 이루어진 것으로 풀이된다. 진리를 찾는 데 있어서는 누구보다도 열렬하면서 칼 앞에서는 진리의 '예수'를 배반하지 않을 수 없었던 시몬 베드로의 행적과 관련시켜 '시몬'을 설정하게 된 것도 현실을 거부하지 않을 수 없는 시대적 국면의 표현이기도 하다. 식민지 시대의 우리 나라 남성상의 한계를 비유한 것이다.

모티브 motive 반복되어 나타나는 동일한 또는 유사한 낱말, 문구, 내용을 말한다. 한 작품에서 나타날 수도 있고 한 작가, 또는 한 시대, 또는 한 장르에서 나타날 수도 있다. 우리 설화에 자주 반복되는 이별한 님, 서양동화에 자주 나타나는 요술할멈과 미녀 이야기 등은 민족설화의 모티브들이며, 두견·소쩍새는 동양의 시에 자주 반복되는 모티브이다. 한 작품 속에서도 계속 반복되어 그것이 느껴질 정도가 되는 모든 요소는 모티브라고 할 수 있다. 하나의 작품은 단일한 모티브를 지니고 있을 뿐만 아니라 여러 가지 모티브를 보여주는 경우도 있다. 모티브는 '동기'라는 뜻이 되기도 한다. 즉, 작자가 소재에서 어떤 이야깃거리를 잡았을 때에 그것을 표현하고자 하는 창작적 의

욕이 생기는데, 표현하고자 하는 내부 충동이 바로 모티브인 것이다.

목마와 숙녀 木馬―淑女 → 박인환朴寅煥

목적의식문학 目的意識文學 어떤 특정한 목적에 의해 제작된 문학의 총칭. 한국문학에서는 특정한 시대의 문학운동상의 측면에서 목적의식을 고찰할 수 있다. 그것은 프로문학이 신경향파라는 단계를 거친 후에 해당된다. 프로문학은 자연히 생장하며 표현욕도 자연 생장한다. 프롤레타리아의 입장에서 인텔리가 나타난다. 그러나 이러한 현상은 하나의 운동으로 되지는 못한다. 그것이 하나의 운동이 되려면 뚜렷한 전체성으로서의 목적의식을 띠어야 한다. 즉 예술가이기 이전에 사회주의자여야 한다는 것이다. 1927년 카프KAPF가 방향전환을 한 것은 '작품행동은 대가大家를 전무산계급적 정치투쟁에까지 동원하는 매개체로서의 예술이 아니면 안된다' 라는 주장에서였다. 그러나 카프 조직 내에서는 소장파 강경노선, 즉 볼셰비키화의 지나친 주장과 박영희朴英熙 등 구파의 온건한 주장을 볼 수 있다. 이 후자의 주장은 최소한 문학이 하는 일과 정치가 하는 일을 구별하려 한 것이다. 박영희는 〈문예운동의 방향전환〉에서 다음과 같이 주장했다. '계급의식을 고양하면 계급문학은 경제투쟁에서 목적의식적으로 이르게 되는 것이다. 조선에 있어서는 자연생장적 문학에서 목적의식적 문학으로 과정過程한다는 것이 지금 필연한 현실이다. 그러나 소위 방향전환이나 목적의식을 문학에 있어 너무 과도히 과장해 생각해서는 안된다. 정치투쟁은 대가大家가 하는 것이지 문학이 하는 것은 아니다.' 요컨대 문학의 목적성과 비목적성을 이해하는 길은 어떤 특정한 시대와 특정한 사회의 문학을 전제로 해야만 그 설명이 가능해질 것이다.

목화와 콩 木花― → 권환權煥

몽타주 montage 조성組成 또는 편집編輯. 본래는 영화의 한 기법을 일컫는 말이었는데, 지금은 문학에서도 적용되고 있다. 즉, 짧은 그림이나 어떤 장면을 논리적 순서를 생각하지 않고 연속시킴으로써 하나의 효과적인 인상을 낳는 것. 이를테면 '사면장赦免狀을 받는 죄수의 기쁨' 에 '봄눈이 녹아 흐르는 시내' 를, '부둣가에서의 학살' 에 '층계를 굴러떨어지는 유모차' 를 배치해 전자의 감동의 효과를 훨씬 더 선명하게 드러내는 기법으로 서로 관계가 없는 장면을 표현하면서도 잠재의식을 통해 연결되도록 장치하는 것을 의미한다.

몽환극 夢幻劇 현실의 사회에서가 아닌 꿈이나 환상의 세계에서 소재를 얻어 구성한 극. 단순히 괴기취미를 노리는 환상이 아니고, 인간내부의 심층에서부터 나오는 보다 깊은 진실이 있으며 거기에서 현실적인 의미를 획득하게 한다.

묘지송 墓地頌 → 박두진朴斗鎭

무가 巫歌 구비문학의 한 장르로서 무당이 무속의례에서 신을 향해 읊는 가요의 총칭. 무가는 사설과 가락이 매우 중요한 요소인데 사설은 굿의 성격에 따라, 그리고 무당의 성격 및 신관神觀·우주관宇宙觀 등에 따라서도 달라진다. 일반 대중이 무가의 일부를 암기해 부른다고 해도 그것은 무가라고 하기 어렵다. 따라서 무가는 다른 구비물과 구별되는 몇 가지의 특징이 있다. 첫째, 주술성이 있다. 무가는 어느 것이나 주술적인 성격이 있다. 강신降神·치병治病·예언豫言 등이 모두 무가에 내포된 주술의 효과로 볼 수 있으며, 소위 신을 즐겁게 하고 귀신을 물리치는 등 보통 인간의 언어와 다른 주술적인 힘을 가지는 점이 무가의 특성인 것이다. 둘째, 신성성이다. 이 신성성은 인간이 알지 못하는 문구의 삽입으로 과장되기도 하고, 신 자신의 언어로 신의 의사가 전달되는 '공수' 등의 무가에서 더욱 강력하게 나타난다. 셋째, 전승이 제한되어 있다. 무가의 전승은 무의 사제관계師弟關係나 수양관계를 통해 무의와 함께 전승된다. 따라서 일반 대중의 소유물이 아니며, 다른 구비문학에 비해 보수적인 성격을 가진다. 그러나 이러한 특징에도 불구하고 신을 즐겁게 하기 위해 오락성이 가미되었기 때문에 문학성이 풍부하다. 이같은 오락성을 띤 무의에서 선택되는 무巫는 무엇보다도 무가의 내용이 문학적으로 풍부하고 제주祭主 및 민중의 흥을 잘 돋우어야 했다. 그래서 무의 생계와도 관련되어 무가의 문학적 조탁은 이루어졌던 것이다. 한편 무가를 장르별로 분류하면, 감정의 집약적 표현이 중심이 되는 서정무가와 이야기 구조를 완전하게 갖추고 있는 서사무가, 두 사람 이상의 대화적 진술로 짜여 있는 희곡무가 및 사물의 묘사나 설명, 보고報告가 중심이 되는 교술무가로 나눌 수 있으나, 대부분의 경우 둘 이상의 혼합 현상을 보인다. 예컨대 대개의 서사무가는 부분적으로 서정과 교술을 혼합한 양태를 보이고 있다. 따라서 무가는 혼합장르의 한 표본이 된다.

무교동 武橋洞 → 박태진朴泰鎭

무기질 청년 無機質靑年 → 김원우

무너지는 산 一山 → 박태순朴泰洵

무녀도 巫女圖 → 김동리金東里

무명 無明 → 이광수李光洙

무영탑 無影塔 → 현진건玄鎭健

무정 無情 → 이광수李光洙

무진기행 霧津紀行 → 김승옥金承鈺

무혼굿 撫魂一 → 현길언玄吉彦

무화과 그늘 無花果一 → 곽하신郭夏信

문덕수 文德守 1928~ 시인 · 평론가. 호 청태靑苔. 경남 함안 출생. 홍익대 국문과 졸업(1955). 1956년 《현대문학》에 시 〈침묵〉 〈화석〉 〈바람 속에서〉 등이 추천되어 등단했다. 1960년대에 발표한 연작시 〈선線에 관한 소묘〉 〈종이 한 장〉 〈새벽마다〉 등을 고비로 순수 심리주의적 경향을 계속 추구, 현실의 상황을 상징적으로 반영한 내면세계의 미학을 개척했다는 평을 들었다. 동인지 《시단》 《한국시》 등을 주재해 우수한 시인들을 배출하기도 했다. 시집으로 《황홀恍惚》 《선線 · 공간空間》 《새벽바다》 《영원한 꽃밭》 《살아남은 우리들만이 다시 6월을 맞아》 《다리놓기》 《문덕수시선》 《조금씩 줄이면서》 등이 있고, 평론집으로 《전통과 자아》 《리얼리즘의 반성》 《전통론을 위한 각서》 《원형비평의 시도》 《한국모더니즘시연구》 등이 있다. 또한 역서 《현대시란 무엇인가》 《명상록》 등과 다수의 수필집이 있다. 그의 시적 경향은 한마디로 모더니즘 계열의 시로 지적될 수 있다. 1930년대 이후, 이 땅의 시를 대표했던 모더니즘시는 그 특성으로 시의 회화화라는 사물시事物詩로 대표되었고, 그도 이미지를 중시하는 이미지즘시를 바탕으로 자신의 시를 출발시켰다고 할 수 있다. 그러나 그는 서구편향적인 시의 회화성을 통한 이미지의 조형성에 선, 공간과 같은 내면성 및 의지까지를 이미지화함으로써 이 땅의 모더니즘 시가 지향했던 사물시의 한계를 극복했다고 할 수 있다. 후에 그는 또 다른 변모를 보여주었는데 그것은 심층구조의 이미지화라는 형이상시形而上詩에 대한 관심이 그것이라고 할 수 있다. 1964년 현대문학상, 1978년 현대시인상, 1981년 아카데미학술상, 1985년 펜문학상 등을 수상했다.

〈벽 壁〉 문덕수의 시. 1972년 《현대문학》에 발표되었다. 벽의 일반적 속성은 일체를 가로막는 것이다. 그러나 그 벽은 단순한 현실적 의미로서의 벽이 아니라, 우리의 정신세계를 가로막는 장애물로서의 의미가 더 크다. 결국 이 벽은 실존주의적 입장에서 생각할 때 불안·공포, 심지어는 극한상황으로 비유된다. 이 시는 그러한 벽의 의미를 내적으로 상상해 오늘의 인간사회의 불안의식을 시적으로 재구성한 것이며, 시적으로 승화시킨 것이다. 은유적인 기법으로 이미지를 창조하고, 상징적으로 정서를 암시했으며, 시적 경향은 문명비판적이고 주지적인 인상을 풍긴다.

문도채 文道采 1928~ 시인. 호 숙암肅岩. 전남 승주 출생. 광주의과대부설 중등교사양성소 생물과 및 전남대 경영대학원 수료. 1964년 《시조문학》에 〈실솔기〉, 1969년 《시문학》에 〈어떤 흐름 속에서〉가 추천되어 등단했다. 중·고등학교 교사를 거쳐 교감 및 교장을 역임했으며, 《원탁시》《영산강》 동인으로 활동했다. 시집에 《쌈지》《처음 써보는 사랑의 시》《달력을 넘기면서》《무등산 너덜경》이 있으며, 시조집에 《남도연가》, 수필집에 《진흙과 모래》《조용한 강자》 등이 있다. 전남문화상, 평화문학상 등을 수상했다.

문무학 文武鶴 1949~ 시조시인·평론가. 경북 고령 출생. 대구대 대학원 석·박사과정 수료(1987). 1982년 《월간문학》에 시조 〈밤, 가을은〉이 입선되어 문단에 데뷔했고, 1988년 《시조문학》에 평론 〈시조, 그 전통과 계승의 시대정신〉이 입선되어 평론활동을 시작했다. 주요 시집에 《가을 거문고》《설사 슬픔이거나 절망이더라도》 등이 있고, 평론에 〈장순하, 그 백색 묵계의 시론〉〈조운론〉 등 다수가 있다.

문병란 文炳蘭 1935~ 시인. 전남 화순 출생. 조선대 국문과 졸업(1960). 1963년 《현대문학》에 〈가로수〉〈밤의 호흡〉〈꽃밭〉 등이 추천되어 등단했다. 《원탁시》 동인으로 활동. 시집 《문병란시집》《정당성》《죽순밭에서》《호롱불의 역사》《벼들의 속삭임》《새벽의 서書》《아직은 슬퍼할 때가 아니다》《무등산》 등이 있다. 그는 역사적·사회적·민족적·문학적 양심과 성실성을 시적으로 표출, 형상화함으로써 한 시대를 증언하며 꿋꿋이 일어서는 민중의 기상을 노래했다. 그의 시 세계는 생활감정의 승화와 서정을 노래해 의식의 내면을 탐구하는 면과, 부조리한 현실에 대한 저항을 나타내는 면 등으로 나누어 볼 수 있다. 1979년 전남문학상, 1985년 요산문학상을 수상했다.

문순태 文淳太 1941~ 소설가. 전남 담양 출생. 실제는 1939년생. 조선대 국문과 및 숭전대 대학원 국문과 졸업(1983). 1960년 《농촌중보》 신춘문예에 단편 〈소나기〉 당선. 1965년 《현대문학》에 시 〈천재들〉 추천, 《전남매일》 기자로 입사. 1973년 《한국문학》 신인상 모집에 〈백제의 미소〉가 당선되어 본격적 창작 활동을 시작했다. 같은 해 송기숙宋基淑·한승원韓勝源 등과 동인지 《소설문학》을 발간했다. 이후 단편 〈흑산도 갈매기〉〈말하는 돌〉〈난초의 죽음〉〈미명未明의 하늘〉, 중편 〈말하는 징소리〉〈물레방아 속으로〉〈어머니의 땅〉〈철쭉제〉〈달궁〉 등을 발표했다. 순천대 교수로 재직하다가 1989년 이후 《전남매일》 편집국장 역임. 창작집 《고향으로 가는 바람》《흑산도 갈매기》《피울음》《인간의 벽》《시간의 샘물》 등이 있고, 장편 〈저녁 징소리〉〈타오르는 강〉〈아무도 없는 서울〉〈피아골〉〈느티나무 사랑〉 등이 있다. 1987년에는 《서울신문》에 〈한수지漢水志〉를 연재했다. 그의 작품은 주로 농촌지방의 삶의 실상에 바탕을 둔 현실세계에서, 삶에 내재해 있는 한恨의 문제를 집요하게 추구하는 데에 그 특징이 있다. 1981년 〈말하는 돌〉로 소설문학작품상, 전남문학상, 전남문화상(문학부문)을, 1982년 〈달궁〉으로 문학세계 작가상을 수상했다.

〈철쭉제〉 문순태의 중편소설. 1981년 《한국문학》에 발표되었다. '나'는 6 · 25 때 박판돌에게 죽은 박인동의 아들이며, 박판돌에게 복수하려고 검사가 된 40세의 장년이다. 박판돌은 우리집의 꼴머슴이었으나 돈을 벌어 출세, 사장이 된 60세의 남자이며, 박영감은 두 사람의 화해를 바라는 어진 늙은이이다. 아버지의 죽음에 얽힌 원한과 복수의 이야기를 6일간에 걸친 박검사의 여로를 통해 1인칭 시점으로 펼쳤다. 한恨의 문제를 집요하게 추구해, 그 뿌리를 여기서는 계층간의 갈등으로 확인했다. 그 회한의 미학을 지리산을 매개해 시적으로 처리한 것은 장점이자 한계로 지적되고 있다.

문신수 文信洙 1928~ 아동문학가 · 소설가. 호 이웃. 경남 남해 출생. 경남 초등교원양성소 수료(1947). 1961년 《자유문학》에 단편소설 〈백타원白楕圓〉이 당선되어 등단했다. 자연 · 인간 · 인류에 대한 사랑 · 정의 · 진실 · 영원 등 인간생활의 본질을 포착, 묘사해 공감을 일으키는 작품을 쓰고 있다. 주요 작품에 소설 〈일편단심〉〈석새베에 열새 바느질〉〈지는 해 돋는 해〉, 동화 〈구두〉〈공든 탑〉〈까치집〉, 수상 · 수필에 〈흑판 앞에서〉〈어려운 약속〉 등이 있다. 수상집 《부부합창》(공저), 동화집 《아름다운 음악소리》 등이 있으며, 1985년 경남문화상, 1989년 평화문학상 등을 수상했다.

문예 文藝 1949년 8월에 창간된 월간 순수문예지. 발행인 모윤숙毛允淑, 편집인 김동리金東里. 2권 5호부터 편집인이 조연현趙演鉉으로 바뀌었다. 출발부터 순수문학을 옹호하고 민족문학의 확립을 지향했다. 6 · 25 동란 전후를 통해 유일한 문예지로 각광을 받았으나 1954년 3월 통권 21호로 종간했다. 순수문학을 옹호하며 신인추천제를 두어 역량있는 이들을 다수 문단에 배출했다. 《문예》를 통해 추천받은 시인으로는 손동인孫東仁 · 이동주李東柱 · 송욱宋稶 · 전봉건全鳳健 · 최인희崔寅熙 · 이형기李炯基 등이 있고, 소설가에는 강신재康信哉 · 권선근權善根 · 임상순任相淳 · 장용학張龍鶴 · 곽학송郭鶴松 · 최일남崔一男 · 박상지朴尙志 · 손창섭孫昌涉 · 서근배徐槿培 등이, 평론가에는 천상병千祥炳 · 김양수金良洙 등이 있다.

▲문예 창간호. 1949년 8월.

문예공론 文藝公論 1929년 5월 평양에서

▲문예공론 창간호. 1929년 5월.

창간된 순문예지. 월간. 국판. 평양에서 양주동梁柱東의 주재로 창간되었는데, 편집은 평양에서 하고 인쇄는 서울에서 한 점이 특이하다. 편집인 겸 발행인은 방인근方仁根이다. 창간호부터 일제의 검열로 많은 고초를 겪었다. 1929년 7월 통권 3호로 종간되었다. 창간호의 〈편집여언〉에 "본지는 한 문단의 권위를 총망라해 현대 조선문예의 일대 조감도를 전개하고자 한다"고 밝혔듯이, "문단의 총체적인 발표기관으로서 문예상 모든 의견과 주장을 불편부당의 태도로써 포용하는" 것을 목표로 삼았다. 권두의 집필자명단에 40명 가까이 되는 이름이 열거되어 있어 상당히 다양한 필진들을 수용하고자 노력한 흔적이 역력하다. 염상섭廉想涉·심훈沈薰·정인보鄭寅普·이은상李殷相·김억金億·한설야韓雪野 등이 작품을 발표했다. 주요 내용으로는 시에 김소월의 〈길차부〉, 양주동의 〈조선의 맥박〉 등이, 소설에 김동인의 〈태평행〉, 이태준의 〈누이〉 등이 있으며, 평론에 염상섭의 〈문학상의 집단의식과 개인의식〉, 양주동의 〈문예상의 내용과 형식문제〉 등이 있다. 즉, 카프 중심의 신경향파와《조선문단》중심의 국민문학파가 첨예하게 대립하는 가운데 절충주의적 입장을 표명한 것이나, 실상은 후자에 더 가까웠다고 볼 수 있다.

문예시대 文藝時代 1926년 11월에 창간된 종합문예지. 편집 겸 발행인 정인익鄭寅翼. 월간. 국판. 통권 2호로 종간되었다. 표지부제에 '문예취미'라고 씌여 있듯이 취미로서의 문예로 독자를 이끌고자 한 편집의도였던 듯하다. 그래서 창간사에서도 "본지는 순문예잡지가 아니고 문예를 중심으로 한 취미잡지인 것을 여러분은 미리 알아주어야 하겠다. 그래서 어떻게든지 읽기에 부드럽고 재미있는 잡지를 만들자는 것이 우리의 방침이니 무엇이든지 희망하시고 교시하실 것이 있거든 주저치 말고 아르켜주기를 바란다"고 했으나, 순문예지적 성격을 벗어나지 않았다. 내용은 수필·시·소설·희곡·평론 등으로 되어 있으며, 수필의 분량이 가장 많다. 수록된 작품으로는 수필에 양주동梁柱東의 〈수상록〉, 안재홍安在鴻의 〈생존욕생활화〉, 설의식薛義植의 〈화단에 서서〉, 심훈沈薰의 〈몽유병자의 일기〉, 주요한朱耀翰의 〈한문글자를 없애자〉, 홍난파洪蘭坡의 〈시끄러운 세상〉 등 66편, 시에 정지용鄭芝溶의 〈산엣색시 들녘사내〉, 박세영朴世永의 〈농부 아들의 탄식〉, 최남선崔南善의 시조 〈일람각즉사一覽閣卽事〉 등 19편, 번역시는 하이네의 〈어디로〉 등 6편, 소설에 최서해崔曙海의 〈동대문〉, 염상섭廉想涉의 〈조그만 일〉, 송영宋影의 〈석공조합대표〉 등 10편, 평론에 이은상李殷相의 〈합리적인

▲문예시대 창간호. 1926년 11월.

잠언箴言〉 등 3편이 있다.

문예운동 文藝運動 1926년 1월에 창간된 카프KAPF의 준기관지. 백열사白熱社 발행. 편집 겸 발행인 양대종梁大宗. 창간호는 국판. 통권 3호로 종간되었다. 1925년에 접어들어 신경향파나 염군파 등의 좌경적 문인들이 조선프로예술동맹이란 단체를 조직해 프롤레타리아문학 전개를 꾀했던 문예지였다. 그러나 뚜렷한 이론적 정립을 얻지 못하고 내외에서 논쟁을 벌이다가 그쳤다. 홍명희洪命熹 · 조명희趙明熙 · 이기영李箕永 · 김복진金復鎭 · 이호李浩 · 최서해崔曙海 등의 글이 실렸다. 이 잡지의 발행과 함께 자연발생적인 신경향파문학이 차차 목적의식적인 계급문학으로 전환했다.

문예월간 文藝月刊 1931년 11월에 창간된 순문예종합지. 월간. 국판. 편집 겸 발행인 박용철朴龍喆. 통권 4호로 종간했다. 《시문학》에 이어 나온 이 잡지는 문학 전반에 걸친 문예종합지를 지향했으며 해외문학파가 중심이 되었다. 창간호 편집후기에서 보듯이 "내외 문예 동향의 신속한 보도와 비판, 일상생활과 문예와의 접근, 고상한 취미의 함양"을 표방했으며, 우리 문학을 정리해 세계문학의 수준에 올려놓겠다는 것이 편집의도였다. 편집은 주로 이하윤異河潤이 전담했고, 구성원들이 해외문학파들로 중심을 이루어서 그들의 역량이 주로 반영되었으며, 번역문학을 본격적으로 다루었다는 점이 특색이다. 또한 시종일관 좌익적 색채가 전혀 없는 순수문예지라는 점도 그 특색의 하나이다. 작품의 기술적 가치면에 중점을 두었으며 번역문학에 대한 본격적 자세를 보였다. 주요필진은 이하윤異河潤 · 김진섭金晉燮 · 이헌구李軒求 · 이은상李殷相 · 유진오兪鎭午 · 최독견崔獨鵑 · 유치진柳致眞 · 유치환柳致環 · 안석주安碩柱 · 정인섭鄭寅燮 · 김동환金東煥 등이었다.

▲문예월간 창간호. 1931년 11월.

문장 文章 1939년 2월에 창간된 문학종합지. 편집 겸 발행인 김연만金鍊萬, 주간 이태준李泰俊. 월간. 국판. 문장사文章社 발행. 일제말기의 민족문화 말살정책의 와중에서 탄생해 〈한중록恨中錄〉 등 민족 고전의 발굴 · 주석에 힘쓰고 유능한 신인을 발굴했다. 정지용鄭芝溶이 추천한 시부문에서 박두진朴斗鎭 · 박목월朴木月 · 조지훈趙芝薰 · 김종한金鍾漢 · 이한직李漢稷 · 박남수朴南秀 등의 시인이 배출되었으며, 이태준李泰俊이 추천을 맡은 소설부문에서 임옥인林玉仁 · 최태응崔泰應 등이 나왔다. 통계적으로 소설에 65명, 시에 46명, 시조에 10명, 희곡 · 시나리오에 8명, 수필에 183명, 평론에 59명이 이 잡지를 통해 등장했다. 친일적인 색채가 거의 없는 순수문학을 지향했다. 국문학 고전을 수록해 민족문학유산을 옹호 · 전파했고, 서구

▲문장 창간호. 1939년 2월.

문화 도입에도 뜻을 두었다. 국어국문학상의 논문 및 자료의 제공도 중요한 업적으로 꼽힌다. 1941년 4월 일제의 강요에 불응, 통권 26호를 끝으로 종간하기까지 《인문평론》과 더불어 당대 문학지의 대표격으로 평가된다.

문정희 文貞姬 1947~ 시인. 전남 보성 출생. 동국대 대학원 국문과 및 서울여대 대학원 졸업. 1969년 《월간문학》에 시 〈불면〉〈하늘〉이 당선되어 등단했다. 주요 작품으로 〈새떼〉〈찔레〉〈고독〉〈편지〉 등이 꼽힌다. 시집 《문정희 시집》《새떼》《꽃숨》《혼자 무너지는 종소리》《아우내의 새》《우리는 왜 흐르는가》《하늘보다 먼 곳에 매인 그네》 등과 수필집 《젊은 고뇌와 사랑》《청춘의 미학》《우리 영혼의 암호문 하나》, 시극 《나비의 탄생》《도미》 등이 있다. 원초적이고도 순수한 시의식을 감각적이고 섬세한 기교로 표출시키고 있으며, 새로운 형태의 역사의식을 열어보임으로써 시의 생명인 신선한 감동을 불러일으킨다는 평가를 받았다. 1975년 제21회 현대문학상, 1996년 제11회 소월시문학상 등을 수상했다.

문제소설 問題小說 모든 이야기 문학은 서로 적대적 세력들의 갈등을 내포하고 있다. 그러한 갈등을 빚는 상호 적대적 세력들 중에서 종교적이거나 철학적이거나 심리적인 것이 아니고 산업혁명 이후 크게 대두한 사회관계에 있어서의 갈등을 빚는 요소들을 특별히 부각시켜 다루는 소설을 문제소설이라고 한다. 작자는 문제를 특수한 각도에서 제기하며 또한 일반의 관념과는 다른 진보적인 해석을 제시한다. 19세기 이후 사회적 실증주의의 영향으로 사람의 문제를 종교나 철학의 측면에서 보지 않고 사회·정치·경제적 측면에서 보기 시작한 이래 문학은 사회적 사실주의의 경향을 두드러지게 띠었고, 사회적 사실주의 문학의 상당한 분량은 사회문제의 제기와 진보적 해결책을 암시하는 문제의 문학이 되었다. 대개의 사회문제는 그 당시의 특수한 여건이 빚은 것이므로 지금 우리에게는 특별히 관심을 끌지 못하고 그 해결책도 상당히 소박하게 보여지기도 한다. 한 시대 한 장소에 국한된 문제를 크게 여론화하려는 글은 문학을 이용한 선전이 되고 만다.

문체 文體 최초의 뜻은 납을 칠한 목판木板, 피지皮紙에 새기는 문자기록의 유형. 여기서 나아가 구어체, 문어체, 한글체, 한문체, 국한문혼용체 따위의 형식적 유형을 의미하게 되고, 더 나아가서 문장의 개성적 표현을 의미하게 되었다. 여기서 문장의 개성적 특성은 다른 문장과의 단순한 차이점, 특이성만을 의미하는 것이 아니라, 그 사람이 아니고서는 쓸 수 없는 완성된 품격으로서의 개성적 특성을 뜻한다. 문체를 형성하는 요인으로는 구성, 구문법, 어휘적 사실, 품사, 리듬, 템포, 문장 주체와 대상과의 관계, 수식과 비유의 정도, 문장의 긴밀성 등을 들 수 있다. 문체의 종류는 관점에 따라 여러 가지로 나눌 수 있는데 간결체와 만연체, 강건체와 우유체, 건조체와 화려체, 소박체와 교치체, 화려체와 동화체, 추상체와 구상체 등이 일반적인 분류이다.

문충성 文忠誠 1938~ 시인. 제주도 제주시 출생. 한국외국어대 불문과 및 동 대학원 졸업. 1977년 《문학과 지성》에 〈제주바다〉 외 2편을 발표함으로써 작품 활동을 시작했다. 《제주신문》 문화부장, 편집국장, 제주문인협회 지부장, 예총제주도지부 부지부장 역임. 시집으로 《제주바다》《내 손금에서 자라나는 무지개》《방아깨비의 꿈》《수평선을 바라보며》《섬에서 부른 마지막 노래》 등이 있다. 그의 시들은 전통적인 서정시에 뿌리를 두고, 제주도의 자연과 역사와 현실 등을 통한 인간과 삶의 다양한 탐구가 주조를 이루고 있다.

문학 文學

1) 문학의 개념과 범위 : 문학은 언어로 이루어졌다는 점에서는 다른 예술과 구별되고, 예술이라는 점에서는 언어 활동의 다른 영역과 차이점이 있으므로 언어 예술이라 할 수 있다. '문학文學' 에서의 '문文' 은 말이 아닌 글을 뜻하고, '학學' 은 예술이 아닌 학문을 지칭하는 것 같지만, 용어의 어원이 곧 대상의 성격이 되지는 않는다. 말로 된 것이든 글로 적은 것이든 언어 예술이면 모두 다 문학인데, 문학에 대한 비평과 연구가 오랫동안 글로 적은 문학을 특히 중요시했던 사정이 용어에 흔적을 남겼을 따름이다. 예술과 학문이 구별되지 않던 단계에서 문학이라는 용어가 사용되기 시작해 혼란이 생겼으나, 오늘날에 이르러서는 예술 활동은 '문학' 이라 하고, 학문 활동은 '문학연구' 라고 한다. 문학작품이 수용자를 즐겁게 하면서 진실을 깨우쳐 준다는 양면성은 어느 한 쪽도 부정할 수 없으나, 둘 사이의 관계와 비중을 어떻게 보느냐에 따라서 문학관이 달라진다. 즐거움과 깨우침 중에서 즐거움을 엄격하게 제한하지 않으면 문학에 포함시킬 수 있는 말이나 글이 아주 많아진다. 깨우침을 부차적인 요소라고 한다면, 문학적 표현은 실용적인 언어사용과는 다르다는 점이 강조되고, 문학의 범위는 줄어든다. 이처럼 문학의 범위는 넓게 잡을 수도 있고 좁게 잡을 수도 있다. 한국문학은 한국인의 문학이고 한국어로 된 문학이다. 이 경우의 한국인은 한민족을 말한다. 국가는 침탈되거나 분단되어도 한민족과 한국어가 지속되고 기본적인 동질성을 가진다는 이유에서 한국문학은 단일한 민족문학이다. 다른 나라의 국적을 가진 해외교포의 문학이라도 자신을 한민족으로 의식한 작가가 한국어로 창작한 것이면 한국문학에 속한다. 그런데 민족문학과 민족어로 된 문학은 일치하지 않는 경우가 있어서 문제이다. 한국 한문학은 한민족이 쓴 문학이고 한민족의 생활을 다룬 문학임에 틀림없으나 한문으로 쓰여졌다는 점이 논란이 된다. 그러나 한문은 동아시아 전체의 공동문어였으므로 모두 다 중국글이라고 할 수 없을 뿐만 아니라, 한국에서는 한국 발음으로 토까지 달아서 읽었다. 이렇게 읽는 한문은 중국어와는 거리가 멀며 오히려 한국어 문어체의 극단적인 양상이라고 보아 마땅하다. 현대에 와서 제기된 한민족 출신의 작가가 일본어나 영어로 쓴 작품에 대한 논란은 여전히 진행중이다. 한국문학은 크게 보아서 세 가지 영역으로 이루어져 있다. 하나는 구비문학이다. 말로 이루어지고 말로 전하는 문학을 구비문학이라고 한다. 문학의 요건이 말이 아니고 글이라고 할 때는 관심 밖에 머무르거나 민속의 한 분야라고만 여기던 구비문학이 이러한 관점이 수정되는 것과 함께 한국문학의 기저로 인식되고 평가되기에 이르렀다. 처음에는 구비문학뿐이었는데, 한자의 수용에 이어서 한문학이 나타나자 구비문학과 기록문학이 공존하는 시대로 들어섰다. 한문학은 동아시아 공동문어문학의 규범과 수준을 이룩하는 한편 민족적인 삶을 표현하는 데 그 나름대로 적극적인 구실을 했기에 소홀하게 다룰 수 없다. 국문 기록문학은 처음에 한자를 이용한 차자문학借字文學으로 시작되었다가 훈민정음 창제 이

후에 구비문학을 받아들이고 한문학의 영향을 수용하면서 그 판도를 결정적으로 넓혔다. 그러다가 신문학운동이 일어난 다음에는 구비문학이 약화되고 한문학이 청산되어 국문 기록문학만이 현대문학으로서의 의의를 가지게 되었다. 현대문학은 서구문학의 이식으로 시작되었으며, 계속 그러한 방향으로 나아가야 한다는 주장도 한때 있었으나, 그 동안 이루어진 연구와 비평의 성과는 이와는 다른 관점을 가지게 한다. 구비문학과 한문학 그리고 국문 고전문학이 현대문학과 이미 밀접한 관계를 가지고 있는 것이 확인되었고, 전통의 현대적인 계승이 전제되어야 민족문학의 바람직한 발전이 이루어질 수 있다는 점이 분명해졌으며, 전통의 현대적인 계승을 위한 구체적인 방안이 문제될 뿐이다.

2) 문학의 갈래 : 문학을 표현 방법에 따라 나누면 서구어를 차용해서 장르genre라고 하고 '양식'이라고도 했는데, 근래에 와서는 이러한 용어가 '갈래'로 일컬어진다. 많은 문학작품을 비슷한 것들끼리 모아서 이해하고자 갈래 구분이 시작되었고, 그래야 할 필요성은 지금에 이르러서도 계속 인정되고 있다. 그런데 비슷한 것들끼리 모으는 작업을 편리한 대로 하고 말 수는 없다. 어느 갈래이든지 그것대로의 고유한 성격이 있기에 다른 갈래와 구별된다. 그러한 성격은 창작을 위한 규범으로 작용하기도 했고, 또 문학 연구의 체계를 수립하는 데 긴요한 구실을 하기에 중요시된다. 한국문학이 어떻게 존재하는가 알자면 갈래를 정리하는 것으로 기초 작업을 삼지 않을 수 없는데, 이에 대한 이론은 현재 간단하게 요약하기 어려울 만큼 논란을 거듭하고 있다. 갈래에는 유개념으로서의 갈래와 종개념으로서의 갈래가 있다. 유개념으로서의 갈래는 '큰 갈래'라고도 하는데, 문학의 갈래를 몇 가지 기본적인 성향으로 나눌 때 나타나는 것이다. 기본적인 성향에 지나지 않으므로 수가 많지 않고 어느 영역, 어느 시기에도 적용될 수 있는 포괄성을 지닌다. 종개념으로서의 갈래는 '작은 갈래'라고도 하는데, 기본적인 성향이 구체적인 특징을 갖추어 문학사에 실제로 나타나는 것들이다. 서정·서사가 큰 갈래라면, 시조·소설은 작은 갈래이다. 갈래가 이 두 차원으로 이해되어야 한다는 것은 밝혀서 말하지 않는 가운데도 널리 인정되어 왔던 바이나, 용어와 이론을 구비하기까지에는 많은 모색이 필요했다. 처음에는 문학의 갈래를 시가와 산문으로 크게 나누는 것으로 관례를 삼았으나, 그 기준이 율격을 갖추었느냐 하는 데 있을 수밖에 없었으므로, 거기에 머물지 않고 새로운 모색을 해야만 되었다. 갈래 체계를 마련하고 갈래를 구분하는 작업은 문제점을 모두 해소하는 완벽한 것이 될 수는 없다 하겠는데, 그럴 수밖에 없는 이유의 하나는 한 갈래를 이루는 작품의 성향이 한결같지 않다는 데 있다. 가령, 소설에는 극적 소설이 있고 희곡에는 서사적인 희곡이 있게 마련이다. 그래서 이러한 현상을 무리 없이 처리하려면 소설은 서사이어서 희곡과는 애초에 다르다는 데 집착하지 말고 문학에는 오직 서사적 성향을 가진 것과 희곡적 성향을 가진 것이 있다고 하는 편이 타당하다는 견해도 있을 수 있으나, 그렇게 해서는 혼란이 가중될 염려가 있다. 그 대신에 '서사적 희곡'이라고 할 때 관형사 쪽은 이차적인 특징을, 명사 쪽은 소속 관계를 나타낸다고 해, 이차적인 특징의 영역을 인정하는 것이 더 나은 방법일 수 있다. 이러한 근거에서

'서정적 가사' 도 있고, '교술적 시조' 도 있다고 보아야 작품의 실상이 갈래 개념 때문에 왜곡되지 않을 수 있다.

3) 문학의 특질 : 한국문학은 시가의 율격에 따라 그 특질이 잘 나타난다. 한국 시가는 정형시의 경우에도 한 음보를 이루는 음절수가 변할 수 있고, 음보 형성에 모음의 고저 · 장단 · 강약 같은 것들이 작용하지 않으며, 운韻이 발달되어 있지 않은 것을 특징으로 삼는다. 고저를 갖춘 한시, 장단을 갖춘 희랍어 · 라틴어시, 강약을 갖춘 영어나 독일어시에 비한다면 단조롭다고 느껴질 수 있으나 그러한 요건을 갖추지 않은 특질을 공유하고 있는 프랑스어 시나 일본어 시와는 다르게 음절수가 가변적일 수 있기 때문에 오히려 변화와 여유를 누린다. 가령, 시조가 대표적인 정형시라고 하지만, 마지막 줄의 앞부분은 특이한 규칙을 가져야 한다는 점만 정해져 있을 따름이고, 각 음보가 몇 음절씩으로 구성되는가는 경우에 따라 달라진다. 그래서 작품마다의 율격이 특이하게 이룩될 수 있는 진폭이 인정된다. 정형시로서의 규칙은 최소한의 것으로 한정되고, 가능한 대로 변이의 영역이 보장되어 있을 뿐만 아니라, 그 범위를 확대해서 자유시에 접근하려는 시형이 일찍부터 여러 가지로 나타났다. 시조의 제약이 불편하게 느껴져서 사설시조가 생겼고, 판소리에서는 전체적으로 고정된 격식이 없으면서 갖가지 율격 형태를 필요에 따라 다채롭게 활용했다. 그런가 하면, 현대시에 이르러서도 서구의 전례를 따른 자유시로만 보이는 것들 중에도 전통적인 율격을 변형시켜 계승한 예가 적지 않다. 이러한 특질은 미의식 일반으로 확대시켜 이해할 수 있다. 흔히 '멋' 이라는 것은 이러한 미의식을 지적한 말이다. 멋은 미술의 선이나 음악의 가락에서 확인될 뿐만 아니라, 문학적 표현의 기본 원리이기도 하다. 멋과는 거리가 멀 것 같은 한문학에서도 격식과 꾸밈새를 못내 나무라며 천진스러운 기풍인 천기天機를 그대로 드러내고자 했다. 구비문학이나 국문문학에서는 시가의 율격은 물론 수사법과 작품 전개의 방식 전반에서 애써 다듬어 기이한 효과를 내는 것을 멀리했다. 일상생활에서 하는 자연스러운 말을 그대로 살리고자 했으며, 유식한 한문 문구는 웃음을 자아내도록 하고자 끌어오기 일쑤이다. 다만 현대문학에 이르러서는 서구어 번역체가 등장하면서 사정이 달라진 국면이 있으나 전통적인 미의식의 계승으로 한때의 어긋남이 극복될 수 있는 전망이다. 함께 일하며 노는 사람들이 누구나 같은 자격으로 어울리는 마당놀이는 한국 예술의 기저를 이룬다. 탈춤을 공연하더라도 놀이패가 하는 짓에 구경꾼이 개입해 대방놀음을 유지하고 삶의 영역을 그대로 연장시키면서 비판적으로 다룰 따름이지 극적 환상을 만들어 내지 않는다. 비극의 흔적은 찾아내기 어렵고 연극의 전통이 비판적인 희극으로 일관되어 온 것은 우연한 일이 아니다. 연극의 영역을 넘어서더라도 비장한 것을 구태여 높이 평가하지 않으며, 오히려 골계미를 통해 깊은 진실을 드러내고자 한다. 서사문학의 자취를 살피자면, 고대의 신화가 이미 역사적인 경험을 현세의 영역에서 다룬 것을 주목할 필요가 있다. 천상계는 지상계와의 관련에서 의미를 가지고 현실적인 문제를 해결하는 데 기여한다. 서사 무가나 소설이 불교 또는 도교의 영향을 받아서 저승이나 천상을 더욱 구체적으로 표현할 때에도 이러한 특징이 달라지지 않았다. 사람으로서는 도저히 넘어설

수 없는 한계에 부딪쳐 좌절할 수밖에 없는 비극적 인간상은 찾기 어려우며, 굳어진 관념의 한계를 깨고 삶의 발랄한 양상을 드러내는 데 더욱 힘썼음은 여러모로 확인할 수 있다. 이른 시기의 불교설화가 이미 비속한 경험에서 진실을 찾자는 방향으로 전개되었으며, 지위에 따른 관념에 집착하는 인물을 우스꽝스럽게 다루면서 후대의 서사문학도 생기를 되찾고는 했다. 문학사적 전환의 논리도 이러한 각도에서 이해할 수 있다. 불교문학이 교리를 풀이하는 데 힘을 기울이며 번쇄한 논설을 늘어놓자, 관념을 파괴해야 진실에 이를 수 있다는 선시禪詩가 나타나 아주 파격적인 표현 영역을 개척했다. 유학에 근거를 둔 문학이 교화를 베푸는 데 우위를 두어 굳어지자, 박지원朴趾源 같은 사람은 글로써 놀이를 일삼는다는 뜻에서 '이문위희以文爲戱'를 내세워 역설과 풍자로 가득찬 기발한 문장을 이룩했다. 시조에 맞서서 사설시조가 나타나고, 이상주의적 성향의 영웅소설을 밀어내고 판소리계 소설이 인기를 모은 것도 같은 방식의 전환이었다. 현대소설에서 묘사 위주의 사실주의가 뚜렷한 타개책을 찾지 못하고 있을 때, 탈춤이나 판소리를 계승한 비판적 사실주의가 시대적 사명을 맡아나선 데서도 전환의 논리가 달라지지 않았음을 확인할 수 있다.

문학건설 文學建設 1932년 12월 이기영李箕永·이북만李北滿·한설야韓雪野 등이 창간한 문예지. 편집 겸 발행인은 박동수朴東洙. 창간호가 종간호이다. 처음에는 문예·영화·연극 등 대중종합예술지로 계획했다가 변형했다. 집필진은 거의가 경향파 또는 카프KAPF 운동에 가담했거나 전환한 작가들이었다. 그 내용도 역시 좌익적 성격을 담고 있다.

문학과 지성 文學—知性 1970년대 발행되던 계간문예지. 1970년 8월 가을호로 창간해 문학의 순수성과 자유를 옹호하는 편집 방향을 지향했다. 1970년대에 문학의 순수·참여 문제로부터 리얼리즘에 이르기까지의 논쟁에서 계간지 《창작과 비평》과는 대립적인 입장을 고수했다. 창간 때에는 출판사 일조각一潮閣에서 발행했고 한만년韓萬年이 발행인이었으나, 1977년 여름부터 독립해 김병익金炳翼·김주연金柱演·김치수金治洙·김현 등 4인의 편집동인 체제로 기획되어, 기왕의 폐쇄적인 동인지의 한계를 극복하면서 월간문예지의 무개성적인 기획을 타파, 에콜지로서의 성격을 뚜렷이 했다. 1980년 여름호까지 통권 40호를 낸 후 폐간되었다가 1988년 봄 《문학과 사회》로 이름을 바꾸어 복간되었다. 1970년대 한국 인문과학 분야의 지성을 대표할 만한 필자들의 논문을 정선해 실음으로써 각 분야의 앞으로 나아가야 할 방향들에 대해 다양하게 타진해 보고자 했다. 또한 평론과 문학작품들도 문단을 이끌어 나갈 만한 역량있고 수준 높은 작품들로 엄선했음이 돋보인다. 4·19의거 문학 의식과 자유주의를 바탕으로 문학에 대한 지적 접근과 형식미학적 측면을 특히 강조했으며 1970년대 대표적인

▲문학과 지성 창간호, 1970년 8월.

문인들의 발표의 장으로서 크게 기여했다.

문학비평 文學批評 문학에 관한 해석 · 평가 등 지적 논의의 총칭. 그것은 일단 창작 행위의 결과인 문학작품보다 시간적으로 뒤에 놓여지는 것이라 할 수 있다. 그러나 문학이 가장 원초적인 형태의 감정 표현이나 집단적 체험의 무의식적 표출이라는 수준에서 벗어나 어느 정도 의식적 동기를 포함하게 되면서부터는 비평적 노력이 창작 활동 자체에 관여하며 작품 생성의 의식적 인소因素가 된다. 그러한 뜻에서 문학이 있는 곳에 문학에 관한 의식, 곧 비평이 된다는 일반화가 가능하다. 다만, 우리 문학사의 초기 단계에 있어서의 문학비평은 문헌기록의 부족으로 인해 자세한 모습을 찾아볼 수 없으며, 단편적인 자료를 통해서나마 문학에 관한 인식의 일부를 미루어 살펴볼 수 있는 것은 대략 1세기 무렵 이후의 일이다. 그리고 그나마의 자료들도 아주 적어서 우리나라의 문학비평은 10세기 이전의 시기에서 간추려 낼 만한 것이 넉넉지 않다는 아쉬움이 있다. 한국문학비평을 총체적으로 정리하는 데에 유의해야 할 또 하나의 사항은 흔히 고전비평이라고 불리는 19세기까지의 비평이 거의 한문으로 되어 있으며, 그 대부분은 한문문학을 논의의 대상으로 삼은 것이라는 점이다. 이와 같은 사정은 당시의 역사적 · 문화적 조건 아래에서 불가피한 것이었으나, 이로 말미암아 문학비평의 영역과 문제가 한문학에 집중되는 편향이 나타났다. 반면에 국문학은 17세기까지의 문학비평에서 산발적으로 언급되다가 18세기 무렵부터 비교적 활발하게 논의되기 시작했다. 이러한 사정으로 인해서도 우리 것으로 단절되듯이 여겨져 왔다. 아울러 고전비평은 중국비평의 전례典例에, 현대비평은 서구문학이론의 압도적인 영향에 의지해 발전할 수 있었던 것처럼 여기는 이식 · 영향사관이 이러한 통념과 결합되기도 했다. 물론 우리 문학비평이 19세기 말, 20세기 초를 고비로 심각한 갈등과 변모를 보였다는 점에는 의문의 여지가 없다. 고전비평과 현대비평이 각기 동아시아 문학사상의 전통과 근대서구문학이론에 적지 않게 연관되어 있다는 점도 마땅히 인정하고 해명하지 않으면 안된다. 그러나 이 모든 사항에도 불구하고 문학비평이 한 문화 집단의 창작적 실천과 뗄 수 없는 관련을 지닌 의식의 소산인 한, 어떠한 시대적 갈등과 단층에도 불구하고 그 전체를 꿰뚫어 흐르는 문제의 연속은 존재하게 마련이며, 각 시대마다의 문학사적 맥락에서 스스로의 논리를 개척하고, 또는 외래적 영향을 흡수하는 데에 작용한 주체적 요구가 없을 수 없다. 이와 같은 점들이 비평이론 및 비평사 연구의 구체적 성과로 충실히 해명되려면 아직도 많은 연구가 필요하다. 여기에서는 20세기 한국문학비평의 전개 양상을 개관하기로 한다. 20세기의 한국문학비평은 보통 개화기라 불리는 계몽적 이념의 시대로부터 시작된다. 이 시기에 나타난 신소설, 역사 · 전기물, 그리고 풍자적 단편의 작가들과 논평자들은 당대의 상황적 요구와 관련해 문학의 기능과 효용을 파악했다. 이 무렵의 대표적 문학론은 문학의 도덕적 · 사회적 · 정치적 효용성을 근본으로 삼고 있다. 문학, 특히 소설은 가장 가깝고도 구체적인 경험에 호소함으로써 사람의 마음을 감동시키고 깨우치는 데 다른 무엇보다 큰 효과를 발휘하므로, 이를 통해 인심을 맑게 하고 풍속을 개량하며, 나아가서는 사회적 · 정치적 자각을 전파하는 현실적 효용을 가진다는 것이 그 요지이다. 이러한 논리는 문학의 공용성을 중시한 유가적 관점의 바탕 위에 사회적 격변기의 요구가 결합된 결과로 해석된다. 그러나 이러한 문학론은 1910년대에 들어서면서 일제의 한반도 강점에 따른 이념성의 억압이라는 외적 요인과 주정주의적 문학론의 등장이라는 내적 요인에 의해 새로운 국면을 맞게 되었다. 이 시기의 대표적 비평가인 이광수李光洙는 19세기까지의 문학과 문학론이 인간의 이지理智만을 존중하고 정情을 낮게 봄으로써 잘못에 빠졌다고 비판하고, 유교적 도덕주의에 대한 반명제로서 일종의 감상주의 · 반도덕주의를 지향했다. 이에 따라 개화기의 문학론이 지닌 도덕적 · 사회적 효용주의의 논리와 현실에의 관심은 퇴색하고, 대신 문학의 심미적 가치와 정서적 감응 및 개성이 중요한 것으로 부각되었다. 한편, 비슷한 시기에 몇 편의 문학론을 쓴 신채호申采浩는 이와 상반되는 입장에서 문학의 교육적 · 사회적 가치를 중시하고, 당대의 문학이 현실도피적 환각의 유희에 기울어지는 경향을 비판했다. 이렇듯이, 서로 다른 지향은 1920년대 초기의 낭만적 문학관과 프로비평 사이의 갈등으로 계속되었다. 1910년대 이광수의 문학론에서 예비 단계를 거친 주정주의 문학관은 1920년대 초기의 문학운동을 거치면서 박영희朴英熙 · 황석우黃錫禹 · 김억金億 · 박종화朴鍾和 등에 의해 낭만주의적 · 유미주의적 문학론으로 심화되었다. 그리고 1920년대 중엽에 이를 비판하면서 등장한 신경향파, 즉 카프KAPF 계열의 비평가들은 문학의 사회적 의의와 투쟁적 기능을 제창했다. 이들 카프계열의 비평가들은 이전의 문학과 문학론을 자본주의적 사치와 허위의식의 소산이라 비판하고, 역사발전의 원동력으로 기여하는 문학의 의의를 역설했다. 한편, 이에 대응한 이광수 · 김억 등은 각기 다른 입장에서 문학의 예술적 자율성, 또는 계급에 우선하는 민족의 일체성을 논거로 해서 이에 대응하는 논리를 모색했다. 한편, 1930년대 초기의 이른바 외부정세의 악화와 함께 프로비평의 흐름은 일단 활기를 잃었는데, 이 무렵에 박용철朴龍喆과 김환태金煥泰 등의 비평활동이 시작되었다. 이들의 비평적 관점은 멀리 1920년대 초기의 낭만적 · 유미적 문학론의 흐름을 계승해 발전시킨 것이면서, 1920년대 중엽 이래의 프로비평에 대한 반작용의 의미를 지닌 것이기도 했다. 그러나 그들은 문학의 예술적 신비에 대한 개인적 체험과 감상의 소중함을 강조한 나머지 흔히 인상주의적 비평으로 기울어졌고, 가치 평가의 문제에 있어서는 프로비평의 교조적 객관주의에 대조되는 주관주의에로 치우치는 경향을 나타내었다. 이들보다 조금 늦게 등장해 1930년대 중엽 이후에 중요한 활동을 보인 김기림金起林과 최재서崔載瑞는 현대영미비평의 경향을 소개 · 원용하면서 김환태류의 주관주의적 경향과 프로비평의 도식성을 극복하고자 했다. 1945년 이후 남북 분단까지의 현실상황은 문학비평 또한 이데올로기적 대립의 양분법 속에 편입시켰다. 따라서, 이 시기의 비평은 과거의 성과를 정리해 출간한 것들을 제외하고는 대체로 이념의 선택과 지향을 둘러싼 선언서적 논쟁에 지배되었다. 이에 따라 1950년대는 작품론에 있어서의 일부 성과를 제외하고는 비평에 있어서 뚜렷한 진전을 기록하지 못했다. 1960년대의 비평은 이에 비해 다소 활기를 띠었고, 내용 또한 다양화되는 경향을 보였다. 영미신비평이 소개되고 형식주의적 문학론이 시도되는 한편, 1960년대 초의 사회적 · 정치적 격변의 체험을 계기로 문학의 사회적 의의와 기능에 대한 관심이 새로이 커지면서 순수-참여논쟁을 통해 비평적 쟁점이 날카롭게 부각된 것도 이 시기의 일이다. 또한, 1960년대 말에는 서구적인 문학사조와 이론에의 일방적 편향에 대한 회의적 관점이 대두하고, 전통의 계승과 단절문제를 둘러싼 문화사적 논의가 계속되면서 문학비평의 주체적 근거와 의미에 대한 관심이 커지기 시작했다. 1970년대의 비평은 이의 연장선상에서 비평적 전제와 이론구조의 차이를 좀더 첨예하게 드러내었다. 그리하여 한편에서는 문학의 역사성과 현실적 의미와 기능을 중시하는 방향에로, 다른 한편에서는 문학의 자율성과 내면적 · 보편적 가치를 옹호하는 방향에로의 논리화가 진행되고, 이와 같은 양분법적 구도만으로는 포괄할 수 없는 여러 경향들까지 공존하면서 1980년대에 이르고 있다. 오늘날의 한국비평이 지닌 과제는 이러한 상황을 생산적 토론에로 이끌어올림으로써 문학의 내면적 · 예술적 가치와 사회적 가치를 통합하는 한편, 서구 비평에 일방적으로 치우치는 것을 지양해 한국문학의 체험과 과제에 바탕을 둔 비평이론 및 실천을 확립하는 데에 놓여 있다.

문학사 文學史

1) 문학사의 개념 : 문학사의 개념은 문학의 역사적 발전의 과정 그 자체를 가리키는 경우도 있으나, 보통 그것에 대한 기술 또는 연구의 뜻으로 본다. 문학 개념 그 자체의 다의성에 따라, 문학사는 반드시 미적 의미에 있어서의 문학만을 대상으로 하지 않고, 문서의 형식으로 전해지는 문화적 소산, 예컨대 종교적 · 학술적 저작을 포함해 다루는 일이 적지 않다. 다만, 현대의 문예학의 입장에서는 예술로서의 문예로 한정하려는 경향이 강하다. 그 방법에 있어서는 예로부터 주로 문헌학의 향도嚮導에 입각해 사실史實의 정리 · 고증을 중심으로 행해졌으나, 근대에 와서는 그 기초 위에 여러 가지 관점에서 문학사 고유의 방법을 사용하게 되었다. 정신과학적 · 예술학적 자각에 입각한 문예학의 입장에서는 단순한 문헌학적 · 실증적 연구를 넘어서 작품의 정신사적 의미를 문제로 하고, 또 여러 가지 양식적 특징을 적출해 문예의 사적 발전의 내면적 논리를 밝히는 것이 요청되었다. 또, 현대에는 사회학적 · 경제사적 관점에 의거한 연구도 유력한 조류를 이루었다. 문학은 각 민족의 국어와 불가분의 관계에 있으므로 문학사도 국민문학사의 형태를 취하나, 근대에 와서는 국가간의 교류가 진전됨에 따라 상호간의 교섭 · 영향을 추구하고 한 국가의 문학을 널리 외국의 그것과 관련해, 이른바 비교문학의 성립을 보게 되었다. 단 이 개념은 학문적 명칭으로서는 적격성이 결여되므로 정확하게 말한다면 연구 내용에 따라 비교문학사라고 불러야 할 것이다.

2) 문학사의 시대구분 : 문학사의 시대구분 방법을 살펴보면 왕조 교체에 의한 방법, 사회경제사적 방법, 민족정신의 전개에 의한 방법, 문예사조에 의한 방법, 절충적 방법, 문학의 발전 단계를 설정하는 방법 등이 있어 왔다. 문학을 그 자체로서 다루어야 할 것인가 아니면 역사적이거나 사회적인 조건을 중요시해야 할 것인가, 한국문학사만의 시대구분으로 만족해야 할 것인가 아니면 세계문학사와의 관련에서 기준을 얻거나 결과를 확인해야 할 것인가 하는 논란이 시대구분 방법론의 저변에서 작용하고 있

다. 맨 처음으로 나온 문학사인 안확安廓의 《조선문학사》(1922)에서는 시대를 상고시대 · 중고시대 · 근고시대 · 근세시대 · 현대로 나누었다. 이름은 시간의 원근에 의한 구분을 표방하고 있으나, 실제로는 왕조 교체에 의한 구분이다. 왕조 교체에 의한 시대구분은 기준에 혼란이 없고, 구분 결과가 명확하다는 장점을 가진 반면에, 왕조사와 문학사가 얼마나 깊은 관계를 가지는가 하는 점을 두고서 제기되는 의문을 해소하기 어렵기에 바람직하지 않은 것으로 평가되어 왔다. 그렇다고 왕조 교체가 문학의 변모와 연결되어 있는 양상을 무조건 부정하는 것이 능사일 수도 없다. 그래서 다른 기준과 절충시켜 왕조 교체에 의한 시대구분을 다소 수정해서 이용하는 것이 가장 널리 채택되고 있는 방식이다. 사회경제사적 시대구분이 문학에서는 역사의 경우만큼 진척되지 못했으며, 이명선李明善의 《조선문학사》(1948)라는 단 하나의 예만 남겼다. 이명선은 세계사가 노예제사회 · 봉건사회 · 자본주의사회로 전개되어 왔다는 유물사관을 따라야 한다면서, 신라 통일 이후가 봉건사회이고, 갑오경장 이후가 자본주의 사회라고 했다. 그런데 이 방법은 기본 전제에 문제가 있을 뿐만 아니라, 문학의 실상에 대한 고려나 입증 없이 시대구분을 서둘렀으므로, 그 결과가 불신되고 있다. 시대구분을 민족사의 견지에서 이룩하려는 노력이 조윤제趙潤濟의 《국문학사》(1949) 및 《한국문학사》(1963)를 통해서 나타나 이와 좋은 대조를 이루었다. 조윤제는 민족사가 민족정신에 따라서 전개된다 하고서, 문학사는 민족정신의 생명체적 발전을 기준으로 삼아 이해되고 서술되어야 한다고 했다. 이러한 이론에 따라서 시대구분을 한 결과는 태동시대 · 형성시대 · 위축시대 · 잠동시대 · 소생시대 · 육성시대 · 발전시대 · 반성시대 · 운동시대 · 유신시대 · 재건시대를 설정하는 것으로 구체화되었다. 민족정신이란 모호한 개념이고 이론이 관념에 치우쳤다는 비판을 받을 수 있으나, 실제로 시대구분을 하는 데 있어서는 사회적 여건의 변화와 문학의 실상이 달라진 과정을 다각도로 고려한 편이다. 그러나 민족정신은 대립을 넘어서야 온전할 수 있다고 보았기 때문에 문학의 여러 영역이 서로 어떤 관계를 가지면서 지속과 함께 변화를 구현했던가는 설득력있게 파악할 수 없었다. 다른 무엇에 의거하지 않고 문학의 실상을 포괄하는 방안이 있다면 그것은 문예사조에 의한 시대구분이라고 할 수 있다. 그런데 문예사조가 서구에서 정립된 전례에 따라서 이해되고 현대문학사에 국한해 먼저 논의되었으므로 이 방법은 문제를 안고 들어왔다. 백철白鐵의 《조선신문학사조사》(1948 · 1949)에서는 현대문학사가 서구의 문예사조를 이식한 역사라고 하면서, 낭만주의 · 퇴폐주의 · 자연주의 · 신경향파 등의 사조가 어떻게 이해되고 수용되었던가를 고찰하는 것으로 문학사 서술의 과제로 삼았다. 그 결과 고전문학과 현대문학의 단절은 의심할 바 없이 논증된 것 같고, 서구 문예사조를 표방하지 않은 작가는 고려할 여지가 없는 듯 처리되고, 현대문학은 여러모로 기형적인 문학이라고 하게 되었다. 문예사조에 의한 시대구분은 원칙적으로는 바람직하다고 하겠으나, 문예사조의 개념을 추출하고 정립하는 작업이 적지않은 어려움을 지니고 있다. 1970년대 후반부터 1980년대에 걸쳐 나온 문학사 몇 권은 시대구분의 방법을 중요시하면서도 특별한 대책을 강구하기보다는 왕조 교체에 의한 구분을 근간으로 하면서 다른 사정까지 고려한 절충론을 택하고 있다. 김석하金錫夏의 《한국문학사》(1975)에서는 시대구분이 문학의 질적 변화가 나타난 과도기글 중심으로 이루어져야 하고 사회나 사상의 변화에 이르기까지 다각적인 고려를 하면서 구체적인 근거를 찾아야 한다고 했다. 그렇게 해서 이루어진 시대구분은 원시종합예술기·고대문학기·중세문학기·근세문학기·개화문학기·현대문학기로 나타났다. 장덕순張德順의 《한국문학사》(1975)에서는 왕조 교체와 문학 갈래의 전개를 함께 고려하면서 각 시기마다의 대표적인 갈래의 역사를 서술하고자 했다. 이렇게 하자 선택된 갈래가 아닌 것들은 소홀하게 취급되지 않을 수 없었으며, 여러 갈래에 걸쳐서 나타난 변화를 밝힐 수 있는 자리가 마련되기 어려웠다. 김동욱金東旭의 《국문학사》(1976)는 비교문학적 관점을 강조하고 문화사로서의 포괄성을 가지고자 애쓰는 한편, 시대구분의 문제에 대해서는 적극적인 관심을 보이지 않은 편이었다. 지금까지 다룬 문학사에서는 근대문학 또는 현대문학이 갑오경장과 더불어 시작되었다는 데 대해서 그 어느 것도 의문을 표시하지 않았다. 한결같이 근대문학이 서구 근대문학의 이식이라는 전제를 구태여 부정할 필요가 없다는 생각이 작용했다고 하겠다. 하지만 바로 그 점이 문학사에서 가장 큰 쟁점이다. 서구의 영향과 자극은 인정해야 마땅하지만, 근대문학을 지향하거나 이룩한 내재적인 성과를 찾아야 한다는 것이 새로운 관심사로 등장하면서 논의의 각도가 달라지지 않을 수 없었다. 한동안 비평적인 논란이 있고 난 후에 김윤식金允植·김현의 《한국문학사》가 나오자 새로운 관점이 문학사 서술을 통해서 부각될 수 있었다. 거기서는 영조·정조시대인 18세기에서 4·19까지의 문학사를 서술하면서, 갑오경장 이전에 이미 근대의식의 성장이 문학에서 나타난 자취를 추적하고자 했다. 이렇게 되자 근대문학의 개념과 형성을 두고 문제가 제기되었으며, 근대문학이 문학 발전의 한 단계라면 그 앞 단계와의 관계는 무엇인가 하는 것도 논의의 대상으로 삼지 않을 수 없게 되었다. 서구와의 접촉을 통해서 근대문학을 이해한 관점을 근본적으로 시정하자면, 고대문학·중세문학·근대문학이 각기 그것대로의 특징을 가지고 순차적으로 전개되어 온 양상에 대한 전면적인 검토가 필요하다 하겠는데, 조동일趙東一의 《한국문학통사》(1982~1988)에서는 그러한 논의에 착수했다. 고대의 자기 중심주의, 중세의 보편주의, 근대의 민족주의가 문학의 존재 양상, 문학 갈래의 체계, 문학담당층의 성향을 통해서 구현된 바를 시대구분의 기준으로 삼았으며, 조선 후기문학은 보편주의를 벗어나지 않았으면서도 민족주의를 지향하고, 한문학과 국문문학, 사대부문학과 시민문학이 공존하고 있어서 중세문학에서 근대문학으로의 이행기문학이라고 규정했다. 여기서의 시대구분은 새로운 제안을 내세울 수 없는 한계를 지닌다. 널리 통용될 수 있는 기준은 역시 왕조 교체에 의한 구분이므로 일단 거기에 기초를 두고서, 고려시대와 조선시대는 전·후기로 나누어 각기 독립된 시대를 삼고자 한다. 이렇게 해야 고려 후기와 조선 전기의 관련성이 어느 의미에서는 고려 전기와 고려 후기 또는 조선 전기와 조선 후기의 관련성보다 더 크다는 것을 드러내는 데 지장이 없게 된다. 조선 후기에서 다음 시대로 넘어가는 계기는 개항도 갑오경장도 아니고 1860년에 동학이 성립된 것이라 보고, 1919년 이후의 신문학운동을 겪고 그 다음 시대가 시작되었다고 하는 관점을 택한다. 1945년 이후의 문학을 끝으로 다룬다.

문학사상 文學思想 1972년 10월에 창간된 월간문예지. 초기에는 주식회사 삼성출판사三省出版社에서 발행하다가, 1973년 2월부터 문학사상사에서 발행했다. 1985년 12월 체재가 완전히 바뀔 때까지는 이어령李御寧이 거의 모든 경영과 편집을 도맡아 했다. 그 뒤부터 회장은 임홍빈任洪彬, 발행인 겸 편집인은 임영빈任英彬이며 주간은 정현기鄭顯琦였다가 1988년 말에 권영민權寧珉으로 바뀌었다. 창간 초기부터 자료조사연구실을 두어 '문학사를 바꾸는 대기획'이라는 명제를 내걸고 자료 발굴에 힘쓴 결과는 문학사에서 높이 평가받을 만한다. 발굴 편수는 고전문학 · 어학자료가 300여 편에 이르고 또한 현대문학 분야에서 미발표 · 미정리된 작품들을 발굴해 그 문학적 가치를 물어보는 '이 작품을 묻는다'라는 기획에서 다룬 작품들도 총 800여 편에 이른다. 또한 해외에 특집기고를 할 수 있는 통신원들을 두어 세계 문학사상의 흐름을 앞서서 소개했으며, 인접 학문 분야의 전문가나 외국인 필진들의 글도 게재했는데, 특히 외국의 일급 작가 및 사상가들에게 직접 원고를 청탁하기도 했다. 그밖에 이상문학상 · 소월문학상 · 신춘문예 · 신인발굴 등의 제도를 두어 문인들의 작업 활성화를 도왔다. 순수문예지를 고집하기보다는 다양한 기획을 통해 문학사에 기여하고자 한 것이 이 잡지의 주된 특징이었다. 그러나 1986년 이후 경영 · 편집진들이 바뀌면서 특색있는 기획들은 줄이고 순수하게 한국문학만을 다루는 방향으로 바뀌었다.

▲문학사상 창간호. 1972년 10월.

문학사조 文學思潮 문학이 지닌 사상의 역사적 흐름. 문학사조를 다루는 관점과 태도는 여러 가지로 구별될 수 있다. 우선 시대사조로서의 문학사조와 특정 시대를 초월한 범시대사조로서의 문학사조로 구분하는 방법이 있다. 고전주의를 그리스 · 로마의 고전주의, 17~18세기의 고전주의, 현대의 고전주의로 나누어 보는 경우가 전자에 해당된다면, 고전주의의 범시대적인 특성을 추상해 내는 경우가 후자에 해당된다. 그 다음으로 각 민족, 각 국가별로 보는 문학사조와, 민족이나 국가를 초월한 세계 문학으로서의 문학사조를 구분하는 방법이 있다. 후자의 경우는 민족적 · 국가적 특성보다는 세계성, 즉 세계적 보편성과 공통성을 중시하게 된다. 문학사조는 문학이 역사적으로 발전해 온 사상적 흐름을 중심으로 한 개념이므로 일종의 정신사라고 할 수 있으며, 따라서 그 시대의 정치 사상, 사회 및 경제 사상, 종교 및 도덕 사상 등과 밀접한 관련을 맺는다. 그리하여 문학사조는 그 시대의 일반적 사상 체계와 관련지어 다루어져야 하며, 세계관과 인간관에 의거한 논리적 · 체계적 기술이 되어야 한다. 또한, 문학사조는 문학을 중심으로 한 개념이므로 문학에 나타나는 양식 · 장르 · 구조 · 기법 · 수사 · 형식 등과의 관련하에서 다루어져야 한다.

서구를 중심으로 볼 때 문학사조는 일반적으로 고전주의 · 계몽주의 · 낭만주의 · 사실주의 · 자연주의 · 상징주의 · 유미주의 · 초현실주의 · 모더니즘 · 실존주의 등으로 전개되어 왔다. 그러나 동양 또는 우리 나라의 경우에 이러한 문학사조의 발전 과정이 그대로 부합되지 않는다. 서구의 문학사조가 수세기에 걸쳐 앞의 사조를 부정 또는 계승하면서 뒤의 사조가 형성되는 과정을 보였다면, 우리의 경우에는 1910년대의 계몽주의에 반대해 1920년대의 낭만주의 · 사실주의 · 자연주의 등의 사조가 등장했고, 특히 시 부문에서는 1920년대의 퇴폐 · 우울의 낭만주의를 극복하기 위해서 1930년대의 모더니즘이 등장했다고 볼 수 있으나, 대체로 여러 문학사조들이 혼류 · 공존하면서 전개되어 왔다. 우리 나라의 근대문학이 형성되는 과정에 최초로 등장한 하나의 사상적 흐름으로 계몽주의를 들 수 있다. 계몽주의는 문학을 민중의 계몽을 위한 수단으로 생각하기 때문에, 문학 자체의 입장에서 문학운동을 전개하는 근대의 문학사조에 포함시키기는 힘들다. 그러나 갑오경장 이후 3 · 1운동에 이르는 우리의 근대문학 형성기의 문학이 지닌 사상적 흐름은 계몽주의라고 볼 수밖에 없다. 서구의 계몽주의는 18세기 프랑스 및 독일에서 성숙했다. 합리적이고 이성적인 사고를 중시하며, 반종교적이고 반형이상학적인 과학정신을 교육을 통해 보급 · 계몽함으로써 사회적인 부조리와 민중의 무지 등을 제거하고자 한 사상이다. 우리의 경우에는 서구문명이 흘러들어와 개화에 대한 자각이 싹트면서 민중의 계몽을 목적으로 하는 문학사조가 자연스럽게 발생했다고 볼 수 있다. 창가 · 신소설 · 이광수李光洙와 최남선崔南善의 문학 등이 이에 속한다. 계몽 · 설교를 위한 목적의식이 앞선 이들의 문학에 반기를 든 본격적인 근대 문학사조가 출현하기 시작한 것은《창조》가 발간된 1919년을 전후한 시기이다. 이때부터 시에서는 낭만주의 · 상징주의, 소설에서는 자연주의 · 사실주의 등이 하나의 사조로서 작품 속에서 구체화하기 시작했다. 이들은 혼류 · 공존하면서 1920년대 우리 문단의 흐름을 주도하게 되는데 편의상 사조별로 그 양상을 살펴보면 다음과 같다. 서구에서의 낭만주의는 18세기 말, 19세기 초를 전후해서 계몽주의 또는 고전주의에 반대해 생겨나 한동안 유럽 전역을 풍미한 문학사조이다. 우리 나라의 낭만주의는 근대시에 대한 의식과 더불어 싹텄으며, 당시 식민지라는 특수한 상황 속에서 그 자발적인 감정의 분출이 굴절 · 왜곡되어 특수한 양상을 띠고 있다. 1914년 무렵부터 1919년에 이르는 낭만주의 도입기《태서문예신보》에는 김억金億 · 백대진白大鎭 · 황석우黃錫禹 · 최영택崔永澤 등의 서정시가 많이 발표되었는데, 이것들은 신체시의 단계를 벗어난 자유시 또는 산문시로서, 갑오경장 이후의 계몽주의를 반대하고 개인성 · 주관성이 농후한 낭만적 경향을 띠고 있다. 그러다가 낭만주의는《폐허》《장미촌》《백조》등에 이르러 그 절정에 달했고, 이 주조는 1925년을 전후한 시기의 문단을 풍미한다. 상징주의는 서구의 경우에, 19세기 말에 프랑스를 중심으로 사실주의 · 자연주의 · 고답파 등의 외면적 · 객관적인 경향에 대한 반동으로 일어난 문학사조이며, 상징적 방법에 의해 형이상학적 또는 신비적 내용을 암시적으로 표현하려고 했다. 낭만주의가 감성체계에 바탕을 둔 서정적 소산이라면, 상징주의는 감성계와 경험계를 모두 포괄하면서 동시에 뛰어넘어 그것들의 본질을 직관하는 데에 온 힘을 기울인다. 이렇게 커다란 차이를 지닌 낭만주의와 상징주의가 한국에서는 거의 비슷한 시기에 받아들여져 거의 혼류상태에서 우리의 근대시 형성에 영향을 미친다. 상징주의 이론들과 작품들이《태서문예신보》를 통해서 번역되기 시작했으나 상징주의를 하나의 개별적인 문학사조로서 취급하기에는 그 내면적 심도가 얕으며, 작품 속에서 구체화된 예도 그리 많지 않았다. 1921년에는 우리 나라 최초로 유럽시의 역시집인 김억의《오뇌懊惱의 무도舞蹈》가 나와 상징주의 소개와 영향이 극에 달하게 되었다. 이들의 영향을 받은 상징주의의 대표적인 작품으로는 황석우의〈벽모碧毛의 묘猫〉와 이상화의〈나의 침실로〉 등을 들 수 있다. 사실주의는 서구에서 공상적이고 비현실적인 낭만주의가 한계에 부딪친 19세기 중엽에 당시의 실증주의적인 영향을 받아 출현했다. 현실의 모습을 충실하게 객관적으로 묘사하며, 사물의 유형으로서가 아니라 구체적인 개성으로 파악하고 대상이 추악하더라도 그대로의 특성을 존중해야 한다는 입장을 표방했다. 이 경향은 소설 양식에 적합해, 사실주의 시대는 유례없는 소설의 황금기를 이루었다. 이에서 한 걸음 더 나아간 것이 자연주의이며, 그것은 대상을 자연과학자 또는 박물학자의 시선으로 분석 · 관찰해 검토 · 보고해야 한다고 주장했다. 자연주의의 특징으로는 결정론적 물질주의, 유전과 환경이 인간에게 미치는 영향 분석, 사회의 추악한 면에 대한 폭로, 사회의 총체적인 변혁에 대한 시도 등을 들 수 있다. 한국의 사실주의 또는 자연주의는《창조》에서 비롯된다. 김동인金東仁의〈약한 자의 슬픔〉, 전영택田榮澤의〈천치天痴? 천재天才?〉 등이 사실주의적 작품이며, 작가 스스로도 '리얼리즘'이라는 용어를 쓰고 있다. 이러한 사실주의는 1925년 이후의 프롤레타리아문학에서 사회주의리얼리즘으로, 1930년대 김유정金裕貞의 토착적 리얼리즘으로, 이상李箱의 심리주의적 리얼리즘으로 각각 발전한다. 한편, 1920년대에서 1930년대의 단편소설은 자연주의적인 경향이 매우 농후했다고 볼 수 있으며, 그 뒤로 해방 후의 문학에서도 자연주의는 사실주의와 함께 면면히 이어지고 있다고 할 수 있다. 그 대표적인 작품으로는 염상섭廉想涉의〈표본실標本室의 청개구리〉〈암야暗夜〉, 김동인의〈배따라기〉〈감자〉, 전영택의〈화수분〉을 비롯해 현진건, 나도향의 작품들이 다수 있으며, 장편으로는 염상섭의〈만세전萬歲前〉을 대표작으로 꼽는다. 모더니즘은 19세기 말 사실주의에 대한 반동으로 기존의 가치관, 종교적인 신념 등을 철저히 부정하고, 문명이 가져다 준 인간성 상실에 바탕을 둔 다양한 문예사조들을 아우르는 말이다. 표현주의 · 미래파 · 다다이즘 · 이미지즘 · 초현실주의 · 주지주의 등이 이에 속하며 이들이 우리 문단에서 사조로 형성된 것은 1930년대에 이르러서이다. 기존 낭만주의가 지닌 감정의 과잉과 지나친 내용주의를 극복하고자 하는 문제의식 속에서 크게 성행하게 되었다. 모더니즘의 이론을 가장 많이 받아들여 소개한 이는 김기림金起林과 최재서崔載瑞이다. 이러한 모더니즘은 1950년대를 전후해 새로운 진전을 보이는데, 나아가서는 세계 상실과 허무주의라는 후기모더니즘의 극단적 양상을 보이기도 한다.

문학예술 文學藝術 1954년 4월에 창간된 순문예지. 편집 겸 발행인 오영진吳泳鎭이

주간으로, 박남수朴南秀 · 원응서元應瑞 등을 편집인으로, 처음에는《문학과 예술》이라는 이름으로 2호를 발간하다가 중단, 이듬해 6월부터《문학예술》로 속간호를 냈다. 박남수 · 원응서 · 김이석金利錫 등 월남문인이 주체가 되어 운영. 특히 외국문학 소개에 힘을 기울이는 한편, 추천제를 두어 박희진朴喜璡 · 신경림申庚林 · 박성룡朴成龍 · 성찬경成贊慶 · 인태성印泰星 · 이호철李浩哲 · 선우휘鮮于煇 · 이어령李御寧 · 유종호柳宗鎬 등의 신인을 배출했다. 1957년 12월 통권 32호로 종간했다.

문학인 101인 선언 文學人百一人宣言 1974년 11월 18일 자유실천문인협의회 결성식에서 발표된 선언. 이날 선언에서 문인들은 '오늘날 우리 현실은 민족사적으로 일대위기를 맞이하고 있다'고 전제하고, '사회의 모순과 부조리는 반드시 극복되어야 하지만, 그것은 몇몇 정치가의 독단적인 결정에 맡겨질 일이 아니라 전국민적인 지혜와 용기에 의해서만 가능한 일'이라고 선언한 뒤 ①시인 김지하를 비롯해 긴급조치로 구속된 지식인 · 종교인 · 학생의 즉각 석방 ②언론 · 출판 · 집회 · 결사 및 신앙 · 사상의 자유보장과 모든 지식인의 자유수호운동 ③서민대중의 기본권 · 생존권 보장 및 현행 노동법의 개정 ④자유민주주의의 정신과 절차에 따른 새로운 헌법의 마련 ⑤이러한 주장은 어떠한 형태의 당리당략에도 이용돼서는 안될 문학자적 순수성의 발로이며, 어떠한 탄압 속에서도 계속될 인간본연의 진실한 외침이라는 내용의 5개항을 결의했다.

문학춘추 文學春秋 1964년 4월에 창간된 문예지. 주간 전봉건全鳳健, 편집위원으로 박남수朴南秀 · 백철白鐵 · 서정주徐廷柱 · 황순원黃順元 · 최정희崔貞熙 · 조지훈趙芝薰 등이 있었다. 신인추천제를 두어 이광훈李光勳 · 김의경金義卿 · 박의상朴義祥 등을 배출했다. 창작과 평론을 특집으로 다루는 등 의욕을 보였으나, 통권 15호로 1965년 6월 종간했다.

문형동 文炯東 1943~ 수필가 · 시조시인. 호 연계連溪. 전남 화순 출생. 사평초등학교 졸업(1956). 1987년《한국수필》에〈제사〉〈영원한 고향〉등으로 추천을 받고 수필가로 데뷔. 1988년《시조문학》에〈연주대에서〉등을 추천받아 시조시인으로 데뷔했다. 주요 작품에〈잡초〉〈가을 마곡사〉〈웃음〉등이 있다. 그는 작품을 통해 인간 존재의 뿌리를 찾으려고 노력하며, 뿌리라는 말에 존재의 근거에 대한 상징성을 부여한다. 1988년〈두 번 피는 꽃〉으로《월간문학》수필부문 신인상을 수상했다.

문효치 文孝治 1943~ 시인. 전북 옥구 출생. 동국대 국문과(1966), 고려대 교육대학원 졸업(1980). 1966년〈산색山色〉이《한국일보》신춘문예에,〈바람 앞에서〉가《서울신문》신춘문예에 각각 당선되어 등단했다. 국제펜클럽 한국본부 이사, 한국현대시인협회 부회장, 동국문학인회 회장 등으로 활동하고 있다.《연기 속에 서서》《백제 가는 길》《바다의 문》《선유도를 바라보며》등 6권의 시집과 산문집《시가 있는 길》을 발간했다. 한국적 정서와 의식의 표출로 시작한 그의 시는 유한적 생명과 죽음의 탐구를 거쳐 백제정신과 역사유물을 바탕으로 한 민속적 소재의 시적 변형을 통해 시공을 초월한 영원성을 추구하고 있다. 감각적 이미지와 비유를 구사하면서도 균제된 구도를 지니는 형상화 작업에 주력하고 있다. 1992년 시문학상, 1993년 동국문학상을 수상했다.

물레방아 → 나도향羅稻香

미래파 未來派 20세기 전위파 예술 유파의 하나. 1909년 이탈리아의 시인 마리네티가 파리의 일간신문 《피에로》에 〈미래주의 선언문〉을 발표함으로써 정식으로 출범했다. 마리네티는 19세기 문학의 전통인 낭만주의의 감상주의와 상징주의의 심리적 신비주의를 배격하고 과거 유물의 보존소인 도서관·박물관 등을 매도, 현대를 예찬했다. 현대의 특징은 속도·기계·도시, 특히 공업 지대에 나타나는데, 그것들이야말로 인류의 미래를 위해 희망이 넘치는 시적 소재라고 주장했다. 미래주의자들은 새로운 미학을 수립한다는 목적의식에서 '달빛'을 제거하라고 외쳤으며, 세계의 건강을 위해 전쟁이 좋다고 했고, 특히 기계와 속도의 결정체인 비행기를 예찬했다. 작시법에 있어서는 통상적인 구문의 파괴, 전통적 리듬의 거부, 기발한 글자 배열, 시에서 수학, 화학기호의 사용 등 충격적인 방법들을 거침없이 썼다. 1919년 이후에는 마리네티의 추종자들은 다른 전위파들인 다다이즘, 표현주의, 초현실주의 등에 흡수되든가 전위예술을 포기했다. 러시아에서는 마야코프스키가 미래파에 동조해 상징주의를 누르고 새로운 시운동을 전개하다가 혁명 후에는 잠시 미래파를 혁명예술로 내세우기도 했다. 다른 전위파들과 마찬가지로 미래파는 전통적 문학의 무기력한 부분을 과감히 제거하도록 자극하는 공헌을 했다. 그러한 공헌이 아마도 남긴 작품들보다 더 중요할 것이다.

미의식 美意識 미에 대한 감수성, 또는 식별력. 미적인 것을 수용하고 또 산출하는 정신 태도에 작용하는 의식. 시대와 풍토에 의해 다소 변천하는 부분이 있어도 아름다운 것을 사랑하는 정신은 거의 누구에게나 공통된 보편적인 것이다. 이 정신 활동에는 향수享受와 창조의 양면이 있는데, 이 미의식이 모든 예술의 원천이 되어 왔다. 미의식은 이론적인 의식처럼 개념적이 아니라 감각적·직관적·감정적이며, 일종의 쾌감에 넘쳐 있다.

미풍 微風 → 하유상河有祥

민담 民譚 민속문화의 여러 갈래 중에 가장 문학과 관계가 깊은 것 중의 하나가 민담이다. 민속문화는 인간 사이에 오랜 세월을 두고 입에서 입으로 전해 내려오는 이야기, 노래, 격언, 무용, 제사 방식, 미신, 유희, 우주 만상에 대한 설명 등 일체를 총칭하는데, 그중 민담은 말로 전승되는 길지 않은 동화, 야담, 일화, 우화, 전설, 신화, 농담 등을 포함한다. 민담은 한 사회 공동체의 성격을 알아보기 위한 문화인류학의 자료가 되는 것으로 주로 간주되지만, 한편 고도한 학문적·기술적 노력과 관계가 없는 민간의 예술적 표현으로서도 의의가 크다. 확실히 민담은 단지 이야기의 재료에 그치지 않고 청중의 즉각적 흥미를 돋울 수 있는 소박한 예술적 기교도 가지고 있다. 문자에 의한 정규문학은 민담을 소재로 한 것이 적지 않다. 엄격히 말하자면 항간에 떠도는 이야기라는 뜻의 민담을 소재로 이용한 부분을 안 가진 소설 작품은 없다. 그런데 작가의 성격 또는 의도로 인해 민담적인 성질을 가진 소설이 있을 수 있다. 말을 통해 청중에게 재미있게 전달될 수 있는 소설 작품은 '민담적'이다. 예컨대 김동인金東仁의 〈광화사〉 같은 소설작품은 민담을 소재로 하고 있다. 그러나 이상李箱의 〈날개〉는 민담적이라 할 수 없을 것이다. 일반적으로 말해서 인쇄문화가 철저히 보급된 오늘날 소박한 예술양식으로서의 민담은 쇠퇴했다고 볼 수밖에 없다.

민병도 閔炳道 1953~ 시조시인. 호 남강南岡. 경북 청도 출생. 영남대 미대(1976) 및 동 대학원 졸업(1981). 1978년 《시문학》에 〈기러기〉가 추천을 받아 등단했다. 《오류》 동인으로 작품 활동을 전개했고, 시와 그림(한국화)을 병행하면서 창작 활동에 상호상승의 효과를 꾀했다. 1990년 이후로는 이호우문학기념회를 결성했고, 《개화》의 편집주간으로 시조의 중흥에 기여하고 있다. 월평과 작품해설 등의 이론의 체계화에도 노력을 기울이고 있으며, 대구미술협회 회장으로 활동하고 있다. 주요 작품으로 〈마을〉 〈오원吳園의 눈〉 〈불이不二의 노래〉 〈솔〉 〈갈대〉 등이 있으며 시조집으로 《설잠雪岑의 버들피리》 《숨겨둔 나라》 《갈 수 없는 고독》 《무상의 집》 《불이의 노래》 《만신창이의 노래》 《지상의 하루》 등이 있다. 시화집에는 《매화梅花 홀로 지다》가 있다. 단순서정과 사물에 대한 객관적 접근자세를 보였던 초기 시에서 1980년대를 지나면서 현실에 대한 고발과 비판, 인간성 회복 등 사회성 짙은 시를 추구했다. 1990년대에 〈불이의 노래〉라는 일련의 연작시들을 쓰면서 사유와 명상에서 얻은 존재의 가치와 철리哲理에 의미를 부여하기도 했다. 특히 자연을 관조함으로써 얻는 삶의 지혜를 작품화하는 데 노력했으며 역사성의 성찰에 대한 평가도 함께 받는다. 1991년 제1회 한국시조작품상, 1997년 제15회 정운시조문학상, 1998년 제1회 대구시조문학상 등을 수상했다.

민병삼 閔丙三 1941~ 소설가. 대전 출생. 호 대전大田. 연세대 국문과(1967) 및 국민대 대학원 졸업(1982). 1970년 《현대문학》에 단편 〈화실畵室의 난산難産〉 〈아흔아홉번째의 편지〉가 추천되어 등단했다. 이후 창작집 《고양이 털》 《가시나무집》을 출간했으며, 단편 〈겨울동화〉 〈비둘기와 쥐 두 마리〉 〈우리네 풍속도風俗圖〉, 중편 〈버스 종점〉 〈우울한 광대의 끝〉 〈아들의 여름〉 등 많은 작품을 꾸준히 발표했다. 1967년부터 1982년까지 고등학교에서 교직 생활을 했으며, 국민대 · 추계예술대 · 유한대 · 서울산업대 등에서 강사를 역임했다. 소설집에 《다시 밟는 땅》 《터널과 술잔》 등이 있으며, 장편 〈그 여름 날개 내리다〉 〈임의 향香〉 〈랭보와 블루스를 추고 싶다〉 〈내겐 너무 아름다운 여자〉 〈서울 피에로〉 〈화도〉(전3권) 등을 간행했다. 그의 작품들은 사회적 영역 속으로 확장해 가는 인물들의 의지가 성격화된 소설이라기보다는 인물 각자가 일차적으로 딛고 서 있는 가정을 지키는 스스로의 의지를 질곡의 시대와 사회 상황 속에 대응해 가며 자기지킴을 확고히 하는 모습을 보여준다고 할 수 있다. 그리고 그것은 정통적인 소설적 기법에 의해 서술되고 있으며, 대부분의 경우 스스로의 영역을 확보하고 있고 그것이 이 작가의 덕목이기도 하다. 한국소설문학상, 동서문학상 등을 수상했다.

민영 閔暎 1934~ 시인. 강원도 철원 출생. 만주 명신소학교 중퇴. 1957년 《현대문학》에 〈동안童顔〉, 1959년 〈죽어가는 이들에게〉 〈석장石場에서〉가 추천완료됨으로써 등단했다. 이후 〈후 귀거래사〉 〈도정기〉 〈아씨〉 〈가신 이의 말씀〉 〈보리고개〉 〈속요조〉 〈겨울 밤〉 등 우리 삶의 일상적 서정들을 아름다운 가락으로 노래했다. 또한 그의 시 가운데는 단형시가 많은데 이는 고도의 함축과 시적 비유를 통해 시를 형상화했기 때문이다. 소시민들의 일상, 토착적 삶의 애환과 그들의 한의 정조, 낙관적 정서를 잘 짜여진 가락으로 노래했다. 시집으로 《단장》 《용인 지나는 길에》 《냉이를 캐며》 《엉겅퀴꽃》 등이 있다. 1983년 한국평론가협회상을 수상했다.

민용환 閔勇桓 1929~ 시인. 호 능암陵岩. 전북 정읍 출생. 고려대 국문과 졸업(1952). 1956년 시집《심영心影》을 출간하면서 작품 활동을 시작했다. 1957년《호서문학》《대전일보》등지에〈고목枯木의 변辯〉〈합장合掌〉〈사랑의 몸짓〉등을 발표했다. 한국자유시인협회 및 한국신문예협회 부회장, 한국불교문화협회 이사, 한일문인회 상무이사, 호남문학회 이사 등을 역임. 주요 작품으로〈범종梵鍾〉〈자화상〉〈분재목盆栽木〉〈합장〉등이 있으며 시집에는《범종》《사랑아 금수강산아》등이 있다. 이밖에 저서로《국어문법교실》《국어음운론》등이 있다. 서민의 내면적 삶의 현장에서 불교사상에 바탕을 두고 모든 역리逆理와 갈등을 역사적 현실에 밀착된 공동체의식의 환유로 응축·승화시켜 시화하는 극복의 의지를 보인다는 평가를 받는다. 제5회 일붕문학상을 수상했다.

민족개조론 民族改造論 이광수李光洙의 논문. 1922년《개벽》에 발표된 것이다. '민족의 생활진로의 방향 전환, 즉 그 목적과 계획의 근본적이요, 조직적인 변경'이라는 민족 개조의 의의, 역사상으로 본 민족 개조운동, 갑오甲午이후 한국에서 있었던 개조운동 등을 밝히고, 우리 민족 쇠퇴의 근본 원인이 허위·비사회적 이기심·나태·사회성의 결핍 등 도덕적인 이유에 있으며, 이의 개조는 가능하다고 주장했다. 동시에 한민족의 장점은 인仁과 의義·예禮와 용勇임을 말하고, 민족성의 단점을 조직적·교육적으로 개조하는 방법까지 제시했다. 그의 민족관·문학관 등을 파악할 수 있는 좋은 자료이다.

민족문학 民族文學 창작의 모태를 이루는 정신의 기반을 민족에 두고, 민족을 위한 민족의 문학을 수립·건설하고자 하는 문학. 이 경향을 띤 문학은 1920년경 카프KAPF의 반민족적 문학활동에 안티테제의 입장을 취하며 처음 대두되었다. 사회주의 사회건설로 철저하게 민족·혈연·역사 등을 부인하고자 한 카프문학에 대해 민족문학자들은 "피는 계급보다 진하다"는 입장을 취하며 민족의 일원으로 민족을 위해 작품 활동을 하겠다는 입장을 취했다. 이들은 우선 이론면에서 한국적인 것, 민족적인 것이 무엇인가를 규명하고자 노력했으며, 실제 작품 활동을 통해 민족문학을 건설하기 위한 시도로 나타난 것이 역사소설의 생산과 시조부흥운동이었다. 그러나 민족문학파의 논리상 취약점은 카프의 계급지상주의적인 경향에 대해 민족지상의 입장을 취했다는 데 있었다. 그것은 자칫 카프가 이데올로기로 문학을 평가·판단하려는 경우와 꼭 같이 '민족'이란 또 다른 메커니즘으로 문학과 창작 활동을 규격화할 가능성이 있었기 때문이다. 또한 창작 활동의 실제에 있어서 시조가 현대시와 경쟁의 위치에 설 수 없다는 것은 명백한 일이었는데도 민족문학 건설의 한 방법으로 시조를 택했다는 데에 1920년대 한국민족문학이 가진 난점이 있다. 한국문단에서 민족문학 건설의 소리가 다시 오르게 된 것은 광복 후 카프계 중심인 문학가동맹과 민족진영 문인들의 집결체인 중앙문화협의회로 크게 이분된 후의 일이었다. 그러나 문학가동맹의 민족문학건설에의 이바지라는 표방은 표방으로 끝나고 말았을 뿐 아니라 민족진영이 시도한 민족문학의 건설 또한 순수문학에서 출발한 과거 회상적인 소재로 말미암아 커다란 빛을 발하지 못했던 것이 사실이다. 1970년대에 등장한 민족문학의 논의들은 대개 종래에 논의된 민족문학의 맹점이 어디에 있는가를 파헤치는 것으로 시작, 그 토대 위에 장차 한국 문단이 수립해야 할 민족문학의 성격을 규명하고자 하는 방향으로 모아진다.

민중문학 民衆文學 1970년대 민족문학에서 시작되어 80년대 이후 민중운동의 성장과 함께 발전한 새로운 조류의 문학. 70년대 민족문학은 80년 이후 민중운동과 민족통일운동의 진전과 함께 노동문학·농민문학·분단극복문학 등으로 구체화되면서 노동자·농민운동과 결합, 민중문학으로 발전했다. 노동문학은 70년대 황석영黃晳暎의 〈객지客地〉, 윤흥길尹興吉의 〈아홉 켤레의 구두로 남은 사내〉에서 출발해 조세희趙世熙의 〈난장이가 쏘아올린 작은 공〉에서 운동과의 결합을 모색해 나갔으며, 80년대 들어 박노해의 〈노동의 새벽〉이 사회 전체에 신선한 충격을 던지며 현장출신 노동자 창작시대를 본격화해 80년대 말부터 노동자 시인들의 활동이 활발하게 전개되었다. 농촌문학은 송기숙宋基淑의 장편소설 〈암태도岩泰島〉에서 시작되어 70년대《창작과 비평》을 중심으로 김춘복金春福·방영웅方榮雄 등의 소설, 정희성鄭喜成의 〈저문 강에 삽을 씻고〉 등의 시, 염무웅廉武雄의 〈농촌문학론〉 등이 발표되면서 중요한 진전을 이루었다. 문학론의 측면에서 민중문학론은 노동문학론·노동해방문학론 등 다양한 시도가 이루어지면서 '민중에 의해 창조되고 민중에 의해 향유되는 민중운동으로서의 문학'이 모색되었다.

ㅂ

바다가 보이는 산길 —山— → 김윤성金潤成

바라춤 → 신석초申石艸

바비도 → 김성한金聲翰

바위나리와 아기별 → 마해송馬海松

비윗골 → 곽학송郭鶴松

박경리 朴景利 1927~ 소설가. 경남 충무 출생. 진주여고 졸업(1945). 1956년 〈계산計算〉과 〈흑흑백백黑黑白白〉이 《현대문학》에 추천되어 등단했다. 1957년부터 본격적인 창작생활로 들어가 〈전도剪刀〉 〈불신시대不信時代〉 〈영주玲珠와 고양이〉 등의 문제작을 거듭 발표, 사회의식이 강한 여류작가로서 주목을 끌었다. 〈불신시대〉에는 죽은 아들을 추억하는 내용이, 그리고 〈표류도〉에는 죽은 남편에 대한 기억이 내밀하게 담겨져 있다. 단편 〈불신시대〉로 제3회 현대문학 신인상을 수상, 1959년 《현대문학》에 연재한 최초의 장편소설 〈표류도漂流島〉로 제3회 내성문학상을 받았다. 〈성녀聖女와 마녀魔女〉 〈내 마음은 호수湖水〉 등의 장편을 계속 발표하던 그는 1962년 장편 〈김약국金藥局의 딸들〉 이후부터 사회와 현실에 대한 의식을 확대하고 그 기법과 제재도 다양하게 구사해 갔다. 1964년 오래 준비했던 장편 〈시장市場과 전장戰場〉을 출판, 스케일과 시점의 특이성으로 문단 내외의 이목을 끌었다. 이 작품으로 1965년 여류문학상을 수상했다. 요컨대, 〈김약국의 딸들〉을 기점으로 해서 초기의 신변 소설의 범주에서 벗어나 제재면이나 기법상에서 새로운 모습으로 바뀌었고, 〈시장과 전장〉에 이르러 민족의 비극에까지 관심 범주가 확대되었다고 할 수 있다. 〈시장과 전장〉은 6·25전쟁 직전부터 휴전 직후까지의 공간을 배경으로 주인공 지영을 비롯한 젊은 지성인들의 삶을 중심으로 전쟁이라는 혼란기의 비극적 삶의 궤적을 그린 작품이다. 여기에서 작가는 전쟁으로 인한 고통을 보여주되, 더 깊게는 사랑과 이념이라는 두 가지 구원의 주제를 다룸으로써 초기 단편의 좁은 세계로부터 벗어나고 있다. 박경리는 자신의 소설이 토속적인 것과 도시적인 것으로 나뉘고 이 두 계열은 〈토지〉에서 융화된다고 말한 바 있는데, 〈김약국의 딸들〉이 전자에 해당한다면 〈시장과 전장〉은 후자에 해당하는 작품으로 모두 〈토지〉에 이르는 분수령이 되고 있다. 1969년 〈토지〉를 발표하기까지, 장편 〈노을진 들녘〉 〈가을에 온 여인〉 〈파시波市〉 〈신교수申教授의 부인〉 등을 신문에 연재했으며, 중편 〈재혼再婚의 조건〉, 단편 〈흑백黑白 콤비의 구두〉 〈하루〉 등을 발표했다. 대하 장편소설 〈토지〉는 1969년부터 《현대문학》에 1부를, 1972년 《문학사상》에 2부를, 1977년 《주부생활》에 3부를, 1987년 《월간경향》에 4부를, 1992년 《문화일보》에 5부를 연재, 1994년 8월 15일 집필 26년 만에 탈고해 5부 16권으로 솔출판사에서 간행했다. 〈토지〉는 역사와 낱낱의 운명이 만나 빚어내는 한恨

에 주목하면서 구한말부터 해방까지 한민족의 삶을 총체적 시각에서 형상화해낸 작품으로 박경리 개인의 문학적 위업이자 한국문학사의 자랑이라 할 수 있겠다. 1972년에는 〈토지〉 1부로 제7회 월탄문학상을 수상했고, 1983년 〈토지〉 1부를 일본어판으로, 1995년 〈토지〉 1권이 영어판으로 출간되었다. 1979년 지식산업사에서 《박경리 문학전집》을 출간했다. 이밖에 1990년 제4회 인촌상, 1996년 제6회 호암예술상을 수상했다.

〈불신시대 不信時代〉 박경리의 단편소설. 1957년 《현대문학》에 발표. 제3회 현대문학신인상 수상작품으로 단편집 《불신시대》에 수록되어 있다. 9 · 28 전야에 남편이 폭사한 미망인 진영은 그 상처가 아물기도 전에 외아들 문수마저 잃는다. 문수의 죽음이 진영에게 준 충격은 아이를 잃은 다른 어머니의 것과는 질이 다른 것이었다. 문수는 의사의 잘못으로 X-ray도 찍지 않고 마취도 제대로 안한 채 뇌를 잘못 절개해서 죽은 것이다. 도수장의 망아지처럼 죽어간 아이의 울음소리를 잊기 위해 진영은 종교에 매달려 본다. 그러나 그녀가 종교의 세계에서 발견한 것은 시주받은 쌀을 착복하는 중과 도둑맞을까봐 신발을 싸들고 예배보는 신도들뿐이다. 그들의 추악한 계산이 아이의 영혼까지 모독하는 것을 본 진영은 인간에 대한 그런 처사에 대해 견딜 수 없는 분노를 느낀다. 그 부당함에 항거하고 그 악을 고발하는 것, 그것만이 살아남은 자기 자신의 '레종데트르'라고 진영은 생각하며 죽은 아이의 사진을 불사르고 산을 내려온다. 이 작품의 '불신시대'라는 제목 자체가 말하고 있듯이 주인공 진영을 둘러싸고 있는 사회는 모두 그녀를 기만하고 배신하는 사회이다. 환자를 고쳐야 할 병원이 그렇고, 서로 믿고 살아야 할 아주머니나 인간의 정신영역을 지배하는 종교도 마찬가지이다. 주인공 진영의 의식적 기반은 피해자 의식이라 할 수 있는데, 전지적 작가 시점으로 묘사되어 있기 때문에 주인공이 하나하나의 위선을 체험할 때마다 느끼게 되는 심리적인 변화와 절망감 등이 극명하게 드러나 있다. 이 작품에서 주목을 끈 것은 부정과 위선과 계산으로 이루어진 사회의 암흑면을 파헤치고 고발하는 작가정신의 투철함에 있다고 할 수 있다.

〈김약국의 딸들 金藥局─〉 박경리의 전작 장편소설. 1962년 간행되었다. 한일합방 이후 김약국으로 불리는 한 가문이 3대에 걸쳐 자살하고, 미치고, 물에 빠져 죽고, 매맞아 죽는 등 죽음의 그림자가 어쩔 수 없는 운명으로 감돌고 있다. 그 알 수 없는 운명의 힘 앞에서 얼마나 인간이 힘없이 몰락해 가는가 하는 비극적인 숙명론을 보여준 것이 이 작품의 주제이다. 3대에 걸쳐 몰락해 가는 한 가문을 그려낸, 기구한 운명의 서사시와도 같은 작품이다. 김약국의 봉제영감 동생 봉룡은 의처증으로 욱이 도령을 죽이고, 마누라 숙정은 비상을 먹고 자살한다. 그후, 봉룡은 그곳을 쫓겨나 객사하고, 약국은 봉룡의 아들 성수가 잇는다. 성수에게 딸이 다섯 있다. 그런데 부친대代에서부터 가문에 망조가 나타났듯이 성수는 약국을 그만두고 어업에 손을 댔다가 파산해 버린다. 딸들도 용숙은 과부가 되고, 용란은 머슴을 좋아하다가 부잣집의 아편장이며 성불구자에게 시집가더니, 남편이 감옥에 간 사이에 머슴과 간음하고, 출옥한 남편은 머슴과 친정어머니를 타살하며 용란은 미쳐버린다. 네째 딸 용옥은 차분한 살림꾼이지만, 남편은 언니 용란만 좋아했으며, 그후 남편을 찾아나섰다가 풍랑으로 바다에서 죽는다. 용빈이만이 막내딸 용혜를 데리고 가문을 잇는다.

〈**시장과 전장** 市場—戰場〉 박경리의 장편소설. 1964년 현암사에서 간행. 1965년 제2회 여류문학상을 수상한 작품으로 작자의 대표적 장편소설의 하나로 꼽힌다. 양단된 국토에 불안한 긴장이 감도는 6·25동란 얼마 전, 기석과 결혼해 아이들까지 있는 지영은 혼자 서울을 떠나 3·8선에 가까운 중학교 교사로 취직되어 간다. 한편 서울에서 테러의 지령을 받고 암약하는 남로당원 기훈은 거리에 쓰러진 가냘픈 여인 가화를 만나게 된다. 6·25동란이 터지면서 지영의 남편은 납북되고 기훈은 인민군으로 나간다. 평범한 에고이스트로 전쟁의 상처를 뼈저리게 느끼는 지영과 강인한 공산주의자로 시인 같은 감정을 억눌렀으나 회의에 빠지는 기훈, 아무 대가나 저항없이 남을 사랑할 수 있는 가화와 공산당에서 이탈한 순진한 석산. 이런 모든 사람들이 전쟁의 소용돌이에 휘말린다. 이 작품의 제목이 상징하듯이 전장은 죽음과 부정을, 시장은 삶과 긍정을 나타내고 있다. 전쟁이 지닌 극한상황과 군대의 기계주의, 인간성의 타락과 상실, 그리고 그릇된 이념의 노예화로 저질러지는 불행과 비극의 꼭두각시 놀음을 묘사했다.

〈**토지** 土地〉 박경리의 장편소설. 1969년부터 집필하기 시작한 대하소설로서 전 5부 16권으로 1994년 완간되었다. 1부의 시간적 배경은 1897년 8월 한가위에서부터 1908년 5월까지이다. 이 시기에 러일전쟁은 일본의 승리로 귀결되어 을사보호조약이 체결되고 전국 각지에서는 의병이 일어나게 된다. 이러한 역사적 격랑을 밑그림으로 이 작품은 최참판가의 몰락과 조준구의 재산탈취 과정을 다룬다. 2부는 1911년 5월 간도 용정촌의 대화재로 시작되어 1917년 여름까지의 이야기이다. 여기서는 지리산 동학 잔당의 모임을 제외하고는, 국내 정세나 사건보다 간도를 둘러싼 중국과 러시아의 정세가 중요한 배경을 이루고 있다. 1914년 제1차 세계대전의 결과가 중국에 미칠 영향이라든지, 1917년 러시아 혁명 전 케렌스키 내각에 대한 독립운동가들의 견해 등이 자주 소설의 전면에 등장한다. 이야기는 서희의 복수, 곧 최씨가의 귀환을 향해 집중되어 있다. 3부는 1919년 3·1운동 이후에서부터 1929년의 원산 총파업, 광주학생사건 무렵까지가 시간적 배경이고, 소설 안에서는 사회주의 성향의 독서 단체인 계명회 사건이 1929년에 일어나는 것으로 되어 있다. 복수 후 허무에 부딪친 최서희가 지어미의 삶을 살게 되고, 김환이 죽음에 이르면서 이야기의 중심은 송관수 등의 민중적 삶과 서울의 임명희를 둘러싼 지식인과 신여성들의 삶으로 이동한다. 4부는 1930년부터 1937년 중일전쟁과 1938년 남경학살에 이르는 시기가 그 배경이다. 무대는 서울·동경·만주에서 하동·진주·지리산까지 더욱 확대되고 이야기의 중심은 더욱 다원화된다. 길상의 출옥과 군자금 강탈 사건, 유인실과 오가다의 사랑이 그중 중요한 의미를 지닌다. 이런 가운데 1·2부의 주역들은 하나둘씩 세상을 떠난다. 용이와 그의 아내 임이네는 병으로 죽고, 기생으로 전락한 끝에 이상현의 씨를 낳

고 아편중독자가 되고 만 기화(봉순)는 끝내 서희의 비호와 정석의 애끓는 연정을 뿌리치고 투신자살한다. 동학 잔당의 세력을 규합해 독립 운동을 벌이려던 김환은 고문 끝에 스스로 목숨을 끊는다. 용정 공노인의 부인과 조준구의 악착같은 부인 홍씨도 세상을 뜬다. 이들의 죽음과 함께 이들의 후손들이 점차 주역의 자리를 차지한다. 5부는 1940년 8월부터 1945년 해방까지가 그 배경이다. 역시 확대된 공간과 더욱 복잡해진 인물들 속에서 해방의 날을 기다리는 민족의 삶들이 펼쳐진다. 송관수의 죽음, 길상을 중심으로 한 독립운동 단체의 해체, 길상의 관음탱화 완성, 오가다와 유인실의 해후, 태평양전쟁의 발발, 예비 검속에 의한 길상의 구속, 양현 · 영광 · 윤국의 어긋난 사랑 등이 이어지면서 소설의 대단원을 향해 달려간다. 동학혁명으로부터 국권 상실기를 거쳐 해방에 이르기까지의 시기를 재구성하고 있는 이 소설은 한국인의 삶의 터전이며 상징인 '토지'라는 대지적 이미지를, 각양의 인간상이 펼치는 숱한 삶의 형태와 사건 · 가치관 · 인생관을 통해서 종합하고 있다. 이 소설을 한국 최초의 총체소설이라 이름하는 것도 그 까닭이다.

박경수 朴敬洙 1930~ 소설가. 충남 서천 출생. 한산초등학교 졸업. 독학으로 초등학교 교원자격시험과 중학교 교사자격시험에 합격, 향리의 초 · 중교에서 교직 생활을 했다. 1955년 《사상계》 창간 2주년 기념 현상공모에 단편 〈그들이〉가 입선되어 등단했다. 그후 서울로 옮겨와 《사상계》의 편집직원을 거쳐 건설부 공보관실에서 공무원 생활을 했다. 초기에는 농촌의 생활상과 애정윤리를 추구하는 단편들만 써오다가 1969년 《신동아》에 장편 〈동토凍土〉를 발표하면서 작품 세계를 확대, 주로 생활계층의 차이에서 오는 빈부의 갈등과 충돌 등 심각한 사회문제에 관심을 기울이는 주제들을 다루고 있다. 그러나 절박한 사회적 문제의 주제에도 불구하고 문제성의 원인 규명이나 상황 관찰에 있어 이념적 편견이나 정치적 재단을 철저히 배제함으로써 본격적인 농민소설이나 사회소설과는 구별된다. 특히 가난한 농촌과 가난한 사람들의 정감에 대한 무한한 향수는 작품의 핵심적인 부분을 차지하고 있는데, 우아한 감각에 유려한 문장은 작품의 문학적 향기를 북돋아 주는 데 두드러진 역할을 하고 있다. 주요 작품으로 단편 〈이빨과 발톱〉〈의젓한 초상〉〈하자瑕疵〉〈화려한 귀성〉〈어느 충직한 짐승 이야기〉 등과 장편 〈흔들리는 산하山河〉〈청산별곡〉〈종이 울리는 새벽〉 등이 있으며, 작품집 《비碑》를 간행했다. 1971년 한국문학상, 1978년 흙의 문학상, 1992년 만우문학상, 1995년 한국농민문학상 등을 수상했다.

〈동토 凍土〉 박경수의 장편소설. 작자의 문학적 특질이 가장 풍부하게 담겨진 대표작으로 1969년 《신동아》 1월호부터 12월호까지 연재된 작품이다. 특히 이 작품은 자전적인 요소가 강한 작품일 경우 흔히 상투적인 주인공의 미화나 변호가 두드러지는 경향과는 상관없이 주인공의 인격적 결함에 의한 인생의 실패기를 적나라하게 펼쳐주고 있어 독자적인 매력을 한결 드높여주고 있다. 주인공 강문호는 극빈한 가정에 불만과 고통을 느껴 이를 극복하기 위해 교원이 되어 유복한 가정의 처녀와 혼인했으나, 자신의 과거에 대한 열등감으로 심한 갈등을 겪다가 끝내는 목사의 도움을 받아 정상을 회복한다는 내용이다. 자전적 요소가 짙은 작품으로 가난 속에서의 입지, 부귀에 대한 철저한 증오와 시니시즘, 우수한 빈자의 대단한 오만과 자기애, 그리고 그러한 편견과 고정관념에 의한 좌절과 실패를 다루고 있다. 이 작품은 계층간의 빈부의 차이가 빚은 열등감을 다룸으로써 삶의 구조적 해부와 그 심정의 풍경이 그에 상응함을 일깨운 사실적 작품이라 하겠다.

박경용 朴敬用 1940~ 시인 · 아동문학가. 호 송라松羅. 경북 포항 출생. 서라벌예대 및 동국대에서 수학(1962). 1958년 《동아일보》 신춘문예에 시조 〈청자수병青瓷水甁〉이, 《한국일보》 신춘문예에 〈풍경風景〉이 동시에 당선되어 등단했다. 이후 〈남풍〉 〈일상〉 〈빈 가지에〉 〈해바라기〉 〈광명〉 등 다수의 작품을 발표하면서 시조와 동시도 썼다. 주요 작품으로 시 〈겨울 사설집辭說集〉, 시조 〈황국집黃菊集〉, 동시 〈산 종소리〉 등이 있으며, 시집 《침류집枕流集》, 동시집 《어른에게는 어려운 시》 《그 날 그 아침》 《별 총총 초가집 총총》, 동요 시선집 《귤 한 개》 등을 발간했다. 그의 작품들은 직관에 의한 대상 파악을 기저로 전통적 서정주의를 추구하는 특징을 지닌다. 특히 시에서는 삶의 고뇌를 짙게 다룸으로써 중후함을, 시조에서는 감성과 지성의 조화를 시도하고 있다.

박경종 朴京鍾 1916~ 아동문학가. 함남 홍원 출생. 동흥중학 졸업(1937). 1933년 《조선일보》에 동요 〈왜가리〉가 당선, 1940년 《동아일보》 신춘문예에 동요 〈둥글다〉가 당선되어 등단했다. 데뷔 후 동요 〈무지개〉 〈베개말〉 〈푸르다〉 〈가을바람〉, 동화 〈아기 참새〉 〈옥수수〉 등을 발표했고 월남해 한국글짓기지도회 회장, 한국문인회아동문학분과 회장, 한국아동문학가협회 회장, 한국크리스천문학가협회 회장, 한국도서잡지윤리위원회 심의위원, 문교부유치원교재 편찬위원, 한정동아동문학상 운영위원 등을 역임했다. 《꽃밭》 《초록바다》 《엄마하고 나하고》 《병아리 모이》 《아침을 여는 까치》 등 16권의 동시집과 《아기물새》 《돌맹이 사탕》 《솔개골 이야기》 《머루골 다람쥐》 《마지막 불러주는 자장가》 등 23권의 동화집, 수필집 《십자가 위에 핀 석화》 등이 있다. 그의 작품들은 대부분 농촌과 어촌에서 어릴 때 자랐던 정경을 아동심상을 통해 표출시키고 있으며, 동요에 있어서는 정형률이 갖는 아름다움을, 동화에 있어서는 소박하고 순진한 인정의 세계를 즐겨 묘사했다. 일제말 재정난으로 폐간에 직면한 어린이잡지 《아이생활》을 사재를 털어 구한 일이나, 한정동아동문학상을 31년 동안 운영한 일 등은 모두 그가 문학에 쏟아놓은 정신의 소산인 것이다. 1969년 제1회 한정동아동문학상, 1985년 이주홍아동문학상과 한국펜문학상, 1986년 제23회 한국문학상, 1988년 대한민국문학상, 1995년 대한민국은관문화훈장, 1996년 함경남도문화상 등을 수상했다.

박경창 朴景昌 1918~1987 극작가. 서울 출생. 일본 호세이대 정경과 졸업(1941). 1945년 《예술문화》에 희곡 〈우박소리〉를 발표해 등단했다. 그는 신문기자 생활의 체험을 살려 우리 사회의 부조리한 현실과 그 이면상을 작품의 소재로 즐겨 택했다. 주요 작품은 〈잃었던 고향〉 〈결혼상담소〉 〈농성〉 〈금반지〉 등이며, 희곡집으로 《운촌雲村》 등이 있다.

박계주 朴啓周 1913~1966 소설가. 호 서운曙雲. 간도 출생. 영신중학 졸업(1932). 1929년 《간도일보》에 단편 〈적빈赤貧〉이 입선되었고, 단편 〈혁명전선에 나서는 소년형제〉와 콩트 〈월야月夜〉가 장개석蔣介石 정권 기관지인 《민성보民聲報》 한글판에 발표되

었다. 졸업 후 교편을 잡고 있으면서 〈잡초〉 〈두만강〉 〈우리는 탑쌓는 무리외다〉 〈해란강〉 등 50~60편의 시를 발표했고, 1932년 《예수》를 창간해 종교논문 30여 편, 장편시조 〈서정애곡〉을 발표했다. 1937년 《새사람》의 동인 겸 편집장을 거쳐 1938년 〈순애보殉愛譜〉가 《매일신보》 장편소설 현상모집에 당선되어 본격적인 작품 활동을 시작했다. 장편소설로는 〈순애보〉 이외에도 〈애로역정愛路歷程〉 〈애정무한愛情無限〉 〈진리의 밤〉 〈피의 제전祭典〉 〈별아 내 가슴에〉 〈대지大地의 성좌星座〉 등이 있으며, 단편소설로는 〈처녀지處女地〉 〈유방乳房〉 〈오리온 성좌〉 〈혈제血祭〉 〈유물철학〉 등을 남겼다. 대중적인 흥미위주의 신문연재소설이 주류인 그의 작품 세계는 기독교 사상에 바탕을 둔 사랑과 희생을 내세우는 점이 특징이다. 그의 작가적 명성을 굳힌 〈순애보〉가 그 대표적 예이며, 《문장》에 발표했다가 검열삭제된 단편소설 〈처녀지〉와 같이 순수문학에 대한 열정을 보이는 작품도 있다. 1962년 《동아일보》에 〈여수旅愁〉를 연재하던 중 필화사건으로 집필을 중단했고, 1963년 연탄가스 중독으로 기억상실증에 걸려 투병하다가 사망했다.

〈순애보 殉愛譜**〉** 박계주의 장편소설. 1938년 《매일신보》 장편소설 현상모집에 당선되어 1939년 1월부터 6월까지 연재되었고, 같은 해 10월에 매일신보사에서 단행본으로 간행되었다. 20여 년 만에 만난 소꿉동무 최문선과 윤명희는 자연스럽게 서로에게 애정을 느낀다. 한편 물에 빠진 것을 건져 준 문선을 인순은 열정적으로 따른다. 인순의 간청에 못이겨 그녀의 집에 갔을 때 괴한이 들어와 문선의 눈을 멀게 하고 인순을 죽여, 문선에게 치정살인의 누명을 씌운다. 사형선고를 받은 문선 앞에 마침내 범인이 나타나 자백을 해 문선은 극적으로 풀려 나온다. 명희가 다른 남자와 약혼했다는 소식을 들은 문선은 명희의 행복을 빌면서 함흥의 어느 시골구석으로 떠났다. 그러나 어떻게 알았는지 문선의 앞에 나타난 명희는 사랑은 물질이 아니라 정신이 본질이라며 그의 손·발과 눈이 되어 그의 문학을 돕겠다고 울먹인다. 두 사람의 혼인 뒤 명희는 문선에게 헌신하고 문선은 '순애보'라는 소설을 신문에 연재한다는 것으로 이 작품은 마무리된다. 이 소설은 사건전개가 지나치게 우연성에 의존하고 있으며, 작가의 자의적인 삽화가 부자연스럽게 처리되는 등 작품 구성이나 기법상 미흡한 점이 드러나고 있는 작품이다. 1930년대 장편소설의 일반적인 경향에서 볼 때 소재도 새롭다고 할 수 없을 뿐만 아니라 오히려 통속성이 두드러진다. 그럼에도 이 작품이 대중적인 인기를 얻은 까닭은, 작가가 의도한 지순한 사랑의 요구가 독자층의 갈망과 부합했기 때문이라고 할 수 있다.

박곤걸 朴坤杰 1935~ 시인. 호 해읍海邑. 경북 경주 출생. 대구사범 졸업(1957). 1964년 《매일신문》 신춘문예에 시 〈광야〉가 당선된 데 이어 《현대시학》에 〈환절기〉 〈숨결〉 등이 추천되어 등단했다. 한국문인협회 대구시지부 부지부장, 한국자유시인협회 대구지회 지회장으로 활동, 《맥》 《시예》 동인. 시집으로 《환절기》 《숨결》 《빛에게 어둠에게》 등이 있다. 시집 《환절기》에서는 내적 세계의 추구를 일상세계의 서정으로 변용시켰고, 시집 《숨결》에서는 자연의 빛, 소리, 형상 등 순수한 숨결에다 언어적 생명력을 부여해 그 존재성에 생명의지가 합일된 시를 썼다.

박기원 朴基媛 1929~ 소설가. 서울 출생. 숙명여전 국문과 졸업(1949). 1956년 《여원》에 단편 〈귀향歸鄕〉이 제1회 신인문학상에 당선되어 등단했다. 이어 〈백일몽〉〈형제〉 등을 발표했다. 대표 작품으로 〈문일씨文一氏〉〈인간생물〉〈집념〉〈어느 부국장〉 등의 단편과, 〈망각忘却의 선상線上에 서서〉〈여자만이 알고 있다〉〈검은 나비〉 등 신문에 연재했던 장편소설이 다수 있다. 작품집 《정부》, 수필집 《여자의 여백》 등을 간행했다. 그는 사회 부조리 속에서 양심과 정직으로 살아가는 선한 인간상과 무고한 피해자들의 생활상, 그리고 인간의 심저에 깔린 애증의 갈등 등을 예리하게 파헤치는 사실주의적 기법을 구사하는 작가로 일컬어진다. 1977년 반공문학상, 1990년 숙대문인상 등을 수상했다.

박남수 朴南秀 1918~1994 시인. 평양 출생. 일본 주오대 졸업(1941). 1939년 《문장》에 〈초롱불〉〈거리〉〈밤길〉〈마을〉〈심야〉〈주막〉 등 6편이 추천되어 등단했다. 이어 〈돌아가는 길〉 등의 시와 〈조선시朝鮮詩의 출발점〉〈현대시의 성격〉 등의 평론을 발표했다. 1940년 추천시기에 쓴 작품 18편을 묶어 첫번째 시집 《초롱불》을 일본에서 출판했다. 그의 초기 작품의 경향은 일제 식민지하의 농촌생활을 소재로 한 시대적인 암흑상을 소박하게 노래하고 있는 일종의 서경시로서 날카로운 기지와 감각성이 두드러진다. 1958년 아시아자유문학상을 계기로 두번째 시집 《갈매기 소묘素描》를 발간했는데, 이 시집에서는 초기 시 몇 편과 월남 직전에 쓴 작품들로 특히 민족상잔의 비극적 상황을 강렬하게 노래하고 있다. 이 무렵부터 서경적인 경향에서 즉물적인 경향으로 작품 세계가 바뀌며, 조형적 이미지의 세계에 집착한다. 이러한 집착은 그후 세번째 시집 《신神의 쓰레기》에서 존재성의 문제로, 네번째 시집 《새의 암장暗葬》에서는 원시성의 문제로 발전했다. 미국으로 이민을 떠난 후 다섯번째 시집 《사슴의 관冠》이 발간되었다. 그의 시에는 인생론적 모럴이나 사상적 관념형태가 숨겨지고 용해되어 이미지로 제시될 뿐이며, 따라서 그는 이미지가 거느리는 배경이나 언어표현의 암시성을 중시한 시인으로 평가되고 있다. 1957년 제5회 아시아자유문학상을 수상했다.

〈새〉 박남수의 연작시. 시집 《신의 쓰레기》에 수록되어 있다. 이 작품은 초기의 서경적 안정성, 전쟁 시기의 실험을 거친 비약기의 소산이라 할 수 있다. 언어기능이 가지는 소리나 빛깔, 향기는 자연성을 묘파하는 데는 적절할는지 모르지만 존재성마저 그걸로 전화시키기엔 엄청난 비약이 있어야만 했던 것이다. 이 시는 서경적인 부분은 거의 찾아볼 수 없고 존재성에 깊은 관심을 보이고 있으며 그의 전작품을 통한 대표작으로 손꼽히고 있다.

박남철 朴南喆 1953~ 시인. 경북 영일 출생. 경희대 국문과 및 동 대학원 졸업. 1979년 《문학과 지성》에 〈연날리기〉 외 3편을 발표하면서 등단했다. 주요 작품에 〈연날리기〉〈지상의 인간〉〈시인의 집 · 뒤〉〈독자놈들 길들이기〉〈해미르III-2〉 등이 있으며, 시집으로는 《지상의 인간》과 《그러나 나는 살아가리라》(공저) 《반시대적 고찰》 《용의 모습으로》 《러시아집 패설》 《생명의 노래》 《자본에 살어리랏다》 등이 있다. 그는 시에 사각형을 그려놓고, 신문에서 다루어진 인물 사진을 그대로 오려붙여 놓기도 하며, 문장을 문자 그대로 뒤집고, 심지어 남의 글을 요약하거나 통째로 베끼기도 한다. 그는 기존의 질서, 도덕률, 시 형식 등을 파괴하면서 섬뜩한 비극성을 시에 도입해 문단의 주목을 받고 있다.

박노해 朴勞解 1959~ 시인. 본명 기평. 전남 고흥 출생. 선린상고 졸업. 15세에 상경해 기능공으로 일하며 《시와 경제》 2집에 〈시다의 꿈〉 외 6편을 발표하면서 시작 활동을 시작했다. 그의 첫 시집 《노동의 새벽》은 대학가를 중심으로 급속히 독자층을 확대해 나갔으며 1980년대 노동문학 혹은 노동자문학의 활성화에 불을 당긴 것으로 평가되기도 한다. 그후 소위 시국 사건에 연루되어 공식적인 활동이 불가능하게 되었다가 1987년 민주화운동의 결과로 1988년 제1회 노동문학상을 수상했다. 1989년 결성된 세칭 '사노맹'의 중앙위원으로 활동하던 그는 이 사건에 연루되어 수감, 1998년 광복절 특사로 사면되었다. 옥중에서 쓴 작품들을 모아 1993년 《참된 시작》을 출간했고, 1997년 산문집 《사람만이 희망이다》를 발간, 1999년에는 출옥 후 산문집 《오늘은 다르게》와 시집 《겨울이 꽃핀다》를 펴냈다. 《노동의 새벽》에 실린 시편들은 우리 문학사에 있어 하나의 충격으로 받아들여졌다. 지식인의 관념이 아닌 노동자의 노동 현장의 일상적 삶이 노동자의 언어로 형상화되었다는 점에서 더욱 충격적이었던 것이다. 감옥체험이 가져온 《참된 시작》의 세계는 시인 자신의 내면이 훨씬 진솔하게 드러나 있다. 이른바 '이데올로기의 붕괴'를 목격하는 '의식있는 선진 노동자'의 담담한 자기 반성과, 포기할 수 없는 자기 정체성에 대한 성찰의 눈은 독자의 삶을 되돌아보게 만드는 힘을 지닌 것으로 평가되고 있다.

박덕규 朴德奎 1958~ 시인 · 평론가 · 소설가. 대구 출생. 경희대 국문과 및 동 대학원 졸업. 1980년 《시운동》 동인지 창간호에 〈낙하산〉 등의 시를 발표해 시인으로 등단, 1982년 《중앙일보》 신춘문예와 《한국문학》 신인상에 문학평론이 당선해 비평활동을 시작했다. 또한 1994년 《상상》에 소설 〈날아라 지섭!〉을 발표하면서 소설가로도 활동하는 등, 다양한 영역에서 재능을 보여주고 있다. 현재 협성대 문예창작과 교수로 재직하고 있다. 작품집으로 시집 《아름다운 사냥》, 평론집 《시의 세상 그늘 속까지》 《문학과 탐색의 정신》, 소설집 《날아라 거북이!》 《귀여운 보디가드》 《함께 있어도 외로운 사람들》 등이 있으며, 이밖에 《신숙주 평전 : 사람의 길, 큰사람의 길》 《문학이 들려주는 49가지 속삭임》 등이 있다. 최근에는 첫 장편소설 〈시인들이 살았던 집〉을 간행했다. 그의 소설은 경쾌하고 날렵한 풍자의 서술이 특징이다. 그의 작품은 소비 산업시대의 문화 현상에 대한 예리한 진단을 동반하면서 강렬한 시사성을 전달하며, 그는 현대의 부조리하고 혼탁한 문화의 생산 · 소비 현장을 비판적으로 다루려는 작가 중의 한 명으로 평가되고 있다.

박동규 朴東圭 1928~ 시인 · 수필가. 호 석정石汀. 충남 논산 출생. 청주사범 4년, 강경상업 2년, 공주사대 국문과 2년 수학. 이후 45년간 교직 생활. 1949년 《태양신문》에 시 〈바다에 가면〉을 발표, 1970년대 《현대문학》 《한국수필》 등에 수필을 발표해 문단 활동을 시작했다. 주요 작품으로 시 〈산울림〉 〈새벽에〉 〈아침 이미지〉 등이 있으며, 수필 〈돌 고르기〉 〈당신이 고독할 때〉 등이 있다. 시집 《귀 재우면 들리는 먼 산울림》, 수필집

《당신이 고독할 때》 등을 간행했다.

박동규 朴東奎 1939~ 평론가. 경북 월성 출생. 서울대 국문과 졸업, 동 대학원 석·박사 과정 수료. 1962년 《현대문학》에 〈카오스의 질서화작용〉 〈언어·성격·행동〉으로 추천받아 등단했다. 주로 분석비평적 방법을 취하며 대표 논문으로 〈현대소설기술〉 〈구조론〉 〈한국현대소설의 비평적 분석〉 〈한국현대소설 성격연구〉 〈전후대표작품 분석〉 등이 있다. 저서로는 평론집 《현대한국소설의 이해》 《현대시론》 《전후 한국소설 연구》 등과 수필집 《별을 밟고 오는 영혼》 《사랑하는 나의 가족에게》 《삶의 길을 묻는 당신에게》 등을 간행했으며, 1986년 제32회 현대문학상을 수상했다.

박동수 朴烗洙 1946~ 수필가. 호 진교眞橋. 전북 정읍 출생. 전북대 대학원 행정과 및 건국대 대학원 졸업. 1982년 《월간문학》에 수필 〈명함〉을 발표함으로써 등단했다. 전북문협 수필분과위원장으로 활동했으며, 주요 작품에 〈아파트 속의 개구리〉 〈고란초 앞에 서서〉 〈김치의 철학〉 등이 있다. 수필집에 《수염을 깎지 않아서 좋은 날》 《조용한 바람》 《신선한 공기》 등이 있다.

박두진 朴斗鎭 1916~1998 시인. 호 혜산兮山. 경기도 안성 출생. 연세대·우석대·이화여대 교수 역임. 1939년 《문장》에 시 〈향현香峴〉 〈묘지송墓地頌〉 〈낙엽송落葉頌〉 〈들국화〉 〈의蟻〉 등의 다섯 편의 시가 정지용鄭芝溶의 추천을 받아 등단했다. 이후 〈나의 하늘은 푸른 대로〉 〈설악부雪岳賦〉 〈꽃구름 속에〉 등을 발표했고, 광복 후 〈바다로〉 〈상조霜朝〉 〈가을〉 〈산山아〉 〈비둘기〉 등의 역작을 발표. 시집에는 《해》 《오도午禱》 《거미와 성좌星座》 《인간밀림人間密林》 《하얀날개》 《사도행전使徒行傳》 《수석열전水石列傳》 《고산식물高山植物》 등과 3인 시집인 《청록집》이 있다. 수필집 《시인의 고향》, 자작시 해설 《시와 사랑》, 에세이집 《언덕에 부는 바람》 등을 간행하기도 했다. 그를 문단에 추천했던 정지용의 말을 빌리자면, 그의 새로운 자연의 발견은 삼림에서 풍기는 식물성의 체취를 풍겨 어떤 법열法悅과 같은 것을 느끼게 하는 경지를 보여주었다. 초기의 참신하고 법열적인 경지에서 이상향에 대한 열렬한 승화를 추구하는 태도를 보였지만, 광복 후 발표한 그의 대표작 〈해〉를 전후해 기독교적인 이상과 결부되어 그의 시의 방향과 특색을 뚜렷하게 드러내기 시작했다. 광복 후, 좌익 계열의 조선문학가동맹측과 맞서서 민족문학을 옹호하기 위해 김동리金東里·조연현趙演鉉·서정주徐廷柱·박목월朴木月 등과 더불어 조선청년문학가협회 결성에도 참여, 제5회 정기 총회 때 시분과위원장으로 활동했다. 조지훈趙芝薰, 박목월과 더불어 청록파靑鹿派의 한 사람으로 칭해지기도 했다. 조지훈의 선적 세계, 박목월의 향토적 세계와는 달리, 그는 기독교적 이상과 윤리 의식이 밑받침되는 작품 세계를 이룩했다. 6·25 동란 이후부터는 강력한 민족의식과 역사적 현실 의식을 짙게 가지게 되었고, 특히 사회의 부조리와 불합리에 대한 분노·저항·비판의 몸부림으로 발전해 그의 작품 세계도 격정·분노·저항의 모습으로 바뀌었다. 그러나 그후 다시 순진과 경험의 종합적인 세계로 나타나 사도의 뜨거운 신앙적인 체험과 수석처럼 차고 굳은 의지를 내보였다. 1999년 그의 사후 1주기를 맞아 유고시집 《당신의

▲**해** 박두진 지음. 1949년. 청만사 발행. 국립중앙도서관 소장.

사랑 앞에》가 간행되었다. 1956년 아시아자유문학상, 1962년 서울특별시문화상, 1970년 3·1문화상, 1976년 예술원상 등을 수상했다.

《해》 박두진의 첫번째 시집이자 표제시 제목. 1949년 청만사에서 발행되었다. 〈해〉〈묘지송〉〈도봉〉 등 그의 초기 대표작들이 모두 수록되어 있으며 전체 작품수는 33편으로 비교적 적은 편이다. 이 시집은 광복 후 시단의 중요한 흐름을 형성한 시집이라고 할 수 있다. 이 시집에 수록된 작품 중 박두진의 초기 시세계를 대표하는 작품인 〈해〉는 1946년 《상아탑》에 발표된 바 있다. 이 작품은 광복 후의 사회적 분위기를 배경으로 건국의 이념 수립과 함께 창조적 기세를 시화한 것이다. 기존의 정한이나 애상미에 바탕하지 않고 저항적 자세에 바탕을 둔 의기, 기개의 호쾌함과 투지가 깃든 장엄성을 형상화하고 있다는 점에 시인의 개성이 잘 나타난다. 이 시의 산문적 율격 또한 시인의 저항적 자세를 지속적으로 이끄는 시 형태로서 기능하고 있다.

〈묘지송 墓地頌〉 박두진의 시. 1939년 6월 《문장》에 〈향현〉〈낙엽송〉과 함께 추천·발표된 작품으로 묘지의 정경을 완벽하게 표현한 수작으로 평가되고 있다. 전 4행의 자유시로, 박두진의 시적 출발을 짐작할 수 있게 해주어 주목을 끈다. 햇볕과 죽음과 촉루와 무덤에서, 동경·영원·조화를 촉수한 작자의 인정이 깊게 스며들어 있는 단순하지 않은 세계를, 가장 간결하고도 단순하게 표현해 놀라운 솜씨를 보여주고 있다. 이 작품에는 당대 현실이 '무덤', '주검' 등으로 비유되어 있다. 그러면서도 비관적인 현실 인식이 그대로 나타나지 않고 그것이 밝은 것, 희망적인 것으로 변모되어 있어서 관심을 끈다. 이 시는 비관적인 현실인식이 짙게 깔려 있으면서도 기독교적 세계관으로 말미암아 그것을 뛰어넘으려는 강력한 믿음의 세계가 작용하고 있다고 할 수 있다. 시의 형태는 짧아도 소재에 알맞을 정도로 할 말은 다했고 이 소재에 알맞게 발휘해야 할 시의 표현미를 완전히 발휘한 것으로 평가되고 있다.

〈비 碑〉 박두진의 시. 1953년 간행된 시집 《오도午禱》에 수록된 작자의 대표작의 하나이다. 민족의 역사적 주체로 응고된 낡고 이끼 낀, 빈 벌판의 퇴락한 비석에서 민족의 역사를 육성적으로 절규한 다이내믹한 작품이다. 민족의 역사적인 상징체로서 낡은 비석을 설정, 거기에 징과 못을 박고, 다시 거기서 학鶴의 비상을 통해 구원을 기대한 것이 이 시의 주제이다.

박라연 1951~ 시인. 전남 보성 출생. 방송통신대 국문과 졸업. 1990년 〈서울에 사는 평강공주〉가 《동아일보》 신춘문예에 당선되어 등단했다. 시집으로 《서울에 사는 평강공주》와 《생밤 까주는 사람》《너에게 세들어 사는 동안》 등을 간행했다. 그는 첫 시집 《서울에 사는 평강공주》로 '언어의 기민한 연쇄를 통해 상상력의 기발함을 과시하는 시인'으로 문단의 이목을 집중시켰으며, 더불어 '시적 언어를 유희의 대상으로나 혹은 현실의 기표로만 제한하려는 모든 시도와 싸우는 시인' 으로 평가받았다. 두번째 시집 《생밤 까주는 사람》에서의 창백한 병실 이미지는 세상의 아픔을 깨닫는, 그리고 회복된 생이 혹은 아프지 않을 수 있는 삶이 얼마나 소중한가에 대해서 이야기해 준다.

박목월 朴木月 1916~1978 시인. 본명 영종永鍾. 경북 경주 출생. 계성중학 졸업(1935). 1939년 《문장》에 〈길처럼〉 〈그것은 연륜이다〉 〈가을 으스름〉 〈연륜〉 등이 추천되어 등단했다. 1946년 조지훈趙芝薰 · 박두진朴斗鎭 등과 3인시집 《청록집靑鹿集》을 발행해 해방시단에 큰 수확을 안겨주었다. 등단 이후 동심의 소박성, 민요풍, 향토성 등이 조화를 이룬 자연친화와 교감의 짧은 서정시를 계속 발표, 특유한 전통적 시풍을 이룩했는데, 그의 이러한 경향은 위의 시집과 그의 첫 시집인 《산도화山桃花》에 잘 나타나고 있다. 6 · 25사변을 겪으면서 이러한 시적 경향도 변하기 시작해 《난蘭 · 기타》와 《청담晴曇》에 이르면 현실에 대한 관심들이 시 속에서 표출되고 있다. 인간의 운명이나 사물의 본성에 관한 깊은 통찰을 보이고 있으며, 주로 시의 소재를 가족이나 생활주변에서 택해, 담담하고 소박하게 생활사상을 읊고 있다. 1967년에 간행된 장시집 《어머니》는 어머니에의 찬미를 노래한 것으로 시인의 기독교적인 배경을 이해할 수 있는 작품이다. 1968년에 간행한 시집 《경상도의 가랑잎》에는 생활주변에서 조국의 역사적 · 사회적 현실로 시야가 확대되고 심화되어 사물의 본질을 추구하려는 사념적 관념성을 보이기 시작했다. 1973년의 《사력질砂礫質》에서는 사물의 본질이 해명되면서도 냉철한 통찰에 의해 사물의 본질의 해명에 내재해 있는 근원적인 한계성과 비극성이 천명되고 있는데 그것은 지상적인 삶이나 존재의 일반적인 한계성과 통하는 의미이다. 수필분야에서도 일가의 경지를 이루어, 《구름의 서정》 《토요일의 밤하늘》 《행복의 얼굴》 등이 있으며, 《보랏빛 소묘》는 자작시 해설로서 그의 시작방법과 시세계를 알 수 있는 좋은 책으로 평가되고 있다. 그가 1973년 창간한 《심상》은 한국시의 육성발전 및 시이론의 정립, 시단인구의 저변확대 등에 크게 기여했다. 시사적詩史的인 면에서 김소월金素月과 김영랑金永郎을 잇는 향토적인 사상을 기저에 깔고 있으며, 민요조를 개성있게 수용해 재창조한 대시인으로 평가받고 있다. 1955년 제3회 아시아자유문학상, 1968년 대한민국문예상 본상, 1969년 서울시문화상, 1972년 국민훈장 모란장을 받았다.

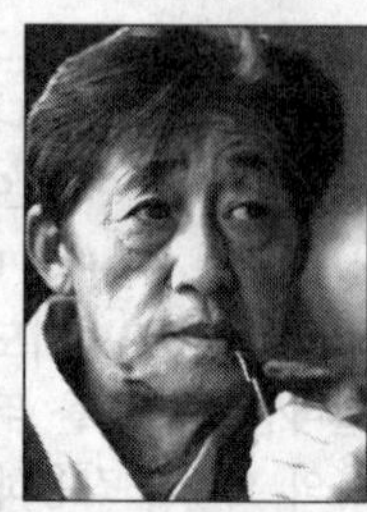

《산도화 山桃花**》** 박목월의 첫 개인시집이자 표제시의 제목. 1955년 영웅출판사에서 발간했다. 청록파의 공동시집인 《청록집》의 시세계와 유사하다. 이 시집 역시 서경성이 돋보이며, 간결하고 짤막한 시형과 자연친화적인 내용을 담고 있다. 전체적으로 서경적인 묘사에 치중하면서 서정으로의 변이를 꾀한다든지, 종결부에 포인트를 두는 기법은 〈윤사월〉이나 〈청노루〉와 흡사하다. 그중 〈산도화〉는 1 · 2 · 3편 모두 서경적인 경치 묘사로 이루어져 있고, 인간적인 감정을 최대한 배제하고 있다. 시인은 고요하고 적막한 풍경 속에서 오직 생명들의 움직임만을 세밀하게 관찰하고 있다. 특히 이 시에서는 색채감각이 두드러진다. 석산石山의 보랏빛과 산도화의 색깔, 물빛 등은 선명한 색상의 대비를 이루면서, 꾸미지 않고도 절묘한 아름다움을 간직하고 있는 자연을 묘사한 것으로 감탄을 자아낸다. 〈산도화〉는 박목월의 초기 시의 탄생 과정을 가장 잘 보여주는 작품이라 할 수 있다.

〈나그네〉 박목월의 시. 1946년에 지은 5연 10행의 단형시이다. 작자의 초기작으로 《청록집》에 수록되어 있으며, 1954년에 간행된 작자의 첫번째 시집 《산도화》에도 수록되어 있다. 7 · 5조로 된 이 시는 민요적인 가락에서 온 것으로 리드미컬하고 경쾌하다. "강나루 건너서/밀밭 길을//구름에 달 가듯이/가는 나그네." 밀밭의 이미지와 강나루를 건너는 나그네의 이미지가 부드럽게 조화되어 있으며 "술 익는 마을마다/타는 저녁놀"과도 연결되어 나그네의 뉘앙스를 간결하게 살리고 있다. 이 구절은 조지훈의 시 〈완화삼玩花衫〉에 화답한 것으로 알려져 있으며, 한국의 토속적인 정취가 잘 나타나 있다. 이 시에서는 "구름에 달 가듯이/가는 나그네"가 두 번 되풀이되고 있는데, 이는 세속에 때묻지 않고 아무런 제약이나 시간에 얽매이지 않는 순연한 자유인의 여심을 선명하면서도 절제있게 부각시킨 표현력으로 평가되고 있다.

박몽구 朴朦救 1956～ 시인. 광주 출생. 전남대 영문과 졸업. 1977년 《대화》에 시 〈영산강〉 〈초토〉 〈뿌리내리기〉 등을 발표하면서 등단했다. 《5월시》 동인이며, 주요 작품에 고향 광주의 이야기를 소재로 쓴 연작시 〈십자가의 꿈〉 75편이 있다. 시집으로는 《우리가 우리에게 묻는다》 《거기 너 있었는가》 《십자가의 꿈》 등이 있다.

박범신 朴範信 1946～ 소설가. 호 와초臥草 · 한터. 충남 논산 출생. 전주교대를 거쳐 원광대 국문과 · 고려대 교육대학원 졸업. 1973년 《중앙일보》 신춘문예에 단편 〈여름의 잔해殘骸〉가 당선되어 등단했다. 1978년까지 문예지 중심으로 소외된 계층을 다룬 중 · 단편을 발표, 신예문제작가로 주목을 받았으며, 1979년 장편 〈죽음보다 깊은 잠〉 〈풀잎처럼 눕다〉 등을 발표, 베스트셀러가 되어 70～80년대 가장 인기 있는 작가 중 한 사람으로 활약했다. 1993년 당시 《문화일보》에 소설을 연재하다가 돌연 절필을 선언, 3년여의 강고한 침묵 끝에 1996년 《문학동네》에 중편 〈흰 소가 끄는 수레〉를 발표, 작가생활을 재개했다. 단편집으로 《토끼와 잠수함》 《덫》 《식구》 《휴기》 등이 있고, 장편으로 〈죽음보다 깊은 잠〉 〈겨울강 하늬바람〉 〈불의 나라〉 〈물의 나라〉 〈침묵의 집〉 등 다수를 출간했다. 이밖에 수필집 《무엇이 죽어 새가 되는가》 《적게 소유하는 것이 자유롭다》 등과 희곡집 《그래도 우리는 볍씨를 뿌린다》 등이 있으며, 최근엔 〈용인 굴암산〉외 여러 편의 시를 발표했다. 초기에는 소외된 계층을 주요 인물로 죽음과 사회계층의 문제를 주로 다루었으며, 1978년 이후에는 수많은 베스트셀러를 내면서 젊은이들의 고독과 좌절과 반항의 양상을 통해 우리 사회의 억압적 구조를 밝히는 데 주력했다. 《불의 나라》 등에선 전통문화와 서구문화의 충돌을 풍자적으로 그려내 독자의 폭넓은 호응을 얻었으며, 절필 이후엔 스스로 이르기를 '감수성의 문학'에서 '영혼의 리얼리티'를 확보하는 문학쪽으로 문학 지평을 확대해가고 있다. 1980년 대한민국 문학상, 1997년 원광문학상을 수상했다.

박병순 朴炳淳 1918～ 시조시인. 호 구름재. 전북 진안 출생. 전북대 국문과 및 동 대학원 졸업. 1938년 《동광신문》에 시조 〈생명이 끊기기 전에〉를 발표, 등단했다. 교직생활을 했으며, 전주대 · 명지대 · 인하공

전 · 중앙대 · 한성대 · 한양대 등에서 강사로 후진을 양성했다. 1956년 첫번째 시조집《낙수첩落穗帖》을 발행했으며, 계속해서《현대문학》에〈금만경金萬頃〉〈생명〉등을 발표함으로써 본격적으로 시조문학에 전념했다. 시조를 신조新調로 끌어올리려는 운동의 하나인 가람 이병기李秉岐 주축의《새벽》《신조》동인에 가담했다. 1952년에 발족한 가람동인회는 5집까지 사화집과 동인지를 냈는데, 그 주재를 맡기도 했다. 한국문인협회 이사, 호남문학회 부회장, 한국시조시인협회 부회장, 너른고을문학모임 명예회장 등을 역임했으며, 현재 한국시조시인협회 고문,《한국시》편집위원, 춘강문학회 회장 등으로 활동하고 있다. 주요 작품으로〈무월동방가無月洞房歌〉〈설야雪夜〉〈석굴암 대불大佛 앞에서〉〈별빛처럼〉등이 있으며, 시조집으로《낙수첩》《별빛처럼》《문을 바르기 전에》《새눈 새맘으로 세상을 보자》《구름재 시조전집》《가을이 짙어가면》《행복한 날》등 다수가 있다. 그의 시조는 한국적인 서정을 바탕으로 하되 종래의 전통적인 기법에서 탈피해 새로운 스타일을 모색했다. 그가 현대시조사에서 모더니스트라 불릴 수 있는 이유가 여기에 있다. 1960년 면려포상증, 1972년 한글연구 · 한글운동공로상, 1973년 교육공로상, 1976년 전북문화상, 1978년 노산문학상, 1988년 황산시조문학상, 1993년 한재시조문학상, 1994년 표현문학상, 1996년 가람문학공로상 등을 수상했다.

박봉우 朴鳳宇 1934~ 시인. 호 추풍령秋風嶺. 광주 출생. 전남대 정치학과 졸업. 1956년《조선일보》신춘문예에 시〈휴전선休戰線〉이 당선되어 등단했다. 이어〈나비와 철조망〉〈눈길 속의 카츄샤〉〈어느 여인숙의 음악〉〈과목果木의 수난受難〉등을 계속 발표, 시단의 주목을 받았다. 시집으로《휴전선》《겨울에도 피는 꽃나무》《4월의 화요일》《황지荒地의 풀잎》《서울하야식》등이 있다. 대학재학 때인《영도零度》동인시절에는 현실에 민감한 작품을 썼으나, 데뷔 이후는 동양정신을 바탕으로 한 새로운 서정시를 추구, 그 서정을 통해 일종의 문명비평을 시도하고 있는 것이 특징으로 평가되고 있다. 1958년 전남문화상, 1962년 현대문학신인상, 1985년 현산문학상을 수상했다.

〈휴전선 休戰線〉 박봉우의 시. 1956년《조선일보》신춘문예에 당선된 작품으로 작자의 데뷔작이자 대표작이다. 민족이 당면한 현실의 의미를 새로운 차원에서 노래하고 있는 이 시는 보통의 전쟁시나 애국시와는 달리 지나친 감정의 발산없이 지적 여과를 거쳐 전쟁 세대가 짊어져야 할 공동의 과제를 보여준다. 이 시에서 나타난 죽음의 예감이나 승화는 바로 민족이 당면한 현실 속에 내포된 시인의 의지라고 할 수 있다.

박상륜 朴相綸 1940~ 시조시인. 자 이빈爾彬, 호 주운朱雲. 경북 경주 출생. 경북사대 국문과 졸업(1962). 계명대 대학원 영어교육과 석사과정 수료(1979). 1970년《시조문학》에 시조〈추국秋菊〉〈남해소묘〉〈당산목堂山木〉이 추천됨으로써 작품 활동을 시작했다. 주요 작품에〈어머님〉〈돌의 말씀〉〈아테네의 달〉등이 있고, 저서로《영 · 미시 교수법연구》《시조창작 고찰》외에 시조시집《추국》이 있다. 그는 향토와 자연을 소재로 선인先人의 정신문화를 일상생활에 접목, 신석정의 모럴 구현을 주안점으로 삼고 있다. 1980년, 1990년에 공로문예지도상을 수상했다.

박상륭 朴常隆 1940~ 소설가. 전북 장수 출생. 서라벌예대를 거쳐 경북대 정외과 중퇴. 1963년《사상계》에 〈아겔다마〉가 신인상에 입선, 1964년《현대문학》에 〈장세전〉이 추천되어 등단했다. 이후 단편 〈산동장山東場〉〈경외전經外傳〉〈남도南道〉〈늙은 것은 죽었네라우〉〈세 변조變調〉 등을 계속해서 발표했다. 순 전라도 방언으로 된 대화체 문장으로, 민속적인 설화를 통해 생명의 근원적 패턴을 추구했다. 〈쿠마장〉〈산동장〉은 각각 별도로 발표했으나 내용상 관련이 있는 그의 대표작이다. 〈늙은 것은 죽었네라우〉는 할머니와 손자의 근원적인 무의식의 세계를 토속적으로 추구한 전라도 방언의 대화체 소설이며, 〈최판관〉 역시 전라도 사투리로 된 대화 소설로, 사후의 죄의 심리라는 우화적 세계를 전개해 인간의 심리세계, 현실의 최악상 등을 펼쳐보였다. 〈열명길〉〈숙주宿主〉 등도 역시 내용상 연관성이 있는 것으로, 그의 소설적 추구의 일부인 권력욕을 비판한 소설이다. 1969년 캐나다로 이민, 그때까지의 저서로는 대표작을 거의 모은《박상륭소설집》과《열명길》《아겔다마》등이 있었고, 1998년에 영구귀국해 1999년 소설집《평심》과 산문집《산해기》를 출간했다. '죽음과 재생'을 주제로 끈질기게 '존재'의 의미를 파고드는 그의 문학은 우리 문학에서는 드물게 형이상학의 철학적 단계에 근접한 값진 성과로 평가받고 있다.

〈열명길〉 박상륭의 연작소설. 〈열명길〉은 1968년《사상계》에, 〈숙주宿主〉는 1972년《세대》에 발표되었다. 그의 소설적 탐구의 핵심 중의 하나인 권력욕을 비판한 소설로서 소설의 무대는 〈뙤약볕〉 연작과 마찬가지로 외따로 고립된 섬이다. 작자는 아편과 종교로 민중을 완전히 권력 밑에 종속시키는 정치체제와, 권력을 쥐기 위해 민중심리를 조작하는 정치조작을 집요하게 파헤친다. 절대권력이란, 지식인과 대중의 비판의식 마비에서 형성되는 것이라는 사실의 제시는 이 작품의 가장 충격적인 성과로 평가되고 있다.

박상우 朴相禹 1958~ 소설가. 경기도 광주 출생. 중앙대 문예창작과 졸업. 1988년《문예중앙》신인문학상에 중편소설 〈스러지지 않는 빛〉이 당선되어 등단했다. 1991년에 첫 창작집《샤갈의 마을에 내리는 눈》을 출간해 일약 주목받는 90년대 작가로 부상, 두번째 창작집《독산동 천사의 시詩》를 거쳐 연작장편집《호텔 캘리포니아》에 이르기까지 일관된 궤적을 이루며 시대와 개인의 아픔을 감싸안는 성실한 작품 세계를 심화시켜왔다. 그가 추구해온 주제의식의 한 정점을 보여준 연작장편 〈호텔 캘리포니아〉를 끝으로 그는 자기 문학의 한 분기를 정리하고 새로운 작품 세계를 개진, 세기말적 인간군상과 징후에 대해 본격적인 문학적 대응을 시작해 장편 〈카시오페아〉에서 그 변모를 보여주었다. 이외에 장편 〈청춘의 동쪽〉과 연작소설집《따뜻한 집》을 간행했다. 1999년 〈내 마음의 옥탑방〉으로 제23회 이상문학상을 수상했다.

박상천 朴相泉 1955~ 시인. 호 후산後山. 전남 여수 출생. 한양대 대학원 및 동국대 대학원 박사과정 졸업. 1980년《현대문학》에 〈가을은〉〈또 하나의 가을〉〈환절기〉가 추천 완료되어 등단했다. 한국시인협회 간사 역임, 현재 한양대 국문과 교수로 재직하고 있다. 〈줄다리기〉〈어려운 수학문제〉〈물방울〉 등이 주요 작품으로 꼽힌다. 시집으로 《사랑을 찾기까지》《5679는 나를 불안케 한다》 등이 있고, 저서로 《한국근대시의 비평적 성찰》《북한의 현대문학》《북한의 문화정보》 등을 간행했다. 그의 시는 새로운 해석을 통해 존재론적 근원에 접근하고자 하며, 사랑을 잃어버린 시대에 살면서 잃어버린 사랑을 회복하고자 한다. 1998년 제30회 한국시인협회상을 수상했다.

박성룡 朴成龍 1934~ 시인. 호 남우南隅. 전남 해남 출생. 중앙대 졸업(1956). 1954년 동인지 《영도》에 시 〈바다에서〉〈교외郊外〉를 발표하고 이어 1956년 《문학예술》에 시 〈화병정경花甁情景〉 등이 추천되어 등단했다. 이어서 〈풀밭〉〈숲〉〈FALL〉〈유방〉 등의 작품을 계속 발표했다. 박희진朴喜璡·박재삼朴在森 등과 《60년대사화집》 동인으로 활동해 크게 주목받기도 했다. 시집으로 《가을에 잃어버린 것들》《춘하추동春夏秋冬》《동백꽃》《휘파람새》 등이 있다. 시작詩作을 외로운 집착으로 보는 그의 시는 풀·나무 등 자연의 사물을 철저히 추구해 이것을 서정성과 서경성이 융합되도록 표현한다. 전위적인 실험도 전통적인 정한에도 기울지 않은 그의 시는 온건하고 안정된 기품을 유지하고 있으며, 순수 서정시인이지만 전통적 서정시인과는 다른 신서정新抒情의 시인이라고 할 수 있다. 1957년 전남문학상, 1961년 현대문학신인상, 1976년 시문학상 등을 수상했다.

〈**양귀비꽃** 楊貴妃―〉 박성룡朴成龍의 시. 1963년 《세대》에 발표된 작자의 대표작이다. 관조자의 비상한 상상력과 기지가 번득이고 있으며, 상징과 비유가 조화를 이룬다. 요기와 마력같은 것이 느껴지는 이 작품은 당唐나라를 취하게 했던 경세미인 양귀비의 요태妖態와 일년생초본인 양귀비꽃으로 말미암아 사양斜陽한 5천년 노대국老大國을 그리고 있다. 시집 《가을에 잃어버린 것들》과 《춘하추동》에 수록되어 있다.

박세영 朴世永 1902~1989 시인. 호 백하白河·혈해血海. 경기도 고양 출생. 연희전문 중퇴, 중국 혜령 영문전문학교 수학. 1924년 귀국해 사회주의 예술운동에 가담하고 안준식·송영 등과 함께 아동잡지인 《별나라》를 발행하면서 예술운동에 적극 참여했다. 염군사에 가담해 1927년 《문예시대》에 〈농부아들의 탄식〉〈해변의 처녀〉〈어머니의 사랑〉〈산협에서〉 등을 발표해 문단에 데뷔했으며 《조선지광》에 〈타작〉을 발표함으로써 본격적인 프로문예운동을 시작했다. 해방 후에는 조선프롤레타리아예술동맹에서 활약하다가 1946년 월북했다. 월북 후 《밀림의 역사》《나팔수》《진리》 등의 시집과 《박세영 시선집》을 간행했고, 1970년대 이후까지 극작가·시인·아동문학가로 활약했다. 초기에는 이야기 구조나 사건을 도입한 서술시의 형식을 시도해, 데뷔작인 〈농부아들의 탄식〉을 비롯해 〈바다의 여인〉〈누나〉〈산골의 공장〉 등의 작품을 썼다. 이들은 노동자나 어부의 아내, 근로여성 등을 억압적 대상으로 상정하고 이들을 통해 사회적인 이념이나 사상을 표출해 낸다는 점이 특징적이다. 이러한 서술시의 형식은 연극적 효과를 노리면서 장르 확장의 가능성을 열어준 실험의식의 표출인 동시에 국권이 상실되고 생존권이 박탈된 식민지 상황에서의 지식인의 대결의식의 표출이라 할 수 있을 것이다. 당대 현실에 대한 정확하고도 날카로운 응전력을 보여준 박세영의 시적 경향은 이후의 작품들에도 계속되어 《산제비》에 수록된 시들은 궁핍한 당대 농촌현실에 대한 탄식과 상실의식·실향의식 등을 짙게 풍기고, 프로예맹계 시인들의 해방기념시집인 《횃불》에 수록된 그의 시들은 귀향 이민 문제와 민족반역자에 대한 단죄, 새조국 건설에의 참여의지를 드러낸다.

박송 朴松 1925~ 아동문학가 · 시인. 호 석연石然. 평북 정주 출생. 대동공전 졸업. 1959년 《자유문학》에 시 〈달래골 샘터〉〈동정〉 등이 추천되어 등단했다. 아동문학에 관심을 가져 현실 저항적인 태도로 고난을 극복하는 의지의 아동상을 그리고 있다. 주요 작품에 동시 〈원두막〉〈산골 아이〉〈우리집 얼룩소〉 등이 있고, 동시집 《여정》《새마음》《불어라 은피리》《산골 아이》《달래골 샘터》, 동화집 《사랑받는 아이들》《아기 개미 이야기》《생각하는 무지개》《아버지 고향》《굴비삼킨 절구통》, 수필집 《여심과 우정과 시인과》 등이 있다. 1965년 경기도문화상, 1992년 한국아동문학상을 수상했다.

박순녀 朴順女 1928~ 소설가. 함남 함홍 출생. 서울사대 영문과 졸업(1950). 1960년 《조선일보》 신춘문예에 단편 〈케이스워커〉가 당선되어 등단했다.

1964년 《사상계》에서 〈외인촌外人村 입구〉로 신인상을 받았다. 작품집으로 《어떤 파리》《칠법전서七法全書》와 장편 〈영가靈歌〉〈스몰보이〉〈시간의 기둥〉 등이 있다. 초기에는 섬세한 여성의 감각적 기미를 포착, 순수한 남녀간의 애정을 묘사하는 데서 시작한 그의 작품은 점차 국토분단이 야기하는 한국의 비극적 상황에 대한 인식으로 확대되어 〈어떤 파리〉에서는 폐쇄적인 공간과 정치권력의 위압에 짓눌린 지식인의 내적 양상 등을 묘파하고 있다. 1970년 현대문학 신인상, 1988년 제14회 한국소설문학상, 1999년 제15회 펜문학상을 수상했다.

〈어떤 파리 一巴里〉 박순녀의 단편소설. 1970년 《현대문학》 4월호에 발표되었고, 같은 해에 현대문학 신인상을 수상했다. 정치와 문학의 충돌이라는 문제를 제시해, 우리의 정치소설에 귀중한 자리를 차지하고 있는 작품이다. 권력과 자유의 상극된 인간관 속에서 문학은 자유를 위해 정치적 폭력을 폭로하고 인간을 구해 주는 편에 서 있는 것이며, 정치적 비인간화를 극복하는 인간성의 신뢰를 위해 존재한다. 현대 세계에서 권력이란 거대한 괴물의 위력은 날로 커지고 있고, 그와 비례해 왜소해져 가는 개인의 사생활과 내면까지 통제 · 조작 · 간섭하고 있으며, 인간은 자아와 자유를 상실해 가고 있는 상황에서 정치소설은 매우 시사성이 깊은 소설 형태가 될 수밖에 없다. 요컨대 이 작품은 대타적 관계에 있어서의 자아의 성실성을 찾아내려고 하는 노력을 보여주고 있다. 그것은 하나의 극한 상황에서의 자아발견이요, 그런 의미에서 문학과 사회와의 충돌이며, 대자對者와 대타對他의 충돌이기도 하다. 그리고 이와 같은 충돌 속에서의 자기 발견인 것이다. 한계 상황에 놓인 구체적인 인간의 모습을 소설로 제시하면서 대결하지 않을 수 없는 나, 그 대결로부터 진정한 나를 일깨우고 있는 것이 이 소설이 지닌 철학적 의미인 것이다.

박순범 朴洵範 1928~1989 시인. 호 아산雅山. 평양 출생. 평양교대 국문과 졸업. 전남대 중등교원양성소 수료. 1978년 《아동문예》에 〈봄의 소리〉〈구름을 쓰는 아이들〉 등이 추천을 받아 문단에 등단했다. 목포문학회 회장, 한국예총 목포지부장을 역임했고, 청호문학회와 전남문협의 고문 등으로 활동했다. 시집으로 《세월》이 있고, 편저 《온돌방의 낭만》《목포시선집》《전남시인선집》 등이 있다. 그의 시는 한 시대의 인식이며, 공간적 향토성의 토양 위에 피어난 꽃이다. 따라서 이 향기 있는 꽃은 이웃들의 꽃이요, 한 마을 사람들을 위한 꽃이어야 하고 그 꽃의 의미는 토속적 향토성과 취향에 어울리는 우리의 것이어야 하며, 한국적 지방색을 지닌 특유의 정서적 꽃의 향기를 지닌 것이어야 한다는 신조로 시를 썼다. 1983년 남농예술문화상, 1986년 송암창작대상, 1987년 전남문학상 등을 수상했으며, 1990년 국민훈장 목련장에 추서되었다.

박승훈 朴承薰 1927~ 수필가 · 영문학자. 호 외별. 경기도 개성 출생. 연세대 영문과(1948) 및 미국 캘리포니아주립대 신문학부 졸업(1960). 1949년 시집 《외별시집》을 간행해 등단했다. 이후 시보다는 수필 · 영문학 · 저널리즘 관계의 연구에 주력했다. 주요 수필에 〈하루살이〉 〈발 · 발 · 발〉 〈서울의 밤〉 등이 있으며, 작품집으로 《하루살이》《O.K 카렌더》《행촌아파트》《한줌 흙은 말한다》 등이 있다. 국민훈장 동백장을 수상했다.

박승희 朴勝喜 1901~1964 극작가. 호 춘강春崗. 서울 출생. 중앙고보 졸업. 1923년 일본 메이지대 영문과 재학중 김복진金復鎭 · 김기진金基鎭 등과 신극단체 토월회를 조직, 조선극장에서 체홉 원작의 〈곰〉, 쇼 원작의 〈그는 그 여자의 남편에게 무엇이라 거짓말을 했는가〉, 외젤 피롯 원작의 〈기갈飢渴〉 등을 상연했고, 자작 희곡 〈길식吉植〉으로 제1회 공연을 가졌다. 이어서 〈부활復活〉을 상연하는 등 신극운동에 앞장섰다. 사재를 털어 광무대光武臺를 전속극장으로 하는 한편 대구를 비롯한 지방 순회공연 등과 함께 1932년 토월회를 태양극장으로 개칭했다. 그러나 1940년 일제의 탄압과 재정난으로 해산, 1946년 〈40년〉 〈의사 윤봉길義士尹奉吉〉 〈모반의 혈血〉 등의 작품으로 재기공연을 시도했으나 곧 중단되었다. 그동안 토월회의 공연기록만 180여 회, 번안 · 번역 · 창작이 200여 편에 이르렀으나 6 · 25동란으로 모두 소실되었고, 〈고향〉 〈이 대감 망할 대감〉 〈혈육〉 〈홀아비형제〉 등 네 편의 희곡만이 남아 있다. 〈이 대감 망할 대감〉은 고전소설 〈배비장전〉에서 소재를 따온 희극이며, 〈혈육〉은 암담한 식민지 현실을 그린 사회성이 강한 작품으로 그의 대표작으로 볼 수 있다. 〈홀아비형제〉와 〈고향〉은 식민지 현실의 궁핍상을 감상적으로 고발한 작품이다. 그의 작품들은 대체로 투철한 역사의식에 입각해 쓰여진 것이 아니라 현실도피적인 체념과 감상주의적 현실인식을 보여주고 있다. 신극운동가로서의 박승희는 토월회를 이끌어 나가면서 1920년대의 대표적이고 지속적인 신극운동을 벌였으나, 점차 자금난과 각본난에 시달리면서 통속적인 신파극단으로 변모되어간 토월회와 궤를 같이한다. 그러나 그는 각본 · 연출 · 극단경영 등 연극의 다방면에서 활동하면서 신파극을 이 땅에 토착화시킨 공로자로 평가된다. 1963년 제1회 한국연극상을 수상했다.

〈혈육 血肉〉 박승희의 단막극. 1929년 《별곤건》에 발표되었다. 암담한 식민지 현실을 그린 시대성 강한 작품으로 〈아리랑고개〉와 더불어 박승희의 대표작이다. 그의 희곡 중에서는 식민지하의 비참한 현실을 가장 사실적으로 그린 것으로, 1920년대에 유행했던 신경향파 문학의 영향을 많이 받은 것으로 보인다. 이 작품은 한강변 모래사장 움집에서 벌어지는 어느 빈민 일가의 생활을 통해, 농토를 잃고 도시 주변에서 떠도는 이농민 실업자의 처참한 생활상을 그리고 있다. 먹고 사는 문제로 고민해야 하는 극한상황 속에 살아가는 석실과 창문 두 가족은, 총독부로부터 허가가 나오지 않아 강변의 움집마저 철거당하고 쫓겨날 처지이다. 생계유지가 안 되는 무서운 가난 때문에 가족들간에도 증오와 반목이 생긴다. 막벌이꾼 석실은 품삯으로 고주망태가 되도록 술을 마시고, 그의 처는 기다리고 있다가 만취한 남편과 싸움을 벌인다. 이웃인 창문네 가족은 병든 노모와 누이동생 은순, 그녀의 사생아인 돌도 안 된 아기를 거느리고 있는데, 은순이 공장에 다녀 생활비를 번다. 이 두 가족은 이사비도 없어서 다음날 당장 움집을 뜯길 판국인데도 아무 대책이 없다. 창문은 이사비를 얻기 위해서, 돈 많은 이서방에게 은순의 아이를 팔 것을 종용한다. 은순에게는 그 아이야말로 극진한 혈육의 정을 느끼게 해주는 유일한 희망의 상징이었다. 그러나 병든 아이가 마구 우는데 약 한 첩 쓸 돈이 없자 결국 아이를 살리기 위해 돈 많은 이서방에게 넘기게 된다. 아이를 넘긴 은순은 미치고 만다. 이 작품에는, 농촌에서도 도시에서도 터전을 잃고 떠돌아다니는 농민과 노동자의 삶이 처절하게 그려져 있다. 그런데 이렇게 처참한 상황을 그리면서도 강렬한 역사의식이나 극복의지는 드러나지 않고, 피상적이며 감상적으로 현실을 파악해 패배주의적 숙명론에 귀결되는 현상을 보인다. 아이를 넘긴 은순이 미치고 마는 마지막 장면은, 경제적 파탄이 정신의 파탄까지 불러오는 냉혹한 식민지 현실에 대한 은유로 읽힌다.

박시교 朴始教 1947～ 시조시인. 경북 봉화 출생. 1970년 《매일신문》 신춘문예에 시조 〈온돌방〉이 당선, 같은 해 《현대시학》에 〈노모상老母像〉과 〈접목接木〉으로 추천을 받고 등단했다. 1971년에는 국토통일원 현상문예에 시 〈북으로 가는 길〉이 당선되기도 했다. 주요 작품으로 〈겨울강〉 〈겨울 광릉에서〉 〈빈손을 위하여〉 〈낙화〉 등이 꼽히며, 시인론 〈저항시인 동주, 육사〉 〈백수 정완영 세계의 열림과 그 한계〉, 시집 《겨울강》 《네 사람의 얼굴》(공저) 《가슴으로 오는 새벽》 등이 있다. 그는 보다 포괄적인 메타포와 다양한 언어의 양면성을 추구하며 자유시에의 접근과 가능성을 시도해 보이고 있다. 시조가 주정적인 흐름에서 벗어나 주지적·대사회적 메시지를 담아야 한다는 생각으로 등단 초기부터 다분히 실험적인 시조를 쓰기도 했고 운동도 펼쳤다. 1980년대 이후부터는 사설시조의 새 활로를 정착시키기 위해 노력했으며, 그 결과 시조문단의 주요 문학상을 사설시조로서 수상하기도 했다. 1991년 제1회 오늘의 시조문학상, 1996년 제15회 중앙시조대상, 1998년 제7회 이호우문학상 등을 수상했다.

박아지 朴芽枝 1905～ ? 시인. 본명 일―. 함북 명천 출생. 일본 도요대 중퇴(1926). 1927년 귀국해 카프에 가담했다. 소년잡지 《별나라》 편집동인으로 문학활동을 시작했고, 1927년 《습작시대》에 시 〈흰나라〉, 《동아일보》에 소설 〈눈이 뜰 때까지〉를 발표해 등단했다. 이후 〈농부의 선물〉을 비롯해 〈농부의 시름〉 〈농가 9곡〉 〈농군행진곡〉 등 주로 농촌·농민에 대한 시를 발표해 카프시의 저변을 확대하고 심화하는 데 기여했다.

이처럼 시작 초기에 그는 피폐한 농촌현실과 궁핍한 농민을 구체적이고 사실적으로 묘파하면서 농민들의 계급적 각성과 투쟁을 촉구하기도 했다. 이러한 시적 경향은 후기로 오면서 〈봄을 그리는 마음〉 〈누리를 향하여〉 〈이방의 시조〉에서 나타나는 것처럼 도시적 공간으로 바뀐다. 1937년 이후 한동안 활발한 창작 활동을 보여주지 못하다가 해방 이후 창작 활동을 재개해 해방의 기쁨, 새조국 건설의 열망을 노래한 시들을 발표했다. 1945년 조선프롤레타리아예술동맹에 가담했으며, 1946년 《우리문학》 편집에 간여하다가 월북했다. 시집으로 《심화心火》가 있으며, 희곡 〈어머니와 딸〉, 평론 〈농민시가 소론〉 등을 남겼다.

박양균 朴暘均 1924~1990 시인. 경북 영주 출생. 성균관대 국문과 졸업(1950). 졸업 후 대구에서 교편 생활을 하던 중 1953년 《문예》에 시 〈창〉 〈계절〉 〈꽃〉 등으로 추천을 받아 등단했다. 첫번째 시집 《두고 온 지표》, 두번째 시집 《빙하》를 간행한 뒤 20여년간 과작으로 일관하다가 1970년대에 들어서면서부터 〈치과에서〉 〈낙과〉 등의 문제작을 발표, 문단의 주목을 받았다. 1985년 세번째 시집 《전시장에서》를 발간했다. 그의 시는 사물의 정관과 세밀한 묘사를 통해 대비를 형성, 특히 현실의 가열한 상황과 자연 생명의 대비에 의한 이미지의 형상은 큰 감명을 준다. 그의 작품은 자연발생적인 주관적 서정이 아니라, 객관적 현실의 의미와 맞서는 서정, 즉 비평의 서정이라고 말할 수 있다. 이러한 비평의 서정은 그 자신의 시인적 성장과 더불어 그로 하여금 현대문학 속에서 객관화된 서정을 추구하는 시인으로서 정착하게 했다.

박양호 朴養浩 1948~ 소설가. 호 수초水肖·민초民草. 강원도 홍천 출생. 서라벌예대 문예창작과(1972) 및 중앙대 대학원(1976)과 전북대 대학원 국문과 졸업(1984). 1974년 《현대문학》에 단편 〈거북이의 울음〉 〈마음의 소방관〉이 추천을 받아 등단했다. 이후 단편 〈생각하는 개〉 〈빈 수레〉 〈미친 새〉 〈방랑의 끝〉 〈조그만 적〉 〈도시의 흔적〉, 중편 〈연극 연습〉 〈바벨호湖〉 등을 발표했다. 중앙대 강사, 소설가협회 사무국장을 역임했고, 1980년 이후 전남대 국어교육과 교수로 재직 중이다. 현재 한국소설가협회 중앙위원, 한국현대소설연구회 부회장으로 활동하고 있다. 문예지에 발표한 80여 편의 중·단편소설들을 통해 70년대 군사독재의 의미, 지식인 사회의 허위의식, 광주항쟁의 역사적 의미, 한국인의 근본적 심성 등의 문제들에 천착해왔다. 창작집으로 《새벽의 춤》 《늑대를 찾아서》 《도끼와 바늘》 《지방대학교수》 《슬픈 새들의 사회》 등을 간행했으며, 장편 〈서울 홍길동〉 〈흔들릴 때마다 한잔〉 〈별〉 〈벼락크럽〉 등이 있다. 이들 작품들에서 한국 지식인의 고뇌를 주로 다루고 있다. 1984년 한국소설문학상, 1991년 대한민국문학상, 1995년 박영준문학상, 1996년 광주시문학상, 1997년 조연현문학상 및 서라벌문학상 등을 수상했다.

박연구 朴演求 1934~ 수필가. 호 매원梅園. 전남 담양 출생. 광주고 졸업(1954). 1963년 《신세계》 제1회 신인작품상에 수필 〈수집취미〉가 당선되어 등단했다. 이후 동인지 《현대수필》 주간, 월간 《수필문학》 주간, 계간 《한국수필》 편집인, 계간 《수필공원》 주간, 계간 《에세이문학》 발

행인 겸 주간으로 지내며 수필문학의 정착을 위해 힘썼다. 1973년 출간한 첫번째 수필집 《바보네 가게》는 베스트셀러가 되기도 할 만큼 주목을 받았으며, 수필 〈외가만들기〉는 국정교과서에 수록된 바 있다. 그는 주로 수필만을 썼으며 주요 작품으로는 〈바보네 가게〉 〈초상화〉 〈변소고考〉 〈외가만들기〉 〈셋째딸의 패션〉 등이 있다. 수필집으로 《바보네 가게》 《어항 속의 도시》 《햇볕이 그리운 계절》 《환상의 끝》 《사랑의 발견》 《수필과 인생》 《속담 에세이》 《매원수필》 등을 출간했다. 그는 수필의 소재가 생활주변의 이야기라고 해서 신변잡기는 아니며, 그 글이 수필화한 것이면 문학 수필이란 소신을 가지고 수필을 써 왔다. 그의 수필은 생활주변의 이야기를 부드러운 필치와 정교한 구성으로 써낸 것으로, 연한 색채이면서도 오래 남아 읽는 이의 마음을 잡는다. 1987년 제5회 현대수필문학상, 1990년 제9회 한국수필문학상을 수상했다.

박연희 朴淵禧 1918~ 소설가. 호 하촌霞村. 함남 함흥 출생. 1946년 《백민》 편집부에 근무하면서 동 잡지에 단편 〈쌀〉을 발표해 등단했다. 이후 〈삼팔선〉 〈빙화〉 등을 발표, 창작에 전념했다. 러시아 문학의 영향을 크게 받은 작자는 서민감정과 사회의식을 강조하며, 특히 6·25동란을 고비로 이러한 현실의식이 더욱 강조되어 왔다. 〈증인〉 〈닭과 신화〉 〈방황〉 〈변모〉 등 그의 대표적 작품으로 평가되고 있는 이러한 작품들 역시 강렬한 고발과 저항정신의 인물들로 주인공들이 설정되어 있으며, 그러한 주인공들의 성격과 행동은 어느 의미에서는 이 작자의 의지요, 정신이라고 할 수 있다. 장편으로 〈청색회관青色會館〉 〈현대사〉 〈그 여자의 연인〉 〈무사호동武士好童〉 등이 있다. 작품집으로 《무사호동》 《방황》 《홍길동》 《여명기》 《하촌일가》 《밤에만 자라는 돌》 《주인없는 도시》 등을 간행했다. 그의 작품은 객관적 현실을 특정 국면에 초점을 맞추어 형상화하는 정통적인 사실주의적 기법을 바탕으로 강한 긴장감을 수반하는 극적 구성을 갖추고 있으며, 현실 비판 의식이 강한 것이 특징이다. 1960년 자유문학가협회상, 1983년 대한민국예술원상, 1996년 3·1문화상을 수상했다.

〈증인 證人〉 박연희의 단편소설. 1955년 《현대문학》에 발표된 작자의 대표작이다. 신문기자인 장준은 사사오입 개헌 때 비판적인 글을 썼다가 권고사직을 당한다. 실직을 한 장준은 그의 아내가 철학과에 재학중인 한 학생을 하숙생으로 받아들이자 못마땅하게 여기다가 학생의 신중함에 호감을 갖고 대하게 된다. 그러나 그는 이미 공산주의 사상에 젖어 있던 학생으로 어느 날 훌쩍 떠나버린 뒤 형사들이 들이닥쳐 그의 방을 수색하고 장준을 연행해 간다. 장준은 감옥에서 폐결핵을 얻어 병보석으로 풀려나 입원하게 되고 그 후부터 그는 부조리한 사회로부터 희생당했다는 생각을 하게 되어 과거의 기억을 회상하지 않으려고 안간힘을 쓴다는 내용이다. 1950년대 자유당 시절의 서울을 배경으로, 휴머니즘이 상실된 사회현실 비판 및 독재 정치의 현실 고발을 주제로 하는 이 소설은 1954년의 사사오입 개헌의 부당성과 1950년대에 권력층에 의해 조장된 매카시즘적인 분위기를 고발하고 있는 것이다. 독재 권력에 의해 일어나게 되는 평범한 인간적 삶의 박해와 파괴, 민족 분단의 이데올로기적 대립으로 말미암아 야기되는 휴머니즘의 증발과 유린의 비극, 즉 아무런 부정과 악이 없으면서도 오히려 역으로 시달림을 당하는 모순을 주인공을 통해 서 절실하게 묘사하고 있다.

〈방황 彷徨〉 박연희의 단편소설. 1962년 《자유문학》에 발표된 작자의 대표작이다. 중국대륙에 진주한 일본군 속에 일인 학병 요네카와와 야마모토라고 불리는 조선인 용일은 서로 통하는 사이이다. 사상적 번뇌와 인텔리 의식이 투철한 두 사람은 늘 서로를 지켜보며 관심을 가진다. 어느 날, 용일은 흙벽을 어루만지다 고향의 소년시절이 떠오른다. 치안유지법 위반으로 복역하다 병이 들어 출감한 형 용수의 죽음, 마리아의 화신 같은 어머니, 노망한 할머니, 어릴 때 죽어간 귀순이의 환상이 되살아난다. 이 사이 일본군 진지에는 적의 기습이 있어 용일과 요네카와는 탈출을 하게 된다. 그들은 인간을 찾아 끝없는 초원과 잡목의 숲을 헤치고 걷는다. 죽어 쓰러진 일본군의 시체를 넘어, 중국인이 가르쳐 준 연안延安을 향해 두 사람은 자꾸만 걸어간다.

박영우 朴榮雨 1959~ 시조시인. 호 비재. 전북 이리 출생. 중앙대 문예창작과 졸업(1981). 1981년 《시조문학》에 시조 〈연〉을 발표함으로써 작품 활동을 시작했다. 1982년 《경향신문》 신춘문예에 시조 〈한강에서 만난 다섯 개의 바람〉이 당선되었으며, 주요 작품에 〈어머니〉 〈너의 부재〉 〈행군 앞으로〉 등이 있다. 《비동인》의 동인으로 활동, 시집에 《흐린 날의 우리는》이 있다. 존재에 대한 의문, 존재의 고뇌 등을 일상생활 속의 소재를 통해 서술적 기법으로 표현하고 있다.

박영준 朴榮濬 1911~1976 소설가. 호는 만우晩牛·서령西嶺. 평남 강서 출생. 연희전문 졸업(1934). 1934년 《신동아》 현상모집에 장편 〈일년一年〉과 콩트 〈새우젓〉이, 《조선일보》 신춘문예에 단편 〈모범경작생模範耕作生〉이 당선되어 등단했다. 1935년 독서회사건으로 피검되어 5개월간 구류당했고, 1938년 만주 길림성 반석현으로 이주해 교편 생활을 했다. 광복 후 귀국해 신세대사에 입사했고, 1948년 경향신문사 문화부를 거쳐 1951년에는 육군본부 정훈감실 문관으로 복무, 종군작가단 사무국장으로 활동했다. 1955년 연희대와 수도여자사범대 강사를 거쳐, 1959년 한양대 부교수, 1962년에는 연세대 교수로 근속했다. 등단 이후, 단편 〈생홀아비〉 〈어머니〉 등 농촌과 그 속에서 사는 일련의 가난하고 불행한 사람들을 주인공으로 한 소설을 발표해 '농촌작가'라고 불리기도 했다. "나는 가난 속에서 태어나고 가난 속에서 자랐다. 내가 아는 사람도 가난한 이들뿐이다. 그 속에서 나온 내 소설이 가난이 아닐 수 없다"는 그의 말에서 작가정신의 일단을 엿볼 수 있다. 즉, 그에게는 고통받는 사람들에 대한 인간주의적 사랑의 정신이 충만했던 것이다. 여기에는 목사였고 독립운동가였던 그의 아버지의 영향이 적지 않게 작용했을 것이라는 견해도 있다. 〈일년〉 〈모범경작생〉 〈아버지의 꿈〉 〈목화씨 뿌릴 때〉 등의 주요 작품들은 민족운동의 계몽성이나 사회주의의 목적성을 표방하지 않고 농민의 실상이나 집념을 다루었다는 점에서 문학사적 의미를 가진다. 광복 후 그는 소설의 무대를 도시로 옮겨 도시 소시민의 생활을 중심으로 인간고독과 윤리문제를 집요하게 추구했다. 이러한 추구를 통해 그는 인간이 본래 고독한 존재이나 이에 절망하지 않고 오히려 이를 고양된 정신의 세계로 승화시켜

나가려는 삶의 의지와 자세를 부각시키고 있다. 또 이와 반대로 물질과 쾌락만능의 세태 속에서 인간으로서의 기본적인 윤리의식마저 마비되어버린 현대인의 타락상을 폭로하기도 했다. 단편집으로《목화씨 뿌릴 때》《풍설風雪》《그늘진 꽃밭》《방관자》《고호古壺》《추정秋情》《슬픈 행복》 등이 있고, 장편 〈한류의 어족〉〈열풍〉〈오늘의 신화〉〈보라색 가면〉 등이 있다. 그는 문단적 시류에 편승하기를 거부하고 문학적인 문학을 추구하는 가운데 많은 장편과 단편을 써왔다. 그의 작품들은 여러 종류의 소재를 다루고 있으나 일관된 흐름을 지니고 있으며, 인간의 미묘한 감정의 물결을 첨삭하면서, 인간의 근원적인 윤리성을 끝까지 지켜내는 인간들의 성실한 노력을 추구했다. 1954년 〈그늘진 꽃밭〉으로 제1회 아시아자유문학상을 수상했으며 1965년 예술원상, 1967년 서울시문화상을 수상했다.

〈모범경작생 模範耕作生〉 박영준의 단편소설. 1934년《조선일보》신춘문예 당선작이다. 길서라는 부정적 인물을 주인공으로 세워, 일제의 이른바 농촌진흥정책의 허구성을 비판한 농민소설이다. 길서는 그 마을에서는 단 한 명뿐인 보통학교 졸업생이자 일제에 의해 뽑힌 '모범경작생' 곧 모범 농민이다. 그러나 그는 마을 사람의 형편을 아랑곳하지 않고, 자기의 이익만 탐하는 이기적인 인물이다. 그러나 그는 결국 자기의 이익도 의숙이와의 사랑도 한꺼번에 잃게 된다. 일제는 1933년부터 농촌진흥정책을 폈지만 제국주의 자본의 침탈이라는 명백한 원인을 숨긴 것이었으므로 농촌의 파괴와 피폐상은 여전한 채 관제형 모범 농민들만 양산시킨다. 이들은 정책선전을 위해 조작된 경우가 대부분이었는데, 이 소설은 그 기만성을 폭로하고 농민들의 분노를 부분적으로 형상화한 것이다. 박영준의 작품은 대체적으로 소박한 리얼리즘이라는 말을 듣는다. 그리고 너무 지나치게 소재에 끌려간다는 평을 듣기도 한다. 그러나 그는 노력으로써 정진하는 태도와 타고난 성실성으로 착실하게 작품 활동을 한 작가이다.

朝鮮日報

當選短篇小說

模範耕作生

(1) 朴映浚

▲모범경작생 박영준 지음. 《조선일보》 1934년 1월 10일자에 실린 첫 부분.

〈종각 鍾閣〉 박영준의 장편소설. 1965년《현대문학》에 연재되었다. 주인공 최광주는 교회에서 사찰 일을 보고 있다. 그는 예전에 방탕한 생활을 했고 처제마저 범해 그의 아내는 자살했다. 아내의 죽음으로 충격을 받은 그는 속죄하기 위해 교회일을 보고 군고구마 장수를 하며 가족들을 보살핀다. 그의 가족구성은 복잡해 형을 닮아 탕아 기질이 농후한 아우, 전처 소생의 딸, 처제와의 사이에 태어난 아이가 둘이다. 그는 오로지 하느님의 말씀에 따라 살려고 노력하나 아우는 돈만 뜯어가 유흥에 탕진하고 처제였던 아내나 아이들은 그의 신앙에 대해서 무관심하다. 그는 그것이 자신의 믿음이 약하고 죄가 많은 탓으로 생각하고 더욱더 신앙에의 열도가 강렬해진다. 이러한 그의 속죄를 위한 몸부림은 결국 인간으로서의 존재를 재확인하기 위한 근원적인 갈망에서 나왔다고 할 수 있다. 이 작품은 한국적인 상황에서의 신과 죄의식의 문제를 다룬 작자의 대표작으로 작자의 신앙적 배경과 고도한 윤리성을 엿볼 수 있다.

박영학 朴榮鶴 1947~ 수필가. 전북 부안 출생. 원광대 불교과를 거쳐 성균관대 대학원 정치학과 졸업. 1984년 《월간문학》에 수필 〈어떤 고백〉이 당선되어 등단했다. 주요 작품에 〈전화유감〉 〈어머니의 설빔〉 〈어떤 고백〉 〈주택복권〉 〈초겨울 그해 산문山門〉 등이 있다. 그는 잊혀져가는 농경사회적 공동체인 인간의 삶을 반추하고 회복하고자 하는 복고적 인문주의 경향을 띠며, 원광대 교수로 활동, 이리지역 문인협회를 주도하고 있다.

박영한 朴榮漢 1947~ 소설가. 부산 출생. 연세대 국문과 졸업(1977). 1977년 《세계의 문학》에 중편 〈머나먼 쏭바강〉을 발표해 등단했다. 1978년 중편 〈머나먼 쏭바강〉을 장편으로 개작했다. 장편 〈인간의 새벽〉 〈노천에서〉 〈쓸쓸한 자유인〉 〈키릴로프의 연인〉 등이 있으며 중·단편으로 〈지상의 방 한 칸〉 〈관리인〉 등이 있다. 작품집으로 《쓸쓸한 자유인》 《지상의 방 한 칸》 《지옥에서 보낸 한철》 《사마리아 여인》 등을 간행했다. 그의 작품 세계는 크게 세 단계로 나누어 살펴볼 수 있다. 첫째는 전쟁 문제를 소재로 해 개인적인 삶과 집단의 횡포에 대한 관심을 표명한 장편 〈머나먼 쏭바강〉이고, 둘째는 예술가의 세계내 존재방식과 그 처세를 다룬 〈지상의 방 한 칸〉, 셋째는 서울 변두리의 자질구레한 일상을 통해 우리 나라 근대화의 실상을 적실하게 묘파한 〈왕룽일가〉와 〈우묵배미의 사랑〉이다. 이 세 계열의 작품들은 다루고자 하는 제재와 세계관, 그리고 작품의 주제의식을 구현하는 문체 등에 있어 적지 않은 편차를 보인다. 〈머나먼 쏭바강〉은 자유, 사랑, 전쟁, 이데올로기 등을 대상으로 현대인들이 직면하고 있는 가장 본질적인 문제들을 사변적인 형식으로 다루어 나가는 반면, '우묵배미' 연작은 정치한 묘사와 치밀한 관찰을 바탕으로 일상의 경험들을 극히 미세하고 사실적인 방식으로 처리해 나간다. 그리고 서로 다른 주제의식과 제재의 성격에 따라 전자가 날카롭고 응축된 단문의 문체로 작중인물들의 의식세계를 지적으로 그려 나갔다면, 후자는 걸쭉한 입심과 긴 호흡의 장거리 문체를 통해 우리의 이웃들이 처한 현실적 정황을 매우 꼼꼼하고도 사실적으로 그려나감을 알 수 있다. 소설집 《노천에서》에 이르면 그의 시선은 삶의 주변과 현실에 고정되는데, 이는 월남전이라는 특수한 체험에서 벗어나 일상적 현실을 형상화함으로써 소설적 구체성을 얻어가는 과정으로 볼 수 있다. 이러한 변모는 《쓸쓸한 자유인》 《왕룽일가》에도 지속되어 일상적 현실을 총체적으로 형상화하려는 데 작가가 꾸준한 관심을 갖고 있음을 보여준다. 1978년 제2회 오늘의 작가상, 1988년 제1회 연암문학상, 1989년 제19회 동인문학상을 수상했다.

박영희 朴英熙 1901~? 시인·소설가·평론가. 호 회월懷月·송은松隱. 서울 출생. 배재고보를 거쳐 일본 세이소쿠 영어학교 졸업(1922). 1921년에는 《신청년》 《장미촌》의 동인으로 활약했다. 1922년 《백조》의 동인으로서 동지 창간호

에 시 〈미소의 허영시〉 〈환영의 황금탑〉을, 3호에 〈월광月光으로 짠 병실〉 등을 발표해 정식으로 등단했다. 이 시기까지의 작품은 그의 문학활동에 있어 제1기에 해당되는 것으로, 탐미적이고 감상적인 낭만주의의 경향을 띠고 있다. 1924년에는 개벽사에 입사했고, 그해 10월 신경향파 문학단체이자 카프KAPF의 전신인 파스큘라PASKYULA를 조직, 동인지 《개벽》에 관여하면서 신경향파 문학의 건설에 힘을 기울였다. 1925년 8월 파스큘라와 염군사가 합쳐 카프가 결성되자 서기국의 책임자가 되었다. 이후 김기진과의 내용·형식 논쟁에서 작품의 내용 우위와 작가의 프로의식을 주장했다. 이 무렵 그의 작품과 비평들은 모두 경직된 이데올로기를 앞세우고 있었고 문학은 정치적 목적을 위한 방편으로 전락되었다. 주로 프로문학의 이론만을 담당해 극좌적인 평론으로 목적의식론을 제창, 카프계열의 대변자로 활약했으며 〈문예운동의 방향전환〉 〈문예운동의 목적의식론〉을 써서 카프의 제1차 방향전환을 주도했다. 그러나 카프 도쿄지부인 제3전선파에 의해 문학주의라고 비판받고 주도권을 잃게 되었다. 초기에는 탐미적 낭만주의적인 시풍을 띠었으나 카프가 결성되던 1925년 《개벽》에 단편소설 〈사냥개〉를 발표하면서부터 신경향파의 면모를 발휘했으나 내용·형식논쟁 때 김기진에게 비판받았던 〈철야〉 〈지옥순례〉 후에는 비평활동에 주력했다. 1931년 카프 제1차 검거 때 피검되었으며 그후 프로문학가들이 점점 계급지상주의로 경직화되어 문학을 정치도구화하려는 경향에 빠지자 1934년 《동아일보》에 전향선언문을 발표하고, 문학의 자율성을 옹호하는 입장을 취하게 된다. 여기에 그의 유명한 전향선언문구인 "얻은 것은 이데올로기이며 상실한 것은 예술 자신이었다"라는 내용이 실려 있다. 1927년에는 민족단일단체인 신간회의 간부를 지낸 바도 있으나, 1930년대 후반부터 신체제문학新體制文學에 협력해 창씨개명과 함께 친일문학활동을 한 죄목으로 해방 직후 반민족행위자 명단에 오르기도 했다. 서울대에서 국문학사 강의를 맡기도 했으며 1950년 8월 납북되었는데 생사는 확인되지 않았다. 주요 작품으로는 단편 〈생生〉 〈결혼전〉 〈이중병자〉 〈전투〉 〈철야〉 등이 있으며, 저서에는 소설과 평론을 묶은 《소설·평론집》, 시집 《회월시초懷月詩抄》, 평론집 《문학의 이론과 실제》 등이 있다. 광복 후 집필되었을 것으로 추정되는 〈현대한국문학사〉가 1958년 4월부터 1년간 《사상계》에 연재된 바 있다. 1998년에는 《박영희전집》(전4권)이 영남대 출판부에서 간행되었다. 이 전집에는 〈적의 비곡〉 등 22편의 시, 〈정순이의 설움〉 등 16편의 소설, 60여 편의 평론을 비롯해 번역작품·수필·서간·문학사 관련 글을 한데 모았다.

〈사냥개〉 박영희의 단편소설. 1925년 《개벽》에 발표되었다. 신경향파 소설 중 가장 많은 논란의 대상이 되었던 작품이다. 인색한 지주 정호는 어느 겨울 밤잠을 못 이루고 전전긍긍한다. 그가 60원을 주고 사온 사냥개가 무슨 일인지 계속 짖어대기 때문이다. 그 바람에 정호는 두려움과 초조 속에서 무서운 환상에 사로잡히다가 사냥개가 이제야 도둑을 지킬 수 있다는 안도감에 만족해 한다. 그러나 갑자기 사냥개가 짖기를 멈추자 정호는 다시 두려운 생각에 빠진다. 어느 키 크고 남루한 차림을 한 사람이 서슬퍼런 칼을 들고 침입한다. 그는 3천원의 돈을 요구한다. 환상이었다. 정호는 문득 벽장 속에 넣어둔 돈 3만원이 잘 있는지 확인한다. 이 돈은 논을 사기 위해 오늘 은행에서 찾은 것이다. 그런데 이 중에서 3천원이 없어진다고 생각하니 인색한 정호의 마음은 바싹바싹 마른다. 애초에 그는 다섯번째 첩을 데려오는 조건으로 쌀 3백석과 돈 3천원을 주기로 했던 것이다. 이것을 차일피일 미루자 다섯번째 첩이 그만 자기 집으로 달아나버렸다. 아무래도 그는 내일 중으로 돈만이라도 주어야겠다고 생각을 한다. 정호는 그 돈을 주는 것을 아까워하며 초조해하다가 그 첩이 저주하는 환상을 본다. 또한 기근 구제비와 사립소학교 기부금 등을 달라고 했던 사람들이 총을 들고 와서 위협하는 환상에 사로잡힌다. 그래서 그는 가장 믿을 만한 첫째 부인에게 가서 하룻밤을 보내기로 결심한다. 그는 금고를 소중하게 챙긴 뒤 방문을 연다. 문을 열고 정호가 나가려는데 사냥개가 달려든다. 정호는 잘자라고 손짓했으나 사냥개는 주인을 알아보지 못하고, 그가 금고를 들고 있는 것을 보곤 계속 짖으며 달려든다. 그는 발길로 사냥개를 찬다. 별안간 사냥개는 정호의 목을 물어뜯어 죽인다. 그 이튿날 아침 정호의 시체가 발견되었을 때는 사냥개의 자취를 찾을 수 없었다. 김기진은 이 작품이 수전노의 금전에 대한 인색과 노예근성을 폭로하고 사냥개로 상징되는 무산계급의 해방을 주제로 한 것이라고 했다. 사실 이 작품은 현실감보다는 우화를 통해 무산계급의 투쟁의식을 고취하려는 작가 박영희의 관념이 강조된 작품이라 할 수 있다.

박완서 朴婉緖 1931~ 소설가. 경기도 개풍 출생. 숙명여고를 거쳐 서울대 국문과 중퇴. 1970년 《여성동아》 장편소설 현상모집에 〈나목裸木〉이 당선되어 등단했다. 이후 〈세모歲暮〉 〈세상에서 제일 무거운 틀니〉 〈부처님 근처〉 〈조그만 체험기〉 〈그 가을의 사흘 동안〉 〈엄마의 말뚝〉 등 많은 역작을 발표했다.

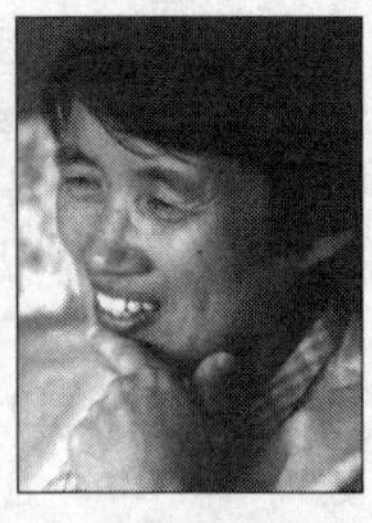

작품 밑바닥에 역사의식과 사회의식을 적절히 깔고 왕성한 비판력과 비판욕으로 사회부조리와 비리를 거침없이 파헤쳐, 가치있는 삶의 방향을 모색하고 있는 점이 그의 대다수 작품들이 가지고 있는 세계라고 할 수 있다. 처녀작 〈나목〉을 비롯해 〈부처님 근처〉 〈카메라와 워커〉 〈세상에서 제일 무거운 틀니〉 〈부끄러움을 가르칩니다〉 〈저녁의 해후〉 〈아저씨의 훈장〉 〈엄마의 말뚝〉 등으로 이어지는 일련의 작품들은 크게 분단문제를 다룬 작품이랄 수 있는데, 이들 작품들의 바닥에는 한결같이 전쟁으로 말미암은 비통한 가족사가 깔려 있다. 근작 장편 〈그 산이 정말 거기 있었을까〉에도 그러한 경향은 계속된다. 그 중 대표작이랄 수 있는 〈엄마의 말뚝〉 연작은 모두 세 편으로 되어 있다. 연작의 첫편 〈엄마의 말뚝1〉은 남편을 잃은 한 여성이 고향을 떠나, 어린 오누이와 함께 대처 서울에서 억척과 의지로 집 한 채를 마련하기까지의 과정을 그리고 있으며, 작자에게 이상문학상을 안겨준 〈엄마의 말뚝2〉는 이 연작의 핵심이라고 할 수 있는 전쟁과 오빠의 죽음을 다루고 있다. 연작의 마지막 편인 〈엄마의 말뚝3〉은 어머니가 당신의 소망과는 달리 손자의 주도로 서울 근교의 공원묘지에 묻히기까지의 이야기다. 6·25체험을 다룬 일련의 작품군이 한 축을 이루는 가운데 박완서는 또 하나 득의의 영역을 보여주기 시작하는데, 이른바 중산층의 삶에 대한 날카로운 해부가 그것이다. 1971년에 발표된 단편 〈세모〉는 이 계열의 작품군 중 가장 먼저 그 모습을 보인 것이다. 이와 함께 남성중심의 사회에서 여성들이 겪는 억압과 갈등을 드러내는 데 탁월한 성취를 보임으로써 여성주의 비평으로부터도 집중적인 조명을 받는다. 작품집으로 《배반의 여름》《엄마의 말뚝》《그해 겨울은 따뜻했네》《그 많던 싱아는 누가 다 먹었을까》《그 산이 정말 거기 있었을까》 등이 있으며, 1993년 세계사에서 출간한 《박완서전집》이 있다. 1999년 소설집 《너무도 쓸쓸한 당신》을 출간하기도 했다. 불혹의 나이에 등단한 박완서는 그 후의 작품 활동을 통해 우람한 문학적 성취를 보여주었다. 활달하고 개성적인 문체의 매력을 동반하면서 펼쳐지는 그의 소설세계는 우리 사회의 속물주의에 대한 비판에서 분단의 상처에 이르기까지, 그리고 여성 해방의 올바른 방법에 대한 탐구에서 우리 근대사의 실상에 대한 질문에 이르기까지 참으로 다양한 폭을 지니고 있으며, 그 모든 영역에서 시종일관 탁월한 리얼리스트의 면모를 견지하고 있다. 1980년 〈그 가을의 사흘 동안〉으로 한국문학작가상을, 1982년 〈엄마의 말뚝2〉로 이상문학상을, 1991년 〈미망〉으로 제3회 이산문학상을, 1993년 〈꿈꾸는 인큐베이터〉로 제38회 현대문학상을, 1994년 〈나의 가장 나종 지니인 것〉으로 제25회 동인문학상을, 1997년 〈그 산이 정말 거기 있었을까〉로 제5회 대산문학상을, 1999년 창작집 《너무나 쓸쓸한 당신》으로 제14회 만해문학상을 수상했다.

〈엄마의 말뚝〉 박완서의 연작 형태의 중편소설. 1980년 《문학사상》 11월호에 발표되었다. 〈엄마의 말뚝1〉은 여덟살 정도의 계집애인 '나'가 고향을 떠나 서울생활에 적응하기까지의 과정을 그렸다. '나'는 시골의 전원과 조부모의 사랑 속에 야성으로 방목된 어린 계집애이다. '나'는 어느 날 삶의 큰 전환을 맞이한다. 오빠를 공부시키기 위해 진작 서울로 갔던 어머니가 '나'의 교육을 위해 서울로 데려가려고 나타났기 때문이다. 엄마에게 이끌려 서울역에 내린 '나'는 도시의 잡담과 그것을 다스리는 무형의 질서에 주눅이 든다. 그리고 그 주눅 뒤에 오는 것은 크나큰 실망감이다. 엄마가 대처의 삶터로 그토록 강조했던 터전은 현저동 산동네의 비탈길에 위태로이 붙어 있는 셋방이었으며, 엄마의 주된 생계수단이 기생들의 바느질 품 드는 것이기 때문이다. '나'는 엄마가 강요하는 도시적 삶에 길들여진다. 도시의 상스러움으로부터 딸을 보호하려는 엄마는 '나'에게 대개 "~하지 말라"로 끝나는 금기의 문법을 적용하려 한다. '나'는 엄마의 규율과 동심의 분방함 속에 갈등을 겪지 않을 수 없다. 이 와중에 엄마의 상심 또한 크다. 사대문 안에 어엿이 살고 싶은 욕망과 변두리 삶의 곤욕스러움이, 어린 딸이 당하는 수모를 볼 때마다 더욱 깊은 갈등을 일으키기 때문이다. 엄마를 버티게 하는 것은 아들을 잘 길러 집안을 일으키겠다는 열망 하나이다. 셋방살이의 수모를 면하려 절치부심하던 엄마에게도 마침내 전기가 찾아온다. '내'가 국민학교에 입학하게 된 것이다. 이것은 학구學區를 속여가면서 치른 시험 끝에 얻어낸 사대문 안 국민학교에의 입학이기 때문에 엄마에게 더욱 큰 기쁨이다. 엄마는 이 사실을 시골의 시가에 알리고 어려운 생활사정을 하소연한 끝에 얼마의 보조를 얻는다. 그리고 금융조합에 대출까지 얻어 마침내 집을 장만한다. 결국 엄마는 자본주의가 발흥하는 근대

한국의 중심부 서울에 삶의 닻을 든든히 내린 것이다. 〈엄마의 말뚝2〉는 중년여인이 된 '나'가 엄마에게 박힌 말뚝의 내용을 확인하는 내용으로 되어 있다. 어느 날 '나'는 친구의 과수원에서 모처럼의 한가함에 도취한다. 친구가 대접한 앵두술에 탐닉하던 '나'는 한순간 가슴이 철렁한다. 자신이 모든 것을 잊고 일락에 빠질 때 흔히 집안 식구들에게 사고가 있어 왔기 때문이다. 술이 덜깬 채 집에 도착했을 때, 아니나다를까 가족들은 흉보를 전한다. '나'의 어머니가 낙상해 크게 다쳤다는 것이다. 병원에 들어섰을 때 어머니의 다리는 심하게 뒤틀려 있다. 노모의 앞에는 어려운 수술이 기다리고 있다. 그러나 가족들의 초조와 불안과는 달리 노모는 수술을 하고 나와서도 정신이 말짱하다. 이 강단은 수술 후 첫날 밤 광적인 난동으로 변한다. 수술 뒤에 오는 통증과 마취가 빚어낸 혼몽이 엄마를 그 옛날의 고통스럽던 참극의 현장으로 몰아갔기 때문이다. '나'는 엄마의 광기가 어디서 오는가를 비로소 깨닫고 비참과 절망 속에 함께 빠져든다. 엄마가 살려달라며 부여잡은 다리는, 6·25동란 중 인민군 군관에 의해 다리에 집중사격을 받고 죽어간 오빠의 다리였기 때문이다. 오빠는 전향분자였다. 한때 좌익에 빠졌었지만, 환멸을 느껴 일찍 전향했던 것이다. 전쟁이 발발하고 서울이 공산치하에 들어가자 오빠는 이웃의 밀고로 어쩔 수 없이 인민군에 자원입대한다. 그리고 탈영해 어느 날 홀연히 집에 나타난다. 은신한 곳이 현저동의 산동네, '나'의 가족이 처음으로 서울생활의 닻을 내린 곳이었다. 인민군 보위군관이 굴뚝의 연기를 보고 찾아와 전쟁의 공포와 이데올로기의 억압으로 거의 폐인이 된 오빠를 닦달한다. 그리고 패주하면서 오빠의 다리만 집요하게 쏘아대어 과다출혈로 오빠가 죽고 말았던 것이다. 다리 수술을 받은 엄마는 그 참척의 원한을 다시 살려낸 것이고 그날의 원한은 엄마에게 박힌 또 다른 하나의 말뚝이었던 셈이다. 며칠 후 탈진한 엄마는 '나'에게 부탁한다. 자신이 죽으면 뼈를 갈아 북의 고향으로 날려달라고. 이것은 오빠의 주검을 처리한 그 방법이다. 한줌의 먼지와 바람으로써 엄청난 싸움을 시도하려는 엄마의 비원-이것을 거역할 수 없을 것임을 '나'는 예감한다. 이 소설에서 6·25라는 민족사의 비극은 이데올로기의 대립이 아니라, 모든 관념적 요소가 배제되고 여전히 지속되고 있는 고통의 형태로 드러나고 있다. 이 작품에서 작가는 한 가족의 비극을 통해서 분단 극복의 의지를 분출하고 있다. 분단의 비극은 아직도 우리의 현실적인 삶 속에서 꺼지지 않는 불씨로 살아 있다는 사실을 작자는 어머니의 정신착란 속에서 끄집어내고 있는 것이다.

박용래 朴龍來 1925~1980 시인. 충남 부여 출생. 강경상업학교 졸업(1945). 1956년 《현대문학》에 〈가을의 노래〉〈황토길〉〈땅〉으로 추천을 받아 등단했다. 이어 〈엉겅퀴〉〈코스모스〉〈소묘素描〉 등 다수의 작품을 발표했다. 은행원 및 중·고교 교사를 역임했고 1964년에는 한성기韓性祺·임강빈任剛彬·최원규崔元圭 등과 함께 공동시집 《청와집靑蛙集》을 펴내기도 했다. 개인시집 《싸락눈》은 현대의 시정을 전통적으로 접하게 하는 세계를 보여준다. 그의 작품은 한국적 정서를 바탕으로 하되, 그 정서를 시적으로 여과시켜 시어의 정수만을 골라 형상화시키고 있다. 특히 주목할 만한 점은 시에서 언어의 군더더기를 일체 생략하고 시적 압축으로써 섬세하고 간결한 함축미를 꾀하고 있다는 것이다. 1970년 현대시학사 제정 제1회 작품상을 수상했다.

박용재 朴容在 1960~ 시인. 강원도 강릉 출생. 관동대 국어교육과 및 성균관대 대학원 졸업. 1984년 《심상》 신인문학상에 〈벽〉〈서울비〉〈주일主日〉〈설야〉〈허균1〉 외 4편이 당선되어 등단했다. 주요 작품으로 〈부활〉〈들새 변주곡〉〈설야〉 등이 있다. 시집으로 《조그만 꿈꾸기》《따뜻한 길 위의 편지》《불안하다 서 있는 것들》 등을 간행했다. 작품의 경향은 맑고 투명하고 눈부시다. 이러한 감성의 근거는 그가 딛고 있는 식물성의 감수성에 있으며, 개인적 절망이나 사회적 어둠도 그에게 와서는 눈부신 아름다움으로 착색되는 장점이 돋보인다.

박용철 朴龍喆 1904~1938 시인. 호 용아龍兒. 전남 광산 출생. 일본 도쿄외국어학교 독문과를 거쳐 연희전문에서 수학(1923). 1930년 김영랑金永郞과 《시문학》을 창간, 이 잡지 1호에 그의 대표작이라고 할 수 있는 〈떠나가는 배〉〈밤 기차에 그대를 보내고〉 등을 발표하며 창작 활동을 시작했다. 《시문학》에 이어 《문예월간》《문학》 등을 발간했다. 주요 작품으로 〈떠나가는 배〉〈밤기차에 그대를 보내고〉〈고향〉〈어디로〉〈비〉〈시집가는 새악시의 말〉 등이 있다. 경향파의 비순수성과 형식의 난잡성을 배격, 예술의 순수성 옹호를 표방한 그의 서정시 운동은 우리 나라 신시사新詩史에 새 국면을 이룩했다. 외국의 시와 희곡 등을 번역하고 비평가로서도 크게 활약했다. 1939년 사망 직후 유고집으로 창작시 98편과 번역시 308편, 총 406편의 시를 수록한 시집 《박용철 전집I》과 인상주의적 평론과 하우스만의 영향을 받은 시론 등이 수록되어 있는 평론집 《박용철 전집II》가 발간되었다. 그의 시는 영랑의 가락과 정서에 따라가지 못했지만 잡지의 편집, 외국시의 번역, 그리고 평론가로서의 문학사적 기여에 더 큰 비중을 두어야 할 것이다.

박유석 朴裕錫 1941~ 아동문학가 · 시인. 강원도 홍천 출생. 한국방송통신대 행정과 졸업(1986). 1973년 《한국일보》 신춘문예에 동시 〈꽃이 되면〉이 당선되어 등단했다. 서정적이고 향토성 짙은 초기의 작품 경향에서 벗어나 동심을 재조명, 어른들의 마음속에 있는 유년의 세계를 동시로 작품화하고 있다. 동화 100여 편, 시 300여 편 외에 동시집 《꽃이 피면》《바람의 합창》《어머니의 강》《빛들의 이야기》 등이 있다. 강원도문화상, 강원문학상, 현대아동문학상 등을 수상했다.

박의상 朴義祥 1943~ 시인. 만주 출생. 서울대 경제과 졸업(1965). 1964년 《서울신문》 신춘문예에 시 〈인상〉이 당선되어 등단했다. 《현대시》 동인으로 활동하면서 시 〈아세아〉〈전후戰後〉〈꿈〉〈파리의 죽음〉 등을 발표했다. 시집으로 《금주에 온 비》《성년》《봄을 위하여》《오늘은 미래》《바위는 저의 길을 가로막는다》 등이 있다. 작품 초기에는 일상적 삶을 비유와 이미지의 기법으로 환기하는 노력을 기울였으나 후에는 역사적 · 정치적 상황 속의 개인의 비극을 아이러니와 알레고리의 기법으로 극적으로 제시하려 한다. 그의 시는 현실적 조건을 함축성 있는 상징으로 유추해 순수한 이미지로 조형하는 특징을 갖고 있다. 1985년 제17회 한국시인협회상을 수상했다.

박이도 朴利道 1938~ 시인. 평북 선천 출생. 경희대 국문과 졸업(1963). 1959년 《자유신문》 신춘문예에 시 〈음성音聲〉이 당선, 1962년 《한국일보》 신춘문예에 〈황제와

나〉, 같은 해 문공부 주최 제1회 신인예술상에 시 〈방房〉이 당선되어 등단했다. 현재 경희대 국문과 교수로 재직하고 있다. 동인지 《신춘시》《68문학》의 동인이며, 시 〈일모日暮〉〈모자〉〈수인〉〈내 무덤〉 등을 발표했다. 시집으로 《회상의 숲》《북향北鄕》《폭설暴雪》《바람의 손끝이 되어》《불꽃놀이》《안개주의보》《홀로 상수리 나무를 바라볼 때》 등이 있으며, 선시집 《빛의 형상形象》, 시론집 《한국현대시와 기독교》 등이 있다. 그의 시세계는 초기의 기독교적 상상력에 근거한 서정적이며 감성적인 세계로부터 점차 현실과 일상의 세계를 그리는 데로 변모하는 면모를 보인다. 또한, 그의 시는 현실의 불안한 상황 속에서 자아발견의 시적 태도를 취하고 있으며 그러한 태도를 민중의 함성 속에서 찾고 있다. 이른바 현실적 참여의식 속에서의 자아발견을 시도하고 있는 것이다. 특히 이러한 경향은 그의 첫번째 시집 《회상의 숲》에서 여실히 엿볼 수 있다. 현대문학상, 대한민국문학상 등을 수상했다.

박이문 朴異汶 1931~ 시인 · 문학평론가 · 불문학자. 서울 출생. 서울대 불문과를 거쳐 동 대학원 졸업. 이화여대 교수로 있다가 도불渡佛했다. 1955년 《사상계》에 시 〈회화를 잃은 세대〉를 발표, 1957년 《문학예술》에 시 〈혼자만의 시간〉이 추천되었다. 이후 〈아스파트 길 위에서〉〈기도와 같은 순간〉 등의 시편을 발표했다. 도불 후 소르본대를 졸업, 동 대학에서 문학박사 학위를 받고 미국 사우드캐롤라이나 주립대에서 철학박사 학위를 취득했다. 보스턴 시몬즈 여대를 거쳐 현재 포항공대 철학과 교수로 재직 중이다. 시집 《눈에 덮인 찰스강변》《나비의 꿈》《보이지 않는 것의 그림자》 등을 간행했으며, 《프랑스 낭만주의 시선》을 번역하기도 했다. 1972년 《문학사상》 창간호부터 〈철학 속의 문학〉을 연재한 바 있으며 기타 철학서 · 소설 · 시의 번역 및 평론 다수가 있다.

박인환 朴寅煥 1926~1956 시인. 강원도 인제 출생. 경성제일고보를 거쳐 평양의전 중퇴(1945). 1946년 시 〈거리〉를 《국제신보》에 발표하면서부터 창작 활동을 시작했다. 이어 1947년에는 시 〈남풍〉, 영화평론 〈아메리카 영화시론〉을 《신천지》에, 1948년에는 시 〈지하실〉을 《민성》에 발표하면서부터 본격적인 시작 활동이 전개되었다. 특히 1949년 김수영金洙暎 · 김경린金璟麟 · 양병식梁秉植 · 임호권林虎權 등과 함께 낸 합동시집 《새로운 도시와 시민들의 합창》은 광복 후 본격적인 시인들의 등장을 알려주는 신호가 되었다. 1940년대의 모더니스트로 알려진 이들의 모더니즘 운동은 김기림이 제창한 반자연 · 반서정의 기치에 1940년대 후반의 시대고時代苦가 덧붙여진 것으로 확대되었다. 1950년 《후반기》 동인으로 활동하면서 〈살아 있는 것이 있다면〉〈밤의 미매장未埋藏〉〈목마와 숙녀〉 등을 발표했는데, 이러한 작품들은 도시문명의 우울과 불안을 감상적인 시풍으로 노래해 주목을 끌었다. 시집에는 《박인환선시집》《목마와 숙녀》가 있다. 1955년에 발간된 《박인환시선집》에 그의 시작품이 망라되어 있으며, 특히 〈목마와 숙녀〉는 대표작으로 꼽히는 작품으로 우울과 고독 등 도시적 서정과 시대적 고뇌를 노래하고 있다. 1956년 작고 일주일 전에 쓰여진 〈세월이 가면〉은 노래로 만들어져 널리 불리기도 했다. 《목마와 숙녀》는 1976년 그의 20주기를 맞아 장남 세형世馨이 간행한 시집이다. 1940년대 모더니즘 운동에 참여한 그의 시는 도시적이면서도 인생파적인 비애가 기타 동인의 시와는 변별성을 갖는 것으로 평가받는다.

《목마와 숙녀 木馬一淑女》 박인환의 20주기 기념시집의 제목이자 시의 제목이기도 하다. 시 〈목마와 숙녀〉는 1955년 발간된 《박인환시선집》에 수록된 작품이다. 1950년대의 전쟁과 비극, 퇴폐와 무질서, 불안·초조 등의 시대적 고뇌를 신선하고 리듬감 있는 언어로 노래한 것으로 많은 사람들에 의해 애송되고 있다. 박인환의 경우, 도시와 문명에 대한 모더니즘적인 추구는 시대상황적인 회의와 절망으로 밝은 면보다는 우울과 감상 등 어두운 면에 치우쳐 있는 경우가 대부분이라고 할 수 있다. 작품 전체에서 풍기는 '버리고' '떠났다' '떨어진다' '죽고' '보이지 않는다' '시들어 가고' '서러운' 등의 패배주의적 감상은 많은 다른 작품들과 마찬가지로 그의 어쩔 수 없는 특성이었던 것 같다. '술병에 별이 떨어진다' '상심한 별은 내 가슴에 가볍게 부서진다' 등의 표현은 그의 시적 천품과 역량을 짐작케 하는 것들이라 할 수 있다. 이 시집에서 보이는 도시와 문명에 대한 모더니즘의 추구는 시대상황적인 회의와 절망으로 밝은 면보다는 우울과 감상 등 어두운 면에 치우쳐 있는 경우가 대부분이라 할 수 있다. 그러나 1950년대 전원적인 서정이 주조를 이루던 청록파와는 달리 도시적 서정을 다룬 것은 의미 있는 일로 평가되고 있다.

박재릉 朴栽陵 1937~ 시인. 강원도 강릉 출생. 연세대 국문과 졸업(1963). 1961년 《자유문학》 신인상에 시 〈너와 나〉가 당선되어 등단했다. 문단 데뷔 이후 초기에는 주로 모더니즘과 구신적求神的 입장을 융합시킨 경향을 보였으며, 이후 7년간 한국무속세계를 답습하고 이와 결부된 학문을 바탕으로 한 시집 《밤과 연화蓮花와 상원사上院寺》를 1972년 발간, 큰 각광을 받았다. 항간에 한낱 무속으로만 방치되었던 한국적 저변의 샤머니즘을 시로써 엮을 수 있는 길을 열어놓았으며 미답의 영역인 무속의 세계를 본격적인 현대시로 포착한 최초의 시집으로 평가받았다. 이후 신문과 문예지 등에 시평을 쓰면서 귀신鬼神이미지의 형상화를 탐구하기 위해 사진학을 연구, 사진전문지 《영상》에서 사진평론가로 등단(1978)했다. 이후 20년의 침묵을 깨고 낸 시집 《망부제》는 보다 심화된 무속시 세계의 영역을 넓혔다는 평가를 받았다. 대표작으로 〈지금 잠들면〉 〈행진곡〉 〈치성〉 〈제야祭夜에〉 〈물망초勿忘草〉 〈지어미〉 〈삼칠일三七日〉 등이 있고, 시집으로는 《작은 영지領地1·2》 《꺼지지 않는 잔존殘存》 《밤과 연화와 상원사》 《망부제》 등이 있다. 1960년대에는 주로 도시문명을 소재로 문명비판 의식과 구신적 추구를 했고, 1970년에 들어서 한국 저변의 무속세계를 현대시로 개척한 최초의 샤머니즘 시인으로서의 입지를 형성했다. 이같은 샤머니즘 시는 한국적 낭만주의의 한 방향을 교시하고 있다는 평가를 받고 있다. 1973년 현대문학상, 1982년 사진평론공로상, 1992년 한국현대시협상 등을 수상했다.

박재삼 朴在森 1933~1997 시인·시조시인. 일본 도쿄 출생. 고려대 국문과 중퇴. 1955년 《문예》에 시조 〈강물에서〉가 추천되고, 1955년 《현대문학》에

시조 〈섭리〉와 시 〈정적〉이 추천되어 등단했다. 이후 〈조요照耀〉 〈구름 곁에〉 〈춘향春香이 마음〉 등 우수한 작품을 발표, 《60년대 사화집》 동인으로 활동하기도 했다. 시집으로 《춘향이 마음》《햇빛 속에서》《천년의 바람》《어린 것들 옆에서》《뜨거운 달》《비 듣는 가을나무》《추억에서》《내 사랑은》《대관령 근처》《찬란한 미지수》《바다 위 별들이 하는 짓》《사랑이여》《다시 그리움으로》 등이 있고, 시선집 《아득하면 되리라》《간절한 소망》, 수필집 《슬퍼서 아름다운 이야기》 외 6권이 있다. 그의 시세계는 〈춘향이 마음〉과 〈울음이 타는 가을강〉 등으로 대표되는데, 그는 이런 시들을 통해 한국 서정시의 전통적 음색을 재현하면서, 소박한 일상 생활과 자연에서 소재를 찾아 애련하고 섬세한 가락으로 노래했다. 1950년대의 주류이던 모더니즘 시의 관념적이고 이국적인 정취와는 달리 한국어에 대한 친화력과 재래적인 정서에 대한 강한 애착을 보여주어, 전후 전통적인 서정시의 한 절정을 이룬 것으로 평가된다. 특히 그의 시에서 볼 수 있는 독특한 구어체의 어조와 잘 조율된 율격은 그의 시의 아름다움과 자연스러움을 보장하는 장치라고 할 수 있다. 요컨대 그의 시 세계는 고전적인 정서의 세계와 향토적인 감각으로 일찍부터 전통시의 영역을 확대했다는 평가를 받고 있다. 그는 한국시의 전통적 서정을 가장 가까이 계승한 시인으로 한국 시사에 오래 남을 것이다. 현대문학신인상, 문예상, 한국시인협회상, 노산문학상, 한국문학작가상, 중앙시조대상, 평화문학상, 조연현문학상 등을 수상했다.

《춘향이 마음 春香―》 박재삼의 대표적인 시집. 1962년 신구문화사에서 발행되었다. 사륙판. 모두 3부로 나누어져 1부에는 〈수정가〉 〈바람 그림자를〉 〈매미 울음에〉 〈자연〉 등 연작시 10편, 2부에는 〈봄 바다에서〉 〈밀물결 치마〉 〈어지러운 혼〉 등 10편, 3부에는 〈울음이 타는 가을 강〉 〈조국 사람〉 등 10편으로 모두 30편이 실려 있다. 10편의 연작시로 이루어진 1부에서는 모두 한 많고 서러운 이 나라 여인상을 노래하고 있으며, 마치 옛 신라의 향가나 고려의 가사를 읽는 듯한 막힘 없는 가락으로, 그 속에 담겨진 이 나라 여인들의 가녀리고 아픈 마음이 살에 닿아 오듯이 느껴진다.

박재서 朴宰緖 1938~ 시인. 호 월하月河. 충남 예산 출생. 공주사범대 국문과 졸업(1962), 충남대 교육대학원에서 석사학위 취득(1989). 1959년부터 시창작에 전념, 《봉안문학회》《주우》《봉운》《물안개》 등 다수의 시문학동인회를 창립했으며, 1979년에는 호서문학회에 입회했다. 그후 표현문학회·세계시동인회·대천시인회 등의 회장, 한국청년시인협회 부회장 등을 역임하면서 문학활동을 국내외에 걸쳐 전개했다. 주요 작품으로 〈해후〉 〈꽃〉 〈사과와 나비〉 〈해빙〉 〈옷〉 〈말씀〉 〈껍질 벗기〉 〈마음 고누기〉 〈제주성산일출봉〉 등이 꼽히며, 시집으로 《암소의 눈》《푸른 꿈 푸른 일월도日月圖》《곰춤·말춤》 등이 있다. 그의 시인적 직관은 삶과 존재의 여러 면을 미와 추를 가리지 않고 포착한다. 그리고 말하고자 하는 일을 표현함에 거리낌이 없으며, 말을 가다듬는 각고의 노력의 흔적이 역력하다. 그의 시는 한마디로 짙은 슬픔과 슬픔에 대한 사랑이라 할 수 있으나, 점차 냉혹한 현실을 직시하는 쪽으로 기울어가고 있는 듯하다. 1988년 한국청년시인협회상을 수상했다.

박정만 朴正萬 1946~1988 시인. 전북 정읍 출생. 경희대 국문과 수료. 1968년 《서울신문》 신춘문예에 시 〈겨울 속의 봄 이야기〉가 당선되어 등단했다. 《신춘시》 동인으로 활동했다. 주요 작품으로 〈병사들〉 〈육자배기〉 〈고산高山〉 〈정읍사〉 〈피리〉 〈처용가〉 등과 연작시 〈상감청자의 귀〉 등이 있다. 시집으로 《잠자는 돌》 《맹꽁이는 언제 우는가》 《서러운 땅》 《저 쓰라린 세월》 《혼자 있는 봄날》 《어느덧 서쪽》 《슬픈 일만 나에게》 등과, 시선집 《무지개가 되기까지는》, 산문집 《너는 바람으로 나는 갈잎으로》, 동화집 《크고도 작은 새》 《별에 오른 애리》 등이 있다. 1981년 5월 한수산 필화사건에 휘말려 후유증으로 고생하다가 죽음을 예견한 듯 말년에 혼신의 힘을 다해 1년 사이 여섯 권의 시집을 내고 세상을 떠났다. 고전과 전통의 미학 속에 우리말의 리듬을 살린 탁월한 서정시인으로 평가받는다. 1999년에는 그의 시비가 고향인 전북 정읍에 건립되었다.

박제천 朴堤千 1941~ 시인. 호 방산재芳山齋. 동국대 국문과 졸업(1966). 1966년 《현대문학》에 시 〈벽시계에게〉가 추천되어 등단했다. 이어 동지에 시 〈꿈의 방에서〉 〈연습림에서〉 〈발성연습〉 등을 발표해 주목을 끌었다. 《시법》 동인으로 활동했다. 주요 작품으로 장시 〈환각의 교실〉과 연작시 〈장자시莊子詩〉 〈토끼사냥〉 〈풍어제豊漁祭〉 〈허수아비가歌〉 등이 있으며, 시집으로 《장자시》 《심법心法》 《율律》 《세번째 별》 《달이 즈믄 가을밤에》 《어둠보다 멀리》 《꿈꾸는 판화》 등이 있다. 이밖에 영문시집과 산문집 《명심보감편》 《채근담》, 시론집《영혼의 날개》 《시창작강의》 등을 발간했다. 그의 시에는 본질에 육박하려는 투시력과 실존감각이 번뜩이고 있다. 또한 동양적 사상을 근저로 사물로부터 해방감과 오도적 자아의 발견으로 허무에의 초극을 깊은 고뇌를 통해 보여준다. 1979년 현대문학상, 1981년 한국시협상, 1983년 녹원문학상, 1987년 월탄문학상 등을 수상했다.

박조열 朴祚烈 1930~ 극작가. 함남 함주 출생. 함남중학 졸업(1947). 1963년 드라마센터 연극아카데미에서 수학하면서 희곡 〈관광지대〉를 발표해 극작계에 데뷔했다. 이후 1965년 희곡 〈토끼와 포수砲手〉를 김정옥의 연출로 〈민중극장〉에서 공연해 본격적인 활동을 펼치게 되었다. 주요 작품으로 〈행진하는 분신들〉 〈목이 긴 두 사람의 대화〉 〈불임증 부부〉 〈소식〉 〈코리아하우스〉 〈흰둥이의 방문〉 등이 있으며 그외 TV극과 라디오 드라마가 다수 있다. 휴전협정 당시와 그 후의 판문점에서 보낸 군대체험을 바탕으로 그는 분단과 통일 문제에 강한 집착을 보였는데, 〈관광지대〉 이후 작품의 일관된 주제로서 나타난다. 그는 또한 풍부한 상상력과 희극성, 그리고 문제의식의 포착 등에서 뛰어나며 현대인의 위선과 어리석음을 부조리적인 특성으로 잘 드러내 준 작가로 평가되고 있다. 1965년 동아연극대상 및 창작희곡상을 수상했다.

박종화 朴鍾和 1901~1981 시인 · 소설가 · 비평가. 호는 월탄月灘. 서울 출생. 휘문의숙 졸업(1920). 같은 해 문학동인지 《문우》를 발간하면서 문학수업을 시작. 1921년 시전문 동인지 《장미촌》 창간호에 〈오뇌懊惱의 청춘青春〉과 〈우유빛 거리〉를 발표해 등단했다. 이어 《백조》 동인으로, 시 〈밀실로 돌아가라〉 〈흑방비곡黑房秘曲〉 〈사死의 예찬〉과 첫번째 단편소설 〈목메이는 여자〉 등을 발표, 본격적인 문학활동

을 시작했고 대표적인 낭만주의 작가로서의 위치를 굳혔다. 1924년에는 조선도서주식회사에서 처녀시집 《흑방비곡》을 출간, 19~23세의 약관으로 썼던 낭만파적 시편들을 수록했다. 단편 〈순대국〉〈아버지와 아들〉〈여명黎明〉〈부세浮世〉 등을 쓰면서 소설가로 전신함으로써 좌절로 끝난 낭만주의 시인으로서 현실부정의식의 출구를 열게 되는 역사소설가로서의 기반을 닦았다. 문단시평이나 문단회고담을 발표했으며 〈대전이후大戰以後의 문예운동〉이라는 문제의 비평을 쓰기도 했으나 당시 비평계의 논전에는 참여하지 않았다. 1925년 전후로 계급주의 문학이 일어나 박영희朴英熙·김기진金基鎭 등 《백조》 동인들이 좌경했으나 그는 민족주의를 고수했으며 일제말기에도 일본에 협력하지 않았다. 1930년대부터 한국의 역사와 고전의 연구에 몰두, 1935년 염상섭廉想涉의 권고로 〈금삼錦衫의 피〉를 《매일신보》에 연재하면서 본격적인 역사소설을 쓰기 시작했다. 이어 〈대춘부待春賦〉〈아랑의 정조〉〈전야〉 등과 장편 〈다정불심多情佛心〉 등을 잇달아 발표해 역사소설 작가로서의 재량을 인정받았다. 광복 뒤의 감격과 흥분 속에서 쓰여진 〈민족民族〉은 앞선 〈여명〉〈전야〉와 함께 3부작에 해당하는 작품이고, 〈홍경래洪景來〉와 〈청춘승리靑春勝利〉 및 단편 〈논개論介〉를 통해서 민족적 울분을 토로했다. 성균관대 교수와 서울시예술위원회 위원장을 역임했고 공산주의에 반대하는 우익진영의 대표자로서 1949년 발족한 한국문학가협회의 초대 회장이 되기도 했다. 서울신문사 사장, 서울시문화위원회 위원장 등을 거쳐 예술원 회장을 역임했다. 1954년부터 〈임진왜란〉을 《조선일보》에, 단편 〈황진이의 역천逆天〉과 장편 〈벼슬길〉〈여인천하〉 등을 거의 같은 무렵에 연재해 인기를 모았다. 이밖에 〈자고 가는 저 구름아〉를 《조선일보》에, 〈제왕삼대帝王三代〉를 《부산일보》에, 〈월탄삼국지月灘三國志〉를 《한국일보》에, 〈아름다운 이 조국〉을 《중앙일보》에, 〈양녕대군〉을 《부산일보》에, 〈세종대왕〉을 《조선일보》에 각각 연재했다. 특히 1969년부터 1977년까지 장장 8년에 걸쳐 연재되었던 〈세종대왕〉은 우리나라 신문소설사상 2456회라는 최장기록을 남겼다. 저서에 시집으로 《흑방비곡》《청자부靑磁賦》《월탄시선月灘詩選》 등이 있으며, 수필집으로 《청태집靑苔集》《달과 구름과 사상》, 수상록 《화음和音·격음激音》, 회고록 《역사歷史는 흐르는데 청산靑山은 말이 없네》 등이 있다. 60년 동안의 문학생활을 통해 시집 3권, 장편소설 18편, 단편 12편, 수필집 1권, 평론집 3권과 회고록을 남겼으니 그의 문학적 과업은 실로 막대한 것이라 할 수 있겠다. 1920년대 낭만주의 시인으로 출발했던 그는 시대고인 고독과 절망, 좌절에서 탈출하고자 하는 1930년대의 식민지 현실에서의 이상 추구를 역사소설을 통해 실현하고자 했다. 민족의 역사적 주체성이나 민족혼을 부각시키는 데 주력했으나 확고한 현실 인식을 기반으로 과거를 투영하지 못했으므로 공유共有의 역사를 사유화했다는 평가를 받기도 했다. 1955년 제1회 예술원 문학공로상, 1966년 5·16민족상, 1970년 대한민국국민훈장 무궁화장 등을 수상했다. 또한 5·16민족상의 상금으로 월탄문학상의 기금을 마련, 매년 문단의 역량 있는 작가들에게 시상하고 있다.

〈금삼의 피 錦衫—〉 박종화의 장편 역사소설. 1936년 《매일신보》에 연재되었다. 연산군이 자기의 생모인 윤씨를 복위시키고

자 일으킨 갑자사화甲子士禍를 중심으로 한 이야기이다. 연산군은 어려서 어머니를 잃은 채 계비의 손에 자라나 왕위에 올랐다. 우연히 그의 생모가 원사冤死한 사실을 듣게 되고 생모가 죽을 때 피를 토한 저고리를 보게 되자, 죽은 어머니의 원한이 사무쳐 성격이 거칠어지고, 주색에 빠지게 된다. 이를 충간하는 어진 신하들을 죽이고 폭정을 일삼다가 드디어 폐주로 몰려나게 된다. 이 작품은 작자의 첫 장편 역사소설로서, 이 작품을 계기로 박종화는 본격적인 역사소설 작가로 변신해 〈홍경래〉 〈임진왜란〉 〈다정불심多情佛心〉 〈여명〉 〈대춘부〉 〈세종대왕〉 등 일련의 거작들을 발표했다. 이 〈금삼의 피〉는 조선조 성종 및 연산군의 재위 기간을 시대적 배경으로 하고, 전지적 작가 시점으로 표현하고 있는데, 그 주제는 왕실 내부의 정치적 음모와 애정 갈등이라 할 수 있다. 그러나 이와 같은 표면적인 면보다는 이 작품이 발표된 때가 일제의 탄압 정책이 날로 심해지던 때라는 사실을 염두에 둘 필요가 있다. 작가는 일제의 탄압 밑에서 신음하고 있는 우리 민족의 상황을 직접 묘사할 수 없었기에 연산군 치하로 설정하고 압박받는 백성을 그려낸 것이다. 특히 마지막 장인 실국편失國篇에서는 연산의 학정에 더 이상 참을 수 없어 백성들이 궐기하게 되는데, 이 인조반정의 부분은 역사적 사실을 묘사한 것이기는 하지만, 당시 일제에 대한 우리 민족의 해방에 대한 희구를 간접적으로 제시했다고 볼 수 있다.

〈대춘부 待春賦〉 박종화의 장편 역사소설. 1937년 12월부터 1938년 12월까지 《매일신보》에 연재되었고, 1955년 단행본 전·후편으로 을유문화사에서 간행되었다. 우리 민족 최대의 비극 중의 하나인 병자호란을 제재로, 처참하게 벌어지는 전쟁을 묘사하면서 민족의식을 고취한 작품이다. 인조·효종의 두 임금 때 활약한 조야의 많은 명사들이 등장하는 방대한 작품이다. 처참한 전쟁을 묘사하면서 장군 임경업林慶業이 이를 설욕하려던 장거를 통해 민족의식을 고취하고 있다. 침략군 오랑캐들에 짓밟히는 무수한 생명들, 그러나 끝까지 그들과 대항하는 의병들의 애국심을 실감 있게 묘사했다. 작품 제목이 암시하듯이 봄을 애타게 기다린다는 뜻에서 침략자에 대한 열화 같은 적개심이 특히 강조되고 있다. 동시에 민족을 위해 희생된 무명의 인물들에게 최고의 영예를 부여하고 있으며, 오로지 민족을 위해 살고 민족을 위해 죽는 것만이 최고의 가치란 것을 강하게 부각시키고 있다. 이 작품에서 작가는 침략자들에 의해서 짓밟힌 조국을 위해 싸우는 우리 민족의 양심과 용기와 불굴의 생명력을 강조했으며, 특히 의병 활동을 낭만적으로 승화, 민족을 위해 희생된 무명의 인물들에게 최고의 명예를 부여하고 있다.

〈다정불심 多情佛心〉 박종화의 장편 역사소설. 1940년 《매일신보》에 연재되었고, 1942년 박문서관에서 단행본 상·하권으로 간행되었다. 박종화의 초기 역사소설인 〈금삼의 피〉와 〈대춘부〉에 이은 세번째 작품으로, 고려 공민왕과 노국공주와의 사랑을 그린 애화이다. 공민왕은 원나라에 끌려갔다가 노국공주와 열렬한 사랑에 빠졌다. 그는 귀국해 그녀를 비妃로 맞았으나, 돌연한 노국공주의 죽음으로 말미암아 큰 충격을 받고 정사政事까지도 저버리게 된다. 마침내 그는 백성들을 동원해서 노국공주의 영전을 짓게 하는가 하면 성격 파탄을 일으켜 미동美童들을 상대로 변태적인 생활을 이어가던 중, 미동 홍륜과 최만생에게 살해당한다. 이로써 고려 500년의 막은 내리고 조선 시대가 시작된다. 공민왕이 오랑캐 땅에서 맺은 한 번의 사랑이 끝내는 나라를 망치게 되었다는 역사적 교훈이 실감나게 그려졌다. 이 작품에서 작가가 의도하는 것은 우리 역사에 숨겨진 오점을 끄집어내어 냉엄하게 비판하고자 한 점이다. 그리하여 주인공인 왕을 하나의 인간으로 환원시켜서 한 여성을 그토록 병적으로 사랑할 때 그 결과가 얼마나 슬픈 것인가를 재현시켰다 할 것이다. 그러면서 이 작품은 그 제목이 풍겨주듯이 낭만적인 사랑을 작가 특유의 유연한 문체로 그려나간 점이 주목된다. 특히, 공민왕의 뜨거운 사랑을 극적으로 그려가면서 이어지는 낭만적인 대화들은 독자들을 충분히 매혹시킨다. 실상 박종화의 전 작품에는 낭만적인 필치가 충만해 있는 셈이지만, 이 작품은 그 중에서도 가장 대표적인 작품으로 평가되고 있다. 또한 이 작품은 그 소재로 볼 때 궁중문학이라고 볼 수 있는데, 궁중의 언어와 제도, 풍습 등을 소상히 보여줌으로써 우리에게 매우 소중한 문화유산을 물려주고 있는 셈이다.

〈**임진왜란** 壬辰倭亂〉 박종화의 장편 역사소설. 1954년부터 1957년까지 《조선일보》에 연재된 작품으로, 전 946회를 연재했다. 또한 1987년 김성한金聲翰이 《동아일보》에 동명同名의 장편소설을 연재하기도 했다. 사실史實에 입각해 웅대하고도 생생한 표현으로 임진왜란이 일어나기 전의 국정國情과 풍속, 일본의 정정政情 등을 토대로 삼천리 강토와 2천만 겨레를 불더미 속에서 건져낸 사연을 입체적으로 그려나갔다. 이순신李舜臣 · 계월향桂月香 · 논개論介 등, 주인공들의 애국애족과 민족적 영웅으로서의 호국정신을 아름답게 승화시켜, 우리 선조들이 지녔던 애족과 호국정신이 오늘날 올바르게 계승해야 될 이 민족의 전통적인 정신임을 일깨워주고 있다. 간악한 왜적의 침략이 7, 8년에 걸쳤던 임진왜란 당시 부패할 대로 부패한 이조의 정정과 여기 겹친 왜적의 포악한 침략상, 전민족적 비극을 사실적으로 그렸다. 이 소설은 역사소설의 훌륭한 전형을 이룩한, 우리 문학의 기념비적 역작이기도 하다.

박주병 朴籌丙 1935~ 수필가. 예명 부소孚巢 · 허주虛舟. 경북 예천 출생. 고려대 법과 졸업(1962). 1984년과 1986년 《수필공원》에 〈돌계단〉 〈고서송古書頌〉이 추천된 데 이어 《월간문학》 신인상에 수필 〈한강은 알고 있다〉가 당선되어 등단했다. 한국수필문학진흥회 이사, 《대표에세이》 《이후문학》 동인으로 활동했으며, 주요 작품에 〈어머니〉 〈부서진 만년필〉 〈산울림〉 〈까치밥〉 〈사르비아 사연〉 외에 다수가 있다.

박주택 朴柱澤 1959~ 시인. 충남 서산 출생. 경희대 국문과 졸업. 1986년 《경향신문》 신춘문예에 시 〈꿈의 이동건축〉이 당선되어 등단했다. 《시운동》 동인으로 활동했으며, 경희대 국문과에 출강하고 있다. 주요 작품으로 〈아침나무 그림자가 나의 오른손 부위를 지날 무렵〉 〈친구의 편지〉 〈편지〉 〈30분간〉 〈인간1〉 등이 꼽힌다. 시집으로 《꿈의 이동건축》 《방랑은 얼마나 아픈 휴식인가》 《사막의 별 아래서》 등을 간행했다. 세계에 대한 비극적 인식을 바탕으로 현실의 음습함, 삶의 불모성을 암울한 목소리로 노래한다.

박진환 朴鎭煥 1936~ 시인 · 평론가. 전남 해남 출생. 동국대 국문과 졸업(1961), 국민대 대학원(1982) 및 중앙대 대학원 졸업

(1990). 1960년 《동아일보》 신춘문예에 시 〈가을시〉가 입선, 1963년 《자유문학》 신인문학상에 평론 〈수난기의 유산遺産〉이 당선되어 등단했다. 이듬해 이우석李愚碩·조윤호曺允鎬·이규호李閨豪·박진호朴進昊 등과 동인지 《신연대新年代》를 주관하면서 평론과 시를 발표했다. 현재 《조선문학》 주간과 한서대 예술대학원장으로 있다. 주요 작품으로 〈걸인乞人〉 〈귀로〉 〈풀과 별〉 〈단계〉 〈갈대의 사연〉 〈놀〉 등이 있으며, 시집에 《귀로》 《어둠고考》 《사랑법》 《돌아보고 살기》 《다른 것이 되고 싶다》 《서울별곡》 《돌팔이가 의사 뺨치고》 《대곡리에서》 《춘하추동》, 평론집에 《한국시와 전통》 《한국현대시인론》 《가설의 미학》 《원형탐구와 통일성시학》 《한국현대시인연구》 《한국시의 공간구조 연구》 등 다수의 저서가 있다. 그는 서구적 모더니즘 시풍을 중시하는 시인으로 여러 빛깔의 아날로지를 채색, 이미지의 결구력으로 재조성해내는 형상화가 돋보이는 시를 쓰고 있다. 특히 변용과 치환을 동원하는데 재미를 가미한 풍자시는 특기할 만하다. 또한 비평의 경우, 꽤 많은 글들이 정신분석학적 비평방법을 동원하고 있는데 그 때문에 그의 평문은 요인과 결과가 맞물린 논리적 전개에 의탁되고 있다. 1984년 시문학상, 1988년 동백예술상, 1993년 한국비평문학상, 1995년 고산문학상, 1999년 동국문학상 등을 수상했다.

박철희 朴喆熙 1937~ 평론가. 제주 출생. 서울대 국문과 및 동 대학원 졸업(1961). 1960년과 1961년 《조선일보》 신춘문예에 평론 〈비평의 현대적 방향〉과 〈문예비평의 지표〉가 각각 입선되고, 또한 1961년 《현대문학》에 〈에로스와 아가페의 의미〉로 추천을 받아 등단했다. 주요 평론으로 〈현대시의 위상〉 〈시조의 구성과 배경〉 〈한국시와 그 서구적 잔상〉 〈한국시의 상징적 기능〉 〈한국소설과 자주성의 상실〉 등이 있으며, 저서로 《한국시사연구》 외에 비평집 《서정과 인식》 등이 있다. 그는 주로 영미의 신비판론적 방법의 이론을 배경으로 한국 현대시의 비평에 주력했다. 주로 근대 이후의 한국시 연구와 총체적 비평을 본격적으로 전개, 서구시와의 비교문학적 처지에서 한국시의 위상과 그 가능성을 정립하려는 노력을 보여주었으며, 역사 및 사회적 비평의 테두리에서 전통성과 자주성의 문제를 추구하고 작품평가의 초점 역시 역사의식·사회의식·인생관 및 자주적 특성에 착안하고 있다.

박태순 朴泰洵 1942~ 소설가. 황해도 신천 출생. 서울대 영문과 졸업(1964). 1964년 《사상계》에 〈공알앙당〉이 입선, 이어 단편 〈약혼설〉이 《한국일보》 신춘문예에 당선되어 등단했다. 이른바 지적 4·19세대 작가의 핵심 멤버인 그는, 이후 내성적인 애정 심리를 그린 단편 〈연애〉 〈타자他者가 보내는 신호〉 〈당나귀는 언제 우는가〉 〈삼두마차〉 〈물 흐르는 소리〉, 〈단씨段氏의 형제들〉, 중편 〈낮에 나온 반달〉 등의 역작을 계속 발표했다. 이밖에 〈벌거벗은 마네킹〉 〈생각의 시체〉 등 다수의 단편과, 중편 〈정처定處〉, 장편 〈가슴 속에 남아 있는 미처 하지 못한 말〉 〈어느 사학도의 젊은 시절〉 〈님의 그림자〉 등이 주요 작품으로 꼽힌

다. 작품집으로 《무너진 극장》《낮에 나온 반달》《단씨의 형제들》《정든 땅 언덕 위》《낯선 거리》 등이 있다. 이외에 번역에도 관심을 기울여 《올리버 스토리》《자유의 길》《팔레스티나 민족시집》《무너지는 사람들》 등을 간행했고, 기행수필 《국토와 민중》을 간행했다. 처음 내성적인 경향에서 출발했던 그는 차츰 외향성을 지향, 사회의 부조리와 그것을 방관하고 있는 인간의 무기력에 비판의 눈길을 보낸다. 독특한 문체로 현실을 고발하는 작가군의 한 사람으로 꼽힌다. 한국일보문학상, 신동엽창작기금, 요산문학상 등을 수상했다.

〈단씨의 형제들 段氏—兄弟—〉 박태순의 단편소설. 1970년 《문학과 지성》 가을호에 발표되었다. 전형적인 1인칭 관찰자가 등장해 그의 친구인 단기호와 그 일가의 이야기를 들려주는 형식을 취하고 있는 이 작품은 도시인의 고뇌가 순응주의 내지 무사안일주의에 빠져버려 한없이 나약해졌음을 비판함과 동시에 가족의 수준에서나마 공동체적 유대감을 가지고 있음을 묘사하고 있다. 주인공 단기호의 오랜 방황 생활은 현실에 대한 불평만 늘어놓는 좀스러운 생활과 어쩌면 마주치게 될 염세주의로부터 자신을 구원하고자 하는 몸짓이었다. 이러한 단기호의 생각은 표면으로는 나타나지 않고 그의 내면을 들여다봄으로써만 파악될 수 있는데, 그는 편지에서 "그 삶이라는 것을 좀 팽팽하게 긴장시켜 놓아 광폭하고 야만스럽고 도전적인 태도를 갖게 해야 한다"고 강조하고 있는 것이다.

〈무너지는 산 —山〉 박태순의 연작소설. 〈외촌동外村洞 사람들〉의 14번째 작품으로 1972년 《창작과 비평》에 발표되었다. 이 작품은 무허가 판자촌 난민들의 생활상을 그린 것으로, 그들의 현실적 패배감과 생명적 반항을 주제로 '조독수'라는 인물의 눈을 통해 그려가고 있다. 조독수는 친구 진종만을 찾아 난민촌에 간다. 진종만은 그보다 열두 살이나 많은 유부녀와 동거하며 줄곧 난민촌만을 떠돌아다니는 사람이다. 진종만은 집에 없었고, 조독수는 그를 찾아 다시 무촌동이란 곳에 간다. 그곳은 벌거숭이 야산에 아무렇게나 들어선, 바야흐로 개척 단계에 있는 무허가 주택단지였는데, 지진이라도 만난 듯 폐허처럼 뒤집혀진 천막과 가재도구들이 널려 있었다. 어린애를 잃은 곽씨 부부의 대화를 듣고, 조독수는 어렵게 살아가는 사람들의 심정을 폐부 깊숙이 느낀다. 무촌동의 모든 천막이 뒤집힌 소란은, 난민들에게 이곳을 알선한 '개발위원회'라는 것이 사기단체였고, 그래서 원래의 땅 임자와 난민들 사이에 일어난 분쟁으로 생긴 것이었다. 곽씨 부인은 남편의 욕설을 뒤로 해 홀로 떠나고, 홀연 곽씨의 시선엔 순간적으로 적의가 번뜩였다. 곽씨가 걷기 시작했고, 사람들이 말없이 그 뒤를 따라갔다. 비는 계속 퍼붓고 있었고, 여기저기서 조금씩 산사태가 일어나고 있었다.

〈밤길의 사람들〉 박태순의 중편소설. 1988년 풀빛출판사에서 간행된 《신작중편선》 1집에 실린 작품이다. 서춘환은 나약한 심성의 일자리를 쫓겨난 노동자로, 우연히 6월항쟁에 참여함으로써 새로운 삶을 시작하는 인물이다. 조애실은 상대적으로 의식이 높은 조직노동자로 결혼을 통해 조직에서의 이탈을 결심하지만 이내 동지들의 품으로 돌아간다. 조치현은 조애실의 사촌으로 대학운동권에서 활동하다가 현장에 뛰어든 인물이다. 여주인공 조애실은 스물여덟 살로 12년간의 노동자 생활에 이제는 몸도 부서지고 마음도 지친 "그 방면의 환갑 나이"로 시집갈 궁리나 하고 있고, 남주인공 서춘환은 지방고교를 졸업한 후 서울의 밑바닥 잡일로 전전하다가 중동에 다녀온 서른한 살의 노총각이다. 작가는 조애실과 서춘환을 자연스럽게 명동의 밤거리 시위에 합류시킴으로써, 6월항쟁의 대중노선을 강력히 드러낸다. 특히 조직적인 활동을 경험한 바 있는, 이제는 일상으로 돌아가고자 했던 조애실과 상대적으로 의식화되지 못한 서춘환이 6월항쟁을 통해서 새롭게 각성하는 과정을 묘사함으로써 6월항쟁이 돌발적인 행동의 소산이 아니라 우리 민족의 민중민주운동의 새로운 출발이었음을 선언하는 것이다.

박태원 朴泰遠 1909~1986 소설가. 호 구보 仇甫. 서울 출생. 경성제일고보 졸업. 일본 호세이대 중퇴. 1930년 《신생》에 단편 〈수염〉을 발표하면서 등단했다. 이후 단편 〈행인行人〉 〈회개悔改〉 〈사흘 굶은 봄달〉 〈5월의 훈풍〉 〈피로〉 〈소설가 구보씨仇甫氏의 일일一日〉 〈천변풍경川邊風景〉 등을 발표했다. 한때 이광수李光洙에게 사사했고, 1933년 이태준李泰俊 · 이효석李孝石 · 이무영李無影 등과 구인회를 만들어 예술파적 소설을 지향했다. 당시 최재서崔載瑞 · 안회남安懷南에 의해 이상李箱 · 채만식蔡萬植 · 김남천金南天 등과 함께 1930년대의 주요 작가로 평가받았다. 광복 후 월북, 한때 평양 문과 대학교수로 있었으나, 50년대 중반에 숙청당해 작품 활동이 금지되었고, 60년대에 작가로 복귀했으나 망막염으로 실명했으며, 70년대에 고혈압으로 전신불수가 되었다고 한다. 전신불수가 된 상태에서 〈갑오농민전쟁〉을 구술해 완성했다(1986). 그가 광복 전까지 창작했던 작품수는 대략 60여 편에 달하며, 그것을 유형별로 분류하면 〈천변풍경〉 〈길은 어둡고〉 〈성탄제〉 등 시정에 흐르는 여러 가지 소시민적인 사건을 소재로 한 세태소설류, 〈소설가 구보씨의 일일〉 〈전말〉 〈비량悲涼〉 등 심리주의적인 기법으로 당대의 무기력한 인텔리의 생태를 그리고 있는 작품군, 〈우맹〉 〈애경愛經〉 등 신문이나 잡지의 흥미를 위주로 한 통속류, 〈약산若山과 의열단義烈團〉 등 광복 후의 애국소설류 등이 있다. 저서로 《박태원 단편집》 《여인성장女人盛裝》 등이 있다. 일찍이 문학매체인 언어에 대한 자각을 보여 작품의 형식과 문장의 기교 등에 의식적인 관심을 기울였으며, 광고 · 전단 등의 대담한 삽입, 콤마 사용에 의한 장문의 시도, 중간 제목의 강조, 한자의 남용 등 독특한 문체를 낳았다. 그의 작품 경향은 프로문학 쪽과 같은 이데올로기 성향에 가담하지도 않았고, 또한 이효석과 같은 예술지상주의에 기울지도 않은 채 작가 자신이 포함되어 있는 서울 서민층의 식민지 치하에서의 변모양상을 객관적인 서술방식으로 묘사하는 방법을 취했다. 요컨대 그는 반계몽주의 · 반계급주의의 입장에서 세태풍속을 착실하게 묘사하는 작가로서 자기 위치를 굳혔고, 묘사의 부분에 있어서는 숫자와 기호 · 신문 광고까지 인용하는 등의 기교를 부리기도 했다.

《성탄제 聖誕祭**》** 박태원이 지은 단편소설집. 1948년 을유문화사에서 간행한 이 단편집에는 1938년 문장에서 간행한 단편소설집 《소설가 구보씨의 일일》에 수록된 작품 중 4편을 뺀 9편의 단편소설이 수록되어 있으며, 작품집 말미에 후기가 첨가되어 있다. 이 작품집에 수록된 작품으로는 〈성탄제〉 〈옆집색씨〉 〈5월의 훈풍〉 〈딱한 사람들〉 〈전말〉 〈길은 어둡고〉 〈진통〉 〈소설가 구보씨의 일일〉 등이며, 이 작품들의 제작 연대는 1933년부터 1937년 사이이다. 작가 자신이 후기에서 술회하고 있듯이, 여기에 수록되어 있는 작품들은 '딱한 사람들'의 이야기들이다. 카페의 여급이나 직업 없는 지식인과 수입 없는 소설가가 모두 딱한 사람들이며, 이들을 둘러싸고 있는 사람들의 인간적 정황이 그려져 있는 소설들로 엮어진 이 작품집은 작가의 절제된 문장으로 일정한 거리를 유지하면서 이야기를 전개해 나간다. 어떤 작품은 농조弄調, 어떤 작품은 냉정한 객관적 처지에서, 또 어떤 작품은 치밀한 심리묘사를 통해 당대적 진실을 그려냄으로써 이 작가의 장편소설인 〈천변풍경〉과 함께 사실주의 문학을 확대시킨 단편소설집이라 할 수 있다. 이 작가를 순수파·기교파·형식주의자 등으로 규정하기도 했는데, 이는 작품마다의 구성은 물론 역설적 감각과 심리의 착종과 정돈되고 절제된 서술 등에 바탕을 둔 것으로 판단된다. 소재의 선택과 소재를 보는 작가의 눈은 인간주의 내지는 인간성의 존중에 기초하고 있으며, 과감하게 자신의 이야기를 통해 인정 세태를 드러내는 이 작가의 문장은 특유의 '장거리 문장'으로 특징지어진다. 이상과 같은 장점이 될 수 있는 특징이 있음에도 불구하고 이 단편집에 수록된 작품들의 소재가 협소한 것을 단점으로 지적하지 않을 수 없다.

〈소설가 구보씨의 일일 小說家仇甫氏──一日〉 박태원의 단편소설. 1934년 《중앙일보》에 발표되었다. 작자 박태원 자신의 자서전이라 할 수 있는 이 소설은 주인공 구보가 청계천변에 위치한 자기 집을 나서는 정오에서 시작해 다시 집으로 돌아가는 새벽 2시까지의 하루의 이야기이다. 시력이 약하고 장가도 안간 무기력한 소설가 구보는 무료한 사람으로, 아침에 제 방에서 나와 마루 끝에 놓인 구두를 신고, 기둥 못에 걸린 단장을 들고 문을 나와 걷기도 한다. 그러다가 우두커니 다리 곁에 가 서 있는 자신의 무의미한 행동을 새삼스럽게 깨달은 그는 종로 네거리를 바라보고 걷다가, 다방으로 돌아다닌다. 문득 구보는 모든 사람을 정신병자라고 생각해 놓고 관찰해 보고 싶은 강렬한 충동을 느낀다. 이상분열증·언어도착증·과대망상증·지리멸렬증 등, 문득 구보는 그런 것에 흥미를 느끼려는 자기가 이미 환자임을 깨닫고, 비가 내리는 거리를 걸어 집으로 향한다. 이 소설은 당시 유행되던 르네 클레르를 비롯한 프랑스 영화의 기법과, 제임스 조이스 등의 심리주의 소설의 기법을 수용해 이른바 '의식의 흐름' 기법을 사용하고 있다. 마흔 살의 나이로 홀어머니를 모시고 있는 소설가 구보가 서울 거리를 배회하면서 세태풍속을 그린 이 작품은 고도의 기교를 발휘한 소설로 정평이 나 있다. 이 소설에서 구보가 지낸 하루는 시간적인 순서에 따라 제시되고 있지만, 이때의 시간적인 순서란 인과적인 순서와 관계가 없다. 여느 모더니즘 계열의 소설처럼 경험적 내지 심리적 시간이 중요해진다. 따라서 과거와 현재가 같은 시간에 교차하는 동시성 또는 병치의 특징도 나타나는 것이다. 또한 소설가 구보는 거리를 산책하며 계속해서 소설 창작을 생각하고 있는 '미학적 자의식'이 나타나는데, 이 또한 모더니즘의 한 특질이라고 할 수 있다.

〈천변풍경 川邊風景〉 박태원의 장편소설.

1936년 8월부터 10월까지 《조광》에 연재되었다. 1930년대 모더니즘 소설의 대표적인 작품으로 청계천변에 사는 민주사 · 한약국집 가족 · 재봉이 · 창수 · 금순이 · 만돌이 가족 · 이쁜이 가족 · 점룡이 모자 · 하나꼬 등 다양한 서민의 생활 모습을 50개의 절로 나누어 서술했다. 70여 명의 인물이 등장해 서울의 특정지역에서 영위하는 다양한 삶의 생태와 음영을 드러내지만 특정 주인공이 없다는 점에 유의하게 된다. 이는 이 소설이 특정 화자에 의해 서술되지 않았으며 다양한 서술양식을 수용하고 있음을 보여주는 것이기도 하다. 이 작품에서는 청계천변이라는 공간성이 시간성에 의한 스토리의 전개에 앞서서 진행된다. 특히 여기서는 1930년대 모더니즘 소설의 특징인 도시성이 명확하게 드러난다. 물론 이 작품은 임화에 의해 '세태소설'이라는 그리고 '파노라마적 트리비얼리즘'이라는 비판을 받기도 했다. 이는 일제 식민지 치하에서 사상이나 성격을 다루는 대신 외면 풍경의 묘사에로만 치달았음에 대한 비판이다. 그러나 세태나 도시의 풍속을 세밀하게 묘사한 것은 세밀한 세태의 추적을 통해 당대적 진실을 추구하려는 작가정신에 근거한 것이라 보아야 할 것이다. 기교작가나 모더니즘 작가로 평가되기도 하는 박태원은 이 소설을 통해 단순하고 미묘한 것까지도 가장 풍부하고 흥미 있게 이야기해 줌으로써 작가적 역량을 재차 확인하게 해준다.

박태진 朴泰鎭 1921~ 시인. 평양 출생. 일본 리쿄대 영문과 수학(1945). 1948년 《연합신문》에 시 〈신개지新開地〉를 발표해 등단했다. 고교 영어교사를 역임했고, 제7 · 8 · 9차 세계시인대회에 참가한 경력이 있다. 주요 작품으로는 〈골목〉〈무엇을 기다리는가〉〈무교동〉〈리듬〉 등을 꼽을 수 있다. 《현대의 온도》 동인, 한국시인협회 창립회원으로 동 협회의 중앙위원을 역임하기도 했다. 시집으로는 《변모》《너의 정담》《나날의 의미》《회상의 대동강》《한 사람의 이야기시》《나의 신작시》 등이 있으며, 프랑스 소설 역서 《어린 공주》, 기행수상 《남의 나라 본 대로 느낀 대로》, 평론집 《현대시와 그 주변》 등이 있다. 박태진의 시는 우리가 사는 이 도시의 서정을 우수와 연민, 정서 등을 통해 표현하며 시를 도구로 사용하려는 의도를 부정한다. 서정으로 시적 가능성을 획득해야 한다는 것이다. 거듭되는 새로운 변모와 출발 의지가 확실한 박태진의 시학은 현실인식에 의한 체험을 통해 삶의 의미를 찾는다. 그의 시는 대체로 두 가지에 관심을 가진다. 하나는 현실에 대한 것이고, 다른 하나는 서정에 대한 것으로 대부분 현실에 대한 관심과 우리 민족 고유의 인생관 또는 서정의 감정으로 시세계를 구축한다. 그는 1950년대와 1960년대에 이르는 우리 시를 낮은 목소리의 생생한 언어로, 누구보다도 짙고 개성적인 서정과 리듬으로 점철한 시인으로 평가받고 있다. 1985년 한국문학평론가협회상, 1998년 제3회 영랑문학상 등을 수상했다.

〈무교동 武橋洞**〉** 박태진의 시. 1969년 발간된 두번째 시집 《너의 정담》에 수록된 작품이다. 언어가 진한 리듬에 너무 깊이 젖어 있어서 읽어가노라면 언어는 자취를 감추고 리듬만이 소리내어 떠오르는 착각을 느끼게 할 정도이다. 그 리듬의 바탕이 되어 있는 것은 무교동에 즐비하던 대포집, 탁한 공기에 밴 1960년대의 시정市井이며, 이러한 시정의 감정은 부조리不條理가 버젓이 조리條理로서 통용되는 것을 받아들일 수 없는, 그러나 그저 바라볼 수밖에 없는 답답함과 울분, 비애와 체념과 좌절감을 내용으로 하고 있다. 현실과 손잡는 그의 서정시를 대표하는 작품이다.

박팔양 朴八陽 1905～ ? 시인 · 평론가. 호 여수麗水 · 김여수金麗水. 경기도 수원 출생. 경성제국대 법학과 졸업. 1921년 시동인지 《요람》에서 활동. 1924년 《동아일보》 신춘문예에 시 〈신神의 주酒〉가 당선되어 등단했다. 《동아일보》《중외일보》《만선일보》 등의 기자를 지낸 뒤 《조선중앙일보》 사회부장을 역임했다. 카프KAPF의 초기 맹원으로 활약하면서, 동반자적 입장에서 경향시를 썼다. 1931년에 발표한 〈정성스러운 마음으로〉 〈내가 흙을〉 〈여름 저녁거리〉 〈여름밤 한울 우에〉 등은 프로시에 다다이즘을 가미한 도시적인 서정을 읊었다. 또 그는 구인회의 후기 동인으로 활동하기도 했다. 해방 후 조선문학가동맹에 가담 후 월북, 몇 개의 요직을 거쳤다. 북한에서 1956년에 《박팔양 시선집》이 발행되었다고 한다. 그는 해방 이전까지 단 한 권의 시집만을 선보였을 뿐인데, 이 시집이 1940년 박문서관에서 펴낸 《여수시초》이다. 이 시집에는 총 47편의 작품이 수록되어 있다. 이러한 분량은 당시의 개인시집으로서는 상당한 분량의 시집이라 할 수 있다. 그의 시세계는 두 가지 경향으로 나누어 볼 수 있다. 그 하나는 사회적 현실에 대한 관심이 초기의 경향시에서 시작해 후기의 보다 성숙한 시들로 나아가는 그의 전 시세계에서 주조를 이루고 있다. 사회현실에 대한 관심이 보이는 작품들은 다시 몇 개의 경향으로 나뉘는데, 초기의 신경향파적 면모를 보이는 시들과 도회의 정조를 표현한 약간의 모더니즘적 경향을 보이는 시, 그리고 사랑과 청춘에 관한 연애시들이 그것이다. 다른 하나는 전원을 예찬하는 시들이다. 그의 전원시들은 그의 작품 세계와 문학관 전체를 통틀어 볼 때 건강한 사회참여의 바탕이라고 할 수 있다. 또한 그는 다수의 평문을 남겼는데 거의 대부분이 프롤레타리아 문학비평이론의 관점에서 문학의 현실인식과 이러한 인식의 문학적 반영이라는 입장을 견지하고 있다. 그가 쓴 시문학사 〈조선시운동사〉는 주체적이고 근대적인 문학사로서의 조선문학사를 다루고 있다는 평가를 받았다. 소설에도 관심을 보인 그는 한 편의 신문연재소설과 단편소설 한 편, 콩트 한 편을 남겼다. 이들 작품에서 그는 사회주의적 현실주의의 이른바 전형성 · 당파성 등의 교조적 마르크시즘에 입각한 이론적 창작을 보였다. 박팔양은 시인이자 평론가였으며 소설에도 관심을 보인 다양한 폭과 재능을 가진 문학인이었다.

박현숙 朴賢淑 1926～ 극작가. 황해도 해주 출생. 중앙대 심리학과 및 동 대학원 사회복지학과 졸업(1950). 1960년 《조선일보》 신춘문예에 희곡 〈항변〉이 입선된 후, 1961년에 〈사랑을 찾아서〉가 가작, 다시 1962년에 〈땅 위에 서다〉가 당선되어 등단했다. 한국희곡작가협회 회장, 국제펜클럽 한국본부 상임위원 등을 역임했다. 희곡집 《여인》《가면무도회》《그 찬란한 유산》《여자의 성》 등을 펴냈고, 그외에 수필집 《쫓기며 사는 행복》《나의 독백은 끝나지 않았다》 등이 있다. 그의 작품은 여성 특유의 섬세한 시선으로 조명해 본 가정 문제를 중심축으로 해서, 이 사회의 여러 문제적 상황들이 얽혀 있는 것이 특징이다. 그는 인생이나 사회에 대해 날카롭게 비판하는 안목으로써 정통적인 리얼리즘의 작품 세계를 구현하면서도, 동시에 과거의 아픔과 현재의 고통은 가해자와 피해자의 화해를 통해 해결되어야 한다는 휴머니즘의 미학을 추구하고 있다. 1976년 한국문학상, 1986년 한국희곡작가협회 희곡상, 1991년 중앙문학상, 1992년 조국문학상을 수상했다.

박화목 朴和穆 1924~ 시인 · 아동문학가. 호 은종銀鍾. 황해도 해주 출생. 봉천신학교 졸업. 1941년 《아이생활》에 동시 〈피라미드〉 〈겨울 밤〉으로 추천을 받아 등단했다. 1942년 만주로 이주, 하르빈 · 봉천 등지를 전전하면서 본격적인 문학 공부에 열중했다. 1945년에 귀국 · 월남했고, 《죽순》 《등불》의 동인으로 활동했으며, 문화단체에도 관여, 문총 중앙위원, 크리스천문학가협회 부회장, 한국아동문학회 부회장, 한국문인협회 아동분과위원장 등을 역임했다. 주요 작품에 시 〈아가의 탄생〉 〈시詩가 안되는 시詩〉 〈9월〉, 동시 〈개암나무〉 〈고추짱아〉 〈봄〉 등이 있다. 작품집으로는 시집 《그대 내 마음의 창가에서》 《천사와의 씨름》 《주의 곁에서》 등과 동요 · 동시집 《초롱불》 《저녁놀처럼》 《얼룩 염소의 모험》 《아기별과 개똥벌레》, 동화집 《얼룩염소의 모험》 《밤을 걸어가는 아이》 《나비와 아파트 소녀》 등이 있다. 그의 작품에는 기독교적 이상주의가 은연중 저변에 깔려 있어, 일종의 조용함과 허무감을 풍기는 것이 특색이다. 후에는 현실의식, 과학문명, 인생의 사색과 그 의미 등의 탐구에도 주력했다. 한정동아동문학상, 대한민국문학상, 한국기독교문학상, 서울시문화상, 한국전쟁문학상, 한국아동문학작가상 등을 수상했다.

《부엉이와 할아버지》 박화목의 첫번째 동화집. 1955년에 발행. 1945년부터 1954년까지 발표한 초기 동화 〈부엉이와 할아버지〉 〈잃어버린 장갑〉 〈요술 피우는 크레용〉 〈감나무 이야기〉 등 17편이 실려 있다. 그중 〈부엉이와 할아버지〉는 1950년 《소년세계》에 발표된 작자의 대표작이다. 조용한 숲속에서 태어나 자란 아기 부엉이가 마을에 내려와서 할아버지를 만난다. 그리고 그에게서 비로소 생명에 대한 자각을 깨닫게 된다. 때마침 6 · 25동란으로 마을은 슬픔이 휩쓸어가고 혼자 남은 할아버지만이 있어서, 서로 싸우는 인간들의 생명이 덧없음을 아기 부엉이에게 말해준다. 아기 부엉이는 현실의 생명이라는 것이 얼마나 괴로운 것이고, 영원한 생명을 추구해야 할 것임을 믿게 된다. 그래서 낙엽이 지는 늦가을 어느 달 밝은 밤, 할아버지가 조용히 세상을 떠날 때, 부엉이도 따라 죽는다. 허무의식을 기독교 정신의 바탕에서 승화시키려 한 작품이다.

《밤을 걸어가는 아이》 박화목의 소년소설집. 1954년에 발행. 1948년과 1949년에 걸쳐 《소년》 《어린이 나라》에 연재한 기독교 이상주의적인 소년소설 7편과 장편 〈밤을 걸어가는 아이〉를 수록한 것이다. 장편 〈밤을 걸어가는 아이〉는 전쟁고아의 사회적 관심을 주제로 동심을 통해 6 · 25동란의 일면을 해부해 보려고 한 작품인데, 작풍과 작품 세계에서 새 국면을 모색한 작품으로 평가받는다.

박화성 朴花城 1904~1980 소설가. 호 소영素影. 일본 니혼여대 영문과 수료(1929). 1925년 이광수李光洙의 추천으로 《조선문단》에 단편 〈추석전야〉가 발표됨으로써 등단했다. 1931년 다시 이광수의 추천으로 《동아일보》에 장편 〈백화白花〉를 연재하는 한편, 잡지 《동광》에 단편 〈하수도공사〉를 발표하면서 본격적인 창작생활을 하게 되었다. 1930년대 그의 작품은 모두 경향성이 확고한 것으로, 특히 〈하수도공사〉 〈불가사리〉〈고향 없는 사람들〉〈한귀旱鬼〉 등은 이 시대의 서민의식이 강한 경향적 작품으로서 역작에 속하며 〈논 갈 때〉는 그 중에서도 수작으로 꼽힌다. 일제 말기에는 일어로 작품을 발표하는 것을 꺼려 고향에 내려가 있었으며, 광복 후에는 서민의식이나 서민층에 대한 현실의식보다는 남녀의 애정 관계나 대중성을 도입해, 주로 신문 연재소설을 많이 발표했다. 자기를 벼랑에 피는 꽃으로 자처하는 한 의지적인 여성이 결국 세 남성의 품에 골고루 안기다가 교육자로서의 이상을 실현하는 과정을 그린 장편 〈벼랑에 피는 꽃〉, 〈광풍 속에서〉〈고개를 넘으면〉 등이 이 시기에 발표된 작품이다. 작품집으로는 《백화》《타오르는 별》《눈보라의 운하》 외에도 많은 장·단편집이 있다. 그의 작품 경향은 해방 전후로 이분할 수 있으나 이데올로기의 일관성과 작품 세계는 변함이 없으며, 풍부하고 박진감 넘치는 문장으로 현실을 꿰뚫어보는 독특한 리얼리즘 작풍으로 많은 수작을 낳게 했다. 여성작가로서는 처음으로 장편소설을 썼다는 사실로 주목을 받기도 했다. 목포시문화상, 한국문화상, 예술원상 등을 수상했다.

〈고향 없는 사람들 故鄕—〉 박화성의 단편소설. 1936년 《신동아》 1월호에 발표되었다. 영산강 근처에서 농사를 짓다가 고향을 떠난 오삼룡과 고향에 남아 있는 강판옥이라는 두 인물을 통해 1930년대 궁핍한 농촌사회의 현실을 묘사하고 있다. 오삼룡과 그 외의 가족은 심한 가뭄으로 농사를 더 이상 짓지 못하고 고향을 등지게 된다. 고향에 남아 있던 강판옥도 결국 고향을 떠날 수밖에 없게 된다. 그 원인은 재난이나 개인적인 차원의 문제가 아니라 조국을 잃어버린 한민족의 민족적 수난의 차원이라고 보는 것이 작자의 시각이다. 고향을 떠나 유리하는 농민들의 문제는 일제 식민치하에서 한민족이 공통적으로 겪은 민족적인 운명이었다. 그러나 비극적 현실에 대해 결코 낙망하고 좌절해서는 안된다는 것을 작자는 작품 마지막 부분에서 강조하고 있다. 이 작품은 극적 효과보다는 판소리 등에서 볼 수 있는 한恨이 구슬플 정도로 애절하게 그려져 있는, 다분히 서정적인 소설이다.

〈고개를 넘으면〉 박화성의 장편소설. 1955년 《한국일보》에 연재된 작품이다. 해방 후 젊은 세대들의 세계를 작품화한 이 소설은 세대간의 흐름을 역사적·민족적 측면에서 바라보고 사상이나 애정 또는 사회적인 인간관계의 발전과정으로 파악, 형상화하고 있다. 즉 세대를 연령적 차이나 생리적 괴리에서 감정의 담을 쌓지 않고 역사의 발전, 사조의 흐름으로써 인식하려는 객관적인 세계관이 밑바닥에 깔려 있다. 작자는 작품의 주인공 설희를 통해 한 인간, 즉 여성이 수없이 넘어야 할 고개가 아무리 가시밭길이고 운명적인 것이라 하더라도, 얼마나 험한 것인가 하는 환경 자체보다는 의지와 지성으로써 그 고개를 넘어가는 새로운 젊은 세대상을 독특한 리얼리즘의 각도에서 작품화하고 있다.

박희진 朴喜璡 1931~ 시인. 호 수연水然. 경기도 연천 출생. 고려대 영문과 졸업(1955). 1956년 《문학예술》에 〈무제〉〈허虛〉〈관세음상에게로〉가 추천되어 등단했다. 이후 《60년대사화집》의 동인으로 활약하면서 많은 작품을 발표했으며, 1965년부터는 자작시낭송회도 수차례 열었

다. 그의 초기 작품들은 대상의 선명한 심미적 파악으로 형상화해 크게 문단의 주목을 끌었으나, 장시 〈혼돈混沌과 창조創造〉를 발표한 전후부터는 초기의 응축성이 좀 풀어져 산문조를 보이기 시작했다. 이러한 변화는 장시에의 의욕, 시조나 민요조의 음수율이 아닌 새로운 운율 형태의 추구 등을 위한 과도기적인 현상이었다. 그의 관심은 역사적 상황에까지 확대되었으며 점차 불교적 세계에 심취하게 되었다. 시 〈산중문답山中問答〉〈무상無常〉〈공초空超와 구상具常〉 등에서 불교적 경지를 보였고, 이어 〈사행시초四行詩抄〉〈사행시삼제四行詩三題〉 등에서는 응결성있는 새로운 정형적 형태의 실험을 엿볼 수 있다. 시집으로《실내악室內樂》《청동시대》《미소하는 침묵》《빛과 어둠의 사이》《사행시 134편》《아이오와에서 꿈을》《라일락 속의 연인들》《가슴속의 시냇물》등이 있으며, 역시집《기탄잘리》가 있다. 그의 시세계는 불교적인 종교관념에 죽음·민족·인간상人間像·기타 시적 대상과 상념이 잡다해 그의 장시 〈혼돈과 창조〉의 제자題字처럼 한마디로 논하기 어려운 심리상태의 혼돈을 지니고 있다. 낭만적인 바탕에 상징적 기법으로 생生에의 외경을 기조로 천天·지地·인人 3자의 조화를 통해 인간회복을 염원하는 듯한 모색은, 현대 지성인들의 정신적인 측면을 묘파하고 있다고도 말할 수 있을 것이다. 1976년 월탄문학상, 1988년 현대시학작품상, 1991년 한국시협상 등을 수상했다.

《청동시대 靑銅時代**》** 박희진의 시집. 1965년 모음사에서 간행됐다. 사륙판. 서문과 후기가 없고, 〈새봄의 기도〉〈체험〉〈연가〉〈해바라기〉〈릴케에게〉〈분꽃 전설〉〈가을의 엽서〉〈고독〉 등 모두 69편의 작품을 9부로 나누어 수록. 첫번째 시집《실내악》에 이어 나온 시집으로, 초기의 유미적인 조형에 주력한 그의 노력이 이 책에서도 계속되고 있으며, 장시 〈혼돈과 창조〉는 작품의 우열에 대한 물의를 일으키기도 했다.

발가락이 닮았다 → 김동인金東仁

밤길의 사람들 → 박태순朴泰洵

밤을 걸어가는 아이 → 박화목朴和穆

방기환 方基煥 1923~1993 소설가·아동문학가. 서울 출생. 서울사대부설 중등교원양성소 수료(1948). 1946년《소년》에 소년소설 〈꽃필 때까지〉를 발표하고, 아동극집《손목 잡고》를 간행하면서 등단했다. 이후 〈파괴〉〈뱀딸기〉〈뚜껑 없는 화물열차〉 등 성인소설을 발표하기 시작, 본격적으로 작가활동을 시작했다. 또한 초기에는 사소설私小說을 시도하기도 했으나 그후 역사소설에 주력, 장편 〈단종역란端宗逆亂〉〈낭자검浪子劍〉〈후궁後宮의 일월日月〉〈용비어천가〉〈어우동〉〈김춘추〉 등을 쓰기도 했다. 단편집에《동첩童妾》과 동화집《나비의 집》이 있다. 그의 작품은 주로 현실의 비정非情과 냉담함 속에서도 따뜻한 인간애를 추구함으로써 그 갈등을 해결하려는 데 특징이 있다.

방랑의 마음 放浪― → 오상순吳相淳

방백 傍白 무대에서 배우가 관객 앞에서 다른 배우가 옆에 있음에도 불구하고, 상대역에게는 들리지 않는 것으로 가정하고, 관객이 들을 수 있도록 지껄이는 독백. 작극상作劇上의 효과적인 한 방법. 셰익스피어 극, 몰리에르 극에 많이 씌었으나, 근대에 와서는 대체로 극작법상의 한 인습으로서 진부한 방법으로 보기도 했다.

방아골 혁명 ―革命 → 오유권吳有權

방영웅 方榮雄 1942~ 소설가. 충남 예산 출생. 휘문고 졸업(1961). 1967년 〈분례기糞禮

記〉를 《창작과 비평》에 발표하면서 등단했다. 이후 단편 〈바람〉, 장편 〈달〉, 단편 〈오늘 밤의 결판〉 〈방구리댁〉 〈타향〉 〈말감고 김서방〉 등의 역작을 계속해서 발표했다. 주요 작품에 단편 〈바람〉 〈첫눈〉 〈무등산〉, 중편 〈배우와 관객〉 〈봄강〉 〈문패와 가방〉, 장편 〈달〉 〈하늘과 땅〉 〈창공에 부는 바람〉 등이 있으며 창작집 《살아가는 이야기》《박힌 돌 이야기》를 간행했다. 〈분례기〉의 여주인공 '똥례'는 어머니가 변소의 인분 위에서 낳았다고 해서 지어진 이름으로, 토속적인 세계와 6 · 25사변의 혼란을 배경으로 그녀의 박복한 비극적인 숙명의 역정을 그린 문제작이며, 장편 〈달〉은 역시 토속적인 전설의 세계를 배경으로 비극적인 간통 사건을 그린 것이다. 작품 경향은 치밀한 묘사력과 희화적인 구성력, 객관적인 필치로 한때 허무주의적 경향을 띠었으나, 근자에는 도시 주변의 소시민적 세태를 사실적으로 묘사해 부조리한 세태를 고발하는 데 역점을 두고 있다. 1969년 한국일보문학상을 수상했다.

〈분례기 糞禮記〉 방영웅의 장편소설. 1967년 《창작과 비평》에 발표되었다. 표현 방법의 토착화, 드라마의 원색성, 간결한 문장, 대담한 성性묘사 등 많은 문제성을 내포한 이 작품은 당시 문단의 화제는 물론 장기간에 걸친 베스트셀러였다. '똥례'는 어머니가 변소에 갔다가 인분人糞위에서 낳았다고 해서 붙여진 이름이다. 그녀는 산에 땔나무하러 다니던 중 겁탈당해 처녀성을 잃은 채 재취로 들어간다. 어느 날 돈을 몽땅 잃게 된 남편은 그 화풀이로 똥례를 사정없이 때린 뒤 내쫓는다. 거리를 헤매다가 또 겁탈당하게 된 똥례는 종래 정신이상자가 되어 친정동네로 잡혀오지만, 다시 도망의 길을 떠난다. 충청도 예산지방의 어느 시골을 무대로 했다는 이 작품은 한국 농촌의 전근대적인 풍속 · 생활양식, 그리고 전설 · 속담 등이 다채롭게 활용되고 있으며, 시골 어디서나 볼 수 있는 등장인물들의 전형성이 뚜렷하게 부각되어 있다. 또한 〈물명주 석자〉를 부르면서 관계를 하는 대담한 성묘사와 노름에 미친 석서방 · 영철 등의 인물군을 통해 무절제한 삶의 파행성을 노출시킨다. 가난한 농촌민의 실상을 성공적으로 부각시켜 토속성을 가미시킨 이 작품은 그 근본 바탕에 깔려 있는 가난한 농민들의 체념적 운명관과 자연주의적인 사건 전개에 주목할 수 있는 작품이다. 토속적 니힐리즘에 입각한 시골사람들의 불쌍한 생활양식을 시적으로 표현한 수작으로 평가된다.

방인근 方仁根 1899~1975 소설가. 호 춘해春海. 충남 예산 출생. 도쿄주오대에서 수학. 1924년 귀국해 사재私財로 종합월간문예지 《조선문단》을 창간했다. 이는 같은 시기에 문단을 풍미했던 계급주의적 프롤레타리아 문학운동에 대항, 민족주의문학을 옹호하기 위한 것으로, 《조선문단》은 박영희朴英熙 · 김기진金基鎭 등의 프로작가들이 활약하던 《개벽》에 맞서서 최서해崔曙海 · 채만식蔡萬植 · 박화성朴花城 · 이장희李章熙 등의 문인을 배출시켰다. 《조선문단》 창간 이후 1927년에는 숭덕중학에서 교편 생활을 했으나 1929년에는 기독교신보사에 입사, 이어 《문예공론》 편집, 1931년에 《신생》 편집장, 1935년 《시조》 편집장 등을 역임했다. 광복 후에는 영화에도 관여, 1954년에는 춘해프로덕션 사장을 지내기도 했다. 《조선문단》을 창간한 뒤 자신도 창작에 몰두, 단편 〈분투〉 〈어머니〉 〈마지막 편지〉 등을 발표했고 이후로는 대중작가로서 활동해 〈쌍홍무雙紅舞〉 〈새벽길〉 〈방랑의 가인歌

人〉 등을 차례로 발표했다. 그밖에 〈새출발〉 〈고향산천〉 〈화심花心〉 〈젊은 아내〉 등의 장편이 있으며, 해방 후에는 한때 탐정소설을 시도한 일이 있다. 또한 〈농민문학과 종교문학〉을 비롯한 평론 및 각 잡지의 월평을 썼다. 그는 낭만주의적 대중소설을 주로 발표했으며, 소설의 심미적 가치나 사회성보다는 대중적 · 통속적인 면에 의미를 부여했다. 《조선문단》 창간을 비롯한 문단 활동이 그의 주요한 문학사적 공로로 지적되고 있다.

방정환 方定煥 1899~1931 아동문학가. 호는 소파小波. 서울 출생. 보성전문을 거쳐 일본 도요대 철학과에서 아동문학과 아동심리학을 공부했다. 1921년 김기전金起田 · 이정호李定鎬 등과 함께 천도교소년회를 조직해 본격적으로 소년운동을 전개했다. 1922년 5월 1일 처음으로 '어린이날'을 제정하고, 1923년 3월 우리나라 최초의 순수아동잡지 《어린이》를 창간했다. 이 잡지는 월간으로서 일본 도쿄에서 편집하고 서울 개벽사에서 발행을 대행했다. 같은 해 5월 1일에 '어린이날' 기념식을 거행하고 '어린이날의 약속'이라는 전단 12만장을 배포했다. 1925년에는 제3회 어린이날을 기념하는 동화구연대회를 개최했고, 1928년에 세계 20여 개국 어린이가 참가하는 '세계아동예술전람회'를 개최했다. 또한, 《신청년》 《신여성》 《학생》 등의 잡지를 계속 편집 · 발간했으며, 소년문제 강연회, 아동예술 강습회, 소년 지도자대회 등을 주재하며 계몽운동과 아동문화운동에 앞장섰다. 그의 다방면에 걸친 문학 활동은 동화구연이나 연극대회 등과 아울러 아동문화운동을 효과적으로 수행하는 데 지대한 공헌을 했다. 그가 남긴 작품은 번안물이 대부분이다. 그는 원문의 뜻을 손상시키지 않고 외국어의 장벽을 무난히 돌파해 동화번안작가로서의 면모를 잘 보여주었다. 그가 번안 내지 개작한 동화들이 지닌 일관된 특징은 풍자와 해학의 정신과 교훈성에 있다고 할 수 있다. 말하자면 종래의 유교 도덕에 얽매어 있던 어린이들을 어린이다운 감성으로 해방시키고자 했던 것이다. 그의 창작동화는 어른 중심의 유교적 관습과 식민지 정책에 대한 저항으로서 당시 고통받는 아동의 지위를 향상시키기 위한 노력이었으며, 민족의 미래를 어린이들에게서 찾고자 했던 것으로 볼 수 있다. '어린이'라는 말을 처음 쓰기 시작했던 그가 아동문학 활동을 한 기간은 약 10년간으로서 〈형제별〉 〈가을밤〉 〈귀뚜라미〉 등 많은 작품을 남겼다. 그의 사후, 《소파전집》 《방정환 아동문학 독본》 《동생을 찾으러》 《소파아동문학전집》 등이 발간되었다. 그가 생전에 실천하고 남긴 업적을 간추려보면, 먼저 그는 민족주의를 바탕으로 한 최초의 아동문화운동가요, 사회운동가였다. 둘째로 번안 및 개작작가 · 동화작가 · 동화연구가 · 아동잡지 편집인으로서의 업적이다. 《사랑의 선물》을 비롯한 본격적인 개작 번안, 창작동화를 남기며 최초의 대표적인 구연동화가로 활약하고 《어린이》를 통해 윤석중 · 이원수 · 서덕촌 등 아동문학가의 발굴 · 육성에 힘썼다. 셋째로 그는 아동들을 소박하고 천진난만하며 순진무구한 존재로 보고 감상적 · 관념적 · 권선징악적인 작품들을 통해서 그들이 자유롭고 행복한 생활을 누릴 수 있도록 이끌어주었다. 그는 금세기 우리 나라의

지사志士요, 선구적 언론인이요, 교육자요, 문학가로 불려야 마땅한 인물이다. 1978년 금관문화훈장, 1980년 건국포장이 수여되었다. 한편 새싹회에서는 그를 기념해 1957년 소파상을 제정하기도 했다. 1971년 40주기를 맞아 서울 남산공원에 동상이 세워졌으나, 1987년 5월 3일 서울어린이대공원 야외음악당으로 이전되었다. 1983년 5월 5일에는 망우리 묘소에 이재철의 비문을 새긴 '소파 방정환 선생의 비'가 건립되었으며, 1987년 7월 14일에는 독립기념관에 그가 쓴 '어른들에게 드리는 글'을 새긴 어록비가 건립되었다.

방황 彷徨 →김성한金聲翰 · 박연희朴淵禧

배경 背景 소설 · 희곡 · 서사시 등에서 사람 또는 의인화된 생물이나 사물의 행위가 벌어지는 물리적 또는 정신적 장소. 배경은 인물(성격) · 행위와 더불어 이야기 문학의 3대 요소라고 불려진다. 사람의 행위가 벌어지기 위해서는 장소가 반드시 필요하지만, 장소는 단지 행위가 벌어지기 위한 마당으로서의 중요성만을 갖는 것은 아니다. 작품에 따라서 배경이 오히려 행위를 통제하는 듯한 것도 있다. 실제의 지리적 · 물리적 위치, 인물들의 일상적인 생활 방식이나 하는 일, 이야기의 소재가 되어 있는 행위가 벌어지는 시기, 인물들이 처한 종교적 · 도덕적 · 사상적 · 사회적 · 정서적 상황 등의 무형의 배경 등이 모두 넓은 의미의 배경에 포함된다. 19세기 이후 개인은 유아독존적으로 존재하는 것이 아니라 배경, 다시 말하면 일체의 물리적 · 정신적 환경의 지배를 받는다는 사상이 받아들여져서 작가는 인물의 행위의 사실성을 배경의 사실적 설정에 의해 이룩하는 경향이 강하다. 사실주의는 사회 환경의 묘사로 인물의 행위를 설명하고, 자연주의는 물리적 환경과 사람의 동물적 본능을 개인의 행위를 결정짓는 요인으로 보고 있다. 그러나 한편 낭만주의 계열의 문학, 알레고리 등은 사실적인 배경에서 해방된 순수한 행위를 보이든가, 상징적인 배경을 마련해 행위의 상징성을 보인다.

배따라기 →김동인金東仁

배수아 1965~ 소설가. 서울 출생. 이화여대 화학과 졸업. 1993년 〈천구백팔십팔년의 어두운 방〉으로 등단했다. 이 작품은 사유의 감각화를 통해 신세대 소설의 새로운 한 전범을 보였다는 평가를 받기도 했다. 이후 창작집 《푸른 사과가 있는 국도》《심야통신》《그 사람의 첫사랑》과 장편소설 〈랩소디 인 블루〉〈부주의한 사랑〉 등을 간행했다. 단자적 개인성, 혹은 해체된 가족사의 비원 등 불행의 서사를 지향하고, 현실에 앞서는 이미지의 탐구를 통해 새로운 소설 양식을 끊임없이 추구해 온 그의 소설은 소설 이후의 소설, 사유와 이미지가 낯설고 매혹적으로 중독성 강한 환상적 소설로 평가받고 있다.

백기만 白基萬 1901~1967 시인. 호 목우牧牛, 필명 백웅白熊 · 흰곰. 대구 출생. 일본 와세다대 수학. 양주동梁柱東 · 이장희李章熙 · 이상백李相佰 · 손진태孫晋泰 · 유엽柳葉 등과 함께 동인지 《금성》 발행에 참여, 동인으로 활동했으며 《개벽》《여명》 등의 편집을 맡은 일이 있다. 1923년 《금성》에 〈꿈의 예찬〉〈내 살림〉〈기쁨〉 등을 발표해 등단했다. 이어 〈거화炬火〉〈은행나무 그늘〉 등을 발표했다. 그의 시세계는 신선한 감각과 신비주의적 감수성을 기반으로 하며, 시형은 산문적인 긴 호흡을 지니고 있는 것이 특징으로 꼽힌다. 그의 작품에는 궁극적인 자기현실의 포기가 아닌 유토피아적 탈출이라는 역설적인 저항정신이 나타나 있다. 3·1 운동 때에는 대구 학생운동 주모자로 투옥되어 옥살이를 했다. 광복 전까지 항일투쟁을 했던 그는 광복 후 작고한 시인들을 정리해 《상화尙火와 고월古月》《씨 뿌린 사람들》 등을 간행, 시사詩史상 귀중한 자료가 되었다. 또한 타고르의 〈그대의 뜻을〉〈구름과 물결〉〈적고 큰 사람〉〈영웅〉 등을 《금성》에 번역·소개하기도 했다. 일생 시를 위해 살아온 그는 자신의 시집은 한 권도 내지 않은 겸허한 인품의 소유자였다.

〈고별 告別**〉** 백기만의 시. 1920년에 발표된 작품이다. 현실을 떠나 이상의 세계로 가려는 낭만주의적인 정신을 보이고 있다. 그의 낭만주의적인 주조主調 속에는 허무적인 색채가 짙게 깔려 있으며, 자신의 현재를 포기하고 새로운 현재를 정립하려는 작가의 고통을 느낄 수 있다. 이 시인의 현실도피는 당시의 현실에 대한 환멸로 나타나며, 그것은 궁극적인 자기 현실의 포기가 아니라 유토피아적 세계로의 탈출을 꿈꾸는 적극적 행동을 보여주는 것이다. 그러면서도 현실을 떠나야 하는 비애를 노래한, 충분히 감상적인 작품으로 현실 포기에서 오는 역설적인 작자의 저항정신이 뚜렷이 나타나 있다.

백낙청 白樂晴 1938~ 평론가·영문학자. 대구 출생. 미국 브라운대에서 영·독문학 전공, 하버드대에서 영문학 석·박사 학위를 받았다. 1963년 서울대 문리대에서 교편 생활을 시작, 1965년 《신동아》에 평론 〈피상적 기록에 그친 6·25수난〉을 발표해 등단했다. 1966년 1월 《창작과 비평》을 창간, 문단의 체질개선과 문학의 질적 향상을 위해 과거 문예지들의 고식적인 방법을 지양하고 참신한 편집을 했다. 이 잡지의 창간호에 발표된 〈새로운 창작과 비평의 자세〉는 한국 문단의 병리적 구조와 한국문학의 새로운 방향을 포괄적으로 분석한 그의 본격적인 논문으로서, 이 논문에 의해 일약 비평가로서의 위치를 확립했다고 할 수 있다. 이후 〈서구 문학의 영향과 수용〉〈역사소설과 역사의식〉〈김수영金洙暎의 시세계〉 등 역작들을 속속 발표, 문단의 복고주의·허무주의·몽매주의를 비판, 올바른 역사의식과 사회의식에 입각한 진취적 작품들을 옹호했다. 특히 〈시민문학론市民文學論〉은 깊이 있는 역사적 전망 위에서 60년대의 사회와 문학을 분석한 대작으로 평가되고 있다. 1973년에 발표한 〈문학적인 것과 인간적인 것〉이라는 논문에서 그는 건강한 문학은 인간에게로 돌아와야 하며, 인간 자신이 소외되어 있는 상황에서는 인간에게로 돌아온다는 것이 인간소외 및 비인간화를 조장하는 사회체제와 투쟁하는 과정 속에서만 올바르게 이루어진다고 했다. 이것은 문학자가 시민의식·민중의식을 자기의 것으로 받아들일 때 가능하며, 단순히 순수문학·참여문학이라는 개념의 차원에서 이해될 수 있는 것이 아니라 인간의 근원적 본마음 그대로를 삶과 문학에 실천해 나가는 것을 뜻한다고 주장했다. 평론집으로 《민족문학과 세계문학》《인간해방의 논리를 찾아서》《민족문학의 새 단계》《현대문학을 보는 시각》《흔들리는 분단체제》 등 다수가 있다. 1987년 심산상, 1993년 대산문학상, 1997년 요산문학상, 1998년 은관문화훈장 등을 수상했다.

백도기 白道基 1939~ 소설가·성직자. 전북 군산 출생. 한국신학대 졸업. 1969년 《서

울신문》 신춘문예에 단편 〈어떤 행렬行列〉이 당선되어 등단했다. 1972년 〈햇볕 밑에서〉로 루터란 아워의 신인상을 수상했다. 주요 작품으로 단편 〈골짜기의 종소리〉 〈비명碑銘〉, 장편 〈등잔〉 〈구레네 사람들〉 등이 있다. 기독교적 종교 문제가 그의 일관된 주제를 이루고 있다. 특히 첫 작품집 《청동의 뱀》에서는 대부분이 목사나 신부, 기독교 성자를 등장인물로 내세워 절망하고 고통하는 삶의 모습들을 그리고 있다. 그러나 그 고통이 극기해야 할 숙명으로 좌절하지 않고 꿋꿋이 견디고 극복하는 모습을 통해 그의 주제의식이 이 세계의 근원적인 존재상, 감추어져 있는 신에 대한 확인이며 신의 권능으로의 회귀임을 보여준다. 작품집으로 《벌거벗은 임금님》 《넓고 깊은 강》 《가시떨기나무》 등이 있다. 1978년 제1회 기독교문학상, 1986년 제4회 크리스천문학상 등을 수상했다.

〈어떤 행렬 —行列〉 백도기의 단편소설. 1969년 《서울신문》 신춘문예 당선작이다. 작가 자신의 문학적 테마의 원형이라 할 수 있는 고통의 의미를 매우 노골적으로 드러내고 있는 이 작품은 성직에 종사하고 있는 작가의 작품이기 때문이기도 하겠지만, 독자적인 작품 세계를 형성하고 있다. 신학교를 갓 졸업한 젊은 목사가 시골 교회를 방문해 그 교회가 그처럼 피폐한 이유를 찾아본다. 그가 만난 것은 아주 가난하고 을씨년스러운 늙은 목사 부부와 광증을 일으키는 그들의 아들이었다. 노목사는 그에게 자기 교회를 맡아 줄 것을 부탁하지만, 젊은 목사는 너무 황폐한 그 모습 때문에 내심으로 그 제의를 거부한다. 젊은 목사는 서울로 돌아가기 위해 버스 정류장으로 가다가, 교통사고로 노목사의 아들이 목숨을 잃는 현장을 목격한다. 노목사는 아들의 시체를 누구에게도 맡기지 않고 스스로 안고 걷다가 젊은 목사에게만 그 시체를 지게 한다. 이러한 고통의 인식과 고통받는 자 사이의 숙명적인 유대는 "이제 우리는 한배에 탔다"는 카뮈적 주제이다. 젊은 목사는 '늙은 목사를 혼자 내버려두고 가는 일은 이제는 불가능하다'고 생각하는 것이 이 고통의 배에 함께 타는 적극적인 삶의 결단이다. 그들 두 목사는 똑같이 고통의 체험을 갖고 있으며 그 고통의 진의를 깨닫고 있는 것이다.

백무산 白無産 1955~ 시인. 경북 영천 출생. 1984년 《민중시》 1집에 〈지옥선〉을 발표해 등단했다. 이후 노동자들의 정서와 사유를 줄기차게 시로 형상화해왔다. 주요 작품으로 〈지옥선〉 〈뒤에서 바라보니〉 〈반란의 시간〉 〈침묵〉 등이 있으며, 시집으로 《만국의 노동자여》 《인간의 시간》 《길은 광야의 것이다》를 간행했다. 80년대에 보여준 전복에의 열망을 깊고 새로운 방식으로 이어가고 있다는 평가를 받았다. 1984년 이산문학상, 1997년 만해문학상을 수상했다.

백민 白民 1945년 12월에 창간된 교양잡지. 국판. 편집 겸 발행인 김송金松. '백의민족白衣民族'의 준말로 제호題號를 정했으며, 외세에 의존하지 않는 우리 민족의 자율적·자주적 문화 및 문학을 창조하는 데 기여하기 위해 창간했다. 김송이란 필명으로 더 알려진 소설가 김현송은 일제하에서 문화에 굶주렸던 국민들에게 배불리 먹을 수 있는 문화의 식탁 구실을 하고자 이 잡지를 발간하게 되었다고 밝힌 바 있다. 처음에는 종합지였으나, 뒤에 순문예지로 전환했다. 이 잡지는 1948년 1월호까지 통권 21호를 발간했으나 경영의 어려움으로 잠시 중단되기도 했으며, 1950년 6월에 세종로의 중앙문화협회가 제호를 《문학》으로 바꾸어 속간하게 되었다. 이때는 시인인 김광섭金珖燮이 발행인이 되어 편집, 발행했으나 22호와 23호만이 나왔을 뿐이다.

백석 白石 1912~ ? 시인. 본명 기행夔行. 평북 정주 출생. 일본 아오야마학원 영문과 졸업. 1934년 귀국 후 조선일보사 출판부에 입사해 계열잡지 《여성》의 편집을 맡았다. 1935년 《조선일보》에 시 〈정주성〉을 발표하고, 이듬해 시집 《사슴》을 출간해 등단했다. 이해에 조선일보사에서 나와 함남 함흥 영생고보의 교원으로 전직, 이때의 생활 소감을 수필 〈가재미 · 나귀〉에 싣기도 했다. 1938년 교직을 사임하고 서울로 와 1939년 《여성》의 편집에 관여하다가 연말 만주로 건너가 동삼마로에 거주했다. 1940년 10월 《테스》의 번역 · 출간을 앞두고 잠시 서울에 거주, 1941년 생계 유지를 위해 측량보조원, 측량서기, 소작인 생활을 했다. 해방과 더불어 귀국, 한때 신의주에 거주하다가 고향 정주로 돌아가 활동. 주요 작품에 〈고야古夜〉 〈북방北方에서〉 〈성외城外〉 〈적막강산寂寞江山〉 〈추야일경秋夜一景〉 〈남신의주유동박시봉방南新義州柳洞朴時逢方〉 등 토속적이고 향토색이 짙은 서정시를 발표했다. 1936년 자비로 간행한 시집 《사슴》에 수록된 〈가즈랑집〉 〈여승〉 등의 시는 실감나는 농촌의 정서를 특유의 평안도 사투리로 형상화했다. 이후, 《인문평론》 《문장》에 〈두보와 이백같이〉 〈팔원〉 등을 발표했으며, 해방 후에는 《신천지》와 《학풍》에 〈적막강산〉 〈남신의주유동박시봉방〉을 발표했다. 그의 시세계는 당시의 문단적 경향이었던 모더니즘의 세례를 일정하게 받으면서도, 향토적인 서정의 세계를 사투리로 형상화하는 특징을 띠고 있으며, 일제 강점하에서 어렵게 살고 있던 민중들의 애환과 삶을 전형적으로 그려내는 모습을 보인다. 1987년 창작사에서 《백석시전집》이 간행된 이후 《가즈랑집 할머니》 《흰 바람벽이 있어》 《멧새 소리》가 시선집으로 간행되었다. 그는 지방적 · 민속적인 것에 집착해 평안도 사투리로 민속풍의 시를 창작, 특이한 경지를 개척하는 데 성공한 시인으로 평가받는다.

백승철 白承喆 1942~ 평론가. 경기도 부천 출생. 중앙대 신문학과 및 동 대학원 철학과 졸업(1965). 1965년 《경향신문》 신춘문예에 평론 〈현대문학의 철학적 기초〉가 당선되어 등단했다. 현대 세계문학의 일반적 정신사를 추적하면서 그 저변에 흐르고 있는 철학성을 심층적으로 분석해 주목을 받았다. 이후 1950년대 출신 작가들의 작품성과를 분석한 〈전후작가戰後作家의 문제의식〉, 소외되고 있는 사회의 저변계급에 대해 역사의 주인공으로서의 인격을 부여하고 그 힘의 실상이 구현되어야 한다고 주장한 〈저변의식底邊意識의 발전과 그 보편화〉, 춘원春園 문학의 종합적 비판인 〈계몽주의론〉 등 많은 평론을 발표했다. 1969년 계간문예지 《상황》의 편집동인으로 활약하면서 적극적인 참여문학의 입장을 지키고 있다. 이런 비평정신에서 생산된 기타의 작품으로는 정치절대주의하의 문학의 기능을 논한 〈시대의 위기와 작가〉 등이 있고, 〈이효석론李孝石論〉 〈윤동주론尹東柱論〉 〈강신재론康信哉論〉 등 많은 작가론을 발표했다. 문학은 근본적으로 인간의 본질을 확대하고 심화하는 데 궁극의 가치가 있는 것으로 사회 현실로부터의 인간탐구가 미적 가치의 절대치라는 문학관 아래, 사실주의 문학의 입장과 그 이념을 견지하며, 민족문학에 내재하는 골계와 풍자를 현대문학에 계승하는 데 주력했다.

백시종 白始宗 1944~ 소설가. 경남 남해 출생. 서라벌예대 미술과 졸업(1967). 1966년에 《현대문학》을 통해 단편 〈햇빛 아래〉를 추천받고, 1967년 《동아일보》와 《대한일보》 신춘문예에 단편 〈비둘기〉 〈뚝 주변〉이 각각 당선되어 등단했다. 그후 많은 장·단편을 발표했는데, 주요 작품으로는 장편 〈자라지 않는 나무들〉을 비롯해 〈흐르는 섬〉 〈우리들의 전기傳記〉 〈해구海拘〉 등이 있다. 작품집으로 《북망의 바다》 《선인장 여자》 《겨울 두만강》 《돈황제》 등이 있다. 그의 소설은 6·25사변을 배경으로 애정의 갈등과 전쟁의 참상을 그린 장편 〈자라지 않는 나무들〉이나, 포로 수용소 안의 비극상을 그린 단편 〈햇빛 아래〉에서 엿볼 수 있듯이, 극한 상황에 놓인 인간의 생명을 끈질기게 추구하고, 그 속에서 몸부림치는 인간의 심오한 고뇌를 파헤치고 있다. 살아보려는 끈질긴 인간생명의 의지를 제시하고 그러한 인간성을 그린 것이 그의 소설이 갖는 특징이라 할 수 있다. 1975년 한국소설문학상을 수상했다.

〈축축한 화기 一火氣**〉** 백시종의 단편소설. 1972년 《지성》에 발표되었다. 소외 현상은 학자에 따라 대개 세 가지로 구분한다. 즉, 정신적 조건에 의한 정신 소외, 감성적 인간의 조건에서 오는 인간학적 소외, 생산수단의 사유화에서 오는 노동 소외 등이 그 세 가지이다. 소외된 인간 현실을 다루고 있는 이 단편소설에서 작자는 소설로서의 허구를 사실성에 가깝게 환치시키고 있다. 평론가 김병걸은 이 소설을 가리켜, 백시종의 소설에서 가장 높이 평가해야 할 작품이요, 이것은 비단 백시종 개인의 문학에만 국한될 수 없는 한국 단편소설의 수작의 하나라고 평가하고 있다. 이 소설은 스토리의 진행이 자연스럽고 사건의 처리가 또한 완숙한 경지에 이르고 있다.

백신애 白信愛 1908~1939 소설가. 경북 영천 출생. 대구사범 졸업. 1929년 단편 〈나의 어머니〉가 《조선일보》 신춘문예에 당선되어 문단에 데뷔했고, 1933년 《신여성》에 단편 〈꺼래이〉를 발표하면서부터 문단의 주목을 받았다. 이 소설은 1928년 시베리아 여행 체험을 작품화한 것이다. 1929년에는 도쿄에 건너가 문학과 연극을 공부하다 1932년 귀국, 이후 경북 경산의 과수원에서 기거하며 가난한 농민들의 세계를 체험했으며, 이를 기반으로 〈복선이〉 〈채색교〉 〈적빈〉 〈악부자〉 〈빈곤〉 등의 작품을 썼다. 그의 소설은 모두 리얼리즘 경향의 것으로 품팔이하는 여자, 술과 노래로 놀아나는 남자 등을 주로 다룬 그의 현실주의 경향은 〈적빈〉과 함께 〈호도糊塗〉 등에 단적으로 나타나 있다. 그러나 전체적으로 다혈적인 기질을 마구 발산한 경향이 흠으로 남아 있다. 작품은 모두 단편뿐인데, 20여 편으로 많은 수는 아니지만 민중의 궁핍한 삶에 대한 관심으로부터 여성의 능동성을 금기시하는 사회적 억압을 의문시하는 데 이르기까지 다양한 문제들에 대해 관심을 보여주었다.

〈꺼래이〉 백신애의 단편소설. 1933년 《신여성》에 발표, 1987년 단행본으로 출판되었다. '꺼래이'는 러시아말로 고려인, 즉 한국인을 가리키는 말이다. 순이네는 농토를 찾아서 고국을 떠났다가 죽은 아버지의 시체를 찾으러 러시아에 왔으나 시베리아의 수용소로 끌려가게 된다. 시베리아의 살을 에는 추위와 앉을 자리도 없는 수용소가 그들을 기다리고 있었던 것이다. 한 달 만에 국경으로 추방된 순이의 할아버지는 아들의 뼈도 찾지 못한 채 시베리아 벌판에서 실종된다. 목놓아 우는 순이에게 매운 바람은 "일어서라" 고 소리친다.

백우암 白雨岩 1938~ 소설가. 전남 완도 출생. 성균관대 수학. 1965년 단편 〈궤도〉를 발표했고, 1969년 장편 〈전쟁과 영웅과 바보〉를 간행, 같은 해 단편 〈웃음소리〉가 《새시대문학》에 추천됨으로써 본격적인 문단 활동을 시작했다. 이어 〈미장원 개업 시말서〉 〈공달례〉 〈개와 노인〉 〈산동네 사람들〉 〈풍향계〉 〈제3의 대리인들〉 〈소싸움꾼〉 등 꾸준한 작품 활동을 해왔다. 작품집으로 《훈장을 단 바보》 《산동네 사람들》 《서울타령》 《갯바람》 《들개의 울음》 《유배당한 사람들》 《허영의 도시》 《철새들의 울음》 등이 있다. 그는 밑바닥 인생들이 살아가는 삶의 현장에 시선을 집중해 그들의 삶의 양태를 방언과 구어를 구사해 현장감 있게 그려냈다. 그래서 그의 작품들은 소외된 자들의 한을 일깨워준다. 특히 산업사회의 발달로 인해 사라져가는 향토적 정서, 이들에 암울하게 드리워진 그림자, 문명 또는 시대에 대한 풍자 또는 비판적 색채가 그의 문학의 배면을 장식하고 있다.

백조 白潮 1922년 1월에 박종화朴鍾和 · 홍사용洪思容 · 나도향羅稻香 · 박영희朴英熙 등이 창간한 순문학 동인지. 격월간으로 계획된 것이었으나 발간이 순조롭지 못해 1922년 5월에 2호, 1923년 9월에 3호를 내고 종간되었다. 발행동기는 휘문의숙 출신의 박종화 · 홍사용과 배재학당 출신의 나도향 · 박영희 등의 문학청년들의 사귐에서 비롯되었다. 3 · 1운동이 실패한 뒤 절망적 상황에서 이들 뜻이 맞는 젊은이들이 모여 문예와 사상을 펼 수 있는 잡지를 만들고자 했다. 그때 마침 김덕기 · 홍사중과 같은 후원자를 만나 문화사를 세웠고, 문예잡지 《백조》와 사상잡지 《흑조》를 간행하기로 했으며, 그 첫 작업으로 《백조》를 간행했던 것이다. 수록 작품은 시에 박종화의 〈밀실로 돌아가다〉 등 22편, 소설에 나도향의 〈젊은이의 시절〉 등 11편, 평론에 박종화의 〈오호아문단嗚呼我文壇〉 등 2편이었으며, 기타 기행문 · 시극 · 번역 등이 발표되었다. 《백조》의 문학적 경향을 흔히 낭만주의적인 것으로 이야기 하나, 그것은 시분야에 국한된 일이고 소설 분야에 있어서는 역시 당시의 유행사조인 자연주의적인 성격이 짙다. 당시의 동인지는 어느 뚜렷한 문학적인 주의나 사조에 의해 뭉친 동인이기보다는 문학 동호인의 친교적 성격이 강했던 만큼 무슨 주의 일색으로 보기는 어렵다. 이들은 흔히 '백조파' 로 묶어서 지칭되고 있는 바 그들의 문학적 경향은 서구의 낭만주의와는 달리 병적이고 퇴폐적인 면이 강했다. 이는 3 · 1운동이 실패한 뒤 허탈한 느낌에서 문학을 시작한 청년 작가들의 정신적 상황을 잘 반영하고 있다. 이들 '백조파' 시의 특징은 애수 · 비탄 · 자포자기 · 죽음의 동경 · 정신적 자폐증 등 감상적 경향을 제대로 시로서 승화하지 못한 채 격정적이거나 애상적인 어투로 표출한 것이라 할 수 있다.

▲백조 창간호. 1922년 1월.

백철 白鐵 1908~1985 평론가. 본명 세철世

哲. 평북 의주 출생. 일본 도쿄고등사범 문과 졸업(1931). 1930년 《대중지광》에 〈어머니〉 〈단장斷腸〉 〈무제無題〉 등의 시를 발표했으나, 이어 1931년 《조선일보》에 평론 〈농민문학문제〉 〈농민시인 에세닌 6주기週忌를 제際하여〉 등을 발표하며 평론가로서 정식 문학활동을 시작했다. 도쿄고등사범학교를 졸업할 무렵 《지상낙원》 《전위시인》 등의 동인이 되었고, 1930년에는 일본 나프NAPF의 맹원이 되었다. 1932년에 귀국한 그는 《개벽》 편집부장으로 있으면서 카프KAPF 중앙위원으로 활동, 해외문학파와의 논쟁에 참여했다. 1934년 제2차 카프검거사건에 연좌, 전주형무소에 수감되었는데, 이 사건은 그의 문학활동에 전향의 계기가 되었다. 1939년에 《매일신보》 문화부장으로 취임했으며, 1942년에는 일제의 협조 강요를 피하여 중국 화북지방 특파원으로 자원했다. 1945년 광복이 되자, 서울여자사범대 교수로 취임했으며 그뒤 교육계에 투신, 대학 강단에서 현대문학을 강의하는 한편 다시 비평활동을 시작했다. 1948년 서울대, 이듬해 동국대 교수를 거쳐 1955년 중앙대 문리과대학 학장에 취임했다. 1957년에는 미국 예일대와 스탠포드대의 교환교수로 다녀왔고, 1963년에는 국제펜클럽 한국본부 위원장에 피임, 이후 여러 차례 재임하는 동안 수차에 걸쳐 해외 작가대회에 참가하는 한편 한국작품의 해외소개에도 이바지했다. 1966년 예술원회원에 피임되고 1972년 중앙대 문리과대학 학장에 다시 취임했다. 격동의 프로문학기를 거쳐 광복을 맞고 국제펜클럽 한국본부 위원장을 맡기까지의 그의 비평적 편력은 한국적인 문학정신의 구명에 중요한 비중을 지닌 것으로 평가된다. 〈어머니〉 등의 시와 〈전망〉 등의 소설을 발표하기도 했지만, 특히 그의 비평활동은 《조선일보》에 〈농민문학의 문제〉 〈창작방법문제〉 등을 발표하면서 본격화된다. 〈인간묘사시대〉에서는 당시의 프롤레타리아 문학의 도식적 측면을 비판해 이데올로기나 계급투쟁의 도구로서보다는 인간탐구를 본령으로 하는 문학론을 폈다. 미국에 교환교수로 다녀온 후에는 〈뉴크리티시즘의 제문제諸問題〉 〈뉴크리티시즘의 행방〉 등을 발표, 이 땅에 처음으로 미국의 분석비평을 도입·소개했다. 이후 서구문학의 동태, 리얼리즘의 극복, 신세대에 대한 옹호, 자유와 반항의 문제, 문학의 세계성과 민족성 등 광범위한 현대문학의 성격과 방향탐구에 진력했다. 저서로 한국현대문학사 최초의 사적 체계를 세운 《조선신문학사》 《조선신문학사조사》, 이병기李秉岐와의 공저인 《국문학전사》 등을 간행했고, 그밖에 평론집 《문학의 개조》 《비평의 이해》와 수필집·역서·편저 등 많은 저서를 남겼다. 예술원상, 국민훈장모란장, 서울시문화상, 3·1문화상 등을 수상했다.

백치 아다다 白痴— → 계용묵桂鎔默

백팔번뇌 百八煩惱 → 최남선崔南善

백학기 白鶴基 1959~ 시인. 전북 고창 출생. 원광대 영문과 졸업(1981). 1981년 《현대문학》에 〈삼류극장에서 닥터 지바고를〉이, 《한국문학》에 〈가난의 삼단논법〉 외 1편이 각각 당선되어 등단했다. 주요 작품에 〈퉁소〉 〈한강〉 〈노을〉 〈침묵〉 〈시인 공화국〉 〈서정시를 쓰기 힘든 시대〉 등이 있으며, 1985년 시집 《나는 조국으로 가야겠다》를 출간했다. 분단된 이 땅 한반도에 사는 것을 아름다운 숙명으로 받아들이는 뜨거운 대지애와 다부진 경의의 세계로 우리 민족의 역사적 · 현실적 공동체의 경험을 남성적 문체로 구축, 감상이 아니라 의지의 세계관으로 극복하고 있다. 그의 시는 우리 민족의 역사적 비극과 싸우는 절규의 시라는 평을 받고 있다. 1981년 한국문학신인상을 수상했다.

번안 飜案 외국 작품을 자기 나라에 맞추어서 옮기는 방식. 보통 번역에서는 원문을 그대로 축어역逐語譯하거나 의역意譯을 하더라도 원문의 표현을 손상하지 않도록 옮기지만, 번안에서는 줄거리나 사건은 그대로 두고 인명 · 지명 · 풍속 등을 자기 나라에 맞도록 고쳐 개작한다.

벙어리 삼룡이 一三龍一 → 나도향羅稻香

벽 壁 → 문덕수文德守

변영로 卞榮魯 1898~1961 시인. 호 수주樹州. 서울 출생. 중앙학교 및 미국의 산호세대 수료(1933). 1918년 《청춘》에 영시 〈코스모스Cosmos〉를 발표해 천재시인이라는 찬사를 받기도 했으나 본격적인 창작 활동은 1920년 《폐허》 동인으로 문단에 데뷔한 이후부터이다. 1922년 이후 《개벽》을 통해 계속 해학이 넘치는 수필과 번역문을 발표했다. 1919년에는 독립선언서를 영문으로 번역한 일도 있으며, 1923년에 이화여자전문 강사로 부임, 1933년에는 동아일보사 기자, 1934년에는 《신가정》 주간을 지냈다. 《동아일보》 재직시 마라톤 우승자 손기정孫基幀의 '일장기말소사건'과 관련 퇴사당했다. 광복 후 1946년에 성균관대 영문과 교수, 1950년에 해군사관학교 영어교관으로 부임했다. 1953년에 대한공론사 이사장에 취임, 1955년에는 제27차 비엔나국제펜클럽대회에 한국 대표로 참석한 바 있다. 그는 창작 활동 초기부터 과작寡作의 시인이었다. 《신생활》 《동명》 《개벽》 등을 통해 한 해에 5, 6편 정도를 발표했을 뿐이다. 1922년에는 《신생활》에 대표작 〈논개〉를 발표했고, 1924년에는 첫 시집 《조선의 마음》이 평문관에서 간행되었는데 거기에는 〈버러지도 싫다하올 이 몸이〉를 비롯한 28편의 시와 수상 8편이 수록되었다. 그러나 이 시화집은 내용이 불온하다는 이유로 발행과 동시에 곧 총독부에 의해 압수되어 폐기처분되었다. 이 시집 외에 수필집 《명정 40년酩酊四十年》 《수주시문선樹州詩文選》, 영문시집 《진달래동산(Grove of Azalea)》 및 1981년 유족들이 간행한 《변영로문선집》 등이 있다. 그의 시작품들은 가락이 부드럽고 말씨가 정서적이어서 한때 시단의 주목을 받았으며 작품 기저에는 민족혼을 일깨우고자 한 의도도 깔려 있었다. 그의 시세계는 크게 세 시기로 구분된다. 1기는 시집 《조선의 마음》이 발간되기까지인데, 민족시인으로서의 의식이 표출된 시기이다. 이 무렵의 대표작으로 〈논개〉를 들 수 있다. 2기는 그 뒤부터 광복까지의 시기로, 자신을 둘러싼 상황인식에서 오는 절망감 속에서도 선비적 절개와 지조를 고수하려는 태도가 잘 드러나 있다. 이 시기의 대표작으로 〈실제失題〉 〈사벽송社壁頌〉 등을 들 수 있다. 3기는 광복부터 죽기까지의 시기로 민족의 앞날을 걱정하는 우국적 시를 주로 썼다. 그는 우리 나라 신시에 있어 기교파의 선구시인이라 할 수 있다. 즉 민족애와 서정성에서 높고 섬세한 경지를 보여주었던 그의 시는 기교에 중점을 두고 어구의 선

택과 연마에 시인적 재능을 보였다. 시작 활동 이외에도 우리 문단에 영미문학을 소개하고 우리 작품을 영역했으며, 남궁벽南宮壁의 유고 일문시를 소개해 별로 알려지지 않은 시인의 위치를 확고하게 하는 등 시사에 공헌한 바가 크다.

《조선의 마음 朝鮮一**》** 변영로의 유일본 시집. 1924년 평문관에서 발간되었다. 정인보鄭寅普의 서문과 저자의 자서가 있고, 〈서대신에〉〈버러지도 싫다하올 이 몸이〉〈생시에 못 뵈올 임을〉〈벗들이여〉〈논개〉〈임이시여〉 등 29편의 시와, 부록으로 〈남생이〉〈감상적으로 살자〉 등 감상感想 · 잡기雜記 8편을 실어 모두 37편을 수록했다. 부록이 전체 지면의 절반 이상을 차지하고 또 내용도 산문인 까닭에 엄밀히 말해서 순수 창작시집이라기보다는 문집의 성격이 강하다고 할 수 있다. 이 시집의 특징은 서문에 잘 나타나 있는데, 정인보는 서문에서 변영로의 표표하고도 청량한 시심을 칭송하고 있다. 또한 변영로의 자서를 보면, 그가 지향하고자 했던 시세계는 참다운 '조선마음'의 탐구임을 알 수 있다. 식민지 치하에 있어서 조선의 마음은 지향할 수 없는 마음이며, 서러운 마음이라고 말하고 있다. 이 지향할 수 없는 마음을 진정한 조선의 마음이라고 할 수는 없다. 따라서 참다운 조선의 마음 그 진실을 확립해 식민지 상황하의 민족적 슬픔을 극복하고자 했던 것이다. 변영로는 1920년대 민족주의 문학파의 일원이었으며, 그에게 있어서 '조선마음'이란 민족주의 문학파의 조선심朝鮮心과 다름이 없다고 보아야 한다. 변영로는 이 시집에서 그와 같은 조선마음 즉, 조선심을 '님'이라는 실체로 호칭하고 있다. 이 시집에 님이 보편적으로 등장하는 이유가 여기에 있다. 이 시집에 실린 작품들은 아름다운 서정을 형상화하는 두드러진 기법과 강한 민족애를 보여주고 있다. 1920년대 민족주의 문학파를 대변하는 시집의 하나로서 1920년대 초 유미주의적 경향이나 1920년대 중반 이후의 계급주의적 경향에 대립해 민족의식의 확립이라는 뚜렷한 경향을 드러낸 시집이다.

《명정 40년 酩酊四十年**》** 변영로의 수필집. 1953년 서울신문사에서 간행되었다. 사륙판. 박종화朴鍾和의 서문, 작자의 자서自序가 들어 있고, 4부로 나뉘어 〈등옹도주登甕盜酒〉〈주장酒場이냐, 목장牧場이냐?〉〈남으로 남으로〉〈제언諸言〉〈계엄주戒嚴酒의 범람〉 등 모두 72편이 수록되어 있다. 대주가大酒家로 불린 작자가 40년간 술에 취해서 살아온 무류실태기無類失態記로서 풍자적이고 해학적이며 기지 넘치는 필치로 그 시대상을 고발하고 있다. 남들은 30~40년 동안 해외에서 독립운동을 했다고 대성질호大聲疾呼하는 판에 자신은 "호리건곤壺裏乾坤에 부침한 것을 생각할 때 자괴자탄自愧自嘆을 금할 수 없다"고 변영로는 그의 자서에서 밝히고 있다. 그러나 변영로가 이렇게 술에 취해서 살아갈 수밖에 없었던 시대상을 박종화는 "세상 됨됨이가 옥 같은 수주樹州로 하야금 술을 마시지 아니치 못하게 한 것이 우리 겨레의 운명이었으며, 난초 같은 자질이 그릇 시대를 만났으니 주정하는 난초가 되지 않고는 못 배겨내었던 때문이다"라고 말하고 있다.

〈논개 論介**〉** 변영로의 시. 1929년에 발표된 작품으로 논개의 애국적 정열을 명백한 민족의식으로 승화시키고 있다. 이 시는 민족적 의분을 밖으로 내풍기는 정열보다도 그 의義에 대한 강렬한 찬탄을 내향적으로 응결시키려는 시적 긴장감이 돋보인다. 지금의 안목으로 보면 대단히 소박하고 단순한 비유에 의해 수식되었고 시의 형태적 구성도 너무 규칙적인 반복으로 일관한 느낌이 없지 않으나, 당시의 시적 수준을 감안할 때 이 작품이 얼마나 깔끔하게 시의 기교적 완성을 노렸는가를 짐작케 한다. 아름다운 애국의 여인 논개와 같이 깨끗하고 맑고 꾸밈없이 표현된 작품이다.

변해명 邊海明 1939~ 수필가. 서울 출생. 서울대 사범대 및 고려대 교육대학원 졸업. 1975년 《한국문학》에 〈산처럼 사노라면〉이 추천되어 등단했다. 수필문학진흥회 이사, 《계간수필》 편집위원, 《교단문학》 부회장을 역임했다. 현재 인천 부평서여자중학교 교장으로 재직 중이다. 주요 작품으로 〈산처럼 사노라면〉 〈어머니〉 〈둥글레〉 〈섬인 채 섬으로 서서〉 〈유월의 잔디밭에서〉 등이 있고, 수필집으로 《먼 지평地平에》 《외로운 영혼에 불을 밝히고》 《그리운 곳의 빈자리》 《정바라기》 《다가오는 목소리》 등이 있다. 그의 작품은 무의식의 깊이에 가라앉아 있는 온갖 원초적인 상처들을 갱생의 육화된 언어로 다스려가는 특색을 지니고 있다. 그의 문장은 물이 오른 듯한 솜씨와 투명한 문장으로 시정이 넘치며, 수필세계에서는 찾아보기 힘든 아방가르드적 명작수필로 꼽을 만하다는 평가를 받는다. 1989년 현대수필문학상, 1996년 한국수필문학상을 수상했다.

별 → 황순원黃順元

병신과 머저리 病身— → 이청준李清俊

보리피리 → 한하운韓何雲

복덕방 福德房 → 이태준李泰俊

본격소설 本格小說 심경소설이나 통속소설 또는 목적의식을 내세우는 소설에 대응되는 소설. 제재를 광범한 사회 현실에서 구하고 작자는 제3자적 입장에서 항상 작품의 뒤에 숨어 사건의 진실이나 인물의 심리적 움직임을 객관적으로 다루어 예술적 창작으로 구성하는 소설을 말한다. 작품을 쓰는 데 있어 일상적인 세태 따위만을 주제로 삼아 외부적 묘사만을 쓰는 것이 아니라, 인생의 보다 깊고 넓은 드라마를 심리적으로 다루는 소설의 총칭이기도 하다. 우리 문학사에서는 1930년대 후기 안회남安懷南이 〈본격소설론〉을 《조선일보》에, 임화林和가 〈세태소설론〉을 《동아일보》에 발표함으로써 본격소설론이 대두했다. 안회남은 신변에서 구한 소재라 할지라도 인간의 내부적 심리묘사에 주력하고 행동원리를 심리적으로 깊이 추구한 것이라면 본격소설에 들어갈 것이라고 했고, 임화는 〈세태소설론〉에서 김말봉金末峰의 〈밀림〉 〈찔레꽃〉 등을 가리켜 성격과 환경의 통일을 보여준 작품으로 신변소설의 영역을 극복한 것이라고 했다. 이상李箱의 〈날개〉 〈종생기〉, 허준許俊의 〈탁류〉 〈야한기夜寒記〉 〈습작실에서〉 등과 최명익崔明翊의 〈무성격자〉 등 일련의 작품도 신변적인 소재를 다룬 작품들이었다. 그런데 이 일련의 작품들은 당시까지 있었던 신변잡기류와는 다르게 인간의 내부적인 심리묘사에 주력하는 경향이 뚜렷하게 나타났다. 이처럼 일상적인 사소한 사건의 외부적 묘사에만 그치지 않고 주인공의 행동 원인을 심리적으로 추구해 인생의 드라마를 본격적으로 파고드는 것을 본격소설이라고 구별해 썼다. 이와 같이 당시의 안회남을 비롯한 신변작가들은 사소설私小說의 궁지窮地를 극복하기 위한 방향으로 본격소설을 논의했다.

봄 → 피천득皮千得

봄봄 → 김유정金裕貞

봄 오는 소리 → 어효선魚孝善

봄은 고양이로다 → 이장희李章熙

부엉이와 할아버지 → 박화목朴和穆

부음 訃音 → 김영팔金永八

부조리 不條理 '조리에 맞지 않음' '이치에 맞지 않음'의 뜻으로 실존주의實存主義의 중요한 개념이다. 부조리에는 두 가지의 측면이 있는데, 하나는 세계의 내부에 존재하는 부조리로 이것은 인간이 극복할 수 있는 것이며, 또 하나는 완전히 극복할 수 있는 아무런 보증이 없으면서도 부조리를 극복하려고 하는 데서 일어나는 고차원의 부조리이다. 이것은 단순한 염세감이나 감상과는 다르며, 혼란한 시대 속에서 존재를 증명하고 현대문명에 대한 반항을 통해서 적극적인 생활태도의 새로운 출발점을 마련하려는 것이다.

부초 浮草 → 한수산韓水山

북간도 北間島 → 안수길安壽吉

분녀 粉女 → 이효석李孝石

분례기 糞禮記 → 방영웅方榮雄

분지 糞地 → 남정현南廷賢

불꽃 → 선우휘鮮于煇

불놀이 → 주요한朱耀翰

불신시대 不信時代 → 박경리朴景利

불안문학 不安文學 1930년대 초기에 성행했던 정치·경제·사회적인 불안의식을 주로 반영시킨 문학. 1930년대 초 세계의 정세는 정치에서의 파쇼화 움직임, 경제에서의 공황의 여파, 문학에서의 위기의식 등이 가득차 있었기 때문에 우리 나라에서도 불안사조를 반영한 문학이 나타났다. 평론으로는 백철白鐵의 〈사조 중심으로 본 1933년도 문학계〉, 김기진金基鎭의 〈문예시평〉, 김오성金午星의 〈네오 휴머니즘론〉 등이 있고, 시에는 박세영朴世永의 〈자화상〉, 이흡李洽의 〈불안〉, 양운한楊雲閑의 〈구두〉, 소설로는 한흑구韓黑鷗의 〈암흑시대〉, 채만식蔡萬植의 〈레디메이드 인생〉〈인텔리와 빈대떡〉, 한설야韓雪野의 〈임금林檎〉 등이 있다. 불안문학에는 지식인의 취직난과 생활난을 나타낸 경향과 시대고민과 자기반성의 경향의 두 가지가 있다.

붉은 산 一山 → 김동인金東仁

붉은 쥐 → 김기진金基鎭

브나로드운동 Vnarod 運動 낙후한 농촌사회를 계몽하기 위한 운동. 1870년대 러시아에서 귀족 및 지주계급의 청년학도들이 주동이 되어 '브나로드(민중 속으로)'라는 표어를 내세우고 농민의 해방과 자각을 촉구함으로써 농민을 위한 사회개혁을 도모했다. 우리 나라에서 브나로드 운동이 시작된 것은 1930년대 초다. 프로문학파가 공장과 농촌에 대한 대중의 조직적 운동을 전개한 것과 때를 같이해서 민족주의파가 《동아일보》를 중심으로 브나로드운동을 개시했으며, 《동아일보》는 문자보급과 민족보건 등의 운동을 일으켰다. 그 결과 매년 여름방학이 되면 전국의 중학교 이상의 학생들이 농

▲브나로드운동에 참가할 학생을 모집하는 동아일보사의 광고(1932년).

촌을 찾아가 한글과 간단한 독서와 산수를 가르쳤다. 그러나 이 운동은 1935년 당시의 조선총독 우가키의 탄압으로 금지되었다. 문인으로서 브나로드운동의 대표적 인물은 당시 《동아일보》 편집장이었던 이광수李光洙이며, 대표적 작품에는 이광수의 〈흙〉, 심훈沈薰의 〈상록수〉, 이석훈李石薰의 〈황혼의 노래〉 등이 있다.

비교문학 比較文學 비교문학은 크게 세 가지 관점에서 정의할 수 있다. 첫째는 비교문학을 국문학사의 일부로 보는 경우로, 이때에는 한 국가의 문학이 다른 국가에 미친 영향이나 그 수수관계를 찾아 연구하는 학문을 뜻한다. 둘째는 비교문학을 독자적인 영역으로 다루는 경우로, 이때에는 문학을 세계적인 시야에서 바라보며, 일반문학 또는 세계문학이 지닌 보편성을 찾아내어 그 보편성에 입각해 각국의 문학적 특질들을 밝혀내는 학문을 뜻한다. 셋째는 비교문학의 영역을 문학 밖으로 넓히는 경우로, 이때에는 문학을 인접학문, 즉 예술 · 철학 · 역사 · 종교 · 사회학 · 과학 등과의 관계 속에서 다루는 학문을 뜻한다. 위의 정의들은 비교문학이 전개해 온 역사적인 변천과정과 병행해 그 영역과 깊이가 점점 심화 · 확대되고 있다. 우리 나라에서 비교문학 방법론이 논의되기 시작한 것은 1955년의 일이다. 김동욱金東旭의 〈새로운 문학연구의 지향〉과 이경선李慶善의 〈비교문학서설〉에서 비롯된 것이다. 전자는 우리 나라에서 비교문학에 대한 최초의 지상논의紙上論議라는 데에 의의가 있으며, 후자는 프랑스 비교문학의 방법론을 체계화해 도입했다는 데에 의의가 있다. 1957년에는 각 일간신문과 국제펜클럽 한국본부 비교문학연구회 및 국어국문학회에서 비교문학 방법론에 대해 광범위한 논의가 이루어졌으며, 1970년을 전후해서 한국비교문학회의 활동과는 별도로 비교문학에 관심 있는 신진들에 의해 개별적으로 연구논저들이 발표되기 시작했다. 비교문학 방법론이 도입된 지 그리 오래되지 않은 우리의 실정으로 볼 때, 현재까지 이루어 놓은 비교문학의 업적은 과소평가될 수 없는 것으로, 그것은 문학사에서 국문학연구 방법만으로 해결할 수 없는 분야를 비교문학이 담당해 새로운 해석과 평가를 가능하게 했기 때문이다. 그러나 한편으로는 서구 비교문학의 발전이 민족적인 우월감을 드러내고자 하는 동기에서 기인했던 것에 비해, 우리의 경우는 오히려 우리 문학의 독창성을 부인하고 한국문학을 외국문학의 이식으로 보게 하는 부정적 역할을 하지 않았나 우려되기도 한다. 그런데 이것 역시 비교문학 이론의 수용단계에서 빚어진 오류라고 할 수 있으며, 이 점은 세계문학적인 차원에서 반드시 극복될 수 있을 것이다.

비극 悲劇 인물 자신의 성격, 또는 환경과의 갈등으로 생기는 고뇌 상태를 표현해 사건 전체의 경과, 특히 결말에서 비장미를 나타내는 희곡. 비극의 불행한 결말은 약점을 가진 인간이 그 약점을 드러내지 않을 수 없는 상황에서 오는 결과이며, 이 경우 관객은 그러한 비극적 딜레마가 모든 경우의 인간 생활에 일어날 가능성이 있다는 것과 그 결과는 인간의 힘이 미치지 못하는 어떤 힘에 의해 결정된다는 사실을 인정하게 된다. 이 점에서 관객은 비극적 주인공에 대해 애련과 공포의 느낌을 가지고 동화되며, 이것이 비극의 효과인 카타르시스이다. 비극의 등장인물은 영웅, 왕후, 귀족이거나, 군주, 지도자, 명문벌족이거나, 정신적 특이성의 소유자 등이다. 또 주인공이 미천하고, 익살이 있으며 행복으로 끝나는 희극과 대립되며, 좁은 뜻의 드라마가 갈등과 고뇌를 그리면서도 화해적 결말을 가지는 점에서 드라마와도 구별된다. 〈오이디푸스왕〉과 같이 운명이 주인공을 파멸로 이끄는 것을 운명비극, 셰익스피어의 〈리어왕〉과 같이 주인공의 비극적 생애가 개인의 약점에 있는 경우를 성격약점비극, 골즈워디의 〈정의〉와 같이 주인공의 환경을 만들어내는 힘이 비극의 원인이 되는 것을 환경비극이라 한다.

비 碑 → 박두진朴斗鎭

B사감과 러브레터 —舍監— → 현진건玄鎭健

비 오는 날 → 손창섭孫昌涉

비유 比喩 광의의 비유는 문채文彩, 수사修辭와 같은 뜻, 즉 독자의 관심과 흥미를 끌고 문장에 변화와 정채精彩를 더하기 위한 수사형식 일반을 가르킨다. 좁은 뜻으로는 구상적·회화적 비유표현, 특히 메타포와 같은 뜻으로 쓰인다. 좁은 뜻의 비유는 어떤 사물이나 의미를 다른 사물이나 의미에 유추해 표현하는 직유直喩, 메타포, 의인법擬人法, 제유提喩, 환유換喩, 풍유諷諭, 중의법重義法 등을 포함한다. 여기에 상징象徵까지 추가하는 이도 있다. 비유를 넓은 뜻으로 해석하면 단지 문채·수사의 뜻과 같으므로, 위에 말한 비유적 표현을 비롯해 두성법頭聲法, 점강漸降, 점층漸層, 대조對照, 돈절頓絶, 돈호頓呼, 급락急落, 교착배열交錯配列, 완곡어법婉曲語法, 이사일의二詞一義, 과장誇張, 전후도치前後倒置, 풍시諷示, 도치倒置, 반어反語, 완서緩叙, 성유聲喩, 당착어법撞着語法, 역설逆說, 괘사掛詞, 용언법冗言法, 예변법豫辨法, 겸용법兼用法, 유어반복類語反復, 액어법軛語法 등을 다 포함한다. 좁은 뜻의 비유는 어떤 사물이나 의미를 다른 사물이나 의미에 유추해 표현하는 형식이므로, 그것을 가능하게 하는 근거와 그 구조를 밝힐 필요가 있다. 비유가 가능한 것은 언어가 사물에 부착되어 있지 않고 사물에서 떨어져서 부단히 움직이고 있다는 점, 즉 언어의 가동성 때문이라 하겠다.

빈처 貧妻 → 현진건玄鎭健

빛의 갑옷 → 한수산韓水山

빼앗긴 들에도 봄은 오는가 → 이상화李相和

뽕 → 나도향羅稻香

人

사냥개 → 박영희朴英熙

사람의 아들 → 이문열李文烈

사랑 손님과 어머니 → 주요섭朱耀燮

사물의 꿈 事物― → 정현종鄭玄宗

사반의 십자가 ―十字架 → 김동리金東里

사상계 思想界 1953년 4월 장준하張俊河의 주재로 창간된 종합교양지. 당초 6·25동란 때 피난지 부산에서 당시 문교부 장관이던 백낙준白樂濬을 원장으로 한 한국민사상지도원에서 창간한《사상》지를 인수한 것으로 출발해, 당시 6·25의 와중에서 국민사상의 통일, 자유민주주의의 확립 및 반공정신앙양 등 전시하에 있는 지식인층의 사상운동을 주도하는 사상지로 창간되어 통권 4호를 낸 뒤, 이 잡지의 편집에 참여했던 장준하가 1953년 4월에 단독 인수해《사상계》라는 제호로 시판함으로써 본격적인 종합교양지로 출발하게 되었다. 이는 발간과 동시에 매진되고 전후戰後의 사상적 지향으로서 1950년대 지식인층 및 학생층간에 폭발적인 인기를 모았다. 편집의 기본방침은 민족통일문제, 민주사상의 함양, 경제발전, 새로운 문화창조, 민족적 자존심의 양성 등으로 요약된다. 또한 문예면에 큰 비중을 두어 문예지가 적었던 당시 상황에서 문인들의 활동무대를 크게 넓혀 주었다. 특히 신인문학상과 동인문학상을 제정해 역량 있는 신인들을 발굴하는 한편, 작가의 창작의욕을 고무·격려했다. 특히 제3공화국 때 저항적·정치비판적 민족주의 논조에 비중을 둔 정치평론이 빈번해짐에 따라 정치탄압의 수난을 당하게 되고, 발행인 장준하가 정계에 진출함에 따라 1968년 발행권을 부완혁에게 넘기게 되었다. 그 뒤 계속되는 경영난에다 1970년 5월에 김지하金芝河의 〈오적시五賊詩〉를 게재한 것이 문제되어 당국의 폐간처분을 받아 문을 닫았다. 당시로서는 최장수의 지령을 기록했고, 학계·문화계에 많은 문필가를 배출한 공적을 남겼는데, 1950~1960년대의 계몽적 민주주의와 자유민주주의에 기초를 둔 이념지향적인 면에서 한국잡지사에 높이 평가되고 있다.

▲사상계 창간호. 1953년 4월.

사설시조 辭說時調 시조형식의 하나. 조선 영·정조 이후 실학사상에 이어 서민문학이 일어났을 때 주로 중인·부녀자·기생·상인 등의 서민층과 몰락한 양반들이 부른 장형시조이다. 형식은 초장·종장이 짧고, 중장이 대중없이 길며, 종장의 첫 구만이 겨우 시조의 형태를 지니고 있는 것과, 3장 중에서 2장이 여느 시조보다 긴 것이 있다. 음악상 창법에 따라 길어진 장에서는 연장법延長法을 써가며 반음정半音程등을 넣어 변화 있게 부른다. 내용에 있어서는 충성을 노래하던 양반 · 귀족처럼 관념적이고 고답적인 것이 아니라 주변생활이 중심이 된 재담 · 욕설 · 애욕 등을 기탄없이 묘사 · 풍자하고, 형식 또한 민요 · 가사 · 대화 등이 섞여 통일성이 없게 변했다.

사슴의 노래 →노천명盧天命

사실주의 寫實主義 realism 사실주의는 19세기 전반까지의 낭만주의에 반대해 사실을 있는 그대로 충실히 묘사하는 것을 방침으로 하는 현실주의 문학사조의 하나이다. 사실주의의 특색은 먼저 현실을 과장하거나 로마네스크한 공상이 없이 객관적으로 파악하고 표현하는 데 있다. 그리고 사물을 유형이 아니라 개성적 특성으로 묘출하며, 그 대상을 그것의 형성원리에 입각해 미화하지 않고, 추악한 것일지라도 있는 그대로의 특성적인 것을 존중한다. 따라서 제재는 저절로 광범위해지며, 실재의 인물을 배치한 사실, 특히 작가와 동시대의 사실을 서술하는 일이 많으며, 허구일지라도 기록인 것과 같은 형식을 취한다. 이러한 경향은 시보다는 산문의 소설에 더욱 적합하며 사실주의 시대는 일찍이 볼 수 없었던 소설의 황금시대를 이루었던 것이다. 다시 말해 사실주의 운동은 낭만주의에 대한 반동 사조이며, 문학의 기술적 진보였다고도 볼 수 있다. 사실주의는 객관적 관점에 자연과학적 방법을 도입해 자연주의로 발전했고, 또 한편 외면적 사실묘사에서 내면적 · 심리적 묘사에로 발전 · 심화해 이른바 '의식의 흐름'을 추구하는 심리적 사실주의의 한 사조를 발생하게 한 계기가 되었다. 이러한 두 갈래의 발전은 이미 사실주의 작가들의 작품 속에서 그 요소를 발견할 수 있으므로, 이 점에서도 사실주의의 역사적 가치는 지대하다 하겠다. 한국에 있어서 사실주의의 근원은 고전문학에서 찾아볼 수 있다. 즉, 이조 영 · 정조 시대의 실학파와 박지원朴趾源의 〈호질虎叱〉〈양반전兩班傳〉 등에서 풍자적 사실주의 경향을 볼 수 있거니와, 그것의 본격적인 개화는 갑오경장 이후 신소설, 이광수李光洙와 최남선崔南善의 계몽문학을 거쳐 유럽 사실주의와 자연주의 문학의 일본을 통한 접촉에서부터라고 할 수 있다. 1919년 전후에 백대진白大鎭의 자연주의에 관한 논의가 있었고, 1919년에 창간된 《창조》에 발표한 김동인金東仁의 〈약한 자의 슬픔〉, 전영택田榮澤의 〈천치天痴? 백치白痴?〉 등에서 사실적 경향이 싹텄다. 또 이들 자신이 '리얼리즘'이라는 용어를 썼다. 특히 일본의 자연주의 문학의 영향 및 3 · 1운동 실패 후의 암담한 시대적 환경은 사실주의 문학을 산출한 조건이 되기도 했다. 사실주의에 자연과학의 기법과 태도를 도입한 것이 자연주의라면, 그런 태도를 염상섭廉想涉의 〈표본실의 청개구리〉에서 볼 수 있다. 그뒤 1925년부터는 카프 전후의 경향파 및 사회주의 계열, 박태원朴泰遠의 〈천변풍경〉, 이상李箱의 심리적 리얼리즘 소설, 6 · 25동란 후의 황순원黃順元의 〈나무들 비탈에 서다〉, 최인훈崔仁勳의 〈광장〉, 하근찬河謹燦의 〈수난이대〉, 그리고 1980년대 와서 조세희趙世熙의 〈난장이가 쏘아올린 작은 공〉으로 이어진다. 특히, 조세희의 소설은 1970년대 이후 급격한 산업화의 변화와 충격 속에서 사회의 구조적 모순과 부조리를 예리하게 파헤친 점에서 사실주의의 새로운 사회적 국면을 제시한 것으로 평가받는다.

사하촌 寺下村 →김정한金廷漢

사회주의 리얼리즘 社會主義— 사회주의와 리얼리즘의 복합어. 1934년 이후 소련의 문예창작 방법으로 정해진 것으로 현재까지도 적용되고 있다. 그 특징은 현실에 충실한 역사적 · 구체적 묘사를 할 것, 현실을 그 혁명적 발전에 있어서 표현할 것, 현실의 충실과 역사적 구체성을 가지는 예술 표현과, 사회주의 정신에 있어서의 이데올로기의 혁신과 근로자의 사상적 개조라는 과제가 일치할 것 등이다. 이러한 사회주의 리얼리즘은 라프RAPF의 유물 변증법적 창작 방법에 대한 비판에서 제기된 것이다. 즉, 유물 변증법적 창작 방법은 예술 창작 방법의 특수적인 과정을 단순화하고 도식화한 오류, 즉 현실을 심각하고 정당하게 묘사하려는 방법을 작가와 현실과의 실천적인 상호 관계의 과정을 통해서 규정하려 하지 않고 오히려 이를 도식화한 점, 또 라프의 섹트적인 조직론의 부당성 등을 비판하면서 제기된 것이다. 물론 소련 문학의 발전적 계기를 보여주었다는 점은 인정되나, 예술방법론으로서의 철저한 검증의 결피, 예술 본질론에 대한 탐구의 결여 등으로 스탈린주의의 확립과 더불어 이를 반대하는 것은 '형식주의'라는 낙인을 찍어 숙청을 했기 때문에 예술론으로서의 충분한 결실을 맺지 못했다. 스탈린의 사후, 사회주의 리얼리즘에 대한 비판이 일어났다. 한국에 사회주의 리얼리즘이 도입된 것은 1933년부터였다. 1933년 안막安漠의 〈창작방법문제의 재토의再討議를 위하여〉에서 본격적으로 발단되었다. 이어 김남천金南天 · 한효韓曉 · 안함광安含光 · 김두용金斗鎔 등을 거쳐 1936년 《조선문학》에까지 연장되었으나 이미 카프가 해산된 후여서인지 별다른 성과를 거두지 못하고 말았다. 사회주의 리얼리즘에 대한 주요 논문으로는 백철白鐵의 〈문예시평文藝時評〉, 안막의 〈창작방법문제의 재토의를 위하여〉, 김남천의 〈창작방법에 있어서의 전환의 문제〉, 안함광의 〈창작방법문제〉, 한효의〈창작방법의 논의〉, 김두용의 〈창작방법문제에 대해 재론함〉, 한식韓植의 〈사회주의 리얼리즘의 재인식〉 등이 있다.

산 山 → 이효석李孝石

산도화 山桃花 → 박목월朴木月

산돼지 山— → 김우진金祐鎭

산문 散文 일상생활의 사고나 대화에서 사용하는 것으로, 리듬에 제약을 받지 않은 자유로운 문장. 일기 · 서간 등의 문장으로서 광범위하게 사용되는 중요한 문체이다. 근대에 와서 소설의 발달과 분석의식의 향상에 따라 운문보다 우월성을 나타내었고, 그와 동시에 산문이 지니는 주지적 스타일과 사상성에 의해 근대소설의 발달이 가능했던 것이다. 지금에 와서는 '산문의 리듬'이라는 문제가 자주 논의되고 있다.

산문시 散文詩 산문형식으로 씌어진 시. 시의 본질은 원래 시정신의 리듬을 표현하는 데 있는 것이지만 근대정신이 복잡해짐에 따라 정형시定型試나 압운법押韻法으로써 충분히 나타내지 못하는 경우가 있으므로 극도로 긴장된 산문 속에서 그 표현을 시도하게 되었다. 일정한 형태가 없고 행行이 독립되어 있지 않기 때문에 운율이나 리듬감이 없는 단문처럼 보이지만 거기에는 시정신이 깃들어 있어서 시적 정감을 주는 점에서 보통 산문과 구별된다.

산불 山— → 차범석車凡錫

산수도 山水圖 → 신동집申瞳集

산의 서곡 山—序曲 → 신석정辛夕汀

산호림 珊瑚林 → 노천명盧天命

살아 있는 이중생각 하 —李重生閣下 → 오영진吳泳鎭

삼대 三代 → 염상섭廉想涉

삼일치법칙 三一致法則 아리스토텔레스의 〈시학詩學〉에서 비롯된 말로 후에 희곡 구성상의 법칙으로 규정되었다. '행위의 일치, 시간의 일치, 장소의 일치'를 의미한다. '행위의 일치'란 인물의 행동에 의해 일어나는 사건은 작자의 의도나 주제에 일치되고, 다른 모든 인물의 행동도 여기에서 벗어나서는 안 된다는 것이요, '시간의 일치'란 한 편의 연극에 있어서의 사건의 시종始終은 24시간 이내라야 한다는 것이며, '장소의 일치'란 한 편의 연극은 한 장소에 한정되어야 한다는 것이다. 삼일치의 법칙은 프랑스의 17세기 고전파 극작가들에 의해 고찰되었으나, 아리스토텔레스가 이것을 주장한 바는 없다. 독일에서는 고트셰트가 이를 주장했으나, 레싱은 그 오류를 지적했고, 셰익스피어에 의해 시간과 장소의 일치는 파괴되었으며, 위고도 이 법칙을 무시했다. 그러나 입센은 희곡을 입체적인 인생도가 되게 하기 위해 이 법칙을 소생시켰다. 고전극의 법칙이긴 하지만 이 법칙의 정신을 완전히 무시할 수는 없으며, '시간'과 '장소'의 법칙은 무시해도 '행위'의 법칙은 절대로 무시할 수 없다.

삼천리문학 三千里文學 1938년 1월에 창간된 순문학지. 발행 겸 편집인이 김동환金東煥이다. 통권 2호로 종간되었다. 김동환이 주재하는 삼천리사에서 종합지 《삼천리三千里》가 간행되고 있었는데 그것과 자매지 형식으로 문학 전문지를 발간하려는 의도에서 창간되었다. 비록 2호로 종간되고 말았으나 문학사에 남긴 발자취는 매우 큰 편이다. 집필진이 당대 중견작가들로 문학장르 여러 분야에 걸쳐 많은 양의 작품들이 수록되어 있는 점, 30여 문인들의 자서전이 문학사에 귀중한 자료가 되었다는 점 등을 특징으로 들 수 있다. 김억金億, 이광수李光洙, 김동환, 김동인金東仁, 모윤숙毛允淑, 노천명盧天命, 이효석李孝石, 김광섭金珖燮, 박종화朴鍾和, 이병기李秉岐, 김소월金素月, 이무영李無影 등이 작품을 발표했다. 당시 문단이 외래문예사조에 휩쓸려 민족전통이 흐려졌음을 개탄, 토착적인 민족문학의 전통확립을 표방했다.

▲삼천리문학 창간호. 1938년 1월..

삼포 가는 길 森浦― → 황석영黃晳暎

상록수 常綠樹 → 심훈沈薰

상징 象徵 사물을 전달하는 매개적 작용을 하는 것을 총칭해 나타내는 말. 흔히 심볼symbol이라고도 한다. 어떤 것이 그 성질을 직접 나타내는 기호와는 달리, 상징은 그것을 매개로 다른 것을 알게 하는 작용을 가진 것으로서, 인간에게만 부여된 고도의 정신작용의 하나라고 할 수 있다. 상징은 대개 어떤 사물을 이해시키는 작용을 하거나, 사상이나 욕구를 가리키며, 심볼을 받아들인 연후에 일정한 효과를 불러일으키는 등의 기능을 수행한다. 문학상에서의 상징은 두 가지로 나눌 수가 있는데, 즉 보편적인 의미를 상징하고 있는 것(예 : 태양-영겁, 항해-인생)과 작자가 특별히 설정, 상징을 부여한 것(예 : 멜빌의 흰 고래-악마, 헤밍웨이의 비-죽음) 등이 있다. 상징은 구체적인 것, 추상적인 것, 정서적인 것, 기호와 같은 것 등 여러 가지 형태로 암시되기 때문에 일목요연하게 파악한다는 것은 어렵다.

상징주의 象徵主義 심볼리즘symbolism의 번역어. 예술상의 표현 방법으로서 상징을 사용해 사물·정서·사상 등을 암시적으로 표현하려고 하는 태도와 경향. 상징주의는 특정 시대의 문예사조와 관계없이 상징이 사용되어 있는 문학작품의 특성을 의미할 수도 있고, 시대 사조로서, 특히 19세기 말엽 프랑스를 중심으로 유물론·자연주의 및 고답파에 대한 반동으로 설명하기 어려운 상징을 사용해 개인의 사상과 감정을 환기하거나, 보편적이며 초월적인 이념 세계를 암시하려고 하는 문학 운동을 의미하기도 한다. 상징주의는 《태서문예신보》를 통해서 김억金億, 백대진白大鎭에 의해서 처음으로 이론이 소개되었고, 또 프랑스 상징파의 작품이 번역되었으며, 이어 《백조》를 통해서 일본의 상징파 시인들의 작품이 번역·소개되었다. 한국의 상징주의는 1910년대 주요한朱耀翰의 〈불놀이〉를 비롯해 1920년대 김억金億과 황석우黃錫禹에 의해서 최초로 시도되었다고 할 수 있다. 주요한은 자유시가 곧 상징주의 시라는 측면에서만 상징주의를 이해했고, 베를레느의 영향을 받은 김억의 경우, 상징주의가 갖는 내면의식의 섬세한 음영이나 외부 세계와 자아와의 교감이라는 상징주의가 갖는 본질적 측면을 간과하고, 기분의 시학, 또는 분위기의 면에서만 파악했다는 점에서 일단 한국의 상징주의는 오류와 한계를 갖는다. 내면의식의 표출에 실패하는 1920년대 초의 상징주의 시는 1920년대 후반 한용운韓龍雲의 시집 《님의 침묵》에 이르러 개성적이고 독특한 한국적 상징주의 시를 낳는다. 감각과 사상의 결합을 통한 음악적 조화의 세계 추구라는 점에서 그는 상징주의 시를 구현, 우리 나라 상징주의 시의 선구적 역할을 했다. 1950년대 말에서 1960년대 말까지 이러한 상징주의 시학은 김춘수金春洙의 존재론적 순수시, 전봉건全鳳健의 언어의 미술적 암시성, 《현대시》 동인들의 내면 의식의 추구라는 형태로 변모·수용된다. 상징주의 시가 노리는 시어의 음악성, 연상적 미의 강조, A.랭보 식의 언어의 연금술을 토착화한 것으로 1960년대에 이르러 한용운의 시가 극복할 수 없었던 주제의 개인주의, 개성적인 정서와 미적 체험의 형상화를 보게 되는 것이다. 관념이나 정서의 직접적 서술을 거부한다는 점과 내면 의식의 추구가 상대적으로 야기하는 난해성의 문제 역시 우리 나라의 상징주의 시가 띠는 측면인데, 이는 후기 낭만주의 시 경향에 속하며 언어파·예술파·순수파라는 용어로 환치된 사실도 특이하다고 하겠다.

새 → 천상병千祥炳

생명 生命 → 김말봉金末峰

서간체소설 書簡體小說 18세기 영국인 새뮤얼 리처드슨의 〈패밀러〉(1740)로부터 본격적으로 시작된 소설양식의 하나. 그 이전에 이미 사람들 사이에 오고 가는 편지의 형식을 빌려 교훈·여행담·세상소문 등을 이야기하는 관습이 있었으나, 리처드슨이 처음 구체적인 인물과 사건을 설정하고 그 인물의 마음의 변화와 동기, 사건에 대한 직접적인 반응을 세밀하게 보이도록 했다. 그후 여러 변형이 생겼는데 사건 발생시에 주인공이 써서 보내는 일련의 편지들로 된 것, 주인공뿐 아니라 여러 인물들이 서로 주고 받는 편지들로 된 것, 한 편의 긴 편지 속에 전체 이야기를 다 담는 형식으로 된 것, 여러 인물의 편지들로 되어 있되 그에 대한 대답들은 중복을 피한다는 이유로 생략된 것, 주인공의 사연을 잘 아는 제삼자가 제삼자에게 보내는 편지 속에 이야기가 전개되는 것 등이다. 주인공의 일기의 형식으로 된 소설은 확실히 서간체소설의 변형이며, 우연히 발견한 수기의 형식으로 된 수기체 소설도 마찬가지이다. 서간체소설은 처음에는 사건의 현장을 직접 목도하는 듯한 사실감과 인물의 심중을 그대로 들여다보는 듯한 친밀감 때문에 호감을 사서 유행했으나, 사건을 바라볼 수 있는 시야가 좁고, 저자의 논평이 들어갈 자리가 없다는 부자유 때문에 충분한 소설적 효과를 낼 수 없다고 배격되기도 했다. 그러나 현대에도 중요한 대목에 서간을 삽입해 사건 또는 심경을 알리는 방법은 많이 사용되고 있다.

서기원 徐基源 1930~ 소설가 · 언론인. 서울 출생. 서울대 상대 중퇴(1953). 1956년《현대문학》에 단편〈안락사론安樂死論〉〈암사지도暗射地圖〉가 추천되어 등단했다. 이후〈딸과 이야기〉〈달빛과 기아〉등을 발표, 계속해〈오늘과 내일〉〈잉태기〉등으로 문단의 각광을 받고 1960년 현대문학신인상을 수상했다. 문단에 데뷔한 이후, 줄곧 문제작을 연속 발표해 온 그는 한편으로 언론 분야에서 활동하면서 계속 문학과 사회, 경제적 측면에서 인간성의 옹호라는 확고한 이념을 다져나갔다. 서울신문사장, 문예진흥원장, KBS사장, 방송협회장 등을 역임하기도 한 그는 장편소설〈전야제〉〈혁명〉을 발표해 중진작가로서의 위치를 굳혔다. 초기의 작품 세계는 전쟁의 상황 속에 행동하는 젊은 인간상의 고민과 허탈, 그리고 자아 탐구의 문제를 과거와 다른 윤리관, 애정관 등의 가치관에서 사실적인 기법으로 제시했다. 그때의 단편〈소단원〉〈사육飼育〉〈재벌財閥〉등에서 자본주의 사회의 내부 모순과 한국적 전후의 사회적 내면상을 그리고 있으며, 소시민적 샐러리맨의 생활 및 졸지에 갑부가 된 정치인 군상들의 사회악과 수구적 인물을 등장시켜 예리하게 현실적 인간의 모순을 파헤치고 사회정의의 각성을 보여주었다. 후기에는 장편소설〈김옥균〉〈조선백자 마리아상〉〈조광조〉〈광화문〉등 역사적 소재로 역사소설을 썼으며, 단편 연작소설〈마록열전馬鹿列傳〉에서도 역사적으로 인물을 가탁 우의화해 현대의 사회적 모순을 지탄했다. 특히 장편〈조선백자 마리아상〉은 이조말 다산茶山 정약용丁若鏞을 중심으로 당시 카톨릭의 포교 과정을 밀도 있는 문장으로 그린 작품이다. 이상에서와 같이 그의 작품 세계는 전쟁에서 취재한 것, 사회현실의 경제적 · 정치적 · 소시민적인 소재와 역사적 소재를 다룬 세 가지 면으로 볼 수 있으며, 현실의식과 그 실천적 의지를 보여주는 리얼리즘 문학을 지향하고 있다. 작품집으로《마록열전》《여자의 다리》등을 발간했으며, 1961년 동인문학상, 1975년 한국문학상, 1996년 은관문화훈장 등을 수상했다.

〈암사지도 暗射地圖〉 서기원의 단편소설. 1956년《현대문학》에 발표되었다. 이 작품은 전쟁이라는 충격적 재변이 야기시킨 내적 파탄, 기성질서의 붕괴를 묘사하고 있다. 형남 · 윤주 · 상덕 세 사람이 묘한 삼각관계를 이루며 괴상한 생활을 해나가는 그 자체는 전후의 혼란과 현실상황을 상징적으로 보여주는 것이라고 할 수 있다. 다시 말해 전쟁으로 인해 모든 기존의 가치체계가 무너져버렸음을, 그리고 이로 말미암아 전후 세대들은 모든 것을 새로 시작해야 함을 보여주고 있는 것이다. 그러나 사건 전개에 있어서, 이들 중심인물들의 만남을 우연성에 의존해 이끌어갔다는 것은 적지 않은 결함일 수 있다. 예컨대 형남은 제대 후 상덕을 길거리에서 만나며, 상덕은 윤주와 극장 앞에서 우연히 만나는 것으로 설정되어 있다. 이와 같은 우연의 남발은 소설내적인 구성의 치밀성을 떨어뜨릴 위험성을 내포한다. 우연에도 우연을 뒷받침할 수 있는 필연이 내재해야 하며, 이것이 바로 개연성인 것이다. 이러한 의미에서 가능한 한 우연의 연속을 억제했더라면 보다 뛰어난 미학적 완결을 거둘 수 있었으리라는 아쉬움을 남게 하는 작품이다.

〈이 성숙한 밤의 포옹〉 서기원의 단편소설. 1960년 《사상계》에 발표되었고, 1961년 동인문학상 후보상을 수상했다. 주인공인 '나'는 병상에 누워 있는 애인 상희를 만나기 위해 탈영하지만, 전장에서의 비인간적인 체험으로 심리적 갈등을 일으키고, 무기력한 채 숨어 살다가 결국 자살을 시도하나, 자살조차 무의미하다는 사실을 깨닫고 다시 상희를 찾아간다. 이 소설은 전쟁 때문에 피해를 입은 젊은이들의 윤리적 방황과 좌절, 애정 부재의 전후파적인 고뇌가 주제로 되어 있다. 주인공인 '나'는 "나에겐 상희에게 가는 출발만이 중요했지만 다시 돌아올 보증과 의무 따위는 거추장스러운 사치"에 지나지 않는 것으로 여기며 탈영하는 것이다. '나'는 상희로 일컬어지는 가치 추구의 세계를 눈앞에 두고도, 전쟁터에서 어떤 여자를 강간한 사실에 있어 전장의 비인간적인 체험 때문에 자신의 내부에 심한 갈등을 일으키게 된다. 강간과 살인은 인간성 부재의 전장에서는 용인되지만, 자신이 추구하는 가치 앞에서는 용인될 수 없는 것이다. 서기원의 아프레게르적인(전후파적인) 모럴 추구의 대표적인 면모를 보여주는 이 작품은 전후 세대의 다른 작가들이 그랬듯이 6·25라는 역사가 부여한 극한 상황이 전제로 되어, 선택 가능성이 배제된 자리에서의 한 실험을 착실하게 보여주고 있다. 즉, 무지향성과 니힐리티와 그리고 절망감 등으로 요약되는 전후 아프레게르의 문학은 한국 동란 이후 서기원의 문학에서 본격화되었고, 그의 일련의 작품들 중에서도 〈이 성숙한 밤의 포옹〉에서 그 정점을 보여주고 있는 것이다.

서민문학 庶民文學 서민생활과 서민의식을 소재로 한 문학. 조선 후기에 유행된 문학으로 궁정문학·귀족문학의 반대개념으로 쓰인다. 실사구시를 주장하는 실학파의 영향을 받고 임진왜란·병자호란을 통해 귀족 지배계급의 무기력과 허구성이 드러나자 민족적 자각이 서민층에 싹트기 시작하면서부터 서민 자신의 문학을 구하게 되었다. 〈홍길동전〉을 필두로 한 후기의 구소설과 가사, 시조의 변천 발달, 잡가의 발생, 창가의 유행 등 거의 모든 분야에 이 서민문학의 전통은 이어졌으며 갑오경장 후에 특히 발달했다.

서벌 徐伐 1939~ 시조시인. 본명 봉섭鳳燮. 경남 고성 출생. 1964년 《시조문학》에 〈연가戀歌〉 〈관등사觀燈詞〉 〈가을은〉 등이 추천되어 등단했다. 이듬해 공보부 신인예술상에 〈낚시 심서心書〉가 수석 당선되었다. 1972년 한국시조작가협회 총무에 이어 이사 등을 역임했다. 초기부터 문제작을 들고 나와 문단의 주목을 받았으며, 비유가 확고하고 뚜렷해 실험 시조의 한 영역을 구축했다. 외적인 아픈 현실과 내적인 생존의식을 강렬하게 묘사해 승화된 시세계를 보여주었다. 특히 1970년대에 비평가들의 관심을 끈 〈서울〉 〈어떤 경영經營〉 〈임의 눈빛〉 〈솔새〉 〈적寂〉 등 대표작에서 시도한 방향은 초기의 서정성을 기조로 한 소시민의 애환이 애환으로 그치지 않고 보다 차원 높은 공동의 문제로 나타나고 있다. 시집에 《하늘색 일요일》 《각목집角木集》 등이 있으며, 《율律》 《시법詩法》 동인이다. 1992년 제11회 중앙시조대상을 수상했다.

서사시 敍事詩 서정시 · 극시와 함께 시의 3대부류의 하나. 광의로는 어떤 객관적 사건을 서술적 형식에 의해서 시적으로 표현한 것을 말하며 협의로는 시형이 서술적으로 된 시편을 의미하기도 한다. 그 중에서 특히 영웅적 사적을 서술한 장시를 가리키는 경우가 많은데 따로 영웅시라고도 한다. 서사시는 성립 과정에 따라 원시 서사시와 예술적 서사시로 나누기도 하며, 객관적 묘사를 하는 시의 총칭으로 사용되는 경우도 있다. 유사 이래 최초라고 할 수 있는 전형적인 서사시로는 기원적 800년경 그리스의 시인 호메로스의 〈일리아스〉와 〈오딧세이〉를 들 수 있으며, 우리 나라의 서사시로는 이규보李奎報의 〈동명왕편〉을 가장 오래된 것으로 꼽을 수 있다.

서시 序詩 → 윤동주尹東柱

서연호 徐淵昊 1941～ 평론가. 강원도 고성 출생. 고려대 국문과 및 동 대학원 졸업. 서울시립대 교수를 거쳐, 현재 고려대 국문학과 교수로 재직하고 있으며 일본 천리대 외국인 교수를 역임하기도 했다. 연극평론 〈정치극의 위상과 전망〉으로 1989년에 서울문화예술평론상을 수상했으며, 1992년에는 《한국의 탈놀이》(전5권)로 한국일보사 제정 한국출판문화상 저작상을 수상하기도 했다. 주요 저서로는 《한국연극론》 《한국근대희곡사연구》 《산대탈놀이》 《황해도탈놀이》 《동시대적 삶과 연극》 《야유, 오광대탈놀이》 《한국근대희곡사》 등이 있다. 번역서로 《세계의 연극》이 있으며, 그외 다수의 공저 및 편저가 있다. 그는 1982년 실증주의적 연구 관점에 기반을 둔 한국 최초의 근대희곡사 연구서를 저술했다. 그의 연구 업적이 더욱 빛나는 지점은 전통극과 근대극에 대한 균형 잡힌 관심과 시각, 그리고 꾸준한 연구 성과물들의 축적에서 비롯된다. 한국의 고대 및 근세 연극, 판소리, 창극 등 전통극 양식과 신파극, 근현대극 등을 망라하는 그의 폭넓은 연구 분야는 왕성한 현지 답사와 자료 수집에서 그 힘을 얻고 있다. 그는 1970년대 초반부터 비평활동을 시작해 연극 현장 예술에도 깊은 관심을 보이고 있으며, 두 권의 평론집을 출간한 바 있다.

서영수 徐英洙 1939～ 시인. 호 동전東田. 경북 경주 출생. 중앙대 문예창작과 졸업. 1959년 《영남일보》, 1964년 《세계일보》 신춘문예에 시가 당선되고, 1972년 《현대시학》에 〈엇저녁 달빛〉 외 4편으로 추천되어 등단했다. 고교시절부터 각 지면에 작품을 발표해 제2회 학원문학상 등을 수상하기도 했던 그는 《시예》 《동해 남부시》 동인으로 활약하며 시 〈낮달〉 외 300여 편을 문예지, 신문 등에 발표했다. 경북문인협회 회장, 국제펜클럽 이사, 현대시인협회 이사 등을 역임했다. 시집으로 《별과 야학》 《낮달》 《동전시초東田詩抄》 《선도산일기仙桃山日記》 《엇저녁 달빛》 등이 있다. 그는 향토성 짙은 서정으로 자기 존재의 확인을 통해 신라정신을 찾고 그것을 개성적인 음성으로 진솔한 시의 일가를 이룬 시인으로 평가되고 있다. 50

여 년간 고집스럽게 고향을 지키며 민족의 얼을 캐고 시류에 흔들리지 않은 겨레의 고향 경주의 수문장이라 흔히 평한다. 습작기 김동리 · 박목월 · 유치환 · 서정주의 사사를 받으면서 기교보다도 정신을 앞세워 자아성찰의 바탕 위에 경주의 유적과 흙의 냄새를 민족적 정서로 융화시켜 현대시로 형상화해 온 전통시인이라 평가받고 있다. 1986년 경북문화상, 1988년 금오대상, 1991년 금복예술상 및 한국예술문화공로상, 1992년 경주시문화상 등을 수상했다.

서영은 徐永恩 1943~ 소설가. 본명 보영保永. 강원도 강릉 출생. 건국대 영문과 중퇴. 1968년 《사상계》 신인상 공모에 단편 〈교橋〉가 입선, 이듬해 《월간문학》에 〈나와 '나'〉가 당선되어 등단했다. 한국문학사에 기자로 근무했으며, 《문학사상》의 편집장을 역임한 바 있다. 주요 작품으로 단편 〈당신은 잠이 잘 옵니까〉 〈타인〉 〈유리의 방〉 〈먼 그대〉, 중편 〈살과 뼈의 축제〉 〈뿔 그리고 방패〉 등이 있으며, 작품집 《사막을 건너는 법》 《살과 뼈의 축제》 《술래야 술래야》 《황금깃털》 등을 출간했다. 1997년에는 각각 〈사막을 건너는 법〉 〈타인의 우물〉 〈시인과 촌장〉 〈먼 그대〉 〈꿈길에서 꿈길로〉 등의 제목이 붙은 《서영은중 · 단편전집》(전5권)이 간행되었다. 그는 단편 중심의 창작 활동을 한 과작의 작가이다. 그가 구축한 독특한 세계는 70~80년대 소설세계 속에서 개성적이고 이채로운 공간으로 자리하고 있다. 초기 소설에서 서영은이 추구했던 문제는 일상적 자아가 당면할 수밖에 없는 모습에 대한 환멸과 그로부터 비롯되는 삶에 대한 허무의식을 어떻게 극복해 나갈 수 있는지에 대한 것이었다. 이러한 초기의 경향을 집약하고 있는 소설이 단편 〈사막을 건너는 법〉이며, 이와 같은 문제의식은 이후의 〈살과 뼈의 축제〉나 〈관사사람들〉 〈술래야 술래야〉 같은 중 · 장편을 통해 더욱 확장되어 왔다. 1983년 이상문학상을 수상했다.

〈먼 그대〉 서영은의 단편소설. 1983년 《한국문학》 5월호에 발표되었고, 그해에 이상문학상을 수상했다. 이 소설의 주인공 문자는 40이 되어 가는 나이의 H출판사 노처녀 교정원으로서, 다른 사람들이 요구하는 것이라면 무엇이든지 나누어준다. 주인공 문자의 모습은 마치 수도자의 모습과도 흡사하다. 주변의 사람들은 그러한 주인공의 모습을 비웃는다. 그러나 그것은 오래고 높은 고독의 산물이요, 생에 대한 절대적 긍정과 자신감의 산물인 것이다. 주인공은 정신적 상처를 입을 때마다 더욱 높은 곳으로 상승하는 것이다. 숭고하리만큼 구도자적인 내면 성격을 지니고 있는 주인공은 세속적인 공간으로부터 유리되어 있는 것이 아니라 일상의 생활을 살아가는 인물로서, 우리 소설에서 그 유례를 찾아보기 힘든 굳은 정신의 형상화인 것이다. 사람의 고통과 정신에 대한 실존적인 생활의 의지를 탁월하게 묘사해낸 수작이다.

서영자 徐榮子 1948~ 시조시인 · 아동문학가. 호 소연昭延. 경남 하동 출생. 방송통신대 졸업. 1995년 《현대시조》에 시조 〈낙엽〉이, 《오늘의 문학》 신인상에 〈세월, 그 강가에서〉 외 4편이, 《아동문학》에 동시조 〈금붕어〉 외 2편이 각각 당선되어 등단했다. 27년간 교직에 몸담고 있으며, 데뷔 후 《현대시조》 동인으로 활동하고 있다. 시조집으로 《물소리에 귀를 열고》가 있다. 대부분의 작품이 서정이나 의지의 형상화에 불교적 색채가 농후하다. 삶의 이치를 접맥시켜 내용과 사상이 심화되어 있고 그 속에 삶의 철학이 은은하게 녹아 있어 읽기에 편하고 읽을 수록 감동을 준다는 평가를 받는다.

서오근 徐五根 1943~ 아동문학가. 호 향송鄕松. 전남 함평 출생. 학다리고등학교 졸업(1963). 1977년 동시 〈소〉 외 1편이 《월간문학》 신인작품상에 당선되어 등단했다. 전남문협 부회장, 한국아동문학회 이사로 활동하면서 주로 자연과의 교감에서 얻어진 동시 400여 편을 창작했다. 동시집에 《산들바람》《바람아, 바람아》《풀꽃 한 송이》 등이 있다. 제19회 한정동아동문학상, 제4회 전남아동문학상을 수상했다.

서우승 徐愚昇 1946~ 시조시인. 호 설엽雪葉. 경남 통영 출생. 중앙통신고 졸업(1964). 1973년 《서울신문》 신춘문예에 시조 〈카메라 탐방〉이 당선되어 등단했다. 그후 《경남매일》에 칼럼을 쓰는 한편, 시조 〈큰절받으이소-어버이날에 붙여〉 등을 발표했다. 그는 삶의 본질을 추구 · 지향하는 작품을 쓰고 있다. 시조집 《카메라 탐방》《쇠도 혼자서 우는 아픔이 있나보다》 등이 있다.

서울 사람들 → 최일남崔一男

서울, 1964년 겨울 → 김승옥金承鈺

서원동 徐源東 1950~ 시인. 경남 창녕 출생. 대구대 교육과 졸업(1972). 1977년 《문학과 지성》에 시 〈들꽃〉〈봄꽃은 지고〉〈황혼〉 등을 발표해 등단했다. 주요 작품으로는 연작시 〈나자렛 예수〉 외 다수가 있으며, 시집 《우리들의 왕王》《대권》을 발간했다. 그는 서정적인 감수성 속에 끊임없는 자기 성찰을 가하면서 생존적 탐구를 계속해 비극적 진지성을 보여주고 있다.

서인숙 徐仁淑 1931~ 시인 · 수필가. 경남 마산 출생. 효성여대 졸업. 1968년 《현대문학》 등에 수필 〈바다의 언어〉와 시 〈민화民畵의 비밀〉 등을 발표하면서 창작생활을 시작했다. 이후 〈포도주를 마실 때〉〈최후의 지도地圖〉〈한약〉〈흙을 지닌 지성知性〉 등 다수의 수필을 발표, 일상생활의 단면을 재치 있게 엮는 필치가 돋보인다는 평가를 받았다. 《경남수필》 동인으로 활동했으며, 작품집으로 시집 《살아서 살며》와 수필집 《타오르는 촛불》《태고의 공간》 등이 있다.

서정범 徐廷範 1926~ 평론가 · 수필가 · 국문학자. 호 심현深玄. 충북 음성 출생. 경희대 대학원 국문과 졸업. 1958년 《자유문학》에 평론 〈은어隱語와 문학〉을 발표해 등단했다. 이후 〈저항과 언어〉〈샤머니즘에서 본 한국적 문학〉 등을 발표, 한국적인 정서와 샤머니즘의 세계를 추구했다. 한편 1966년부터 〈병상기病床記〉를 비롯해 〈미리내〉〈나비이야기〉〈두견새〉〈꽃씨이야기〉 등 동심세계를 추구하는 경향의 수필을 다수 발표했다. 《현대수필》 동인이며 작품집으로 《놓친 열차는 아름답다》《겨울무지개》《무녀의 사랑이야기》《그 생명의 고향》《서로 사랑하고 정을 나누는 평범한 사람의 이야기》 등이 있다. 또한 국어학에 관한 논문으로 〈제주도방언점고濟州道方言點考〉〈은어문학고隱語文學考〉 등을 발표했다. 기타 저서로는 《한국특수어연구》《우리말의 뿌리》《일본으로 건너간 한국어와 신들》 등과 《학원별곡》《허허별곡》을 비롯한 일련의 '별곡' 시리즈를 간행했다. 1981년 제18회 한국문학상, 1993년 펜문학상을 수상했다.

서정봉 徐定鳳 1905~1980 시인 · 시조시인. 호 소정素汀. 경남 동래 출생. 동래고보 졸업. 1948년 《현대문학》에 시 〈수류정일기水流亭日記〉를 발표해 등단했다. 이후 시 외에 시조와 동시도 썼으며 주로 불교적 고적과 명승지 등을 소재로 생명의 내적 승화를 안정된 서정으로 노래했다. 주요 작품에 시

〈청창晴窓〉〈화실畵室〉, 시조 〈황혼黃昏〉〈꽃의 발원〉, 동시 〈멍멍아〉〈밤의 기슭에서〉 등이 있다. 동시집 《반딧불》, 시집 《소정시초素汀詩抄》, 시조집 《여백의 앞에서》 등을 발간했다.

서정시 抒情詩 작자의 주관에서 생기는 정서를 주관적으로 읊은 운문으로 된 시. 신神이나 자연이나 연애에 관한 영탄적인 가락의 단시短詩가 많고, 이야기나 사실을 서술한다기보다 작자의 느낌이나 사색한 것을, 형식에 구애받지 않고 풍부한 상상력과 멜로디 등을 사용해 자연 그대로 읊는 것이 통례이다. 시의 장르로서 서정시가 문학적으로 확립되기 시작한 것은 중세의 시인들에 의해서였는데 인간 개인의 종교적 정조에 바탕을 둔 사랑의 노래가 번성하기 시작하면서부터이다. 우리 나라에서는 신라 경덕왕 때 〈도솔가〉를 지은 승려 월명사月明師를 비롯해 최치원崔致遠, 고려 때의 이규보李奎報, 조선시대의 황진이黃眞伊, 근대와 현대에 걸쳐 김소월金素月 · 한용운韓龍雲 · 정지용鄭芝溶 · 김광균金光均 · 서정주徐廷柱 등을 대표적 서정시인으로 꼽을 수 있다. 그리고 그 외의 많은 시인들 또한 대부분 서정에 바탕을 두고 시작을 하는 것은 시의 본령이 역시 서정시에 있기 때문이다.

서정윤 徐正潤 1957~ 시인. 대구 출생. 영남대 국문과 졸업(1982). 1984년 《현대문학》에 시 〈서녘바다〉〈성城〉 등이 추천되어 등단했다. 시집에 《홀로서기》《점등인의 별에서》가 있고, 수필집 《내가 만난 어린 왕자》가 있다. 인간의 원초적인 감정과 정서를 여성적인 섬세한 필치로 표출시키는 그는 만남 · 기다림 · 사랑 · 아픔 등의 서정성을 바탕으로 인간의 절실한 삶의 문제들을 그려내고 있다. 1998년에는 장편소설 〈오후 두시의 붓꽃〉을 출간, 소설가로서의 첫발을 디뎠다. 이 작품에서도 그는, 인간이란 결국 '홀로서기'의 근원적인 고독으로 회귀할 수밖에 없음을 보여준다.

서정인 徐廷仁 1936~ 소설가. 본명 정택廷宅. 전남 순천 출생. 서울대 영문과 및 동 대학원 졸업(1964). 미국 하버드대에서 영문학 수학. 1962년 《사상계》 신인상에 〈후송後送〉이 당선되어 등단했다. 이후 〈물결이 놀던 날〉〈의상을 입으라〉〈미로〉〈강〉〈원무圓舞〉〈우리 동네〉〈산〉 등을 발표했다. 서정인의 작가적 재능이 강렬하게 드러나는 것은 일상인들의 희비극적 모습에 관심을 집중하는 〈강〉 이후부터이다. 〈강〉에서 서정인은 사회에서 점차로 열등생이 되어가는 시골의 우등생을, 〈나주댁〉에서는 남 앞에서 좋은 말을 늘어놓기 좋아하는 한 교장선생의 내밀한 동물적 욕망을, 〈가을비〉에서는 결국 송충이는 송충이끼리 살아야 한다는 슬픈 인생 철학을 체득하는 한 간호부의 아픔을, 그리고 〈산〉에서는 농담 잘하는 교감의 동물적 충동을 그림으로써, 인간은 성장하면서 꿈을 잃어버리고 소시민이 되어가며, 그 소시민은 자기의 소시민성을 감추기 위해 위선 · 아집 · 허풍 · 오기 따위의 근성을 뿌리내리게 된다는 것을 감동적으로 보여준다. 실패한 인생을 그리되, 다분히 어쩔 수 없는 정황 속에서 그 초라한 좌절을 파악하던 이전의 작품들과는 달리 1973년 겨울 《창작과 비평》에 발표된 〈벌판〉에서부터 서정인은 개인을 둘러싸고 있는 사회적 관계와 조건에 더 많은 관심을 보인다. 1976년 창작집 《강》이, 1977년 《가

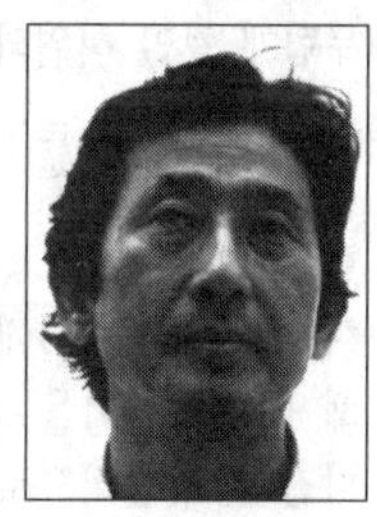

위》가, 1980년 《토요일과 금요일 사이》가 출간되었다. 1990년 세 권으로 완간된 《달궁》은 그의 언어 실험, 형식 실험이 극단적으로 추구된 작품이다. 그것은 어떻게 하면 두텁게 쌓인 허위와 편견의 먼지를 씻어내고 사람살이의 실체를 제대로 보여줄 수 있겠는가 하는 치열한 작가 정신의 발로라고 할 수 있다. 장편 〈봄꽃 가을열매〉, 창작집 《붕어》《베네치아에서 만난 사람》 등을 통해 소설적 실험을 좀더 정제된 형태로 밀고 나간다. 전반적으로 그의 작품들은 실체를 상징 또는 환상으로 포착하면서 자의식의 분열을 추적, 진실을 찾지 못한 채 방황하는 지식인의 고민을 분석했다. 단아한 문장과 정확한 구성력은 내적 체험을 초현실적 기법으로 묘사하는 긴장감에서 차차 자유 지성인의 속물화하는 좌절의 분위기로 바뀌어 단편문학을 크게 성공시킨 것으로 평가된다. 1976년 한국문학작가상, 1983년 제17회 월탄문학상, 1986년 제19회 한국일보문학상, 1999년 제7회 대산문학상 등을 수상했다.

〈**후송** 後送〉 서정인의 단편소설. 1962년 《사상계》 신인상 모집에 당선된 작품이다. 티나이투스란 기이한 귓병을 앓는 성중위는 육체적 고통은 없지만 때때로 귀에서 나는 소리 때문에 후방병원으로 후송되기를 원한다. 그러나 자각 증세에 불과한 귓속의 소리는 군의관의 인정을 받지 못해 입원절차가 까다로워진다. 그는 전에 휴가에서 귀대 도중 지나가는 군용차에 편승해 달라고 손을 들었으나 차는 그냥 지나갔고, 순간적으로 그는 그 차를 저주했다. 귀대한 그는 그 차가 전복되어 사상자가 생겼다는 사실을 알고 무언가 불안에 싸여 사격장에서 권총을 난사했다. 그후부터 그의 자각증세가 생기기 시작했던 것이다. 그는 마침내 상급병원으로 찾아가 청각테스트를 받고 400사이클에서 청력이 저하된다는 상급병원 군의관의 의견서를 받고 겨우 입원허가를 받는다. 그렇게 몇 차례의 우여곡절을 겪고 후송에 성공하지만 그가 가게 된 후방병원은 귓병과는 관계없는 곳이었다. 작자는 이 단편에서 엄격하게 조직되어 인간의 개성이 용납되지 않는 메커니즘의 사회와, 결코 밖으로 형체를 내보여 설명할 수 없는 개인의 내밀한 자의식간의 예리한 대결을 제시하고 있다. 현대인의 비극을 근원적으로 해부한 이 작품은 인간의 존재양식이 희극화해 자아마저 왜소해질 예감을 전달하고 있는 것이다.

〈**강** 江〉 서정인의 단편소설. 1968년 《창작과 비평》 9호에 발표되었다. 이 소설에는 현실에 좌절당한 사람들의 이야기가 환상적인 분위기로 그려져 있다. 김씨는 늙은 대학생으로서 점차 자신감을 상실하는 인물이다. 이씨는 세무서 주사로 현실 사회 속에서 점차 속물화되어 가는 인물이다. 박씨는 초등학교 선생을 그만두고, 김씨와 마찬가지로 자신감을 상실해가는 인물이다. 이 작품은 서정인 소설의 새로운 전기를 마련하고 있는 작품으로 평가되고 있다. 즉, 초기의 현란한 기법에 의한 표현 대신 개인의 내면이 담담한 비애의 모습으로 그려져 안정감을 주고 있는 것이다. 눈 내리는 겨울날의 풍경과 더불어 좌절의 비애로 채색되어 있는 분위기 속에 정신적으로 방황하는 사람들에 대한 애정이 수반되어 있다. 특히 '그녀'가 걸어온 발자국을 하얗게 지우는 대목은 그녀에 대한 연민이라 할 수 있다. 주로 현대인의 방황과 실존적인 고독, 주체의식의 문제를 다룬 작품 세계를 펼쳐온 작가는 여기서는 현실의 낙오자에 대한 연민과 애정을 삶을 바라보는 시각을 뒤집음으로써 비극적으로 떠오르게 한다. 장인 정신으로 다듬은 문체가 높이 평가된다.

서정주 徐廷柱 1915~ 시인. 호는 미당未堂. 전북 고창 출생. 어릴 때 한학을 공부, 중앙고보를 거쳐 고창고보 수학. 이후 중앙불교전문강원에 입학, 이어 중앙불교전문에서 수학(1936). 이 무렵에 《동아일보》 신춘문예에 시 〈벽壁〉이 당선되어 등단. 김광균金光均 · 김달진金達鎭 · 김동리金東里 · 김진세金軫世 · 함형수咸亨洙 등과 동인지 《시인부락》을 주재하면서 본격적인 작품 활동을 했다. 결혼 후(1938) 일제하의 암담한 현실에 떠밀려 서울을 중심으로 이곳저곳을 방랑하면서 기거했고, 한동안 만주에 가서 간도의 양곡주식회사 경리사원으로 일한 적도 있으며, 일제 말기에 귀국해 향리와 서울을 떠돌다가 광복을 맞이했다. 광복 후에는 우익 민족진영의 일원으로 김동리 · 곽종원郭鍾元 · 조연현趙演鉉 등과 교유하면서 조선청년문학가협회 결성준비위원으로 참여했고, 한국문학가협회 창립회원으로서 시분과 회장이 되었다(1949). 한편 동아대 창립당시의 교수, 그후 《동아일보》 사회부장, 동 문화부장, 정부수립과 함께 문교부 초대 예술과장을 지냈다. 6 · 25 당시에는 조지훈趙芝薰 · 이한직李漢稷 등과 한강을 건너 대전 · 대구로 피난. 전란으로 말미암아 극심한 정신분열증세를 일으켜 문우들의 도움으로 대구와 부산에서 요양하다가 다시 이리저리 옮겨다녔으며, 전주로 내려가 후배들의 도움으로 일시적인 안정을 얻었다. 전주에서의 짤막한 생활에서도 현실과 시적 상황의 상극에서 오는 고민으로 자살 미수사건이 있기는 했으나, 전주의 전시연합대 강사, 서라벌예대 교수, 동국대 교수, 한국현대시인협회 회장, 한국문인협회 부이사장을 역임했으며 한국시인협회 명예회장으로 추대되기도 했다. 1938년 첫번째 시집인 《화사집花蛇集》을 발간, 악마적이며 원색적인 시풍으로 문단의 비상한 관심을 끌어 '한국의 보들레르'로 일컬어지기도 했다. 해방 후 두번째 시집 《귀촉도歸蜀途》를 발간, 이 시기부터 그의 경향은 초기의 악마주의적인 생리에서 벗어나서 동양적인 사상으로 접근해 심화된 정서와 세련된 시풍으로 민족적 정조와 그 선율을 읊었다. 《신라초新羅抄》 이후부터는 불교사상을 기조로 한 신라의 설화를 제재로 본격적인 진리의 세계인 영원주의의 이념과 선적인 정서를 부활시켰으며, 유치환柳致環과 더불어 '생명파' 시인으로 불려졌다. 그의 사상적 기조는 영원주의 · 영생주의이며, 문화사조상의 배경은 주정적 낭만주의, 예술관은 심미주의적 입장이다. 《신라초》 이후에 더욱 진경을 보인 작품 50여 편을 모아 시집 《동천冬天》을 발간, 신라와 불교의 세계를 한층 더 심화시켰다. 그를 종합적으로 대표하는 작품 〈국화 옆에서〉는 한국 시사를 장식하는 걸작으로 평가되며 지금까지 널리 애송되고 있다. 시론 분야에서도 활동해 《시창작교실》 《한국의 현대시》 《시문학개론》 등의 저작이 있으며, 1972년 《서정주문학전집》 전5권이 발간되었다. 또한 세계기행시집 《서西으로 가는 달처럼》이 있다. 자유문학상, 5 · 16문예상 본상, 대한민국예술원상, 대한민국문학상 등을 수상했다.

《귀촉도 歸蜀途》 서정주의 두번째 시집.

1948년 선문사에서 발행. 〈밀어密語〉〈거북이에게〉〈목화木花〉〈귀촉도〉〈소곡〉〈멈돌체꽃〉 등 모두 24편을 수록했다. 초기의 서구적 영향에서 벗어나 한국의 설화와 유현한 전통적 서정의 세계로 돌아온 경향을 보여주고 있다. 작자의 대표적 시집의 하나이다. 서정주는 이 시집을 통해 원죄의 형벌에서 몰락하지 않고 다시 살아나는 재생의 노래를 부르고 있는 동시에, 한국인의 심정적 원형 혹은 이상형을 찾는 노력을 기울이고 있는 것이다.

〈화사 花蛇**〉** 서정주의 시. 1938년에 발간한 첫번째 시집《화사집》에 수록되어 있다. 서정주 초기 시의 인상적인 작품으로 서구의 세기말적 보들레르의 마성이 그의 힘찬 원생주의原生主義와 이상적으로 조화된 '지옥의 시'라고 할 수 있다. 표면적으로 이 작품은 남성적 · 야만적 유미주의 시라고 이해될 수 있으나 그것은 시인의 의식이 받아들이고 있던 그 당시의 상황과 무관하지는 않다. 화사, 즉 꽃뱀을 통해 생명의 근원을 내면화한 이 작품에서의 꽃뱀은 시인 자신의 '존재의 거울'이라고 할 수 있다. 또한 여자의 '피 먹은' 입술에 스민 뱀을 통한 원한의 관능이 이 시의 선율을 이루고 있다.

〈국화 옆에서 菊花—**〉** 서정주의 시. 1947년《경향신문》에 발표되었으며, 1955년에 출간된 시집《서정주시선》에 수록되어 있다. 전후戰後의 검인정 중 · 고등교과서를 통해서 널리 알려진 대표작 중의 하나이다. 한 송이의 국화꽃을 피우기 위해서 자연 전체가 봄부터 여름 · 가을까지 동원되어 마침내 꽃을 피운다는 자연계 운동의 과정을 설화체로 묘사했기 때문에 모든 사람들의 감동을 쉽게 불러일으킨다. 모두 4연으로 된 간결하고 절실한 이 명시는 첫 연에서 봄에 소쩍새가 우는 일까지도 가을 국화 한송이를 피우기 위한 자연계의 작업임을 일깨우고, 둘째 연에서 여름의 천둥소리도 그런 목적을 가지고 먹구름 속에서 극성으로 울었다는 사실을 설득력 있게 강조한다. 이런 자연계의 작업과 함께 인간은 그 꽃을 인간과의 혈연관계로 설정해서 간절한 근친여성으로 그 꽃을 기다리다가 만나는 것이다. 그렇게 자연은 그 꽃을 피우려고 바로 어젯밤에도 '무서리가 저리 내리고' 인간도 '내게는 잠도 오지 않나보다'에 이르러, 자연의 온갖 작업과 인간의 온갖 그리움 · 기다림이 하나가 되어서 국화가 완성된다는 창조적 발견을 실현하고 있다. 지난 날을 자성하고 거울과 마주한 '누님'의 잔잔한 모습이 되어 나타난 '국화꽃'에서 우리는 서정의 극치를 발견하게 된다.

서항석 徐恒錫 1900~1985 극작가 · 연출가. 호 경안耿岸. 함남 홍원 출생. 일본 도쿄제국대 독문과 졸업. 1931년 극예술연구회의 일원으로 연극활동에 참가, 주도적 역할을 한 그는 창립공연작품인 고골리 작〈검찰관〉에 단역으로 출연하기도 했고, 제3회 공연작품인 카이젤 작〈우정〉을 번역하기도 했다. 실제로 그는 극예술연구회의 재정을 맡았으며, 연기나 번역보다는 연극 계몽에 주력했다. 1940년대에 들어서는 연출에도 손을 대었고〈견우직녀〉〈콩쥐팥쥐〉 등의 희곡도 쓴 바 있다. 1940년 조선예흥사를 창립하고, 연극보급에 힘썼다. 한때 국립극장장을 역임하기도 했다. 괴테의〈파우스트〉 번역에 심혈을 쏟아 이 작품은 1960년대 중반에 최초로 국립극장 무대에 올려지기도 했다. 이로써 그는 독일정부로부터 괴테훈장을 받은 최초의 한국인이 되었다. 이후 서라벌예대 연극과에서 강의하면서 연극계의 지도자로서 예술원 회원, 서울시 문화위원, 국립극장 운영위원 등을 지냈다. 주요 작품에 〈마을의 비가悲歌〉〈은하수〉〈견우와 직녀〉 등이 있고, 저서로는《한국연극사》가 있다. 1961년 서울시문화상, 1964년 예술원공로상, 1970년 괴테훈장 등을 수상했다.

석용원 石庸源 1931~ 시인 · 아동문학가. 경북 영주 출생. 연세대 국문과 졸업. 1954년 시집《종려棕櫚》를 발간해 등단했다. 이후 시 〈배회〉〈그의 초상〉〈무거운 시간〉 등을 발표했다. 다양한 제재를 보여주나, 주로 인간의 운명과 자아의 내적 분석에 치중하고 있다. 한편, 〈유월을 타고〉〈새벽종 눈길〉〈별〉 등 감각적 서경화를 통해 동심의 건강미를 그려내는 동시들을 발표했다. 시집에《잔盞》《밤이 주는 가슴》《야간열차》, 동시집《불어라 은피리》《산골아이》《한 작은 별나라》, 수필집《여심旅心과 우정과 시인과》 등이 있다. 1973년 한정동아동문학상을 수상했다.

선생과 황태자 先生一皇太子 → 송영宋榮

선우휘 鮮于煇 1922~1986 소설가 · 언론인. 평북 정주 출생. 경성사범 졸업(1943). 고향에서 교사 생활을 하다가 1946년 월남,《조선일보》 기자 생활을 했다. 1957년 육군대령으로 예편, 1958년《한국일보》 논설위원, 1961년《조선일보》 논설위원, 1963년《조선일보》 편집국장, 1971년《조선일보》 주필을 역임했다. 1955년 우화적인 소품 〈귀신〉을《신세계》에 발표해 등단했다. 이듬해 〈One Way〉〈테러리스트〉 등을 발표했다. 이어 1957년《문학예술》 신인특집에 〈불꽃〉이 당선되고 이 작품으로 동인문학상을 수상, 문단적 위치를 굳혔다. 이 작품 속에는 할아버지, 아버지, 손자의 3대에 걸친 가족사와 3 · 1운동에서 6 · 25전쟁에 이르는 30여 년의 시대적 상황이 함께 얽혀 있다. 이처럼 3대에 걸친 우리 민족의 수난사를 '고현'이라는 한 젊은이를 통해 그려내고 있는 이 작품은 당시의 역사적 상황에서 문제적인 개인의 행위를 포착해 새로운 인간형을 암시하고자 했다는 점에서 높이 평가받고 있다. 이 무렵의 그는 역사에 대한 한국인의 체념과 순응주의를 비판하고 인간의 행동적 의지를 강조함으로써, 1950년대의 전후문단에 있어서 가장 발랄하고 선이 굵은 작가의 한 사람이 되었다. 1965년을 전후해 초기의 이러한 행동주의적 자세가 기성세대에 대한 소극적 자세로 변모하기 시작했다. 그러나 이것은 초기의 기본태도를 포기한 것이 아니라 역사와 현실에 대한 의식의 확대에서 온 것이다. 1966년 단편 〈사도행전〉을 발표, 1979년에는 대하소설 〈노다지〉를《주간조선》에 연재하기도 했다. 저서에 단편집《불꽃》, 칼럼집《한국인의 진실》, 평론집《현실과 지식인》 등이 있다. 그의 작품 활동은 80년대 중반까지 이어졌고, 발표한 작품 수도 단편 64편 · 중편 7편 · 장편 10편 등 84편에 이르고 있는데, 그는 해방과 민족의 분단 그리고 6 · 25전쟁으로 이어졌던 좌우 이데올로기 대립 상황에서 현실에 뛰어들어 과감하게 행동하는 인간을 문학적으로 모색하고자 했다. 이러한 면에서 그는 50년대의 전후문학군에 속하는 작가로 평가받고 있다.

〈불꽃〉 선우휘의 단편소설. 1957년《문학예술》 7월호 신인 작품 모집에 당선되었고, 그해 제2회 동인문학상을 수상했다. 이

소설은 3·1운동부터 한국 전쟁에 이르는 30여 년에 걸친 긴 역사적 격동기를 배경으로, 주인공의 할아버지 때부터 3대에 이르는 일대기를 다룬 장편소설적 구성을 취하고 있는 특이한 작품이다. 주인공 고현의 할아버지는 전형적인 전근대적 인물로서, 모든 화근은 선친의 묏자리가 나쁜 탓이라 생각한다. 그러나 주인공 현은 항일투쟁에서 죽은 아버지에게서 물려받은 저항 정신과 할아버지로부터 영향받은 도피 사상 사이에서 한없이 방황하는 것이다. 주인공은 소년 시절에 할아버지의 혹을 조롱하는 아이들과 싸워 피투성이가 되어 돌아왔을 때, 칭찬을 기대했으나 오히려 할아버지에게 심한 야단만 맞게 된다. 이렇게 해서 그는 소심하고 방관적인 사고방식을 지니게 된 것이다. 어머니의 권유로 대학에 가고 학병으로 끌려갔다가 결국 탈주해 고향에 돌아온 그는 새로운 현실을 보게 된다. 현은 독서회 사건 등을 겪으면서 될 대로 되라는 식의 은둔 사상에 빠지게 되지만, 성장해 가면서 점차 반항과 체념의 갈등 속에서 고민하게 된다. 그러던 어느 날 동료 여교사와 죄없는 사람이 인민 재판에 끌려나오는 것을 보고, 현은 할아버지의 생활방식에서 탈피해 아버지적인 생활방식으로 급진전하게 된다. 고현은 마침내 지금까지의 수동적인 생의 자세를 버리고 적극적 의지를 행동으로 표현하게 되는 것이다. 즉, 그는 '불꽃' 같은 삶, 현실에 대해 외면하거나 도피하지 않고 정면으로 맞서는 삶, 행동적인 생명력을 지닌 삶을 표출하게 된다. 장편의 분량을 단편에 그렸다고 비판받기도 했지만 압축된 문체 속에 한국인의 체념과 순응주의를 비판하고 인간의 행동적 의지를 강조함으로써 주목을 받았다.

선정주 宣珽柱 1935~ 시조시인. 호 혜산惠山. 경남 고성 출생. 부산고려신학대 졸업(1963). 1970년 《시조문학》에 〈가을유언〉을 발표하면서 작품 활동을 시작했다. 민족전통문학인 시조의 현대화와 더불어 사설시조의 문학적 정립을 위해 노력하고 있다. 시집에 《겨울 청산도靑山圖》《겨울 30년》《소가야小伽倻 억새밭》 등이 있으며, 1989년 현대시조문학상을 수상했다.

설교문학 說教文學 어떤 주의·주장이나 사상·견해 등을 전파할 목적으로 수단화한 문학. 교화문학教化文學이라고도 할 수 있다. 계몽문학과 다른 점은 계몽문학이 반드시 대중을 깨우쳐준다는 전제를 갖는데 반해 설교문학은 그런 선행조건이 꼭 필요불가결한 게 아니라는 점 때문이다. 즉 설교문학의 대상은 반드시 대중일 필요가 없고, 또한 그 기능이 반드시 한 사회나 시대의 지적 계발을 통해 발휘될 필요가 없으므로 작자가 믿는 바를 전달·선전하는 것으로도 설교문학은 훌륭하게 성립되는 것이다. 우리나라 신문학사에서 이 유형에 속하는 작품을 쓴 대표적인 작가는 이광수李光洙였다. 그의 〈무정〉은 작자의 민족적 이념·신결혼관·사회개조론·신학문에 대한 신념 등을 독자에게 선전·주입시키고자 시도한 느낌이 있다. 이광수는 그의 여러 작품을 통해 계속 이와 같은 자세를 고수했는데 〈개척자〉에서 신문명과 과학기술 습득의 필요를 주장하고 있다든가 〈단종애사〉에서 대의명분과 충군애국의 정신을 고취하고 있는 것, 〈흙〉에서 브나로드 운동에 참가할 것 등을 강조하고 있는 것은 그 좋은 예이다. 이광수의 이와 같은 문학태도에 정면으로 반발하고 나선 것이 김동인金東仁이다. 그는 이것을 '소설의 설교기관화'라고 불렀는데, 그에 의하면 이광수의 이런 측면이 곧 한국문학을 그르치는 요인의 하나가 되었다는 것이다.

설일 雪日 →김남조金南祚

설정식 薛貞植 1912~1953 시인. 함남 단천 출생. 연희전문 문과 졸업, 미국 마운트유니온대·컬럼비아대에서 영문학 전공. 1932년 《동광》에 〈거리에서 들려주는 노래〉를 발표해 문단에 데뷔, 본격적인 창작활동은 해방 후에 이루어졌다. 해방 후 미군정청 공보처 여론국장을 지냈으며, 조선문학가동맹에 가담하고 한국전쟁 중 자진해 인민군에 입대, 월북했다. 휴전회담에 북한측 통역관으로 참가했고, 1953년 남로당 숙청 때 처형당한 것으로 알려져 있다. 그는 해방 직후 세 권의 시집 《종》《포도》《제신의 분노》를 간행하는 한편, 장편소설 〈청춘〉을 쓰기도 했다. 이후 공산당에 대한 탄압이 심해지자 셰익스피어 연구에 몰두해 《햄릿》을 번역하고, 《햄릿에 관한 노트》 등의 평론을 발표하기도 했다. 그의 시에는 해방공간의 역사적 과제인 민족국가의 건설이 중심주제로 설정되어 있다.

설창수 薛昌洙 1916~1998 시인. 호 파성巴城. 경남 창원 출생. 일본 니혼대 창작과 중퇴. 1941년 일문시집 《야백편夜百篇》을 발간하려다 신변사정으로 이루지 못하고, 1947년 동인지 《등불》에 시 〈창명滄溟〉 외 3편을 발표하면서 등단했다. 《영남문학회》《시와 시론》 동인으로 활동, 초기의 동인지 《등불》을 4집까지 발간하다 《영문》으로 고쳐 1961년까지 18집을 발간했다. 주요 작품에 〈개폐교開閉橋〉〈파초芭蕉 제2장〉〈적막〉〈석란石蘭〉 등이 있다. 3인시집 《개폐교》, 기행문 《성좌星座 있는 대륙》과 《설창수전집》(전6권)을 출간했다. 그의 시는 짙은 역사의식 속에서 이를 정시正視하려는 경향으로 탈주지적 정신주의를 추구하고 있으며, 초기의 서정성은 점차 풍자시로 변모했다. 한국문화예술 부흥에 전기라 할 만한 한국최초·최대의 개천예술제를 창설하고 장기간 운영해서 발전시킨 공로가 사뭇 크게 받아들여지고 있다. 제1회 문총10년기념문화공로상, 제1회 눌원문화상, 제1회 진주시문화상 등을 수상했다.

설화문학 說話文學 신화神話·전설傳說·민담民譚을 한 묶음으로 하는 서사문학의 한 분야. 설화의 발생은 자연적이고 집단적이며, 그 내용은 민족적이고 평민적이어서 한 민족의 생활감정과 풍습을 암시하고 있다. 또 그 특징은 상상적이고 공상적이며, 형식은 서사적이어서 소설의 모태母胎가 된다. 이러한 설화가 문자로 정착되고 문학적 형태를 취한 것이 곧 설화문학이다. 신화는 민족 사이에 전승되는 신적 존재와 그 활동에 관한 이야기로서, 이에는 우주의 창생과 종말에 관한 우주신화宇宙神話와 천지·일월·성신에 관한 천체신화天體神話 및 건국신화建國神話와 국왕신화國王神話 등이 있다. 전설은 신격神格을 주제로 할 필요가 없는, 인간과 그 행위를 주제로 하는 이야기이다. 이것은 주체가 되는 사물에 따라 지명전설地名傳說·성명전설姓名傳說 등으로 분류되며, 그것을 증거할 암석·수목·산천 등의 흔적이 남아 있다. 민담에는 신화나 전설이 갖는 신성함이나 위엄성 또는 신비성과 역사성이 없이 그저 흥미 위주로 된 일종의 옛날이야기이다. 우리 나라 고대설화가 문자로 정착된 것은 고려 때부터라고 할 수 있으며, 단군신화를 비롯한 수많은 전설·신화가 수록된 《삼국유사》는 바로 설화의 보고라 일컬을 만한 것이다. 그밖에 고려초엽

박인량朴仁亮의 설화집인 《수이전殊異傳》이 있었다 하나 실전失傳되고 그 일문逸文 10편이 《삼국유사》 《대동운부군옥大東韻府群玉》 《해동고승전海東高僧傳》 《태평통재太平通載》 등에 흩어져 보일 뿐이다.

성격 性格 문학작품에서 창조된 인물의 속성. 시에서는 서정적 자아, 소설에서는 서술자나 등장인물, 희곡에서는 인물에 의해 구현된다. '인물'이라 칭할 때도 있지만 정확히 말하자면 인물은 외부에서의 관찰의 대상이고, 성격은 그 인물의 내적 속성이다. 서정시와 수필은 저자 자신의 성격의 일면, 또는 그가 창조한 목소리의 주인공의 성격을 드러낸다. 서정시나 수필에 드러나는 성격은 일관성 있으며 인간적 의미가 있고 또한 독특한 면모가 있을 때 독자의 흥미를 끌게 된다. 기행문 · 일기 · 편지 · 회고록 · 자서전 등도 저자의 성격을 흥미있게 드러낼 때 적어도 성격의 면에 있어서는 문학적인 성질을 띠게 되는 것이다. 그러나 성격은 소설과 희곡과 같은 이야기문학에서 본격적으로 구현된다. 성격을 구현한다는 것은 인물의 창조, 곧 허구를 뜻한다. 이런 의미에서 성격구현은 문학의 본령이다. 성격 구현에는 저자가 직접 인물을 소개하고 설명을 가하는 방법, 인물의 행위만을 직접 보여서 그것으로부터 독자가 그 인물의 성격을 추정케 하는 방법, 인물의 내적 체험을 나타내 보임으로써 그 인물의 성격이 독자에게 파악되게 하는 방법 등의 세 가지가 일반적이다. 이러한 방법들을 통해 저자가 구현하는 것은 일관성 있는 성격이다. 일관성이란 즉 통일성 · 동일성을 뜻한다. 그런데 성격의 일관성은 그 인물의 특징적인 일면만을 계속 집중적으로 제시할 때에 조성될 수도 있고, 또는 그 인물의 여러 면을 다각적으로 제시해 그 여러 면이 결국 한 성격을 이룸을 보여줌으로써 나타낼 수도 있다. 앞의 경우에는 인물이 평면적으로 구현되며, 심하면 희화가 된다. 뒤의 경우에는 인물이 입체적으로 구현될 수 있다. 모든 언행에 있어 언제나 겁부터 먹는 겁쟁이로 시종일관 묘사된 인물은 물론 평면적 성격이며, 이야기가 진행됨에 따라서 처음에는 겁쟁이인 듯하다가 차차 조심스런 인물, 판단력이 있는 인물, 과단성 있는 인물, 진정 용감한 인물로 그 인물의 면모가 밝혀져 하나의 온전한 성격으로 발전하는 인물은 입체적 성격이다. 작중인물의 성격은 일관성뿐 아니라 인간적 의미와 독특성이 필요하다. 인간적 의미란 보편성, 많은 사람이 의미 있다고 수긍할 수 있는 것이다. 그러나 막연히 일반성을 띤 인물보다는 독특성과 하나의 개인이라는 사실감이 있어야 한다. 이는 다른 말로 좋은 인물의 창조란 결국 보편과 특수, 추상과 구상의 융합으로 가능하다는 것이다.

성기조 成耆兆 1931~ 시인 · 소설가. 호 청하靑荷. 충남 홍성 출생. 단국대 대학원 졸업. 1950년 시집 《별이 뜬 대낮》을 발간하고, 1958년 《시와 시론》에 〈꽃〉을 발표해 등단했다. 호서대 교수를 역임하고, 현재는 한국교원대 국어교육과 교수로 재직 중이다. 주요 작품에 〈강물〉 〈비〉 〈인연설〉 〈시인의 죽음〉 등이 있다. 시집에 《근황》 《흙》 《사랑을 나누면서》 《바람씌기》 《달동네 사랑》 《방문을 열며》 등이 있으며, 소설집 《유성의 상처》 《모독》 《공존시대》 등과 《성기조작품집 I · II》가 있다. 그의 시세계는 동양적인 서정과 관념의 세계를 융합 · 형상화해 자연과 인생에 대해 관조적인 시선을 유지하며 동시에 현실을 넘어서고자 하는 초자연적인 태도를 짙게 보이고 있다. 이러한 시작

태도를 평자들은 향일성向日性이라는 개념으로 평가하고 있다. 한성기문학상, 아주문학상, 충청문학상 등을 수상했다.

성벽 城壁 →조선작趙善作

성북동 비둘기 城北洞― →김광섭金珖燮

성석제 成碩濟 1960~ 소설가·시인. 경북 상주 출생. 연세대 법학과 졸업(1986). 1986년 《문학사상》을 통해 시로 등단, 1994년 《그곳에는 어처구니들이 산다》를 출간해 소설가로서 등단했다. 중·단편집으로 《새가 되었네》《아빠 아빠 오 불쌍한 우리 아빠》 등이 있으며, 장편소설 〈왕을 찾아서〉〈궁전의 새〉〈호랑이를 봤다〉, 산문집 《위대한 거짓말》《쏘가리》, 소설집 《재미나는 인생》, 시집 《검은 암소의 천국》 등이 있다. 평론가 우찬제는 그를 거짓과 참, 상상과 실제, 농담과 진담, 과거와 현재 사이의 경계선을 미묘하게 넘나들며 개성적인 이야기꾼, 현실의 온갖 고통을 그 참을 수 없는 존재의 무거움을 올바로 성찰하면서도 그것을 웃으며 즐길 줄 아는 저자라 평했고, 문자적 글쓰기를 넘어서서 감각회복의 길을 걷는 다성적인 울림을 가진 구연가라는 평가를 받기도 했다. 1997년 한국일보문학상을 수상했다.

성준기 成俊基 1943~ 극작가. 경남 창녕 출생. 외국어대 영어과 졸업(1971). 1982년 《서울신문》 신춘문예에 희곡 〈열쇠〉가 당선되어 등단했다. 주요 작품으로 〈일곱 번째의 살해〉〈광인들의 도시〉〈도둑들의 바캉스〉〈우상의 도시〉〈옛날의 금잔디〉 등이 있고, 저서에 《광인들의 거리》《도처에 춘풍》이 있다. 1982년 《월간문학》 신인상 및 도의문화저작상, 1988년 대한민국문학상 등을 수상했다.

성찬경 成贊慶 1930~ 시인·영문학자. 충남 예산 출생. 서울대 영문과 및 동 대학원 졸업(1964). 1956년 《문학예술》에 시 〈미열微熱〉〈궁宮〉〈프리즘〉 등이 추천되어 등단했다. 이후 《60년대사화집》 동인으로 활동하며 〈정서와 미학〉〈아무도 나를〉〈삼신할머니〉〈상징과 기림〉〈토정연습〉 등의 작품을 계속 발표했다. 그는 특히 영국의 현대 낭만주의 시인 D. M. 토머스의 영향을 크게 받았으며, 언어의 비약적인 연결과 특이한 이미지로 크게 주목을 끌었다. 시집에 《화형둔주곡火刑遁走曲》《벌레소리 송頌》《시간음時間吟》《반투명》 등이 있다. 1970년 이후 시낭송운동에 참여해 한국시의 새로운 가능성을 실험하고 있다. 1979년 한국시인협회상, 1985년 현대시학작품상을 수상했다.

성춘복 成春福 1936~ 시인. 경북 상주 출생. 성균관대 국문과 졸업(1959). 1960년 《현대문학》에 시 〈어항 속에서〉〈벽화〉〈나를 떠나보내는 강가엔〉 등이 추천되어 등단했다. 이후 《시단》 동인으로 활동하며 〈실명失明〉〈도강록渡江錄〉〈내 일상은〉〈부상扶桑〉〈벼랑에서〉〈겨울잠〉 등과 장시 〈공원 파고다〉 등을 발표했다. 시집에 《오지행》《공원 파고다》《산조散調》《복사꽃 제祭》《바깥세상에 띄우나니》 등이 있다. 첫 번째 시집 《오지행》에서 자기청산으로 새로운 출발을 기약한다. 장시 〈공원 파고다〉를 한 권의 시집으로 엮으면서 한 시대를 진실하게 살아가려는 사람들의 삶을 역사적 아픔으로 조명했다. 정제된 시어의 순수성과 행간에 간직된 연상법 등이 특징이다. 시집 《산조》 이후 사랑을 통한 자기구원을 시도

하면서 시의 구조적 측면과 언어 및 율격을 다시 정리했다. 《복사꽃제》는 연가로서 그 감동이 잘 표현되어 있다. 국내 곳곳과 세계 도처를 여행하면서 바깥 세상에 나가 내 안의 세계를 들여다봄으로 해서 새롭게 느껴지는 내면 문제를 살핀다. 초기 시의 경향은 대체로 섬세한 서정의 가락으로 내면세계에 깊이 파고든 유미적 경향을 풍겼으며, 이후 점차 서정적 경향에 상징적 내용을 가미해 참신한 이미지 조형의 확립에 주력했다. 우리말의 상상력과 음색과 음영을 타고 드러내 보이는 미묘와 경쾌한 상상력과 경험을 바탕으로 이루어 놓은 자기청산, 자기구원, 자기성취의 시 작업은 높이 평가된다. 1965년 제1회 월탄문학상, 1984년 제1회 동포문학상, 1986년 한국시인협회상, 1992년 예술문화대상, 1993년 펜문학상, 1996년 서울시문화상 등을 수상했다.

〈오지에서 奧地—〉 성춘복의 시. 1966년 예문관에서 발간한 첫 시집 《오지행》에 수록되어 있는 작자의 대표작이다. "오지의/더욱 깊숙한/하늘은 둥글고/해 하나 중천中天에/떨어질 날이 없지만…"으로 시작되는 이 시는 거침없이 뻗어나간 건강한 시행 속에 인생의 불모의 한낮을 줄기차게 살아가려는 시인의 호연한 의지가 천명되어 있다.

성탄제 聖誕祭 → 박태원朴泰遠 · 김종길金宗吉

성황당 城隍堂 → 정비석鄭飛石

세기말 世紀末 환멸과 퇴폐적 기분에 쌓인 1890년대의 예술 · 문학의 특색을 가리키는 말. 19세기말 과학의 발전으로 유럽 문명의 근거인 종교적 신앙과 정신적 전통과 권위가 상실되어, 염세적 · 퇴폐적 · 허무적 · 악마적인 경향이 전 유럽을 지배하게 된 풍조에서 일어난 것이다. 우리 나라에서는 일제 식민지라는 객관적 현실이 이러한 의식을 고양시켰으며, 문학적으로는 1910년대 근대시의 효시인 주요한朱耀翰의 〈불놀이〉, 1920년대의 《폐허》《백조》 동인 및 시지詩誌 《장미촌》을 중심으로 나타났다. 1919년 3 · 1운동의 실패는 당시의 청년들을 비관주의적 · 퇴폐주의적 사조에 물들게 했다. 최초의 해외문학 소개를 전개했던 《태서문예신보》 시대의 김억金億 등의 단편적인 베를레느 등의 세기말 작품 번역과 주요한의 〈불놀이〉가 계기가 되어, 1919년을 전후하면서 김억 · 황석우黃錫禹 등의 상징주의의 유행을 보게 된다. 황석우의 〈벽모碧毛의 묘猫〉 등에 나타나는 세기말적 상징주의는 1922년, 즉 《백조》 시대까지 지배적 사조로 등장했다. 그러나 《백조》 동인들의 퇴폐적 경향은 하나의 포즈에 그친 감이 없지 않다. 그것은 감상적 낭만주의와 병적으로 창백한 미학에 의해 짙은 염세적 경향을 띠며, 감상의 과잉 · 현실도피 · 밀실 동경을 특색으로 한다. 이것은 현실의 발판을 상실한 비애와 절망, 또는 퇴폐라는 세기말 의식의 한국적 변형이라 할 수 있다. 이러한 세기말 의식은 1930년대 이상李箱의 〈날개〉〈종생기〉〈실화〉 등의 작품과 1940년대 서정주徐廷柱의 시집인 《화사집》의 세계에서도 엿볼 수 있게 된다.

세대 世代 1963년 발행된 월간 교양잡지. 발행인 오종식吳宗植. '격동하는 세기의 초상화이며 내일에 대한 꿈과 신념을 심어주는 알찬 종합교양지'를 목표로 나온 이 잡지는 주로 세대교체, 세대격차좁히기, 새세대광장, 세대의 가교架橋 등에 관한 내용을 다루어 20대의 독자를 상대로 발행되었다. 국내외 문제의 광범위한 영역에 걸쳐 새로운 필자를 많이 등장시켰다는 평가를 받았고, 현실문제에 대해 많은 관심을 보였다.

▲세대 창간호. 1963년 6월호.

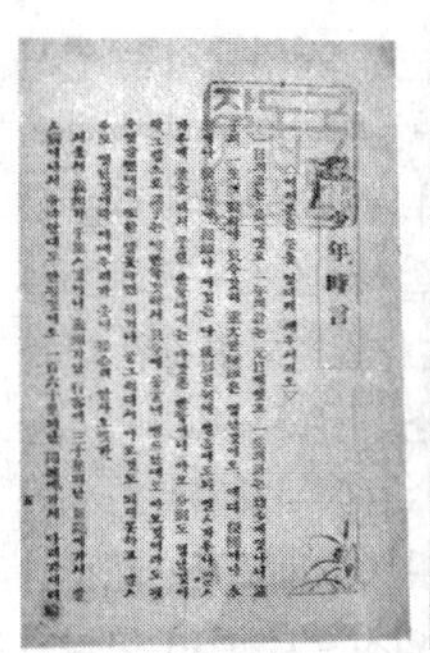

▲소년 창간호. 1908년 11월. 창간사 〈소년시언〉(왼쪽)과 표지(오른쪽).

이 잡지는 종합지이면서 문학에 많은 배려를 해 많은 작가를 배출했다. 홍성원洪盛原 · 이병주李炳注 · 박태순朴泰洵 · 신상웅辛相雄 · 조선작趙善作 등이 이 잡지를 발판으로 등단한 작가들이다. 《세대》는 현실문제에 날카로운 관심을 보이면서 다양한 필자를 동원했으며 많은 의견을 수용했으나, 일간신문사들이 월간잡지를 발행, 판매망을 확충해가자 기력을 잃고 1979년 12월호를 마지막으로 폐간했다.

소 → 유치진柳致眞

소나기 → 황순원黃順元

소년少年 우리 나라 최초의 잡지로서 1908년 11월 최남선崔南善에 의해 창간된 월간 계몽지. 최남선이 1906년 재차 일본에 유학, 와세다대에 적을 두고 있었을 때에 학생 모의국회의 토의안건이 문제가 되어 조선 학생 70여 명이 동맹퇴학하는 사건이 벌어지는데, 당시 19세의 최남선은 남은 학비로 인쇄기구를 구입, 귀국해 이 잡지를 간행했다. “우리 대한으로 하여금 소년의 나라로 하라. 그리하랴 하면 능히 이 책임을 감당하도록 그를 교도해라”라는 발간취지를 내세우고 처음에는 혼자서 집필과 편집, 발행까지를 도맡다시피해 펴냈다. 당시 사람들의 인식부족과 일제의 압수 및 정간 등의 많은 어려움으로 1년 2권, 2년 10권, 3년 9권, 4년 2권을 간행했다가 1911년 통권 23호로 결국 종간하고 말았다. 금언金言 · 격언格言 등과 같은 교훈적인 글, 전기와 일화, 역사 · 지리 · 과학 · 소설 · 시가 등에 관한 기사를 종합적으로 수록했다. 편집방침과 그 성격을 밝히고 있는 것에서 볼 수 있듯이 당시의 소년들을 계몽하기 위한 새로운 지식의 보급과 계몽에 중점을 두고 엮어졌다. 특히 최초의 신체시인 〈해海에게서 소년少年에게〉를 창간호에 게재하는 등 신문학 초창기에 남긴 문학사적 공헌도 지대하다고 하겠다. 종합지의 효시로 청소년의 계몽에 기여했고 서구문화 도입, 산문체의 개척, 신시와 창작시조 등을 부흥하는 데 힘썼다.

소문의 벽所聞一壁 → 이청준李淸俊

소복素服 → 김영수金永壽

소설小說 현실의 인생 내용을 중심으로 한 사건을, 미적으로 질서화해 통일적인 의미 관련이 있도록 산문으로 서술한 서사문예의 한 유형. 따라서 소설은 인생의 의미와 인간성을 탐구하는 내용으로 자연발생적인 설화와는 달리 구성적 · 창조적이어야 하며 산문으로 서술되고, 소재로서는 현실성을 지니며, 예술적으로는 진실성을 획득해야 한다. 소설의 발생은 동서양이 비교적 비슷한 단계로 발전해 왔는데, 서양에서는 원시서사시-예술서사시-로맨스-근대소설의 순서로 발달해 왔으며 우리 나라에서는 설화 · 패관문학-구소설-신소설-근대소설 순으로 발달해 왔다. 그러나 그 명칭만 다를 뿐 의미양식은 대동소이하다. 우리의 '소설'이라는 말의 개념 속에는 패관문학 · 이야기책 · 근대적인 노블novel 등을 포괄하기도 하지만, 다소 협의적으로 보면 현실의 삶을 대신하는 인물과 행동 및 인간관계가 다소의 복잡성을 띤 구성 속에서 극적으로 제시된 산문적 서술의 허구적 이야기라는 의미를 가지고 있다. 따라서 그 개념을 요약하자면 다음과 같다. 첫째, 소설은 서사문학, 즉 이야기의 문학이기 때문에 극적으로 전개되는 구성적인 이야기이다. 둘째, 소설의 이야기는 허구의 이야기다. 작가는 실제의 인생에 대한 관찰에서 그 소재를 끌어오지만, 그의 의도와 상상력에 따라 새롭게 선택하고 창조 · 형성하기 때문에 가공적인 허구의 이야기이다. 셋째, 소설의 이야기는 삶에 관련된 현실성을 갖는다. 흔히 소설을 인간의 서사시라고 일컫는다. 넷째, 소설은 서술의 문학이므로 서술자를 필수적으로 가진다. 다섯째, 소설은 작가의 사상 · 인생관 · 사회관이 나타나는 문학양식이다. 소설은 관점에 따라 여러 가지 형식으로 분류되는데, 길이의 장단에 따라 장편소설 · 중편소설 · 단편소설 · 콩트로, 구성성분에 따라 인물(성격)소설 · 사건소설 · 공간소설로, 시점 및 서술상황에 따라 1인칭소설 · 3인칭소설로, 공간 또는 배경에 따라 농촌소설 · 도시소설로, 시간에 따라 역사소설 · 사회소설 · 세태소설로, 서술자의 변화에 따라 단일소설 · 액자소설로, 내용에 따라 풍자소설 · 전쟁소설 · 정치소설 · 심리소설 · 성장소설 · 연대기소설 · 가족사소설 · 추리소설 및 순수소설 · 대중소설 등으로 나뉜다.

소설가 구보씨의 일일 小說家仇甫氏ㅡ一日 → 박태원朴泰遠 · 최인훈崔仁勳

소시민 小市民 → 이호철李浩哲

소중애 蘇重愛 1952~ 아동문학가. 호 포영抱影. 충남 서산 출생. 한국방송통신대 졸업(1988). 1982년 《아동문학평론》에 동화 〈개미도 노래를 부른다〉 〈엄지병아리〉가 추천되어 등단했다. 장편집 《개구장이 일기》 《황금산의 비밀》 《악동 행진곡》, 단편집 《개미도 노래를 부른다》 《책귀신과 금메달》 《너는 바보다》 《생글이와 투덜이》 등이 있다. 1986년 해강아동문학상, 1987년 한 · 중 작가상을 수상했다.

손소희 孫素熙 1917~1986 소설가. 함북 경성 출생. 일본 니혼대 수학, 외국어대 영문과 졸업(1961). 1946년 《신세대》에 시 〈동경憧憬〉이, 《백민》에 단편소설 〈맥貘에의 몌별袂別〉이 발표되면서 등단했다. 1948년 〈이라기梨羅記〉를 발표하고, 이어 〈회심〉 〈현해탄〉 〈지류地流〉 〈흉몽〉 〈길 위에서〉 등을 발표했다. 1949년에는 전숙희田淑禧 · 조경희趙敬姬 등과 종합지 《혜성》을 발간해 그 주간이 되었으나 1950년 전쟁으로 중단되었다. 주요 작품으로 단편 〈이라기〉 〈현해탄〉 〈길 위에서〉 〈불협화음〉 〈닳아진 나사〉 〈창포 필 무렵〉 〈양귀비꽃〉 〈어둠 속에서〉 등이 있으며, 장편으로는 〈태양의 계곡〉 〈에덴의 유역〉 〈원색의 계절〉 등이 있다. 작품집으로는 《다리를 건널 때》 《갈가마귀 그 소리》 《창포 필 무렵》 《그날의 햇빛

은》《태양의 계곡》 등이 있다. 그의 초기 작품들은 애정문제와 일제치하의 민족의식 등을 주로 다루었다. 〈이라기〉는 그러한 초기의 애정문제와 민족의식이 얽힌 젊은이들의 고민을 그린 대표적 작품이다. 후기로 오면서 작품은 장편으로 기울어지며 한국의 현실문제, 특히 일제와 광복, 6 · 25의 세태적 문제와 애정윤리의 문제 등을 집중적으로 다루었다. 그의 장편 〈남풍〉은 그러한 과제를 사실적 작품으로 형상화한 하나의 역작으로 평가되며, 특히 여성심리의 묘사에서 내성화된 미적 요소들을 민감하게 표현했다. 또한 〈갈가마귀 그 소리〉는 후기 단편의 역작으로서, 한국의 전통적 삶의식 속에서 재혼한 과부가 다시 옛 시가로 복귀하며 겪는 격심한 정신적 갈등을 다루어, 삶의 내부에 숨은 모순을 여성수난의 심화된 주제로 드러냈다. 문학사에서 임옥인林玉仁 · 최정희崔貞熙와 함께 여성수난의 주제를 심화시킨 주요한 작가적 위치를 점유한다. 그의 작가적 기법은 정밀한 관찰과 인물성격의 부각, 내성적인 인물의 심리를 서술하는 태도 등에서 두드러진다고 볼 수 있다. 서울시문화상과 5월문예상 등을 수상하기도 했다.

〈창포 필 무렵 菖蒲—〉 손소희의 대표적 단편소설. 1956년《현대문학》에 발표된 작품이다. 주인공인 소년 '나'는 이종간인 동수와 놀려고 동수네 집으로 자주 간다. 하루는 동수네 집에 낯선 예쁜 처녀가 있었다. 요양 온 하숙 손님이다. '나'는 그녀를 그리워해 자주 동수네 집을 찾아 그녀와 논다. 그러나, 그녀는 '나'의 형과 가깝게 지내고, '나'는 그냥 동생으로서 대해줄 뿐이다. 형은 '나'를 경계하고, 조그만 놈이 철없이 까분다고 때리기도 한다. 한번은 골짜기에서 가재를 잡다가 노랫소리가 들려오기에 숨어서 바라보니, 형과 그녀가 숲에서 놀고 있었다. '나'는 나무를 때린다고 돌팔매질을 했지만, 그녀가 내 돌에 맞은 줄은 몰랐다. 그녀는 돌에 맞은 뒤 서울로 가서 죽는다. 이 작품은 사건의 주인공을 소년으로 내세우고 있다는 것이 특징이다. 때문에 '나'의 돌팔매질로 해서 그녀가 죽음에까지 이르게 되지만, 그것은 어른이 저지르게 된 경우와는 완전히 다른 양상을 띠게 된다. 그리고 화자가 소년이기 때문에 그 순수한 사랑은 더욱 아름다운 것이다. 이 소설은 손소희의 다른 작품과 마찬가지로 남녀의 삼각관계를 다룸에 있어서 감정의 미묘한 변화를 포착해 남녀의 내면적 대결을 통해 인간과 인간의 갈등으로 심화시키고 있다.

〈남풍 南風〉 손소희의 장편소설. 1963년 을유문화사에서 간행되었다. 민족항일기 말기에서 광복을 거쳐 6 · 25의 격변기 동안에 일어난 비극적인 사랑과, 전통적 윤리의식 속에서의 여성수난을 주제로 다루고 있다. 남희와 세영은 서로 사랑하는 사이이나 남희는 아버지의 강압으로 다른 남자와 결혼하게 된다. 한편 세영은 중국 신경으로부터 돌아와 남희에게 구혼하고, 이에 충격을 받은 남희는 정신병에 걸리게 된다. 해방이 되어 세영은 공산당의 횡포를 견디지 못하고 남편을 잃은 남희를 데리고 남하하다가 폭격을 맞아 청각을 잃는다. 남희는 이런 세영을 이끌고 '햇빛과 자유'를 찾아 남으로 향한다. 남희와 세영의 기구한 사랑을 묘사함으로써 삶의 자율성에 관한 서사과정을 주요하게 추적하고 있다. 그러나 시대와 풍속 및 관습적 제도에 의해 개인의 자율성이 이지러지거나 왜곡되는 비극성이 깊이 있게 다루어짐으로써, 여성 수난의 주제가 풍속적 차원에서 선명한 문체로 부각되게 했다. 하나의 삽화적 이야기로서 과부인 세영의 어머니가 연애를 했다는 이유로 자살할 수밖에 없었고, 이어 최치만이 그 시체에 태형을 가한다는 냉혹성이 비정하게 다루어지고 있다. 이러한 점으로 보아 삶의 자율성이 관습의 제재를 받으며 왜곡되는 실상이 파헤쳐지고 있다. 또한 이 작품에서는 남희·아끼꼬 등 여러 여성의 심리묘사를 통해 작가의 서사적 기량이 뛰어나게 발휘된다. 삶의 자율성이 인간주의의 기본적인 정신이라는 점을 작품의 주제로 삼고 있으며, 설정된 각 인물들이 적절히 성격화됨으로써 작가의 섬세하고 치밀한 감수성과 상상력이 융합되게 했다. 개인의 삶과 시대의 힘이 상호작용을 일으키며 개인의 운명이 결정됨을 세영과 남희의 비극적 사랑을 통해 이해시켜주는 작품이라 하겠다.

〈갈가마귀 그 소리〉 손소희의 단편소설. 1970년에 발표된 작품으로 작자의 완숙한 경지가 작품 세계로 드러난, 완벽한 시정詩情의 소설이다. 신랑의 얼굴도 모른 채 시집간 고을댁은 돌연한 남편의 죽음 이후, 청상과부의 정성으로 시집살이를 한다. 그러다가 시부모의 애정어린 배려로 하인과 함께 만주로 달아나 노후까지 행복하게 살던 고을댁은 첫 남편 옆에 묻히려고 귀향한다. 그러나 재산을 노린 양자의 학대를 받으며 점점 고독에 빠진 그녀는 망부에게 그와 빨리 재결합시켜 줄 것을 간절히 호소한다. 숙명적인 한국인의 심정, 회귀적인 갈망 등이 슬픔의 미학으로 승화되어 깊은 공감을 몰고 오는 작품이다.

손영목 孫永穆 1945~ 소설가. 경남 거제 출생. 경남대 국어교육과 졸업. 1974년《한국일보》신춘문예에〈이항선離港船〉이 당선되어 등단했다. 이후《작가》동인을 결성해 활동, 1982년《경향신문》2천만원 고료 장편모집에〈풍화風化〉가 당선되기도 했다. 그의 작품은 우화적 성격, 즉 고도의 현실비판적 성격을 띠고 있으며, 그 비판의 대상은〈신의 나라 사람〉〈안경〉에서 볼 수 있는 정치적 폭력의 문제와〈오늘의 우화〉〈도시와 소년과 새〉에서 나타나는 사회학적 관점에서의 오늘의 세태를 비판하는 것으로 대별된다. 작품집으로《침묵의 강》《신의 나라 사람》《어둠의 목소리》《피 묻은 승마복》《인간의 계단》등이 있다. 1999년 장편〈얼음꽃〉으로 한국소설가협회 장편문학상을 수상했다.

손장순 孫章純 1935~ 소설가. 서울 출생. 서울대 불문과 졸업, 프랑스 소르본느대 대학원에서 수학. 1958년《현대문학》에 단편〈입상立像〉〈전신轉身〉이 추천되어 등단했다. 한국불문화협회 이사, 현대사회연구소 이사 등을 역임했다. 그는 프랑스 문학의 영향을 강하게 받아 인간의 내부 구조를 탐구하고, 지적·심리적 인간의 존재를 추구하는 데 큰 관심을 기울였다. 주요 작품으로 단편〈부동산 중개인〉〈파인 플레이〉〈대화〉〈불타는 빙벽〉, 중편〈쫓는 자와 쫓기는 자〉, 장편〈한국인〉〈너와 나와의 대화〉등이 있으며, 저서로 창작집《대화》《도시일기》《행복을 파는 여자》《목마른 후조》《화려한 변신》등 20여 권의 소설집과 수필집《어릿광대여, 나팔은》등을 간행했다. 1967년〈한국인〉으로 한국여류문학상을 수상했다.

〈한국인 韓國人〉 손장순의 장편소설. 1966년부터 1969년까지《현대문학》에 연재되었다. 이 작품으로 작자는 1967년 한국여류문학상을 수상했다. 대부분 대학을 나오거나 외국유학까지 다녀온 젊은이들인 '한국인'의 주인공들에게는 밝은 대화를 찾아볼 수 없다. 이들은 항상 응달 속에서 몸부림치며 살아가는데, 한두 번 어떤 희망적인 기회가 오더라도 그것은 머지않아 무너지고 말 것이라는 강박관념 때문에 안으로만 움츠러든다. 탈선적인 형태로 일그러지고, 창백한 얼굴로 태양을 갈망하는 나무들, 작가는 이들의 공통적인 불행의 책임을 '한국인'이라는 데다 두고 있다. 한국에 태어나서 한국에 적籍을 두고 한국의 역사적·사회적 운명 속에 밀폐되었기 때문에 이 울타리 밖으로의 탈출에 성공하지 못하는 한 그들은 불행의 그림자를 떨쳐버릴 수 없다는 것이다.

손창섭 孫昌涉 1922~ 소설가. 평양 출생. 일본 니혼대 중퇴. 1949년 《연합신문》에 〈얄궂은 비〉를 연재하고, 1953년 《문예》에 단편 〈사연기死緣記〉 〈공휴일公休日〉이 추천되어 등단했다. 이후 〈혈서血書〉 〈인간동물원초人間動物園抄〉 〈유실몽流失夢〉 〈설중행雪中行〉 〈잉여인간剩餘人間〉 등을 발표했다. 〈혈서〉는 남의 하숙비를 뜯어먹고 사는 실직자, 불구자, 간질병 환자들의 병적인 도착 심리를 그린 것이며, 〈인간동물원초〉는 그의 대부분의 작품에 일관되어 있는 모멸과 자조의식이 내포된 가면을 벗은 인간들이 집약적으로 나타나 있으며, 〈유실몽〉은 사회 적응 능력을 상실해 점점 도태되어 가는 열외 인간을 그린 것이다. 또 하늘옷을 잃어버린 선녀처럼 생활 능력과 행동력을 거세당한 의식의 수인을 그린 〈설중행〉, 무능력하고 병적인 인간도 건전하게 바라본 〈잉여인간〉, 비굴함과 만용성을 지닌 주인공의 행동을 통해 부정적·회의적 입장에서 현실을 바라보는 병적 인생관을 표현한 〈낙서족落書族〉, 역사적 현실에서 기인하는 병적 심리의 추구를 통해 이 작가의 세계를 알아볼 수 있는 해설적 소설인 〈신神의 희작戱作〉 등이 그의 대표작으로 꼽히고 있다. 창작집 《비 오는 날》 《낙서족》 《부부》 《길》 《잉여인간》 등과 《손창섭대표전집》(전5권) 등을 출간했다. 그는 김성한金聲翰·장용학張龍鶴 등과 더불어 1950년대를 대표하는 작가의 한 사람이다. 착실한 사실적 필치로 이상인격의 인간형을 그려내어 1950년대의 불안한 상황을 잘 드러냈던 그는 독특한 시니시즘의 필치, 불의에 참지 못하는 다혈질의 성격창조, 거침없이 파국으로 몰고 가는 주제의 결말로써 종래 상식적인 문학관을 크게 뒤바꾸어 놓았다. 1955년 〈혈서〉로 현대문학신인상을, 1959년 〈잉여인간〉으로 동인문학상을 수상했다.

〈비 오는 날〉 손창섭의 단편소설. 1953년 《문예》 11월호에 발표되었다. 어느 날 원구는 거리에서 우연히 소학교에서부터 대학 때까지 동창이며, 어린 시절 서로의 집을 오가며 친하게 지냈던 친구 동욱을 만난다. 그는 아직 미혼인 여동생 동옥과 함께 살고 있으며, 동옥이 그린 초상화로 미군부대를 드나들며 생계를 유지하고 있다고 말한다. 장마가 계속되던 어느 날 원구는 처음으로 외진 곳의 낡은 목조건물에 사는 동욱을 찾아가나 동옥만이 차갑게 원구를 맞이한다. 그 날 원구는 우연히 동옥이 다리를 심하게 절고 있음을 발견하고, 동욱이 매우 냉담하게 동옥을 대하고 있음을 알게 된다. 그 뒤 비가 와서 가게를 벌일 수 없는 날이면 원구는 자주 동욱남매의 집을 찾곤 한다. 그러는 사이 동옥에게 마음이 끌림을 느끼고, 동옥 또한 원구에 대해 친근감을 느낀다. 그리고 동욱은 원구에게 동옥을 보살펴줄 이가 자신 말고는 아무도 없으며 동옥을 측은하게 생각하면서도 그녀를 보기만 하면 화가 치민다는 말을 하며, 원구에게 동옥과의 결혼 의사를 묻는다. 며칠 뒤 원구는 동욱의 초상화 주문 폐업과 동옥이 주인 노파에게 오빠 몰래 빌려준 2만환의 빚을 떼이었음을 알게 된다. 오랜 장마로 장사가 되지 않자 마음까지 산란해진 원구는 동욱의 집을 찾아가나, 새 주인으로부터 동욱은 아마도 군대에 끌려간 듯 며칠째 소식이 없고, 동옥 또한 혼자 며칠 밤을 울다가 주인이 나무라자 원구에게 편지를 남기고 떠났는데 편지는 부주의로 없어졌다는 말을 전해 듣는다. 얼굴이 반반하니 몸을 판들 굶어 죽기야 하겠느냐는 새 주인의 말에 분노를 느끼던 원구는 결국은 그 분노가 자신에게 되돌아옴을 느끼며 돌아선다. 그 뒤부터 비가 오는 날이면 원구의 마음은 동욱남매의 생각에 우울해지곤 한다. 이 작품은 손창섭의 초기단편소설로서 6 · 25 직후의 부산을 배경으로 동욱남매의 불행을 그린 작품이다. 비가 오는 음산한 풍경의 서술로 시작해 수시로 이러한 풍경이 작품 속에 나타나는데 이는 곧 작중인물들의 심경인 작품 전체의 분위기와 밀접한 관련을 맺는다. 즉, 이상성격자 동욱과 동옥의 절망과 무기력과 무위를 그대로 나타내면서 동시에 이들 심리의 정확한 통찰을 통해 음울한 시대적 · 공간적 상황을 표출하는 것이다.

〈**잉여인간** 剩餘人間〉 손창섭의 단편소설. 1958년 《사상계》에 발표된 작품이다. 13년간 작가 생활의 후기에 속하는 이 작품은, 초기작들과 달리 병적인 인간형도 적게 등장하고 건전한 삶에 대한 긍정적인 표현도 나타나고 있다. 주인공 서만기는 치과 의사이다. 실의에 빠져 있는 이 병원에는 비분강개파인 채익준과 천봉우란 인물이 거의 매일 놀러 온다. 이 중에서 천봉우 같은 실의의 인간상은 이 작가의 초기작에 가장 많이 등장하는 유형이고, 채익준도 그렇다. 그러나 간호원을 짝사랑하는 천봉우를 조소하지 않고 긍정적으로 그린 것이나, 채익준 같은 비분강개파를 야유하지 않고 오히려 정상적인 인물로 표현한 것은, 이 작품이 병적 회의주의를 탈피하고 건전한 모럴을 추구해 인생을 긍정적으로 바라보기 시작한 작가 의식을 새롭게 보여준 것이다. 더구나 자기 능력대로 성의 있게 살아가고, 침착한 기품과 교양을 잃지 않으며 천봉우 아내의 유혹도 점잖게 물리치고 가족과 친구들도 잘 돌보는 주인공을 미화한 것은, 이 작가가 평범한 인간의 건전한 모럴 속에서 인생의 긍정적 의미를 찾으려 한 것이며, 그것은 기왕의 병적 생리로부터의 자기 탈출을 시도한 작품이라고 볼 수 있을 것이다.

손춘익 孫春翼 1940~ 아동문학가 · 소설가. 호 하정何丁. 경북 포항 출생. 1966년 《조선일보》와 《매일신문》 신춘문예에 동화 〈선생님을 찾아온 아이들〉 〈선생님을 기다리는 아이들〉이 각각 당선되어 등단했다. 이후 1974년 《현대문학》 《창작과 비평》 등에 단편소설을 발표했다. 《포항문학》 편집인, 민족문학작가회의 이사 등으로 활동했다. 작품집으로 동화집 《어린 떠돌이》 《마루밑의 센둥이》 《달과 꼽추》 《외나무다리》 《점박이와 운전수 아저씨》 《푸른 바다 저 멀리 서동이와 선화공주》 《구름 아래 묻어둔 보물》 등 다수가 있고, 단편소설집 《작은 톱니바퀴의 연가》 《이런 세상》, 장편소설집 《추억 가까이》, 산문집 《꽁보리밥과 찬 우물물》 《코끼리의 코》 《깊은 밤 램프에 불을 켜고》

등이 있다. 그는 끊임없는 실험정신과 자기 성찰을 통해 뛰어난 동화작품을 창작해 왔으며, 따스한 정감과 진실성이 자연과 생명에 대한 사랑 및 강한 휴머니즘으로 승화되고 뛰어난 화해성을 나타낸다. 또한 소설에서도 환상 리얼리즘을 추구하며 현실비판 의식과 진정한 인간성의 추구에 주력하고 있다. 1972년 세종아동문학상, 1981년 소천아동문학상, 1982년 경북문화상 등을 수상했다.

송기숙 宋基淑 1935~ 소설가 · 평론가. 전남 장흥 출생. 전남대 국문과 및 동 대학원 졸업. 1965년《현대문학》에 평론〈창작과정을 통해서 본 손창섭孫昌涉〉〈이상서설李箱序說〉등이 추천되어 문단에 데뷔했으나, 이후 소설로 전향해〈대리복무〉〈어떤 완충지대〉〈백의민족〉등을 발표했다. 목포교대를 거쳐 전남대 교수로 재직하던 중 교육민주화선언문을 작성해 대통령 긴급조치에 따라 구속되었다가 석방되었으나 교수직에서 파면되었다. 1980년 광주사태로 구속되어 복역하다가 이듬해 석방되었다. 현재 전남대 국문과 교수로 재직 중이며, 민족문학작가회의 상임고문으로 활동하고 있다. 그의 소설은 민족의 수난사를 배경으로 민족의 정신적 현실을 그려내는 것이 특색인데, 단편소설〈백의민족〉에서 이러한 경향이 잘 반영되어 있다. 단편소설〈어떤 완충지대〉는 남과 북이라는 민족 분열에서 오는 인간의 비굴함을 그리고 있으며,〈테러리스트〉는 테러리스트인 독립투사의 테러에 대한 윤리적 갈등을 그린 작품이다. 대개 그의 작품은 이와 같이 민족의 식을 바탕으로 한 것이 많다. 이밖에 장편〈자랏골의 비가悲歌〉〈암태도岩泰島〉〈녹두장군〉〈은내골 기행〉등의 작품이 대표작으로 꼽히며, 작품집으로《백의민족》《도깨비 잔치》《재수없는 금의환향》《테러리스트》《어머니의 깃발》등과 산문집《녹두꽃이 떨어지면》《교수와 죄수 사이》등을 출간했다. 1972년 현대문학상, 1994년 만해문학상, 1995년 금호예술상, 1996년 요산문학상을 수상했다.

〈테러리스트〉 송기숙의 단편소설. 1972년《월간문학》에 발표되었다. 테러리스트인 사내는 테러를 하다가 다리에 부상을 입고 깊은 산속 암자 밑의 동굴 속에 숨어 노승老僧 안월의 보호를 받는다. 어느 날 아랫마을에서 토지조사를 하던 일인日人 측량기사들이 눈 속에 갇혀 있다는 소식을 듣자 그는 그들을 죽임으로써 얻게 될 효과를 생각한다. 그는 승복으로 갈아입고 그들을 죽여 살인죄를 스님들에게 넘기고, 이어 일인들의 짓인 양 노승을 죽인 후 암자를 불태울 것을 결심한다. 노승의 명성을 이용, 노승을 죽임으로써 승가세계에 일인들에 대한 적개심이 퍼질 것을 계산한 것이다. 그는 계획대로 일인들을 죽이고 돌아온다. 다음날 예상했던 대로 일인 헌병들이 암자를 휘젓고 돌아가자 그는 노승을 죽이려고 칼을 빼어든다. 그러나 어제 저녁 일인들을 죽일 때의 고뇌와 죽음을 초월한 듯한 노승의 의연한 태도에 눌려 결국 씁쓸하게 절을 떠난다. 테러리스트로 활동하는 독립투사의 테러에 대한 윤리적 갈등을 그린 작품이다.

〈암태도 岩泰島〉 송기숙의 장편소설.《창작과 비평》1979년 겨울호부터 1980년 여름호까지에 발표되었다. 실제로 있었던 암태도 소작쟁의를 그린 작품으로 1923년의 소작쟁의에 소설적인 변형을 거의 가하지 않고 사실적인 구도를 고스란히 끌어안고 있다. 하지만 사실에 언어의 육질을 부여함으로써 기록 속의 사실, 혹은 구전 속의 사실을 삶 속의 사실로 자리매김하고 있다. 또한 소작쟁의 지도자인 서태석을 주인공으로 삼고 있기는 하지만, 주인공이나 등장인물 개개인의 성격과 내면 또는 행동을 그리기보다는 쟁의에 가담했던 농민 전체의 모습을 집단적으로 형상화하고 있다. 소작쟁의란 물론 추수한 곡식을 갈라 먹는 비율을 놓고 지주 그리고 그 배후의 일본제국주의와 싸우는 적나라한 먹이 싸움이지만, 그럼에도 쟁의에 나선 농민들의 집단을 전사집단戰士集團으로 파악하지만은 않는다. 바로 이런 측면이 소설의 가치를 두드러지게 해준다. 한국 농민의 근본적인 심성은 고통과 노동의 바탕하에 생계를 마련할 뿐 아니라 인간으로서의 도덕성까지도 그 바탕하에 두는 일차적인 생산자의 심성이다. 그러므로 암태도에서 벌어지는 소작쟁의는 생존권의 확보뿐 아니라 토지와 관련된 인간의 도덕성 회복, 그리고 그들이 오랜 농경생활과 역사 속에서 체득해낸 공동체적 삶의 가치에로의 복귀까지 의미하는 것이다. 이런 맥락에서 1920년대 한국 농업의 보편적 현실을 그 배경으로 하면서, 섬의 특수성과 관련되는 암태도 소작쟁의의 전개과정과 거기에 얽혀드는 농민들의 삶의 내용을 그려내고 있다. 소작쟁의사건 자체의 극적 발전과정도 흥미롭지만 반봉건적 · 반일적인 순수한 농민운동이 암태도라는 작은 단위의 섬에서, 그것도 아주 밀도 있게 진행되어지는 모습을 민중의 의지를 관철시키는 결말로 그려냈다는 것은 작품의 성과를 더욱 드높이는 요인으로 작용한다. 매몰되었던 일상성에서 깨어나 자기 삶을 찾아 몸부림치는 것이 인간의 가장 신선한 본래적인 모습임을 일깨워 주었다는 점에서도 그 가치는 높이 인정된다.

송기원 宋基元 1947～ 시인 · 소설가. 전남 보성 출생. 서라벌예대 문예창작과 졸업. 1974년 《동아일보》 신춘문예에 시 〈회복기恢復期의 노래〉, 《중앙일보》 신춘문예에 소설 〈경외성서經外聖書〉가 당선되어 등단했다. 1980년 세칭 김대중내란음모사건에 연루되어 3년여의 구금생활을 경험한 데 이어 1986년에는 무크지 《민중교육》 문제로 다시 영어의 몸이 되는 등 1980년대의 민주화 운동에 적극적으로 참여하기도 했다. 이 와중에도 꾸준한 창작 활동으로 시집 《그대 언 살이 터져 시가 빛날 때》 《마음속 붉은 꽃》, 소설집 《월행月行》 《해 뜨는 집》 《다시 월문리에서》 등을 간행했다. 90년대 중반 이후부터는 주로 장편 창작에 주력해 〈여자에 관한 명상〉 〈청산〉 〈너에게 가마 나에게 오라〉 등을 간행했으며, 1999년에는 인도 여행 체험을 소재로 한 장편소설 〈안으로의 여행〉을 발간했다. 그는 이 시대의 진실을 진지하게 파헤치는 시인으로 소설에 있어서도 탁월한 민중적 정서를 보여주고 있다는 평가를 받는다. 1993년 제24회 동인문학상을 수상했다.

〈다시 월문리에서 —月門里—〉 송기원의 단편소설. 1983년 《실천문학》에 발표되었다. '월문리' 라는 농촌에서 겪은 작가의 체험을 솔직하게 드러낸 사소설 형태의 연작의 한 부분이다. 투옥이라는 개인적 체험을 기준으로 나누어 연작의 후반부에 해당하는 이 작품은, 연작의 전반부가 드러냈던 농촌세태소설적인 면을 극복하고 개인의 고통과 시대의 아픔이 어머니라는 연결고리를 통해 접합되는 과정을 훌륭히 형상화했다고 평가된다. 간결하고 압축된 서정적 문체와 효과적인 소설적 상징의 구사가 이 작품의 특징으로 꼽히고 있다.

송도 宋島 1926~ 수필가. 본명 재응在應. 충북 영동 출생. 동국대 졸업. 1956년《국제신보》에 수필 〈바다에 대한 동경〉을 발표하면서 등단했다. 주요 작품으로 〈구멍 이야기〉〈여성의 무기〉〈어느 일요일의 단상〉〈손〉 등이 있고, 수필집으로《S교사와 학생들의 대화》가 있다. 그는 주로 세태인심을 풍자적으로 표현하되 그로부터 아름다운 인간미를 찾는 작품 경향을 갖는다.

송동균 宋東均 1932~ 시인 · 소설가. 호 여천餘川. 전북 정읍 출생. 동국대 국문과 졸업(1968). 1976년《현대문학》에 〈외심外心〉〈우이동 우경雨景〉 등이 추천되어 등단했다. 이후 동국문학인회 부회장, 한국문인협회 감사 및 이사, 현대시인협회 이사, 한국국제펜클럽 한국본부 이사 등을 역임했다. 시집으로《금상동琴床洞의 산자락》《정읍井邑 까치》《저문 황토길》《흑장미》《겨울산에 일어선 바람》《밤에만 울던 뻐꾸기 왜 낮에도 우는가》《금상동 사람들》《변화의 바람》 등 10여 권이 있고, 장편소설 〈아름다운 영혼들〉이 있다. 모든 인간미는 정에서 비롯된다고 믿는 그는 삶을 맑고 밝게 가꾸며 인간 고뇌를 순한 자연으로 순화시키려 한다. 주로 향토색에 바탕을 둔 조화로운 인간적 고뇌를 읊고 있으며, 1983년 한국신문예상, 1990년 한국현대시인상, 1993년 한국문학상을 수상했다.

송명호 宋明鎬 1952~ 시인. 경북 경산 출생. 서울대 국문과 졸업(1988). 1988년《시문학》 신인상에 시가 당선되어 등단했다. 주로《심상》을 통해 시를 발표했으며, 1991년부터 현재까지 '우린정 서당'을 운영하며 사서삼경四書三經을 가르치고 있다. 시집으로《바람에 찍은 혜초의 쉬임표》《안개가 아픈 자작나무》 등이 있다. 그의 시는 관념적 형이상학적 세계와 일상적이며 감각적 세계가 만나지 못하는 괴리를 통해 드러나는 애상적 비극미를 갖는 것으로 평가되고 있다. 1988년 시문학상을 수상했다.

송병수 宋炳洙 1932~ 소설가. 경기도 개풍 출생. 한양대 졸업. 1957년《문학예술》 신인특집에 단편 〈쑈리 킴〉이 당선되어 등단했다. 주요 작품에 단편 〈22번지〉〈그늘진 양지〉〈인간신뢰〉〈탈주병〉〈잔해殘骸〉〈대화〉, 중편 〈권태〉〈함정〉, 장편 〈대한독립군〉〈저 거대한 포옹 속에〉 등이 있다. 그의 작품들은 작품의 현장에 따라 두 계열로 나눌 수 있다. 한국 전쟁에 참가한 이유조차 알지 못하고 미군의 포로가 된 중공군의 이야기 〈인간신뢰〉, 이북에서 강제로 인민군에 끌려가 무엇 때문에 전쟁을 해야 하는지를 모르는 주인공들을 그린 〈탈주병〉, 어느 공군 장교의 조난 이야기로서 생텍쥐페리를 연상하게 하는 〈잔해〉 등은 전쟁을 배경으로 쓰여진 작품이다. 그러나, 전쟁의 피해가 전쟁에 직접 참여하지 않은 사람에게 어떤 형식으로 나타나는가를 보여준 〈쑈리 킴〉, 역시 전쟁의 피해자를 그린 〈장인掌印〉, 사회의 변천에 따른 남녀간 모럴과 여성의 도덕관의 변화를 그린 〈행위도생行爲圖生〉 등은 전후 한국사회를 그린 일련의 세태소설이다. 요컨대, 작품 소재가 다양해 초기에는 전후세대의 현실을 주로 그렸으나 후기에는 일상생활 속에서 부조리

한 인간현실을 파헤치는 데 주력했다. 그의 작품 저류에는 한결같이 리얼리즘의 기법과 휴머니티가 흐르고 있으며, 종래의 리얼리즘과는 달리 현실에서 일상적 의미 이상의 것을 찾아내려고 노력하는 모습이 인상적이라는 평가를 받기도 했다. 1965년 단편 〈잔해〉로 동인문학상을 수상했다.

〈쑈리 킴〉 송병수의 단편소설. 1957년 《문학예술》에 발표된 작품으로 작자의 데뷔작이다. 6·25동란 중에 천애고아가 된 쑈리 킴은 못된 짓만 골라 시키는 왕초에게서 딱부리와 함께 도망친다. 그러나 교통순경에게 잡혀 고아원으로 돌아가게 된 그들은 다시 탈출, 미군부대가 있는 곳으로 간다. 다행히 딱부리는 하우스보이가 되고 쑈리 킴은 따링이라는 양공주의 뚜쟁이 노릇을 하게 된다. 따링은 쑈리 킴을 친동생처럼 아껴주는데, 어느 날 헌병이 와서 따링누나를 잡아가고 따링은 기를 쓰며 다시 만나자고 소리친다. 쑈리 킴은 따링누나가 잡혀간 것은 딱부리의 밀고 때문이라고 생각, 격투를 벌인다. 그러나 쩔뚝이란 청년이 따링누나의 돈을 훔쳐가지고 나오는 것을 본 쑈리 킴은 곧 그에게로 뛰어가 난투를 벌인다. 필사의 노력으로 격투를 하던 중 큰 돌을 들고 어린 쑈리 킴을 내리치려던 쩔뚝이는 갑자기 으악 하는 소리를 내며 쓰러진다. 옆에 있던 딱부리가 던진 칼날이 등에 꽂혀 있었다. 쑈리 킴은 걸음아 날 살려라 하고 서울로 내닫는다. 따링누나와의 정다웠던 날들이 자꾸만 생각난다. 송병수의 문학정신은 기본적으로 휴머니즘에 바탕을 두고 있는 것으로 평가된다. 이 작품에서도 전쟁으로 인한 상처와 비극의 이면裏面에, 그것을 치유하고 남을 인간미의 따뜻함을 제시하고 있다. 최악의 환경에서 자라면서도 동요를 들으면 넋이 빠지고 마는 쑈리나, 몸을 팔면서도 최후의 자존심과 윤리를 지켜내려고 안간힘 쓰는 따링누나, 의리를 저버리지 않는 딱부리 등의 인간상을 통해 그것을 느낄 수 있다. 더불어 1950년대 우리 문학의 반미의식을 가늠할 수 있는 작품이기도 하다.

〈잔해 殘骸〉 송병수의 단편소설. 1964년 《현대문학》에 발표된 작품으로, 그해 동인문학상을 수상했다. '불사의 보라매'라 불리는 조종사 김진호 중위는 항상 행운아였다. 그의 생활은 출격·술·여자·노름의 반복이었다. 불안한 전쟁터가 그를 그렇게 만든 것이다. 언제나 행운아였던 그는 어느 날 출격에서 돌아와 만난 여자(유복자를 갖게 된 동료의 부인)로 인해 충격을 받은 나머지 임신을 알리러 온 여자친구 미애를 울려 보낸다. 그리고 불안하고 착잡한 마음에 자진해서 야간비행에 나간 그는 임무는 무사히 마쳤으나 적의 공격으로 적지에 낙하한다. 불행에 대해 조금도 준비가 없었던 그는 배고픔·추위·피곤·긴장으로 더욱 기력을 잃게 되는데, 갑자기 맞은편 산등성이에 헬리콥터가 내리고 비행복을 입은 사람이 타고 떠난다. 안타깝게 소리치며 달리다 구덩이에 빠진 그는 가까스로 기어가서 이상한 예감이 드는 물체에 손을 댄다. 그것은 자기 비행기의 잔해였다. 그것을 쓸어안고 흐느끼는 그의 등위로 눈이 곱게 내리 덮힌다.

송상옥 宋相玉 1938~ 소설가. 일본 도야마현 출생. 서라벌예대 문예창작과 졸업(1960). 고교 재학 때 이제하李齊夏 등과 《백치》 동인으로 문학활동을 시작했다. 1959년 《동아일보》 신춘문예에 〈검은 이빨〉이 입선, 같은 해 《사상계》 신인문학상에 〈바닥 없는 함정〉이 당선되어 등단했다. 이후, 중편 〈밤 바닷가의 이야기〉 〈도피〉, 단편 〈잠복초潛伏哨〉, 중편 〈찢어진 홍포紅布〉, 단편 〈흑색 그리스도〉와 〈실종〉 등 참신하고 매력 있는 문장, 국면 포착과 처리의 특이성으로 크게 주목을 받았다. 주요 작품으로 단편 〈바닥 없는 함정〉 〈흑색 그리스도〉 〈실종〉 〈어떤 몰락〉 〈겨울비〉, 장편 〈환상살인〉 〈밤으로 흐르는 강〉 등이 있다. 작품집으로 《떠도는 심장心臟》이 있고, 문고판 소설집 《성聖 바우로의 신부神父》와 《마魔의 계절季節》이 있다. 그의 문학적 특성은 무의식의 영역 속에서 발동하는 적의나 죄의식을 환상적 기법으로 노출하면서 정치적 · 사회적 부조리를 효과적으로 고발, 인간소외와 인권유린에 대한 인간성 옹호에 역점을 두는 데에 있는 것으로 보인다. 현대문학신인상, 한국소설문학상 등을 수상했다.

〈환상살인 幻想殺人〉 송상옥의 장편소설. 1971년 《주간조선》에 발표된 작자의 대표적 작품이다. 여자는 젊은 미인이었다. 대학을 나온 것 같기도 하고 문전에도 가보지 못한 것 같기도 하다. 정강옥이 이름을 물어도 어물거리던 그녀가 정사情事를 마친 뒤 "강영숙이에요" 하고 내뱉듯 외친다. 그런 강영숙은 이튿날 변사체가 되어 발견된다. 정강옥은 살인혐의로 연행되고 이 사실이 신문에 보도되자 그는 회사에서 해고된다. 경찰의 조사에 의해 유력한 용의자로 박종수가 등장한다. 박종수는 그녀를 열렬히 짝사랑하고 있었으나, 그녀는 어떤 사장과 정사를 즐기는 사이였다. 그래서 박종수는 평소에 그녀의 죽음을 소원하고 있었다. 경찰의 심문에 못이긴 그는 결국 그녀의 죽음을 망상하고 있던 터라 자신이 죽였노라고 거짓 자백을 하고 재판을 받는다. 작자는 이 작품에서 무의식의 영역 속에서 발동하는 적의를 추구해, 정치적 · 사회적 부조리를 효과적으로 고발하고 있다.

송선영 宋船影 1936~ 시조시인. 본명 태홍泰洪. 광주 출생. 광주사범 졸업(1956). 1959년 《한국일보》 신춘문예에 시조 〈휴전선休戰線〉과, 《경향신문》 신춘문예에 〈설야雪夜〉가 각각 당선되어 등단했다. 이후 《원탁》 동인으로 활동하면서 〈강강수월래〉 〈화암별곡花岩別曲〉 〈머슴의 장章〉 〈하늘 눈〉 등을 발표했다. 시조집으로 《겨울 비망록》이 있으며, 자연과 향토와 역사적 소재에 대한 직관을 탁월하게 시화하고 있는 것으로 평가되고 있다. 1974년 전남문화상, 1979년 노산문학상을 수상했다.

송수권 宋秀權 1940~ 시인. 호 평전平田. 전남 고흥 출생. 서라벌예대 문예창작과 졸업(1962). 1975년 《문학사상》 신인상에 〈산문山門에 기대어〉 외 4편이 당선되어 등단했다. 데뷔 후 중 · 고등학교에서 교편 생활을 했고, 펜클럽이사를 역임했다. 《무등일보》 편집위원 및 순천대 문창과 교수로 초빙되어 후학을 양성하고 있다. 주요 작품에 〈춘향이 생각〉 〈지리산 뻐꾹새〉 〈등꽃 아래서〉 〈줄포마을 사람들〉 등이 있다. 시집으로 《산문에 기대어》 《꿈꾸는 섬》 《아도啞陶》, 동학혁명서사시집 《새야 새야 파랑새야》 《우리들의 땅》 《자다가도 그대 생각하면 웃는다》 《별밤지기》 《바람에 지는 아픈 꽃잎처럼》 《수저통에 비치는 저녁노을》 등 다수가 있으며, 산문집으로 《다시 산문에 기대어》 《사랑이 커다랗게 날개를 접고》 등이 있다. 이밖에 저서로 분단시선집 《남풍》(편저), 대표시선집 《우리 나라 풀 이름 외기》, 역사기행집 《남도기행》, 남도음식문화기행《남도의 맛과 멋》, 꽃시선집《들꽃세상》 등이 있다. 이중 1999년 발간된《들꽃세상》은 달개비꽃, 족두리꽃, 개불알꽃, 가래꽃 등 우리 나라 산천의 온갖 꽃들을 소재로 인생의 슬픔과 기쁨을 노래한 시집이다. 그는 향토적 자연을 소재로 인생론적 문제들을 예술적으로 승화해 아름다운 서정시를 써왔다. 그의 시세계는 한恨의 극복, 즉 부활의지로서 남성적 한을 노래하는 데 특징이 있으며, 이 한의 극복으로써 역사의지를 폭넓게 수용하고, 이 역동적 힘에 민중적 삶을 천착하고자 한다. 그러므로 민중시와 서정시의 결합이 역사성으로 나타나는 특징을 갖는다. 특히 그의 언어는 영랑이나 소월의 섬약한 가락에 비해 남도적인 질박한 가락, 즉 서편제가 아닌 동편제 가락으로서 한국어의 새로운 가능성을 보여주고 있다. 1975년 문교부장관상, 1986년 금호문화예술상, 1987년 전라남도문화상, 1988년 소월시문학상, 1990년 국민훈장모란장, 1993년 서라벌문학상, 1996년 김달진문학상, 1996년 광주문학상, 1999년 정지용문학상 등을 수상했다.

송숙영 宋肅瑛 1937~ 소설가 · 극작가. 본명 숙영肅英, 호 봄들. 경기도 개성 출생. 이화여대 법학과 졸업(1960). 영국 로열아카데미 수학. 1960년《현대문학》에 단편〈원근법〉〈타인들〉이 추천되어 등단했다. 이후〈역주逆走〉〈화판花瓣〉〈늪지의 여우〉〈아! 아메리카, 아메리카〉〈고깔〉 등의 작품을 발표했다. 주로 남녀의 애정세계를 통해서 강렬하고 다이내믹한 전후파적인 애정모럴을 추구했다. 단편〈늪지의 여우〉는 과거에 몸을 더럽힌 지숙이라는 여자가 전 대통령의 며느리가 된 이야기이며, 단편〈아! 아메리카, 아메리카〉는 순결한 한국 여성과 미군 중위와의 연애를 통해서 실용주의적 · 물질주의적인 미국의 관습과 소박한 사대 사상으로 굴욕을 당하는 한국 여성의 고민을 그린 것이다.〈루비의 죽음〉은 재벌의 딸이 노무자들에게 강간당한 사건을 통해 사회의 한 어두운 단면을 파헤친 것이며,〈약탈의 즐거움〉은 삼각관계를 통한 전후파적인 애욕모럴을 탐구한 것으로 원색적이며 강렬한 문체가 이색적이다. 그의 작품들은 현대인의 메마른 감정세계를 예리하게 묘파해 행동주의적 모럴을 제시해 보이고 있다. 한편 1962년 국립극장 희곡공모에〈환상의 늪〉이 입선, TV드라마〈빨간 풍선〉 등이 당선되어 희곡 · 라디오드라마 작가로도 활동했다.

송영 宋影 1903~1978 소설가 · 극작가 · 평론가. 본명 무현武鉉. 서울 출생. 배재고보를 중퇴한 후인 1922년에 염군사에 참여했으며, 미발간 잡지인《염군》에 소설과 희곡을 실었다고 알려져 있다. 본격적인 문단생활은 1925년《개벽》에〈느러가는 무리〉가 입선하면서 시작되었다. 카프에 참여한 그는 계급간의 갈등을 뛰어난 극작술로 극화해 내었으며, 프로희곡의 새로운 경지를 개척한 작가로 인정받았다. 카프가 해산된 후, 그는 대중극의 대표적 극단인 청춘좌와 호화선에서 극작가의 생활을 계속했으며, 약 50편 이상의 공연 작품 목록이 확인된 바 있다. 해방 이후 조선프롤레타리아연극동맹에 잠시 관여했다가 1946년 1차 월북파에 가담, 북한에서 북조선문학예술동맹 상무위원을 비롯해 요직을 두루 거쳤다. 그의 희곡 작품 경향은 세 시기로 나누어진다. 첫번째 시기는〈정의와 칸바스〉〈아편쟁이〉를 발표한 20년대 후반기이다. 이 시기의 작품들은 촌극이거나 촌극에 가까운 단막극 형식을 사용하고 있고 계급의식을 고취하려는 작가의 의도를 등장인물을 통해 직접 드러내고 있다. 두번째 시기는 〈일체 면회를 사절하라〉〈호신술〉〈신임 이사장〉으로 1930년대 전반기에 해당한다. 이 시기의 작품은 공연을 크게 의식하고 있는데, 그 결과 부정적인 인물이 자신의 결함을 스스로 폭로하는 방식의 풍자극으로 일관했다. 세번째 시기는 카프 해산 이후 상업극단에 가담해 작품 활동을 한 시기이다. 이 시기의 작품들은 〈황금산〉이나 〈윤씨일가〉를 제외하고는 다분히 세태 비판 수준 이하의 내용으로 흘렀는데, 그 이전의 풍자성이 상실되면서 단순한 소극으로 떨어진 작품이 많다 하겠다. 월북 이후의 활동은 자세히 알 수는 없으나, 노동력 제고를 위한 〈나란히 선 두 집〉, 남한 정세를 풍자한 〈금산군수〉, 반외세의 민중의식을 구현한 역사물 〈강화도〉 등의 작품이 전해지고 있다.

〈호신술 護身術**〉** 송영의 희곡. 1931년부터 1932년 1월까지 《시대공론》에 발표한 이 작품은 촌극에 가까운 단막극으로, 반민족적 자본가를 풍자한 희극이다. 작가는 이 작품에서 일제치하의 구조적 모순에 안주하고 있는 자본가들의 속성을 비판하면서, 노동자들의 단결된 힘이 반민족적 자본가를 압도할 수 있다는 전망을 제시하려 했다. 이 작품에서 가장 특기할 사항은 노동문제를 다루고 있으면서도 노동자들이 무대상에 직접 등장하지 않는다는 점이다. 노동자들을 전면에 내세우지 않으면서도 효과를 올리기 위해, 작가는 작품의 갈등구조를 약화시킨 대신 주인공 김상룡을 위시한 부정적 인물들이 스스로 자신의 결점을 드러내어 관객의 조롱거리가 되도록 만들었다. 그 반면 극의 말미에 노동자들의 공격적인 함성을 삽입해 그 이후의 상황에 대해서는 관객들이 마음껏 상상할 수 있도록 배려하고 있다. 1920년대 대부분의 노동극이 노동자들의 어려운 노동환경과 그 속에서의 고통을 직접 보여주었기 때문에 검열에 번번이 걸려 공연이 무산되었던 점을 고려한다면, 이 작품에 나타난 이러한 실험은 특히 주목을 요한다. 이러한 변모는 1930년대의 달라진 공연환경, 즉 강화된 검열과 이에 맞서는 카프의 연극대중화 정책을 적극적으로 감당해 나가려 했던 실천적 노력의 결실이라 할 수 있다.

송영 宋榮 1940~ 소설가. 전남 영광 출생. 한국외대 독어과 졸업. 1967년 《창작과 비평》에 〈투계鬪鷄〉를 발표하면서 등단했다. 주요 작품에 단편 〈북소리〉〈선생과 황태자〉〈중앙선 열차〉〈의사 김씨〉, 장편 〈달빛 아래 어릿광대〉〈땅콩껍질 속의 연가〉〈달리는 황제〉〈금토일 그리고 월화수〉〈아파트의 달〉 등이 있으며, 저서로는 단편집 《선생과 황태자》《지붕 위의 사진사》《비탈길 저 끝방》, 수상집 《작은 사랑의 약속을 위하여》, 콩트집 《녹색구두》 등이 있다. 1998년에는 거의 10년 만에 중편 〈발로자를 위하여〉를 발표, 이 작품은 작가 자신의 1992년 러시아 여행 체험을 바탕으로 하고 있다. 송영의 소설 공간은 비정상적인 세계, 곧 상식이 통하지 않는 세계이다. 그것은 경우에 따라 〈선생과 황태자〉, 〈님이 오시는 날〉과 같이 감옥이거나 〈중앙선 열차〉와 같이 만원 열차 안이기도 하고, 〈투계〉나 〈계단에서〉와 같이 기이한 습관이거나 성격을 가진 인물이기도 하다. 그는 비정상적인 세계를 어떤 설명이나 현학적 요설을 동반하지 않은 채 객관적인 모습 그대로 묘사해 낸다. 그 모습은 폭력성이나 비정함과 같은 한 극단에서 단순한 진기함에 이르기까지 다양한 편차를 가지고 있다. 1987년 현대문학상을 수상했다.

〈선생과 황태자 先生一皇太子〉 송영의 중편소설. 1970년 《창작과 비평》 가을호에 발표되었다. 1960년대 말의 해병대 감방 안을 배경으로, 닫힌 세계 속에서의 근원적인 인간의 존재 의식을 주제로 하고 있는 이 소설은 송영의 여느 작품과 마찬가지로 소설 전개 방식에서 짜임새 있는 소설 공간을 설계하고 있다. 이 소설의 등장인물 중 박순열은 부드럽고 아는 것도 많아 '선생' 으로 호칭되며 2호 감방장 이 중사로부터 보호를 받는 반면 정 하사의 미움의 대상이 된다. 이 중사는 상관 폭행죄로 수감되어 있는 2호 감방장이다. 그리고 정철훈 하사는 월남전에서 양민 학살죄로 무기 징역을 받고 복역 중이며, 이 중사의 뒤를 이어 감방장이 될 '황태자' 이다. 등장인물들은 현실이 닫혀 있는 공간인 만큼 그곳으로부터의 탈출을 부단히 꾀한다. 그러나 그것이 불가능하다는 것을 알고 있다. 소설에 이 중사의 '외출' 장면이 나오는데, 그는 천 하사의 손깍지 위에 올라서서 통풍구 창틀을 붙잡고 내다보는 것이다. 작가 송영은 해병대 장교로 임관된 후, 무단 이탈을 해서 영창생활을 한 경력이 있다. 그때 법무관이 소설 〈투계〉의 작가인 그를 알아보고, 그 법무관의 선처에 의해 수개월 만에 풀려나게 되었다. 이 작품은 그와 같은 체험을 소설화한 것으로서, 이를테면 주인공 순열씨는 바로 작가 자신인 것이다.

송영택 宋永擇 1933~ 시인 · 번역문학가. 호 청서당聽黍堂. 부산 출생. 서울대 독문과 졸업. 1952년 《신작품》 등의 창립동인으로 활동하면서 〈가을2〉를 발표했고 1956년 《현대문학》에 〈소녀상〉이 추천되어 등단했다. 주요 작품에 〈간주곡間奏曲〉 〈연가〉 〈가을과 코스모스〉 〈10월 서정〉 〈네가 있던 자리〉 〈사실 2, 3〉 등이 있으며, 시집에 《가난한 산책》 등이 있다. 한편 번역에도 주력, 《전후독일시초》 《현대독일시초》 《릴케시집》 《잠 못 이루는 밤을 위하여》 등을 번역 · 간행했다. 릴케의 영향을 강하게 받은 그의 시는 존재의 탐구와 리리시즘의 생동성을 추구하고 있다.

송욱 宋稶 1925~1980 시인 · 평론가. 서울 출생. 서울대 영문과 졸업. 미국 시카고대 대학원에서 영문학 연구. 1953년 《문예》에 시 〈장미〉 〈비 오는 창〉이 추천되어 등단했다. 1961년 영미 주지주의의 영향을 크게 받은 실험적인 문제시 〈하여지향何如之鄕〉과 〈해인연가海印戀歌4〉 등을 수록한 첫번째 시집 《하여지향》을 발간했다. 이 시집에서는 그의 탐미와 서정, 그리고 풍자와 익살을 통한 현실비판의 정신을 볼 수 있다. 이후 두번째 시집 《월정가月精歌》에서는 이데아와 관능, 사상과 육체의 조화를 밀도 있고 간결한 구성으로 표현했다. 그의 저서 《시학평전詩學評傳》 《문학평전文學評傳》은 동서의 문학사상과 작품을 비교 · 분석했다는 점에서 뜻 깊은 업적으로 평가된다. 이밖에 시집 《나무는 즐겁다》와 다수의 번역서가 있다.

《하여지향 何如之鄕》 송욱의 첫번째 시집. 1961년 일조각에서 발간되었다. 모두 78편의 시가 9부로 나뉘어 수록되어 있고, 앞에 작자 서언序言과 〈어머님께〉라는 권두시가 있다. 이 시집의 시편들은 시집이 발간되기

전 10여 년간 쓰여진 것들을 묶은 것으로 대체로 연대순으로 배열되어 있다. 여기에 실린 시들은 정신과 육체의 갈등, 슬픔을 밀도 있게 노래한 초기 서정시들과, 풍자와 익살을 통해 현실을 비판하는 사회시들로 크게 구분되어지고 있다. 수록 작품들은 작가의 풍자적 경향을 잘 드러내고 있는데, 시인은 여기서 이 사회를 '별난 마을'로 비꼬고 있다. 또한 시속과 세태의 이모저모도 풍자의 대상이 되고 있다. 뿐만 아니라, 시적 소재가 따로 있는 게 아니라는 입장이 대담하게 드러나 있다는 점에서 전위적 요소도 없지 않다. 대표작으로 일컬어지는 〈하여지향일壹〉에서도 만물상적인 세태를 풍자하는 면모가 분명히 드러난다. 그러나 실험적이고 전위적인 노력에도 불구하고 지적되는 결함은 작품의 조직원리에 관한 것이다. 낱낱의 시행에서 보여주는 말놀이가 균질감과 일관성을 지니면서 통합되어 있지 못하기 때문이다. 그러나 그가 만들어 내는 풍자와 익살은 시를 읽는 일을 재미있는 일이 되게 한다는 의견에는 반론이 없다.

송원희 宋媛熙 1927~ 소설가. 서울 출생. 동국대 영문과 수료. 1956년 《문학예술》에 단편 〈화사花蛇〉와 〈식민지〉 등이 추천되어 등단했다. 이후 한 중년 부인의 꿈과 자유와 의지와의 갈등을 정감적인 면에서 부각시킨 〈낙엽기落葉期〉, 한 소녀가 이국異國에서 어떻게 자아를 형성하고 특히 민족적 열등감이 발생해 가는가를 농밀한 문장으로 묘파한 〈낙뢰落雷〉 등의 역작을 발표했다. 펜클럽 이사, 한국여성문학인회 회장, 동국문학인회 회장 등을 역임했으며 현재 한국문인협회 이사로 재직 중이다. 주요 작품에 단편 〈분열시대〉 〈분단〉 〈혈흔〉 〈추도〉 〈사막의 돌〉, 중편 〈비틀거리는 중간〉 〈고려청자〉 〈새〉, 장편 〈고독의 문〉 〈여신들의 피리소리〉 〈대지의 꿈〉 등이 있으며 창작집 《비틀거리는 중간》 《잃어버린 날개》 《목마른 땅》 《회색빛 기행》, 동화집 《아코디언 아저씨》 등을 간행했다. 그의 작품의 주조主調는 민족적 애수에 뿌리박고 있으며, 거기에다 민족적 비애를 맑은 문체로 가다듬고 있는 작품은 예리한 투시력과 세련된 지성이 한결 빛난다. 1985년 제4회 일붕문학상, 1987년 제4회 동국문학상, 1995년 제32회 한국문학상 및 문화훈장 옥환장 등을 수상했다.

송일빈 宋一彬 1928~ 수필가. 대전 출생. 연세대 대학원 및 국방대학원 졸업(1968). 1968년부터 《세대》 등의 문예지에 〈이불〉 〈서울로 가는 길〉 〈쪽대문 집 딸〉 〈적재적소〉 등을 발표해 등단했다. 주요 작품으로 〈아쉬운 도량〉 〈모로 가는 길〉 〈권노인의 편지〉 〈엉뚱한 구상〉 〈지피지기〉 〈유언의 말씀 아직도 쨍쨍한데〉 등 많은 수필이 있다. 그는 생활 주변의 다양한 소재를 폭넓게 다루어, 휴머니티와 서정성 짙은 표현으로 오늘의 현실과 나아갈 새로운 철학의 정립에 노력을 경주하고 있다. 1988년 한국전쟁문학상을 수상했다.

송재영 宋在英 1935~ 문학평론가 · 불문학자. 충북 영동 출생. 서울대 불문과 및 동 대학원 졸업. 프랑스 소르본대 수학. 1972년 프랑스 몽펠리에대에서 문학박사 학위를 받았다. 주요 평론으로 〈조지훈론趙芝薰論〉 〈한국소설과 사회적 현실성〉 〈리리시즘의 확충〉 등이 있다. 〈조지훈론〉에서 그는 조지훈 시의 서정성과 미학적 개념의 융합관계를 구명하기 위해서 이 시인의 서정세계를 일단 가차없이 해체하고 그 조직을 면밀히 재검토하고 있다. 또한 〈한국소설과 사회적 현실성〉에서는 이병주李炳注의 작품 세계를 해명했다. 이병주의 소설은 20대에서 60대에 이르기까지 모든 사람들에게 거의 같은 혹은 최소한 비슷한 공감을 줄 것이라고 하는데, 그 까닭은 그의 작품이 중층적·연면적 사회현실을 역사적 흐름과 결부시켜 인간의 내부구조 안에서 찾아내고 있기 때문이라고 한다. 이 평론의 결말에서 그는 한국소설이 물질적 외부세계와 정신적 내부세계의 상호 인과관계, 그리고 그 안에서의 역사적·사회적 현실성을 추구해야 할 것이라고 주장했다. 그는 주로 문학작품에 있어서 주제 탐구에 역점을 둔 철학적 비평에 힘을 기울이고 있다.

송진석 宋振錫 1932~ 아동문학가. 전남 고흥 출생. 순천사범 졸업(1954). 1973년《새동네 꽃동산》을 발간하면서 작품 활동을 시작했다. 동년 문화방송 공모 일일연속극에 〈새벽길〉이 당선된 데 이어 1977년《여성동아》에 논픽션 〈장하다 무당 아들〉이 당선되었다. 주요 작품집에 동화집 《가슴에 푸른 꿈을》《무지개를 쫓는 소녀》, 동시집 《마을 앞에 선 느티나무》《창을 닦는 아이》 등이 있다. 1975년 전남아동문학상, 1988년 한국아동문학작가상 등을 수상했다.

송하춘 宋河春 1944~ 소설가. 전북 김제 출생. 고려대 국문과 및 동 대학원 졸업. 1972년《조선일보》신춘문예에 〈한 번 그렇게 보낸 가을〉이 당선되어 등단했다. 주요 작품으로 〈고생일기〉〈복권〉〈가겟집 주인〉〈동심원〉〈해갈解渴의 잠〉〈면장面長의 죽음〉〈언덕 위의 집〉〈밀알의 노래〉〈이승의 노래〉〈백수광부白首狂夫의 처〉 등이 있으며, 창작집으로《한 번 그렇게 보낸 가을》《은장도와 트럼펫》《호박꽃 여름》《거슬러 부는 바람》《하백의 딸들》을 간행했다. 1995년 제3회 오영수문학상을 수상했다.

수난 이대 受難二代 → 하근찬河瑾燦

수라도 修羅道 → 김정한金廷漢

수필 隨筆 수필은 일반적으로 사전에 어떤 계획이 없이 어떠한 형식의 구애도 받지 않고 자기의 느낌·기분·정서 등을 표현하는 산문 양식의 한 장르이다. 그것은 무형식의 형식을 가진 시도로서 비교적 짧으며 개인적이고 서정적인 특성을 지닌 산문이라 할 수 있다. 수필은 그 정의가 좀 막연한 것과 같이 그 종류의 분류도 일정하지 않다. 자연과 인생을 관조해 그 형상과 존재의 의미를 밝히기도 하고, 날카로운 지성으로 새로운 양상과 지향성을 명쾌하게 제시하기도 한다. 또한 서정과 서사에 의한 정서적 감동이나 허구적 흥미를 주기도 하면서, 다른 문학양식과의 상호 견인작용을 적절하게 포용해 수필의 영역은 광범위하게 확대되기도 한다. 이러한 수필의 특성은 다음과 같다. 첫째, 수필은 무형식의 자유로운 산문이다. 그것은 수필이 소설이나 희곡과 같은 산문문학이면서도 구성상의 제약이 없이 자유롭게 쓰여지는 산문임을 말한다. 둘째, 수필은 개성적이며 고백적인 문학이다. 어떠한 문학양식도 작가의 개성이 풍기지 않는 것은 없지만, 수필처럼 개성이 짙게 풍기고 노출되는 양식도 드물다. 셋째, 수필은 제재가 다양한 문학이다. 인생이나 사회·역사·자연 등 세계의 모든 것에 대해 느낀 것과 생각한 것은 무엇이나 다 자유자재로 서술할 수 있어서 그 제재의 선택에 구속을 받지 않는다. 넷째, 수필은 해학과 기지와 비평정신의 문학이다. 수필에서는 지적 작용을 할 수 있는 비평정신이 밑받침이 되며, 시가 아니면서도 정서와 신비의 이미지를 그리게 하기 위해서 해학과 기지가 반짝여야 한다. 서정이 어린 지성의 섬광이 바로 수필의 특성인 것이다. 보통 일기 · 서간 · 감상문 · 수상문 · 기행문 등도 모두 수필에 속하며, 소평론小評論도 여기에 포함시킬 수 있다. 또한 수필을 에세이essay와 미셀러니 miscellany로 나누는 이가 있는데, 전자에는 어느 정도 지적 · 객관적 · 사회적 · 논리적 성격을 가지는 소평론 등이 포함되며, 후자에는 감성적 · 주관적 · 개인적 · 정서적 특성을 가지는 신변 잡기 등이 포함된다. 비교적 중한 형식으로 사회적 · 비평적 · 도덕적인 내용을 담고 있는 중수필, 가볍고 세련된 유머와 풍자가 담긴 경수필, 사색적 수필, 비평적 수필, 스케치, 담화수필, 개인수필, 연단수필, 성격 소묘 수필, 사설수필 등으로도 나눈다.

수필문학 隨筆文學

1) 1972년 3월에 창간된 월간 수필전문지. 국판. 100~150면. 박연구朴演求 · 김승우金承禹 등이 창간해 편집인 김효자金孝子, 주간 박연구, 발행인 김승우로, 대한교과서 주식회사에서 인쇄하고 수필문학사에서 발행했다. 수필을 문단권외시하던 당대의 문단 상황에서, 진정한 수필문단을 형성하고 전국 수필동인들의 발표지면을 확보해 수필문학을 활성화하고자 하는 목적에서 창간되었다. 매달 '해외 에세이'라는 고정란을 두어 한 나라의 수필을 개관하고 대표적인 수필들을 몇 편 게재함으로써 세계성을 찾아보고자 했다. 1977년 3월에는 '한국수필문학상'을 제정했으며, 제1회 수상자는 피천득皮千得이었다. 기고작품과 추천작품을 수시로 모집해 신인도 발굴하고 일반인들의 참여도 북돋았다.

▲수필문학 창간호. 1972년 3월.

2) 1988년 5월에 창간된 순수문예지. 수필문학사 발행. 편집 겸 발행인 강석호姜錫浩 주간은 오창익吳蒼益. 수필문학의 위상정립을 위한 수필론을 특집으로 하고 순수 수필작품의 개발을 목적으로 하고 있다. 매년 한국수필문학가 신춘대화의 모임과 수필 세미나를 개최, 1991년부터 월간 수필문학 대상을 시상했다.

순교자 殉教者 → 김은국金恩國

순문예 純文藝 1939년 8월 일본 도쿄에서 창간된 순문예 동인지. 편집 겸 발행인은 이종길李鍾吉. 국판 32면으로 창간호만 내고 말았다. 제명에서 풍기는 것처럼 순문예를 추구, 내용면에서는 기성문인의 작품을 게재해 무게를 더했다. 시에 김광섭金珖燮의 〈시〉, 이용악李庸岳의 〈두메산골〉, 조원환曺元煥의 〈까치〉, 소설에 김영수金永壽의 〈병실〉, 평론에 안함광安含光의 〈순수문학론〉 등을 수록했다.

순문학운동 純文學運動 1919년에 일어난 문학운동. 《창조》의 발간을 계기로 신소설과 최남선崔南善 · 이광수李光洙의 이른바 계몽문학에 반발하고 나선 문학운동이다. 김동인金東仁의 문학이 순문학의 효시로서 사회교화와 풍속 개량을 표방하는 계몽주의를 거부하고 본격적으로 인생문제를 제시했고, 구어체 문장의 확립, 구체적인 작품 활동으로 철저한 문학활동 전개, 작품의 형식과 기교면에 치중하는 등 다양한 현상을 보였다. 《창조》 동인 중 주로 소설을 쓴 김동인과 전영택田榮澤의 작품을 통해 순문학의 경향을 보면, 김동인의 〈약한 자의 슬픔〉 〈마음이 옅은 자여〉 〈배따라기〉 등과 전영택의 〈천치天痴? 천재天才?〉 등은 모두 근대사실주의의 영향을 받은 작품들이며, 주요한朱耀翰의 〈불놀이〉는 현대적인 자유시로 그 작풍이 상징주의의 영향을 받았다. 이로 보아, 《창조》 동인들은 계몽주의적 문학에서 탈피해 예술 위주로 본격문학을 다루게 되었으며, 이로써 당시 문단에 리얼리즘이란 순문예사조를 도입하게 되었던 것이다. 그들은 근대문학의 구체성을 파악, 언문일치의 문장에서 발전해 새로운 문장을 위한 혁신운동으로 구어체 문장을 확립했다. 예컨대 이광수 소설까지 우리 말에 존재치 않던 동사의 과거 · 현재 · 미래의 시제를 완전히 구분했고, 대명사를 만들고, 방언을 사용하는 등 작품 창작에 있어서 구체적이고도 실제적인 혁신을 시도했다. 이와 같이 《창조》 시대에 이르러서 우리 신문학은 구어체의 확립, 계몽문학의 배척, 사실주의에 입각한 순문학운동 등의 획기적인 전환이 있었다. 순문학운동은 한국 근대문학사상 일대 진보를 가져온 운동이었다.

순수문학 純粹文學 문학에 있어서 비순수성을 배척하고 순수성을 중시하며 추구하는 문학. 순수문학은 문학의 대명사로 쓰이기도 하고, 예술지상주의에 입각한 문학, 자율성과 자동성으로서의 문학, 즉자적인 문학, 현실초월이나 도피의 문학 등의 뜻으로 풀이되기도 한다. 순수문학은 도구성으로서의 문학이나 특정인이나 특정이념을 위한 목적의식이 뚜렷한 문학에 반대한다. 그런가 하면 순수문학은 현실참여문학에 대립되는 개념으로 인식되기도 했으며, 때로는 통속문학이나 상업주의문학으로부터 문학정신을 지키겠다는 의지가 낳은 용어로 설명되기도 했다. 한국문학사 속에서 순수문학은 시대를 초월해 일정한 실체를 가지고 있었던 개념이기보다는 시대에 따라 의미의 틀이 조금씩 달라져버린 개념에 가깝다. 광복 이전의 문단에서는 순수문학은 급진사조의 문학, 리얼리즘의 정신과 방법에 투철했던 문학에 대립하면서 눈앞의 상황과 현실에 대해 되도록 관심을 두지 않으려는 한 태도로 나타나기도 했다. 광복 직후 문단이 좌우로 갈라져 있을 때에는 주로 우익측 문인들이 '문학의 순수성'이나 '이데올로기로부터의 독립성'을 주장했으며, 바로 이 가운데에서 순수문학이라는 말이 자주 사용되기도 했다. 1960년대에 들어서면서 순수문학은 참여문학에 찬성하지 않거나 부정하는 입장에 있는 문인들을 일컫게 되며, 1970년대에는 민중문학 · 시민문학 · 리얼리즘문학 등과 반대편에 서게 된다. 1980년대에 들어와서는 민중문학의 확산과 득세로 말미암아 순수문학이란 말은 더 이상 알맹이도 없는 것으로 여겨지고 말았다. 이렇게 보면 순수문학이란 용어는 그때그때의 문학정신을 좌우하는 역사적 상황이나 정치적 분위기에 따라 그 의미가 가감되거나 조정되거나 재편성되는 것이라 할 수 있겠다.

순수문학논쟁 純粹文學論爭

1) 제1차 순수문학논쟁은 유진오兪鎭午 · 김동리金東里에 의해 30대(유진오 · 임화 등)와 20대(김동리 · 정비석 등) 간의 이론적 대립으로 시작된 일련의 세대론으로부터 발전된 것이 특색이다. 1939년 유진오가 〈순수에의 지향〉이라는 글을 발표하자, 김동리가 이를 받아 반박함으로써 개시된다. 이와 같이 세대론과 표리의 관계를 이루며 순

수·비순수의 논쟁이 야기된 배경과 내용은 다음과 같다. 첫째, 세대론이 대두될 정도로 일종의 전환기적 성격을 띨 만한 여러 가지 변화가 1930년대 후반기의 문단에 나타나기 시작했다는 점이다. 가령 1935년을 전후해서 유능한 신인들이 대량으로 진출, 기성세대의 문학에 전적으로 불만을 나타냈다는 점도 그 이유의 하나이다. 즉 구세대의 문학관과 신세대의 문학관이 갈등을 일으키게 되자 표면상으로는 세대론이, 내용상으로는 문학의 순수·비순수 문제를 따지는 순수문학논쟁의 양상을 나타내게 된 것이다. 둘째, 30대에는 기성문학을 대변하는 이론가와 비평가들이 많았으나 20대에는 그들의 문학을 대변할 만한 비평가들이 없었던 탓으로 그들의 문학관을 스스로 주장하고 밝히지 않을 수 없었던 것인데, 20대의 대표적 신인인 김동리가 순수문학의 본질을 밝힘으로써 논리적 대립의 양상이 확연해졌다고 볼 수 있다. 이들 30대와 20대가 각기 주장한 이론들은 문학의 순수성에 대한 해석의 차이로부터 비롯된다. 비평의 용어로 순수라는 말을 처음 사용한 사람은 1939년의 임화林和이지만 이 말에 역동성을 부여한 것은 유진오다. 유진오가 신인작가의 문학정신이 순수하지 못함을 지적하자 크게 충격을 받은 20대의 대표적인 작가 김동리는 모든 비문학적인 야심과 정치와 책무를 떠나 오로지 문학정신만을 지키는 것이 문학의 순수성이라면 이는 20대의 순수한 작가들이 받을 말이 아니라 30대의 작가들에게 되돌려주지 않을 수 없고, 문학적 표현 없는 정신이야말로 '순수의 적'이라고 주장했다.

2) 두번째의 논쟁은 당시 30대의 비평가인 김환태金煥泰가 김동리의 논리에 동조하는 글을 발표하자, 그것을 다시 이원조가 반박한 30대끼리의 논쟁으로 볼 수 있다. 김환태는 신인의 작품들이 '문학정신만을 옹호하려는 의연한 태도'의 소산으로 보면서 30대가 신인의 수준을 따르지 못한다고 보았고, 신인들의 문학정신을 옹호하는 것이 결국 순수성의 옹호로 나타났는데 그것은 '인간성의 탐구'와 그것에 표현을 부여하는 창조적 힘으로 이해하면서 문예상의 사조 및 주의와 완연히 다른 것임을 주장하는 모순을 범하기도 했다. 이에 격분한 이원조는, 문학에 있어서 순수와 비순수의 구분은 '문학을 위해서 다른 일을 하느냐' '다른 일을 위해서 문학을 하느냐'에 달린 것이므로, 야심·책모만이 비순수가 아니라 가령 아무리 선한 일, 공리적인 것이라 하더라도 비문학적일 때는 비순수가 되는 것이라 했다. 따라서 30대의 문학이 방법론적인 실패는 있다 하더라도, 문학적으로 비순수한 것은 아니라는 내용으로 결론을 내림으로써 겉으로는 김환태를 비난하고, 내용상으로는 김동리를 비난한 것이다.

3) 세번째의 순수문학 논쟁은 김동리와 김동석金東錫에 의해서 전개된다. 김동석이 〈순수의 정체〉라는 글을 통해 순수문학의 논리적 맹점을 지적하자 김동리는 "인류는 금수 이상의 '생활'을 갖는다. 문학은 인류가 가질 수 있는 금수 이상의 생활에서 창조된다. 빵을 구하기 위해 싸운다는 사실 그 자체만에서 인류와 금수의 우열은 규정되지 않는다. 즉 빵을 구하는 것에 생활의 가치가 있는 것이 아니고 빵을 극복하는 데에 가치가 있다"는 내용을 주장함으로써 순수문학의 근본 바탕을 야유적으로 옹호한 바 있다.

4) 순수문학의 이론적·문학적인 대표는

처음부터 끝까지 김동리 한 사람이 맡아온 셈이다. 남북 분단이 되면서 순수문학을 부정하던 프로문인들이 월북하고 나서 순수문학 논쟁은 일단락되는 듯하더니 1959년 김우종金宇鍾·원형갑元亨甲·김동리가 얽혀 순수문학에 대한 간접적 논쟁을 벌여 온 셈이고, 1950년대의 비평가들이 참여문학론을 내세우면서 순수문학은 1970년대까지 전면적인 비판을 받아 왔다. 순수문학론자들이 문학의 독자성만을 내세우고 고집함으로써 문학이 당연히 포괄해야 할 사회적·역사적 현실에 배제된다는 사실이 중요하며, 작게는 문학정신의 왜소화를 불러오고 크게는 작가의 사회적 사명이 그 근본으로부터 무기력하게 되었다는 비난을 벗어나기 어려울 것이다.

순수소설 純粹小說　순수시純粹詩와 함께 목적문학의 대리개념인 순수문학의 하위개념. 이념이나 목적의식을 내세우지 않고 문학, 나아가 예술로서의 특유의 본질을 추구하는 소설이다. '순수문학'이라는 용어의 대두는 1930년대의 시문학파의 순수서정시 운동이라든가 그 뒤의 《문장》이나 《순문예》를 중심으로 하는 순수문학론에서 볼 수 있다. 그러나 순수문학론은 이에 앞서 1925년을 전후로 한 무산계급문학인 카프문학론에 반대하는 이른바 계급문학시비론 가운데에 이미 포괄되어 있었다. 신경향파문학이 무산계급문학과의 논쟁을 거쳐 민족문학론에 수용된다거나 조선주의 국민문학으로 변환되면서 이 논쟁은 내용주의 대 형식주의 문학론의 대립으로까지 파급되었다. 이처럼 예술의 독립적 가치를 명시한 예술지상주의는 소설·문학, 나아가 예술의 독자성을 인정받고 소설시학 등 기법을 발전시켜 독자적 영역을 구축하는 데 기여했지만, 한편으로는 그들이 배제했던 표면적 이념의 약화는 현실문제의식의 결여로 이어졌고, 이에 따라 문학이나 예술을 현실도피의 수단으로 여긴다고 비난받았다. 한국문학사에서 오랜 논쟁거리로 이어온 참여문학과 순수문학의 대립도 발단은 이로부터 비롯된다. 시인의 내면적 세계를 주로 다루는 시에서 흔히 순수시를 강조해왔던 상황과는 달리, 갈래의 특성상 작중인물이나 작가의 사회와의 정면적 대결을 그리지 않을 수 없는 소설에서는 순수소설이라는 개념도 제한되어 있다. 소설에서는 실제로 가시적 가치의 주장에서 인간성 옹호까지도 참여소설의 명제로 간주하고 있으므로 순수소설의 독자적 영역은 그만큼 줄어든다. 한국문학사에서 순수소설의 예는 민족항일기 말인 1940년대의 일군의 서정적 소설을 꼽을 수 있다. 부일문학附日文學이라는 오점을 남긴 동시대 문인들의 변절에 대해 토착적인 것이나 단순한 것 등을 내세워 비정치적 순수성을 지켰던 그들의 소설작품은, 현실도피라는 부정적 측면이 오히려 당대의 역사적 제약이라는 조건으로 양해될 수 있어서 약점이 미화되어 돋보이는 순수소설의 예라고 할 수 있다.

순수시 純粹詩　작품에서 비시적非詩的인 요소를 제거, 순수하게 시적인 차원을 개척하고자 한 시. 그 지향이 절대적인 차원에 도달하려는 데 있다고 보아 절대시絶對詩라고도 한다. 한국 현대 시사에서 순수시를 제창한 최초의 집단은 시문학파였다. 카프계 시인들의 정치지상, 시의 구호선전화에 반발해 그들의 시작 활동이 시작되었다. 시다운 시, 예술적으로 훌륭한 작품을 만들기 위해 전력을 기울인 것이 시문학파였다. 김영랑金永郎·정지용鄭芝溶의 뒤를 이어 김기림金

起林 · 노천명盧天命 · 김상용金尙鎔 · 김광균金光均 · 신석정辛夕汀 · 서정주徐廷柱 · 김현승金顯承 및 청록파 시인들을 이 계열에 꼽을 수 있겠다. 이들 이후 불가피한 상황에 의해 순수시에 대한 요구는 광복과 함께 다시 한국 시단에 대두되었다. 광복과 함께 구 카프계를 중심으로 한 좌파 문인들은 재빨리 행동을 개시해 정치적 성향이 강한 문학단체인 조선문학가동맹을 만들었으니 이 일방적인 정치 공세 속에서 시와 문학의 진실을 수호하는 작업은 어차피 누구에 의해서든 시도되어야 했다. 이 요구에 호응, 문학가동맹의 일방적인 활동과 맞서면서 시를 시로서 전개 · 발전시켜 나가는 작업을 개시한 것이 서정주 · 박목월朴木月 · 박두진朴斗鎭 · 조지훈趙芝薰 등의 시인과 김동리金東里 · 조연현趙演鉉 등의 비평가들이었다. 작품 활동의 실제에서 순수시의 이념이 제시된 예로는 서정주의 〈귀촉도歸蜀途〉, 박두진의 〈해〉, 조지훈 · 박두진 · 박목월 등의 3인 공동시집 《청록집青鹿集》 등이 있다. 특히, 이들 시집은 수록 작품의 질에 있어서 단연 광복 시단의 한 수확이라 할 수 있다.

순수 · 참여논쟁 純粹參與論爭 1960년대에 문학의 현실참여 문제를 둘러싸고 전개된 문학논쟁. 대표적인 것으로는 1963년과 1964년에 걸친 김우종金宇鍾 · 김병걸金炳傑과 이형기李炯基 사이의 논쟁과, 1968년의 이어령李御寧과 김수영金洙暎의 논쟁을 들 수 있다. 최초의 논쟁은 1963년 김우종이 〈파산의 순수문학〉이라는 글을 통해 당시 만연되고 있던 순수문학을 '고통으로 가득한 현실과 민중의 삶을 외면' 했다고 비판, '순수와 결별할 때가 왔다' 고 선언하면서 시작되었다. 이 글에 공감한 김병걸은 〈순수와의 결별〉이라는 글을 발표, 앙드레 말로 · 사르트르 등 서양 참여문학 대가들의 이론을 소개하면서 〈현실참여론〉의 이론적 토대를 마련했다. 그러자 이형기는 〈문학의 기능에 대한 반성-순수옹호의 노트〉를 통해 순수 · 참여논쟁은 이미 해방기에 끝났다는 전제하에 '문학은 본질적으로 도로徒勞요, 불쏘시개요, 장난감' 이라는 주장을 폈다. 이 논쟁은 해방 이후 최초로 '문학은 곧 순수문학' 이라는 식의 고정관념을 깨고 현실참여 문제를 다시 문학의 주요한 이슈로 제기했다는 점에서 의미가 크다. 이후 문단 내에서는 현실참여 문제가 기본적으로 수용되면서 그 방법을 둘러싸고 논의가 전개되다가 1968년 이어령과 김수영의 논쟁으로 재연되었다. 이어령은 〈오늘의 한국문화를 위협하는 것〉에서 당시 참여론이 점차 수용되는 상황을 위기상황으로 규정하고 참여론자들을 '대중의 검열자에게 무릎꿇고 문화를 정치활동의 예속물로 팔아넘기는 오도된 사회참여론자' 라고 비판했다. 이에 대해 김수영은 〈실험적인 문학과 정치적 자유〉를 통해 '모든 전위문학은 불온하다, 모든 살아 있는 문화는 본질적으로 불온한 것이다' 라는 말을 남기면서 문화를 이데올로기와 결부시키는 것이 문제가 아니라 단 하나의 이데올로기에 비끄러매려는 경향이 더욱 문제라고 반박했다. 1960년대 순수 · 참여논쟁은 당시 풍미했던 실존주의의 앙가주망론의 영향을 받기도 했으나, 본질적으로는 4 · 19를 통한 사회의식의 발전이 문학에 투영된 결과라 할 수 있으며 이후 70년대의 리얼리즘 문학을 탄생시키는 주요한 토대가 되었다.

순애보 殉愛譜 → 박계주朴啓周

순이삼촌 順伊三寸 → 현기영玄基榮

술꾼 → 최인호崔仁浩

숲속의 나라 → 이원수李元壽

습작실에서 習作室— → 허준許俊

승무 僧舞 → 조지훈趙芝薰

시 詩 순수한 정신의 경지를 표현하는 문학양식의 하나. 원래는 공상에 의한 생산이라는 뜻을 가진 말이었는데, 그것이 차차 한정적으로 문학적 생산 전반을 가리키게 되고, 다음에는 산문에 대한 율어律語의 문학을 가리키게 되어 결국은 한 문학양식으로서의 시의 개념을 담는 말이 되었다. 정형시와 자유시, 운율어와 무운시 등 여러 가지 형식이 있으나, 원래는 가창되었던 것이 노래로 부르는 가요와 읽는 시로 분화된 것이다. 그 발전의 자취는 단순한 정감적 감동으로부터 복잡한 지적 감동으로 발달해 온 인간정신의 변천을 반영하는 것으로 볼 수 있다. 그렇게 해서 시는 예술의 여러 분야에 있어 음악과 조형예술과의 중간 또는 그 종합적 위치에 있으며, 미학상으로는 그 형식에 표출의 문제를, 그 내용에 관조의 문제를 함축하고 있다. 이 두 요소의 미적 의의는 시의 종류에 따르므로 일률적으로 말하기 어렵다.

시문학 詩文學

1)1930년 3월 창간된 시 동인지. 편집 겸 발행인 박용철朴龍喆.국판. 통권 3호까지 발행되다가 4호부터는 《문학》으로 개제, 발행되었다. 주요 동인은 박용철 · 김영랑金永郞 · 정지용鄭芝溶 · 정인보鄭寅普 · 이하윤異河潤 등이었고, 2호부터 변영로卞榮魯 · 김현구金玄鳩가, 3호부터 허보許保 · 신석정辛夕汀 등이 참가했다. 당초 해외문학에 뜻을 둔 문학청년들이 신문학 초창기의 우리 문단에 본격적인 시문학 운동을 전개하고자 간행했던 이 잡지는 당시 프롤레타리아 문학의 목적의식과 도식성 · 획일성 · 조직성에 반대해 순수문학을 옹호한 모태가 되었고,

▲시문학 제2호. 1930년 5월.

시를 언어의 예술로 자각한 참된 현대시의 시발점이 되었기 때문에 한국 시문학사에서 차지하는 의의가 크다고 할 수 있다.

2)1965년 4월에 창간된 시 전문지. 문덕수文德守가 주재 발간. 편집 겸 발행인 정태진丁泰鎭. 청운출판사 발행. 창간 취지는 해외 시단과의 교류, 신진의 적극적 육성, 시단의 전위적 역할 등이었으며, 추천제와 연구작품제를 두어 신인을 배출시켰다. 이 잡지를 통해 추천을 완료한 시인은 홍신선洪申善 · 양채영梁彩英 · 오순탁吳順鐸 · 민윤기閔允基 · 양왕용梁汪容 등이었다. 1966년 12월 통권 20호로 종간되었다.

3)1971년 8월에 창간된 시 전문지. 국판. 조연현趙演鉉 주간으로 현대문학사에서 월간 종합문예지인 《현대문학》의 자매지로 발간했다. 시인들만의 문학의 장이 절실히 요구되어 이를 충족시키기 위한 노력의 일환으로 만들어졌으며 독자들에게 시를 통한 인격도야의 장을 마련해주는 데 창간 취지를 두었다. 시 · 시조 · 평론 등 세 분야에 대한 신인 추천제도를 설치, 신인을 배출, 통권24호부터는 현대문학사에서 독립해 발행인 김규화金圭和, 주간 문덕수文德守에 의해 시문학사에서 발행했다.

시문학파 詩文學派 1930년 3월 창간호를 낸 시 전문지 《시문학》을 중심으로 순수시

운동을 주도했던 일군의 시인들. 그 핵심인물은 박용철朴龍喆과 김영랑金永郎이며, 여기에 정인보鄭寅普 · 변영로卞榮魯 · 이하윤異河潤 · 정지용鄭芝溶의 참여로 창간호가 발간되었고, 뒤에 김현구金玄鳩 · 신석정辛夕汀 · 허보許保가 새로 참가했다. 엄밀한 의미에서 시문학파는 이들만을 지칭해야 할 것이나, 시문학파의 범위를 넓게 보는 입장에서는 이들과 경향을 같이하는 《문예월간》《문학》《시원》에 참여한 문인들까지 포함시켜 시문학파를 해외문학파의 연장선상에서 파악하려는 견해도 있다. 카프KAPF의 정치적 경향시에 반발해 문학에서 정치성이나 사상성을 배제한 순수 서정시를 지향하고자 한 점이 이들의 가장 중요한 특색이다. 한국 현대시사상 시문학파가 차지하는 위치는 그들에 이르러 비로소 현대적 구조를 지닌 시작품을 창작해 냈다는 것이다. 그 이전의 한국의 현대시는 아직도 그 언어문제 등에 있어서 매우 소박한 상태에 있었다. 1920년대의 감상적 낭만주의나 시나 민요시 또는 카프의 경향시가 모두 자유시의 특성에 대한 명백한 자각을 보여주지 못했기 때문에 시로서의 현대성을 논하기에 미흡한 면모를 보이고 있는 데 비해, 《시문학》에 실린 김영랑 · 정지용 · 박용철 등의 작품에서는 내용과 형식의 유기적 조화에 의한 자유시가 쓰여지고 있음을 확인할 수 있으며, 특히 시에서 언어의 조탁이라는 면에 그들이 의식적인 노력을 경주했다는 것은 주목할 만한 사실이다. 시의 언어가 산문이나 일상적인 언어와 다르다는 사실을 자각하는 것이 현대시의 중요한 특성 가운데 하나라면, 김영랑을 중심으로 한 시문학파가 이 방면에서 거둔 성과는 괄목한 만한 것이며, 또 뒤에 오는 시인들에게 많은 자극을 주었다고 볼 수 있다. 또 다른 중요한 특색으로 이전의 시에도 은유와 심상이 없는 것은 아니지만 시문학파의 그것과는 근본적으로 질적인 차이를 보이고 있다. 즉, 1920년대의 은유나 심상은 자연발생적인 것이 대부분인 데 비해 시문학파의 은유나 심상에는 시의 중요한 자산으로서 의식적으로 활용하고자 한 흔적이 뚜렷하게 나타나 있다. 이와 같은 특징은 정지용 등의 시적 성과를 통해 분명하게 확인할 수 있다. 따라서 한국의 시문학사에서 시문학파를 현대시의 출발점으로 삼는 것은 상당히 타당한 근거를 가진 입론이며, 시창작 이외에도 박용철의 시론이나 서구시 번역분야에서의 이하윤의 활동도 이들의 현대성을 뒷받침하고 있다. 시문학파는 오랫동안 한국 시단에 영향력을 발휘해 왔다.

시인부락 詩人部落 1936년에 발간된 시 동인지. 창간호 편집 겸 발행인은 서정주徐廷柱. 국판. 시인부락사에서 발행했다. 2호는 오장환吳章煥이 편집 겸 발행인을 맡았다. 동인은 서정주를 비롯해 김동리金東里 · 함형수咸亨洙 · 김광균金光均 · 김달진金達鎭 · 여상현呂尙玄 · 김상원金相瑗 등 주로 혜화전문 출신들이었다. 경비는 매호 동인들이 10원씩을 내어서 충당했다. 시문학파의 예술지상주의적인 순수문학을 인간주의적인 순수문학으로 심화시켰고, 시문학파에 비해 좀더 생명적 진실성과 인간 생명의 구경적 경지에까지 탐구하려고 했다. 1937년 통권 5호로 폐간되었다.

시장과 전장 市場―戰場 → 박경리朴景利

시적정의 詩的正義 시나 소설에 있어서 선인은 흥하고, 악인은 망하는 인과응보의 이치를 의미한다. 현실의 우연이라는 견해에서 벗어나, 예술에서 보이는 권선징악, 즉 일종의 이상적 정의. 예를 들면 셰익스피어의 〈베니스의 상인〉에서 샤일록이 안티니오의 생명을 요구했기 때문에 처벌되는 것, 〈흥부전〉에서 착한 흥부는 부자가 되고, 악한 놀부는 망하는 따위. 한국의 고전소설과 신소설은 대부분 권선징악이 그 주제이다.

시점 視點 작가의 눈이나 인물의 눈을 통해서 관찰의 각도를 다루는 문제. 이것은 이야기의 화자가 바로 누구인가 하는 문제인 것으로, 작가는 작품 주제의 재현적 진실을 객관화시키는 어떤 관계자를 자기 밖에다 내세워야 하기 때문에 생긴다. 시점의 여러 가지 유형을 살펴보면 첫째, '나'라는 인물이 자신의 이야기를 하는 1인칭 화자형이 있으며, 이때에는 인물과 서술의 초점이 일치한다. 둘째는 극적 화자형이 있는데 이것은 거의 완전히 표면에서 자신을 숨겨버린 화자를 말하며, 이러한 화자는 그 인물이 화자에 의한 해설 없이 제시되는 극작가의 경우에 유사한 것이다. 이 서술적 방법은 근대소설에 일반화한 것으로, 그 이유는 비개성적인 객관성의 효과를 주기 때문이다. 셋째는 3인칭 한정적 화자형으로 자연적인 수단에 의한 외적 지식에서 오는 시점을 말하며, 이러한 화자는 작중 인물의 심리를 제외하고는 어느 곳, 어느 때나 있을 수 있는 이동 화자라고 일컬어지기도 한다. 넷째는 3인칭 전지적 화자형이 있는데, 이것은 모든 것을 알고 그의 출현을 설명하지 않고서도 어느 때, 어느 곳에도 있을 수 있는 방법을 말한다. 이 방법은 작가에게 비상한 융통성을 준다. 그것은 작중 인물의 정신을 들여다볼 수 있고, 또 그 인물들의 사고와 감성을 보고할 수 있기 때문이다.

시조 時調 우리 나라 고유의 정형시. 고려 말기부터 발달해 왔다. '시조'라는 명칭은 영조 때 시인 신광수申光洙가 쓴 〈관서악부關西樂府〉에서 보이는 것이 문헌상으로는 가장 오래된 기록이다. 시조라는 명칭의 원뜻은 시절가조時節歌調, 즉 당시에 유행하던 노래라는 뜻이었으므로, 엄격히 말하면 시조는 문학부류의 명칭이라기보다는 음악곡조의 명칭이다. 따라서 조선 후기에 있어서도 그 명칭의 사용은 통일되지 않아서, 단가短歌·시여詩餘·신번新飜·장단가長短歌·신조新調 등의 명칭이 시조라는 명칭과 함께 두루 혼용되었다. 근대에 들어오면서 서구문학의 영향으로 과거에 없던 문학부류, 즉 창가唱歌·신체시新體詩·자유시自由詩 등이 나타났기 때문에, 그들과 이 시형을 구분하기 위해 음악곡조의 명칭인 시조를 문학부류의 명칭으로 차용하게 된 것이다. 현재 통용되고 있는 시조라는 명칭이 문학적으로는 시조시형時調詩型이라는 개념으로, 음악적으로는 시조창時調唱이라는 개념으로 알려져 있는 것은 이러한 까닭에서이다.

시조문학 時調文學 1960년 6월에 창간된 시조 전문의 동인지. 국판. 1973년 10월까지 부정기적으로 간행, 1974년 10월 가을호부터 계간지로 바뀌었다. 처음 편집 겸 발행인은 조종현趙宗玄·이태극李泰極이었다. 창간사는 김영진金永鎭이 썼는데, 새로운 민족문화를 창건할 시기에 당면해서 문학의 주도적 임무를 역설하며, 특히 전통문학에서 시조가 주축을 이루어왔음을 강조하고 있다. 창간호의 내용은 김영진의 창간사를 비롯해 여러 문인들의 논단과 30여 현역 시조시인들의 시조로 구성되어 있다.

시조부흥운동 時調復興運動 국민문학파가 민족주의 문학운동의 구체적 실천방법으로 제시한 현대시조 창작운동. 카프KAPF의 결성으로 갑자기 대두하기 시작한 프로문학의 세력 확장에 대항한 최남선崔南善과 이광수李光洙를 중심으로 한 기성문단의 반격이 곧 국민문학론이고, 이 국민문학론의 핵심적 내용이 시조부흥운동이다. 이미 《백팔번뇌百八煩惱》를 상재해 현대시조의 길을 개척한 최남선은 〈조선국민문학으로서의 시조〉라는 논문에서 "시조가 조선국토, 조선인, 조선심, 조선어, 조선운율을 통해 표현된 필연적 양식"임을 주장하며 국민문학의 정신을 표현해야 한다고 역설했다. 이 뒤를 이어서 이병기李秉岐의 〈시조에 관하여〉〈시조와 민요〉, 조운曺雲의 〈병인년과 시조〉 등이 잇달아 발표되어 시조의 민족문학적 의의가 재평가되고 재강조되었던 것이다. 이들의 공통적인 주장은 과거와 같이 악곡樂曲의 창사唱詞로서 존재하는 시조가 아니라, 우리의 언어적 특성과 민족적 리듬이 응결된 단시短詩 형식으로서의 시조가 가지는 중요성과 부활의 당위성을 강조한 것이다. 또한 그 구체적인 실천방안으로서 연시조連時調나 구별배행시조句別排行時調와 같은 새로운 시조를 선보이기도 했다. 시조부흥운동이 최남선 · 이광수 · 정인보鄭寅普 등에 의해 주도되던 초기에는 고시조의 연장 내지 재현이라는 차원을 크게 넘어서지 못하고 있었는데, 이때 과감하게 시조의 혁신을 부르짖으며 현대시조의 구체적 모형을 제시한 사람이 바로 이병기이다. 그는 탁월한 이론가였던 동시에 창작방면에서도 과거 고시조에서 볼 수 없었던 세련된 감각과 현대적 감수성을 보이는 가작佳作들을 잇달아 발표함으로써 시조부흥운동의 핵심적 역할을 담당했다. 이병기와 함께 시조부흥운동의 또 하나의 디딤돌을 제공한 사람은 이은상李殷相이다. 그의 《노산시조집鷺山時調集》은 시조의 부흥가능성을 재확인시켜 준 귀중한 작업이라 할 수 있다. 오늘날 고전문학의 여러 장르 가운데서 유독 시조만이 명맥을 유지하고 있는 것은 전적으로 이 시조부흥운동에 힘입은 바가 크다고 할 수 있겠다.

시학 詩學

1)시에 관한 이론. 넓은 뜻으로는 창작문학, 즉 문예의 본질 · 효과 · 종류 · 양식 · 구조 등에 관한 체계적 이론이며, 좁은 뜻으로는 서정시에 관한 체계적 이론의 뜻. 내용면에서 보면 옛날부터 운문의 시를 대상으로 그 창작 기법을 논한 것이 많으므로 '시작법'의 뜻. 세계 최초의 문학론인 아리스토텔레스의 〈시학〉은 당시의 그리스 작품을 귀납해 문학의 법칙을 탐구한 것이며, 산문을 제외한 시와 희곡이 문학의 중요 형식으로 되어 있다. 이것이 시학의 시초이며 광의의 시학.

2)1939년 3월에 창간된 시 동인지. 편집 겸 발행인은 김정기金正琪, 발행소는 서울시학사. 국판. 통권 4호까지 나왔다. 시인의 자아확립과 시독자의 옹호를 추구했으며, 주관과 자기흥분의 표현을 배격하고 주지主知를 존중했다. 또 쉬르리얼리즘의 경향을 보인 점에서도 주목을 끌었다. 주요 동인으로서 서정주徐廷柱 · 신석초申石艸 · 신석정辛夕汀 · 이육사李陸史 · 유치환柳致環 · 김광균金光均 · 이하윤異河潤 · 이병기李秉岐 · 이주홍李周洪 등이 이에 참여했다.

식인종의 이빨 食人種— →이형기李炯基

신경림 申庚林 1935~ 시인. 충북 중원 출생. 동국대 영문과 졸업(1960). 1956년 《문학예술》에 〈갈대〉 등의 시가 추천되어 등단했다. 건강상 낙향해 초

등학교 교사, 요양생활 등을 하다가 상경, 한때 붓을 꺾기도 했다. 현재 민족예술인총연합회 회장을 맡고 있다. 그의 시는 농촌을 배경으로 한 것이 대부분으로 10여 년간 침묵을 지키다가 1960년대 중반에 들어와서 〈겨울밤〉〈원격지遠隔地〉〈눈길〉〈전야前夜〉〈폐광廢鑛〉 등을 발표해 문단의 주목을 끌었다. 초기의 〈갈대〉 등에서 보인 인간존재를 다룬 관념적인 세계를 말끔히 씻고 주관적인 표현에서 객관적인 표현법을 씀으로써 단편소설적인 '이야기시'의 성격을 진하게 풍긴다. 그의 시 〈농무農舞〉는 그의 작품 경향을 대표하는 것으로서 죽음의 현장인 도수장 앞에 와서야 겨우 한 다리를 들고 날라리를 불고 고갯짓을 하며 어깨를 흔드는 농민들의 발버둥을 통해서 인간의 숙명적 정한情恨의 새로운 질서와 조화를 형성하고 있다. 시집으로 《농무》《새재》《달넘세》《민요기행》《남한강》《길》《가난한 사랑노래》《어머니와 할머니의 실루엣》 등이 있으며, 그외 《한국현대시의 이해》《삶의 진실과 시적 진실》《우리 시의 이해》 등의 시론집들과 수필집 등이 있다. 그에게 있어 시적 대상은 막연하고 평면적인 농촌현실이 아니라 우리의 정서·한·울분·고뇌 등이 끈질기게 깔려 있는 장소로서의 농촌현실이며, 때문에 생명력이 넘치는 농촌의 제현상이 구체적으로 파헤쳐진다. 특히 장시집인 《남한강》은 농민을 주인공으로 내세워 우리 역사를 바라보고자 한 시도로서, 서사적인 스케일을 보여주는 방대한 작품이다. 그는 이것을 기초로 민중현실과의 공감대를 형성하려는 시도를 꾸준히 계속하고 있다. 1974년 제1회 만해문학상, 1981년 제8회 한국문학작가상, 1986년 동국문학상, 1990년 이산문학상, 1998년 대산문학상 등을 수상했다.

〈겨울밤〉 신경림의 시. 10여 년의 침묵을 깨고 1965년 《한국일보》에 발표한 농촌시로 그의 시적 변모를 여실히 나타내주고 있다. 겨울 농촌의 무료한 농한기에 장날을 앞두고 벌어지는 농민들의 비애에 찬 실태를 선명하게 보여준다. 시어 자체가 모두 우리 삶과 밀착된 평범한 토착어로 씌어져서 아무런 난해성을 부여하지 않는다. 또한 수다스러운 수식어를 극력 배제시킴으로써, 시인의 주관적 차원의 개인감정이 들어서지 못한다. 이러한 방법은 사물의 참다운 본질을 파헤치는 데 중요한 역할을 한다. 꺼지지 않는 힘찬 생명력과 뿌리 깊은 민족의 정한을 이야기하듯 서술하고 있어, 시가 개인취미로 떨어지지 않고 우리 공동집단의 차원에 흔쾌히 도달하고 있다.

〈농무 農舞〉 신경림의 시. 1971년 《창작과 비평》 가을호에 발표한 작자의 대표적 작품이다. 농촌에서 볼 수 있는 사물놀이를 소재로 한 이 시에서는 소란함과 적막함을 대비시킴으로써, 우리들이 숙명적으로 지니는 정한情恨의 새로운 질서와 조화를 형성하고 있다. "…비료값도 안 나오는 농사 따위야/아예 여편네에게나 맡겨두고/쇠전을 거쳐 도수장 앞에 와 돌 때/우리는 점점 신명이 난다/한 다리를 들고 날나라리를 불거나/고갯짓을 하고 어깨를 흔들거나." 죽음의 현장인 도수장 앞에 와서야 겨우 한 다리를 들고 날라리를 불거나 고갯짓을 하면서 어깨를 흔드는 농민들의 발버둥은 약이 오르고 악에 찬 그들의 숙명인데, 이 숙명은 또다른 숙명을 낳고 무한한 체념과 그리움을 낳는다. 그리움과 체념으로 범벅이 된 한을 달래기 위해, 무력하고 무료함을 삭이기 위해, 술을 마시고 노름을 하는지도 모른다. 소박·간결·무색의 표현으로 복잡한 의식구조에 중후한 파문을 던져 구체적인 현실 상황 속으로 인도하는 그의 시는 농촌현실에 밀착하면 밀착할수록 생명력 있는 활달한 서민사회의 비장미를 창조해 낸다.

신경숙 申京淑 1963~ 소설가. 전북 정읍 출생. 서울예전 문예창작과 졸업. 1985년 《문예중앙》 신인문학상공모에 중편 〈겨울 우화〉가 당선되어 등단했다. 등단 후 작품집 《겨울우화》《풍금이 있던 자리》《오래 전 집을 떠날 때》《강물이 될 때까지》 등과 장편 〈깊은 슬픔〉〈외딴 방〉〈기차는 7시에 떠나네〉 등을 간행했다. 신경숙은 치밀한 구성, 현미경적 관찰력으로 1990년대의 소설미학을 이끌어가고 있는 작가이다. 그는 인간에 대한 탐구라는 전통적이고 낯익은 주제를 다루면서도 1980년대와는 다른 방식으로, 예컨대 추억과 회상을 즐겨 사용해 한 인물의 삶을 내적으로 재구성하고자 한다. 현재의 삶 속에서 문득문득 떠오르는 과거의 기억들은 심각한 심리적 파문을 일으킨다. 작중인물의 내면에 나타난 심리적 동요는 자유연상의 과정 속에서 그 정체가 밝혀진다. 이 과정에서 신경숙의 독특한 창작방법이 나타난다. 〈풍금이 있던 자리〉는 '사랑하는 당신'에게 보내는 편지 형식의 고백체의 작품이다. 이 작품에서 주인공은 나의 사랑이 타인에게 불행을 가져올 수밖에 없다는 것을 예감하고, 상대방을 소유하려는 세속적인 의미의 사랑을 포기하는 대신 진정한 의미의 사랑을 추구한다. 이 과정에서 결정적인 역할을 하는 것은 어린 시절에 겪었던 짧은 에피소드이다. 추억을 통해서 자신의 내면을 응시하는 시선은 현재의 삶에서 분출되고 있는 역동적 욕망의 차원으로부터 벗어난 것임은 물론이다. 그리고 추억이 항상 그리움과 아쉬움의 빛깔로 채색되어 있듯이, 작가는 작품 전체를 하나의 분위기, 정서적 빛깔로 모아간다. 이렇듯 하나의 정서적 분위기를 형성하는 데 있어 결정적인 구실을 하는 것은 작가 특유의 문체이다. 전통적인 소설문체에서 벗어나 주제를 가장 잘 부각시킬 수 있는 문체를 창조해내고 있다는 점에서 그의 작품 세계에 또다른 매력이 있는 것으로 평가되고 있다. 1993년 제26회 한국일보문학상 및 오늘의 젊은 예술가상, 1995년 제40회 현대문학상, 1996년 제11회 만해문학상, 1997년 제28회 동인문학상, 1999년 제5회 21세기문학상 등을 수상했다.

신경향파문학 新傾向派文學 1923년 백조파의 감상적 낭만주의, 창조파의 자연주의 등 이전의 문학경향을 비판·반대해 일어난 한국의 사회주의 경향의 새로운 문학. '경향'은 광의로는 일정한 '신념·주의·이상·사조 등을 지향하는 것'이 되며, 협의로는 '사회주의 사상 쪽으로 기울어진 상태'를 뜻한다. 1920년대 한국 문단에서 유행어가 되었던 '신경향파문학'이란 용어는 광의로 쓰인 것이며, 이에 비해 '경향문학'이라는 용어는 협의로 쓰인 것이라고 볼 수 있다. 1920년대 전반기의 한국문단에 '경향'이란 용어를 처음 소개했던 박영희朴英熙는 '경향문학'보다 '신경향파문학'이란 용어를 자주 썼다. 이 점에 있어서는 백철白鐵도 마찬가지다. 박영희는 신경향파문학이란 말을 사회주의 색채를 띤 문학이라는 뜻과 신흥문학, 신사조의 문학이라는 뜻을 섞어서 사용했다. 박영희가 '경향'의 의미에 대해 구체적인 정의를 내린 것은 이 말이 유행된지 몇 년 뒤에 발표한 글 〈신경향파문학과 그 문단적 지위〉에서였다. 여기에서 말하는 박영희의 신경향파란 소재를 빈궁한 데서 취하는 것, 계급의식이라기보다는 자연발생적인 계층 대립을 그 구성법으로 하는 것, 작품 결말을 방화와 살인이라는 본능적 저항으로 하는 것 등을 뜻하며, 그 당시 문인들 사이에서는 별다른 구별 없이 혼용되었다. 1920년대 후반기에 들어서면서 경향문학 또는 신경향파문학이라는 용어는 자취를 감추기 시작했다. 그 대신 프로문학 · 카프문학 · 무산자문학 · 계급문학 · 빈궁문학 · 마르크시즘문학 · 사회주의문학 · 노동문학 · 이데올로기문학 등의 용어가 새로 등장해 무분별하게 혼용되었다. 경향문학과 프로문학 사이의 구분은 이론상으로는 충분히 가능하나 실제 작품을 통해 볼 때 그러한 구분은 쉽지 않다. 주요 작가와 작품에는 다음과 같은 것들이 있다. 소설에 최서해崔曙海의 〈탈출기〉 〈고국〉 〈기아와 살육〉 〈홍염〉, 박영희의 〈정순貞順의 설움〉 〈산양개〉 〈지옥순례〉, 김기진金基鎭의 〈붉은 쥐〉 〈젊은 이상주의자의 사〉, 이기영李箕永의 〈가난한 사람들〉 〈쥐이야기〉, 조명희趙明熙의 〈저기압〉 〈낙동강〉, 주요섭朱耀燮의 〈인력거꾼〉 〈살인〉, 송영宋影 〈석공조합대표〉 〈선동자〉 등이 있으며, 시에는 이상화李相和의 몇 작품과 〈무산자의 절규〉 〈생장의 균등〉 등을 중심으로 한 김석송金石松의 많은 작품을 들 수 있다.

신고전주의 新古典主義 19세기 말엽부터 20세기 초에 걸쳐 자연주의의 형식 파괴와 신낭만주의의 예술지상적 경향에 반대해 일어난 독일문학운동의 한 가지. 독일의 전통을 찾아 새로운 생활 내용을 발견하고, 인생의 번뇌에 빠진 허약하고 병약한 인물을 배제해, 굳센 의지의 인물과 운명이 투쟁하는 모습을 그림으로써 독일의 전통인 고전주의를 현대적으로 부활시키려고 한 것이다.

신광호 申廣浩 1940~ 시조시인. 경기 미금 출생. 경희대 국문과 및 동 대학 교육대학원 졸업(1982). 1960년 《시조문학》에 시조 〈지는 그 마음〉이 입선된 데 이어, 1978년 《현대시학》에 시 〈고지高地와 새〉 〈노래해야지〉 〈고지와 말〉 등으로 추천을 받고 등단했다. 주요 작품에 〈소녀의 환상곡〉 〈겨울밤을 지내며〉 〈유리창 앞에 설 때〉가 있고, 시집으로 《고지와 새》 《새가 내게 와서》 등이 있다. 그는 인간성의 옹호와 평화에의 탐구에 노력을 집중시키고 다양한 기법을 구축하며 선명한 이미지를 시적 공간에 부여시켜 통일된 작품 세계를 만들고 있다.

신달자 愼達子 1943~ 시인 · 수필가. 경남 거창 출생. 숙명여대 국문과 및 동 대학원 졸업. 1970년 《현대문학》에 〈발〉 〈빨래〉 〈에레베타〉 등이 추천되어 등단했다. 현재 피어선대 교수로 재직 중이다. 1973년 40여 편을 수록한 첫 시집 《봉헌문자奉獻文字》를 발간했다. 《문채》 동인으로 활동하면서 여성 특유의 감각적 심미감을 드러내는 시를 발표했다. 시집 《겨울축제》 《고향의 물》 《아가》 《백치슬픔》 《시간과의 동행》 《다만 하나의 빛깔로》 《외로움을 돌로 치리라》 《아버지의 빛》 등과 수필집 《지금은 신이 부를 때》 《나의 섬은 아름다웠다》 《백치애인》 《사랑》 《고백》 등 다수를 간행했다. 또한 소설집으로 《물 위를 걷는 여자》 《노을을 삼키는 여자》 《성냥갑 속의 여자》 등이 있다. 그는 이들 작품을 통해서 조화할 수 없는 인간의 외로움과 숙명적인 상실을 노래하고 있다. 1989년 대한민국문학상을 수상했다.

신대철 申大澈 1945~ 시인. 충남 홍성 출

생. 연세대 국문과 및 동 대학원 졸업. 1968년 《조선일보》 신춘문예에 시 〈강설降雪의 아침에서 해빙解氷의 저녁까지〉가 당선되어 등단했다. 주요 작품으로 〈향일성向日性〉 〈인적人跡〉 〈풀과 인적〉 〈방목〉 〈채집일기〉 등이 있으며 시집으로 《무인도를 위하여》가 있다. 한 시대의 젊음의 의식구조를 분석하고 그것을 폭넓은 상상력의 진폭 속에서 이미지로 형상화하는 것이 그의 시의 특징이다. 또한 자연 속에서 현대인의 내면정황을 포착하는 독특한 시세계를 보여주고 있다.

신동엽 申東曄 1930~1969 시인. 시작 활동 초기에 석림石林이라는 필명을 쓰기도 했다. 충남 부여 출생. 단국대 사학과 및 건국대 대학원 국문과 졸업(1964). 1959년 《조선일보》 신춘문예에 장시 〈이야기하는 쟁기꾼의 대지大地〉가 당선되어 등단했다. 이후 장시 〈아사녀阿斯女〉, 서사시 〈금강錦江〉 등을 발표, 주로 역사적 소재를 중심으로 민족사의 수난과 역사의식을 고취시킨 작품들을 썼다. 그의 작품은 장시의 형태로 역사적 소재를 시 속에 도입시킨 것이 특징이며, 역사에 대한 재해석과 비판, 민족적 운명에 대한 뜨거운 사랑이 맑은 감성·은유·고운 언어로 표현되어 미의식과 조화를 이루고 있다. 주요 작품으로 〈아사녀〉 〈금강〉 〈진달래 산천〉 〈산에 언덕에〉 〈누가 하늘을 보았다 하는가〉 〈내 고향은 아니었었네〉 등이 있으며, 시집으로는 《아사녀》 《금강》, 사후에 발간된 《신동엽전집》이 있고, 시선집으로 《누가 하늘을 보았다 하는가》 등이 있다. 신동엽의 시작경향은 광복 후 구미문학의 영향을 보인 이른바 '1950년대 모더니즘'을 거치지 않고, 토착정서에 역사의식을 담은 민족적 리얼리즘을 추구했다는 점에서 특징적인 면모를 찾을 수 있다. 특히 〈금강〉은 동학란을 소재로 한 이야기시로서 그의 시세계를 대변해 주는 작품이다. 다른 작품과 마찬가지로 이 작품에서도 단지 이야기의 전개만을 주안점으로 하지 않고, 과거를 통해 현재의 상황을 원근법적으로 조명하고 있다는 점에서 주목된다. 시작 외에 신동엽은 시극詩劇 〈그 입술에 파인 그늘〉, 평론 〈시인정신론〉 등을 발표했다. 1970년 그의 고향 부여읍 동남리 금강변에 시비가 세워졌다.

〈금강 錦江〉 신동엽의 장편 서사시. 1967년 발표되었다. 서화序話, 1장부터 26장까지의 본장, 후화後話로 이루어져 전봉준全琫準과 최수운崔水雲·최해월崔海月·신하늬 등이 이끄는 민중의거의 대하大河가 그려진다. 이중에 역사 속의 한 실체로 창조된 '신하늬', 그도 동학군의 패전과 더불어 사라진다. 그러나 남모르게 민중 속에서 하늬의 아들은 태어났으며, 역사의 생명력은 줄기차게 오늘의 우리 속에 이어져 옴을 그렸다. 1960년대 시단의 일대 수확으로 평가되고 있다.

신동욱 申東旭 1931~ 평론가. 충남 보령 출생. 서울대 국문과 및 고려대 대학원 졸업. 1960년 《현대문학》에 평론 〈마법과 미의 영역〉 〈현대의 음성〉 등이 추천되어 등단했다. 한양대·서울대 강사를 거쳐 대구계명대·고려대 교수 등을 역임했다. 주요 평론으로 〈현대의 서민〉 〈미토스의 지평〉 〈긍정하는 히로〉 〈자유의 신화〉〈조지훈론趙芝薰論〉〈염상섭고廉想涉考〉〈신소설과 서구문화수용〉 등이 있으며, 평론집으로《한국현대문학론》《한국현대비평문학사》《우리 시대의 작가와 모순의 미학》《우리 이야기문학의 아름다움》《신화와 원형》《시상과 목소리》 등이 있다. 그가 추구해온 일관된 비평정신은 문학을 통해 가장 근원적이고 기본적인 인간다움을 실현하려는 휴머니즘이다. 인간주의적 문맥에서 바라볼 때 휴머니즘이 완성된 시대는 역사상 한 번도 없었지만, 이 완성에의 의지와 줄기찬 노력이야말로 인간다운 행위가 아닐 수 없고, 그러한 행위가 곧 문학의 사명임을 내세운다. 이러한 테두리 아래 민족의 지도적 언어기능으로서 문학이 이바지해야 하는 민족주의의 입장과 시대적 체험을 공동으로 나누어 가지는 참여의 자세에서 문학의 높은 가치를 찾는다. 한국문학의 기본성격을 양반문학과 평민문학의 2대 주류로 분석하면서 전자의 성격은 숭고미崇高美·우아미優雅美를 지닌 데 반해, 후자는 일상생활을 토대로 골계미滑稽美를 창조해 왔다고 본다. 특히 평민문학은 소박하고 건실하며 무기교하지만, 일정한 형식과 내용이 유기적으로 결합되어 문예미의 영역을 확대했으며, 시대를 반영하고 공동적이고 체험적인 공감을 나타낸 점에서 가치론에도 훌륭하게 견딘다. 이러한 관점에서 그는 문학사의 사실주의적 부분을 강조하고, 작가에 있어서는 염상섭·현진건玄鎭健·김유정金裕貞·채만식蔡萬植 등의 역량을 긍정적으로 평가했다. 1982년 조연현문학상, 1988년 월탄문학상, 1994년 현대문학상 등을 수상했다.

신동집 申瞳集 1924~ 시인. 본명 동집東集. 대구 출생. 서울대 정치과 졸업(1951). 미국 인디애나대 수학(1959). 1948년 습작시집《대낮》을 간행하면서부터 작품 활동을 시작했으며, 1952년 시집《서정의 유형流刑》으로 문단의 주목을 받았다. 주요 작품으로〈목숨〉〈악수〉〈염열炎熱에 끓는 돌이여〉〈현훈眩暈〉〈어느 하오下午〉〈어떤 사람〉〈기슭의 논리〉〈아버지〉〈상像〉〈돌아온 자〉〈하나의 슬픔〉〈추일서정秋日抒情〉 등이 있다. 시집으로《제2의 서시序詩》《모순의 물》《빈 콜라병》《귀환歸還》《송신送信》《신동집시선》《고운孤雲》《행인行人》《시선미완의 밤》《해 뜨는 법》《장기판》《진혼鎭魂반격反擊》《암호》《신동집시전집》《송별》《여로》《들끓는 모음》《누가 묻거든》《그리고 숲이여》, 번역시집《풀잎》 등과 다수의 논문과 산문집이 있다. 그의 시는 전체적으로 보면 초기에는 휴머니즘의 강렬한 옹호와 서구적인 주지시의 경향을 보였으나, 중기에 접어들면서 인생론적 존재의 탐구에 천착하면서 노장을 비롯한 동양사상에 회귀적 궤적을 확충해 간 것으로 평가되고 있다. 그가 추구하는 것은 주로 인간·존재·자연·자유였다. 특히 1970년대 초반에서부터는 초기에 보인 형이상학적 시에서, 흄·파운드를 거쳐 엘리어트에 이른 모더니즘적 경향이 나타났으며, 서정의 존재론적 관점에서 사물의 내용적 의미의 탐구에도 경주했다. 또한 그는 일상생활에서 얻은 시어를 새롭게 조탁해가면서 유연하고 인상적인 특유의 가락으로 시적 리듬을 살리는 데도 소홀하지 않았다. 1960년 아시아자유문학상, 1961년 경북문화상, 1980년 한국현대시인상, 1981년 대한민국문화예술

상, 옥관문화훈장, 1989년 세계시인상, 1992년 대한민국예술원상, 1994년 순수문학상 등을 수상했다.

《들끓는 모음 一母音》 신동집의 다섯번째 시집. 1965년 신구문화사 간행. 사륙판. 〈돌의 날개〉〈첫얼음〉〈간밤의 봄비〉〈춘일근교春日近郊〉 등 모두 31편이 수록되어 있다. 세번째 시집《모순의 물》이후의 작품을 추려서 오식을 정정하고 가필해 낸 것인데, 자연의 즉물적 이미지와 그 내면성, 그리고 동양의 유현한 산수의 정경과 삶의 모습을 통합하려는 노력을 보여준 작자의 주요 시집이다.

〈산수도 山水圖〉 신동집의 시. 1971년 《시문학》 창간호에 발표되었으며 1973년 발간된 시집《송신》에 수록되어 있다. 무시간의 영원과 시간 없이는 넘어질 희망이 없는 인간존재, 이 이중二重의 실존을 이 작품은 추구하고 있다. 동양의 산수도는 압도적인 자연의 배경 앞에 미약한 인간의 모습을 놓아 대조시키는 것이 정석定石으로 되어 있다. 때문에 산수도 한 모서리에 있는 사람은 시간이 필요 없는 사람이 되므로 시간에 넘어질 우려도 없지만, 동시에 시간에 넘어질 희망도 없는 사람이 된다. 동양적 관조의 철학성이 짙게 배어 있는 작품이다.

신동한 申東漢 1928~ 평론가. 충남 서천 출생. 고려대 법대 졸업. 1959년《자유문학》에 평론〈인간조건론〉이 추천되어 등단했다. 처음부터 현실의식의 문학을 지향하는 입장을 견지,〈현대의 문학적 진단〉〈매스컴과 문학의 위치〉〈월평月評의 재검토〉〈작가는 독자를 만들 수 있나〉〈문학 · 기질 · 생활〉 등의 평론을《자유문학》에 발표하면서 문단의 주목을 받았다. 신라의 향가에서 그 전통을 찾으면서 그간에 발표된 논의들의 오류를 면밀하게 지적,〈천하태평춘天下泰平春〉을 대표작으로 한 채만식문학을 국내 풍자문학의 대통大通이라고 주창한 역작〈채만식론蔡萬植論〉을 비롯한〈비평의 방향〉〈이광수론李光洙論〉〈안수길론安壽吉論〉 등 풍부한 자료 인증을 통한 주목할 만한 작가론을 폈다. 그러나 그는 어떤 하나의 비평 기준을 고집하지 않고 종합정신에 입각한 작가론을 펼쳐왔다. 저서에《비평문학산책》 등이 있다. 1981년 월탄문학상을 수상했다.

신딸 神— → 한승원韓勝源

신변소설 身邊小說 객관적인 현실에는 관심을 두지 않고, 작가 개인의 신변적인 이야기만을 취급하는 근대소설의 한 형태. 서구의 1인칭소설, 일본의 사소설私小說에서 유래한다. 냉엄한 현실생활의 묘사나 풍부한 픽션이 결여된 대신에 소박한 일상사를 인상적으로 그리는 것이 특징이다. 우리 나라에서는 1930년대 심리소설의 발생 · 유행과 거의 때를 같이해 나타났다. 즉 현실에 절망하고 또 현실을 그대로 묘사할 수 없던 일군의 작가들이 심리소설에 관심을 기울이는가 하면, 신변소설에 손을 댔다. 이런 의미에서 우리 나라의 신변소설은 형식상에 있어서는 심리소설과 거리가 멀지만, 내용상으로는 일맥상통한 것이라 할 수 있다. 1930년대의 대표적인 신변소설가로는 안회남安懷南을 들 수 있는데, 그는 초기에는 심리추구를 주조로 하고 신변사身邊事는 제재상으로만 취하던 것을 후기에는 심리세계가 완전히 배제된 신변적인 이야기들을 썼다. 그러나 1940년대를 전후해서 차차 현실생활 쪽으로 관심을 가지게 되면서부터 신변소설은 자취를 감추는 듯했으나, 1950년대에 이르러 이봉구李鳳九에 의해 다시 꽃피기 시작했다.

신상웅 辛相雄 1938~ 소설가. 일본 교토 출생. 중앙대 영문과 및 동 대학원 국문과 졸업. 1968년 《세대》 신인상에 중편 〈히포크라테스 흉상〉이 당선되어 등단했다. 이후 단편 〈쌍생아〉〈병사의 휴가〉〈추적〉〈낙엽이 구르는 땅〉, 중편 〈후보사령부〉, 장편 〈심야의 정담〉〈배회〉〈일어서는 빛〉〈바람난 도시〉 등을 발표했다. 《상황》 동인으로 활동하면서 첫 창작집 《분노의 일기》를 발간하기도 했으며, 국제펜클럽 한국본부 사무국장을 거쳐 중앙대 교수로 부임, 예술대학장과 예술대학원장을 역임하며 현재에 이르고 있다. 그의 데뷔작 〈히포크라테스 흉상〉은 한 병사의 질병을 둘러싸고 나타난 군대 메커니즘의 맹점과 무질서를 폭로하는 한편, 일부 사병들의 휴머니티를 박력있는 문장으로 그린 작품이다. 또한 《창작과 비평》에 연재되었으며 한국일보 창작문학상을 수상한 〈심야의 정담〉은 분단문학, 나아가 민족문학의 한 획을 그은 작품으로 지금까지 거론되어 오고 있다. 또 그의 확고한 역사의식과 사회비판 정신은 이 작가를 전후 대표적 작가 가운데 한 사람으로 등재시키는 데 결정적인 역할을 했다. 열등감의 보상과 구제를 아이러니컬하게 서술한 〈쌍생아〉, 분단된 조국의 비극을 적나라하게 그리고 민족적 주체의식을 선명하게 부각시킨 〈추적〉, 국토에 대한 애정을 그린 〈이수일전〉 등은 강렬한 현실의식과 상황, 민족적 주체성에 입각한 리얼리즘의 가능성을 부단히 추구한 문제작들로 평가받았다. 작품집으로 《히포크라테스 흉상》《분노의 일기》《쓰지 않은 이야기》《어두운 날의 미아》《돌아온 우리의 친구》 등 장편 4권, 창작집 6권, 산문집 2권이 있고, 작가론집 《꿈꾸는 리얼리스트-신상웅의 문학세계》가 있다. 냉정하고 밀도 있는 문장과 민족의식 및 역사의식이 투철한 주제로 말미암아 형식과 내용의 접합에서 항상 긴장을 조성하는 작풍을 지니고 있다. 1968년 제3회 세대신인문학상, 1973년 한국일보문학상을 수상했다.

〈히포크라테스 흉상 —胸像〉 신상웅의 중편소설. 1968년 《세대》 신인문학상 모집에 당선된 작품으로 작자의 출세작이다. 이 소설은 주인공 송문집 일병의 갑작스런 복통과 연속적인 후송, 그리고 죽음에까지 이르는 도정을 그리고 있다. 초두에서 주인공은 정신적 허약과 강박관념의 단계도 거치지만, 전체적으로 인간긍정의 줄기찬 정신이 바닥에 깔린다. 다만 군의관으로 표상된 조직사회 지도자들의 불성실과 그 분위기 및 환경이 고발되고 있다. 환자 송문집이 원대로부터 차에 실려 눈길을 헤쳐나가는 차갑고도 생동감 있는 정경묘사로 시작해 몇 cc 주사기가 몇 각도로 피부에 뚫고 들어오는지까지 놓치지 않고 정확·치밀한 응시로 지켜보면서 투병과 죽음을 그렸다. 이 작품은 조직사회의 타성화된 타락에 대한 치열한 저항인 동시에, 인간회복에의 비감어린 송가로서 받아들여지고 있다.

〈심야의 정담 深夜—鼎談〉 신상웅의 중편소설. 1972년에 《창작과 비평》에 발표된 작품이다. 준전시하準戰時下라는 1950~1960년대의 군대가 처한 상황은 넓게는 그 군대를 둘러싼 사회를 뜻하는 것으로도 해석될 수 있을 것이다. 3명의 청년이 함께 군 생활을 한다. 그들은 각자를 둘러싸고 있는 환경에 따라 제각기 다른 고뇌에 휩싸여 있고 또한 전쟁·분단에서 오는 정신적 형벌을 동시에 겪고 있다. 그들은 역사의 격류에 휩쓸리면서 불의에 저항하고 정의를 좇는 싸움을 한다. 그런 쟁투가 뚜렷한 승부도 없이 마냥 계속되나 그들은 우리 민족은 어떠한 난관 속에서도 질곡 속에 떨어지지 않으리라는 믿음을 가지고 있다. 한국일보사가 주는 창작문학상을 수상한 작품으로 작자 특유의 냉정함과 밀도 있는 문장의 전개가 전편에 긴장을 조성하고 있다.

신석정 辛夕汀 1907~1974 시인. 본명 석정錫正, 아호는 석정 외에 석지영石志永 · 호성胡星 · 소적蘇笛을 쓰기도 했다. 전북 부안 출생. 보통학교 졸업 후 향리에서 한문을 수학, 중앙불교전문강원에서 1년간 불전佛典 수학(1930). 이때 회람지《원선》을 편집하기도 했다. 그의 시작 활동은 1924년《조선일보》에〈기우는 해〉를 발표하면서부터 시작되었다. 그 뒤 1931년《시문학》에〈선물〉을 발표해 그 잡지의 동인이 되면서부터 본격적인 작품 활동을 전개했다. 이후《문예월간》《시원》등에 계속 작품을 발표해 시인으로서의 지위를 굳혔다. 6 · 25사변 이후 태백신문사 고문을 지내다가 1954년 전주고등학교 교사로 근무했으며, 1955년부터는 전북대에서 시론을 강의하기도 했다. 1961년에 김제고, 1963년부터 1972년 정년퇴임 때까지는 전주상고 교사로 근무했으며, 1967년에는 한국예술문화단체총연합회 전라북도지부장을 역임하기도 했다. 주요 작품으로〈임께서 부르시면〉〈아직 촛불을 켤 때가 아닙니다〉〈작은 짐승〉〈슬픈 평행선〉〈청산백운도靑山白雲圖〉〈애가哀歌〉〈지리산〉〈산山〉〈백록담에서〉등이 있으며, 시집으로는《촛불》《슬픈 목가牧歌》《빙하氷河》《산의 서곡序曲》《대바람소리》등이 있고, 그외에 한시대역漢詩對譯 시집 등이 있다. 1933년 향리로 돌아가 농사를 지으며 작품을 썼던 그는 이 무렵부터 노장철학과 루소 · 카펜터 · 솔로 등 구미의 자연주의 철학에 경도했고, 시인으로는 타고르와 한용운韓龍雲에 심취, 많은 영향을 받았다. 명상적 · 전원적 · 목가적 성격이 뚜렷이 나타나게 된 그의 시는 1939년부터 1940년 사이에《문장》《인문평론》《동광》등지에 발표되어 시단의 주목을 끌었다. 초기의 명상적 · 전원적 · 목가적 시풍은 변함없는 그의 시적 골격을 이루고 있으나, 해방 후 특히 6 · 25동란 이후의 작품에서는 현실의 부조리를 비판하는 참여의식과 역사의식을 곁들인 시도 볼 수 있다. 전북문화상, 전주시문화장, 한국문학상 등을 수상했다.

《촛불》 신석정의 첫번째 시집. 1939년 인문사에서 발행되었고, 1952년 대지사에서 중판이 나왔다. 서문이나 발문이 없이 총 33편의 작품을 3부로 나누어 수록했다. 초기의 명상적 · 전원적 · 목가적 시풍이 뚜렷이 드러나 있으며, 현실을 초월하고 자연과 전원에의 귀의로 생의 경건한 기쁨을 누리는 순수성이 구현되어 있다. 그러나 동양적이고 전통적 세계로 이어지는 이러한 시의 내용과는 달리 그의 기법은 다분히 감각적인 언어와 회화적 이미지를 풍기고 있다. 그리고 타고르와 한용운의 영향을 받아 경어체 산문시형을 즐겨 사용한 점도 그의 시작 기법상 특징이다. 그는 이 시집에서 자연의 대립개념으로서의 현실과 일제치하라고 하는 또 하나의 어두운 현실을 피해 이상향적인 목가세계를 독특한 회화체로 노래했다. 즉, 스스로 현실의 상황과 정면으로 부딪치지 못할 바에는 차라리 '어머니'를 부르고, 어머니에게 의지할 수밖에 없다는 태도를 보여주고 있다. 거의 매편마다 등장하는 이 '어머니'는 어두운 현실을 떠나 '먼 나라'로 가는 데 있어 절대적인 중개자 구실을 한다. 그 대표적인 예로 〈그 먼나라를 알으십니까?〉를 들 수 있다. 또한 이 시집 속의 다수의 작품들에는 현실을 떠나 이상을 갈구하는 분리된 자아의 변형으로서 '새'의 이미지가 등장하게 된다. 요컨대 이 시집은 당시 프로문학에 대립해서 시의 아름다움과 자연을 통해 인간본연의 고향을 추구하려 했던 우리 나라의 대표적 서정시집의 하나라고 할 수 있다.

《산의 서곡 山一序曲**》** 신석정의 네번째 시집. 1967년 회갑기념으로 가림출판사에서 간행했으며 1968년 한국문학상을 수상했다. 시집 《빙하》에서 내비치던 암울한 분위기나 저항의식이 안으로 가라앉고 초기 이후 자연귀의적 사상이 더욱 심화되어 자연에 대한 경건한 신앙의 경지를 보이고 있다. 수록 작품 60편 중에서 산을 노래한 것이 상당수를 차지하고 있는데, 이는 그에게 있어서의 자연이 산으로 표상됨을 뜻하고 있다. 그러나 산으로 표상되는 그의 자연은 여성적이기보다는 남성적이며 따라서 의지적인 것이라 하겠다.

신석초 申石艸 1909~1975 시인. 본명 응식應植, 일명 유인唯人. 충남 서천 출생. 일본 호세이대 철학과 수학(1931). 호세이대에 다닐 무렵, 사회주의 사상의 영향을 받아 카프KAPF의 맹원으로 활약했다. 이 무렵 프랑스문학, 특히 발레리에 크게 심취했으며, 1935년에는 《신조선》 편집일을 맡아보았고, 1948년 한국문학가협회 중앙위원을 지내기도 했다. 1954년 한국일보사에 입사해 1957년에는 논설위원 겸 문화부장에 취임했다. 그 뒤 한국시인협회 회장, 한국문인협회 시분과 위원장 등을 역임했다. 1961년 서라벌예대에서 강의를 하기도 했다. 그의 문단 활동은 1931년 신유인이라는 이름으로 《중앙일보》에 〈문학창작의 고정화에 항抗하여〉를 발표하면서부터 비롯되었다. 이 논문은 볼셰비키화한 카프의 창작방법론의 강요에 항의하는 내용으로서, 카프의 창작방법론에 대한 격렬한 논쟁을 불러일으켰다. 그러나 자신의 가정환경이나 발레리의 순수시 이론을 읽은 영향 등으로 사상적 고민을 계속하다가 마침내 박영희朴英熙의 전향선언과 함께 1933년 탈퇴원을 제출하고, 이듬해 카프의 해산과 함께 관계를 끊었다. 1935년 무렵, 한학漢學의 스승인 정인보鄭寅普의 소개로 시인 이육사李陸史와 사귀게 되었다. 그때 육사가 가져간 〈비취단장翡翠斷章〉 〈바라춤 서사序詞〉 〈뱀〉 〈파초芭蕉〉 등 시 작품들이 육사를 통해 1935년부터 1940년까지 동인지 《자오선》 《시학》 《문장》 등에 발표됨으로써 시단에 알려졌다. 이때의 시편들은 발레리의 영향에 의한 지적 방법의 도입과 동양적 허무사상을 바탕으로 한 우아한 형식미의 추구로서 문단의 주목을 끌었다. 주요 작품으로는 장시 〈바라춤〉 〈동경東京 밝은 달〉 〈여명〉 〈바다에〉 〈폭풍의 노래〉 〈어떤 가을 날에〉 〈만시輓詞〉 등이 있다. 시집으로 《석초시집》 《바라춤》 《폭풍의 노래》 등이 있다. 그의 작품 세계는 초기의 그것을 기조로 하면서도 〈바라춤〉에 이르러서는 한국 고전시가의 율조를 빌어 동양적 허무사상을 시화하는 노력을 보였고, 또 〈폭풍의 노래〉에서는 서양적 지성과 동양적 직관이 한국적 예

지와 조화를 이루는 방향으로 나아갔다. 1969년 예술원상을 수상했다.

《바라춤》 신석초의 시집. 1959년 통문관에서 발행한 작자의 두번째 시집이다. 1946년 이후의 작품이 주가 되어 있으나 첫번째 시집 《석초시집》에 수록되었던 초기작도 몇 편 실려 있다. 이 시집의 제목이 된 작품 〈바라춤〉은 70여 행의 서사序詞를 포함해서 모두 402여 행에 달하는 장시長詩이다. 이 중에서 〈바라춤 서사〉는 1930년대 후반에 써서 《문장》에 발표된 것이고 보면, 그 최초의 구상부터 완결까지는 20여 년의 시간이 걸렸다. '바라춤'은 승무僧舞이다. 따라서 이 시에는 불교적 사상이 바로 불교적 언어를 통해 표현되고 있다. 방법론적으로 발레리적 엄밀성을 견지하면서 동시에 〈청산별곡〉을 비롯한 고전시가의 운율을 대담하게 원용하고 있다. 이 시집은 전통적 정서에 기반을 두고 거기에 현대적 지성을 가미해 독특한 조화의 세계를 보여주었다는 점에서 시사적 중요성을 가진다고 할 수 있다.

《폭풍의 노래 暴風—**》** 신석초의 세번째 시집. 1970년 한국시인협회가 기획한 《현대시인전집》의 하나로 문원사에서 발행했다. 두번째 시집인 《바라춤》 시절의 불교적 세계에 대한 관심은 자취를 감추었으나, 인생의 무상無常에 대한 인식은 보다 심화되고 있다. 그에 따라 수록 작품 중에는 고담한 한시적漢詩的 시풍을 보이고 있는 것도 상당수에 달한다. 반면 초기 《석초시집》 시절부터 비롯된 발레리와 노장사상의 두 갈래 영향을, 장중한 형식미의 구축을 통해 조화시키려고 하는 노력이 계속되고 있다. 이러한 경향은 작품의 수적 다과를 막론하고 그의 시의 주류를 이룬다. 이 시집에서는 특히 한국 고유의 예지와 깊이 연결되어 있어 주목을 끌고 있는데, 그것은 시집 《바라춤》에 나타난 고전시가에의 발전적 결실이 이 시집이라고 할 수 있다.

신세훈 申世薰 1941～ 시인. 본명 세훈世熏, 호 한겨레 · 일민一民 · 일우一愚. 경북 의성 출생. 중앙대 연영과 졸업(1964) 및 동국대 대학원 수료(1981). 1962년 《조선일보》 신춘문예에 시 〈강과 바람과 해바라기와 나〉가 당선되어 등단했다. 홍익대 · 명지대 강사 역임, 국제펜클럽 한국본부 부회장, 한국현대시인협회 부회장 등으로 일했다. 현재 한국문인협회 부이사장, 한국자유문인협회 · 계간 《자유문학》 및 도서출판 천산 대표, 한국시낭송회의 상임시인 및 대표, 시동인지 《신춘시》 창립동인 등으로 활동하고 있다. 또한 현대시협 및 자유시협 창립을 주도했으며 청소년문학 및 새로운 정형시 '민조시民調詩'를 개척했다. 주요 작품으로 시 〈역학力學〉 〈시인과 달빛〉 〈잠실 밤개구리〉 〈고속버스를 타고 가며〉 〈조용한 이별〉 등이 있고, 장시 〈사미인곡思美人曲〉, 시극 〈체온 이야기〉 〈뿌리들의 하늘〉 등이 있다. 특히 〈사미인곡〉은 그의 첫 장시로서 토착어와 향토세계를 바탕으로 한 수작으로 평가되고 있다. 한편 월남전에 참가해 연작시 〈베트남 엽서〉를 비롯한 전쟁의 참화를 고발한 일련의 작품을 발표, 6 · 25동란 이후 한국문학에 전쟁시의 새로운 양상을 제시했다. 시집 《베트남 엽서》, 3인시집 《강과 바람과 산》, 장시집 《뿌리들의 하늘》, 청소년시집 《사랑 그것은 낙엽》, 시극 및 장시집 《체온 이야기》 등 편 · 역 · 저서를 21권 발간했다. 그는 1960년대 초반에 등단한 한글세대시인으로 모더니즘시와 전통시, 주지시와 서정시를 융합해 지성과 감성을 조화한 중도 · 중립 경향의 서사적 서정시를 쓰고, 주로 민족 분단 비극을 극복하고 정신문화에 뿌리를 둔 시정신으로 '신민족문학'을 개척 · 주장했다. 1978년 제3회 시문학상, 1994년 제1회 펜클럽공로상, 1994년 제8회 한국자유시인상, 1996년 제10회 예총문화예술대상 등을 수상했다.

신소설 新小說 고대소설, 구소설舊小說에서 근대소설로 넘어오는 과도기에 발생한 것으로, 갑오경장(1894)이후 개화기의 계몽주의 사조를 반영한 우리 나라의 새로운 소설. '신소설'이란 구소설 또는 고대소설에 반대되는 '새로운 소설'이라는 뜻이며, 시에서는 신시新詩, 신체시新體詩, 극에서는 신극新劇, 신파극新派劇과 같은 동류同類의 명칭이다. 신소설의 특색은 유럽 소설의 영향하에 형성된 근대소설의 계보 속에 일환을 이루는 소설이라는 역사적 사실에서 고찰해야 한다. 형식적인 면에서 볼 때, 고대 소설의 서두는 일정한 격식으로 시작하나 신소설에서는 어떤 사건, 어떤 장소에서든지 자유롭게 시작하며, 고대소설이 문어체나 율문체 문장인 데 반해 신소설은 평이한 일상 용어인 이른바 시문체時文體로 된 구어체 문장으로 씌어졌다. 또 구성에서도 고대소설은 구성 방식상 사건의 시간적 순서대로 이야기 중심으로 구성했으나, 신소설에서는 시간의 역방법을 시도했다. 내용면에서는 대부분이 개화기를 배경으로 현실과 시대 의식을 반영했다. 개화기의 주조는 휴머니즘을 근간으로 한 유럽의 근대의식과 밀접하게 관련되어 있으므로 신소설의 주제도 이와 연관되는 자주 독립, 신교육의 장려, 여권女權의 존중, 계급 타파, 자유결혼, 평민의식, 자아각성에 의한 현실 고발을 다루었다. 신소설의 작품은 순수한 창작물, 외국번안물, 구소설을 개작한 것 등 상당한 수를 헤아릴 수 있으며 그 작가 또한 유명有名 · 무명無名의 허다한 이름을 발견할 수 있다. 최초의 신소설은 이인직李人稙의 〈혈血의 누淚〉라는 것이 통설이다. 이광수李光洙의 근대 최초의 장편 〈무정無情〉이 발표된 이후에도 계속 신소설은 발표되었다. 신소설의 작품 목록은 1913년 동양서원에서 계획한 소설총서에 많이 나타나 있는데, 처음에는 모두 40종으로 드러나 있다. 그 뒤 조윤제趙潤濟의 《한국문학사》에 제시된 68종, 전광용全光鏞 · 송민호宋敏鎬 · 백순재白淳在에 의해 간행된 《한국신소설전집》에 드러난 18명의 작가와 49편의 서명 작품 및 17편의 무서명 작품이 밝혀졌다. 그리고 하동호河東鎬의 《신소설연구초》(상 · 중 · 하)에서는 작가 47명, 작품은 126편이 된다. 그 가운데 대표적인 작품 및 작가로서는 위에서 언급한 이인직의 〈혈의 누〉 〈은세계銀世界〉 〈치악산雉岳山〉(상권) 〈귀鬼의 성聲〉, 이해조李海朝의 〈빈상설〉 〈자유종〉 〈구마검〉 〈화花의 혈〉 〈화세계花世界〉, 최찬식崔瓚植의 〈추월색秋月色〉 〈안雁의 성聲〉 〈금강문金剛門〉, 김교제(金敎濟)의 〈목단화牧丹花〉 〈치악산〉(하권) 〈지장보살地藏菩薩〉 〈경중화鏡中花〉, 안국선安國善의 〈금수회의록禽獸會議錄〉 〈공진회共進會〉, 이상협李相協의 〈재봉춘再逢春〉 〈눈물〉(상 · 하) 등이 있다. 신소설은 그 구조에 우연성이 많다는 점이 여러 연구가들에 의해 지적되었다. 그 우연성이나 비합리성이 소설적 결함으로 지적받기도 하나, 신의 도움보다는 인간적인 관계에서 삶이 현실적으로 이룩되어 간다는 객관적인 사고와 인식에 기초된 소설의 시도로 근대소설의 선구적 구실을 했다는 점에서 그 가치가 평가되어야 한다. 또, 이야기의 내용이 상투적 유형으로 실천 도덕의 덕목을 사건화했던 옛소설보다 훨씬 다채롭고 다양한 삶의 모습을 묘사해 낸 점은 문학사적으로 높이 평가할 근거가 된다. 그러나 여기에도 일정한 시대적 한계로서 문제의 핵심을 깊이 파헤치지 못하고 표면적인 문제로만 다루었다는 것이 지적되고 있다. 그것은 신소설의 성격이 고대소설과 근대적 사실주의 소설과의 중간적 형태로 규정되는 근거가 된다. 이처럼 신소설은 문학사의 흐름에서 큰 의미를 지니고 있으면서도 스스로 그 한계를 보여주고 있기도 하다.

신인문학 新人文學 1934년 7월에 창간된 문예잡지. 편집 겸 발행인은 노자영盧子泳, 발행소는 청조사. 국판. 통권 21호까지 발행되었다. 실제 잡지운영은 편집동인이었던 변서봉卞曙峰·유춘정柳春汀·박귀송朴貴松 등이 담당했다. 순문예성을 지향하면서도 대중의 취향에 맞는 오락적인 글도 실었으며, 신인들의 착실한 문학작품이나 문학의 제문제를 다루어 주목을 받았다. 이광수李光洙·박종화朴鍾和·김억金億·신석정辛夕汀·장만영張萬榮·이무영李無影·한용운韓龍雲 등이 필진에 참여했다.

신작로 新作路 → 곽하신郭夏信

신중신 愼重信 1941~ 경남 거창 출생. 서라벌예대 문예창작과 졸업(1962). 1962년 《사상계》 신인상에 시 〈내 이렇게 살다가〉 〈그 순간의 시선이〉 등이 당선되어 등단했다. 등단 초기에는 〈고전과 생모래의 고뇌〉 연작시를 비롯해 시작에 주력했다. 1970년대 후반부터 수필과 국내외 명작을 소개하는 글을 다수 발표했으며, 1990년대에는 문필전업생활로 들어가 시작에 전념하는 한편 장편소설 〈까리아인〉을 전작 간행하고 〈변방에서〉 등을 탈고했다. 출판사·잡지사 등의 편집에 종사했으며, 중앙대 강사를 역임했다. 카톨릭문인회 부회장으로 활동했다. 시집으로 《고전과 생모래의 고뇌》 《투창投槍》 《낮은 목소리》 《바이칼호에 와서》 《카프카의 집》 《응답시편》 등과 서사시집 《모독》이 있으며, 국내외 명작소개서 《문학의 아름다움과 뿌리찾기》 《나의 세계명작 순례기》, 수필집 《한국인의 마음》 《꿈 먹는 나그네에게》 《시대의 여울목에서》 등이 있다. 대상에 대한 지적 분석, 심리적 배열과 구성은 그의 시 기법의 특징이며, 현실에 있어서의 선과 악, 희망과 절망, 우울과 기쁨 등을 예리한 감성으로 인식하면서도 그런 것을 초극하려는 인생의 지혜를 그의 작품에서 읽을 수 있다. 1989년 대한민국문학상, 1990년 남명문학상, 1994년 한국시협상 등을 수상했다.

신지식 申智植 1930~ 아동문학가. 서울 출생. 이화여대 국문과 졸업. 1948년 전국 여학생 문예콩쿠르에 소녀소설 〈하얀 길〉이 수석 당선, 1957년 동화 〈분홍조갑지〉 〈탱자 아주머니〉 등을 발표하면서 등단했다. 이후 아동소설 〈달맞이꽃〉 〈아름다운 나라〉 등을 발표했고, 아동소설집 《하얀 길》 《감이 익을 무렵》 《바람과 금잔화》 《가는 날 오는 날》, 동화집 《안녕하세요》 등을 발간했다. 초기에는 주로 소녀적 서정의 표현과 심경의 묘사에 치중하는 작품을 썼으나, 1960년을 전후해 현실세계와의 접촉에서 빚어지는 여러 가지 정서를 생명에의 강한 의지로 재구성하는 원숙성을 보였다. 유네스코문학상, 소천아동문학상 등을 수상했다.

《안녕하세요 *安寧—*》 신지식의 동화집. 1972년 창조사에서 발행. 중편동화 〈다들 어디에서〉를 비롯해, 〈꽃초롱〉 〈숲속의 여름〉 〈염소와 편지〉 〈장박새와 비둘기〉 〈깃발〉 등 단편동화 14편이 수록되어 있다. 저학년 아동들을 대상으로 한 부드러운 문체와 어린 소녀들의 환상적인 동심세계가 특색을 이루고 있다.

신채호 申采浩 1880~1936 소설가 · 독립운동가 · 사학자 · 언론인. 호 단재丹齋. 충북 청주 출생. 성균관 수학시절부터 《황성신문》 《대한매일신보》에 우국적 논설을 발표해 독자들의 갈채를 받았고, 이어 〈을지문덕〉 〈이순신전〉 등을 연재, 민족의식의 앙양과 독립정신의 고취에 힘썼다. 1907년 신민회에 가입, 국채보상운동을 일으켰고, 1910년 블라디보스톡으로 망명, 《해조신문》을 발간했다. 1919년에는 고구려 유적지를 답사, 국사연구와 저술에 힘썼으며, 이어 상해 임시정부에서 활약했다. 1921년에는 북경에서 순한문잡지 《천고》를 내는 한편, 《중화일보》에 논설과 역사논문을 발표했다. 1927년 신간회 발기인, 무정부주의 동방연맹에 가입, 1928년 잡지 《탈환》을 발간했으나 이듬해 일경에 체포되어 1936년 옥사했다. 일본 제국주의에 대해 비타협적인 저항운동과 독립투쟁을 전개했던 그의 생애는 크게 세 부분으로 나누어 볼 수 있는데, 그의 문학도 그에 따라 세 단계로 나뉜다. 신채호 문학의 첫번째 단계는 개화기에 주로 논설과 역사 · 전기문학 작품을 썼던 시기이다. 〈을지문덕〉 〈이순신전〉 〈동국거걸최도통전東國巨傑崔都統傳〉 등의 작품을 발표했는데, 이들 작품은 다른 민족과의 투쟁에서 승리했던 영웅을 부각시켜서 국민들에게 강렬한 민족 의식을 심어주고자 하는 의도에서 씌어진 것이다. 두번째 단계는 1915년부터 1920년경까지로 중국에 망명해 북경대학의 도서관을 드나들면서 역사연구에 몰두하며 《조선사연구초》 《조선상고사》 《조선상고문화사》 등을 집필했던 시기인데, 이 시기에 그는 〈꿈하늘〉 〈백세 노승의 미인담〉 〈일목대왕의 철퇴鐵槌〉 등을 썼다. 특히 소설 〈꿈하늘〉은 역사 · 전기문학에서 한걸음 나아가 소설의 형태로 쓴 것으로, '한놈' 이라는 민족 운동가의 모험을 통해 독립 투쟁 가운데서 발생하는 온갖 오류와 난관을 극복하고 자주 독립을 향해 나아가는 정신적 편력을 환상적인 기법으로 그린 작품이다. 세번째 단계는 1923년을 전후한 시기로 신채호가 사상적인 변모 과정을 겪은 뒤이다. 이 시기의 대표적인 소설 작품은 그가 투옥되기 직전에 쓴 것으로 보이는 〈용과 용의 대격전〉이다. 이는 개화기에 씌어진 일종의 문명 비판적인 미래 소설이라고도 볼 수 있는 특이한 작품인데, 모두 10장으로 구성되어 있으며 신채호의 무정부주의 사상의 일면을 드러낸다. 요컨대, 그의 문학작품은 사상의 변화에 따라 다양한 모습을 보여주고 있으며 개화기문학의 계몽적 성격을 뚜렷이 보여주기도 한다. 그는 민족사관을 수립, 우리 나라 근대사학의 기초를 확립했으며 항일독립운동의 이념적 지도자로 언론계에서 선구적 역할을 하기도 했다.

〈꿈하늘〉 신채호의 단편소설. 1916년에 쓰여진 작품으로 국내에는 발표된 사실이 없고, 해외에서 발표되었는지도 확실치 않다. 180장 정도의 분량으로 1970년대 초반에 발견되어 《문학사상》에 발표되었다. 〈혈血의 누淚〉보다 10년이 늦고, 최초의 현대소설인 〈무정無情〉보다 1년 이른 것으로, 연대적으로는 상당한 의의가 있으나 그 문학적 수준은 〈무정〉을 앞설 만한 것은 못된다. 그러나 한글로 썼다는 사실이 중요하고 단재丹齋의 사상과 생애를 이해하는 데 좋은 참고가 될 중요한 자전적 소설이다. 이 작품은 구국운동에 몸바친 주인공의 환상적인 한국사 순례를 그린 것으로 민족의 참다운 자주독립을 향해 각성해가는 정신의 편력과정을 보여주고 있다. 국민들에게 강건한 민족혼과 투쟁의식을 고취시키려는 당시 신채호의 의도가 배어 있는 작품으로 문체가 생경하고 초보적 구성의 미숙성이 보이나, 강렬한 주제의식이나 장려한 문장은 우리나라 신문학 초기의 역사소설로서 큰 의의가 있는 것으로 평가되고 있다.

신천지 新天地

1) 1921년 7월에 창간된 종합잡지. 사장은 오상은吳尙殷, 주간은 백대진白大鎭, 편집인은 안곽安廓이었다. 민족적 자각의 촉진을 사명으로 하고 새 사조와 새 문화를 직접 소개할 것을 편집방침으로 출발했으나, 창간호부터 당국의 비위를 거슬려 중단·삭제의 비운을 겪었다. 1922년 11월 4호에서 〈일본 위정자에게 고함〉이란 논문을 쓴 백대진이 구속되고, 1923년 9월에는 〈조선 귀족계급의 몰락호〉를 발행했으나 기사 전부가 압수되었다. 1923년 9월 〈약소민족에게 호소하여 단결을 재촉함〉이라는 글이 말썽이 되어 결국 폐간당했다.

2) 광복 직후 《서울신문》에서 발간한 월간 종합잡지. 1946년 1월 조선총독부 기관지이던 《매일신보》가 《서울신문》으로 바뀌면서 《매일신보》의 허물을 조금이라도 더 씻기 위해 이 잡지를 발간하기 시작했다. 그 당시 일반 월간잡지들이 창간되었다가는 몇 호만에 종간되었으나 《신천지》만은 서울신문사의 힘으로 꾸준히 발행되어 한국문화계에 큰 영향을 주어가며 지식층의 호응을 많이 받았다. 6·25로 휴간했다가 1951년 1월에 한 권이 나오고 다시 휴간과 속간을 반복하다가 1954년 10월로 종간했다.

신체시 新體詩 한국의 개화기 내지 신문학 초창기에 씌어진 새로운 형태의 시가詩歌. 신체시라는 용어는 신시新詩라는 명칭과 함께 통용되어 왔으며, 그 전대의 고시가古詩歌나 개화가사 및 창가에 대한 새로움의 의미를 나타내고 있다. 그밖에 신시가新詩歌 또는 신체시가新體詩歌라고도 불린다. 1908년 11월 《소년》 창간호에 실린 최남선崔南善의 〈해海에게서 소년少年에게〉를 기점으로, 1919년 《창조》 창간호에 실린 주요한朱耀翰의 〈불노리〉 이전의 《학지광》 《청춘》 《태서문예신보》 등의 잡지나 그밖의 지면에 발표된 이광수李光洙·김억金億·황석우黃錫禹·현상윤玄相允·최승구崔承九·김여제金與濟 등의 초기 시들이 신체시의 범주에 든다고 할 수 있다. 신체시의 기점은 위에서 언급했듯 최남선의 〈해에게서 소년에게〉로 잡는 것이 통설이다. 여기에 몇 가지 이설들이 제기되고 있으나 학계에서는 아직 보편적으로 인정되지 않고 있는 실정이다. 형태상 신체시는 대개 7·5조의 자수율을 중심으로 이루어진 정형시로, 이와 같은 형태는 한국 고전시가인 시조나 가사 등에서는 없었던 것이며 신체시에 선행한 창가와도 다른 것이었다. 신체시가 고시가의 율문적인 정형성에서 벗어나 보다 새로운 시가형태인 산문적인 속성으로 변하는 과정은 근대시사에서 매우 큰 의의를 갖는다. 물론 이 경우의 신체시의 산문성은 '근대'라는 시대적 특수성에 비추어볼 때 그렇다는 것이며, 실제로 그 산문성의 한계는 매우 모호하다. 엄밀한 의미로 볼 때 〈해에게서 소년에게〉 등 일련의 신체시들이 지닌 산문성은 극히 불안정하며 창가의 율문성을 무의식적으로 답습하는 상태에 머무르고 있다. 또한 이들 시의 분절법

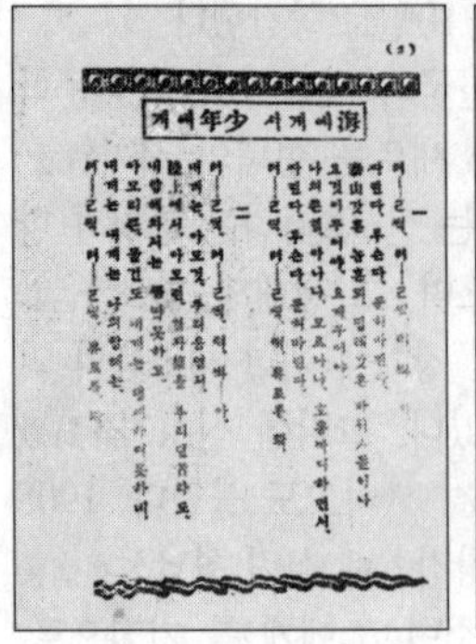

(2)

海에게서 少年에게

一

텨……ㄹ썩, 텨……ㄹ썩, 텩, 쏴……아.
따린다, 부슨다, 문허바린다.
泰山갓흔 놉흔뫼, 딥태갓흔 바위ㅅ돌이나,
요것이 무어야, 요게무어야.
나의큰힘 아나냐, 모르나냐, 호통까지하면서,
따린다, 부슨다, 문허바린다.
텨……ㄹ썩, 텨……ㄹ썩, 텩, 튜르릉, 꽉.

二

텨……ㄹ썩, 텨……ㄹ썩, 텩, 쏴……아.
내게는, 아모것, 두려움업서,
陸上에서, 아모런, 힘과權을 부리던자라도,
내압헤와서는 꼼땩못하고,
아모리큰 물건도 내게는 행세하지못하네.
내게는 내게는 나의압헤는
텨……ㄹ썩, 텨……ㄹ썩, 텩, 튜르릉, 꽉.

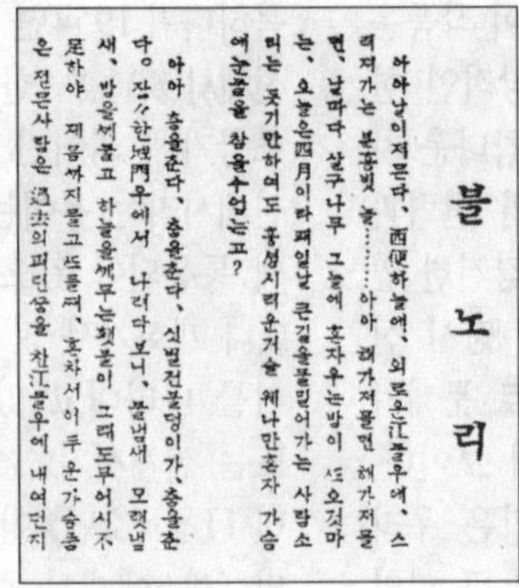

불 노 리

아아 날이저믄다, 西便하늘에, 외로운江물우에, 스러저가는 분홍빗 놀……아아 해가저물면 해가저물면, 날마다 살구나무 그늘에 혼자우는밤이 또오것마는, 오늘은四月이라 패일날 큰길을물밀어가는 사람소리는 듯기만하여도 흥셩시러운거슬 웨나만혼자 가슴에눈물을 참을수업는고?

아아 춤을춘다, 춤을춘다, 싯벌건불덩이가, 춤을춘다. 잠〃한城門우에서 나려다보니, 물냄새 모랫냄새, 밤을세물고 하늘을째무는횃불이 그래도무어시不足하야 제몸까지물고뜨들때, 혼자서어두운가슴품은 젊은사람은 過去의퍼런꿈을 찬江물우에 내여던지

▲신체시 〔왼쪽〕〈해에게서 소년에게〉. 최남선 지음. 《소년》 창간호 권두시. 〔오른쪽〕〈불놀이〉. 주요한 지음. 《창조》 창간호. 이상 고려대학교도서관 소장.

이나 후렴성도 거의 '창가적인 정형성'이라고 할 수 있다. 창가의 율문성과 자유시의 산문성의 과도기적인 혼합양상은 신체시의 대표적인 형태적 특성이다. 작품의 질로 볼 때 신체시는 반드시 성공적이었다고 할 수는 없는 것들이어서, 그 언어는 고전시가인 시조 또는 가사의 그것에 비해 좀더 직설적인 편이었으며 동시에 미적 짜임새 역시 매우 서툰 편이었다. 그러므로 신체시는 한국의 시가가 그 고전기에서 근대시를 생산해 내는 시기에 이르는 데 교량 역할을 했다는 데서 그 의의를 찾을 수 있다.

신하여 신하여 臣下一臣下一 → 양성우梁成祐

신현득 申鉉得 1933~ 아동문학가. 경북 의성 출생. 대구교대 졸업. 1959년《조선일보》 신춘문예에 동요 〈문구멍〉이 입선, 1960년 동지에 동시 〈산〉이 당선되어 등단했다. 그의 작품은 주로 농촌에서 얻어진 것으로 보아 알 수 있듯이 향토적 경향과 민족적 서정이 동시세계에 깊이 뿌리박혀 있다. 동시집으로《아기 눈》《고구려의 아이》《바다는 한 순갈씩》《엄마라는 나무》《박꽃 피는 시간에》《통일이 되던 날의 교실》 등이 있다. 세종아동문학상, 대한민국문학상 등을 수상했다.

신화 神話 어떤 신격神格을 중심으로 한 하나의 전승적 설화. 신화에는 역사적 · 과학적 · 종교적 · 음악적 · 문화적 제요소가 미분화의 상태인 채로 포함되어 있어 원시적인 인생관과 세계관을 설명해준다. 신화를 가장 엄밀한 의미에서 정의해 보면 종교적 교리 및 의례의 언어적 진술이라고 할 수 있다. 한국의 신화 중에서 이 정의가 대체로 적용될 수 있는 것은 고조선 · 신라 · 고구려 · 백제 및 가락의 이른바 건국신화 또는 시조신화를 으뜸으로 일컬어왔다. 그러나 오늘날에까지 전해진 것으로는 각 성씨의 시조신화인 씨족신화와 여러 마을의 수호신에 관한 마을신화, 그리고 무당사회에 전승된 무속신화 등을 들 수 있다. 이렇게 네 묶음이 될 한국의 신화는 그 차이에도 불구하고 약간의 공통성을 지니고 있다. 첫째 공통성은 이들이 다같이 창시자 내지 창업주에 관한 이야기, 곧 본풀이 내지 본향풀이라는 데서 찾을 수 있다. 본풀이란 근본내력에 관한 이야기풀이라는 뜻이다. 둘째 공통성은 이들 신화가 실제에 있어 전설적인 속성을 강하게 지니고 있다는 데서 찾을 수 있다. 우리 나라 고문헌에 나타나는 신화로는 단군개국신화와 동명왕개국신화가 가장 대표적이다. 전자는 순박 · 간소하고, 후자는 화려 · 섬세해 각기 대표적인 특징을 지니

고 있는 이 두 신화는 원시적 서사문학이 시대의 변천에 따라 발전해 가는 과정을 보여주는 것이라 하겠다. 그밖에도 북부여의 해모수, 동부여의 금와, 백제의 온조 등에 관한 일련의 신화와 전설은 우리 민족이 이동한 경로를 암시해 주고 있다. 우리 나라의 신화는 천지개벽이나 인류의 발생에 관한 신화가 없이 신격시한 인물들에 관한 이야기로 출발하는데, 이는 한민족의 창생신화나 천지개벽신화는 우리 민족이 한반도에 이동하기 이전 대륙에서 그 과정을 지나고 후기에 이동했던 때문인 것으로 짐작된다. 어쨌든 이들 신화는 인간의 감정이 순화·발달함에 따라 신성미가 없어지고 흥미본위의 설화문학을 발생케 한다.

신화의 단애 神話─斷崖 → 한말숙韓末淑

신흥문학 新興文學 1923년 말부터 1924년 초에 걸쳐 구태의연하고 안이한 세계에 머물러 답보踏步를 계속하는 기성문학에 반기를 든 새 기류의 문학. 한국현대문학 사상 이 경향의 문학이 최초로 대두되면서 《폐허》《백조》를 거친 탐미적이며, 정신세계에 있어서도 퇴폐적이고 향락적인 색채를 지닌 그 이전의 한국문학을 생활에서 도피한 문학, 무기력하고 몽환적인 문학이라고 하면서, 전적으로 맞서는 입장을 취했다. 한국문단에 최초로 신흥문학의 기운을 불어넣은 것은 김기진金基鎭이었다. 그는 당시 일본 유학생으로 그 무렵 도쿄에서 유행한 민중예술론, 또는 사회주의적 문학이론에 매혹되었다. 그렇게 해서 스스로 그런 경향의 문학활동 실천자가 되기를 다짐하는 한편 서울에 있는 그의 문우, 특히 《백조》 동인인 박종화朴鍾和·박영희朴英熙를 설득하기 시작했다. 그에 의하면 백조파의 시는 도피적 영탄조의 것으로, 인간의 생활현장에 발을 붙이지 못한 문학이라는 것이었다. 백조파의 시와 문학이 '현실의 강렬한 열가熱歌, 즉 힘의 예술이 되어야 한다'는 것이 그의 주장이었다. 김기진의 이같은 호소는 그 자체로 뚜렷한 행동철학을 갖지 못한 백조파 문인들에게 상당한 충격이 되었다. 그 영향으로 구경향의 문학에 적지 않게 동요의 기미가 일기 시작했다. 김기진은 더욱 박차를 가하기 위해 다시 《백조》의 동인이 되었다. 《백조》 3호에 그는 〈한 갈래의 길〉을 비롯해 〈한 개의 불빛〉〈권태〉〈비 오는 날〉〈연못에 서서〉〈가심의 별〉 등 여섯 편의 시와 〈떨어지는 조각 조각〉이라는 에세이를 발표했다. 그런데 그들은 모두가 한결같이 민중의 편에 서서 민중의 생활을 반영시키고자 한 것이었고, 또 그런 주장을 담은 것이었다. 그 후 1924년 무렵에는 이미 그와 박영희를 중심으로 신흥문학을 지향하는 집단적 세력이 형성되었다. 그것이 곧 신경향파新傾向派였다. 그후 신흥문학은 신경향파를 거쳐 카프라는 조직체를 갖기에 이르러 본궤도에 오른 민중파 예술운동의 문학, 또는 사회주의적 경향을 띤 문학이라고 할 수 있다.

실락원의 별 失樂園─ → 김내성金來成

실비명 失碑銘 → 김이석金利錫

실존주의 實存主義 20세기 전반에 합리주의와 실증주의 사상에 대한 반동으로 독일과 프랑스를 중심으로 일어난 철학사상. 실존이란 사물존재나 도구존재와는 다른 인간존재의 방식을 뜻하며, 실존주의란 그러한 인간존재의 독자적 존재방식을 여러 각도에서 조명해, 그것을 개개의 인간에게 자각시키려 시도하는 주의·주장이라 규정된다. 문학사조로서의 실존주의는 제2차 세계대전 후, 사르트르의 작품을 통해서 널리 파급되어 유행을 이루었는데, 사르트르는 하이데거의 실존철학을 거쳐 문학의 창조활동으로 들어갔다. 한국에 실존주의 문학이 언제부터 도입되었는지는 명확하지 않으나, 제2차 세계대전 후, 특히 1950년 전후부터 본격적으로 도입된 것으로 생각된다. 우리 나라 문학에 있어서 실존주의가 소개된 것은 1948년 《신천지》에 '실존주의 특집'이 마련된 이후부터이다. 여기에는 사르트르의 〈문학의 시대성〉 및 작품 〈벽〉이 번역 소개되어 있었다. 이후 이어령李御寧 · 김붕구金鵬九 · 정명환鄭明煥 등에 의해 본격적으로 실존주의 문학과 우리 문학과의 상관성에 대한 고찰 및 소개가 전개되었다. 실존주의의 분위기는 손창섭孫昌涉 · 오상원吳尙源 등 당대 한국 작가들에게도 인간 조건의 추구라는 점에서 큰 영향을 미친 것으로 생각된다. 한편, 사르트르의 앙가주망 이론은 1950년대 말기 이후 참여문학의 이론적 근거가 되기도 했다.

실험소설 實驗小說 과학적인 실험 · 보고를 하는 태도로 쓴 소설, 혹은 지금까지 없던 새로운 방법을 시도하는 소설. 실험소설이란 용어는 1880년에 졸라가 낸 논문의 제명에서 유래한 것이다. 그는 소설은 관찰이나 경험을 기록할 뿐만 아니라, 진보된 과학상의 성과에 순응하며 주제를 자연법칙에 따라 작품으로 전개해야 한다고 주장했다. 그러나 이런 방법의 소설적 기술은 인간을 생물학자의 실험대상처럼 보기 때문에 정신보다 동물적인 면을 강조하게 되어 자본주의 사회의 병폐를 지적하는 예리한 메스는 되었지만 인간정신을 위축시키는 경향이 있었다. 이러한 방법은 이후 자연주의 문학 이론의 토대가 되기도 했으며, 이런 역사적인 의미를 떠나 새로운 기법의 대담한 실험을 하는 소설을 가리키기도 한다.

심경석 沈暻錫 1932~ 아동문학가. 충남 공주 출생. 서울대 교육과 및 연세대 교육대학원 졸업(1972). 1958년 《동아일보》 신춘문예에 〈화가 아저씨〉가 당선되어 등단했다. 서울에서 초등교육계에 종사했으며, 여러 학교의 교장을 역임했다. 또한 부모교육 아카데미 원장으로 부모교육에도 힘썼다. 1979년 첫 소설 《보검과 해룡》을 발표한 후, 주로 아동소설에 몰두해 80~90년대에 많은 작품을 발간했다. 특히 《친구여 안녕》 《태양을 사랑하는 소녀》는 90년대에 많은 독자들에게 읽혀 화제가 되기도 했다. 교육도서 《부모는 기름진 밭이 되어라》 외 190여 권의 책을 펴냈다. 주요 작품으로 〈친구여 안녕〉 〈태양을 사랑하는 소녀〉 〈무지개 친구〉 〈우린 헤어질 수 없어〉 〈사랑은 아름다워라〉 〈꽃마음〉 〈곰나루의 봄〉 〈아기곰과 사냥꾼〉 등이 꼽힌다. 그는 작품 속에 사람이 살아가는 여러 가지 빛깔을 담아, 도시의 비인간화 속에서 자기중심적으로 살아가는 오늘의 어린이들에게 '사람의 진실한 삶'을 보여주기 위해 노력했다. 특히 소설의 감동과 재미를 통해 아동소설의 자리를 한층 높이는 데에 힘썼다. 불모지로 남아 있던 아동문학에 몰두해, 우리 나라 어린이들에게 소설독자층을 형성하는 데에 크게 공헌했다는 평가를 받기도 했다. 1987년 한국아동문학상, 1992년 눈솔상, 1994년 어린이가 뽑은 작가상, 1996년 독서진흥상, 1997년 대한민국 5 · 5문화상, 1998년 카톨릭대상 등을 수상했다.

심리소설 心理小說 인간내면의 심리적 움직임에 초점을 맞추어 관찰과 묘사를 주로 하는 소설. 사회의 한 구성원으로서의 인간을 외면에서 포착하는 사실소설과 대비된다. 우리 나라의 심리소설은 김기림金起林의 모더니즘 시운동 선언과 최재서崔載瑞의 주지주의 문학의 소개를 기점으로 나타나기 시작했는데 그 첫 주자는 이상李箱이었다. 그는 〈날개〉 〈봉별기逢別記〉 〈종생기終生記〉 〈동해童骸〉 등의 소설에서 평면적 구성보다는 입체적 구성을 통해 인간의 내부심리를 분석·해부함으로써 프로이트류의 심층심리학을 문학에 적용했다. 그밖에도 최명익崔明翊의 〈무성격자〉 〈심문〉 〈장삼이사張三李四〉 등을 비롯해 1937년에 나온 동인지 《단층》에 발표한 김이석金利錫의 작품도 대체로 심리주의의 성격을 띠고 있었다. 우리 나라의 심리주의 소설은 서구근대문학에서 볼 수 있는 심리소설의 정상적인 발전을 보이지 못한 점이 지적되고 있다. 즉 서유럽의 심리소설은 스탕달이나 부르제와 같이 인간심리의 미묘한 움직임을 섬세하고 과학적인 기법으로 묘사하는 근대소설의 발달과정을 거쳐온 것인데, 우리 나라의 심리소설은 이 과정을 뛰어넘어 직접 조이스나 프루스트류의 '의식의 흐름'을 추구했다는 점이다. 조연현趙演鉉이 1930년대의 심리소설을 신심리주의라 명명한 이유가 여기에 있다.

심상 心象 1973년 10월에 창간된 시 전문지. 국판. 초기의 편집 겸 발행인은 박목월朴木月. 박남수朴南秀·김종길金宗吉·이형기李炯基·김광림金光林 등이 편집과 기획에 참여했는데 동인지 성격을 탈피한 폭넓은 시전문 월간지이다. 한국의 현대시를 재평가하면서 세계 속에 한국 현대시를 정립하려는 의욕적인 방향을 설정, 해외시와 시이론을 소개하는 한편, 동양의 시이론을 재정립하는 데 노력을 기울였다. 또한 원래의 편집방향이 시 작품에만 치중하는 것을 지양하고, 시와 관련된 여러 부문을 취급하는 것이었기 때문에 다양한 기획특집이나 고정

▲심상 1974년 2월호. 국립중앙도서관 소장.

란을 항상 마련했다. 또한 해변시인학교·시낭독 운동 등을 펼쳐 시와 독자와의 접근을 시도해 성공을 거두기도 했다.

심상운 沈相運 1943~ 시인. 강원도 춘천 출생. 중앙대 국문과 졸업(1964). 1973년 《시문학》에 〈항해를 기다리며〉 〈소묘素描〉 〈목공환상木工幻想〉 등이 추천받아 등단했다. 교편 생활을 하며 《삼악시三岳詩》 동인으로 활동. 주요 작품으로 〈철원풍경〉 〈수부의 꿈〉 〈풀〉 〈말 울음소리〉 등이 있으며, 시집에 3인시집 《강과 바람과 산》 《고향산천》 등이 있다. 민족의 분단상황과 올바른 역사의식을 시로써 형상화했으며, 기법상 이미지를 중시하므로 주지주의를 발전시켰다는 평을 듣기도 했다.

심야의 정담 深夜一鼎談 → 신상웅辛相雄

심우천 沈愚千 1939~ 아동문학가·시인. 호 수석水石. 강원도 홍천 출생. 춘천사범 졸업. 초등교단에서 34년간 근무하고 명예퇴직했다. 1971년 《월간문학》 아동문학부문에 동시 〈일요일〉이 당선되어 등단했다. 1989년 《한국시》에 시 〈포구浦口에서〉가 당선되었다. 1960년부터 1985년까지 아동문학을 하면서 화양문학동인, 설악문학동인, 강원아동문학회를 조직해 작품 활동을 전개했으며, 1986년부터는 시를 쓰면서 홍천문화예술연합회를 조직, 회장으로서 향토

문화활동과 후진양성에 진력했다. 주요 작품에 동시 〈산길〉, 동화 〈모란꽃〉, 시 〈우리〉 등이 있으며, 동시집에 《동그란 안경》, 시집 《포구에서》가 있다. 1960년부터 아동문학을 하면서 어린이들을 위한 쉬운 말과 부드러운 가락으로 세상만물에서 느끼는 감격을 소재로 동심을 바탕으로 한 작품을 썼으며, 1980년 중반부터는 시작에 전념, 향토적이고 토속적인 사상과 인간의 내면과 외면의 조화, 나그네 사상을 노래했다. 자신의 생활과 자연을 조화한 성실과 의지의 세계를 추구하는 작품을 쓰고 있다. 1984년 현대아동문학상, 1989년 향토문화상, 1990년 강원문학상 및 향토문화상과 대한민국국민훈장 석류장 등을 수상했다.

심훈 沈薰 1901~1936 소설가 · 시인 · 영화인. 본명은 대섭大燮. 호는 해풍海風. 서울 출생. 경성제일고보 재학시 3 · 1운동 가담으로 투옥 및 퇴학. 상해上海 원강대 3년 수학. 1923년부터 《동아일보》 《조선일보》 《중앙일보》 학예부장으로 있으면서 심대섭이라는 본명으로 시와 소설을 쓰기 시작했다. 그는 영화에도 깊은 관심을 기울였는데, 1925년 조일제趙一齊 번안의 〈장한몽長恨夢〉이 영화화될 때 이수일李守一역으로 출연했고, 1926년 우리 나라 최초의 영화소설 〈탈춤〉을 《동아일보》에 연재, 영화인들의 사진을 소설의 삽화로 사용해 화제를 모으기도 했다. 영화 〈먼 동이 틀 때〉를 원작집필 · 각색 · 감독으로 제작했으며 이를 단성사에서 개봉해 큰 성공을 거두기도 했다. 그후 1930년 중편 〈동방의 애인愛人〉과 장편 〈불사조〉를 신문에 연재, 1933년에는 《중앙일보》에 장편 〈영원의 미소〉를 연재했고 단편 〈황공黃公의 최후〉를 발표했다. 1935년에는 장편 〈직녀성織女星〉과 〈상록수常綠樹〉를 발표해 문단의 기반을 확고히 다지는 계기를 마련했다. 〈상록수〉는 《동아일보》 창간 15주년 기념 장편소설 특별공모에 당선, 연재되었던 것이다. 1936년 장티푸스로 사망했다. 1930년 《조선일보》에 연재되었던 〈동방의 애인〉과 〈불사조〉가 검열에 걸려 중단당한 일이 있다. 그해에 시 〈그날이 오면〉을 발표했는데 1932년 향리에서 시집 《그날이 오면》을 출간하려다 검열로 인해 무산, 유고집으로 출간되었다. 두 번에 걸친 연재중단사건과 그의 시 〈그날이 오면〉에서 알 수 있듯이 그의 작품에는 강한 민족의식이 담겨 있다. 〈직녀성〉에서는 봉건적 토착 사회의 인간상과 새로운 신문화적인 자유낭만적 인간상을 대조적으로 그려나가면서 낡은 윤리 · 도덕과 보수적 인간관을 타파하고 새로운 개인 중심 및 민족적인 사회 봉사의 이념을 추구하는 계몽주의 작품을 그려냈다. 〈영원의 미소〉에는 가난한 인텔리의 계급적 저항의식, 식민지 사회의 부조리에 대한 비판 정신, 그리고 귀농의지가 잘 그려져 있으며 대표작 〈상록수〉는 일제의 탄압을 피해 충남 당진으로 잠적해 쓴 농촌계몽소설로서 젊은이들의 희생적인 농촌사업을 통해 강한 휴머니즘과 저항의식을 고취시킨다. 심훈 소설은 계몽적 성향 또는 경향파, 동포적인 사회참여, 민족적인 현실인식, 그리고 설교적 요소와 개성 존중에 입각한 반봉건적 로맨티시즘이 주류를 이루고 있다. 농민계몽문학에서 이후의 리얼리즘에 입각한 본격적인 농민문학의 장을 여는 데 크게 공헌한 작가로서 심훈의 문학사적 의의가 있다고 할 수 있다.

《그날이 오면》 1949년 한성도서주식회사에서 간행된 심훈의 작품집이자 시 제목. 이 책을 주선해 발간하게 한 둘째형 설송雪松의 발간사, 1932년 9월 당진에서 쓴 저자의 머리말이 있고, 본문 · 목차의 순서로 구성되어 있다. 원래 이 작품집은 1932년에 간행하려고 했으나 조선총독부의 검열 때문에 좌절되어 그가 죽은 뒤인 1949년에 간행되었다. 이 작품집에는 자유시 47편, 시조 10편, 산문 7편이 실려 있으며, 표제시 〈그날이 오면〉은 1930년 3 · 1절을 맞이해 1919년 3 · 1운동에 참여했던 당시 시인의 감격을 되살리면서 광복된 조국의 그날을 열정적으로 노래한 민족항일기의 대표적인 저항시 중의 하나이다. 모두 2연으로 각 연은 8행으로 이루어져 있는데, 광복의 그날이 왔을 때 터져나올 민족적 환희에 시적 화자의 열망이 집약되어 있다. 제1연에서 종로의 인경을 머리로 들이받아 기쁜 소식을 울리겠다고 하는 것이나, 제2연에서는 칼로 자신의 몸에서 가죽을 벗겨 북을 만들어 둘러메고 여러분의 앞장을 서도 광복의 그 우렁찬 소리를 한 번이라도 듣기만 하면 아쉬움없이 눈을 감겠다는 무서운 전율감마저 느끼게 해주는 작자의 외침은 민족광복에 대한 강렬한 의지의 표현이라고 할 수 있다. 〈영원의 미소〉나 〈상록수〉에서 보여준 계몽의식을 구체화하는 데 기여했던 저항의식이 더욱 강하게 시적으로 변용되어 나타났고, 이로 인해 저자는 저항시인이라는 이름을 얻기도 했다. 이 작품집은 민족항일기의 현실에서 민족주의적 농촌계몽소설이 민중지향 의지를 표명한 것으로서 민족문학의 맥락과 밀접하고 있다는 것을 보여준다.

〈직녀성 織女星〉 심훈의 장편소설. 1934년 《조선중앙일보》에 연재된 작품이다. 인숙은 8세 때 서울 윤자작의 막내 며느리감으로 선을 보았다. 약혼자는 두 살 아래인 봉환, 세월이 흘러 14세가 되자 시집을 갔으나 신랑이 혼인날 엉엉 울며 3일을 치르지도 못하고 돌아가면서 인숙의 시집살이는 시작되었다. 여러 가지 우여곡절 끝에 부부의 정이 싹틀 무렵, 봉환은 미술공부를 위해 일본으로 건너가고 인숙도 어느 사립 여학교에 입학했다. 남편은 자기를 견우성에, 인숙을 직녀성에 비겨 만날 날을 기약했으나, 마중을 나간 인숙은 모델이라는 양장 미인과 같이 있는 남편을 보았다. 친정으로 쫓겨난 인숙은 봉환의 아들을 낳았으나 방탕한 봉환은 인정하지 않는다. 아이는 병을 앓다 죽고 인숙은 유치원 보모가 되었다. 조혼으로 인해 빚어지는 한 여인의 비극이 세태상과 더불어 펼쳐지고 있다.

〈상록수 常綠樹〉 심훈의 장편소설. 1935년 《동아일보》 창간 15주년 현상 모집에 당선된 작품이다. 농촌 계몽 운동을 다룬 것으로서 작자가 남긴 작품 중에서도 가장 유명하고, 또 그 이전의 미숙한 작품에 비해 수작이다. 청석골의 채영신과 한곡리의 박동혁은 모 신문사 주최 계몽 운동에 가담했던 열성 분자들로서, 어느 날 주최측이 베푼 위로회 석상에서 각각 보고연설을 한 것이 계기가 되어 사랑하는 사이가 된다. 그리고 모두 학교를 졸업하자 박동혁은 한곡리로, 채영신은 청석골로 내려가 농촌 운동에 투신한다 그러나 이들에게는 온갖 고난들이 가중되고 있다. 혼자서 열 사람 몫의 일을 하다가 과로와 영양 부족으로 심신이 극도로 쇠약해진 영신은 어느 날 박동혁이 있는 한곡리에 가서 며칠간 휴식을 취한다. 그리고 떠나는 전날 밤, 영신은 바닷가를 거닐며 앞으로 모든 힘을 농촌 계몽에 바치겠다는 결심을 동혁에게 고백, 그러자 동혁은 서로 동지로만 지내기는 미흡하므로 두 힘을 합치면 더 큰 일을 할 수 있을 것이라며 기초를 이룰 때까지 3년만 기다리자고 한다. 서로 평생의 배필이 될 약속까지 한 동혁은 떠나는 영신에게 약을 지어 먹으라고 10원을 준다. 영신은 교회 건물을 빌어 야학을 하는데, 주재소에서는 80명의 정원제를 강요하지만 아이들은 150명이나 모여, 할 수 없이 금을 그어 놓고 80명 이외의 아이들은 가엾게도 밖으로 쫓아내지 않을 수 없었다. 새 학원을 짓기 위한 모금 운동도 제대로 되지 않아 어려움은 산같이 쌓이기만 하지만, 그래도 여러 사람의 도움으로 얻은 1백여 원으로 '청석학원'을 새로 지으려고 직접 목도질까지 하고 나서자, 동민들이 모두 그녀의 일을 돕게 된다. 과로에 지친 영신은 학원 낙성식날 맹장염으로 졸도, 수술을 받고 누워 있는 자리에 동혁이 달려와 간호한다. 동혁이 다시 한곡리로 돌아가보니, 고리대금업을 하는 강기천이 동혁의 농우회원들을 매수해 그의 운동을 방해하고 있었다. 화가 난 동혁의 아우 동화가 회관에 방화하고 도망치자 동혁이 대신 잡혀가게 되는데, 그가 다시 풀려나와 청석골에 가보니 과로에 지쳐 병이 나 있던 영신은 이미 죽고 없었다. 동혁은 그가 죽는 날까지 영신이 못다한 일마저 다하겠다고 다짐하며, 슬픔 속에 새로운 각오를 지니고 한곡리로 돌아간다. 이 장편소설은 1930년대에 《동아일보》에서 주도한 브나로드운동에 동조해 창작되었다. 원래 브나로드는 러시아어로 '민중 속으로'라는 뜻으로서, 그 운동은 19세기 말에 러시아의 대학생과 지성인들 사이에 널리 유행되던 것이다. 당시 저명한 작가 이광수李光洙는 《동아일보》의 편집국장으로서, 이 브나로드 운동의 추진에서 핵심적인 역할을 했다. 그는 우선 자신이 〈흙〉을 창작해 신문에 연재했고, 이 운동을 주제로 한 장편소설을 모집, 심훈의 〈상록수〉를 얻게 된 것이다. 그 당시 프롤레타리아 운동이 '공장으로' 또는 '농촌으로'라는 말을 부르짖으며 대중의 조직 운동을 전개하는 것과 병행해, 학생 계몽대를 농촌에 파견해 농촌을 계몽하는 것이 이때의 민족주의파의 주요한 민족운동의 형태요 방법이었다. 이 작품은 일제치하의 농촌 계몽운동을 통한 민족의식과 반일사상을 잘 보여준 것으로 평가되었다.

▲**상록수** 심훈 지음. 1953년에 간행된 표지.

쌈짓골 → 김춘복金春福

쑈리 킴 → 송병수宋炳洙

ㅇ

아네모네의 마담 → 주요섭朱耀燮

아동문예 兒童文藝 1976년 5월 아동문예사에서 창간한 아동문학 전문지. 발행인 겸 주간은 박종현朴鍾炫. 국판. 동시 · 동요 · 동화 · 동극 등 총체적인 아동문학 발표의 장場으로서 창작의욕의 고취와 아동문학에 대한 일반인들의 인식을 재정립시키고 아동들의 정서 · 인격함양을 도모하려는 목적으로 탄생되었다. 특히 아동문학의 장편화 · 대형화를 꾀하며, 본격문학으로서의 예술성 획득에 총력을 기울이고 있다.

아동문학 兒童文學 성인이 어린이를 대상으로 창조한 문학의 총칭. 동요 · 동시 · 동화 · 아동소설 · 아동극 등의 장르가 이에 속한다. 아동문학이란 명칭은 성인을 주대상으로 하는 문학과 구별하려는 편의적 명칭에 불과하다. 아동문학은 아동을 독자로 하는 문학으로 내용면이나 형식면에서 아동에게 읽히는 문학이요, 아동이 읽어야 할 문학이다. 그러나 성인도 영원한 영혼의 고향인 동심의 세계를 잊을 수 없기 때문에 아동만이 독자가 아니므로 아동문학의 독자는 협의로는 아동이나, 광의로는 동심적 성인도 포함된다. 아동문학의 작자는 작자의 연령보다 지어진 작품의 문제이므로, 아동과 성인이 다함께 아동문학의 작자일 수 있다. 그러나 아동이 작문과 아동시를 남겼다 하더라도 그 미성숙 상태의 어린이를 우리는 작자로는 인정할지언정 의도적 가치를 노리는 작가라고 생각할 수는 없다. 그러므로 아동문학의 작자는 어린이에게 읽힐 것을 강하게 의식한 사랑에 입각한 문학정신의 소유자, 곧 동심적 성인 작가가 될 수 있다. 문학의 소재가 일체의 삼라만상이듯 아동문학의 소재도 무엇이든 가능하다. 주로 미성인未成人이 소재의 대부분이 되기는 하지만, 소재 자체가 성인문학과 다른 것이 아니라 소재를 처리하는 방법, 곧 소재를 바라보는 동심적 눈이 다를 뿐이다. 아동문학은 특수문학이므로 그 특수성에 상응하는 기능, 즉 목적과 사명을 갖는다. 그것은 예술성을 상실하지 않는 테두리 속에서 공리적이요, 목적의식적인 동시에 교육적, 곧 아동의 단계적 심신발달에 이바지하는 것이다. 이러한 기능을 수행함과 함께 문학으로서의 예술성을 갖추기 위해서 아동문학은 내용면에서는 낭만주의 문학으로서의 이상성과 몽환성, 인도주의 문학으로서의 윤리성과 교육성을 띠고 있으며, 형식면에서는 원시문학으로서의 원시성과 단순명쾌성, 본격문학으로서의 비안이성과 예술성 등을 고루 갖추어야 한다. 우리 나라에서 이 용어가 쓰이기 시작한 것은 육당 최남선崔南善과 소파 방정환方定煥에서 비롯된다.

아메리카 → 조해일趙海一

아버지의 땅 → 임철우林哲佑

아베의 가족 一家族 → 전상국全商國

아이러니 irony 반어反語. 의미를 강조하거나 특정한 효과를 유발하기 위해서 자기가 생각하고 있는 것과는 반대되는 말로 그 이면에 숨겨진 의도를 은연중 나타내는 표현법을 말한다. 슬플 때에 웃으며, 성이 났을 때 기쁜 체하며, 속으로는 멸시하면서 겉으로 찬양할 때, 거기에 아이러니가 있다. 즉, 본의와는 반대로 말하거나, 또 부정적 · 소극적인 표현으로 도리어 긍정적 · 적극적인 뜻을 나타내는 표현법으로 수사법상 강조법의 하나이다. 또한 인생에 있어서 가끔 사건이나 그의 연속이 기대하고 있던 것과는 정반대로 전개될 때 이를 '아이러니컬 ironical' 하다고 한다. 비꼼과 다소의 풍자가 있는 반어적 표현이므로, 겉으로 나타낸 말과 이면의 숨은 뜻 사이에 반대 관계가 있는 것이 특징이다. 엄숙한 것을 웃으면서 말하는 데에 유머의 본질이 있다면, 똑같이 안팎의 반대 관계가 있다 할지라도 아이러니의 경우엔 부정적인 면을 찌르면서 엄숙한 것을 간접적으로 나타낸다. 유머는 부정이 약하고 부드러우나, 아이러니는 그 부정이 날카롭고 온정이 결여되어 있다. 또, 풍자보다는 공격적 파괴성이 약하다. 이 아이러니에는 의도적인 무지無知를 사용, 상대방을 점차 모순으로 빠져들게 해 스스로 무지를 깨닫게 하는 소크라테스적 아이러니가 있다. 또한 아이러니엔 희곡적인 아이러니가 있는데, 이것은 화자로 하여금 관객들은 쉽사리 알아챌 수 있지만 자신은 무의식적으로 숨겨진 의미를 가진 말을 하게 하는 연극상의 기법이다. 또한 로맨틱 아이러니는 역설을 문학작품에 도입하는 방법이다. 예를 들면 소설의 주인공이 그 소설 작자의 죽음을 급히 발표하고 나서 그 작품을 완성하는 방법을 말한다.

아이생활 一生活　1926년 3월에 창간된 아동잡지. 국판. 일제하의 아동잡지 중 18년간이나 발간된 최장수 잡지이다. 한석원韓錫源 주재로 역대 편집인은 송관범宋觀範 · 전영택田榮澤 · 이윤재李允宰 · 주요섭朱耀燮 · 최봉측崔鳳測 · 강병주姜炳周 · 장홍범張弘範 등이다. 강한 기독교적 정신을 배경으로 폐간 때까지 선교지적宣教誌的 성격으로 일관, 문학활동에의 적극성은 없었으나 일제말 수난기의 아동문학을 대변하는 유일한 발표 무대였다.

아지랭이 → 이영도李永道

아홉 켤레의 구두로 남은 사내 → 윤흥길尹興吉

악야 惡夜 → 김광주金光洲

안국선 安國善　1878~1926 신소설가. 호 천강天江. 경기도 안성 출생. 일본 와세다대 정치학과 수학. 1895년 관비유학생으로 일본유학을 한 개화기의 대표적인 지식인의 한 사람으로서 귀국 후 독립협회에 가담해 국민계몽운동에 헌신하다가 1898년 독립협회 해산과 함께 체포 · 투옥되어 참형의 선고를 받았다가 진도에 유배되기도 했다. 1907년부터 강단에서 정치 · 경제 등을 강의한 그는 교재로《외교통의外交通義》《정치원론政治原論》등을 저술했으며,《연설법방演說法方》은 당시 유행하던 사회계몽 수단인 연설 토론의 교본으로 저술된 것이다. 뿐만 아니라 그는《야뢰夜雷》《대한협회보大韓協會報》《기호흥학회월보畿湖興學會月報》등에 정치 · 경제 · 시사 등의 시사적인 논설도 발표했으며, 대한협회의 평의원도 역임했다. 그가 관계에 몸을 담게 된 것은 1908년 탁지부度支部 서기관에 임명되면서부터이다. 1911년부터 약 2년간 청도군수를 역임하기도 했다. 그는 형무소에 수감중 기독교에 귀의했고 계명구락부의 회원이기도 했다. 관직에서 물러난 뒤 금광 · 개간 · 미두 · 주권 등에 손을 대었으나 실패하고 일시 낙향해 생활했으나 자녀의 교육을 위해 다시 상경했다. 육영과 교단에서 종사하다가 만년에는 전원생활을 하며 창작에 열중했다. 그의 소설로는 〈금수회의록禽獸會議錄〉〈공진회共進會〉 외에 필사본으로 〈발섭기跋涉記〉 상 · 하 2권과 〈됴염전〉이 있다 하나 전해지지 않고 있다. 신소설 〈금수회의록〉은 동물의 세계를 통해 인간사회를 풍자한 우화소설로서 당시 사회에 큰 파문을 일으킨 작품이었다. 창작집으로 3편의 창작단편을 수록한 《공진회》가 1915년 발표되었다. 그의 소설과 저술물의 기저를 이루는 사상으로 유교적 윤리와 기독교적 윤리사상을 들 수 있는데, 이는 당대의 혼란한 국가와 사회를 바로잡고자 한 그의 현실관에서 나온 것으로 판단된다. 정신개조를 통한 자주독립과 국권회복을 이루려는 그의 태도는 동도서기론東道西器論의 개화파와 같은 선상에 있다고 할 수 있다.

《공진회 共進會》 안국선의 신소설집. 1915년 작가에 의해 자택에서 간행되었다. 이 작품집에는 〈기생〉〈인력거군〉〈시골노인 이야기〉 등 세 편의 단편소설이 수록되어 있다. 그러나 처음에는 다섯 편의 작품을 실을 계획이었는데 〈탐정순사探偵巡査〉와 〈외국인의 화話〉라는 두 편의 작품이 경무총장의 명령으로 삭제되었음을 작품 말미에 적어 놓았다. 〈기생〉은 1914년 제1차 세계대전이 시작될 무렵을 배경으로, 진주 · 서울 및 중국 청도青島, 일본 도쿄 등의 무대에서 한 기생이 온갖 유혹과 환난을 물리치고 어렸을 때의 친구인 유만이와 결합하기까지의 과정을 그린 애정소설이다. 〈인력거군〉은 1910년대 서울거리에서 날품팔이하는 인력거꾼을 주인공으로 서민층의 애환을 담고 있으며, 그의 과도한 음주를 징계하기 위해 그의 아내가 짜낸 지혜와 근면, 절약적인 삶의 자세를 부각한 작품이다. 〈시골노인 이야기〉는 단편소설 양식으로서의 액자구조를 보여주고 있어 이채로운데, 그 내용은 동학운동 직후의 강원도 철원과 서울을 무대로 의병봉기 및 진압 등 난리를 겪는 우여곡절 속에서 지난날에 혼인약정이 되어 있는 남녀 주인공의 애정성취를 그린 작품이다. 한편 작자는 이 작품집 서문에서 제목의 배경을 당시 열렸던 물산 공진회에 비유해 설명함으로써 소설의 오락성에 대한 인식을 드러낸다. 그리고 '독자에게 주는 글'에서도 소설의 교훈성과 오락성을 동시에 내세우고 있다는 점에서 근대적 소설관을 엿볼 수 있다. 여기에 실린 작품들은 대체로 길이만 짧게 축약한 단편이라는 점에서 근대적인 단편소설로 보기에는 다소 미흡하다. 그러나 〈시골노인 이야기〉에서 보이는 액자구조나 〈인력거군〉에서 드러나는 사실적 묘사 및 단편적 양식 등은 이들이 장편 신소설과 1920년대 이후 근대적인 단편소설의 교량적인 구실을 하고 있다는 것을 보여주며, 또한 이 작품집이 최초의 근대적인 단편소설집이라는 점에서 그 문학사적 의의가 크다고 할 수 있다.

〈금수회의록 禽獸會議錄〉 안국선의 신소설. 1908년에 발표된 우화소설로 각 동물들을 등장시켜 인간사회를 풍자한 것으로, 주제의식이 강하게 표현된 작품이다. 흰 구름과 수풀 속의 '금수회의소'라는 모임 속에 길짐승 · 날짐승 · 벌레 · 물고기 · 풀 · 나무 · 돌 등이 모여 각기 인간 사회의 부도덕 · 비합리 · 모순 등을 낱낱이 드러내어 비판한다. 개회사에서 '사람된 자의 책임을 의논해 분명히 할 일, 사람의 행위를 들어서 옳고 그름을 의논할 일, 지금 세상 사람 중에서 인류 자격이 있는 자와 없는 자를 조사할 일'이라는 세 가지 의지를 밝히고, 이어 먼저 까마귀가 물 한 잔을 마시고는 연설을

시작한다. "사람들은 만물 중에 제가 제일이라 하지마는, 그 행실을 살펴볼 지경이면 다 천리天理에 어기어져서 하나도 그 취할 것이 없소" 하고 '반포지효反哺之孝'를 모르는 인간을 공격하는 연설을 한다. 이후 여우, 개구리, 벌, 게, 파리, 호랑이, 원앙이 각각 호가호위狐假虎威, 정와어해井蛙語海, 구밀복검口蜜腹劍, 무장공자無腸公子, 영영지극營營之極, 가정이맹어호苛政而猛於虎, 쌍거쌍래雙去雙來 등의 주제로 연설을 한다. 이 작품은 간행 즉시 일본 통감부에 의해 판매 금지 처분을 받았다. 이 작품의 예리한 사회 풍자와 정치의식이 당국의 비위를 거슬렀기 때문이다. 이 신소설의 주제는 인간 현실에 대한 비판과 관리들의 부패상 폭로 및 외세 배격과 자유 의식 고취 등이다. 그 주제를 1인칭 관찰자 시점을 통해 풍자적으로 묘사하고 있다. 이 작품에는 인간이 등장하지 않고, 그대신 날짐승과 길짐승, 벌레와 물고기, 그리고 풀과 나무 등이 등장한다. 혼란한 시대에는 인간이 바른 말을 할 수 없기 때문이다.

안녕하세요 安寧— → 신지식申智植

안도섭 安道燮 1933~ 시인. 호 오석烏石·지암芝庵. 전남 보성 출생. 조선대 국문과 졸업(1956). 1958년《조선일보》신춘문예에 시 〈불모지〉가,《평화신문》신춘문예에 시 〈해당화〉가 각각 당선되어 등단했다. 이후 〈연가〉〈거울〉〈우리 더욱 사랑을 위해〉 등 시대적 애상을 서정적으로 읊은 시편들을 발표했다. 1959년 전봉건全鳳健과 함께 사화집《신풍토》를 주재했으며, 이듬해 시집《지도 속의 눈》을 발간했다. 시집으로《풀잎 서장》《하늘을 아는 사철나무》《사랑을 말하라면》《살아 있다는 기적》《내 얼굴 벌거벗은 혼》 등이 있다. 한편 소설에도 관심을 기울여 장편소설 〈한씨 일가의 사람들〉 등을 펴내기도 했다. 제6회 전남문화상을 수상했다.

안도현 1961~ 시인. 경북 예천 출생. 원광대 국문과 졸업. 1984년《동아일보》신춘문예에 시 〈서울로 가는 전봉준〉이 당선되어 등단했다.《시힘》 동인으로 활동. 시집《서울로 가는 전봉준》《모닥불》《그대에게 가고 싶다》《외롭고 높고 쓸쓸한》《그리운 여우》 등과 우화집《연어》《관계》 등을 발간했다. 그는 이미지와 이미지를 결합해 내면세계의 의미를 추구하고 있으며, 참신한 언어감각으로 회화성이 짙은 표현을 취해 언어가 간직한 조화미를 이룬 주지적·상징적인 시를 쓰고 있다. 1999년에 발간한《바닷가 우체국》에는 투박하고도 정겨운, 그래서 향수를 불러일으키는 옛 풍물들이 그려져 있다. 1998년 제13회 소월시문학상을 수상했다.

안막 安漠 1910~ ? 평론가. 본명 필승弼承, 필명 추백萩白. 경기도 안성 출생. 일본 와세다대 노문과 수학. 1920년대 말에 도쿄의 무산자사無産者社와 연관을 가지면서 계급문학운동에 가담했고, 1930년에 귀국해 김남천金南天·임화林和 등과 함께 카프의 제2차 방향전환을 주도했다. 카프의 볼셰비키화 단계에서 발표된 〈프로예술의 형식문제-프롤레타리아 리얼리즘의 길로〉에서 프로문학의 창작방법론으로써 프롤레타리아

리얼리즘론을 내세웠는데, 이것은 일본의 구라하라 고레히토(藏原惟人)의 프롤레타리아 리얼리즘론에 기반을 둔 것으로서 프로문학의 창작방법에 대한 최초의 이론적 정초라는 의미를 지닌다. 1933년 이후 창작의 질식을 초래한 볼셰비키적 창작방법론에 대한 자기비판이 제기되자, 추백이란 필명으로 〈창작방법문제의 재토의를 위하여〉를 발표해 새로운 창작방법론으로서 사회주의 리얼리즘을 소개한다. 이 글은 유물변증법적 창작방법론과 그에 입각해 이루어진 그간의 한국의 프로문학에 대한 비판을 그 내용으로 하고 있는 글로서, 1930년대 창작방법논쟁의 한 계기가 되었다는 점에서 의미있는 글이다. 이후 한동안 문학활동을 중지했던 그는 해방 후 조선 프롤레타리아 예술동맹에 가담했다가 월북했다.

안병욱 安秉煜 1920~ 수필가 · 철학가. 평남 용강 출생. 일본 와세다대 철학과 및 인하대 · 숭실대 졸업(1943). 1955년《사상계》에 수필 〈대학생활의 반성〉〈자유의 윤리〉 등을 발표했다. 그는 이미 1년 전인 1954년《사상계》에 번역 〈시의 원리〉와 논문 〈역사는 예언할 수 있는가〉 등을 발표했었다. 이어 현대사상강좌라는 제목으로 역시《사상계》에 〈휴머니즘〉〈생의 철학〉〈프래그머티즘〉〈허무주의〉〈실존주의〉〈현대적 세계관〉 등을 연재, 호평을 받았으며 이것을 묶어낸 것이 그의 첫번째 저서인《현대사상》이다. 이후 계속 〈실존주의 철학〉〈도의원론道義原論〉〈베르그송〉 등을 발표하면서 아울러, 수필집《사색 노트》《마음의 창문을 열고》《아름다운 창조》《삶의 완성을 위하여》《사람답게 사는 길》 등을 간행했다. 그는 수필 · 철학사상 · 전기 등의 저서와 논문을 통해서 현대인의 타락하고 혼탁한 정신생활을 예리하게 분석하고, 현대 지성의 방향과 모럴을 제시했으며, 이러한 그의 사상적 기조는 자기상실로부터의 자기회복과 각성이라는 휴머니즘과 자유, 그리고 민족주의에 입각하고 있다.

안석주 安碩柱 1901~1950 시나리오작가 · 삽화가 · 영화인. 호 석영夕影. 서울 출생. 1921년《동아일보》에 연재되었던 나도향羅稻香의 〈환희〉의 삽화를 그려 삽화계의 선구자가 되었다. 1922년 토월회에 가입해 신극운동에 참가했으며, 같은 해 동인지《백조》에 가담해 문필활동도 겸하게 되었다. 1925년 파스큘라PASKYULA에 가담, 후에 카프KAPF 회원으로 1926년에 창간한 준기관지《문예운동》에 작품을 발표했다. 1934년에 발표한 〈춘풍〉이 영화화되면서 영화계에 투신, 첫 작품으로 〈심청전〉을 감독해서 발표한 이후 시나리오 작가 · 영화연출가로 활약했다. 해방 후 대한영화사 이사장 및 전국문필가협회 연예분과 위원장을 역임했으나 폐결핵으로 사망했다.

안수길 安壽吉 1911~1977 소설가. 호 남석南石. 함남 함흥 출생. 일본 와세다대 영어과 수학(1931). 1935년《조선문단》에 단편 〈적십자병원장〉과 콩트 〈붉은 목도리〉가 동시에 당선되어 등단했다. 그는 1932년부터 1945년까지 간도에서 소학교 교원, 간도일보사와 만선일보사의 기자로 일했고, 1948년 월남해《경향신문》 문화부차장 등을 지낸 바 있으며, 용산고 · 서라벌예대 · 이화여대 등에서 교편을 잡기도 했다. 국제펜클럽 한국본부 중앙위원, 한국문인협회 이사를 지냈다. 간도에 있을 때문예동인지 《북향》을 간행하기도 했으나 이 시기 그의 작품 활동은 당시 망명문단의 거점 구실을 해주었던 만주의 《만선일보》를 통해서였다. 1943년 만주의 농촌을 무대로 한 12편의 중편과 단편을 모아 첫번째 작품집 《북원北原》을 발간했는데, 만주에서 토지를 개척하는 한국인의 생활이 사실적으로 묘사되어 있는 작품들이다. 그후 월남해 광복 직후의 혼란상을 그린 〈여수旅愁〉를 비롯, 〈밀회〉〈가면〉〈상매기商買記〉 등을 발표했다. 초기의 농민 소설적인 성격이 이때 일대 전환을 맞이해 도시 서민의 생활을 다루기 시작했다. 평범한 서민의 고뇌와 용기, 그리고 정의감을 주제로 삼아 시대와 역사를 다루는 그의 사실주의는 1950년대에 《제3인간형第三人間形》《초련필담初戀筆談》, 1960년대에 《풍차風車》《벼》 등 4권의 작품집을 낸 후에 1959년부터 1967년까지 《사상계》에 세 번으로 나누어 연재된 〈북간도北間島〉에 이르러 완성되었다. 1970년대에 들어서서 그는 다시 만주와 함경도를 무대로 해 민족사를 작품화하는 작업에 착수, 그 성과가 바로 〈성천강城川江〉이다. 이 작품은 러일전쟁과 동학혁명을 전후한 개화기에서 경술국치를 거쳐 3·1운동에 이르는 민족의 수난기에 한 가족이 겪는 생존과 이상의 갈등을 형상화한 작품이다. 영웅을 전면에 내세우지 않고 평범한 인물의 의식세계를 강조, 인간의 존엄성을 보여주었다는 데 이 작품의 가치가 있다고 하겠다. 더불어 안수길의 작품 경향은 크게 네 가지 경향으로 나뉘는데, 망국인의 삶과 통한을 그린 작품, '어떻게 사느냐' 하는 문제를 다룬 것으로 지식인들의 삶을 조명하면서 어떤 것이 인간다운 삶인가를 추구한 소설들, 산업사회의 문턱에서 인간이 점차 왜소화해 가는 과정을 그린 작품들, 이데올로기의 갈등 속에 살고 있는 한국인의 피해망상을 그린 작품들이 그것이다. 그의 작품 세계는 소설의 배경을 시간적으로는 한말부터 1970년대까지, 공간적으로는 만주일대까지 확대시키면서 현대사와 국토의 문제를 제기하면서 망국인들의 통한을 그린 것과 어떻게 사느냐 하는 문제를 다룬 것이 주류를 이룬다고 할 수 있다. 〈효수梟首〉가 중역中譯되었고, 〈제3인간형〉이 일역日譯되어 각각 중국과 일본에 소개되었다. 1955년 제2회 아시아자유문학상, 1958년 서울특별시문화상, 1973년 3·1문화상을 수상했다.

〈제3인간형 第三人間型〉 안수길의 단편소설. 1953년에 발표된 작품으로 6·25동란을 겪어나가는 지식인의 고민상을 절실하게 그린 문제작이다. 한때 작가였다가 사변 후 상인으로 전락한 조운이라는 인물과 그를 따르는 미이라는 문학소녀를 그리는 가운데, 석이라는 역시 작가이면서 호구糊口를 위해 교원 노릇을 하는 인물을 내세워 양식 있는 인텔리의 생태를 실감 있게 묘사하고 있다. 작자는 이 소설을 통해 전후의 세 인간형을 제시하고 있는데, 외형상 가장 긍정적인 인간으로 미이를 제시하고 있다. 그러나 삶이 가장 리얼하게 묘사되어 있는 인물이 석인 이유는 이미 작자가 그에 대한 따뜻한 시선을 가지고 있기 때문인 동시에 대부분의 지식인들이 그와 같은 상황, 곧 제3인간형에 처해 있었기 때문으로 볼 수 있다. 이 소설은 역사의 소용돌이 속에 인간이 어떻게 변모되는가를 살핀 것으로, '어떻게 사느냐?' 하는 문제를 제기한 작품이다. 〈여수〉〈역逆의 처세철학處世哲學〉〈제비〉 등과 같은 삶의 문제를 성찰한 계열의 작품이라고 할 수 있다. 〈검정 넥타이〉로 개제改題,

일역日譯되어 《친화》지에 발표되기도 했다.

〈**북간도** 北間島〉 안수길의 대하소설. 1959년 4월부터 《사상계》에 1부가 연재된 이래, 5부까지 완결하는 데 9년이 걸린 작품이다. 이 작품은 한국인의 이주지인 북간도를 무대로 1870년 조선 말엽의 어수선한 과도기로부터 1945년 우리 나라가 광복을 맞이할 때까지 이창윤 일가 4대四代의 수난과 항일독립투쟁사를 그리고 있다. 작품 자체가 어느 개인보다는 우리 민족의 운명을 다룬 서사시적 성격을 지니고 있다. 19세기 후반부터 광복이 될 때까지 우리의 역사를 배경으로, 간도를 개척하고 삶의 근거지를 마련했던 우리 민족이 보호해줄 정부를 가지지 못해 망국인으로서의 통한을 철저하게 겪는 과정이 서술된다. 농토를 두고 청나라 사람들과 계속 갈등을 겪어야 했고, 일본의 세력이 간도까지 미치면서 다시 새롭게 일본과의 갈등과 충돌을 겪어야 했다. 그런 가운데서도 '민족의 얼'을 지켜나가기 위해 고심참담하는 모습이 리얼하게 그려져 있다. 시대적인 특수성과 백두산정계비가 있는 간도라는 지역적 특수성, 민족사의 문제가 망국인의 문제와 결부되어 제기되고 있다. 또한 역사의 격변기에 대응하는 우리 민족의 세 가지 인물유형이 제시되어 있다. 이한복·장치덕·최칠성 세 사람은 변경지방에서 살다가 간도에 건너가 황무지를 개간해 옥토로 만든다. 그들은 간도가 우리땅이라는 전래의 이야기를 믿고 일을 착수했던 것이다. 그러나 청나라 정부는 그 땅이 자기네 땅이라는 것을 강조하면서 귀화할 것을 종용한다. 그렇지 않으면 토지소유권을 인정할 수 없고 청나라의 법률에 따르지 않는 한 추방하겠다고 나선다. 이때 머리모양을 어떻게 하느냐 하는 것은 사람들의 태도를 암시했다. 청나라에서 변발흑복辮髮黑服을 강요했을 때 최칠성은 이에 응했고, 장치덕은 머리를 깎아버렸으나, 이한복은 이에 항거했다. 최칠성은 배신형, 장치덕은 적응형, 이한복은 저항형이라고 할 수 있다. 이 세 인물의 처세나 태도는 그의 후손들에게도 그대로 이어지고 있는데, 이들의 행동양식에서 우리는 역사의 소용돌이 속에 살아온 우리 민족의 삶의 모습을 살펴볼 수가 있다. 여기에서 간도는 실향을 통해 민족의식·역사의식이 구현되는 것으로서의 공간인 동시에 다시 역사와 민족 속으로 통합되어야 할 공간으로서도 규정된다. 간도가 가진 이같은 두 방향의 역사성은 또한 작품이 가진 농민소설로서의 의의를 뒷받침하는 소설의 본질적인 면이기도 하다. 더불어 이 작품은 우리 민족이 북간도에서 주체성과 자주성을 살리기 위해 어떻게 살아나갔느냐 하는 귀중한 증언의 문학으로, 해방 이후 민족문학의 귀중한 초석이 될 만한 거작이다. 작자는 이 작품으로 1967년 서울시문화상을 수상했다.

안의 성 雁一聲 → 최찬식崔瓚植

안장환 安章煥 1934~ 소설가. 충북 충주 출생. 서라벌예대 문예창작과 졸업(1958). 1963년 《경향신문》 신춘문예에 단편 〈늪가의 이야기〉가 입선, 1966년 〈평행선〉이 《문학춘추》 신인상에 당선되어 등단했다. 주요 작품으로는 〈안개강〉 〈카인의 회상〉 〈서울타령〉 〈차가운 여름〉 〈삭도주변索道周邊〉 〈안개 강江〉 등이 있다. 창작집 《일렁이는 강물》 《안개강》 《서울타령》 《목마와 달빛》 등과, 장편 〈사계의 안개〉 〈12인의 하숙생〉 〈인형의 도시〉 〈악의 꽃〉 〈배반의 그늘〉 〈바람의 도시〉 등을 비롯해 25권을 발간했다. 그의 작품은 6·25와 월남전의 파병과 관련된 직간접의 심리적 후유증을 많이 다루고 있으며, 때로는 6 · 25로 인한 한국 여인의 한을 형상화해 보이기도 했다. 자기를 내세우거나 거역할 줄 모르는 서민, 주어진 삶을 천명으로 받아들이면서 이에 순응하고 살아가는 나약한 서민, 마땅히 일어나야 할 인간 본연으로서의 애환의 감정조차 안으로 삭여야 하는 서민상을 이 작가는 밀도 있는 필치로 원숙하게 그려내고 있다. 1985년 제10회 한국소설문학상을 비롯해, 박영준문학상, 평론가협회상, 한국문학상 등을 수상했다.

안재식 安在植 1937~ 수필가 · 시인. 경북 영천 출생. 성균관대 국문과 졸업(1963), 연세대 교육대학원 수료(1973). 문교부 교육연구관 역임. 향토적 소재로 삶의 근원에 접근하고자 했으며 간단명료하게 잘 직조된 서정성과 부드럽고 섬세한 기법으로 수필을 쓰고 있다. 주요 작품으로는 〈무명베 한 필〉〈방가여담〉〈줄다리기〉 등이 있으며, 수필집에 《허수아비처럼 두 팔 벌리고》《광대들의 줄다리기》, 시집으로 《당신을 위한 미완성 소묘》, 평론집으로 《한국인의 삶과 사랑》 등이 있다.

안정효 1941~ 소설가 · 번역문학가. 서울 출생. 서강대 영문과 졸업(1965). 1983년 《실천문학》에 장편 〈전쟁과 도시〉를 발표해 등단했다. 데뷔 이전에 그는 《코리아 헤랄드》《코리아 타임스》《주간여성》 등의 기자로 일하면서 미국 · 월남 등지의 잡지에 기고가로 활동했다. 또한 1975년에는 마르께스의 〈백년 동안의 고독〉으로 번역 활동을 시작해 1982년에는 제1회 한국번역문학상을 수상하기도 했다. 그의 작품 〈하얀 전쟁〉은 뉴욕 Soho Press와 일본 광문사光文社에서 출판되기도 했으며, 〈은마는 오지 않는다〉〈하얀 전쟁〉〈헐리우드 키드의 생애〉 등은 영화화되어 주목을 받기도 했다. 작품집으로 《가을바다 사람들》《학포장터의 두 거지》《하얀전쟁》《헐리우드 키드의 생애》《낭만파 남편의 편지》《태풍의 소리》(전6권) 《착각》 등 다수가 있으며, 150여 권의 역서가 있다. 1999년 현재 이화여대 통 · 번역대학원 초빙교수로 재직 중이며, 작품 〈은마는 오지 않는다〉를 독일어로 번역하고 있다. 그의 작품들 중 다수가 영화화되어 많은 영화제에서 수상했는데, 〈은마는 오지 않는다〉가 몬트리올 영화제에서 여우주연상과 각본상을, 〈하얀 전쟁〉이 도쿄영화제에서 작품상을 각각 수상했다. 또한 1992년에는 〈악부전〉으로 김유정문학상을 수상하기도 했다.

안춘근 安春根 1926~ 수필가. 강원도 고성 출생. 성균관대를 거쳐 서울대 신문대학원 졸업(1958). 1963년 첫번째 수필집 《살구나무의 사연》, 1965년 두번째 수필집 《생각하는 인형》 등을 발간하는 등 다수의 수필을 발표했다. 그의 수필은 비교적 정서적으로 인간을 관조하면서 세속적인 문제를 다룬 것이 많았으나, 차츰 고전적인 인용을 즐겨 다루며 현실문제에 역사적인 예화를 밀착시키는 데 힘쓰고 있다.

안함광 安含光 1910~1982 평론가. 본명 종언鍾彦. 황해도 신천 출생. 해주고보를 졸업하고 1929년 카프 해주지부 일원으로 활동을 시작했다. 처음에는 안종언이라는 본명으로 시평을 쓰다가 1930년 농민문학론을 발표하면서부터 안함광이라는 필명으로 비평활동을 본격적으로 전개했다. 1938년에 도일해 수학한 바 있고, 1940년대 초반에는 국민문학에 관한 글을 쓰기도 했다. 해방 이후에는 조선프롤레타리아예술동맹에 가담했고, 북조선문학예술총동맹의 중앙상임위원으로 활동했다. 그는 1931년에 〈농민문학 문제에 대한 일고찰〉 〈농민문학 문제 재론〉 〈농민문학의 규정문제〉 등을 발표해 〈농민문학 문제〉의 백철白鐵과 논쟁을 벌이면서 문단의 주목을 받았다. 농민문학 논쟁에서 그는 처음에는 빈농계급에 프롤레타리아 이데올로기를 적극적으로 주입할 것을 주장했으나, 자신의 주장에 무리한 점이 있음을 시인하고 카프 역시 일본의 나프처럼 농민문학연구회를 두고 농민문학을 점진적으로 시도해야 한다는 주장으로 선회했다. 계속해 1933년 〈동반자작가 문제를 청산함〉을 발표해 동반자작가 논쟁에 참여했다. 또한 카프의 세력이 약화된 1930년대 중반에 이르러서는 〈창작방법문제-신이론의 음미〉 〈창작방법 문제의 재검토를 위하여〉 〈창작방법 논의의 발전과정과 그 전망〉 등을 통해 창작방법의 수정을 기도하기도 했다. 사회주의 리얼리즘의 수용을 둘러싼 창작방법 논의에서 그는 식민지 조선과 소련의 현실이 다르므로 사회주의 리얼리즘을 그대로 받아들일 수 없다는 입장을 내세웠으며, 객관적 현실의 인식과 예술적 형상의 표현이 변증법적으로 통일된 유물변증법적 리얼리즘을 주장했다. 그의 주요 평론으로는 이밖에도 〈문학에 있어서 자유주의적 경향〉 〈문학에 있어서 개성과 보편성〉 〈로만논의의 제문제와 '고향'의 현대적 의의〉 등을 들 수 있다. 북한에서 《조선문학사》를 출간하기도 했던 그는 주체사상에 반대하다가 1967년 숙청당했다. 1998년 《안함광 평론선집》(전5권)이 박이정에서 간행되었다.

안회남 安懷南 1909～? 소설가. 본명 필승必承. 서울 출생. 신소설작가인 안국선安國善의 외아들이다. 수송보통학교 수료 후 1924년 휘문고보에 입학, 1927년 12월에 퇴학하고 개벽사에 입사해 10여 년간 창작 활동에만 몰두했다. 《개벽》이 폐간된 후에는 《제1선》에 관여하기도 했으나 1935년 이 잡지가 폐간되자 상사회사商事會社에 잠시 근무했다. 이후 제련소 생활을 거쳐 1944년 9월 26일 일본 북규슈 탄광으로 징용 가게 되었으며, 그 경험은 해방 후 그의 소설의 중요한 소재로 등장하게 된다. 해방 직후 조선문학가동맹의 소설부 위원장을 지냈다. 남한만의 단독정부 수립이 노골화되고, 조선문학가동맹 간부들이 지명수배를 받게 되자 여러 문인들과 함께 월북, 이후 생사를 알 수 없다. 주요 작품으로 〈그들 부부〉 〈애정의 비애〉 〈애인〉 〈탁류를 헤치고〉 〈소〉 〈어둠 속에서〉 〈철쇄 끊어지다〉 등이 있으며, 작품집으로 《안회남단편집》 《탁류를 헤치고》 《대지는 부른다》 《전원》 《불》 《봄이 오면》 등이 있다. 작품 경향은 초기에는 사뭇 내향적인 성격을 띠었으나, 광복 후에는 실체험을 바탕으로 역사와 현실을 폭넓게 수용한 작품을 발표했다.

〈**농민의 비애** 農民―悲哀〉 안회남의 중편소설. 1948년 《문학》에 발표되었다. 미군정이 1945년 자유시장 정책에서 일제 때의 공출제도를 부활시킴으로써, 농민들의 비참한 생활이 더 급격해지는 현실을 다룬 작품이다. 서대응 노인은 늘 굶주림에 시달리는 소작농이며 그에게는 유일한 희망인 손녀 영이가 있다. 밥 한술 얻어먹을 욕심으로 간교한 지주 이선달네 집앞까지 눈을 쓸지만 돌아오는 것은 없다. 그는 손녀딸과 최만돌네 집에 간다. 최만돌은 서노인의 이웃에 사는 인물로 인정이 넘치는 순박한 농부이다. 가난 때문에 이 집에서도 호박죽밖에는 내놓을 것이 없다. 일본으로 쌀이 공출되기 때문이다. 만돌의 방에는 야학으로 조선말을 배우는 농민과 그 아낙들로 가득하다. 그것은 면사무소에서 한글을 모르는 사람들의 일을 안 봐주기 때문이다. 서노인도 이로 인해 제법 글을 쓸 수 있게 되었다. 아들이 징용에 끌려갔기에 서노인은 본능적으로 일본에 대한 적대감을 가졌다. 해방 후 믿음직한 청년들이 경찰서와 면사무소에 자리잡았을 때, 서노인과 농민들은 무척이나 반가웠다. 그러나 이들은 곧 친일파 민족반역자들과 손잡고 농민들을 배반한다. 야학을 끝내고 오면서 서노인은 노루를 본다. 허기로 쓰러질 지경이면서도 허둥지둥 노루를 찾아헤매기만 한 노인은 산길에서 얼어죽을 고비를 맞고, 개가한 며느리에 의해 발견된다. 어린 영이의 고집으로 영이를 제 엄마에게 딸려보낸 뒤, 며칠 동안 기척이 없는 서노인의 집을 최만돌이 찾아갔을 때, 서노인은 이미 시체로 변해 있다. 마을 사람들은 노루가 노인을 잡았다고 말하곤 한다. 이후 영이 어머니의 새 남편 김월봉과 이선달, 최만돌의 이야기가 이어진다. 먹는다는 것이 이렇게 절실한 문제로 실감 있게 형상화된 작품이 드물다는 점이 높게 평가된 작품이다. 그러나 서대응 노인에 대한 가족사가 구체적으로 삶에 매개되지 않은 채 작가의 관념으로 노출되는 결함을 가지고 있다. 특히 쌀배급 문제, 쌀파동 등이 당대의 전형적인 인물이나 현실상황과의 상호연관 속에서 서술되지 않고, 작가의 직접적인 개입에 의해 드러나는 것도 미학적 완결을 거두는 데 한계로 작용한다는 지적을 받는다.

알 수 없어요 → 한용운韓龍雲

암사지도 暗射地圖 → 서기원徐基源

암태도 岩泰島 → 송기숙宋基淑

암흑기문학 暗黑期文學 넓은 뜻으로는 한일합방기의 문학전체를 가리킬 수 있으나 특히 일제 말기, 즉 1940년 전후부터 1945년까지 일본의 파시즘이 내세운 신체제문학을 가리킨다. 신체제론은 '천황귀일天皇歸一'과 '팔굉일우八紘一宇'를 이념으로 서구적 자유주의·합리주의 등 모든 근대적 의미를 포기하고 일본주의적 절대주의에 의거한 전시체제戰時體制의 확립을 의미한다. 이에 따라 대동아공영권을 배경으로 일본중심의 동양문화론이 제기되었고, 식민지 한국의 모든 문화활동을 말살하기 위해 조선문인협회의 결성, 조선어 말살정책, 일본식 창씨제 실시, 《조선일보》와 《동아일보》의 폐간, 국민총력연맹의 조직, 황도학회의 조직, 《문장》과 《인문평론》의 폐간, 조선임전보국단의 조직, 《국민문학》의 창간, 대미선전포고, 조선어학회 사건, 대동아문학자대회의 개최, 조선문인보국회의 창립, 조선인 징병제 실시, 진단학회 해산, 학병제 실시 등으로 이른바 내선일체內鮮一體의 강요와 한국문화 및 한민족의 근원적인 말살정책을 취했다. 이러한 일본의 국책에 대해 한국문학은 야합·절필·위장적 야합 등의 세 방향밖에 없었는데, 일본의 강압으로 결국 야합과 절필의 두 방향으로 좁혀지고 말았다. 여기에서 국책에 야합한 국민문학파가 형성되었다.

압록강은 흐른다 鴨綠江— → 이미륵李彌勒

앙가주망 engagement 인간이 사회문제, 정치문제에 관계하고 참여해 자기를 구속하는 것을 앙가주망이라 한다. 반대어는 데가주망degagement. 사회문제, 정치문제 등에 참여해 자기를 구속하고, 그 구속에서 다시 자기를 해방시키고, 다시 새로운 자기 투기를 함으로써 자기를 구속하는데, 이것이 바로 앙가주망이다. 이러한 앙가주망과 데가주망의 반복은 장애·곤란에 부딪쳐 선택을 하게 되며, 그 선택에는 타자와 자기에 대한 책임이 따른다. 현실참여, 사회참여. 사르트르의 주장. 한국에서는 6·25 이후 서구의 실존주의 사상이 본격적으로 도입되면서부터 크게 논의되었고, 특히 1960년대 초부터 참여와 반참여의 논쟁이 일기 시작했다.

애가 哀歌 → 김윤성金潤成

애매성 曖昧性 언어가 가지는 복잡한 의미를 가리키는 말. W. 엠프슨의 비평용어. 애매성은 일반적으로 둘 이상의 의미를 가지는 경우에 일컫는 말이지만, 엠프슨은 넓은 뜻에서 한 언어가 이자택일二者擇一의 반응을 줄 수 있는 여지가 있는, 그 언어의 뉘앙스를 애매성이라고 부른다. 이러한 애매성은 언어표현에 있어 결점이 아니라 장점이며, 시에서 그 특징이 더욱 잘 드러난다. 애매성에는 한 단어, 또는 한 문법구조가 동시에 다양하게 작용하는 경우, 둘 이상의 의미가 한 단어 또는 한 구문 속에 용해되어 있는 경우, 두 개의 관념이 문맥상 어느 것에도 다 알맞기 때문에 결부되어 한 단어로써 동시에 표현되어 있는 경우, 표현된 둘 이상의 뜻이 서로 모순되면서 결부되어 작자의 한층 복잡한 정신상태가 드러난 경우, 어떤 관념을 작자가 써나가면서 발견하거나 어떤 때에는 부분적으로밖에는 나타날 수 없는 경우, 어떤 표현이 동의이어同義異語의 반복·모순 및 서로 어긋난 표현에 의해 어떤 의미도 나타내지 않는 경우, 한 단어가 가지는 두 의미가 문맥상 끝까지 대립되는 경우 등의 유형이 있다.

아훼의 밤 → 조성기趙星基

양귀비꽃 楊貴妃― → 박성룡朴成龍

양귀자 梁貴子 1955~ 소설가. 전북 전주 출생. 원광대 국문과 졸업(1978). 1978년《문학사상》신인상에 〈다시 시작하는 아침〉〈이미 닫힌 문〉이 당선되어 등단했다. 1986년부터 〈멀고 아름다운 동네〉〈원미동 시인〉〈한 마리의 나그네 쥐〉〈비 오는 날이면 가리봉동에 가야 한다〉〈찻집 여자〉 등으로 이루어진 〈원미동 사람들〉 연작을 발표해 문단의 주목을 받았다. 주요 작품에 〈침묵의 계단〉〈유황불〉〈좁고 어두운 거리〉〈밤의 일기〉〈녹〉〈원미동 시인〉 등이 있다. 작품집으로는《귀머거리새》《원미동 사람들》《침묵의 계단》《슬픔도 힘이 된다》《지구를 색칠하는 페인트공》《길모퉁이에서 만난 사람》 등이 있으며, 장편 〈바빌론 강가에서〉〈희망〉〈나는 소망한다 내게 금지된 것을〉〈모순〉 등을 간행했다. 그의 초기 소설은 무능한 봉급생활자, 변두리로 내몰린 사람들과 같이 대체로 현실에 적응하지 못하는 인물들을 주인공으로 삼고 있다. 작가는 현실에 대해서는 뚜렷한 비판의식을 보여주지는 않지만, 독자는 작가가 제시하고 있는 여러 장면들의 대비 속에서 삶의 진정성이 어디에 놓여 있는지를 감지하는 것이다. 한편 1980년대 말의 세계사적 전환기에 처한 작가의 고민을 엿볼 수 있는 것이 작품집《슬픔도 힘이 된다》에 실려 있는 〈천마총 가는 길〉〈기회주의자〉〈숨은 꽃〉 등이다. 이 작품들에는 1980년대에 지녔던 이념적 지향이 좌절된 이후 새로운 희망을 찾기 위한 작가의 고통스러운 내면이 짙게 배어난다. 특히 중편소설 〈숨은 꽃〉은 '귀신사'라는 절에 갔다가 여러 인물을 만나고 다시 돌아온다는 전형적인 여로형 소설로서, 미로와 같은 상태에 처해버린 작가의 갈등과 혼란을 엿볼 수 있다. 이러한 새로운 길찾기의 결과가 장편소설 〈희망〉과 〈나는 소망한다 내게 금지된 것을〉이다. 1988년 제5회 유주현문학상, 1992년 제16회 이상문학상 등을 수상했다.

〈원미동 시인遠美洞詩人〉 양귀자의 단편소설. 1986년 《한국문학》에 발표되었다. '나'는 청소부인 아버지와 간섭이 심하고 걸핏하면 싸워대는 원미동 똑똑이인 엄마 사이에서 난 다섯째 딸이다. 일곱 살인 '나'는 단짝들이 학교에 들어가서 원미동 일대의 어른들과 친구해 그들의 생활을 관찰하는 인물이다. 원미동 시인은 스물일곱 살의 청년으로 시를 빼고 나면 심심한 사람인데, 동네 사람들에게 미친 사람으로 취급당한다. 5반 반장인 김반장은 슈퍼 주인으로 스물일곱 살의 이기적인 소시민형 인물이다. 원미동 사람들의 연작은 사회 중심부에서 밀려나 있는 사람들을 다루면서 부천시 원미동이라는 구체적 장소를 빌어 실증적으로 우리 사회를 축약시켰다. 치밀한 묘사와 관찰이 한 성과라면, 자칫 묘사대상의 이면에 숨은 본질적인 사회구조를 폭넓게 헤아리지 못하는 한계를 가질 우려도 있다.

양성우 梁成祐 1943~ 시인. 전남 함평 출생. 전남대 국문과 졸업. 1970년 《시인》에 〈발상법〉〈증언〉〈광물성의 사랑〉〈혼교지곡魂交之曲〉 등을 발표하면서 등단했다. 주요 작품에 〈기다림의 시〉〈지금은 결코 꽃이 아니라도 좋아라〉 등이 있으며, 시집 《발상법》《신하여 신하여》《겨울공화국》《북치는 앉은뱅이》《청산이 소리쳐 부르거든》 등이 있다. 그는 1975년 시집 《겨울공화국》의 필화사건으로 구속되어 옥고를 치름과 동시에 광주 중앙여고 교사직에서 파면당했다. 1977년 일본의 《세계》지에 게재된 〈노예수첩〉이 문제가 되어 국가모독 및 긴급조치 9호 위반으로 2년 6개월간 옥살이를 했다. 1978년 옥중 결혼한 부인 정정순鄭正順이 《사부곡思夫曲》을 발간해 화제를 모으기도 했다. 시인으로써 진정한 민족·민중문학을 추구해온 그는 자유실천문인협의회 후신인 민족문학작가회의 이사로 활동하기도 했다. 1980년대 후반 정치에 입문한 후 시를 떠나 있다가 1997년 시집 《사라지는 것은 사람뿐이다》와 함께 문학으로 돌아왔다. 그는 주로 리얼리즘의 영역 내에서 적극적인 사회참여 의식이 팽배하며, 그의 작품은 반도적半島的 풍토 위에 뿌리박은 민족혼을 기반으로 현대 사회의 이면에 응어리진 반反모럴의 요소를 파헤치는 고발문학의 경향을 띠고 있다는 평가를 받았다. 그러나 최근 그의 시 경향은 지난 시절의 지사적 면모 대신 자기성찰적 자아가 두드러진다.

〈신하여 신하여 臣下—臣下—〉 양성우의 시. 그의 대표작 중의 하나로 꼽히고 있다. "내가 누구를 닮아가고 있듯이 너희들도 누구를 닮아가야 한다 내가 불면에 시달릴 때 너희들은 가슴속에 모닥불을 피우고 신하여 너희들은 울부짖어야 한다 날카롭게 날카롭게 흐느껴야 한다…" 급박한 템포로 구두점까지도 허용하지 않는 시 형태는 그의 강한 현실참여와 투철한 사회정의의 실현을 보는 듯하다. 그의 시는 지성에 의해 여과된 감성의 웅변처럼 들리기도 하고, 불 같은 시혼은 현실사회의 여러 곳을 뚫는 데 큰 무기가 되고 있다.

양승본 梁承本 1945~ 수필가·소설가. 경기 용인 출생. 인천교대 및 한국방송통신대 행정과 졸업. 1983년 《한국수필》에 수필

〈청자 앞에서〉를 발표하고 등단했다. 한국문인협회 경기지부 사무국장으로 활동했다. 장편소설에 〈겨울 아지랭이〉 〈1급 정교사〉 등이 있고, 수필집에 《차가운 세월 속에 정다운 합창》《양심이 꽃피는 곳》《바보의 추억》, 시집으로 《함께 걷기》 등이 있다. 제2회 교원 학·예술상 콩트 부문 입상, 제2회 MBC 공모 꿈을 키우는 나무상에서 최우수상, 제7회 국방부장관상, 제1회 농민문학상을 수상했다.

양왕용 梁汪容 1943~ 시인. 호 해정海亭. 경남 남해 출생. 경북대 국어교육과 및 동 대학원 졸업(1969). 1965년 《시문학》에 〈갈라지는 바다〉 〈아침에〉 〈3월의 바람〉 등이 추천을 받아 등단했다. 《에스프리》 및 《절대시》 동인으로 활동, 중·고교에서 오랜 교직 생활을 거쳐 현재 부산대 교수로 재직 중이다. 한국현대시인협회 중앙위원, 국제펜클럽 한국본부 이사, 한국크리스천문협 부회장 등을 역임했다. 주요 작품에 〈3월의 바람〉 〈갈라지는 바다〉 〈일상〉 〈남강南江〉 〈항도港都〉 등이 있으며, 시집으로 《갈라지는 바다》《달빛으로 일어서는 강물》《섬 가운데의 바다》《버리기, 그리고 찾아보기》 등과 시선집 《여름밤의 꿈》 등이 있다. 이밖의 저서로 《한국근대시 연구》《정지용시연구》《현대시교육론》 등을 발간했다. 첫번째 시집에서는 주로 내면세계의 분석을 통해 젊은 날의 고뇌를 형상화했으며, 두번째 시집에서는 원시적 상상력을 통한 문명비판을 추구해 생태시의 선구적 위치를 차지했다. 이후에는 유년기의 체험에서 문명에 때묻지 않은 순수한 세계를 추구, 순수공간의 이미지를 형상화하는 한편, 80년대의 상황을 '폭설'이라는 제재로 상징화했다. 네번째 시집부터는 '궁극적 관심'에 경도된 기독교적 세계관의 형상화에 주력하고 있다. 이미지와 상상력을 시적 형상화의 가장 본원적인 것으로 보고 있다는 평가를 받고 있다. 1991년 제16회 시문학상, 1997년 크리스천문학상 등을 수상했다.

양주동 梁柱東 1903~1977 국문학자·시인·영문학자. 호 무애无涯. 개성 출생. 일본 와세다대 영문과 졸업(1928). 1923년 시지 《금성》을 발간하고 시 〈기몽記夢〉과 〈영원한 비밀〉을 발표했다. 1929년 《문예공론》을 발간해 여기에 〈조선의 맥박〉 등 일련의 시작품을 발표함과 동시에 〈문예상의 내용과 형식의 문제〉를 발표, 내용과 형식 및 프로문학과 민족문학의 절충주의적 문학론을 폈다. 1930년경부터는 신라향가연구에 전력해, 1937년 《청구학총青丘學叢》에 〈향가의 해독解讀-특히 '원왕생가願往生歌'에 취하야〉를 발표, 이때까지 향가 해독의 독무대를 차지했던 경성제대 오쿠라小倉進平 교수의 소론을 논박했다. 그의 문단 활동은 1922년경부터 1935년경까지 이어지며, 그 뒤로는 향가의 해독과 고려가요의 연구 등 국문학연구에 전력했다. 그의 시세계의 특징은 1930년 발간된 《조선의 맥박》이라는 시집의 표제가 시사하는 바처럼 민족과의 정신적 연대성, 그리고 가요적인 서정성에 있다. 저서로는 국어국문학 관계의 것으로 《조선고가연구朝鮮古歌研究》《국문학고전독본國文學古典讀本》《국문학연구논고國文學研究論考》 등이 있으며, 시집 《조선의 맥박》과 수필집 《문주반생기文酒半生記》《인생잡기人生雜記》 등이 있다. 1999년에는 《양주동 전집》이 간행되었는데 1~9

권은 〈고가연구〉 등 생전 그의 저서를 영인한 것이고, 10~12권은 그가 일간지 · 주간지 · 월간지 등에 남긴 문학 작품들을 모은 것이다.

《조선의 맥박 朝鮮―脈搏》 양주동의 첫번째 시집. 1934년 문예공론사에서 간행되었다. 1922년부터 1932년까지 약 10년간 쓴 자유시 53편을 모은 시집으로 전후 3부작으로 나누어져 있다. 청년기의 애정을 주제로 한 서정시와 가벼운 소곡小曲은 1부 '영원한 비밀' 속에 포함시켰고, 사상적이고 주지적인 작품은 2부 '조선의 맥박' 속에, 그리고 3부 '바벨의 탑'에는 대부분 사색적 · 반성적 경향을 띤 인생 시편들을 수록했다. 전체적으로 볼 때 이 시집은 시의 형상화라는 측면에서 성공했다고는 할 수 없으나, 1부의 형태적 시도와 2부의 민족의식은 주목할 만한 것이다. 저자는 1920년대 후반 민족주의 문학파와 계급주의 문학파의 대립 속에서 표면적으로는 절충주의적인 입장을 취하기는 했으나 비교적 민족주의 문학파에 가까운 성향을 지녔다고 볼 수 있다. 그러나 그의 민족의식은 매우 추상적 · 관념적이어서 구체적 상황인식이나 이념확립에 거리가 있는 것으로 이해되고 있다.

양중해 梁重海 1927~ 시인. 호 현곡玄谷. 제주 출생. 제주대 국문과 졸업(1957), 건국대 대학원 수료(1980), 중국 중화학술원 문학박사학위 취득(1981). 1953년 계용묵桂鎔默이 주재한 동인지 《흑산회》를 내면서 본격적인 문학 활동을 시작, 1958년에는 문덕수文德守 등과 시동인지 《비자림》을 발간했다. 이후 주로 제주를 중심으로 활동하다가 1959년 《사상계》에 〈그늘〉, 《현대문학》에 〈슬픈 천사〉를 추천받아 등단했다. 제주대 교수와 동 대학 법문학부장, 사대학장, 교육대학원장, 박물관장, 명예교수 등으로 재직했으며, 일본 도쿄대 객원교수, 한국언어문학회장 등을 역임했다. 1999년 현재 제주문화원장 및 국제펜클럽 한국본부 이사로 활동하고 있다. 주요 작품으로 〈쓰고 싶은 시〉 〈낮달〉 〈협죽도〉 〈충혼묘지〉 〈폐허에서〉 〈기우제축문〉 등이 꼽히고, 시집으로 《파도》 《한라별곡》 등을 발간했다. 그는 제주도에서 태어나 소금기 어린 바닷바람에 자란 시인답게 풍부한 서정성을 시의 특징으로 지니고 있다. 그러나 그 서정성에는 그가 시인으로 성장해온 시간성과 공간성에 의해 그늘이 드리워져 있다. 곧 그의 젊은 시절이 일제식민통치 시대였을 뿐만 아니라, 광복 후의 혼란과 이데올로기의 갈등으로 촉발된 동족상잔의 6 · 25 및 '4 · 3사건'으로 불리는 제주도민 대량학살의 비극 등을 체험하면서 성장했기 때문이다. 따라서 그의 시세계는 인명경시의 시대적 · 사회적 풍조를 고발하면서 인간의 근원적인 자유문제를 부각시키려는 노력이 엿보인다. 궁극적으로 시는 정서에 호소하는 양식이기 때문에, 아무리 진솔한 철학적 사유나 양심적인 발언도 정서적인 포장이 되어 있어야 한다는 것이 그의 시에 대한 기본적 생각이다. 1967년 제주도문화상, 1983년 국민포장, 1992년 국민훈장 모란장, 1993년 상화시인상, 1997년 문체부장관표창 등을 수상했다.

어두운 기억의 저편 ―記憶― → 이균영李均永

어둠의 혼 ―魂 → 김원일金源一

어떤 파리 ―巴里 → 박순녀朴順女

어떤 행렬 ―行列 → 백도기白道基

어린 벗에게 → 이광수李光洙

어린이 1923년 3월에 창간된 어린이 잡지. 소파小波 방정환方定煥이 주재하고 개벽사에서 발행했다. 사륙배판. 우리 나라 최초의

▲어린이 1925년 1월호.

어린이 잡지이며, 오늘날 우리가 흔히 쓰는 '어린이'라는 말도 이 잡지에서 비롯되었다. 안데르센의 동화 〈성냥팔이 소녀〉를 소파가 중역重譯해 창간호에 첫선을 보였다. 그 뒤 월간으로 내면서부터 차차 잡지 모습을 갖춰 매호마다 훈화·위인전기·역사·지리 등의 내용으로 어린이들을 일깨워 현실에 대한 자각을 재촉했으며, 민주·민족사상을 고취해 아동문학의 길잡이 구실을 했다. 한편 최초로 동요·동화의 창작품을 게재했다는 점에서 한국 아동문학의 본격적인 출발선을 그었다. 방정환에 이어 이정호李定鎬·신영철申瑩澈·최영주崔泳柱·윤석중尹石重 등이 뒤를 이어 이 잡지를 맡아 꾸며냈으나 일본글에 밀려 1934년 통권 123호로 종간되었다. 8·15해방 후에 고한승高漢承의 손으로 복간되었다가 몇 달 못가 없어졌다. 초창기 어린이잡지 중 가장 높이 평가되는 민족주의 잡지의 하나이다.

어머니 → 유경환劉庚煥

어제 울린 총소리 一銃一 → 유재용柳在用

어효선 魚孝善 1925～ 아동문학가·수필가. 호 난정蘭丁. 서울 출생. 한영고 졸업(1943). 1948년 《어린이》에 동요 〈졸업 축하의 노래〉 〈선생님의 은혜〉를 발표, 1949년 문교부 주최 가사 현상모집에 〈어린이 노래〉가, 《소년》 현상모집에 〈봄날〉이 각각 당선됨으로써 등단했다. 10년 동안 교직에서 활동했으며, 《조선일보》의 어린이란 편집담당, 대한교과서주식회사 편집장, 한국아동문학회 사무국장, 한국문협 이사 등을 역임했다. 주요 작품에 〈꽃밭에서〉 〈과꽃〉 〈파란 마음 하얀 마음〉 등이 있으며, 동시집 《봄 오는 소리》 《인형 아기잠》 《아기 순가락》 《인형의 눈물》, 동화집 《도깨비 나오는 집》 《나비 잡는 할아버지》 《달나라 소동》 《개나리 피면》, 그림동요집 《우리집》 등이 있다. 또한 수필집으로 《비·커피·운치》(공저)가 있으며, 이밖에 《글짓기 교실》 《우리들의 글짓기》 등을 발간했다. 그의 작품은 시적 환상과 암시적 상징성을 중시하면서 동심을 조용한 관찰로 형상화시키고 있다. 또한 서민생활의 소박한 인정과 한국적 아취를 바탕으로 한 수필을 다수 발표해 수필가로서도 일가를 이루고 있다. 1971년 한정동아동문학상, 1985년 소천문학상, 대한민국문학상을 수상했다.

《봄 오는 소리》 어효선의 첫번째 동시집. 1961년 교학사에서 간행되었다. 〈봄바람이〉 〈소풍〉 〈봄 오는 소리〉 〈동무야 오월을〉 〈파란 마음 하얀 마음〉 등 71편이 5부로 나뉘어 실려 있다. 즐겨 다루는 소재는 솜틀집 할머니·군밤장수·도장사 할아버지 등이다. 서민들 가운데도 늙은이들이 많이 등장하는 것이 특색이다. 늙은이들의 마음 가운데 아직 살아 남아 있는 동심의 빛을 조용한 관찰로 형상화하고 있다. 이들과 어울리고 있는 어린이들의 모습 역시 정적이고 착한 아동상을 만들려고 했으며, 일반적으로 윤리성이 강하다. 인정에 얽힌 서민적인 생활이 아름답게 표현되어 있다.

엄기원 嚴基元 1937～ 아동문학가. 강원도

명주 출생. 강릉사범 및 명지대 국문과 졸업. 1963년 《한국일보》 신춘문예에 동시 〈골목길〉이 당선되어 등단했다. 주요 작품으로 동시 〈시골아기〉 〈탑골공원〉 〈아기와 염소〉 〈소나기〉 등이 있으며, 작품집에 《나뭇잎 하나》 《아기와 염소》 《어린이 만세》 《꽃피는 까닭》 등과, 동화집 《달을 보고 짖는 개》 등이 있다. 그의 작품은 주로 소박하고 향토적인 소재를 다루며, 실생활 속에서 얻어지는 생생한 체험과 가슴속에서 우러나는 시적 감성을 무리없이 승화시키고 있다. 향토적인 시어를 특히 중시하고 있는 그는, 동시라는 국한된 개념에 얽매임이 없이 자유시적 기법과 동화적인 터치로 사회고발의 작풍을 보여주고 있다.

엄마야 누나야 → 김소월金素月

엄마의 말뚝 → 박완서朴婉緖

에피소드 episode 실화에서나 문학작품에서 줄거리와는 큰 관계가 없이 삽입된 독립 사건. 또는 몇 개의 이야기가 모여서 한 편의 이야기를 이루는 경우 그 중 하나의 이야기. 독립된 몇 편의 에피소드로 연관된 영화를 옴니버스 영화라 한다.

여석기 呂石基 1922～ 평론가. 호 기촌耆村. 경북 금릉 출생. 도쿄제대 영문학과 수학 중 강제 징집, 경성대 문학과에 편입학 및 졸업. 대구사범대 전임강사 및 고려대 영문과 교수 역임. 한국 영어영문학회 회장, 한국 셰익스피어학회 회장 등으로 활동했다. 1987년 고려대에서 정년퇴임한 후, 한국문화예술진흥원장을 역임했다. 국제극예술협회 한국본부 위원장과 한국연극평론가협회 회장직을 맡기도 했다. 대표적인 저서로는 《희곡론》 《20세기 문학론》 《현대연극》 《한국연극의 현실》 《동서연극의 비교연구》 등이 있다. 또한 주요 번역작품과 역서로는 〈달과 6펜스〉 〈젊은 예술가의 초상〉 〈햄릿〉 〈십이야十二夜〉 〈리처드 3세〉 《미국의 현대연극》 《연극입문》 《현대연극입문》 등이 있다. 그외에 〈셰익스피어의 희극〉 〈전환기 비평의 임무〉 〈문학 번역의 창작성〉 〈외국문헌에 소개된 한국연극〉 〈한국문학의 해외소개〉 등 영미 및 한국연극 관계 논문이 다수 있다. 한국연극의 현장에서 평론가로 활동하며 많은 업적을 남겼으며, 1970년 연극전문지 《연극평론》을 창간해 연극평론의 활성화에 기여했다.

여영택 呂榮澤 1923～ 시인·아동문학가. 호 검솔·고와古瓦. 경북 성주 출생. 영남대 국문과 및 동 대학원 졸업. 1956년 《동아일보》 신춘문예에 시 〈담향淡香〉이 당선되어 등단했다. 《이후문학》 동인으로 활동. 주요 작품에 〈목련〉 〈울릉일기〉 〈은해사 언저리〉 〈기다리는 사람들〉 등이 있고, 시집으로 《담향》 《입체해도立體海圖》 《기다리는 사람들》 《발로 쓴 울릉도》 등이 있으며 그외 다수의 동화집 및 학술서가 있다. 정신 바탕이 불교적이며, 토속적 소재와 시어의 심한 탁마琢磨로 민요나 시조의 전통가락을 중시한 서정적 시에서 상징적 표현으로, 풍자적·해학적인 시로 흐르고 있다. 관조적이며 서민적인 소박한 시세계를 동화의 세계에까지 연장시키고 있다. 1987년 경북문화상, 1988년 국민훈장 동백장을 수상했다.

여직공 女職工 → 유진오兪鎭午

역사소설 歷史小說 역사적 사건이나 인물을 제재로 한 소설. 사실의 존중이냐, 작자의 이상을 가탁한 것이냐에 따라 두 경향으로 갈라진다. 우리 나라에서는 1920년대 초반부터 1930년대 사이에 유행하기 시작했다. 만주사변으로 일본의 군국주의가 고개를 들고, 민족통일단체인 신간회의 해산, 프로문학파의 검거 등으로 언론 · 문화에 대한 일제의 야만적 탄압이 가중되어, 민족주의적 저항문학은 복고사상과 고전에 대한 관심으로 기울어지지 않을 수 없었다. 이러한 추세하에 신문학의 대두와 더불어 일부 민족문학파 작가들은 역사소설을 쓰기 시작, 김동인金東仁의 〈젊은 그들〉〈운현궁의 봄〉, 현진건玄鎭健의 〈무영탑無影塔〉, 박종화朴鍾和의 〈대춘부待春賦〉 등이 발표되었다. 이 시대의 역사소설은 민족의식의 간접적 고취와 우리 역사를 알린다는 목적의식이 내포되어 있다. 따라서 이 목적의식 때문에 그 사관이 상식적으로 고정되어 있고, 인물의 형상에 있어서도 사건중심이어서 큰 감동을 주지는 못했다. 역사소설의 최상의 단계는 '문학'이라는 예술양식이 갖는 인간과 현실의 내면적 · 구조적 탐구의 조형이라는 보편적 속성을 역사라고 하는 소재에서 발굴해 낼 때에 가능한 것이다. 우리 나라 역사소설의 과제가 바로 여기에 있다고 하겠다.

연극 演劇 어떤 인물들이 게재되는 이야기를 무대에서 공연하는 예술. 연극의 모체는 희곡이다. 이 희곡을 무대에 공연하기 위해서는 연기 · 연출 · 무대장치 · 음악 · 의상 등 이른바 공연예술을 통해서 이루어진다. 연극은 인류 역사상 가장 오래된 예술이며, 직접적 · 상호전달의 예술이다. 또 공연되는 순간 현재화되는 예술이며, 종합예술이므로 가장 협동이 요청되는 예술형태이다. 연극의 발생에 대해서는 구구한 설이 많다. 그 발단을 인간의 모방본능에서 찾는 이른바 아리스토텔레스의 모방설이 있고, 종교에서 그 원인을 찾는 측도 있다. 한편, 연극이란 우리의 꿈과 같은 것이어서 결국 현실도피의 수단으로 형성된 것이라는 견해도 있으며, 일부 사회주의 국가에서는 생산의 수단으로서 연극이 탄생되었다고 말하기도 한다. 연극에는 비극 · 희극 · 격정극 · 소극의 네 형태가 있으며, 그밖에 어느 형태에도 해당될 수 없는 문제극도 있다. 그러나 연극의 형태는 역사와 사회의 변천에 따라 그 개념이 달라져 가고 있다. 우리 나라의 연극은 원시종합예술제, 즉 고구려의 동맹東盟, 부여의 영고迎鼓, 예의 무천儛天 등에서 발생한 것으로 보인다.

연대기소설 年代記小說 소설에 있어서 구조의 원리를 중심으로 분류된 소설형식의 하나. 소설에서 유일한 추상이며 단서인 인생 자체가 가장 포괄적으로 형성된 소설을 가리킨다. 어떤 정형을 지키는 것과 정형에 얽매이지 않는 진행이 그 특색이며, 전자는 작품에 보편적인 실질을, 후자는 개별적인 실질을 부여한다. 그러나 연대기소설의 근본이 되는 것은 시간이므로 플롯에 있어서의 이 양면은 같은 시간의 두 개의 모습으로 생각할 수 있다. 또한 이 양면은 절대적인 과정으로서의 시간과 우연적인 시현示現으로서의 시간이라 할 수도 있다. 연대기소설은 하나의 순간에 전체의 움직임의 배후를 느낄 수 있으며, 이런 효과야말로 연대기소설이 불러일으킬 수 있는 가장 큰 효과이다. 따라서 전체의 움직임은 우연적인 것이 되며, 가장 두드러지게 나타나는 것이 인간의 수명을 다루는 방식으로서, 항상 주인공은 극적인 죽음을 맞게 되는 것이다.

열명길 → 박상륭朴常隆

염군사 焰群社 이적효李赤曉 · 이호李浩 · 김홍파金紅波 · 김두수金斗洙 · 최승일崔承一 · 심대섭沈大燮 · 김영팔金永八 · 송영宋影 등으로 조직된 최초의 프로문화단체. 1922년 9월 발족되었다. 해방문화의 연구 및 운동을 목적으로 한 것이 그들의 강령이며, 이

단체는 사회적으로 알려지지 않은 계급사상에 동조하는 문학청년 집단이었다. 파스큘라와 비교하면 염군사는 정신적으로 강경파에 속해 있었으며 문예활동을 철저하게 계급투쟁의 방편으로 생각했고 사회적 명성이나 문예에 대한 역량이 파스큘라보다 현저히 부족했다. 또한 파스큘라의 회원들이 해외유학에서 돌아온 인사들인 데 비해, 염군사 회원들은 이 조직 후에 문학수업을 하기 위해 유학의 길을 떠났다. 동인지의 성격을 띤 《염군》이 나오기로 되어 있었으나 일제의 검열로 미간未刊되었다. 후에 염군사는 카프KAPF를 결성 · 발족시키면서 발전적으로 해체 · 흡수되었다.

염마 艶魔 → 채만식蔡萬植

염무웅 廉武雄 1941~ 평론가. 강원도 속초 출생. 서울대 독문과 및 동 대학원 수료. 학생시절에 김현 · 김치수金治洙 · 김승옥金承鈺 등과 《산문시대》 동인으로 활약, 1963년 동인지 《산문시대》에 〈현대성론서現代性論序〉를 발표, 1964년 《경향신문》 신춘문예에 평론 〈최인훈론崔仁勳論〉이 당선되어 등단했다. 그 뒤 출판사 직원, 서울대 · 중앙대 강사, 덕성여대 전임강사직을 맡는 한편, 1967년부터 계간 《창작과 비평》을 편집, 1972년 겨울호부터 주간직을 맡았다. 현재 영남대 독문과 교수로 재직 중이며, 창작과비평사 편집자문위원으로 활동하고 있다. 주요 평론으로 작가론 〈이상평전李箱評傳〉 〈박경리론朴景利論〉 〈선우휘론鮮于輝論〉 〈한용운론韓龍雲論〉 등이 있고, 일반론으로 〈식민지적 근대인〉 〈농촌문학론〉 〈민족문학론〉 〈식민지문학의 청산〉 등이 있다. 평론집으로 《한국문학의 반성》 《민중시대의 문학》 《혼돈의 시대에 구상하는 문학의 논리》 등이 간행되었고, 그외에 번역서로 카프카의 《성城》 《심판審判》 등이 있고, 번역 평론으로 백낙청白樂晴과 교대로 집필한 하우저의 《문학과 예술의 사회사》 등이 있다. 하우저의 평론이 문학예술에 대한 사회학적 입장의 고찰이듯, 그의 평론도 사회적 조건의 규명을 전제로 비평작업을 전개, 특히 1970년대 리얼리즘을 옹호, 농민문학과 민족문학의 주제를 추구하면서 현실참여의 문학운동에 공헌했다. 1996년 제10회 단재상, 1996년 제7회 팔봉비평문학상 등을 수상했다.

염상섭 廉想涉 1897~1963 소설가. 본명 상섭尙燮, 호 횡보橫步. 서울 출생. 일본 게이오대 문과 중퇴(1919). 1920년 《폐허》 동인의 한 사람으로 신문학 운동에 참여해 그의 유일한 시 〈법의法衣〉를 발표, 이어 《개벽》에 처녀작 〈표본실標本室의 청개구리〉를 발표하면서 본격적인 작품활동을 시작했다. 게이오대 재학 중 오사카에서 자신이 쓴 〈조선독립선언문〉과 격문을 살포하고 시위를 주동하다 일경에게 체포되어 금고형을 받고 학교를 중퇴, 《동아일보》의 창간과 더불어 정치부 기자가 되어 1920년 귀국, 한때 오산학교 교사로 재직한 일도 있지만, 이후 줄곧 신문 · 잡지 편집인으로 활동하면서 소설 · 평론에 전념했다. 일제 말기 10여 년(1936~1945)은 만주 · 신경에 살면서 《만선일보》 편집국장 · 회사 홍보담당관 노릇을 하면서 절필했고, 광복과 더불어 귀국해 다시 《경향신문》 초대편집국장을 지내기도 했으나 6 · 25 중에는 해군소령으로 입대해 반공전선에 나가 휴전이 되는 해까지 정훈국에 근무, 제대 후 서라벌예술대학장을 역임하기도 했다. 1963년 직장암으로 죽을 때까지 장편 29편, 단편 150편 외에 300여 편의 글을 남겼다. 《폐허》의 동인으로 문학활동을 시작했으나 그 이전에 첫 소설 〈박래묘舶來猫〉를 《삼광》에 발표한 적이 있다. 그의 자연주의 문제작 소설 〈표본실의 청개구리〉〈제야除夜〉〈묘지〉〈죽음과 그 그림자〉 등은 그의 전기 작품으로 러시아적 영향의 둔중하고도 침통한 암흑면을 보이고 있다. 특히 〈묘지〉는 후에 〈만세전萬歲前〉으로 개제해 단행본으로 출판한 것으로, 일제 치하의 완고한 보수주의적 속물만 등장하는 구더기가 끓는 공동묘지 같은 암흑상을 묘사한 것이다. 단편 〈잊을 수 없는 사람들〉 이후, 〈금반지〉〈고독〉〈초련初戀〉〈조그만 일〉〈밤〉 등은 모두 후기 작품으로 손꼽히며, 〈조그만 일〉과 〈밤〉은 빈궁이라는 현실을 제재로 이른바 현실폭로의 비애를 그린 사실주의 작품이다. 그의 치밀하고 세세한 관찰과 묘사의 기법은 더욱 심화되어, 일제하의 조부 · 아버지 · 손자의 3대를 그린 장편 〈삼대三代〉에 이르렀고, 광복 후부터 만년에 이르기까지는 주로 가정을 무대로 한 인륜관계의 갈등 대립을 그린 많은 작품을 발표했다. 그의 삶과 문학은 민족적이었고 전통적이었으며 야인적이었다. 식민지 사회를 투철히 인식하면서 당대 사회의 진실을 묘파했을 뿐 아니라, 전통적 · 사실적 문체인 내간체를 계승 · 발전시켜 자신의 문학의 골격으로 삼았고, 서구 근대 물질문명을 점진적으로 수용하면서 보수적인 자세를 보였으며, 윤리적인 측면에 관심을 기울여 인간의 본질을 파악하고자 한 점 등이 높이 평가된다. 그의 작품은 초기의 자연주의에서 출발해 사실주의적 경향을 띠게 되어 끝까지 시종일관한 것으로 특정지어지며 그의 사실주의적 작품 경향은 본격적인 전형典型인물의 설정과 충분히 객관성을 띤 내용, 그리고 보다 경험을 기초로 한 점에서 더욱 분명해진다. 1956년 아시아자유문학상, 1957년 예술원공로상, 1962년 3 · 1문화상예술부문본상, 대한민국문화훈장 등을 수상했다.

〈표본실의 청개구리 標本室—青—〉 염상섭의 단편소설. 1921년 《개벽》에 발표된 작자의 처녀작으로 우리 나라 최초의 자연주의 소설이다. 이 작품에서 무엇보다 중요한 것은 우리 나라에서 처음으로 '심리 분석 방법'을 시도했다는 점이다. 작품의 처음은 '나'라는 1인칭으로 되어 있으나, 주인공은 '김창억'이다. 중학교 2학년 때에 텁석부리 수염의 박물 선생이 청개구리를 메스로 해부하던 생생한 기억에서부터 시작해, H, Y, 그리고 작자인 '나'가 함께 과대망상가 김창억을 찾아가는 이야기로 연결된다. '나'는 작가라고 해도 좋고, 그 당시의 절망과 우울에 젖어 있던 창백한 인텔리의 전형이라 해도 좋다. 당시 망국의 한에 무기력한 나날을 보내야 했던 조선 청년의 머리 속이 그렇게 황막했고 또 그것이 조락과 같은 사회의 풍조였으니까. 보통 학교 훈도였던 김창억이 감옥에서 석방된 후 머리가 이상해졌고, 그의 아내는 남편을 버리고 창녀가 됐다. 김창억은 원래 '김건화'라는 부호의 아들이었으나, 부모를 일찍 여의고 중학교 3학년 때 중퇴해 가난뱅이가 되었다. 잇달아 젖 떨어진 딸을 남긴 채 아내와도 사별하고 후처를 얻었으나 그 여자가 김창억을 버린 것이다. 10년 근속상을 받을 만큼 성실했던 그 청년도 조선에 태어난 죄의 대가로 감옥엘 가야 했고, 아내도 재산도 다 달아난, 그리고 아무것도 그의 울타리가 되어주지 못하는 허허벌판의 사회에서 그는 정신이 돌고 말았다. 다른 친구들은 김창억이 하는 양을 보고 모두 웃어댔지만 '나'만은 어쩐지 자기 자신을 보는 듯 우울하고 침통하게 느껴진다. '나'도 결국은 본국에 있을 형편이 못 되어 북만주로 방랑하던 어느 때, Y라는 친구의 편지에서 김창억의 후문을 듣게 된다. 김창억은 자기가 구축한 세계의 왕국을 불살라 버리고, 자기를 버린 후처의 본가 주변에서 걸식하며 지낸다는 소식이었다. 이 작품이 갖는 암울한 분위기는 당시 우리 민족이 처한 상황에 결부시켜 해석할 수 있다. 이 작품의 첫 부분에 박물 선생이 청개구리를 실험대 위에 올려놓고, 새파란 메스로 청개구리의 심장과 폐를 해부하는 장면이 있다. 이를 두고 냉혈동물인 개구리의 내장 묘사에 '김이 모락모락 나는 오장'이란 말은 모순된다고 반박하는 평자도 있다. 그러나 그 부분에서 중요한 것은 당시의 현실에서 표본이 될 만한 인물을 취해 마치 해부를 하듯이 그 생활과 심리를 자연과학적 태도로서 실험적으로 작품을 쓴다는 것을 명시한 것으로 볼 수 있다. 즉 작품은 하나의 실험실로 보고, 그 취재한 인물과 사건을 있는 그대로 냉정하게 해부해 보자는 것이 이 작품에서의 작가의 태도이다.

〈만세전 萬歲前〉 염상섭의 중편소설. 처음에는 1922년 《신생활》에 〈묘지〉라는 제목으로 연재하다가 잡지의 폐간과 함께 3회 연재로 중단되었다. 1924년 4월 《시대일보》가 창간되면서 제목을 〈만세전〉으로 바꾸어 게재했다. 같은 해 6월 59회로 완결되자 이해 8월 고려공사에서 저작자명을 양규룡梁奎龍으로 해 개작을 거쳐 단행본으로 간행했고, 1948년 2월에 다시 개작되어 수선사에서 단행본으로 간행되었다. 3·1운동 전야의 암담한 현실을 배경으로 민족의 비애와 그 속에서 타협하며 살아가는 치욕스러운 인간군상을 리얼리즘 기법으로 잘 묘사한 작품이다. 원제인 〈묘지〉가 위축된 당대의 삶을 은유하듯이 3·1운동 이전의 사회현실을 그린 이 작품은 도쿄, 고베, 시모노세키, 부산, 김천, 대전, 서울로 이어지는 기행적 구조를 배경으로 시대정신을 투영한 식민지 사회의 관찰을 노정에 따라 진행시킴으로써 리얼리티를 획득하는 데 성공한 작품으로 평가되고 있다. 이 작품은 식민지 시대 빼어난 문학작품의 하나로 염상섭의 작가로서의 위치를 굳혀준 작품이며, 한국현대소설사상 확고한 위치를 차지하는 그의 걸작 〈삼대〉의 준비과정에 속하는 작품이기도 하다. 일본에서 조선으로 들어오는 사이에 국내의 형편과 실상을 목격하고 깨달아간다는 설정을 통해 식민사회의 병폐를 식민지 지배국의 상황과 대비시켜 극명하게 드러냈다. 그러나 이러한 이원적 대립은 여정의 단계에 맞추어 점층적으로 전개됨으로써 여러 국면이 '무덤'으로 은유되는 상황으로 쉽게 용해될 수 있었다. 반면 묘지로부터의 탈출이 지향하는 해방의 공간이 일본이라거나, 진상을 목격하면서도 이면과 원인에 대한 성찰이 이루어지지 않았으며, 추구하는 자유가 개인적인 것으로 한정된다는 등의 한계가 지적되기도 했다. 그러나 이 작품은 공동묘지나 아내의 죽음 등의 문제가 1920년대 한국문학사의 맥락에서는 한국 낭만주의의 연장선 위에서 설명된다고 할 때 그러한 인식을 사회진단적 의미로 확

대시킨 데에서도 그 문학사적 의의를 찾을 수 있다.

〈**삼대** 三代〉 염상섭의 장편소설. 1931년 1월부터 9월까지 《조선일보》에 연재된 작품으로 한국 신문학사를 통해 대표적인 사실주의 작품으로 평가되고 있다. 덕기의 조부 조의관은 고루한 봉건의식의 소유자이다. 어렵사리 모은 거액의 재산으로 집안의 크고 작은 제사를 받들고, 가문의 명예를 키워나가는 것을 가장 큰 일로 삼는다. 칠순 노인이면서 부인과 사별 후 서른을 갓 넘긴 수원댁을 후취로 들여 네살바기 딸까지 두고 있다. 조의관이 가장 못마땅하게 여기는 사람은 바로 아들 조상훈이다. 맏아들이면서도 집안일은 안중에 없고 오로지 교회사업에 골몰해 집안의 돈을 바깥으로 빼돌리는 데만 혈안이 된 것으로 여기는 것이다. 더구나 조의관이 가장 소중하게 여기는 제사를 기독교 교리에 어긋나는 우상숭배라고 반대하고 전혀 돌보지 않는 것이다. 그는 아들보다도 손자인 덕기에게 더 큰 믿음을 가진다. 집안의 모든 일도 손자인 덕기와 의논해서 결정하고, 자신이 죽고 난 후 재산관리도 덕기에게 일임하리라 생각하고 있다. 덕기의 부친인 조상훈은 희대의 위선자이다. 미국 유학까지 마친 인텔리에다 신실한 기독교 신자요 교회 장로인 그는 교회를 통한 사회운동과 교육사업에 큰 뜻을 품고 집안의 재산으로 그런 사업에 직접 투자하기도 하고 민족운동가의 가족을 돌보기도 한다. 그러나 정작 그의 실생활은 구린내나는 축첩과 노름 그리고 술로 얼룩진 만신창이 난봉꾼의 그것이다. 그는 자신이 보살피던 운동가의 딸인 홍경애와 관계를 맺어 아이까지 낳고도 무책임하게 내동댕이치는가 하면, 당대의 오입쟁이들이 출입하는 매당집이란 곳엘 드나들면서 나이 어린 여자들과 황음에 빠지기도 한다. 덕기는 할아버지나 아버지와는 다른 신세대의 인물이다. 그러나 그도 친구 김병화처럼 마르크스주의자는 아니다. 병화가 하는 일에 심정적으로 동조를 하기는 해도 그 자신은 법과를 마쳐 판사나 변호사가 되려는 꿈을 품고 있다. 자신의 그런 꿈이 가끔 운동가인 병화의 조소를 받아도 크게 개의치 않는다. 병화는 목사인 아버지와 사상대립으로 가출해서 이곳저곳을 떠돌면서 기식하는 형편이지만 자신의 뜻은 절대 굽히지 않는 반면, 덕기는 할아버지나 아버지와 정면충돌하는 경우는 없다. 오히려 상황에 따라서는 세대를 달리하는 그들의 사고방식과 행동을 이해하고 동정하기도 한다. 잠재되어 있던 조씨 가문의 불화와 암투가 전면에 드러난 것은 조부의 임종을 앞두고 생긴 재산분배 과정에서였다. 조의관의 후취인 수원집과 그를 조의관에게 소개해준 최참봉 등은 재산을 가로챌 욕심으로 유서변조를 계획하고 조의관을 독살한다. 의사들의 배설물 검사로 비소중독이 판명되자 상훈은 더 명확한 사인규명을 위해 사체부검을 해야 한다고 주장하지만 집안 어른들의 완강한 반대에 부딪혀 좌절되고 범인 찾기도 흐지부지되고 만다. 그러나 손자 덕기가 나타나 수원집 일당의 계획은 수포로 돌아가고 재산관리권은 덕기의 수중에 들어오게 된다. 상훈은 법적 상속자인 자신을 건너뛰고 아들인 덕기에게 그 권리가 넘어가자 유서와 토지문서가 든 금고를 훔쳐 달아나다 경찰에 붙잡힌다. 한편 상훈에게 농락당하고 아이까지 낳은 후 버림받았던 홍경애는 비록 표면적으로는 술집 여급으로 나가면서 생계를 꾸려가지만 해외의 독립운동가인 이우삼과 연계를 가지면서 그를 뒤에서 돕는 역할을 한다. 경애는 과거에 묶이지 않고 자신의 운명을 개척하기 위해 애쓴다. 그는 병화와 자주 만나는 사이에 그에게 애정을 느끼게 된다. 그들은 조그마한 잡화상을 경영하며 경찰의 눈을 속이지만 그것이 다른 운동가인 장훈 일파들의 오해를 사게 되어 테러를 당하기도 한다. 한편 이우삼이 국내를 다녀간 뒤 서울에서는 대대적인 검거선풍이 불어닥친다. 비밀조직인 장훈 일파는 물론, 가게를 운영하며 경찰의 눈을 피해 있던 병화와 경애도 검거된다. 그리고 덕기도 병화에게 자금을 대주었다는 혐의로 연행되어 조사를 받는다. 조사가 진행되는 과정에서 장훈은 비밀유지를 위해 코카인으로 음독자살을 한다. 장훈의 자살로 조사가 갑자기 미궁에 빠지자 연행되거나 검거되었던 사람들은 다 풀려나오게 된다. 가짜 형사를 등장시켜 금고와 문서를 훔쳐냈던 상훈도 결국 훈방조치로 풀려난다. 덕기는 할아버지의 죽음으로 인한 공백을 느끼면서 이제 자신의 어깨 위에 내려얹힌 조씨 가문의 유업을 어떻게 이끌어나갈 것인가 망연해한다. 한국소설사에서 가장 대표적인 가족사 소설이라고 할 수 있는 이 작품은 염상섭문학을 대표하는 작품이라고 인정받는다. 작가는 조씨 3대를 통해 3·1운동이 끝난 1920년대 식민지 조선의 현실을 대단한 파노라마적 기법으로 그려보인다. 부富의 주변에 서식하는 기생적 인물들의 타락상과 구세대의 시대착오적이고 위선적인 삶에 날카로운 비판을 던지며, 덕기와 병화로 대표되는 새로운 세대에 시대적 과제 해결의 희망을 걸고 있는 것이다.

염세주의 厭世主義 낙관주의의 반대말. 세계는 악으로 가득 차 있어서 이상이나 행복을 실현할 수 없으며, 참된 행복을 얻을 수가 없다고 보는 태도이다. 쇼펜하우어가 대표적 철학자. 그의 〈의지意志와 표상表象으로서의 세계〉에 의하면 세계의 원리는 맹목적 의지이며, 끊임없는 노력은 인간에게 불만과 비참을 줄 뿐, 오직 명상의 시간만이 이 맹목적 의지에서 벗어나 약간의 휴식을 얻을 수 있다는 것이다.

영대 靈臺 1924년 창간된 문학동인지. 편집 겸 발행인 임장화林長和. 국판. 1925년 1월 통권 5호까지 발행되었다. 표지에는 영대사 발행으로 되어 있으나, 안에는 문우당 발행으로 되어 있다. 실제로는 평양에서 편집되어 서울에서 발행되었다. 김관호金觀鎬·김소월金素月·김동인金東仁·김억金億·김여제金輿濟·김찬영金讚永·전영택田榮澤·이광수李光洙·임장화林長和·오천석吳天錫·주요한朱耀翰 등이 창간에 참여했다. 김소월을 제외한 대부분이 《창조》 동인들로 구성되어 있어 《창조》의 후신으로 보아도 좋으나, 일정한 경향을 가지지는 않았다. 즉, 문학을 하겠다는 순수한 창조적 의욕으로 결집된 동인들이므로 후기 문학운동의 순문학적 요소가 그 특징을 이룬다. 창간호에는 임노월林蘆月의 〈예술지상주의의 신자연관〉, 김유방金惟邦의 〈완성 예술의 설움〉, 마경魔鏡의 〈식물의 예술미론〉, 야영夜

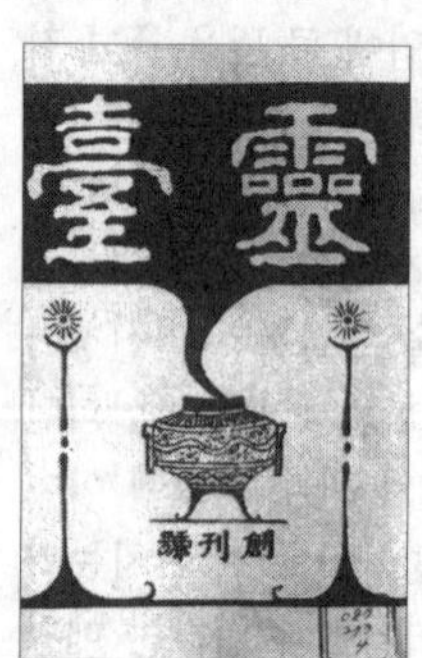

▲영대 창간호. 1924년 8월.

影의 〈미의 절대성〉 등의 논문과 초적草笛의 〈T선생과 난봉소녀〉, 김동인의 〈유서遺書〉 등의 소설과 주요한의 시 〈묵은 일기책에서〉가 실렸으며, 역시譯詩로는 김억의 〈세계의 시고詩庫〉, 전영택의 〈눈의 순간〉, 고사리의 〈오마르 카이얌의 시〉가 있고, 오천석의 번역시극 〈애락아哀樂兒〉가 실렸다.

영랑시집 永郎詩集 → 김영랑金永郎

영웅소설 英雄小說 고전소설의 유형분류에 쓰이는 용어. 넓은 뜻으로는 영웅의 일생을 작품화해 쓴 소설을 모두 일컫는다. 특히 구소설에서 많이 볼 수 있는 군담소설의 군웅軍雄, 또 역사소설의 형식을 빌어 쓴 연애소설 등에서 그 주인공을 영웅화해 다룬 소설을 말한다. 〈유충렬전〉〈조웅전〉〈임경업전〉 등은 전자에 속하며, 〈구운몽〉〈홍길동전〉〈숙향전〉 등은 후자에 속한다고 할 수 있다.

영웅시대 英雄時代 → 이문열李文烈

예술지상주의 藝術至上主義 예술을 위한 예술. '인생을 위한 예술'의 반대어. 19세기 유럽 문학에서 예술의 자율성에 대한 자각에 의해, 예술을 다른 목적이나 조건에서 해방시켜 예술 그 자체를 위해 존재할 수 있도록 해야 한다는 주장. 이것을 일반적으로 더 강조하면 예술의 미적 창조를 지상의 목적으로 하고 인생의 여러 가치를 이것에 종속시키게 된다. 유미주의와 악마주의 이론도 여기에 속한다. 이 이론의 중심지는 프랑스이며, 1830년이 지난 후기 낭만파, 특히 Th. 고티에가 처음으로 주장했다. 문학에 도덕적 효용성을 요구하는 부르주아적 비평가와 선전적 효용성을 요구하는 사회주의 비평가에 반대해, 예술은 다만 미 자체에만 봉사할 뿐이라고 하고 예술의 자율성을 주장했다. 한국에서는 1919년 김동인金東仁이 이광수李光洙 등의 계몽주의를 반대하고 순수문학운동을 전개한 것이 이 사조의 싹이라고 볼 수 있고, 이어 1930년대의 프로문학에 대한 순수문학운동, 1945년 이후의 프로 문학에 대한 순수문학운동을 거쳐, 예술지상주의 사상은 암암리에 발전해 왔다.

오감도 烏瞰圖 → 이상李箱

오규원 吳圭原 1941~ 시인. 경남 밀양 출생. 동아대 법과 졸업. 1968년《현대문학》에 〈우계雨季의 시詩〉〈몇 개의 현상現象〉 등으로 추천을 받아 등단했다. 화학지식까지 동원해 사물의 본질을 캐려고 한 그의 시는, 첫번째 시집《분명한 사건》의 발간을 계기로 서서히 변모를 보인다. 화려한 수식어들이 사라지고 '메마른' '습기찬' 등의 어두운 색이 기조를 이루는 형용사가 이따금 사용될 뿐, 거의 수식어가 벗겨진 언어를 사용하고 있다. 1972년 발표된 〈고향사람들〉 이후에는 단순하면서도 단단한 시의 기틀을 마련하고 있다. 시집으로《분명한 사건》《순례》《사랑의 기교》 등이 있고, 시론집《현실과 극기》 등이 있다. 1982년 현대문학상, 1989년 연암문학상 등을 수상했다.

오뇌의 무도 懊惱―舞蹈 → 김억金億

오동춘 吳東春 1937~ 시인 · 시조시인 · 수필가. 호 송골松骨 · 한흙솔. 연세대 국문과를 거쳐 한양대 대학원 수료(1988). 부산에서《날개》 동인으로 문학활동을 하다가 첫 시조집《짚신사랑》을 상재해 등단했다. 민족시인으로서 각 잡지와 신문에 시와 시조를 많이 발표했으며 수필도 썼다. 현대시인협회 · 한국시조시인협회 · 한국기독교문인협회 이사로 재직 중이다. 현재 연세대 사회교육원 교수로 있으면서 한양대에도 출강하고 있다. 주요 작품으로 〈짚신〉〈나라〉〈수박〉〈산도라지〉〈하늘 한 조각〉 등이 있으며, 시조집에《짚신사랑》《산도라지》《봄

나무》《하늘 한 조각》《봄이 오는 소리》《아버지와 아들》 등 10권이 있다. 이밖에 수필집으로《한알의 밀알이 되어》《무엇을 심고 살까》《흙이 바로 사람인데》 등과, 논문집《위당시조연구》가 있다. 시와 시조, 수필·평론을 쓰는 그의 시세계는 연작시 〈짚신〉을 중심으로 민족주의 바탕의 애국애족의 시세계와 하나님 중심의 기독교원리가 밑바탕에 깔려 있다. 한글사랑·나라사랑의 언어문화활동에도 활발한 그는 한글의 주체성을 시로 승화시켜 우리 문학의 주체성을 강조하고 있다. 시어는 쉬운 우리말을 일상에서 골라 이해하기 쉬운 시를 써서 많은 독자들과의 공감대를 형성하고 있다. 농촌정서·도시문명의 비판·생활정서·자연심상을 이미지로 민족사상을 주체적으로 노래하고 있다. 1977년 한글학회 표창, 1978년 제2회 흙의 문학상, 1986년 제2회 한국기독교문학상, 1990년 국무총리 표창 및 연세교인상 등을 수상했다.

오두섭 吳斗燮 1936~ 아동문학가. 호 육도育島. 경북 영주 출생. 안동사범 본과 졸업(1957). 1978년《아동문학평론》에 동시 〈종이꽃〉〈봄뜰〉이 추천되었고, 1981년《새교실》에 시 〈꽃등〉〈밤하늘〉〈눈송이〉가 추천된 데 이어, 1984년《월간문학》 제42회 신인상에 〈난 모른다〉가 당선됨으로써 등단했다. 데뷔 후 한국아동문학회 대구지부장으로 활동했으며, 대구서부교육청문회회장, 대구서부교육청 초등국어과 연구회장 등을 역임했다. 1999년 현재 대구 인지초등학교 교감으로 재직 중이다. 동시집으로《꽃등》《연못에 비친 얼굴》《아침이 되면》《미처 몰랐지》 등이 있으며, 다수의 위인전기전집과《글짓기의 길잡이》 등의 이론서가 있다. 1987년 계몽사 어린이문학상, 1989년 영남아동문학상, 1991년 국민포장, 1992년 한국아동문학작가상, 1999년 국민훈장모란장 등을 수상했다.

오발탄 誤發彈 → 이범선李範宣

오분간 五分間 → 김성한金聲翰

오상순 吳相淳 1894~1963 시인. 호 선운禪雲·공초空超. 서울 출생. 일본 도시샤대 종교철학과 졸업(1918). 그는 원래 기독교 신자로서 1919년 교회 전도사로 있었으나 그 뒤 불교로 개종해 1921년 조선중앙불교학교에서 교편을 잡기도 했다. 전국 여러 사찰을 전전하며 참선과 방랑의 생활을 계속하면서 많은 작품을 발표했다. 1920년 김억金億 등과 함께《폐허》 동인이 되고,《폐허》 창간호에 처음으로 〈시대고時代苦와 그 희생〉이라는 논문을 발표했다. 이 글에서 그는 자신의 '폐허의식'이 새로운 생명의 창조와 결부된 것임을 밝히고 있다. 이후《폐허》를 통해 계속 시작품을 발표했는데, 초기 시편들은 주로 운명을 수용하려는 순응주의와 동양적 허무사상이 짙게 깔려 있다. 1921년《폐허》 2호에 〈힘의 숭배〉〈힘의 동경〉〈힘의 비애〉〈혁명〉〈때때신〉〈돌아!〉〈가위쇠〉 등 시 17편 및 평론 〈종교와 예술〉을 발표함으로써《폐허》 동인 중 가장 많은 작품을 게재한 시인이 되었다. 이밖에 1920년《개벽》 11월호에 〈의문〉〈어느 친구에게〉〈나의 고통〉 등의 작품을 발표하기도 했다. 1923년에는 〈폐허의 제단〉〈허무혼虛無魂 선언〉 등을 발표, 일제 식민지치하의 삶을 '허무와 세속에의 일탈逸脫'로 영위하려는 몸부림을 보였다. 일반적으로 보아 그의 시는 어휘구사가 생경하고 언어의

감각적 사용에도 그리 능한 편은 아니다. 그러나 대표작으로 일컬어지는 〈방랑放浪의 마음〉 등 몇몇 작품에서는 사물의 심상화를 성공적으로 시도하고 있음을 볼 수 있다. 이 밖에도 그의 대표작으로 꼽히는 것으로 〈아시아의 마지막 밤 풍경〉을 들 수 있는데, 이 작품은 호흡이 길고 주제를 부각시키기 위해 여러 사실을 차례로 제시하는 기법을 보여주고 있다. 그의 시는 약 50여 편이 전하며, 조남두趙南斗와 박덕매朴德梅 등의 제자들에 의해 1963년 《공초오상순시선空超吳相淳詩選》이 간행되었다. 그의 일생은 그 자신의 작품 〈방랑의 마음〉에 표현된 것처럼 방랑과 담배연기, 고독과 허무혼 등이었다고 할 수 있다. 1956년 대한민국예술원상, 1962년 서울시문화상 등을 수상했다.

《공초오상순시선 空超吳相淳詩選**》** 오상순의 유고 시집. 1963년 자유문화사에서 펴냈다. 1부는 '허무혼의 선언', 2부는 '아시아의 마지막 밤 풍경', 3부는 '단장斷章', 4부는 '불나비', 5부는 '백일몽白日夢', 6부는 '첫날밤'이라는 제목으로 나뉘어 모두 38편의 시를 수록하고 있다. 이 시집에는 그의 허무관·무상관을 잘 나타내주는 초기의 작품, 즉 〈허무혼의 선언〉 〈허무의 제단〉 〈허무혼의 독어獨語〉 〈폐허의 낙엽〉 등의 주요 작품이 수록되어 있다. 독신·애연·방랑으로 허무관과 무상관을 실천하며 살다 간 그의 신화적인 전생애가 그대로 표출되어 있고 이 시선에 수록된 작품 또한 그런 사상으로 일관되어 있음을 엿볼 수 있다. 생경한 한자어·관념어 등을 많이 쓴 점이 특색이며, 일종의 관념시라고 할 수 있다. 그의 제자인 심하벽沈河碧이 이 시집의 산파역을 담당했으며, 후기에는 "내가 이 글을 적고 있는 순간에 적십자병원 3층 병동에서 선생님은 운명하실지도 모른다"는 구상具常의 글이 실려 있다.

〈방랑의 마음 放浪―**〉** 오상순의 시. 1935년 《조선문단》에 발표된 시로서, 그의 자화상이라고도 할 만한 작품이다. 이 작품을 쓸 무렵 그는 금강산 신계사神溪寺 등 전국 사찰을 전전하는 방랑생활을 하고 있었다. 당시 그의 삶이 고독 속의 허무였던 것처럼 시 〈방랑의 마음〉 또한 동양적 허무혼의 구도적求道的 자세로 점철되어 있다. 1연에서 방랑에 깃들인 자신의 감정을 담담하게 미화시키고 있으나, 8연에서는 이 방랑이 영적靈的으로도 얼마나 고독한 것이며, 또 슬픈 것인가를 말해 주고 있다. 〈방랑의 마음〉은 2편으로 이루어진다.

오상원 吳尙源 1930~1985 소설가. 평북 선천 출생. 서울대 불문과 졸업(1953). 졸업한 해에 동아일보사에 입사했다. 1953년 극협의 작품공모에 응모한

장막극 〈녹쓰는 파편破片〉이 당선되었고, 1955년 《한국일보》 신춘문예에 단편소설 〈유예猶豫〉가 당선됨으로써 본격적으로 창작 활동을 시작했다. 이어 같은 해 〈균열龜裂〉이 《문학예술》 8월호에 발표되었다. 그는 계속해 단편 〈난영亂影〉 〈모반謀反〉, 장편 〈백지白紙의 기록〉, 중편 〈황선지대黃線地帶〉 등을 발표했다. 창작집으로 《백지의 기록》 《오상원 우화寓話》 등이 있다. 이 작가의 문학적 특징은 6·25 전후세태의 사회적·도덕적 문제를 다루어 전후세대의 정신적 좌절을 행동주의적 안목으로 주제화한 데 있다. 잘 알려진 단편 〈모반〉은 광복 직후 사회적·정치적 혼란기를 배경으로

한 작품으로서, 정당간의 갈등을 중심으로 청년당원들 사이에 자행된 테러를 주요 문제로 다루고 있다. 또한 그는 이데올로기의 갈등 자체보다는 그 갈등으로 빚은 상황 앞에 던져진 인간의 문제를 집요하게 추구했다. 전후의 문학을 대변하던 세대의 작품은 모두 짙은 회색의 허무 속에 잠겨 있고 그의 작품들 또한 예외는 아니다. 그러나 그는 그 '허무'에 대해서까지 반항해 나갔다. 이 작가는 프랑스 행동주의 문학과 실존주의 문학의 영향을 받았으면서, 한국의 전후세대의 풍토 속에서 독자적인 작품을 이루어 1950년대의 대표적 작가 중의 한 사람으로 평가되고 있다. 1960년대 후반부터는 과작의 경향을 보였다. 〈모반〉으로 제3회 동인문학상을 수상했다.

〈유예 猶豫〉 오상원의 단편소설. 1954년 《한국일보》 신춘문예 당선작이다. 6·25를 다룬 최초의 전쟁소설이라는 데 문학사적 의의가 있는 작품이다. 이 작품에서 작자는 인민군에게 잡혀 죽음을 눈앞에 둔 주인공의 내면적 심리의 갈등을 '의식의 흐름' 기법으로 생생하게 표현하고 있다. 의식의 흐름을 취한 형식은 현대문학에서 흔히 사용하는 기법으로서 주인공의 행위나 사건을 그리기보다는 주인공의 의식 속에 흐르고 있는 생각의 파편들을 현재형으로 그리는 방식이다. 이 소설에서 주인공은 의식의 흐름의 종착점이 어디인지 잘 드러내고 있다. 자신을 잊어서는 안된다고 생각하는 그의 자의식과 흰 눈이 덮인 길의 만남이 이루어지는 것이다. 주인공의 의식의 흐름은 흰 눈 덮인 상황에다 배를 깔고 늪처럼 끈덕지게 발음되고 있는데, 흰 눈 그 자체가 절망을 마련해주고 있다. 흰 눈은 극한상황에서의 내면의식과 일치를 이루고 있다.

〈모반 謀反〉 오상원의 단편소설. 1958년 《사상계》에 발표되었다. 해방 후의 정치상황 속에서 한 테러리스트 청년이 겪는 방황과 갈등을 그린 문제작이다. 해방과 더불어 난립한 정당, 무질서한 사상의 혼돈된 갈등 속에 청년들의 정치의식이 강하게 자극될 때 비밀결사의 명사수 민도 모든 것을 버리고 오직 '조국을 위한다'는 명분으로 정쟁政爭의 전위로 뛰어든다. 그가 거의 집을 잊어가고 있을 때 홀어머니의 병환은 깊어진다. 어느 날 어머니의 임종이 가까웠는데 "어머니는 아들만을 위해서 있단다. 나이 들면 들어갈수록… 그러나 아들이야 그럴 수 있겠니, 제 할일이 더 중한데…"라는 그녀의 애뜻한 기대를 민은 뒤로 하고 암살음모를 실행하기 위해 떠난다. 그날 밤 그녀는 세상을 떠나고 그후 그에게 마음의 동요가 생긴다. 날이 갈수록 정치적 혼돈은 극심해지고 배후와 배후가 서로 얽혀 모반이 거듭되어갈 때, 결사대 내에서 배신자가 생긴다. 그 청년의 변명을 듣고, 민 자신도 정치적 훈련이 없었던 탓으로 조국이 무엇인지 모른 채 단지 맹목적 정열을 정치가들에게 이용당했다고 생각한다. 그는 조국에 대한 순결한 정열이 엉뚱한 피해자를 만드는 것에 반항, 결사대 지휘자 세모진 얼굴에게 "나는 너희들이 말하는 그러한 희생을 강요하는 역사를 요구치 않아"라는 말을 남기고 떠난다. 작품 속에 등장한 주인공의 비정함과, 그러나 휴머니티를 버리지 못하는 고뇌를 박력 있는 문장으로 전개한 작자의 대표적 작품이다. 모반의 고발, 수단 때문에 애초의 목적을 잃어버린 비정의 시대와 인간성을 상실한 반인간적 정치혼돈에 대한 고발문학, 전후 징후에 대응하는 휴머니즘의 문학으로서 의미 깊은 작품이다.

오생근 吳生根 1946~ 평론가. 서울 출생. 서울대 대학원 불문과 및 파리대 졸업. 현재 서울대 불문과 교수로 재직 중. 1970년《동아일보》신춘문예에 평론〈이상李箱의 상상세계-동물의 이미지를 중심으로〉가 당선되어 등단했다. 그후〈병적 주관성의 한계〉〈타락한 세계에서의 진실〉〈정직한 삶의 불투명성〉〈한국 대중문학의 전개〉〈황석영, 혹은 존재의 삶〉등의 평론들을 발표해왔다. 평론집《삶을 위한 비평》《현실의 논리와 비평》등을 간행했다. 전자는 문학일반론 · 외국문학론 · 우리 문학비평으로 구성되어 있고, 후자는 소설론 · 시론 · 문학이론 및 일반론으로 구성되어 있다. 이들 저술에서 이상 · 조세희 · 황석영 · 현길언 · 이청준 · 윤흥길 · 이성복 · 최하림 등 근현대 작가들을 폭넓게 논의하고 있다. 그는 프랑스 초현실주의 운동을 통해서 문학정신과 삶의 태도, 보다 적절히 표현하자면 현실 사회와의 관련성 속에서 문학의 의미와 역할을 추구하려고 했다. 하지만 그의 논의는 현실과 삶의 문제와 관련시키려는 의도에도 불구하고 아방가르드적 논의의 틀 속에 머물고 말았다. 초현실주의, L. 골드만의 문학사회학적 방법론, 프랑스의 현대비평 등을 소개하기도 했다.

오성찬 吳成贊 1940~ 소설가. 제주도 서귀포 출생. 1969년《신아일보》신춘문예에 중편〈별을 따려는 사람들〉이 당선되고, 1970년 중편〈땅 위에 서다〉로 매일문학상을 수상하면서 등단했다. 고향인 서귀포시에서 서호초등학교 졸업 후 독학으로 문학공부를 했으며, 데뷔 후인 1969년 제주신문사 기자로 입사했다. 문협 제주도지부장, 예총 제주지회장을 역임했으며, 현재 제주조각공원 신천지 아트센터의 원장으로 제주의 문화 선양에 기여하고 있다. 단편〈마른 가지에 물오르네〉〈아버지〉〈비바리〉〈흐르는 고향〉〈연날리기〉등 많은 중 · 단편들을 꾸준히 발표하고 있다. 작품집으로《별을 따려는 사람들》《탐라인》《한라산》《습작우화》《단추와 허리띠》《한 공산주의자를 위하여》《어두운 시대의 초상화》《겨울산행》《푸른 보리밭》《진혼 아리랑》등과 수필집《갇힌 울음 열린 소리》《보랏빛 섬이야기》등이 있다. 이밖에 저서로《제주도 토속지명사전》이 있다. 그의 작품들은 역사의식에 강한 반응을 보이고 있으며, 대체로 민족적인 원인을 그 소재로 다루고 있는 것이 특징이다. 제주도가 낳은 대표적 소설가군 중 한 사람으로 제주도의 특이한 자연환경과 역사를 통해 그 속에 사는 인물들의 생활을 친밀감 있게 작품화시키는 데에 성공하고 있다. 그의 소설의 소재와 인물 대부분이 제주적인 것들인데, 특히 제주의 아픈 현대사인 4 · 3항쟁을 원체험한 작가들 중 한 사람으로 좌우 주장의 작품 경향의 한가운데에 서 있다. 가치중립적 입장에서 제주민들의 수난사에 방점을 찍는 작가로 평가된다. 1999년 제36회 한국문학상을 수상했다.

오세영 吳世榮 1942~ 시인. 전남 영광 출생. 서울대 국문과(1965) 및 동 대학원 졸업(1970). 1968년《현대문학》에〈잠깨는 추상抽象〉〈새벽〉등이 추천되어 등단했다. 국어국문학회 이사, 한국시인협회 상임위원장, 한국현대문학회 부회장 등을 역임했으며, 현재 서울대 국문과 교수로 재직 중이다. 주요 작품으로〈불〉〈봄〉〈열병熱病〉〈너 없음으로〉, 연작시〈무명연시無明戀詩〉 등이 있다. 시집으로 《반란하는 빛》 《가장 어두운 날 저녁에》 《모순의 흙》 《무명연시》 《아메리카 시편》 《불타는 물》 등 10여 권이 있다. 이외에 저서 《한국 낭만주의 시연구》 《서정적 진실》 《현대시와 실천비평》 《한국 근대 문학론과 근대시》 《한국문학 연구방법론》 등이 있다. 그는 문명 속에서 자신의 아픔을 추적하며 그것을 형상화하고, 예리한 감각으로 인간 정서와 문명을 융합시키는 날카로운 지성으로 시를 표출한다. 모더니즘의 언어의식을 전통사상과 접맥시키는 데 관심을 가지고, 사물의 인식을 통한 존재론적 의미 파악이 시의 기본 발상이며, 언어를 극도로 정련·함축시키는 지적 구사와 서정의 접맥을 이루려고 한다. 또한 그는 근래에 들어 동양적 사유의 세계를 모색하고 있는데, 1999년 발간한 시집 《벼랑의 꿈》은 그러한 경향을 보여주고 있다. 1983년 제15회 한국시인협회상, 1984년 제4회 녹원문학상, 1987년 제1회 소월시문학상, 1999년 제7회 공초문학상 등을 수상했다.

오승강 吳勝剛 1953~ 시인. 경북 영양 출생. 안동교대 졸업. 1976년 《동아일보》에 〈사림기행辭林紀行〉이, 《시문학》에 〈공존共存〉 〈숲속에서〉가 당선·추천되어 등단했다. 《신감각》 《네사람》 동인. 이후 〈두 개의 아침엽서〉 〈어촌에 가서〉 〈그 겨울 이후〉 〈까치〉 〈부두에서〉 〈방법〉 〈산에 있어서〉 등을 발표했다. 시집 《새로 돋는 풀잎들을 보며》 《피라미의 꿈》 《분교마을 아이들》 등이 있다. 그는 우리의 삶을 억압하고 불행하게 만드는 것이 무엇인가 하는 근원적인 물음과 그 불행을 낳는 숨겨진 실체에 대한 규명의 불가능한 체험을 '어둠과 밝음'이라는 삶의 이원적 구조로 인식, 직시적이며 현상학적으로 표현한다.

오승희 吳昇姬 1941~ 시조시인·평론가. 경남 사천 출생. 동아대 대학원 박사과정 수료. 1981년 시조 〈물오리고 싶다〉가 《시조문학》에 추천된 데 이어 1986년 《중앙일보》 신춘문예에 시 〈부활의 바다〉가 당선되었으며, 같은 해 평론 〈동시조 수용론〉이 《시조문학》에 당선되어 등단했다. 주요 작품에 시조 〈부활의 바다〉와 평론 〈현대시조의 공간구조연구〉가 있으며, 또한 논문에는 〈육당 시조의 사상적 고찰〉 〈고시조에 나타난 현실긍정 공간〉 등 다수가 있고, 수필집에 《생활의 창변에서》 《기다림에 사는 여인》 《생성의 소리》, 평론집에 《현대시의 의미와 구조》 등이 있다. 1980년 제3회 동시조문학상, 1981년 한국시조문예상, 1983년 송강시조문학상 등을 수상했다.

오양호 吳養鎬 1942~ 평론가. 경북 칠곡 출생. 경북사대 국어과를 거쳐 영남대 대학원 국문과 박사과정 수료(1981). 1984년 《현대문학》에 〈북만체험의 시적 반응〉을 발표함으로써 추천완료되었다. 대구 효성카톨릭대를 거쳐 인천대 국문과 교수, 동 대학 인문대학장, 민족문화연구소장을 역임했으며, 1998년부터 1년간 일본 교토대 객원교수로 근무했다. 등단 이후 약 150여 편의 평론을 썼으며, 그중 〈신세대 비평의 배경과 논리〉는 소위 창비파·문지파에 대한 비판으로 주목을 받았다. 주요 저서로는 이기영 등 월북작가를 포함한 1930년대 농민소설 연구서 《농민소설론》, 1940년대 초 간도이민문학연구서 《한국문학과 간도》, 1980년대 문학을 문학사회학적 시각에서 조명한 평론집 《문학의 논리와 전환사회》, 1940년대 초 만주조선인 문학연구서 《일제강점기 만주조선인문학연구》, 신세대문학 등을 탐색한 평론집《산문정신의 탐색》, 소설론 및 작품연구서《한국현대소설과 인물형상》등이 있다. 대학에서 이론을 가르치며 문단 활동을 하고 있는 그는 이른바 강단비평적 성격이 강한 평론가이다. 문학연구에서는 1984년 공안정국시대에《농민소설연구》를 간행해 한국농민소설연구를 최초로 본격화했다. 한편 간도·만주로 지칭되는 중국 동북삼성의 조선인문학을 통해 1940년대를 암흑기가 아닌 이민문학기로 문학사를 정리하기도 했으며, 여러 자료를 발굴·연구함으로써 1940년대 만주조선인문학연구의 길을 열었다. 평론의 경우 그는 문학과 사회와의 관계 속에 시각을 맞추고 있는데, 그의 〈문학의 논리와 전환사회〉는 '민중문학 등으로 지칭되는 80년대 문학을 올바로 이해하고 앞으로 새롭게 전개될 90년대의 문학 좌표를 제대로 파악한 문학지침서의 하나'라는 평가를 받기도 했다. 1988년 제4회 윤동주문학상을 수상했다.

오영석 吳榮錫 1934~1993 소설가. 황해도 봉산 출생. 단국대 국문과 졸업. 1959년《현대문학》에 〈3인상三人像〉〈소녀〉가 추천되어 등단했다. 주요 작품으로 단편 〈빙점氷點〉〈분만〉〈살아 있는 시신〉〈작은 무덤〉〈제3의 여인〉, 중편 〈마지막 축제〉〈꿈꾸는 눈동자〉〈오작교烏鵲橋〉, 장편 〈매일 부는 바람〉〈불꽃축제〉〈강변 아파트〉 등이 있으며, 창작집으로《악인, 천국으로》가 있다. 그는 대체로 선량한 소시민의 생활을 묘사하며, 인간운명의 근원적인 문제, 특히 죽음에 대해 집요한 추구를 하고 있다.

오영수 吳永壽 1914~1979 소설가. 호 월주月洲. 경남 울주 출생. 일본 도쿄국민예술원 졸업(1939). 1949년《신천지》에 단편 〈고무신〉이 추천되고 1950년《서울신문》 신춘문예에 단편 〈머루〉가 당선되어 등단했다. 상경 후에는《현대문학》창간 멤버로 참가했고, 현대문학사에서 퇴임한 후에는 동지의 편집위원·추천심사위원으로 후진을 육성했다. 한 모성이 아들 내외에게서 받은 슬픔을 간결한 필치로 그린 〈화산댁〉, 시골 느티나무 밑에서의 두 노인의 우정을 그린 〈두 노우老友〉, 갯마을 청상과부의 원색적인 사랑을 통해서 자연과의 일체감을 보여준 〈갯마을〉, 환도 후의 피난 교사의 비참한 생활상과 인정을 그린 〈응혈凝血〉, 형무소 감방이라는 어두운 현실의 단면을 따뜻한 인정의 세계로 승화시킨 〈명암明暗〉, 담담한 에세이풍으로 감미로운 분위기를 그려보인 〈수련睡蓮〉, 동물의 세계를 통해 인간 세계의 모럴을 암시한 〈개개비〉, 6·25사변 때 피난길에서 어린 아이를 추풍령에 가매장해 두고 두 내외가 내려가서 다시 산역山役하는 이야기인 〈추풍령秋風嶺〉, 여성의 본래적인 숙명을 상징적으로 그린 〈실걸이꽃〉 등의 가작을 계속 발표해 중진의 지위를 굳혔다. 총 150여 편의 많은 작품을 남겼는데, 모두가 단편소설이라는 데서 그의 문학적 성격의 일단을 보여준다. 전형적 단편작가로서 작풍은 주로 한국적인 소박한 인정이나 서정의 세계에 기조를 두었다. 작중 인물들은 온정과 선의의 인간들이며, 도시보다는 향촌을, 기계문명보다는 자연을, 현대적 세련미보다는 고유한 소박성을 각각 그리워하며 예찬하는 경향을 보였다. 창작집으로《머루》《갯마을》《명암》《메아리》《수련》《황혼黃昏》등이 있으며, 1968년 현대서적에서《오영수전집》을 출간

했다. 〈머루〉 〈남이와 엿장수〉에 보인 소박한 인정적 서정세계가 〈박학도〉 〈종차終車〉 등에 와서는 유형적 인간의 추구와 성격창조까지 심화되었으며, 〈후조候鳥〉나 〈명암〉 등에 이르러서는 그 속에 부여된 의미를 제시하거나 주장했으며, 이러한 전개는 다시 〈내일의 삽화〉에 오면서 담담한 인간긍정의 사상이 인간옹호의 사상으로 변모하는 양상을 보이기도 했다. 이와 같은 휴머니즘이나 전통옹호의 특성 때문에 역사나 사회에 대한 작가적 책무의 문제가 취약점으로 지적되기도 했다. 그러나 인간의 원초성에 대한 긍정, 향토성의 옹호, 반문명적 · 반도시적 성격은 1950년대 이후 급격히 성행한 외래문화 수용에 대한 반작용이라 할 수 있다. 아시아자유문학상, 제2회 대한민국예술원상, 문화훈장 등을 받았다.

〈**화산댁** 華山宅〉 오영수의 단편소설. 1952년 《문예》에 발표되었다. 두메 산골에 사는 화산댁은 어느 날 갑자기 아들이 보고 싶어 보퉁이를 들고 짚세기를 신고 서울로 상경한다. 한참 헤매다 겨우 찾아갔더니 아들 내외는 반기지 않고 냉대, 손녀마저도 할머니라 부르지 않았다. 밤은 깊었는데 잠은 오지 않고, 아까부터 뒤가 마려운 것이다. 밖으로 나왔으나 변소를 찾지 못하고, 어쩔 수 없이 수채에 대변을 보았다. 다음날 화산댁은 일찍 일어나, 그 변을 치우다가 이웃집 사람들에게 들켜 망신을 당한다. 결국 화산댁은 아침 일찍 아들 집을 떠나 시골로 돌아오고 만다. 소박한 시골 아낙네의 심리를 잘 묘사한 작자의 대표작이다.

〈**갯마을**〉 오영수의 단편소설. 1955년 《문예》에 발표된 작자의 대표작이다. 조그만 갯마을, 이 마을에는 유달리 과부가 많다. 해순이를 비롯한 과부들은 모이기만 하면 사내 이야기다. 그리운 것은 사내들뿐인 것이다. 해순이는 매일 미역바리를 하고, 나무통같이 쓰러져 잔다. 어느 날 밤 겁탈을 당한 해순은 상대가 누군지를 모르나, 소문이 파다하게 퍼진 뒤 그가 상수라는 걸 안다. 결국 해순은 상수를 따라 산골로 시집을 간다. 그러나 상수는 징용으로 뽑혀 가고 만다. 허전했다. 해순은 생각 끝에 전 남편의 제삿날 다시 갯마을을 찾는다. 그녀는 세상에서 갯마을보다 좋은 곳은 없을 것 같다는 생각을 한다. 순박한 어촌을 배경으로 삶의 원초적 문제를 추구한 이 단편소설은, '갯마을'이라는 폐쇄적 공간을 상정해, 각박한 도시생활과는 관계없는 토속적인 정취의 세계를 그린 작품이다. 해순이를 통해서 나타난 인간의 모습은 자연에 동화된 원초적인 인간이다. 바다는 그녀에게 있어서 정신의 지주요 신앙의 대상이다. 그녀는 바다 없이는 살지 못한다. 이 작품에서는 바다라는 그 광대무변한 공간 속에서 시간의식이 소멸되어 있다. 젊고 예쁜 과부 해순이의 미래는 늙은 과부들의 현재가 되고, 늙은 과부들의 과거는 해순이의 현재를 이루고 있는 것이다. 그들은 서로의 과거와 현재 그리고 미래를 공유하는 일체감을 느끼고 따라서 그들에게는 나와 너의 구별이 없고, 자아와 세계의 간격이 존재하지 않게 된다. 고등어철이 돌아오는 계절의 순환과 해순이의 바다로의 회귀는 자연과 인간의 삶을 동일시하는 작가의 이상세계를 형상화하는 장치이다. 이와 같이 인간의 가식이 없는 그 세계는 작가의 이상세계를 이루고 있다. 폐쇄적인 시대상황의 출구로서 인간존재의 근원적이고 토착적인 내면을 추구했던 1940년대 초반의 우리 나라 단편소설들과 동일 맥락에 놓여 있는 작품이다.

〈후조 候鳥〉 오영수의 단편소설. 1958년 《현대문학》에 발표되었다. '현실적인 이해관계를 떠난 사람과의 교섭에서 우리가 체험하게 되는 것은 무엇인가?' ―이 물음에 대한 완곡한 해답을 이 작품은 부여하고 있다. 이 작품은 독자를 인간의 소박성으로 환원시킨다. 그리고 여기에서 독자는 인위적인 법칙이 없는 자연 그대로의 애정과 만나게 되는 것이다. 민우의 아낌없는 동정과 그것에 보답코자 남의 구두까지 훔쳐야 했던 구칠이의 순진성, 이 둘의 함수관계에서 작자의 문학의 지향점이 어디에 있는가를 깨달을 수 있다. 그것은 각박하고 생기 없는 현실 속에 따뜻한 인정의 호흡을 불어넣으려는 애정의 휴머니즘인 것이다.

오영진 吳泳鎭 1916~1974 극작가. 호 우천 又川. 평양 출생. 경성제대 법문학부 졸업(1938). 1937년 《조선일보》에 논문 〈영화예술론〉을 발표하면서 등단했다. 그후 한국 연극계의 고질적인 파벌에 말려들지 않고 오로지 극작에만 전념했다. 1942년 《국민문학》에 창작 시나리오 〈배뱅이굿〉을 발표, 국내에서는 처음으로 희극의 가능성을 제시하고 지적 작가로서 인정을 받았다. 주요 작품으로 〈맹진사댁 경사〉 〈배뱅이굿〉 〈종이 울리는 새벽〉 〈해녀 뭍에 오르다〉 〈인생차압〉 〈허생전〉 등이 있으며, 이밖에도 많은 시나리오와 방송극이 있다. 저서로 수기 《하나의 증언》이 있다. 그는 작품의 소재를 전통적인 민속과 고전소설에서 많이 가져오고 독특한 표현양식을 구사했다. 〈배뱅이굿〉 〈맹진사댁 경사〉 〈한네의 승천〉 등 3부작은 관혼상제를 소재의 원천으로 한 작품이며, 〈나의 당신〉이나 〈허생전〉 같은 작품은 고전소설의 현대적 재창조라고 볼 수 있는 작품들로, 그의 이러한 작품들은 전통의 현대화라는 측면에서 전범이 되었다. 그의 작품 경향은 한국적인 해학과 풍자로 추악한 것을 극복하고 진실과 아름다움을 추출하는 것이라고 할 수 있다.

〈맹진사댁 경사 孟進士宅慶事〉 오영진의 희곡. 원래는 시나리오 형식으로 1943년 발표되었던 것이 뒤에 2막 5장의 연극으로 고쳐졌다. 한편 이 작품은 〈시집가는 날〉의 제목으로 영화화되었고, 같은 이름의 뮤지컬 드라마로 고쳐지기도 했다. 한국의 연극은 신극 이후부터 현대극에 이르기까지 희극의 풍토를 개척하는 데 소홀해 왔었는데, 오영진이 그 작업을 1940년대 초에 훌륭히 해냈고 한국의 현대희극이 지향할 이정표를 제시했다고 할 수 있다. 한국의 양반사회를 배경으로 가문의식의 허실, 구습결혼제도의 모순, 전통적 계층사회의 비인간성 등을 풍자함으로써 사랑의 참뜻과 인간성의 회복을 강조한 내용을 담고 있다. 그러나 작품의 전체적 기조는 한국적 해학과 웃음에 있으며 한국 신극에서 드물게 보는 정통 희극의 여러 가지 요소를 갖추고 있다. 맹진사댁 규수와 정혼하게 된 김판서댁 아들 미언은 계교를 꾸며 자신을 못생긴 병신이라고 헛소문을 퍼뜨리게 함으로써, 맹진사로 하여금 그의 딸을 피신시키고 대신 종 이뿐이를 신부로 가장시켜 성례시키게 한다는 이야기이다. 이 작품은 등장인물의 성격과 동작의 과장, 대사의 희극적 사용 등으로 '즐거움을 주면서 많이 가르치는' 연극으로도 성공적이었다. 원래 이 작품은 〈배뱅이굿〉 〈한네의 승천〉과 더불어 3부작으로 쓰여진 것으로서 전래의 통과의례인 관혼상제 중 혼례를 소재로 삼은 것이고, 그런 점에서도 작가의 전통문화에 대한 깊은 관심을 엿보이게 한다. 더구나 이것이 처음 쓰여졌던 1943년은 일제시대 말기로서 민족적 요소가 말살된 당시에 오영진이 굳이 이와 같은 전통적 소재에 관심을 두었다는 사실은 중요한 의미를 지닌다. 그러면서도 그가 직설적으로 민족의식을 표시한 것이 아니라 성숙한 희극정신의 바탕 위에서 작품을 육화시켰다는 점 또한 연극사적으로 두드러진 면모라 할 수 있다.

〈살아 있는 이중생 각하 李重生閣下〉 1949년 오영진이 쓴 3막 4장으로 구성된 희곡. 그해 5월 극단 신협에 의해 공연되었다. 이중생이라는 친일파 사업가의 행적을 그린 사회극이다. 그는 일제 강점기에 악질적으로 친일을 해오다 광복 직후의 혼란을 틈타 거부가 된 전형적인 친일사업가이다. 그러다가 사기 · 배임 · 횡령 · 공문서위조 및 탈세혐의로 입건이 되자, 재산몰수를 면하기 위해 그의 고문변호사가 고안해 낸 방법인 가사假死의 계략으로 일단 위기를 넘긴다. 그러나 임시방편으로 사위에게 넘겨 놓은 재산이 몰수 대신에 사회사업용으로 기부되어 버려, 그에게는 몰수나 다름없는 결과가 되었다. 사태가 이렇게 되자 진퇴양난에 빠진 이중생은 결국 자살로써 생을 끝내고 만다. 1949년 당시의 친일파 경제사범을 소재로 했다는 의미에서 시사성이 짙은 사회풍자극으로 성공한 작품이며, 작가 오영진이 평생토록 지니고 있었던 반일反日과 인간의 허욕에 대한 통렬한 고발정신이 담겨 있다. 거기에다 일제에 잡혀갔다 돌아온 아들 하식夏植을 통한 공산주의 침략에 대한 경고도 깔려 있어 반공 · 반일정신 및 반민족적 행위에 대한 작가의 분노가 노출되기 시작한 작품이다. 그리고 뛰어난 희극작가로서의 오영진이 전작 〈맹진사댁 경사〉에서는 민담 〈뱀서방〉에서 그 연극적 모티브를 얻어왔듯이, 여기서는 죽음을 가장하는 모티브를 영남지방의 〈방학중〉 민담에서 얻어왔다는 지적도 있다.

오유권 吳有權 1928~1999 소설가. 전남 나주 출생. 1955년《현대문학》에 단편 〈두 나그네〉와 〈참외〉가 추천되어 등단했다. 주요 작품으로 단편 〈방아골 혁명〉 〈소문〉 〈돌방구네〉 〈농지정리〉 〈가을밤 이야기〉가 있고, 장편 〈황토의 아침〉 〈대지大地의 학대〉 〈여기수女旗手〉 〈과수원집 딸들〉 등이 있다. 작품집으로《방아골 혁명》《여기수》 등이 있으며,《죽을 때까지 이 걸음으로》라는 자서전을 간행하기도 했다. 1999년 노환으로 별세하기까지 주로 농민의 삶을 작품에 담았으며, 270여 편의 작품을 남겼다. 그의 문학적 특성은 소박하고 천진한 농촌적 인간에 대한 신뢰를 바탕으로 그들의 풍속과 인간성, 그리고 농촌에 묻혀 사는 가난하고 학대받는 사람들에 대한 연민과 동정 어린 인정담으로 일관하고 있다. 그러나 그가 취급하는 농촌풍속이나 인물들의 토속성과 그 우매함은, 그것을 처리하는 의도가 철저하게 비도시적이고 비지성적인 세계를 부각시킴으로써 오히려 도시적이며 문명적인 것에 대한 비인간적이고 비정적인 면을 일깨워주었다. 오영수吳永壽의 소설 세계와 일맥상통하는 그의 문학적 특성은 소박하고 천진한 농촌적 인간에 대한 신뢰를 바탕으로 그들의 풍속과 인간성, 급증하는 물질문명의 피해상, 가난하고 학대받는 사람들에 대한 연민으로 일관하고 반문명적 자연주의 · 전원주의의 작가라는 평가를 받았다. 현대문학신인상, 한국일보 문학상, 흙의 문화상 등을 수상했다.

〈방아골 혁명 一革命〉 오유권의 장편소설. 1962년 발표된 작품으로 그의 대표작 중의 하나로 꼽힌다. 방아골은 상촌上村과 하촌下村으로 갈라져 갈등을 일으켜왔다. 상촌은 자작농인 양반들이 살고, 하촌은 도처에서 모여든 상민들이 산다. 두 마을은 서로 원한을 품고 세월을 보내 왔는데 좌익세력의 충동으로 하촌 사람들은 무산계급을 옹호하는 지하운동에 열을 올린다. 경찰은 좌경한 하촌의 보도연맹원을 대량 처형하게 된다. 6 · 25동란이 터져 북괴군이 방아골로 들어오자 미처 피난가지 못한 상촌 사람들은 떼죽음을 당한다. 이윽고 북괴군이 후퇴하고, 피난갔던 상촌 사람들은 경찰과 함께 들어와, 이번에는 하촌 사람들을 전멸시킬 듯 살해한다. 살육과 보복으로 피의 강을 이룬 방아골은 많은 과부와 고아들을 만든다. 마을사람들은 절망과 폐허 속에서 융화融和의 길을 모색한다. 주인 없는 전답에 고아원을 세우기도 하고 상 · 하촌의 과부와 남정네들을 서로 짝지어 주기도 한다. 상 · 하촌의 피를 섞어 구한舊恨을 풀고 비극을 되풀이하지 않기 위한 조처였다. 집단 군중의 운명이 역사 속에서 변화하는 과정이 흥미롭게 전개되고 있다.

오인문 吳仁文 1942~ 소설가. 전남 고흥 출생. 서라벌예대 문예창작과 수료(1962), 중앙대 사회개발대학원 졸업(1977). 1961년 《자유문학》에 단편 〈침묵이 형성되는 과정〉을 발표해 등단했다. 주요 작품으로 단편 〈서다 보다 가다〉 〈유리성〉 〈덫과 소리〉, 중편 〈선 자리에 돌이 되리라〉 〈살얼음 그래프〉, 장편 〈밤에 우는 갈대〉 〈하늘에 걸린 얼굴〉, 연작 〈노기자老記者의 죽음〉 등이 있으며, 창작집 《조련사》 《이브가 선 길목》 등을 간행했다. 작품 경향은 잡힐듯이 가까운 거리에 존재하는 인간의 소박한 소망이 불가항력적인 힘에 의해 제지되어 이루어지지 못한다는 인간조건을 사실적인 기법으로 그려보이는 데 있다. 1985년 한국문학상을 수상했다.

오일도 吳一島 1901~1946 시인. 본명 희병熙秉. 경북 영양 출생. 일본 리쿄대 철학부 졸업(1929). 1925년 《조선문단》에 시 〈한漢가람 백사장에서〉를 발표해 등단했다. 이후 1935년 문예지 《시원》을 창간, 정열적으로 시작 활동과 문예지 발간에 힘을 쏟았다. 이 무렵 이헌구李軒求의 소개로 김광섭金珖燮을 알게 되어 평생의 친우가 되었고, 시 〈노변爐邊의 애가哀歌〉 〈눈이여 어서 내려다오〉 〈창窓을 남으로〉 등을 발표했다. 자신은 시집 한 권 내지 못했으면서 요절한 조지훈趙芝薰의 형 조동진趙東振의 유고 시집 《세림시집世林詩集》을 출간했다. 일제 말기에는 낙향해 〈과정기瓜亭記〉 등의 수필을 쓰면서 칩거했다. 광복 후 상경했으나 정치와 사회의 혼란상에 실망, 주야로 폭음해 간경화증으로 사망했다. 이밖에 남아 있는 작품들에는 〈가을하늘〉 〈코스모스꽃〉 〈지하실의 달〉 〈봄아침〉 〈봄비〉 〈별〉 〈도요새〉 등을 비롯해 다수의 한시 및 한역시들이 있다. 그의 작품은 낭만주의의 기조 위에 애상과 영탄이 교직되고 있는 경향을 보인다. 따라서, 그의 시는 지성으로 감정을 절제하기보다는 오히려 감정의 자유로운 표출에 역점을 두었다. 그리고 거기에 깃든 애상과 영탄은 그로 하여금 어둡고, 그늘지고, 암울한 정서를 주로 노래하게 했다. 그는 작품 활동보다는 순수한 시 전문잡지인 《시원》을 창간해 한국현대시의 발전에 기여했다는 점에서 더 중요한 시사적 의의를 지니는 시인으로 평가되고 있다.

오장환 吳章煥 1918~? 시인. 충북 보은 출생. 휘문고보 중퇴, 일본 유학. 1933년 《조선문학》에 〈목욕간〉을 발표했으며, 1936년 《낭만》 《시인부락》 동인으로 참여하면서 본격적인 작품 활동을 시작했다. 1937년에는 《자오선》 동인으로 참여하기도 했다. 해방 후에는 조선문학가동맹에 가담해 서울시지부 사업부 위원, 문학대중화운동위원회 위원 등으로 활동하다가 1948년 월북, 남로당계로 분류되어 숙청되었다. 시집에 《성벽》 《헌사》 《병든 서울》 《나 사는 곳》 등이 있으며, 1987년 《오장환전집》이 간행되었다. 그의 초기 시는 서자라는 신분적 제약과 도시에서의 타향살이, 그에 따른 감상적인 정서와 관념성이 시적으로 형상화되고 있다. 그리고 1940년대에 들어서면서 초기 시의 경향을 극복하고, 당대 현실을 직시하는 시편들을 발표하기 시작했다. 이러한 경향은 해방 후에는 새로운 조국 건설이라는 시대적 요청과 결합되어 이념적 지향이 분명해진다. 오장환의 시에서 가장 중요한 주제는 고향에 대한 그리움이다. 오장환에게 있어 그리움은, 때로 유교적 전통과 관습을 부정하면서도 도시와 항구의 신문물을 비판적으로 바라보는 비판정신으로 변주되기도 하고, 어떤 때는 고향과 육친에 대한 간절한 그리움 그 자체로 표현되기도 한다. 또한 그것은 해방정국의 격동기에는 사회주의 이데올로기에 바탕을 둔 국가 건설에 대한 지향으로 변모되기도 한다.

오적필화사건 五賊筆禍事件 김지하金芝河의 담시 〈오적五賊〉이 1970년 《사상계》 5월호에 게재된 데 이어 신민당 기관지 《민주전선》 6월 1일자에 전재됨으로써 필자 김지하를 비롯, 발행인 · 편집인 등이 반공법위반 혐의로 구속된 사건. 1970년 6월 2일 새벽 중앙정보부 요원들이 신민당사에 난입, 《민주전선》을 압수해간 데서 발단된 이 사건은 곧이어 여야 쌍방간의 험악한 성명전으로 번졌고, 6월 3일 국회에서는 신민당 의원들이 제출한 〈언론자유 방해에 대한 질문〉을 의사일정으로 상정, 《민주전선》 압수사건에 대한 대정부질의에 나선 신민당 원내총무 정해영鄭海永 의원의 발언 도중 공화당 의원들이 단상에 뛰어올라 신민당 의원들을 집단구타하는 등 여야 의원간의 난투극이 벌어져 신민당의 김응주金應柱 의원이 부상을 당해 입원하는 사태까지 발생했다. 그러나 이 6 · 3난투극 이후에도 대정부질의 포기, 유진산柳珍山 당수의 《민주전선》 사건에 관한 사과발언 등을 요구하는 공화당측의 입장과 대정부질의 강행을 고수하는 신민당측의 입장은 끝내 좁혀지지 않아 73회 임시국회는 5건의 의안밖에 처리하지 못한 채 폐막되었다.

오정희 吳貞姬 1947~ 소설가. 서울 출생. 서라벌예대 문예창작과 졸업. 1968년 《중앙일보》 신춘문예에 단편 〈완구점 여인〉이 당선되어 등단했다. 그의 초기 소설은 고립된 인물의 파괴 충동을 주요 모티브로 다루고 있다. 타인들과 더불어 화해로운 관계를 맺지 못하고 철저히 단절된 삶을 사는 인물들은 그러한 삶을 저주하지만, 여기서 벗어날 수 없으며, 이 억압된 충동이 자신과 타인들을 향한 파괴적인 힘으로 돌출하게 된다. 그러한 충동은 〈안개의 둑〉〈미명〉〈불의 강〉 등에서 육체적 불구와 왜곡된 관능, 불모의 성 등으로 표현되고 있다. 1970년대 중반 이후 오정희의 작품 세계는 격렬한 충동이 완화되고 그 대신 일상의 무의미성에 대한 소설적 탐구가 중심에 놓인다. 대부분 중년 여성들로 설정된 주인공들은 사회적으로 규정된 자신의 일상으로부터 벗어나 보다 본질적이고 진실한 존재의 모습을 찾아내고자 시도하고 있으며, 이는 오정희 소설의 주인공들이 일상적인 삶에 구속되어 있지만 거기에 안주하거나 함몰되어 있지 않음을 암시한다. 이 시기의 작품으로는 〈저녁의 게임〉〈중국인 거리〉〈유년의 뜰〉〈지금은 고요할 때〉〈그림자 밟기〉〈파로호〉 등이 있다. 〈중국인 거리〉와 〈유년의 뜰〉 등의 작품에는 유년기에 체험한 전쟁의 고통과 삶의 상처가 짙은 우울로 남아 있다는 점이 특기할 만하다. 주요 작품으로 〈관계〉〈불의 강〉〈별사別辭〉〈저녁의 게임〉〈중국인 거리〉〈바람의 넋〉〈동경〉 등이 있으며, 창작집으로《불의 강》《유년의 뜰》《동경》《바람의 넋》《불꽃놀이》 등을 간행했다. 1979년 〈저녁의 게임〉으로 이상문학상을, 1982년 〈동경〉으로 동인문학상을, 1996년 〈구부러진 길 저쪽〉으로 오영수문학상을, 같은 해 〈불꽃놀이〉로 동서문학상을 수상했다.

〈저녁의 게임〉 오정희의 단편소설. 1979년 《문학사상》 1월호에 발표되었다. 이 소설은 의식의 흐름을 따라 진행되는 심리묘사가 일품이다. 현대의 소설이 대개 그렇듯이 이 소설의 경우도 유별난 줄거리랄 것은 없다. 소설의 서술자로서 나이든 독신녀인 '나'는 아버지와 둘이 살고 있다. 그밖의 사정은 전혀 드러나 있지 않다. 저녁을 짓고 아버지와 식사를 하고 화투를 치는 순으로 상황은 전개된다. 그에 따라 전개되는 여자의 의식의 흐름이 심리묘사를 통해 생생하게 살아 있다. 그 심리묘사를 통해서 표면에는 드러나지 않는 아버지와의 갈등, 정신병을 앓다가 죽은 어머니, 가출한 오빠에 대한 기억들이 펼쳐지는 것이다. 저녁 시간을 보내는 부녀의 풍경을 환상적인 기법으로 연출하고 있다.

〈유년의 뜰 幼年—〉 오정희의 중편소설. 1980년 《문학사상》에 발표되었다. 노랑눈으로 불리우는 '나'에 의해 관찰된 한 가족의 1년간의 삶이 서정적으로 펼쳐진다. 이 소설에는 6 · 25를 배경으로 가난에 시달리는 일가의 비참하고 비극적인 이야기가 전개되고 있다. 그러나 그것은 또한 신비롭고 서정적이다. 어린아이인 노랑눈의 시선으로 포착된 것이며, 따라서 비극적 현실의 구체적인 모습들이 그러한 시선에 의해 일단의 여과를 거쳐 표현되고 있기 때문이다. 그러므로 구체적으로 드러난다면 매우 추악할 수도 있는 현실의 모습들이 단편적이고 삽화적인 형태로 완화되어 있다. 여름에서 이듬해 봄에 이르는 계절의 추이와 그에 결부되어 있는 생활의 세부들에 대한 묘사 역시 서정적인 아름다움을 가지고 있다. 그것은 단연 작가가 가지고 있는 세심한 관찰력과 묘사력의 소산이다. 그리고 이러한 요소들은 어린아이의 눈에 비친 바깥 세상의 모습이 그러하듯이 신비한 이미지에 의해 통일성을 얻는다. 이를테면 주인집 외눈박이 목수에 의해 갇혀 있는 젊은 딸, 부네의 삽화를 예시할 수 있다. 자물쇠가 달려 있는 부네의 방은 어린아이가 세계에 대해 느끼는 비밀스러움과 신비함의 핵심에 놓여 있는 것이다.

오지에서 奧地— → 성춘복成春福

오찬식 吳贊植 1938~ 소설가. 호 정산正山. 전북 남원 출생. 서라벌예대 문예창작과 수료(1960). 1959년 《자유문학》 4월호와 7월호에 단편 〈뜨거운 것〉과 〈전야〉가 추천되어 등단했다. 데뷔 후 신문사와 잡지사 · 출판사를 전전하면서 꾸준히 작품 활동을 했다. 또한 한국소설가협회 사무국장과 한국예총 기획부장을 역임하면서 작가들 권익옹호에 발벗고 나서서, 한국방송공사와 문화방송 등 양사간의 표절사건이며 원작료 인상을 위해서는 선진국처럼 저작권협회의 필요성을 인지, 저작권 전문가인 서울대 황적인 교수와 한국예술저작권협회 창설에 동참하기도 했다. 단편집으로 《열매 익는 소리》《맥》 등이 있고, 중편집으로는 《창부타령》《모꼬지》《탈춤》《무꾸리》 등이 있다. 장편 〈잃어버린 날들〉〈마뜰〉〈도깨비 놀음〉〈지리산 빨치산〉〈지리산 그림자에 담긴 내 그림자 하나〉〈여울목〉〈조의 선인〉〈소설 진시황〉, 콩트집 《먹고살기 바쁜 세상》《꿩 먹고 알 먹고》 등이 간행되었으며, 평역으로 《서유기》 5권과 《금병매》 7권이 있다. 1980년대까지 서민생활의 진실성을 묘사해 사회의 각종 부조리를 고발하는 경향의 작품을 써오다가, 이후 인간들의 강인한 집념이 만들어낸 정보화 산업사회에서 무시된 전통문화를 일깨워 신세대들에게 민족혼을 부각시키는 데에 근간을 둔 소재를 주로 다루고 있다. 1981년 제1회 한 · 중작가문학상 및 한국소설문학상, 1985년 제4회 한국평론가협회상, 1994년 제28회 월탄문학상을 수상했다.

오창익 吳蒼翼 1935~ 소설가 · 수필가. 평양 출생. 중앙대 대학원에서 문학박사 학위 취득(1985). 1965년 《조선일보》 신춘문예에 소설 〈소각자燒却者〉가 당선되어 문단에 데뷔한 데 이어 1977년 《한국일보》 신춘문예에 수필 〈해바라기〉가 당선되었다. 주요 작품으로는 〈해바라기〉〈북창北窓〉〈해당화〉 등이 있고, 수필집 《첫번째 실수》《해바라기 담에 피다》《북창》 등이 있다. 그는 문예수필의 생명적 요소인 제재의 자기화, 문장의 의미화, 주제의 상징화에 역점을 두고 있으며, 주로 운명애, 현실극복, 진한 고향의식 등을 주제로 하고 있다. 에세이작품상 및 한국수필문학상 등을 수상했다.

오탁번 吳鐸藩 1943~ 시인 · 소설가. 충북 제천 출생. 고려대 영문과 및 동 대학원 국문과 졸업(1971). 1966년 《동아일보》 신춘문예에 동화 〈철이의 아버지〉, 1967년 《중앙일보》 신춘문예에 시 〈순은純銀이 빛나는 이 아침에〉, 1969년 《대한일보》 신춘문예에 소설 〈처형處刑의 땅〉 등이 차례로 당선되어 등단했다. 《현대시》 동인으로 활동했으며 첫 시집 《아침의 예언》에서는 빛나는 감수성을 엿볼 수 있다. 이후 소설에 주력해 현대인의 심리적 갈등을 정교하고 신선하게 묘사했다. 주요 작품에 단편 〈선船〉〈굴뚝과 천장〉〈작은 바닷새〉〈달맞이꽃〉, 중편 〈혼례〉〈목마와 숙녀〉〈새와 십자가〉 등이 있으며, 창작집으로 《처형의 땅》《새와 십자가》《절망과 기교》 등과, 시집으로 《너무 많은 가운데 하나》가 있다.

오태석 吳泰錫 1940~ 극작가. 충남 서천 출생. 연세대 철학과 졸업(1963). 1967년 《조선일보》 신춘문예에 희곡 〈웨딩드레스〉가 당선되어 등단했다. 그후 국립극장 장막 희곡 모집에 〈환절기〉가 당

선. 주요 작품으로 〈환절기〉〈종〉〈물보라〉〈쇠뚝이 놀이〉〈약장수〉〈이식수술〉〈유다여 닭이 울기 전에〉〈사육〉〈초분〉〈태〉〈춘풍의 처〉〈롤러스케이트를 타는 오뚜기〉 등이 있으며, 희곡집으로 《초분》《아프리카》와 《오태석전집》이 있다. 특유의 요설과 상상력으로 창작과 연출을 병행하고 있는 그는 창작에 있어서는 리얼리즘 기법과 민속극적 기법, 부조리적 방법을 즐겨 쓴다. 현대인의 정신구조를 해부해 곧잘 무대에 등장시키는데, 이런 경우 인물을 묘사할 때 무기력하고 피동적인 인물로 만들어지기 쉬우나, 그의 인물은 도리어 동적이며 저항적이라는 점이 특징이라 할 수 있다. 한국일보 연극부문신인상, 서울문화대상작품상 · 창작상 · 본상, 서울연극제 대상, 동아연극상 대상 등을 수상했다.

〈초분 草墳〉 오태석의 희곡. 1973년 동아연극상에서 대상을 받은 극단 레퍼터리의 기념공연작이다. 이 작품은 최근까지 남해안 섬에만 남아 있었던 가매장 습속이라 할 초분이라는 장례의식에 소재의 원천을 두고 있는 것이 특징이라 볼 수 있다. 또한, 우리 나라 현대문예사에서 유행하고 있는 전통의 현대적 수용을 희곡에서 실천한 하나의 작품이기도 하다. 실제로 있었던 선장 살인사건을 부조리극 형식으로 형상화한 이 작품은 당시 연극계에 커다란 파문을 던진 바 있다. 이 작품의 또 하나의 특징은 작품의 특이성 이외에 연출의 묘를 크게 살려 예술적 완성을 위해 노력한 데 있다. 일종의 입체적 추상화 같은 인상, 대상의 음악성과 묘사음, 동음어의 청각적 효과와 코러스적 무대효과 등이 시도되었다. 극의 내용은 바다에서 죽은 사람의 혼백을 초분에 간직하는 어떤 섬의 풍습을 바탕으로 선장 살인사건의 용의자이자 주인공인 '소자'의 자유를 획득하고자 하는 몸부림과 사건의 진상규명 과정을 동시에 그린 것으로 운명의 그물을 벗어나려는 인간의 욕구를 상징적으로 표현하고 있다. 자유와 소박의 갈등을 제의극祭儀劇 형태로 쓴 작품으로서 오태석 특유의 초논리적인 요설과 상징의 언어로 구성된 부조리극이라 할 수 있다.

오학영 吳學榮 1937~1988 소설가 · 극작가. 서울 출생. 동국대 국문과 졸업. 1958년 《현대문학》에 희곡 〈생명은 합창처럼〉이 추천됨으로써 등단했다. 그는 전쟁이 인간의 의식구조에 미친 가혹한 정신적 상처를 예리하게 묘파해 나간 대표적인 전후세대 극작가로 평가받고 있다. 1950년대 신인극작가들이 대부분 사실주의 무대기법으로 전후 현실세태를 다각도로 드러낸 데 비해, 오학영은 희곡의 대상을 실존적 의식 차원으로 접근해 표현했다는 점이 독특하다. 희곡 작품으로는 〈닭의 의미〉〈꽃과 십자가〉〈항의〉〈심연의 다리〉〈젊은 하늘 아래〉〈묘한 장난을 끝내라〉〈시인의 혼〉〈악인의 집〉〈우리 모두의 꿈〉〈유다의 음성〉〈시인이여 독배를 들라〉 등이 있고 희곡집으로는 《꽃과 십자가》가 있다. 그는 1963년 《현대문학》에 단편소설 〈염소〉를 발표하면서 소설 창작에도 관심을 기울여 《침묵의 소리》《바람으로 떠난 여자》 등의 소설집을 간행하기도 했다. 1960년 현대문학신인상, 1981년 대한민국문학상을 수상했다.

완구상 玩具商 → 이주홍李周洪

왕십리 往十里 → 조해일趙海一

외연 外延 사전에 정의된 대로의 말의 일반적 의미를 말한다. 내연에 대립되는 개념이다. 외연적 의미는 일반적으로 객관적 설명이나 논술(과학 또는 철학 논문)에 쓰이고, 내연적 의미는 독자의 지적 이해 이외에 감각적 내지 정서적 반응을 불러일으키는 글, 즉 문학 · 웅변 · 광고 등에 쓰인다.

외인촌 外人村 → 김광균金光均

요한시집 一詩集 → 장용학張龍鶴

우리들의 일그러진 영웅 一英雄 → 이문열李文烈

우상의 눈물 偶像一 → 전상국全商國

우울한 귀향 憂鬱一歸鄕 → 이동하李東河

우화 寓話 우언寓言으로 된 짤막한 이야기를 총칭하는 개념. 작가의 주관적인 사상이나 지식을 동물이나 인간이나 신, 혹은 무생물을 통해 표현 · 전달하려는 이야기를 말한다. 우화 가운데는 동물만이 등장하는 것, 인간과 동물이 함께 등장하는 것, 사물들만이 등장하는 것 등 여러 가지가 있으나, 동물만을 주인공으로 한 우화가 가장 보편적이다. 우화는 인간사회의 한 단면을 극적으로 제시해 하나의 교훈적 주제를 표출하며, 일상적 인간이 가진 그릇된 본성이나 생각, 즉 부조리나 환상을 아이러니의 구조에 의해 예시 · 비판하는 경우가 대부분이다. 따라서 풍자적이거나 격언적인 것이 많다. 또한 우화 속의 허구적 인물과 사건은 현실적인 인간세계의 그것과 보편적인 대응관계를 맺고 있어서 우화의 등장인물은 보편적인 인간유형의 전형성을 보이기 마련이다. 우화의 기원은 고대 인도의 우화집인 《판차탄트라》나 아라비아에서 비롯되었다고 하며, 우리 나라의 경우 신라시대의 〈구토지설龜兎之說〉 등은 하나의 훌륭한 고대 우화라고 하겠다.

우화소설 寓話小說 소설작품의 구성에 우화가 중심적인 기능을 하거나 또는 소설 전체의 구성이 우화적으로 되어 있을 때, 그러한 작품을 총칭하는 개념. 즉, 우화가 소설형태로 발전한 것이거나 또는 그와 유사한 형태적 특성을 가진 작품들을 총괄해서 붙인 명칭이다. 따라서 우화소설에는 우화의 본질과 속성이 그대로 드러난다. 예컨대 작품의 구조원리가 극적인 아이러니로 나타난다든지, 등장인물이 보편적인 인간유형의 전형을 보인다든지, 주제가 교훈적 · 격언적 · 속담적이라든지, 작품성격이 풍자적이라든지 등이다. 구소설 가운데 〈토끼전〉 〈장끼전〉 〈두껍전〉 〈서동지전鼠同知傳〉 등은 우화소설의 대표적인 작품이다.

운문 韻文 산문散文과 구별해 음문音文의 규칙적 반복의 형태를 취해 작자의 정의情意를 표현하는 문학적 문채文彩의 형식. 원래 문장은 그 정열이 고조되면 절로 리드미컬해지는 경향이 있는데, 그것은 사물이 지니는 음악성에서 오는 것이며 운문은 특히 언어의 운율을 활용해서 그 효과를 낸다. 특히 정형시와 자유시는 그것이 시가 되기 위해서는 운율을 갖추는 것이 불가결하다. 운은 등모운等母韻 · 두운頭韻 · 각운脚韻 등으로 구별하고, 특히 협의로는 각운만을 가리킨다. 즉, 시구와의 종단終端에 음성상 특정의 유사점이 있어 그것이 시의 율동 전체를 구분하면서 상호의 연락을 강화하고, 쾌감을 일으킴으로써 시의 형식적 효과를 내는 것이다. 물론 이러한 운문은 시의 형식으로 나타나지만 가령 〈춘향전〉과 같은, 읽어서 청중이 감응을 일으키게 규칙적으로 글자의 자수가 맞추어진 소설도 일종의 운문 형식이라 할 수 있고, 또 현대의 자유시 같은 내재율의 문장이나 또는 완전한 산문 형식 같은 산문시도 있어서 운문의 내용은 그 해석이 매우 복잡해진다. 그래서 자유시, 산문시 등에서 사용하는 운문체가 아니면서도 내재율이 있는 듯한 현대적 문장을 20세기에 새로 발생한 제3의 문장 형식, 즉 연상률聯

想律의 문장이라고 부르게 되었고, 이 형태는 '의식의 흐름' 기법과 같이 소설에서도 사용된다.

운수 좋은 날 運數— → 현진건玄鎭健

운현궁의 봄 雲峴宮— → 김동인金東仁

움직이는 성 —城 → 황순원黃順元

웃음소리 → 최인훈崔仁勳

원미동 시인 遠美洞詩人 → 양귀자梁貴子

원영동 元永東 1930~ 시인. 호 이산耳山. 강원도 원성 출생. 1960년 《자유문학》에 〈꽃밭〉〈과원果園〉〈호수〉가 추천을 받아 등단했다. 고교 교감·교장 등을 역임했으며, 《시단》 동인으로 활동했다. 시집에 《흰 돌의 초상》과 《역사기행》 등이 있으며, 한국문인협회 감사, 펜클럽 편집위원, 한국신문예협회 부회장, 한국자유시인협회 부회장, 한국현대시인협회 심의의장 등을 역임했다. 가족단위의 윤리 재인식에서 인생의 가치를 추구하는 인성의 자연적인 성정이 그의 시에 기조가 되고 있으며, 미래지향적인 생활과 인생의 서정적인 모티브가 시적 주류를 이룬다는 평가를 받는다. 1963년 제3회 강원문화상, 1981년 제4회 현대시인협회상 등을 수상했다.

원종성 元種盛 1937~ 수필가. 본명 종목. 강원도 횡성 출생. 연세대 경제학과(1961) 및 동 대학원 경영대학원 수료(1963), 행정대학원 언론홍보 석사취득(1993). 1969년 첫 수필집 《1234569》를 상재해 등단했다. 그 이후 〈빛은 빛으로 남아〉〈엉뚱한 추억의 나래〉〈나무들의 속삭임〉〈영원이 오는 자리〉〈향 싼 종이에선 향내 나고, 생선 싼 종이에선 비린내 난다〉 등을 발표하면서 왕성한 문학활동을 전개하고 있다. 한국수필가협회 부이사장, 한국문인협회 수필분과위원장 등을 역임했으며, 현재 동양엘리베이터 및 동양중공업 회장, 《월간에세이》 발행인 겸 주간, 재단법인 원장문화재단 이사장으로 활동하고 있다. 수필집으로 《1234569》《빛은 빛으로 남아》《나무들의 속삭임》《영원이 머무는 자리》《향 싼 종이에서 향내 나고, 생선 싼 종이에서 비린내 난다》(1·2) 등이 있으며, 역·저서로는 《토스카니니》《여자고교생》《빛과 어둠 속의 나이팅게일》 등이 있다. 그는 역사와 현실에 입각한 사상과 냉철한 시선으로 무심코 지나칠 수 없는 삶의 애환을 표현하고자 한다. 추상적인 이상추구보다는 시공을 넘나드는 확고한 인식을 기반으로 각박한 시대를 살고 있는 현대인에게 '울림의 미학'의 정수를 보여주고 있다는 평가를 받는다. 1983년 한국수필문학상, 1987년 국제펜문학상 및 공보처장관상을 수상했다.

원형 原型 여러 복사複寫가 발생되는 원본의 형태 또는 어떤 유형의 것들 전체가 공유하는 본질적 특징의 표시라고 믿어지는 그 생각. 시에 있어서의 원형은 기교적이며, 독특하고 특수하다기보다는 원시적(본원적)이며 일반적이고, 보편적인 어떤 본질적 특징을 가지는 생각이나 성격, 행위, 대상, 관례, 사건 또는 배경 등의 그 어느 하나가 된다. 이같은 일반성과 보편성이란 가령 어떤 형태의 전설과 설화를 시공적 견지에서 보아, 그 변형이나 유사성이 있다는 것을 발견할 때만이 가능하며, 또는 더욱 광의로는 문학작품의 외부 즉, 신화·꿈·의식 등에서 시작품 속의 것들과의 비교물을 찾을 때 유사성이 존재할 경우에 가능한 것이다. 셰익스피어의 〈햄릿〉을 예로, 우리는 그 희곡과 여러 다른 희곡들과의 비교에서 일종의 '복수하는 극'이라는 공통적이고 일반적이며 보편적인 유사성을 발견한다. 이러한 '복수'

의 형태는 이 희곡의 일차적 원형이라 할 수 있다. 또한 이 작품을 신화 · 전설 · 설화 및 인류학적이고 심리학적인 문학의 견지에서 비추어 볼 때, 햄릿의 아버지의 원수를 갚는 행동을 질질 끄는 데서 일종의 오이디푸스적 인간본성의 근원성, 즉 원형을 추구해 낼 수 있는 것이다. 이 경우 인류의 종족적 무의식 세계, 시詩가 의식적인 근원에서 시작했다는 인류학적 태도, 문화의 분포, 또는 기타 모든 것들에 비추어 볼 때 인류에게 원시시대부터 반복되는 일종의 행위 패턴 내지 의미의 패턴으로서의 그 같은 해설적 가설이 추출되는 것이다. 시에서 원형 또는 원형적이라고 할 때는 근본적이고 일반적이며 보편적 패턴인 탄생 · 성년 · 사랑 · 죄 · 속죄 · 죽음 등이 모두 그 대상이 되는 것이며, 또 이성과 상상력, 자유의지와 운명, 외모와 실재, 개인과 사회 사이의 갈등 의식 같은 것들도 역시 원형 패턴의 대상적 주제가 된다. 물론 부모와 자식 사이의 팽팽한 대립적 긴장, 형제간의 경쟁의식, 혈족 상간적인 욕정 문제, 생전에 만나지 못한 아버지를 찾아 헤매는 인간 본성, 남녀 관계의 애증 병존 감정, 평생 처음으로 도시에 온 시골 청년의 보편적 심리상태 등도 원형적 조건이며, 그리고 허풍을 떠는 인간, 꼭두각시, 영웅, 귀신, 반역자, 유랑자, 남성을 홀린 악녀, 점쟁이, 마법을 쓰는 여자, 처녀 등은 인류의 어느 종족에서도 공통적으로 나타나는 원형적 성격을 갖는다고 할 수 있다. 또한 사슴 · 개 등의 짐승이나 자연현상 혹은 그 배경들도 모두 원형적인 이미지를 만들어주는 자료이다. 이상과 같은 요소들 중에서 그 어느 것이든, 그것이 단독 또는 결합되어 시 속에서 일반적 · 보편적 특징을 나타낼 때 그것을 원형적 패턴이라고 부르는 것이다.

원형갑 元亨甲 1929~ 평론가. 충남 서천 출생. 원광대 국문과 졸업. 1958년 평론 〈앙가즈망과 문학의 신비적 체험〉 〈표상성表象性과 전통의 문제〉 등으로 《현대문학》에 추천을 받아 등단했다. 당시 사르트르의 현실참여 및 문학사상 논쟁이 한창일 때, 그의 반反앙가주망론은 문단에 일련의 물의를 일으켰다. 이후 〈실존과 문학의 형이상학〉 〈해석비평의 길〉 〈현대미학의 과제〉 〈서정주론徐廷柱論〉 등의 장편 논문을 통해 비평문학의 미학적 기초와 방향을 제시했다. 문학과 현상학, 또는 존재론의 관계가 전혀 이어진 일이 없는 우리 문학사에 있어서 특이한 영역을 구축했으며, 상황의 문제에도 각별한 관심을 가지고 하이데거의 존재론적 입장에서 실존주의 문학에 대해 대담한 해부와 공격을 했다. 문학을 분석주의적으로 내모는 일이라든지 어떤 사회적 · 철학적 주의나 주장으로 환원시키는 것을 극력 반대, 문학 그 자체를 문학 본래의 의미에서 이해하려는 입장을 견지했다. 1968년 정치 · 경제 · 문화 · 사회에 있어서의 한국의 미래학未來學을 제시한 《햇살 솟는 산하山河》를 간행해 크게 주목을 끌었으며, 이후 《문학과 실존의 언어》 《현대미학의 과제》 《서정주의 세계성》 등의 평론집을 발간했다. 미학의 문제는 비평작업을 본령으로 삼는 평론가들에게 있어 중요한 과제인데, 그는 현대미학의 과제를 다루는 데 있어 복고적 취향과 현실적 인식의 여러 패턴을 적절히 조화시키려는 의도적 노력을 기울였다. 립프스의 감정이입론에서 현상학파의 미학 사상에 이르는 변천을 통해 미와 존재의 관계를 추구, 특히 상상력의 문제에 중점을 두고 직관세계의 특이성을 고찰하는 데 노력한 논문

〈현대미학의 과제〉는 특히 주목할 만하다. 여러 논문에서 살필 수 있듯이, 다분히 존재론적 문학이론의 체계화에 심취해 있다고 볼 수 있다. 그러한 그의 문학적 당위와 포즈는 언어 미학을 다루는 진지성과 함께, 하이데거의 존재론적 철학의 영향을 크게 받았다고 할 수 있을 것이다. 현대문학상, 한국문학상, 대한민국예술상 등을 수상했다.

원형비평 原型批評 꿈 · 신화 · 의식 등 원시적 형태 속에 일반적 · 보편적으로 존재하는 생각 · 성격 · 행위 · 대상 · 관례 · 사건 또는 배경 등을 인류의 원형적 패턴으로 보고 그것들을 문학 작품 내에서 통시적으로 찾아내고자 하는 비평의 태도. 그래서 이 원형비평을 토템적 비평, 신화적 비평, 의식적 비평이라고도 부른다. 인간에게는 아득한 전사적前史的 원시시대부터 인류의 조상이 경험한 것들이 인간 본성에 무의식적으로 또는 유전인자로서 존재되어 있어, 그것들이 아주 불가사의한 힘으로 극적이며 보편적인 반응을 일으키는데, 그것들을 문학작품의 어떤 형태 속에서 찾아 보려는 것이 바로 원형비평 내지 신화비평이라 할 수 있다. 여기에는 주로 신화학적 비평과 심리학적 비평이 큰 구실을 한다. 왜냐하면 그 양자는 인간 행위의 밑받침이 되는 동기의 추구에 관여되고 있기 때문이다. 즉, 심리학은 실험적이며 진단적인 것으로 생물학과 연관되고, 신화학은 사색적 · 철학적이며 종교학, 인류학, 문화사적인 것들과 연관됨으로 인간 행위의 동기를 추구해내는 근본적 학문들이라 할 수 있다. 그러므로 양자는 원형비평의 근본 수단이 된다. 여기에는 J. G. 프레이저와 C. G. 융의 저서가 커다란 영향을 미쳤다.

원형의 전설 圓形—傳說 → 장용학張龍鶴

월간문학 月刊文學 1968년 10월에 창간된 문예잡지. 한국문인협회 발행. 창간 당시는 주간 김동리金東里, 편집장 김상일金相一이었다. 창간사에서 한국의 전체 문인들에게 작품 발표의 기회를 마련해 주고자 하는 것이 잡지발행의 직접적인 동기라고 밝혔다. 시 · 소설 · 시조 · 희곡 · 평론 · 수필 · 해외 작품의 번역 소개 등 현대문학의 전분야와 각종 고전의 신역新譯및 연구논문 등을 두루 다루고 있으며, 특히 각 분야별 신인발굴에도 많은 지면을 할애했다. 그밖에 문학 일반에 관한 소식이나 문인들의 동정에 대해서도 고루 취급하고 있다. 3대문학상으로 한국문학상 · 윤동주문학상 · 동포문학상을 제정, 시행하고 있다.

월남전후 越南前後 → 임옥인林玉仁

유경환 劉庚煥 1936~ 시인 · 아동문학가. 호 솔내. 황해도 장연 출생. 연세대 정외과 졸업(1960). 연세대 대학원 언론학박사학위 취득(1989). 1957년 《조선일보》 신춘문예에 〈아이와 우체통〉이 당선되고, 같은 해 《현대문학》에 시 〈바다가 내게 묻는 말〉 〈석화石花〉 〈혈화산血火山〉 등이 추천되어 등단했다. 《조선일보》 문화부장 및 논설위원, 《문화일보》 논설위원실장 등을 역임했고, 미국 하와이대 대학원에서 수학, 미국 미시간대 플브라잇 교환교수로 일했다. 주요 작품으로 〈산山노을〉 〈싸리꽃〉 〈산다는 것〉 〈들풀 이름 뉘 기억해주랴〉 〈두손〉 〈목숨 별〉 〈나의 아리랑〉 〈산 나들이〉 등이 있다. 시집으로 《감정지도感情地圖》 《산노을》 《고전의 눈밭에서》 《이 작은 나의 새는》 《누군가는 땅을 일구고》 《혼자 선 나

무》《겨울 오솔길》 등 11권과, 동시집《꽃사슴》《나도 그랬었다》 등 25권이 있다. 이외에도 정규남丁奎南 · 김종원金鍾元과 더불어 만든 3인 공저시집《생명生命의 장章》과 동화집《다섯 개의 창이 있는 집》 등 12권, 수필집《나무호미》 등 7권이 있다. 추천 당시 반주지주의를 표방하기도 한 그의 시는 결이 곱고 그만큼 단단한 수질樹質을 연상케 하며, 기성의 방법이나 유행적인 추세를 일절 물리친 곳에서 출발하고 있다. 대상에 접근하는 눈은 끝없이 섬세하며, 역사나 현실을 수용하는 의식태도에서는 비할 데 없이 강인한 결을 내포하고 있다. 시와 동시의 구분을 해체하는 운동으로 서정을 중시하는 시작을 지속하고 있으며, 서정이 메마른 주지주의는 문학의 향기까지 말리고 있다고 주장하기도 했다. 1971년 시 〈겨울 저녁 바다〉 외 3편으로 현대문학신인상을 수상했으며, 이후 소천문학상, 대한민국문학상 등을 수상했다.

〈어머니〉 유경환의 시. 1972년《현대시학》에 발표되고, 시집《산노을》에 수록되었다. 그의 다른 시에서와 마찬가지로 이 작품에서도 부드럽고 섬세한 표현들이 빈틈없이 단단한 짜임새를 이루고 있다. 절실하면서도 추상적이며 감정의 테두리 안에서만 맴돌 수밖에 없는 주제를 감정을 극도로 억제하고 관념을 철저히 해체시켜, 구상적이며 감각적인 매재媒材를 활용, 더욱 살아 있는 실감으로 바꾸어 놓는 데 성공한 작품이다.

유근조 柳謹助 1941~ 시인. 호 이경裡耕. 전북 익산 출생. 공주사범대 국문과 및 충남대 · 단국대 대학원 졸업. 대학 졸업 후《남풍》《시혼》 등의 동인으로 활동, 현재 중앙대 국문과 교수로 재직 중이다. 1966년《문학춘추》 신춘문예에 시 〈나무〉가 당선되어 등단했으며, 1968년 처녀시집《나무와 기도》를 간행했다. 이후 시집《환상집》《목숨의 잔》《입》《날쌘 봄을 목격하다》 등과 평론집《한국 현대시의 구조》를 간행했다. 1999년 발간한《한국 현대시의 은유구조》는 한국시문학사상 주요 시인들의 작품 밑바닥을 이루고 있는 상상력과 은유의 구조를 살핀 평론집이다. 특히 시인의 체험이 상상력을 유발시켜 시적 은유에 결정적인 영향을 미친다는 사실을 주의 깊게 살피고 있다. 그의 작품들은 자기 자신의 내면과 주변의 삶을 평이한 언어로 차분하게 노래하는 특징을 보인다. 기교에 의지하기보다는 진솔한 언어를 직설적으로 제시하는, 솔직하고 겸허한 어법에 의해 시의 생명력을 확보하고 있다.

유년의 뜰 幼年— → 오정희吳貞姬

유머 humor 미적 범주의 하나로서, 골계의 복잡화한 한 형식. 해학이라는 용어로도 쓰인다. 즉, 골계와 마찬가지로 그 조건은 일종의 모순에 의한 대조 감정에 있으나, 해학에 있어서의 모순은 객관적으로 대조를 이루는 것이 아니라 보다 높은 관조에 의해서 주관적으로 특수한 대조를 일으키는 것이 그 특색이다. 따라서 이 모순의 불쾌감을 정복하고 상쇄하는 것은 객관적 골계의 경우엔 대조 그 자체의 형식적 관계에 의한 쾌감이지만, 해학에 있어서는 도리어 대조의 한 부분에 두는 우월한 가치 자체에 의거하는 쾌감이다. 유머를 해학 이외에 '유정골계有情滑稽'라고도 번역하는데, 이는 기지처럼 현실의 개개의 사실을 포착하는 것이 아니라 포괄적 관찰로서 세계 및 인생의 다양한 현상에 개입한다. 또 풍자와 같이 대상에 대립해 그 결함과 비리를 찍어내어 공격하려는 것이 아니라 불합리나 모순을 드러내기는 하되, 한층 넓고 깊게 통찰해 동정적으로 감싸주기 때문이다.

유미주의 唯美主義 19세기 후반 프랑스와 영국에서 한때 유행한 사조로서 예술은 그 스스로를 위해 있는 것이므로 도덕적, 정치적, 기타 비예술적 표준에 의해 판단될 수 없다는 것이 근본 입장이었다. 이 사상의 철학적 배경은 18세기 말~19세기 초의 독일 관념론이라고 할 수 있다. 이 사상을 극단적으로 받아들인 사람들은 예술이 현실생활을 멀리하면 할수록 더 순수하고 아름다워지는 것으로 보았다. 유미주의는 예술의 존엄성을 신봉하는 엄숙한 문학예술가들을 한쪽에 포용하기도 했으나 보다 일반적으로는 퇴폐적 양상을 띤 것으로 알려져 있다. 그런 까닭에 좁은 의미의 유미주의는 주로 퇴폐주의와 동의어로 이해되기까지 한다. 프랑스의 급진적 유미주의자들은 로마와 그리스의 쇠퇴기의 문화가 융성기의 문화보다 오히려 기이한 향기와 미가 있다고 했다. 19세기 후반의 유럽문화도 그처럼 쇠퇴, 퇴폐의 향기와 미가 있으므로 동질성을 느낀다는 것이었다. 따라서 퇴폐주의자들은 기발한 인공성, 자연의 흔적을 찾아볼 수 없도록 일그러뜨린 기괴미, 인간의 자연적 윤리, 풍습에 위배되는 난잡한 생활방식과 성윤리를 추구했다. 유미주의의 이 퇴폐적 경향은 19세기의 마지막 20여 년 동안에 절정에 달했다. 유미주의는 한때의 병적인 문학적 유행으로서 지금은 대개 수치의 시대로 보아넘기고 있지만 문예사회학적 입장에서 객관적으로 고찰해 보면 그것은 어느 시대에나 있을 수 있는 전위파 예술의 일단임이 밝혀진다. 그것은 초기 낭만주의의 혁명적 낙관주의가 중산계급의 발흥과 산업주의의 확산에 의해 크게 위축당했을 때 하나의 반항운동으로 생긴 것이었다. 예술가와 예술을 애호하는 사람들은 이미 미미한 소수에 지나지 않았으며, 다수의 중산층은 과학에 의한 산업발전을 종교로 믿고 현실 속에서 건강하게 살고 있었다. 이들에 대한 반항의 방법으로 퇴폐적 유미주의자들이 현실, 과학, 산업, 발전, 정상적 사회생활 일체를 적대시했다는 것은 자연스럽다. 대국적 견지에서 볼 때 칸트, 쇼펜하우어, 셸링 등의 예술의 자율성에 대한 신념은 괴테와 영국비평가 코울릿지의 예술의 유기적 형식론, 보들레르, 플로베르, 말라르메의 예술에 대한 절대적 헌신, 특히 플로베르와 모파상 등의 사실주의적 기법의 세련화, 보들레르에서 발레리에 이어지는 상징주의, 상징주의와 관련을 맺고 있는 여러 갈래의 모더니즘 등과 밀접한 관계가 있다.

유민영 柳敏榮 1937~ 평론가. 경기도 용인 출생. 서울대 국어교육과 및 동 대학원 국문과 졸업. 독일 비엔나 대학원 연극학과에서 수학했고, 한양대 교수를 역임한 뒤 현재 단국대 국문과 교수로 재직 중이다. 1970년대 이후 꾸준히 한국연극과 희곡문학을 연구해 온 대표적인 극문학연구자라고 할 수 있는 그는, 국문학적인 시각에서 연극비평의 방법을 정립시킨 선구자로서의 의의를 지니며 한국현대연극의 역사적 위상과 문맥의 파악에 많은 노력을 기울였다. 실증적인 작업과 함께 살아 움직이는 연극사로서의 역사적 기술에 많은 관심을 가져, 신문 · 잡지 등의 기록뿐 아니라 각종 대담과 인터뷰를 통해 총체적인 연극사의 파악에 주력했다. 이러한 작업의 결과로 그는 한국 최초의 희곡사인《한국현대희곡사》와 연극사를 연극운동의 관점에서 서술한《우리시대 연극운동사》를 저술했으며, 실증적인 작업의 결실로 《개화기연극사회사》《한국극장사》 등을 저술했다. 이밖에도 한국연극사와 공연 현장에 대한 관심을 체계화한 연극평론집으로 《한국연극의 미학》《전통극과 현대극》《한국연극의 위상》 등이 있다. 제1회 일석 학술상, 제3회 서울문화예술평론상, 제14회 동랑연극상 등을 수상했다.

유상덕 柳相德 1940~ 시조시인 · 아동문학가. 호 동호冬湖. 대구 출생. 대구대(1971) 및 계명대 대학원 졸업(1973). 1965년 공보부주최 · 예총주관 신인예술상에 시조 〈백모란 곁에서〉와 동시 〈졸음이 온다〉가 당선되어 등단했다. 이어 1969년 《매일신문》 신춘문예에 시조 〈아침해안〉이 당선, 1971년 《서울신문》 신춘문예에 시조 〈황국黃菊〉이 당선, 같은 해 《소년중앙》 신춘문예에 동시 〈봄아침〉이 당선되었다. 데뷔 후 경북문인협회 회원으로 참여해 1965년 영남시조문학회 《낙강》 동인 발기인이 되어 다수의 시조시인들과 함께 동인지를 발간하기도 했고, 문학행사 및 시화전 등을 개최, 시조문학 창달에 노력했다. 1975년에는 범장르 문학협회인 《문학 · 경부선》 동인을 조직해 회장으로 활동하기도 했으며, 1987년에는 《낙강》 동인 회장으로 전국백일장, 동인지 발간, 시조창작교실, 세미나 등을 개최해 시조문학의 질적 향상을 도모하는 데에 기여했다. 현재 오성중학교 교장으로 재직 중이며, 한국시조시인협회 이사로 활동하고 있다. 대표작으로 〈아침해안〉 〈너를 보낸 후로〉 〈바라보는 사람을 위하여〉 〈쓸쓸한 외출〉 〈이런 근황〉 〈그리고 별리〉 등이 있고, 시집으로 《백모란 곁에서》《눈 덮인 달력 한 장》《미호리의 가을외출》《바라보는 사람을 위하여》 등이 있다. 그의 작품들은 삶과 죽음의 문제에 대한 성찰을 담은 시편과 이별과 그리움에 관련된 정서표현의 시편으로 크게 구분된다. 그의 시가 나타내는 개성으로 발견할 수 있는 첫번째 특징은 삶의 고통에 시달리면서도 좌절하지 않고 무욕의 자세를 가지려는 모습이다. 이 세상을 살아가는 생활인의 아픔을 보편적인 차원으로 성공하고 있다고 할 수 있다. 다음으로 지적할 수 있는 것은 삶과 죽음의 경계에서 자신의 삶의 무게를 돌이켜보고 죽음의 의미를 성찰해내는 것이다. 그의 시에서는 겉으로 보면 허무의식의 표출인 듯하면서도 사랑과 그리움의 감정을 담은 연작시의 뛰어난 구성을 볼 수 있다. 이는 독창적인 체험을 통한 형상화의 깊이를 보여주는 것이기도 하다. 1979년 제3회 경북문학상, 1990년 한국시조시인협회상, 1996년 제33회 한국문학상, 1998년 이호우시조문학상 등을 수상했다.

유수암 流水庵 → 한무숙韓戊淑

유심 惟心 1918년 9월 만해萬海 한용운韓龍雲에 의해 창간된 불교잡지. 불교정신에 바탕을 둔 문예사상지이다. 국판. 통권 3호까지 내고 종간되었다. 한용운 자신이 편집했으며, 그의 시집 《님의 침묵》 이전의 문학과 시 형성에 중요한 계기를 이룬 잡지라 할 수 있다. 매월 문예작품을 현상모집한 점 등은 다른 불교지에서 찾아볼 수 없는 이색적인 편집태도였다고 할 수 있다.

유안진 柳岸津 1941~ 시인 · 수필가. 경북 안동 출생. 서울대 교육학과 및 동 대학원 졸업, 미국 플로리다대에서 박사학위 취득. 1965년 《현대문학》에 시 〈달〉 〈위로慰勞〉 등이 추천되어 등단했다. 《여류시》와 《문채》 등의 동인으로 활동, 단국대 교수를 거쳐 1981년 이후 서울대 교수로 재직 중이다. 주요 작품에 〈꿈〉 〈가을밤〉 〈낙엽을 보며〉

〈청년 그리스도께〉 등이 있다. 시집으로 《달하》《절망시편》《불로 바람으로》《그리스도, 옛 애인》《날개옷》《영원한 느낌표》 등이 있으며, 이밖에도 시선집 《풍각쟁이춤》《꿈꾸는 손금》《멀리 있기》《남산길》《그리움을 위하여》, 시조집 《지는 꽃잎을 바라보며》, 수필집 《그대 빈 손에 이 작은 풀꽃을》《먼 훗날에도 우리는》《지란지교를 꿈꾸며》《향기여 사랑의 향기여》 등 다수가 있다. 그의 시의 특질은 한恨과 같은 애상적 정조를 바탕으로 이를 여성 특유의 섬세하고 유려한 문체로 승화시키고 있다는 점에서 찾을 수 있다. 그의 시는 기법이나 관념을 거부하고 고유한 정서와 가락을 유지함으로써 은근한 친화력을 갖게 된다. 이와 함께 일상에 매몰된 섬세한 정서를 형상화하며, 또한 경건하고 소박하며 고백적인 자세를 바탕으로 한다는 점 등이 유안진 시의 특징으로 지적될 수 있다. 특히 후자와 관련해 동양적인 정서 속에 기독교적인 분위기를 담아 양자를 절묘하게 조화시키는 구성을 취하고 있다는 평가를 받는다.

유영희 劉永熙 1916~ 아동문학가. 평남 출생. 국제대 및 YMCA 전문학원을 거쳐 필리핀 실리만대 대학원에서 창작학을 전공했다. 1946년 북한에서 동화 〈솔솔이〉를 발표함으로써 작품 활동을 시작했다. 광복 후 평양에서 예총 평양지부 아동문학중앙위원으로 활약하다가 월남, 이후 독실한 크리스천으로서 기독교 정신을 바탕으로 한 종교동화와 흥미성을 중시하면서 환상성을 자유롭게 구사하는 작품을 많이 쓰고 있다. 주요 작품으로 〈이상한 꿈〉〈누가 영일이냐〉〈알록 구슬알〉〈여름을 기다리는〉〈고향의 봄냇가〉 등의 동화 및 아동소설이 있고, 작품집으로는 《천사가 지키는 아이들》《즐거운 동산》《풍선을 탄 아이》 등이 있다.

유예 猶豫 → 오상원吳尙源

유용주 劉容珠 1960~ 시인. 전북 장수 출생. 장수군 수분리에 있는 수분초등학교 졸업. 이하 학력 별무. 1990년 무크지 《문학과 지역》에 〈전포동〉 외 1편을 발표한 후, 그해 첫 시집 《오늘의 운세》를 발간했다. 1991년 《창작과 비평》에 시 〈목수〉 외 2편을 발표해 정식으로 등단했다. 시집으로 《오늘의 운세》《가장 가벼운 짐》《크나큰 침묵》 등이 있다. 그는 첫 시집 《오늘의 운세》로 작품 활동을 시작한 이후 《가장 가벼운 짐》에서 고단한 삶과 노동현장을 혼신의 힘으로 껴안아 형상화하는 작업을 지속해 왔으며, 특히 1996년 간행된 《크나큰 침묵》에서는 이러한 시적 관심에 일관되게 정진하면서 강렬한 현실주의 정신과 호쾌한 언어로 삶에 밀착된 뛰어난 서정시편을 창조해 오늘의 한국시의 가장 의미심장한 전망을 보여주고 있다는 평가를 받았다. 1997년 제15회 신동엽창작기금을 수혜받았다.

유익서 劉翼敍 1945~ 소설가. 부산 출생. 동아대 법학과 졸업(1974). 1974년 《한국일보》 신춘문예에 단편 〈부곡部曲〉이 가작 입선, 1978년 《중앙일보》 신춘문예에 단편 〈우리들의 축제〉가 당선되어 등단했다. 데뷔 후 윤후명, 김원우 등과 《작가》 동인을 조직했으며 〈종이비행기〉〈짐승도 죽을 때는〉 등의 단편을 발표했다. 1981년 첫 장편 〈새남소리〉를 출간하면서 본격적인 작품 활동을 전개했다. 1990년 도서출판 '생각하는 백성'을 창립, 50여 권의 책을 출간하고 작품집필에 전념하기 위해 1996년 타인에게 양도했다. 주요 작품으로 단편 〈종이비행기〉〈황조의 노래〉 등과 중편 〈고통의 뿌리〉〈바위물고기〉〈천왕성으로 날아간 새〉

등이 꼽힌다. 장편 〈새남소리〉 〈태양 위에 서다〉 〈아벨의 시간〉 〈민꽃소리〉 〈예성강〉 〈빅토르 최〉 〈스님〉 등과 창작집 《표류하는 소금》 등을 간행했다. 그의 작품 세계는 크게 그의 데뷔작 〈우리들의 축제〉를 비롯해 〈종이비행기〉 〈성좌도〉 〈도장공〉 〈바위물고기〉 〈아벨의 시간〉 등 상징적 구조물을 빌어 심층심리적 알레고리로 독극물을 살포하듯 현실문제를 비판한 작품들과, 첫 장편 〈새남소리〉 〈민꽃소리〉 〈스님〉 〈황조의 노래〉 등 전통예술과 문화를 소재로 인멸되어가는 이 땅의 주인정서의 문학적 수용을 시도해온 작품들로 경향이 나뉜다. 1982년에는 전작 장편 〈새남소리〉로 대한민국문학상 신인상을 수상했다.

유재용 柳在用 1936~ 소설가. 강원도 금화 출생. 균명고교 졸업. 이후 10년간 투병생활하며 문학수업. 1965년 《조선일보》 신춘문예에 동화 당선, 기적적으로 병에서 회복되었다. 같은 해 문공부 제정 신인예술상 아동문학부문에 수석입상. 1968년 제7회 문공부 신인예술상에 〈손 이야기〉가 당선되고, 이듬해 《현대문학》에 〈상지대商地帶〉가 추천되면서 등단했다. 주요 작품으로 단편 〈누님의 초상肖像〉, 장편 〈성역聖域〉 〈비바람 속으로 떠나가다〉 〈침묵의 땅〉이 있으며, 작품집에 《꼬리 달린 사람》 《누님의 초상》 《관계》 《사양의 그늘》 등이 있다. 그의 소설에서는 월남 실향민의 삶을 소재로 한 작품이 중심에 놓인다. 그는 〈누님의 초상〉 이후 최근에 이르기까지 이러한 경향의 작품을 꾸준히 발표하고 있으며, 이를 새롭게 탐색하는 작업을 통해 작가정신의 변화를 증명하고 있다. 1980년 이상문학상과 현대문학상을 수상했고, 1982년 대한민국문학상, 1985년 조연현문학상, 1987년 동인문학상, 1994년 박영준문학상 등을 수상했다.

〈누님의 초상 —肖像〉 유재용의 단편소설. 1978년 《문예중앙》 겨울호에 발표되었다. 격동의 현대사를 거치면서 작가가 목격했던 가족과 그 주변 인물들을 형상화한 일련의 소설들 가운데 많은 주목을 받은 작품이다. 근현대사의 의미를 천착하기보다 그 시대를 살아간 인물의 변화에 더 많은 관심을 기울여, 도덕적 타락을 감수하면서 현실변화에 기민하게 대응해 나가는 '누님'이라는 인물을 창출해냈다. 재빠른 처세술에도 불구하고 점차 전락해가는 누님은 근현대사를 바라보는 작가의 비극적 역사인식과 맞물려 있다.

〈어제 울린 총소리〉 유재용의 단편소설. 1985년 《정통문학》 12월호에 발표되었다. 조한세라는 일흔 된 노인의 아버지와 아들 두 세대에 걸친 비극적이고 암울한 상황을 총소리라는 매개를 통해서 형상화하고 있는 작품이다. 총소리의 환청을 들으며 그는 상상 속에서 아들의 얼굴을 노려보고 있으나, 어느덧 그 뒤에는 자신을 노려보는 아버지의 얼굴이 보이는 것이다. 유재용의 소설에서 주제의식은 인간관계의 동적인 드라마로 형상화되고, 거기에 의미를 부여하기 위한 비유적 장치들이 사용되기도 하는데, 이 소설의 경우도 총소리가 이야기 자체의 핵심적인 모티브이기도 하면서 동시에 작품에 의미를 부여하기 위한 비유가 되고 있는 것이다. 그는 소설을 통해서 결코 새로운 언어감각이나 형식적 실험을 추구하지 않지만, 그의 소설에는 안정감과 균형감각 및 평이하면서도 진지한 주제의식이 존재하고 있다.

유제하 柳齊夏 1940~ 시조시인 · 평론가. 본명 중하重夏. 경북 안동 출생. 경희대 국문과와 홍익대 국어과를 거쳐 동 대학원에서 석 · 박사과정 수료. 1969년 《시조문학》에 시조 〈심전도心電圖〉〈원정園丁의 노래〉 등이 추천되었고, 1973년 《중앙일보》 신춘문예에 시조 〈불꽃놀이〉, 1986년 《경향신문》 신춘문예에 평론 〈어둠의 미학〉이 당선됨으로써 등단했다. 그는 모든 사물을 유기적으로 처리함으로써 작품에 생명을 불어넣고 있다. 시조 외에 〈김상옥론〉〈신석정론〉 등 다수의 평론도 썼다. 한국시조문학상을 수상했다.

유종호 柳宗鎬 1935~ 평론가. 충북 충주 출생. 서울대 영문과 및 미국 뉴욕 주립대 대학원, 서강대 대학원 수료. 1957년 《문학예술》에 평론 〈불모의 도식〉〈언어의 유곡幽谷〉 등이 추천되어 등단했다. 주요 작품으로 〈산문논고散文論考〉〈모멸과 연민〉〈토착어의 인간상〉〈비순수의 선언〉〈어느 반문학적 초상〉〈성장과 심화의 궤적〉 등이 있다. 저서로는 《문학의 즐거움》《문학과 현실》《동시대의 시와 진실》《현실주의 상상력》《유종호 전집》(전5권) 등 다수를 간행했다. 그의 비평관은 변증법적 종합정신에 바탕하고 있는 듯하며, 인간 본질의 추구와 문화적인 상관성에 의해 비평을 하고 있다. 현대문학신인상, 대한민국문학상, 편운문학상, 대산문학상 등을 수상했다.

유주현 柳周鉉 1921~1982 소설가. 호는 묵사默史. 경기도 여주 출생. 1944년 일본 와세다대 중퇴. 1948년 《백민》에 〈번요煩擾의 거리〉를 발표하면서 문단에 등장했다. 1949년에 《백민》의 편집동인이 되었고, 1950년에는 국방부 편집실에 근무했다. 6 · 25당시 공군본부 종군작가단에 참가해 《창공》의 편집간사가 되었다. 이어 《신태양》의 창간에 참여해 그 주간을 역임했다. 주요 작품에는 〈군상〉〈슬픈 인연〉〈춘수春愁〉〈패배자〉〈광상狂想의 장章〉〈패륜아〉〈장씨일가張氏一家〉 등이 있고 삶에 내재한 모순을 묘사해 그 어긋난 사실을 드러내고 도덕적 시련을 문제화했다. 〈패륜아〉에서는 아버지와 아들의 애인 윤애와의 관계, 계모와 아들과의 관계가 애욕으로 얽혀지면서 사랑에 내재한 인간의 부조리한 욕망이 묘사되는 한편 극복하려는 의지와 그 한계적 질곡이 제시된 문제작이다. 또한 이러한 문제의식을 가지고 가난을 주제로 다룬 작품들로는 〈태양의 유산〉〈임진강〉 등이 있다. 장편으로는 〈조선총독부〉가 대표적인데 이 작품은 단행본으로 간행되자마자 베스트셀러가 되기도 했다. 이후에도 계속 역사와 사회적인 소재를 다루었고 그러한 작품으로 〈대원군〉〈통곡〉〈대한제국〉〈황녀〉 등을 발표. 후기의 역사소설들은 우리의 지난 시대를 비판적 안목으로 재구성해 민족의 위기, 일제의 탄압, 한말의 사회정황, 의인들의 희생 등을 간결하고 명쾌한 필치로 재조명했다. 작품집에는 《태양의 유산》《조선총독부》《장미부인》《신부新婦들》《백마산白馬山으로》 등이 있다. 그의 작품은 리얼리스트의 눈이 번뜩이며, 인간 · 현실 · 역사에 대한 예리한 분석과 판단 및 정교한 문장으로 이루어진 특이한 구성력을 보인다. 〈언덕을 향하여〉로 아시아자유문학상을 수상했으며, 1968년에는 제8회 한국

출판문화상, 1976년에는 대한민국문화예술상을 수상했다.

〈장씨일가 張氏一家〉 유주현의 단편소설. 1959년 《사상계》에 발표된 작품이다. 국회의원이며 정계 실력자인 아버지 장만중의 뒷받침으로 순조롭게 승진의 길을 달리다가 뜻밖의 사고로 눈과 귀가 멀어버린 퇴역장성 장정표. 육군 대령으로 장성이 되기 위해 수단 방법을 가리지 않던 그는 국회의원단의 최전방 시찰 소식을 듣고 지뢰가 묻힌 지대를 필요 이상으로 뒤지다가 사고를 당했던 것이다. 이에 실망한 그의 아내 경심은 시아버지의 비서인 윤수와 정사를 벌이고, 고교생인 동생 성표는 하녀 순자를 범해 임신까지 시킨다. 이러한 사고들의 책임을 그들은 모두 타인에게만 돌린다. 부패할 대로 부패한 정계의 흑막 속에서 장만중 의원은 그 자신이 맥없는 피에로가 되어 있는 것을 깨닫고 허탈하게 자조를 한다. 장씨 일가족의 복잡한 사건들을 장정표는 홀로 침대에 누워 더듬어 나간다. 아무것도 보지 못하고 아무것도 듣지 못하는 불구의 몸이 되자 오히려 선명하게 자각되는 이런 현실들, 질식할 것 같은 분위기 속에서 그래도 가장 정신적으로 자유를 느끼는 사람은 모든 것을 상실한 장정표이다. 이 작품은 모자이크식 사건 조립을 통한 기하학적 구성을 지닌 소설이다. 장씨 댁의 지붕 밑에서 엮어지는 여러 모양의 인간세계가 단 하루로 몽타주되어 있다. 모든 사건은 장정표의 눈 멀고 귀 먹은 의식에 걸려서 전개되며, 이 유폐된 이미지 속에 사건들은 마치 진공 속의 생물들처럼 질식에의 포물선을 그려간다. 이 현실에 대한 구제책이 없음을 작자는 비정스럽게 묘사하고 있다.

〈조선총독부 朝鮮總督府〉 유주현의 실록대하소설. 《신동아》에 1964년부터 3년간 연재되었던 작품으로 1967년 신태양사에서, 1981년 서문당에서 각각 간행되었다. 작품 내용은 우리의 주권과 국토를 침탈한 일본 제국주의의 식민지 아성인 조선총독부의 비인도적인 수탈상과 온갖 학대와 압박에 시달린 민족의 수난사를 다룬 것으로서, 실록적인 실증자료에 입각하면서도 허구성을 풍부하게 살린 작품이다. 역사적 맥락을 조명해 가면서도 이 작품의 주제는 의기 있는 민족의 자주독립 의지를 연면히 계승해 가는 민족적 저력에 초점을 두고 있다. 침략을 묘사하되 그 비인도적 정책을 규탄하는 데 핵심을 두었고, 결코 주관적 감정에 사로잡힌 보복의식을 나타내지 않았다. 내선일체를 주장하는 시기로부터 연합군에 의해 패망하는 일제를 도덕적으로 비판한 소설로 그 의의가 깊다.

〈통곡 痛哭〉 유주현의 장편 역사소설. 1969년 《동아일보》에 연재된 작품으로, 인조반정仁祖反正과 이괄李适의 난을 박진감 있게 그렸다. 작자가 50대로 접어드는 원숙기에 쓴 작품으로, 당파싸움 때문에 민족을 저버린 선인들의 허물을 현대 정치구조와 교묘하게 비교하면서 고발했다. 남한산성에서 인조가 청나라 황제에게 무릎을 꿇는 수모와, 비극으로 대단원이 내려지기까지 괴승 독보와 미모의 여자 매환 등을 등장시켜 처절한 사랑의 역사를 펼쳐보이기도 한다.

〈황녀 皇女〉 유주현의 장편소설. 1972년 《문학사상》에 연재되었다. 구한말에 황녀로 태어나 일제 36년간의 식민지 생활과 제1·2·3공화국까지 체험한 여성이 70평생의 자기 인생을 오늘의 시점에서 회고하는 심리주의 기법의 작품이다. 1인칭소설로서 고난의 세월을 신앙심과 초인적인 의지로 극복해 나가는 과정이 잘 나타나 있으며, 실제 인물들이 많이 등장해 리얼리티를 더해준다. 또한 이 소설은 작자의 시도적試圖的 작품계열에 속하는 것으로서 현실과 환상, 현재와 과거의 한계를 의식적으로 흐려놓는 기법을 쓰고 있다. 황녀의 생애가 너무나 처참해 인생의 무상을 절감하게 한다.

유진오 兪鎭午 1906~1987 소설가·법학자. 호 현민玄民. 서울 출생. 경성제대 법학과 졸업(1929). 1927년 이후《조선지광》《현대평론》등에 단편을 발표하기 시작했다. 졸업 후 경성제대 강사와 보성전문학교 교수를 역임했으며, 해방 이후 고려대 총장을 역임했다. 또한 대한민국 헌법을 기초하기도 했다. 경성제대에 재학할 때부터 문우회를 조직해 활동했고, 문단에 데뷔할 무렵 이효석李孝石과 함께 카프에는 가입하지 않고 프로 문학의 입장을 취하는 동반자작가로 작품 활동을 했다. 시정문학市井文學으로 〈가을〉〈이혼〉〈나비〉〈창랑정기滄浪亭記〉 등을 발표했다. 1938년 장편 〈화상보華想譜〉를《동아일보》에 연재했다. 해방 후 문단을 떠나 법학자로 연구에 몰두, 정계에 투신했다. 저서로《유진오단편집》《봄》《화상보》등과《젊은 세대에 붙이는 서書》《구름 위의 만상漫想》등의 수상집이 있다. 이 시기에 발표된 것이 〈스리〉〈복수〉〈삼면경三面鏡〉〈갑수의 연애〉〈가정교사〉〈빌딩과 여명〉〈귀향〉〈첫 경험〉〈5월의 구직자〉〈여직공〉 등이다. 특히 이 중에서도 〈5월의 구직자〉〈여직공〉〈첫 경험〉 등은 특히 빈민 계층을 제재로 한 경향적인 작품이다. 프로문학에서 동반자작가가 문제시된 것은 1929년 이후에 와서이며, 카프 측에서 시인한 동반자작가는 유진오·이효석 두 사람이었다. 이 둘은 카프의 맹원으로는 참여하지 않았으나 사상적으로는 일시 동조했으며, 특히 유진오의 작품은 추상적·관념적인 이효석의 작품에 비해 훨씬 구체적이어서 주목을 끌었다. 그러나 이는 어디까지나 일시적인 현상이었으며, 카프 퇴조기에 발표한 단편 〈김강사와 T교수〉는 인텔리의 현실과 타협, 그 이상 또는 세계관과의 모순에서 생기는 고민을 주제로 한 그의 대표작으로서, 구직이니 실직이니 하는 문제보다 한층 더 근본적인 문제를 다룬 것이다.

〈여직공 女職工〉 유진오의 단편소설. 1931년《조선일보》에 발표되었다. 옥순이는 제사공장에 3년째 통근공으로 근무하고 있다. 비단실에 광채를 나게 하기 위해 언제나 120도의 온도를 유지하고 있는 공장은 가마 속같이 더우며 마치 산지옥 같다. 공장에는 또다시 삯전을 깎을 것이라는 소문이 퍼져 있다. 이미 경제공황을 핑계로 세 번이나 임금을 내렸는데도 말이다. 한편 작업조건도 무척 나빴다. 해고당하기 일쑤였고 점심시간은 30분이었다. 그에 대해 근주는 “저희들은 판판이 놀며 호의호식하고 우리들은 왜 새벽부터 밤중까지 일해도 먹을 것도 넉넉히 안 주는 거야. 하지만 그것도 우리들한테 달렸지. 우리들이 일을 안 해봐. 저희들이 어쩌나, 돈 더 안 주고는 못 배길걸”이라고 말한다. 회사일이 끝나고 옥순이는 전중 감독에 불려간다. 감독은 금일봉을 내놓으며 근주가 집에서 무엇을 하는지 알아오라고 한다. 근주의 집에는 강훈·순례·경옥·보배 등이 모여 ‘우리는 왜 가난한가’라는 책을 공부하고 있다. 옥순이는 양심의 가책을 느끼고 회사가 파한 후 남들의 눈을 피해 감독을 만난다. 감독은 근주의 집에 온 사람들과 그들의 동태에 대해 묻고는 옥순이를 겁탈한다. 옥순이는 자신의 잘못을 깨달으며 동무들을 위해 일하기로 결심하고, 보배와 옥순이는 공장에서 해고당한다. 옥순이는 분개하며 자기가 가난한 사람의 딸로 태어났다는 것의 의미를 깨닫는다. 그날 밤 모임에서 옥순이는 열렬하게 의견을 토로한다. 조금도 굴하지 않고 공장 안의 조직을 진행하기로 결의하는 것이다. 이 작품은 피지배계급인 식민지 노동자와 지배계급인 일본인의 대립적 인물구도를 기반으로 당시 여성노동자들의 생활을 사실적으로 묘사하며, 동맹파업을 준비하는 노동자들의 각성 및 활동과정을 보여준다. 특히 주인공 옥순이의 각성은 환경과의 필연적인 관계를 통해 형성됨으로써 구체성을 획득하고 있다.

〈**김강사와 T교수** 金講師—敎授〉 유진오의 단편소설. 1935년 《신동아》에 발표된 작가의 대표적인 작품이다. 도쿄제대 독문과를 졸업한 수재 김은 H과장의 소개로 S전문학교의 시간강사가 된다. 김은 학생 때 문화비판회라는 서클의 회원이었고, 한때 원고료를 벌기 위해 독일 좌익계 작가를 논한 일이 있었다. 교무를 맡은 T교수는 퍽 친절한 체했으나, 매우 음흉한 사람이었다. 그는 김강사로서는 숨겨두어야 할 이상의 내용을 잘 알고 있었다. 김강사는 여러 모순 속에서 일종의 강박관념을 느낀다. 어느 날, T교수가 H과장이 만나자고 한다고 전했다. 김강사가 H과장을 찾아가 보니, H과장은 김강사의 사상을 의심해 자기를 속였다고 분노했다. 그때 T교수의 능글맞은 모습이 나타났다. 이 작품은 식민지 시대의 서울 S전문학교 주변을 그 배경으로, 물질주의적이고 식

▲김강사와 T교수 유진오 지음. 《신동아》 1935년 1월호에서.

민지적인 악덕에 의해서 나약한 지식인이 파멸에 이르게 되는 비극적인 일면과, 식민지 교육의 앞잡이들인 일본인 지식인들의 위장성을 전지적 작가 시점으로 묘사하고 있다. 지식인의 현실에 대한 타협과 그 모순에서 생기는 갈등을 주제로 하고 있는 이 소설은 한국문학에 있어서의 지식인 소설의 한 전형으로서, 구직이니 실직이니 하는 문제보다도 한층 근본을 이루는 문제, 인텔리의 현실에 대한 타협과 그 이상 또는 세계관에 대한 모순에서 생기는 고민을 밀도 있게 그리고 있다. 이 소설에서 주인공 김만필이 강사로 취임하는 때는 1933년 2학기로 되어 있으니, 이 시기는 히틀러가 정권을 잡을 때요, 중일전쟁이 발발하기 직전으로서, 지식인의 활동이 극도로 제약을 받던 때였다. 한국문학사적으로도 사회주의 운동가와 작가들이 대거 전향을 하던 시기였다. 따라서 1935년에 발표된 이 작품은 문학의 전향기에 금을 긋는 역할을 한 것이다.

〈**창랑정기** 滄浪亭記〉 유진오의 대표적 단편소설. 1938년 《동아일보》에 발표된 작품이다. 1인칭 서술로 이루어진 이 작품은 자전적 요소까지 지니고 있으며, 잃어버린 과거에의 기억과 도도한 시간의 변화 속에서 모든 것이 남김없이 변모되고 만다는 변화

의 원칙, 또는 추이를 시적인 문장으로 제시하고 있다. 이 작품은 외형적인 형태에 있어서 7개의 단락으로 이루어져 있다. 제1단락은 허구적이고 서사적인 제시라기보다는 다분히 경험적이고 수필적이라고 할 수 있다. 향수에 대해 말하고 있는 '나'라는 발언주체가 허구적 서술자라기보다는 작가의 자아원점과 일치하고 있기 때문이다. '나'는 향수를 이야기함으로써 현재의 시간으로부터 기억의 떠올림이라는 회상적인 시간시점에 의해 지나간 과거를 떠올리는 계기를 마련한다. 제 2 · 3단락은 기억의 상한점을 7, 8세 때로 거슬러 올라가서 그때 처음으로 찾아갔던 창랑정과 거기에 살고 있는 사람들, 그리고 삶의 양상을 제시한다. 제4 · 5 · 6단락은 거기서 만났던 소녀 교전비 을순이와의 만남의 충격 내지 사춘기적 감정의 미묘한 교호를 떠올리고, 다시 기억의 시한을 훨씬 현재로 접근시켜 창랑정의 후일담을 암시하고 있다. 특히, 여기에서 을순이와 함께 창랑정 후원에서 캐냈던 칼은 매우 중요한 의미를 지니고 있다. 그것은 한 역사의 영욕을 상징한다는 의미 외에도 발전과 변화보다는 과거의 영광에 집착하려는 서강대감과 매우 긴밀한 상관성을 지니고 있기 때문이다. 그리고 6장에는 세 개의 죽음이 제시되어 있다. 이것은 늙은 한 세대의 종언을 암시할 뿐만 아니라 이 집안에 닥쳐올 어떤 큰 변화의 암시를 뜻하기도 하는 것이다. 제7단락은 창랑정의 몰락사실과 '나'의 첫 방문으로부터 20년이 지난 현재의 퇴락한 창랑정의 상태를 묘사 또는 서술하고 있다. 구세대의 영광에 집착하는 한 세대가 소멸해 버리자 그 다음 세대인 종근은 한문책을 던져버리고 양복으로 갈아입게 되며 난봉으로 인해 완전히 몰락하고 만다. '나'는 영욕을 거듭하는 이 창랑정을 여러 번 꿈꾼다. 그러다가 마침내 그 옛날의 창랑정을 찾아 추억에 잠기게 되지만, 강 건너 비행장에서 들리는 프로펠러 소리를 들으며 꿈에서 현실로 돌아온다. 여기에서 프로펠러 소리는 과거의 꿈을 깨게 하는 현재의 신호이며 동시에 역사적 · 시대적 상황의 변화를 의미한다. 따라서 이 작품은 개인적 영욕이나 향수와 같은 것을 이야기하고 있는 듯하지만, 역사의 영광과 소멸, 새로운 변화 등 시간적 변화의 질서를 감동적으로 제시하고 있다.

〈화상보 華想譜**〉** 유진오의 장편소설. 1939년 12월부터 1940년 5월까지 《동아일보》에 연재되었다. 당시 인텔리층을 휩쓸었던 퇴폐풍조를 대표하는 주인공 경아와 이와는 반대되는 태도를 지닌 시영을 대조시켜 그들의 애정 모럴을 그리고 있다. 운명의 기복적인 대칭화로 이루어지는 이야기 가운데, 이 작품은 두 가지의 서로 다른 부류의 삶의 양상을 제시하고 있다. 그 하나는 경아를 중심으로 한 이른바 '예술가의 집'에 모이는 경아의 후원자 안상권, 기타 예술가 및 사교계의 유명인사들로서 퇴폐주의 성향을 지닌 부류이다. 이들은 예술적인 자기완성보다는 외국을 드나들며 서구의 문물을 흡수하기에 급급하고 사치와 향락의 퇴폐적인 생활에 도취하는 속물근성의 인간들일 뿐 아니라 한국인이라는 자기인식 이전에 오히려 이를 경멸하려 드는 부류이다. 한편, 이들과 대칭적인 처지에 있는 사람들인 시영으로 대리되는 부류는 가난 속에서도 성실한 삶을 누리고 타인에게도 유익한 일을 하려는 사람들이다. 또, 이 부류는 자신이 한국인이라는 긍지도 가지고 있다. 이와 같은 매우 대칭적이고 대조적인 부류의 삶을 제시함으로써 도덕적인 삶과 그렇지 못한 삶의 사필귀정적인 귀결의 윤리의식을 암시하고 있다. '동양의 꾀꼬리'라는 첫장에서 '화상보'라는 마지막장으로 끝나는 이 작품은 17장으로 구성되어 있으며 1930년대의 우리 사회 현실과 당대의 인간상들이 실감 있게 부각된 작자의 대표작이다.

유치진 柳致眞 1905~1974 극작가. 호 동랑東朗. 경남 충무 출생. 일본 리쿄대 졸업(1931). 시인 유치환柳致環의 형이다. 초기에는 유치환·박명국朴明國 등과 함께 토성회를 조직해 동인지《토성》을 간행하기도 했으나, 인생의 허무를 통감하고 예술에 눈을 돌려 연극계에 투신하게 되었다. 해외문학파 동인들과 함께 극예술연구회를 조직해 본격적인 신극운동을 벌였으며 주로 극작·연출 등을 맡았다. 일제의 탄압에 의해 극예술연구회가 해산된 이후, 1941년에는 극단 현대극장을 조직해 〈흑룡강黑龍江〉〈북진대北進隊〉〈대추나무〉같은 어용극을 직접 쓰기도 하면서 총독부의 지시에 따른 연극을 주도했다. 광복 이후 잠시 침묵하다가 1947년 봄부터 연극계 전면에 나타나 좌익연극과 대결해 우익민족극을 주도했다. 이해랑李海浪 등을 내세워 극단 극예술협회를 조직했고, 1947년 한국무대예술원을 창설해 초대원장이 되었다. 1950년에 국립극장이 창설되자 초대극장장에 취임했고, 자작극 〈원술랑元述郞〉으로 개관기념공연을 가졌다. 6·25 때에는 은거하면서 희곡창작에만 전념했다. 1958년부터는 국제연극협회(ITI) 한국본부 위원장을 역임하면서 국제회의에 자주 참가했고, 1960년에는 동국대 연극학과 창설과 드라마센터건립공사에 전념했다. 1962년 드라마센터가 완공되자 초대소장으로 취임해 연극진흥에 힘썼다. 그러나 드라마센터가 재정난으로 문을 닫게 되자, 인재양성 쪽으로 방향을 돌려서 1962년부터 드라마센터에 부설 연극아카데미를 설치해 배우·연출가·극작가 등의 양성에 힘썼다. 이것은 몇 년 뒤 연극학교로, 다시 예술전문대학으로 승격되었다. 1931년 희곡 〈토막土幕〉을 발표하면서 문단에 데뷔한 유치진은 1958년까지 40여 편의 작품을 썼다. 주요 희곡작품으로는〈버드나무 선 동리의 풍경〉〈빈민가〉〈소〉〈마의 태자〉〈제사〉〈조국〉〈자명고〉〈가야금〉〈처용의 노래〉〈푸른 성인〉〈한강은 흐른다〉 등이 꼽힌다. 시나리오로는〈철조망〉〈논개〉〈단종애사〉〈개화전야〉 등이 있다. 1971년에《유치진희곡선집》2권을 출간했다. 창작 초기에는 작품의 무대를 농촌으로 설정하면서 일제치하의 농민의 처참한 생활을 사실적으로 묘사하려 노력했다. 그러나 일제의 탄압이 극에 달했던 1930년대 말에서부터 해방 전까지는 일제의 검열을 피하기 위해 작품의 소재를 식민지적 현실에서 역사적인 데로 돌리기도 했고, 군국주의를 합리화하고 홍보하는 목적물로서의 어용극을 쓰기도 했다. 광복 이후에는 주로 분단문제와 공산주의비판, 전쟁의 참혹상 등을 주제로 한 민족주의적 리얼리즘의 작품을 발표했다. 일제말엽의 불행한 시기에 처해 비록 어쩔 수 없는 변신의 흠을 남겼다 해도 그가 한국연극을 문화운동의 차원으로까지 끌어올린 대표적인 연극지도자임을 부인할 수는 없을 것이다. 그는 우리 나라 최초의 본격적인 리얼리즘 희곡작가로서 역사극의 장르를 개척한 극작가이며, 극작 · 연출 · 연극비평 · 연극교육 · 연극행정 등 연극전반에 걸쳐 활동한 근대연극사의 대표적 인물로 평가된다. 1954년 서울시문화상, 1955년 제1회 예술원상, 1963년 문교부 5월문예상, 문화훈장, 3 · 1연극상 등을 수상했다.

〈**토막** 土幕〉 유치진의 희곡. 2막으로 구성되어 있다. 1931년 12월부터 1932년 1월까지 《문예월간》에 게재되었으며, 1933년 극예술연구회에서 공연한 첫번째 창작극으로 작자의 대표작이자 첫 희곡이다. 시대의 모순을 극화하고 자신의 신조를 반영시킨 작품이다. 어두운 토막에서 늙고 병든 명서와 절망과 자책 속에서 일본으로 건너간 자식에게 희망을 걸고 있는 처妻, 그들의 암담한 생활에 작자는 희극적인 인물 빵보영감을 끼어들게 해서 극을 더욱 비극스럽게 만든다. 기다리던 명서의 아들은 항일운동을 하다가 백골이 되어 돌아오고, 빵보영감은 그나마 토막집마저 차압당한 채 남부여대男負女戴해 정처없이 길을 떠난다. 1930년대 일제하의 비참한 현실과 모순을 사실적으로 파헤친 작품으로 작자의 극작가적 위치가 확립됨과 동시에, 우리 나라 희곡문학이 문예작품으로서의 가치를 지니게 된 최초의 작품으로 평가되고 있다. 식민지 조선의 삶의 어려움을 가장 전형적인 장소인 농촌을 무대로 그렸다는 데에 작가의 현실감각이 날카롭게 드러나 있으며, 이 희곡이 가지는 현실적 · 연극사적 의의가 있다. 작가는 뒤에 이 작품에 대해 "이만큼이라도 관객의 마음을 포착한 것은 작품이 예술적인 것보다 자기 표현에 굶주린 우리 관중에게 우리의 병든 현실을 추출해준 데서 온" 것이라고 했다. 한 작가가 '병든 현실'에 과감히 직면해서 쓴 작품으로, 솔직하고 침통하게 비극적 현실을 파헤치려는 작가정신을 잘 반영한 수작이다.

〈**소**〉 유치진의 희곡. 3막. 1935년 극예술연구회 공연극본으로 씌어진 작품이나 일제의 검열로 상연되지 못하고, 도쿄학생예술좌의 창립공연으로 상연되었다. 〈토막〉 〈버드나무 선 동네 풍경〉에 이어지는 유치진 농촌극의 대표작으로, 사실주의 계열의 한국연극 가운데 매우 중요한 자리를 차지한다. 1930년대 한국농촌을 무대로 했다. 소작농 국서의 가족은 소 한 마리가 유일한 재산이다. 이것을 몰래 팔아서 한몫 장만하려드는 둘째아들, 소를 저당잡아서 서울로 팔려갈 위치에 처한 이웃집 처녀를 구하고 나아가 그 처녀에게 장가들고 싶어하는 큰아들, 끝내는 밀린 소작료의 대가로 소를 몰아내려드는 마름과의 옥신각신이 우스꽝스러운 장면을 연출하고 있다. 그러나 이 집안의 비극으로 끝나는 이 작품은, 작가의 현실고발과 연극적 재치가 잘 균형을 이룬 것이라 할 수 있다. 민족항일기 농촌의 현실과 삶의 비참함에 대해서는 이미 전작에서 다룬 바 있거니와, 이야기의 주축을 이루는 소작인과 마름과의 관계에다 빈곤 때문에 도회지로 팔려가야 할 궁지에 몰린 동네 처녀, 마을을 탈출해 새로운 기회를 엿보려는 아들, 서울서 타락해 돌아온 동네 여자 등 여러 등장인물이 전체적으로 매우 잘 짜여 있다. 그러나 이 작품의 뛰어난 점은 표제인 '소'를 작품의 중심에 두고서 극 전체가 구상되었다는 데 있다. 유치진은 이 극으로 해서 일제경찰에 구속당하는 어려움을 겪었고, 그것이 계기가 되어 리얼리즘으로부터의 후퇴라는 그의 작가경력의 큰 전환을 가져오기도 했다. 이 작품은 1937년에 극예술연구회에 의해 상연되었을 때에는 〈풍년기

豊年記〉라 개제되기도 했다.

〈마의태자 麻衣太子〉 유치진의 장막극. 1937년에 《동아일보》를 통해 발표, 발표 당시 제목은 〈개골산皆骨山〉이었다. 극단 고협의 창립 2주년 기념 공연에서 〈마의태자와 낙랑공주〉로 개제되었고, 1953년 극단 신협 공연에서 5막이 덧붙여지고 〈마의태자〉라는 제목으로 굳어졌다. 작자의 여러 사극 중에서 가장 초기에 씌어졌으나 가장 뛰어난 작품으로 평가받고 있다. 철저한 사실주의적 기법을 지양해 낭만적인 색채를 곁들인 작자의 첫 사극이기도 한 이 작품은 집필 당시 4막까지밖에 못쓰고 5막은 1953년에 발표되었다. 그러니까 완성되기까지 17년이나 걸린 셈이다. 작품의 특색은 5막에서 고대 그리스 비극의 문답하는 코러스 형식을 차용하고 있는 점이다. 작자는 이 작품에서 마의태자가 나라를 망친 죄를 씻을 길이 없어 오관이 마비되어 개골산 1만 2천 봉의 하나인 태자봉이 되었다는 전설에 초점을 맞추고 있다. 신라 망국 애사에 사랑의 갈등을 곁들인 이 작품은 국가 존망의 역사적 사건을 역사적인 인식의 차원에서 다룬 역사극이기보다 역사적 사건을 햄릿적인 멜로드라마로 쓴 작품이라고 할 수 있다.

〈나도 인간이 되련다 —人間—〉 유치진의 희곡. 4막으로 되어 있다. 1953년에 집필되어 그해 가을 공연, 1955년 단행본으로 간행. 작자가 쓴 일련의 반공작품 중 가장 뛰어난 수작이다. 이 작품은 작자의 〈장벽〉 〈청춘은 조국과 더불어〉 〈한강은 흐른다〉 등 일련의 반공을 주제로 한 작품의 하나이다. 구호만 있고 드라마나 실체적 인간은 찾아볼 수 없는 당시 대부분의 반공문학과는 달리, 이 작품은 낭만성과 사실성, 비극성을 고루 갖춘 뛰어난 작품으로 손꼽힌다. 의리도 애정도 당의 명령에 의해 여지없이 짓밟히는 공산집단의 학정에 분연히 항거해, 죽음으로써 자유의 승리를 직접 증명한다는 줄거리로 되어 있다. 영문으로 번역되어 해외에 소개된 바 있다.

〈한강은 흐른다 漢江—〉 유치진의 장막극. 1958년 《사상계》에 발표되었고, 그해 극단 신협에 의해 공연된 작품이다. 작자가 종래에 시도해온 구심적인 삼일치식三一致式 근대극 형태의 작법을 지양하고, 각 장면을 풀어헤쳐 원심적인 기법을 시도한 첫번째 작품으로 모두 22경의 장면전환을 연출한다. 철은 6·25동란이 발발하자 약혼자 희숙의 오빠를 납북시키고 희숙이마저 여자 의용군으로 강제 입대하게 한다. 그리고 자신도 의용군으로 낙동강 전선에 출전하나 그들의 허위선전의 정체를 목격하고는 전선을 탈출한다. 1951년 4월초 폭격으로 가슴에 상처를 입고 후송된 희숙은 올케와 동대문 시장에서 담배장사를 하다, 역시 동대문 부근에서 품팔이를 하는 철을 만나게 된다. 철은 희숙에게 결혼할 것을 강요하나 희숙은 이를 거절하고, 낙담한 철은 타락의 길을 걷게 된다. 어느 날 철은 희숙이 6·25동란 전에 자기가 보낸 편지를 소중하게 간직하고 있는 것을 알고, 이는 아직도 자기를 사랑하는 증거라고 생각해 다시 구혼을 하고 결혼승낙을 받는다. 그러나 며칠 후 희숙은 자살하고 철은 그녀의 결혼 거부가 그녀의 몸에 있는 추한 상처의 폭로를 두려워한 때문이라는 것을 알고 뒤늦게 후회하며 통곡한다. 산야에 입혔던 전화戰火처럼 6·25사변은 여자들을 상처투성이로 만들고, 더 나아가 인간들을 절망으로 몰아간 비극의 원인이었음을 극명하게 보여주고 있다. 이 작품은 또한 그가 썼던 과거의 작품들과는 형식면에서 진일보한 것이 주목된다. 즉, 다른 희곡들과는 달리 비극적이면서도 서정적이고 낭만적인 색채가 드러나며, 대사도 비교적 부드럽고 리드미컬한 것이 특징이다.

유치환 柳致環 1908~1967 시인 · 교육자. 호 청마靑馬. 경남 충무 출생. 연희전문 중퇴. 극작가 유치진柳致眞의 아우이다. 일본 도요야마중학교 재학 시절, 형 치진이 중심이 된 동인지 《토성》에 시를 발표하기도 했다. 당시 시단을 풍미하던 일본의 무정부주의자들과 정지용鄭芝溶의 시에서 감동을 받아 시를 쓰기 시작해, 형 치진과 함께 회람잡지 《소제부掃除夫》를 만들어 시를 발표했다. 1931년 《문예월간》에 〈정적靜寂〉을 발표하면서 등단했다. 그후 여러 직업을 전전하다가 1937년 부산에서 문예동인지 《생리》를 주재해 5집까지 간행하고, 1939년 첫 시집 《청마시초靑馬詩抄》를 발간했다. 여기에 초기의 대표작인 〈깃발〉 〈그리움〉 〈일월〉 등 55편이 수록되었다. 1940년 가족을 거느리고 일제의 압제를 피해 만주 연수현煙首縣으로 이주해 농장관리인 등에 종사하며 5년여에 걸쳐 온갖 신산을 맛보고, 광복 직전에 귀국했다. 이때 만주의 황량한 광야를 배경으로 한 허무의식과 가열한 생의 의지를 쓴 시 〈절도絶島〉 〈수首〉 〈절명지絶命地〉 등이 두번째 시집 《생명의 서書》에 수록되었다. 이중에서 특히 〈생명의 서〉는 허무와 고독을 극복한 강인하고 웅건한 의지를 엿볼 수 있는 그의 대표작이다. 광복 후에는 청년문학가협회 회장 등을 역임하면서 민족문학운동을 전개했고, 6 · 25동란 중에는 문총구국대의 일원으로 보병사단에 종군하기도 했다. 《보병과 더불어》는 이 무렵의 시집이다. 1953년부터 다시 고향으로 돌아가 이후에는 줄곧 교육과 시작詩作으로 일관했고, 부산남여자상업고등학교 교장으로 재직 중 교통사고로 사망했다. 시집으로는 《울릉도》 《청령일기蜻蛉日記》 《청마시집》 《제9시집》 《유치환선집》 《뜨거운 노래는 땅에 묻는다》 《미루나무와 남풍》 《파도야 어쩌란 말이냐》 등이 있고, 수상록으로는 《예루살렘의 닭》과 2권의 수필집, 자작시 해설집 《구름에 그린다》 등이 있다. 40여 년에 걸친 그의 시작은 한결같이 남성적 어조로 일관해 생활과 자연, 애련과 의지 등을 노래하고 있다. 생명의 긍정에서 서정주徐廷柱와 함께 '생명파 시인'으로 출발한 그의 시는 범신론적 자연애로 통하는 열애가 그 바탕을 이루며, 그 바탕 위에서 한편으로는 동양적인 허정虛靜 · 무위無爲의 세계를 추구했고, 다른 한편으로는 그러한 허무를 강인한 원시적 의지로 초극하고 있음을 알 수 있다. 그의 시에 허무 의지의 극치인 '바위'와 고고함의 상징인 '나무'가 빈번하게 등장하는 것이 바로 그것이다. 1950년 제2회 서울시문화상, 1958년 자유문학상, 1962년 제7회 예술원상 등을 수상했다. 묘지는 부산직할시 서구 하단동에 있으며, 그의 시비는 경주 불국사, 부산 에덴공원, 충무 남망공원 등에 세워졌다.

《청마시초 靑馬詩抄**》** 청마 유치환의 첫번째 시집. 1939년 청색지사에서 발행. 국판. 자서自序에 이어 모두 55편의 시를 3부로 나누어 수록했다. 1부에 〈박쥐〉 〈고양이〉 〈그리움〉 〈이별〉 〈아버님〉 〈동해안에서〉 〈수선화〉 〈소리개〉 등 24편, 2부에 〈죽竹〉 〈조춘早春〉 〈시일市日〉 〈그리우면〉 〈입추立秋〉 〈5월우五月雨〉 등 21편, 3부에 〈향수鄕愁〉

〈원수〉〈심야深夜〉〈군중〉 등 10편을 실었다. 저자는 자서에서 "시란 생명의 표현, 혹은 생명 그 자체"라고 말했는데, 이러한 언명은 그의 작품에 의해서 뒷받침되고 있거니와, 이른바 '생명파'의 시적 경향을 스스로 웅변한 것이라고 할 수 있다. 이 시집에 수록된 작품들은 저자가 문단에 데뷔한 1931년부터 약 8년간에 걸쳐 쓴 것들이다. 이 시집에서는 두 가지 경향을 볼 수 있다. 첫째는 인생탐구의 보다 명상적인 경향이고, 둘째는 자연을 소재로 한 순수서정의 경향이다. 이 가운데 전자가 이른바 생명파의 경향에 속한다는 것은 두말할 것도 없다. 〈깃발〉〈일월日月〉〈분묘墳墓〉 등이 이 계열에 속한다. 특히 〈일월〉에서 저자의 생명에 대한 사랑과 외경, 그리고 의지에 대한 믿음을 발견할 수 있다. 원초적인 것, 본능적인 것, 생이 지닌 근원적인 고뇌 등 생명파 시들의 보편적인 주제가 잘 드러나 있다. 한편, 〈입추〉〈산〉〈추해秋海〉 등은 순수한 자연의 서정을 노래한 시들이다. 《청마시초》는 1930년대 후반에 생명파를 탄생시키는 데 일익을 담당한 시집의 하나이며, 시를 생명의 목소리로 환원시켰다는 점에서 그 의의를 찾을 수 있다.

〈깃발〉 유치환의 시. 첫번째 시집 《청마시초》에 수록된 작품으로 자타가 공인하는 그의 대표작 중의 하나이다. 이 작품이 전재되는 과정에서 몇 군데 첨삭이 가해지고 있음은 다른 시인의 경우와 마찬가지이다. 전체가 9행으로 분련되어 있지만 내용면에서 세 단계로 나누어 볼 수 있다. 첫번째 단락(1~3행)은 도입부로 깃발의 상징적 이미지를 영원한 세계로 향하는 향수의 몸부림으로 보았고, 두번째 단락(4~6행)에서는 깃발을 통해 영원히 이룩할 수 없는 꿈과 끊임없는 흐느낌과 향수와 좌절로 보았으며, 세번째 단락(7~9행)에서는 이러한 좌절의 근본적인 요인을 묻고 있다. 작자는 여기서 깃발의 상징을 자신의 독특한 주관으로 해석하면서 영원히 실현될 수 없는 이상의 실현을 갈구하는 마음을 역동적으로 표현하고 있다. '깃발'은 소리없는 아우성도 되고 노스탤지어의 손수건도 된다. 이때 깃발은 이상향에 대한 동경으로 상징된다. 그리고 순정이 '이념의 푯대 끝에'서 백로처럼 날개를 펴는 애수로 화할 때, 깃발은 이상향에 집착하는 의지력을 상징하기도 한다. 그러나 그 이상향에 대한 동경이 의지로 발전하다가 결국 좌절의 비애로 귀결된다. 시인이 지니고 있는 이상향에의 동경과 높은 이념이 외롭고 애달픈 것임을 현실과 이상, 좌절과 염원을 대응시킴으로써 생명에 대한 연민과 강한 애착 등을 여실히 보여주고 있다.

〈금강 金剛〉 유치환의 시. 1951년 발간된 종군시집 《보병과 더불어》에 수록되어 있다. 자칫하면 혼란과 무위 속에서 관조觀照의 늪에 빠질 뻔한 시인 앞에, 한 나약한 개인의 힘으로는 어쩔 수 없는 전쟁이 일어났다. 아름다운 국토는 하루아침에 피아가 쏘아대는 포연에 휩싸여 초토가 되고, 도시에서 농촌에서, 산과 평야와 바다와 하늘에서 피비린내 나는 전쟁은 귀중한 젊은이들의 목숨을 앗아갔다. 이 엄청난 비극을 맞자 시인은 서재를 버리고 붓을 든 채 싸움터로 달려갔다. 남북이 갈리기 전까지만 해도 이 나라에서는 가장 아름답던 금강산. 그 금강에 포성이 울리고, 시인은 적군이란 이름으로 불리는 동족을 추격해 우군을 따라 진격했다. 과연 누구를 위한 전쟁인지도 헤아릴 길 없는 싸움터에서 우군의 것이기도 하고, 적군의 것이기도 한 조국의 수려한 금강 앞에

섰을 때, 시인의 심회를 울린 것은 '의미를 잃은 악착한 전쟁'이 아니었을까.

유현종 劉賢鍾 1940~ 소설가. 전북 전주 출생. 서라벌예대 문예창작과 졸업(1961). 1961년《자유문학》신인상에 단편〈뜻 있을 수 없는 이 돌멩이〉가 당선되어 등단했다. 그의 작품은 대체로 현실의식과 초인적 의지를 추구하는 경향을 보이는데,〈거인〉〈섬진강〉등은 이 경향을 잘 나타내주고 있다. 그의 현실의식은 부조리의 상황과 대결하는 밑바닥 인간의 투쟁으로 그려진다. 그러나 소박한 삶이 보존될 수 없는 잔혹한 세상살이가, 가녀린 한의 세계로 빠지지 않고 건강한 생명력과 힘을 지닐 수 있는 것은 생명력 넘치는 문체와 더불어 그의 소설에 있어 가장 큰 특징이라고 할 만하다. 문단 데뷔 이후 왕성한 창작욕을 과시, 주로 중·장편을 써온 그는 1975년〈연개소문〉을《동아일보》에 연재하면서 본격적인 역사소설 작가로 이름을 떨쳤다. 1987년 5월 30일자로 막을 내린 장편〈임꺽정〉은《동아일보》에 3년 5개월 동안이나 연재된 대하소설로 기존의〈임꺽정〉과는 달리 '서림'에 대한 새로운 해석으로 문단의 주목을 받았다. 창작집으로《그토록 오랜 망각》《장화사張畵師》《여름에도 잎이 없는 나무》《흑지黑地》등과 장편〈들불〉〈연개소문〉〈삼별초〉〈불만의 도시〉등을 간행했다. 현대문학신인상, 한국일보문학상 등을 수상했다.

유혜자 柳惠子 1940~ 수필가. 충남 강경 출생. 동국대 국문과(1964) 및 동 대학원(1988) 졸업. 1972년《수필문학》에 수필〈청개구리의 변명〉을 발표해 등단했다. 데뷔 후〈종소리〉〈초록 보리밭〉등을 발표, 본격적인 서정수필로 문학활동을 시작했다. 1976년 전통적인 미의식을 부각시킨〈병풍 앞에서〉〈바가지〉등을 발표, 고향과 인정의 아름다움을 담은 서정수필을 쓰다가 지성과 인간애 추구로 관심을 넓혀 1992년〈살리에리의 친구〉등을 발표, 1995년에는 음악에세이를《월간 에세이》에 연재해 테마수필을 모색하기도 했다. 1967년부터 문화방송 라디오 PD로 입사, 1998년 부국장대우 PD로 정년퇴임했다. 수필집에《돌아오지 않는 메아리》《거울 속의 손님》《세월의 옆모습》《절반은 그리움 절반은 바람》등 다수가 있고, 이밖에 음악에세이《음악의 숲에서》, 수필선집《꿈꾸는 우체통》등이 있다. 그는 한국의 고전적인 향기가 짙은 수필로 출발, 경제성장과 편의위주로 변해가는 세태에서 민족정서와 미의식을 발견해 비유와 대비, 회상과 연상으로 인간성과 혼미한 가치관 회복의 메시지를 느끼게 한다. 또한 지성과 인간애가 내재되어 있는 수필로 문학의 궁극적 목표를 지향하는 수필가로 평가받고 있다. 1982년 제4회 현대수필문학상, 1992년 제29회 한국문학상, 1997년 제14회 한국수필문학상, 1998년 제25회 한국방송대상 등을 수상했다.

유호 兪湖 1921~ 소설가·극작가. 1947년《백민》에 단편〈먹〉을 발표한 이후〈나를 기억하십니까〉등 많은 단편을 발표했다. 해방 후에는 대중가요 가사를 비롯해 소설·시나리오·방송극본 등을 썼다. 주요 작품으로 장편〈일요부인〉〈우리엄마 최고야〉〈맹선생 행장기〉〈나비〉〈잡았네요〉, 희곡〈갈매기〉〈상해上海에서 온 사나이〉등을 들 수 있다. 내성문학상, 방송문화상 등을 수상했다.

유홍종 柳烘鍾 1943~ 소설가. 서울 출생. 연세대 국문과 졸업(1969). 1974년《월간문학》신인상에 시〈달빛소리〉가 당선된 데 이어 1976년 《현대문학》에 소설 〈유다의 성〉 〈금지된 바다〉 등이 추천되어 등단했다. 기독교방송 프로듀서, 동아일보 출판국 기자로 활동했다. 창작집으로 《불새》 《불가시나무》 《서울에서의 외로운 몽상》 《슬픔의 재즈》 등이 있으며, 장편소설 《서울무지개》 《추억의 이름으로》 《수녀 아가다》 《불의 회상》 《조용한 남자》 《카인의 도시》 등을 출간했다. 초기에는 관념적 탐미주의를 통해 존재론을 탐색하는 주지적이고 서정적인 작품 경향을 보였으나, 차츰 사회의 구조적 폭력에 희생되는 인간상을 휴머니즘의 각도에서 쓰는 장편소설 쪽으로 기울어지고 있다는 평가를 받는다. 1984년 대한민국문학상, 1986년 제4회 소설문학작품상 등을 수상했다.

육사시집 陸史詩集 → 이육사李陸史

윤경수 尹敬洙 1934~ 평론가 · 수필가. 서울 출생. 성균관대 국문과 및 동 대학원 졸업(1984). 1963년 《현대문학》에 문학평론 〈쌍화점雙花店에 나타난 인간자세〉가 추천되어 문단에 데뷔했으며, 1990년 《수필문학》에 수필 〈발광체發光體〉가 추천되었다. 주요 작품으로 평론 〈석화시石花詩연구〉 〈윤고산론尹孤山論〉 〈노자老子의 현대적 의의〉 〈조선의 과거론〉 〈다산시茶山詩의 사실성〉 등 수십 편에 이르고, 수필로는 〈지상의 구름과 천상의 구름〉 〈고진감래苦盡甘來의 삶〉 〈구름의 인상〉 등 다수가 있다. 평론은 고전문학 및 한문학 분야에 대해 현대적인 문학 방법으로 작품분석을 하고 있으며, 수필은 신변잡기를 벗어나 주제를 동양사상과 연관시켜 문학적인 표현으로 삼고 있다.

윤곤강 尹崑崗 1911~1950 시인. 본명 명원明遠. 충남 서산 출생. 일본 센슈대 졸업(1933). 귀국해 카프KAPF에 가담했다가 1934년 카프 제2차 검거 때 체포되어 옥고를 치르고 낙향했다. 이듬해 상경해 1936년 무렵부터 활발한 창작 활동을 시작했다. 1939년에는 《시학》 동인으로 활약했다. 고교교사로 근무, 조선문학가동맹에 가입해 활동하기도 했으며, 1948년에는 중앙대 및 성균관대 강사를 역임했다. 그의 작품 활동은 1936년 시와 시론을 활발히 발표하면서부터 본격적으로 전개되었다. 초기 카프파의 한 사람으로 시를 썼으나, 곧 암흑과 불안, 절망을 노래하는 시풍을 띠게 되었고 풍자적인 시를 썼다. 그러나 해방 후에는 전통적 정서에 대한 애착과 탐구로 기울어지기 시작했다. 그의 일생을 통한 시의 변모는 시집 《대지》 《만가輓歌》 《피리》 등에서 찾아볼 수 있는데, 초기의 어둠에 대한 의식과 기대는 당시의 상황이 일제치하라는 시대적 환경이 원인이기도 했으나 어떤 면에서 볼 때 그의 정신적 상황이 불안한 한낮을 거부하고, 침잠할 수 있는 밤을 희구하는 상태에 있었기 때문이었다고 추측할 수도 있다. 시는 시대적 진실의 열정적 표현이 되어야 한다는 그 자신의 시론에 충실했던, 소극적 저항의 시기에 쓰인 작품들로서 자연이나 인생보다는 고통스러운 현실을 우울한 정서로 노래한 것이다. 그밖의 시집으로 《빙하》 《동물시집》 《살어리》 등이 있고, 시론집으로 《시와 진실》이 있다. 시론으로는 〈포에지에 대하여〉 〈표현에 관한 단상〉 〈이데아를 상실한 현조선의 시문학〉 〈시와 현실의 상극〉 등이 있다. 후기의 시편들에서는 대상과의 객관적 거리를 통해 감정과잉이라는 자신의 시적 결함을 어

느 정도 극복하고 있다는 면에서 진일보한 경지를 보여준다. 광복 후 그의 시세계는 커다란 변모를 보여주었는데, 전통계승에 대한 관심, 민족정서의 탐구, 밝고 건강한 세계의 지향 등으로 요약된다. 비교적 다작에 속하는 그의 시세계는 항상 새로운 시세계를 개척해보려는 의욕은 있었으나, 지나치게 묘사나 설명에 의존하려는 시작태도 때문에 전체적으로 응축력이 결여되었다는 결함을 지적받기도 했다.

〈나비〉 윤곤강의 시. 널리 알려진 작품의 하나로 일제치하 당시 우리 민족의 참담한 현실을 나비에 비유해 상징화한 작품이다. 3연으로 구성되어 있으며 일종의 시조와도 같은 분위기와 형식을 느끼게 한다. 그만큼 시인의 심상에 부딪친 한 마리 나비의 상황을 질서 있는 이미지로 탁월하게 승화시켜 놓았다고 볼 수 있다. 궂은 비바람에 지쳐 맨드라미 꽃 위를 내려앉은 한 마리 나비의 상태를 첫 연에서는 사실적으로 묘사했고, 지친 현실로 인해 자신이 놀던 꽃밭을 찾아갈 수 없는 나비의 슬픈 심정을 둘째 연에서, 셋째 연에서는 화려했던 지난날의 나비와 비참한 현실의 나비를 동시에 극대화시켜 나비의 참담한 현실을 더욱 분명하게 형상화했다. 이러한 시인의 내적 이미지의 분명한 질서는 형식면에서도 3행 1연이라는 일정한 질서를 형성하게 한 것이다. 당시 우리 민족의 비극적 현실을 냉정하리만큼 담담한 심상으로 노래한 작품으로서, 한 마리의 곤충으로 현실을 풍자한 독특한 시 중의 하나이다.

윤극영 尹克榮 1903~1988 아동문학가·아동문화운동가·동요작곡가. 서울 출생. 경성법학 중퇴. 도쿄음악학교·도요음악학교에서 성악을 전공. 1923년 색동회의 창립동인이고, 1924년 동요 단체인 다알리아회를 조직해 어린이운동을 하는 한편, 〈설날〉을 발표하면서 동요창작·작곡운동을 전개하기 시작했다. 그는 우리 나라 동요와 동시의 사실상 선구자라고 할 수 있으며, 망국의 원통한 한恨을 안으로 삭이며, 〈반달〉〈까치까치 설날〉〈꾀꼬리〉〈옥토끼 노래〉〈고드름〉〈따오기〉 등 어린이들에게 희망을 가지도록 300여 곡의 동요를 창작했다. 동요작곡집으로 《반달》과 《윤극영 111곡집》이 있다. 제1회 소파상 수상, 서울교대 제정 '고마우신 선생님'에 추대, 국민훈장 목련장을 수상했다.

윤금초 尹今初 1941~ 시조시인. 본명 금호金鎬. 전남 해남 출생. 서라벌예대 문예창작과 졸업(1966). 1966년 《동아일보》 신춘문예에 〈안부安否〉가 당선되어 등단했다. 주요 작품으로 연작시조 〈탐색〉〈풀꽃 심서心緖〉 외에 〈다비문茶毘文〉〈일행소묘〉〈성냥개비〉 등이 있고, 시집에 《어초문답魚樵問答》《네 사람의 얼굴》(공저) 등이 있다. 그는 언어의 압축과 세련미로 심도를 보이는 작품 활동을 하고 있다.

윤기정 尹基鼎 1903~? 평론가. 호 효봉曉峰. 서울 출생. 보인학교 졸업. 1922년 9월에 결성된 염군사에서 활동했으며, 1924년 서울청년회에 소속되어 최승일崔承一·송영宋影·박영희朴英熙 등과 더불어 염군사와 파스큘라를 단일조직으로 만들기 위해서 노력했다. 1925년 조선 프로예맹의 서기국장과 중앙위원을 역임했고 1927년 카프의 아나키스트와의 논쟁에 참여했다. 대표적인 비평으로 〈계급예술론의 신전개를 읽고〉와 〈상호비판과 이론확립〉에서 그는 프로문예의 예술적 완결성을 강조하는 아나키스트 김화산을 비판하고 투쟁기에 있어서의 프로

문예의 본질은 그 투쟁적 · 선전적 기능에 있음을 분명히 했다. 이는 당시 박영희의 목적의식론에 입각한 방향전환론과 입장을 같이하는 것이다. 대표작인 〈양회굴뚝〉은 1930년대 볼셰비키적인 창작방법론에 충실한 작품으로서, 동아제사공장 여공들의 파업을 소재로 현장 노동자들의 힘은 숙련된 노동력과 조직화된 단련뿐이라는 사실을 선전 · 선동하고 있다. 1931년과 1934년에는 두 차례의 카프 검거 사건으로 검거되었다가 각각 기소유예와 집행유예로 석방되었다. 해방 후 조선프롤레타리아 예술동맹의 서기장으로 활동하다가 월북했다.

윤대녕 尹大寧 1962～ 소설가. 충남 예산 출생. 단국대 불문과 졸업. 1988년 《대전일보》 신춘문예에 단편 〈원圓〉, 1990년 《문학사상》 신인상에 단편 〈어머니의 숲〉이 당선되어 창작 활동을 시작했다. 이후 〈은어〉 〈은어낚시통신〉 〈소는 여관으로 들어온다 가끔〉 등을 발표해 문단의 주목을 받았다. 1994년 첫 창작집 《은어낚시통신》을 간행했고, 곧이어 장편 〈옛날 영화를 보러 갔다〉를 발표했다. 이후 많은 단편을 발표하면서, 장편 〈달의 지평선〉과 중 · 단편집 《많은 별들이 한곳으로 흘러갔다》 등을 간행했다. 그의 작품은 전통적인 서사문법과 거리를 두면서도 읽는 이에게 많은 즐거움을 안겨준다. 《은어낚시통신》에 수록된 작품들을 살펴보면, 작가 특유의 모천회귀성, 곧 존재의 시원에 대한 귀환의 꿈을 형상화하고 있다는 점, '낯선 인물'을 매개로 일상의 범속함으로부터 벗어나 참된 자아와 삶의 의미를 추구해나가는 구성을 채용한 점, 그리고 관념적 주제와 추리소설적 구성을 감각적인 이미지와 존재론적 사유로 조탁한 문체로써 현란하게 장식하고 있다는 점 등이 공통점이다. 그는 또한 자기정체성의 회복, 곧 성격변화를 개인적이고 고립된 형상으로 그려낸다. 1996년 〈천지간〉으로 이상문학상을 수상했다.

윤대성 尹大星 1939～ 극작가. 중국 만주 출생. 연세대 법과 졸업(1961). 1967년 《동아일보》 신춘문예에 단막극 〈출발〉이 당선되어 등단했다. 1971년 서울연극학교 강사를 역임했으며, 1980년 이후 서울예전 극작과 교수로 재직 중이다. MBC-TV 드라마 작가로도 활동하고 있다. 주요 작품으로 장막 〈망나니〉 〈노비문서〉, 단막 〈어쩌면 좋아〉 〈무너지는 소리〉 〈너도 먹고 물러나라〉 등이 있다. 그의 작품 경향은 현실에 대한 비판, 억압받는 자에 대한 애정 등을 역사성 속에서 조명하고, 미래에 대해 지극히 비판적이지만 이상주의의 꿈을 제시하는 것이라 하겠다. 또한 전통적인 유산인 우리 민속놀이에 관한 그의 지대한 관심은 그의 작품에 중요한 모티브와 형식을 이루고 있어서, 후기의 작품은 거의 민속놀이를 바탕으로 한 서민의식을 추구하고 있다고 해도 과언이 아니다. 그는 전통의 현대적 계승이라는 현대극의 새 방향을 개척한 것으로 높이 평가된다. 동아연극상, 한국영화예술상, 현대문학상, 대한민국 연극제 희곡상 등을 수상했다.

〈망나니〉 윤대성의 장막극. 1969년 9월 극단 실험극장에 의해 국립극장에서 공연. 열두 마당으로 구성된 에픽드라마epic-drama 형식의 역사극이다. 주인공은 임진왜란으로 온갖 고초를 겪다가 인간에 대한 혐오감으로 스스로 망나니가 될 것을 자청해 자기 인생을 조소한다. 그러다가 마침내는 그의 아내의 목을 베어야 하는 입장에 놓이게 된다. 현실의 시간과 역사의 시대성을 교차하게 함으로써 단순한 사극이 되지 않도록 대사 및 구성에 특별한 배려를 가한 점이 특색이다. 또한 탈 및 민속극적인 춤과 동작을 도입함으로써 민속극의 현대적 이식을 시도해본 실험작품이기도 하다.

〈너도 먹고 물러나라〉 윤대성의 단막극. 1973년 극단 실험극장에 의해 카페 '파리'에서 공연. '장대장내굿'을 토대로 재래형식의 1막극 기법을 탈피하고, 현대를 무대로 재창작한 살롱 드라마 상연용의 작품이다. 기생 '모조리'라는 여자의 일생 속에서 현실의 부조리와 부도덕 등 어처구니없이 자행되는 죄악들을 적나라하게 표현했다.

윤동주 尹東柱 1917~1945 시인. 아명 해환海煥. 북간도 출생. 연희전문 졸업(1941), 일본 도시샤대 영문과 수학(1943). 중학 재학시 간도 연길에서 발행하던《카톨릭 소년》에 동시 〈병아리〉〈빗자루〉〈오줌싸개 지도〉〈무얼 먹구 사나〉〈거짓부리〉 등을 발표한 적은 있으나 정식으로 문단 활동을 하지는 않았다. 도시샤대 재학시 방학 중 귀향길에 오르기 직전, 항일 민족운동을 위한 사상범 혐의를 받아 일경에 피검(1943), 2년형을 언도받고 일본 규슈 후쿠오카 형무소에 수감되었고(1944), 이듬해 옥사했다. 처녀작은 15세 때 쓴 시 〈삶과 죽음〉〈초한대〉이며, 이 두 편의 수준이 상당한 것으로 미루어 습작은 이미 그 이전부터 있었던 것으로 짐작된다. 발표된 작품으로는 연희전문 시절에 《조선일보》 학생란에 발표한 산문 〈달을 쏘다〉, 연희전문 교지 《문우文友》에 게재된 〈자화상自畵像〉〈새로운 길〉, 그의 사후인 1946년 《경향신문》에 발표된 시 〈쉽게 쓰여진 시〉 등이 있다. 1941년에 자선시집 《하늘과 바람과 별과 시》를 발간하려 했으나 실패하고, 자필로 3부를 남긴 것이 1948년 정병욱鄭炳昱과 윤일주尹一柱에 의해 다른 유고와 함께 같은 제목으로 간행되었다. 대표작으로는 자아에의 애증과 내적 갈등을 그린 〈자화상〉, 어린 시절의 회상과 조국의 광복을 염원한 〈별 헤는 밤〉, 죽음의 극한상황을 그린 〈무서운 시간〉, 쫓기는 피압박 민족의 설움을 상징화한 〈또 다른 고향〉 등이 꼽힌다. 그의 작품 경향은 고도의 메타포와 시적 기교로 내면적 인간의 자아성찰과 시대와의 비극적 대결을 통한 비극적 인식 속에서의 자아의 윤리적 완성을 꾀하고 있는 것이 특색이다. 20세를 전후해 10여 년간 전개된 그의 시력 여정은 청년기의 고독감과 정신적 방황, 조국을 잃음으로써 삶의 현장을 박탈당한 동일성의 상실이 그 원천을 이룬다. 초기 시에서는 암울한 분위기와 더불어 동시에 깃들인 유년적 평화를 지향하고자 하는 현실파악 태도를 볼 수 있는데, 이러한 경향의 작품으로는 〈겨울〉〈조개껍질〉〈버선본〉〈햇빛 · 바람〉 등이 있다. 후기 시로 볼 수 있는 연희전문 재학 시절에 쓰여진 시들은 일제말기의 암흑기를 살아간 역사감각을 지닌 독특한 자아성찰의 시세계를 보여준다. 〈서시〉〈자화상〉〈또 다른 고향〉〈별 헤는 밤〉〈쉽게 쓰여진 시〉 등이 이러한 경향을 보이고 있는 대표적 작품들이다. 윤동주의 시는 한마디로 어두운 시대를 살면서도 자신의 명령하는 바에 따라 순수하게 살아가고자 하는 내면의 의지를 노래했다. 자신의 개인적 체험을 역사적 국면의 경험으로 확장함으로써 한 시대의 삶과 의식을 노래하는 동시에 특정한 사회 · 문화적 상황 속에서의 체험을 인간의 항구적 문제들에 관련지음으로써 보편적인 공감대에 도달했다. 1968년 연세대 교정에 그의 시비가 세워지기도 했다. 1998년에는 그의 시집《하늘과 바람과 별과 시》가 번역되어 프랑스의 오르탕 출판사에서 발간됐다.

《하늘과 바람과 별과 시 —詩》 윤동주의 유고시집. 초간본은 1948년 정음사에서 간행되었다. 정지용鄭芝溶의 서문과 강처중姜處重의 발문 및 유령柳玲의 추모시와 더불어 〈서시序詩〉를 포함한 31편의 시가 3부로 나뉘어 수록되어 있다. 이후 그의 10주기를 맞아 1955년 정음사에서 재간행한《하늘과 바람과 별과 시》에는 아우 일주一柱의 〈선백先伯의 생애〉가 첨가 수록되었다. 이 시집은 원래 윤동주가 연희전문 문과 졸업기념(1941)으로 자신이 고른 시 19편을 77부 한정판으로 출판하기 위해 우선 자필로 3부를 만들어 이양하李敭河와 후배 정병욱鄭炳昱에게 각각 한 부씩 주고 자신이 간직했다고 한다. 그때 이양하가 일제검열의 통과여부를 걱정해 시집출간을 만류했기 때문에 보류되었던 것을 광복 후 정병욱의 주선으로 유고 31편을 모아 처음 간행했다. 원리 이 시집의 제목은 '병원病院'으로 붙일 예정이었다고 하는데, 정병욱의 회고에 의하면 '당시의 세상이 온통 환자투성이'였기 때문이라고 했다고 한다. 이 시집에 실린 작품들은 윤동주의 뿌리 깊은 고향상실 의식과, 어둠으로 나타난 죽음에의 강박관념 및 이 모두를 총괄하는 실존적인 결단의 의지를 잘 드러내고 있다. 그의 작품 경향은 어둠의 색채로 물들어 있고, 밤의 이미지로 가득 차 있을 정도로 절망과 공포, 그리고 비탄 등 부정적 현실이 팽배하고 있어, 그의 현실인식이 비극적 세계관에 자리하고 있음을 시사하는 동시에, 불변하는 것에 대한 이상과 염원은 일제 암흑기를 이겨나가는 예언적인 시인의 모습을 나타내준다.

〈서시 序詩〉 윤동주의 시. 시집《하늘과 바람과 별과 시》앞머리에 수록되어 있다. 연희전문 졸업을 1개월 앞두고 쓴 이 작품은 서시序詩인 만큼 그의 시집의 정신을 대표한다고 하겠다. 또한 이 시는 그의 생애와 시의 전모를 단적으로 암시해주는 상징적인 작품이기도 하다. 왜냐하면 이 시는 윤동주의 좌우명격 시인 동시에 절명시에 해당하며 또한 '하늘'과 '바람'과 '별'의 세 가지 천체적 이미지가 서로 조응되어 윤동주 서정의 한 극점을 이루고 있기 때문이다. 이 작품은 내용면에서 세 연으로 나눌 수 있는데, 첫째 연에서는 하늘의 이미지가 표상하듯이 천상적인 세계를 지향하는 순결의지가 드러난다. 바라는 것, 이념적인 것과 실존적인 것, 한계적인 것 사이의 갈등과 부조화 속에서 오는 부끄러움의 정조가 두드러진다. 둘째 연에는 대지적 질서 속에서의 삶의 고뇌와 함께 섬세한 감수성의 울림이 드러난다. 셋째 연에는 운명애의 정신이 핵심을 이루고 있는데, 특히 '그리고 나한테 주어진 길을 걸어가야겠다'라는 구절은 운명애에 대한 확고하면서도 신념에 가득 찬 결의를 다지고 있는 것으로 해석된다. 이러한 운명애의 결의와 다짐은 험난한 현실에서 도피하지 않고 운명과 맞서서 절망을 극복하려는 자기구원과 사랑에 있어 최선의 방법이 될 수 있기 때문이다. 여기에서 윤동주가 택한 자기구원의 방법은 운명에 대한 긍정과 사랑이었던 것이다. 그러나 이 운명애의 길은 관념적으로 도출된 것이 아니라 진솔한 자아성찰과 통렬한 참회의 과정을 겪으면서, 변증법적 자기극복과 초월의 노력에 의해 마침내 획득된 것이라는 점에서 참된 생명력을 지니는 것이다. 그것은 단순한 운명 감수의 태도가 아니라 그 극복과 초월에 목표를 둔 것이기 때문이다. 이렇게 볼 때 이 작품은 시집의 전체적인 내용을 개략적으로 암시하고 있는 시로서, 존재론적 고뇌를 투명한 서정으로 이끌어올림으로써 광복 후 혼란한 시대에 방황하는 이 땅의 많은 젊은이들에게 따뜻한 위안과 아름다운 감동을 불러일으킨 작품이라 할 수 있다.

윤백남 尹白南 1888~1954 소설가·극작가·영화감독. 본명 교중敎重. 충남 공주 출생. 일본 와세다대 예과를 거쳐(1906), 도쿄고등상업학교 졸업(1910). 귀국해 경술국치 이후에는《매일신보》기자로 들어가서 문필생활을 시작했고, 1912년에는 작가 조일재趙一齋와 함께 신파극단 문수성을 창단해 배우로도 활약하는 등 연극활동을 겸했다. 1913년《매일신보》편집국장을 거쳐 잡지사 반도문예사를 세우고 월간잡지《예원》을 발간했다. 1916년 이기세李基世와 함께 신파극단 예성좌를 조직했고, 1917년 백남프로덕션을 창립해 몇 편의 영화를 제작·감독하기도 했다. 1918년 김해 합성학교 교장을 거쳐, 창간된《동아일보》에 입사했고, 이 시기에 단편소설〈몽금夢金〉을 발표하고〈수호지〉를 번역했으며, 우리 나라 최초의 대중소설인〈대도전大盜傳〉을 연재했다. 이어 1920년《동아일보》에 신극사新劇史 최초의 연극론인 논문〈연극과 사회〉를 발표했다. 그는 또한 소설창작에 이어 희곡〈국경〉과〈운명〉을 발표했다. 1922년 민중극단을 조직해서 자신의 희곡〈등대지기〉〈기연奇緣〉〈제야의 종소리〉등과 번안·번역극 등을 상연했다. 1923년 우리 나라 최초의 극영화인〈월하月下의 맹서〉의 각본과 감독을 맡았다. 1930년 다시 연극으로 눈을 돌려서 경성소극장의 창립동인이 되었으나 곧 유산되었고, 1931년 창립된 신극단체인 극예술연구회의 창립동인이었으나 1920년대 중엽 이후로는 실제로 연극일선에는 거의 나서지 않았다. 1934년 만주로 건너가 역사소설〈낙조의 노래〉와〈미수尾愁〉등을 집필했고, 광복 후에 귀국해 1953년 서라벌예술대학장을 역임했다. 주요 작품으로〈사변 전후〉〈추풍령〉등이 있고, 희곡집으로《운명》을 간행했다. 그의 작품 초기에는 계몽주의적·인도주의적 경향을 띠었다. 그러나 점차 현실패배적인 역사소설이나 야담류로 흘렀고, 1933년 무렵에는 본격적인 야담가로 나서기도 했다. 그의 희곡은 신여성에 대한 매도와 구식 결혼제도 비판이라는 주제를 통해서 보수와 진보사상을 동시에 드러내는데, 이는 개화시대 지식인들의 과도기적 복합성을 나타낸다고 볼 수 있다. 그의 논문〈연극과 사회〉는 G. 크레이그의〈극예술론〉에 바탕을 두고 우리 나라의 관점에서 썼는데, 소박한 논조이기는 하나 당시 연극계에 큰 충격을 던져주었다. 그는 개화기의 선구적인 인물로서 언론인·연극인·교육자·문인·영화인·만담가에 이르기까지 폭넓은 활동을 펼쳤다. 특히, 그는 영화계에 선구적 공적을 남겼고 연극인으로서도 초창기에 극단을 주재하고 희곡을 쓰는 등 신파극을 정화하려고 노력했다.

〈흑두건 黑頭巾〉 윤백남의 장편 역사소설. 1934년 6월부터 1935년 2월까지《동아일보》에 연재되었다. 조선 광해군 때 대북

인大北人 일파가 완전히 장악하고 있던 정권을, 소북인小北人들이 흑두건 일파와 힘을 모아 새 왕으로 능양군을 추대하기까지의 반란과 수모를 그리고 있다.

윤병로 尹柄魯 1936~ 평론가. 호 두명斗溟. 평남 중화 출생. 성균관대 국문과 졸업(1957). 경희대 대학원 및 성균관대 대학원 수료. 《현대문학》에 1956년 평론 〈빙허憑虛 현진건론玄鎭健論〉과 1957년 〈리얼리즘의 현대적 방향〉 등으로 추천을 받아 문단에 등단했다. 성균관대 교수 및 문과대학장을 역임했으며, 현재 동 대학에 교수로 재직 중이다. 도쿄대 비교문학연구실 객원연구원, 대만 정치대 교환교수로 활동했으며, 현재 한국문학평론가협회 명예회장, 한국문인협회 이사, 국제펜클럽 한국본부 부회장, 한국현대소설학회장으로 있다. 주요 평론으로 〈비평의 사명〉 〈휴머니즘의 역사적 이해〉 〈비평문학 서설〉 〈민족문학의 재검토〉 등이 있으며, 평론집 《엽전의 비애》를 비롯해 《현대작가론》 《한국현대비평문학서설》 《한국현대소설의 탐구》 《민족문학의 모색》 《한국현대작가의 문제작 평설》 《비평의 쟁점과 문학의 안팎》 《문학비평의 언저리》 등 15권의 저서와 평론집, 수필집이 다수 있다. 그의 비평은 어떤 하나의 기준을 고집하지 않고 다양한 각도에서 객관적으로 다루는 일종의 종합적 정신에 입각하고 있다. 시평은 별로 없으며 주로 소설과 소설가론을 발표했고, 신문을 통해 소설 월평도 많이 썼다. 새롭고 참된 가치관을 확립해 민족성을 창조해야 한다는 것이 그가 표방하고 있는 비평론의 기본 태도이다. 1974년 월탄문학상 및 한국펜클럽문학상, 1988년 한국문학상, 1989년 대한민국문학상, 1993년 서울시문화상, 1998년 대한민국문화예술상 등을 수상했다.

윤복진 尹福鎭 1907~ ? 아동문학가. 필명 김수향金水鄕 · 김귀환金貴環. 대구 출생. 일본 법정대 영문과 졸업. 1926년 《어린이》에 동요 〈바닷가에서〉가 추천되어 본격적인 동요 · 동시 등의 창작 활동을 시작했다. 주요 작품으로 〈기차가 달려오네〉 〈아기 참새〉 〈종달새 종종종〉 〈읍네 가는 마차〉 〈진달래〉 〈산길〉 〈파아란 세상〉 〈찌꼬리〉 등이 있다. 전통적 정형률을 기조로 서정적 자연친화의 경향을 띠면서 아동문학사상 초기 동시단의 순수동시를 지향한 선구적 공이 크다.

윤사섭 尹史燮 1930~ 아동문학가. 경북 김천 출생. 성균관대 한국사서교육원 수료(1966). 1955년 《어린이 신문》에 동화 〈인순이〉가 추천되고, 1960년 《경향신문》에 동화 〈전봇대가 본 별들〉이 당선되어 등단했다. 이후 흑맥문학회를 조직, 《문학령》을 발간하면서 창작생활에 전념, 동심천사주의를 바탕으로 감동과 긍정을 통해 스스로의 자각을 노리는 서민적 · 향토적 경향을 드러내고 있다. 주요 작품에 〈달님과 송편떡〉 〈크레용〉 〈달님과 코스모스〉 등이 있고, 작품집으로 《전봇대가 본 별들》 《바람은 불어도》 《달님과 송편떡》 《아가신》 《아기바람 엄마바람》 등이 있다. 세종아동문학상을 수상했다.

윤석중 尹石重 1911~ 아동문학가. 호 석동石童. 서울 출생. 일본 조치대 신문학과 졸업(1944). 1924년 《새소년》에 동요 〈봄〉, 1925년 《어린이》에 〈오뚜기〉가 입선되면서 작가생활을 시작했다. 1926년 조선물산장려회가 모집한 물산장려

가物産奬勵歌에 1등으로 당선, 1929년 광주 학생사건이 일어나자 양정고보 졸업반으로서 〈자퇴생의 수기〉를 《중외일보》에 발표하고 졸업장을 거부, 사회적으로 파문을 일으켰다. 1932년 그림과 곡조를 곁들인 최초의 동요화곡집인 《윤석중 동요집》을 간행, 1933년에는 동시 35편을 수록한 동시집 《잃어버린 댕기》를 간행했다. 이는 4·4조나 7·5조의 재래의 동요형식을 깨뜨린, 우리 나라에서 처음 시도된 자유시형의 동시집이기도 하다. 1933년 개벽사에 입사, 방정환方定煥의 뒤를 이어 《어린이》를 주간하고, 전시 중에는 금강산 속에서 동요창작에 골몰했다. 해방과 함께 상경해 《어린이 신문》을 창간, 그해 12월 조선아동문화협회를 창설해 《주간 소학생》을 창간하는 한편, 노래동무회를 조직해 신작동요 보급에 힘썼다. 1959년 새싹회를 조직, 소파상과 장한 어머니상을 제정했고, 유명동요의 노래비 건립, 새노래 보급 등의 활동을 계속했다. 중앙대·성신여대·국민대 등에서 아동문학을 강의했다. 주요 작품에 〈낮에 나온 반달〉 〈외나무 다리〉 〈넉점 반〉 〈자장노래〉 〈키 대보기〉 등이 있으며, 작품집에 《잃어버린 댕기》 《초생달》 《굴렁쇠》 《윤석중 동요 백곡집》 《윤석중 아동문학독본》 《바람과 연》 등을 비롯해 많은 동요·동시집이 있다. 동요운동의 황금시대인 1920년대에 출발한 그의 동요는 시작부터 감상주의에 반기를 들면서 밝음과 기쁨을 창조하기를 시도했다. 이와 같은 동요에 대한 생각은 오늘날까지 일관되어 왔고 그의 동요 속의 동심과 어린이상은 언제나 약동적인 것이었다. 〈잃어버린 댕기〉에서부터는 노래적인 것에서 시적 세계로 변모, 정형율에서 벗어나 자유시형으로 변했는데 이때 단순히 외형적인 형태만이 변하지 않고 〈밤 한 톨이 떽떼굴〉 등 일련의 시작에서 볼 수 있듯이, 드라마틱하게 이야기를 전개하는 새 경지를 개척하기도 했다. 그는 엄청난 양산量産과 함께 다채로운 방법과 제재를 다룬 동요시인이다. 한편 우리말을 아름답게 탁마한 작가로서 한국 현대아동문학계의 큰 봉우리로 정평화되었다. 3·1문화상, 대한민국문학상, 문화훈장 국민장, 외솔상, 막사이사이상(필리핀) 등을 수상했다.

윤선효 尹禪曉 1944～ 시조시인. 호 불광佛光. 경남 합천 출생. 동국대 승가학과 졸업(1976). 1975년 《시조문학》에 〈산란山蘭〉으로 추천받아 문단에 데뷔, 1977년 《조선일보》 신춘문예에 〈임진강에서〉가 당선되었다. 선적禪的인 사유를 바탕으로 서정을 살리는 한편 본질을 직관해 직·은유를 써서 표상하고 시 혹은 시조작품으로 형상화시켰다. 시조집 《임진강》, 시집 《염원》 《꽃은 피고지고》, 수필집 《붇다와 우바이》 《여승 그 성역의 문을 열면》 등 다수의 작품집이 있다.

윤오영 尹五榮 1907～ 수필가·평론가·국문학자. 호 치옹痴翁·동매실주인桐梅室主人. 서울 출생. 1959년 《현대문학》에 수필 〈측상락廁上樂〉을 발표한 이후 많은 작품을 썼다. 주요 작품으로 〈조약돌〉 〈사발시계〉 〈비원秘苑의 가을〉 등이 있고, 《수필문학》에 연재했던 〈수필문학의 첫걸음〉과 〈수필문학강론〉은 새로운 수필문학 개척에 이정표적 역할을 했다. 이밖에 〈한국 주방사廚房史〉 〈한국의 창窓연구〉 〈연암燕岩의 문장文章〉 등을 발표해 주목을 끌었다. 수필집 《고독의 반추反芻》는 그의 대표적 저서이다. 그의 수필은 한국적인 정신을 바탕으로 씌어졌으며, 수필은 곧 문장文章이라고 주장할 만큼 글을 다듬는 데 고심했다.

윤일광 尹日光 1949~ 아동문학가·시조시인·극작가. 호 훈빛·눌산訥山. 경남 거제 출생. 동아대 교육대학원에서 국어교육 전공. 1983년 《아동문학평론》에 동시 〈봄바람〉 외 2편이 추천되어 등단했다. 1984년 《시조문학》에 시조 〈겨울 시행초詩行抄〉, 1985년 《월간문학》에 희곡 〈스핑크스의 미소〉를 발표하며 더욱 활발한 활동을 전개했다. 작품집에 《꽃신》《동그란 자리》《구름 속에 비치는 하늘》《윤일광의 달》 등이 있다. 1982년 한국시협 신인상, 1983년 동백예술문화상, 1986년 대한민국문학상 등을 수상했다.

윤재걸 尹在杰 1946~ 시인. 전남 해남 출생. 연세대 정외과 졸업(1971). 1966년 《시문학》에 〈여름 한때〉가, 1975년 《월간문학》에 〈용접〉 등이 추천되어 등단했다. 주요 작품으로 〈후여 후여 목청 갈아〉〈전라도의 무등無等과 함께〉〈오월곡五月哭〉 등이 있으며, 시집으로 《후여 후여 목청 갈아》《금지곡을 위하여》 등이 있다. 《동아일보》 기자와 《한겨레신문》 기획취재부 편집위원으로 일하면서 르포집 《윤재걸 르뽀집》과 《서울공화국》《분노의 현장》 등을 내기도 했다. 그는 사회현실에 대한 주체적 정서를 기축으로 한국시 전개의 공리성과 그 양식에 관해 관심을 기울이고 있다. 그의 시세계에는 현실수용이라는 순응적 정서와 사회고발적 비판의식이 문화적 대응으로 공존하고 있다.

윤재근 尹在根 1936~ 평론가. 경남 함양 출생. 서울대 영문과 및 동 대학원 미학과 졸업. 1966년 《문학비평》에 〈시적 표현의 배경과 변용〉을 발표해 등단했다. 이어 〈시어에 관한 미학적 고찰〉〈반인간反人間과 문학의 소명〉〈시정신과 창조성의 연관〉〈문화정신과 서정성의 연관〉 등을 발표했다. 저서로 《문예미학》《한국 시문학 비평》《만해시와 주제적 시론》《만해시 '님의 침묵' 연구》 등이 있으며, 1978년 현대문학상, 1980년 월탄문학상, 1983년 한국문학상 등을 수상했다.

윤재천 尹在天 1932~ 수필가. 경기도 안성 출생. 중앙대 국문과 및 동 대학원 졸업(1958). 1969년 《현대문학》에 수필 〈만년과도기萬年過渡期〉를 발표해 등단했다. 이후 〈무관심〉〈선물과 뇌물〉〈평면적인 생활〉〈요즈음 사람들〉 등의 작품을 통해 현실생활의 고민을 추적했다. 상명여대·중앙대 교수 역임. 한국문인협회 이사, 국제펜클럽 한국본부 이사, 한국수필학회 회장, 《현대수필》 발행인 겸 주간, 한국수필학연구소 소장으로 활동했다. 저서로 《명작을 찾아서》《지성의 눈》《뒤안길의 대화》《수필문학론》《수필작법》《신문장작법》《수필문학산책》 등 다수가 있으며, 수필집으로 《다리가 예쁜 여인》《잊어버리고 싶은 여인》《문을 여는 여인》《나를 만나는 시간에》《구름카페》 등이 있다. 1989년 제7회 한국수필문학상, 1991년 제16회 노산문학상, 1996년 제33회 한국문학상 등을 수상했다.

윤정규 尹正奎 1937~ 소설가. 호 의인宜人. 일본 나고야 출생. 1957년 《현대문학》에 〈축생도畜生圖〉로 추천되어 등단했다. 이후 현실의식이 강한 작품을 많이 써왔다. 부산에서 방송국·신문사 등에 잠시 있었으나 주로 창작생활에 몰두, 주요 작품으로 〈사각死角〉〈군중〉〈비인서설非人序說〉〈모반謀叛〉〈인형의 성城〉〈장렬한 화염〉〈싼타크로스는 언제 죽었나〉 등이 있다. 소설집으로 《오욕의 강물》《불타는 화염》《신양반전》 등을 간행했다. 인간의 자유와 지위향상을 위해 문학은 무엇인가 도움을 주어야 한다는 신념으로 창작 활동을 하고 있다. 작품 세계는 정치 · 사회 · 경제적인 부조리의 풍자, 농촌의 가난한 농민과 도시의 근로자층이 가진 고뇌의 기록 등이 주축을 이루어 왔으나, 최근엔 역사적 사실을 풍자적 기법으로 쓰기도 한다. 사실을 과장 · 풍자하는 기법을 즐겨 사용하는데, 〈오욕의 강물〉〈한수전 恨水傳〉은 일본어로 번역, 소개되기도 했다. 1971년 부산시문화상, 1986년 요산문학상을 수상했다.

〈장렬한 화염 壯烈一火焰〉 윤정규의 중편소설. 1972년《상황》에 발표되었다. 정치적 부조리를 풍자한 〈오욕의 강물〉과는 대조적으로, 차분하고 치밀한 묘사로 공장지대 근로자들의 비참한 생활상을 그렸다. 주인공 민수는 3개월 동안 노임을 못받고 있지만 파업을 하자는 근로자들에게 계속 더 기다릴 것을 권고하는 성실한 노동자다. 그러나 사장은 오히려 체불노임 이자로 신형 자가용을 사들이며 밀린 노임에 대해선 무관심할 뿐 아니라, 딱한 근로자에겐 그만두라는 식의 협박이었다. 종내엔 모든 근로자가 단결, 노조 결성을 하려 하자 사장은 이의 방해공작을 시작한다. 민수는 이때 앓고 있던 아들을 돈 때문에 잃게 되어 온갖 분노가 폭발, 공장에다 불을 지르고 만다. 본격적인 노동소설의 하나로 평가되는 작품이다.

윤정모 尹靜慕 1946~ 소설가. 부산 출생. 서라벌예대 문예창작과 졸업(1970). 1968년《무늬져 부는 바람》을 처녀 출판한 이후 〈생의 여로에서〉〈저 바람이 꽃잎을〉 등을 썼으며, 1981년《여성중앙》 중편소설 공모에 〈바람벽의 딸들〉이 당선되어 등단했다. 주요 작품으로 단편 〈아들〉〈신발〉〈밤길〉 등이 있다. 장편소설 〈에미 이름은 조센삐였다〉〈그리고 함성이 들렸다〉〈나비의 함성〉〈그들의 오후〉 등이 있으며 창작집으로《가자, 우리의 둥지로》《고삐》《들》《그리고 함성이 들렸다》《빛》《딴나라 여인》 등이 있다. 그는 사회적인 요인에 대한 구조적인 부당성을 과단성 있게 노출시키면서 그 이면에 인간성에 대한 승리와 긍지를 보여주었다는 평가를 받고 있다. 신동엽창작기금, 단재상, 서라벌문학상 등을 수상했다.

〈님〉 윤정모의 중편소설. 1987년 한길사에서 발간된《문학과 역사》에 실렸다. 주요 등장인물은 아시안게임 때 일시 귀국했다가 간첩혐의로 쫓기고 있는 일본 유학생 고진국과 가족이기주의적 성품을 지닌 문교수의 부인, 그리고 진국의 애인이자 민족애가 강한 조총련계 여대생 한래영 등이다. 내면화된 분단의식으로 그 실체가 잘 감지되지 않는 분단 이데올로기 문제를 다룬 1980년대 성과작으로 평가된다. 부인은 분단모순이 내면화된 미망 속의 인물로, 진국은 모순의 일방적 피해자로 그려졌다.

윤조병 尹朝炳 1938~ 극작가 · 연출가. 호 단초旦草. 충남 연기 출생. 서울대 법대 중퇴(1959). 1967년 국립극장 장막희곡공모에 〈이끼 낀 고향에 돌아오다〉가 당선되어 등단했다. 데뷔 후《백수문학》 동인, 극단 에저또 단원으로 희곡 〈참새와 기관차〉〈겨울 이야기〉〈건널목 삽화〉〈딸꾹질〉 등을 각 문예지에 발표했다. 1977년 연극제가 창설되면서 〈농토〉〈초승에서 그믐까지〉 등을 지속적으로 발표, 인천시립극단초대상임연출, 극협극작분과위원장 등을 역임했으며, 현재는 서울어린이국제연극제 운영위원, 한양여대 겸임교수, 한국예술종합학교 교수로 재직 중이다. 대표희곡으로 〈농녀〉〈휘파람새〉〈풍금소리〉〈아버지의 침묵〉〈영혼의 노래〉

(가곡뮤지컬) 〈제암리의 아침〉(무용극) 〈아침들녘숨소리〉(무용극) 〈세모시 옥색치마〉(무용극) 등 다수가 있다. 창작희곡집에는 《농토》《모닥불아침이슬》《설레이는 물결치는》 등이 있다. 등단한 1960년대 후반에는 실험주의 연극에 관심을 보이면서 남북분단, 공해문제를 주로 다루었다. 이후 시대적 현실에 좌절을 느끼면서 풍부한 체험과 상상력을 발휘해 서민적 리얼리스트로 변신해 희곡문학의 지평을 넓혀주고 있다는 평가와 함께 연극성보다는 문학성에 치우치고 있다는 지적도 받고 있다. 1978년 현대문학상, 1981년 동아연극희곡상, 1982년 백상예술상, 1984년 전국연극제 희곡상 및 한국연극예술상, 1987년 중앙문화대상, 1998년 대통령 표창을 비롯, 다수를 수상했다.

윤형두 尹炯斗 1935~ 수필가. 호 범우汎友. 일본 고베 출생. 동국대 법학과 및 고려대 경영대학원, 중앙대 신문방송대학원 졸업. 월간 《신세계》《다리》 주간, 국제펜클럽 한국본부 이사, 대한출판문화협회 부회장, 한국 출판협동조합 이사장, 한국언론학회 이사, 한국고서연구회 회장 등을 역임, 현재는 종합출판 범우사 대표이자 《책과 인생》《한국문학평론》의 발행인이다. 중앙대 신문방송대학원 객원교수, 한국도서관협회 이사로도 활동하고 있다. 그는 일찍이 자유당 때 《신세계》 기자로 일했으며, 월간 《다리》의 주간으로 일하면서 옥고를 치르는 등 오래 전부터 문필과의 인연을 맺고 살아왔다. 1972년 《수필문학》에 수필 〈콩과 액운〉을 발표하면서 정식으로 등단했다. 주요 작품으로는 〈콩과 액운〉 〈경마競馬〉 〈책의 미학〉 〈10월의 바다〉 등이 있으며, 작품집으로는 《사노라면 잊을 날이》《넓고 넓은 바닷가에》 《책의 길 나의 길》《여정일기 잠보잠보 안녕》《아버지의 산 어머니의 바다》《책이 좋아 책하고 사네》, 미니북 《책》 등이 있다. 소설가 정을병은 그의 수필에 대해 '그의 글들은 성격대로 아담하고 서정적이며, 또한 내향적이다. 애써 미문을 만들려고는 하지 않지만, 원래 문재가 있어서 저절로 미문이 되고 있으며, 조용한 자기성찰의 낮은 목소리는 오히려 남에게 설득력을 발휘하고 있다'고 평가한 바 있다. 1982년 문화공보부장관 표창, 1988년 대통령표창, 1989년 한국출판학회저술상, 1991년 현대수필문학상, 1992년 서울시문화상, 1994년 동국문학상, 1995년 국민훈장석류장 등을 수상했다.

윤호영 尹虎永 1926~1991 소설가 · 수필가. 호 청사晴沙. 황해도 장연 출생. 경성의학전문학교 수료. 1945년 《백맥》 동인으로 문학활동을 시작한 후, 1964년 《소설계》에 〈오후의 조건〉을, 1965년 《문학춘추》에 〈삼거설三去設〉을 발표하면서 등단했다. 그의 작품에는 주로 가식없는 인간의 본모습을 찾으려는 노력이 나타나 있다. 주요 작품으로 단편 〈인간들〉 〈소개장〉, 중편 〈오후의 조건〉, 수필 〈우리들의 오해와 행방〉 등이 있다. 창작집 《인간들》과 수필집 《인간으로 돌아가라》를 간행했다. 1985년 한국펜문학상을 수상했다.

윤효선 尹曉禪 1945~ 시인 · 수필가 · 사회평론가. 호 소암昭菴. 부산 출생. 경남대 종교학과 및 동국대 경영대학원 졸업(1984). 1974년 수필 〈잠 못 이루는 젊음을 위하여〉를 발표하면서 작품 활동을 시작했다. 불교 조계종 포교사, 부산불교신문 주필 및 이사로 활동하고 있으며, 주요 작품에 〈돌부처의 기도〉 〈분열과 통합의 논리〉 〈붉은 수수밭의 엘레지〉 등 다수가 있다. 수필집에 《피안을 바라보며》《청솔가지를 태우면서》, 시집에

《허공에 점 하나를 찍어놓고》 등이 있다.

윤후명 尹厚明 1946~ 시인 · 소설가. 본명 상규常奎. 강원도 강릉 출생. 연세대 철학과 졸업. 1967년 《경향신문》 신춘문예에 시 〈빙하氷河의 새〉가 당선되어 등단했다. 이후 1979년 《한국일보》 신춘문예에 단편 〈산역山役〉이 당선되어 소설가로서 재데뷔했다. 《신춘시》 《70년대》 《작가》 동인으로 활동했으며, 이후 중편 〈돈황의 사랑〉 〈섬〉, 단편 〈누란樓蘭의 사랑〉 등을 발표해 문단의 주목을 받았다. 10여 년의 시작 활동을 모아 시집 《명궁名弓》을 발간, 이 시집은 한을 기조에 깔면서도 이를 애상이나 슬픔이 아니라 황폐한 세계에 대한 비극적 인식의 차원으로 승화시키고 있다. 또한 그의 소설의 특징은 리얼리즘이 주류를 이루던 1980년대의 상황에서 벗어나 사실성보다는 환상성을, 집단보다는 개인을 서사의 중심에 놓았다는 데 있다. 그의 소설에 등장하는 인물들은 대체로 정체 모를 상실감, 존재의 불안감, 고독, 절망 등에 쌓여 있다. 이러한 존재론적 공허와 결핍으로 인해 그들은 삶의 의미를 찾는 여행을 떠나거나 혹은 타자를 강렬히 열망하게 된다. 그러나 여행이나 사랑은 좌절되며, 그의 소설은 상실의 세계로부터의 탈출과 귀환의 과정을 통해서 자아회복의 가능성을 모색하는 원형적 구성형식을 취한다. 시집으로 《명궁名弓》 《홀로 가는 사람》 《홀로 등불을 상처 위에 켜다》 등이 있고, 소설집으로는 《돈황의 사랑》 《부활하는 새》 《모든 별들은 음악소리를 낸다》 《원숭이는 없다》 《협궤열차》 등이 있다. 1983년 제3회 녹원문학상, 1984년 제3회 소설문학작품상, 1986년 제18회 한국일보문학상, 1995년 이상문학상 등을 수상했다.

〈돈황의 사랑 敦皇一〉 윤후명의 단편소설. 1982년 《현대문학》에 발표되었으며 제3회 녹원문학상 수상작이다. '나'는 한때 주간지 기자로 근무했으나 지금은 아내가 벌어주는 돈으로 생활하고 있다. 연극광인 친구는 토속적인 소재를 갖고 와 극본을 써보라고 한다. 그러한 친구의 요구를 거절하던 어느 날, 친구는 혜초가 머물면서 〈왕오천축국전往五天竺國傳〉을 쓴 중국 고대 불교 유적지인 막고굴, 즉 돈황에 대해서 이야기한다. 그리고 그것을 소재로 혜초의 사랑을 다룬 '돈황의 사랑'이라는 작품을 만들자고 한다. 그는 '돈황의 사랑'이 자기와의 싸움을 본질로 한다는 것을 보여주면 된다는 것이었지만, '나'는 그가 말하는 '본질'의 본질이 무엇인지 알 수 없어 더이상 상대하지 않는다. 그는 돈황에 대한 기사를 주고 간다. 그것을 훑어보던 '나'는 돈황의 벽화 중 고구려의 수렵도와 닮은 것을 발견한다. 다음날 밖에서 아내와 만나기로 한 '나'는 시간을 메우기 위해 친구를 찾아간다. 그는 제자들과 탈춤 비디오를 보고 있다. 나는 먹중들 사이를 오가는 사자를 보면서 돈황의 벽화에 그려져 있던 사자를 생각한다. 이어 어린 시절의 아버지와 사자에 대한 기억, 사자에 대한 환상이 펼쳐지고 아내와 만나자 '나'는 꿈에 사자춤을 구경했노라고 없는 이야기를 한다. 집에 돌아왔을 때 '나'는 문득 긴 하루를 지냈다는 느낌을 갖게 되고 아내가 잠든 뒤, 비록 누워서 사자꿈을 꾸지는 않았지만, 오랜 세월 춤추는 사자에 대한 꿈을 꾸어왔다는 사실을 깨닫는다. 그러한 생각 속에서 '나'는 모래가 엉겨붙은 듯한 쉰 목소리를 듣는다. 그것은 '나'의 목소리다. 환상을 그리고 있는 이 작품은 돈황이라는 공간적 거리, 또는 신라 및 혜초와 연관되는 시간적 아득함을 내포한다. 그것은 이중의 의미에서 멀리 있는 세계이다. 그러나 이같은 아득함은 주인공을 통해 현실이 된다. 그것은 혜초로 하여금 돈황과 신라의 거리를 극복하도록 한, 또는 주인공으로 하여금 환상과 현실의 거리를 뛰어넘도록 한 깨달음의 영원한 현재이다.

윤흥길 尹興吉 1942~ 소설가. 전북 정읍 출생. 원광대 국문과 졸업(1973). 1968년《한국일보》신춘문예에 단편 〈회색 면류관의 계절〉이 당선되어 등단했다. 이후 〈지친 날개로〉〈장마〉〈양羊〉〈엄동嚴冬〉〈몰매〉〈빙청氷靑과 심홍深紅〉〈꿈꾸는 자의 나성羅城〉〈에미〉〈완장〉 등을 발표, 꾸준한 작품 활동을 해왔다. 창작집으로《황혼의 집》《아홉 켤레의 구두로 남은 사내》《장마》《돛대도 아니 달고》《말로만 중산층》 등 다수와, 〈묵시默示의 바다〉〈순은純銀의 넋〉〈완장〉〈빛 가운데로 걸어가면〉 등의 장편을 간행했다. 윤흥길의 작품 세계는 크게 세 가지로 볼 수 있는데 〈장마〉〈황혼의 집〉〈양〉 등 일련의 작품에서 보여지는 바 토착적인 정서를 배경으로 한 분단 이데올로기의 문제, 〈아홉 켤레의 구두로 남은 사내〉 연작 등 일련의 작품들에서 나타나는 바 도시문명의 그늘 속에서 좌절과 갈등을 겪으며 살아가는 뿌리 뽑힌 자들의 세계, 〈완장〉〈비늘〉 등의 작품에서 드러나는 우리들의 현실과 삶 속에서 늘 제기되는 힘 혹은 폭력의 문제가 그것이다. 1964년 제대한 후 교직생활을 하던 중 등단한 그는 1977년 소설에만 전념하려고 전업작가로 나섰다. 이 해에 그는 모두 열두 편의 단편 · 중편 · 장편소설들을 발표해 그해의 다작多作 기록을 세웠다. 또한 〈아홉 켤레의 구두로 남은 사내〉로 제4회 한국문학작가상을 수상했다. 이 무렵을 전후해 그는 1970년대 한국소설을 대표하는 작가로 부상했다. 일어판 소설집《장마》《황혼의 집》과 소설《에미》가 일본에서, 영문판 소설집《The House of Twilight》가 영국에서, 1993년에는《에미》가 프랑스에서 발간되는 등 윤흥길은 지금까지 우리 소설을 대표하는 작가의 한 사람으로 주목받으며 그 작품성을 인정받고 있다. 1977년 한국문학작가상, 1982년 한국일보문학상, 1982년 현대문학상, 1995년 요산문학상, 1997년 원광문학상 등을 수상했다.

〈장마〉 윤흥길의 중편소설. 1973년에 발표된 작품으로 우리 나라 중편소설 중에서 걸작으로 꼽히고 있다. 사돈 사이인 두 노인의 관계가 '나'라고 하는 어린이에 의해 서술되고 있는 이 소설은 국군에 입대했다가 죽은 아들을 가진 외할머니와, 빨치산이 되어 밤에만 찾아오는 아들을 둔 친할머니가 한 집에 살고 있는 기묘한 상황에서 비롯된다. 서로 사돈간이면서, 또 화자인 '나'의 입장에서 보면 모두 혈육임에도 불구하고 같은 집안에서 서로 다른 이해관계에 빠지지 않을 수 없는 두 노인의 운명은 역사가 만들어 준 기괴한 모순을 그대로 드러내고 있는 것이다. 이와 같은 부정적 현실을 극복하는 일이 두 노파에게는 논리적인 방법으로 가능한 것이 아니다. 수많은 세월 동안 숙명으로 받아들인 역사의 비극을 두 노파는 한恨의 풀이, 즉 해한解恨의 방식으로 극복한다. 이 소설에서 구렁이의 출현으로 그려지고 있는 비극의 정점은 구렁이가 가지고 있는 토속적인 정서에 의해 깊은 감동으로 남아 있는 것이다. 죽은 사람의 영혼을 대신해 나타났다고 알려진 구렁이를 앞에 놓고 외할머니가 대화를 나누는 것은 대단히 의미심장하다. 구렁이를 죽은 사람의 영혼으로 생각하는 믿음을 전제로 하지 않고서는 그러한 대화를 나눌 수 없다. 따라서 이 행동은 논리를 떠나 정서적 화해에 도달할 수 있는 근거를 마련해 준 통로인 셈이다.

〈아홉 켤레의 구두로 남은 사내〉 윤흥길의 단편소설. 1977년《창작과 비평》여름호에 발표되었다. 철거 이주민을 위한 도시로서 대대적으로 개발된 성남시를 배경으로, 전과자로 전락한 소시민의 독특한 성격과 삶을 묘사하고 있는 이 단편소설은 가난한 사람들의 소박한 꿈과 그 꿈에 대한 장애요소들이 현존하는 현실을 부각시키고 있다. 여러 차례 셋방살이를 경험한 오선생 부부에게 성남의 고급주택가로 알려진 시청 뒷산 은행주택에 100평 남짓의 단독주택을 마련했다는 것은 여간 기쁜 일이 아니다. 사실 고급주택가에 100평이나 되는 큰 집을 가질 만큼 오선생의 형편이 넉넉한 것은 아니다. 재정상의 무리를 다소나마 메워 볼 요량으로 셋방을 내놓게 되었을 때, 오선생 부부는 집주인 가운데서도 가장 질이 좋은 축에 속할 것을 자부했고, 세놓은 문간방에 드는 사람도 당연히 자기들만큼 질이 좋기를 바라지만 이러한 기대는 빗나가고 만다. 약속 날짜보다 3일이나 빨리 아무런 연락도 없이 세들기로 한 권씨네 가족이 이사온 것이다. 그것도 전세금 20만원 중 10만원은 아예 내지도 않았고, 게다가 두 명의 자식 외에 뱃속에 또 한 명이 자라고 있었다. 그뿐만이 아니라 이순경이 학교로 찾아와, 권씨가 광주대단지사건의 주동자로서 징역을 살고 나왔다는 말을 전했을 때 그 놀라움이란 이만저만한 것이 아니었다. 권씨네의 이삿짐이란 것은 고작 밥해 먹을 가재도구 몇 개와 덮고 잘 이불뿐이다. 그런데 이렇게 보잘것 없고 궁색한 살림살이 중에서 특히 눈에 띄는 것은 권씨의 구두이다. 오선생의 구두와는 달리 권씨의 구두는 고급스러웠고 언제나 광이 잘 나 있다. 그리고 휴일날 여러 켤레의 구두를 닦는 권씨의 태도는 너무도 진지해서 구두가 무슨 성물聖物이나 되는 듯하다. 이사오고 나서 큰 일은 벌어지지 않았지만, 세입자가 의당 지켜야 할 제반 의무사항이 번번이 지켜지지 않았고, 아이들끼리 싸워서 양쪽 부모를 어렵게 만들곤 한다. 그러던 어느 날 권씨에 대해 은밀한 내사를 부탁했던 이순경이 다시 찾아와, 권씨가 출판사를 그만두었다는 것을 알려주면서 각별히 신경써 줄 것을 부탁하고 돌아간다. 오선생은 매일 잘 닦인 구두를 신고 출근하는 권씨가 회사를 그만두었다는 것이 믿어지지 않았지만, 가정방문을 위해 돌아다니던 중 공사장에서 일하는 권씨를 우연히 만난 뒤 사실임을 안다. 그날 밤 권씨는 소주병을 들고 오선생을 찾아와, 자신은 전과자이며 이렇게 살 수밖에 없는 자신의 과거를 한탄조로 털어놓는다. 얼마 후 권씨의 아내가 세번째 아이를 낳게 된다. 두 애를 모두 혼자서 순산한 아내를 믿고 오선생 부부의 염려를 뒤로하던 권씨는 막상 난산이 예상되었을 때 아내를 병원에 입원시키지 않을 수 없다. 수술비용 10만원을 빌리기 위해 권씨는 오선생의 학교로 찾아왔고, 오선생은 권씨의 절박한 부탁을 정중히 거절하고 만다. 뒤늦게야 자신의 이중성을 느낀 오선생은 돈을 마련해서 권씨의 아내가 애를 낳을 수 있도록 한다. 이런 사실도 모른 채 그날 밤 권씨는 술을 마시고 오선생 집에 강도가 되어 나타난다. 처음부터 권씨임을 안 오선생은 긴장해 떨고 있는 권씨를 오히려 안심시키려 하나 자신의 정체가 탄로난 권씨는 사라져 버린다. 며칠이 지나도록 권씨는 나타나지 않았고, 처음으로 들어가 본 권씨의 방에는 아홉 켤레나 되는 구두들이 가지런히 정리되어 놓여 있을 뿐이었다. 오선생은 처음이자 마지막으로 이순경에게 권씨가 행방불명되었음을 알린다. 이 소설에서 독자들은 근대화에 앞선 뼈아픈 현실과 정치적 부패에 항거하는 소시민의 진실을 보게 되며, 한국인 특유의 오기와 자존심 등을 새삼 발견하게 된다. 이 소설은 작자 자신의 체험에서 형성된 자화상의 한 단면이라 할 수 있다. 더불어 이 작품은 광주대단지사건을 소설화한 작품으로, 도시빈민의 집단적 항거를 다뤘다는 점에서 의의를 갖는다.

은세계 銀世界 → 이인직李仁稙

은희경 殷熙耕 1959~ 소설가. 전북 고창 출생. 숙명여대 국문과 및 연세대 대학원 국문과 졸업. 1995년《동아일보》신춘문예에 중편소설〈이중주〉가 당선되어 작품 활동을 시작했다. 같은 해 장편소설〈새의 선물〉로 제1회 문학동네소설상을 받으면서 1990년대 한국소설을 대표하는 작가로 부상했다. 장편소설〈새의 선물〉〈마지막 춤은 나와 함께〉〈그것은 꿈이었을까〉, 소설집《타인에게 말 걸기》《행복한 사람은 시계를 보지 않는다》등을 간행했다. 그는 이들 작품에서 세상사에 달관한 듯 냉소와 위악으로 무장한 채 세계와 타자를 향해서 자신을 좀체 열지 않는 독특한 인물유형을 창조해왔다. 1997년 제10회 동서문학상, 1998년 제22회 이상문학상을 수상했다.

의식의 흐름 意識— 이 용어는 미국 심리학자 윌리엄 제임즈가 1890년에 사람의 정신 속에서 생각과 의식이 끊어지지 않고 연속된다는 견해를 말하면서 처음 썼다. 현대소설의 한 소재로서의 '의식의 흐름'은 소설적 인물의 의식이 중단되지 않은 채로 외부로부터의 자극을 계속 받아들이고 그에 반응하면서 연속되는 것을 말한다. 생각, 기억, 특히 비논리적이고 예측할 수 없는 연상이 때로는 추상적이고 논리적인 단편적 사고와 뒤섞여 흐르는 것을 말한다. '의식의 흐름'을 사실적으로 제시하고자 하는 소설가는 이야기와 논리와 수사법과 문법을 희생시키면서라도 그러한 무질서하고 잡다한 흐름을 그대로 옮겨 놓고자 한다. 자기의 설명이 필요하다면 극히 간결하게, 객관적으로 삽입할 뿐이다. '의식의 흐름'을 주소재로 삼는 소설가는 사람의 실존은 외부로 나타난 것에서보다는 정신과 정서의 끝없는 과정에서 더 잘 발견될 수 있다고 믿는다. 사람의 내적 실존은 외부에 나타나는 것처럼 조직적이고 논리적이 아니라 비논리적이고 파편들이 뒤섞여 연속되어 있으며, 이 파편들이 연속될 수 있는 것은 잡다한 일상체험의 연속성과 자유로운 연상작용 때문이라고 믿는다. '내적독백'은 '의식의 흐름'의 또 다른 명칭이기도 하지만 이론가들은 그것을 '의식의 흐름'을 나타내기 위한 기법으로 이해하기도 한다. 대부분의 '의식의 흐름'의 소설은 사실주의적, 자연주의적 동기에서 멀어져서 차차 초개인적인 꿈, 즉 인류의 신화와 연결을 암시하는 상징적 문학이 된다. 제임스 조이스의〈율리시즈〉는 1904년 유태계 광고업자가 더블린 시가를 돌아다니면서 갖는 심리경험일 뿐 아니라 인간방랑의 원형인 율리시즈 신화와 연결되어져 있다. 한국에서는 6·25 이후에 등장한 작가들에 의해 단편적으로 실험되었다.

이가림 李嘉林 1943~ 시인·불문학자. 본명 계진癸陳. 전북 정읍 출생. 성균관대 불문과 및 동 대학원 졸업. 1966년 《동아일보》 신춘문예에 시 〈빙하기氷河期〉가 당선되어 등단했다. 이후 〈파수병〉 〈여름〉 〈차색茶色의 눈동자〉 〈반도半島의 눈물〉 〈닫힌 방에서 나는 움직인다〉 〈불의 꿈〉 등을 발표했다. 프랑스 문학의 영향을 받았으며 《신춘시》 동인으로 참가, 시의 사회성을 중시하는 참여시를 많이 썼다. 〈파수병〉은 휴전선을 제재로 한 일종의 전쟁시이며, 〈프루스트의 편지〉는 아름다운 한 폭의 그림처럼 그린 산문시이고, 〈여름〉은 자연을 통해 원시적 본연을 강렬한 색채로 소묘한 서정시이다. 프랑스 시의 번역, 특히 가스통 바슐라르의 〈촛불의 시학〉의 번역으로 크게 주목을 받았다. 저서로는 시집 《유리창에 이마를 대고》가 있다. 본연적인 자연 추구, 강렬한 현실의식, 직정적인 토로의 필치 등은 그의 시적 특성이라 할 수 있다.

이강백 李康白 1947~ 극작가. 전북 전주 출생. 1971년 《동아일보》 신춘문예에 희곡 〈다섯〉이 당선되어 등단했다. 이어 다음해 《동아일보》 신춘문예에 〈바악왕王〉이 당선되었다. 《이강백희곡전집》이 평민사에서 4권까지 간행되었다. 그의 작품은 제도적인 폭압하에서 신음하는 개개인의 비극적 현실을 보여주기보다는 그러한 현실 이면에서 횡행하고 있는 권력의 위선을 폭로하는 데에 더욱 주안점을 둔다. 〈셋〉 〈알〉 〈파수꾼〉 〈내마〉 등이 그 대표적인 예이다. 〈결혼〉 〈보석과 여인〉 등과 같은 이후의 작품들부터는 그러한 제도적인 면 뒤의 인간적인 보편성까지를 추구하고자 하는 시도를 보이기 시작한다. 그의 우화적인 장치는 1980년대의 〈족보〉 〈쥬라기의 사람들〉 〈호모 세파라투스〉 〈봄날〉 등의 작품에 와서는 상징주의 혹은 서사극적인 기법으로 바뀌고, 주제면에서도 정치·제도 등의 외적인 한계에 직면한 인간의 모습보다는 운명적 조건하에서의 인간 본성의 탐구라는 점에 초점이 맞추어지게 된다. 〈유토피아를 먹고 잠들다〉 〈칠산리〉 〈물거품〉 〈동지섣달 꽃 본 듯이〉 등의 작품에 이르러서는 한층 더 삶의 본질적인 태도를 묻는 형이상학적 물음에 대한 탐구로 접근해 간다. 이 점은 민족현실을 취급하고 있는 작품에서도 예외가 아니어서 분단문제를 다룬 〈칠산리〉에서는 전쟁의 화약냄새를 풍기지 않으면서도 분단 이데올로기가 어떻게 40여 년이 지난 오늘날까지 우리의 의식 속에 깊은 상흔으로 남아 있는가를 잘 보여주고 있다. 한편 〈동지 섣달 꽃 본 듯이〉는 우리 사회의 정치·종교·예술의 모습을 우리 고유의 정서 속에서 보여주고자 한 작품으로서, 그가 추구해 온 '겹침효과'의 방법이 설화구조 속에서 효과적으로 빛을 발휘했다. 1990년대에 들어서도 〈북어대가리〉 〈자살에 관하여〉 등을 발표하는 등 꾸준한 창작 활동을 보여주었다. 그는 1970년대의 억압적인 정치·사회 상황하에서 제도적인 폭압 체계를 상징적으로 풀어내는 데 성공한 작가로 평가된다. 1982년 동아연극상, 1986년 대한민국문학상, 1989년 서울연극제 희곡상 등을 수상했다.

〈칠산리〉 이강백의 희곡. 1989년 서울연극제 참가작으로 8월 26일부터 9월 7일까

지 문예회관소극장에서 극단 민중극장에 의해 공연되었으며, 서울연극제 희곡상을 수상했다. 이 작품은, 6 · 25전쟁 중에 빨치산의 아이들을 열두 명이나 거두어 기르다가 굶어 죽은 한 여인의 무덤 이장을 둘러싸고 벌어지는, 장성한 열두 자식들과 칠산리 마을 주민 사이의 갈등을 다루고 있다. 이 작품은 표면적으로는 칠산리의 발전을 위해 무덤을 이장시켜야 한다는 마을 주민들의 논리와 어머니의 무덤을 지키는 것이 자식들의 도리라고 생각한 열두 자식들의 반대 논리간의 충돌을 취급하고 있다. 그러나 심층적으로는 빨갱이의 흔적을 마을에서 지워버리고자 하는 마을 사람들과 그동안 감추고 지냈던 과거의 흔적을 지우고 떳떳이 세상에 나서고자 하는 자식들의 대립을 통해 분단의 상처가 40여 년이 지난 오늘에도 여전히 치유되지 않고 있음을 잘 보여주고 있다. 과거와 현재를 넘나드는 시간적 구조 속에서 제한된 무대를 다양하게 바꾸어 가는 상징적 장치에 의해, 칠산리라고 하는 구체적 지명의 특수성을 우리 민족이 지니고 있는 보편적 분단 상처의 공간으로 치환시킴으로써 이 작품은 분단이데올로기를 드러내 보여주는 새로운 극적 기법을 모색한다. 이는 작가가 등단 이래 꾸준히 모색해 온 제도적 폭압하의 인간적 보편성에 대한 탐구가 민족현실이라는 보다 넓은 극적 주제로 방향을 전환하면서도, 작가가 일관해서 추구해 온 우의적인 기법이 '겹침효과'를 통해서 그 효과를 더욱 잘 드러내고 있음을 보여준다.

이건청 李健淸 1942~ 시인. 경기 이천 출생. 한양대 국문과 졸업(1966). 1967년 《한국일보》 신춘문예에 〈목선木船들의 뱃머리〉가 입선, 이어 《현대문학》에 〈손금〉 〈구시가舊市街의 밤〉 〈구약舊約〉 등이 추천받아 등단했다. 주요 작품으로 〈황인종의 개〉 〈목마른 자는 잠들고〉 〈지하도를 지나며〉 〈폐항의 밤〉 〈숨어서 노래하는〉 등이 있고 〈새와 박남수朴南秀〉 〈이데아 그 표출〉 등의 논문과 시평이 다수 있다. 시집으로는 《이건청 시집》 《목마른 자는 잠들고》 《망초꽃 하나》 등이 있다. 내면에 깊이 침잠해 현대정신의 위기와 심연을 의식의 심층에서 형상화, 불안과 방황, 좌절과 열등의식의 표상성이 그의 시세계의 특성이다.

이경 李京 1954~ 시인. 본명은 경희, 호는 산청山晴. 현재 경희대 대학원 국문과에 재학중(1999). 1993년 시전문지 《시와 시학》 신인작품상에 시 〈베틀〉 외로 당선되어 등단했다. 《석전시》 동인으로 《생각하는 돌》 등 동인지 4집을 발간했으며, 《시와 시학》 동인으로 활동하고 있다. 주요 작품으로는 〈감나무가 섰던 자리〉 〈베틀〉 등이 꼽히며, 시집으로 《소와 뻐꾹새 소리와 엄지 발가락》이 있다. 1990년대 서구문화와 포스트모더니즘의 남용으로 시의 전통성이 위협받는 시대에 전통서정시의 맥과 민중의 생활에 기반을 둔 한국적 서정을 살려내는 시를 주로 썼다. 미당 서정주와 송수권 등으로 하여금 한국전통 서정시의 맥을 잇는다는 기대를 받기도 했으나, 이 시기의 문단의 추세와는 영합되지 못하는 아쉬움을 안고 있다.

이경자 李璟子 1948~ 소설가. 강원도 양양 출생. 서라벌예대 문예창작과 졸업. 1973년 《서울신문》 신춘문예에 〈확인〉이 당선되어 등단했다. 이후 〈봄의 마지막 날들〉 〈배반의 성〉 〈할미소에서 생긴 일〉 〈절반의 실패〉 〈꼽추네 사랑〉 등을 발표하며 꾸준히 창작 활동을 해왔다. 작품집으로 《혼자 눈뜨는 아침》 《뻔뻔한 여자의 당당한 자유》 《절망도 추억이 된다》《정情은 늙지도 않아》 등 다수와 〈사랑과 상처〉(전2권) 〈황홀한 반란〉 등을 간행했다. 1990년 올해의 여성상, 1999년 한무숙문학상 등을 수상했다.

이계향 李桂香 1928~ 수필가. 중국 만주 출생. 만주 하르빈 성공여중 졸업(1945). 일찍부터 수필에 전념해 많은 작품을 썼다. 1959년《자유문학》에 〈이국 소녀 시절의 추억〉을 발표한 이래 본격적으로 수필을 통한 문학활동을 시작했다. 그는 전문적인 문인이기보다는, 평범한 여성으로서 생활에서 우러나오는 갖가지 굴곡을 수필로 형상화하기에 힘쓰고 있다. 수필집으로《부운浮雲의 변두리》《세월의 그림자》등이 있다.

이광래 李光來 1908~1968 극작가·연극이론가·연출가. 본명 홍근興根, 호 온재溫齋. 경남 마산 출생. 일본 와세다대 영문과 중퇴. 귀국 후에는《조선일보》와《중앙일보》의 기자로 일했다. 1935년 극예술연구회에 가입했고, 같은 해 〈촌선생村先生〉이《동아일보》신춘문예에 당선됨으로써 극작가로 등단했다. 1938년 중간극을 표방하는 극단 중앙무대를 설립해 극작·연출·제작 등을 맡아 활동했다. 1945년 10월 극단 민예를 조직해 좌익연극단체와 대항하는 우익민족연극운동을 펼쳤고, 1949년 유치진柳致眞과 함께 한국연극학회를 발족시켰다. 1950년 국립극장 창설과 함께 전속극단 신협의 대표로서 민족극의 기반을 다지는 데 한몫을 했다. 1953년 서라벌예대 초대연극학과장을 맡아 연기자들을 길러냈고, 대학교수로 재직한 이후부터는 희곡보다 연극이론에 관한 글을 많이 발표했는데, 〈극시형태론劇詩形態論〉〈제4벽을 모색함〉〈비극미에 관한 서설적 개관〉〈단군신화의 연극사적 고찰〉등이 대표적 논문이다. 대표작으로 〈촌선생〉〈석류나무집〉〈지하도〉〈청계천 풍경〉〈나상裸像〉〈견우와 직녀〉〈지옥문을 열어라〉등이 있다. 작품 세계는 그가 겪었던 식민지 시대로부터 광복·동족전쟁·학생혁명 등 격동기 민중의 불행한 삶을 그리고 있다. 그는 리얼리즘 기법으로 출발해서 상업성이 강한 낭만주의로 후퇴하기도 했고, 목적극을 쓴 바도 있으며, 6·25사변 후에는 표현주의극을 썼다. 뮤지컬과 심포닉 드라마라고 하는 새로운 장르를 실험하기도 했다. 그는 극예술연구회 이후 30여 년 동안 희곡창작·연극론·연출·극단 운영 등에 걸쳐 매우 폭넓게 활약한 연극인이었다. 특히, 표현주의·상징주의 기법을 실험하기도 하는 등 반사실주의 희곡의 개척자로 평가된다. 대한민국문화포장, 5월문예상, 예술원장 등을 수상했다.

〈대수양 大首陽〉 이광래의 장막극. 1959년 국립극단에 의해 국립극장에서 공연. 김동인金東仁의 〈대수양〉을 각색한 작품으로 창의성이 많이 가미되어 공연되었다. 문종은 수양의 훤칠하고 호연한 인품에 어린 세자(단종)에게까지 수양을 멀리하게 했으며, 왕위에 오른 지 2년 만에 세상을 뜨면서도 끝내 수양을 괄시하고 멀리했다. 그러나 수양은 그 분함과 원통함을 참고 어린 조카 단종을 위해 온 정성을 다하겠다는 맹세를 하며 문종의 명복을 빌었다. 그후, 수양은 단종을 보필해 국사에 힘쓰나 사사건건 재상들과 의견을 달리해 다투게 되며, 특히 김종서와는 왕을 보호하는 책임 때문에 서로 옥신각신한다. 수양이 사례사謝禮使로 명나라에 다녀오자, 김종서가 안평을 떠받들고 대역음모해 군사들을 풀어 유사시에 대기하고 있다는 정보에 접한다. 사태의 위급함을 깨달은 수양은 즉시 김종서 일당을 처단, 단종에게 상신上申한다. 왕은 모든 일을 수양에게 맡기고, 이윽고는 어보御寶까지 넘기게 된다. 수양을 긍정적인 각도에서 다루고 있는 것은 원작과 같으나 수양의 내면갈등을 지知·정情·의意로 나누어 구체화하고 있어 인물의 성격이 뚜렷하게 드러나고 있다.

이광복 李光馥 1951~ 소설가. 충남 부여 출생. 논산 대건고 졸업(1970). 1976년 《현대문학》에 단편 〈불길〉 〈향연香煙〉이 추천되어 등단했다. 이후 창작에만 전념, 1979년 장편 〈목신牧神의 마을〉로 제1회 독서문학상을, 1990년에는 제7회 동포문학상 우수상을 수상하기도 했다. 창작집에 《화려한 밀실》 《사육제》 《겨울여행》, 장편집에 《풍랑의 도시》 《폭설》 《열망》 《술래잡기》, 콩트집에 《풍선 속의 여자》 등이 있다.

이광석 李光碩 1935~ 시인. 호 목영木影. 경남 의령 출생. 명지대 1년 수료. 1958년 《현대문학》에 시 〈바위〉가 추천되어 등단했다. 1960년 《경남신문》에 입사해 편집국장, 이사, 주필 등을 지냈고, 마산문인협회장, 경남문인협회장 등을 역임했다. 현재 경남언론문화연구소 대표, 《경남신문》 논설위원으로 일하고 있다. 시집으로 《겨울나무들》 《겨울을 나는 흰 새》 《겨울산행》 《잡초가 어찌 낫을 두려워하랴》 등이 있으며, 산문집 《향리에 내리는 첫눈》과 다수의 연구저술이 있다. 등단 초기에는 불교의 윤회사상과 생명의 본질문제를 시의 근간으로 삼았다. 70, 80년대에는 밝음과 어둠의 상을 대립적 이미지들의 균형으로 긍정적인 삶의 모습을 나타냈다는 평을 받았으며, 90년대 이후에는 잡초밭에 핀 풀꽃처럼 청정하고 야성적인 시정신, 그리고 중정中正의 푯대를 세울 줄 아는 시인이라는 평설을 얻고 있다. 1979년 경남문화상, 1985년 국민훈장목련장, 1994년 불교문화상, 1995년 경남문학상 및 우봉문학상, 1998년 마산시문화상 등을 수상했다.

이광수 李光洙 1892~1950 소설가·시인·평론가. 호 고주孤州·춘원春園. 아명은 보경寶鏡. 평북 정주 출생. 메이지학원 졸업(1910). 일본 와세다대 수학(1917). 메이지학원 시절, 홍명희洪命熹·문일평文一平 등과 공부하면서 소년회少年會를 조직하고 회람지 《소년》을 발행하면서 시·소설·문학론·논설 등을 쓰기 시작했다. 춘원의 최초 작품은 아이러니컬하게도 일본 유학 당시 이보경李寶鏡의 이름으로 쓴 일문日文 소설 〈사랑인가〉였고, 1910년 《대한흥학보》 《소년》 《청춘》 등에 단편 〈무정〉 〈헌신자獻身者〉 〈김경金鏡〉 등을 발표하면서 본격적으로 작품 활동을 시작했다. 1918년 한국 근대 최초의 장편소설인 〈무정〉을 단행본으로 발간해 폭발적인 인기와 비난을 한꺼번에 받은 그는, 최남선과 협력해 《소년》 《청춘》 등의 편집과 집필에 참가하면서 언문일치 등 신문학운동의 핵심적인 역할을 담당해 왔으며, 초기의 신체시인으로서 또한 최초의 근대 소설작가로서 현대문학의 실질적인 기초를 확립한 것으로 평가되고 있다. 주요 작품으로는 단편 〈무정〉 〈육장기〉 〈무명無明〉 〈난제오亂啼烏〉 〈가실嘉實〉 등 40여 편과 장편 〈개척자〉 〈재생〉 〈무정〉 〈유정〉 〈꿈〉 〈흙〉 〈사랑〉 〈원효대사〉 〈이차돈의 사死〉 〈단종애사〉 〈사랑의 동명왕〉〈이순신〉 등이 있다. 그외 시가와 수필·논설 등도 다수가 있다. 그는 "동시대 최선의 세계관을 선택하고 동시대와 인물의 중심계급을 전형화했다"는 그의 말에서와 같이, 퇴폐적인 문학이나 한쪽으로 지나치게 기울어지는 극단적 문학관을 지양하고 사실주의 문학을 지향했다. 이광수는 가운이 기울어짐에 따라 가난을 체험하면서 청일전쟁을 겪었고, 부모를 잃은 뒤 동학당 일을 본 탓으로 일본 헌병에 쫓겨 고향을 떠났을 때가 러일전쟁 중이었다. 그는 오산학교 교원시절에는 망국의 설움을 겪었고, 방랑 시절 시베리아의 치타에서 제1차 세계대전의 발발소식을 들었으며, 그 종말을 사랑의 도피처인 북경에서 알았다. 3·1만세 운동의 소식을 상해에서 들었는가 하면, 중일전쟁시에는 수양동우회 사건으로 옥에 갇혔고, 광복 후에는 일제 말엽 훼절로 친일파라는 심판을 받고 수난을 당했으며, 6·25중에는 젊은 시절부터 고생한 병고에 시달리면서도 납북되었다. 파란만장한 삶을 산 그는 민족근대사의 수난을 받아들여 그것을 치밀하게 소설·논설문·시가·수필류·기행문 형식으로 표현했다. 그의 문학적 경향은 대중 본위의 작품을 쓰는 동시에 작품을 통한 선동 및 혁명정신을 정립하려한 민족주의적 경향을 가졌다는 점, 작품을 통해 일반 대중에게 이상을 심어 주기 위해 노력한 계몽주의적 혹은 이상주의적 작품을 썼다는 점 등으로 요약될 수 있다. 그러한 그의 문학은 총체적으로 구성의 공시성과 유사성, 표현의 추상성과 개념성, 주체의 비독창적 상식성, 설교의 과잉과 이상의 비현실성 등의 결점을 지닌다는 비판을 받기도 했다. 후기 그의 친일적 행위로 다소 그 입지를 상실했다 하더라도 그가 신문학 초기를 점철한 개척자로서 갖는 그의 선구자적 위치는 확고부동한 것임에 틀림없다.

〈어린 벗에게〉 이광수의 단편소설. 1917년 《청춘》에 발표되었다. 실연의 상처를 안고 대륙을 방황하던 주인공이 우여곡절 끝에 옛 애인과 다시 해후해 귀국하게 된다는 파란만장한 이야기를 친구에게 고백하는 서간체 형식을 취하는 작품이다. 이광수의 초기 작품인 〈윤광호尹光浩〉나 〈소년의 비애〉가 그렇듯이 이 작품도 작가의 신변기를 허구화한 것이다. 작중의 김일련이라는 여성은 신성모申性模를 여성화한 것이라고 이광수는 어느 신변기에서 밝힌 적이 있다. 1913년 상해에서 망명 청년들과 동유했을 때 감기에 걸린 이광수를 신성모가 지극히 정성을 다해 간호한 사실이 있다. 이 우정을 소설화한 작품이 바로 〈어린 벗에게〉라고 한다. 문장은 신소설의 범위를 벗어나지 못했으나 그 묘사와 애정문제의 대담성 등은 이미 현대소설에 접근하고 있음을 보여준다. 1920년대의 서간체소설에 대한 선구적 형태를 보여준다는 점에서 문학사적 의의를 갖는다.

〈무정 無情〉 이광수의 장편소설. 1917년 《매일신보》에 120회에 걸쳐 연재된 한국 최초의 현대 장편소설이다. 주요 등장인물은 이형식, 박영채, 김선형, 김병욱 등 네 명이다. 이형식은 감성적인 성격의 소유자로서, 개인과 민족의 문제를 고민하는 한국 근대 지식인의 전형적 인물이다. 박영채는 전형적 유교교육을 받은 여성의 전형이고, 김선형은 경제적 부와 아울러 미모를 갖춘 신여성이며, 김병욱은 반봉건적이요 이상주의적인 개화기의 전형적 신여성상이다. 서울 경성학교의 영어교사 이형식은 김장로의 딸 선형에게 영어 개인지도를 하다가 선형

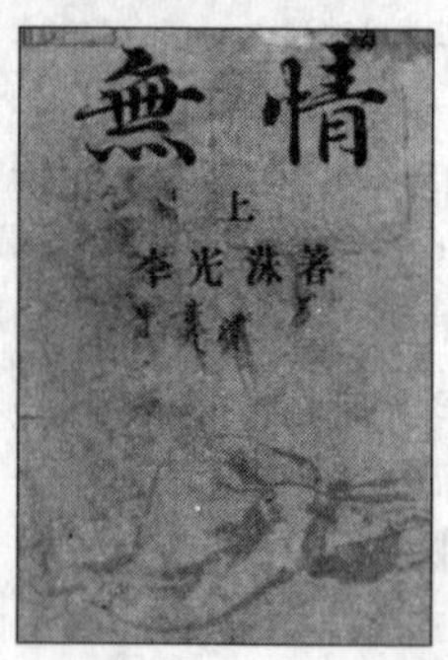

▲무정 1918년 광익서관에서 나온 초간본.

의 미모에 차차 연정을 품게 되는데, 어린 시절의 친구이며 자기를 귀여워했던 박진사의 딸 영채로부터 사랑의 고백을 받는다. 이때 영채는 투옥된 아버지를 구하기 위해 기생이 되어 있었다. 그 뒤 영채는 경성학교 배학감에게 순결을 빼앗기자 형식에게 유서를 남기고 자취를 감추어 버린다. 그러나 자살을 기도했던 영채는 도쿄 유학생인 병욱을 만나 마음을 바꾸고 음악과 무용을 배우기 위해 일본으로 향한다. 한편 약혼한 형식과 선형도 미국 유학길에 오르게 되는데 이들 네 사람은 같은 기차로 유학길을 떠나고 있어, 모두 학교를 마치고 고국에 돌아오면 문명사상의 보급에 힘쓸 것을 다짐하고 있었다. 이 작품은 언문일치의 문장으로 창작되었다는 점, 스토리 중심의 고대소설 내지 신소설과는 달리 예술적 구조로서의 플롯 중심으로 구성되었다는 점에서 문학사적 의의를 지니며, 특히 주제면에 있어서도 민족주의적 계몽성을 띠면서 '나' 보다 '우리', '개인' 보다 '공동체' 가 우선시되는 의식지향이 지적되고 있기는 하지만 민족적 성격을 강조함과 동시에 신문학의 필요성 등 근대적 자각을 역설하고 있다.

〈**재생** 再生〉 이광수의 장편소설. 1925년에 발표된 작품으로, 작자의 이상주의적 경향의 인생관을 종교적인 측면에서 엿볼 수 있다. 그는 초기의 기독교 사상에서 후기의 불교적 사상으로 변모했다고 볼 수 있는데, 초기 기독교에서 이상을 발견한 춘원의 사상은 이 작품으로 대표된다. 순영이라는 한 여주인공의 타락과 재생을 다룬 작품으로, 순영의 재생의 동기를 기독교의 교리와 관련시키고 마지막 자살하는 순간까지 찬송가가 순영의 귀에 들리게 하는 등은 이 작품에 일관된 기독교적인 주조와 함께 춘원의 기독교적 인생관을 대변하는 것이 된다.

〈**마의태자** 麻衣太子〉 이광수의 역사소설. 1926년부터 1927년까지 《동아일보》에 연재되었고 1928년 1월 박문서관에서 단행본으로 간행되었다. 신라의 국운이 쇠해 신라 최후의 왕이 된 경순왕이 고려 태조 왕건에게 항복하고자 하므로, 태자가 이를 극력 반대했으나 소용이 없었다. 태자는 나라를 잃은 슬픔으로 만류하는 낙랑공주의 손을 뿌리치고 금강산으로 입산, 마의麻衣를 입고 풀을 뜯어먹으며 일생을 마쳤다는 사실史實을 소재로 불교적 색채를 곁들인 작품이다. 역사소설을 통해 민족정신을 고취하려는 계몽주의적인 의도가 잘 드러나는 작품이다. 그는 이 작품을 통해서 일본의 검열에 걸리지 않는 한도 내에서 일반독자들에게 애국정신을 고취하고자 했다고 한다. 공리주의적 효용성에만 관심을 두었기 때문에 문학적 형상화에는 별로 성공하지 못했다.

〈**단종애사** 端宗哀史〉 춘원 이광수가 지은 장편 역사소설. 1929년 《동아일보》에 연재되었다. 1972년 삼중당에서, 1979년 우신사에서 발간한 《이광수전집》에 각각 수록되어 있다. 이 작품은 작가가 민족정신을 일깨우기 위해 집필한 일련의 역사소설들과 같은 의미에서 창작되었다. 12세의 어린 나이로 왕위에 오른 단종이 그의 숙부 수양대군에게 쫓겨 영월에서 죽은 사실史實을 충실히 서술한 일종의 연대기소설이다. 이광수는 〈작자의 말〉에서 정사正史와 야사野史를 중심으로 작자의 환상을 빼고 사실 그대로 써서 실재 인물을 문학적으로 재현시키기에 애썼으며, 다른 소설보다 더 많은 정성과 경건한 마음으로 써갔다고 말하고 있다. 이 작품은 세종과 문종을 모시던 수구파와 세조를 옹위하던 개혁파 사이의 다툼에서 희생된 단종의 슬픈 생애를 예리한 필치로 쓴 작품이다. 한편, 단종에 초점을 맞춘 이 작품은 세조의 입장에서 본 김동인金東仁의 〈대수양大首陽〉과 대조를 이루고 있다. 또한 작가도 이 작품에서 세조를 너무 악하게만 표현했다 해서 〈세조대왕世祖大王〉을 집필하기도 했다.

〈흙〉 이광수의 장편소설. 1932년 4월에서 6월까지 《동아일보》에 연재되었다. 일종의 농촌계몽소설인 이 작품은 도시의 인텔리층에 속하는 주인공이 사회적 지위와 재산, 가정을 버리고 농촌에 들어가 농민과 함께 소박한 생활을 하며 그들을 교화하는 과정을 그린 것으로 톨스토이처럼 도시를 죄와 악의 소굴로 보고 농촌을 이상향으로 보는 이상주의적 경향을 띠고 있다. 이 소설은 애국자 도산 안창호의 사상을 토대로, 그의 농촌계몽사상을 소설화한 것이다. 작품 중의 한민교 선생은 도산 안창호를 모델로 한 것으로 알려져 있다. 이 작품은 뒤에 나온 심훈의 〈상록수〉와 더불어 한국문학사상 농촌 계몽소설의 양대 작품으로 평가된다. 이 두 편의 소설은 당시 《동아일보》가 전개한 '브나로드운동'에서 취재한 것이다.

〈무명 無明〉 이광수의 단편소설. 1939년 《문장》 창간호에 발표되었다. 이 작품은 흔히 춘원문학의 최고작으로 일컬어지며, 춘원 스스로도 이 작품을 가장 자신 있는 작품이라고 공언한 바 있다. 이광수는 안창호安昌浩의 죽음 소식을 들은 다음날부터 이 작품을 집필하기 시작했으며, 동우회사건으로 옥고를 치르다가 병보석으로 출감해 병원에서 구술로 탈고했다. 1930년대 소설의 장편화 경향과 관련해 등장한 중편소설의 면모를 갖추었고, 기독교사상을 기저로 한 계몽문학으로 일관해온 작가가 불교적 인식으로의 전환을 드러냈다는 점에서 작가의 정신사적 측면에서도 의의를 갖는 작품이다. 또한 이 소설은 춘원이 자신의 과거 문학을 지양한 작품으로, 병감病監을 사바세계의 축도로 보고 거기서 인생전체의 모습을 연역해 내려고 의도한 불교적 색채가 짙은 작품이다. 작가 자신이 소설다운 소설로 자부했듯이 부정적 인물들의 군상이 치밀하게 묘사되어 있다. 죄수들의 이기심과 탐욕의 양상을 전형화해 인간성격의 어두운 측면을 숨김없이 드러냈다는 점에서 이전의 일방적인 교화와는 차이가 난다. 특히 윤·민·정 세 사람의 성격적 결함과 탐욕·분노로 빚어지는 암투·시기·아첨·자기과시·거짓말 등이 빚는 사건전개가 이 작품의 중추를 이루고 있다. 그들의 탐욕과 분노는 바로 그들의 무지의 소산인데 이것이 바로 작품명인 '무명無明'의 배경이다. 인간의 소유욕에 뿌리를 두고 일어나는 고통의 번뇌인 욕망과 집착과 무지가 수감된 죄수들의 관계 속에 부각되어 나타나 있다. '인생은 고해苦海'라면서 방관자적 시각을 가진다거나 자신을 무지한 민중의 대칭적 위치로 설정한 것은 역시 계몽문학의 잔재일 것이다.

이광훈 李光勳 1941~ 평론가. 경북 안동 출생. 1964년 고려대 국문과 졸업. 재학시절부터 평론활동을 하며 1962년 동인지 《비평작업》을 간행했다. 1964년 《문학춘추》에 〈현대문학과 비극의 탄생〉이 추천되어 등단했다. 여기에서 그는 한국소설이 지닌 맹점으로서 비극적 요소의 부재를 지적하고 참다운 비극은 작중인물의 성격조건, 그 성격의 모순 · 갈등 · 과오 등에 있고, 이와 같은 참다운 비극정신의 인식이 문학의 질량에 깊이 간여함을 지적했다. 주요 평론으로 〈선우휘론鮮于輝論〉, 김동리金東里의 작품을 분석한 〈사양斜陽의 토속적인 인간상〉, 김동인金東仁의 문학성을 비평한 〈자연주의自然主義 그 위대한 모순〉 등이 있다. 그의 비평 경향은 작품의 외부적 현실보다는 내면의 질서를 존중하며, 작자의 현실수용에 있어 고도의 예술성과 기술의 숙련을 중시한다. 문학은 근원에 있어 자유의 확대이며 풍성한 자유의 확산을 위해서는 상호 이질적인 두 성격이 조화 · 교합되어야 하며 정통의 소설에 새로운 실험정신이 가미되어야 한다는 논지 아래 절충주의 비평관을 모색하고 있다. 그의 이러한 비평관이 잘 드러난 평론이 〈문학의 사회성과 추상성〉 〈추상소설의 제문제〉 등이다.

이규호 李閨豪 1939~ 시인. 본명 규호閨鎬, 호 하사夏史. 경북 안동 출생. 서라벌예대 문예창작과 졸업(1960). 1968년 《현대문학》에 〈맨살에 배어든 빗물에〉 〈아침〉 〈꽃에서〉 〈봄비 소곡小曲〉 등이 추천되어 등단했다. 도서출판 삼중당 편집차장, 도서출판 문예원 대표 등을 역임했고, 한국현대시인협회 이사 및 《신년대》 동인으로 활동했다. 주요 작품으로 〈허공에 여자 하나〉 〈배따라기 요요謠謠〉 〈꽃집 식구의 첫 사건〉 〈미만未滿의 살〉 등이 있으며, 시집으로 《꽃집 식구의 첫 사건》 《이브의 연가》 등이 있다. 이밖에 저서로는 《현대한국시해설》 《세계명시해설》 《시인을 찾아서》 등이 있다. 그의 작품에 나타난 유미적이며 참신한 이미지의 조형력은 특출하며, 그 밑바닥에는 살과 피, 혼례와 간음의 대 여성적 이미지가 인간 원초의 원죄의식에서 현대의 미적 차원으로 승화되고 있다. 짜임새 있는 시어의 구사에도 능하며, 또한 허약한 언어를 배척하고 건강성 회복을 의도, 절망과 신음 대신 생명의 본연적인 원시성을 회복하려고 하고 있다.

이균영 李均永 1951~1996 소설가. 전남 광양 출생. 한양대 사학과 및 동 대학원 사학과 · 국문과 졸업. 1977년 《동아일보》 신춘문예에 〈바람과 도시〉가 당선되어 등단했다. 이후 〈색상대비〉 〈풍화작용〉 〈북망의 그늘〉 〈살꽂이 다리〉 〈불붙는 난간〉 등 다수의 작품을 발표했다. 장편 《노자와 장자의 나라》를 비롯해 작품집 《바람과 도시》 《멀리 있는 빛》, 동화집 《무거운 춤》 《겨울꿈의 색상》 등을 간행했다. 1996년 교통사고로 사망, 1997년에 유고집 《나뭇잎들은 그리운 불빛을 만든다》가 출간되었다. 1984년 〈어두운 기억의 저편〉으로 이상문학상을 수상했다.

〈어두운 기억의 저편 —記憶—〉 이균영의 중편소설. 1983년 《문학사상》에 발표되었다. 작품의 주요 인물은 무역회사의 말단직원이자 고아원 출신으로 유복한 집에 입양되어 과거를 잊고 지내다가 어느 날 술에 취해 서류가방을 잃어버림으로써 잊혀진 과거를 돌이키는 주인공 '그', 주인공의 고아원 시절의 여동생으로 잊혀진 과거의 일부분을 상징하는 인물인 혜수, 주인공이 업무상으로 만나는 은행대리 신대리, 술집 호스티스로 주인공이 과거를 기억하는 데 결정적인 역할을 하는 호방한 여인 미스 민 등이다. 전쟁으로 인한 비애의 가슴 저림과 그것을 인간미로 극복하는 따뜻함이 담겨 있는 작품이다. 주인공은 크게 부족함 없이 하루하루를 살아가는 소시민이다. 가족은 없지만 그 때문에 불편할 것도 없다. 그러던 어느 날, 우연한 계기로 그는 혜수라는 인물을 떠올리게 된다. 여기서 작가가 혜수를 통해 보여주고자 하는 것은 전쟁의 비극이다. 예컨대 전쟁고아를 통해 작가는 휴머니즘을 보여주고자 하는 것이다. 소설 속에서 혜수와 주인공과의 관계는 어떤 것인지 분명하게 보여지지 않는다. 그러나 이 점은 중요하지 않다. 왜냐하면 작가의 의도는, 혜수를 통해 주인공과 미스 민의 따뜻한 인간애정을 확인하고자 하는 데 있기 때문이다.

이근배 李根培 1940~ 시인·시조시인. 호 사천沙泉. 충남 당진 출생. 서라벌예대 문창과 졸업(1960). 1961년 시조 〈벽〉이 《서울신문》 신춘문예에, 〈묘비명〉이 《경향신문》 신춘문예에, 〈압록강〉이 《조선일보》 신춘문예에 각각 당선되어 등단했다. 이어 〈보신각종〉 〈달맞이꽃〉 〈산하일기山河日記〉 등의 작품을 계속 발표했으며, 특히 시조 〈산하일기〉와 시 〈노래여 노래여〉 등은 각각 제2회, 제3회 신인예술상을 받은 작품들이다. 주요 작품으로 시 〈꽃집행行〉 〈광장〉 〈풀꽃〉 〈겨울 자연〉 등과, 시조 〈피안가彼岸歌〉 〈부침浮沈〉 〈내가 왜 산을 노래하는가에 대하여〉 〈적일寂日〉 등이 있다. 시조집으로 《사랑을 연주하는 꽃나무》 《동해바다 속의 돌거북이 하는 말》 등이 있고, 시집으로 《노래여 노래여》 《한강》 등이 있다. 그의 작품은 크게 두 가지로 나누어 볼 수 있는데, 하나는 인간에 대한 애정이고 다른 하나는 역사적 현실에 대한 인식이다. 표현에 있어서는 매우 감각적이면서도 의식의 내면화에 따른 밀도가 있어서 서정시의 새로운 영역을 확보하고 있다. 시는 현실적인 감각에다 서정의 깊이를 더한 폭넓은 시세계를, 시조는 전통적인 한과 멋을 주제로 형식적인 제약을 극복하고 현대시에의 접근을 모색하고 있다. 그의 이러한 일련의 노력은 시조의 현대화에 크게 한몫을 하고 있다. 1982년 가람시조문학상을 수상했다.

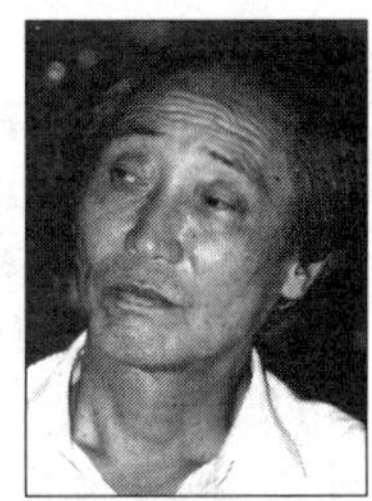

이근삼 李根三 1929~ 극작가. 평양 출생. 동국대 영문과를 거쳐 미국 노스캐롤라이나대 대학원, 뉴욕대 대학원 수료. 1958년 영문으로 쓴 희곡 〈끝없는 실마리〉를 미국 캐롤라이나 극단에서 공연했다. 국내에서 발표한 첫 희곡은 1960년의 단막극 〈원고지〉이며, 그후 계속해서 〈대왕大王은 죽기를 거부했다〉 〈동쪽을 갈망하는 족속들〉 등의 단막극을 발표하다가, 1962년 극단 실험극장에서 상연한 〈위대한 실종失踪〉을 계기로 주로 장막극을 발표하기 시작했다. 국제펜클럽 한국본부 사무국장을 맡기도 하고, 극단 민중극장의 대표로 있으면서 연극운동에도 직접 참여했다. 동국대와 중앙대를 거쳐 서강대 영문과 교수로 재직했다. 그가 발표한 작품으로는 앞서의 작품 외에 〈욕망〉 〈데모스테스의 재판〉 〈국물 있사옵니다〉 〈거룩한 직업〉 〈인생개정안 부결〉 〈실과 바늘의 악장樂章〉 〈광인狂人들의 축제〉 〈유랑극단〉 등 다수가 있다. 1967년 창작희곡집 《제18공화국》을 출판, 이후 《유랑극단》 《대왕은 죽기를 거부했다》 《국물 있사옵니다》 《이성계의 부동산》 등을 발간했다. 또한 《근대영미희곡개론》 《구미연극산고》 《연극의 정론》 《서양연극사》 《연극개론》 등의 극이론서와 《오닐 단막집》 등의 역서를 냈다. 그는 정통 리얼리즘 극을 고수하고 있던 기존 작가들의 사실 집착에 반기를 들고 서사 기법 등 다양한 형식의 참신성을 보여주었으며, 과거의 희극정신을 계승하면서도 전통적 희극형식을 뛰어넘는 새로운 양식적 실험을 보여주었다. 그의 작품은 풍자와 해학을 통해 현대인의 위선적인 의식을 날카롭게 드러내는 작품군과 사회의 부조리에 대해 비판하는 내용의 작품군으로 나누어 볼 수 있다. 이근삼의 작품은 한국 연극계의 상투적이고 통념화된 연극의 시·공간을 확장시켰으며, 새로운 극적 제시방법과 극적 언어를 도입했다는 점 등에서 그 의의를 찾을 수 있다. 특히 제시방식에서는 서사적 기법, 우화적 기법, 표현주의 기법, 극적인 아이러니의 기법, 소극적 기법, 음악적 요소의 삽입, 시적 분위기의 도입 등에 주목할 수 있다.

〈국물 있사옵니다〉 이근삼의 희극. 1966년 동아연극상 수상기념 공연작품으로 쓴 이 작품은 애초 〈엽총〉이란 제목이었다. 한 젊은이의 비극을 희극적인 터치로 다룬 작품으로, 장면마다 웃음이 깃들지만 그 밑바닥에는 한 젊은이의 비관적인 사회관·인생관이 흐르고 있다. 평범한 회사원 김상범이 주인공이다. 상식적인 사고와 미덕으로 살아가던 그가 상식 대신 지름길을 발견, 상사를 모함함으로써 출세가도를 달리다가 마침내는 상무가 되지만 만족감보다는 절망감에 빠지게 된다. 김상범의 저돌적인 행동은 외면상으로는 우리에게 웃음을 자아내게 하지만 실은 현실의 비극성과 허무감을 짙게 풍기고 있다. "장면마다 전개되는 희극도 즐겁지만 그 밑바닥에 흐르는 인생의 비극성을 음미해 주기 바란다"는 작자의 말은 곧 그의 작가정신이기도 하다. 풍자와 아이러니, 그리고 다분히 문명비판적인 그의 희극은 희극성이 비극성에 비해서 다소 뒤지고 있는 우리 나라 희곡 문학계에서 특이한 세계를 구축하고 있다.

이근영 李根榮 1910~ ? 소설가. 전북 옥구 출생. 보성전문 법학과 졸업(1934). 《동아일보》 기자로 활동하다가 폐간과 함께 잡지 《춘추》의 편집동인을 지냈다. 1935년 《신가정》에 〈금송아지〉를 발표하면서 등단했다. 해방 전의 대표적인 작품으로는 일제하 농민들의 어려운 삶을 반영한 〈농우〉 〈당산제〉 〈고향 사람들〉 등이 있고, 해방 후 전선 문학가동맹에서 활동하면서 역시 농민의 삶을 반영한 〈고구마〉 〈안노인〉 등을 발표했다. 월북 후 단편 〈그들은 굴하지 않았다〉, 장편 〈별이 빛나는 곳에〉를 쓴 것으로 알려져 있는데 생사가 확인되지 않았다.

〈고구마〉 이근영의 단편소설. 1946년 《신문학》에 발표되었다. 해방 직후 남한의 농촌현실을 그린 대표작이다. 일제 말기 공출을 피해 고구마 농사를 지은 박노인은 도조를 벌충할 욕심으로 고구마를 저장했다가 썩여서 첫해 농사를 그르친 후, 이듬해 농사에서도 지주인 강주사로부터 과도한 도조를 책정받는다. 강주사의 고구마 저장고에 탐스런 고구마들이 탈없이 저장된 것을 보고 "돈이 돈을 낳는 게지" 하며 한탄하는 박노인은 '피땀 흘리고 농사를 지어도 못사는 까닭'을 궁금해하게 된다. 그가 김선달네 아들을 찾아가 까닭을 묻자, 김선달네 아들은 "논밭을 우리가 가지면 잘 살 수 있다"는 해결책을 알려주지만 그 가능성에 대해서는 회의적이다. 박노인은 그러한 회의 속에서 해방을 맞이하게 된다. 독립이 된다니 반갑긴 하지만, 그에겐 가난을 면하는

게 제일 큰 관심사고, 우선 고구마 도적 맞은 거라도 찾는 게 급한 문제이다. 그러나 징용 간 둘째 아들이 돌아올 수 있다는 것만은 감출 수 없는 기쁨이다. 박노인은 고구마값이 자꾸 떨어지는 것을 알고 밭에서 헐값에 방매하기로 한다. 그러나 이 와중에도 강주사는 도조를 빼앗아가, 박노인은 점점 더 농민이 토지를 가져야 한다는 절실한 자각을 하게 된다. 한편 해방 축하 회장에 서울서 온 사람이 일본인과 친일파의 논은 모두 농민에게 돈받지 않고 나누어주고, 소작료도 3할만 내게 해야 한다는 것을 들은 박노인은 신이 나서 술을 마시고, 젊은 패들과 어울려 강주사 집을 습격한다. 이 일로 박노인과 젊은이들은 미국병정한테 붙들려 군산으로 가게 된다. 가는 길에 그들은 이웃마을 농민조합의 행렬이 '독립만세'와 '노동자 농민 해방만세'를 부르는 것을 듣는다. 박노인은 어서 우리 마을에도 농민조합을 만들어야 할 텐데 한다. 그는 오늘 죽어도 여한이 없을 만큼 좋은 세상이 된 것을 알았으니 그것으로 그만이라는 생각을 한다. 일제 식민지시대 농민소설의 최고봉인 이기영의 〈고향〉을 포함한, 카프 작가들의 농민소설은 당대의 현실을 전형적으로 형상화하기 위해 농민의 이중성을 훌륭히 그려낼 것이 요구되었다. 즉 농민의 진보성 · 혁명성과 소유자적 보수성을 함께 그려내야 했던 것이다. 〈고구마〉는 그런 면에서 박노인의 실리적인 면과 낙천적인 면을 뚜렷이 부각시키고, 그의 개성적 성격 속에서 토지문제에 대한 자각이 싹터가는 과정을 생생하게 그린 수작이다. 이 작품에는 특히 미군정과 농민의 대결양상이 하나의 가능성으로 암시되어 있어, 이후 10월 인민항쟁을 형상화한 소설이나 농민문제를 다룬 장편소설로의 발전 가능성을 보여준다.

이기라 李起羅 1946~ 시조시인. 본명 동수東洙. 경북 상주 출생. 영남대 국문과 졸업. 1975년 《시문학》에 〈밀경密耕〉 〈어떤 축조築造〉 등으로 추천을 받고 《월간문학》 제12회 신인상에 〈고무신〉이 당선되어 등단했다. 1984년 《중앙일보》 시조대상에서 〈장마80〉으로 신인상 수상. 일상생활 용어를 시어로 사용해 서정적 바탕 위에 주지적이고도 현대감각이 돋보이는 작품을 씀으로써 신선하고 발랄하다는 평을 들었다. 《삼장시》 《시문학회》 동인으로 활동한 바 있고 《오늘의 시조학회》 동인으로 활동하고 있으며, 주요 작품에 〈그 겨울 바람〉 〈새아씨 손〉 〈억새〉 〈폭설의 자유〉 〈어떤 도시인〉 〈개구리 소곡〉 등이 있다. 시화집에 《환한 대낮》 《눈밭》 《동향同鄕》, 시집에 《꿈에 꾼 꿈》 등이 있다.

이기세 李基世 1889~1945 극작가 · 연극인. 개성 출생. 일본 도쿄물리학교 졸업. 교토에서 일본 신파극의 거두였던 시즈마 고지로의 문하에서 2년간 사사, 개성에 돌아와 개성극장을 지었고 극단 연극동지회를 창립, 후에 유일단으로 개편해 창단했다. 당시 유일단에는 연극에 실제 경험을 가진 사람이 적어 극단의 통솔이나 연출, 각본선택, 무대장치, 분장, 선전물, 선전간판, 입장권의 인쇄 등 모든 일이 그의 손을 거쳐 이루어졌고, 늘 교환해서 공연할 수 있는 40여 개의 각본을 준비해 두어야 했으므로 분주한 나날을 보냈다. 유일단은 단장인 그의 의도에 따라 번안극보다는 수준 높은 작품의 제작에 힘을 기울였다. 또한 작업에 소용되는 일체의 비용을 그 자신이 충당했으나, 흥행에 번번이 실패했으므로 개성공연은 1년 만에 부득이 중지하게 되었다. 그 뒤 극단을 이끌고 전국 각지를 순회공연했으나 실패해 1914년 말에 부득이 극단을 해체하고 말았다. 1년 동안 공백기를 가지고 1913년 윤백남尹白南 · 이범구李範龜 등과 함께 극단 예성좌를 조직, 〈단장록〉〈카추샤〉 등을 상연했고, 이어 조선문예단 · 예술협회 등을 창립해 신파극 공연에 힘썼다. 예술협회는 일본의 극단 예술좌가 공연한 서양식 근대극을 모방해, 우리 나라에서도 새로운 연극운동을 전개해 보려는 의도를 가지고 출발했다. 이 시기에 직접 작품을 쓰기도 했는데 〈희망의 눈물〉〈눈 오는 밤〉 등이 그의 작품이다. 예술협회의 의욕에도 불구하고 그들의 공연은 종래 신파극의 수준을 다소 개선한 데서 머무르고 말았다. 한국 연극사에서 대부분의 연극인이 그러했듯이 연극운동의 일선에서 헌신했으나, 예술적으로는 큰 성과를 거두지 못한 것으로 평가되고 있다.

이기영 李箕永 1895~1984 소설가. 호 민촌民村. 충남 아산 출생. 천안의 사립영진학교 졸업(1910), 도쿄의 정칙영어학교 수학(1922). 수년간 떠돌이 노동자 생활과 종교활동을 한 후 호서은행 천안지점 서기보로 근무했다. 도쿄 유학중 관동대지진으로 귀국한 후 문학활동에 뜻을 두게 되었다. 1924년 《개벽》 창간 4주년기념 현상작품모집에 단편소설 〈오빠의 비밀편지〉가 당선되어 등단했다. 1925년에 조명희趙明熙의 알선으로 《조선지광》에 취직하는 한편 카프KAPF에 가맹했다. 1931년에는 카프에 대한 제1차 검거로 구속되었다가 이듬해 초에 집행유예로 석방되었다. 1945년 조선프롤레타리아예술연맹의 창립에 주도적 역할을 했으며, 월북 후 본격적인 작품 활동을 했다. 북한문단에서 조 · 소문화협회 위원장, 작가동맹중앙위원회 위원 등을 지냈고 〈두만강〉으로 인민상을 받기도 했다. 1972년 문학예술총동맹 위원장을 역임했고 1984년 지병으로 사망했다. 유고집으로 《태양을 따라》가 출간되었다. 대표작으로는 단편 〈농부 정도룡〉〈종이 뜨는 사람들〉〈홍수〉, 중편 〈서화鼠火〉, 장편 〈고향〉〈인간수업〉〈두만강〉 등이 있다. 특히 1933년 11월 15일부터 1934년 9월 21일까지 《조선일보》에 연재한 〈고향〉은 조선 농민생활에 대한 대서사적 작품으로 농민소설의 정점으로 평가되고 있다. 그의 작품 활동은 프로문학의 발전과정과 밀접한 관계를 맺고 있는데, 초기 작품인 〈농부 정도룡〉〈민촌〉 등은 신경향파소설의 대표적인 작품이라 할 수 있다. 이후 신경향파의 도식성과 추상성을 극복한 〈홍수〉〈서화〉 등은 노동자계급의 관점에서 현실을 반영한 것으로, 카프 내에서 사실주의에 대한 인식이 깊어지면서 나온 작품 가운데서 대표작이라 할 수 있다. 그리고 그의 장편소설인 〈고향〉은 한국문학사에서 최고의 리얼리즘 소설 가운데 하나라는 평가를 받고 있다. 이기영의 작품들은 식민지하 조선의 농촌현실을 무대로 한 것으로 농촌의 현실과 그 모순의 극복을 주제로 하고 있다. 이는 작가가 농촌에서 나서 그곳에서 자라면서 모순의 본질을 이해하고 그를 해결하려는 적극적인 대응방식 창출에 노력한 결과라 할 수 있다. 그는 한국 근대 리얼리즘 문학의 확립에 크게 기여한 작가이며, 프로문학 내에서도 최고의 작가로 꼽힌다.

〈고향 故鄕〉 이기영의 장편소설. 1933년 11월부터 이듬해 9월까지 《조선일보》에 연재된 작품으로서, 일제 식민지 시대 최고의 리얼리즘 소설이라는 평가를 받는 작품이

다. 이기영을 가리켜 신경향 소설의 대표적 작가로 규정하고 있는데, 그의 수많은 소설 중에서 〈고향〉은 특히 그런 경향이 두드러진 작품인 것이다. 〈고향〉은 식민지 봉건사회의 지주와 소작인 사이의 계급적 투쟁을 그리고 있다. 1930년대의 한 농촌 원터 마을과 거기서 좀 떨어진 읍내 제사 공장을 배경으로, 전지적 작가 시점으로 묘사하고 있다. 주제는 소작인들의 가난한 삶과 지주에 대한 투쟁의식 고취이다. 주요한 등장인물은 김희준과 안승학 및 그의 딸 안갑숙이다. 주인공 김희준은 집단의 대표자로서, 농민공동체 형성을 위해 노력하는 농촌운동가이다. 안승학은 서울 민판서 집 마름으로서, 농민들을 착취하는 악덕의 인물이다. 그의 딸 안갑숙은 라옥희라는 가명으로 공장에 위장 취업해 활동하는 농촌운동가이다. 이 소설이 연재된 시기는 우리 나라 문학사에서 이른바 카프 제1차 사건이 터지기 직전으로, 수많은 작가가 필화로 투옥되어야 했다. 실제로 〈고향〉의 마지막 부분은 작자인 이기영이 투옥된 뒤에 연재됐는데, 작자가 사전에 구상해 둔 것을 프로 작가인 김기진이 대신 집필했다고 한다. 〈고향〉이 그 작품성에서 높이 평가되는 이유 중 하나로 김희준이라는 전형적인 인간을 창조한 점이 지적되고 있다. 그는 '지식인 계급 전형의 창조'라고 높이 평가되고 있는데, 확실히 그 전의 이기영의 작품에 등장했던 인물과는 다르다는 것을 알 수 있다. 김희준은 원터 마을의 한 사람으로서 지식인이다. 여느 카프 소설에 등장하는 다른 지식인이 지니고 있는 관념을 그는 벗어던지고 있는 것이다. 요컨대 그는 '자기 계급의 지식인'이다. 이와 같은 인물을 창조해 냄으로써 작자는 관념으로가 아닌 '눈앞의 현실'에서의 사회주의적 투쟁의 승리를 보고자 하고 있는 것이다. 작자는 배경인 원터 마을을 단순한 촌락 공동체가 아니라, 농민적 공동체로서의 단위 역할을 수행하는 전형적인 마을로 설정하고 있다. 때문에 작자는 '두레'라는 말을 사용하고 있는 것이다. 구체적인 농민생활의 세부적 묘사, 가난하지만 진취성을 잃지 않는 농민상의 제시, 노동자와 농민은 결국 같은 조건에 처한 계급임을 밝히는 노농동맹의 사상, 민중적 전통문화에 대한 재인식 등이 이 소설이 지닌 미덕인 동시에 리얼리즘 미학의 측면에서도 앞 시기 프로문학이 드러낸 한계를 극복하고 몇 가지 중요한 진전을 이룩한 작품이다. 그러나 통속적 사건 전개와 결말부분의 개인적 해결방식이 결함으로 지적되기도 한다.

▲〈고향〉의 표지.

이기철 李起哲 1943~ 시인. 경남 거창 출생. 영남대 국문과 졸업. 1972년 《현대문학》에 시 〈오월에 들른 고향〉 〈너와 함께〉 등을 발표하면서 등단했다. 데뷔 후 《자유시》 동인으로 활동하면서 작품 활동을 본격화했다. 그의 시는 거칠고 투박한 현실을 온유의 정신으로 길들이고자 하는 감응력이 주축이 되고 있으며, 주요 작품으로 〈청산행〉 〈이향〉 〈서쪽을 가며〉 〈옛날의 금잔디〉 〈월동엽서〉 〈지상에서 부르고 싶은 노래〉 〈서풍에 기대어〉 〈돌에 대하여〉 〈아름다운 하루〉 등이 꼽힌다. 시집으로 《낱말추적》《전쟁과 평화》《우수의 이불을 덮고》《열하를 향하여》《유리의 나날》 등 9권이 있고, 《청산행》《가혹하게 그리운 이름》 등 2권의 시선집이 있다. 이밖에 에세이집 《손수건에 싸준 편지》, 학술저서 《시학》《작가연구의 실천》《시를 찾아서》, 비평집 《인간주의 비평을 위하여》 등이 있다. 자연에 대한 사랑과 지순한 인간적 삶을 주제로 한 그의 시는 종래의 자연예찬과는 다른 면모를 지닌 날카로운 관찰자로서의 자연시로 읽힌다. 자연에 대한 사랑이 주로 《청산행》 시절의 시에서 찾을 수 있는 모습들이라면, 지순한 인간적 삶은 《지상에서 부르고 싶은 노래》《열하를 향하여》《유리의 나날》 등의 시집에 나타난 주제라 할 수 있다. 그는 시에서 끊임없이 깨우침을 얻고 그 깨우침을 독자에게 건네준다. 시가 당대의 현실을 말하되 궁극적으로는 다음 세대에 영향을 주는 것인데 그의 시는 당대보다는 후대에 더 큰 영향을 줄 것으로 보이며, 다음 세대에 안심하고 읽힐 수 있는 시를 쓰는 시인으로서 그는 우리 시대의 가장 교육적인 시인이라는 평가를 받기도 했다. 1986년 대구문학상, 1992년 후광문학상, 1993년 김수영문학상, 1993년 금복문화예술상, 1993년 도천문학상, 1998년 시와 시학상 등을 수상했다.

이남수 李南秀 1930~ 아동문학가 · 시조시인. 호 춘성春城 · 취산翠山. 전남 나주 출생. 조선대 및 동 대학원 국어교육과 졸업(1956). 1970년 《월간교육》에 〈목련꽃〉, 1976년 《아동문예》에 〈꽃밭에서〉, 1987년 《월간문학》에 〈박꽃〉 등이 신인상에 당선되어 등단했다. 1988년 《시조문학》에 시조 〈남해에서〉 등으로 추천을 받고 시조시인으로도 등단했다. 광주 · 전남 아동문학회 및 광주동백문학회 회장, 한국문인협회 중앙대의원으로 활약했으며, 주요 작품집에 《꿈꾸는 아기곰》《돌개바람》《무등산 메아리》《꽃비 내리는 별밭》 등이 있다. 향토미와 회고적인 정감을 바탕으로 생동감 있는 묘사를 하고 있다.

이동렬 李東烈 1950~ 아동문학가. 경기 양평 출생. 인천교대를 거쳐(1971), 한국방송통신대 행정과(1986) 및 경원대 경영대학원 졸업(1990). 1979년 《한국일보》 신춘문예에 〈봄을 노래하는 합창대〉가 당선되어 등단했다. 한국아동문학가협회 사무국장 및 총무이사를 역임했고, 창작동화집으로 《이상한 꿈》《위대한 그림》《가슴속에 숨어 있는 작은 별나라》《꼬꼬의 숲속 여행》《잡았다 놓친 달님》《금메달 손자 은메달 손자》 등 다수가 있다. 1986년 세종아동문학상을 수상했다.

이동순 李東洵 1950~ 시인. 경북 금릉 출생. 경북대 국문과 및 동 대학원 졸업. 1973년 《동아일보》 신춘문예에 시 〈마왕魔王의 잠〉이 당선되어 등단했다. 《자유시》 동인이며 주요 작품에 〈서흥김씨내간〉〈검정버선〉〈홍범도〉〈농구노래〉 등이 있다. 시집으로 《개밥풀》《물의 노래》《지금 그리운 사람은》 등이 있다. 그는 섬세한 감각, 언어의 운율적 조직을 통해 살아 있는 것에 대한 연민과 사랑을 지향하고 있다. 제5회 신동엽창작지원금을 수상했다.

이동주 李東柱 1920~1979 시인. 전남 해남 출생. 혜화전문 중퇴(1942). 1940년 《조광》에 시 〈귀농歸農〉〈상열喪列〉 등을 발표, 1950년 《문예》에 시 〈황혼〉〈새댁〉〈혼야婚夜〉 등으로 추천을 받고 등단했다. 이후 〈해녀海女〉〈뜰〉〈등잔밑〉 등 많은 시를 발표했다. 신문사 문화부장 및 대학강사를 역임했고, 한국문인협회 시분과위원장, 한국문인협회 간사 등으로 활동했다. 시집으로 《혼야》《강강수월래》 등이 있으며 유작시집으로 《산조여록散調餘錄》이 후학들에 의해 간행되었다. 한편 평론에도 관심이 많아 〈현대시와 서정의 문제〉〈무기교 상태의 기교라야 최고다〉 등을 발표하기도 했고, 실명소설분야를 개척 〈박종화朴鍾和〉〈김영랑金永郎〉〈유치환柳致環〉〈김소월金素月〉 등, 한국저명문인들의 일대기를 소설화해 그 이해에 도움을 주었다. 그는 우리 고유의 가락을 시적운율로 잡아 미적체험의 질료가 되도록 했는데, 그 나름의 언어를 더욱 절제해 시적 효과를 높일 줄 알았고 시적 자각도 유난했던 시인이다. 특히 시대의 흐름에 영합할 줄도 몰랐고 일생을 서정시인으로 살기를 원했으며, 그 정신 역시 순수에 두어 거리낌 없이 전통성을 존중했다. 한편 자연에 대한 유난한 사랑은 인간애와 더불어 작시作詩의 바탕이 되었다. 1952년 전남문화상, 1959년 한국문협상, 1963년 5월문예상 등을 수상했다.

이동하 李東河 1942~ 소설가. 본명 용勇. 일본 오사카 출생. 서라벌예대 문예창작과 및 건국대 대학원 국문과 졸업. 1966년 《서울신문》 신춘문예에 〈전쟁과 다람쥐〉가 당선되어 등단했다. 1967년 〈겨울비둘기(후에 〈인동忍冬〉으로 개제)〉가 공보부 신인예술상을 수상했으며 장편 〈우울한 귀향歸鄕〉으로 《현대문학》 제1회 장편소설공모에 당선되었다. 《월간문학》 편집부와 건국대 신문사 등에서 근무, 목포대를 거쳐 현재 중앙대 교수로 재직 중이다. 그의 초기작 〈우울한 귀향〉은 청춘시절을 발랄하게 보내지 못하고 무기력 속에서 우울한 방황을 거듭하고 있는 한 문학도의 과거에서 현재에 이르는 삶의 재구성 · 재인식을 위한 문학적 초상화이다. 이러한 초기작들은 서정적인 문체와 삶에 대한 까닭 모를 비애, 우울함, 외로움 등 이후에 발표된 그의 소설들에서 지속적으로 유지되는 특징들을 보여 준다. 〈하얀 풍경〉〈계산하기〉〈오늘의 초상〉〈하일夏日〉〈눈〉〈새〉 등의 작품은 현실에 대한 허무감을 통해 자아인식을 이룩하려는 태도를 바탕으로 삶이 지닌 비극적인 아름다움을 추구하는 경향의 연장선상에 위치한다. 한편 1982년에 발표된 연작중편 〈장난감 도시〉〈굶주린 혼〉〈유다의 시간〉으로 이루어진 〈장난감 도시〉는 그의 작품 세계의 변화를 보여준다. 초등학교 4학년인 주인공 일가가 고향을 떠나 대구 근교의 판잣집 동네에서 전후의 난민들과 뒤섞여 살며 극도로 궁핍한 생활을 영위했던 약 1년 동안의 눈물겨운 나날의 기록인 〈장난감 도시〉는 가난과 폐허와 구호물자로 대변되는 이땅의 전후 난민이 직면했던 처절한 생존의 고투로 점철되고 있다. 이후 그는 평범한 소시민들에게 관심을 기울이기도 하고, 사회와 인간의 삶 전체에 횡행하는 '폭력'을 문제삼기도 하며 꾸준히 많은 작품들을 발표했다. 작품집으로 《모래》《우울한 귀향》《바람의 집》《도시의 늪》《장난감 도시》《저문 골짜기》《폭력 연구》《숲에는 새가 없다》《삼학도》《냉혹한 혀》《문 앞에서》 등이 출간되었다. 그의 소설은 대체로 우울하고 쓸쓸하고 어두운 색조를 띠는데 이는 그대로 그의 작품의 내용이 되기도 했다. 때문에 그의 소설은 사랑과 행복과 문화적 성숙이 결여된 삶의 조건에서의 개인의 고단한 생활의 탐구에 주안점이 두어지고 있다는 평가를 받기도 한다. 1977년 소설문학상, 1981년 한국일보문학상, 1982년 한국문학평론가협회상, 1983년 한국문학작가상, 1986년 현대문학상 등을 수상했다.

〈**우울한 귀향** 憂鬱一歸鄕〉 이동하의 장편소설. 1967년《현대문학》현상모집에 당선된 작품으로, 동년 5월호부터 게재되었고 1973년 단행본으로 출간되었다. 이 작품은 주인공이 춥고 어둡고 지리한 서울에서의 겨울을 견디지 못하고 오랫동안 찾지 못했던 고향을 찾아 내려가는 이야기로 시작된다. 제목 자체가 풍겨주고 있듯이 작가는 잃어버리고 있는 인간 본래의 것을 되찾으려는 한 젊은이의 몸부림을 통해 현대인들이 잊고 있는 세계에 대해 정감이 넘치게 그려준다. 잃어버리고 있는 것에 대한 추적追跡의 방법상 작가는 두 사람의 주인공을 등장시키고 있는데, 하나는 현재의 주인공인 '나'가 고향으로 찾아가서 추억의 실마리를 하나하나 찾아내는 과정이고, 다른 하나는 추억 속의 주인공인 '윤'의 소년시절 이야기로서, 그 두 가지 이야기 축이 교직되면서 작품 구성상의 묘妙로 서술이 진행된다. 줄거리는 다음과 같다. 시골 출신 대학생이며 신춘문예당선 작가이기도 한 '나'는 졸업을 앞둔 겨울, 춥고 어둡고 쓸쓸한 서울생활을 떠나 고향 삼성을 찾아간다. 참으로 오랜만의 귀향이기도 하나 그 고향은 낯설고 황폐하다. '나'는 기억의 장소들을 배회하며 소년 시절을 회상, 원고지 위에 재구성해 본다. 그러나 그 기억들은 하나같이 참으로 어둡고 허망한 기억들이다. 게다가 '나'의 의식 속에는 두고 온 서울생활의 그것이 끊임없이 뒤섞여든다. 언제나 끈질긴 요설만을 늘어놓곤 하는 학운이와 점점 실의의 그늘 속으로 빠져들고 있는, 그러나 아직은 천래의 무구함을 지니고 있는 은아와, 그리고 그들과 함께 얽혀 있는 그 춥고 어두운 의식들이다. 소년 시절을 되돌아봄으로써 오늘의 자신을 파악하고자 했던 '나'는, 한 달 만에 다시 서울로 돌아오나 기다리고 있는 것은 학운이의 죽음뿐이다. 울고 있는 은아와 함께 캠퍼스의 그 가파른 언덕길을 허청허청 내려오면서 '나'는 이 진저리나는 젊음이, 얻을 것도 간직할 것도 하나 없는 이 허망한 젊음이 내게서 빨리 떠나가 주었으면 좋겠다고 뇌까린다.

〈**파편** 破片〉 이동하의 단편소설. 1982년《한국문학》4월호에 발표되었고, 다음 해에 제9회 한국문학작가상을 수상했다. '나'의 숙부를 등장시켜 소외된 자들의 고달픈 사람을 형상화하고 있는 이 단편소설은 이동하가 여느 작품에서 끈질기게 다루어 온 거대한 사회적 병리현상의 증후로서의 인간성 황폐와 폭력을 묘사하고 있다. 이 소설에서 화자인 '나'가 큰 역할을 하기 때문에 신변 소설을 연상하기 쉽겠으나, 이 소설에서 조명되고 있는 인물은 '나'의 숙부이다. 여기서 '나'는 사회적 병리현상에 대한 관찰자요 더 나아가 연구자로서의 성격을 띠고 있는 것이다. 이동하는 여느 작품에서도 언어를 극도로 아껴, 단편소설론에서 흔히 말하는 압축된 구성과 압축된 표현을 하고 있는데, 이 소설 또한 예외가 아니다. '나'에게서 가장 궁금한 것은 해방 이후 좌익이 되어 잠적한 아버지의 생사 문제일 텐데, 이 문제를 두고 숙부의 "한 구덩이 묻히지 못한 것만 원통할 따름이재"라는 말로 처리하고 있다. 따라서 이 소설 또한 알레고리에 의한 묘사를 많이 띠고 있다고 할 수 있다.

이동하 李東夏 1955~ 평론가. 대구 출생.

서울대 법학과 및 국문과, 동 대학원 국문과 졸업. 현재 서울시립대 국문과 교수로 재직하고 있다. 저서로 《집 없는 시대의 문학》《문학의 길, 삶의 길》《우리 문학의 논리》《현대소설의 정신사적 연구》《물음과 믿음 사이》《아웃사이더의 역설》《혼돈 속의 항해》《신의 침묵에 대한 질문》《우리 소설과 구도 정신》《홀로 가는 사람은 자유롭다》《한국문학과 비판적 지성》《한 문학평론가의 역사 읽기》 등이 있다. 1984년 대한민국 문학상, 1990년 조연현문학상, 1991년 현대문학상, 1999년 김환태평론문학상 등을 수상했다.

이동희 李東熙 1938~ 소설가. 필명 목희木熙. 충북 영동 출생. 단국대 국문과 및 동 대학원 졸업. 현재 단국대 교수로 재직 중. 1963년 《자유문학》 신인상에 단편 〈좌절〉이 당선되었고, 공보부 주관 신인예술상 문학부분에 단편 〈핏들〉이 특상을 수상해 등단했다. 그는 농촌을 주된 소재로 소설을 창작했는데, 주로 가난한 농촌 사람들의 토지의 문제, 세대간 이념의 갈등 등을 그려 새로운 농민상의 부각에 관심을 기울였다. 《지하수》《하늘에 그린 그림》《이무기가 사는 마을》 등의 작품집에서는 인간 본성의 모태인 농촌사회의 여러 가지 삶의 양상과 그 속에서 투쟁하는 인간의 가장 강인한 의지와 정신력을 그리고 있다. 장편 〈뻘 속으로 들어간 새〉는 무대가 어촌으로 옮겨져 있으나, 새로 부임한 여교사가 겪게 되는 어촌 생활을 통해 좌절을 딛고 일어서는 용기를 보여주고 있다. 이밖에 작품집으로 《벼랑에 선 사람들》《비어 있는 집》《길고 긴 여름》《울고 가는 저 기러기》 등이 있다. 1977년 장편 〈이무기가 사는 마을〉로 제1회 흙의 문학상, 1998년 〈땅과 흙〉으로 월탄문학상을 수상했다.

이두현 李杜鉉 1924~ 평론가. 호 의민宜民. 함북 회령 출생. 서울대 전문부 및 국어과 수료. 1957년부터 1989년까지 서울대 국어교육과 교수로 봉직했다. 국제극예술협회 한국본부 상임위원, 한국가면극연구회 이사장, 국립극장 운영위원, 한국연극학회 회장 등을 역임했으며, 주요 저서로는 《한국신극사연구》《한국가면극》《한국연극사》《한국민속학개설》《한국의 탈춤》 등이 있다. 인류학적 관점에서 연극과 민속을 탐구하는 그의 학문적 성격 때문에 잦은 해외조사와 시찰의 경험을 쌓아왔으며, 폭넓은 시야에 꼼꼼한 자료발굴 능력을 발휘해 한국 연극사 연구의 선구자 역할을 해왔다. 한국출판문화상, 한국연극영화예술상 등을 수상했다.

이명수 李明洙 1945~ 시인. 서울 출생. 공주사대 국문과를 거쳐(1968) 건국대 대학원 국문과 졸업. 1975년 《심상》에 시 〈일몰日沒〉〈수반水盤〉 등이 추천되어 등단했다. 사화집 《신감상》 창간멤버이며, 심상시인회 회장으로 활동. 주요 작품으로 〈후문〉〈귀뚜라미 울음을 빌어〉〈말〉〈평화시장에 뜨는 달〉〈가난한 연인을 위하여〉 등이 있으며, 시집 《공한지空閑地》가 있다. 그는 주로 도시적인 서정을 바탕으로 작고 여린 것들이 가지고 있는 가치나 생명력을 노래해 왔으나, 근래에는 인간의 문제에 시선을 돌려 시적 주제를 찾고 있다.

이무영 李無影 1908~1960 소설가. 본명 용구龍九. 충북 음성 출생. 일본 세이조중학 수학(1925). 1926년 일본에서 장편 〈의지 없는 영혼〉과 〈폐허〉 등을 무영이란 아호로 발간했다. 1927년 귀국, 1932년 《동아일보》에 중편 〈지축地軸을 돌리는 사람들〉을

연재, 이어 〈B녀의 소묘〉〈창백한 얼굴〉〈오후 영시零時〉 등의 단편과 희곡 〈탈출〉〈아버지와 아들〉 등을 계속 발표한 후 작가로서의 지위를 확보했다. 《극예술연구회》 동인으로 활약하면서 이효석李孝石 등과 《구인회》 동인으로도 활동했다. 작품집으로 《취향》《무영단편집》《흙의 노예》《B녀의 소묘》《벽화》 등을 간행했으며, 〈먼동이 틀 때〉〈젊은 사람들〉〈농민〉 등의 장편소설이 있다. 초기 그의 작품은 무정부주의적인 반항을 주조로 경향성을 띠었으나, 1939년 군포에서 직접 농업에 종사하면서 〈제1과 제1장〉〈흙의 노예〉 등을 발표하면서부터 본격적인 농촌소설을 썼다. 그를 일컬어 본격적인 농촌소설작가라고 하는 것은 농촌을 소재로 한 작품과 함께 직접 농촌생활에 젖어들었던 작자 자신의 행동 때문이기도 하다. 그의 농촌소설에 대한 집념은 1954년에 발표한 장편 〈농민〉을 절정으로 하고 있으며, 6 · 25동란 이후에는 농촌문학에서 시정문학으로 변모, 〈비련〉〈송미망인宋未亡人〉〈창窓〉〈난류暖流〉 등의 단 · 장편을 쓰면서 애정윤리를 추구해 갔으나 이러한 시정문학은 모두 자신의 고독과 현실의 복종에서 오는 솔직한 저항의식에 불과한 것이었고 30여 년에 걸친 그의 업적은 역시 농촌문학의 확립과 그 성공에 있다고 할 수 있다. 1943년 장편 〈청기와집〉으로 조선예술상을 수상했다.

〈제1과 제1장 第一課 第一章〉 이무영의 단편소설. 1939년 《인문평론》에 발표되었다. 소설가 김수택은 직장인 신문사를 그만두고 귀향한다. 흙투성이인 아버지 김영감을 수치로 생각한 아들이었지만, 김영감은 반가이 맞는다. 아버지에게서 여덟 마지기의 소작논을 떼어 놓고 퇴직금으로는 집을 마련해 수택의 농촌생활은 시작된다. 아들을 끌고다니며, 김영감은 꼴을 베는 일에서부터 모든 농사일을 가르쳤다. 수택은 휘청거리는 다리로 볏가마니를 졌다. 눈물과 코피가 났으나, 애써 지어놓은 농사일을 생각하며 기쁘게 걸었다. 농촌생활에 대한 애정과 진실한 삶의 추구를 주제로 하고 있는 이 작품은 그 이듬해에 발표된 중편 〈흙의 노예〉와 2부작을 이루고 있다. 주인공 수택은 엄격하게 말해서 농민이 아니라 도시의 타성에 길들여진 지식인으로서, 흙에 대한 향수로 귀향해 흙에서의 '제1과 제1장'을 시작하는 인물이다. 그가 귀농한 것은 계급적 인식에 의해서거나 생활을 위해서가 아니라, 그저 '흙의 냄새' 그리고 인간다운 푸근한 냄새에 끌려서인 것이다. 수택의 아버지 김영감은 순수한 시골 농부로서, 흙에 대한 무조건적인 애착을 가지고 있는 인물이다. 이 작품에서는 농촌은 절대선이요, 태고의 낙원으로 묘사되어 있을 뿐, 1930년대의 일제에 의해 수탈당하는 농촌의 현실과 그 실체는 그려져 있지 않다. 즉, 한 지식인이 농촌으로 가는 이유가 지나치게 단순하고 감상적이라는 것이 이 작품이 갖는 단점으로 지적되고 있다.

〈흙의 노예 一奴隷〉 이무영의 단편소설. 1940년 《인문평론》에 발표되었다. 〈제1과 제1장〉의 속편이라는 부제가 붙어 있으며, 그 구성이 〈제1과 제1장〉의 연장선상에서 이루어져 있고 배경과 인물이 동일하다. 주인공은 신문사 기자를 지낸 작가로서 귀향해 농사를 직접 짓는다. 그 부친은 어려서부터 농사일을 한 농부이며 머슴살이까지 해

▲흙의 노예 이무영 지음. 《인물평론》 제7호에서.

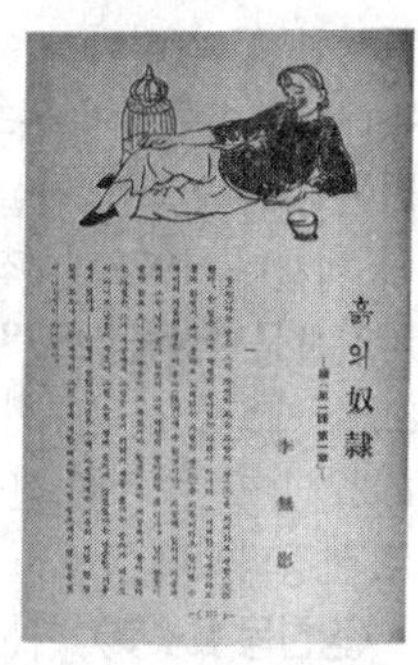

서 농토를 마련했으나, 농촌의 경제적 피폐로 인해 땅을 팔고 낡은 문서만 남긴 채 자살한다. 노인의 생산과 관계된 흙에의 정서적 얽힘과 집착의 의지를 포착해 그 아름다움을 예리하게 묘파한 농민소설의 수작이다. 이 작품은 식민지 치하에서의 농민의 가난과 가난한 농민의 흙에 대한 집념을 리얼하게 묘사함으로써 당시 농민들의 삶과 의식의 한 단면을 뚜렷이 보여주고 있다.

〈농민 農民〉 이무영의 장편소설. 1950년 《한성일보》 연재되었고, 1954년에 금융조합연합회 협동문고로 처음 출간되었다. 충주 근처 미륵동과 탑골의 지주·토호들의 빈민착취를 일삼는 농촌의 실상과 농민들의 울분에 찬 항거를 리얼하게 부각하고 있다. 지주 김승지에게 아내 금순이 능욕을 당해 목매어 자살한데다가, 근거도 없는 억울한 죄를 뒤집어쓰고 죽도록 매를 맞은 주인공 원장쇠는 집을 나가 동학군의 두목이 되어 미륵동 뒷산에 나타난다. 장쇠는 김승지·박의관 부자 등을 연행해 그들이 사용하던 형구로 복수의 벌을 가하며 속죄를 시키고 종문서와 빚문서를 불태운다. 마을 사람들이 몰려와 자기들 손으로 죽이겠다고 아우성을 치는 바람에 관군이 나타나고 장쇠는 또 어디로 잠적한다. 억울하고 절통한 사정을 어디에 호소할 수도 없이, 자위와 체념 속에 죽어사는 농민들의 삶을 생생하게 형상하고 미륵동과 탑골이라는 농촌으로 소우주화된 사회현실, 김승지와 박의관으로 상징된 조정에 동학란을 발발시켜 불의와 불법을 끓어앉히는 저항적 의지를 강하게 표출하고 있다. 이무영의 장편소설 〈농민〉은 대하소설 〈농민〉 5부작의 제1부에 해당하며 미완성의 작품이지만 동학란·경술국치 및 3·1운동 등의 민족사적인 배경에 농민의 수난사를 생동감 있게 엮어나가고 있다. 노농勞農인 아버지 원치수, 농군 장쇠, 그리고 아들 만석, 농민 3대의 박해받는 생애와 농민의 이상, 민족의 열망이 주인공의 극적인 출몰과 쫓김의 절박한 상황으로 절정을 이루며 반복되는 플롯을 이루고 있다. 〈제1과 제1장〉과 특히 〈농민〉 제1부는 이무영의 대표작이며, 우리 나라 농민·농촌을 제재로 한 소설의 대표적인 작품으로 평가되고 있다.

이문구 李文求 1941~ 소설가. 충남 대천 출생. 서라벌예대 문예창작과 졸업(1963). 1966년 《현대문학》에 단편 〈다갈라 불망비〉 〈백결百結〉 등이 추천되어 등단했다. 등단 후 이문구는 새로 창간된 《월간문학》에 업무 사원으로 입사하는데, 조실부모하고 고향을 떠나 시장골목의 좌판과 공사장 등을 전전했던 그로서는 첫 '하이칼라' 직장인 셈이었다. 그는 이 시기 〈형제〉 〈이풍헌〉 〈두더지〉 〈김탁보전〉 〈백의〉 〈몽금포타령〉 등 독특한 스타일의 단편을 선보인다. 《월간문학》의 편집장이 된 1970년에 그는 장편 〈장한몽長恨夢〉과 단편 〈암소〉를 발표함으로써 평단의 주목을 받는다. 공동묘지 이장 공사판의 체험을 바탕으로 쓴 〈장한몽〉은 인간 생활의 저변을 대담하고 소상하게 파헤친 사실적 묘사와 작가 특유의 골계미가 균형 있게 조화를 이룬 작품이다. 단편 〈암소〉 역시 이후 펼쳐질 이문구 문학의 중요한 특징을 보여주는 작품인데, 독특한 토속어로 된 요설의 문체가 그것이다. 이로부터 너절하면서도 걸쭉한, 때로는 능청맞게도 호흡이 긴 이문구 특유의 문체가 본격적으로 펼쳐지기 시작한다. 중편 〈해벽〉을 발표한 1972년에 이문구는 떠나온 고향의 이야기 〈관촌수필〉 연작을 발표하기 시작한다. 5년 후인 1977년 여덟 번째 작품인 〈월곡후야月谷後夜〉로 대미를 장식하는 이 연작에서 작가는 고향 관촌의 더할 수 없는 인정의 세계가 전쟁의 폭력과 근대화의 물결에 휩쓸려 해체되어가는 모습을 감동적으로 보여준다. 이 작품에 이어 1970년대 농촌 현실을 놀라운 밀도로 재현하면서도 근대화의 음지로서 농촌문제의 심각성을 제시한 〈우리 동네〉 연작을 1977년부터 1981년까지 발표함으로써 이문구는 작가적 지위를 확고히 구축했다. 소설집 《이 풍진 세상을》《다가오는 소리》《몽금포 타령》《으악새 우는 사연》 등이 있으며, 1993년에는 《유자소전》을, 1996년에는 《이문구전집》을 출간했다. 1999년 발간된 《이문구문학선》은 그의 문학 35년의 정수를 모은 것으로 초기작 〈장난감 풍선〉부터 최근작 〈장천리 소태나무〉에 이르기까지 12편의 중·단편들을 싣고 있다. 이문구는 한자어의 전통과 결합시킨 토착어의 풍성한 제시를 통해 전통적 공동체가 와해되는 오늘을 살고 있는 한국인의 심성을 저 밑바닥에서부터 끌어올린다. 슬픔을 녹여낸 이문구 특유의 능청과 해학의 문체는 삶의 음영을 폭넓게 포착하면서 풍성한 삶의 이야기 속으로 우리를 끌어가는데, 그 이야기가 우리에게 부단히 환기시키는 것은 인간적 진실이 살아 숨쉬는 인정의 세계다. 1972년 〈장한몽〉으로 제5회 한국일보문학상을, 1978년 〈우리 동네〉 연작으로 제5회 한국문학작가상을 수상했고, 1982년에는 제1회 신동엽창작기금 수혜자로 선정되었다.

〈**장한몽** 長恨夢〉 이문구의 장편소설. 1970년부터 1971년까지 《창작과 비평》에 연재된 작품이다. 발표 당시 비상한 문단의 관심을 모았으며, 1987년 책세상출판사에서 단행본으로 간행되었다. 서울의 변두리 공동묘지 이장공사에 몰려든 공사장 사람들은 이 사회의 가장 억척스런 삶의 양식을 몸으로 보이면서 고단한 풍속의 축소판을 이룬다. 여기에 나오는 일련의 인간상들은 6·25와 빈곤의 현대사가 빚은 한恨의 세계에서 비극을 인식하고 상황에 정면으로 대결해서 자아를 발견하는 과정을 보여주고 있다. 작자는 여기에서 그의 특유한 토속어 구사와 해학적인 대화로 전통적인 한국인의 심상을 적절하게 묘사하고 있다. 각 등장인물들의 삶 속으로 파고들어가 그들의 성장과정을 적나라한 삶의 실상과 전쟁의 상흔을 딛고 일어서는, 잡초처럼 끈질긴 생명력에 접목시킴으로써 미적 총체성을 형상화시키는 데 성공했다고 하겠다. 작자는 비속어의 적절한 사용, 함축성 있는 대사, 냉정한 사실묘사 등을 통해 삶과 죽음에 대한 진지한 물음을 제시하고 있다. 이 작품은 이후 작가의 작품 세계에서 독특한 형태로 나타난 요설문체와의 연결선상에서 파악할 수 있다.

〈**관촌수필** 冠村隨筆〉 이문구의 연작소설. 1972년 《현대문학》 5월호에 발표되었다.

이 소설은 주인공이 생장한 관촌冠村이라는 마을을 무대로, 회고적이며 수필적인 기법으로 그려나간다. 〈일락서산〉 〈화무십일〉 〈행운유수〉 〈녹수청산〉 〈공산토월〉 〈관산추정〉 〈여요주서〉 〈월곡휴야〉 등의 여덟 편으로 구성되어 있다. 1~5편에는 관촌의 생활사에 대한 작가의 추억이 기술되어 있고, 6편은 작자가 고향을 떠난 후 다시 만난 고향 친구의 이야기, 7~8편은 귀향의 경험담을 그 주요 내용으로 하고 있다.

이문열 李文烈 1948~ 소설가. 서울 출생. 서울대 국어교육과 수학. 1977년 《대구매일신문》 신춘문예에 단편 〈나자레를 아십니까〉가 입선, 1979년 《동아일보》 신춘문예에 〈새하곡塞下曲〉이 당선되어 등단했다. 같은 해 〈사람의 아들〉로 오늘의 작가상을 수상했다. 초기의 작품들 중 〈사람의 아들〉 〈들소〉 〈황제를 위하여〉 등은 신화와 역사의 한 부분을 자신의 소설 속에 끌어들여 일종의 대체 역사 또는 우화적 형식으로 소설을 만들어 놓고 있다. 이 작품들은 작품 내적 현실 자체가 다분히 당대의 현실 상황을 우회적으로 비판하거나, 상징적으로 대체하고 있다는 점에서 소설적인 흥미를 더욱 고조시킨다. 1980년대에 들어서면서 자신의 개인적인 체험과 예술에 대한 신념을 소설화한 〈젊은 날의 초상〉 〈그대 다시는 고향에 가지 못하리〉 〈금시조〉 등을 발표, 이 작가의 예술적 감각과 낭만적인 요소가 두루 나타나 있는 이 소설들은 무엇보다도 현실을 하나의 비유체계로 인식하고 있다는 점이 특징이다. 기존의 작가들이 보여주고 있는 소설적 경향과는 달리, 리얼리티의 추구보다는 오히려 낭만성이라고 이름붙여도 좋을 관념적인 것들이 자리하고 있다. 그는 치밀한 묘사와 유려한 문체를 통해 바로 그 관념적인 것에 접근한다. 그의 소설이 고급문학의 품격을 지키면서도 광범위한 대중적 호응을 받고 있는 것은 문체의 감응력과도 관계된다고 할 수 있다. 1980년대 중반 이후 〈영웅시대〉 〈변경〉 〈우리들의 일그러진 영웅〉 〈구로 아리랑〉 등과 같이 분단상황과 당대적 현실을 포괄하고 있는 작품들을 많이 발표했다. 특히 사회주의 이념의 선택과 이데올로기의 갈등을 정면으로 다룸으로써 분단문학의 새로운 차원을 개척하고 있는 〈영웅시대〉, 그리고 당대의 현실과 그 삶의 역사를 소설의 세계에 끌어들이고 있는 〈변경〉 등은 그의 문학의 폭과 깊이를 가늠하게 하는 대표적 작품이다. 1998년에는 장편대하소설 〈변경〉(전12권)의 마침표를 찍었다. 소설집으로 《그해 겨울》 《금시조金翅鳥》 《구로 아리랑》 등이 있으며, 〈그대 다시는 고향에 가지 못하리〉 〈젊은 날의 초상〉 〈황제를 위하여〉 〈영웅시대〉 〈사람의 아들〉 〈레테의 연가〉 〈오디세이아 서울〉 〈선택〉 등의 장편소설을 간행했다. 1979년 제13회 오늘의 작가상, 1982년 제15회 동인문학상, 1983년 대한민국문학상, 1984년 제11회 중앙문화대상, 1987년 이상문학상, 1998년 제2회 21세기문학상 등을 수상했다.

〈사람의 아들〉 이문열의 장편소설. 1979년 《세계의 문학》에 발표되었고 같은 해 제3회 오늘의 작가상을 수상했다. 기독교의 본질적인 비극성을 형상화하고 있는 이 장편소설의 핵심은 두말할 것 없이 아하스페르츠의 일대기이다. 아하스페르츠는 성경 곧 정경正經에 나오지는 않지만 외경外經으로 전해져 오는 인물이다. 외경에 의하면 그는 이스라엘의 구두장이로서, 예수가 십자가를 지고 골고다로 가는 도중 어느 집 문 앞에서 쓰러졌는데, 바로 그 집의 주인이었다는 것이다. 그는 거기서 잠깐 쉬게 해달라는 예수의 청을 거절했기 때문에 예수의 저주를 받아, 예수의 재림 때까지 죽지도 못하고 방황하게 된다는 악마적인 인물이다. 작자의 의도는 이 전설상의 인물을, 이 세계의 배리背理에 괴로워하며 그것에 눈감고 있는 신의 침묵을 고발하는, 반신적反神的이며 의로운 감동적인 인물로 살려내려는 데 있었음을 알 수 있다. 작자는 예수와 아하스페르츠를 같은 날에 태어난 것으로 설정하고, 예수가 십자가에 못박힐 때까지, 전설에 나오는 골고다로 가는 길에서 이들 두 '사람의 아들'의 만남을 포함해 일곱 번이나 정면으로 대결시키고 있는 것이다.

〈영웅시대 英雄時代〉 이문열의 장편소설. 1982년 가을부터 1984년 여름까지 《세계의 문학》에 연재되었다. 이문열의 역사의식과 정치의식을 극명하게 드러내보이는 대표적인 작품 중의 하나이다. 작품의 주요 인물은 영남 대지주의 아들로 남로당계 공산주의자로 활약하나 자신의 이념과 현실의 괴리에서 방황하는 지식인 이동영, 동영의 아내이자 동영으로 인해 가족이 풍비박산을 겪은 후 기독교에 귀의해 삶의 평안을 얻는 조정인, 동영을 사랑하는 모스크바공산대학 출신의 노동당 실력자 안명례, 영남 대가의 종가며느리로서 끈질긴 생명력과 가문에 대한 강한 자부심을 가진 동영 어머니 등이다. 작품 전편을 지배하고 있는 것은 작가의 독특한 영웅사관과 이데올로기적 허무주의이다. 이념의 발생을 오로지 상부구조의 자기발전 관성에 입각한 것으로 파악하는 작가의 입장으로 인해, 이 소설은 현대사의 가장 민감한 시기와 주제를 다루고 있으면서도 구체적 현실이 탈각된 관념편향적 한계를 보인다고 평가받는다.

〈우리들의 일그러진 영웅 —英雄〉 이문열의 중편소설. 1987년 《문학사상》에 발표되었다. 자유당 정권 말기를 시대 배경으로, 시골 국민학교 상급반 교실에서 벌어지는 사건을 통해 권력의 본질을 비유적으로 형상화하고 있다. 엄석대는 급장이다. 그는 다른 아이들보다 큰 몸집에, 탁월한 학과 성적과 지도력으로 학급 전체를 지배하고 있다. 그의 권위는 오히려 학급 일에 무관심한 담임 교사보다 크고 절대적이다. 서울에서 전학을 온 한병태는 이러한 엄석대의 권위에 대항한다. 그러나 그 역시 학급 아이들 전체에 의해 가해져오는 유형·무형의 압력에 결국 굴복하고 만다. 이러한 엄석대의 절대적 권위는 새로운 담임 교사에 의해 파괴된다. 젊고 활기찬 교사는 아이들의 이상한 행동을 눈여겨 보고, 엄석대가 저지른 갖은 비행을 낱낱이 파헤쳐 공개한다. 엄석대의 권위에 눌려 있던 아이들은 그제야 활기를 되찾고 엄석대는 학교를 뛰쳐나간다. 이러한 줄거리가 일인칭 서술자인 한병태의 회상에 의해 펼쳐진다. 엄석대를 둘러싼 권위가 만들어지고 유지되고 파괴되는 과정을 지켜보는 그의 시선은 역사에 대한 짙은 허무감을 동반하고 있다. 당초에 그는 엄석대의 권위에 도전했던 유일한 인물이다. 그를 좌절시킨 것은 엄석대의 왕국에서 권력의 맛을 나누고 있던 다수의 아이들이었다. 엄석대의 권위에 눌려 있던 다수의 아이들은 결코 자신의 힘으로 그 횡포를 물리치지 못한다. 그들은 결국 새로운 담임교사의 힘에 의해 자신의 권리를 되찾게 되는 나약한 대중들일 뿐이다. 이 점에서, 유사한 상황을 다루고 있는 황석영의 〈아우를 위하여〉와 구분되며 이는 그의 소설이 보여주고 있는 엘리트주의 혹은 영웅주의와 서로 보완적인 관계에 놓여 있다고 할 수 있다.

이문재 李文宰 1959~ 시인. 경기도 김포 출생. 경희대 국문과 졸업. 1982년 동인지 《시운동》 4집에 시를 발표하면서 작품 활동을 시작해 주로 동인지와 무크지에 작품을 발표해 왔다. 《시운동》 동인으로 활동, 경향신문사 출판국 기자 역임. 현재 《시사저널》 기자로 활동하고 있다. 주요 작품으로 〈우리 살던 옛집 지붕〉 〈낙타의 꿈〉 〈나는 불을 가진다〉 〈저문 강을 이름붙이려 함〉 〈적막강산〉 〈길〉 등이 있으며, 시집으로 《내 젖은 구두 벗어 해에게 보여줄 때》 《산책시편》 등이 있다. 1999년 발간한 《마음의 오지》에서 그는 도시문명의 가속도에 대한 거부감과 농경공동체에 대한 그리움을 토로하고 있다. 그의 시들은 독특하고 신선하며 그의 유연한 시적 상상력은 모나고 날카로운 것들을 둥글고 크게 만든다. 스스로의 생존을 위해 걸어왔던 고통스러운 삶이 둥글게 굴러가며 확대되는 원의 상상력으로 변용되어 그의 시는 독자적인 언어로 삶의 구체성을 드러낸다. 유년시절의 정신적 상처와 배고픔을 방랑자의 길에 대한 편력으로 뒤바꾸는 시적 상상력은 이문재의 시적 미덕으로 평가된다. 1995년 김달진문학상, 1996년 소월시문학상, 1999년 시와 시학상 등을 수상했다.

이문희 李文熙 1933~1990 소설가. 충남 보령 출생. 고려대 경제학과 졸업(1958). 1957년 《현대문학》에 〈왕소나무의 포효咆哮〉와 〈우기雨期의 시〉가 추천되어 등단했다. 화려하고 유창한 문장과 어휘, 그리고 풍부한 대화법 등은 소설의 전형성을 형성하고 있으며, 다양한 청춘상을 묘사하고 제재와 작품의 시점을 자유자재로 바꾸어 특유의 개성적인 문학을 확립했다. 장편 〈흑맥〉 〈영가〉 〈산향기〉 〈산바람〉 등이 있고, 창작집으로 《하모니카의 계절》이 있다. 인상주의적인 냄새를 풍기는 그의 작품 세계는 주제의 설정이나 구성이 현대소설의 전형성을 실험하고 제시해주고 있다는 평가를 받았다. 현대문학신인상, 대한민국문학상 등을 수상했다.

〈흑맥 黑麥〉 이문희의 장편소설. 1963년 12월부터 《현대문학》에 1년간 연재되었다. 깜부기병에 걸린 보리처럼 사회의 밑바닥에서 버림받은 사람들의 어두운 생활을 부각시킨 문제작이다. 전쟁으로 버림받은 인간들의 어두운 생활은 그들 자신들의 탓이기도 하나 사회 때문에 전락의 신세가 된, 한 타락자의 행장과 그가 인간의 본능으로 되돌아가려는 인생의 기록이다. 6 · 25동란 후 서울역 주변의 뒷골목에는 깡패 · 양아치들의 폭력 · 절도 · 음주 · 매음이 미만되고 있었다. 이 독초들의 왕초는 목사인 아버지를 잃고 단신 월남한 똘마니로서 악명 높은 왕초를 이겨 그들의 두목이 된 독수리다. 그는 외팔이와 키다리를 부왕초로 삼고 구두닦이 · 껌장수 · 펨프 등 많은 똘마니를 움직여 날치기 · 절도 · 강도를 시키는 한편 다른 왕초를 견제하고 지하왕국을 지배한다. 독수리 · 외팔이 · 키다리 · 송충이 · 함지박 등은 이 지하왕국의 군림자요 상징이다. 독수리는 미순이와 사랑을 한다. 그리고 그 왕국은 무너지기 시작하고 사랑과 신에 대한 갈구로서 인간에의 회귀를 시도한다. 독수리가 점차 신을 각성하고 인간성을 회복하는 과정에 대한 기록이다.

이미륵 李彌勒 1899~1950 소설가. 본명

의경儀景. 미륵은 아명. 황해도 해주 출생. 경성의전 중퇴(1919). 1917년 경성의학전문학교에 입학했으나 1919년 3 · 1운동에 가담했다가 일본경찰에 수배되어 상해와 프랑스를 거쳐 1920년 독일로 망명했다. 뮌헨대학에서 동물학 · 철학 · 생물학을 전공하고 1928년 이학박사 학위를 받았다. 전공과는 달리 1931년부터 작품 활동을 시작해 1946년 〈압록강은 흐른다(Der Yalu Fliesst)〉라는 자전적 소설을 발표해 초판이 매진될 정도의 반응을 불러일으키면서 독일문단의 주목을 받았다. 유려하고 간결한 독일어로 한국의 풍습과 산하山河, 인정人情을 서정적인 필치로 그린 이 작품은 독일의 각 신문잡지에서 발췌연재한 횟수가 27회나 되며, 영국의 하빌 프레스사와 미국의 미시건대 출판사 등은 영역판英譯版을 출간했고, 영국 《더 타임즈》 등을 비롯한 여러 신문에 9회의 서평書評이 실리기도 했다. 뮌헨 피퍼출판사에서 출간되었고, 1960년 전혜린田惠麟에 의해 우리말로 번역되었다. 〈무던이〉〈그래도 압록강은 흐른다〉〈이상한 사투리〉 등의 작품이 있고, 1974년 서독 에오스출판사가 간행한 중 · 단편집 《이야기Iyagi》와 1982년 한국 분도출판사가 출간한 중편집 《압록강에서 이자르강까지(Von Yalubiszur Isar)》와 1984년 출간된 유고집 《이상한 사투리(Der Andere Dialekt)》 등의 작품집이 있다. 소설 이외에도 수필을 비롯해 한국의 역사 · 문화 · 정치에 관한 여러 편의 글과 《한국어문법》 등을 남겼다. 뮌헨대학의 동양학부에서 한학과 한국어 및 한국문학을 강의했던 그는 1950년 위암으로 죽었다.

〈압록강은 흐른다 鴨綠江—〉 이미륵의 장편소설. 1946년 독일의 뮌헨 피퍼출판사에서 간행되었다. 독일어로 씌어진 작품은 1 · 2부로 이루어져 있고 다시 24장으로 나누어 〈수암과 같이 놀던 시절〉에서 〈파리의 붉게 타는 향수〉에 이르기까지 각 장마다 제목이 붙어 있다. 황해도의 한 양반 집안을 배경으로 개화기의 여러 가지 양상과 새로운 세계에 대한 동경을 아름답고도 조용한 필치로 그렸다. 1인칭으로 된 자전적 소설로서 독일에서 격찬을 받았는데, "인종이나 민족의 차별없이 인생 그 자체의 최고 가치는 정직함과 선량함이라는 멋"을 이 작품이 표현하고 있다고 지적했으며, 또 "그는 이방인인데도 우리와 외계外界와의 이해관계에 있어서는 자기 것을 포기하는 것이 아니라, 오히려 자기 것을 깊이 파고들어가 실천해 나가는 데에 매력이 있다"고 했다. 이 작품에서의 '압록강'은 우리의 정신적 고향이며 지주로서, 모든 우리의 감성과 사고가 비롯되는 근원의 강, 그 가슴속에 항상 흐르고 있는 어버이 나라에 대한 향수와 정신적 발원지로서의 의미를 지니고 있다.

이미지 image 심상心像 · 영상映像 · 표상表像 등을 뜻한다. 인간의 마음속에 그려지는 사물의 감각적 영상을 가리키며 주로 시각적인 것을 말하지만 시각 이외의 감각적 심상도 이미지라고 한다. 예술 분야에서는 작가가 대상을 감각적으로 호소하기 위해 묘사하는 주로 은유적인 표현이며, 특히 시에 있어서 이미지는 중요한 역할을 한다. 이미지를 심리학 용어로는 '심상'이라고 하는데 이것은 원래 직접적인 외적 자극에 의하지 않고 의식에 나타난 직관적인 내용을 가리키는 것이며 기억심상이나 상상심상 등이 여기에 해당된다. 그러나 점차 넓은 의미로 사용되어 직관적 내용뿐만 아니라 관념과 동일한 뜻으로 비직관적인 내용이나, 감정을 수반한 내용, 주관의 평가가 들어 있는 내용에 대해서도 이미지라는 용어가 쓰이게 되었다. 이와 관련해, 이미지들의 복합체를 이미저리imagery라고 한다. 문학에서는 이상과 같은 이미지들이 작품의 언어작용으로 나타난다. 즉, 시인이 시상에 잠길 때, 육체적인 감각으로 이루어지는 이미지나 또는 그것과 동등한 이미지들이 마음속에 발생하며, 그것들을 단어와 문맥으로 제조해 연결·통합해 나간다. 그럴 때 이미지들의 통합체를 이미저리라 하고, 이같은 이미지와 이미저리가 독자에게 실제로 그러한 감각의 경험을 한 것같이 전달되는 것이다.

이미지즘 imagism 1912년에서 1917년경까지 일단의 영·미 시인들이 일으켰던 시 운동. 그들의 시선집과 주로 활동한 문예지를 통해서 발표한 이미지즘의 근본 주장은 '일상의 언어를 사용할 것, 그러나 반드시 정확한 말을 쓸 것, 상당히 정확한 말은 피할 것, 모든 습관화된 표현을 피할 것, 새로운 기분을 표현하는 새로운 리듬을 창조할 것, 주제의 선택에 있어서 완전히 자유로울 것, 현대생활의 예술적 가치를 믿을 것, 하나의 심상을 제시할 것, 견고하고 투명한 시를 창조할 것, 윤곽이 흐리든가 불명확한 시를 피할 것, 완전한 진술이나 설명보다는 간략히 암시할 것' 등이었다. 이미지스트들은 본래 1909년경 영국 사상가 흄과 어울리던 일단의 예술가들이었는데, 그들은 그에게서 19세기 낭만주의를 배격하고 고전주의적 예술관을 부활시켜야 할 필요를 배웠고, 또한 윤곽이 뚜렷한 시를 짓는 연습도 했다. 그들은 낭만주의의 막연한 정신편향, 센티멘털리즘에 반대하고, 벽돌을 쌓아올리는 듯한 정밀함과 억제력을 요구하는 고전적 태도를 가지려고 했다. 그들의 지도자인 파운드로부터는 심상에 대한 확고한 개념을 배웠는데, 그는 심상을 '지적 및 정서적 복합을 일순간에 제시하는 것'으로 정의했다. 그것은 최대의 힘이 한데 모인 초점이라고도 했다. 그러한 순간적으로 집약된 엄청난 힘이 느껴지지 않는 시는 무가치하다고 보았다. 힘의 집약을 방해하는 요소는 막연한 감정, 사색, 묘사, 기계적인 리듬 등이라고 보았던 것이다. 그런 종류의 이미지를 제시하는 것이 시이므로 시는 당연히 짧을 수밖에 없다. 중국의 한시와 일본의 하이쿠는 그 간략한 인상적 묘사방식으로 말미암아 이미지즘의 한 모범이 된 것으로 알려져 있다. 현시점에서 볼 때, 이미지즘은 19세기 영·미 시의 전통을 청산하고 이른바 현대시의 시대로 넘어오는 결정적 단계로 보인다. 즉 하나의 전위적 운동이었던 것이다. 그것은 그보다 1백여 년 전 워즈워드가 그 이전의 메마른 신고전주의 시의 모든 것에 반발했던 것과 비슷한 운동이었다. 워즈워드가 그 당시의 관습화된 시어·시형·소재 등 일체에 반대하고 사람들이 실체로 사용하는 말과 억양으로 일상생활 특히 시골생활에서 소재를 얻어올 것을 주장했던 것처럼, 이미지스트들도 현실생활의 모든 것을 소재로 해서 낭만적이고 사색적이거나 감동력이 쇠퇴한 시적 언어가 아닌 현실감이 있는 생동하는 언어로 시를 쓰자고 했던 것이다. 낭만파와 그 후계자들이 시정신과 영감에 의존하는 경향에 대항해, 이미지스트들이 작품을 갈고 닦는 숙련공의 태도를 가질 것을 요청한 것은 오히려 낭만주의가 반발했던 신고전주의의 엄격성을 얼마쯤 닮고 있다. 짧은 기간의 운동이었지만 파운드는 그것에서 시작해 후일 독자적으로 대성했고 심상에 대한 관심이 보편화되는 계기를 마련, 19세기를 청산하는 결정적 요인의 하나가 되었다. 그러나 심상의 제시 이외에는 어떤 주제의 전개에 대해서도 무관심했던 것, 어떤 소재라도 그 심상만 제시하면 시로 간주한 것, 사물의 표면이 곧 의미라고 본 것 등에 대해 비판이 가해진다.

이민선 移民船 →김자림金玆林

213호 주택 二一三號住宅 →김광식金光植

이범선 李範宣 1920~1981 소설가. 호 학촌鶴村. 평남 신안주 출생. 동국대 국문과 졸업(1949). 1955년《현대문학》에 단편〈암표暗標〉와〈일요일〉이 추천되어 등단했다. 1938년 진남포공립상공학교를 졸업하고, 평안북도 풍천 탄광에 징용되었다. 광복 후 월남해서 동국대 국문과를 졸업한 뒤 6·25 때는 거제고에서 3년간 교편을 잡았다. 그뒤 휘문고·숙명여고·대광고 등에서 교편 생활을 하면서 작품을 발표했다. 1968년 한국외대 전임강사, 1977년에 교수로 승진되었다. 그동안 한국문인협회 이사, 소설가협회 부대표위원에 선출되었다. 주요 작품으로는〈학마을 사람들〉〈청대문집 개〉〈갈매기〉〈오발탄誤發彈〉〈춤추는 선인장〉〈삼계일심三界一心〉등을 들 수 있다. 작품집으로《오발탄》《피해자》《표구表具된 휴지》《두메의 어벙이》등과,〈동트는 하늘 밑에서〉〈판도라의 후예〉〈밤에 핀 해바라기〉등의 장편소설을 발간했다. 초기의 작품〈암표〉〈일요일〉〈이웃〉〈학마을 사람들〉〈수심가愁心歌〉〈갈매기〉등에는 그의 생활체험이 반영된 것으로서 어두운 사회의 단면과 무기력한 인간상이 많이 등장한다. 담담한 필치의 서경적 묘사의 기법으로 토착서민의 생태를 표현, 길흉의 미신 또는 무욕無慾의 인간상을 다루었다는 평을 받았다. 그뒤〈피해자〉〈오발탄〉과 장편〈춤추는 선인장〉등에서는 사회고발의식이 짙은 리얼리즘의 문학으로 전환해 약자의 생존과 침울한 사회상, 종교의 위선, 남녀의 생태 등을 부각시키는 객관적 묘사를 보여주었다. 후기의 작품이라 할 수 있는〈냉혈동물〉〈돌무늬〉〈삼계일심〉에서는 인간의 궁극적 모순을 추구하려는 존재론의 회의적 허무가 깃들인 잔잔한 휴머니티가 짙게 깔려 있는 경향을 보이고 있다. 1958년 첫 창작집《학마을 사람들》로 제1회 현대문학상을, 1961년〈오발탄〉으로 제5회 동인문학상과 1962년 제1회 오월문예상을, 1970년〈청대문집 개〉로 제5회 월탄문학상을 수상했다.

〈학마을 사람들 鶴―**〉** 이범선의 단편소설. 1957년《현대문학》에 발표된 작품이다. 옛부터 학마을 사람들은 학을 그들의 신처럼 믿어 왔다. 길흉의 전달자였기 때문이다. 일제말 마을의 젊은이들이 병정에 끌려가던 해에는 학이 날아오지 않았다. 그러나 광복이 되고 그들이 돌아오던 해에 학은 어김없이 날아왔다. 그러던 어느 해, 나무에서 새끼학 한 마리가 떨어져 죽더니, 마을에 전쟁이 밀어닥쳤고 바우의 총질로 학이 죽자, 마을 사람들은 전에 없는 수난을 겪었다. 전쟁이 끝나고 피난살이에서 돌아온 마을 사람들은 폐허가 된 마을 위에 묵묵히 그들의 집을 다시 지으며 날아올 학을 기다린다. 학은 학마을 사람들의 공동체적인 상징이며, 장생불사長生不死의 전설을 간직한 학의 신화성은 학마을 사람들의 삶의 원리가 되고 있다. 이 소설에서 학은 평화롭고 안정된 신화적 질서의 세계를 상징하고 있는 것이다. 학이 오지 않는 문명의 폐허 위에서 인간이 살아 있음을 확인하는 과정으로 학마을 사람들은 본래적인 공동체적 질서를 회복하기 원래 '학나무'를 복원하지 않으면 안된다. 그래서 봉네는 학나무를 대신할 애송나무 한 그루를 들고 마을에 오는 것이다. 일제말에서 6·25동란의 민족적인 비애를 소재로 삼아, 전쟁의 폐허에서도 끈질기게 살아가려는 인간들의 삶에의 애착을 학을 매개로 해 그린 수작이다.

〈**오발탄** 誤發彈〉 이범선의 단편소설. 1959년 《현대문학》에 발표된 작품이다. 작자는 이 작품으로 제5회 동인문학상 후보작과 제1회 5월문예상 등을 수상했다. 계리사計理士 사무실의 서기로 일하면서 양심과 성실을 좌우명으로 삼고 살아가는 주인공 철호와 양심 따위는 아랑곳없이 세상 돌아가는 대로 사는 것이 옳다고 자포자기한 동생 영호, 미쳐 있는 어머니, 만삭의 아내, 양공주로 일가의 생활에 보탬을 주는 누이동생, 이러한 가족상황이 빚어내는 사건의 연속 끝에 아내는 병원에서 죽고, 남동생은 강도죄로 경찰에 잡혀간다. 철호는 허탈감에 빠져 사람이 세상에 태어난 것은 '조물주의 오발탄'이라고 내뱉는다. 절망적인 상황 속에서 자기가 가야 할 길을 모르고 있는 불행한 인간들에 대한 고발과 증언이 무리없이 그려져 있는 작품이다.

〈**당원의 미소** 黨員一微笑〉 이범선의 장편소설. 1970년부터 《월간문학》에 연재된 작품이다. 그의 작가 생활의 후기에 속하는 이 소설은 사회고발 의식이 돋보이는 수작으로 평가받고 있다. 소설의 시대적 배경은 일제 말기, 8·15광복 및 6·25동란으로 되어 있는데, 주인공 세현은 일제의 패망으로 옥에서 풀려나오게 되지만 해방 후 정세가 어수선해지자 젊은이들을 모아 치안대를 조직한다. 6·25동란이 발발하게 되어 북괴군에 잡히지 않으려고 숨어 있다가 국군과 유엔군이 북진하는 것을 보고 비로소 바깥 활동을 하게 된다. 그러나 그것도 잠시뿐, 중공군의 개입으로 국군이 밀려가자 남쪽으로 피난갈 결심을 하고 고향을 떠나게 된다. 작자는 주인공 세현을 통해 우리 민족의 격동기에 처한 수난을 하나하나 치열하게 묘사하고 있다.

이병기 李秉岐 1891~1968 시조시인·국문학자. 호 가람嘉藍. 전북 익산 출생. 한성사범 졸업(1913). 1921년 권덕규權悳奎·임경재任暻宰 등과 조선어연구회를 조직, 일제하 조직적인 우리말 운동의 선봉이 되었던 그는 1925년 《조선문단》에 시조 〈한강漢江을 지나며〉를 발표, 작품활동을 시작했다. 1913년부터 남양·전주제2·여산 등의 공립보통학교에서 교편을 잡았는데 이때부터 국어국문학 및 국사에 관한 문헌을 수집하는 한편, 시조를 중심으로 시가문학을 연구·창작했다. 이때부터 수집한 서책은 뒷날 방대한 장서를 이루었는데, 말년에 서울대학교에 기증해 중앙도서관에 '가람문고'가 설치되었다. 1922년부터 동광고등보통학교·휘문고등보통학교에서 교편을 잡으면서 시조에 뜻을 두고, 1926년 《동아일보》에 시조론 〈시조란 무엇인가〉를 발표하는 한편, 시조문학의 구심점이 된 시조회를 최초로 발기해, 시조를 국민문학의 전형적 형식으로 등장시켰다. 1928년 이를 가요연구회로 개칭해 조직을 확장하면서 시조혁신을 제창하는 논문들을 발표했다. 1930년 조선어철자법 제정위원이 되었고, 연희전문학교 · 보성전문학교의 강사를 겸하면서 조선문학을 강의하다가 1942년 조선어학회사건으로 옥고를 치루었다. 출옥 후 한때 귀향했다가 광복이 되자 상경해 군정청 편수관을 지냈으며, 1946년부터 서울대 교수 및 각 대학 강사로 동분서주했다. 6 · 25 당시, 1951년부터 전북 전시연합대 교수, 전북대 문리대학장을 지내다 1956년 정년퇴임했다. 1957년 학술원 추천회원을 거쳐 1960년 학술원 임명회원이 되었다. 《가람시조집》《가람문선》 등에 수록된 시조와 미발표 작품, 일기문 속에 들어 있는 작품을 모두 합치면 천여 수가 넘는 방대한 시조를 남겼다. 특히 그의 일기는 1906년부터 작고하기 전날까지 씌어졌는데, 문학사적 · 국어사적 · 사회사적인 귀중한 자료가 되나 극히 일부분만 《가람문선》에 수록되었다. 그는 시조와 현대시를 동질로 보고 시조창時調唱으로부터의 분리, 시어의 조탁과 관념의 형상화, 연작 등을 주장해 시조혁신을 선도하면서 그 이론을 실천했다. 《가람시조집》에 수록된 그의 전기 시조들은 〈난초〉로 대표되는 자연 관조와 〈젖〉에 나타난 인정물 등 순수서정 일변도였다. 그 뒤 옥중작인 〈홍원저조洪原低調〉 등에서 사회성이 다소 나타나기 시작했다. 그의 후기작은 6 · 25사변의 격동을 겪으면서 시작되어 사회적 관심이 더욱 뚜렷해졌다. 〈탱자울〉 등에서 보는 것과 같은 비리의 고발, 권력의 횡포에 대한 저항이 후기의 특징으로 꼽히는데, 이것은 현대시조의 새로운 일면을 개척한 것이었다. 그의 주된 공적은 시조에서 이루어졌지만 서지학과 국문학 분야에서도 많은 업적을 남겼다. 특히 묻혀 있던 고전작품들, 〈한중록〉〈인현왕후전〉〈요로원야화기要路院夜話記〉〈춘향가〉를 비롯한 신재효申在孝의 극가劇歌, 즉 판소리 등을 발굴 · 소개한 공로는 크다.

《가람시조집 嘉藍時調集》 이병기의 첫번째 시조집. 1939년 문장사에서 발간. 72편의 작품을 5부로 나누어, 1부는 〈계곡〉 등 자연이나 명승지를 소재로 한 10수, 2부는 〈난초〉 등 화초를 소재로 한 14수, 3부는 〈젖〉 등 사적 생활을 소재로 한 11수, 4부는 〈주시경선생의 무덤〉〈광릉光陵〉 등 죽음과 고적을 소재로 한 12수, 5부는 〈괴석怪石〉 등 사물을 소재로 한 25수 등 모두 196수를 수록했다. 따라서 회고적이고 일상적인 작품도 있지만 자연의 미감과 계절적인 감흥을 읊은 작품이 더 많다. 서경시의 작품들은 고시조의 옛 격식을 완전히 탈피하고 대상을 본 대로 느낀 대로 실감 있게 표현해 현대시나 다름없는 시상이나 시감을 구현하려 했다. 그러한 내용에서의 혁신은 시조의 형식에서도 마찬가지이다. 기사記寫 형식은 전부 3행, 즉 3장이며, 각 편이 2수 이상으로 된 연시조가 대부분이다. 각 구의 자수율도 시조의 기준율에서 벗어나 작자 자신이 주장한 자수의 범위 안에서 자유로운 자수배율을 사용하고 있다. 그것은 그의 〈시조를 혁신하자〉라는 논문의 취지에 따라 시조의 형식과 내용들을 새롭게 하고자 한 의도에 부합되는 것이다. 그와 같은 혁신적인 면은 후진들에게 전승되어 현대시조의 길잡이가 되었으며, 이 시조집은 현대시조문학에 있어서 획기적인 새 방향을 제시했다.

이병도 李丙燾 1896~1990 수필가 · 사학자. 호 두계斗溪. 서울 출생. 일본 와세다대 사학과 및 사회학과 졸업. 역사학 연구는 고대사 연구를 일본사와의 비교적 관점에서 새로운 학설을 제창, 한민족사의 우월성을 주장했다. 특히 1934년 진단학회 창립회원으로 활동함으로써 이능화李能和 · 최남선崔南善 · 안확安廓 등에게 사학적인 영향을 받고 한층 민족 고대사 연구에 정진, 〈삼한문제의 신고찰〉〈소위 기자팔조교箕子八條敎에 대하여〉 등 주요 논문을 발표했다. 문헌적 · 비판적 합리성을 전제로 한 고증사학 및 실증주의 사관을 도입 · 개척하면서 근대 한국사학의 수립에 막대한 공을 세웠다. 한편 역사 이외의 수필집 《두계잡필斗溪雜筆》《너와 나의 조국》 등은 학자생활의 단면을 보여주는 전형적인 수필집이다. 저서에 《한국사대관韓國史大觀》《한국사》(고대편) 《고려시대 연구》 등이 있다. 문화훈장 대한민국장, 학술원공로상, 서울시문화상, 5 · 16민족상 등을 수상했다.

이병주 李炳注 1921~1992 소설가. 호 나림那林. 경남 하동 출생. 일본 메이지대 문예창작과 졸업(1941), 동 대학 불문과 중퇴. 1965년 소설 〈알렉산드리아〉를 《세대》에 발표함으로써 등단했다. 이후 〈매화나무의 인고〉〈관부연락선〉〈내일 없는 그날〉 등을 발표해 주목을 받았다. 그의 작품 세계는 주로 역사적인 소용돌이 속에서 변색되어 가는 인간상과 오늘날의 가치관을 신랄하게 비판, 스토리의 다양한 굴곡에서 오는 흥미와 그 핵심에 접근하는 역사의식이 특징적이며, 역사 대 사회, 인간 대 양심의 문제로 귀착되는 성향이 보인다. 장편소설 〈황백黃白의 문門〉〈지리산〉〈당신의 성좌〉〈여로의 끝〉〈허망의 정열〉 등 많은 작품들을 발간했으며 그 외 수권의 수필집이 있다. 1975년 한국문학작가상, 1976년 한국일보문학상 등을 수상했다.

〈지리산 智異山**〉** 이병주의 장편소설. 1972년 9월부터 《세대》에 연재되다가 1977년 8월 이후 일시 중단, 도서출판 기린원에서 전작장편으로 출간한 것인데, 이 작품이 나오기 전까지 공산주의자의 삶 혹은 활동은 소재로 취택되는 것조차 금기시되던 상황이었다. 그러한 금기를 깨고 한 공산주의자의 삶을 역사의 전면에 부각시켰던 것인데, 이 점에서 이 작품은 임헌영의 지적처럼 분단문학의 원점이라 평가될 만한 의의를 지닌다. 이러한 의의와 함께 분단극복을 위한 민족문학으로서의 기능을 충분히 하지 못했다는 부정적 요소도 아울러 지니고 있다. 작자는 좌우의 이념과 인간형을 객관적으로 다루기보다 반공적 시각에 서 있는 듯이 보이기 때문이다. 이 장편소설은 일제말기에서 8 · 15해방과 6 · 25동란을 거쳐 휴전협정이 조인되기까지의 격동기를 시대배경으로, 민족사의 수난기에 처한 민족적 삶의 좌절과 극복을 주제로 하고 있다. 특히 좌익에 가담해 지하운동을 하거나, 입산해 유격대 활동을 한 사람들에게 초점이 맞추어져 있는 것이 이색적이다. 여기에는 한 시대의 어두운 부분을 살았던 일부 좌경인사들의 모습이 생생하게 부각된다. 이 작품의 주요 등장인물은 이규, 박태영, 하영근, 하준규 등 네 명이다. 그 중 이규는 몰락한 지주의 집안 출신으로서 박태영과 막역한 친구 사이이며, 일본과 프랑스에 유학길을 떠난다. 박태영은 이규의 중학 동창생이며, 도쿄 유학생으로서 좌익 서적을 탐독하고, 후에 좌경해서 남로당원이 되고, 또 빨치산이 되어 활약한다. 하영근은 만석군의 아들로서 경제학도이며, 후에 딸 윤희와 이규를 결혼시켜 유학을 보낸다. 하준규는 일제 치하에서 저항운동을 한 경력이 있고 후에 공산당원이 된다. 이 작품은 이병주의 다른 장편소설들인 〈관부 연락선〉〈행복어 사전〉 등과 같은 부류에 속하는 작품으로서, 우선

'이야기'로서의 재미가 있다는 것이 그 장점 가운데 하나이다. 물론 독자가 작자에게 요구하는 것은 재미에만 국한되는 것은 아니지만 소설이 성립될 수 있는 기본조건인 것이다. 그렇다고 해서 이 소설이 재미에만 치우친 작품이라는 뜻은 아니요, 하나의 상황과 현실의 충실한 거울이어야 한다는 사실주의 소설 논리에 비추어 아주 뛰어난 작품이라는 평가이다. 그것은 우리의 생생한 역사를 배경으로, 민족의 뼈아픈 시련을 매끄러운 필치로 그리고 있기 때문이다. 이 소설은 많은 문제점을 내포하고 있고, 후대가 풀어야 할 민족사적 과업을 제시하고 있다. 이 소설에서 역점을 두고 있는 것은 주요 등장인물들이라기보다 오히려 역사의 행간에 묻혀 버린 숱한 비극적인 인물들, 이를테면 역사의 그물에 잡히지 않는 숱한 인간사라고 하겠다. 따라서 이 소설의 '에필로그'는 풀어야 할 민족사적 과업에 대한 실마리라 할 수 있다.

이보영 李甫永 1933~ 평론가. 전북 전주 출생. 전북대 영문과 및 전남대 대학원 졸업. 1968년 《중앙일보》 신춘문예에 평론 〈연화蓮花의 비의秘義-김동리론〉이 당선되어 등단했다. 이후 〈질서에의 의욕〉 〈황순원의 세계〉 〈시원始源의 모색〉 〈최인훈론崔仁勳論〉 등을 계속 발표했다. 특히 그의 대표적 평론의 하나인 〈최인훈론〉에서는 최인훈의 작품 〈광장〉 〈회색인〉 〈소설가 구보씨의 1일〉 〈서유기〉 〈가면고假面考〉 등을 유기적으로 분석·해설하면서 작가의 문학관과 정신세계를 검증하고, 한국 관념소설의 지향점을 제시했다. 평론집에는 《식민지시대의 문학론》이 있다. 1982년 한국문학평론가협회상, 1984년 조연현문학상 등을 수상했다.

이복숙 李福淑 1932~ 시조시인. 호 금당琴堂. 경남 진주 출생. 성균관대 대학원 국문과 졸업. 일본 도쿄대학원에서 비교문학 박사과정 이수. 《6·25동란기념시선》에 첫 작품 〈들장미〉를 발표하면서 시조를 쓰기 시작했다. 한때 《청자》 동인으로 많은 활약을 했고, 진주농대와 일본에 있는 육상자위대 조사학교의 교수를 역임한 바 있다. 초기 작품에서는 '하늘' '봄' '낙엽' 등의 자연을 소재로 한 고전적인 발상법을 모색하다가, 후기에는 일상으로부터의 정서에서 무한대로 뻗어가는 내면세계를 구축하고 있다. 말초적인 서정이나 표피적인 애상을 찾아볼 수 없는 것이 그의 작품 세계의 특징으로 꼽힌다. 시조집으로 《이복숙 시조집》 《묵란默蘭》 등이 있으며, 수필집 《나직한 소리로》가 있다.

이봉구 李鳳九 1916~1983 소설가. 경기도 안성 출생. 안성보통학교를 거쳐 중동학교 중퇴(1933). 1934년 《중앙일보》에 단편 〈출발〉을 게재해 등단했다.

1945년 《신문예》에 〈도정道程〉을 발표하고, 1938년 《자오선》 동인으로 활동했다. 이후 〈아편〉 〈떠나는 날〉 〈명동의 엘레지〉 〈노스타르지〉 〈북청 가는 길〉 〈뿌리 없는 풀〉 〈뻐꾹, 뻐뻐꾹 소리〉 〈산타마리아〉 〈여수旅愁〉 〈명동 20년〉 등을 발표했으며, 창작집으로 《명동 비 내리다》 《도정》 등을 발간했다. 그의 작품 세계는 거의 명동과 관련을 가지고 있는데 사소설적私小說的인 기법을 통해 자신의 체험적 고백보다는 제3자, 그것도 실명으로 등장하는 인물의 체험을 기술하면서 작가 자신은 화자의 역할을 하는 이른바 주관과 객관이 잘 어울어진 소설로서 보헤미안적 인생관과 생활감정을 묘사했다. 또한 그의 작품들은 도피 내지 취미생활을 다루는 데 그 특징이 있다. 배경은 거의 명동의 선술집이나 다방이며, 등장인물은 실명의 시인 · 작가 · 예술가들이다. 실생활에 집착하는 법 없이 이러한 예술가들의 애환을 담담한 필치로 그려냈다. 따라서 분노나 원한이나 허영이나 공포와도 인연이 없는 인물들이다. 사랑 때문에 갈등하는 법도 없고 연애도 취미인 것이다. 이 점에서 그의 작품은 대표적인 도피문학으로 꼽히기도 한다.

〈명동엘레지 明洞—〉 이봉구의 단편소설. 1950년 《백민》에 발표되었다. 당시 명동 주변을 중심으로 전개된 작가의 신변 체험적인 몇 가지 사실을 그린 짤막한 소설이다. 명동에서 차를 따르다 상해로 떠났던 시몬을 다시 만났다. 가슴을 앓고 있었다. 무성영화의 변사였던 그녀의 남편도 순수하고 다정한 사람이었다. 시몬은 여배우 미라와 붙어다니며 진한 커피와 명동의 싱싱한 향기를 즐겼다. 그러나 미라가 사상관계로 구속되고 시몬은 병세가 심해 우이동에 들어가 나오지 않게 되었다. 명동의 배경을 이루는 다방과 술집을 중심으로 작가의 사생활적 체험을 개인적 취향의 몇 가지 국면들을 통해 그렸다. 소설이라기보다는 산문시라고 하는 것이 적절할 만큼 아름다운 분위기를 풍기는 작품이다.

이봉래 李奉來 1922～1998 시인 · 시나리오작가 · 평론가. 함북 청진 출생. 일본 리쿄대 문학부 중퇴. 유정柳呈과 함께 일어 시운동에 참여해 일본 시단의 유력지인 《시학》에 작품을 발표했다. 6 · 25동란 후 귀국해 《후반기》 동인으로 활동하면서 모더니즘 시운동을 전개하는 한편 평론 · 시나리오 등 다방면에 관심을 보였다. 주요 작품으로 〈단애斷崖 Ⅰ · Ⅱ〉〈서적書籍〉〈손〉 등이 있다. 그는 현실에 대한 강렬한 의식을 포착, 관념적인 세계로 승화시키는 독특한 시풍을 보여주었다. 한편, 〈행복의 조건〉〈다시 피는 꽃〉〈구름이 흩어진 때〉〈견습부부〉 등의 극본을 쓰고 직접 영화화하기도 했다. 저서에 시집 《이봉래시선》《침묵의 모음》《영광의 신》과, 평론집 《수직의 사상》《우리들의 시를 위하여》 등이 있다.

이북명 李北鳴 1910～ ? 소설가. 본명 순익淳翼. 함남 함흥 출생. 함흥고보 졸업 후 흥남질소비료공장에서 노동자 생활을 했는데, 이때의 노동자 생활은 그의 노동소설의 중요한 기반이 되었다. 1932년 단편소설 〈질소비료공장〉을 《조선일보》에 발표해 문단에 데뷔했으나, 이 작품은 연재가 중단되었다. 1932년 카프KAPF에 가입했으며, 이후 〈암모니아 탱크〉〈인테리〉〈구제사업〉〈도피행〉〈암야행로暗野行路〉〈한 개의 전형〉 등을 발표했다. 공장 노동자의 체험을 토대로 생산 장면을 리얼하게 표현해 초기에 높은 인기를 얻었다. 1930년대 후반부터는 공장의 무대를 벗어나 하층민의 궁핍한 생활을 그린 작품을 주로 썼다. 해방 직후에도 계속 북한에 머물면서 1946년 평양에서 조직된 북조선문학예술동맹이 결성된 후 이에 가담해 활동한 것으로 알려지고 있으며, 생사는 확인되지 않았다. 그의 노동소설은 노동자계급 작가에 의해 씌어진 최초의 작품이란 점에서 매우 중요한 문학사적 의의를 갖는다.

〈질소비료공장〉 이북명의 처녀작. 1932년 《조선일보》에 2회 연재되었다가 중단되었다. 작가 이북명은 함흥질소비료공장에서 3년여 동안 노동자로 근무했는데, 그때의 체험을 바탕으로 1928년부터 집필하기 시작했다가 원고를 압수당하고 1930년부터 다시 집필하기 시작해 2년 후에 발표한 것이라고 작가 스스로 말하고 있다. 1935년 일본의 잡지에 〈초진初陣〉이라는 제목으로 번역되어 게재되면서 연구자들의 관심을 끌었고, 초고를 잃어버린 작가는 나중에 이 〈초진〉을 다시 우리말로 번역했다. 이 작품은 일제 치하에서 우리 노동자들이 겪어야 했던 비참한 삶과 이에 대한 저항을 다룬 작품이다. 문길이라는 노동자를 주인공으로 해 팔이 잘리고 가스에 중독되는 열악한 작업환경과 낮은 보수, 그리고 언제 쫓겨날지 모르는 해고의 위협 등을 생생하게 그리고 있다. 주인공 문길은 황소처럼 건강했고 희망에 차 있었으며, "노동은 신성하다. 부지런히 일하는 자에게는 신이 복을 내려준다"는 《기보오希望》라는 종교 잡지의 명구를 철석같이 믿고 열심히 일했다. 그러나 질소비료공장에서 만 3년을 근무한 뒤 극도로 건강이 나빠진 채 직장에서 해고된다. 홀로 버려진 그는 동료들의 손길을 기다리면서 일개 노동자의 힘이 얼마나 보잘것 없는 것인가를 절감한다. 그는 동료들과 힘을 합해 조직적인 투쟁을 벌여나가기 시작한다. 그러나 몇몇 동료들과 더불어 경찰서에 끌려가 극심한 고문을 받은 그는 각혈을 하면서 죽어간다. 동료들은 그의 죽음을 하나의 시발점으로 해서 그의 장례식 날 대규모 시위를 벌인다. 문길의 상여는 동료 노동자들의 시위와 노래 속에 묘지를 향해 간다. 이 작품 속에서 문길은 구체적인 삶의 체험을 통해서 각성해 나간다. 이러한 구체성은 작가의 직접적인 체험이 있었기에 실감 있게 표현될 수 있었을 것이다. 노동의 열악함에서 오는 고통과 비참함을 생생히 묘사하고 거기에서 발생하는 필연적인 투쟁의욕을 서술함으로써 그 이전의 노동소설이 보여주었던 추상성과 도식성을 극복한 작품으로 평가받고 있다.

이상 李箱 1910~1937 시인 · 소설가. 본명 김해경金海卿. 보성고보를 거쳐(1924) 경성고등공업 건축과 졸업(1929). 졸업하던 해에 총독부의 건축 기수가 되었으며, 조선건축회지의 표지 도안 현상모집에 1등과 3등으로 당선, 그림과 도안에도 소질을 보였다. 1931년 《조선과 건축》에 시 〈이상한 가역반응可逆反應〉 〈파편의 경치〉 〈공복空腹〉 등을 발표했다. 1932년에는 동지에 시 〈건축무한육면각체建築無限六面角體〉를 발표하면서 처음으로 '이상'이라는 필명을 사용했다. 1933년에는 각혈로 기수의 직을 버리고 황해도 배천에 요양하러 갔다. 그곳에서 알게 된 금홍이와 종로에 다방 '제비'를 차렸다. 이 무렵 이곳에 이태준 · 박태원 · 김기림 · 조용만 · 윤태영 등이 출입해 이상의 문단 교우가 시작되었으며, 이듬해에는 구인회의 동인이 되었다. 1934년 이태준의 소개로 《중앙일보》에 시 〈오감도烏瞰圖〉를 연재, 난해시로서 일대 물의를 일으켜 각계의 항의와 비난을 받고 중단했다. 1936년, 구인회의 동인지 《시와 소설》을 편집하면서 우리 나라 최초의 자의식이 강한 심리 소설 〈날개〉를 《조광》에 발표했다. 〈날개〉는 심리주의적인 리얼리즘 기법에 의해 자의식의 세계를 추구한 작품이며, 같은 계열의 〈봉별기逢別記〉 〈종생기終生記〉 〈실락원失樂園〉 등이 있다. 신경질적인 성격에다

숙환인 폐렴을 지닌 그는 시대적 · 지성적인 고민에서 의식적으로 자기학대를 감행해 무절제하고 빈곤한 생활의 저변을 헤매다가 갱생을 뜻하고 1936년 도쿄에 갔으나, 이듬해 28세로 도쿄대 부속병원에서 객사했다. 주요 작품으로 시 〈1933년 6월 1일〉 〈꽃나무〉 〈거울〉 〈보통 기념〉 〈정식正式〉 〈동해童骸〉 등과 소설 〈날개〉 〈봉별기〉 〈종생기〉 등이 있으며, 시 · 소설 · 수필 · 평론 등을 합해 모두 80여 편이 전한다. 1957년 그의 전작품을 정리한 《이상전집》(전3권)이 간행되었다. 이상은 1930년대를 전후해 세계를 풍미하던 자의식 문학시대에 우리 나라를 대표하는 자의식 문학의 선구자인 동시에 초현실주의적 시인으로 일컬어지고 있다. 그의 문학에 스며 있는 감각의 착란, 객관적 우연의 모색 등 비상식적인 세계는 그의 시를 난해한 것으로 성격 짓는 요인으로서 그의 개인적인 기질이나 환경, 그리고 자전적인 체험과 무관한 것은 아니나, 근본적으로는 현실에 대한 그의 비극적이고 지적인 반응에 기인한다. 그리고 그러한 지적 반응은 당대의 시적 상황에 비추어 볼 때 한국시의 주지적 변화를 대변함과 동시에 현대시의 새로운 경지를 개척하는 계기가 되었다. 그의 작품들은 전반적으로 정신을 논리적 사고 과정에서 해방시키고자 함으로써 그의 문학에서는 무력한 자아가 주요한 주제로 나타나곤 한다. 소설 〈날개〉나 시 〈거울〉 등은 이러한 경향이 두드러지게 드러나는 작품들이다.

〈오감도 烏瞰圖**〉** 이상의 연작시. 1934년 《조선중앙일보》에 연재되었다. 〈시 제1호〉에서부터 〈시 제15호〉까지 차례로 제호를 붙여가며, 여러 가지 시 언어의 실험을 한 작품으로, 이 작품이 발표되자 독자들로부터 항의투서가 수십 장씩 날아들었으며, 난해시로 일대물의를 일으켜 중단되었다. 그만큼 파격적인 작품으로 종래 시의 고정관념을 크게 무너뜨린 작품이었다. 이 작품들은 전체적으로 긴장 · 불안 · 갈등 · 싸움 · 공포 · 죽음 · 반전反轉 등 자의식 과잉에 의한 현실의 해체를 그 기본내용으로 하고 있다. 평자에 따라서 얼마든지 다른 견해를 낳을 수 있는 이 시는, 이성의 몰락에 의해 파탄을 입은 객체인 현실의 부조리, 그 모순과 혼란을 언어의 도면으로 보여준 작품이라는 점에서만은 이의가 없을 것이다. 작품의 구체적 의미파악이 불가능한 반면, 관습이나 합리성을 무시하고 비합리적 용어를 애써 사용했다는 점을 형식상의 특징으로 지적할 수 있겠다. 이 시는 처음부터 비구상의 언어, 곧 현실 없는 언어로 이루어져 있다. 즉, 구체적인 현실이나 대상 없이 그 자신의 내면 속에서 그러한 것을 구축하는 언어인 것이다. 따라서 시작품 안에는 반논리가 구축한 반현실의 현실이 있을 뿐이다. 반논리 그리고 반논리의 언어를 통해 새로운 삶의 세계를 찾고, 그로부터 인간가치의 회복을 모색하고 있는 것이 이 작품의 심층적 의미라 할 수 있다.

〈날개〉 이상의 대표적 단편소설. 1936년 《조광》에 발표되었다. 〈오감도〉 〈지주회시〉 등 실험적인 작품에 대한 생경한 반응을 신심리주의 또는 심화된 리얼리즘이라는 평가로 바꾸게 한 작가의 대표적 작품이다. 한국소설사의 전통에서 이상 문학의 비범성을 부각시키고 한국소설의 전통 시학에 변혁을 가져온, 문학사상 획기적인 작품이다. 줄거리는 다음과 같다. '나'는 33번지에서 매춘부인 아내와 함께 산다. '나'는 몸이 건강하지 못하면서 자아의식이 강하며 현실

감각이 없다. 아내의 방에 손님이 있으면 난 윗방에서 이불을 뒤집어쓰고 잔다. 손님이 가면 아내는 내게 돈을 주지만 나는 돈을 쓸 줄을 모른다. 어느 날 나는 아내가 준 은화를 모아 다시 아내에게 주고 처음으로 아내와 동침, 그 황홀함은 잊을 수 없음을 깨닫는다. 아내는 자신의 매음 행위에 거추장스러운 '나'를 볕 안 드는 방에서 나오지 못하도록 수면제를 먹인다. 그 약이 감기약 아스피린인 줄 알고 지내던 '나'는 어느 날 그것이 수면제 아달린이라는 것을 알고 산으로 올라가 아내를 연구한다. '나'를 죽음으로 몰고갔을지도 모를 수면제를 한꺼번에 여섯 개씩이나 먹고 일주일을 자고 깨어나서, 아내에 대한 의혹을 미안해하며 '나'는 아내에게 사죄하러 집으로 돌아왔다가 그만 아내의 매음 현장을 목도하고 만다. 도망쳐 나온 '나'는 쏘다니던 끝에 미쓰코시 옥상에 올라가 지난 26년이라는 자신의 과거를 생각한다. 이때 정오의 사이렌 소리가 들리고 '나'는 "날개야 다시 돋아라. 날자. 날자. 한 번만 더 날자꾸나. 한 번만 더 날아보자꾸나"라고 외치고 싶어진다. 식민지시대 지식인의 자기 소모적이고 자기해체적인 모습을 그린 이 작품은 사회현실의 문제를 심리적인 의식의 내면으로 투영시킨 문학 기법상의 방향전환으로 문학사적 의미를 가진다. 또한 이전 1920년대 1인칭소설에서의 목격자나 실제 경험자로서의 보고나 고백이 외면적 표현이나 평면적 구성에 머물지 않고, 심층심리의 표현이나 입체적 구성의 시도 등의 실험정신을 통해 내면화되어 구현되었다는 점에서 현대소설사의 한 분기점이 된다. 구실이 뒤바뀐 부부관계는 사육되는 남편의 모습을 통해 일상으로부터 소외된 '나'의 가치가 전도된 삶을 은유한다. 일상세계와의 유일한 통로였던 아내와의 단절 위에서 일상으로부터 차단된 자아분열의 폐쇄성을 극복하고, 자기구제를 꾀하려는 '나'의 역설적인 비상은 이상의 실험적인 문학정신을 바탕으로 했다. 작자의 자의식의 세계에서 설계된 모작의 세계를 자의에 의해 움직이는 주인공을 그린 우리나라 최초의 심리주의 소설로 평가된다.

〈종생기 終生記〉 이상의 단편소설. 1937년《조광》에 발표된 유고작이다. 이상李箱이라는 작가 실명實名의 주인공 서술자가 등장하는 고백체적 소설이다. 이상의 죽음의 인식 및 죽음의 예감이 서술의 심층을 이룬다. 25세 1개월을 맞은 '나'는 멋있는 종생終生을 계획하고 유서를 13번이나 만들었으나 불만을 느낀다. 이때 정임이 만나자는 전갈을 보내와 홍천사로 간다. 어느 구석방에서 술을 마시면서 멋있는 종생을 하려는 순간 나는 정임에게서 그녀의 다른 애인이 보낸 사랑의 편지를 발견, 14세부터 매음을 해온 정임의 변신술에 탄복하면서 그녀를 잊고자 노력한다. 나는 그녀가 나를 허수아비처럼 생각할 것을 상상하며 고소를 금치 못한다. 결국 멋있게 계획했던 종생은 실패로 돌아가고 만 것이다. 부정과 배신을 일삼는 여자를 사랑하는 주인공의 현재의 모습과 어두운 개인사가 교차하면서 극히 자학적으로 전개되는 이 소설은 일본에서 집필되었다. '나'·'그'·'이상'으로 표현되는 자아분열 현상이나 자의식의 과잉은 자아해체의 한 방도이다. 자살하고 싶다는 충동에서 묘비명까지 작성하지만 자살 그 역시 관념의 유희에 불과하다. 그렇게 해서 주인공의 삶이 마감된 이후에도 계속되는 존재의 지속은 유희이고 동시에 자기해체이다. 자기구제의 길의 제시에도 불구하고 죽음마저도 유희의 영역으로 밀어낼 수밖에 없었던 당대 젊은 지식인의 암울한 초상이 실측으로보다 더 짙은 음영으로 드러나보이는 작품이다.

이상문 李相文 1946∼ 소설가. 전남 나주 출생. 동국대 국문과 졸업(1974). 1983년 《월간문학》에 단편 〈탄혼〉이 당선되어 등단했다. 주요 작품으로는 〈열두 발자국〉〈숨은 그림찾기〉〈적〉 등이 있으며, 저서에 《황색인》《자유와의 계약》, 자선집 《은밀한 배반》 등이 있다. 1986년 대한민국문학상, 1989년 윤동주문학상 등을 수상했다.

이상범 李相範 1935∼ 시조시인. 호 녹원綠原. 충북 진천 출생. 신명고 졸업. 1963년 《시조문학》에 시조 〈비碑〉 등이 추천되었고, 1965년 《조선일보》 신춘문예에 시 〈일식권日蝕圈〉이 당선되어 등단했다. 주요 작품에 〈무명고지〉 〈음악에 붙이는 시〉 〈광장〉 〈한탄강가에〉 〈그리고 가을 엽신葉信〉 〈피안행〉 〈무논개구리〉 〈들풀〉 〈시가 이 지상에 남아〉 등이 있다. 시집으로 《일식권》 《가을입문》 《묵향 가에 미닫이 가에》 《아 지상은 빛나는 소멸》 《꽃 · 화두》 《하늘의 입김 땅의 숨결》 등을 간행했다. 그의 시는 섬세한 감각과 세련된 언어가 융합된 짙은 서정성을 주조로 분단상황 · 시대상황 · 서민의 짙은 생활정감을 그려내고 있다고 평가된다. 정운시조문학상, 한국문학상, 가람시조문학상 등을 수상했다.

이상보 李相寶 1927∼ 수필가 · 국문학자. 호 죽헌竹軒. 전남 장성 출생. 동국대 국문과(1954) 및 동 대학원 졸업(1956). 1962년 〈박노계朴蘆溪연구〉를 발표해 등단했다. 이후 박인로朴仁老의 가사연구에 진력했으며 〈성은가사城隱歌辭〉 〈금릉별곡金陵別曲〉 등 많은 가사를 발굴 · 소개했다. 명지대 · 국민대 교수를 거쳐 현재는 국민대 명예교수로 있다. 1971년 《현대수필》의 동인으로 활동했으며, 국어국문학회 대표이사를 거쳐, 현재 국어국문학회 평의원과 한국시비건립추진위원회 위원장을 맡아서 활동하고 있다. 그는 특히 시조와 가사문학의 연구에 전념해 이 분야에 많은 업적을 남겼다. 주요 저서로 《주해가사문학전집》(공저) 《이조가사정선》 《한국가사문학의 연구》 《한국고전시가연구》 《한국가사전집》 등 다수를 출간했다. 한편 많은 수필을 발표, 수필집 《사색의 편린》 《초원의 백조》 《시간의 흐름 속에서》 《지상에서 가장 행복한 불빛 하나》 《눈을 감고 바로보기》 등을 발행했다. 그의 대표적 수필인 〈갑사甲寺로 가는 길〉은 문장의 부드러운 표현과 사찰의 고사, 자연 정경 등에 불교 이치를 곁들여 수필문학의 높은 차원을 보여주었다는 평가를 받는다. 1980년 국민훈장 석류장, 1993년 월간수필문학대상 등을 수상했다.

이상섭 李商燮 1937∼ 평론가. 평양 출생. 연세대 영문과 및 동 대학원을 거쳐, 미국 에모리대 대학원 졸업(1967). 1972년 《문학과 지성》에 평론 〈사실의 준열함과 사실주의〉를 발표해 등단했다. 연세대 전임강사를 거쳐 머레이주립대 영문학 조교수, 연세대 교수로 있으면서 한국어사전편찬실 실장, 언어정보개발연구원 원장, 한국비평이론학회 회장, 한국 영어영문학회 회장, 한국번역금고 이사 등을 역임했다. 1962년부터 이미 영문학 및 문학이론에 관한 논문을 발표하기 시작했으며 1972년 이후 비평활동을 본격화했다. 미국에서 현대문학의 이론을 익힌 그는 비평을 학문적인 수준으로 끌어올리고, 비평의 방법론을 소개하는 데 주력했다. 또한 몇몇 논문에서는 문학의 예술성과

학문성, 다른 어떤 힘에 의해서도 지배되어서는 안 될 문학의 독자성을 주장함으로써 사회윤리주의에 대해 비판적인 자세를 보여준 바 있다. 저서에는 평론집《말의 질서》《언어와 상상》《자세히 읽기로서의 비평》, 문학이론서《문학의 이해》《문학연구의 방법》《문학비평용어사전》《'님의 침묵'의 어휘활용구조-용례색인》《르네상스와 신고전주의-영미비평사1》《복합성의 시학 : 뉴크리티시즘 연구-영미비평사3》《연세한국어사전》 등이 있으며, 역시집으로《딜런 토마스 : 시월의 시》《엘프레드 테니슨 : 눈물이, 하염없는 눈물이》《윌프레드 오웬 : 시전집》《셰익스피어 : 시전집》 등이 있다. 그는 인문학적 관점에서 문학을 다룬다. 서양문학론의 역사, 특히 영미비평사를 깊이 연구하고 실제비평에 있어서는 인문학의 기본방법인 문학의 언어에 대한 세밀한 관심을 보여 뉴크리티시즘의 방법을 한국문학작품의 읽기에 적용하고, 또한 러시아 형식주의 문학이론을 국내에 도입해 '낯설게 하기'라는 용어를 처음으로 사용했다. 언어에 대한 세밀한 관심은《'님의 침묵'의 어휘활용구조》라는 국내 최초의 문학작품 용례색인을 냈고, 드디어 문학의 경계를 넘어《연세한국어사전》의 편찬으로 결실을 맺었다. 1987년 연세대학술상, 1988년 대한민국문학상 등을 수상했다.

이상옥 李相玉 1957~ 시인 · 평론가. 경남 고성 출생. 홍익대 대학원 졸업(1994). 1989년《시문학》에 시가 당선되어 문단에 데뷔한 이후, 중앙과 지방의 주요문예지에 월평, 계간평, 시론, 시인론을 발표하면서 시를 중심으로 비평활동도 겸해오고 있다. 1985년부터 1994년까지 고등학교에서 교편을 잡았으며, 1997년부터는《시문학》편집위원 및 이사를 맡고 있다. 진주교대, 창원대, 경남대 등을 거쳐 현재는 마산 창신대 문창과 교수로 재직하고 있다. 주요 시작품으로는〈희망사항〉〈꽃〉〈문명〉〈비엔나커피〉 등이 있다. 시집에《하얀 감꽃이 피던 날》《꿈꾸는 애벌레만 나비의 눈을 달았다》가 있으며, 비평집으로《변방의 시학》《역류하는 시학》이, 문학이론서로는《시적 담화체계 연구》《문학의 이론》(공저)《경남문학사》(공저) 등이 있고, 시해설집으로《사색을 위한 기독교 명시》가 있다. 그의 시는 황폐한 삶의 부당성을 극명하게 들추어내면서 그것을 초월하고자 한다. 그러면서도 현실을 배제하는 것이 아니라 이상과 통합하려 한다. 낭만적이라기보다는 현실주의적이요, 배제적이라기보다는 포괄적인 것이다. 다시 말해 지상과 하늘, 상향과 하향, 현재와 미래, 현실과 꿈이라는 구조 속에서 강력한 메시지, 즉 현실지향과 이상지향의 생명운동을 보여준다. 상반된 두 세계를 통합하려는 복합적 메시지 속에는 갈등과 아픔, 이율배반, 모순 등의 생명의 실상이 드러난다. 이처럼 그의 시에서 나타나는 현실적 · 포괄적 초월의식은 대체로 생명의 본능, 또는 자연의 질서 속에서 나타난다. 따라서 그의 시는 현실과 이상을 통합하려는 생명운동이다. 경남문학 우수작품집상을 수상했다.

이상주의 理想主義 철학이나 문학에서 현실주의와 대칭해 낭만주의 · 관념론과 함께 널리 쓰이는 말. 세계관 · 인생관에 있어서 현실보다 이상 · 이념에 중심을 두는 사상. 현실주의나 실재론의 반대개념이다. 우리 문학사에서는 1910년대 후기와 1920년대 초엽에 걸쳐 나타났던 문학상의 한 경향으로 풀이된다. 신소설의 계몽 위주의 소설에 뒤이어 나온 이광수李光洙의 작품과 주요한

朱耀翰의 시 등 일련의 문학에 강하게 나타났던 요소를 김기진金基鎭은 애국주의 · 인도주의 · 문화주의 · 이상주의라 했고, 박팔양朴八陽은 애국주의 · 자유주의 · 문화주의 · 이상주의 · 인도주의 · 낭만주의라고 평했다. 이같은 주조를 백철白鐵은 이상주의로 이름하고 당시 구조선舊朝鮮의 그릇된 봉건의식 속에서 새 조선의 자유사상을 불러일으키는 문예사상을 여기에 포함시켰다. 소설은 주로 소년을 주인공으로 많이 내세웠고 미래의 생활에 대한 동경, 근대적 서구 산업자본주의 사회에 대한 열렬한 추구, 애국심, 사랑 등 아름다운 것을 많이 표현했다. 1920년대 중반기 이후에 등장하는 신이상주의와는 구별된다.

이상협 李相協 1893~1957 소설가 · 언론인. 호 하몽何夢. 서울 출생. 일본 게이오대에 유학하고 1912년 귀국해 매일신보사에 입사했다. 이후 기자수업에 정진하며 언론인으로서 두각을 나타냈다. 번안소설로는 〈재봉춘再逢春〉 〈정부원貞婦怨〉 〈해왕성海王星〉 등이 있고, 〈눈물〉 〈정조원貞操怨〉 〈무궁화〉 등 신소설을 《매일신보》에 연재 · 발표해서 문명文名을 얻고, 1918년 매일신보사의 편집장이 되었다. 이듬해에는 고종의 국상관계 취재를 전담해 그 기사로 만인의 심금을 울렸다. 3 · 1운동에 충격을 받고 기자생활에서 물러나 신문관新文館에 관여하다가, 이해 가을경부터 민족지 창간준비에 전념한 결과 이듬해 1월 6일 《동아일보》의 창간허가를 일제 당국으로부터 받게 되어 4월 1일 창간을 보기에 이르렀다. 당시 《동아일보》 초대편집국장으로 논설위원과 사회부장 · 정리부장을 겸해 1면에 '횡설수설' 란을, 사회면에 '휴지통' 란을 신설, 집필을 도맡다시피 해서 20대의 만능신문인으로 언론계의 혜성이 되었다. 이후 만년까지 언론계에서 근속했다.

〈눈물〉 이상협의 신소설. 1913년 《매일신보》에 발표되었다. 혁신단, 문수성, 조선연극사에서 각색해 공연했고, 그 뒤 이서구李瑞求가 각색해 동양극장 전속극단인 호화선에서 공연했다. 1913년 10월 28일자 《매일신보》에 소개된 작품의 구성내용을 보면 다음과 같다. 1막은 신혼의 조필환 부부가 달구경하는 마당, 2막은 조씨가 평양 기생의 감언에 취해 그 기생을 제구로 쓰는 악한 신사의 간악한 계교에 빠지는 마당, 3막은 조씨가 부인을 괴롭혀 마침내 쫓아내는 마당, 4막은 여러 해 뒤 부인이 주야로 생각하는 아들 봉남이가 아홉 살의 한창 귀여운 나이에 계모에게 매일 학대받는 마당, 5막은 아들보고 싶은 생각에 견디지 못한 어머니 서씨가 봉남이를 찾아와서 눈 속에서 고초를 당하고 있는 봉남이와 서로 만나는 마당, 6막은 갇혀 있던 조씨가 부인과 충복에게 구원되어 나오는 마당, 7막이 잔치하는 마당 등으로 총 7막으로 구성되어 있다. 권선징악을 주제로 한 작품으로 일본의 가정비극의 공연방식을 많이 모방했다. 당시 신문에 실린 연극평에 의하면 공연 때마다 관객석은 눈물바다를 이룰 정도였다고 한다.

이상호 李尙鎬 1954~ 시인 · 평론가. 호 상산尙山. 경북 상주 출생. 한양대 국문과(1980) 및 동 대학원(1982), 동국대 대학원 국문과 졸업(1988). 1982년 《심상》 신인상에 〈금환식金環蝕〉 외 2편이 당선되어 등단했다. 한국시인협회 사무차장을 역임하고, 현재 한양대 국문과 교수로 재직 중이다. 시집으로 《금환식》 《그림자도 버리고》 《시간의 자궁 속》 《그리운 아버지》가 있으며, 평론집으로 《자아추구의 시학》이 있다. 그는 등단 초기부터 주로 서정적인 작품을 쓰면서도 현대사회의 부조리와 모순에 초점을 맞추고자 했다. 그래서 많은 작품들이 문명비판적인 시각을 보여주고 있다. 전통 서정시의 계보를 이으면서도 그것을 현대적 관점으로 계승한다고 해 신서정新抒情적 경향을 지닌다는 평가를 받는다. 1988년 대한민국문학상을 수상했다.

이상화 李相和 1901~1943 시인. 호 무량無量·상화尙火·想華·백아白啞. 대구 출생. 경성중학 수료(1919). 금강산 일대를 방랑하다가 1922년 파리 유학을 목적으로 일본 도쿄의 아테네프랑세에서 2년간 프랑스 어와 프랑스 문학을 공부하다가 도쿄대지진을 겪고 귀국했다. 1917년 대구에서 현진건玄鎭健·백기만·이상백李相佰과 《거화炬火》를 프린트판으로 내면서 시작 활동을 했으나, 본격적인 활동은 1921년 현진건의 추천으로 《백조》 동인으로 가담, 동지에 〈말세末世의 희탄晞嘆〉 〈단조單調〉 〈가을의 풍경〉 〈나의 침실로〉 〈이중二重의 사망〉 등을 발표하면서부터이다. 1919년 3·1운동 때에는 백기만 등과 함께 대구학생봉기를 주도했다가 사전에 발각되어 실패했다. 또한 김기진金基鎭 등과 함께 1925년 파스큘라PASKYULA라는 문학연구단체 조직에 가담했으며, 그해 8월에는 카프KAPF의 창립회원으로 참여했다. 1926년 항일민족의 저항시로서 그의 대표작인 〈빼앗긴 들에도 봄은 오는가〉를 발표했다. 1927년에는 의열단 이종암李鍾巖 사건에 연루되어 옥고를 치르기도 했다. 대구 교남학교에서 3년간 교편을 잡으면서 권투부를 창설하기도 했고 그의 나이 40세에 학교를 그만두고 독서와 연구에 몰두해 〈춘향전〉을 영역하고, 〈국문학사〉 〈불란서시정석〉 등을 시도했으나 완성을 보지 못하고 43세에 위암으로 사망했다. 그의 작품 〈나의 침실로〉는 1920년대 초기의 온갖 주제가 한데 결합한 전형이라 할 수 있는데, 어떠한 외적 금지로도 다스려질 수 없는 생명의 강렬한 욕망과 호흡이 있고, 복합적인 인습에의 공공연한 반역·도전이 있으며, 이 모두를 포용하는 낭만적 도주의 상징이자 죽음의 다른 표현인 '침실'이 등장한다. 이 계열의 작품으로 〈몽환병〉 〈비음緋音〉 〈이별을 하느니〉 등이 있다. 이와는 달리 경향파적 양상을 드러내는 작품들로는 〈가상〉 〈구루마꾼〉 〈엿장사〉 〈거러지〉 등이 있고, 〈빼앗긴 들에도 봄은 오는가〉의 사회참여적인 색조로 원숙한 작품을 발표했다. 이 작품은 《개벽》의 폐간 계기가 된 작품인만큼 치열한 반골기질의 표현으로 주목된다. 이 계열의 작품으로는 〈조소〉 〈통곡〉 〈선구자의 노래〉 〈비 갠 아침〉 등이 있다. 그의 후기 작품 경향은 철저한 회의와 좌절을 보여주는데 그 대표적 작품으로는 〈역천逆天〉 〈서러운 해조〉 등이 있다. 유고작품으로 1973년 여름에 발굴된 시작 50편의 시 경향은 토착적 정서와 내성적인 관념시 등이 곁들여 있어서 전체적인 그의 작품 세계는 그 진폭이 매우 다양하다 할 수 있다. 1983년 이기철李起哲이 엮은 《이상화전집》이 출간되었으며, 그의 시비는 1946년 동향인 김소운金素雲의 발의로 대구 달성공원에 세워졌다.

〈나의 침실로 ―寢室―〉 이상화의 시. 작자의 초기작으로 〈빼앗긴 들에도 봄은 오는가〉와 함께 그의 대표작이다. 1923년 《백조》 9월호에 이 시가 처음 발표되자 매우 큰 반향을 일으켰던 것으로 전해진다. 전체가 12연, 2행련의 규칙성과 긴 호흡의 반복적 구문, 명령형 · 영탄형 · 청유형 어미의 많은 구사를 이 시의 형식적 특색으로 들 수가 있다. 띄어쓰기가 거의 무시되고 쉼표나 줄표(―)에 의해 긴 시행을 몇 단락으로 나누어 호흡을 가다듬게 했는가 하면, 밀착된 어휘배열로 연속적이고 급박감을 주어 격정적인 감정을 유발시키기도 한다. 오지 않는 애인 '마돈나'를 혼자서 기다리며 군소의 상징들을 통해서 애인을 염원하는 시로, 신비에 찬 관능적인 표현으로 되어 있다. 그렇다고 이러한 병적인 관능이 그 육체성에만 한정되는 것은 물론 아니고 애욕의 진실한 모습, 나아가서 애욕의 의미부여에 두고 있는 것으로 작자의 내면적인 정열과 철학적인 명상, 그 체취까지 나타낸 것이 되고 있다. 사랑의 절정에서 갈망하는 시인의 감정이 거의 병적인 격렬성과 자제할 수 없는 욕망과 충동의 광기로 표현되고 있는데, 이것이 바로 이상화 문학의 생명이며 동시에 그 시대를 대표하는 시적경향이기도 하다.

〈빼앗긴 들에도 봄은 오는가〉 이상화의 시. 1926년 《개벽》에 발표되었다. 작자의 뜨거운 열정과 날카로운 현실감각이 빚어낸 시로서, 식민지 치하에서 산출된 대표적인 저항시이다. 국토를 빼앗긴 식민지하의 민족현실을 '빼앗긴 들'로 비유해 직정적으로 노래하고 있다. 이 시인이 던지고 있는 질문의 핵심은 들을 빼앗긴 지금 봄이 돌아왔다고 하더라도 과연 우리가 참다운 삶을 누릴 수 있겠는가 하는 것이다. 작자의 반일 민족의식을 표현한 이 작품에는 저항의식의 응결된 투명성보다는 비탄과 허무, 저항과 애탄이 깔려 있다. 비록 나라는 빼앗겨 얼어붙어 있을 망정, 봄이 되면 민족혼이 담긴 국토, 즉 조국의 대자연은 우리를 일깨워준다는 것이다. 국토는 일시적으로 빼앗겼다손 치더라도 우리에게 민족혼을 불러일으킬 봄은 빼앗길 수 없다는 몸부림, 즉 피압박 민족의 비애와 일제에 대한 강렬한 저항의식을 구조로 하고 있다.

이서구 李瑞求 1899~1981 극작가. 호 고범孤帆. 서울 출생. 일본 니혼대 예술과 중퇴(1922). 1921년 신극운동에 참여해 토월회 조직에 참여했다. 1931년 단막극 〈파계〉 〈동백꽃〉 등을 발표한 이후, 극작가로서 활발한 활동을 벌여 100여 편이 넘는 작품을 발표한 다작의 작가이다. 비록 지면에 남아 있는 작품은 거의 없지만 많은 공연작품이 인기를 얻은 해방 이전의 대중 극작가의 한 사람이다. 1930년 동양극장 전무에 취임하고, 〈어머니의 힘〉 〈정염情炎〉 등 60여 편의 희곡을 썼다. 광복 후에는 〈햇빛 쏟아지는 벌판〉 〈장희빈〉 〈강화도령〉 〈상궁尙宮나인〉 등 40여 편의 연속극을 통해 초창기 라디오 드라마의 개척자로서 공이 크다. 그의 작품 경향은 어떤 주의에 치우치지 않는 대중적인 것이라 할 수 있다. 《풍류의 뒷골목》 《세시기歲時記》 등을 출간했다. 1940년 12월에 조직된 조선연극협회의 회장을 역임했으며 목산서구牧山瑞九라는 창씨명으로 국민연극에 적극 가담했다. 해방 직후에도 청춘극장을 중심으로 재래의 통속극을 꾸준히 상연했지만 더 이상의 주목을 받지는 못했다.

이석 李石 1925~ 시인. 본명 순섭淳燮. 경남 함안 출생. 진주사범 심상과 졸업(1945), 동국대 전문부 수학(1947). 1956년 《현대문학》에 시 〈하초夏草〉 〈낙엽〉 등이 추천되어 등단했다. 한국문인협회 이사, 한국현대시인협회 부회장, 한국문인협회 마산지부 회장, 부산여전 문창과 교수 등을 역임했다.

시집으로 《하초》《남대문》《향관鄕關의 달》《화혼집花魂集》《오늘, 오늘은》《눈물의 자유》《천지를 바라보며》 등이 있다. 초기에는 자연을 의인화해 생명감이 충일하고 이미지가 선명한 시를 주로 썼으나, 1970년대부터는 역사적 유적을 소재로 한 관념적인 면과 인생탐구의 내면적 고백의 경향을 보였다. 우주 삼라만상의 그 속성과 본질을 파악해 그것이 우리에게 무엇을 말하려 함인가를 시로써 형상화하며 자아와 세계의 일치를 지향한다. 1981년 한국문학상, 1992년 국민훈장 모란장, 1993년 우봉문학상을 수상했다.

이석현 李錫鉉 1925～ 아동문학가 · 시인. 필명 검돌, 호 현석玄石. 함북 회령 출생. 신흥대 국문과 졸업. 1950년 《상공》에 〈두더지〉〈황혼〉을, 《가톨릭문화》에 〈명암〉을 발표해 등단했다. 이후 시 〈행로〉〈봄비〉〈소녀와 병사〉〈향수〉 등을 발표했다. 한편 1958년 동시집 《어머니》를 출간하면서 동시를 위시한 아동문학에 전념, 동화시 〈창구멍〉, 동요 〈우리 엄마〉, 동시 〈가을 산마을〉〈거문고〉, 장시 〈종소리〉 등 종교적 · 민속적 색채가 짙은 작품들을 발표했다. 저서에 동극집 《가톨릭극집》, 동화시집 《메아리의 집》, 동화집 《성큼성큼》《아름다운 비밀》, 사화집 《십자가의 별무리》 등이 있다. 1966년부터 박경용朴敬用 · 김사림金思林 등과 함께 동인지 《동시인》을 4집까지 발간했다. 1970년 한정동아동문학상을 수상했다.

이석훈 李石薰 1908～? 소설가. 본명 석훈錫薰, 호 금남琴南. 평북 정주 출생. 평양고보를 거쳐 일본 와세다고등학원 문과 졸업. 1933년 《신동아》에 단편 〈황혼의 노래〉를 연재하면서 등단했다. 1935년 극예술연구회의 동인으로 활약, 신극운동에 앞장서기도 했으며 문예지 《낙랑문고》를 평양에서 간행하기도 했다. 한때 개벽사에 근무하다가 조선일보사에 입사해 잡지 《조광》의 편집을 맡기도 했다. 광복 직후에 해군에 입대해 정훈장교로 근무하다가 제대했는데, 6 · 25당시 행방불명되었다. 작품으로는 단편 〈광인기狂人記〉〈이주민열차移住民列車〉〈방랑아〉〈애증愛憎〉〈범인〉〈결혼〉〈카이제르와 이발사〉〈가을의 일절〉〈봄의 서곡〉〈유랑流浪〉〈질투〉〈고향 찾는 사람들〉과 장편 〈백장미부인〉, 희곡작품으로 〈그 여자의 죽음〉〈사비루의 달밤〉 등이 있다. 〈광인기〉는 1930년대 지식인의 좌절과 정신적 고뇌를 형상화한 작품으로 주목된 바 있다. 그의 초기 단편들은 1936년 한성도서주식회사에서 간행한 작품집 《황혼의 노래》에 대부분 수록되어 있다. 고향의 가난한 사람들을 인도주의적 입장에서 그린 작품들이 많으며, 그의 소설의 배경으로 국경지대나 어촌 · 섬 등이 많은 것도 바로 그러한 작품 경향과 상통하는 면이다.

이선영 李善榮 1930～ 평론가. 경남 고성 출생. 연세대 국문과 및 동 대학원 졸업. 1966년 《현대문학》에 평론 〈아웃사이더의 반항〉을 발표해 등단했다. 주요 평론으로는 〈한국현대소설과 인간소외〉〈비평에 있어서의 역사주의와 분석주의〉〈작가와 역사의식〉〈비평사연구의 제문제〉 등이 있고, 평론집 《소외와 참여》《상황의 문학》《작가와 현실》 등을 출간했다. 특히 〈비평에 있어서의 역사주의와 분석주의〉는 주목할 만한 것으로서, 주제는 한국에 있어서 문학비평은 분석주의 비평을 어느 정도 용납하면서도 역사주의 또는 상황의식의 비평이 더욱 강조되어야 한다는 것이다. 이 점을 뒷받침하기 위해 역사주의 비평과 분석주의 비평에 대해 일반적 특성과 장단점을 밝히고, 한국에서 두 비평양식의 가능성과 한계성을 지적한 다음, 한국문학에 긴요한 비평방법을 제시했다. 이 비평의 결론은 한국의 문학비평은 텍스트 중심의 분석주의 혹은 구조주의적 아카데미즘을 가급적 수용하면서도, 경제적 · 사회적 · 역사적 상황의식의 비평이 주축이어야 한다는 것이다. 평론집《소외와 참여》는 문학과 시대적 상황의 함수관계를 추구한 것으로서, 소외와 참여의 근원적 이론을 밝혀내고 있는 동시에 그 이론을 뒷받침한 한국 작가들의 작품을 구체적으로 분석 · 검토하고 있다. 여기서의 핵심은 문학이란 결국 시대의 산물인 동시에 현실의 반영이라는 점에 귀착하고 있다는 것이다. 이들 비평작업을 통해 그는 새로운 리얼리즘의 가능성을 추구하고 역사적 현실의식에 입각한 소시민적인 감정과 민중의식을 중시하는 듯한 인상을 주고 있다. 1977년 현대문학상을 수상했다.

이선영 李宣姈 1964～ 시인. 서울 출생. 이화여대 국문과 졸업(1987). 1990년《현대시학》에 시〈한여름 오후를 장의차가 지나간다〉외 8편을 추천받아 등단했다. 데뷔 후《21세기 전망》동인으로 활동했다. 1992년 첫 시집《오, 가엾은 비늣갑들》을 간행했고, 1996년 두번째 시집《글자 속에 나를 구겨 넣는다》를 출간했다. 일상의 소재들을 구체적이면서도 미세한 시적장치로 형상화함으로써, 즉 현실의 삶을 긍정하기 위해 사람의 울타리를 흔드는 불화 · 배척 · 앙심 · 싸움 등의 부정적인 요소들을 구체적인 시화詩化로 극복, 1990년대 여성시 분야에 있어서 독특한 위치를 차지하고 있다.

이성교 李姓敎 1932～ 시인. 호 월천月川. 강원도 삼척 출생. 국학대를 거쳐 중앙대 대학원 및 동국대 대학원 졸업. 1956년《현대문학》에〈윤회輪廻〉〈혼사婚事〉〈노을〉등이 추천되어 등단했다. 이후〈대관령을 넘으며〉〈춘분春分〉〈겨울바다〉〈새벽에 우는 소〉〈어촌〉등 많은 작품을 발표했다. 시집으로《산음가山吟歌》《겨울바다》《보리 필 무렵》《눈 온 날 저녁》《영혼은 잠들지 않고》《우리 아버지》《남행길》《하늘 가는 길》《강원도 바람》등과 다수의 시론집 · 수필집 등이 있다. 그의 작품 세계는 삶이 영위되는 공간으로서의 고향의 전원풍물들을 노래함으로써 한국인의 고유정서의 일면을 형상화해 보여주고 있다. 요컨대 주로 전통정신에 입각해 민속적인 소재와 자연을 중요 소재로 향토미와 아울러 토속미를 중시하고, 전통적 정서를 바탕으로 한국적 서정주의 경향을 지향하고 있는 것이다. 1966년 현대문학신인상, 1979년 월탄문학상, 1997년 한국기독교문학상, 1998년 국민훈장 모란장 등을 수상했다.

이성복 李晟馥 1952～ 시인. 경북 상주 출생. 서울대 불문과 및 동 대학원 졸업. 1977년《문학과 지성》에 시〈정든 유곽에서〉를 발표하면서 등단했다. 그는 개인적 삶을 통해서 얻은 고통스런 진단을 보편적인 삶의 양상으로 확대해 아픔으로부터 깨어나게 하려는 작품을 발표해 문단의 주목을 받았다. 주요 작품으로〈정든 유곽에서〉〈그날〉등이 있으며 시집으로《뒹구는 돌은 언제 잠깨는가》《남해금산》《그 여름의 끝》《호랑가시나무의 기억》등이 있다. 1977년 처음 발표되면서부터 풍요한 자유연상의 이미지들로 사람들을 놀라게 한 그의 시는 두번째 시집《남해금산》에서 뜨거운 사랑의 '빛나는 정지'를 보여줌으로써 많은 독자를 감동시켰고 그것이 한 시대의 시적 절정으로서 이해되고 있을 때, 이미 그는 자연스럽게 연애시라는 새로운 세계로 접어들고 있었다. 시집의 제목이 달라질 때마다 성큼 이루어진 그의 시적 변모는 그것이 소재나 형식의 변모 이상을 의미한다는 점에서 더욱 주목을 요한다. 그의 시세계는 다양한 관점에서 해석될 수 있다. 이 다양한 해석에도 불구하고 이성복의 시에 대한 재해석의 공간은 아직 무한히 넓은 것으로 평가되고 있다. 1982년 김수영문학상, 1990년 소월시문학상을 수상했다.

이성부 李盛夫 1942~ 시인. 광주 출생. 경희대 국문과 졸업(1964). 1959년 광주고 재학시절 《전남일보》 신춘문예에 당선되었고, 이 시기에 김현승으로부터 사사해 시적 기반을 다진 것으로 알려졌다. 1962년 《현대문학》에 〈소모消耗의 밤〉 〈열차〉 등이 추천되어 등단했다. 1966년 《동아일보》에 〈우리들의 양식糧食〉이 당선되면서 본격적으로 활동, 주목을 받았다. 그의 시는 개성과 생기가 있는 남도적 향토색과 저항적인 현실의식을 밑바닥에 깔고 있다. 1967년 《시학》 동인을 만들고 동인지를 발간하기도 했다. 시집으로 《이성부시집》 《우리들의 양식》 《백제행》 《전야》 《평야》 《깨끗한 나라》 《야간산행》 등이 있다. 그에게 있어서 시를 쓴다는 것은 단순한 자기 표현의 충동을 현실화시킨다는 것도 아니며 또 어떤 예술적 규범에 부응하기 위한 노력도 아니다. 그것은 한마디로 현실경험에 대해 살아 있는 관계를 맺고자 하는 행위이다. 시작의 동기가 윤리적인 것임이 주목된다. 그것은 개인의 행복이나 불행은 본질적으로 사회의 그것과 무관한 것이 아니라는, 말하자면 개인과 사회의 상호구속성에 대한 되풀이되는 그의 확인에서 가장 잘 찾아질 수 있다. 1969년 현대문학신인상, 1977년 한국문학작가상을 수상했다.

이성선 李聖善 1941~ 시인. 강원도 고성 출생. 고려대 농대 및 동 대학원 국어교육과 졸업. 1970년 《문화비평》에 〈시인의 병풍〉 등을 발표하면서 등단했고, 1972년 《시문학》을 통해 재추천받았다. 〈외로운 사랑〉 〈두려움〉 등의 작품에는 자연과의 대화에서 얻어진 우주적 질서의 울림이 담겨 있다는 평가를 받았다. 시집으로 《시인의 병풍》 《하늘문을 두드리며》 《별이 비치는 지붕》 《새벽 꽃향기》 《향기나는 밤》 등이 있고, 이외에도 장시집 《밧줄》, 공동시집 《샘물 속의 바다가》 《시간의 샘물》 등을 간행했다. 그의 시에서 자연은 생활의 터전이면서 명상의 장소이고, 시의 탐구대상이면서 주제이다. 1999년 발간한 시집 《산시》에서도 자연과의 대화를 통한 정신세계를 추구하고 있다. 이러한 점에서 그의 시는 자연친화와 교감에서 한 걸음 나아가 존재론적 탐구를 보여주게 된다. 자연 속에서 그는 인생의 모습과 원리를 발견하고 이것을 시로 완성해 내려는 노력을 기울이고 있다. 1988년 강원문화상, 1990년 한국시인협회상 등을 수상했다.

이 성숙한 밤의 포옹 —成熟—抱擁 → 서기원徐基源

이성환 李星煥 1936~1966 시인. 경기도 시흥 출생. 서라벌예대 문예창작과(1957)를 거쳐 동국대 국문과(1959) 및 경희대 대학원 졸업(1962). 중·고교시절에 이미 시집 《황혼선》 《별과 나》를 간행해 화제를 모았으며, 1956년 《현대문학》에 〈구름〉 〈그믐달〉 〈병甁〉 등으로 추천을 받고 등단했다.

주요 작품으로 〈강〉〈기러기〉〈일몰피안日沒彼岸〉〈그믐달〉〈포도소묘〉〈비를 맞는 공동묘지〉 등이 있다. 31세의 나이로 아깝게 요절한 그의 시집으로《구름은 울지도 못한다》와 유작시집《은행기》《이성환시전집》등이 있다. 그의 시 경향은 묘한 상상력을 동원해 사물의 아름다움을 찾는 것이다. 그런 의미에서 그는 철저한 이미지스트라 할 수 있다. 목각품이나 판화와도 같은 그의 시는 한결같이 간결한 논리로써 일관되어 있다. 틀이 잡히고 결구가 반듯한 그의 시의 참신한 시어 구성이야말로 섣불리 운위될 수 없는 향훈으로 아울러 그의 품성과 시적 기법의 건실함을 일깨워준다.

이세기 李世基 1940~ 소설가. 충남 아산 출생. 이화여대 국문과 및 동 대학원 졸업. 1968년《조선일보》신춘문예에 소설 〈두시간 10분〉이 당선, 같은 해《현대문학》에 단편 〈환자〉〈타도〉 등이 추천되어 등단했다. 이후 〈구름의 모습〉〈밤외출〉〈청靑〉〈새가 된 꿈〉〈어둠 속의 춤〉〈허공에 그리는 선線〉 등을 발표했다. 서울신문 논설위원, 대한매일 공초문학상 운영위원, 21세기 예술경영연구소 자문위원 등을 역임했으며, 현재 대한매일 논설위원으로 사설 · 이세기칼럼 · 대한포럼 등을 집필하고 있다. 그의 작품 〈그 다음은 침묵〉은 인간의 허상과 실상의 이원성 내지는 장식적이고 기만적인 삶의 가면성을 걷어내고 있는 작품이라는 평가를 받았으며, 〈바람과 놀며〉는 문체 자체만으로 젊은 세대의 자연스러운 허무주의를 이해하는 데 신선감을 준다는 평가를 받은 바 있다. 창작집으로《바람과 놀며》《그 다음은 침묵》《이세기전집》등이 있으며, 이밖에 편저《영원한 기억 속의 작은 이야기》, 번역서《40대의 추억》등이 있다. 그의 작품은 여성적인 섬세한 문장으로 기성적인 도덕이나 가치를 인정하지 않는 방향으로 나가고 있다. 1977년 제23회 현대문학상을 수상했다.

이수익 李秀翼 1942~ 시인. 경남 함안 출생. 서울사대 영문과 졸업(1965). 1963년《서울신문》신춘문예에 시 〈고별告別〉이 당선되어 등단했다. 이후 〈남은 비가悲歌〉〈사랑이 주고 간 대화〉〈거미〉〈분위기〉〈성냥개비〉 등을 발표.《현대시》동인으로 활동. 시집으로《우울한 샹송》《야간열차》등과 시선집《슬픔의 핵》《단순한 기쁨》등이 있다. 사물과 삶을 따스한 정감의 눈길로 바라보되 그 기저에는 우수와 비애가 바탕이 되고 있으며, 대상과 인식을 같은 차원에 두고 상호교감의 일치점이 되도록 선명한 이미지로 처리, 이념이나 철학성에 대한 관심보다는 인간적인 우수와 비감을 형상화하는 데 시의 가능성을 부여하는 주지적 서정시를 쓰고 있다.

이순원 李舜源 1957~ 소설가. 강원도 강릉 출생. 강원대 경영학과 졸업. 1988년《문학사상》에 단편소설 〈낮달〉이 당선되어 등단했다. 이후 꾸준한 작품 활동으로 90년대의 가장 폭넓은 잠재적 가능성을 가진 작가로 주목받아왔다. 창작집에《그 여름의 꽃게》《얼굴》《말을 찾아서》등이 있고, 장편소설로 〈우리들의 석기시대〉〈압구정동엔 비상구가 없다〉〈에덴에 그를 보낸다〉〈미혼에게 바친다〉〈수색, 그 물빛무늬〉〈아들과 함께 걷는 길〉〈독약 같은 사랑〉〈19세〉〈그대 정동진에 가면〉 등을 간행했다. 1996년 〈수색, 어머니 가슴속으로 흐르는 무늬〉로 제

27회 동인문학상을, 1997년 중편 〈은비령〉으로 제42회 현대문학상, 1999년 〈그대 정동진에 가면〉으로 제5회 한무숙문학상을 수상했다.

이승우 李承雨 1959~ 소설가. 전남 장흥 출생. 서울신학대 졸업(1983). 연세대연합신학대학원 수학. 1981년 《한국문학》 신인문학상에 중편 〈에리직톤의 초상〉이 당선되어 등단했다. 문단 데뷔 후 군입대, 사실상의 휴식기간을 2년 이상 가진 후 본격적으로 작품 활동을 전개했다. 작품집으로는 중·단편집 《구평목씨의 바퀴벌레》《일식에 대하여》《미궁에 대한 추측》《목련공원》, 장편 〈에리직톤의 초상〉〈가시나무그늘〉〈생의 이면〉〈황금가면〉〈내 안에 또 누가 있나〉 등이 있다. 1993년 제1회 대산문학상을 수상했다.

이승하 李昇夏 1960~ 시인. 경북 김천 출생. 중앙대 문창과 및 동 대학원 졸업. 1981년 《시문학》 대학문예에, 1984년 《중앙일보》 신춘문예에 〈화가 뭉크와 함께〉가 당선되어 등단했다. 《세상읽기》 동인으로 활동. 주요 작품으로 〈백수광부의 처에게〉〈진혼가〉〈화가 뭉크와 함께〉〈현기증〉 등이 있다. 시집으로 《사랑의 탐구》《욥의 슬픔을 아시나요》《폭력과 광기의 나날》《생명에서 물건으로》 등을 간행했고, 평론집에 《한국의 현대시와 풍자의 미학》이 있다. 그의 시는 풍자와 해학이라는 두 축을 갖고 있다. 인간을 둘러싸고 있는 모든 상황을 아이러니로 드러내는가 하면, 우리 것에 대한 질긴 애착으로 무가·향가·민요의 전통 가락을 수용해 겨레의 한을 푸는 작업을 계속하고 있다. 1991년 대한민국문학상, 1993년 서라벌문학상 등을 수상했다.

이승훈 李昇薰 1942~ 시인. 강원도 춘천 출생. 호 가산佳山. 한양대 국문과 및 연세대 대학원 국문과 졸업. 1962년 《현대문학》에 시 〈낮〉〈두 개의 추상〉 등이 추천을 받아 등단했다. 이후 《현대시》 동인으로 활동하면서 60년대의 내면탐구를 출발로 현재까지 현대인의 자아문제를 주제로 한국 모더니즘 시의 발전에 관심을 가져왔다. 춘천교대 교수 역임, 현재 한양대 국문과 교수로 재직 중이다. 시집으로 《사물A》《환상의 다리》《당신의 초상》《사물들》《너라는 환상》《길은 없어도 행복하다》 등 다수가 있으며, 시론집으로 《시론》《모더니즘시론》《한국현대시론사》《해체시론》 등 다수가 있다. 그의 작품은 한국 모더니즘 시의 계열로 1930년대 식민지 모더니즘, 1950년대 전후 모더니즘을 발전적으로 계승하는 1960년대 근대화 초기 모더니즘의 경향을 갖는다. 특히 1930년대 이상李箱과 1950년대 김춘수金春洙의 시세계에 영향을 받고 반전통적인 시문법의 개발에 주력했다. 한국의 모더니즘과 포스트모더니즘의 시세계를 탐구, 최근에는 해체시론을 강조하면서 시적 장르의 자율성을 비판하기도 했다. 현대문학상, 한국시협상, 강원도문화상 등을 수상했다.

이시영 李時英 1949~ 시인·시조시인. 전남 구례 출생. 서라벌예대 문예창작과 졸업(1972). 1969년 《월간문학》 신인상에 시 〈채탄採炭〉 외 1편이 당선되어 등단했다. 이어 시조 〈소금〉이 문화공보부예술상을 수상했다. 이후 장시 〈사자死者의 춤〉 등 주목할 만한 시·시조 작품을 발표했다. 주요 작품에 〈누에〉〈고추밭〉〈사할린에서 돌아온 어느 동포〉〈오빠〉 등이 있으며 시집으로는 《만월》《바람 속으로》가 있다. 시조의 수련에서 얻어진 언어적 절제력은 전통적인 시적 감성을 새롭게 변용시켜 신선한 시각으로 절실한 삶을 인식하게 한다. 그의 시에서는 시대와 사회현실을 경직된 도식으로 파악하지 않는 70년대 한국시의 감동적인 일면을 볼 수 있다. 이러한 그의 시들은 이야기시 형식을 통해 한 시대의 건강했던 민중의 삶의 원형과 정서를 재현하고자 하는 전통적이며 민중지향적 시들과, 짧고 예리한 언어로 오늘의 현실을 증언하고자 하는 리얼리즘 지향의 시 두 부류로 나뉜다.

이양하 李敭河 1904~1963 수필가·영문학자. 평남 강서 출생. 일본 도쿄제대 영문과 및 동 대학원 졸업(1931), 미국 하버드대 대학원에서 영문학 전공(1951).

1934년에 연희전문 강사를 지냈으며 1942년부터 동교 문학과 교수를 역임하면서 영문학 관계 논문과 수필을 발표했다. 1945년에는 경성대 문과 교수, 1950년에는 서울대 교수를 역임하고, 1951년 연구를 위해 도미했다. 1953년에는 다시 미국의 예일대에서 언어학부의 마틴 교수와 함께 《한미사전韓美辭典》을 편찬했고, 1940년 《시와 과학》《랜더 평전評傳》 등을 출판했다. 1942년 대학에 재직하면서 영문학에 관한 연구논문과 문학평론을 비롯해 《문장》에 시 〈송전풍경松田風景〉과 수필 〈나의 소원〉 등 다수의 작품을 발표했다. 미국에서 영문학을 전공한 그는 영국의 찰스 램 이래의 정통파적인 수필을 이 나라에 수입, 스스로 남구적南歐的인 에세이를 시도한 수필가로 평가된다. 그의 수필은 종래의 신변잡기적·주관적 제재에서 벗어나 생활인의 철학과 사색이 담긴 본격 수필을 시도했으며, 〈나무〉 등의 작품은 수필문학사상 주요한 업적으로 지적되고 있다. 또한 시작詩作에 앞서 최재서崔載瑞·김기림金起林 등과 함께 1933년을 전후해 주지주의 문학과 모더니즘 시의 이론을 소개·번역한 공이 크다. 주요 수필로는 〈무궁화〉〈경이건이〉〈글〉〈필립 모리스〉 등이 있고 〈두 지도地圖〉〈낡아빠진 네게 무슨 죽음이 있으랴〉〈내 차라리 한 마리 부엉이 되어 외롭고자 하노라〉 등의 시 작품이 있다. 특히, 수필집 《이양하수필집》과 《나무》는 한국현대수필문학사의 주요 업적으로 꼽히며, 《이양하수필집》에 수록된 〈봄을 기다리는 마음〉〈신록예찬〉〈내가 만일 다시 대학생이 된다면〉〈프루스트의 산문〉〈페이터의 산문〉 등은 그의 대표적 수필로 널리 읽혀졌다. 영문학자로서 I. A. 리처즈의 《시와 과학》을 번역해 이 땅에 리처즈의 문학이론을 최초로 소개하는 한편, 권중휘權重輝와 함께 《포켓영한사전》을 펴내어 영미어문학 보급에 기여했다. 이밖에 〈루소와 낭만주의〉〈제임스 조이스〉 등의 논문이 있다.

이어령 李御寧 1934~ 평론가·소설가·수필가. 충남 아산 출생. 서울대 국문과 및 동 대학원 졸업(1959). 1956년 《한국일보》에 〈우상의 파괴〉를 발표하고, 《문학예술》에 〈비유법논고譬喩法論攷〉가 추천되어 등단했다. 기성 평단의 수적 빈곤 때문에 신인대망론이 대두될 즈음 그는 '저항의 문학'이란 기치 아래 새로운 전후세대의 이론적 기수로 등장, 사회참여 문학의 경향을 띠었고 또한 이 시기에 김동리金東里와 작품의 실존성에 관한 논쟁을 했으며 조연현趙演鉉에게는 전통론에 관해 논쟁을 걸기도 했다. 한편 《경향신문》 재직시 동지에 〈흙 속에 저 바람 속에〉라는 연작 수필을 발표, 신화·전설·풍속·속담 기타 다방면의 재료를 토대로 한국인의 사고방식을 서구적인 합리주의와 대비해 밝혔으며, 출간 후 선풍적인 인기를 끌었다. 이후 꾸준히 수필을 쓰면서 소설에도 손을 대어 〈장군의 수염〉〈암살자〉〈환각의 다리〉 등을 발표하기도 했다. 수필집으로 《흙 속에 저 바람 속에》《지성의 오솔길》《오늘을 사는 세대》《차 한잔의 사상》 등과 평론집 《저항의 문학》 등 다수의 저서가 있다. 서울대 · 단국대 · 성균관대 · 이화여대 등지에서 강단활동을 했으며, 1992년 초대 문화부장관을 역임하기도 했다.

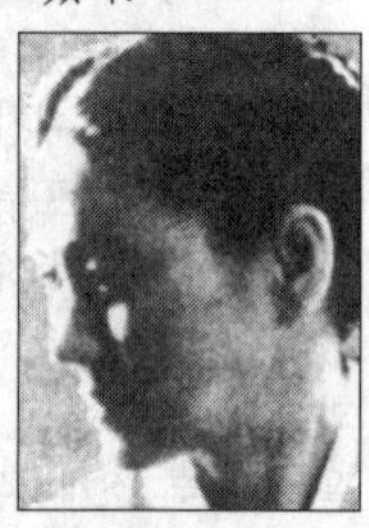

이영도 李永道 1916~1976 시조시인. 호 정운丁芸. 경북 청도 출생. 1945년 《죽순》 동인으로 활동하면서 시조 〈제야除夜〉〈바위〉 등을 발표해 등단했다. 주요 작품으로 〈달무리〉〈아지랭이〉〈모란〉〈미소〉〈보리고개〉 등을 꼽는다. 시조집으로 《청저집青苧集》《석류石榴》 등이 있으며, 수필집 《춘근집春芹集》《비둘기 내리는 뜨락》《머나먼 사념思念의 길목》 등이 있다. 민족정서를 바탕으로 잊혀져가는 고유의 가락을 시조에서 재구현하고자 노력했으며, 간결한 표현으로 자신의 정감을 다스리며 인생을 관조하는 세계를 보여주었다. 대표작 〈황혼에 서서〉는 애모愛慕를 주제로 한 것이면서도 나약하지 않은 강렬한 자기 분신에 이르는 종교적인 애정을 노래했고, 〈아지랭이〉에서는 현대시조의 연작 형식을 벗어나 자유시 이상의 자재성을 보인 새로운 형식을 실험했다. 후기의 수필은 구도적인 면과 사회의 부조리를 고발하는 등 사색적인 면과 현실적 관심을 함께 드러냈다. 문학을 통한 사회봉사로 제8회 눌원문학상을 수상했으며, 《한국문학》에서는 그를 기념해 매년 정운시조문학상을 시상하고 있다.

〈아지랭이〉 이영도의 시조. 1966년에 발표되었다. 이 작품이 발표되자 몇 가지 측면에서 주목을 끌었는데 그 첫째가 현대시조의 대다수가 연작인 데 비해 이 시조는 단수로서 완성을 이루고 있다는 점이다. 시조의 경우 단수로서는 어딘가 미흡하다는 관념을 갖던 사람들에게 단수로서 갖는 완벽한 시적 성공의 새로움을 던져주었다. 둘째는 독특한 활자의 배열로 자유시에서도 찾기 힘든 효과를 본 것이며, 셋째는 자유시 이상으로 형식의 자재성을 보였다는 점이다. 그러면서도 시조의 형식을 지키고 있음은 바로 시조가 현대시로서 형식의 저해를 받지 않을 수도 있다는 가능성을 보여준 것이다.

이영두 李永斗 1945~ 아동문학가 · 극작가. 충남 서천 출생. 군산사범학교 졸업(1962). 1982년 《아동문학평론》에 동극 〈성주골 아이들〉, 동화 〈철쭉골 메아리〉가 추천된 데 이어 1990년 《농민문학》 신인상에 희곡 〈종이학〉이 당선되어 등단했다. 동극집으로 《숲속의 아침》, 동화 및 소년소설집으로 《무지개 뜨는 교실》《하얀 웃음 고운 웃음》《달마봉 오뚜기》《임금님이 된 학총각》《용감한 탈출》《돈 키호테들의 결투》《빨간 민들레》《꽃불》《누렁이의 탈출》 등이 있다. 충북아동문학회를 창립해 충북숲속아동문학상을 제정 · 운영하고 있으며, 1985년 제7회 현대아동문학상을 수상했다.

이영일 李英一 1932~ 평론가 · 시인. 평북 구성 출생. 영남대 영문과 졸업(1956). 1950년 공군본부 발행 《코메트》에 시 〈1950년〉을 발표, 1956년 이철범李哲範 · 최일수崔一秀 · 허만하許萬夏 · 김윤환金潤煥 등과 동인지 《시와 비평》을 발행 · 주관하고 여기에 평론 〈역사적 경험과 문학〉을 발표했다. 이후 시 및 비평활동을 활발히 전개, 1957년 시집 《현대의 온도溫度》(공저)를 출간했다. 이해에 김용권金容權 · 이철범 · 유종호柳宗鎬 · 이어령李御寧 등과 함께 현대문학비평가협회를 결성했다. 주요 작품에 시 〈중국 마술사中國魔術師에 대한 회억回憶〉 〈오렌지를 먹으며 길을 걷다〉 〈1952년, 어느 파이러트에게〉 등과 평론 〈역사적 경험과 문학〉 〈작가와 현실의 대립〉 〈박제문화剝製文化를 분석한다〉 〈미적 진실의 회복〉 등이 있다. 특히 평론은 문화사적 관점에서 인간의 문제와 예술의 형상 및 그 의미를 추구했다. 1960년 이후에는 영화에 관한 이론과 비평활동에 주력해, 저서로 《영화개론》 《한국영화전사》 등을 발간했다. 1960년 이후 약 5년간 한양대에서 문학 및 영화를 강의, 1965년부터 1972년까지 영화이론지 《영화예술》을 발행하기도 했다.

이영춘 李榮春 1941~ 시인. 강원도 평창 출생. 경희대 국문과 및 동 대학 교육대학원 졸업(1986). 1976년 《월간문학》 신인상에 시 〈바다〉 〈빛〉이 당선되어 등단했다. 《삼악시》 《여류문학회》 《미래시》 등의 동인으로 활동. 시집 《종점에서》 《시지포스의 돌》 《귀 하나만 열어놓고》 《네 살던 날의 흔적》 《점 하나로 남기고 싶다》와 수필집 《떠나가는 자는 말이 없다》 등이 있다. 인간의 원초적 고뇌와 내면의식의 허무 · 절망 · 고독 등을 주로 나타내고자 하며 사상성을 중시한 주지시적 경향의 실존적 문제를 형상화한다는 평가를 받는다. 제3회 윤동주문학상, 제29회 강원도문화상 등을 수상했다.

이영희 李寧熙 1931~ 아동문학가 · 수필가. 본명 명자明子. 일본 도쿄 출생. 이화여대 영문과 졸업(1954). 1955년 《한국일보》 신춘문예에 동화 〈조각배의 꿈〉이 당선되어 등단했다. 이후 〈책이 산으로 된 이야기〉 〈꽃씨와 태양〉 〈그리운 이름〉 〈달 속의 푸른 바람〉 등 많은 동화를 발표했다. 동화집 《책이 산으로 된 이야기》 《꽃씨와 태양》 《별님을 사랑한 이야기》 등이 있고, 수필집 《레몬이 있는 방》 《살며 사랑하며》 등과 다수의 번역서들이 있다. 그의 동화는 주로 현실의 대지에 뿌리를 둔 환상적 기법으로 소년적 상상력과 꿈의 날개를 펼쳐보이고 있으며, 작품의 소재를 순수한 사랑에서 구하고 있는 특색을 보여주고 있다. 해송동화상, 대한민국 교육문화상, 소천문학상 등을 수상했다.

이오덕 李五德 1925~ 아동문학가. 경북 청송 출생. 영덕농업보습학교를 거쳐 교원시험에 합격, 경북의 벽지 초등학교 교사 · 교감 · 교장을 지냈다. 1954년 《소년세계》에 〈진달래〉가 추천받아 문단에 데뷔, 이후 아동문학가로서보다 어린이 글짓기 지도교사로 활동했다. 1972년 동화 〈꿩〉이 《동아일보》 신춘문예에 당선됨으로써 본격적인 창작 활동을 시작했다. 동시집 《별들의 합창》 《탱자나무 울타리》 《까만 새》, 동화집 《아기별이 사는 세상》, 수필집 《삶과 믿음의 교실》, 평론집 《시정신과 유희정신》 《어린이를 지키는 문학》 등을 출간했다. 그는 리얼리즘적 시각으로 농촌 어린이의 모습을 보여주면서 어린이의 참된 순수성을 지킨다는 명분으로 서민문학론을 주창해 아동문단을 논쟁의 소용돌이 속으로 몰아넣었다. 그의 동시는 아동의 편에서 지어지며 교육적인 데에 그 특징이 있다. 즉, 그의 동시와 평론은 아동의 평등에 바탕을 둔 현실 참여적인 특성이 강하게 나타난다. 1972년 한국아동문학상, 1988년 단재상을 수상했다.

이외수 李外秀 1946~ 소설가. 경남 함양 출생. 춘천교대 중퇴(1972). 1972년 《강원일보》 신춘문예에 동화 〈견습 어린이들〉이 당선, 1975년 《세대》에 중편 〈훈장勳章〉으로 신인문학상을 수상해 등단했다. 이후 단편 〈꽃과 사냥꾼〉 〈고수高手〉 〈개미귀신〉 〈언젠가 다시 만나리〉 〈틈〉 〈자객열전〉 등과 중·장편 〈궂은 하늘에 촛불 켜니〉 〈들개〉 〈물 위의 집〉 〈칼〉 〈장수하늘소〉 〈꿈꾸는 식물〉 〈황금비늘〉(전2권) 등을 발표, 그로테스크한 소설적 일면을 보였다. 창작집 《겨울나기》 《벽오금학도》 《장수하늘소》 《훈장》 《언젠가는 다시 만나리》 《산목》 등과, 우화소설 《사부님 싸부님》, 시집 《풀꽃 술잔 나비》 등을 발간했다.

이요섭 李要燮 1961~ 시인. 호 고적동古笛洞. 전북 정읍 출생. 원광대 물리학과 졸업(1984). 이미 대학시절에 전국학생 작품공모에 시조 당선(1978), 이어 1980년 《시문학》에 시 〈가을 서정〉이 당선되어 등단했다. 주요 작품으로 〈시인진단〉 〈은행나무〉 〈에덴의 사랑〉 〈조선개〉 〈이태원 박쥐들〉 등이 있으며, 시집 《동아줄》이 있다. 그는 잊혀져 가는 언어의 재생과 인간 생활사의 시대적 변천에 따른 애환 등을 내재율의 부드러운 감각으로 작품화시키면서도 시의 현실적 참여와 혁신에 새로운 시도를 추구했다. 1982년 문공부장관상, 1985년 한국문학신인상을 수상했다.

이용악 李庸岳 1914~1971 시인. 함북 경성 출생. 일본 조치대 신문학과 졸업(1936). 귀국해 한때 신문·잡지 등의 기자생활을 했다. 대학 재학 중이던 1935년, 시 〈애소유언哀訴遺言〉을 《신인문학》에, 〈능금원의 오후〉 〈벌레소리〉 〈북국의 가을〉 등을 《조선일보》에 발표했으며, 첫 시집 《분수령分水嶺》을 상재해 시단의 주목을 끌었다. 이어 두번째 시집 《낡은 집》을 간행했고, 광복 후 《오랑캐꽃》을 발간했다. 6·25동란 때 월북한 그는, 1953년 8월 남로당계 문인 숙청 당시 종파분자로 지목당해 한동안 집필금지에 묶이기도 했다. 그후 메마르고 척박한 언어로 《평남관개시초》 등을 제작했으며, 1963년에는 김상훈金尙勳과 함께 《역대악부시가》를 공역·출간하기도 했는데, 그 이후의 구체적인 행적은 전혀 알 길이 없다. 주요 작품으로 〈북쪽〉 〈두메산골〉 〈오랑캐꽃〉 〈고향아 꽃은 피지 못했다〉 〈등잔 밑〉 〈하늘만 곱구나〉 등이 있다. 민족분단에 따른 고통스런 질곡을 누구보다도 가슴 아파한 당사자로서 민족해방문학을 지향했던 그의 문학사적 자리는 민족문학의 중요한 시적 토대를 이룬다.

이용찬 李容燦 1927~ 극작가. 서울 출생. 연세대 철학과 졸업(1948). 1957년 국립극장 장막극모집에 〈가족〉이 입선되면서 작품활동을 시작했다. 주요 작품으로 단막 〈모자〉, 장막 〈기로岐路〉 〈3중인격〉 〈피는 밤에도 자지 않는다〉 〈고독은 외롭지 않은 것〉 〈푸른 명맥〉 등이 있으며 7편의 희곡을 모은 희곡집 《가족》을 간행했다. 그는 인간의 원형을 발굴하려는 철학적 자세로 따스한 인간탐구와 인생관조를 바탕으로 삼고 있다. 따라서 피상적인 생활의 단면을 그리는데 그치지 않고 인간의 심층을 깊이 통찰하려는 노력을 보인다는 평가를 받는다.

이우걸 李愚杰 1946~ 시조시인·비평가. 경남 창녕 출생. 경북사대 역사과(1974) 및 경희대 교육대학원 졸업(1984). 1973년 《현대시학》에 시조 〈도리원 주변〉이 추천받아 등단했다. 데뷔 후 《현대율》 동인으로 활동했으며, 다수의 문예지에 월평 혹은 평론을 발표했다. 1982년에는 마산시조문학회를 결성, 1987년에는 오늘의시조문학회를 결성했다. 경남시조문학회 회장, 마산문인협회 회장을 거쳐 현재 오늘의시조학회 부회장, 경남문인협회 부회장과 《시조시학》 주간을 맡고 있다. 시조집으로 《지금은 누군가 와서》《빈 배에 앉아》《네 사람의 얼굴》(공저) 《저녁 이미지》《사전을 뒤적이며》 등이 있으며, 비평집으로 《현대시조의 쟁점》《우수의 지평》이 있다. 1973년 〈지환〉〈고려양〉 등과 같이 고전적 사물에 대한 사랑의 언어로 작품을 쓰기 시작한 그는 1970~80년대의 정치 · 사회현실과 조우하면서 절제 있는 언어미학과 투철한 시대의식을 균형있게 형상화하는 데 주력했으며, 시조 비평에 남다른 열정을 쏟아 현장비평의 한 전범이 되었다. 1983년 제2회 중앙시조대상, 1985년 마산시문화상, 1990년 성파시조문학상, 1991년 정운시조문학상, 1994년 경남문화상, 1995년 제14회 중앙시조대상 등을 수상했다.

이우종 李祐鍾 1925~1999 시조시인. 호 유동流東. 충남 아산 출생. 동국대 국문과 및 동 대학원 졸업(1967). 1961년 《동아일보》 신춘문예에 시조 〈탑塔〉이 당선되어 등단했다. 이후 작품 활동을 하면서 1962년 《조선일보》에 〈현대시조작법〉의 연재를 시작으로 〈현대시조론〉〈한국이 요구하는 정형시〉〈현대시조의 오늘과 내일〉 등의 평론을 발표, 한국시조의 의미와 성격을 추구, 새로운 시조의 방향을 모색했다. 시조집으로 《모국母國의 소리》가 있고, 저서로 《가람시조론》, 공편 《현대시조작가 대표작전집》 등이 있다. 그의 초기 작품은 자연과의 교감에서 오는 생의 아름다움을 즐겨 노래했으나 후기에 들어서면서부터는 생활적인 제재에서 인생의 내밀을 구축하는 작업으로 일관되어 왔다. 특히 언어의 순수성은 독보적인 경지에 이르렀으며, 시조의 형식문제에 있어서는 전통적인 형식을 고수, 파격을 완강하게 거부했다. 1980년 한국문학상, 1988년 가람시조문학상, 1991년 국민훈장 목련장, 1993년 육당시조문학상, 1994년 황산시조문학상, 1995년 한국자유시인상 등을 수상했다.

이운룡 李雲龍 1938~ 시인 · 문학평론가. 전북대 국문과(1965) 및 한남대 · 조선대 대학원 졸업(1989). 1969년 《현대문학》에 시 〈방황의 시간〉〈아침에〉〈가을의 어휘〉 등이 추천되어 문단에 데뷔했으며, 1983년에는 《월간문학》에 평론 〈시와 자기부정의 변증법〉이 당선되었다. 이후 시 330편과 문학평론 118편을 문예지와 학회지 등에 발표했다. 한국문협 대의원, 국제펜클럽 한국본부 이사, 한국현대시인협회 중앙위원, 한국문학평론가협회 이사, 한국교원문인협회 부회장, 표현문학회 회장, 전북문인협회 회장 등을 역임했다. 현재 열린시창작회 대표, 중부대 교수로 재직 중이다. 특히 종합문예지 《표현》을 창간해 현재에 이르고 있으며, 열린시창작회 시강좌를 10여 년 지속하면서 후진양성에 힘쓰고 있다. 시집으로 《가을의 어휘》《밀물》《산불 · 산불》《이 가슴 북이 되어》《버버리의 노래》《사랑의 반지름》《성자, 반눈 뜨고 세상을 보다》《이운룡시전집》 등을 간행했고, 시론서에는 《시론》《존재인식과 역사의식의 시》《한국현대시사상론》《한국현대시인론》《한국시의 의식구조》《언어와 시정신》 등이 있다. 또한 대한민국예술원 발행의 《한국예술총집》 문학편I에 〈구상론-존재와 영원을 조명한 시〉, 문학편 IV에 〈박양균론-그 변증법적 노정과 존재의 건설〉 등이 수록되어 비평가로서의 면모를 과시했다. 그의 작품 활동은 1975년을 분기점으로 순수서정과 사회의식으로 양분된다. 이전의 시는 직관적 · 즉물적인 세계인식으로 일관하고 있으나, 이후부터 전인생적 · 전역사적 · 전사회적 총체성을 근간으로 인류에 기여하는 세계정신을 내포하고 삶의 가치를 선양하는 시문학의 본질에 접근하는 모습을 보여주었다. 따라서 사회적 경직성이나 불의한 현실을 비판하는 경향이 짙게 나타나 있지만, 언어의 형상성에도 결코 소홀하지 않은 시의 치열한 추구정신을 내재하고 있다. 한편 비평활동에 있어서는 시종일관 시비평의 본질인 '작품론'이나 '작가론'에 한정되어 있다. 1978년 전북문화상, 1988년 표현문학상, 1990년 전주시 풍남문학상, 1991년 동양문학상 · 백양촌문학상 · 서울신문향토문화대상, 1992년 한국문학평론가협회상, 1995년 모악문학상, 1998년 국민훈장석류장 등을 수상했다.

이원규 李元揆 1947~ 소설가. 인천 출생. 동국대 국문과 졸업(1974). 1984년《월간문학》신인상에 단편〈겨울 무지개〉가 당선된데 이어 1986년《현대문학》창간 30주년 기념 장편 공모에〈훈장과 굴레〉가 당선되어 등단했다. 휴머니즘을 바탕으로 순수소설을 쓰다가 1986년 베트남 전쟁을 다룬〈훈장과 굴레〉를 발표하면서부터 활발한 작품활동을 전개했다. 장편〈황해〉는 충분한 자료조사와 예리한 관찰력을 앞세워 이데올로기의 편견에 사로잡히지 않고 해방공간에 활약했던 사회주의자의 전형을 제시함으로써 사회주의와 사회주의자에 대한 맹목적 증오와 편견에 기초한 문단 세력에 저항하고 분단의식 극복에 기여했다는 평을 받았다. 1992년 고교 교사를 사직하고 전업작가로 나섰다. 여러 차례에 걸쳐 중국과 러시아 및 중앙아시아 지역을 답사하고 항일독립전쟁 반세기를 조명하는 대하소설 집필에 착수,《누가 이 땅에 사람이 없다 하랴》(전9권)를 출간했다. 이후 인하대에 출강해 소설창작을 강의, 현재 동국대 국어국문학부 겸임교수로 재직 중이다. 주요 작품으로 단편〈깊고 긴 골짜기〉〈바람은 강물을 안고 운다〉, 중편〈천사의 날개〉〈신열〉등이 있다. 작품집으로는《침묵의 섬》《황해》《깊고 긴 골짜기》《천사의 날개》《누가 이 땅에 사람이 없다 하랴》등이 있으며, 중국 및 러시아, 중앙아시아 답사기《독립전쟁이 사라진다》(전2권)를 출간했다. 등단 직후 인간존재의 근원을 파헤치는 경향으로 출발해, 장편〈훈장과 굴레〉, 중편〈천사의 날개〉등 베트남전 소재 소설들은 리얼리즘의 극치를 보여준다고 평가받았다. 80년대 후반부터는 분단소설로 전환, 분단 소설의 공간적 지평을 포구와 해양으로 확대했으며 진보에 대한 강한 열망을 온건하게 표현하는 작가라는 평을 듣고 있다. 박영준문학상, 대한민국문학상 등을 수상했다.

이원섭 李元燮 1924~ 시인. 호 파하巴下. 강원도 철원 출생. 혜화전문 졸업(1943). 1948년《예술조선》현상모집에 시〈기산부箕山賦〉〈죽림도竹林圖〉등이 당선, 1949년《문예》에 시〈언덕에서〉가 추천되어 등단했다. 이후〈마을〉〈아들은 돌아왔습니다〉〈향미사響尾蛇〉등을 계속 발표했다. 고교교사, 한국문인협회 이사, 한국현대시인협회 회장 등을 역임했다. 중국의 시경詩經, 당시唐詩, 불교사상 등의 영향을 강하게 받은 그의 시는 동양적 자연미의 재발견, 유수하고도 참신한 본연의 경지를 보여 큰 주목을 끌었다. 그의〈당시신역唐詩新譯〉은《현대문학》에 연재, 창작의 경지에까지 높인 최고의 한시漢詩 번역으로 평가를 받기도 했다. 첫 시집

《향미사》를 상재, 생활의 허망감을 동양적 사상으로 승화시킨 작품들이 많았다. 시집으로《법구경의 진리》《깨달음의 노래》등을 간행했다. 그는 서정적 · 의지적 경향으로 시 〈죽림도〉에서 세속을 떠난 대쪽같이 곧은 심성을 찬양하고, 죽림 속의 풍경을 소묘적으로 그려놓았다. 간결하고 일상적인 시어로 세속에 연연하는 마음을 초월하려는 굳은 의지와 함께 낭만적으로 유장한 세월을 표현하고 있으며, 〈향미사〉에서는 향미사를 자신에 비유하는 자아성찰을 통해 절망적인 현실상황을 극복하려는 의지를 표현하고 있다. 생활의 허망감을 동양적 사상으로 승화시키는 그의 시세계는 무위자연을 도덕의 표준으로 보며, 허무를 우주의 근원으로 삼는 노장사상과 이에 신선사상이 가미된 도교에의 경도에서 비롯된 것이라 평가된다. 다수의 번역서와 감상집이 있으며 1960년 한국문학가협회상을 수상했다.

이원수 李元壽 1911~1981 아동문학가. 경남 양산 출생. 마산상업학교 졸업(1930). 1926년 아동지《어린이》에 동요 〈고향의 봄〉이 당선, 이 동요는 홍난파洪蘭坡 작곡으로 우리 나라에서 가장 많이 애창되는 노래가 되었다. 1927년《기쁨사》의 동인이 되어 이때부터 활발한 동요 창작을 했다. 1949년 동화 〈숲속의 나라〉를《어린이나라》에, 소년소설 〈오월의 노래〉를《진달래》에 연재, 동요와 함께 동화 · 소년소설 등을 발표하기 시작했다. 문학단체에도 적극 참여해 한국문인협회 이사, 한국문인협회 아동문학분과위원장, 한국아동문학가협회 회장 등을 역임했다. 그의 작품은 초기 〈고향의 봄〉〈비누 풍선〉 등과 같이 율동적이며 감각적인 경향에서 1940년대 동시 〈어머니〉에 나타난 바와 같이 현실의식이 강하게 반영된 경향으로 변천되었다. 6 · 25 동란을 전후해 동요 · 동시보다는 동화 · 아동소설에 주력, 동화에 소설적 구성과 표현을 접합시킨 최초의 장편동화 〈숲속의 나라〉〈화려한 초대〉와 같이 현실을 직시한 고발적 사실주의 아동소설을 발표했다. 저서로 동요시집《종달새》, 그림동화집《봄잔치》《어린이나라》, 동화집《구름과 소녀》《이원수 작품집》《고향의 봄》등 다수의 작품집이 있으며 장편동화《숲속의 나라》, 소년소설《오월의 노래》등을 간행했다. 그는 외재율 중심의 재래적 동요에서 내재율 중심의 현실참여적 동시를 개척하고 산문문학으로서 장편동화와 아동소설을 확립하며 부단한 비평활동을 통해 아동문학 확립에 기여하는 등 문학사적으로 큰 업적을 남겼다. 한국문학가협회상, 대한민국예술상, 대한민국문학상 등을 수상했다.

〈고향의 봄 故鄕—〉 이원수의 대표적인 동시. 1926년《어린이》에 게재된 그의 대표작이다. "나의 살던 고향은 꽃피는 산골/복숭아꽃 살구꽃 아기 진달래/울긋불긋 꽃대궐 차리인 동네/그 속에서 놀던 때가 그립습니다." 초기 동요의 특색인 낭만주의적 향토미 추구를 엿볼 수 있는 작품으로, 홍난파에 의해 작곡되어 우리 국민의 애창곡이 되었다. 한국적 정서와 포근하고 아늑한 분위기를 느끼게 만드는 작품이다. 그러나 이 작품은 감상적 태도에만 빠져 있는 것이 아니라 현실직시와 일제 식민지하의 저항의식이 엿보이고 있다. 동시 〈헌 모자〉〈가시는 누나〉〈나무 간 언니〉 등의 작품이 현실직시의 태도를 담고 있다는 것만 보더라도 이원수의 동요 · 동시의 작품 세계가 단순히 감상적인 면만이 아님을 알 수 있다. 두 구절을 방정환이 손질한 것으로 알려져 있다.

〈숲속의 나라〉 이원수의 장편동화. 1947년 《어린이 나라》에 연재되었다. 환상적인 동화이면서 현실사회의 이상을 위한 지상의 유토피아를 형성하려고 한 작품으로 현실적인 세계에서 꿈의 나라의 실현을 위해 새로운 앞날을 그려나가고 있다. 민주주의적 자주독립과 자유 · 사랑 · 애국심의 바른 인식에 대한 교훈적 요소가 많으며, 특히 단순하게 어린이 생활의 묘사를 중심으로 한 생활동화풍에서 벗어나 소설적 구성과 기법을 원용한 동화로, 표현에 있어서는 소설적 방법을 썼으나 스토리 전개는 동화적인 기법을 썼다.

이유경 李裕憬 1940~ 시인. 경남 밀양 출생. 한국외대 불어과 졸업. 1959년 《사상계》 신인상 모집에 시 〈과수원〉이 당선되어 등단했다. 《현대시》 동인이며 주요 작품에 〈묘지墓地〉 〈가을에 돋은 작은 풀잎들의 노래〉, 장시 〈밀알들의 영가靈歌〉 등이 있다. 시집으로 《밀알들의 영가》 《하남시편下南詩篇》 《초락도草落島》 《우리들의 탄식》 《풀잎의 소리들》 등이 있다. 한편, 평론 · 시론 등도 발표했다. 그는 다양한 제재를 소화해 해학 · 풍자를 곁들인 현실의식과, 특히 현대에 있어서의 이상과 자아의 갈등에서 오는 이율배반적인 인간의 고뇌를 즐겨 표현했다. 1975년 한국시인협회상을 수상했다.

이유식 李裕植 1938~ 시인 · 소설가. 호 요한耀翰. 경기 안성 출생. 중앙대 · 서울대 · 성균관대 대학원 졸업. 1969년 《한국일보》 신춘문예에 시 〈원주민原住民〉이 당선되어 등단했다. 성균관대 · 강원대 · 청주대 강사 및 경기고 · 여의도고 · 덕성여고 · 수도여고 교사로 재직하며 창작을 병행했다. 한국현대시인협회 이사 역임. 주요 작품으로 시 〈안개의 성〉 〈흑인〉 〈알릿사에게〉 〈흑맥주〉 〈가을강〉 〈외진 웅덩이〉 〈눈 속에 핀 꽃〉 등이 있으며, 시집에 《원주민》 《높은 산에서 감춰진 바다를 보다》가 있다. 또한 장편 역사소설 《대파옥大破獄》(전2권), 《까마귀떼》(전2권) 등을 출간했다. 이밖에 문학연구 논문으로 〈광야의 목소리〉 〈시의 단절적 구조〉 〈우주로 통하는 어두운 방〉 등이 있으며 박사학위 논문으로 《김소월시 연구－공간구조를 중심으로》가 있다. 〈절정〉에서 노래한 바 그의 시집들은 "구천에 사무친/그리움으로" 씌어진 시편들로 엮어져 있다. 그것은 순간과 영원의 대화였으며, 진솔한 영혼의 속삭임이었다. 이 시편들이 일궈낸 세계는 그 구조에 있어서 이분법적 대립구조를 주된 특징으로 하고 있다. 천상적 이미지와 지상적 이미지, 영원적 이미지와 순간적 이미지, 빛의 이미지와 어둠의 이미지, 성령의 이미지와 악령의 이미지 등이 그것이다. 궁극적으로 그의 시세계가 지향하고 있는 바의 요체는 유폐되어 있는 '안개의 성' 으로부터 벗어나 감춰진 영원한 생명, 영원한 진리를 획득, 영원을 향해 가는 도정에 올라 진군함에 있다고 하겠다. 그 길에는 자아부정의 인고와 질곡과 곤핍이 뒤따르지만, 바로 거기 영원한 생명의 근원에서 솟구쳐 오르는 생수가 흐르며, 영생의 환희가 있다.

이유식 李洧植 1938~ 평론가 · 수필가. 호 청다靑多. 경남 산청 출생. 부산대 영문과 졸업(1964), 한양대 대학원(1983) 및 세종대

대학원 수료(1988). 1961년 《현대문학》에 평론 〈현대적 시인형〉과 〈프로메테우스적 인간상〉이 추천되어 등단했다. 한국문인협회 평론분과 회장 및 부이사장, 국제펜클럽 이사, 강남문인협회 초대회장을 역임했고, 현재 배화여대 교수, 한국문학비평가협회와 강남문인협회 명예회장, 강남문화원 이사직을 맡고 있다. 60년대에는 시비평, 70년대와 80년대에는 소설비평, 90년대에는 수필비평과 수필창작에 각각 주력해왔다. 대표 평론에 〈한국소설의 모두 · 종지부론〉 〈20년대 소설과 죽음의 결말〉 〈윤동주론〉 〈김성한론〉 〈박두진론〉 〈김광균시의 플롯구조원리〉 〈해외진출을 위한 우리 문학의 모형〉 〈수필의 벽과 그 극복의 길〉 등이 있으며, 평론집으로 《한국소설의 위상》 《우리 문학의 높이와 넓이》 《오늘과 내일의 우리 문학》 《흘겨보기와 예쁘게 보기》 《전환기의 새로운 길 찾기》가 있고, 수필집으로 《벌거벗은 교수님》 《노래》 《그대 떠난 빈자리의 슬픔》 등이 있다. 그의 비평은 해석적 · 구조주의적 접근경향을 띠고 있으며, 문학텍스트에서 이론을 연역해 내고 귀납하는 남다른 재능을 보여왔다. 학술적 평론보다는 실천비평에 주력해오면서 소설과 수필이론 정립과 작가론과 작품론 발표는 물론 현장비평가로서 장기간 소설 월평에도 적극성을 보였다. 냉철한 분석과 해석 그리고 평가를 통해 현장비평의 날카로움과 포용성을 견지하는 데 많은 노력을 기울였으며, 특히 90년대부터는 세미나 주제 발표자로서 그 진면목을 발휘, 우리 문학의 올바른 방향제시에 크게 이바지했다. 그의 비평이나 비평문체는 난삽성이나 경직성, 무미건조성을 잘 극복하고 있어 누구에게나 읽힐 수 있는 비평문학으로서의 길을 여는 데도 크게 이바지했다는 평을 받기도 했다. 1971년 현대문학상, 1983년 한국평론가협회상, 1995년 우리문학상 본상, 1997년 한국예총예술문화대상, 1998년 남명문학상 등을 수상했다.

이육사 李陸史 1904~1944 시인 · 독립운동가. 본명 원록源綠, 별명은 원삼源三. 원삼은 주로 가정에서만 불렀다고 한다. 경북 안동 출생. 백학학교와 보문의숙 · 교남학교를 다니고 1926년 북경 조선군관학교, 1930년 북경대 사회학과에 적을 둔 적이 있다 하나, 그 연도나 사실여부가 확인된 것이 아니다. 경력은 항일운동가로서의 활약이 두드러지는데, 1925년에 형 원기源琪, 아우 원유源裕와 함께 대구에서 의열단에 가입했으며, 1927년에는 장진홍張鎭弘의 조선은행 대구지점 폭파사건에 연루되어 대구형무소에 투옥되었다. 이밖에도 1929년 광주학생운동, 1930년 대구 격문사건 등 모두 17차에 걸쳐서 옥고를 치렀다. 중국을 자주 내왕하면서 독립운동을 하다가 1943년 가을, 잠시 서울에 왔을 때 일본 관헌에게 붙잡혀 북경으로 송치되어 1944년 1월 북경감옥에서 죽었다. 문단 활동은 조선일보사 대구지사에 근무하면서 1930년 1월 《조선일보》에 시작품 〈말〉과 《별건곤》에 평문 〈대구사회단체개관〉을 발표하면서부터 시작되었다. 그뒤 1935년 《신조선》에 〈춘수삼제春愁三題〉 〈황혼〉 등을 발표하면서 그의 시작 활동은 본격적으로 전개되었다. 시 외에도 한시 · 시조 · 논문 · 평론 · 번역 · 시나리오 등에도 손을 대어 재능을 나타내었다. 1937년 신석초申石艸 · 윤곤강尹崑崗 · 김광균金光均 등과 동인지

《자오선》을 발간해 〈청포도〉〈교목喬木〉〈파초芭蕉〉 등의 상징적이면서도 서정성이 풍부한 목가풍의 시를 발표했다. 생전의 유작 20여 편이 신석초 등의 문우들에 의해 1946년 《육사시집》으로 간행되어 나왔으며 이 시집은 이후 《청포도》《광야》 등의 제목으로 바뀌어 간행되기도 했다. 또한 그의 시와 산문을 총정리한 《광야에서 부르리라》가 1981년에, 《이육사전집》이 1986년에 출간되었다. 대표작이라 할 수 있는 〈광야〉와 〈절정〉에서 보듯이 그의 시는 식민지하의 민족적 비운을 소재로 삼아 강렬한 저항의 의지를 나타내고, 꺼지지 않는 민족정신을 장엄하게 노래한 점이 특징이다. 그의 작품은 대부분이 1935년을 전후해서 쓰여졌는데, 이때는 그가 중국과 만주 등지를 전전하던 때인 만큼 광활한 대륙을 배경으로 한 침울한 북방의 정조와 함께 전통적인 민족정서가 작품에 깃들어 있다. 또한 그의 시세계는 크게 〈절정〉에서 보인 저항적 주제와 〈청포도〉 등에 나타난 실향의식과 비애, 그리고 〈광야〉나 〈꽃〉에서 보인 초인의지와 조국광복에 대한 염원 등으로 나누어 볼 수 있다. 그의 생애는 부단한 육체적 고통과 빈궁으로 엮어진 행정行程으로, 오직 조국의 독립과 광복만을 염원하고 지조와 절개로써 일관된 구국투쟁은 민족사에 큰 공적으로 남을 것이다.

《육사시집 陸史詩集**》** 이육사의 유고시집. 1946년 서울출판사에서 간행했다. 육사가 죽은 지 2년 뒤에 아우 원조源朝가 시작품을 모아 엮었다. 아우 원조의 발문跋文과 신석초申石艸 · 김광균金光均 · 오장환吳章煥 · 이용악李庸岳 등의 공동 서문 외에, 〈황혼〉〈청포도〉〈노정기路程記〉〈아편鴉片〉〈호수湖水〉 등 작자의 시 20편을 수록했다. 육사의 아우 원조는 발문에서 육사의 요절을 비탄하고, 천년 뒤에 백마를 타고 오는 초인이 있어 이 노래를 부르게 될 날을 기다리면서 육사 생전의 친우들과 함께 산고散稿를 모아 엮었음을 밝히고 있다. 또한 친우들의 공동 서문에서 이야기하고 있듯 여기에 수록된 시편들은 구국항일투쟁으로 신산했던 육사의 생애가 요약되어 있다. 그의 작품은 대부분 수난 속의 민족에 대한 울분과 그것을 초극한 민족의 미래상에 대한 동경으로 점철되어 있다. 또한 육사의 시는 원초적 가열성과 시적공간의 확대를 특징으로 들 수가 있다. 이것은 그가 광활한 중국대륙을 내왕하면서 익혀진 공간의식과, 독립투사로서 일제에 대한 부단한 저항정신이 활화한 분노와, 생래의 초강한 의지력의 표상에서 온 것이다. 요컨대, 육사로서는 민족수난에 대한 울분과 그것을 초극한 민족의 미래에 대한 동경을 노래하고 있는 것이다. 육사의 시집은 1956년 범조사에서 재판본이 나온 것을 비롯해 《이육사전집》에 이르기까지 여러 차례 간행되면서 시작품 33편, 한시 3편, 소설 3편, 문학평론 및 서평 7편, 수필 10편, 시론 9편, 방문기 2편, 서간문 3편, 잡저 3편 등과 같이 대량 증보되고 있다.

〈청포도 靑葡萄**〉** 이육사의 시. 1939년 《문장》에 발표되었다. 〈광야〉〈꽃〉〈절정〉〈황혼〉 등과 함께 육사의 대표작으로 꼽힌다. 총 6연으로 구성되어 있으나, 내용상 크게 두 단계로 나누어볼 수 있다. 1~3연까지의 내용이 청포도가 익어가는 내 고장 칠월의 자연적 배경이라면, 4~6연까지의 내용은 청포를 입고 찾아오는 손님을 기다리는 작자의 마음으로 요약된다. 나라를 잃고 먼 이역 땅에서 고국을 바라보는 시적 자아의 안타까운 마음과 향수, 그리고 암울한 민족현실을 극복하고 밝은 내일에의 기다림과 염원을 노래하고 있다. 이 시에서 청포를 입고 찾아오는 '손님', 즉 '나'와 '그'에 대해서는 이론異論이 제기되고 있다. '손님'을 육사 자신으로 보고 분열된 한 영혼의 양면성을 지적하기도 하고, '손님'을 그대로 객체화해 민족적 현실의 극복을 염원하는 상징성을 강조하기도 한다. 아무튼 청포도를 먹게끔 마련된 식탁에서 정성스럽게 맞이할 손님은 청포를 입고 고달픈 몸을 이끌고 오는 귀한 존재로서 육사가 끝없이 기다리는 염원의 대상임에는 틀림없다. 향토색 짙은 서정적 시풍으로 민족 고유의 정서를 상징적이면서도 독특하게 노래해 당시 문단의 상당한 주목을 받았다. 이 시는 '청포도'라는 한 사물을 통해서 느끼는 작자의 고국으로 향하는 끝없는 향수와 기다림의 대상에 대한 염원을 주제로 하고 있다고 할 수 있다.

〈광야 曠野〉 이육사의 시. 육사의 후기를 대표하는 작품으로 육사 시비에도 새겨져 있으며 5연 15행의 자유시이다. 작자의 말년 작품으로 유고로 전해지다가 1945년 《자유신문》에 동생 원조에 의해 〈꽃〉과 함께 발표되었다. 그 뒤 시집에 계속 실린 바 있다. 이 시에는 까마득한 태초로부터 천고의 뒤까지 많은 시간이 압축되어 있다. 이런 시간관념과 마찬가지로 이 시는 공간의식도 무한히 확대되어 있다. 이러한 시간적인 무한성과 공간적인 광막성이 육사의 시로 하여금 남성적이게 하는 요인이 되고 있다. 육사의 이러한 시간의식과 공간의식의 확대는 그가 중국대륙을 내왕하는 동안에 얻어진 체험을 바탕으로 형성된 것인지 모른다. 태초 이래로 '끊임없는 광음'이 스쳐간 시간의 발자취와 모든 산맥들도 범하지 못한 광고하고 순진무구한 원형 그대로의 광야인 것이다. 이 시의 핵심은 4연과 5연에 집약되어 있다. 비록 가난하지만 시인이 소망하는 '노래의 씨'를 뿌려, 그것을 천고의 뒤에 백마 타고 오는 초인으로 하여금 부르게 하겠다는 것이다. 다시 말해서 삶을 거부하는 절망적 상황에서도 '매화향기'가 있고, 언젠가는 피어날 '노래의 씨'가 있어 그것을 불러줄 초인이 올 때 비로소 우리의 진정한 삶이 실현된다는 것이다. 요컨대 이 시는 일제하의 절망적 현실과, 고난을 극복하고 새로운 광명의 세계를 염원하는 의지와 시정신을 가진 작품이라 할 수 있다.

이윤기 李潤基 1947~ 소설가. 경북 군위 출생. 성결교신학대 수료. 1977년 《중앙일보》 신춘문예에 소설 〈하얀 헬리콥터〉가 당선되어 등단했다. 등단 이후 20여 년간 외국문학 번역에 주력해 200여 권에 이르는 번역서를 냈다. 본격적으로 작품 활동을 시작한 것은 1990년대 후반부터이다. 미국 미시간주립대 객원교수를 역임했다. 주요 작품으로 〈하얀 헬리콥터〉 〈햇빛과 달빛〉 〈구멍〉 〈숨은 그림 찾기1-직선과 곡선〉 〈진홍글씨〉 등이 있으며, 장편소설 〈햇빛과 달빛〉 〈하늘의 문〉 〈뿌리와 날개〉 〈나무가 기도하는 집〉 등과 소설집 《하얀 헬리콥터》 《나비넥타이》, 산문집 《무지개와 프리즘》 《어른의 학교》 등을 간행했다. 그는 작품을 통해 폭넓은 세계인식을 바탕으로 한 중후한 무게중심, 인문주의적 인식을 토대로 존재론적 천착을 시도하며, 전통적인 어법을 촌스럽지 않게 재현해내는 데 탁월한 작가로 평가받고 있다. 1998년 제29회 동인문학상을 수상했다.

이윤택 李潤澤 1952~ 시인. 부산 출생. 한국방송통신대 초등교육과 졸업(1979). 1979

년 《현대시학》에 〈천체수업天體修業〉〈도깨비불〉 등이 추천되어 등단했다. 《열린 시》 《현실시각》 동인으로 활동. 주요 작품에 시 〈시간〉〈깽판〉〈자유도시〉〈우리는 지금 제네바로 간다〉 등과 시론 〈시민문학론〉〈대중을 위한 시〉 등이 있다. 1996년 이후 서울예술대 극작과 교수로 후학을 양성하면서 연극운동을 해왔다. 시집 《시민》《춤꾼이야기》《막연한 기대와 몽상에 대한 반역》《밥의 사랑》 등과 평론집 《우리시대의 동인지 문학》《해체, 실천, 그 이후》《우리에게는 또 다른 정부가 있다》 등을 발간했으며, 장편소설 〈사랑의 방식〉도 상재했다. 이밖에도 〈우리는 지금 제네바로 간다〉〈단지 그대가 여자라는 이유만으로〉 등의 시나리오와 〈비닐하우스〉〈고래사냥〉〈우리시대의 리어왕〉 등의 희곡을 창작했으며, 많은 연극의 연출가로 활약하고 있다. 그의 작품들은 주로 현대사회의 소시민화에 대한 강한 저항과 문명비판을 통해 공동체적 삶, 자유정신을 되찾는 데 중점이 두어지고 있다. 1995년 대산문학상, 1996년 동아연극상 희곡상 등을 수상했다. 연극운동에 적극적으로 뛰어들어 그동안 한국적인 호흡법과 전통 춤, 창법 등을 바탕으로 독특한 연극연기론을 만들면서 우리 극의 전형을 모색해온 그는 1999년부터 경남 밀양을 거점으로 연극을 포함한 문화운동을 확산시켜나가고 있다.

이윤학 李允學 1965~ 시인. 충남 홍성 출생. 동국대 국문과 졸업. 1990년 《한국일보》 신춘문예에 시 〈청소부〉〈제비집〉〈달팽이의 꿈〉 등이 당선되어 등단했다. 시집으로 《먼지의 집》《붉은 열매를 가진 적이 있다》《나를 위해 울어주는 버드나무》 등을 간행했다. 그의 시들은 누추하고 범상한 일상사 속에서 삶의 근본적인 메시지를 읽어내는 데 능하다. 하나도 새로울 것 없는 일상에서 우리네 삶의 근원적인 비애, 끝내 채워지지 않는 욕망의 허망한 몸짓을 끄집어낸다. 삶의 덧없음을 엿본 자의 황량한 내면 풍경이 그의 작품들에 기조를 이루고 있다.

이은방 李殷邦 1940~ 시조시인. 호 옥천沃泉. 충북 옥천 출생. 서라벌예대 문예창작과를 거쳐(1962) 중앙대 사회개발대학원 및 신문방송대학원에서 매스컴학 및 출판학 전공(1981). 1969년 《조선일보》 신춘문예에 〈다도해 변경〉이 당선된 데 이어 같은 해 《시조문학》에 시조 〈천지초〉로 추천을 받아 등단했다. 작품집에 《채밀기》《바람꽃 우는 소리》《백두여 천지여》 등이 있다. 신선한 언어감각으로 전래의 토착적인 탐미적 시혼을 담고 있으며 온유한 현대적 감각으로 폭넓은 구조적 간결미를 구사해 시조의 개혁과 발전에 공헌했다는 평을 듣고 있다.

이은상 李殷相 1903~1982 시조시인 · 사학가. 호 노산鷺山. 경남 마산 출생. 연희전문 수료(1923), 일본 와세다대 사학과 수학. 1922년 시조 〈아버님을 여의고〉〈꿈을 깬 뒤〉 등을 발표하고 등단했다. 이후 〈봄처녀〉〈옛 동산에 올라〉〈가고파〉 등을 발표했다. 고유한 전통의 시형식인 시조의 현대화에 기여한 그는 이병기李秉岐와 쌍벽을 이루며 시조의 한 유형을 완성시켰다. 대부분의 작품이 작곡이 되어 가곡으로 불려질 만큼 전래의 시조형식을 현대적 운율로 소화해냈으며, 바로 그러한 특질이 이병기와 대비되고 있다. 대체로 다작多作과 가곡으로 불려지고 있음을 들어 문학적 평가에서 소홀한 듯한 경향도 있으나, 〈봄처녀〉〈가고파〉 등에서 발견할 수 있는 고전적 서정의 계승, 〈고지가 바로 저긴데〉〈동해송東海頌〉 등에서 이룩한 시조의 현대적 감각에 의한 재현 등으로 현대시조 부흥의 1인자로 지목받고 있다. 1932년에 나온 그의 첫 개인시조집인 《노산시조집》은 향수 · 감상 · 자연예찬 등의 특질로 집약된다. 광복 후 그의 시조는 국토예찬 · 조국분단의 아픔 · 통일에의 염원 · 우국지사들에 대한 추모 등 개인적 정서보다는 사회성을 보다 강조하는 방향으로 기울어갔다. 이러한 작품들은 《푸른 하늘의 뜻은》과 마지막 작품집인 《기원祈願》에서 절정을 이루었다. 그는 한때 주요한朱耀翰에 이어 두번째로 양장시조兩章時調를 실험해 시조의 단형화를 시도한 바도 있으나, 말기에 이르러서는 오히려 음수가 많이 늘어나는 경향을 띠었다. 사학가이자 수필가이기도 한 그는 해박한 역사적 지식과 유려한 문장으로 국토순례기행문과 선열의 전기를 많이 써서 애국사상을 고취하는 데 힘썼다. 광복 후에는 문학보다 사회사업에 더 많이 진력했다. 그밖의 저서로는 시문집 《노산문선》《노산시문선》 등과 수필집으로 《무상無常》, 사화집으로 《조선사화집》과 기행문집 등이 있고 다수의 전기를 남겼다. 1964년 예술원문화공로상, 1969년 대통령상, 1970년 대한민국국민훈장 무궁화장, 1973년 5 · 16민족상 예술부문본상 등을 수상했다.

〈가고파〉 이은상의 시조. 1932년 서울에서 쓴 작품으로 10수 연작으로 이루어졌다. 작자가 문단에 데뷔한 지 10년 만에 쓴 작품인 만큼 시상과 시어구사가 이전의 작품과는 달리 자기세계를 이루고 있다. 시의 소재가 진부하고 되풀이되기 쉬운 것이었음에도, 시제에서부터 전편에 흐르는 언어의 생동감은 깊은 호소력을 지니고 있다. 1930년대 시인의 공통적인 시의 주제이기도 한 잃어버린 조국에 대한 외침이 유년의 아름다움, 옛날의 기억, 그리고 장소의 평화로운 풍경 속에 그 무엇보다도 고향이 고향다울 수 없는 일제하의 실향의식으로 시화되고 있다.

이응창 李應昌 1906~1973 시인 · 아동문학가. 호 창주滄洲. 대구 출생. 경성사범 졸업(1926). 일제시대에 초등학교 교사로 재직하면서 작품을 쓰기 시작, 1929년 《석양잠자리》 등의 프린트판 동시집 4권을 발간하는 등 동요 · 동시의 창작에 주력했다. 광복 후 《죽순》 동인으로 문단에 데뷔한 후로는 작품 활동보다 아동문학의 보급과 글짓기 장려 등 아동문화운동에 진력, 대구아동문학회를 주축으로 다양한 업적을 남겼다. 주요 작품으로는 〈실버들에 배를 매니〉〈전원생활〉〈과수원〉〈푸른 대지〉 등이 있으며, 작품집으로는 시집 《길》, 동시집 《고추잠자리》, 수필집 《가꾸는 마음》《기다리는 마음》 등이 있다. 초기에는 전통적 7 · 5조의 외형률에 동심적 감상주의의 경향이 짙은 작품을 썼으나, 광복 후부터는 정형률의 탈피를 시도하면서 아동의 건강한 생활상을 익살스럽게 표현하는 경향을 보였다.

이인복 李仁福 1937~ 평론가. 인천 출생. 숙명여대 국문과 졸업(1960), 전남대 대학원 및 숙명여대 대학원 졸업. 가톨릭교리신학원 졸업(1996). 1969년 《현대문학》에 〈나도향론〉을 발표하면서 등단했다. 1960년부터 10여 년간 중 · 고교에서 교직생활을 했으며, 이후 숙명여대 교수를 역임했다. 현재 한국국어국문학회 현대문학분과 이사, 한국여류문인협회 이사, 국제펜클럽 한국본부 국제교류분과위원, 한국문학비평가협회 회장으로 활동하고 있다. 주요 평론으로 〈한국여류시의 전통〉〈한국문학에 나타난 죽음의식 연구〉〈언어의 새로움과 정신의 새로움〉〈시인들의 방황과 의식의 자유〉〈세 가지 유형의 고향 이미지〉〈응징과 보상의 사회윤리확립과 그 시대적 사명〉 등 다수가 있다. 저서에는 《한국적 사실주의의 양상》《한국문학에 나타난 죽음의식의 사적 연구》《문학과 구원의 문제》《한국문학사상사》《문학의 이해》 등 18권과 다수의 역서 및 영문저서가 있다. 그의 평론은 작품의 주제 추구와 그 주제가 독자의 인생에 미치는 영향에 천착해 다분히 구원론적 목적의 창조비평적인 경향을 띤다는 평가를 받기도 했다. 1987년 동포문학상, 1989년 대한민국문학상, 1990년 오늘의 여성상 등을 수상했다.

이인성 李仁星 1953~ 소설가. 경남 진해 출생. 서울대 불문과 및 동 대학원 졸업(1981). 1980년 《문학과 지성》에 중편 〈낯선 시간 속으로〉가 추천되어 등단했다. 무크지 《우리 세대의 문학》 동인으로 활동, 현재 서울대 불문과 교수로 재직 중이다. 주요 작품에 중편 〈길, 한 20년〉〈지금 그가 내 앞에서〉〈그 세월의 무덤〉〈그는 왜 그럴 수밖에 없었을까〉 등과, 단편 〈유리창을 떠도는 벌 한 마리〉〈편지쓰기〉〈당신에 대해서〉 등이 있다. 작품집에는 《낯선 시간 속으로》《그 세월의 무덤》《한없이 낮은 숨결》《마지막 연애의 상상》《강 어귀에 섬 하나》 등이 있고 몰리에르 연구서 《축제에 관한 희극》이 있다. 이인성의 소설은 대체로 강한 실험성을 보여주고 있다. 문단 등단작인 〈낯선 시간 속으로〉는 한 젊은이의 자아 탐색 과정에서 벌어지는 정신적 방황과 좌절, 그리고 귀환이라는 전통적인 성장소설의 플롯에 바탕을 두고 있음에도 불구하고 시점의 중첩, 시제의 혼용, 환상과 현실의 교차와 같은 실험성 짙은 서술기법이 특징적인 작품이다. 〈그 세월의 무덤〉〈길 한 20년〉〈지금 그가 내 앞에서〉 등과 같은 초기 소설은 자기를 둘러싸고 있는 외부세계에 대해 관심을 갖지 않고 모든 문제를 자신의 인식 내부로 환원시키는 유아론적 현실 인식을 보여준다. 그러나 〈당신에 대해서〉〈당신의 심문에 대한 나의 자기진술〉 등에 이르면서 이처럼 개인적 의식 속에 유폐되어 있던 의식은 타자의 발견으로 나아간다. 이 작품들에서 작가는 '또 다른 나'를 작품 속에 등장시켜서 서술자인 '나'와 치밀한 논쟁을 벌이도록 함으로써 작가 자신의 모습을 적나라하게 드러낼 뿐만 아니라 독자들의 낡고 관습적인 의식에 충격을 주고자 시도하고 있다. 이러한 '소격효과'를 통해 독자들의 의식을 고양시키고 아울러 자신의 의식도 확장시킴으로써 진정한 의미의 대화를 시도하고 있다. 1989년 한국일보문학상을 수상했다.

〈낯선 시간 속으로 —時間—〉 이인성의 중편소설. 1980년 《문학과 지성》 봄호에 발표되었다. 주요 등장인물은 군대에 있을 때 자기를 버리고 친구와 사랑에 빠진 여자 때문에 상처를 입고 자살하러 미구시로 가지만 결국 새 활력을 얻어 서울로 돌아오는 '나'와 그런 '나'의 애인 '너'이다. 이 작품의 가장 큰 특색은 서술방법의 독특성에 있다. 여기서 서술은 몇 겹으로 이루어진다. 서술되어진 것이 또다시 서술되어짐으로써 이전의 서술행위 자체가 또 다른 서술의 대상이 된다. 서술행위는 서술의 대상인 사건으로 전환한다. 따라서 화자의 서술행위 자체를 작품의 중요한 사건 중의 하나로 편입시킨다. 그것은 활자의 다양한 사용, 행의 배열, 의식에 대한 탐구 등으로 나타나고 있는데, 이같은 특색은 이 작품을 1980년대의 가장 실험적인 소설로 평가하게 한다.

이인직 李人稙 1862~1916 신소설작가 · 언론인 · 신극운동가. 호는 국초菊初. 경기도 이천 출생. 1900년 관비 유학생으로 일본 도쿄정치학교 수학. 1906년 《만세보》 주필이 된 후 최초의 신소설 〈혈血의 누淚〉를 동지에 발표하면서 많은 작품을 썼다. 만세보가 운영난에 빠지자 이완용李完用의 힘을 빌어 그 시설을 매수, 《대한신문》을 창간해 사장이 되었다(1907). 이때 최초의 국립극장이요 황실극장이었던 협률사 자리에 원각사를 세워 우리 나라 창극唱劇의 창시자가 되었다. 주요 작품으로는 〈혈의 누〉(1906)를 비롯해 〈귀鬼의 성聲〉 〈치악산雉岳山〉(1908) 상편과 〈은세계銀世界〉 〈모란봉牡丹峰〉(1913) 등이 있다. 특히 〈혈의 누〉는 처녀 장편소설로서 본격적인 신소설의 효시에 해당되는 작품이다. 이 작품은 청일전쟁으로부터 10여 년간의 옥련의 삶을 통해 자주독립, 신교육, 신결혼관, 국제 세력의 인식, 봉건성의 탈피 등 새로운 주제를 제시했으나, 표면적인 주제의식과 내면적인 형상화간의 괴리가 있는 점이 지적될 수 있다. 바로 후편에 해당하는 〈모란봉〉은 그러한 주제의식이 후퇴해 평범한 애정소설에 머물고 만다. 한편 〈귀의 성〉 〈치악산〉은 처첩의 비극과 갈등, 고부간의 불화를 통한 봉건적 윤리 비판, 가부장제의 모순, 양반과 상민간의 신분갈등, 관료의 학정과 비호를 비판적으로 제시한 계몽소설로서, 참신하지는 않으나 사회비판적 현실반영, 장면이나 사건의 세부묘사, 문장의 입말체 등 근대소설적인 성격을 보여주고 있다. 또한 〈은세계〉는 관료층의 수탈과 학정에 대한 고발정신, 민요의 풍자적 삽입 등 이야기의 현실성에 있어 적절성을 얻었고, 객관적 관점이 살아난 작품으로 신소설 중 가장 뛰어난 작품의 하나로 손꼽힌다. 1910년 한일합방이 조인될 때 이완용을 도왔고, 타이쇼 천황의 즉위식에 헌송문을 바치고 경학원의 사성을 지내는 등 친일적인 과오를 범했으나, 최초의 신소설가요, 최초의 민간극장을 세우고 연극운동을 했으며, 창극의 창시자로서, 초창기 문학에 크게 기여했다.

〈혈의 누 血一淚〉 이인직의 신소설. 상편은 1906년 《만세보》에 연재되었고, 하편에 해당되는 〈모란봉〉은 1913년 《매일신보》에 연재되다가 미완성으로 끝났다. 이 소설 이전에도 유명 · 무명의 신소설이 있었으나 문학적 수준이나 가치로 보아 일반적으로 이를 최초의 신소설이라고 보고 있다. 1894년 청일전쟁이 평양 일대를 휩쓸었을 때, 일곱 살 난 여주인공 옥련이는 피난길에서 어버이를 잃고 부상했으나 일군日軍에 구출되어 이노우에 군의軍醫의 호의로 도일한다. 일본에서 그녀는 이노우에 군의의 아내를 의모로 정하고 오사카에서 소학교를 다니는데, 뜻밖에 이노우에 군의는 전사하고 의모는 변심해 옥련을 구박하니, 갈 바를 모르고 방황하던 중 구완서를 만나 함께 미국으로 건너가 워싱턴에서 유학한다. 그곳에서 아버지 김관일을 만나 아버지의 입회하에 구완서와 약혼을 한다. 그후 평양에서 옥련의 어머니는 죽은 줄만 알았던 딸의 편지를 받고 크게 기뻐한다. 작가가 이 소설에서 주장하고자 하는 것은 교육 권장과 향학열 고취, 남녀평등 의식 고취, 자유결혼 주장, 그리고 중국 배척과 친일 의식 고취 등이라 할 수 있다. 그러나 그 주제들이 강렬하게 부각되지는 못했고, 다만 외부적인 국제관계나 사회환경에 의해서 초래되는 한 가정의 비극을 내용으로 해 애정문제를 다루는 것에 그쳤다. 고대소설에서 근대소설로 발전하는 과정에서 교량의 역할을 했다는 데 그 의의가 크다.

〈**귀의 성** 鬼一聲〉 이인직의 신소설. 1906년 《만세보》에 연재되었고, 1907년 황성광학서포에서 상편의 초판이 간행, 1908년 중앙서관에서 하편 초판이 출간되었다. 갑오경장 이후 몰락해가는 양반계급의 이면을 폭로하는 한편, 지배계층의 가렴주구에 반발하는 피지배층의 생활을 그려 저류에 흐르는 현실의 반영 및 항거의식이 잘 나타나 있다. 또한 비복婢僕들의 신분제도에 반발, 기성 법률과 관습에서 벗어나 자유로운 인간의 존엄성을 찾으려는 자의식이 강하게 그려진 작품이다. 구소설이 고진감래의 인생관이나 권선징악적 윤리관에 얽매어 결말이 해피엔딩인 것에 반해, 이 작품은 객관적인 사건의 진행을 다루었다는 점과, 구소설이 대개 스토리에만 힘을 기울여 사건의 발전이나 심리묘사 등에는 관심을 두지 않았으나 이 작품은 다양한 사건을 전개한 점 등에서 당시 소설의 일대 혁신이며 진보라고 할 수 있다. 그러나 구소설에서 벗어나 신소설로 접근하려는 참신성에도 불구하고 너무도 뿌리 깊은 구소설의 교착력이 그대로 작용하고 있어, 이 작품은 구소설에서 신소설로 이행하는 과정의 과도기적 소설로 그치고 말았다는 평가를 받는다.

〈**은세계** 銀世界〉 이인직의 신소설. 1908년 동문사에서 간행되었다. 상권만이 전하며 하권의 유무는 확인되지 않고 있다. 봉건지배층의 정치적인 부패에 따른 백성에 대한 가렴주구, 이에 항거하는 민중의 반항의식, 고루한 봉건체제를 혁신하기 위한 개화사상 등이 이 소설의 주제이다. 작자의 정치이념을 표현한 정치소설로, 표지에 '신연극'이라 적혀 있으며 같은 해 11월 원각사에서 상연되었고, 1914년 2월 혁신단에 의해 재상연되었다. 강릉 두메산골에 사는 최병도는 김옥균의 감화로 구국의 일념을 품고 그 밑천을 위해 부지런히 일해 재물을 모은다. 그러나 그 재물을 빼앗기 위해 억지 죄를 씌운 강원감사에게 저항하다가 모진 고문에 죽게 된다. 이에 충격을 받은 부인은 유복자 옥남을 낳은 뒤 정신이상에 걸리고, 최병도의 친구 김정수가 재산관리 및 옥순·옥남 남매를 맡게 된다. 그러나 미국유학 도중 김정수가 아들 때문에 파산하고 죽어버리자, 옥순 남매는 자살을 시도한다. 하지만 자살이 미수에 그친 이들은 미국인의 도움으로 졸업한 뒤 곧 귀국하자, 어머니는 정신을 회복해 상봉하게 되고 모두 함께 불공드리러 갔다가 의병을 만난다. 이에 옥남이 그들을 설득하다가 잡혀가는 데에서 이야기는 끝난다. 극도로 부패된 당시 봉건관료의 학정을 관념에서가 아니라 최병도라는 불굴의 반항의식을 가진 강인한 성격의 주인공을 내세워 전개했고, 학정에 시달린 백성들의 저항이 마침내 봉기로 이어지는 사건전개 등 신소설의 주제면에서 가장 우위에 놓이는 작품이다. 그러나 이 작품은 전반부의 강렬한 저항정신과는 달리 후반부의 외세영합적 순응태도가 괴리를 보임으로써, 저항과 순응이라는 당시 상반된 현실인식의 동시적 투영이거나 전반 · 후반이 서로 다른 소설이라고 보는 견해들을 가능하게 한다.

〈치악산 雉岳山〉 이인직의 신소설. 1908년에 간행된 상권과 1911년 김교제金敎濟에 의해 간행된 하권의 두 권으로 된 장편 신소설이다. 이 작품은 재래적인 구소설의 가정비극에서 한 걸음 발전해 봉건적 · 보수적 가정과 진보적 · 개화적 가정을 대조시켰고, 몰락해가는 봉건사회의 배경 속에서 노비와 상전을 둘러싼 현실의 한 단면을 보여주고 있다. 계모를 중심으로 한 가정 비극에 개화풍조가 함께 얽혀진 작품으로서, 주제는 계모의 박해, 고부간의 갈등, 갑오경장 이후의 신 · 구 대립, 신교육관의 고취, 미신타파 및 노복 등 하층계급의 반발의식이 다각도로 다루어져 있다. 특히 계모문제의 비극성은 전통적인 우리 나라 가부장제 가정의 근본적인 문제로서, 고대소설 이후 거의 유형화된 소재이다. 그러나 이 작품이 재래적인 가정비극에만 머물지 않고, 고대소설의 타성에서 벗어난 것은 보수적인 가정과 진취적인 가정의 대조를 보여주는 동시에, 몰락해가는 봉건사회의 배경 속에서 노주奴主를 싸고도는 현실의 단면을 반영하는 한편 신교육의 필요성을 주장하고 실천한 점에 있다고 할 수 있으며, 근대소설적인 의의 또한 여기에서 발견될 수 있는 것이다.

〈모란봉 牡丹峰〉 이인직의 신소설. 1913년 2월 5일부터 《매일신보》에 연재되었으나 미완으로 중단되었다. 〈혈의 누〉의 하편에 해당, 〈혈의 누〉의 주인공 옥련의 17세 이후 즉 귀국 후의 일을 기록한 것이라고 할 수 있다. 새로 등장한 서일순으로 인해 미국에 있는 약혼자 구완서와의 사이에 삼각 애정의 각축이 벌어지고, 그 사이에 서숙자라는 모해자가 등장하는 등, 고전소설적인 사건전개를 보인다. 〈혈의 누〉가 개화사상을 내세워 다분히 동적인 사건전개를 한 데 비해 이 작품은 남녀의 애정문제에 초점을 맞추어 정적인 사건전개로 펼쳐지는 것이다. 1910년대 이후 신소설의 통속화 양상을 보여주는 것으로 나름대로의 의의를 지닌다 할 수 있다.

이인화 1966~ 소설가 · 평론가. 본명 유철균柳哲鈞. 대구 출생. 서울대 국문과 및 동 대학원 수료. 1988년 《문학과 사회》에 〈양귀자론〉으로 추천받아 평론활동을 시작해 100여 편에 가까운 문학평론을 썼고, 1992년 〈내가 누구인지 말할 수 있는 자는 누구인가〉로 제1회 작가세계문학상에 당선되어 소설을 쓰기 시작했다. 현재 이화여대 국문과 교수로 재직 중이다. 장편소설 〈영원한 제국〉 〈인간의 길〉(제1부 · 전3권) 〈초원의 향기〉(전2권) 등을 발간했으며, 편저에 《이문열연구》, 역서에 《한국과 그 이웃나라들》 등이 있다. 1999년 현재 《문화일보》에 장편 〈아득한 날들을 돌아보라〉를 연재하고 있다. 그의 소설적 관심은 지나간 역사를 재조명 · 재구성하는 데 있는 것으로 보이며, 〈인간의 길〉에 대해서도 작가는 '이 소설을 위해 주로 터키, 러시아, 몽골에서 자료를 모았다. 고문간과 아란두의 사랑을 고구려 신성시대의 비밀을 간직한 고대의 밀의종교, 동방교의 운명 속에 전개시키고 싶었기 때문이다. 이 소설에 나오는 동방교는 고구려의 고대신화를 유목문명의 눈으로 재구성한 고대종교이다. 나는 이 동방교를 통해 고구려문명이라 부를 수 있는 독자적인 가치관의 원천을 탐구하고자 했다' 고 밝히고 있다. 1995년 오늘의 젊은 예술가상, 1996년 한 · 중청년학술상, 2000년 이상문학상 등을 수상했다.

이장희 李章熙 1900~1929 시인. 호 고월古月, 1920년에 장희樟熙로 개명했으나 필명으로 장희章熙를 사용한 것이 본명처럼 되었다. 대구 출생. 일본 교토중학 졸업. 1924년 《금성》에 시 〈청천靑天의 유방乳房〉 〈실바람 지나간 뒤〉 등을 발표하면서 등단했다. 이후 주로 《조선문단》에 시를 발표하다가 지나친 쇠약과 고독과 갈등으로 1929년 11월 대구 자택에서 음독자살했다. 주요 작품으로는 〈봄은 고양이로다〉 〈석양구夕陽丘〉 〈동경憧憬〉 〈청천의 유방〉 〈봄철의 바다〉 〈눈은 나리네〉 〈하일소경夏日所景〉 등이 있다. 그의 시는 사후 1951년 청구출판사에서 간행된 백기만 편의 《상화尙火와 고월古月》에 실린 11편만 전해지다가 1970년대 초반부터 그의 시연구가 본격화되면서 《봄과 고양이》 《봄은 고양이로다》 등의 두 권의 전집에 그의 유작이 총정리되었다. 이장희의 시편에 나타난 시적 특색은 섬세한 감각과 시각적 이미지, 그리고 계절의 변화에 따른 시적 소재의 선택에 있다. 대표작 〈봄은 고양이로다〉는 다분히 보들레르적 발상법을 바탕으로 하고 있는데, '고양이'라는 한 사물이 예리한 감각으로 조형되어 생생한 감각미를 보이고 있다. 이 시는 작자의 순수지각에서 포착된 대상인 고양이를 통해서 봄이 주는 감각을 집약적으로 표현하고 있다. 1920년대 초반의 시단은 퇴폐주의 · 낭만주의 · 자연주의 · 상징주의 등 서구문예사조에 온통 휩싸여 퇴폐성이나 감상성이 지나치게 노정되어 있었음에도 불구하고, 그의 시는 섬세한 감각과 이미지의 조형성을 보여줌으로써 바로 뒤를 이어 활동한 정지용鄭芝溶과 함께 한국시사에서 새로운 시적 경지를 개척했다.

〈봄은 고양이로다〉 이장희의 시. 1924년 5월 《금성》에 발표되었다. 이 작품은 그의 예리한 통찰력과 직관, 감각적 형상능력에 의해 초기 시단 형성과정에서 순수 · 감각시의 새로운 가능성을 암시하는 한 계기를 마련해준 작품이라 할 수 있다. 왜냐하면 이장희의 시는 1920년대의 심정적인 관념시를 1930년대 모더니즘의 감각시로 연계시키는 한 모멘트가 된 것으로 풀이되기 때문이다. 고양이는 작자의 시에 가장 특징적으로 등장하는 시적 대상이다. 그것은 때로 작가의 감정이 이입된 상징물로서, 아니면 단순한 묘사의 감각적 대상으로서 나타난다. 〈봄은 고양이로다〉는 후자에 가깝다. 고양이의 털 · 눈 · 입술 · 수염을 통해 봄의 향기 · 불길 · 졸음 · 생기가 느껴지는 감각적 요소를 시로 형상화하고 있음은 거의 완벽한 경지라 할 수 있다. 고양이의 속에서 봄이, 봄 속에서 고양이가 조화롭게 융합되는 모습과 함께 그들이 생생하게 살아 움직이는 것을 감지할 수 있다. 이 시는 1920년대 초기 시단에서 감각적인 특성을 잘 보여준 대표적인 작품의 하나라 할 수 있다.

이재선 李在銑 1936~ 평론가 · 국문학자. 경북 의성 출생. 서울대 국문과 및 동 대학원 졸업(1962). 1961년 《서울신문》에 평론 〈비유와 시적 표상〉이 입선된 후 한국현대문학을 문예학에 입각해 실증적 · 비교문학적 · 분석적으로 연구하고 있다. 영남대 교수, 하버드대 객원교수를 거쳐 현재 서강대 교수로 재직 중이다. 주요 논문으로 〈신소설의 서술구조론 시고〉 〈개화기 역사문학의 저항정신〉 등이 있으며, 저서에 《한국개화기소설연구》 《한국근대문학연구》 《한국단편소설연구》《한국문학의 지평》《한국문학의 주제론》《현대한국소설사》 등이 있다. 그는 문학연구에서 작품의 실증적 검토와 실증주의적 분석을 토대로 작품이 당대의 시대적 상황과 어떻게 대응·교환하는가의 문제를 집중적으로 검토하고 있다. 특히 문학이 하나의 담론이라는 시각을 견지하면서 서술적 측면에서 접근한 것은 우리 문학연구에서 매우 선도적인 것으로 평가된다. 특히 개화기 신소설의 형식과정에 대한 다양한 사적연구, 개화기 소설의 수사학적 고찰, 단편소설의 사적 전개사 정립, 한국 현대소설의 체계사 정립 등 한국문학 연구를 단순한 실증적 연구 분석 차원에서 작품의 미학성까지 문제삼고 이를 통시적으로 그 가치를 규명하려고 시도한 점 등이 중요한 업적으로 평가받고 있다.

이재철 李在徹 1931~ 시인·아동문학가. 호 사계史溪. 경북 청도 출생. 경북대 졸업, 동 대학원(1959) 및 단국대 대학원 국문과 졸업(1978). 1960년 《자유문학》에 시 〈산맥에서〉 〈도산부陶山賦〉 〈밤길〉 등이 추천되어 등단했다. 대표시로 〈치과에서〉 〈탁상시계〉 〈가을단상〉 〈산맥에서〉 〈에델바이스〉 등이 있다. 등단 이후 서정성과 인생의 원형적 패턴을 보이는 동양적 취향과 서구적 교양을 중화시키려는 시작 활동에 주력했으나, 1963년 대구교대의 교수로 있으면서 아동문학연구의 필요성을 절감하고 아동문학 이론서인 《아동문학개론》과 《한국현대아동문학사》를 출간, 아동문학의 공시적·통시적 연구에 개척적 업적을 남겼다. 또한 아동문학 비평작업에도 주력, 1976년에는 계간지 《아동문학평론》을 간행해 평론부재의 무풍지대를 일소하려고 노력했다. 단국대 및 대구교대 교수를 역임했고, 한국아동문학 학회장, 아시아 아동문학회 공동회장 등을 맡고 있다. 주요 저서로는 시집 《석상의 노래》 《비상 그 이후》 《나목裸木의 고향》 등이 있으며, 논저에 《아동문학개론》 《아동문학의 이해》 《한국현대아동문학사》 《한국아동문학작가론》 등 다수와 수필집 《에델바이스의 철학》 등이 있다. 그의 시는 현생現生, 죽음, 재생再生의 원형적 패턴을 지니고 있으며, 서정적 리리시즘에서 삶과 죽음에 대한 휴머니스틱한 사고를 형상화하고 있다고 평가받았다. 1963년부터 시작한 아동문학 연구는 통시적·공시적 연구에까지 미쳐 한국아동문학을 이론적으로 개척·정립했으며, 1990년 아시아 아동문학의회를 창설한 이후부터는 한국아동문학의 국제교류에 힘써 1997년 세계아동문학대회를 개최하는 등 대외적 교류에 크게 기여하고 있다. 1968년 경북문화상, 1984년 일석학술상, 1988년 소천아동문학상, 1989년 불교아동문학상, 1994년 서울시민상, 1999년 경북대동문상 등을 수상했다.

이재현 李在賢 1940~ 극작가. 평양 출생. 서울대 사범대 및 동국대 대학원 연극학과 졸업. 1965년 희곡 〈바꼬지〉가 국립극장 장막희곡 모집에 당선되어 등단했다. 주요 작품으로 〈해 뜨는 섬〉 〈학鶴마을 사람들〉 〈내 거룩한 땅에〉 〈포로들〉 〈성웅 이순신〉 등이 있으며, 희곡집으로 《비목》 《화가 이중섭》 등을 간행했다. 작품 경향은 서정적인 기법으로 이상향을 갈망하는 인간의 본성을 추구하되 현실의 사회문제와 시사성 등을 현실 그대로 비판하므로 연극행위의 사회참여라고 할 수 있겠다. 제3회 한국연극영화예술상 신인상, 제5회 동아연극상 대상을 수상했다.

이정록 李楨錄 1964~ 시인. 호 한사寒沙. 충남 홍성 출생. 공주대 한문교육과 졸업(1985). 1989년 《대전일보》 신춘문예에 〈농부일기〉가 당선된 데 이어 1990년 《한길문학》 신인상에 시 〈아이들에게〉 〈감자꽃이 피기 전에 북을 돋워주세요〉 등이 당선, 1993년 《동아일보》 신춘문예에 시 〈혈거시대穴居時代〉가 당선되어 문단에 데뷔, 본격적으로 작품 활동을 시작했다. 《비무장지대》 동인으로 활동. 현재 홍성여고 교사로 재직 중이다. 《벌레의 집은 아늑하다》 《풋사과의 주름살》 《버드나무 껍질에 세들고 싶다》 등 3권의 시집과 시우화집 《발바닥 가운데가 오목한 이유》를 발간했다. 그는 작고 여린 생명들의 숨결을 열고 들어가 그곳에 꿈틀거리는 생명성을 노래한다. 세상을 순환론적이고 유기적인 것으로 파악해, 그것을 미세한 관찰을 통해 거시적 통찰까지 이르는 작품을 많이 발표했다. 그의 상상력은 그렇게 해서 아직은 우리 곁에 펄펄 살아 있는 자연의 힘을 채집해 퇴락한 사물들에게 생동감 넘치는 생기를 부여한다. 1998년 대산문화재단 창작기금을 수혜받았다.

이정호 李定鎬 1906~1938 아동문학가·아동문화운동가. 호 미소微笑. 천도교소년회 회원으로 일찍부터 아동문화운동에 참가, 개벽사 입사 이후 소파 방정환方定煥을 도와 《어린이》 《신여성》 등의 잡지를 편집하는 한편, 최병화崔秉和·연성흠延星欽 등과 함께 아동문학 연구단체인 별탑회를 조직해 아동문학운동에 진력했다. 동요 〈망두석 재판〉, 동화 〈아가씨와 요술 할멈〉 〈농부와 토끼〉 〈이상한 연적〉 〈정의는 이긴다〉 등 개작 전래동화와 창작동화 등을 발표했으며, 아미치스 원작 〈사랑의 학교〉 등 외국작품 번역과 동화구연 활동에 치중, 주로 전설·민담·시사·과학문제 등 잡문을 통한 아동문화사업의 일환으로 작가생활을 일관했다. 저서로 《세계일주동화집》이 있다.

이제하 李祭夏 1937~ 시인·소설가. 경남 밀양 출생. 홍익대 서양화과 중퇴. 1957년 《현대문학》에 시 〈설야〉 〈노을〉 등이 추천되고, 1958년 《신태양》 현상공모에 단편 〈황색강아지〉가 당선, 1960년 《한국일보》 신춘문예에 단편 〈손〉이 당선되어 등단했다. 시집 《저 어둠 속 등燈 빛들을 느끼듯이》와 창작집 《초식》 《기차·기선·바다·하늘》 등과 문학선집 《밤의 수첩》 등을 간행했다. 시에서는 〈내 마을 12월의 골목〉 〈자정〉 〈밤〉 〈강설〉 등을 통해 독특한 자의식의 내면탐구를 시도, 즉물적 심리의 연상작용으로 독특한 환각적 상징의 이미지를 구사하는 미학을 보여주었으며, 소설에서는 일상적 인간의 생활과 사고를 뒤엎는 강렬한 자의식을 바탕으로 내면적 리얼리즘을 추구했다. 구체적인 줄거리, 명백한 주제를 배제하고, 회화적인 문체와 시적인 상징 또는 초현실적 암유를 극도로 활용하는 그의 소설은 따라서 매우 난해하다는 평가를 받는다. 전통적 기법을 파기하는 그의 이같은 실험은 오히려 경이로운 효과를 통해 잔인한 현실의 진상을 충격적으로 전달해주고 있다. 환상적·자기분열적 묘사는 오히려 독자에게 무한한 상상력을 자극시켜 인간의 내면과 혼란스러운 세계, 인간과 외부의 응고된 관계에 대한 공포감을 야기시켜준다. 1985년 제9회 이상문학상, 1987

년 제20회 한국일보문학상을 수상했다.

〈초식 草食〉 이제하의 단편소설. 1972년 《지성》에 발표되었다. 주인공 '나'의 부친 서광남은 선거 출마에 열심이었고, 출마할 때마다 채식을 시작하는 얼음 도매업자이다. 선거 운동원이래야 아들만이 유일할 뿐이다. 도수장 주인은 민주의 실체로 오인된 인물로 묘사되어 있다. 정치적 광기와 혁명의 열풍, 폭력의 위압과 군중의 맹목, 인간의 무력과 허망한 목적을 위한 무의미한 노력들이 줄거리가 제거된 고도의 상징으로 변용되어 모자이크되었다. 이제하의 소설은 구체적인 줄거리나 명백한 주제를 배제하고 초현실적 비유를 많이 사용하기 때문에 난해하다는 느낌을 준다. 그는 전통적 소설기법을 파기하고 사건과 인물을 추상적으로 묘사하는데, 작자 자신은 이것을 '환상적 리얼리즘'이라 말하고 있다.

〈나그네는 길에서도 쉬지 않는다〉 이제하의 단편소설. 1985년 《현대문학》에 발표되었고 같은 해 이상문학상을 수상했다. 인간 삶을 지배하는 것으로서 샤머니즘적 요소를 도입해 삶의 한 단면을 보여준 단편이다. 주요 등장인물은 죽은 아내의 뼛가루를 들고 동해안을 찾아가는 '그'와 기업체 회장 노인을 간호하다 무당으로부터 신내림을 받는 간호원이다. 1983년 12월 중순, 물치 삼거리에서 잠깐 선 속초발 삼척행 일반버스에서 그는 내린다. 버스에서 같이 내린 사내 서넛은 등산을 구실삼아 엽색행각을 나온 패거리인 듯, 젊은 여자들과 실랑이를 벌이던 중 그에게 함께 투전판에 낄 것을 제의한다. 또 식당집 중늙은이는 그를 여든이 넘었다는 노인과 무표정한 얼굴의 간호원에게 데려가 환자인 노인을 목적지에 데려다주면 사례하겠다는 제의를 한다. 그러나 그는 그 제의를 거부한다. 투전판이 벌어진 여관에서 전화호출을 받은 그는 몰려드는 피로 때문에 혼자 곯아떨어졌는데, 그에게 전화를 했던 바로 그 여자가 새벽에 심장마비로 죽고, 공무원 운운하는 사내들의 선심 때문에 그는 그 현장으로부터 벗어날 수 있게 된다. 그는 노인을 휴전선 부근까지라도 데려다준 후, 소양강 배편으로 춘천을 거쳐 서울로 갈 작정을 하나 그들은 이미 새벽에 원통을 향해 떠나버린 후였다. 그는 진작 처분했어야 할 아내의 뼈를 들고 지나간 일들을 회상한다. 그는 꺼림칙한 기분으로는 그냥 돌아갈 수 없다는 심정으로 원통행을 강행한다. 노인의 조카 일행이 노인을 업고 떠나버리자, 그는 간호원과 함께 밥을 먹기 위해 여관에 든다. "나이 서른에 물가에서 관棺 셋 짊어진 사람을 반드시 만난다. 그 사람이 전생의 네 남편이다"란 소리를 전에 들어왔던 간호원의 몸이 허무하게 무너져온다. "길에서 이러면 이 여자도 죽어"라고 중얼거리며 그는 그 방에서 빠져나온다. 아침에 그가 그녀를 데리고서 맞벌이할 각오로 서울을 향해 배를 타러 나왔을 때, 굿판이 벌어지고 있던 배 난간 근처에서 그녀는 무당에게 신내림을 받는다.

이주홍 李周洪 1906~1987 소설가·아동문학가. 호 향파向破. 경남 합천 출생. 1925년 《신소년》에 동화 〈뱀새끼의 무도舞蹈〉가, 1929년 《조선일보》 신춘문예에 단편 〈가난과 사랑〉이 입선되어 등단했다. 이후 50여 년 동안 소설을 비롯해 수필·시·희곡·동화·동시·중국고전의 번역 등 여러 분야에 걸쳐 왕성한 작품

활동을 해왔다. 그의 소설은 노경에 접어들면서 더욱 원숙하고 관조의 깊이를 더해갔는데, 역사적 체험에 대한 통찰, 현실문제에 대한 직시, 인생 제반문제에 대한 관심 등이 결코 격앙되지 않고 치밀한 구성과 논리적으로 정확한 문장, 객관적 묘사의 방법을 통해서 침착하고 세련되게 작품화했다. 주요 작품으로 단편 〈완구상〉〈김노인〉〈늙은 체조교사〉〈유기품〉〈불시착〉, 중편 〈어머니〉〈아버지〉가 있다. 작품집으로는 《조춘早春》《해변》《풍마風魔》《어머니》 등이 있으며, 《진달래를 주제로 한 명상》 등 5권의 수필집과 고전소설의 번역 등이 있다. 동화집으로 《못난돼지》《비 오는 들창》《청개구리》《아기곰 형제》 등을 간행했고, 동시집 《보리밭에서》《현이네 집》 등과 다수의 소년소설집을 출간했다. 그의 작품들은 동화와 소년소설에서의 사실성을 기조로 한 해학과 기지·풍자로 엮어지는 대중적 성격을 띠고 있거니와, 이것이 진실로 다가오는 것은 무리없는 구성과 사실성이 작품 속에 흐르고 있기 때문이다. 또한 그의 작품에는 아동세계에 대한 관조가 나타나고 있다. 특히 아동소설에서 어린이 외면생활 묘사에 나타나는 사실적인 박진성은 이주홍 문학의 장점으로 평가되고 있다. 부산시문화상, 경남문화상, 대한민국예술원상, 불교아동문학상, 대한민국문학상 등을 수상했다. 1981년 이주홍아동문학상, 1987년 이주홍문학연구상이 제정되었다.

〈**완구상** 玩具商〉 이주홍의 단편소설. 1937년 《조선문학》에 발표되었다. 이 작품이 발표되던 당시는 한국의 사회운동도 하강기에 접어들어 항일투쟁단체가 거의 모두 해산된 무렵이다. 사회운동가였던 주인공은 동지들이 비참하게 분산될 무렵 완구상을 열고 평범한 일상인으로 돌아오려 한다. 하지만 그의 소박한 꿈은 냉혹한 현실 앞에서 좌절되고 만다. 그는 자본의 부족과 경험의 미숙으로 인해 적자를 감당해낼 수 없어 마침내 가게의 문을 닫고 고향으로 돌아온다. 장사란 독하게 해야 한다는 신조에서 고향친척이 찾아와도 밥 한술 똑똑히 대접하지 못하고 골목의 아이들이 노상 가게 앞에 붙어서서 장난감을 탐내고 있을 때도 외면하고 가게를 유지하는 데에만 안간힘을 쏟았다. 결국 돈 잃고 인심마저 잃은 뒤 남은 것이라고는 이사가는 날 등에 업힌 아이가 불고 있는 귀떨어진 나무피리 하나뿐이다. 이 소설은 이처럼 일제하의 암울한 민족현실을 그리고 있다. 리얼리즘을 바탕으로 식민지 현실을 그려냄으로써 주인공의 좌절에 대해 슬픔과 연민을 자아내게 한다. 한 사회운동가의 몰락은 한 개인의 몰락이 아니라 민족 구성원 전체의 참담한 몰락을 보여주는 것으로 이해할 수 있다.

〈**피리부는 소년** 一少年〉 이주홍의 장편 아동소설. 1957년 세기문화사에서 발간. 농촌을 배경으로 펼쳐지는 농촌 아동들의 발랄한 생활상이 작자 특유의 해학적 문장에 의해 유머러스하게 펼쳐져 있다. 작자는 이 작품에서 아동들의 개성 하나하나를 예리하게 파헤치고 있으면서도 결국은 하나같이 착한 사람들로 변모해 간다는 점을 강조하고 있다.

이주훈 李柱訓 1919~ 아동문학가. 호 아석啞石. 황해도 연백 출생. 양정고보 중퇴. 1938년 《매일신보》에 동화 〈순이와 짱아〉가, 1940년 경성중앙방송국 현상문예에 아동극 〈새길〉이 입선되어 등단했다. 1953년 휴전을 전후해 비로소 신문·잡지를 통해 작품을 발표하기 시작, 1956년 교직을 떠나

《소년조선일보》를 비롯한 여러 잡지에 관계하면서부터 본격적인 작품 활동을 전개했다. 저서로는 아동소설집 《앵두 할머니》《밤톨 삼형제》《풍금 속 나라》 등이 있다. 기독교적인 사랑 · 희생 · 봉사의 정신과 현실을 극복하려는 자세로 따뜻한 정감의 세계를 즐겨 묘사했다. 1980년 대한민국문학상을 수상했다.

이준관 李準冠 1949~ 시인 · 아동문학가. 전북 정읍 출생. 전주교대(1969) 및 고려대 교육대학원 졸업(1990). 1971년 《서울신문》 신춘문예에 동시 〈초록색 크레용 하나로〉가 당선, 1974년 《심상》 신인상에 시 〈풀벌레 울음송頌〉 외 2편이 당선되어 등단했다. 초 · 중 · 고 교사로 오랫동안 재직했으며, 추계예대 문예창작과에서 아동문학을 강의했다. 1970년대 《신감각》 동인으로 왕성한 작품 활동을 전개하면서 신예시인으로 주목받았으나, 1980년대에는 작품 활동을 중단했다. 1990년대 작품 활동을 재개하면서 자연친화적인 시를 주로 써 시단의 주목을 받았다. 아동문학에서는 동시 운동에 적극 참여하면서 동시의 문학성 · 예술성을 높이는 데에 기여했다. 시집으로 《황야》《가을 떡갈나무숲》《열 손가락에 달을 달고》가 있고, 동시집으로 《크레파스화》《씀바귀꽃》《우리 나라 아이들이 좋아서》《3학년을 위한 동시》 등이 있다. 시에서는 자연현상과 그로 말미암은 감각 · 정서 · 일 등을 주된 글감으로 삼아 자연과 인간의 화락의 세계를 추구하고 있다. 또한 이 땅의 맑고 아름다운 자연과 사람, 민족정서를 촘촘히 그려내고 있다. 전원의 세계를 서정적인 필치로 아름답게 노래하고 있는 그의 시는 전통적인 자연 서정시의 맥을 계승하고 있다. 아동문학의 경우, 초기에는 주로 자연을 소재로 자연의 아름다움을 노래하거나 시적인 이미지로 표현했으나, 후기에는 어린이들의 생활과 심리를 소재로 동화적인 분위기를 살린 쉽고 재미있는 동시를 쓰고 있다. 1973년 창주아동문학상, 1978년 한국아동문학작가상, 1979년 대한민국문학상, 1991년 김달진문학상 등을 수상했다.

이준연 李俊淵 1938~ 아동문학가. 호 동촌童村. 전북 고창 출생. 서라벌예대 문예창작과 졸업(1962). 1961년 《한국일보》 신춘문예에 동화 〈인형이 가져온 편지〉가 당선되어 등단했다. 동화 창작에 40여 년 동안 전념, 한국아동문학가협회 부회장 등을 역임했고, 현재 한국아동문학인협회 이사, 세종아동문학회 회장, 강서문인협회 고문 등으로 일하고 있다. 동화집으로 《인형이 가져온 편지》《마음의 꽃다발》《바람을 파는 소년》《감나무골 로봇》《까치를 기다리는 감나무》《꽃신을 찾는 어머니》 등과 장편동화집 《세발강아지》《도깨비나라 로봇대통령》, 소년소설 《철새들의 고향》《엄마야 달이 뜬다》 등을 비롯해 70여 권의 창작동화집과 50여 권의 한국전래동화집이 있다. 그는 과학문명의 발달로 사라져가고 파괴되어가는 우리의 문화와 전통과 풍속과 인정을 사랑하고 아끼는 순수동화를 쓰는 작가이다. 그의 작품 세계의 바탕은 '사랑'이다. 인간과 인간의 사랑, 인간과 자연의 사랑, 인간과 동식물간의 신뢰와 사랑이 작품의 주제를 이루고 있다. 그는 자연처럼 순수하고 아름다운 동화를 많이 써서 서구화되어가는 우리 어린이들을 한국의 어린이로 자라게 하는 것이 희망이라고 말하고 있다. 1962년 신인예술상, 1975년 문학창작상, 1979년 한국아동문학상, 1980년 세종아동문학상, 1982년 한국어린이도서상, 1983년 해강아동문학상, 1985년 대한민국문학상, 1993년 한국불교아동문학상, 1994년 방정환문학상, 1998년 어린이문화대상 등을 수상했다.

이진호 李鎭浩 1937~ 아동문학가. 호 천등天燈. 충북 충주 출생. 청주대 국문과 졸업. 1965년 《충청일보》 신춘문예에 동시가 당선된 데 이어 1970년 《카톨릭 소년》에 동시 〈보릿고개〉 외 2편이 추천을 받아 등단했다. 1971년에는 《소년중앙》 문학상에 동시가 당선되기도 했다. 한국아동문학회 부회장, 한국문인협회 이사, 한국글사랑문학회장 등으로 활동했다. 동시집으로 《꽃잔치》 《날줄과 씨줄》 《생각 속에서》 《좋아졌네》 《새마음》 《지구를 돌리는 아이》 《나뭇잎 하나》 외 다수가 있고, 동화집으로 《금빛 날개를 단 아기코끼리》 《선생님 그럼, 싸요?》 《앞으로 앞으로》 《숙이와 할아버지》 《짹돌이와 짹순이》 등이 있다. 그의 작품들은 혼탁한 기성세대의 현실을 탈피하고 순진무구한 어린이의 순결한 마음을 자연과 결부시킨 새롭고 참신한 삶을 추구한다. 특히 리드미컬한 동요조의 시가 많고 전국 157개교의 교가를 작사했으며 건전가요 〈좋아졌네〉, 진중가요 〈멋진 사나이〉 등 노래가 된 시가 많다. 1979년 한정동아동문학상, 1989년 한국아동문학작가상, 1996년 한국아동문화대상 등을 수상했다.

이창동 李滄東 1954~ 소설가. 대구 출생. 경북대 국어교육과 졸업. 1983년 《동아일보》 신춘문예에 중편 〈전리戰利〉가 당선되어 등단했다. 《오월문학》 동인으로 활동, 1981년부터 1987년까지 교직 생활을 했다. 이후 창작에 전념해 〈용천뱅이〉 〈운명에 관하여〉 〈녹천에는 똥이 많다〉 〈늙은 연인의 노래〉 등 꾸준히 작품을 발표했다. 1994년 이후 영화계에 투신, 일련의 시나리오 작업과 연출 작업을 병행하고 있다. 장편 〈지상의 사랑〉을 《영남일보》에, 〈새벽의 아이들〉을 《경인일보》에, 〈늙은 연인의 노래〉를 《국제신문》에 연재했다. 창작집으로 《소지燒紙》 《전리》 등을 발간했다. 1992년 〈녹천에는 똥이 많다〉로 제25회 한국일보창작문학상을 수상했다.

이창옥 李昌玉 1938~ 수필가. 호 운연雲淵. 전북 장수 출생. 원광대 대학원 국문과 수료(1983). 1983년 《월간문학》에 수필 〈희평산의 나무와 어머니〉를 발표하면서 작품 활동을 시작했다. 《전북수필》 주간을 역임. 수필집에 《갈꽃 길섶 이야기》 《우리가 남겨야 할 이야기》 《흐르는 것이 물뿐이랴》 《우리 오늘 불빛이 되어》 《이땅에 사는 뜻은》 등 다수가 있으며, 논문집으로 《염상섭 삼대三代 연구》가 있다.

이채우 李採雨 1920~ 국문학자 · 소설가. 호 천봉天峰, 본명 능우能雨. 충남 보령 출생. 서울대 국문과 및 동 대학원 졸업. 1955년 《현대문학》에 〈노을〉을 발표, 1956년 동지에 단편 〈선회旋回〉로 추천을 받아 등단했다. 이후 〈할미꽃〉 〈약혼기約婚記〉 〈항거抗拒〉 〈자유연상〉 〈상황〉 등의 작품을 발표했다. 작품집으로 《이채우단편선》을 간행했다. 그는 주로 6 · 25동란을 주제로 상처입고 핍박받은 인간상을 주정적인 면에서 다루었는데, 소설문장에서 처음으로 과거완료형을 쓴 특이한 문체를 이룩했다. 숙명여대 교수로 있으면서 문학박사 학위를 획득, 국문학연구에 진력해 많은 평론과 논문을 발표했다. 주요 평론으로 〈상대上代의 정화情火〉 〈이조의 희시가戲詩歌〉 〈국문학의 형태〉〈가사와 자유시〉 등이 있고, 저서로 《국문학개설》과 《이조시조사》 등이 있다. 주로 고시가에서의 문학적 특징을 천명해내는 데 주력해 서지적 · 실증적 연구태도를 극복했다.

이철범 李哲範 1930~ 평론가. 함남 혜산진 출생. 동국대 영문과 및 동 대학원 졸업. 1953년 《연합신문》에 평론 〈현실과 부조리의 철학〉을 발표하면서 본격적인 평론생활을 시작했고, 이어 동인지 《현대의 온도》를 발간해 모더니즘 경향의 시를 썼다. 1954년부터 1959년 사이에 〈역사의식과 비평정신〉〈현대시의 위상〉〈네오 클레시시즘의 시론詩論〉 등을 발표, 주로 평론에 주력했다. 1950년대에는 일제하에서의 식민지 저항의 문제와 해방 후 민족분열의 현실에 대한 역사의식을 분석 · 비평했고, 또한 그것을 실존의식으로 파악하는 데 비평이론의 근거를 두었다. 이어 비평의 황무지, 특히 국제적인 교류가 없었던 1950년대 우리 문단에 영미英美의 현대비평을 소개하고, 《세계문학개관》《현대문학의 구조》 등의 역서를 냈다. 평론집으로 《이 어두운 분열의 시대》《분단의 현실과 한국문학》《폭풍 속의 비둘기》 등과 그밖의 저서 《한국신문학대계》(전3권)가 있다. 특히 그의 《한국신문학대계》는 1970년에서 1972년 사이에 간행된 저서로서 문학사적으로 저술, 일제 36년간의 식민지적 상황을 침략에 대한 민족투쟁의 역사로 파악하고 그 투쟁의 과정에서 한국문학은 과연 무엇을 했는가 하는 점을 정치 · 문학의 측면에서 고찰한 데 특색이 있다.

이철호 李喆鎬 1941~ 수필가 · 소설가. 호 경암景庵. 경기도 의정부 출생. 동국대 국문과를 졸업(1962)하고, 경희대 한의학과 및 동 대학원 한의학과 졸업(1977). 1962년 《문예》에 소설 〈배리〉를 발표, 1972년 《현대문학》에 수필 〈숫자의 개념〉을 발표해 등단했다. 한국문인협회 수필분과회장, 한국수필가협회 부회장, 펜클럽 이사, 서울시의원 및 문화교육위원회 위원장 등을 역임했으며, 현재 한국문인협회 부이사장으로 활동하고 있다. 대표 소설로 〈소설 이제마〉〈겨울산〉〈야누스의 고뇌〉〈잃어버린 자유계약〉〈똥털영감의 꿈〉 등이 있고, 단편소설집 《타인의 얼굴》, 수필집 《무상연가》《환자와의 대화》《생활이 나를 속일지라도》 등을 출간했다. 40년 동안의 문학생활을 통해 장편소설 6권, 단편 30여 편, 수필집 10권, 기행집 3권, 방송극 4편 등을 냈다. 그의 작품 속에는 전체적으로 일관되게 문학과 인생에 대한 애정이 깃들어 있다. 삶의 질곡 속에서 보태어지는 고통의 무게를 문학적 추리력과 상상력을 동원해 오늘을 살고 있는 현대인들의 아픔을 담담하게 그려내고 있다. 그의 작품 속에서의 등장인물들은 거의 다 불행한 사람들이다. 소설의 세계를 가리켜 인간성의 탐구와 옹호에 있다고들 하지만 그 인간성이란 말이 범박한 의미의 인간성이라기보다 인간성의 어둡고 괴로운 면을 가리키는 말이다. 이런 점에서 그는 꾸준히 그 세계를 파헤쳐가며, 깊이 있는 작품활동을 하고 있는 성실한 작가로 평가받고 있다. 1986년 국민훈장 목련장, 1986년 한국수필문학상, 1989년 한국문학상, 1990년 노산문학상, 1991년 한국전쟁문학상, 1994년 국민훈장 동백장, 1994년 한국평론가협회상, 1995년 후광문학상 등을 수상했다.

이청준 李清俊 1939~ 소설가. 전남 장흥 출생. 서울대 독문과 졸업(1966). 1965년 《사상계》 신인작품 모집에 단편소설 〈퇴원退院〉이 당선되어 등단했다. 이후 단편 〈임

부姙婦〉〈줄〉〈무서운 토요일〉〈굴레〉 등을 발표, 신인으로서의 작가적 지반을 확고히 했다. 이 시기 소설의 인물들은 대개 새롭게 변모된 현실 속에서 자기 삶의 근거나 명분 같은 것을 발견하지 못한 채 소외된 모습으로 나타난다. 1970년대에 접어들면서 이청준은 광기로 치닫는 파행적인 의식을 집중적으로 다루는데, 대표적인 작품이 〈쓰여지지 않는 자서전〉과 〈소문의 벽〉〈조율사〉〈황홀한 실종〉 등이다. 이들 작품에서 그는 개인에게 고통과 절망을 안기는 외부세계의 억압적 요인을 당시 한국사회의 여러 정황과 은유적으로 연결짓고 있다. 1976년 발표된 장편소설 〈당신들의 천국〉은 이런 계열의 작품이 발전해 이룬 뚜렷한 성취라 할 만한데, 그는 소록도 나환자 병원의 이야기를 통해 억압없는 진정한 천국의 가능성을 묻고 있다. 1973년에는 연작소설 〈언어사회학 서설〉의 제1편으로 〈떠도는 말들〉을 발표하고, 그것을 시발로 해서 비슷한 주제의 글들을 연속적으로 발표하는데, 〈자서전들 쓥시다〉〈지배와 해방〉〈가위눌린 말〉 등이 그것이다. 여기서 다루어지는 내용은 말의 기능과 속성, 그 양상들이거니와, 작가는 책임과 실체를 가지지 못한 소문의 말들이나 전화의 혼선이 빚어내는 듯한 무의미한 말의 접속을 그려낸다. 1976년부터는 일련의 '남도 소리' 연작이 발표되는데, 삶의 고뇌와 애환이 절절이 배어 있는 남도 소리는 작가에게 고향 그 자체이자 진정한 말의 자유가 실현되고 있는 순수영역이었다. 이 시기 〈서편제〉〈남도 사람〉〈다시 태어나는 말〉 등이 발표되었다. 창작집으로 《별을 보여드립니다》《소문의 벽》《당신들의 천국》《예언자》《낮은 데로 임하소서》《키 작은 자유인》《인간인》《흰옷》 등 다수가 있으며, 1998년에는 《이청준 문학전집》(전28권)이 간행되었다. 한국 현대소설사에서 가장 지적인 작가 중 한 사람으로 기록될 이청준의 문학적 탐험은 1980년대를 거쳐 오늘에 이르기까지 그 긴장을 잃지 않고 있다. 개인과 사회, 복수와 용서, 갈등과 화해, 자유와 금기, 실존과 계율 그리고 고통과 기원 등의 대립적 가치들은 이청준의 오랜 문학적 화두였거니와, 그는 이들을 진정 조화로운 관계 속에 놓기 위해 반성과 질문을 그치지 않고 있다. 동인문학상, 대한민국문화예술상, 한국일보문학상, 이상문학상, 중앙문예대상, 대한민국문학상, 이산문학상, 대산문학상, 21세기문학상 등을 수상했다. 1998년에는 그의 단편 10편을 모아 독일어로 옮긴 소설집 《불의 여자(Die Feuer frau)》가 오스트리아의 레지덴츠 출판사에서 출간됐다.

〈병신과 머저리 病身―〉 이청준의 단편소설. 1966년 《창작과 비평》에 발표되었고 다음 해, 동인문학상을 수상했다. 외과의사인 형이 수술 중 한 소녀를 숨지게 한 후 병원일을 팽개치고 소설을 쓴다고 틀어박히면서부터, 화가인 '나' 역시 화폭을 메우지 못하고 형이 쓰는 소설에 관심을 가진다. 형은 6 · 25 사변 중, 오관모라는 포악하고 잔인한 중사와 늘 그에게 학대를 받아 온 김일병과 함께 산중의 동굴에 낙오된다. 오관모는 부상을 입어 아무 쓸모없게 된 김일병을 죽이고 탈출할 것을 제의한다. 형은 오관모의 잔인성에 불쾌해 하는 동시에, 김일병의 어쩔 수 없는 무력감에 그가 죽어도 좋다고 생각한다. 관모의 행위에 대한 방관을 자기의 살인행위로 받아들이는 형의 약한 신경에 분노를 느낀 '나'는, 형 대신 펜을 들어 형이 김일병을 죽여 버린 것으로 형의 소설의 결말을 맺는다. 이튿날, 나의 화실에 나타난 형은 자신 있는 태도로 내가 오랫동안 그리지 못하고 있는 그림을 찢어버리고 나와 헤어진 애인 혜인의 결혼식장에 간다. 집에 돌아온 나는, 내가 쓴 부분을 잘라내고 자신이 끝을 맺은 형의 소설을 본다. 형이 죽인 것은 관모였다. 혜인의 결혼식에서 돌아온 형은 나의 착각을 꾸짖고, 한편 혜인의 결혼식에서 관모의 모습을 보았다고 한다. 나는 혜인의 말대로 형이 6 · 25의 전상자라는 것, 뚜렷한 형체의 아픔을 가지고 있고, 그 아픔이 오는 곳이 어딘지를 알고 있으며, 형은 그 아픔 속에서 이를 물고 살아왔음을 깨닫는다. 그러나 나는 나의 아픔이 어디서 오는 것인지, 아픔이 오는 곳이 없는 나의 환부는 어디인지를 생각하게 된다. 6 · 25동란을 전쟁터에서 겪은 형과 그보다 어린 세대에 속하는 아우의 각기 다른 고민을 대조시키며 그려낸 이 작품은 두 사람의 체험이 아무 상관없이 병치된 두 개의 이야기가 아니라, 서술상의 여러 소도구의 현명한 활용을 통해 서로 얽혀 서로의 내용을 더해주면서 혼연한 한 개의 이야기로 형성되어 있다. 그 결과 형의 체험은 그것 자체로서 보다 흥미롭게 읽히며 설화자인 아우의 체험의 일부를 이루어 아우의 자기 이해에 이바지하게 된다. 이 작품은 이청준의 작품 세계를 잘 나타내준 단편으로 평가되고 있다.

〈소문의 벽 所聞—壁〉 이청준의 중편소설. 1971년《문학과 지성》여름호에 발표되었고, 1972년 민음사에서 동일한 제목의 단행본으로 출간했다. 현실과 이상, 예술과 생활의 양극성이 첨예하게 노출된 대표작 중의 하나이다. 이 작품에서는 박준이라는 젊은 작가가 막상 써야 할 소설은 쓰지 못하고 광인행각에 떨어지게 되는 현실상황과 그 정신의 아픈 궤적이 다루어지고 있다. 항상 진실을 진술하도록 천형天刑지워져 있는 작가가 외부의 압력 때문에 그것이 좌절될 때 그는 미치지 않고서는 존재하지 못한다. 이 소설에서 외부의 압력은 주인공의 기억 속에 남아 있는 정체 모를 전짓불을 통해 보편화되고 있다. 6 · 25동란 때 경찰과 공비가 번갈아가며 장악했던 한 마을의 어린아이에게 "어느 편이냐"를 요구했던 공포의 전짓불, 그 앞에서 그는 언어를 상실했던 기억을 갖고 있다. 그는 그 전짓불에 대한 소문들로부터 해방되려고 일부러 정신이상자가 되어 병원으로 들어가지만, 어느 한 구석에도 숨을 길이 없는 전짓불의 추격과 일순간도 회피할 수 없는 담당의사의 고정된 질문으로 그는 정말 미쳐서 병원을 뛰쳐나가고 만다. 이 작품은 진실된 이상을 추구해나가는 예술가와 왜곡된 현실의 억압상황에서 나타나는 갈등문제가 어떻게 해석되어야 할 것인가를 진지한 어조로 독자들에게 묻고 있으며, 독자 스스로 그 대답을 성찰하도록 만들고 있다. 따라서 이러한 물음의 가치가 마멸되지 않는 한 이 작품의 진지성은 보편적 가치를 지닐 수밖에 없는 것이라 하겠다.

〈당신들의 천국 當身—天國〉 이청준의 장편소설. 1974년 4월부터 이듬해 12월까지 《신동아》에 연재되었다. 이 작품은 군부가 정권을 잡은 5 · 16 후의 소록도 나환자 병원을 배경으로 전개된다. 새로 부임해온 의무장교 조백헌 대령이 사심없이 이 절망의 땅 소록도를 천국 같은 땅으로 만들려고 온갖 지혜와 노력을 다 쏟았으나 결국 실패하는 이야기를 중심으로 작품이 엮어져 있다.

작품은 3부로 나누어져 있는데, 1부는 현역 대령인 조백헌이 소록도 병원장으로 취임, 그곳 환자들에게 새로운 천국을 만들어 주기 위해 득량만 매몰 공사에 착수해 그것이 어느 정도 이루어지는 21개월 동안의 나환자와의 싸움을 그리고 있으며, 2부는 천국을 만드는 데서 야기되는 배반의 사건이 중심을 이루면서 매립공사를 둘러싼 9개월간의 조원장의 정신적 방황을 그린다. 그리고 소설의 대단원을 이루게 되는 3부는 배반으로 인한 실패를 극복하기 위한 다른 대안을 제시하면서 조원장이 섬을 떠난 지 5년이 지난 후의 3월, 한 시민으로 소록도에 되돌아와 2년 후 4월에 미감아 두 사람의 결혼식 주례를 맡게 되는 것을 그리고 있다. 이 작품은 이처럼 인간의 욕망에 의해서 이루어지는 천국 건설이라는 보편적 인간의 비전에 대해 진지하게 논의하고 있는 작품이다. 그런데 이 작품은 그 천국건설과 관련되어서 숱한 배반과 억압과 폭력이 자행되었는데도, 등장인물들은 부정적으로 처리되고 있지 않다. 작가는 주정수 원장과 배반의 씨를 뿌린 이상옥 부친까지도 따스한 눈으로 바라보고 있다. 그들은 모두 보편적인 인간의 피를 받아 살아가는 우리의 초상이기 때문이다. 이 작품에서는 우선 허위의 천국의 실체를 밝히고 진정한 천국을 제시, 거기에 이르는 길을 모든 사람의 합의에 의해서 찾아내고 있다는 데 작품의 의의가 있다. 더구나 그러한 주제를 적절한 이야기방식을 통해 형상화시켰다는 데 이 작품의 또 다른 의미가 있다.

이추림 李秋林 1933～ 시인. 본명 동주東柱. 서울 출생. 서라벌예대 문예창작과 졸업(1954). 1963년 《자유문학》에 장시 〈태양을 화장火葬하고〉가 추천을 받아 등단했다. 한국문인협회 이사, 한국현대시인협회 이사 역임. 주요 작품으로 〈역사에의 적의〉〈탄피彈皮 속의 기旗〉〈역여과객逆旅過客〉〈배화교도拜火敎徒〉〈화장 냄새나는 여자〉〈독물학 연구毒物學硏究〉 등이 있으며, 시집으로 《역사에의 적의》《탄피 속의 기》《부천일기》《인도시편印度詩篇》《두보씨네 다 큰 애들의 후일담》 등이 있다. 그의 작품은 주로 장시長詩인데 사회현실을 초현실주의 기법으로 엮어 새로운 미학을 구축하는 한편, 언어의 충돌 속에서도 돌발적이며 폭발적인 이미지의 연쇄적 연결을 보여 현대시의 이단적 영역을 실험했다. 그의 시의 특성은 전통적인 가치관의 부정, 문명 · 사회 · 역사가 저지른 악惡의 고발, 반전反戰사상의 고취, 언어를 통한 카타르시스 등으로 요약된다. 1972년 제9회 한국문학상, 1990년 제1회 문예사조상 등을 수상했다.

이탄 李炭 1940～ 시인. 본명 김형필金炯弼. 서울 출생. 한국외대 영어과 졸업(1963). 1964년 《동아일보》 신춘문예에 시 〈바람 불다〉가 당선되어 등단했다. 주요 작품으로 〈모피상점〉〈구름 지나간 자리〉〈빈뜰〉〈방문訪問〉〈이런 돌〉 등이 있다. 《신춘시》《손과 손가락》 동인으로 활동. 동인지 《신춘시》에 〈집어등集魚燈〉〈골목과 달빛〉〈독주毒酒의 밤〉〈설림雪林〉 등을 발표했다. 그의 시는 산문조의 문맥에 내밀한 정서를 짙게 깔아 주제를 선명하게 나타냈고, 사물과 사물과의 먼 관계를 압축해 연결, 관념을 구체적 사물로 형상해 심리현상을 드러내는 특이한 재능을 보여주었다. 시집으로 《바람 불다》《소등消燈》《풀줄기》《옮겨 앉지 않는 새》《솔잎 소리》《대장간 앞을 지나며》 등이 있고, 시론집 《현대시의 상징》이 있다. 참신한 감각으로 끊임없이 자기괴리의 세계를 다양하게 인식하고 형상화하는 것이 특징이다. 1969년 월탄문학상, 1984년 한국시인협회상 등을 수상했다.

이태극 李泰極 1913~ 시조시인. 호 월하月河·동망東望. 강원도 화천 출생. 서울대 국문과 졸업(1950), 이화여대 대학원에서 문학박사 학위취득(1974).

1934년부터 정년퇴임 때까지 교편생활을 했다. 시조에 대한 열의와 시작詩作은 1935년부터였으나, 본격적인 작품 발표는 1951년 《시조연구》 1집에 〈갈매기〉를 게재하고, 1960년 《한국일보》에 〈산딸기〉를 발표하면서부터이다. 1960년 유일한 시조전문지 《시조문학》을 창간해 현재까지 이끌어 오면서 시조에 대한 집념을 실천에 옮기고 있다. 주요 작품으로 〈갈매기〉 〈산딸기〉 〈교차로交叉路〉 〈인간가도人間街道〉 〈내 산하山河에 서다〉 등이 있으며, 시조집에 《꽃과 여인》 《노고지리》 《소리, 소리, 소리》 등 다수가 있다. 이밖에 저서로 《시조문학과 국민사상》 《시조개론》 《시조연구논총》 《시조의 사적연구》 등과 수필집이 다수 있다. 국문학도로서 고유한 시가 형식인 시조에 심취해 시조부흥에 정열을 기울이고 창작에 전념하기 시작한 동기가 말해주듯, 문단진출 이후 문학적 업적은 작품에서는 물론이고 시조부흥에 대한 공헌에서 더 높이 평가되고 있다. 대체로 고유한 시조형식의 자형에 맞추어 쓴 그의 시조는 대부분 일상적이고 평범한 소재를 소박하게 다루면서도 그러한 소박성을 내용과 형식 속에 무리없이 소화시키는 독특한 언어의 구사력을 지니고 있다. 1964년 노산문학상, 1978년 동곡문학상, 1985년 육당시조대상 및 중앙시조대상, 1990년 대한민국문화대상, 1994년 대한민국문화훈장 보관장 등을 수상했다.

이태동 李泰東 1939~ 평론가. 경북 청도 출생. 서울대 대학원 영문과 졸업. 현재 서강대 영문과 교수로 재직 중. 1976년 《문학사상》 신인상 평론부문상을 받아 등단했다. 평론집으로 《부조리와 인간의식》 《한국 현대소설의 위상》 등이 있고, 영미 문학이론 번역서가 다수 있다. 그의 평론활동은 주로 두 가지 영역에 집중되었다. 하나는 영미 현대문학 이론의 한국 수용과 관련한 이론비평의 경향이며, 다른 하나는 한국소설의 분석적인 재조명과 연관되는 실천비평 작업이다. 특히 한국현대소설에서 관념소설의 계보를 형성하고 있는 이상·최인훈·이청준·서정인 등에 대한 분석은 부조리한 시대상황과 인간의식의 대응이라는 구도를 통해 소설의 내면풍경을 분명하게 제시하고 있다는 평을 얻고 있다. 조연현문학상, 김환태평론문학상 등을 수상했다.

이태수 李太洙 1947~ 시인. 경북 의성 출생. 《현대문학》을 통해 등단했다. 《자유시》 동인으로 활동, 보다 구체적인 체험을 통해 스스로 독자적인 시세계를 구축하고자 노력하고 있다. 주요 작품에 〈낮달로 슬리며〉 〈옛꿈을 다시 꾸며〉 〈물 속의 푸른 방〉 〈아침, 장난감 비행기를 타고〉 〈불현듯 그는〉 등이 있고, 시집으로 《그림자의 그늘》 《우울한 비상飛翔의 꿈》 《물 속의 푸른 방》 등이 있다. 그의 작품들은 서정성을 바탕하고 있으면서도 상황의식과 자아탐구의 복합구조를 첨예하게 드러낸다. 맑고 고요한 시어로 일상의 비애와 상실감을 노래한다. '현실의식의 정서화情緖化'로 요약될 수 있는 그의 시들은 부드러움과 낮은 목소리 속에 의지의 언어들을 다져넣고 있다.

이태준 李泰俊 1904~? 소설가. 호 상허尙虛. 강원도 철원 출생. 일본 조치대 수학. 1920년《시대일보》에 〈오몽녀五夢女〉를 발표하면서부터 창작 활동을 시작했다. 이후 〈농군農軍〉〈불도 나지 않았소〉〈구원의 여인상女人像〉〈불우선생不遇先生〉 등의 작품을 통해 등장인물의 내면 풍경을 섬세한 필치로 묘사하고, 토착적인 생활의 단면을 부각시켜 완결된 구성법과 함께 한국현대소설의 기법적인 바탕을 이룩한 공로를 세웠다는 평가를 받았다. 1933년 박태원朴泰遠·이효석李孝石·정지용鄭芝溶 등과 구인회를 조직하고 작품 활동에 전념해, 일제말에 이르기까지 수많은 작품을 발표하다가 해방 후 월북했다. 단편으로 〈달밤〉〈까마귀〉〈복덕방〉〈무연無緣〉〈사냥〉〈영월영감〉〈농군〉〈돌다리〉〈토끼이야기〉, 장편으로 〈제2의 운명〉〈화관花冠〉〈불멸의 함성〉〈청춘무성靑春茂盛〉〈왕자호동〉〈황진이〉 등이 있고, 해방직후에 발표한 중편 〈해방전후解放前後〉와 장편 〈사상의 월야月夜〉가 있다. 그는 탁월한 미문가로 주로 예술적 정취가 짙은 단편에 능했다. 그러나 예술지상주의적인 이효석이나 현실의 개혁과는 거리를 둔 박태원과는 달리, 허무와 서정의 작품 세계 속에서도 시대정신의 호소력을 지니고 있었다. 그의 작품 〈사냥〉〈영월영감〉 등에서는 폐쇄된 상황으로부터의 탈출이 갈망되며, 〈농군〉에 이르러서는 만주 이민의 비극적인 투쟁이 그려진다. 〈돌다리〉는 한 농부의 성실과 토착 전통에 대한 외경이 이루고 있는 조선인으로서의 철학세계가 일제말까지 건재함을 그린 것으로 대표작이 될 만하다. 〈소련기행蘇聯紀行〉 등의 저서로 북한에서 한때 물의를 일으켰으며, 1950년대 후반 북한당국으로부터 숙청당했다. 현재 생사가 확인되지 않고 있다.

〈복덕방 福德房〉 이태준의 단편소설. 1937년《조광》3월호에 발표되었다. 1930년대 일제에 의해 삶의 기반이 상실된 한국인들의 우울한 삶의 현실을 배경으로 씌어진 이 소설은 이태준의 대표적인 작품으로 평가되고 있다. 등장인물 서참의와 안초시 그리고 박희완 영감은 무능하거나 게을러서가 아니라, 일제의 가혹한 식민통치에 의해서 그늘로 내몰린 사람들이다. 안초시의 자살이라는 비극적인 결말은 그들의 인간형에서부터 예비되어 있었던 것이기도 하다.

〈해방전후 解放前後〉 이태준의 단편소설. 1946년《문학》에 발표되었다. 이 작품은 이태준의 자전적 소설로, 순문예지《문장》을 주재했던 그가 어떤 경과를 거쳐 실천에 몸담는가를 보여준다. 한편 좌익문단의 주체가 되었던 문화건설중앙협의회의 성립과정 및 지향의 일단을 잘 드러내주고 있어 주목받았다. 다시 말해 보다 좌익성향인 프로예맹과 우익측의 중앙문화협회에 비하면 문화건설중앙협의회는 중도적 성격 및 지향을 지닌 것이었음을 드러내주는 것이다. 월북 뒤 숙청된 이태준의 비극과, 문화건설중앙협의회의 주동인물들이 유사하게 당한 비극의 성격을 밝히기 위해 꼼꼼히 읽어야 할 작품이다.

이하석 李河石 1947~ 시인. 본명 하석夏錫. 경북 고령 출생. 경북대 사회학과 졸업. 1971년《현대시학》에 시 〈관계〉〈분위기〉〈이중의 처단處斷〉이 추천되어 등단했다. 《에스프리》《자유시》 동인으로 활동. 주요 작품으로 〈폐차장〉〈투명한 속〉〈나른한 풍경〉〈3분간〉〈철모와 수통〉 등이 있다. 시집으로《투명한 속》《김씨의 옆얼굴》 등 다수가 있으며, 시선집《유리 속의 폭풍》, 성인동화《꽃의 이름을 묻다》 등과 장편소설이 있다. 첫번째 시집《투명한 속》에서는 현대문명의 반인간성에 대한 고통스러운 인식을 광물질의 상상력으로 드러냈으며, 두번째 시집《김씨의 옆얼굴》에서는 소외되고 사물화된 인간의 모습을 냉혹하게 묘사했다. 그는 시적 소재의 영역으로부터 소외되어 왔던 버려진 못이나 깡통·비닐·유리조각·나사·총기 따위의 무기물들을 소재로 이른바 '광물학적 상상력'이라 불려진 독창적인 시적 상상력의 영역을 개척함으로써 한국 시단에 특이한 개성을 지닌 시인으로 자리잡았다. 이후로 이하석은 문명과 자연의 대립구도를 시적 상상력의 발판으로 독자적인 시세계를 구축해왔다. 자연과 문명의 관계에 대한 극도의 비관적 인식을 바탕에 깔고 있는 이하석의 시작업은 한국시에서 문명비판이라는 주제를 보다 전략화된 미학적 표현으로 끌어들인 하나의 중요한 성취로서의 의미를 갖는다고 할 수 있다. 1990년 김수영문학상, 1994년 김달진문학상, 대구문학상, 도천문학상 등을 수상했다.

이하윤 異河潤 1906~1974 시인. 호 연포蓮圃. 강원 이천 출생. 일본 호세이대 졸업(1926). 1929년《시대일보》에 시 〈잃어버린 무덤〉을 발표하면서 등단했다. 이어 〈노구老狗의 회상곡回想曲〉〈추억〉〈물레방아〉〈눈먼 거지의 노래〉 등의 서정시를 계속해서 발표했다. 이러한 초기의 시편들은 젊은 시절의 가슴을 울리는 구슬픈 멜로디와 심현의 파문들을 다소 애조를 띤 가락으로 읊은 것들이다. 그러나 이 서정성은 식민지시대 이민족의 고향상실에 대한 아픔을 드러낸 것이다. 한편《해외문학》 동인으로 참여했으며 귀국해 경성여자미술학교 교원이 되었다. 그후 박용철朴龍喆과 함께《시문학》《문예월간》 등을 창간해 서정시 운동에 앞장섰으며, 당시 세력을 펴고 있던 프로문학파에 대해 많은 논쟁을 전개했다. 광복 후 혜화전문, 동국대, 국학전문, 성균관대, 서울대, 덕성여대 등의 교수를 역임했다. 또한 전국문화단체총연합회 최고위원, 한국문인협회 이사 등으로 활약하기도 했다. 저서로 시집《물레방아》, 사화집《현대서정시선》, 역시집《실향失鄕의 화원花園》《불란서시선》, 편저《현대국문학정수》《현대한국시집》 등이 있으며, 이밖에 논문 〈교육계의 위인 페스탈로찌에 대하여〉〈역사적 필연성〉 등을 발표했다.

이항녕 李恒寧 1915~ 소설가·수필가·법학자. 호 소고小皐. 충남 아산 출생. 경성제대 법문학부 졸업(1945). 1936년《금성》에 단편소설 〈누나〉를 발표한 후, 1956년 교직생활을 소재로 한 단편 〈그믐밤〉〈갈매기〉를 발표했으며, 이어 장편소설 〈교육가족〉을 발표, 문단의 주목을 끌었다. 대체로 그의 작품은 다년간 겪은 교직생활의 체험이 소재이며, 인간의 원체험과 현실과의 격차를 줄이려는 데 역점을 둠으로써 강렬한 윤리의식과 비판정신이 표출되어 있다. 4·19혁명 때에는 4·19교수단의 일원으로 데모에 참가, 이어 한일협정을 반대하는 6·3집회 때에도 참여해 정치교수로 몰려 한때 교수직에서 쫓겨나기도 했다. 이때를 계기로 변호사업을 시작, 세칭 '분지사건糞地事件'을 변호하는 등 사회정의 구현에 힘썼다. 1959년 장편소설 〈청산곡靑山曲〉을 발표,

화제를 일으켰으며, 소설 외에 시조 〈산길〉 〈판문점〉 〈길〉, 평론 〈문화의 국가적 보호〉 〈작가의 사회적 현실〉 등을 발표하기도 했으며, 이밖에 수필집 《객설록客說錄》 등과 법학 · 법철학 관계의 저서가 다수 있다.

이해인 李海仁 1945~ 시인 · 수녀. 경기도 이천 출생. 필리핀 세인트루이스대 영문과 및 서강대 대학원 졸업. 1970년 《소년》에 동시 〈하늘〉 〈아침〉 등으로 추천을 받아 등단했다. 주요 작품으로 〈민들레의 영토〉 〈가을노래〉 〈석류꽃〉 등이 있으며, 시집으로 《민들레의 영토》 《내 영혼에 불을 놓아》 《오늘은 내가 반달로 떠도》 등이 있다. 그는 기독교 정신에 바탕을 둔 순수한 사랑과 서정적 이미지를 조화시키며 투명한 종소리처럼 소박하고 순수한 시들을 쓰고 있다. 새싹문학상과 여성동아대상을 수상했다.

이해조 李海朝 1869~1927 신소설 작가. 호 동농東濃 · 열재悅齋, 필명 우산거사牛山居士 · 선음자善飮子 · 하관생遐觀生. 경기도 포천 출생. 신문학운동 선구자의 한 사람으로 일생을 신소설 창작에 힘썼다. 언론에 관계하는 한편 30편에 가까운 작품을 발표했다. 1906년 11월부터 〈잠상대岑上臺〉를 연재하면서 본격적인 문학활동을 시작한 그는 주로 양반가정 여인들의 구속적인 생활을 해방시키려는 의도로 실화에 근거해 소설을 썼다. 그의 문학적 업적은 크게 작품을 통해 이룩한 소설적 성과와 번안 · 번역을 통한 외국작품의 소개, 그리고 단편적으로 드러난 근대적인 문학관의 측면으로 나누어 살펴볼 수 있다. 먼저 창작소설을 중심으로 볼 때 〈자유종自由鍾〉은 봉건제도에 비판을 가한 정치적 개혁의식이 뚜렷한 작품이다. 특히 여성의 사회적 지위 향상, 신교육의 고취, 사회풍속의 개량 등 개화의식이 두드러져 있다. 형식면에서는 토론소설로서 새로운 신소설의 양식을 시도했다는 점에 그 의의가 있다. 축첩 · 계모형의 가정비극적 주제를 보여주는 〈춘외춘春外春〉 〈구의산九疑山〉이나, 미신타파를 내세운 〈구마검驅魔劍〉, 일반적인 남녀의 사랑에 중점을 둔 〈화세계花世界〉 〈원앙도鴛鴦圖〉 〈봉선화鳳仙花〉 등의 많은 작품들도 모두 봉건부패 관료에 대한 비판, 여권신장, 신교육, 개가문제, 미신타파 등의 새로운 근대적 의식과 계몽성을 담고 있으면서도 고대소설의 전통적인 구조를 기본바탕으로 엮어나간 전형적인 신소설들이다. 이들은 모두 당시 사회현실을 절실하게 부각시키지 못한 결점은 있으나, 개화기라는 역사적 상황을 개인적인 체험세계 안에서 비교적 포괄적으로 형상화시키고 있다. 한편 〈화花의 혈血〉 〈탄금대彈琴臺〉의 후기後期 등에서 보이는 현실주의적인 소설관과, 〈화의 혈〉 후기에서 '빙공착영憑空捉影'으로 표현한 소설의 허구성에 대한 인식, 또한 소설의 사회계몽이라는 도덕적 기능과 오락적 기능에 대한 동시적 인식 등은 최초의 근대적인 문학관을 엿볼 수 있는 것으로 평가된다. 그밖에 J. 베르느의 〈철세계鐵世界〉 및 〈화성돈전華盛頓傳〉 등의 번안 소개, 그리고 〈춘향전〉 〈심청전〉 〈흥부전〉 〈별주부전〉 등의 판소리계 소설을 각각 〈옥중화獄中花〉 〈강상련江上蓮〉 〈연燕의 각脚〉 〈토兎의 간肝〉 등으로 개작한 것도 그의 문학적 공로이다. 그밖에도 〈모란병牡丹屛〉 〈우중행인雨中行人〉 〈비파성琵琶聲〉 〈홍도화紅桃花〉 등 신소설 작가 중 가장 많은 작품을 남김으로써 신소설의 대중화에 크게 기여했다. 그의 소설은 구어체의 특징과 인물 · 성격의 사실적 묘사, 기자생활에서 오는 보고체 문장의식 등이 두드러지며, 소설의 재미와 허구성, 결말의 함축성 있는 여운 등 작품의 구성면에도 관심을 기울였다. 특히 고전소설의 구조적 특징과 이념형 인간들을 계승하면서도 동시에 근대적 사상을 깔고 있다는 점에서 이인직李人稙과 더불어 신소설 확립에 뚜렷한 공적을 남겼다.

〈**구마검** 驅魔劍〉 이해조의 신소설. 1908년 《제국신문》에 연재되었으며, 같은 해 대한서림·박문서관·이문단 등에서 발행되었다. 이 작품은 일찍이 〈자유종〉 다음 가는 작품이라는 임화林和의 평가 이후, 작품에 나타난 정론성과 계몽성에 초점을 맞추어 연구되어 왔다. 미신타파에 대한 강렬한 주제의식이 무당과 점쟁이, 지관 등의 폐해를 통해 형상화되고 있다. 그러나 이러한 주제의식에도 불구하고, 실제 이를 형상화하는 과정에서는 소설 구성의 우연성을 완전히 벗어나지 못하고 있다는 지적도 있다. 무속적 세계관과 합리적 세계관의 갈등구조로서 이루어진 이 작품은 작중인물들이 개화인과 미개화인, 선인과 악인, 합리적 사고인과 무속적 사고인 등으로 나뉘어 대립관계를 이루고 있다. 무속적 세계와 만나는 동기는 다분히 우연론적 세계관에 의한 것이며 무속으로 위장된 범죄자들에 대한 응징은 재판형식이라는 가장 합리적이면서도 근대적 방식으로 행해진다. 이러한 재판형식과 문중회의를 통해 중지를 모아 갈등을 해결하려는 방식은 합리적 세계를 향한 또 다른 지향적 욕구로서 작가의 눈에 비친 비합리적인 현실을 바로잡으려는 데에서 출발한 것으로 보인다. 대립적 인물들의 갈등에서 합리적 사고의 승리를 보여줌으로써 당대의 시대적 욕구를 표출하고 있다.

〈**자유종** 自由鍾〉 이해조의 신소설. 1910년 광학서포에서 간행되었다. 개화기의 사

▲**자유종** 표지. 고려대학교 도서관 소장.

상을 반영한 일종의 정치소설이라 할 수 있다. 분량은 오늘날의 단편소설 정도이다. 이매경이란 가정 부인의 생일에 초대받은 신설헌, 홍국란, 강금운 등 몇몇 부인들이 한자리에 모여 민족·국가·사회·종교·교육·학문 등에 관해 밤새도록 토론을 하고서 제각기 꿈을 이야기하는 것으로, 그들이 지니고 있는 이상을 표현한 것이다. 대화체로 된 소설이기 때문에 그 구성이 평면적이고 단순해서 독자에게 지루한 감을 준다는 것은 부인할 수 없다. 그러나 이 작품이 지니고 있는 강한 주제의식은 그와 같은 결점을 보완하고도 남는다. 이 작품은 토론소설이라는 딱지가 붙어 있는 만큼 대화 중심의 작품이나 소설이라기보다는 오히려 개화문답서 내지 문답식 신사상 계몽 지도서로 보는 것이 타당할 것이라는 평론가 조연현의 지적이 있었다. 그러나 이 소설이 중요한 의의를 지니고 있다는 점을 강조하기도 했다. 이 작품은 여권신장과 남녀평등 의식 고취, 교육을 통한 계몽·개화·자주독립과 부국 번영, 미신과 계급 및 지방색 타파 등을 주제로 삼고 있다. 그것이 반외세와 자주독립이라는 두 개의 정신적 단면의 줄기 위에 강하게 표출되어 있는 것이다.

〈**화의 혈** 花一血〉 이해조의 신소설. 1911년 《매일신보》에 연재되었다. 이 작품의 첫

머리와 끝에는 작품 내용과는 관계없이 작자의 소설에 대한 단편적인 문학관이 기록되어 있는데, 이것은 체계적인 문학론을 발표할 사람이 없었던 당시의 실정에 비추어 볼 때 초보적이지만 문학 내지 소설에 대한 신소설 작가의 희귀한 논평으로 문학사적 문헌자료로서 그 의의가 크다. 즉, 서문에서는 주제의 현실성 및 시대상 반영이라는 현실주의적 문학관을 언급하고 있으며, 발문에서는 소설의 허구성에 대한 근대문학 최초의 자각을 엿볼 수 있다. 이 작품의 내용은 주인공인 기생 선초의 효와 정절을 일차적인 주제로 내세우고, 여기에 동학란을 전후한 시기의 부패한 관료들의 이면상을 이시찰이라는 인물을 통해 폭로한 것이다. 이 작품은 효와 열의 강조와 악인의 징계 등 다른 신소설들에 비해 특별히 참신한 점은 볼 수 없으나, 동학란을 통한 시대상이 반영되어 있고 작자의 소설관이 드러나 있어 새로운 의식을 보여준 점에서 문학사적 의의를 갖는다.

〈모란병 牡丹屛〉 이해조의 신소설. 1911년 박문서관에서 발행. 신문연재소설이 아닌 신작 단행본인 이 작품은 갑오경장 후의 조선의 구사회체제가 어떻게 급속히 와해되어 갔는가를 여주인공 금선의 고난과정을 통해 드러내 보여주는, 작가의 탁월한 산문성을 대표하는 작품 가운데 하나이다. 주인공 금선의 고난을 중심 사건으로 한 이 작품은 전반부에서 보여주고 있는 갑오경장 이후 사회체제의 급속한 와해와 세태묘사의 탁월성에도 불구하고 상투적인 사건소설로 떨어지고마는 한계를 가지기도 하지만, 그의 다른 작품인 〈구마검驅魔劍〉과 함께 시정세태 묘사의 능숙한 솜씨를 높이 평가할 수 있는 대표적인 작품이라 할 수 있다.

이향아 李鄕莪 1938~ 시인. 본명 영희英姬, 호 난당蘭堂. 충남 서천 출생. 경희대 국문과 및 동 대학원 졸업. 1966년《현대문학》에 시 〈설경雪景〉〈가을은〉〈찻잔〉 등이 추천되어 등단했다.《문채文彩》《원탁시》 동인으로 활동. 주요 작품으로 〈문패〉〈찻잔〉〈눈을 뜨는 연습〉〈벌레를 밟으며〉〈하산下山하면서〉 등이 있다. 시집으로《황제여》《동행同行하는 바람》《눈을 뜨는 연습》《물새에게》《갈꽃과 달빛과》《강물연가》 등이 있으며, 이밖에《긴 강가에 꽃을 띄우매》《아직도 기다리는 불빛 하나》《혼자 사랑하기》《이별을 위하여 해후를 위하여》 등의 수필집과《문학의 이론》 등의 이론서가 있다. 작품 경향은 평범한 일상적 소재가 일상어로 형상되는 특징을 지니며 인생에 대한 휴머니스트로서의 사랑, 기독교의 신앙체험에 대한 고백 등이 주로 표현되고 있다. 또한 엄정한 언어의 구사로 표현의 리얼리티를 뒷받침하면서 몽롱한 환상과 꿈을 여백으로 두고 있다. 경희문학상, 시문학상 등을 수상했다.

이헌구 李軒求 1905~1983 평론가·불문학자. 호 소천宵泉. 함북 명천 출생. 일본 와세다대 불문과 졸업(1931). 대학 재학시절 해외문학연구회 창립동인으로 참여, 서구문학을 한국에 소개했다. 귀국 후 본격적인 비평활동을 시작했는데, 이후 1940년에 이르는 10년간 해외작가 소개를 비롯한 작가론에 치중했다. 1931년 극예술연구회 창립동인, 1936년《조선일보》학예부 기자로도 활동했고, 일제 말기에는 침묵을 지키며 칩거했다. 광복 후 중앙문화협

회·전조선문필가협회 창립회원으로 활동하면서 민족주의 문학노선에 입각해 좌익계 프로문학 타파를 위한 반공자유문화를 강력히 제창했다. 주요 평론으로 〈사회학적 예술비평의 발전〉〈평론계의 부진과 그 당위〉〈행동정신의 탐구〉〈전쟁과 문학〉〈문화정책의 당면과제〉〈민족문학정신의 재인식〉〈김영랑金永郞 평전〉 등이 있고, 주요 저서로 《문화와 자유》《모색의 도정》 등이 있다. 그의 비평활동은 일제하와 광복 후로 나눌 수 있는데, 민족의 자유·독립·자주를 기본 골간으로 하고 있다. 즉 일제하 평론에서도 서구문학 소개에 치중하면서도 민족의 독립에 대한 신념을 잃지 않았고, 아울러 문학의 보편성에 대한 확신도 견지하고 있었다. 대표적 평론이라 할 수 있는 〈조선문학은 어디로〉는 일제에 의해 전면 삭제되었는데 거기서 그는 문학인은 우선 "우리가 의식 못하는 동안에 나날이 없어지려는 운명에 있는 조선말을 가장 중요시해야 하며 작가 자신이 체험하는 무한정한 고민과 불안을 또는 그의 절망적 오열을 여실히 반영하는 문학"이어야 함을 강조했다. 또한 1932년 《조선일보》에 발표한 〈해외문학인의 임무와 장래〉는 폐쇄적이고 국수적인 문학풍토를 비판, 조선문학을 더욱 발전시키기 위해서는 외국문학을 받아들여야 한다고 주장하고 있다. 《민주일보》 편집국장, 《민중일보》 사장, 공보처 차장, 전국문화단체총연합회 대표, 이화여대 문리과대학장 등을 역임했으며, 1973년 예술원상을 수상하기도 했다.

이형기 李炯基 1933~ 시인·평론가. 경남 진주 출생. 동국대 불교과 졸업. 1950년 《문예》에 〈코스모스〉〈강가에서〉가 추천을 받아 등단했다. 이어 〈눈 오는 밤에〉〈귀로歸路〉 등을 발표하고, 1963년 첫 시집 《적막강산寂寞江山》을 간행했다. 1960년경부터는 왕성한 평론작업을 전개해 《현대문학》에 〈상식적 문학론〉을 연재했으며, 1963년 후반에 이어령李御寧과의 문학논쟁에서 평론표절과 모방문학론으로 문제를 제기했다. 또 1960년대의 참여논쟁에서는 예술가의 개성적 자유를 옹호, 순수문학의 예술지상주의적 경향을 강조했다. 주요 평론으로 〈문학의 기능에 대한 반성〉〈실험과 수구守舊〉 등이 있으며, 시집에 《돌베개의 시》《꿈꾸는 한발》《풍선심장》《보불섬의 지도》《그해 겨울의 눈》 등이 있다. 이밖에 평론집 및 수상집이 다수 있다. 그의 초기의 시는 리리시즘에 의거한 미적 감각이 날카롭게 번득이는 서정시였으나, 후기의 시에서는 사상을 연합하는 착상의 묘가 신선하고 기발하며 산문시적인 가락으로 변했다. 초기의 전통적·서정적·유미적 경향은 후기에 즉물적이며 날카로운 감각과 격정의 표현으로 변모했다. 70년대에 그는 시의 확고한 방향을 잡는데, 전통적·주정적 미학을 거부하고 새로운 충격의 미학 또는 파괴의 미학의 구축이 바로 그것이다. 1994년 뇌졸중으로 쓰러진 후 4년 만에 발간한 시집 《절벽》에는 '모든 존재는 티끌로 돌아간다'로 시작하는 서문과 함께 삶과 죽음을 오가며 인간 운명을 투명한 눈으로 바라보는 듯한 42편의 시가 실려 있다. 한국문학가협회상, 한국문학작가상, 윤동주문학상 등을 수상했다.

《적막강산 寂寞江山》 이형기의 첫번째 시집. 1963년 발간되었다. 사륙판. 전4부로

나누어, 1부에 〈나무〉 〈마을길〉 〈들길〉 〈비 오는 날〉 등 10편, 2부에 〈코스모스〉 〈밤비〉 〈달밤〉 〈강가에서〉 등 9편, 3부에 〈무엇인가 말한다는 것은〉 〈눈 오는 밤에〉 〈불행〉 등 10편, 4부에 〈나의 시詩〉 〈송가頌歌〉 〈가정家庭〉 등 10편, 모두 39편을 수록했다. 후기에는 발문跋文을 대신해 시인 최계락崔啓洛은 '엽서葉書' 라는 제목하에 "그의 시가 그 맑은 감성으로 서정의 본령을 지켜 꾸준히 그 깊이를 더할 수 있었던 것도 그만큼 스스로의 참 자세를 찾고, 또 거기 진실하려는 그의 맑은 인생이 있었기 때문이다" 라고 말하고 있다.

〈낙화 落花〉 이형기의 시. 《적막강산》에 수록되어 있다. 《적막강산》의 시세계가 고독과 적막, 자연친화 및 허정과 달관의 세계로 짜여져 있다면, 〈낙화〉는 그 모든 성격을 지니고 있다. 가령, 결별 뒤에 오는 슬픔에서 찾을 수 있는 고독과 적막의 세계라든지, 온갖 세속적인 욕심을 떨쳐버리고 떠나야 할 때 떠나야 함을 강조하는 달관의 태도가 그것이다. 한편 이 시에는 한자어가 적지않게 구사되고 있다. 그러나 전혀 낯설거나 관념적인 느낌을 자아내지는 않는다. 격정 · 낙화 · 결별 · 성숙 등은 이 시의 분위기와 완전히 조화를 이루고 있어서 마치 이 시를 위해 만들어진 언어와 같은 느낌을 준다. 꽃잎이 지는 모습에 착안해 이별과 죽음을 생각하고, 또 그들 이별과 죽음을 솔직하고 정직하게 받아들이는 여유를 그린 시다. 자연의 순리처럼 세상사도 순리에 따라 떠나야 할 때 떠나는 것이 아름다운 일임을 강조하고 있다. 이 시에서의 성숙한 삶도 바로 그와 같은 것을 뜻한다. 곧, 시인에게 성숙함이란 사소한 미련과 애착에서 벗어나 훌쩍 떠날 줄 아는 여유로운 인격을 말한다.

〈식인종의 이빨 食人種―〉 이형기의 시. 제3기, 즉 전통적 · 주정적 미학을 거부하고 새로운 '충격의 미학' 또는 '파괴의 미학' 을 구축하기 시작한 시기에 발표한 작품이다. 이 작품에는 에로스가 있다. 그런데 에로스란 아직은 우리 사회나 질서에 있어서는 감추어져야 할 금기물이다. 그래서 그것에 어떤 의미를 가지게 한다든가 하는 일은 곧 사회나 질서에 대한 충격이 되고 파괴행위가 된다. 독이 되는 것이다. 그러한 뜻에서 그는 자기의 문학을 '유독성의 문학' 이라 이름 붙인 것인데, 그러나 그렇게 이름 지은 것은 그의 손일 뿐이지 그의 마음은 다르다. 그의 마음, 즉 그의 사상대로 한다면 그의 문학은 '덕성의 문학' 이 된다. 그가 이 시로써 말하고자 하는 것은 결국 에로스란 생명의 리듬이 아니면 안된다는 것이다. 에로스라는 것을 그렇게 인식하는 사상은 덕성 이외의 것일 수가 없는 것이다. 이 작품은 그러한 사상이 빈틈없이 조형화된 훌륭한 시로 평가된다.

이혜경 李惠敬 1960~ 소설가. 충남 보령 출생. 경희대 국문과 졸업. 1982년 《세계의 문학》에 중편 〈우리들의 떨켜〉를 발표하면서 등단했다. 이후 10여 년이 넘는 기간 동안 작품을 발표하지 않다가 1995년 장편 〈길 위의 집〉으로 제19회 오늘의 작가상을 수상하면서 평단의 주목을 받았다. 〈길 위의 집〉은 균열과 해체 위기에 놓인 한 가족을 통해 오늘날 가족의 의미는 무엇인가를 묻는 작품이다. 이 작품에 대해 '서사 부재의 우리 소설계에 모처럼 보는 풍부한 이야기성과 삶에 관한 깊이 있는 통찰로 무장한 수작' 이라는 평가를 받았다. 1998년에는 작품집 《그 집 앞》을 간행했으며, 제31회 한국일보문학상을 수상했다.

이호광 李鎬光 1950~ 시인 · 시조시인. 대전 출생. 1978년 《시문학》에 시 〈부활〉 〈세상〉 등이 추천되고, 1981년 《시조문학》에 시조 〈허무행초虛無行抄〉 〈돌밭에서〉 등으로 추천받아 등단했다. 그후 작품 활동을 중단했다가, 1986년 본격적으로 작품을 발표하기 시작했다. 《크낙새》 시조동인으로 활동했으며, 주요 작품에 시 〈부활〉 〈묻지 말기〉, 시조 〈돌밭에서〉 〈그대〉 〈대전 명산 4제四題〉 등이 있고, 작품집으로 《꼴》 《세상구령》 《고스톱 동서남북》 《친애하는 샐러리맨 여러분》 《사랑받기 위하여》 등 다수가 있다.

이호우 李鎬雨 1912~1970 시조시인. 호 이호우爾豪愚. 경북 청도 출생. 경성제일고보 졸업. 시작 활동은 1939년 《동아일보》 투고란에 〈낙엽〉을 발표하면서부터 시작되었으며, 1940년 《문장》에 시조 〈달밤〉이 추천되어 본격적으로 시조활동을 전개하게 되었다. 이후 대구에 기거, 주로 신문사에서 근무하면서 지방문화 창달과 후진양성에 힘썼다. 1955년 《이호우시조집》을 발간해 제1회 경북문화상을 수상했고, 그후 누이동생 영도永道와 함께 발간한 오누이 시조집 《비가 오고 바람이 붑니다》 중의 1권인 《휴화산休火山》을 발간해 화제를 모았다. 그의 시조관은 《이호우시조집》 후기에 잘 나타나 있다. 그는 여기서 한 민족, 한 국가에는 반드시 그 민족의 호흡인 국민시가 있어야 하는데 그것을 시조에서 찾아야 한다고 밝히면서, 국민시는 간결한 형과 서민적이고 주변적이며 쉽고 분명한 내용을 갖추어야 한다고 했다. 이러한 태도는 그의 작품에 잘 반영되어 있다. 이러한 범상적 제재와 평이성이 초기 시조의 세계라면, 후기 시조 《휴화산》의 시편들은 인간욕정의 승화와 안주적 경지를 보인 점이 특색이다. 또한 초기의 시조는 주로 연작형이었으나 후기로 오면서 대개 단수單首로 집약되었다. 주요 작품에 〈개화開花〉 〈별〉 〈진주〉 〈새벽〉 〈깃발〉 〈휴화산〉 〈바위 앞에서〉 〈시름〉 등이 있다. 그는 제한된 시조형식을 고수하면서 거기에 현대적인 감각과 정서를 담는 데 성공한 시조시인으로, 의지를 주사상으로 관념적 낭만주의를 개척, 시조사적으로 중요한 위치를 차지했다. 편저로 《고금시조정해古今時調精解》가 있다.

이호철 李浩哲 1932~ 소설가. 함남 원산 출생. 원산고 졸업(1950). 1950년 홀로 월남해 부산에서 부두 노동자, 제면소 노동자, 미군부대 경비원 등으로 일하다가 1953년 상경, 1956년 《문학예술》에 단편 〈탈향脫鄕〉 〈나상裸像〉으로 추천을 받아 등단했다. 이어 〈빈골짜기〉 〈부군浮群〉 등을 발표했고, 〈혼란아混亂兒〉 〈만조滿潮〉 등 주로 신변소설적인 소재를 전후의 증언적 스타일로 표현해 문단의 주목을 끌었다. 주요 작품으로는 단편 〈판문점〉 〈닳아지는 살들〉 〈큰 산〉 〈탈향〉, 중편 〈퇴역 선임하사〉 〈무너앉는 소리〉, 장편 〈남녘사람, 북녘사람〉 〈소시민〉 〈서울은 만원이다〉 등이 꼽힌다. 그의 소설들은 한 사회의 부패상을 그 심부에 조명을 대어 내면적으로 다뤘는가 하면, 현실의 상황적 리얼리즘을 정면으로 보여주기도 했고, 뉴스이벤트와 관련된 시사적인 것도 있다. 작품집으로 《큰 산》 《닳아지는 살들》 《이단자》 등을 출간했으며 《이호철 전집》이 있다. 1961년 〈판문점板門店〉을 발표하면서, 조국의 현실이자 바로 작자의 현실인 민족분단의 문제를 부각시키며 초기의 개인적 · 서정적 차원을 점차 벗어나 현실세태를 폭넓게 포용하는 객관적 리얼리스트로서의 면모를 보였다. 한편으로는 소시민적인 안일과 권태를 보이면서도 현실감각과 역사의식에 있어 꾸준한 성장을 보인 그는 4 · 19혁명 이후 젊은 세대 의식과 체질을 대표하는 작가 중의 한 사람으로 인정받았다. 1961년 〈판문점〉으로 현대문학신인상을, 1962년 〈닳아지는 살들〉로 제7회 동인문학상을 수상, 이외에 대산문학상, 예술원상 등을 수상했다.

〈**판문점** 板門店〉 이호철의 단편소설. 1961년 《현대문학》에 발표되었다. 남북관계를 다룬 작품으로서, 작가의 초기 작품과 후기의 리얼리즘적 경향을 연결시켜주는 데 중요한 역할을 한 것으로 평가되고 있다. 주인공은 판문점 취재기자인 '진수'이다. 진수는 호텔에서 나와 버스에 몸을 싣고 판문점으로 향한다. 버스 안에서 어떤 외국인 기자가 별로 우습지도 않은 얘기를 가지고 꾸준히 상대방을 웃기려고 애쓰는 광경이 눈에 들어온다. 저쪽 편에서는 부부인 듯한 외국인 기자들이 작은 소리로 소곤거리고 있다. 순간 버스는 임진강을 넘어선다. 처참하게 비틀어진 쇠기둥과 꺾인 철판 등이 판문점행이라는 처절하고 뚜렷한 의식을 주자 비장한 노여움 같은 것이 치밀어오른다. 판문점에 도착하자 외국인 기자들은 어리둥절한 표정으로 카메라 셔터 누르기에 바쁘다. 이어 북쪽 기자들이 도착한다. 서로 안면이 있는 기자들끼리 어울리기 시작했고, 회담이 시작될 무렵 남색 원피스 차림에 붉은 완장을 두른 북쪽 여기자가 말을 걸어온다. 둘은 체제에 대한 토의를 벌였으나 평행선을 그리고 만다. 날이 갑자기 흐려지더니 이내 소나기가 퍼붓기 시작한다. 진수는 다급한 나머지 그 여기자의 손목을 쥐고 아무 지프차에나 올라타버린다. 그녀는 엉겁결에 올라탔으나 곧 당황한다. 자기가 납치당하는 것이 아닌지 염려하는 눈치이다. 진수는 좋은 말로 그녀를 안심시킨다. 취재를 마치고 서울로 돌아오자 형님은 재미있었느냐고 물었고, 진수는 괜찮았다고 대답한다. 잠을 청했지만 잘 오지 않는다. 여기자의 재잘대던 목소리가 귓가에 들리는 듯하다. 그는 잠시 상상 속에 빠진다. 먼 훗날 판문점이 사라져 그 말이 고어가 되어 사전에서나 찾을 수 있을 때를 그려보는 것이다. 눈이 내리고 있다. 그날도 그녀는 판문점으로 취재차 나온다. 저번 취재 때 익살을 떨던 안경잡이 기자와, 그가 누님이라고 부르는 북쪽의 중년 여기자는 오늘도 오누이처럼 다정스레 인사를 한다. 그날의 여기자는 경계하는 태도로 인사를 나누고 피하듯이 웃고 만다. 그 뒷모습을 보며 진수는 "기집애, 요만하면 쓸 만한데…" 하고 쓸쓸하게 웃는다. 이 작품에서 주인공은 형과 형수의 소시민적 생활 속에서, 그리고 남북의 이질적 대화 속에서 극심한 소외감을 느끼지만, 남북의 합치될 수 없는 관계를 결국 합치되어야 할 것으로 보는 작자의 시선이 깊게 던져져 있는 작품이다.

〈**닳아지는 살들**〉 이호철의 단편소설. 1962년 《사상계》에 발표되었던 작품으로 같은 해, 동인문학상을 수상했다. 하염없이 맏딸을 기다리는 아버지는 은행에서 은퇴한 후 거의 백치가 된 인물이고, 정애는 이 집 며느리로서 시아버지를 정성껏 모시는 인물이며, 영희는 이 집의 막내딸로서 스물아홉 살 노처녀이다. 성식은 이집 아들로서 작품을 통해 한 마디의 발언도 하지 않고, 선재는 앞으로 영희와 결혼하게 될 젊은이이며, 그외에 식모가 나와 주착스러운 일을 저지른다. 이 작품은 독자들이 그 의미를 쉽게 파악하기 힘들 정도로 암시적인 기법과 깊은 복선을 깔고 있다. 작품 전체를 뒤덮는 무겁고 불길한 분위기를 더해 주는 것은 '꽝당꽝당' 하는 둔탁한 쇠붙이 소리다. 기적을 바라듯이 맏딸이 등장하기를 기다리는 응접실에서 정작 '밤 열두시' 가 되어 나타난 것은 이 집의 식모였고, 그녀는 "벤소에 갔었시유" 하고 멋쩍게 말하는 것이다. 이제 정말 '우리 집 주인' 이 나타났다는 영희의 말은 식모에 대한 책망인 동시에 현실로의 복귀를 독촉하는 것이라고 할 수 있다. 이 작품은 깔끔하게 다듬어진 언어, 무대적 구성, 긴장감을 고조시키는 특이한 복선의 설정과 효과음의 삽입 등이 나름대로 어우러져 성과를 거둔 작품으로 평가되고 있다.

〈**소시민** 小市民〉 이호철의 장편소설. 1964년 7월부터 1965년 8월까지 《세대》에 연재된 작품으로 이야기의 배경은 6 · 25동란 중의 부산이다. 주인공은 스물이 채 안 된 감수성이 예민한 소년으로 이북에서 피난을 나와서 이곳 완월동 제면소製麵所에 일자리를 얻고 있다. 이 작품은 제면소를 중심으로 주인 · 주인여자 · 일꾼 신씨 · 정씨 · 곽씨 · 식모 천안색시 · 강영감 등 여러 인물들의 이야기들을 주인공인 소년의 눈을 통해 펼쳐보이고 있다. 작자는 이 작품에서 후방도시인 임시 수도 부산에서의 소시민적 생활을 보여줌으로써 전쟁의 또 다른 측면을 해부하고, 전쟁에 의한 사회적 변동을 밝히고 있다. 자전적 색채가 짙은 작품이다.

〈**큰 산** 一山〉 이호철의 단편소설. 1970년 《월간문학》에 발표된 작품. 눈이 내린 아침, 벽돌담 위에 놓인 한 켤레의 고무신을 두고 '나' 와 아내는 그것이 무슨 길흉과 관계라도 있는 듯이 불길한 생각에 사로잡혀 불안해한다. 나는 어린 시절 이북에 살 때 우연히 보았던 한 짝의 '치카타비' 의 추억과 이 고무신짝과의 얘기를 연결시키며, 고향에 있는 마식령의 큰 산줄기를 떠올린다. 그리고 '치카타비' 에 얽힌 사연을 회상한다. 그러다가 현실의 고무신짝을 아내가 이웃집으로 던졌는데, 다시 되넘어오면서 이들은 흉물스러운 일이라도 당한 듯 말다툼을 한다. 나는 되돌아온 고무신짝을 보면서 세상이 많이 각박해졌다고 생각한다. 나는 이러한 일을 두고 고향(큰 산)이 없어 그렇다고 생각하고 있을 때, 아내는 아내대로 그 고무신짝을 멀리 다른 곳으로 가져다 버린다. 소시민적인 안일과 권태 속에서 현실감각과 역사의식을 추구하는 모습이 진지하게 부각된 작품으로 평가되고 있다.

이효상 李孝祥 1906~1986 시인 · 독문학자 · 정치인. 호 한솔. 대구 출생. 일본 도쿄대 독문과 졸업. 1936년 《카톨릭 청년》에 시 〈기적奇蹟〉〈생활〉 등을 발표해 등단했다. 이후 시집 《산》《바다》《인생》《사랑》《안경》《나의 강산아》 등을 발간했다. 그는 종교적 명상 속에 신성과 자연섭리에 대한 경건한 심정적 사념을 찾는 계시주의와, 조국 강산에 대한 애국적 관념을 표현했다. 또한 릴케를 연구, 그에 관한 논문과 번역서도 많이 발표했는데 정계에 투신한 후부터는 문학활동이 거의 없었다. 저서에 《문화와 종교》《평화한 아침》《인간문제》《중세철학》《예술과 도덕》 등이 있고, 《이효상선집》 전6권이 출간되었다.

이효석 李孝石 1907~1942 소설가. 호 가산可山. 강원도 평창 출생. 경성제대 영문과 졸업(1930). 1928년 《조선지광》에 단편 〈도시의 유령〉이 게재되었다. 이 작품은 미장

이 일을 하는 도시 유랑민 '나'의 비참한 생활을 고발한 것으로, 이후에 발표한 작품에서도 이효석의 시선은 도시를 배경으로 한 빈부갈등과 사회적 모순에 모아진다. 〈노령근해露嶺近海〉〈북국사신北國私信〉도 초기의 대표작이다. 이러한 그의 초기 소설에서 두드러진 사회적인 관심과 현실에 대한 비판 때문에 그는 카프 진영으로부터 이른바 동반자작가로 인정받기도 했다. 1932년경부터 이효석은 초기의 경향문학적 요소를 탈피하고 그의 진면목이라고 할 수 있는 순수문학을 추구하게 된다. 그렇게 해서 향토적·성적 모티브를 중심으로 한 특이한 작품 세계를 시적 문체로 승화시킨 소설을 잇달아 발표하기 시작했다. 〈오리온과 능금〉〈돈豚〉〈수탉〉 등은 이같은 그의 문학의 전환을 분명히 나타내주는 작품들이다. 이효석 작품의 서경적·서정적 경지의 토착적 자연주의와 탐미적 관능주의 경향은, 1930년대 우리 나라 낭만주의 문학의 절정을 이루었다. 1933년에는 구인회에 가입해 순수문학의 방향을 더욱 분명히 했고, 다음해에는 평양에 있던 숭실전문학교로 전임했다. 그의 30대 전반에 해당하는 1936년에서 1940년 사이는 그의 작품활동이 절정에 달했을 때이다. 〈산〉〈메밀꽃 필 무렵〉〈석류〉〈개살구〉〈장미 병들다〉〈해바라기〉〈황제〉 같은 그의 대표적 단편들이 거의 이 시기의 소산이다. 학창시절 A. 체홉에 탐닉하기도 하고 영문학을 전공하기도 한 그는 다른 한편 서구적인 분위기를 풍기는 작품 세계를 지향해 논란을 일으키기도 했다. 1940년 아내가 죽고 아이마저 잃은 후, 실의에 빠져 방랑하다가 건강을 잃어 1942년에는 뇌막염으로 병석에 눕게 되었고, 20여 일 후에 서른여섯의 나이로 요절했다. 대표적 작품으로 〈돈〉〈메밀꽃 필 무렵〉을 비롯해 〈화분〉〈장미 병들다〉〈들〉〈산〉 등이 있다. 이효석 작품 세계의 특질은 한마디로 향수의 문학이라고 요약할 수 있다. 그 지향은 안으로는 고향에 대한 그리움으로, 밖으로는 유럽에 대한 동경으로 나타난다. 전자는 〈메밀꽃 필 무렵〉에서와 같이 고향산천을 무대로 한 향토적 정서 표현으로 나타나는 경우와, 〈들〉〈분녀〉 등에서 보는 바와 같이 근원적으로 인간 자체의 고향이라고 할 수 있는 에덴적인 것을 추구하는 원초적 에로티시즘으로 나타나는 경우가 있다. 후자는 서구적인 것에 대한 동경으로서 현대문명과 자유를 갈망하는 지향에서 이같은 동경의 세계를 서정적 문체로 승화시켜 특유의 작품 세계를 형성했다.

〈산 山〉 이효석의 단편소설. 1936년《삼천리》3월호에 발표되었다. 1930년대의 조용한 산촌을 배경으로 인간의 소박한 삶과 자연과의 친화를 주제로 담고 있다. 이 작품은 작자의 작품들 도처에서 발견할 수 있는 인간형, 즉 향토적인 자연 속에 살면서 자연과의 교감으로 행복을 느끼고 그 생활 속에서 자급자족하는 뭇 짐승들과 동화된 채 인위적인 사회제도·풍습·습관·윤리관의 밖에 존재하는 인간형을 서사시적인 문체로 묘사하고 있다. 김영감네 집에서 머슴살이를 하던 중실이는 쫓겨나게 된다. 7년이나 그런 생활을 한 터였다. 김영감의 첩을 중실이가 건드렸다는 것이었다. 예순이나 먹은 늙은이가 재물에 겁이 나서 젊은 첩과 젊은 머슴을 의심한 것이었지만 중실이로서는 아무 잘못도 없었다. 중실이는 마을과 이웃사람들이 귀찮아졌다. 그러나 갈 곳도 없었다. 그래서 산으로 들어가 개꿀을 따먹고 산불에 타죽은 노루고기를 먹으면서 그는 산의 아름다움에 묻혀, 부드럽게 깔린 가랑잎 위에서 잠을 자곤 했다. 중실은 사람보다도 소금이 그리웠다. 나뭇짐을 해서 판 돈으로 소금을 샀다. 장에서 들은 마을의 이야기로는 김영감의 첩이 최서기와 도망치고 말았다고 한다. 중실은 저녁을 먹고 숲에 누워 어떻게 하면 마을의 용녀를 데리고 와서 살까 하는 생각 속에 잠이 든다. 자연에의 동화를 다루고 있는 이 소설의 등장인물은 '중실' 한 사람뿐이다. 물론 김영감이나 용녀 등이 거론되지만, 그들은 어디까지나 중실의 내면에만 나타날 뿐이요, 그들이 실제로 등장해 어떠한 행위를 하는 것은 아니다. 작자는 고집스럽게 자연을 예찬하고 있다. 그것을 위해서 소설의 생명이라 할 수 있는 객관적 사실성을 무시 내지 소외시키기까지 하면서 고집스러울 정도로 서정성에 치중하고 있다. 그런 의미에서 이 작품은 소설보다는 수필식 묘사를 하고 있는 것이다. 이 작품은 자연에 대한 심미적 태도와 자연친화의 경지를 표현하는 데 많은 지면을 할애하고 있다는 것이 가장 큰 특징이다.

〈메밀꽃 필 무렵〉 이효석의 단편소설. 1936년 《조광》에 발표되었다. 왼손잡이요, 곰보인 허생원은 장돌뱅이다. 그 허생원이 봉평장이 서던 날, 같은 장돌뱅이인 조선달을 따라 충주집으로 갔다. 그는 동이라는 애송이가 충주댁과 농탕을 치는 것에 화가 나서 뺨을 때려 쫓아버린다. 그러나 그날밤 그들 셋은 달빛을 받으며 메밀꽃이 하얗게 핀 산길을 걸었다. 허생원은 젊었을 때 메밀꽃이 하얗게 핀 달밤에 개울가 물레방앗간에서 어떤 처녀와 밤을 같이 새운 이야기를 한다.

▲1936년 《조광》 10월호에 실린 〈메밀꽃 필 무렵〉의 첫 장.

동이도 그의 어머니 이야기를 했다. 아버지가 누구인지도 모르고 의붓아버지 밑에서 고생하다가 집을 뛰쳐나왔다는 것이다. 늙은 허생원은 냇물을 건너다 발을 헛디뎌 빠지는 바람에 동이의 등에 업힌다. 그리고 동이 모친의 친정이 봉평이라는 것을 알게 된다. 또한 동이가 자기와 똑같은 왼손잡이인 것을 안 허생원은 착잡한 감회에 젖고, 이내 그들은 동이 어머니가 살고 있다는 제천으로 발길을 옮긴다. 강원도 봉평에서 대화에 이르는 80리의 밤길을 배경으로, 전지적 작가 시점으로 자연과 인간의 충일한 생명력을 다루고 있는 이 소설은 한국 단편소설에서 하나의 정점을 보여주는 것으로 평가되고 있다. 이 작품에서 작자가 부각하고자 한 것은 허생원의 반생이라든가 동이의 기구한 운명에 있지 않은 것은 자명하다. 숨막힐 듯한 메밀꽃 빛깔, 그 분위기만이 드러내고자 한 부분인 것이다. 등장인물인 조선달과 허생원 및 동이 등은 인격이거나 소설적 인물이 아니라 당나귀와 같은 사물의 차원인 것이다. 그런 의미에서 이 소설의 압권 부분인 소금을 뿌린 듯한 달밤의 메밀꽃 정경 속의 주어는 '길'인 것이다. 이효석의 문학은 세련된 언어나 시적 분위기 형성으로 아름답고 신비한 풍경으로 독자를 이끌고 가는 특징이 있는데, 이 작품에서 그것이 절정을 이루고 있다고 해도 과언이 아니다.

〈분녀 粉女〉 이효석의 단편소설. 1936년 《중앙》에 발표되었다. 농장 인부 명준은 분녀의 집 안방에서 분녀를 탐하고 이튿날 만주로 떠나버린다. 분녀는 가게주인 만갑에게도 재물을 미끼로 순순히 몸을 맡긴다. 천수는 만갑의 가게에서 분녀가 또 당하는 광경을 목격한다. 한편, 분녀에게는 반년 동안 사귀어 온 상구가 있었는데, 몇 권의 책을 맡기고 난 며칠 뒤 감옥에 끌려들어 갔다. 분녀는 만갑으로 가장한 천수의 꾐에 걸려들어 또 몸을 버리고 만다. 명절날 상금을 타기 위해 그네를 뛰고 있던 분녀는 왕가의 눈에 들어 결국 왕가에게도 몸을 맡긴다. 감옥에서 풀려난 후 모든 일을 알아버린 상구는 몸을 함부로 하는 분녀를 꾸짖고는 어디론가 멀리 떠나버린다. 이런 모든 사실을 알아버린 어머니에게 얻어맞은 분녀는 한동안 피신해 다니다가 가족에게 이끌려 돌아온 후, 집안일과 들일만을 돕는다. 그 무렵 금을 캐러 만주로 갔던 명준이가 사람을 죽인 후 분녀를 찾아온다. 분녀는 명준이만 허락한다면 같이 살 생각을 한다. 이 작품은 이효석의 총독부 경무국 취직사건, 구인회 가입을 계기로 초기 동반자의 경향을 서서히 벗어나게 되는 일련의 전기轉機에서 나타나는 문학적 특질인 에로티시즘이 미학적으로 형상화된 '애욕소설'의 전형이라 할 수 있다.

〈화분 花粉〉 이효석의 장편소설. 1939년 《조광》에 연재되었으며 인문사에서 단행본으로 간행되었다. 적나라한 인간 본연의 모습을 알고자 노력했던 작자의 특성을 잘 나타낸 작품이다. 현마와 세란을 중심으로, 미란·단주·영훈·옥녀 등의 얽히고 얽힌 애욕의 갈등과 육체의 교섭을 자연적·심미적으로 그린 것이다. 그의 작품 중 가장 에로틱한 것으로 성性모럴에 대한 사고방식과 애욕의 미학을 다룬 작품이다. 이 소설에서 성을 부끄럽고 천한 본능이 아니라 원초적이며 건강한 것으로 파악한 작가의 태도는 D. H. 로렌스의 영향을 받은 것으로 보인다. 작가 특유의 시적 필치가, 저속으로 흘렀을지도 모를 이 작품의 격을 유지시키는데 공헌하고 있다. 단편 〈메밀꽃 필 무렵〉 등과 함께 이효석의 대표작으로 꼽힌다.

이희승 李熙昇 1896~1989 국문학자·시인·수필가. 호 일석一石. 경기도 광주 출생. 경성제대 조선어문학과 졸업. 이화여전 교수로 있으면서 1932년 《신동아》에 시 〈무덤〉을 처음으로 발표했다. 이후 〈소녀〉 〈오월〉 〈탄생〉 〈남한산성〉 〈추삼제秋三題〉 등 많은 시와 시조를 발표했으며, 한편으로는 논문 〈음고音考〉를 비롯해, 〈신철자新綴字에 관하여 바라는 몇 가지〉 〈조선어 '때의 조사'에 대한 관견管見〉 〈인대명사소화人代名詞小話〉 등의 많은 어학논문과 문학에 관한 논문을 발표했다. 1930년 조선어학회에 입회, 이듬해 조선어문학회를 창립, 기관지 《조선어문학회보》를 간행했으며, 1942년 조선어학회사건으로 투옥되어 3년간 옥고를 치르기도 했다. 국어국문학계의 원로로, 일제치하에서는 한글운동에 헌신해 이 방면에 큰 공로를 세웠고, 광복 후에는 서울대에 재직하면서 연구와 교육에 진력, 학문적 업적과 더불어 많은 인재를 길러냈다. 저서에 《역대조선문학정화》 《조선문학연구초》 《국어학개설》 등과 시집 《박꽃》 《심장의 파편》, 수필집 《벙어리 냉가슴》 《소경의 잠꼬대》 등이 있다. 건국공로훈장, 학술원공로상 등을 수상했다.

이희철 李熙澈 1922~ 시인·아동문학가.

호 구봉龜峰, 필명 흰모래. 강원도 철원 출생. 일본 메지로상업학교 4년 중퇴(1944). 1961년 《서울신문》 신춘문예에 동요 〈도시락밥〉이 당선, 같은 해 《소년한국》에서 〈짐소와 수돌아버지〉 〈아기그림〉 〈애수박〉 등의 동시로 추천을 받아 등단했다. 《육석》 동인으로 활동하며 〈살구꽃〉 〈묘비墓碑〉 〈오월입니다〉 등의 시를 발표했으며, 이후 《교관》 동인으로 활동하면서 〈초가집 낙수물〉 〈가을이 오나보다〉 등을 발표했다. 주요 작품에 시 〈살구꽃〉 〈묘비〉 〈오월입니다〉, 동시 〈초가집 낙수물〉 〈가을이 오나보다〉 〈초승달〉, 동화 〈생각을 익히는 삼태성〉 등이 있다. 시집에 《안신雁信》, 동시집에 《바람개비》 《가을 산바람》 《산돌 강돌》 《높은 산 깊은 강》 《우리 나라 백두산》, 전래동화집 《꿩덕이와 구렁이》 《원통이 고개》가 있으며, 이밖에 수필집 《등구나무》, 고희문집 《우리 까치야》, 번역집 《삼재시선三齋詩選》이 있다. 그의 작품은 동심과의 관조를 통해 순수세계에 접근을 꾀하려는 특색을 갖는다. 특히 그의 동시 〈초가집 낙수물〉에서는 '사르륵' '퍼르륵' '투르륵' 등 의성어의 적절한 배치와 묘미로 '인간의 순박하고 자유로운 동심의 세계 속으로 안내되는 듯한 원초적인 언어에 매료된다'는 평가를 받았다. 1988년 제7회 인천시문화상, 1988년 제10회 한국아동문학작가상, 1993년 제5회 인천문학상 등을 수상했다.

인간단지 人間團地 → 김정한金廷漢

인간문제 人間問題 → 강경애姜敬愛

인도주의 人道主義 humanitarianism 휴머니즘과는 다른 개념이다. 일반적으로 인류 공동의 이익을 표방해 인류의 연대와 박애사상을 중시하는 사상. 박애주의 · 동포주의 · 세계주의 등을 포함. 1830년대 7월왕정기의 프랑스에서 생긴 말인데, 좁은 뜻으로는 그 당시의 여러 갈래의 공상적 사회주의자들이 신봉한 사상을 가리킨다. 문학상의 인도주의는 이러한 윤리와 종교관에 입각해 평화주의 · 무저항주의 · 이타주의를 주장한다. 톨스토이 · 롤랑 · 이광수李光洙 등이 이 범주에 속한다.

인맥 人脈 → 최정희 崔貞熙

인문평론 人文評論 1939년 10월에 창간된 순문학지. 편집 겸 발행인 최재서崔載瑞. 인문사 발행. 국판. 17호까지 발행되었다. 원래 월간이었으나 17호까지 내는 데에 3년이나 걸려 첫해에 3권, 2년째에 11권, 3년째에 3권이 나왔다. 창간 후 권두언에서 문학자들도 건설사업에 협력해야 한다고 주장해 일본의 침략전쟁을 긍정하고 합리화하는 데 앞장섰다. 1941년 2월호에 〈전환기의 문화이론〉을 최재서가 발표하고 이어서 1941년 4월호에 〈문학정신의 전환〉이란 글을 발표해 '문학정신의 국민적 전환'을 강조했다. 곧 전환의 목표를 문학 내지는 문화의 국민화에 두었다. 이는 이른바 '국민문학'의 건설을 뜻하는 것인데, 최재서는 1941년 4월호로 《인문평론》을 폐간하고,

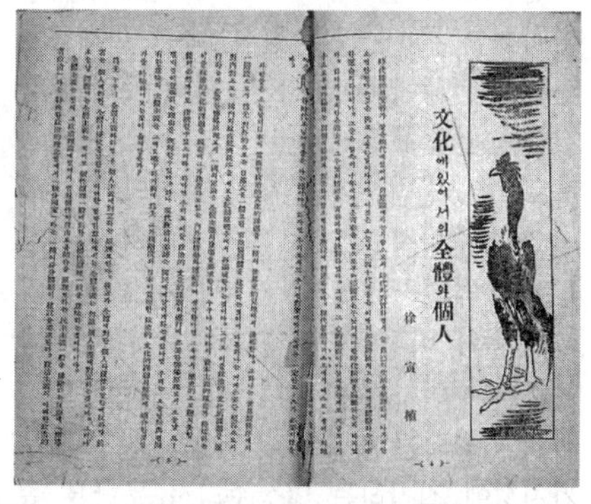
文化에있어서의全體와個人

徐寅植

▲**인문평론** 최재서 편집. 서울대학교도서관 소장. 1939년 10월 창간호의 내용.

1941년 11월부터 《국민문학》을 편집 · 발간해 '국민문학'의 구체적인 문제를 제시 · 실천했다. 《인문평론》은 창간 당시부터 일본의 침략정책에 적극 호응했고 계속해서 '국민문학의 선도적 역할'을 실천하다가 월간지 《국민문학》에 그 사명을 계승시켰다. 《인문평론》은 전기문학前期文學에서 암흑기의 친일문학으로 연결되는 가교의 구실을 했다. 그러나 1930년대 말기의 우리 문단에서 순수성을 지키고, 문학비평의 새 방법을 모색하느라 노력해 몇몇 문학비평가를 등장시켰으며, 특히 서구의 문학비평이론을 도입, 소개한 업적은 인정받아야 할 것이다.

인상주의 印象主義 사물을 인식함에 있어서 사물에 대한 감각적 인상을 직접 감각기관에 비친 그대로 묘사하려는 경향. 인상주의는 원래 사실주의적 시각에서 출발, 대상의 객관적 존재를 여실히 묘사하기보다는 그것의 주관적 인상을 있는 그대로 옮겨 그리는 감각적 · 정서적 태도이다. 문학예술의 경우 그것은 지속과 영속에 대한 순간의 우위를 강조한다. 우연이 모든 존재의 원리가 된다. 예술적 표현을 이처럼 순간적 기분에 귀속시키는 것은 사회학적으로는 인생에 대한 기본적인 수동적 태도, 요컨대 자기중심적 · 심미적 문학의 정점, 혹은 실제적 · 현실적 인생에 대한 낭만주의적 체념의 극한적 귀결을 뜻하게 된다. 우리 나라의 경우 주로 비평방법론의 문제와 밀착되어 나타난 인상주의적 태도는 1930년대의 박용철朴龍喆 · 김환태金煥泰 · 김문집金文輯 · 백철白鐵 등의 비평태도로 집약된다. 인상주의는 사실주의가 탈화 · 발전되어 표현주의로까지 이월되는 개념이다. 인생의 환영과 무가치성에 집착하는 인상주의적 문학은 좁은 의미의 자연주의보다 감각적 경험에 더욱 밀착하며 더욱 완전하게 직접적 · 시각적 체험을 중시하는 데에 그 특징이 있다.

일월 日月 → 황순원黃順元

임꺽정 林巨正 → 홍명희洪命熹

임보 林步 1940~ 시인. 본명 강홍기姜洪基. 전남 순천 출생. 서울대 국문과(1962) 및 성균관대 대학원 졸업(1983). 1962년 《현대문학》에 시 〈자화상自畵像〉 〈거만한 상속자〉 〈야시野舍에서〉 등이 추천되어 등단했다. 시 동인지 《진단시》와 《우이동시인》을 통해 작품 활동을 해왔으며, 우이시회를 주도하면서 월간 《우이시》를 간행하고 있다. 시집 《임보林步의 시詩들 59 · 74》 《산방동동山房動動》 《목마일기木馬日記》 《은수달 사냥》 《황소의 뿔》 《날아가는 은빛 연못》 《겨울, 하늘소의 춤》 《구름 위의 다락마을》 등이 있으며, 저서에 《현대시운율구조론》 등이 있다. 그는 생명시학의 이론을 바탕으로 시의 대중화운동을 전개해 왔으며, 쉽고 재미있고 감동적인 시를 지향한다. 따라서 운율을 살리는 율시, 스토리가 있는 설화시, 네 마디의 단시인 사단시四短詩 등을 꾸준히 실험하고 있다. 또한 최초의 선시집仙詩集 《구름 위의 다락마을》 등 독특한 동양적 시풍으로 한국현대시의 정체성을 수립하고자 노력, 개성적인 많은 시론을 발표하고 있다. 현대시협상, 성균문학대상 등을 수상했다.

임신행 任信行 1940~ 아동문학가 · 시인. 호 임파任派 · 탄보坦步. 경북 김천 출생. 서라벌예대 문예창작과 1년 중퇴(1962). 1965년 《국제신문》에 장편동화 〈성게와 가자미〉 연재 시작, 1966년 전쟁동화 〈베트남 아이들〉을 발간, 1968년 오월신인예술상에 〈강강술래〉 당선, 1970년 《서울신문》 신춘문예에 동화 〈하얀 물결〉 당선 등 문단 데뷔 경로가 다양하다. 1961년에는 《자유문학》에 소설 〈진개장〉이 당선작 없는 가작으로 입상하기도 했으나, 폐간으로 빛을 보지 못했다. 베트남전에 파견되어 정훈병으로 근무한 경험이 있으며, 그 경험을 바탕으로 한국 최초로 전쟁동화를 간행하기도 했다. 1974년에는 창녕문학회 창립멤버로 활약했고, 동인지 《갈숲》 창간멤버로 활동했다. 1979년에 경남아동문학회를 창립, 마산문인협회 회장과 경남아동문학회 회장, 경남문인협회 이사 등을 역임했으며, 현재 창신대 문창과 겸임교수로 재직 중이다. 주요 작품집으로 장편동화집 《지리산 아이》 《골목마다 뜨는 별》 《은빛 갈매기》 《말숙이의 모험》 《해저동굴》 등 13권과, 《꽃불 속에 울리는 방울소리》 《까치네 집》 《흰 고래를 잡으러》 《서울에 온 도깨비》 등을 비롯한 다수의 중·단편 동화집이 있다. 부모의 형편에 따라 가난하게 농촌이나 어촌에 사는 어린이를 주인공으로 하는 그의 작품은 가슴뭉클한 감동의 작품으로 어린이들이 매우 건실하고 모험적이며 이웃과 더불어 어려움을 개척해 나가는 소설적 골격을 이루어 읽는 이로 하여금 희망을 불어넣어 주는 작품을 생산하는 작가이다. 자연을 육화해 교육성과 도덕성 노출을 끈기 있게 삼가면서 문학적 미학과 감동을 확산시키는 수작을 발표하고 있으며, 한국아동문학 유산을 다채롭게 하는데 뚜렷하게 기여한 작가로 평가받고 있다. 1974년 눌원문화상, 1974년 경남문화상, 1979년 세종아동문학상, 1982년 한국어린이도서상, 1985년 이주홍아동문학상, 1986년 대한민국문학상, 1994년 방정환아동문학상, 1995년 경남문학상, 1996년 어린이문화대상, 1998년 영남아동문학상 등을 수상했다.

임영조 任永祚 1945~ 시인. 본명 세순世淳, 호 이소耳笑. 서라벌예대 문예창작과 졸업(1967). 1970년 《월간문학》 신인상에 시 〈출항出航〉이 당선된 데 이어 1971년 《동아일보》 신춘문예에 시 〈목수木手의 노래〉가 당선되어 등단했다. 1975년 《육성》 동인을 결성, 본격적인 작품 활동을 하다가 7년여의 공백기를 가졌다. 1985년 《한국문학》에 〈과천 뻐꾹새〉 〈남태령을 넘으며〉를, 《현대문학》에 〈꽃을 위하여〉 〈사십줄 나이〉 〈안경알을 닦으며〉 등을 발표, 작품 활동을 재개하면서 첫 시집 《바람이 남긴 은어》를 펴냈다. 한국시인협회 사무국장 역임. 1994년 오랜 직장생활을 마감하고 중앙대 및 추계예술대 문예창작과 등에 출강하는 한편, 시창작에만 전념하고 있다. 시집으로 첫 시집 이외에 《그림자를 지우며》 《갈대는 배후가 없다》 《귀로 웃는 집》 《고도를 위하여》 등이 있고, 시선집 《흔들리는 보리밭》이 있다. 그는 데뷔 이래 줄곧 '쉽게 읽히면서 그 속에 숨겨진 내면세계는 아무나 흉내내기 어려운' 서정시를 고집해 왔다. 객관적이고 보편적인 소재에 주관적이고 개성적인 인식 내용을 이끌어내는 언어미학 탐구에 주력하면서, 사물의 내면에 잠재한 존재론적 의미를 발견해내고 개성적인 발화방법이 어우러지는 자기응시의 시세계를 추구해 왔다. 사물에 대한 체험의 두께를 신선하면서도 날카로운 비유, 기발한 착상, 무한한 연상작용 등을 통해 독자로 하여금 사상의 내용이나 삶의 본질을 재발견케 하는 독특한 표현의 조화에 성공을 거두었다는 평가를 받고 있다. 1991년 제1회 서라벌문학상, 1993년 제38회 현대문학상, 1994년 제9회 소월시문학상 등을 수상했다.

임영창 林泳暢 1917~ 시조시인. 호 일묵一默, 필명 임삼林三. 경북 영덕 출생. 건국대 정치과 졸업. 1933년 《종교시보》에 시조 〈일편단심〉 〈흰 눈 앞에서〉를 발표하고, 같은 해 《조선중앙일보》에 〈어머니〉 등을 발표하면서 등단했다. 신문학동인회 회원으로 활동, 해군사관학교 · 효성여대 · 한국항공대 · 마산대 등의 교수와 신문사의 논설위원 · 주필을 역임했다. 주요 작품으로 〈삼보송〉 〈산사山寺에서〉 〈사월송四月頌〉 〈20세기의 세모歲暮〉 등이 있고, 시조집으로 《삼보송》 《나》 등이 있다. 그의 시세계는 불교의 선禪의 세계를 표방하고 있으며, 자연과 선의 합일성의 범주를 노래하고 있다.

임옥인 林玉仁 1915~1995 소설가. 함북 길주 출생. 일본 나라여자고등사범 졸업. 1940년 《문장》에 〈봉선화〉 〈고영孤影〉 〈후처기後妻記〉로 추천을 받아 등단했다. 이어 〈전처기前妻記〉 〈산産〉 등을 발표했고 해방 후 가정여학교를 창설, 농촌여성 계몽운동에 투신했다. 월남 후 《부인신보》 《부인경향》 편집장을 지내면서, 단편 〈수원愁怨〉 〈풍선기風船記〉 〈나그네〉 〈낙과落果〉 등을 발표, 그후 장편에도 손을 대어 〈그리운 지대地帶〉 〈일상의 모험〉 〈힘의 서정〉 등을 발표했다. 창작집 《후처기》 《젊은 설계도》 등과 수필집 《지하수》 등을 간행했다. 어느 작가보다도 생사의 문제를 폭넓고 다양하게 다루었으며, 생명을 본위로 세계를 형성하고, 그 생명이 어디까지나 희생과 인종, 시련과 번민을 통해 빛남을 보여주었다. 1957년 〈월남전후〉로 자유문학상을, 이후 예술원상, 여류문인상 등을 수상했다.

〈후처기 後妻記〉 임옥인의 단편소설. 1940년 《문장》에 발표되었다. '나'는 실연한 노처녀로서 S읍의 개업의 혁규의 세번째 후처가 된다. 혁규에게는 죽은 전처인 두번째 아내에게서 난 영수와 복희 남매가 있었는데, 남자아이는 그렇지 않았지만 복희는 계모에게 있어서 가시 같은 존재였다. 남편 역시 전처의 환상을 안고 후처인 '나'를 사랑하지 않았지만, 나는 감정과 주변 사정에 굴하지 않고 살림에 열중하며 외부와는 모든 인연을 끊고 내부적으로 자기세계를 심화 · 확대해 나간다. 임신을 알았을 때, 그 자신감은 더욱 공고해졌다. 주인공인 '나'는 몹시 의지적이고 현실적인 강인성을 보여주고 있다. 죽은 전처의 흔적을 말끔히 씻어 버리기 위해서라기보다도 그 고집 때문에 들려오는 남의 잡음에도 아랑곳하지 않고 일을 처리해 나가는 주인공의 표정은 얼음처럼 차디차다. 그것은 지식여성이라는 이름의 오만성에서 온다기보다 번번이 자기 자신을 돌이켜보고 되씹는 고고한 인간성이 그렇게 하게 한 것이다. 그러한 인간성은 겉으로는 남을 용납하지 못하지만, 마음속으로는 다른 사람과의 일치점을 찾아내려고 한다. 그렇지만 그럴수록 '나'는 더욱 외롭기만 하다. 이 소설은 후처라는 불리한 위치를 리얼하게 부각시켜 성공한 작품이며 작자의 출세작으로서, 성격묘사에 성공한 소설로 평가되고 있다.

〈월남전후 越南前後〉 임옥인의 장편소설. 1956년 《문학예술》에 발표된 작품으로 제4회 아시아자유문학상을 수상했다. 광복 직후 고향 길주에서 불구인 오빠와 노모로 인해 남하하지 못한 '나' 김영인이 약 2년에 걸쳐 고종사촌 동생인 을민의 요청으로 혜산진에서 가정여학교를 맡아 운영하면서 몽매한 농촌 여자들의 교육을 맡는다. 진주군인 소련군의 비인간적 행위와 사촌동생의 온당하지 못한 사상, 주위에서 압박해 오는 공산화되어가는 환경조건을 못 견디고 남하하게 되기까지의 사정을 여성다운 필치로 그렸다. 광복 이후 이 땅의 사람이라면 너나 할 것 없이 뼈저리게 겪은 민족의 수난상을 사실 그대로 적나라하게 묘사한 작자의 대표작이다. 이 작품의 소재로서 다루고 있는 역사성이나 정치성은 귀중한 것이다. 해방 직전부터 해방 직후의 불과 1, 2년 동안 벌어지는 사건이지만 이 민족의 숨가쁜 현실을 그대로 증언해 주고 있다. 때문에 이 작품은 다분히 시대소설이요, 정치소설이요, 사상소설이라 할 수 있다. 그러나 흔히 볼 수 있는 관념적이거나 선전적인 것이라 할 수는 없다. 한 인텔리 여성 즉 작가가 겪은 가지가지의 수난상을 구김없이 보여주고 있다. 이를테면 북쪽에 진주했던 소련군의 정체, 해방 후의 무질서, 공산주의자들의 발호, 여기에 반항했던 주인공의 월남 등, 우리에게 너무도 생생한 역사적 현실을 리얼하게 그려냈다.

임인수 林仁洙 1919~1967 아동문학가·시인. 호 현석玄石·구촌九村. 경기도 김포 출생. 조선신학교 졸업. 1944년《아이생활》에 동시〈봄노래〉〈겨울밤〉등을 발표하면서 등단했다. 이후 동인지《동원》을 주재해 일제말 암흑기의 문학운동에 진력했고, 광복 후에는 시·동시·동화 등을 발표하면서 주로 잡지 편집일을 보았다. 주요 작품으로 시〈바다로 가는 길〉〈가난한 시대의 시인에게〉, 동시〈별 이야기〉〈숲속의 아침〉, 동화〈가을 하늘〉〈이름 없는 시집〉등이 있으며, 동화집《어디만큼 왔냐》《동지사》《봄이 오는 날》《이상한 풍금》, 시집《땅에 쓴 글씨》등이 있다. 그의 모든 작품에는 기독교적 선의를 바탕으로, 신앙과 소망과 사랑의 사상으로 허무를 극복하려는 의지를 엿볼 수 있다.

《눈이 큰 아이》 임인수의 동화집. 1960년 종로서관에서 발행한 것으로 그의 대표작이 거의 다 수록되어 있다. 자신의 나이 43세 때를 기념해 단편동화 43편을 7부로 나누어 실었다. 그의 동화 양식은 대체로 건실한 기법이라고 할 수 있는 생활동화의 형태를 취하고 있으며, 그가 관찰한 세계에서 조용한 고발정신을 엿볼 수 있다. 그는 의식적으로 동화가 픽션의 재미를 끌어들이는 것을 거부했고, 또한 동화의 한 요건이기도 한 환상을 도입하려 하지 않았다. 그저 아동의 심상을 통해 관찰한 현실의 부조리를 조용하게 고발할 뿐이다.

임진왜란 壬辰倭亂 → 박종화朴鍾和

임찬순 任粲淳 1939~ 극작가. 호 괴정槐庭. 충북 청원 출생. 청주대 정치과 및 동 대학원 졸업(1985). 1978년《월간문학》에 희곡〈덫〉이 신인상으로 당선되어 등단했다. 우리의 전통적 전설인 장사 이야기를〈덫〉〈칼집 없는 칼〉〈빈집〉〈탑塔〉등에 써서 한국인의 한과 좌절과 비극을 형상화했다. 주요 작품으로〈숲〉〈시인詩人의 탄생〉〈갈매기 바다에 돌아오다〉〈목신木神의 죽음〉, 장막극〈나루터〉등이 있고,《이 여명의 산하》《무심만필》등 에세이집도 다수 펴냈다.

임철우 林哲佑 1954~ 소설가. 전남 완도 출생. 전남대 영문과(1981) 및 서강대 대학원 졸업(1984). 1981년《서울신문》신춘문예에〈개도둑〉이 당선되어 등단했다.《오월시》동인으로 활동했으며, 현재 한신대 문예창작과 교수로 재직 중이다. 작

품집에 《아버지의 땅》《그리운 남쪽》《달빛 밟기》《불임기》《직선과 독가스》 등이 있고, 장편 〈붉은 산 흰 새〉〈그 섬에 가고 싶다〉〈등대 아래서 휘파람〉〈봄날〉 등을 간행했다. 이밖에 장편동화 〈황금동전의 비밀〉이 있다. 〈아버지의 땅〉과 〈그리운 남쪽〉 등에서 분단과 광주민중항쟁이 남긴 정신적 상흔의 문제에 관심을 기울인 임철우의 소설에 등장하는 대부분의 인물들은 역사적 · 사회적 현실의 모순으로 인해 고통받고 상처입은 존재들이다. 정치적 폭력이 한 개인의 의식을 어떻게 뒤흔들어 놓는가의 문제는 장편소설 〈불의 얼굴〉〈붉은 산 흰 새〉에까지 이어진다. 임철우가 집단적 폭력을 형상화함에 있어서 즐겨 사용한 방법은 6 · 25와 광주라는 비극적 상황을 구체적인 공간 속에 응축시키되, 이를 민족분단이나 정치상황을 연상하도록 사건을 배치하는 알레고리이다. 〈곡두 운동회〉〈그들의 새벽〉〈사산하는 여름〉에서 나타나는 이러한 방법은 시대의 광기로부터 자유로울 수 없었던 작가의 자의식적인 선택이라고 할 수 있다. 한편 정치적 권력과 개인의 자의식 사이의 대립의 이면에 놓여 있는 것은 훼손되지 않은 인간상, 혹은 고향에 대한 애착과 갈망이다. 〈사평역〉에서 보이는 서정적 세계에 대한 열망은 〈등대 아래서 휘파람〉에서도 지속적으로 나타난다. 이 작품은 가난과 고통으로 점철된 유년기를 묘사하고 있지만, 작가의 따스한 애정과 손길이 느껴진다는 점에서 임철우의 변모를 짐작하게 해주는 작품이다. 1984년 〈아버지의 땅〉으로 제17회 한국일보문학상을, 1988년 〈붉은 방〉으로 제12회 이상문학상을 수상했다.

〈아버지의 땅〉 임철우의 단편소설. 1984년 《문학사상》에 발표되었다. 전쟁 미체험 세대에게 6 · 25가 어떤 의미로 다가가는지가 형상화된 작품이다. 주인공이자 작품의 화자인 '나'는 군인으로서 월북한 아버지를 기다리는 어머니와 갈등하나, 훈련 중 발견된 전몰시체를 통해 민족사의 아픔에 대해 인식하게 되는 인물이다. '나'의 어머니는 월북한 남편을 부질없이 기다리는, 민족사의 과제를 상징하는 인물이다. 분단문제가 주인공 '나'와 어머니, 노파와 노인 등 가족의 문제와 연결됨으로써 경험의 구체성과 함께 분단이 민족 전체의 보편적 문제라는 인식을 획득한다. 까마귀 · 피피선 · 눈 · 사기대접 등의 상징들은 작품의 주제를 위한 중요한 서사적 장치가 되고 있다. 한편 주인공 나의 신분 및 유골을 발견하게 된 애초의 이유가 결국은 분단의 징표인 군대와 연관된다는 점에서 작품이 설정한 상황은 강력한 현재성을 포괄한다.

임학수 林學洙 1911～? 시인. 호 악이岳伊. 전남 순천 출생. 경성제대 영문과 졸업. 그 후 배화여고 등에서 교사로 일하고 해방 이후 초창기의 서울여대에서 강의, 고려대 교수로 재직하다가 6 · 25 때 납북되었다. 1931년부터 시창작을 시작해 《동아일보》《신생》 등에 〈우물〉〈여름의 일순〉〈나그네의 꿈〉〈피리 흘러오는 밤〉 등의 시를 발표했다. 1937년 간행한 첫번째 시집 《석류》에 수록된 서사시 〈견우〉는 최재서에 의해 '남성적인 힘의 문학'으로서의 서사시가 부흥하는 현상의 하나로 호평되기도 했다. 그의 초기 시는 자연과의 동화, 자연의 신비와 구원을 추구했으나 문인보국대의 일원으로 중국 전선을 시찰하고 온 이후 간행한 《전선시집》에는 중국의 거대한 자연을 통해 호탕한 시경과 호연지기를 노래하고 있다. 이외에 〈가마귀〉〈금혼식〉〈침전한 미소〉 등의 단편소설과 〈현대 영시의 동향〉 등의 평론을 발표했다. 《팔도풍물시집》《후조》《필부의 노래》 등의 시집을 발간했다.

임헌도 林憲道 1920~ 시조시인 · 국문학자. 호 유당裕堂. 충남 공주 출생. 서울대 문리대 졸업. 1940년 시 〈보덕굴普德窟〉의 발표를 계기로 많은 작품을 발표했으나 일제의 국어사용 금지로 시작을 중단했다가 광복 후 동인지와 《현대문학》 등에 작품을 발표함으로써 작품 활동을 재개했다. 주요 작품으로 〈덩굴〉〈고성古城〉〈기상도〉〈밤의 섭리〉 등이 있으며, 작품집으로 《청산별곡》《기상도》《묵시록》 등을 간행했다. 그밖의 저서로 《고문교본古文敎本》《국어문장론》《국어연구》《한문소설선집》 등이 있다. 그의 시조는 언어의 절제와 함축미를 살려서 한국적인 정한에 바탕을 둔 서정성을 주조로 하며, 사물의 깊은 내면에서 솟구치는 뜨거운 생명감과 함께 이상적 경향을 보여주고 있다. 충남문화상, 한국현대시조문화상, 세계시인문화상, 한국불교문화상 등을 수상했다.

임헌영 任軒永 1941~ 문학평론가. 본명 준열俊烈. 경북 의성 출생. 중앙대 국문과 및 동대학원 졸업. 1966년 《현대문학》에 평론 〈장용학론張龍鶴論〉〈니힐과 반항〉 등이 추천되어 등단했다. 이후 〈'카토의 자유' 론〉〈보수와 전통〉〈전쟁 속의 인간상〉〈도전의 문학〉〈한국문학의 과제〉〈민중과 역사에의 접근〉 등을 발표했으며, 특히 〈한국문학사상사시론〉〈민족문학에의 길〉 등은 수작으로 평가받는다. 〈한국문학사상사시론〉은 1972년 《현대문학》에 연재한 평론으로, 문학사를 개론적인 서술적 방법이 아니라 문학의 근원이 되는 사상을 현실 즉 창조적 생활 속에서 재발굴해 내는 점이 이채롭다. 특히 이 평론은 문학관의 발전부터 시작해 장르의 문제, 사회의식의 대두, 경제사상의 표현, 정치의 문학적 표현, 종교사상, 자연관의 변모, 고대미학사상, 사실주의의 발생, 근대문학의 기점 등으로 논리를 전개해 나갔는데 특히 사실주의의 발생에 대해서 비판적 또는 선각적 사실주의 작가라고 할 수 있는 연암 박지원朴趾源에서 비롯되었다고 주장한 점은 한국문학에서 처음 있는 일이었다. 저서로 평론집 《문학의 시대는 갔는가》《창조와 변혁》《한국근대비평사의 쟁점》《문학과 이데올로기》《변혁운동과 문학》《우리시대의 시읽기》 등과 《한국근대소설의 탐구》《한국현대문학사상사》《분단시대의 문학》《문학을 시작하려면》 등이 있고, 이밖에 번역 · 공저 · 수필집 등 20여 권과 논문 및 평론 200여 편이 있다. 그의 사상적 기조는 인간의 자유와 역사적 현실의식을 바탕으로 한 민중의식에 두고 있으며, 문학을 단순한 심미적 관점에서 파악하지 않고 역사 · 정치 · 경제 · 사회의식의 통일된 조화 위에서 현실적인 미학으로 순화시키는 객관적인 인식방법이 두드러진다. 현재 중앙대 국문과 겸임교수로 재직 중이며, 계간 《한국문학평론》 주간, 한국문인협회 · 국제펜클럽 한국본부 · 민족작가회의 이사, 한국문학평론가협회 부회장으로 활동하고 있다. 1988년 한국문학상, 1996년 편운문학상을 수상했다.

임화 林和 1908~1953 시인 · 평론가. 본명은 인식仁植. 문필활동을 시작했던 1926년에는 성아星兒라는 필명을, 1928년부터는 임화 · 김철우金鐵友 · 쌍수대인雙樹臺人 · 청

로靑爐 등의 필명을 썼다. 서울 출생. 1921년에 보성중학에 입학했다가 1925년에 중퇴했고, 1926년부터 시와 평론을 발표하기 시작했으며, 영화와 연극에도 뛰어들었다. 시 〈지구와 빡테리아〉〈담曇-일구이칠一九二七〉 등이 잘 일러주고 있는 것처럼 이 무렵 그는 다다이즘에 흥미를 느끼고 있었으며, 바로 이러한 전위사조에 대한 모방욕이 무산계급문학운동에의 열정과 의지를 낳은 것이라 할 수 있다. 1928년에 박영희朴英熙와 만났으며 윤기정尹基鼎과 가까이 하면서 카프KAPF에 가담했고, 이 해에 〈유랑〉 등의 영화에 주연배우로 출연하기도 했다. 1929년에는 〈우리 옵바와 화로火爐〉〈네거리의 순이順伊〉 등의 시를 써냄으로써 일약 대표적인 프로 시인의 자리를 차지하게 되었다. 1930년에 일본으로 가서 이북만李北滿 중심의 '무산자' 그룹에서 활동했고, 극단 신건설을 조직하기도 했다. 1931년에 귀국해 영화 〈지하촌地下村〉에 주연으로 출연했고, 카프 1차 검거시 검거되었으나 9월경 불기소 석방되었다. 1932년에는 카프서기장이 되었다. 카프전주사건이 터진 그 이듬해인 1935년에 카프해산계를 낸 이후 해방이 될 때까지의 임화의 삶은 폐결핵, 시집 《현해탄玄海灘》, 〈조선신문학사〉 서술, 출판사 학예사 운영 등으로 점철되었다. 해방 이틀 후에 '문학건설본부'의 간판을 내걸어 좌익문인들을 규합했고, 1946년 2월에는 '조선문학가동맹'의 결성을 주도하기도 했다. 1947년 11월에 월북하기 전까지는 박헌영朴憲永 · 이강국李康國 노선의 민전의 기획차장으로 활동했으며, 월북 후에는 6 · 25까지 조 · 소문화협회 중앙위 부위원장으로 일했다. 6 · 25 때는 다시 서울에 왔다가 그 뒤 낙동강 전선에 종군하기도 했다. 그리고 휴전 직후 1953년 8월에 남로당 중심인물들과 함께 북한정권의 최고재판소 군사재판부의 법정에 서게 되었다. 그의 옆에는 이원조李源朝 · 설정식薛貞植 등의 문인도 있었다. 19세부터 시 · 평론을 발표했던 임화가 남긴 시집으로는 《현해탄》《찬가讚歌》《회상시집回想詩集》《너는 어느 곳에 있느냐》 등이 있고, 평론집으로는 《문학의 논리》가 있으며, 편저로는 《현대조선시인선집》이 있다. 생전에 80편에 가까운 시와 200편이 넘는 평론을 쓴 것으로 집계되고 있으며, 한국현대시사와 비평사에서 중요한 위치를 차지하고 있다. 특히, 1920~1930년대의 프로문학과 해방직후의 좌익문학을 논할 때 필수적으로 살펴보아야 할 존재이다. 뿐만 아니라 그는 진보적 문학운동사 또는 문학단체사 등으로서의 한국현대문학사에 있어서는 핵심적인 인물이다.

임희재 任熙宰 1922~1970 극작가. 충남 금산 출생. 일본 니혼대 법과 중퇴. 1955년 신춘문예에 단막 〈기항지寄港地〉가 당선되어 등단했다. 이후 희곡 · 시나리오 · 방송극 · TV극 등 약 300여 편을 집필했다. 주요 작품으로 단막 〈복날〉〈고래〉〈무허가 하숙집〉, 장막 〈꽃잎을 먹고 사는 기관차〉〈잉여인간剩餘人間〉 등을 꼽는다. 또한 희곡창작에만 국한하지 않고 〈초설〉〈종전차〉〈산하금지〉 등의 시나리오와 〈아씨〉 등 TV 연속드라마도 썼다. 극작 외에 월간잡지《여성계》를 주간하는 등 폭넓게 활동했다. 그는 현실 속에서 강인하고 적극적으로 삶을 모색하는 생활적이고 긍정적인 인물을 주된 제재로 삼았다. 그의 작품은 전쟁에 의한 폐허와 절망적인 분위기를 배경으로 삼고 있으면서도, 인간에 대한 따뜻한 긍정의 정신을 잃지 않는다. 이처럼 그의 희곡에서는 전쟁의 상흔과 황폐화된 대지 위의 철거민의 생존양상을 취급하고 있으나 넉넉한 해학과 낙관적인 전망을 고수하고 있는 까닭에 극의 주조가 매우 밝은 점이 특색이다.

현대문학신인상, 한국영화이사회의 시나리오상 등을 수상했다.

잉여인간 剩餘人間 → 손창섭孫昌涉

ㅈ

자연송 自然頌 → 황석우黃錫禹

자연주의 自然主義 예술행위의 기본이 되는 제1원리를 자연이라 보고 창작 활동의 근거를 자연에 두어야 한다고 주장한 문예사조. 자연주의라는 말은 문예에서보다 먼저 철학과 미술에서 사용되었다. '자연주의'라는 용어를 문학에서 처음 사용한 작가는 E. 졸라로, 사람들은 자연주의를 졸라의 조어로 생각하기도 했다. 이러한 과정을 통해서 특정시대의 문예사조로 정립된 자연주의는 특히 프랑스를 중심으로 1875년 무렵부터 '객관적 현실의 재현'을 표방하는 사실주의의 극복을 시도하면서 그 뒤를 이어 더욱 발전했다. 즉, 자연주의는 실증철학과 진화론 등의 영향을 받아 자연을 신이 존재하지 않는, 원소들의 우연한 집합으로 구성된 물질로 보며, 그 속에 사는 인간이란 영혼의 존재가 아니라 단지 환경결정에 의해 지배를 받는 생리적 유기체에 불과하다고 보았다. 그러므로 자연주의는 실험과 관찰이라는 자연과학적 방법으로 현실을 표현하는 유물론적 문예사조라 할 수 있다. 리얼리즘을 더욱 심화하고 예술을 모든 도덕적·이상적 가치에서 분리해 엄밀한 결정론을 문학의 영역에까지 도입하려 한 자연주의는 우리 나라에 1910년대 말경, 일본을 통해 도입·소개되었다. 한국에서 최초로 자연주의란 말을 쓴 사람은 주요한朱耀翰이었으나 실제로 이 사조에 속하는 작품이 발표된 것은 《창조》 창간호에서부터였다. 이 잡지에 실린 김동인金東仁의 〈약한 자의 슬픔〉이 바로 자연주의에 해당하는 작품이었던 것이다. 이어 한국현대소설에는 이 계보에 속하리라고 생각되는 작품이 적지 않게 생산되었던 바, 주요 작품들을 살펴보면 다음과 같다. 자연주의 1기에 해당하는 시기의 작품들로는 김동인의 위 작품에서 시작해 1920년대 말까지 쓰여진 몇몇의 작품들이 해당되는데 여기에는 김동인의 〈마음이 옅은 자여〉, 전영택田榮澤의 〈혜선惠善의 사死〉〈천치天痴? 천재天才?〉 등이 있다. 이 시기 자연주의 소설이 가지는 특색은 그것이 순문학운동의 한 방편이었다는 점이다. 김동인이나 전영택이 그 작품 제작과정에서 스스로 자연주의 소설을 의식하고 쓴 것이라기보다는 춘원春園의 계몽소설에 대한 반발로 택해진 것이라고 볼 수 있다. 다음 한국 자연주의 소설의 제2기는 1921년 초부터 시작되어 1923년 중엽까지에 이른다. 이 시기에 제작·발표된 작품에는 현진건玄鎭健의 〈빈처貧妻〉를 필두로 김동인의 〈유성기〉〈목숨〉, 전영택의 〈생명의 봄〉〈운명〉, 현진건의 〈술 권하는 사회〉〈타락자〉, 염상섭廉想涉의 〈표본실標本室의 청개구리〉〈만세전萬歲前〉, 나도향羅稻香의 〈젊은이의 시절〉〈여이발사女理髮師〉 등이 있다. 이 시기에 이르러서 한국작가에게도 비로소 어느 정도 자연주의 소설에 대한 인식이 시작되었다. 특히, 이 시기에 나타난 염상섭은 그후 오랫동안 그의 작품 세계에 강한 자연주의의 측면을 보여 준 것으로 유명하다. 제3기의 작품은 1923년 후반부터 시작되고 1926년경에 막을 내린다. 이 시기에 활동한 주요 작가와 작품은 현진건의 〈할머니의 죽음〉〈운수 좋은 날〉〈B사감과 러브레터〉, 전영택의 〈사진〉〈화수분〉, 염상섭의 〈금반지〉〈윤전기〉, 나도향의 〈행랑자식〉〈뽕〉〈물레방아〉〈벙어리 삼룡이〉 등이며, 이밖에도 최서해崔曙海의 〈탈출기脫出記〉〈기아와 살육〉이나 주요섭朱耀燮의 〈인력거꾼〉 등이 여기에 추가될 수 있다. 이 시기에 이르러 한국의 자연주의 소설은 비로소 습작기를 벗어나 본격적으로 작품을 제작해내는 단계에 이르렀던 것이다. 다만 여기서 한 가지 주의해야 할 점은 한마디로 자연주의 계열에 속하는 작품이라고 해도 이상의 작품들이 반드시 서구적인 개념규정에 완전 합치되는 것은 아니라는 사실이다. 이후 자연주의는 신경향파新傾向派가 등장하면서 이론적 충돌을 빚어냈지만, 신경향파의 빈궁소설은 질적으로는 비교도 안될 만큼 낮은 것이었다. 한편, 신경향파 이후의 프로문학은 자연주의 문학에 이데올로기라는 의상을 입힌 문학이었다고 볼 수 있다.

자오선 子午線 1937년 창간된 민태규 편집·발행의 시전문동인지. 창간호가 종간호이다. 창작시에 오장환吳章煥의 시 〈황무지荒蕪地〉, 이성범李成範의 〈이상애도李箱哀悼〉, 이육사李陸史의 〈노정기路程記〉, 서정주徐廷柱의 〈입맞춤〉〈맥하麥夏〉 등 33편을 수록했다. 끝에 C. D. 루이스의 〈시에 대한 희망〉을 실었다. 동인은 박재륜朴載崙·서정주·윤곤강尹崑崗·오장환·민태규·이육사·신석초申石艸·함형수咸亨洙·이성범·이상李箱·이병각李秉珏·신백수申百秀·정호승鄭昊昇 등이다.

자유문학 自由文學 1956년 자유문학자협회에서 창간한 순문예지. 창간 편집 겸 발행인은 김기진金基鎭, 주간은 송지영宋志英, 편집장은 김이석金利錫으로 자유문협의 기관지이면서도 범문단적인 문예지의 역할을 했다. 1959년 주간이 김송金松으로 바뀌었고, 4·19를 계기로 판권을 김광섭金光燮이 인계받아 기관지의 성격을 벗어나 자유문학사에서 발행했다. 1962년부터 편집위원제를 두어 이헌구李軒求·모윤숙毛允淑·안수길安壽吉·이인석李仁石·이철범李哲範 등이 위원이 되었고, 1963년부터 이헌구·모윤숙이 편집인이 되었으나 운영난으로 1963년 8월 통권 71호로 종간했다.

자유시 自由詩 형태상으로 정형시와 상대적인 입장에 서는 것으로서, 전통적인 형식에서 벗어나 자유로운 표현으로 작가의 감정이 표현된 시. 정형시에 있어서는 시의 한 단위가 보步와 행行으로 이루어지나, 자유시형은 그것이 연聯으로 된다. 따라서 보다 산문에 가까운 산문시도 자유시의 일종으로 볼 수 있으나, 대개는 이를 구별해 인용한다. 자유시가 정형시의 성립 조건에서 탈피한 이유는 근대정신이 운율의 법칙이나 일정한 어수語數의 틀 속에 갇혀 있을 수 없도록 복잡해졌을 뿐만 아니라 민주주의의 발달과 더불어 민중의 생활과 그 율동을 함께하기 위함 때문이었다. 또한 자유시가 대두한 다른 하나의 직접적인 계기는 음악성을 부정하는 점에 있었다. 그러나 리듬을 전혀 배제하는 것은 아니고, 언어가 지니는 음의 의미를 통해 형성되는 이미지의 예술성이 그 생명을 이룬다. 이를 가리켜 불규칙의 리듬, 곧 자유율 혹은 내재율이라고 한다.

자유실천문인협의회 自由實踐文人協議會 문학을 통한 현실참여와 민주화운동을 위해 1974년 11월 18일 민족문학 계열의 문인들이 결성한 단체. 약칭 자실自實. 이날 결성대회에서 문인들은 고은高銀을 대표간사로, 신경림申庚林·염무웅廉武雄·박태순朴泰洵·황석영黃晳暎·조해일趙海一을 간사로 선출하고 〈문학인 101인 선언〉을 발표, 구속자 석방·기본권보장·자유민주주의정신과 절차에 따른 새 헌법 마련 등 5개항의 결의문을 채택한 뒤 세종로에서 시위에 돌입했다. 이에 고은·조해일·윤흥길尹興吉·박태순 등 7명이 경찰에 연행되었다. 이후 자유실천문인협의회는 1975년 3월 15일의 〈165인 선언〉, 1978년 4월 24일의 〈민족문학의 밤〉, 1979년 4월 27일의 〈구속문인을 위한 문학의 밤〉 등의 활동을 전개하는 한편 같은 해 7월 4일에는 세계시인대회가 열리고 있는 워커힐로 몰려가 '한국의 시는 죽었다'고 외치며 시위, 이시영李時英·이문구李文求·송기원宋基元 등 9명이 경찰에 연행되기도 했다. 이러한 문인들의 투쟁과정에서 송기숙宋基淑·양성우梁成祐·고은·김병걸金炳傑 등이 옥고를 치렀으며, 백낙청白樂晴·박태순·염무웅·황석영 등이 당국의 탄압을 받았다.

자유종 **自由鍾** → 이해조李海朝

자의식문학 自意識文學 서구의 산업혁명을 계기로 과학과 사회구조의 메커니즘화에 대항해 나타난 개인의식의 한 유형을 포함하고 있는 문학. 근대 지식인의 내적 반성의 정신적 경향으로 우리 나라에서는 1930년대 이상李箱의 문학에서 처음으로 나타났으며 이는 서구에서처럼 산업혁명으로 인한 과학적 파괴력과 사회구조의 비인간화가 동인動因이 아니라, 일제 식민지라는 객관적 상황과 일본을 통해 접할 수 있었던 세계적 정신풍토 속에서 개인이 느낀 위기와 공포의식에서 발생했다. 이상의 〈날개〉나 〈오감도〉는 자의식문학의 한 유형이며, 이상의 시에 나타나는 자의식적 독백, 구조상의 패러독스 따위는 1950년대 모더니스트 조향趙鄕의 경우에도 어느 정도 나타난다. 이러한 경향은 그후 1960년대에 오면서 김구용金丘庸·김수영金洙暎 등의 시에서 압도적인 비중을 차지하는데, 이들의 자의식문학은 무엇보다도 현대가 낳은 산물이며, 이러한 자기풍자는 자의식의 작용이다. 이 자의식은 자기분열에서 생겨나며, 자기분열은 자아와 비자아, 즉 진정한 자아와 위장된 자아 사이의 갈등으로 이해될 수 있다.

잔등 → 허준許俊

잔해 殘骸 → 송병수宋炳洙

장군의 수염 將軍— → 이어령李御寧

장길산 張吉山 → 황석영黃晳暎

장덕순 張德順 1921~1996 국문학자. 강원도 철원 출생. 연희전문 문과를 거쳐 서울대 국문과를 졸업. 연세대·부산대 교수를 역임했다. 1973년 서울대에서 문학박사학위를 받았다. 주요 논문으로 〈국문학의 방법론적 제문제〉〈패배주의의 유토피아증症〉〈일제암흑기의 문학사〉〈용비어천가의 서사시적 고찰〉 등이 있고, 저서로는 《국문학통론》《한국설화문학연구》《한국고전문학의 이해》《한국문학사》 등이 있다. 1995년에는 《성산 장덕순 선생 저작집》(전10권)이 간행되었다. 특히 《국문학통론》은 고전문학의 새로운 분석·비평의 양식을 시도한 것으로 국문학사의 시대적 구분 등을 논하고, 한글 이전의 국문학에서는 고대가요·향가·고려가요, 고려의 서사문학에 관해 논술하고, 그 이후에서는 한글창제와 주로 15세기의 문학에 대해 언급했다. 국문학연구에 관한 《한국설화문학연구》에서는 설화문학의 개념과 방법론을 다루는 반면, 설화 자체의 연구에서 고대소설과 관련시켜 연구·고찰했다. 아울러 설화를 소재로 한 현대소설까지 다루었으며, 여러 문헌에 나타난 설화를 분류·정리했다. 그는 한국고전문학 연구에 평생을 바친 국문학자로서 특히 소재연구중심의 고전작품론·작가론을 집대성한 구비문학의 대가로 꼽힌다.

장덕조 張德祚 1914~ 소설가. 경북 경산 출생. 이화여전 영문과 중퇴. 1933년 〈저회低徊〉를 《제일선》에 발표해 등단했다. 졸업 후 언론계에 종사, 개벽사 기자로 있으면서 창작 활동을 시작했다. 광복 후 《평화신문》 기자, 동 문화부장, 《영남일보》 문화부장, 《대구매일신문》 문화부장, 동 논설위원 등을 거쳐 통일주체국민회의 대의원을 역임했다. 개벽사 기자로 있을 때부터 창작 활동을 시작해 단편 〈아내〉〈여자의 마음〉〈광란의 무희〉〈미녀의 비련〉〈자장가〉〈해바라기〉, 연재소설 〈귀여운 여인〉〈은하수〉, 단편 〈입원〉〈한야월閑夜月〉 등을 발표했다. 소설은 재미있어야 한다는 일차적 조건을 고수, 역사와 현실을 낙관주의적 태도로써 관찰하는 선의善意의 인생관을 바탕으로, 스케일이 크고 문장이 유장한 작품을 썼다. 작품집 《이조여인열전》《별하나 나하나》《홍총가외전》, 수필집 《일곱 장의 편지》 등이 있다. 비교적 정력적인 다작을 보여준 그는 역사소설과 여성적 취향의 작품을 많이 발표했다.

장렬한 화염 壯烈一火焰 → 윤정규尹正奎

장르 genre 양식 또는 유형. 어떤 특수한 형식·내용에 따라 특징지어진 예술적 구성의 유형이나 종류. 문학·음악·회화·조각 등은 예술의 여러 장르이며 문학에도 광의·협의의 갖가지 장르가 있다. 소설·시·극·수필 등은 각기 광의의 장르이며, 그것들은 다시 더욱 세분화된 장르로 나뉜다. 가령 단편소설이라든가 서정시, 희극이라고 말하는 것이 그것이다.

장마 → 윤흥길尹興吉

장만영 張萬榮 1914~1975 시인. 호 초애草涯. 황해도 연백 출생. 경성 제2고보를 거쳐 일본 미자키영어학교 고등과 졸업. 그의 시작 활동은 도쿄 유학시 《동광》의 독자투고란에 습작품을 발표하면서부터 시작되었으나, 1932년 같은 잡지에 시 〈봄노래〉가 김억金億의 추천을 받음으로써 정식으로 등단했다. 이어 〈마을의 여름밤〉〈산과 바다〉〈겨울밤의 환상〉 등을 발표했다. 모더니즘의 영향을 받아 주로 농촌과 자연을 소재로 한 동심적이며 서정적인 면을 그린 것이 특색이다. 1937년 첫번째 시집 《양羊》을 간행, 초기 시 37편을 수록했으며 1939년 두번째 시집 《축제祝祭》를 출간했다. 해방 후 출판사 산호장을 경영하면서 작품 활동을 계속하다가, 1948년 세번째 시집 《유년송幼年頌》을 출간하고, 〈광화문光化門 빌딩〉〈이향사離鄕詞〉〈정동貞洞 골목〉 등을 내놓았다. 6·25동란을 전후해서 발표된 작품들은 이미지즘을 바탕으로 암담하고 각박한 현실에서 자신이 겪은 생활체험이 바탕이 되었다. 이후 《현대시집》《이정표》《장만영시선집》 등을 간행했다. 흔히, 그는 신석정辛夕汀과 김광균金光均의 특성을 고루 갖춘 시인으로 평가된다. 그의 시는 전반적으로 도시적·문명적 감각의 희화가 아니라 전원적·서정적 제재를 현대적 감성으로 노래한 이미지스트의 경향을 지닌다. 농촌의 감수성을 바탕으로 하고 동심과 감상적 서정을 지닌 점에서는 신석정과 통하고, 대상을 이미지화한 점에서는 김광균 등의 모더니스트와 맥을 같이 한다. 그의 시에 보이는 선명한 시각적 이미지, 관념과 형상의 조화는 그가 특히 이미지의 조형에 뛰어난 재능을 가지고 있음을 보여준다. 1983년 장지인 경기도 용인공원묘지에 시비가 세워졌다.

장미촌 薔薇村 1921년 5월에 창간된 우리나라 최초의 시동인지. 동인은 변영로卞榮魯·황석우黃錫禹·정태신鄭泰信·신태악辛泰嶽·노자영盧子泳·박영희朴英熙·박종화朴鍾和·박인덕朴仁德·오상순吳相淳이다. 표지에는 '자유시의 선구'라 부제했고, 표제 아래의 선언에는 "우리들은 인간으로의 참된 고뇌의 촌村에 들어왔다. 우리들의 밟아나가는 길은 고독의 끝없이 묘막渺漠한 큰 설원雪原이다. 우리는 이곳을 개척해 우리의 영靈의 영원한 평화와 안식을 얻을 촌, 장미의 향훈 높은 신과 인간과의 경하慶賀로운 화혼花婚의 향연에 얽히는 촌을 세우려 한다"라고 되어 있다. 황석우의 〈장미촌의 향연〉, 노자영의 〈피어 오는 장미〉, 변영로의 〈장미촌〉, 박종화의 〈우윳빛 거리〉 등 낭만적인 경향의 시를 실었다.

▲장미촌 최초의 시동인지.

장백일 張伯逸 1933~ 평론가. 본명 병희秉禧. 광주 출생. 전남대 철학과를 거쳐 건국대 대학원 및 연세대 대학원 국문과 졸업. 1958년 《조선일보》 신춘문예에 평론 〈현대문학론〉이 당선되어 등단했다. 국제펜클럽 한국본부 심의위원, 한국문인협회 평론분과위원회 위원장 등을 지냈다. 주요 평론으로 〈문학혁신〉 〈현대시의 방향과 그 실험〉 〈새 주제의 탐구〉 〈한국적 모더니즘 운동의 비평〉 〈원죄를 끌고가는 고독〉 〈현대시의 새로운 생태학적 도전〉 〈한국적 쉬르레알리슴 시詩의 비평〉 〈한국 현대소설에 나타난 에로티시즘〉 〈주체성의 철학적 정표〉 〈시적 소재로서의 '석굴암' 고考〉 등이 있다. 저서에 《수필문학론》 《문학비평론》과 평론집 《한국현대문학론》 《문학비평론》 《문학개설》 《문학비평원론》 등이 있다. 문학평론의 방향은 전통적인 기점 위에서 새로운 문학의 방향을 탐색하는 탐구적이고도 역사주의적 관점에서 분석 및 형성비평의 방향을 모색했다. 1979년 제2회 펜문학상, 1984년 제3회 한국문학평론가협회상 등을 수상했다.

장삼이사 張三李四 → 최명익崔明翊

장생주 張生主 1941~ 수필가. 호 한울. 전남 강진 출생. 광주사범 졸업(1961). 1981년 《새교실》에 〈웨딩마치〉 등으로, 같은 해 《교육자료》에 〈호박〉 등으로 추천완료, 1983년 《월간문학》 신인문학상에 수필 〈청자 앞에서〉가 입상해 등단했다. 그후 활발한 활동을 했으며 1987년 《월간문학》 신인문학상에 수필 〈한 잔 차에 실은 사연〉이 당선되었다. 주요 작품에 〈머리에 핀 꽃〉 〈묘한 세상〉 〈차포잡이〉 〈민들레〉 〈한 마디 말의 의미〉 〈참 아름다워라〉 〈이 잘될 놈아〉 〈새롭게 하소서〉 등 다수가 있고, 수필집으로 《허공을 지나는 한 점 바람》 《학과 같이》(공저) 등이 있다.

장석남 張錫南 1965~ 시인. 경기도 덕적 출생. 서울예대 문예창작과 졸업. 1987년

《경향신문》 신춘문예에 시 〈맨발로 걷기〉가 당선되어 등단했다. 시집으로 《새떼들에게로의 망명》《지금은 간신히 아무도 그립지 않을 무렵》《젖은 눈》 등이 있다. 그의 첫 시집 《새떼들에게로의 망명》에서 그는, 시인의 삶을 지탱해주는 맑은 그리고 때로는 고독하고 슬픈 심성의 결을 심리적 상징을 통해 응축된 이미지로 변주해낸다. 그의 시에 등장하는 새와 달, 바람과 별 등의 사물들은 떠돌고 방황하는 그의 정처없는 마음의 상징과도 통한다. 1992년 제11회 김수영문학상, 1995년 대산창작기금, 1999년 제44회 현대문학상을 수상했다.

장석주 張錫周 1955~ 시인. 충남 논산 출생. 1975년 《조선일보》와 《동아일보》 신춘문예에 시 〈날아라, 시간의 포충망에 붙잡힌 우울한 몽상이여〉와 평론 〈존재와 초월〉이 각각 당선되어 등단했다. 주요 작품으로 시 〈등燈에 부침〉 〈숨은 꽃〉 〈밥〉, 평론 〈방법론적 부드러움의 시학〉 〈허무주의 그 이후〉 등이 있으며, 시집 《햇빛사냥》《완전주의자의 꿈》《그리운 나라》《어둠에 바친다》, 시론집 《언어의 마을을 찾아서》, 평론집 《한 완전주의자의 책읽기》, 산문집 《내 스무살의 푸른 영원》 등이 있다. 그는 청순한 의식과 탄력 있는 상상력으로, 타락한 세계 속에서의 대립과 갈등으로 얼룩진 삶과 찢긴 자아를 비극적으로 드러내는 작품 경향을 보이고 있다.

장수철 張壽哲 1916~1993 시인 · 아동문학가. 평양 출생. 평양상고 졸업. 1934년 첫번째 시집 《전망도展望圖》를 간행한 이후 상업과 병행해 문학활동을 계속했다. 1973년 동인지 《시건설》에 〈포플러 있는 황혼〉 〈초가을〉 〈석류〉 등을 발표하고 《조선일보》《중앙일보》 등에도 작품을 내놓았다. 《문학예술》 편집위원, 한국문인협회 이사, 한국아동문학회 부회장 등을 역임했다. 저서로 시집 《배회徘徊의 장》《서정부락抒情部落》《계절의 송가》, 동화집 《흰 구름 따라서》《이름없는 별들》《아름다운 기도》《나비가 된 아이》 등이 있다. 서정과 순정의 세계를 통해 아동들의 정서와 꿈을 추구하기도 하고 향수의 서정 등 다양한 작품 세계를 보여주고 있다. 눈솔상, 한국아동문학작가상, 대교문화상 등을 수상했다.

장순하 張諄河 1928~ 시조시인. 전북 정읍 출생. 원광대 국문과 졸업(1958). 1962년 《현대문학》에 시조 〈울타리〉를 발표하면서 등단했다. 데뷔 후 주로 《현대문학》지를 중심으로 작품을 발표하는 한편, 1958년 〈시조문학임상고발〉, 1959년 〈현대시조문학건설의 거점〉 등의 평론을 잇따라 발표해 시조 현대화의 기수로서 활약했다. 한편 각 신문 및 잡지의 시조란을 담당해 시조대중화에 힘썼고, 여러 문예지에 시조 월평 · 연평을 담당해 시조이론정립에 노력을 기울였다. 1970년 무렵부터는 혁신적인 젊은 시조인 모임인 탁족회를 이끌어 뒷날 오늘의 시조학회로 발전시켰다. 한국문인협회 이사, 한국시조작가협회 부회장 등을 역임하는 동안 문인협회에 시조분과를 독립시키기도 했다. 시조집으로 《백색부白色賦》《묵계默契》《서울 귀거래歸去來》 등 5권과, 경시조집 《백두산 가는 길》 등 경시조집 3권 등 모두 8권의 창작집을 냈다. 이밖에 고시조 선해 《동창이 밝았느냐》, 현대시조선집 《달빛과 사상》 등이 있으며, 1999년 현재 《장순하문학전집》 제작이 진행중이다. 그는 시조에 있어 탈주정을 제창해 초기에는 주지적 성향을 띠다가 후에는 지성과 서정을 조화시키는 방향으로 전환했다. 또한 그는 사설시조의 이론정립과 창작을 병행해 장시조 부흥에 힘썼고, 경시조輕時調를 제창 · 개발해 시조대중화의 기틀을 마련했다. '창작은 곧 실험이다' 라는 표어 아래 시조의 현대화를 다양하게 시도한 실험적 작가로 인정되고 있다. 1957년 제1회 전국백일장시조부 장원, 1981년 가람시조문학상, 1987년 중앙시조대상 등을 수상했다.

장씨일가 張氏一家 → 유주현柳周鉉

장영수 張英洙 1947~ 시인. 강원도 원주 출생. 서울대 사범대 불문과 및 동 대학원 국문과 졸업. 1973년 《문학과 지성》에 시 〈동해〉〈해외소식〉〈지도를 보며〉〈시가 나에게 내리는 소리〉 등을 발표해 등단했다. 주요 작품에 〈메이비〉〈그 여자〉〈버드나무처럼 살으리라〉〈세상이 금빛이 되는 꿈에 관하여〉 등이 있으며, 시집으로 《메이비》《시간은 이미 더 높은 곳에서》 등을 간행했다. 그는 삶에 상처받는 인간의 고뇌를 드러내면서 그것을 우리 모두의 아픔으로 확산하는 시작으로 문단의 주목을 받았다. 초기의 시들에서 서러운 우리 삶에 대한 비극적 인식을 보여주었던 그는 6년 만에 간행된 두번째 시집 《시간은 이미 더 높은 곳에서》를 통해 삶의 존재론적 고뇌에 젖어들고, 또 그것과 싸우며 이겨내려는 노력을 보여주면서 명징한 시선으로 이 세계에서의 살아감을 따뜻하게 수락하려는 의지를 고백했다.

장용학 張龍鶴 1921~1999 소설가 · 언론인. 함북 부령 출생. 일본 와세다대 상과 수학. 1948년 한양공고 교사 생활 중 처녀작 〈육수肉囚〉를 탈고했고, 1950년 단편 〈지동설地動說〉〈미련소묘未練素描〉가 《문예》에 추천되어 등단했다. 이후 〈사화산死火山〉〈무영탑無影塔〉〈기상도氣象圖〉 등의 역작을 발표했다. 〈요한시집〉〈비인탄생非人誕生〉 등을 발표하면서부터 스토리보다는 관념에 훨씬 치중한 현대인간의 조건을 매우 진지하게 추구했다. 자신의 판자촌 생활의 경험과 거제도 포로수용서 생존자들의 증언을 바탕으로 써낸 〈요한시집〉은 사건과 인물묘사보다 자유로운 독백과 관념적 질문들을 중심으로 소설을 구성했기에 상당한 주목을 받았다. 〈요한시집〉 이후의 대표적인 작품으로는 단편 〈현대의 야野〉〈유피遺皮〉, 중편 〈비인탄생〉, 장편 〈원형圓形의 전설傳說〉 등이 있으며, 희곡 〈일부日附 변경선 근처〉 등 왕성한 창작 활동을 전개했다. 1961년부터는 덕성여대 교수, 경향신문사 논설위원, 동아일보사 논설위원 등으로 활동하면서도 창작을 꾸준히 지속했는데, 단편 〈부화〉, 장편 〈태양의 아들〉〈청동기〉 등을 발표했고, 1981년부터 장편 〈유역〉을 《문예중앙》에 연재해 1982년 출간하는 등 초기 못지 않은 창작열을 보였다. 그러나 그는 1987년 단편 〈하여가행何如歌行〉을 발표한 뒤 절필상태에 들어갔다. 1995년에는 《장용학 대표작품선집》이 발간되었다. 1999년 지병인 간암으로 사망했다. 그는 관념세계 속에 동족상잔의 비극과 이념대립도 담아내 '50년대 지식인 소설' 의 한 전형으로 평가받았다. 특히 그는 "한글전용만으로는 사상성 있는 작품을 쓸 수 없다"며 국한문혼용을 적극 주장했으며, 한자어 투성이의 문장에다 극적 구성보다는 의식의 흐름을 이어가는 방식을 택해 독자들로부터 난해하다는 평을 듣기도 했다. 장용학은 삶에 대한 철학적 화두를 고통스러울 정도로 치열하게 추구했으며, 소설 기법상으로도 사건 묘사

에 치중하기보다는 독백과 자유로운 사색을 중심에 놓은 관념적이고 반사실주의적 기법의 작가였다고 평가되고 있다.

〈**요한시집** —詩集〉 장용학의 단편소설. 1955년 《현대문학》에 발표되어 큰 관심을 모았다. 전쟁포로 누혜가 철조망에 목을 매고 죽기까지의 생애를 그린 작품으로 서술에 있어서는 사건보다도 그 등장인물의 의식추구에 더 많이 치중했다. 토끼의 우화, 동호의 눈을 통해 본 누혜의 비극적 삶 및 누혜의 유서, 동호의 세계인식이라는 세 부분을 통해 1950년대의 본질적인 모순 중의 하나인 이데올로기의 문제를 탐구하고 그것의 기만성을 폭로한다. 의식의 서술방식이라든가 자유의 본질을 해명하는 부분에서는 사르트르의 〈구토嘔吐〉의 영향이 매우 두드러지게 반영되어 있다. 단편이면서도 작자의 작품 경향을 예시해 준 매우 중요한 작품이다. 주제는 자유의 문제로 되어 있으며 제목에 '요한'이 들어간 것은 자유를 예언자 요한에 비유한 때문이다.

〈**원형의 전설** 圓形—傳說〉 장용학의 장편소설. 1962년 《사상계》에 연재되어 당시 독자들로부터 많은 관심을 모았는데, 그 이유는 작품의 우수성보다는 주제의 난해성이나 등장인물과 그 사건의 특이성, 또는 기법의 특이성과 이 모든 새로운 조건들이 일으키는 경이감 때문이었다. 이장李章은 나무에 불벼락이 내리는 순간 근친상간으로 태어난 인물이며, 그 역시 친동생과 간음을 하고 벼락맞은 나무에 깔려 죽는다. 시종 이같은 특이한 사건과 함께 이 작품에는 형이상학적 · 관념적 표현이 수없이 되풀이된다. 종교, 이데올로기, 그리고 과거와 현재와 미래와 개인과 국가와 세계 등 모든 것에 대해서 관념적 이론이 드러난다. 기왕의 소설기법으로 볼 때 이것은 가장 비소설적인 양식이며, 한자를 쓴 것도 일반 소설과는 다르다. 특이한 사건과 파격적인 소설기법이 난무하는 이 소설의 주제는 인간은 절대적인 가치관으로부터 해방되어야 한다는 것이다. 주인공 이장이 근친상간으로 태어났고, 또 자신이 그 죄를 범했다는 것도 미래에 가서는 죄가 아닐 수도 있는 것이다. 이같은 특이한 인물이 등장하는 것도 결국 우리는 모든 절대적 가치관의 규범으로부터 벗어나서 모든 것을 용서받아야만 된다는 인간구제를 암시한 것이라 하겠다.

장정일 蔣正一 1962～ 시인 · 소설가 · 극작가. 경북 달성 출생. 성서중 졸업(1977). 1984년 무크지 《언어의 세계》에 〈강정간다〉 외 4편의 시를 발표했으며, 1985년에는 2인시집 《성聖 · 아침》을 간행했다. 1987년 《동아일보》 신춘문예에 희곡 〈실내극〉이 당선되었으며 같은 해 3월 시집 《햄버거에 대한 명상》을 출간, 이 시집으로 제7회 김수영문학상을 수상했다. 같은 해 12월 시집 《상복을 입은 시집》을 출간했으며, 희곡 〈도망중〉으로 제24회 동아연극상 특별상을 수상했다. 《시운동》 동인으로 활동했으며, 1988년 《세계의 문학》 봄호에 단편 〈펠리컨〉을 발표하면서 시와 희곡 외에 소설창작도 시작했다. 이후 꾸준히 소설을 발표해, 장편 〈너에게 나를 보낸다〉 〈너희가 재즈를 믿느냐〉 등과 소설집 《아담이 눈뜰 때》를 펴냈고, 1996년 겨울에는 그의 장편소설 〈내게 거짓말을 해봐〉가 외설시비에 휘말려 판금조치당하고 구속되는 등 수난을 겪기도 했다. 1999년에는 장편 〈보트하우스〉와 〈중국에서 온 편지〉 등을 간행했다. 90년대의 젊은 작가군에서 주목받는 소설가인 그의 소설을 보면 시 · 영화 · 시나리오 · 희곡 · 비평 등의 다양한 글쓰기를 뒤섞어 전통적 소설문법으로부터 벗어나려는 강한 실험정신을 과시하고 있다. 문학평론가 도정일은 그의 소설이 '시각의 쾌락원칙과 이미지의 세계를 서사요소의 중요 요인으로 삼고 있다'고 지적한 바 있다. '문화게릴라'로 불리기도 하는 그에 대한 평단의 반응은 매우 극단적이다. 그를 옹호하는 사람들은 한국 포스트모더니즘 소설을 대표하는 작가이자 소비사회의 인간적 삶을 형상화하는 작가로 평가하는 반면, 그를 비판하는 사람들은 포스트모더니즘이 안고 있는 표피화와 경박화의 대표적 작가라고 평가하기도 한다.

장한몽 長恨夢 → 조중환趙重桓 · 이문구李文求

재단비평 裁斷批評 예술작품의 가치판단에 있어서, 예술적 · 사회적 · 정치적 · 종교적 입장 등 외적으로 설정된 일정한 기준에 준해 작품을 다루는 문예비평. 근대의 비평은 작가의 의도나 환경이 미치는 영향력이나 작품의 내재적인 의미를 가장 중시하게 되었으나, 고전주의 시대 이전의 비평에는 이러한 고려를 일체 배제하고 기성의 척도에 의해서 선악과 미추를 판단하는 경우가 많았다. 재단비평은 획일적이며 융통성이 없어 과오를 범하기 쉬운 결점을 내포하나, 때로는 쾌도난마식으로 판단을 내릴 수 있는 장점도 있다.

재생 再生 → 이광수李光洙

저널리즘 journalism 신문 · 잡지 · 라디오 · 텔레비전 등의 매스미디어를 통해 현대인이 관심을 갖는 정보를 발표하기 위해 행하는 자료의 수집이나 편집, 또는 그와 같은 사업의 경영이나 그런 종류의 기사 자체도 가리킨다. 또한 문학에 대해 대중의 흥미를 돋울 만한 기사를 저널리스틱journalistic이라 형용하는 때도 있다.

저녁의 게임 → 오정희吳貞嬉

저항문학 抵抗文學 일제 36년 동안 이루어진 문학의 한 흐름. 우리 나라의 저항문학은 일제의 탄압에 의해 활발한 활동을 하지 못했고, 우수한 저항문학의 자산도 일제가 압수 · 소멸시켜 버린 까닭에 양적으로 많이 남아 있지는 못하다. 그러나 시대적으로 길고 매우 잔인한 식민지 정책에 의해 깊은 상처와 시련을 겪은 사정으로 어느 나라의 저항문학보다도 처절하며 작가들의 수난도 컸다. 일제에 대한 저항문학의 시대구분을 1910년대 · 1920년대 · 1925년대 · 1937년대 · 1940년대 등으로 구분하는 경우도 있으나 저항문학의 시대적 변화는 분명한 체계 위에서 나타난 것은 아니다. 신소설과 창가가 중심이 된 1910년대의 문학은 주로 자주독립사상이라든가 계몽사상 · 개화사상 · 미신타파와 현실폭로, 새로운 도덕과 가치관의 확립 등을 통해 간접적인 저항을 시도했을 뿐 일제에 대한 투쟁적 저항의식은 거의 찾아볼 수가 없다. 3 · 1운동이 실패로 돌아갔던 1920년대는 오히려 항일정신의 위축을 나타낸 시기이고, 신문학의 이념적 건설이 활발했던 시기였다. 1930년대와 1940년대 문학 역시 소수의 두드러진 시인 · 작가들에 의해서만 그 저항의 빛깔을 찾아낼 수 있을 뿐이다. 우리 나라의 대표적인 저항문학인으로는 심훈沈薰 · 현진건玄鎭健 · 염상섭廉想涉 · 박화성朴花城 · 이상화李相和 · 윤동주尹東柱 · 한용운韓龍雲 등을 꼽을 수 있다.

적막강산 寂莫江山 → 이형기李炯基

전경린 全鏡潾 1962~ 소설가. 경남 함안 출생. 경남대 독어독문학과 졸업. 1995년 《동아일보》 신춘문예에 중편 〈사막의 달〉이 당선되어 등단했다. 1996년 단편 〈염소를 모는 여자〉로 제29회 한국일보문학상을 수상하면서 문단의 이목을 집중시킨 데 이어 1997년 제2회 문학동네소설상 수상자로 선정됨으로써 등단 2년 만에 90년대를 대표하는 젊은 작가로 눈부시게 떠올랐다. 작품집으로 《염소를 모는 여자》《바닷가 마지막 집》과 장편 〈아무 곳에도 없는 남자〉〈내 생에 꼭 하루뿐일 특별한 날〉 등을 간행했다. 1998년 〈메리고라운드 서커스 여인〉으로 제3회 21세기문학상을 수상했다.

전광용 全光鏞 1919~1988 소설가·국문학자. 함남 북청 출생. 서울대 국문과 및 동 대학원 졸업. 1939년 〈별나라 공주와 토끼〉가 《동아일보》 신춘문예에 당선되었고, 《시탑》과 《주막》 동인으로 활동했다. 이어 서해의 절도인 흑산도黑山島의 학술조사 기행의 체험을 토대로, 이 섬에 운명적으로 매달려 있는 어민들의 생태를 그린 단편 〈흑산도〉가 1955년 《조선일보》 신춘문예에 당선되어 등단했다. 이후 단편 〈진개권塵介圈〉〈동혈인간凍血人間〉〈경동맥硬動脈〉〈벽력霹靂〉 등의 역작을 발표했다. 그의 작품은 냉철한 사실적 시선을 바탕으로 인간의 존엄성과 생명력을 부각하는 일관된 태도로, 정확한 문장과 현장답사, 철저한 자료수집, 구성의 치밀한 계산 등을 특징으로 하고 있다. 한편, 학자로서 신소설 연구에 착수, 〈설중매연구雪中梅硏究〉〈이인직연구李人稙硏究〉 등을 발표했다. 저서로는 《나신裸身》《해도초海圖抄》《죽음의 자세》《젊은 소용돌이》 등이 있다. 그는 소설 속에 다양한 인물의 삶을 등장시켜 역사나 시대를 가늠해보려고 했다. 어부, 선술집 여인, 광산의 탄부, 의사, 대학교수 등 한 시대와 사회 속에서 별나지 않게 살아가고 있는 평범한 개인의 삶을 거짓없이 그려내는 것을 통해 한 시대와 사회의 초상화를 펼쳐보였다. 그 가운데 가장 빼어난 작품이 〈꺼삐딴 리〉이다. 이 작품의 주인공 이인국은 일제시대에는 일본에 빌붙어 자신의 영달을 꾀하고, 해방 후에는 소련에 빌붙어 목숨을 부지한다. 그리고 6·25전쟁 후에는 미국에 빌붙어 재산을 불려간다. 이처럼 이인국은 격동하는 시대상황 속에서 능란한 처세술로 자신의 삶의 자리를 마련하고야 만다. 작품 〈꺼삐딴 리〉는 이인국이라는 인물을 통해 격변기 한국의 한 인간형을 제시하고 있다는 평가를 받았다. 〈설중매연구〉〈이인직연구〉 등으로 《사상계》에서 논문상을 받았고, 신소설 연구를 종합·정리한 업적으로 서울대에서 문학박사 학위를 받았다. 또한 1962년에는 〈꺼삐딴 리〉로 동인문학상을 수상했다.

〈꺼비딴 리〉 전광용의 단편소설. 1962년 《사상계》에 발표된 작품으로 동인문학상을 수상했다. 시류에 적당하게 편승해서 살아가는 카멜레온적인 인물을 모델로 하고 있다. 이러한 주인공의 인간상을 냉철한 객관적인 기법으로 일제 식민지 말기와 해방, 그리고 6·25를 거치는 우리 민족상의 격동기를 배경으로 그려내고 있다. 그러므로 작가의 주관적인 설명이 거의 배제되어 있지만, 결과적으로는 주인공 이인국이 상징하는 노예적 인간근성을 고발하고 동시에 이 같은 인간상의 배경을 이루는 우리 민족의 비극적 현대사의 단면을 보여주는 이중의 효과를 거두고 있다. 간결하고 정확한 문장력이 돋보이며, 또한 구성의 치밀성도 갖추고 있다. 그리고 주제적인 측면에서도 냉철한 사실적 시선을 바탕으로, 현실과 그 부조리를 고발함으로써 한국인의 끈질긴 생명력의 추구를 보여준다. 제목의 '꺼삐딴'은 영어 Captain에 해당하는 러시아어로서, 해방 후 소련군의 진주와 함께 '우두머리' 또는 '왕초'라는 의미로 유행된 말이다. 원래의 발음 '까삐딴'이지만, 그 발음이 와전되어 '꺼삐딴'으로 통용되었다.

전규태 全圭泰 1933~ 시조시인 · 평론가. 호 월호月湖 · 한뫼. 전남 담양 출생. 연세대 국문과 및 동 대학원 졸업. 건국대 대학원 수료. 1960년 시조집 《석류》를 발간, 1962년 《시조문학》에 〈모정慕情〉〈창窓〉 등을 발표하고, 1963년 《동아일보》 신춘문예에 평론 〈한국문학의 과제〉가 당선되어 등단했다. 이후 〈은총〉〈고향의 달밤〉〈국화의 향취 속에〉 등의 시조 작품을 발표하는 한편, 비평과 비교문학 등 다방면에 관심을 보였다. 작품집으로 시조집 《석류》《백양로》, 기행시집 《우수의 계절》, 수필집 《사랑의 의미》《이브의 유풍》 등이 있으며, 연구저서 《한국고전문학의 이론》《문학의 흐름》《고전과 현대》《한국시가의 이해》 등 다수가 있다. 1970년에는 《전규태전작집全圭泰全作集》 전10권을 발행했다. 평론가로서 비교문학의 연구에 전념하는 한편, 시조시인으로서 새로운 서정과 의미의 융합을 시도하고 한국고전문학 연구에도 골몰했다.

전기 傳記 어느 실재인물의 생애를 동시대 또는 후세 사람이 기록한 것. 그 실재인물이 스스로 자기자신의 생애를 기록했을 경우는 '자서전'이라고 한다. 전기는 확실한 자료를 토대로 삼아 객관적으로 기록한 인물 중심의 역사서술의 일종이어야 한다. 원래 전기는 귀감으로서의 윤리적 성격을 가지고 특히 영웅이나 위인 등을 대상으로, 교훈을 목적으로 해 쓰거나 또는 어떤 인물의 덕을 예찬하기 위해 쓰는 경우가 많다. 한편 이와는 대조적으로 현실폭로주의의 입장에서 인간성의 진실을 나타내려는 경향의 전기도 있다. 전기는 동양보다는 서양에서 발달했고, 우리 나라에서는 근래 서양문화가 들어온 이후 비로소 '전기'라고 하는 양식이 퍼졌다.

전기소설 傳奇小說 공상적이고 기이한 일을 주제로 해 흥미 본위로 쓴 소설. 좁은 의미로는 현실적 인간생활을 떠나 천상天上 · 명부冥府 · 용궁 등에서 전개되는 기이한 사건을 다룬 것을 의미하며, 이 범주에 속하는 것들로는 〈금오신화金鰲神話〉〈삼설기三設記〉〈이화전李華傳〉 등이 있다. 넓은 의미로는 환상적 세계가 등장하고, 진기하거나 경이로운 사건이 풍부한 소설, 또는 비현실적 무용담이나 연애담의 요소를 지닌 소설을 지칭하며 서구문학에서 말하는 로맨스와 같은 개념이다. 이런 의미에서 고전소설을 전체적으로 전기소설이라 할 수 있다. 한편 중국의 당대唐代 전기소설 생성요인과 흡사한 사회문화적 여건을 나말여초羅末麗初에서 검증함으로써 이 시기의 우리 나라 설화 가운데 우리 전기문학의 출발을 설정할 수 있다는 새로운 견해도 있다.

전기수 全基洙 1928~ 시인. 호 일천一泉 · 한샘. 경남 거창 출생. 1959년 《현대문학》에 〈봄비〉〈코스모스〉〈아기와 나는〉 등으로 추천을 받고 등단했다. 1947년 교육계에 투신해, 초 · 중 · 고교에서 교직생활을 하면서 창작 활동을 전개해왔다. 1994년 2월 교육계 정년퇴임. 주요 작품으로 〈기원〉〈잔설殘雪〉〈봄편지〉〈밤바람에게〉 등이 꼽히고, 시집에 《기원祈願》《잔설》《봄편지》《남해도南海島》《밤바람에게》《전기수시선全基洙詩選》

《사절四節의 노래》 등이 있으며, 수필집 《산골의 봄》, 수상집 《이인二人수상집》 등이 있다. 그는 한결같이 노장철학의 무위자연사상을 바탕으로 한국의 전통적인 정서를 표현해 왔다. 특히 자연을 제재로 한 맑고 빛나고 고운 정감에서 자연과의 해조諧調 · 교감交感 · 융합融合의 세계를 지향하고 있다. 1981년 제4회 한국현대시인상, 1983년 제22회 경남문화상, 1989년 제1회 경남문학상, 1994년 국민훈장동백장 등을 수상했다.

전병순 田炳淳 1927~ 소설가. 광주 출생. 숙명여대 국문과 졸업(1951). 1960년 《여원》 소설모집에 단편 〈뉘누리〉가 당선되어 등단했다. 1962년 장편 〈절망 뒤에 오는 것〉이 《한국일보》 작품모집에 입선되었다. 이어 단편 〈박포씨博圃氏〉 〈전초前哨〉 〈해로偕老〉 〈회춘기回春記〉 〈강원도 달비장수〉 〈박포씨의 후일담〉 등을 발표했다. 특히 〈박포씨의 후일담〉에서는 박포씨의 주정부리를 통해서 사회의 부조리와 치부를 신랄하게 비판하고 있다. 중 · 장편으로 〈피는 꽃 지는 꽃〉 〈독신녀〉 〈회전무대〉 〈창마다 불빛이〉 〈물 위에 쓴 이름〉 〈강가의 나무들〉 〈어린 연인〉 등이 있다. 그의 작품은 주로 장편소설이니만치 통속성에 떨어질 위험을 다분히 안고 있지만, 자질구레한 시정 잡사의 일들을 그리 누추하지 않게 집어담는 솜씨를 발휘한 것으로 정평을 얻었다. 특히 여성작가 특유의 필치로 여성들의 일상사를 넘치지도 모자라지도 않게 수더분한 세속잡사의 얘기로 옮겨 놓는 데서 장기를 발휘했다. 1968년 제5회 여류문학상을 수상했다.

〈절망 뒤에 오는 것 絶望―〉 전병순의 장편소설. 1961년 《한국일보》 장편소설 현상모집에 입선된 작품으로 1962년 동지에 연재, 1963년 국제문화사에서 단행본으로 나왔다. 나약한 듯하면서도 강인한 여교사 강서경을 중심으로 여순반란 사건에서부터 휴전에 이르기까지의 민족의 격동기를 그리고, 그 격동기 속에서의 삶과 사랑과 민족적 분열, 사상의 갈등상태를 끈질기게 추구해 나간 작품이다. 이 작품은 신문소설이 가진 제약성과 여류소설가가 지닌 섬세성을 어느 정도 극복했다는 평가를 받아 1962년 여류문학상을 수상했다.

전봉건 全鳳健 1928~1988 시인. 평남 안주 출생. 평양 숭인상고 졸업. 1950년 〈원願〉 〈사월四月〉 〈축도祝禱〉 등으로 《문예》의 추천을 받고 등단했다. 이후 주로 잡지편집에 종사하면서 시 〈어느 토요일〉 〈0157584〉 〈또 하나의 차폐물과 탄피〉 〈강물이 흐르는 너의 곁에서〉 〈강하江河〉 〈은하를 주제로 한 바리아시옹〉 등을 발표했다. 그의 두번째 시집 제목이 된 〈사랑을 위한 되풀이〉 연작시 〈속의 바다〉, 장시 〈검은 항아리〉 등은 그의 역량과 경향을 단적으로 나타내며 시작의 절정을 이룬 대표작으로 평가받았다. 이후 시집 《춘향연가春香戀歌》 《속의 바다》 《돌》 등을 간행, 현대시로서 한국적이며 고전적인 작품을 현대화하는 가능성을 보여주었다. 한편 극작에도 관심을 기울여 이효석李孝石의 〈화분花粉〉을 각색했고, 시극詩劇 〈꽃소라〉 〈모래와 산소酸素〉 등을 발표했다. 김종삼金宗三 · 김광림金光林 등과 함께 낸 시집 《전쟁과 음악과 희망과》와 시집 《피리》 《북의 고향》 《새들에게》 《돌》 등이 있다. 그는 《예술시보》 《희망》 《신세계》 《여상》 《문학춘추》 등을 편집했고, 20년 동안 시전문지 《현대시학》 주간으로 시단에 공헌을 했다. 제3회 한국시인협회상을 수상했다.

전상국 全商國 1940~ 소설가. 강원도 홍천 출생. 경희대 국문과 및 동 대학원 졸업.

1963년 단편 〈동행同行〉이 당선되어 등단했다. 1964년 원주에서 교사생활을 시작, 이후 작품을 쓰지 못하다가 1972년 경희고 교사로 취임한 후, 1974년 〈전야前夜〉를 발표하면서 왕성한 활동을 재개했다. 데뷔작 〈동행〉은 범죄의 누적에 대한 죄책감을 죽음으로 청산하려는 사나이와, 폐병 3기로 삶에 대한 애착을 버린 사나이의 우연한 동행을 통해 주고받는 허망한 대화에서 인간의 내일이 비극과 부정으로 암시된 작품이다. 주요 작품에 단편 〈동행〉〈전야〉〈바람난 마을〉〈사형私刑〉〈고려장高麗葬〉〈수렁 속의 꽃불〉, 중편 〈아베의 가족〉〈하늘 아래 그 자리〉 등이 있다. 작품집으로는《바람난 마을》《하늘 아래 그 자리》《아베의 가족》《우상의 눈물》《우리들의 날개》등이 있다. 그의 작품은 고향을 잃어버린 사람들이 자기 뿌리를 찾으려는 고향의식 내지 귀소의지가 표현된 계열과 교육현장에서 본 비리나 악을 추적해 본 일종의 교단소설敎壇小說의 계열로 대별된다. 또한 〈아베의 가족〉은 분단문학이라는 큰 흐름에 속하는 작품으로, 6·25전쟁으로 인해 상처입은 사람들이 그 상처의 치유를 위해 고향으로 돌아가 뿌리를 찾고 화해를 이루기까지의 과정을 보여줌으로써, 훼손된 현실과의 진정한 화해에 이르는 길을 모색한다. 1977년 단편 〈사형〉과 〈껍데기 벗기〉로 현대문학상을, 1979년 중편 〈아베의 가족〉으로 한국문학작가상을, 1980년 단편 〈우리들의 날개〉로 동인문학상을, 같은 해 〈아베의 가족〉으로 대한민국문학상을, 1988년 중편 〈투석〉으로 윤동주문학상을, 1990년 중편 〈싸이코 시대〉로 김유정문학상을 수상했다.

〈아베의 가족 一家族**〉** 전상국의 중편소설. 1979년 10월《한국문학》에 발표되었다. '아베'로 대표되는 6·25전쟁의 상처를 통해 그 상처와의 진정한 화해를 모색하는 작품이다. 작품에 등장하는 주요 인물은 '나'·아베·김진호·김상만·어머니이다. 아베는 거의 지능을 갖지 못했으며 단지 성적 욕구만을 가진 정신박약아이다. 6·25 때 임신한 몸으로 흑인 병사들에게 윤간당해 그 영향으로 저능아인 아베를 낳은 어머니는 재혼 후 진호 등 네 남매를 낳고 강한 생활력을 보이나, 아베를 버리고 이민한 후 넋이 나간 듯 폐인이 된다. '나' 김진호는 아베의 씨다른 동생으로, 미군이 되어 아베를 찾기 위해 한국에 돌아오는 인물이며, 전쟁중 양민과 아군을 죽인 것에 대한 죄책감에 시달리는 '나'의 아버지 김상만은 자신의 죄에 대한 보상심리에서 아베에게 사랑을 주는 인물이다. '아베'는 전쟁 중에 미숙아로 태어난 장애인으로 이 작품에 등장하는 일가족의 삶을 온통 구렁텅이로 밀어넣는 끔찍한 존재다. 그러나 소설의 주인공인 '나(진호)'는 미국으로의 도피의 삶에서 고향으로 돌아와 '아베'가 상징하는 비극의 근원을 향해 나아감으로써 그 비극적인 상처를 극복하는 진정한 길을 열어나가게 된다. 분단의 모순을 아베라는 인물을 중심으로 한 가족이야기로 그려낸 수작이다. 아베라는 한 기형적인 인물 및 그의 존재로 인해 고통받는 가족들의 모습은, 한 가족의 특수한 체험이 아닌 민족 전체에 걸치는 보편성을 가진 것으로 의미가 부여된다. 그것은 우리 민족사의 기형성이라는 문제를 핵심적으로 지적한다.

〈우상의 눈물 偶像一**〉** 전상국의 단편소

설. 1980년 《세계의 문학》에 발표되었다. 이 작품의 줄거리는 이유대라는 일인칭 서술자에 의해 전개된다. 최기표의 일당이 한 편에 있고 담임과 반장이 다른 한 편에 있다. 이 둘의 대립으로 소설의 갈등이 구성된다. 그러나 최기표가 아무리 위력적이라 할지라도 담임과 반장에게 압도당할 수밖에 없는 운명이다. 담임은 이미 최기표를 속속들이 알고 있으며 그를 길들일 방법까지 치밀하게 구성해 놓은 터이기 때문이다. 그러므로 이 소설은 상반되는 두 축 사이의 갈등의 기록이라기보다는 담임교사가 기표를 길들여 가는 과정에 대한 기록이라 함이 더 타당할 것이다. 이런 이유로, 여기에서는 기표나 교사 어느 쪽에 대해서도 도덕적 가치판단이 유보되어 있다. 단지 그들 사이에서 벌어지는 인간관계의 드라마가 흥미진진하게 펼쳐져 있을 뿐이다. 특히 교사가 표면적으로 내세운 자율성의 이면에는, 사전에 치밀하게 준비된 책략이 있었다는 사실이 서술자인 유대의 시선에 의해 포착된다. 교사의 그러한 행위는 기표를 격리시킴으로써 선량한 다수의 학생을 보호하기 위한 것일 수도, 혹은 진정으로 기표를 위하는 마음에서 비롯된 것일 수도 있다. 그러나 여기에서는 그러한 행위의 내적진실보다는 그 행위 자체의 흥미로움만이 부각되고 있다. 그것은 가치판단을 유보한 채 사물의 이면을 살펴보고자 하는 작가의 의도와 연관되어 있다고 할 수 있다.

전상열 全尙烈 1923~ 시인. 호 목인牧人. 대구 출생. 불교전문강원 과정 수료. 1955년 《조선일보》 신춘문예에 〈5월의 목장牧場으로〉가 당선되어 등단했다. 평교사 생활을 거쳐 구지중·홍해중 교장 역임. 또한 한국현대미술대상전 및 기타 미술대상전에서 동양화가 3회 입상한 경력이 있다. 주요 작품에 〈고목古木과 강물〉 〈천고千古의 샘〉 〈꽃밭〉 〈나를 부르는 소리〉 등이 있으며, 시집으로 《피리소리》 《백의제白衣祭》 《하오일시下午一時》 《생성의 의미》 《신록서정》 《생선가게》 《수묵화연습》 《세월의 징검다리》 등을 비롯해 다수가 있다. 자연을 사랑하고 생명을 소중히 여기는 정신을 바탕으로 고전적이고 전통적인 기법으로 강한 육성을 지닌 그는 늘 일상의 향토적 소재를 기교보다 본질을 직시하는 소박한 서정성과 밀도있는 언어의 조형성을 통해 보여주고 있다는 평가를 받았다. 1960년 경북문화상을 수상했다.

전설 傳說 민간 구전문학의 일종. 일족一族 또는 한 집단의 내력이나 자연물의 유래, 이상한 체험 등을 후세에 전하려 하는 것. 향토사담鄕土史談이라는 점에서 다른 민간 구술전승과 구별된다. 지역성과 역사성이라는 두 요소의 상대적 비중과 결합 정도에 따라 성격이 달라지나, 일반적으로 특정한 나무·돌·무덤 등의 자연물이나 집·사람 등을 구체적인 사물에 결부시켜 설명하며, 끊임없이 역사화·합리화하려는 속성을 지니고 있다. 따라서 사회환경이 변화되면 새로운 환경에 적합하도록 이야기의 내용이 고쳐지며, 옛날이야기와 같이 일정한 형식이 없는 것 등을 특징으로 한다. 이러한 전설들은 《삼국사기三國史記》 《삼국유사三國遺事》 《제왕운기帝王韻紀》 《동국이상국집東國李相國集》 《세종실록世宗實錄》 등 많은 고문헌들과 금석문 등에서 발견됨과 함께 구전되어 오기도 한다. 그러나 그것이 어떤 형태로 전승되건 그 속에는 우리 선조들의 생활이 반영되어 있을 뿐 아니라 그들의 사고력·상상력·논리적 추리력·형상력 등이 광범위하게 포함되어 있어 풍부한 고대문학의 보고寶庫가 될 수 있다.

전숙희 全淑禧 1919~ 수필가. 강원도 통천 출생. 이화여전 문과 졸업. 1938년 단편소설 〈시골로 가는 노파〉를 《여성》에 발표해 창작 활동을 시작했으며, 1954년 수필집 《탕자의 변》을 출간하면서 본격적인 수필 창작에 전념, 1970년엔 문예지 《동서문화》(현재 《동서문학》)를 창간했고, 1983년에서 1991년까지 국제펜클럽 한국본부 회장을 역임해 한국문학 해외교류의 폭을 한층 넓혔다. 주요 수필집으로 《이국의 정서》《밀실의 문을 열고》《나직한 말소리로》《영혼의 뜨락에 내리는 비》《가진 것은 없어도》 등이 있으며, 1999년에는 그의 문학인생 60년의 발자취를 모은 《전숙희 문학전집》(전8권)이 출간됐다. 문예지 《동서문학》을 창간하고, 동양여성으로서는 최초로 국제펜클럽 부회장으로 선임되고, 동서문학관을 세우는 등 그가 한국문학 발전을 위해 이룬 업적은 '한국문단의 평생 대모'라는 말을 이해할 수 있게 한다.

전영경 全榮慶 1939~ 시인. 함남 북청 출생. 연세대 국문과 졸업(1953). 1955년 《조선일보》 신춘문예에 시 〈선사시대〉가 당선되어 등단했다. 이후 시 〈한목寒木〉〈이목당李木堂에게 보내는 각서〉〈라스트 타임〉〈여색女色〉 등 독특한 현대 설화풍의 작품을 발표했다. 수도여사대 교수, 동아일보 문화부장, 동덕여대 교수 등을 역임했다. 1956년 첫번째 시집 《선사시대》를 펴내고 이어 《김산월여사金山月女史》《나의 취미는 고독이다》《어두운 다리목에서》 등을 간행했다. 전후戰後 사회현실의 부조리, 암흑상, 풍속 등을 설화풍으로 엮어나가는 독특한 풍격으로 주목을 받은 그는 줄기찬 긴 호흡과 대담하기 짝이 없는 분방한 언어구사로 한국현대시의 신개척지를 마련했다는 평가를 받는다. 얼핏 조잡하리만큼 대담한 비어들이 총동원되고 있으면서도 그것을 몰아가는 줄기찬 의식이나 정신의 힘으로 그 비어들은 오히려 새로운 매력으로 재생되고 있다.

전영태 田英泰 1949~ 평론가. 서울 출생. 서울대 국어교육과 졸업. 1973년 《중앙일보》 신춘문예에 평론 〈비극적 체험과 형상화〉가 당선되어 등단했다. 이후 〈대중소설의 문제점〉〈현실극복의 의지와 미래지향성-구인환론〉〈하근찬론-담담한 혹은 정결한 결백성〉〈진보주의적 정열과 계몽주의적 이성-심훈론〉〈이념적 갈등의 뿌리를 찾아서-조정래의 '태백산맥'〉〈분단의식의 극복을 위하여〉〈자의식 극복의 양상〉〈진보에 대한 신념과 상상력의 궤적〉 등의 평론을 발표했다. 그는 역사의식과 현실인식의 관점에서 한국의 근현대소설을 연구하고 있으며, 특히 현대소설의 올바른 문학사적 위치 정립에 기여했다.

전영택 田榮澤 1894~1968 소설가·목사. 호 추호秋湖·장춘長春·늘봄·불수레. 일본 아오야마학원 문학부 및 신학부 졸업. 1918년 김동인金東仁·주요한朱耀翰 등과 《창조》 동인이 되어 문단 활동을 시작, 1919년 〈혜선惠善의 사〉〈천치天痴? 천재天才?〉 등을 발표해 등단했다. 1923년 아오야마학원 신학부를 졸업해 서울 감리교신학대 교수를 지냈으며, 1930년에는 미국 퍼시픽신학교에 입학하는 한편 흥사단에도 입단했다. 1932년에는 귀국해 황해도 봉산감리교회 목사, 1938년에는 평양 요한학교 및 여자성경학교 목사, 1942년에는 평양 신리교회 목사, 1948년에는 중앙신학교 교수 등을 지냈다. 한편 문교부 편수국 편수관(1946), 재일본 도쿄 한국복음신문 주간(1952), 대한기독교 문서출판협회, 기독선교회 편집국장(1952) 등 학계·언론계에도 종사하면서 1961년에는 한국문인협회 초대 이사장을 지내기도 했다. 대표작으로 〈천치? 천재?〉 〈독약을 마시는 여인〉 〈K와 그 어머니의 죽음〉 〈흰 닭〉 〈화수분〉 〈소〉 〈새벽종〉 〈쥐 이야기〉 〈하늘을 바라보는 여인〉 〈한 마리 양羊〉 〈해바라기〉 〈금붕어〉 〈크리스마스 전야의 풍경〉 〈모든 것을 바치고〉 〈생일파티〉 〈말없는 사람〉 등의 단편과 〈생명의 봄〉 등의 중편, 성극聖劇 〈순교자殉教者〉, 설교수필집 《인격주의》, 논설집 《생명의 개조》, 전기 《유관순전》, 수필집 《의義의 태양太陽》, 창작집 《하늘을 바라보는 여인》 《전영택창작집》 등이 있다. 1995년에는 《전영택문학전집》(전5권)을 목원대출판부에서 간행했다. 〈화수분〉은 당시 신경향파 작가들이 즐겨 다루는 소재였음에도 도식적인 사건처리가 아닌 인간의 원시적 온정과 생명에의 외경을 사실적·상징적으로 그려낸 그의 대표작이다. 〈소〉는 특히 광복 후 두드러지기 시작한 그의 박애정신을 구현한 농촌소설로, 〈크리스마스 전야의 풍경〉은 허위와 가식에 찬 교회의 한 모습을 비판한 것으로 각각 그의 대표작으로 꼽힌다. 그의 문학은 식민지 시대의 사회문제와 개인의 삶이 무너지는 것을 다루는 것으로 출발해 광복이 되기까지 민족적 수난이나 가난을 동포애로 감싸는 인간의식을 그렸다. 광복 이후에는 주로 기독교적 신앙으로 삶의 어려움을 극복하려는 의지를 보여 민족과 개인의 미래에 대한 전망을 사실주의적 기법으로 그려 종교인이자 작가로서의 정신세계를 구현했다. 1963년 대한민국 문화포장 대통령장을 받았다.

〈화수분〉 전영택의 단편소설. 가난한 부부의 사랑과 그 부활의 의미를 주제로 하고, 가난한 행랑 식구들과 그들의 극한적인 가난한 삶을 소재로 하고 있는 이 작품은 1925년 《조선문단》에 발표된 작품이다. 남편은 잠결에 행랑에 세를 들고 있는 행랑아범의 울음소리를 들었다. 그들에게는 단벌 홑옷과 냄비 하나밖에 없다. 이튿날 아침, 그가 운 까닭을 알아본즉, 어멈이 큰애를 남의 집에 주었기 때문이라는 것과 아범의 이름은 화수분이며, 양평에서 살았던 한때는 부자였다는 것도 알았다. 그런 며칠 후 화수분이 시골에 내려가고, 어느 추운 날 어멈도 뒤따라 내려갔다. 우리는 동생 S에게 그 뒤의 화수분의 소식을 들었다. 화수분은 시골로 가서 일을 하다가 앓아 누워서 남에게 준 큰애의 이름을 부르며 울었다. 마침 어멈이 내려온다는 편지를 받고 맞으러 떠나는 길에 높은 고개에 이르러 앞쪽 소나무 밑에서 어멈과 딸 옥분이를 보았다. 이튿날 나무장사가 지나가다 남녀의 껴안은 시체와 시체를 톡톡 치고 있는 어린애를 발견하고 어린 것만 소에 싣고 갔다. '화수분' 이란 말은 보통명사로서는 보물 그릇을 뜻한다. 써도 없어지지 않고 자꾸 불어나는 전설적인 그릇으로서, 그의 부모가 아들이 잘 살라고 지어준 이름이다. 이 작품은 우리 나라 자연주의 소설의 경향을 본격화시킨 명작으로 평가되며 기독교적 인도주의 사상이 짙은 작품이다.

전옥주 田玉柱 1940~ 극작가. 경남 의령 출생. 서라벌예대 연극영화과 졸업(1961). 1962년 《현대문학》에 희곡 〈운명을 사랑하라〉〈방황자들의 대화〉가 추천되어 등단했다. 주요 작품으로 〈불행한 행운아〉〈물방울에 돌이 파여도〉〈어느 과도기〉〈초超 아담과 이브〉〈불청객〉〈수염이 난 여인들〉 등이 있다. 희곡집으로《낮공원 산책》《아가야 청산 가자》 등이 있다. 그의 작품 세계는 일상적인 것, 평범한 사물에 대한 온정 등이 주조를 이룬다.

전원문학 田園文學 전원의 아름다움과 단순 소박한 생활을 찬양하고 그리워하는 내용의 문학. 과거에는 주로 시였지만 소설·희곡도 많고 근대에는 수필도 많다. 서양 원어는 목동에 관한 것이란 뜻을 가지고 있고, 실제로 서양의 전원문학의 주인공은 목동으로 되어 있는 것이 보통이나, 동양의 전원문학에는 주로 농업활동이 그 배경이 되고 주인공도 농부가 아니더라도 농업과 관계 있는 인물, 즉 낙향한 선비 지주가 보통이다. 전원문학은 성질상 전원에서 나서 자라 전원의 생활, 예를 들어 소몰이, 밭갈이, 거름 나르기, 삽질, 써래질, 낫질 등을 직접하는 사람이 창작할 수 있는 것이 아니다. 그런 사람에게는 전원이 문학의 원천이기보다는 고된 생활전선이기 때문이다. 그러므로 전원문학에 나오는 전원묘사와 주인공의 전원생활의 동기, 전원생활의 방법, 도시사회에 대한 비판 등을 사실적인 것으로 오해하면 안된다. 정철이 낙향해 지은 가사인 〈성산별곡〉의 성산은 지금 가보면 나지막한 야산에 지나지 않으나 작품에 묘사된 것은 많은 문학작품과 많은 비사실적 화폭에 그려진 것과 닮은 더없이 웅장·수려한 산으로 되어 있다. 전원문학을 짓는 사람들이 자연을 직접 느끼고 즐겼기보다는 예술적 관습에 따랐기 때문이다. 사실주의적 경향이 전원문학의 관습을 많이 뒤흔들어 놓았지만 도시문명의 비판을 내포한 모든 농촌생활의 옹호는 근본에 있어 전원문학적 전통을 암암리에 따른다. 엠슨 같은 이론가는 농민, 노동자·어린이가 주인공이 되어 있는 문학은 궁극적으로는 복잡다단한 생활에 대한 비판이며 단순 소박한 생활을 옹호한다는 점에서 모두 전원문학이라고 했다. 그러나 잠시 일상생활로부터 벗어나 자연의 단순 소박함에 가까이 다가가서 복잡한 생활에 대해 통일된 전망을 가지는 것은 모든 문화인이 정치적 이유와 관계없이 바라는 상태이기도 하다.

전원파작가 田園波作家 전원을 무대로 한 문학작품을 발표한 작가를 총칭하는 말. 반도시적反都市的 경향을 띠고 주로 농촌에 기반을 두었거나 농촌을 소재로 한 작품을 발표한 1930년대의 일부 시인·작가들의 창작경향이 농촌에서도 거리가 먼 전원을 즐겨 택한 데서 이와 같은 이름이 붙여진 것이다. 구체적으로 이 계열에 속하는 작품을 남긴 문인으로는 김동명金東鳴·김상용金尙鎔·신석정辛夕汀·이무영李無影·박영준朴榮濬·최인준崔仁俊·이근영李根榮 등이다. 김동명의 〈파초〉, 김상용의 〈남南으로 창을 내겠소〉, 신석정의 〈그 먼 나라를 아십니까〉 등 모두가 전원파적인 측면을 지니고 있는 작품들이다. 이 계열에 속하는 작품들의 특징은 대체로 생활감각이나 현실비평에는 거리를 두고 있거나 소극적이라는 점이다. 이것은 아마도 1930년대 일제 탄압이 강화되므로 작가들이 현실에 서기가 어렵게 되자 그 결과 야기된 현상 가운데 하나로 생각된다. 그 정신적인 바탕에 귀거래사歸去來辭를 읊은 도연명의 심경과 유사한 면이 느껴지며 그런 이유에서 흔히 이 계열에 속하는 문인들을 동양적 체질을 가진 사람들이라고 일컫기도 한다.

전쟁문학 戰爭文學 전쟁이라는 현대적 병을 고발하고 진단하는 문학. 전쟁을 소재로 해서 진정한 인간상과 참다운 진실을 부각하는 것이 전쟁문학의 보편적 성격이다. 우리 문학에 있어서 전쟁문학은 6·25동란 이후 최초로 전쟁의 실상이 그대로 반영된 작품이 등장했다. 박영준朴榮濬의 〈빨치산〉을 필두로 해서 김동리金東里의 〈흥남철수興南撤收〉 등 수많은 작품들이 쏟아져 나왔는데 이들은 대체로 전쟁의 현장성을 지닌 것과, 전쟁이 스치고 간 흔적 위에서 삶의 궤적을 그려보는 등의 소재적 특성을 지닌 것 두 가지로 분류된다. 한국의 전쟁문학은 출발에 있어서 민족적 비극을 저버릴 수 없는 것과 같이 비극의 의미 역시 일방적이어야 하는 사상적 일치성을 가지고 있기 때문에 종군작가들에 의해 제작되었다. 특히 《창공蒼空》 등 군기관지를 통해 발표된 작품들에 있어서 주목할 점은 전쟁의 당위·비당위의 문제성보다도 총력적 민족생사의 어느 한쪽을 선택해야 한다는 극히 구체적이고 사명적인 것이었다. 따라서 구송口誦의 시들이 중심이었다.

전통론시비 傳統論是非 1950년 후기부터 1960년 전반에 이르기까지 평단의 논란이 되었던 일련의 비평. 전통에 대한 정의로부터 비롯, 전통의 계승문제를 개론하고 그 찬반을 에워싸고 끈질긴 입씨름이 이어졌다. 이같은 전통론에 관련된 비평은 상당한 양산을 기록하고 있다. 이를테면 백철白鐵의 〈고전부활과 현대문학〉, 조연현趙演鉉의 〈전통의 민족적 특성과 인류적 보편성〉, 홍효민洪曉民의 〈문학전통과 소설전통〉, 이봉래李奉來의 〈전통의 정체〉, 문덕수文德守의 〈전통론을 위한 각서〉, 유종호柳宗鎬의 〈전통의 확립을 위하여〉, 최일수崔一秀의 〈문학의 세계성과 민족성〉, 김상일金相一의 〈고전의 전통과 현대〉, 윤병로尹柄魯의 〈전통의 문제점〉 등을 들 수 있다. 이것들이 추구한 것은 주로 '전통이란 무엇인가' 하는 원론적인 것으로부터 민족문학의 본질탐구나 고전에 대한 새로운 해석 등 다양한 비평작업이었다. 이처럼 전통론에 대한 논의는 당시 거의 모든 비평가들이 제 나름대로의 발언을 통해서 집중적으로 전개한 셈이다. 그럼에도 불구하고 근 한 세대에 걸친 전통론의 시비는 공리공론으로 시종해서 신통한 결실을 맺지 못했다. 다만 전통론자와 반전통론자로 맞서 몇 차례의 논쟁이 주목을 끌었을 뿐이다. 이 논쟁의 도화선은 전기前記한 많은 비평과 함께 1962년 《사상계》가 주최한 '현대시 50년의 심포지엄' 이었다. 거기서 크게 문제된 것은 우리의 고전에서 전통을 이어받은 것이 있느냐 없느냐는 것이었다. 그리고 전통과 인습은 구별되어야 한다는 주장으로 그 실제의 작품을 거론하기에 이르렀다. 여기서 조지훈趙芝薰은 전통의 계승을 주장하는 전통론자의 입장에 섰고, 이어령李御寧과 유종호는 우리 문학의 경우 전통의 계승을 인정할 수 없다는 반전통론자의 입장에 섰다. 이 심포지엄에서 선명해진 전통론자와 반전통론자의 대립은 뒤에 딴 지면을 통해서 더 활발한 양상으로 발전되었다. 우선 반전통론자에 대한 반론으로 이형기李炯基는 고전의 영향의 다과를 따질 것 없이 전통 자체를 부인할 수 없다는 데서 이의를 제기했다. 전통론의 근원부터 얘기해 간 그는 현재라는 시간을 개의치 말고 단지 과거를 과거로서만 보자는 괴이한 전통론을 내세웠다. 이것이 바로 반전통론자의 저항을 받은 것은 물론이다. 이와 같은 추세로 이어령과 이형기 · 정태용 등이 대진되어 전통론의 시비를 벌이게 되었다. 그렇지만 그것은 본격적인 논쟁이 되지 못하고 다만 지엽적인 개념풀이에 정력을 소모한 결과가 되었다. 이렇게 미결의 장章으로 넘어간 전통론의 시비는 그런대로 하나의 비평사적인 문제점을 남긴 셈이다.

전향문학 轉向文學 전향이란 그 이전의 정신적 지향이나 신념을 바꾸어 다른 방향으로 나간다는 의미로, 작품에 있어서는 전향의 태도가 나타나는 문학을 의미한다. 문학에서 전향을 말할 때는 대개 공산주의자가 그것을 포기하거나 전위적인 사상가가 자신의 사상을 포기할 때 나타나는 회심현상을 뜻한다. 전향은 외부로부터의 권력작용에 의하는 경우와 자체 내의 성장에 따라 종래의 사상을 포기하는 경우로 대별된다 하겠다. 우리 나라 문학사에서 전향은 1930년대 중반 카프KAPF의 해체에 따른 프롤레타리아 문학가들이 계급주의 사상을 포기한 것과 일제말기 이른바 신체제문학新體制文學으로 전향한 일련의 친일 문인들에 의한 문학적 변절 내지 굴복을 들 수 있다.

전혜린 田惠麟 1934~1965 수필가 · 번역문학가. 평남 순천 출생. 서울대 법대 재학 중 독일에 유학, 뮌헨대 독문과 졸업. 1959년 귀국해 경기여고 · 서울대 법대 · 이화여대의 강사를 거쳤고, 1964년 성균관대 조교수가 되었다. 펜클럽 한국본부 번역분과위원으로 위촉되어 일하기도 했다. 1965년 1월 11일 31세로 자살했으며, 뜻하지 않은 죽음은 그의 총명을 기리는 모든 이에게 충격과 아쉬움을 남겼다. 독일유학 때부터 시작된 그의 번역작품들은 정확하고 분명한 문장력과 유려한 문체의 흐름으로 많은 독자들에게서 사랑을 받았다. 번역서로《어떤 미소》《압록강은 흐른다》《생의 한가운데》《데미안》《안네 프랑크-한 소녀의 걸어온 길》 등 10여 편의 번역작품을 남겼다. 그밖에 수필집《그리고 아무 말도 하지 않았다》와《미래완료의 시간 속에》가 있고,《이 모든 괴로움을 또다시》라는 제명으로 일기가 유작집으로 출간되기도 했다. 순수와 진실을 추구하고 정신적 자유를 갈망했던 그의 모습은 당대의 새로운 여성상으로 평가받는 한편, 완벽한 정신세계를 지향하는 지성적인 현대여성의 심리로서 분석되는 등 관심의 대상이 되고 있다.

전황당인보기 田黃堂印譜記 →정한숙鄭漢淑

전후문학 戰後文學 제2차 세계대전 후의 허무주의적이며 비이성주의적인 사고체계를 다룬 문학을 말한다. 우리 나라의 전후문학은 광복직후와 6 · 25 이후의 문학으로 나누어 볼 수 있으나, 광복 직후의 문학에는 전후의식은 없고 독립전야의 혼란상만 있어 전후를 담당할 작가의 등장도 미약했고, 전전戰前파와 청록파들의 활동이 활발했으므로 발전하지 못했다. 때문에 우리 나라의 전후문학 발생은 6 · 25동란 이후부터라고 할 수 있다. 온 민족이 전쟁체험을 하게 되었고, 1950년대 전후에 등장한 작가들은 이러한 전쟁체험을 공통기반으로 출발했다. 오상원吳尙源 · 서기원徐基源 · 장용학張龍鶴 · 이호철李浩哲 · 손창섭孫昌涉 · 송병수宋炳洙 · 선우휘鮮于輝 · 김성한金聲翰 · 하근찬河瑾燦 · 이범선李範宣 등은 전쟁체험과 새로운 방법론으로 등장한 작가들이었다. 그리고 이 무렵에 들어온 실존주의는 당시의 폐허, 허무, 절망의 시대상황을 배경으로 전후의식과 더불어 휩쓸었다. 전후 작가들의 공통점은 기성 가치관의 상실, 전쟁의 참혹성에서 오는 불안과 허무의식, 극한상황을 극복하려는 고뇌의 몸부림 등으로 요약된다. 오상원의 집요한 행동성의 추구, 김성한의 프로메테우스적 저항, 장용학의 상황의식과 인간조건의 추구, 손창섭의 열외인간군, 하근찬과 이범선이 부각시킨 전란의 상처 등은 모두 전란의 비극을 통한 가치관과 모럴의 상실에서 오는 특징들이다. 이들 전후파 외에 김동리金東理, 황순원黃順元, 손소희孫素熙, 한무숙韓戊淑, 김광식金光植 등의 활동도 전후적인 특징을 현저히 드러냈다. 1950년대 전후문학은 지금까지도 그 잔영이 계속되고 있다. 이것은 전후작가들이 제기한 여러 가지 문제가 미결상태에 있음을 암시하는 것으로 그것은 전쟁의 참상과 계급주의의 극복, 남북분단의 불행, 새로운 가치관의 확립 등이라 하겠다.

절대고독 絶對孤獨 → 김현승金顯承

절망 뒤에 오는 것 絶望— → 전병순田炳淳

젊은 느티나무 → 강신재康信哉

정공채 鄭孔采 1934~ 시인. 호 성촌星村 · 심연心然. 경남 하동 출생. 연세대 정외과 졸업(1958). 1957년 《현대문학》에 시 〈종鍾이 운다〉 〈여진女眞〉 〈하늘과 아들〉 등이 추천되어 등단했다. 한국 현대시인협회 부회장, 한국문인협회 이사 등을 역임했으며, 현재 펜클럽한국본부 이사 및 한국현대시인협회 회장으로 활동하고 있다. 시집으로 《정공채 시집 있습니까》 《해점海店》 《아리랑》 《땅에 글을 쓰다》 《사람소리》 등이 있고, 수필집 《지금 청춘青春》 《너의 아침에서 나의 저녁까지》, 장편역사소설 《초한지》, 평전 《아! 전혜린》 《우리 노천명》 《우리 어디서 만나랴-공초 오상순》 등이 있다. 이밖에 다수의 역서 및 편저가 있다. 데뷔시절부터 '천의무봉의 시인'이란 찬사를 받은 그는 전후파 특유의 도시적 감수성으로 실존적 고독과 고뇌를 노래하는 데 매우 개성적인 솜씨를 발휘했다. 특히 반미주의적 메시지가 짙게 깔려 있다는 이유로 크게 물의를 일으켰던 〈미8군의 차〉를 비롯한 그의 강렬한 현실인식의 시편들이 보여주는 치열성은 그가 자유분방한 언어의 기교에만 매달리는 시인이 아님을 증명해준다. 독창적인 발상과 메타포의 창조를 통해 시에 새 숨결을 불어넣었다는 평가를 받기도 했다. 1958년 제5회 현대문학상, 1979년 제4회 시문학상, 1981년 제1회 한국문학협회상, 1998년 제8회 편운문학상 등을 수상했다.

정과리 1958~ 평론가. 본명 명교明敎. 대전 출생. 서울대 불문과 및 동 대학원 졸업. 1979년 《동아일보》 신춘문예에 평론 〈조세희론-고통의 개념화〉가 입선되어 등단했다. 1982년부터 1987년까지 《우리 세대의 문학》 편집 동인으로 활동했으며, 1988년부터는 《문학과 사회》 편집동인으로 있다. 충남대 불문과 교수로 재직 중이다. 저서로 《문학, 존재의 변증법》(1 · 2) 《스밈과 짜임》 《문명의 배꼽》 등이 있으며, 1999년 10여 년 만에 낸 《무덤 속의 마젤란》에서는 80년대 한국사의 전개양상과 90년대 시의 풍요와 허기를 짚어내고 있다. 1992년 소천비평문학상을 수상했다.

정끝별 1964~ 시인 · 평론가. 전북 나주 출생. 이화여대 국문과 및 동 대학원 졸업. 1988년 《문학사상》에 시 〈칼레의 바다〉 외 6편을 발표해 문단에 데뷔, 1994년에는 《동아일보》 신춘문예에 평론 〈서늘한 패러디스트의 절망과 모색〉이 당선되었다. 시작 활동과 평론활동을 병행하고 있으며 1998년

대산재단 창작지원을 수여한 바 있다. 현재 이화여대 국문과와 명지대 문창과에 출강 중이다. 대표 작품으로 시에는 〈옹관甕棺〉〈기억은 자작나무와 같아〉〈내 안 녹나무〉〈강진 편지〉 등이 있고, 평론에는 〈시의 주술성과 시인의 운명적 선택〉〈구도求道의 신화와 알레고리 시학〉 등이 있다. 저서로는 시집 《자작나무 내 인생》, 시론집 《패러디 시학》, 평론집 《천 개의 혀를 가진 시의 언어》 등이 있다. 그의 시에 대해서 주변환경과 사물로부터 삶의 비의를 끌어내려는 독특한 어법은 신선함과 더불어 의미의 애매성을 불러오면서 시의 긴장의 진폭을 극대화하는 효과를 창출하는 것으로 평가받은 바 있으며, 평론활동에 대해서는 다양한 독해법과 섬세하고 꼼꼼한 작품읽기를 근간으로 분석 및 해석이 치밀하고 정교할 뿐만 아니라 텍스트에 대한 이해가 폭넓게 이루어지고 있다는 평가를 받고 있다.

정내동 丁來東 1903~1985 수필가 · 중문학자. 전남 곡성 출생. 북경 민국대 영문과 졸업(1930), 동 대학에서 중국문학을 연구했다. 1925년 논문 〈주상朱湘과 중국시단〉을 발표, 1948년 수필집 《북경시대》를 발간, 정취 있는 문장을 돋보이게 했다. 1971년 중국문학 관계논문과 그 동안 발표한 수필 등을 묶어서 《정내동전집》을 간행했다.

정대구 鄭大九 1939~ 시인. 경기도 화성 출생. 명지대 국문과 졸업(1969). 1972년 《대한일보》 신춘문예에 시 〈나의 친구 우철동씨〉가 당선되어 등단했다. 주요 작품으로 〈시계 수리공〉〈안개〉〈알려드립니다〉〈겨울나무의 진실〉 등이 있고, 시집으로 《나의 친구 우철동씨》《겨울 기도》《무지리 사람들》《우리들의 베개》 등이 있다. 그는 구체적 체험에서 얻어지는 평이하면서도 질박한 언어로써 삶 속에 박힌 슬픔과 소망을 드러내는 시세계를 구축하고 있다.

정대연 鄭大衍 1943~ 아동문학가. 전남 나주 출생. 전남대 정외과 졸업(1965). 1968년부터 교직생활을 했다. 1979년 《월간교육》에 〈밤 샌 아저씨〉〈산촌의 메아리〉가 추천되고, 1981년 《아동문예》 신인상에 〈혼자우는 개구리〉가 당선, 1982년 《광주일보》 신춘문예에 〈까치와 고목나무〉가 당선, 1983년 《월간문학》 신인상에 〈수박마을 개미들〉 당선 등의 경로를 거쳐 등단했다. 동화집으로 《혼자 우는 개구리》《까치와 고목나무》《이상한 이발사》《도깨비 사냥꾼》《괴물나라의 여행》《금반지도둑》《네 발 달린 사람》《날아다니는 호랑이》 등이 있으며, 콩트집 《천사들의 침실》, 역서위인전 《워싱턴》 등 다수가 있다. 그의 동화는 한마디로 '환상적인 소재와 동화의 미학'이라고 요약된다. 이를 세분한다면 첫째는 우의성이 짙은 동화를 들 수 있다. 오늘 우리의 동화에 있어 우의성이 쇠퇴해가고 있는 느낌인데 그는 우의성이 짙은 동화에 힘을 기울이고 있다. 또한 우의성을 통해서 독자에게 전달하려는 메시지도 현실에 대한 비판의식이 주조를 이룬다. 두번째로 생활동화를 들 수 있는데 그의 생활동화는 유머러스한 터치가 특징을 이루지만, 핵심적인 주제는 도시와 농촌의 소외아동이 겪는 소외의식에 초점을 맞추고 있다. 그의 또 다른 동화는 도회 속에서의 환상적인 소재를 다룬 것들이다. 고도의 표현기법이 요구되는 이러한 작품들을 성공적으로 써내는 작가로 평가받고 있다. 계몽사아동문학상, 한국아동문학작가상, 광주문학상, 대한민국국민포장, 독서새물결대상 교육부장관상 등을 수상했다.

정동주 鄭棟柱 1949~ 시인. 경남 진양 출

생. 1980년 시집 《농투산이의 노래》를 출간. 이후 《순례자》 《논개》 《이삭줍기》 《이 나라 옳은 말들이》 《생존일기》 《그대 생각》 《논두렁에 서서》를 계속해서 발간했다. 산업화의 혼돈 속에서 제기되고 있는 인간상실 문제에 대해, 객관적 명증성과 구조적 제어의 능력을 바탕으로 삶의 이야기를 행위의 논리가 아닌 존재의 논리로 시작하고 있다. 제8회 오늘의 작가상, 1986년 농촌농민문학상을 수상했다.

정두리 鄭斗里 1947~ 시인 · 아동문학가. 경남 마산 출생. 단국대 국문과 졸업(1982). 1982년 《한국문학》에 시 〈뜨개질〉 외 2편이 추천, 1984년 《동아일보》 신춘문예에 〈다리놓기〉가 당선되어 등단했다. 주요 작품으로 시 〈데레사씨 꽃가게〉 〈우리들의 이름자〉 등과 동시 〈안개꽃〉 등이 있으며, 시집으로 《유리안나의 성장》 《겨울일기》 《낯선 곳에서 다시 하는 약속》 등과, 동시화집 《꽃다발》이 있다. 1985년 새싹문학상을 수상했다.

정목일 鄭木日 1945~ 수필가 · 아동문학가. 경남 진주 출생. 건국대 법과 중퇴. 1975년 《월간문학》에 수필이 당선된 데 이어 1976년 《현대문학》에 수필 〈호박꽃〉 〈어둠을 바라보며〉 등이 추천되어 등단했다. 초등학교 교사를 거쳐 《경남신문》에 기자로 입사, 문화부장, 부국장, 편집국장, 논설위원 등을 역임했다. 수필천료자모임 현대문학수필작가회를 창립하는 등 본격 수필문학 진흥에 앞장서 왔다. 작품집으로 《남강부근의 겨울나무》 《별이 되어 풀꽃이 되어》 《모래알 이야기》 《깨어 있는 자만이 숲을 볼 수 있다》 《대금산조》 등 수필집 12권과 《파랑새학교》 《경남의 전래동화》 《무지개 만드는 나라》 등 동화집 9권이 있다. 우리 나라 종합문예지를 통해 처음으로 문단에 데뷔한 본격수필가로서 순수 수필문학 창작에 전력을 다해 왔다. 그의 수필세계는 한국서정의 재발견과 해석을 통해 한국의 영혼과 미학을 현대에 접목, 발전시키고자 하고 있다. 한국의 자연과 서정의 탐미주의자라는 평가를 받고 있다. 동포문학상, 에세이문학상, 수필문학대상, 마산시문화상, 경남문화상 등을 수상했다.

정민호 鄭旼浩 1939~ 시인. 호 정파丁巴. 경북 영일 출생. 서라벌예대 문예창작과 졸업. 1966년 《사상계》 신인문학상에 시 〈이 푸른 강변의 연가〉 외 3편이 당선되어 등단했다. 1975년 《동해남부문학》 동인을 창립해 동인지를 발행하기도 했으며, 1983년에는 《서세루의 시인들》 동인에 참여하기도 했다. 현재 한국예총경북지회 부지회장, 한국예총 경주지부장으로 활동하고 있다. 시집으로 《꿈의 경작》 《강변의 연가》 《어둠처럼 내리는 비》 《새로 태어남의 이유》 《눈부신 아침》 등 다수와, 시선집 《깨어서 자는 잠》, 2인시집 《소리와 정답》, 한 · 영시집 《신라로 가는 길》, 체험적 서사시집 《세월》 등을 출간했다. 초기에는 한국의 국토와 산하의 아름다움에 대한 감격적 표현과 전후 한국시의 계승을 위한 작품에 열중해 서정적 바탕 위에 흔들리는 현실의 우울성을 가미시킨 60년대의 시적미학을 형상화했다. 70년대 중반부터는 물질문명화된 현실에서 상실하기 쉬운 인간성의 회복과 사라져가는 것의 아쉬움, 불가사의한 신의 존재 및 구원을 위한 작품을 보였으며, 90년 이후에는 한국의 역사성을 바탕으로 아득한 세월의 저편을 밝히는 예술적 영역을 개척해 시로 승화시키고 있다. 특히 그의 체험적 서사시 〈세월〉은 4부로 구성되어 시인의 유년시절과 청년시절, 친족의 끈질긴 인연의 매듭을 푸는 작품으로 그의 문학성 · 역사성이 잘 드러나 있다. 1981년 제22회 경북문화상, 1986년 제23회 한국문학상, 1990년 경주시문화상, 1991년 경북문학상, 1992년 금복문화예술상, 1995년 문예한국상 등을 수상했다.

정병욱 鄭炳昱 1922~1982 국문학자. 경남 하동 출생. 연희전문을 거쳐 서울대 졸업. 1950년부터 국문학에 관한 논문을 발표하기 시작했다. 주요 논문으로 〈국문학의 개념규정에의 신제언〉 〈고시가 운율론서설〉 〈한국시가문학사〉 등이 있다. 저서 및 편저에 《국문학산고》《시조문학사전》《한국고전시가론》《한국고전의 재인식》 등이 있으며, 《국문학산고》에서는 국문학의 개념규정을 위한 제언을 밝히고 있으며, 《시조문학사전》은 2376수의 고시조를 가나다 순으로 엮고 작품별로 작자와 출전을 밝힌, 이 방면의 역저이다. 한편, 미국 · 프랑스 · 일본 · 스위스 등의 권위 있는 국제학술회의에 참가해 논문을 발표하는 등 한국문학을 해외에 소개 · 선양하는 데 크게 기여했다. 낙선재문고樂善齋文庫의 정리와 해제 및 낙선재 소설의 사회사적 · 문학사적 의미를 규명하는 논문 발표로 소설사의 재정리에 공헌했고, 판소리 연구를 통해 판소리의 진가를 널리 인식시키기도 했다. 서구 형식주의 · 분석주의 비평방법의 도입에 의한 치밀한 작품분석과 문헌자료의 철저한 고증을 통한 실증주의적 방법을 겸비한 양면성을 보인 점이 그의 특징이다. 한국출판문화상 저작상, 외솔상, 3 · 1문화상 등을 수상했다.

정봉구 鄭鳳九 1925~ 수필가 · 불문학자. 호 남사南沙. 경기도 화성 출생. 성균관대 불문과 및 동 대학원 졸업. 1970년 《현대수필》에 〈사랑의 아이러니〉를 발표해 등단했다. 이후 〈다시 한 번〉 〈부채의 향수〉 〈세느강과 청계천〉 〈한번 추어보고 싶었던 춤〉 등의 수필을 계속 발표했다. 동화적인 분위기가 풍기는 수필을 쓰는 한편, 프랑스 문학에서 얻어진 소재에 한국적인 것을 대비한 작품을 쓰기도 한다. 저서로는 수필집 《클로바의 회상》《영혼의 새벽》《우리의 행위는 우리를 뒤따른다》《첫맛과 끝맛》 등과 많은 번역서가 있다. 1991년 국민훈장 동백장, 1994년 한국수필문학상, 1998년 신곡문학상 등을 수상했다.

정봉래 鄭奉來 1926~ 평론가. 전남 강진 출생. 동국대 국문과 졸업. 1955년 《동아일보》 창간 35주년 기념현상 논문에 〈국민 문화수준 향상의 방안〉이 당선되어 등단했다. 이후 〈세대와 작가의 관념〉 〈한국 현대소설의 문제〉 〈수필문학의 본령〉 〈예술에 있어서의 감각주의〉 〈전쟁문학론〉 등의 평론을 발표했다. 대표적인 평론에 〈비평과 작품의 한계〉 〈신문소설의 위치〉 〈실존주의의 재현〉 〈시와 체험〉 등이 꼽히며, 저서에 평론집 《문학의 자유》《문학과 창조》《시와 시인론》 등과 전기 《인간 쉐필드 여사》 등이 있다. 그는 일정한 비평기준에 구애되지 않고 그때그때 문제를 종합적으로 파악하는 비평방법을 취하고 있다. 1989년 노산문학상을 수상했다.

정비석 鄭飛石 1911~1991 소설가. 평북 의주 출생. 일본 니혼대 문과 중퇴. 1935년 《동아일보》 신춘문예에 시 〈여인의 상〉 〈저 언덕길〉 등을 발표했으나 1936년 소설로 전향, 단편 〈졸곡제卒哭祭〉

〈성황당城隍堂〉이 《동아일보》와 《조선일보》 신춘문예에 각각 당선되어 등단했다. 〈성황당〉은 산 속에서 행복하게 사는 현보의 아내 순이를 탐내는 긴상, 칠성, 그리고 산림순사 등의 애정갈등을 그린 것으로, 순수하게 자연에 몰입한 한 경지를 개척함으로써 당시 지식인의 자의식과 심리주의에 피로한 문단에 원시림을 대한 듯한 압도적인 인상을 던져준 작품이다. 이후 〈애증도愛憎道〉 〈자매〉 〈비밀〉 〈제신제諸神祭〉 〈저기압低氣壓〉 등을 발표했다. 기독교의 관념적인 신앙에서 사랑하는 이의 죽음을 보고, 경건한 마음으로 제사를 지내는 인간의 근원적인 신앙과 애정을 세련된 감정과 정연한 문장으로 그린 〈졸곡제〉를 제외하고는 대부분 시대현실에 대한 지식인의 고민과 사상을 다룬 것이다. 그의 작품 본령은 광복 후의 연재소설 〈파계승破戒僧〉 〈호색가好色家의 고백〉 등 일련의 애욕세계를 거쳐 〈자유부인自由夫人〉에 이르러 절정을 이루었다. 이 작품은 6 · 25 동란 이후 아메리카니즘으로 인한 사회적인 퇴폐풍조를 배경으로 대학교수의 부인이 방탕하게 놀아난 상황을 통해서 현대여성의 애정모럴을 잘 나타내 주고 있는 통속적인 스토리로 되어 있다. 이 소설의 발표로 교수 · 변호사 · 작가 등의 찬반논쟁이 일어났다. 이 작품의 발표 전후를 통해 계속 〈슬픈 목가牧歌〉 〈유혹誘惑의 강江〉 〈낭만열차浪漫列車〉 〈산호珊瑚의 문門〉 〈욕망해협慾望海峽〉 등 일련의 애정세계를 다룬 통속적 경향의 신문 연재소설을 많이 발표했다. 말년에는 역사에서 소재를 취해 현대인들에게 흥미있는 읽을 거리를 제공해 주는 《명기열전》 《민비》 《삼국지》 《손자병법》 등에 매달려 본격적인 문학창작에서 비껴선 듯한 인상을 주었다. 한편 수필도 많이 썼으며, 저서 《소설작법》을 간행 하기도 했다. 1984년에는 《소설 손자병법》을 발간해 베스트셀러가 되기도 했다.

〈성황당 城隍堂〉 정비석의 단편소설. 1937년 《조선일보》 신춘문예에 당선된 작자의 데뷔작품이다. 산촌에서 숯을 구워 파는 현보의 색시 순이는 두메에서는 보기 드문 미인이었다. 그녀의 미모에 눈독을 들인 산림간수 긴상과 동네의 칠성이는 도벌盜伐하는 현보의 약점을 이용해 순이를 유혹하려 하나 안되자, 현보를 관에 고발해 버린다. 현보가 붙잡혀 간 뒤에 긴상과 칠성이는 순이를 사이에 두고 쟁탈전을 벌여, 칠성이가 긴상의 머리를 때려 중상을 입히고는 도주했다가 다시 순이를 데리고 가려고 돌아온다. 현보가 징역살이를 하므로 혼자 살 수 없을 터이니, 같이 도망가서 살자고 꾀어 화려한 옷감까지 내놓는다. 순이는 칠성이를 따라 도망가다 끝내 현보를 잊을 수 없어서 잠깐 뒤를 보겠다고 칠성이를 속인 후 집으로 돌아오니 뜻밖에도 현보가 석방되어 돌아와 있다. 두메산골에서의 숯 굽는 생활과 토속신앙, 그리고 성적 분위기를 조화시켜 인간의 원시적인 애정세계를 제시한 작품이다. 특히 이 세상의 모든 길흉화복이 서낭신의 주재로 결정된다고 믿는 순이에 의해서 빚어지는 성적 관계나 순이가 시내에서 목욕하는 장면 등은 산골의 생활 및 그 자연의 배경과 한데 어우러져 본능적인 세계의 신선함을 강조하고 있다.

정소성 鄭昭盛 1944～ 소설가. 경북 봉화 출생. 서울대 불문과(1969) 및 동 대학원 졸업(1974). 프랑스 그르노블 문과대학 수학. 1976년 단편 〈질주疾走〉가, 1977년 단편 〈잃어버린 황혼〉이 《현대문학》에 추천되어 등단했다. 전북대 및 전남대 강사 역임,

1979년부터는 단국대 불문과 교수로 재직 중이다. 《작가》 동인으로 활동하고 있으며, 등단 초기 실험소설을 주로 썼으나, 이후 지식인 소설을 거쳐, 지금은 조선 최근세사를 다루는 역사소설을 쓰고 있다. 단편집으로 《아테네 가는 배》《뜨거운 강》《타인의 시선》《혼혈의 땅》《벼랑에 매달린 사내》 등이 있으며, 장편소설로 〈천년을 내리는 눈〉〈악령의 집〉〈여자의 성城〉〈최후의 연인〉〈대동여지도〉(전4권) 〈운명〉〈두 아내〉를 비롯해 다수를 출간했다. 등단 초기에는 단편소설을 통해 누보로망적 경향의 실험소설을 시도했으나 프랑스 유학 시절부터 조국의 분단현실을 은유적 기법으로 형상화하는 데 관심을 집중시켰다. 귀국 후 카뮈류의 실존주의적 경향을 보였으나, 한때 경험체계와 기존적 가치체계의 전복을 지향하는 포스트모더니즘의 세계에 빠지는 듯했다. 그러다가 지금은 자신의 본령인 사실주의적 경향으로 돌아가 국토의 아름다움과 한민족의 뿌리, 미래를 탐색하는 역사소설에 전력하고 있다. 1999년, 9년 만에 펴낸 장편소설 〈두 아내〉는 한 가족사를 통해 전쟁과 분단의 비극을 그리고 있다. 1985년 제17회 윤동주문학상 및 제1회 동인문학상, 제1회 박영준문학상, 1995년 제29회 월탄문학상 등을 수상했다.

정소파 鄭韶坡 1912~ 시조시인 · 아동문학가 · 수필가. 본명 현민顯珉, 호 설월당雪月堂. 광주 출생. 일본 와세다대 문학과 졸업(1936). 1930년 《개벽》에 시조 〈별건곤別乾坤〉을 발표해 등단했다. 데뷔 후 《신인문학》에 시 3회 추천완료, 1946년 《동광신문》《조선중보》 신춘문예에 시 당선, 1957년 《동아일보》 신춘문예에 시조 〈설매사雪梅詞〉가 당선되었다. 1950년 이후 중 · 고등학교 교사로 재직했으며, 1971년 한국문인협회 전남지부장을 역임, 현재 한국시조시인협회 고문이며 호남시조문학회 명예회장, 한국문인협회 광주지부 고문으로 있다. 그는 한국의 산하와 고전적인 것을 작품의 소재로 택해 우리의 정情과 한恨의 세계를 작품화했다. 특히 〈강촌일기〉와 〈강촌연가〉 등의 작품 세계는 오늘의 현실을 잊게 하는 체념적인 달관의 작품으로 서정의 극치를 이루고 있다. 주요 작품으로 〈죽풍사竹風辭〉〈설매사〉〈새안도塞雁圖〉〈혼곡昏谷에 서서〉〈슬픈 조각달〉 등이 있으며, 시집에 《잔조殘照》《고독의 창》《마을》, 시조집에 《산창일기山窓日記》《슬픈 조각달》《죽풍사》, 수필집에 《세월 가는 그림자》《시인의 산하山河》, 동시집에 《정소파 동요 · 동시집》 등이 있다. 이밖에 다수의 시선집과 시론집 및 기행문이 있다. 1930년대 현대 자유시로 출발해 동시 · 시조 · 수필 등을 써온 그는 주로 시조의 현대성을 추구해 자연과 인생의 교감을 통한 예술적 영원성을 새로운 서정시로 형상화했다. 한편 시대상의 비판 · 풍자 · 해학 등을 주조로 한 투쟁적 의지의 표출로 시조의 현대적 현실과 내용의 개혁에 힘쓰고 있다. 1959년 전라남도문화상, 1980년 가람시조문학상, 1987년 현산문화상, 1988년 육당시조상 등을 수상했다.

정연희 鄭然喜 1936~ 소설가. 서울 출생. 이화여대 국문과 졸업. 1957년 〈파류상破流狀〉이 《동아일보》 신춘문예에 당선되어 등단했다. 주요 작품으로 〈목마른 여인들〉〈목마른 나무들〉〈석녀石女〉〈2천년의 독백〉〈중음신中陰身〉 등이 있다. 저서로는 《그대 창가에 나의 등불을》과 《정연희창작집》《석녀》《백조의 행진》《불타는 신전》《난지도》《겨울 건너기》 등이 있으며, 수필집 《하늘 사랑 땅 사랑》《한낮에 촛불을 켜고》《나비야 청산 가자》 등의 수필집을 간행했다. 그는 주로 물질문명이 인간에게 미치는 영향과 남녀간의 애정문제를 다루며, 인간관계의 고민 · 갈등 · 애정의 도덕적 가치 등을 추구하고 있다. 초기에는 주제의 관념성과 사변적 요소가 강했으나 이후에는 여기서 탈피하려는 노력이 나타난다. 최근에는 인터넷과 성이 지배이데올로기로 등장한 시대, 무너져가는 성도덕에 경종을 울리는 장편 〈순결〉과 단편집 《바위눈물》을 출간했다. 1979년 한국소설가협회상, 1981년 한국문학작가상, 1984년 대한민국문화상, 1986년 윤동주문학상, 1987년 유주현문학상을 수상했다.

정완영 鄭梡永 1919~ 시조시인. 호 백수白水. 경북 금릉 출생. 《현대문학》에 시조 〈애모愛慕〉〈어제 오늘〉〈강〉 등이 추천되고, 1962년 《조선일보》 신춘문예에 〈조국〉이 당선되어 등단했다. 투철한 자연관조와 전통적인 서정에 바탕을 둔 시조 〈수수편편首首片片〉〈산거일기山居日記〉〈아침 한때〉〈제주도기행시초〉 등을 발표했다. 특히 〈수수편편〉은 단시조 3편씩을 한데 묶은 것인데 문제작으로 평가되었다. 시조집으로 《채춘보採春譜》《묵로도墨鷺圖》《산이 나를 따라와서》《연과 바람》《난보다 푸른 돌》 등이 있으며, 산문집 《다홍치마에 씨받아라》《차 한잔의 갈증》, 논저 《고시조감상》《시조산책》 등을 간행했다. 한국문학상, 가람시조문학상, 중앙시조대상, 육당문화상, 만해상 등을 수상했다.

정원석 鄭源石 1932~ 아동문학가. 호 노산老山. 함남 함흥 출생. 서울대 의과 및 동 대학원 졸업. 1953년 동화 〈눈이 온 수풀〉이 월간 《어린이 다이제스트》의 추천을 받아 등단했다. 동화집에 《달밤과 까치》《꽃내음이 하나 가득》《굴뚝 속의 찐꽁이》《저기 저 맑고 푸른 하늘을》 등이 있으며, 동시집에 《귓속말》《자작나무 숲길》《저렇게 푸른 하늘》 등이 있다. 1977년 새싹문학상, 1979년 소천아동문학상 등을 수상했다.

정을병 鄭乙炳 1934~ 소설가. 경남 남해 출생. 한국신학대 졸업. 하와이대 동서문화센터에서 커뮤니케이션 과정을 수학. 1963년 《현대문학》에 단편 〈부도不渡〉〈반反 모럴〉이 추천되어 등단했다. 이후 단편소설과 함께 일련의 중 · 장편소설 〈개새끼들〉〈카토의 자유自由〉〈아데나이의 비명碑銘〉〈유의촌有醫村〉〈피임사회避妊社會〉 등을 계속해서 발표, 독특한 작품 세계로 주목받았다. 한국문인협회 소설분과 위원장, 한국펜클럽 부회장, 세계작가대회 준비위원장 등을 역임했으며, 현재 한국소설가협회장으로 활동하고 있다. 《개새끼들》《말세론》《받아들인다는 문제》《도피여행》《환상을 만드는 여인》《고무신 거꾸로 신다》《자살파티》《타인의 소리》《바보들의 사막》 등 16권의 창작집과 90여 권의 장편이 있다. 초기에는 짙은 사회성과 난해할 정도로 고답적인 지성을 간직한 작품을 썼으며, 특히 5 · 16이 시작되면서 독재정권과 자유주의의 대립개념을 소재로 작품을 써서 한때 옥고를 치르기도 했다. 민주주의가 회복되면서는 보다 차원 높은 정신의 자유쪽으로 시선을 옮겼으며 환상적이고 철학적인 소재를 많이 다루었다. 그는 무엇보다 고발문학의 기수로서 정평이 있는 작가다. 예술적 미학을 일부러 배격하는 것 같지만, 그것은 윤기가 흐르는 스타일이 그에게는 맞지 않아 그럴 것이다. 그는 작가에게 주어진 발언의 자유를 십분 발휘하고 있다. 사회나 정치의 환부를 거리낌없이 드러낸다. 그의 문체는 또한 반反모럴형에 속하는데, 그것은 모럴의 붕괴와 타락된 사회풍조를 표출시키려는 작가의 의도 때문에 어쩔 수 없는 일일 것이다. 그러나 그의 작품 속에서 작열하는 주제의식은 한결같이 모럴의 붕괴 앞에서 모럴의 수호를 위한 열렬한 항변과 굳센 대결의 정신으로 지탱되어 있다. 한국현대문학 100년 사상 67권이라는 저서를 내어 단연 기록적인 업적을 이룩했다. 현대문학상, 한국일보문학상, 한국소설문학상, 서울시문화상, 대한민국문학상 등을 수상했다.

〈**카토의 자유** —自由〉 정을병의 중편소설. 1966년《현대문학》에 발표되었다. 작자는 이 작품으로 작가로서의 위치를 확고히 다지게 되었다. 로마의 정치인이며 철인이었던 카토의 정신적인 지조와 자유수호의 사상을 추구한 이야기이다. 소크라테스의 죽음의 의미를 삽입해 참된 삶은 정신적 가치에 있음을 고지시키면서 로마의 정치적 격변기에 처한 군인과 지식인의 삶의 자세를 조명하는 방법으로 소설을 전개시켜 가고 있다. 폼페이우스 장군이 귀국해 정권을 장악할까 우려하는 카토의 냉엄한 지적비판이 보이고, 무력으로써 나라를 정복하는 것이 중요한 것이 아니고 진실에 의해 나라를 통치하는 것이 옳다고 주장한다. 한편, 카토는 외래문화에 의해 피폐화되는 로마의 당시대 풍조를 비판하면서 금욕적 정신주의의 이념을 제시하며 아들과 토론한다. 이 이야기 과정에서 독재자 술라의 칼 아래 반대파가 살해되는 내용이 제기되어 그 아들이 칼로써 독재자를 처단할 것을 말하나 카토는 최선의 무기는 칼이 아니라 인간의 정신임을 재차 강조한다. 다음에는 우매한 폼페이우스가 집권하게 되는 이야기에서 카이사르의 군사력에 의한 반격으로 로마는 카이사르의 지배하에 들어간다. 카토는 카이사르의 불의에 굴하지 않고, 폼페이우스와 디라키움의 피란 정부에 봉사하며 의를 고집한다. 후에 카이사르의 군대에 의해 폼페이우스가 패하자, 동지였던 키케로까지도 카이사르에게 투항해 배신하나 카토는 우티카에서 카이사르의 군대를 맞을 각오를 하고 다른 사람들을 모두 피난시킨다. 최후의 밤에 카토는 스스로 자결함으로써 신의와 자유를 수호하는 지조를 고결하게 지킨다. 이러한 이야기들이 적절한 사건의 배치와 간결한 문장으로 펼쳐짐으로써 높은 서사적 가치를 이룩하고 있으며, 1960년대 한국의 시대적 특성이라는 상징적 의미를 짙게 풍겨 일종의 풍유적 의미 기능을 지닌 작품이라 하겠다.

〈**피임사회** 避妊社會〉 정을병의 장편소설. 1972년에 발표되었다. 한국사회의 타락상과 그 근원적 병증을 소상하게 펼쳐주는 작품으로, 도려내도 끝없이 되솟아나는 퇴폐풍조의 원천적 원인이 어디에 있는가를 병리학적으로 추구하고 있다. 물욕과 허영에 들뜬 서울, 이기주의와 성적 욕구에 충만한 수도首都, 그 안에서 청계천의 오수처럼 갖가지 사회악이 만연되어 가고 있다. 한국사회의 부패는 근대화가 초래한 물량제일주의 및 사회 지도층과 부유층의 윤리상실에서 연유한 것이다. 이들은 사회정의와는 거리가 먼 개인적인 치부영달, 사치와 낭비에 그들의 에너지를 바치고 있다. 사회적 모럴과 가치관의 상실은 공리적이며 찰나적인 생활방식을 낳을 뿐이다. 여기에 등장하는 장군은 권력과 권위에 도취해 있고, 모든 타인이 그를 위해 존재해야 한다는 사고방식에 빠진 철저한 에고이스트다. 그의 허영적인 자부심은 끝이 없다. 절도 없는 영달과 충족을 모르는 아욕, 변태적 성행위는 결국 장군을 자멸케 하는 것이다. 이 작품의 주제는 한마디로 말하면 치부와 영달이 초래하는 한국적 가정의 비극이라고 할 수 있겠다.

정인보 鄭寅普 1892~ ? 시조시인 · 사학자. 자 경업經業, 호 위당爲堂 · 담원薝園. 서울 출생. 양명학자 이건창李建昌의 문하에서 한학을 수학. 1910년 중국으로 망명해 박은식朴殷植 · 신채호申采浩 등과 동제사를 조직해 독립운동을 전개하는 한편, 교포계몽에 전력했다. 1919년 귀국해 연희전문 · 이화여전 · 세브란스의전 · 중앙불교전문 등에서 동양학을 강의하면서 《시대일보》《동아일보》 등의 논설위원을 역임했다. 이 무렵 '국학國學'이라는 말을 처음으로 사용했으며 민족사관 확립에 주력, 국학연구의 기초를 실학에서 찾았다. 그의 역사의식은 신채호의 민족주의 사학의 전통을 잇는 것이기는 하나 독립투쟁의 방도로서의 민족사연구를 지향하던 신채호의 민족사학과 달리, 엄밀한 사료적 추적에 의한 사실의 인식과 그에 대한 민족사적 의미의 부각을 의도하는 신민족주의 사학의 입장에 서는 것이었다. 성격이 대쪽같았으며, 민족적 지조가 꿋꿋했고, 또 청렴결백해 셋방을 전전하다가 종로구 내수동에 정착해서 살았다고 한다. 6 · 25 때 납북되어 묘향산 근처에서 사망했다고 하나 확실하지는 않다. 시문 · 사장詞章의 대가로 광복 후 전조선문필가협회의 회장으로 선출되기도 했으며, 서예에 있어서도 일가를 이루었고, 인각印刻에도 능했다. 일찍이 문학에 전념, 시 〈기진 어머님〉, 시조 〈가신 임〉〈자모사慈母思〉〈논개〉〈월야〉, 논문 〈문장강화文章講話〉〈5천년간 조선의 얼〉, 희곡 〈가신 임〉 등을 발표했다. 시조집으로 《담원시조》가 있으며, 저서에 《조선사연구》《양명학연론陽明學演論》《월남이상재선생전》 등이 있다. 특히 그의 시조는 민족의 얼을 바탕으로 옛말을 살려 고아하고 높은 풍격을 풍기고 있다. 그는 우리 나라 최초의 양명학자이며 한문학의 대가로서, 또한 민족주의사관의 확립자로서의 공적이 아주 크다.

정인섭 鄭寅燮 1905~1983 평론가 · 시인 · 영문학자. 호 눈솔. 경남 울주 출생. 일본 와세다대 영문과 졸업, 영국 런던대 대학원 수료. 1926년 와세다대 재학중 도쿄 유학생인 김진섭金晋燮 · 김온 · 이하윤異河潤 · 손우성孫宇聲 등과 해외문학연구회를 조직했으며, 이듬해 1월에 창간된 동인지 《해외문학》에 화장산인花藏山人이라는 필명으로 〈포오론〉을 발표, 같은 해 조선의 전래동화 · 전설 등을 수록한 《온돌야화》를 일문으로 간행했다. 논문 〈영시인英詩人의 자연관〉〈금년의 영문단英文壇〉〈조선영어 신교수법〉 등의 영문학 · 영어학에 관한 논문과 소개문 등을 발표하고, 시 〈산들바람〉〈국화〉〈홍초紅草〉〈마돈나〉〈기사의 독백〉 등을 발표, 시집 《산 넘고 물 건너》를 간행했다. 한편 극예술연구회 동인으로 신극운동에도 참여했으며, 평론에도 주력 《한국문단론고》《세계문학산고》 등은 대표적인 평론집이다. 이밖에 수필집 《버릴 수 없는 꽃다발》《일요탐방기》《비소리 바람소리》 등과 《국어음성학연구》《종합변증법적 세계문학론》 등의 연구서, 다수의 영문 저서를 펴냈다. 그의 평론주조는 국수주의 문학과 계급주의 문학을 비판하면서 자유민주주의적 문학을 지향하는 입장을 지켰다.

정정희 1964~ 소설가. 서울 출생. 이화여대 철학과 졸업. 1990년 《스포츠서울》 시나리오 공모전에 〈테리, 준, 해릭슨의 황홀〉이 당선되면서 등단했으며, 이후 소설 창작에 몰두했다. 주로 장편소설을 쓰고 있으며 〈오렌지〉〈토마토〉〈언니〉〈연애〉 등을 발표했다. 그는 깨진 가족관계와 동성애, 평범하지 않은 사랑 등을 통해서 소통 단절의 시대와 그 안에서의 고독감을 형상화하고 있다. 1996년 제5회 작가세계문학상을 수상했다.

정종명 鄭鍾明 1945~ 소설가. 경북 봉화 출생. 서라벌예대 문예창작과 졸업(1971). 1978년 《월간문학》 신인상 공모에 단편 〈사자死者의 춤〉이 당선되어 등단했다. 이후 《작가》 동인으로 활동하면서 단편 〈이명耳鳴〉, 중편 〈숨은 사랑〉, 장편 〈인간의 숲〉 등을 발표했다. 《현대문학》《소설문학》《문학정신》 등 문예지 편집부에서 다년간 근무했다. 대표 작품으로 단편 〈이명〉〈빛과 그늘〉, 중편 〈숨은 사랑〉〈꼭꼭 숨은 입〉, 장편 〈인간의 숲〉〈아들나라〉 등이 있으며, 창작집으로 《오월에서 사월까지》《이명耳鳴》《숨은 사랑》 등이 있다. 또한 장편소설 《인간의 숲》《아들나라》, 역사소설 《신국新國》《대상大商》 등을 출간했다. 1999년 펴낸 중·단편집 《의혹》은 한국문단의 부정적인 이면을 파헤쳐 화제를 일으켰다. '누구도 감히 말하기를 경계하는' 이같은 소재를 통해 궁극적으로는 사람 사는 모습을 다루고 있다. 그는 삶의 고통과 모순이 인간 개개인의 무모성과 어리석음에서 비롯되는 것이며, 그것들이 모여 더욱 억압적인 사회구조를 이루기 때문에 가해자도 모르는 채 희생자가 되어버리는 것이 우리의 삶이라는 입장이다. 작가는 이러한 현실시각을 주로 약하고 소외당한 인물을 통해 고도의 야유와 풍자와 알레고리로 고발하는 형식을 취하고 있다.

정주환 鄭周煥 1941~ 수필가. 전북 고창 출생. 원광대 국문과를 거쳐 동 대학원 수료(1982). 1981년 《월간문학》에 수필 〈국향菊香〉이 당선되어 등단했다. 주요 작품에 〈고해苦海〉〈눈〉〈마음〉 등이 있으며, 저서에 《문학강론》《한국한시감상》《어문교육의 중대한 반성》 외에 수필집 《길》《꿈이 오는 길목에서》《내 안에 너를 가두리》 등이 있다. 서정적이고 향토적인 그의 작품 세계는 감각적이고 상징적인 데 그치지 않고 또 다른 형상과 색채를 통해 문학적 향기를 더해준다.

정지용 鄭芝溶 1903~? 시인. 충북 옥천 출생. 일본 도시샤대 영문과 졸업(1929). 휘문고 재학 중 당시 법전法專 재학 중이던 박팔양朴八陽 등과 동인지 《요람》을 발간하고 그의 대표작 〈향수鄕愁〉〈압천鴨川〉〈카페 프랑스〉〈슬픈 인상화印象畵〉〈슬픈 기차〉〈풍랑몽風浪夢〉 등을 발표, 1926년부터 본격적인 시작詩作에 정진했다. 대학졸업 후 귀국해 모교인 휘문고보 교원으로 있었으며, 광복 후 이화여전 문과 교수를 역임했고, 《경향신문》 편집국장을 맡은 일도 있다. 원래 독실한 카톨릭 신자요, 순수시인이었으나 문인은 언제나 야당적이어야 한다는 소박한 획일사상 때문에 광복 후 조선문학가동맹측과 가까이 지냈다. 그러나 좌익측의 제1회 조선문학자대회 때에는 〈조선아동문학의 현상과 금후방향〉이라는 발표를 하기로 되어 있었으나, 박세영朴世永이 대신했고 중앙집행위원에 추대되었으나 당일 참석하지도 않았다. 그후 전향해 보도연맹에 가입, 한려수도閑麗水道를 여행하던 중 6·25를 맞아 상경했으나 북한군의 강요로 문화선무대에 끌려들어갔다가 포로가 되었다. 그후 사망한 것으로 추정. 위에 열거했던 그의 초기 시들은 신선한 감각과 이미지를 보여주고, 특히 〈카페 프랑스〉〈슬픈 인상화〉는 전위적인 모더니즘의 실험성까지 보여주는 작품이어서 시단에 큰 충격을 주었다. 1930년 《시문학》 동인으로 참가, 〈이른 봄 아침〉〈Dahlia〉〈경도압천京都鴨川〉〈선취船醉〉〈바다〉〈피리〉〈저녁햇살〉〈갑판 위〉〈홍춘紅椿〉〈호수〉 등 참신한 감각적 이미지의 시를 발표했다. 한편 《카톨릭청년》의 편집고문역을 맡아 이상李箱의 시들을 발표케 해 시단에 내세웠고, 《문장》을 통해 박목월朴木月·조지훈趙芝薰·박두진朴斗鎭 등 청록파 시인들을 등장시켰다. 시집으로는 《정지용시집》《백록담白鹿潭》이 있으며, 산문집으로는 《지용 문학독본》《산문散文》이 있다. 초기의 모더니즘적 시편 〈향수〉〈은혜〉〈별〉〈임종臨終〉〈다른 한울〉 등은 첫번째 시집인 《정지용시집》에 수록했으며, 두번째 시집 《백록담》에 수록된 〈장수산長壽山〉〈백록담〉〈비로봉毘盧峯〉 등은 산문시 형태를 취했다. 그의 시는 흔히 모더니즘 계열로 간주되고 있으나, 구체적으로 말한다면 이미지즘 계열의 시, 특히 초기의 신앙시와 그밖의 몇 편을 제외한 대부분의 시는 사물시라고 할 수 있다. 지성에 의한 감정의 절제, 반휴머니즘에의 지향, 감각적인 이미지, 신선한 토착어의 활용, 그리고 그 밑바탕에 깔려 있는 '무욕無慾의 철학' 등의 특색을 지적할 수 있다. 진정한 한국의 현대시는 그에게서 시작되었다는 견해도 있다. 1930년대 전후에 있어 한국시를 '언어의 예술'이라는 자각으로 이끌어 현대시의 새로운 국면을 개척한 그의 공적은 지대하다.

《정지용시집 鄭芝溶詩集**》** 정지용의 첫 시집. 1935년 시문학사에서 간행되었다. 총 87편의 시와 2편의 산문이 모두 5부로 나뉘어 수록되어 있다. 시집의 뒤에 박용철朴龍喆의 발문이 붙어 있고, 책 끝에 목차가 있다. 1부에 〈바다1〉〈바다2〉〈유리창1〉〈유리창2〉〈비로봉〉〈홍역〉 등 16편, 2부에 〈향수〉〈5월소식〉〈이른 봄 아침〉 등 39편, 3부에는 〈해바라기 씨〉〈산 너머 저쪽〉〈홍시〉 등 23편, 4부에 〈갈릴레아 바다〉〈나무〉〈별〉 등 9편의 시가 수록되어 있고, 5부에 〈밤〉〈램프〉 등 산문 2편이 실려 있다. 1부와 4부의 작품은 카톨릭으로 개종한 이후의 신앙시의 성격이 강하고, 2부 시편들은 초기 시로서 그 당시 시류와는 달리 애상에 빠지지 않았던 작품들이다. 3부 역시 초기의 시로서 동요 및 민요풍의 작품들이 주류를 이루고 있다. 5부의 산문 2편은 소묘의 성격을 강하게 띠고 있다. 박용철이 발문에서 말한 대로 정지용은 이 시집에서 사색과 감각의 오묘한 결합을 어느 정도 성취한 것으로 보인다.

〈향수 鄕愁**〉** 정지용의 시. 1927년 《조선지광》에 발표되었다. 이 작품은 1930년대 식민지시대를 사는 한국인이 정신적으로 겪던 고향상실을 형상화한 것이라고 할 수 있다. 일정한 삶의 근원으로부터 뿌리가 뽑혀 있다는 사실에서 향수나 그리움이 촉발되는 것이기 때문이다. 시인은 이 작품에서 적절한 감각적 표현을 사용해 고향에 도달하는 심정적 통로를 열어보였다. 〈향수〉가 그려내는 고향의 정경은 누구에게나 있었음직한 추억이기 때문에 강한 정서적 호소력을 지니고 있다. 이러한 정서적 호소력에 힘을 더하는 것은 그의 뛰어난 감각적 표현이다. 이 작품은 1930년대의 심정적 기저를 형성하고 있었던 고향 상실감에서 유발된 고향탐구의 시이며, 잃어버린 낙원을 그리는 시인의 독특한 언어적 감각으로 인해 생동감을 얻는 시라고 할 수 있다.

정지용시집 鄭芝溶詩集 → 정지용鄭芝溶

정진규 鄭鎭圭 1939~ 시인. 호 장산長山. 경기도 안성 출생. 고려대 국문과 졸업. 1960년 《동아일보》 신춘문예에 시 〈나팔 서정抒情〉이 당선되어 등단했다. 《현대시》 초기동인으로 활동. 주요 작품에 〈정체〉 〈들판의 비인 집이로다〉 〈겨울양식〉 〈바보의 살〉 〈세 개의 조율〉 〈잠의 변주〉 등이 있으며, 시집으로 《마른 수수깡의 평화》 《유한有限의 빗장》 《들판의 비인 집이로다》 《비어 있음의 충만을 위하여》 《연필로 쓰기》 등이 있다. 그는 자기인식을 통해 일상적 삶의 세계에 대한 인식을 새롭게 하고 있다. 일상적 현상의 배후에 존재하는 실상을 파악하려는 날카로운 투시력을 볼 수 있고, 평이한 문맥의 구사 뒤에 오는 지적인식의 내용은 불가해로 남는 듯하다. 1980년 한국시인협회상, 1985년 월탄문학상 등을 수상했다.

정진채 鄭鎭埰 1936~ 아동문학가. 경북 청도 출생. 1965년 동시집 《꽃밭》을 발간해 등단했다. 1967년 《영남일보》 신춘문예에 소년소설 〈오리감나무〉가 입선되었고, 1972년 《동아일보》 신춘문예에 동화 〈연밥〉이 당선되었다. 동시집 《꽃밭》 《꽃동네》 《바닷가에서》 등이 있고, 동화집 《연밥》 《산소녀》 《무화과 이야기》 《꿈꾸는 산》 《반디야 반디》 《콩밥 장군》 등이 있다. 1977년 한국아동문학상, 1985년 대한민국문학상, 1989년 대한민국대통령상 표창 등을 받았다.

정찬 1953~ 소설가. 부산 출생. 서울대 국어교육과 졸업(1978). 1983년 무크지 《언어의 세계》에 중편 〈말의 탑〉을 발표하면서 등단했다. 이후 한동안 모색기를 거쳐 1988년 《문예중앙》에 단편소설 〈푸른 눈〉을 발표해 본격적인 작품 활동을 시작했다. 창작집에는 《기억의 강》 《완전한 영혼》 《아늑한 길》이 있으며, 장편소설로 〈세상의 저녁〉 〈황금사다리〉 〈로뎀나무 아래서〉 등을 출간했다. 역사와 인간에 대한 철학적 열정으로 독특한 소설세계를 보여주고 있는 그는 훼손된 세계가 잃어버린 순수와 신성을 일관되게 천착하고 있다. 1995년 중편소설 〈슬픔의 노래〉로 동인문학상을 수상했다.

정창범 鄭昌範 1931~ 평론가. 평북 철산 출생. 연세대 사학과 졸업. 1955년 《문학예술》에 평론 〈현대정신과 카톨리시즘〉 〈현대시의 두 경향〉이 추천되어 등단했다. 주요 평론으로 〈유토피아와 반反유토피아〉 〈김유정론〉 〈투신投身의 의미〉 〈열등인간의 초상肖像〉 등이 있다. 저서에 《율리시즈의 방황》 《작중인물의 심층분석》 《문학개론》 《현대문학의 방법》 등이 있다. 그는 양식良識을 잃지 않고 유행을 쫓지 않는, 드물게 보는 성실한 비평의 자세를 지켜나가고 있다. 이 때문에 많은 독자층을 가지고 있지는 않으나 문학비평이라는 장르의 영역확대를 위한 겸허한 작업을 꾸준히 벌여나간다. 그는 비평가란, 비평의 대상이 되는 작가에 대해서 한없이 공감하고 있을 때에만 올바른 비평이 가능하다고 믿고 있다. 따라서 작품의 결점을 들춰내기보다는 선의의 독자의 입장에 서서 작가와 함께 생각하고 작가와 함께 느끼기를 즐겨 한다. 이러한 작가와 비평가와의 공동작업을 통해서 문학의 세계가 더욱 풍요해지고 깊어지리라고 믿고 있기 때문이다. 그는 비평의 방법에 있어서 무엇보다도 작가나 작품의 배경이 되는 역사적 현실을 중시하는 역사적 접근법을 쓴다.

정채봉 丁埰琫 1946~ 아동문학가. 전남 순천 출생. 동국대 국문과 졸업. 《샘터》 편집국장으로 오랫동안 근무했다. 현재 동국대와 명지대에 출강하고 있다. 1973년 《동아일보》 신춘문예에 동화 〈꽃다발〉이 당선되어 등단했다. 동화집 《물에서 나온 새》《오세암》《솔바람 달빛 든 저 대금》《내 가슴속 램프》《참 맑고 좋은 생각》《생각하는 동화》(전5권) 등 다수와 수필집 《그대 뒷모습》《좋은 예감》《눈을 감고 보는 길》 등을 출간했다. 그의 작품은 생의 깊은 의미를 종교적 진리에 비추어 보여주고 있다. 대표작 〈오세암〉〈성聖 유대철〉 등은 종교적 진리에 결합된 참된 삶의 의미를 보여주고 있는 작품이다. 특히 그는 소설적 기교와 아름다운 문체로 동화를 구성해 소위 읽혀지는 현대동화를 쓰고 있는 작가로 평가받고 있다. 1983년 대한민국문학상, 1986년 새싹문학상, 1990년 동국문학상 등을 수상했다.

정치문학 政治文學 일종의 경향문학傾向文學으로 정치문제를 다룬 문학. 현대 한국문학에 있어서의 정치문학은 일제의 식민지 체제하에서 형성 · 전개를 보았다. 즉 일제의 지배체제하에서 작가는 정치에 대한 관심을 변형시켜 문학작품을 쓰고 그것을 발표했다. 자연히 그 속에는 정치적 성향이 강하게 나타날 수밖에 없었던 바, 현대문학에 있어서 정치문학적 요소는 우선 이와 같은 측면에서 이야기될 수 있을 것이다. 또한 현대문학이 정치문학으로서 성향이 강할 수밖에 없는 다른 요인은 민족적 저항에 대한 요구를 들 수 있다. 1910년 이후 일제는 궁극적으로 우리 민족의 말살을 기도, 우리 민족은 생존을 위해 일제의 식민지 정책에 항거하지 않을 수 없었고 문학 또한 민족과 역사의 소명을 외면할 수는 없는 것이었다. 그런데 말과 글로써 민족적 저항을 시도한다는 것은 곧 순수한 문학의 입장을 벗어나 정치적인 성향을 가지는 것을 의미했다. 그러나 구체적으로 현대문학 가운데 강한 정치문학적 색채를 띠었던 신경향파新傾向派나 카프KAPF의 문학은 지나친 목적성으로 말미암아 크게 빛을 발하지는 못했다.

정태용 鄭泰榕 1919~1972 평론가. 본명 태泰. 경남 진양 출생. 혜화전문 불교과 졸업. 조연현趙演鉉과 함께 《시림》 동인으로 참여해, 1939년 창간호에 시 〈무등無燈의 터널〉〈요렇게 사는 마음은 어디서 왔느뇨?〉 등을 발표하면서부터 본격적인 문단 활동을 전개했다. 평론활동은 광복 후 조연현이 주재한 《예술부락》의 동인이 되어 〈문학의 대중성〉을 발표하면서부터 비롯되었다. 1957년 3월부터 1958년 1월까지 《현대문학》에 〈현대시인연구〉를 연재해 최남선崔南善을 비롯한 주요 시인들의 작품 세계를 조명했다. 그 뒤 1970년대에 이 작업을 재개해 총 30편에 달하는 시인론을 쓰기도 했다. 이밖에도 소설 및 문학일반에 관해 약 20년 동안 다수의 평론을 써왔으나 생전에는 저서를 간행하지 못했고, 죽은 뒤 조연현의 주선으로 《한국현대시인연구》가 나오게 되었다. 6 · 25 전까지의 비평은 문학의 사회성을 강조하는 편이었으나, 그 이후부터는 인생론적 의의를 추구하는 쪽으로 기울어졌다. 관념보다는 직관, 체계적 이론보다는 온건한 상식을 비평의 기조로 삼았으며, 비평이란 본질적으로 시나 소설과 같은 창작이며, 그 창작은 또한 비평행위라고 규정했다. 다만 전자는 논리로 비평하는 데 반해 후자는 형상으로 비평하는 차이가 있을 뿐이라고 했다. 그리고 비평은 이와 같은 논리성 때문에 입법행위로 이어지는 문학의 학문화를 가능하게 한다고 주장했다. 또한 시에 관해서는 감동의 질서화가 시의 본질이라고 말하고, 그 방법으로서 심상의 중시와 난해성의 극복이 요청된다고 주장했다.

정한모 鄭漢模 1923~1991 시인 · 국문학자. 충남 부여 출생. 서울대 국문과 및 동 대학원 졸업. 1945년 《백민》에 〈귀향시편歸鄕詩篇〉을 발표하면서 등단했다. 이후 《시탑》《주막》 동인으로 활동하며 〈밤에〉〈얼굴〉〈설원〉〈오늘〉〈바위의 의장意匠〉 등의 역작을 발표했다. 시집으로 《카오스의 사족》《여백을 위한 서정》《아가의 방》《새벽》 등 다수가 있다. 한편 한국현대문학의 연구와 평론에도 주력 《현대작가연구》《문학개론》《한국현대시문학사》 등의 저서를 출간했다. 휴머니즘에 바탕을 두고 시세계의 순수한 본질을 탐구해 이를 정확하게 전달하려는 기본 태도에서 출발한 그의 시는, 인생의 순조로운 향상과 더불어 어느 시편이나 부족하고 모자람이 없이 시상詩想의 정확한 응결을 볼 수 있다. 특히, 〈설원〉〈꽃의 탄생〉〈아가의 방〉〈수면의 숲 누비는〉〈나비의 여행〉 등의 작품에서는, 대상의 내면에 대한 치열한 구심적인 응시를 통해 농도 있는 서정의 세계를 이룩했다. 소재의 완전한 소화, 전달 가능성에 대한 노력, 시 구조의 엄밀성, 의미의 명징성 등은 그의 작품의 두드러진 특징이며, 그 밑바닥에는 인간긍정과 신뢰라는 휴머니즘이 언제나 깔려 있다. 그의 휴머니즘은 두 번의 전쟁을 겪으며 방황하다가 60년대 벽두의 전환기를 넘기며 비로소 정착의 단계에 들어섰는데, 특히 1983년 《현대시학》에 연재했던 〈원점原點에 서서〉는 주목을 끌었다. 1988년 2월 25일 출범한 제6공화국에서 문화공보부장관을 역임하기도 한 그는, 1972년 한국시인협회상, 1990년 대한민국문학상을 수상했다.

《카오스의 사족 —蛇足》 정한모의 첫번째 시집. 1958년 간행. 인간에 대한 신뢰를 바탕으로 본질을 탐구해 이를 정확하게 전달하려는 그의 초기적 사상이 잘 나타나 있다. 본문은 2부로 나뉘어 있는데, 1부에는 〈오늘〉〈얼굴〉〈바위의 의장意匠〉 등 15편, 2부에는 〈바람 속에서〉〈해양시초海洋詩抄〉 등 17편이 실려 있다. 인간에 대한 신뢰를 바탕으로, 사물을 깊이 관조해 정확하고 온건한 구성으로 표기한 초기 시편들로서 중요한 의미를 가진다.

정한숙 鄭漢淑 1922~1997 소설가. 호 일오一悟. 평북 영변 출생. 고려대 국문과 졸업(1950). 전광용全光鏞 · 정한모鄭漢模 등과 《주막》《시탑》 동인으로 활동. 1948년 단편 〈흉가凶家〉가 《예술조선》에 당선되어 등단했다. 1952년 단편 〈아담의 행로〉〈광녀〉를 발표, 이듬해 중편 〈배신〉이 《조선일보》 현상문예에 당선되었다. 그가 본격적으로 작품 활동을 하기 시작한 것은 1955년 단편 〈전황당인보기田黃堂印譜記〉, 희곡 〈혼항昏巷〉이 《한국일보》 신춘문예에 입선되고 나서였다. 이후 〈준령〉〈닭〉

〈도정道程〉 〈바위〉 〈고가古家〉 〈예성강곡〉, 장편 〈애정지대〉 등을 발표해 중견작가로 인정을 받았다. 전통미에 대한 향수와 민족사의 비극을 다룬 〈금당벽화〉 〈이성계〉 〈격랑〉 〈논개〉 등은 그의 대표작으로 꼽힌다. 저서로 《현대한국문학사》 《소설문장론》 등이 있고, 단편소설집으로 《묘안묘심》 《내 사랑의 편력》 《안개거리》 《가야금 산조》 등이 있다. 그는 어느 한 주제에 집착하지 않고 여러 방면에 관심을 기울여 기법이 다양한 작가라고 평가받았다. 역사 속의 사건을 다루기도 하고, 현대인의 방황과 좌절을 다루기도 하고, 전통미에 대한 향수와 민족사의 비극을 다루기도 했다. 또한 그의 작품은 양적으로 풍부하고 질적으로 다양한 문체를 지니고 있어 많은 문제성을 내포하고 있기도 한 것으로 알려져 있다.

〈고가 古家〉 정한숙의 단편소설. 1954년 《문학예술》에 발표된 작품이다. 6·25를 당해 할아버지와 어머니를 여의고 또 사랑하는 길녀마저 잃고 혼자 남게 된 필재는 여러 종친들의 호의와 원조를 과감하게 물리치고 종가인 고가를 뛰쳐나온다. 붕괴되어가는 봉건적 유물인 종가제도를 유지하려는 종친들, 이에 맞서 종가제도에 반발하고 신사상을 접하려는 필재와 그의 삼촌의 갈등을 그리고 있다.

〈전황당인보기 田黃堂印譜記〉 정한숙의 단편소설. 1955년 《한국일보》에 연재되었다. 우정의 미묘성과 사라져가는 전통의 미풍을 전아하게 다룬 작품이다. 이경수가 벼슬을 하자 야인으로 머물러 있던 친구 강명진은 정표로 전황석田黃石으로 새긴 도장을 선물하지만 배금사상에 물든 경수의 눈에는 한낱 돌덩어리로밖에는 보이지 않아 다른 친구에게 주어 버린다. 이 사실을 전해들은 친구는 자신의 열의와 정을 몰라보는 세속을 한탄하다가 60여 년 제작한 인보를 만들어 전황당인보라 명한다는 내용이다. 이 작품은 정한숙 문학이 지니고 있는 가장 중요한 특징인 전통의 현대적 파악이라는 측면을 가장 잘 뒷받침하고 있다. 그는 사라져가는 인장 예술의 말로에 대해 애석해하고 있는데, 그것은 몰락해 가는 과거에 대한 비판인 동시에 애석해하는 정이기도 하다. 제목이 된 '전황'은 전황석을 가리키는데, 이것은 인장용 석재 중에서 최고의 것이다. 명장 수하인 강명진은 친우 석운 이경수가 관계에 오르자, 그것을 기념해 그의 이름을 그 돌에 정성껏 새겨 선물하나 그 값어치를 알지 못하는 석운은 그것을 도장포에 넘기고, 그 인장을 전해 받은 수하인은 그 사실에 대해 환멸을 느끼는 것이다. 속세에 눈이 먼 석운과 깨끗한 선비인 수하인의 우정의 미묘성과 사라져가는 전통의 미풍에 대한 반성을 주제로 하고 있는 이 소설에서, 두 인물은 대립적인 성격의 소유자이지만 각기 한국적 이미지를 소유하고 있는 점에서는 동일하다.

〈끊어진 다리〉 정한숙의 전작 장편소설. 1962년 을유문화사에서 간행되었다. 삶의 자율성이 시대의 힘에 의해 깨어짐을 주요 과제로 다룬 작품이다. 식민지 치하에서 일제의 탄압을 받으며 살아온 연이라는 소년이 자라며, 광복을 맞아 타의로 내무서원을 지내게 되어 정신적 갈등을 체험한다. 그러다가 끝내는 북한의 공산치하에 견디다 못해 남으로 탈출하게 된다. 그러나 곧 6·25가 발발해 군에 입대했는데 부상으로 인해 다리를 절단하게 된다. 한편, 주인공의 애인 미혜도 그보다 먼저 남하했으나 창녀생활을 하고 나중에는 실명까지 하게 된다. 작가는 주인공 연이를 근면하고 신의 있는 인물로 설정해 시대의 혼란과 비극적 상황에서 희생을 치르며 겪어내는 의지를 고결하게 형상화했다. 고난에 처한 친일교사를 의리로써 구출했으며, 그보다 앞서 남하한 애인 미혜를 창녀굴에서 구출하기도 한다. 나중에 실명까지 한 애인을 아내로 맞이하는, 사랑과 의리를 지닌 성격으로 그려 시대의 힘에 개인이 희생적 고통을 의지로써 감내하는 기개 있는 인간상을 제시했다. 주인공 연이는 6 · 25전쟁 당시 남한이 수복되는 과정에서 옛친구, 선교사의 아들 존을 만나게 되지만 두 사람의 처지는 너무도 현격한 차이가 있음을 알게 된다. 즉, 존의 도움으로는 깨어진 삶이 회복될 수 없고, 연과 미혜 자신의 의지와 개척정신에 의해서만 가능함을 스스로 자각한다. 이러한 자립의지가 강한 인간상을 통해 정한숙은 '기개의 문학'을 이룩하고 있다. 그의 작품에서 현대사의 비극적 국면이 개인의 체험적 차원에서 어떻게 문제되고, 극복될 수 있는가 하는 예술적 해답이 내재하고 있음을 확인할 수 있다.

정해송 丁海松 1945~ 시인. 경남 고성 출생. 동아대 국문과 졸업. 1976년 《동아일보》 신춘문예에 입선, 1978년 《현대시학》에 〈항도港圖〉가 추천되어 등단했다. 주요 작품으로 〈겨울 바다에 서서〉 〈탈춤〉 〈뻐꾸기 소묘〉 〈겨울 달빛 속에는〉 등이 있으며, 시집으로 《겨울 달빛 속에는》이 있다. 작품 초기에는 현실에 대한 깊은 인식과 비판적 태도를 견지하면서 자유에의 의지와 열망을 시대정신으로 승화시켜 새로운 세계의 실현을 기원하는 서정적 구조를 축조해왔다. 그 후엔 내면탐색으로 본체에 합일코자 한다.

정현기 鄭顯琦 1942~ 평론가. 서울 출생. 연세대 국문과 및 동 대학원 졸업. 1978년 《문학사상》에 평론 〈독서, 그 불신의 의도적 멈춤-'운수 좋은 날'과 '메밀꽃 필 무렵'의 비평적 거리〉 〈인간이라는 욕망의 늪-김유정의 '노다지' 론〉을 발표하면서 비평활동을 시작했다. 세종대 교수를 거쳐 현재 연세대 국문과 교수로 재직 중이다. 저서로는 《한국근대소설의 인물유형》 《문학의 사회학적 의미》 《비평의 어둠걷기》 《한국문학의 해석과 평가》 등이 있다. 그의 비평은 문학과 사회의 내적연관성에 대한 기호를 포착해 해석하는 데에 힘을 기울이고 있다. 한국근대문학에 대한 문학사회학적 접근을 시도하면서도 한편으로 소설의 인물유형에 대한 탐구에 독보적인 업적을 남긴 바 있다. 그는 사회문화적인 관점에서 문학의 현장을 관찰하고 이를 해석함으로써 실천비평의 영역에도 관심을 보이고 있으며, 이를 통해 얻어낸 문학사회학적인 해석을 바탕으로 실천비평과 근대문학 연구의 방법론적인 통일을 모색한다는 평가를 받고 있다. 제3회 김환태비평문학상을 수상했다.

정현웅 鄭顯雄 1932~ 시인. 광주 출생. 전남대 문리대 졸업. 1956년 《문학예술》에 〈바위〉 〈과실소묘〉가, 1963년 《현대문학》에 〈음악〉이 각각 추천되어 등단했다. 주요 작품에 〈젊은이들〉 〈흑인가수 냇킹 콜〉 〈젊은 건축가의 수기〉 〈이 성자聖者의 한 마디를〉 〈목소리〉 등이 있다. 그의 시는 인생과 밀착되어 있고 인내와 슬기를 꾸준히 추구하고 있다는 평가를 받고 있다.

정현종 鄭玄宗 1939~ 시인. 서울 출생. 연세대 철학과 졸업(1964). 1965년 《현대문학》에 〈화음〉 〈여름과 겨울의 노래〉 등으로 추천을 받고 등단했다. 《60년대사화집》 《사계》 동인으로 활동했으며, 현재 연세대 국

문과 교수로 재직하고 있다. 이후 〈사물의 정다움〉 〈무지개 나라의 물방울〉 〈공중空中놀이〉 등 동화성이 짙은 작품에서 출발해 〈빛나는 처녀들〉 〈기억제記憶祭〉 〈밝은 집〉 〈흐르는 방房〉 〈처녀의 방〉 〈자기의 방〉 〈바람 병病〉 등 수작을 내놓았다. 또한 사물의 본격적인 본질에 천착하기 시작, 〈죽음과 살의 화간和姦〉 〈철면피한 물질〉 〈소리의 심연〉 〈신생新生〉 〈말의 형량〉 〈사랑 사설辭說〉 등 인식론적인 시풍을 보여주었다. 1972년 첫 시집 《사물의 꿈》을 발간했고, 시작詩作 이외에 《슬픈 카페의 노래》 《갈매기의 꿈》 등 번역서를 냈다. 이밖에 시집으로 《나는 별 아저씨》 《달아 달아 밝은 달아》 《떨어져도 튀는 공처럼》 《한 꽃송이》 《세상의 나무들》 《갈증이며 샘물인》 등이 있다. 그는 사물 하나하나에 인간의 감정이 지니는 요소 하나하나를 모두 추상화·객관화시킴으로써, 사물과 시인 사이의 거리를 항상 의연하게 유지시키는 능력을 평가받고 있다. 시 〈사물의 꿈〉에서 그는 나무와 구름을 의인화해 마치 생명체인 듯이 그 속성에 따른 개성을 부여해 다루고 있다. 시인이 자기의 타성적 감성의 지배 밑에 대상을 놓은 태도가 아니라, 사물 그 자체가 주체로서의 객관성을 얻고 있기 때문에 시가 싱싱하면서도 낭만적인 느낌을 준다. 그리고 이러한 경향은 70년을 전후해 사랑의 문제, 언어의 문제 등 대사회적인 관심으로까지 확대 〈말의 형량〉에서 보이는 것과 같이 '말을 사랑할 줄 모르는 자, 말의 사랑을 모르는 자의 무신적 폭력, 가엾음, 분노, 가엾음의 분노, 분노의 가엾음…, 말이 머리 둘 곳 없스매 시대가 머리 둘 곳 없다'는 토로를 낳게 한다. 1999년에는 그의 회갑을 기념해 《정현종시선집》(전2권) 《정현종 깊이 읽기》 《사람이 풍경으로 피어날 때》 등이 출간돼 화제를 모았다. 이산문학상, 현대문학상, 한국문학작가상, 연암문학상, 대산문학상 등을 수상했다.

《사물의 꿈 事物―**》** 정현종의 첫번째 시집. 1972년 민음사에서 간행했다. 〈독무獨舞〉 〈외출〉 〈데스크에게〉 〈흐르는 방〉 〈집〉 〈사랑의 꿈〉 〈그리움 그림자〉 〈슬픔의 꿈〉 등 1963년부터 1972년 사이에 발표한 55편의 시를 수록하고 있다. 수록시들은 전후의 허무의식과 자연을 노래하는 전통적 서정시를 극복하고 개성적인 서정시의 새로운 경지를 보여주고 있다. 시인은 시인의 꿈과 사물의 꿈이 하나라는 인식을 보여주고 있는데, 이는 꿈이 개인의 내면으로, 사물이 사회와 과학의 관료조직 속으로 도망쳐 들어가 상실된 양자의 관계를 회복하고 현실과 꿈의 거리를 좁히려는 노력과 관심의 산물이다. 삶의 꿈과 현실, 기쁨과 고통, 가벼움과 무거움 간의 갈등을 노래하면서도 이 양자를 일치시키려는 치열한 시의식이 개성적이고 감각적인 언어로 표현되어 있는 시집이다.

정호승 鄭浩承 1950~ 시인. 경남 하동 출생. 경희대 국문과 및 동 대학원 졸업. 1972년 《한국일보》 신춘문예에 동시 〈석굴암을 오르는 영희〉가 당선, 이듬해 《한국일보》 신춘문예에 시 〈슬픔이 기쁨에게〉가 당선되어 등단했다. 《73그룹》 《반시》 동인으로 활동. 1982년에는 《조선일보》 신

춘문예에 소설 〈위령제慰靈祭〉가 당선되어 다양한 작가적 재능을 과시했다. 주요 작품에 〈맹인 부부 가수〉〈슬픔이 기쁨에게〉〈슬픔은 누구인가〉 등이 있으며, 시집으로 《슬픔이 기쁨에게》《서울의 예수》《새벽편지》《별들은 따뜻하다》《사랑하다가 죽어버려라》《외로우니까 사람이다》《눈물이 나면 기차를 타라》 등이 있다. 이밖에 소설집 《내가 견 촛불》《서울에는 바다가 없다》 등과 성인동화 《연인》《항아리》 및 다수의 평론이 있다. 그는 인간적인 인간에 대해 우호적인 시인이다. 그는 현실의 모순 아래 상처받은 삶들을 노래하는 한편, 그 삶의 미래에 대해 낙관하는 미래지향적인 시인이다. 그는 척박한 남한사회 속에서 생활의 근거를 빼앗긴 농민과 노동자의 비참한 삶의 울분과 원한, 그리고 이의 극복을 위해 저항하는 이들의 모습을 그려낸다. 정호승은 산업사회의 소외된 민중의 비극과 그 비극을 지양하기 위한 의지를 그려내는 '민중적 시인'이다. 이때의 '민중적'이란 용어는 그가 살아온 현실을 민중 당사자의 관점에서가 아니라 민중의 삶을 옹호하는 자의 관점에서 바라보았다는 사실을 의미한다. 즉, 현재 그의 삶은 상처받은 민중의 그것과 완전히 일치하지는 못하고 있지만 민중을 위해 대신 노래 불러 주며, 민중이 자신의 내일을 신뢰하도록 그들의 삶의 의미와 의지에 찬 삶의 태도를 지지하는 것을 시적 소임으로 하고 있다는 것이다. 결국 그의 시적 세계는 인간을 옹호하고 민중을 신뢰하는 낙관주의적 방법과 냉철한 현실인식을 그 바탕으로 깔고 있다 할 것이다. 1989년 소월시문학상, 1997년 동서문학상을 수상했다.

정훈 鄭薰 1911~ 시인·시조시인. 호 소정素汀. 대전 출생. 휘문고보를 거쳐 일본 메이지대 수학(1940). 1940년 《가톨릭 청년》에 시 〈머들령〉을 발표하고, 이어 1949년에 첫번째 시집 《머들령》을 발간해 등단했다. 이후 많은 시와 시조를 발표해 전래적 정서를 재구성하는 독특한 시풍을 보이며 전통적인 소재에 많은 관심을 기울였다. 또한 그의 시조는 삶과 자연에 대한 깊은 통찰을 통해 인간의 엄숙한 자세를 자성케 하는 초연한 경지를 보여준다. 시집으로 《머들령》 외에 《파적》《피 맺힌 연륜》《산조散調》《정훈시선》 등과, 시조집으로 《벽오동碧梧桐》《꽃시첩詩帖》《거목巨木》 등이 있다.

정희성 鄭喜成 1945~ 시인. 경남 창원 출생. 서울대 국문과 졸업(1968). 1970년 《동아일보》 신춘문예에 시 〈변신變身〉이 당선되어 등단했다. 이규호李閨豪·강은교姜恩喬 등과 함께 《70년대》 동인으로 활동하며 〈유두流頭〉〈해가사海歌詞〉〈전설傳說〉〈바다〉 등 많은 작품을 발표했다. 민족문학작가회의 부회장 역임. 시집으로 《답청踏青》《저문 강에 삽을 씻고》《시를 찾아서》 등이 있다. 그는 차분하고 조용한 목소리로 우리가 처한 현실과 노동의 문제를 통해 삶의 궁극적 가치를 묻는 시세계를 보여주고 있다. 1981년 김수영문학상, 1997년 시와 시학상을 수상했다.

제3인간형 第三人間型 → 안수길安壽吉

제1과 제1장 第一課第一章 → 이무영李無影

제해만 諸海萬 1944~1997 시인·시조시인·아동문학가. 호 남곡南谷. 경남 의령 출생. 단국대 국문과 및 동 대학원 졸업. 1967년 《대구매일신문》 신춘문예에 〈꽃신〉이 입선된 이후 1968년 《한글문학》에 동시 〈풍금소리〉가 당선되고, 1973년 《시조문학》에 〈하늘은유〉 등이 추천받아 문단에 데뷔, 1976년 《시문학》에 시 〈적寂〉〈망우리에 와서〉 등으로 추천이 완료되었다. 주요 작품에 시 〈도시의 서쪽〉 〈남해에 와서〉 〈우물 이야기〉 〈우수전야雨水前夜〉 〈밀양을 지나며〉 등이 있다. 시집 《도시의 서쪽》 《꿈 같은 흐름》, 동시집 《바람의 집》 등이 있고, 그밖에 다수의 평론도 썼다. 현실적 상황과 이데올로기를 초월한 세계를 서정과 주지의 절충적 태도로 천착했다. 즉 외부의 일상사보다 삶의 존재론적 의미 추적에 더 관심을 가지며, 자연과 현실이 비록 소재로 선택되더라도 그것을 인생과의 교감 속에서 재해석하고자 했다. 1979년 제1회 현대아동문학상, 1983년 대한민국문학상 등을 수상했다.

조경희 趙敬姬 1918~ 수필가. 경기도 강화 출생. 이화여전 문과 졸업(1939). 1938년 《한글》에 수필 〈측간단상廁間斷想〉과 《조선일보》에 〈영화론映畵論〉을 발표해 등단했다. 주요 수필로 〈얼굴〉 〈우화〉 〈여행〉 〈나의 하루〉 〈재떨이〉 〈구두〉 〈판관과 그들의 부인〉 등이 있으며, 수필집으로는 《우화》 《가깝고 먼 세계》 《면역의 원리》 《골목은 나보다 늦게 깬다》 《빈 집이나 지키는 달빛이 되어》 등이 있다. 그의 수필은 주로 인간애를 불러일으키는 휴머니티에 바탕을 두고, 생활인들의 마음을 아름답게 형상화시키는 데 그 특징이 있다. 1975년 한국문학상, 1982년 대한민국예술상, 1995년 일붕문학상 등을 수상했다.

조남현 曺南鉉 1948~ 평론가. 인천 출생. 서울대 국문과 및 동 대학원 졸업. 1979년 《동아일보》 신춘문예에 평론 〈소설에 나타난 소리의 사상성과 도식성〉이 당선되어 비평활동을 시작했다. 건국대를 거쳐 현재 서울대 국문과 교수로 재직 중이다. 현대소설의 다양한 이론을 규범적으로 정리한 《소설원론》은 대학강단에서 가장 널리 읽히는 책이다. 이밖의 저서로는 《한국 지식인소설 연구》 《문학의 정신적 자취》 《한국현대소설 연구》 《한국소설과 갈등》 《한국현대소설의 해부》 등이 있으며, 평론집으로 《삶과 문학적 인식》 《풀이에서 매김으로》 《1990년대 문학의 담론》 등이 있다. 한국 근대 지식인 문학에 대한 방대한 연구와 소설 속에서의 갈등양상의 체계적인 연구는 이 방면의 선구적인 업적으로 평가받고 있으며, 한편으로 현장비평에도 관심을 보여 당대 소설에 대한 다수의 비평문을 발표했다. 초기의 업적 가운데 1974년 발표한 논문 〈1920년대 한국 경향소설 연구〉는 서구 마르크스주의 문학론에 대한 철저한 분석을 통해 한국 경향소설의 창작방법을 비판적으로 검토한 최초의 논문으로 경향소설 연구의 전범이 되고 있다. 현대문학평론상, 서울문화예술평론상, 김환태평론상, 대산문학상 등을 수상했다.

조대현 曺大鉉 1939~ 아동문학가. 강원도 횡성 출생. 서라벌예대(1960) 및 단국대 졸업(1965). 1966년 《서울신문》 신춘문예에 동화 〈영이의 꿈〉이 당선되어 등단했다. 1969년 교사로 임용되어 1999년 퇴임하기까지 중·고교에서 독서운동을 전개해 입시위주 교육풍토 속에서 독서교육을 정착시키는 데 기여했다. 동화창작과 더불어 아동문학평론과 아동도서 출판평론에도 손을 대 비평부재의 아동문학과 아동도서 출판계에 담론풍조를 조성하는 데 일익을 담당했다. 한국문인협회 이사, 현대아동문학가협회 부회장, 《출판저널》 《서평문화》 《펜과 문학》 편집 및 서평위원, 남산도서관 운영위원 등을 역임, 1996년부터 추계예대와 동덕여대에서 아동문학론을 강의하고 있다. 단편동화집 《거울의 집》 《가방 속에 숨어온 아이》《투구와 나비》《막내도토리의 세상배우기》, 장편동화 · 소설집 《할아버지 힘내세요》《비밀친구 에쿠나》《버들골 순님이》 등 30여 년간의 창작 활동을 통해 동화집 32권, 《글짓기 징검다리》 등 작문교본 3권, 《아동문학 창작론》 등 이론서 1권을 출간했다. 초기에는 물질문명에 의해 파괴되는 자연과 인간성 상실을 고발 · 풍자하는 동화를 주로 쓰다가, 80년대 중반 이후부터는 핵가족화로 인해 소외받는 어린이와 노인 문제에 시선을 돌려 그들이 겪는 사회적 갈등과 아픔을 따뜻하게 감싸는 작품들을 많이 썼다. 90년대부터는 영상문화의 발달로 아동의 흥미가 독서에서 멀어지는 경향을 보이자 기법개발에 주력해 동화에 추리기법을 도입하고, 기존의 스토리 위주에서 캐릭터 위주의 이야기 전개 기법을 강조함으로써 동화문학의 '재미성'을 강화하려고 노력하고 있는데, 이것이 전환기 아동문학계의 공감을 얻고 있다. 1976년 한국아동문학상, 1992년 소천아동문학상 및 한국어린이도서상, 1993년 어린이문화대상, 1996년 방정환문학상 등을 수상했다.

조동일 趙東一 1939~ 평론가 · 국문학자. 대구 출생. 서울대 국문과 및 동 대학원 졸업. 대학재학시절 소설을 쓴 적도 있으나, 1963년 《비평작업》 동인으로 평론활동을 시작했다. 현재 서울대 국문과 교수로 재직하고 있다. 1965년 《청맥》에 10회에 걸쳐 〈시인의식론〉을 발표, 이후 〈순수문학의 한계와 참여〉〈리리시즘과 참여의식〉 등을 발표해 당시 격론을 벌이던 참여문학 논쟁에서 문학의 사회적 참여를 강조했다. 한편 국문학 연구에도 정진, 민요 · 판소리 · 민담 · 가면극 · 구소설 등 고전문학에 관한 논문도 다수 발표했다. 그중 중요한 것으로는 민요연구서 《서사민요연구》《민요와 현대시》 등이 있고, 그밖에 《한국문학통사》(전 5권) 《한국문학의 갈래이론》《구비문학개설》 등을 간행했다. 한국일보사 출판문화저작상, 중앙문화대상, 만해학술상 등을 수상했다.

조두현 曺斗鉉 1925~1989 시인. 호 근정槿丁. 전북 완주 출생. 전북대 국문과 졸업. 1958년 《현대문학》에 번역시인 〈한시신역漢詩新譯〉으로 추천을 받고 등단했다. 주요 작품으로 〈나무처럼 서서〉〈방울을 울리자〉〈꽃〉〈생활의 장〉〈거울 앞에 서서〉 등이 있다. 박항식朴沆植 · 이병기李炳基 등과 동인지 《남풍》을 발행하기도 했다. 저서로 시집 《어느 문 밖에서》《증언》《책장을 넘기다가》, 역서 《한국 한시선》《한국 여류 한시선》《시경》, 이외에 《한문입문》《한문의 이해》《중 · 고교한문교과서》 등이 있다. 그의 작품은 주로 생명의 의지에 대한 향수를 지적으로 승화시키고자 하는 특징을 갖는다.

조명제 趙命濟 1954~ 아동문학가. 호 들샘 · 해담. 부산 출생. 동의대 행정대학원 졸업. 1982년 《월간문학》 신인상에 동시 〈팔베개〉가 당선되었으며, 같은 해 아동문예신인상에 동시 〈동백꽃〉이 당선되어 등단했다. 동시집에 《갈숲의 노래》《날고 싶어요》《꽃으로 피리라》 등이 있으며, 1988년 제20회 한정동아동문학상을 수상했다.

조명희 趙明熙 1894~1942 소설가. 호 포석抱石. 충북 진천 출생. 1910년 서울 중앙고보에 입학, 1914년 학교를 그만두고 북경사관학교에 입학하려다 평양에서 붙잡혀 돌아왔다. 3 · 1운동에 참가

해 체포돼 여러 달 동안 투옥되기도 했다. 석방 후 친구의 도움으로 일본으로 건너가 도쿄대 철학과에 입학, 이때부터 창작 활동을 시작했다. 당시 그가 쓴 희곡 〈김영일의 사死〉는 도쿄 유학생들의 사상과 갈등, 가난의 문제를 다룬 작품으로 동우회의 초연으로 큰 반향을 일으켰으나 일제의 탄압으로 공연이 강제 중단되기도 했다. 1923년 생활난으로 귀국했고 1925년 카프KAPF에 참가해 중요한 역할을 담당했다. 일제의 카프 탄압 당시 체포되어 전향한 대부분의 동료들과는 달리 1928년 소련의 극동지역으로 망명, 소련에서 산문시 〈짓밟힌 고려〉를 발표하고 작가동맹 활동도 활발히 했으나 KGB에 의해 일제의 간첩으로 지목받아 체포되어 사형을 당했다. 망명지에서 어이없이 뒤집어쓴 간첩의 오명은 사후에 다시 복권되면서 풀리게 되었고, 이제는 러시아문학계에서도 '러시아 한인문학의 아버지' 라 불리며 그의 위치를 인정받고 있다. 1959년 러시아 내의 '조명희문학유산위원회' 주관으로 《조명희선집》이 나왔으며, 타슈켄트 문학박물관에는 '조명희 기념실' 이 따로 있고, 시내에 '조명희 거리' 도 있다. 주요 작품으로는 단편 〈R군에게〉 〈농촌 사람들〉 〈낙동강〉 등이 있으며, 시집 《봄 잔디밭 우에》가 있다. 자연발생적 투쟁을 주제로 한 그의 대표작 〈낙동강洛東江〉은 신경향파 작품의 막연한 반항에서 벗어나 계급투쟁의 목적의식을 드러낸 작품이다. 작품에 직접 혁명운동가가 등장해 의식적으로 운동을 전개해 나간다는 점에서 다른 신경향파 소설에 비해 일보 전진했다는 평가를 받았다. 고향인 충북 진천에서는 그를 기리는 '포석 문화제' 가 1994년부터 해마다 이어지고 있다.

〈김영일의 사 金英一一死〉 널리 알려진 조명희의 처녀작. 1921년 동우회 순회극단에 의해 전국에 순회공연되어 그 여세에 힘입어 1923년 동양서원에서 같은 이름의 희곡집으로 간행되었다. 그 당시 이 작품의 공연성과를 전한 신문기사에 의하면 이 작품의 공연은 관객에게 비상한 충격을 주었던 것으로 보이는데, 동양서원에서 간행한 희곡집 내용과 공연극본 사이에는 적지 않은 차이가 생긴 듯하다. 희곡집 서문에 따르면 이러한 차이는 출판검열 과정에서 대사의 중요부분이 모두 삭제당했기 때문에 생긴 결과라는 것이다. 도쿄에 유학중인 가난한 고학생 김영일의 참담한 삶과 죽음을 다루었는데, 그 줄거리는 다음과 같다. 어느 날 행상길에 나섰던 고학생 김영일은 길거리에서 거액의 돈을 줍고, 이것의 반환여부를 놓고 고민한다. 이만한 거액이라면 그는 행상을 나서지 않고노 녯 달 동안의 의식을 거뜬히 해결할 수 있으며, 같이 고학하는 친구들도 이 돈의 반환을 반대하고 나섰다. 그러나 그는 양심의 결정에 따라 같은 서클의 동인이며 돈의 주인인 전석원에게 주운 돈을 돌려준다. 전석원의 집에서 돌아온 김영일은 어머니가 위독하다는 전보를 받고 귀국 준비를 서두르지만 여비를 해결할 길이 없다. 생각다 못해 김영일은 전석원에게 사정해 보기로 하고 친구 박대연 등과 함께 그를 찾아간다. 김영일의 사정을 들은 전석원은 냉담하게 그의 청을 거절한다. 전석원의 몰인정함에 분개한 김영일의 친구들과 전석원 사이에 다툼이 벌어지고 이것이 사상논쟁으로까지 확대되어 격투가 벌어진다. 이때 박대연의 주머니에서 불온삐라가 떨어지고 신고를 받고 달려온 일본 경찰은 김영일과 그 친구들을 구속한다. 영양결핍, 마음의 고통, 경찰의 심한 고문에 시달린 김영일은 급성폐렴이 발병해 경찰에서 풀려나지만 그날밤 유언을 남기면서 한 많은 생애를 마친다. 전 3막으로 구성된 이 작품은 주인공의 삶과 죽음을 통해 일제 식민지 치하의 우리 나라 젊은이들의 고통과 저항을 사실적으로 표편하고 있다.

〈낙동강 洛東江〉 조명희의 단편소설. 1927년 7월 《조선지광》에 발표되었다. 원전은 일제 검열 당국에 의해 상당 부분이 삭제되었다. 그 삭제된 부분을 살린 것은 《현대 조선문학 선집》(조선작가동맹 출판사, 1957) 《조명희 선집》(조명희 문학유산위원회, 1957) 등이다. 주요 등장인물은 박성운과 그의 애인 로사이다. 박성운은 사회주의 혁명가로서 각지를 전전하다가 고향인 낙동강에 내려와 생을 마친다. 로사는 박성운의 영향으로 사회주의자로 변신하는 여성이다. 낙동강을 배경으로 해서 3인칭 전지적 작가 시점으로 묘사된 이 작품의 주제는 어느 사회주의자의 삶과 계급투쟁이라 할 수 있다. 더불어 이 작품은 카프의 1차 방향전환 논의와 관련해 목적의식기 작품인가의 여부로 논란을 일으켰던 조명희의 대표작이며, 작품에 직접 혁명운동가가 등장해 의식적으로 운동을 전개해 나간다는 점에서 다른 신경향파 소설에 비해 일보 전진했다고 볼 수 있다.

조병기 曺秉基 1940~ 시조시인. 전남 장성 출생. 고려대 대학원 국문과 졸업. 1972년 《시조문학》에 〈산조삼제散調三題〉 〈사모심서思母心書〉 〈산국山菊〉 등으로 추천을 받고 등단했다. 1981년 《경향신문》 신춘문예에 〈숲·일기日記〉가 당선되었으며 주요 작품에 〈바람개비〉 〈파도에게〉 〈타관사他關詞〉 〈떠남에 대하여〉가 있다. 인간상실의 아픔과 문명비판을 통해 자아성찰의 인간성 회복을 추구하는 작품을 쓰고 있으며 한국시의 전통적 서정의 발견에 관심을 기울이고 있다. 시집으로는 《가슴속에 흐르는 강》이 있다.

조병화 趙炳華 1921~ 시인. 경기도 안성 출생. 경성사범(1938) 및 일본 도쿄고등사범 이과 졸업(1945). 1949년 첫번째 시집 《버리고 싶은 유산遺産》을 발간하고 등단했다. 중앙대·이대 강사를 거쳐 경희대 문리대 교수, 동 문리대 학장, 인하대 문과대학장, 동 대학 부총장, 동 대학원장 등을 역임했다. 등단 이후 끊이지 않고 작품 활동을 계속, 〈해녀海女〉 〈귀가 커서〉 〈낙엽에 누워 산다〉 〈주점酒店〉 〈인간피고人間被告〉 〈군락群落〉 〈그늘〉 등 많은 역작을 발표했다. 저서로 첫 시집을 비롯해 《하루만의 위안》 《패각貝殼의 침실寢室》 《인간고도人間孤島》 《사랑이 가기 전에》 《서울》 《석아화石阿花》 《기다리며 사는 사람들》 《밤의 이야기》 《낮은 목소리로》 등 30여 권의 시집을 발간했고, 수필집 《시인의 비망록》 《낮달》 《흙바람 속에 피는 꽃들》 등과 시선집·역서·공저 등 다수가 있다. 그는 현대적 도시풍의 서정시인으로서 현대문명 속에 사는 인간의 운명·사랑·애환을 평이한 문맥과 새로운 율조로 읊어 시단의 큰 각광을 받기 시작했다. 많은 시집을 출간해 많은 독자를 보유하고 있는 그의 신화는 계속되고 있다. 초기의 현대 도시적 음유는 후기에 와서 변모를 보였다. 다시 말하면 경쾌한 터치와 평이한 문맥의 배후에 인간의 운명과 존재에 대한 깊은 통찰을 보이기 시작했던 것이다. 최다 시집 발간 횟수를 보이고 있는 그는 현대시가 난해해 독자로부터 외면당하고 있다는 상식을 무너뜨린 시인이기도 하다. 시로써 베스트셀러의 톱을 확보했던 그는, 그림에도 뛰어난 솜씨를 보여 1973년부터 1980년까지 다섯 차례의 유화개인전과 1979년부터 1981년 사이 세 번의 시화전을 열었다. 그는 별다른 기교를 부리지 않고 뛰어난 시적 표현과 쉬운 일상어로 심도 있는 내면세계를 가장 구체적이면서도 감동적으로 표현한다는 평을 받고 있다. 1960년 아시아자유문학상, 1969년 경희대학교 문학상, 1971년 두보상패, 1974년 한국시인협회상, 국민훈장동백장, 1981년 서울시문화상, 1985년 대한민국예술원상, 세계시인대회상 등을 수상했다.

조선문단 朝鮮文壇 1924년 10월에 창간된 순문예지. 월간. 국판. 조선문단사 발행. 통권 26호로 1936년 6월 종간되었다. 1~4호까지는 이광수李光洙 주재, 5~18호까지는 방인근方仁根에 의해 편집 겸 발행되다가 휴간되었다. 1927년 1월 19호부터 남진우南進祐에 의해 속간되었으나 다시 휴간되었고, 1935년 2월 통권 21호가 속간1호로 다시 발간되어 26호까지 발행되었다. 방인근의 사재로 시작, 처음부터 우리 민족문학 옹호를 표방했다. 자연주의 문학을 성장시켰으며, 민족문학의 순수성을 옹호하고 당시 한국문단을 휩쓸던 계급주의적 경향문학을 배격했다.

▲조선문단 1924년 10월. 창간호.

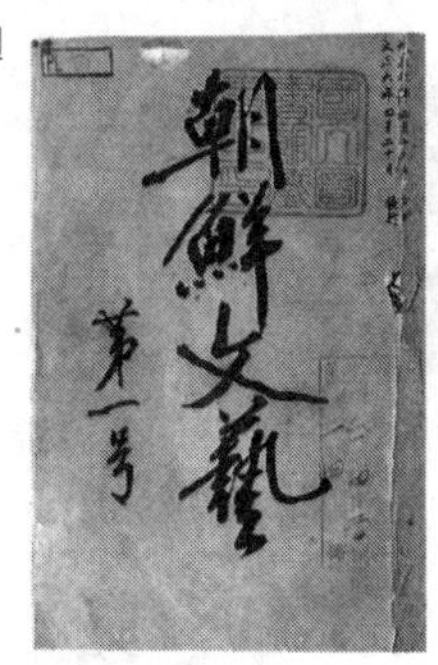

▲조선문예 제1호. 1917년 4월.

조선문예 朝鮮文藝

1) 1917년 4월에 창간된 한시문漢詩文 중심의 순문예지. 국판. 국한문과 한문을 본문으로 한 잡지였다. 편집 겸 발행인은 최영년崔永年. 정만조鄭萬朝·여규형呂圭亨 등의 한시문 작가들이 중심이 되어 발간했다. 1918년 통권 제2호로 종간되었다. 주요 논문은 〈사론史論〉〈서화書畵의 원류源流〉〈고금 가요의 연혁〉〈여자의 문예〉〈언문의 문예〉〈소설가의 작법〉〈한문불가폐론漢文不可廢論〉 등과 소설 〈일선향一線香〉이 있었다.

2) 1929년 5월 창간된 문예종합지. 국판. 조선문예사 발행. 1929년 6월 통권 2호로 종간되었다. 편집 겸 발행인은 고병돈高丙敦. 창작의 결정, 문예적 취미 보급, 진리의 파지자, 해외문학 소개 등을 목표로 했다. 사회주의 또는 경향적 성격을 띤 문인들이 편집에 가담했다. 주요 필자로 김기진金基鎭·임화林和·엄흥섭嚴興燮·한설야韓雪野·박팔양朴八陽·김대준金大駿·김영팔金永八·송영宋影·박영희朴英熙·염상섭廉想涉·이효석李孝石·유진오兪鎭午·주요한朱耀翰·이상화李相和·김해강金海剛 등이 있었다.

조선문학 朝鮮文學

1) 1933년 10월에 창간된 문예지. 국판.

▲조선문학 1936년 5월호.

▲조선시단 1928년 11월에 발간된 제1호.

조선문학사朝鮮文學社에서 발행. 1939년 6월 통권 19호로 종간되었다. 편집인은 지봉문池奉文이다. 4호는 1933년 11월 이무영李無影이 편집 겸 발행인으로 경성각京城閣에서 발행했다. 1933년 12월 창간호《조선문학》은 통권 5호에 해당하며, 1936년 5월 2권 1호부터 편집 겸 발행인이 정영택鄭英澤으로 되었다. 1937년 8월 휴간했으며 1939년 1월 속간 4권 1호부터 지봉문이 다시 편집 · 발행했다. 이 잡지는 두 성격의 합일체로 느껴지는 바 자세히 검토되야 할 것이다.

2) 북한의 조선작가동맹위원회의 기관지. 문예출판사에서 발행. 편집내용은 시 · 소설 · 수필 · 평론 · 기행문 등 각종 문예분야의 글들을 다양하게 싣고 있으나 당의 통제 · 감독을 받아 당정책을 뒷받침하는 내용만을 싣고 있다. 이 잡지에 실린 거의 모든 문학작품들은 순수한 문학성보다는 사회주의적 사실주의 창작방법을 충실히 이행하면서 당정정책선전내용을 기술한 데 지나지 않는다. 이 잡지에서는 당의 문예정책에 어긋나는 작품들을 비판하며 지면을 통해 시정을 촉구하기도 하며, 공산권을 비롯한 수교국가들과의 문화교류에 북한의 문학실태를 보여주는 대표적인 역할을 수행하도록 하는 등의 임무를 부여받고 있다. 이 잡지는 1948년 2월 문학예술총동맹 기관지인《문화전선》으로 창간되었으나, 1955년부터 '문예총' 산하단체인 '작가동맹'의 기관지로 되면서 지금의 명칭으로 개칭되었다.

조선시단 朝鮮詩壇 1928년 11월에 창간된 시전문 동인지. 편집 겸 발행인 황석우黃錫禹. 국판. 통권 8호까지 발행하고 평양의 예술사와 합병했다. 범조선의 시잡지로 대중화의 개척을 표방했고 기성시인들의 작품보다는 신진시인들의 작품을 더 많이 실었기에 수준이 높은 편은 아니었다. 재정에 곤란이 많았던 난산의 잡지였다.

조선의 마음 朝鮮— → 변영로卞榮魯

조선의 맥박 朝鮮—脈搏 → 양주동梁柱東

조선작 趙善作 1940～ 소설가. 대전 출생. 대전사범 졸업(1959). 1971년《세대》에〈지사총志士塚〉을 발표해 등단했다. 이후 단편〈영자의 전성시대〉〈모범작문〉〈진눈깨비〉, 중편〈시사회試寫會〉〈싸이렌 탑〉, 장편〈미스 양楊의 모험〉〈모눈종이 위의 생生〉〈미완의 사랑〉〈우수의 사슬〉등을 발표했으며, 창작집으로《영자의 전성시대》《외야外野에서》등을 간행했다. 그의 작품들은 크게 두 가지 경향으로 나누어 볼 수 있다. 그 하나는〈영자의 전성시대〉로 대표되는 창녀 등 밑바닥 인생들이 주인공으로 등장하는 작품들이고, 다른 하나는〈고압선〉과 같이 소시민의 일상을 다룬 작품들이다. 소시민들의 일상은 잔잔한 애환을 담고 있으나, 〈성벽〉이나 〈영자의 전성시대〉에 묘사되는 하층민들의 삶은 비참하기 이를 데 없다. 그것은 왜곡된 산업화와 부의 편재가 빚어낸 치부이다. 〈성벽〉의 눈 가림공사가 상징적으로 보여주듯이 사람들은 그로부터 애써 눈을 돌리려 한다. 그러나 조선작은 바로 이러한 사각지대를 어떤 미화도 없이 치밀하게 묘사해 내고 있는 것이다. 또한 그는 그 비참한 정경 속에서도, 오히려 비참하기 때문에 진솔하고 가식없이 드러나는 인간간의 애정을 잊지 않고 발견해낸다. 산업화 시대 사회의 모순에 관한 그의 비판정신은 이러한 애정과 함께 있을 때 더욱 빛난다.

〈**성벽** 城壁〉 조선작의 단편소설. 1973년 《창작과 비평》 가을호에 발표되었다. 도시빈민의 비참한 삶에 대한 진솔한 풍속도라고 할 수 있는 이 단편소설에는 특별한 사건이나 갈등이 없이 여러 가지 에피소드들이 시간 순서에 따라 펼쳐진다. 이 작품에 등장하는 사람들은 도시생활의 낙오자들이다. 개를 훔쳐 보신탕집에 넘기는 개장수, 새 자전거를 훔쳐 분해하는 자전거포 주인, 운전대를 잡으면 사고만 내는 트럭 운전사, 군대에서 불명예 제대를 한 청년, 그 안에서 빈민의 딸은 창녀가 되고, 중풍환자는 약 한 첩 못쓰고 죽어간다. 이러한 도시빈민의 정경들이 소년의 눈을 통해 어떤 감상도 없이 간결하게 묘사되어 있다. 그러나 객관적으로 묘사되고 있는 이 풍속도는 주관적인 발언 이상의 고발이요 비판이 된다. 그러한 비판정신은 뚝방 동네를 가리기 위해 차단벽을 만드는 장면에서 정점에 이른다.

조선지광 朝鮮之光 1922년 11월에 창간된 정치 · 시사 잡지. 조선지광사 발행. 발행인 장도빈張道斌, 편집인 김동혁金東爀. 《개벽》 《신천지》에 이어 창간된 잡지로 사회주의적인 방면과 문화예술에 관한 내용을 가장 많이 다루었다. 1924년 김동혁이 새 발행인이 되면서 빈번히 압수처분을 당하다가 1930년 11월 통권 100호로 종간되었다. 〈신문지법〉에 의해 발간된 사회주의적 종합잡지로 초기에는 민족사상을 고취, 일제에 항거했으나 점차 사회주의 색채를 띠게 되었다. 소설로는 유진오兪鎭午 · 이효석李孝石이 동반자작가로 등장했고, 시에 정지용鄭芝溶도 이 잡지를 통해 등장, 임화林和의 경향적 작품 〈우리 옵바와 화로〉 등이 발표되기도 했으니 문학적인 면에서의 공헌도 컸다고 할 수 있다. 《신계단》은 그 후신이다.

조선총독부 朝鮮總督府 → 유주현柳周鉉

조성기 趙星基 1951~ 소설가. 경남 고성 출생. 서울대 법대 및 장로회신학대학원 졸업. 대학재학시 《월간문학》 신인작품 모집에 단편 〈삼부합창三部合唱〉이 입선, 1971년 《동아일보》 신춘문예에 단편 〈만화경萬華鏡〉이 당선되어 등단했다. 이후 10여 년간 작품 활동을 못하다가 1983년 《소설문학》에 〈근조절기謹弔節期〉를 발표하고 작품 활동을 재개했다. 작품집으로 창작집 《라하트 하헤렙》 《통도사 가는 길》 《우리는 완전히 만나지 않았다》, 전작장편 〈야훼의 밤〉 〈슬픈듯이 조금 빠르게〉 〈우리시대의 사랑〉 등을 발간했다. 초기에는 기독교적인 주제로 방황하는 젊은 영혼의 고뇌를 주로 그렸다. 차츰 '우리 시대의…' 시리즈 등을 통해 시대 · 사회문제에 관심을 돌리고 인간의 원초적인 성性의 문제에 대해서도 관심을 가졌다. 또한 중국과 한국의 고전들을 현대에 맞게 형상화하는 작업들에도 주력했다. 기독교문학과 교양문학에서 일정한 성과를 이루었다고 평가받고 있다. 1985년 오늘의 작가상, 1986년 제4회 기독교문화상, 1991년 제15회 이상문학상 등을 수상했다.

〈야훼의 밤〉 조성기의 전작장편소설. 1986년 발표되었다. 각기 독립된 장편을 3부작으로 엮었다. 1부는 1인칭 시점으로 서술되고, 2·3부는 전지적 작가 시점으로 서술되어 있다. '야훼의 밤'이란 종교라는 빛의 이름으로 자행되는 어둠과 부조리를 뜻한다. 그 어둠 속에서 진정한 구원을 찾으려는 주인공 성민의 정신적 편력을 축으로, 빛에서 소외된 인간들에 대한 사랑을 은연중 김교신의 생애에 접목시켰다. 1부는 그 이전에 발표한 장편 〈자유의 종〉을 개작한 것이다.

조세희 趙世熙 1942~ 소설가. 경기도 가평 출생. 서라벌예대 문예창작과 및 경희대 국문과 졸업. 1965년《경향신문》신춘문예에 〈돛대없는 장선葬船〉이 당선되어 문단에 데뷔했으나, 10여 년 동안 작품 활동을 하지 않았다. 1975년《문학사상》에 〈칼날〉을 발표해 작품 활동을 재개했다. 이후 〈뫼비우스의 띠〉〈난장이가 쏘아올린 작은 공〉〈궤도회전〉〈잘못은 신神에게도 있다〉〈클라인씨氏의 병甁〉〈나무 한 그루 서 있거라〉〈어린 왕자〉 등을 발표했으며, 일련의 '난장이' 연작소설을 발표해 문단의 주목을 받았다. 그의 난장이 연작은 70년대 한국사회의 모순을 정면으로 접근하고 있다. 여기에서 난장이는 정상인과 화해하며 살 수 없는 대립적 존재로 등장하고 있으며, 70년대 한국사회의 최대과제였던 빈부와 노사의 대립을 극적으로 제시하고 있다. 이러한 소설적 접근을 통해 작가는 한국의 70년대가 이 두 대립항의 화해를 가능케 할 만큼의 성숙에 이르지 못했다는 것을 말해주고 있다. 그는 가장 현실적인 문제를 그려내고 있는 난장이 연작에 환상적 기법을 도입함으로써, 계급적인 대립과 갈등이 마치 비논리의 세계나 동화의 세계에 존재하는 것처럼 묘사하고 있다. 그 결과 현실의 냉혹함은 더욱 강조된다. 연작 형식은 소설양식의 확대를 가능하게 하면서 이야기 형식의 긴장과 이완을 동시에 추구할 수 있다. 이 소설에서 볼 수 있는 주제와 양식과 기법에 대한 도전과 그 성과는 70년대 문학의 중심에 자리잡고 있다. 개발독재가 소외계층의 삶에 짙은 어둠을 드리워가고 있던 1970년대 중반, 재개발 철거민과 공장 노동자들의 참담한 현실을 분노 어린 시선으로 형상화한 '난장이' 연작의 출현은 문단에 던져진 충격 그 자체였으며, 조세희는 난장이라는 왜소하고 병신스러운 모습을 통해 광포한 산업 시대에 접어든 한국사회의 허구와 병리를 적나라하게 폭로하면서 사람이 사람답게 살아야 할 꿈과 자유에의 열망을 감동적으로 보여주었다. 작품집으로《난장이가 쏘아올린 작은 공》《시간 여행》이 있고, 사진 산문집《침묵의 뿌리》가 있다. 그의 작품 저변에는 포크너의 의식의 흐름과 도스토예프스키의 자기시대와 사회를 보던 통찰력, 즉 인간에게 고통을 주는 사회현상에 대해 느끼는 아픔 등이 은연중 반영되어 있다. 1979년 〈난장이가 쏘아올린 작은 공〉으로 동인문학상을 수상했다.

〈난장이가 쏘아올린 작은 공〉 조세희의 중편소설. 1976년《문학과 지성》겨울호에 발표되었다. 같은 제목을 가진 연작 장편의 네 번째 토막이다. 그 연작은 모두 〈뫼비우스의 띠〉〈칼날〉〈우주 여행〉〈난장이가 쏘아 올린 작은 공〉〈육교 위에서〉〈궤도 회전〉〈기계 도시〉〈은강 노동 가족의 생계비〉〈잘못은 신에게도 있다〉〈클라인 씨의 병〉〈내 그물로 오는 가시고기〉〈에필로그〉 등의 열두 부분으로 이루어져 있다. 이 작품은 도시빈민의 궁핍함과 자본주의 사회의 모순을 담고 있는 소설로서, 아버지인 난장이는 산업화 자본주의에 희생되는 인물이다. 난장이 아버지와 어머니 · 영수 · 영호 · 영희의 생활은 날마다 패배당하는 전쟁과 같다. 이들 가족은 지옥 같은 현실 속에서 늘 천국을 생각하곤 한다. 어느 날 아침, 느닷없이 철거계고장이 날아든다. 영수는 좌절과 번민 속에서 계고장을 들고 동사무소로 달려간다. 철거대상지역인 낙원구 행복동 주민들은 잔뜩 소란을 떨고 있다. 그러나 어느 날 갑자기 철거가 시작된다. 철거반원들은 쇠망치로 영수의 집을 쳐부순다. 지붕이 내려앉고 일은 아주 간단하게 끝난다. 철거 후의 보상으로 영수의 집에도 아파트 입주권이 주어지지만 엄청난 입주비 때문에 감히 입주를 생각할 수조차 없다. 그래서 입주권을 거간꾼에게 팔아보지만 전세돈을 빼주고 나니 남는 것이 없다. 돌아갈 집이 없어진 영희는 순결을 팔아 아파트 입주권을 되훔쳐 나오지만 이것도 현실적으로는 아무런 도움이 되지 않는다. 가지지 못한 자, 힘 약한 사람들이 모여 살던 낙원구 행복동에는 순식간에 집들이 사라져버린다. 이같은 와중에서 난장이인 아버지는 스스로 죽음의 길을 택하게 된다. 그리고 영수의 가족은 버려진 공업도시, 썩은 바다로 둘러싸여 있는 은강시로 이사간다. 이곳에서 영수는 은강자동차 조립공장에서 드릴 일을 하고, 영호는 은강전기에서 연마 일을 한다. 그리고 영희는 은강 방직에서 틀보기 일을 하며 고단한 몸과 가족의 생계를 몽땅 은강그룹에 맡기게 된다. 그들은 공장집단 속에서도 최하위계급에 속했고, 조립라인의 조립공들조차 그들을 또 하나의 보조기계로 취급한다. 삼남매가 죽어라고 일해서 받는 총월급은 4인가족을 기준한 도시근로자의 최저이론생계비에도 미치지 못한다. 영수는 수없이 울며, 협박받으며, 폭행당하며, 구류까지 살면서 은강공장에서 열심히 해나간다. 그러면서 불합리한 사회의 음모를 알아차리게 된다. 힘을 합쳐 열심히 살아가려는 가난한 사람들의 노력을 부유하고 힘있는 사람들이 무자비하게 파괴한다는 것을 깨닫게 된 것이다. 공장의 작업환경은 최악이며 노동자들은 철야작업을 할 때 잠을 쫓기 위해 잠오지 않는 약을 먹으며 일해야 한다. 썩어가는 음식을 먹고, 다 떨어진 옷을 입고, 빈약한 몸으로 그들은 오염된 환경 속에서 철저히 일만 해야 한다. 이같은 현실을 개선하기 위해 영수는 공장내에 서클을 조직하고 노동자들을 결속하고자 하지만, 오히려 고용주측의 폭력배들에게 폭행당하고 만다. 결국 영수는 은강그룹의 회장을 죽임으로써 악의 근원을 뿌리뽑고자 결심하고 그룹본부로 칼을 품고 들어간다. 그러나 그는 회장의 동생을 회장으로 오인해 찌르게 되고, 이로 인해 재판정에 서게 된다. 검사의 공소사실을 모두 인정한 판사는 영수에게 사형을 선고한다. 난장이 연작은 노동자계층의 소외로 압축시킬 수 있는 1970년대 사회의 본격적인 정신과 물질간의 갈등과 그것에 대한 문학적 접근을 분명히 보여주었다. 특히 현실에 대한 리얼리즘적인 시각의 예리함과 반리얼리즘적인 문체의 실험이 적절한 조화를 이루어내고 있다. 그렇게 해서 1960

년대 이래 지속적인 논쟁거리로 등장했던 순수·참여라는 도식적인 대립상황을 뛰어넘는다. 문학적 성취와 대중독자의 호응, 다시 말해 작가의 소명의식과 시대적 요청이 결합해 베스트셀러가 되었다. 이는 노동자들을 포함한 여러 계층의 아프고 쓰린 부분을 날카롭기는 하되 부드러운 손길로 어루만지는 기능을 하고 있기 때문일 것이다.

조연현 趙演鉉 1920~1981 평론가. 호 석제石濟. 경남 함안 출생. 배재고보를 거쳐 혜화전문 수학. 1945년 순문예지《예술부락》을 창간하고 〈새로운 문학의 방향〉을 발표, 이때부터 본격적인 비평활동을 전개했다. 1946년 박종화朴鍾和·김동리金東里 등과 청년문학가협회를 결성하고 좌익계 문학가동맹측의 문인들과 민족문학론을 둘러싸고 격렬한 논쟁을 전개, 〈논리論理와 생리生理〉 등의 평론을 발표하며 순수문학 옹호에 앞장섰다. 또한《민주일보》《민중일보》《민국일보》 등 신문사에서 기자나 편집국장으로 근무하면서 민족진영 문화단체의 총본산인 전국문화단체총연합회 결성의 산파역을 했다. 1948년 언론계를 떠나 문예사의 편집장을 맡고, 한국문학가협회를 창립했다. 같은 해 첫번째 평론집《문학과 사상》을 발간, 아울러《백민》에 〈고갈한 비평정신〉〈문학과 사상〉〈애욕의 문학〉 등과 〈구국문학론의 정체〉〈희롱의 진실-김문집론〉 등을 발표했고, 민족문학론을 전개했다. 1949년《문예》를 창간하고 편집했으며, 이듬해 〈1949년도 문단총평〉〈도스도예프스키론〉〈문학계 1년의 회고〉를 발표, 격동기 순수문학과 자유수호의 기수로서의 평론을 썼다. 1955년《현대문학》의 창간회원으로 그 주간을 맡았으며, 이 시기에 대표작인《한국현대문학사》를 발표해 방법론적 관점에서 문학활동 및 작가를 중심으로 갑오경장 이후의 신문학사를 정리했다. 1966년《한국신문학고韓國新文學考》를 간행해 문학의 학구적인 연구와 역사적 재평가를 시도했으며, 1968년《내가 살아온 한국문단》은 광복 후부터 1960년까지의 우리 문단사로서 귀중한 문헌으로 꼽히고 있다. 저서로는《한국현대문학사》를 포함, 20여 권의 평론집과 수필집이 있으며,《조연현문학전집》을 간행했다. 1963년 대한민국문화포상, 1965년 제4회 문교부문예상, 1966년 제11회 예술원상, 1970년 국민훈장동백장, 1972년 3·1문화상 등을 수상했다.

조영서 曺永瑞 1932~ 시인. 호 현원玄遠. 경남 창원 출생. 동아대 수학(1953). 1957년《문학예술》에 시 〈요지경〉〈창窓〉〈벽에는〉 등으로 추천을 받고 등단했다. 1963년 박성룡朴成龍·박재삼朴在森 등과 함께《60년대사화집》 동인으로 활동했으며 신문사 기자 생활을 거쳐《한국일보》 편집부국장,《조선일보》 출판국장,《서울신문》 제작심의실장, 한국방송광고공사 이사, 한국문화진흥 감사 등을 역임했다. 주요 작품으로 〈일범풍순一帆風順〉, 연작시 〈낙일落日〉〈가을 이미지〉〈과실果實에 대하여〉 등이 있다. 등단 이후 내면세계의 형상화, 신선한 감각, 밀도 있는 언어구사로 심미적 이미지스트로 알려져 있다. 시 〈비음〉은 시각과 청각의 공감각을 살린 순수시의 한 극단을 보여주었으며, 시 〈가을 이미지〉는 구도의 안정감, 날카로운 유추, 신선미, 조형능력이 빼어난 작품으로 평가받기도 했다. 이러한 초기의 경향을 바탕으로 생활사상을 소재로 모럴의식을 밑바닥에 깔면서 즉물적으로 참신하게 시적대상을 소묘하는 방향으로 발전했다. 두번째 시집 발간 이후 20년 가까이 침묵하다시피 하다가 90년대 중반 이후 다시 창작 활동을 재개, 〈일월담기행시〉〈러시아 실루엣〉〈세세불망기〉 등 일련의 연작시들을 발표했다. 시집으로 《언어言語》《햇빛의 수사학》 등이 있으며, 1972년 현대시학 작품상을 수상했다.

조영수 曺永秀 1947～ 시인. 강원도 강릉 출생. 춘천교대 및 관동대를 거쳐 고려대 교육대학원 졸업. 1980년 《월간문학》 신인상에 시 〈바다로 나갑니다〉가 당선되어 등단했다. 관동문학회 회장, 한국문인협회 강릉지부장 등으로 활동하면서, 강릉명륜고 교사로 재직 중이다. 시집에 《세상 밖으로 흐르는 강》《네 안에서 내 안으로》《꽃은 꽃으로 피게》 등이 있다. 초기에는 상징적인 바다를 주제로 한 시를 많이 썼으며, 이후 살아움직이는 생활과 사물이 시각에 부딪칠 때의 의미상을 포착해 인간성 회복과 전통적 정서추구를 시적 결정으로 형상시키면서 옛것에 대한 향수를 고향의 언어로 따뜻하게 채색하고 있다. 1988년 제4회 윤동주문학상, 1992년 제3회 관동문학상, 1996년 제10회 한국예총예술문화상 및 제39회 강원도문화상 등을 수상했다.

조유로 曺有路 1930～ 시인 · 아동문학가. 본명 경현庚鉉. 경남 창녕 출생. 1958년 《동아일보》 신춘문예에 시 〈한련寒戀〉이 당선되어 등단했다. 이후 시와 동화를 병행해서 쓰다가 1960년대 본격 동시운동에 가담, 동시의 수준향상에 일익을 담당했다. 주요 작품에 동시 〈겨울 하늘〉〈가을 산소리〉 등이 있고, 작품집에는 시집 《부동항不凍港》, 동시집 《하얀 칠판》, 동화집 《시인 아저씨와 흰 곰》 등이 있다. 그의 동시는 짧은 시의 형식을 도입, 시행의 의도적인 배열과 시어의 간결성을 시도하는 데 특색이 있으며, 소재는 주로 가난하고 외로운 어린이들의 향수와 꿈을 노래한 사랑의 이야기가 많다.

조윤제 趙潤濟 1904～1978 국문학자. 경북 예천 출생. 경성제대 조선어문학과 졸업(1929). 일제 때 경성사범학교에서 조선어과 교편을 잡으면서 일반 학계에서는 손을 대지 못하던 국문학 연구를 본격적으로 착수했다. 그는 주로 우리 나라 소설과 시에 대해 깊은 관심을 가지고 연구를 해서 〈조선소설발달개관〉을 비롯, 〈조선고대소설작가에 대한 재삼고찰〉〈조선문학의 사적대관〉〈조선시가의 태생〉〈역대가집편찬의식에 대하여〉 등의 논문을 발표했다. 저서로는 일제하에서 자비로 출간한 《조선시가사강朝鮮詩歌史綱》을 필두로 《교주춘향전》《조선시가의 연구》《국문학사》《한국문학사》 등 20여 권에 이르며, 논문으로는 1929년 《동아일보》에 발표한 〈조선문학과 한문학과의 관계〉를 시작으로 50여 편, 수필 · 잡문 등은 거의 100편에 이른다. 《조선시가사강》은 우리의 시가사를 처음으로 학문적인 체계를 세워 서술한 책으로, 이제는 고전적 저술에 속하나 아직도 다시금 음미하고 고려해야 할 중요한 사실들을 보이고 있으며, 《국문학사》도 국문학의 형성 · 발전을 우리 민족의 형성 · 발전과의 관련하에서 체계있게 서술한 역작으로 《한국문학사》는 그 개수판이다. 《국문학개설》은 국문학의 여러 측면에 대해 다각적으로 분석과 고찰을 시도한 저서로 국문학개론류의 효시이다. 이들 저서와 논문들은 모두가 이른바 '민족사관'에 입각해 서술된 것들로, 일제하 황무지였다고도 할 국문학연구에 있어 개척자적 역할을 하면서 광복 후에는 국문학연구의 출발점을 이루었으며, 동시에 그에게 있어서는 진지한 민족독립운동의 표출이기도 했다. 한편 그가 민족사관에 입각하고 있었다 하나 그의 학문이 국수주의적이거나 독존적·배타적이지는 않았을 뿐더러, 오히려 세계적 일반보편성을 추구하는 정정당당한 자세였음은 주목해야 할 점이다. 민족을 사랑한 그의 태도는 저술에서 뿐만 아니라 대학강단과 사회생활에서도 선명하게 나타났으며, 그 과단성·청렴성과 학구적 양심은 옛 선비의 풍모를 보이기도 했다. 대인의 풍을 갖춘 학자라는 일반의 평이다.

조정권 趙鼎權 1949~ 시인. 서울 출생. 중앙대 영어교육과 수료(1971). 1970년《현대시학》에 〈흑판〉〈거지〉 등으로 추천을 받아 등단했다. 주요 작품에 〈돌이 돌 위에 돌을 내려 누르듯이〉〈77년 가을〉 등이 있으며, 시집으로《비를 바라보는 일곱가지 마음의 형태》《시편詩篇》《허심송虛心頌》《백지 위에 별빛을》《풀잎 속 푸른 힘》《하늘이불》《산정묘지》 등이 있다. 그의 서정시는 강철과 같이 강하다. 자신의 전부를 던져서 대상에 부딪혀가고 그 대상으로부터 튕겨져 나오는 탄력에 의한 언어를 그가 구사하고 있기 때문이다. 조정권의 시에는 순연한 시적 감정이 뚜렷하게 느껴진다. 소년의 것과 같이 맑고 순수한 감성이야말로 조정권 시의 본질이다. 순연한 감성과 강철과 같은 정신의 의지력은 그의 시가 부단히 변모할 수 있는 원동력이 된다. 초기 시인 〈힘〉에서 출발해 〈산정묘지〉에 이르는 시적 도정은 시적 강건함과 유연한 감수성을 보여준다. 〈산정묘지〉 연작시는 차갑고 빛나는 겨울산의 이미지와 강건한 정신의 역동적 상승이 두드러지는 작품이다. 세속의 헛된 휴식상태에서 벗어나 견인의 자세로 산정에 이르려는 구도적 등정은 혼탁한 세상에 대한 질책이자 자기초월의 상향적 세계를 표상한다. 이와 같은 정신의 움직임은 투명하고 순도 높은 의식의 결정체인 얼음의 이미지를 통해 뛰어난 시적성취를 얻는다. '가장 높은 정신은 가장 추운 곳을 지향하는 법'이라는 잠언적 시구를 통해 드러나는 겨울산의 정상은 조정권 시가 도달한 정점이라고 말할 수 있을 것이다. 1988년 한국시인협회상, 1991년 김수영문학상 및 소월시문학상 등을 수상했다.

조정래 趙廷來 1943~ 소설가. 전남 승주 출생. 동국대 국문과 졸업. 1969년《현대문학》에 소설 〈누명陋名〉으로 추천을 받고 등단했다. 이후 소설 창작에 전념하면서 한때 출판사를 운영하기도 했고, 1984년《한국문학》을 인수해 80년대 후반까지 편집을 주간하기도 했다. 그의 초기 소설은 토속적인 공간을 소설적으로 재구성한 〈청산댁〉, 현실의 비리와 삶의 모순을 고발하고 있는 〈폭력교사〉〈비탈진 음지〉〈천동설시대〉〈이방지대〉 등이 있다. 1970년대 후반 이후 지속적으로 6·25전쟁과 민족분단의 문제를 소설적 주제로 삼은 〈한, 그 그늘의 자리〉〈유형의 땅〉〈인간의 계단〉〈박토의 혼〉 등을 발표했다. 분단의 현실을 극적으로 형상화하고 있는 그의 작품들에는 한국사회에 전통적으로 자리잡고 있던 계급적 갈등구조가 이데올로기의 대립과정과 맞물려가는 과정이 그려지고 있다. 그가 파악하고 있는 6·25와 분단은 민족의 삶을 왜곡시켜온 사회구조의 모순이 이데올로기에 의해 다시 왜곡되면서 해체되는 과정에 해당된다. 이러한 인식은 분단상황에 대한 정치적인 차원의 논의가 갖는 논리적 허구성을 지적할 수 있는 근거를 제공하고 있다. 그는 대하 장편소설 〈태백산맥〉을 1983년에 집필하기 시작해 1989년에 완간했다. 이 작품은 분단극복의 의미를 적극화하기 위해서 민족 사회의 내재적인 모순을 철저하게 비판하는 자세를 견지하고 있다. 이 소설은 해방 직후의 이념적 혼란에서부터 6·25전쟁에 이르기까지 격동의 시기를 중심으로 한국사회 내부에 은폐되어 있는 구조적 모순을 규명하는 데에 상당한 노력을 기울인다. 이데올로기 문제에 내재해 있는 역사적인 모순의 극복 없이는 분단극복이 가능하지 않다는 사실을 명확하게 제시하고 있는 이 작품은 분단극복을 위한 문학적 성과의 하나로 평가되고 있다. 일제 식민지 시대의 민족투쟁과 삶의 과정을 대하적으로 구성한 〈아리랑〉도 그의 대표작으로 꼽힌다. 중요 작품집으로는 《황토》《유형의 땅》《불놀이》 등이 있으며, 1999년에는 《조정래문학전집》(전9권)이 출간되었다. 1981년 현대문학상, 1983년 대한민국문학상, 1991년 단재문학상 등을 수상했다.

〈태백산맥 太白山脈〉 조정래의 대하역사소설. 1983년부터 1989년까지 한길사에서 출간되었다. 이전의 휴머니즘적 이데올로기에 머물러 전쟁의 비인간성에 초점을 맞추던 분단과 전쟁 소재 소설과 달리 분단의 과정, 전쟁의 의미를 분단극복의 시각에서 총체적으로 형상화한 작품이다. 주요 등장인물의 삶은 다음과 같다. 김범우는 광주사범을 졸업한 후 학도병에 끌려가나 탈출, 미첩보기관 OSS요원으로 훈련을 받는다. 해방 후 귀국해 순천중학교 교사가 되고, 전남지역 빨치산 토벌과정에서 수많은 인명살상이 일어나자 서울로 대학진학, 김구 방식의 민족주의 노선을 걷는다. 염상진은 숯장수 염무칠의 아들로 광주사범에 진학한 후 좌경화, 남로당에 입당해 지하조직을 꾸린다. 여순반란사건 이후 조계산에 잠복해 빨치산 활동에 가담한다. 벌교읍 군당위원장이다. 안창민은 염상진의 오른팔격으로 논리적이고 침착·예리한 성품을 지녔다. 광주사범 출신의 북국민학교 교사이며 지주의 아들이지만 해방 후 토지를 소작인에게 무상분배한다. 정하섭은 벌교읍 술도가집 정현동의 아들이다. 남로당 중앙당의 특별교육을 받은 후 지리산·백운산 등지에서 빨치산 활동을 하며 무당의 딸 소화와 사랑하는 사이이다. 담양 지주의 막내 고명딸인 이지숙은 남국민학교 여교사로서, 안창민을 동지로서 사랑한다. 벌교읍 여맹위원장이다. 하대치는 나주벌 대지주 송진사댁의 가복 출신으로 키가 작지만 뼈대가 굵고 힘이 세다. 염상진의 충실한 부하이며 가장 활발한 성격의 소유자로 전형적인 민중적 빨치산 전사라고 할 수 있다. 이학송은 《해방일보》 기자로 진보적 지식인이다. 최익승은 보성·벌교지구 국회의원으로 해방 직후 한민당과 결탁한 지주이자 사업가이다. 전쟁 중 군수물자를 빼돌려 치부하는 전형적인 정치모리배로 그려진다. 정현동은 술도가집 사장으로 땅에 대해 미련할 정도의 애착을 가짐으로써 결국 소작인의 손에 맞아 죽는다. 심재모는 벌교지구 제1대 계엄사령관이다. 합리적인 사리판단으로 소작인들의 고충을 이해하고 지주들의 속물근성을 저주한다. 빨치산과 연락했다는 비방으로 영창생활을 하기까지 한다. 염상구는 염상진의 동생으로 형에 대해 열등감과 적개심을 가진 인물이다. 벌교 주먹세계의 '오야봉'에서 청년단의 감찰부장을 거쳐 청년단장·방위대장에 이른다. 빨치산 강동식의 아내 외서댁을 겁탈하기도 하며, 비상한 책략으로 숯공장 딸 윤옥자를 아내로 맞아들일 정도로 영악하고 잔인한 면모를 보인다. 김범준은 김범우의 형으로 일제치하에 독립운동에 투신, 6·25 때 인민군 서남지구 사령관으로 벌교에 나타난다. 빨치산들에 대한 인간주의적 시각에서 벗어나 그들의 역사적 정당성과 필연성을 새롭게 조명한 것이 기존의 분단소설을 한 단계 뛰어넘는 점으로 평가받는 작품이다. 더불어 분단의 원인을 외부적 요인에서 찾기보다는 내부적 요인에서 찾으려 했다는 데에서 조정래의 작가의식은 더더욱 새로운 것으로 받아들여지고 있다.

조종현 趙宗玄 1906~1989 시조시인. 본명 용제龍濟, 호 철운鐵雲·벽로碧路. 전남 고흥 출생. 일본 주오불전 대교과 및 주오불교연구원 유식과 졸업. 1927년《조선일보》에 동요〈엄마 가락지〉〈숨바꼭질〉, 시조〈생사관공生死觀空〉을 발표해 등단했다. 주요 작품으로〈천애의 고아〉〈파고다의 열원〉〈어머니의 무덤가에〉〈가을 비 가을 바람〉 등이 있으며 시조집《자정의 지구》를 간행했다. 1930년대 이후의 시조발전에 기여했으며, 이태극李泰極과 함께《시조문학》을 발간했다. 역서로《관음경》《아미타경》 등이 있다.

조중환 趙重桓 1863~1944 신소설작가. 호 일재一齋. 서울 출생. 1906년경부터 10년 동안〈쌍옥루雙玉淚〉〈불여귀不如歸〉〈장한몽長恨夢〉 등의 작품을 번안·개작했고,〈국菊의 향香〉〈단장록〉〈비봉담飛鳳潭〉 등의 신소설 작품을《매일신보》에 연재했다. 평소에 연극에도 관심을 가져 윤백남尹白南과 함께 극단 문수성文秀星을 창립하고, 1912년 최초의 희곡〈병자3인病者三人〉을《매일신보》에 연재했다. 대부분 일본작품을 번안했으며, 문장이 유창해서 독자들에게 인기를 끌었다.

〈장한몽 長恨夢〉 조중환의 번안소설. 3권 2책. 1913년《매일신보》에 연재되었던 작품으로 일본의 작가 오자키 코요尾崎紅葉의〈금색야차金色夜叉〉가 원작이다. 연애소설로 후반부에서는 작자의 창의가 가미되어 원작보다 내용이 풍부해졌다. 이수일과 심순애의 비련을 그린 이 작품은 물질적 가치에 대항할 수 있는 사랑의 힘을 그 주제로 하고 있는데, 주인공 이수일과 심순애의 이름은 지금까지도 사람들 입에 오르내리고 있다. 이것은 순한국적 배경과 유형으로 개작되어 수많은 개화기의 독자를 얻은 통속 번안소설로 신문연재 애정소설에 적지 않은 영향을 준 작품이기도 하다. 특히 당시에 크게 유행하던 신소설과 고소설을 압도하고 소설과 연극으로 신문학 최초의 베스트셀러가 되었던 점은 특기할 만하다. 따라서 이 작품은 신소설의 퇴조와 함께 이후의 통속적 애정소설의 등장을 재촉했으며, 연극에서도 이후 신파극의 대명사가 될 정도로 그 파급효과가 컸던 작품이다.

조지훈 趙芝薰 1920~1968 시인. 본명 동탁東卓. 경북 영양 출생. 혜화전문 졸업(1941). 1939년《문장》에〈고풍의상古風衣裳〉〈승무僧舞〉, 이듬해〈봉황수鳳凰愁〉 등이 추천완료됨으로써 등단했다. 이 추천작품들은 한국의 역사적 연면성을 의식하고 고전적인 미의 세계를 찬양한 내

용들이 주류를 이루고 있다. 〈고풍의상〉에서는 전아한 한국의 여인상을 표현했고, 〈승무〉에서는 승무의 동작과 분위기가 융합된 고전적인 경지를 노래했다. 그리고 〈봉황수〉에서는 주권상실의 슬픔과 민족의 역사적 연속성이 중단됨을 고지시키고 있다. 1941년 오대산 월정사에서 불교전문강원 강사를 지냈고, 불경과 당시唐詩를 탐독했다. 1942년에 조선어학회 《큰사전》 편찬위원이 되었으며, 1946년에 전국문필가협회와 청년문학가협회에 가입해 활동하기도 했다. 1947년부터 고려대 교수로 재직했고, 6·25 때는 종군작가로 활약한 경력이 있다. 만년에는 고려대학교 민족문화연구소 초대소장으로《한국문화사대계》를 기획, 이 사업을 추진했다. 조지훈의 작품 경향은 《청록집靑鹿集》《풀잎 단장斷章》《조지훈시선》의 작품들과 《역사 앞에서》의 작품들로 대변된다. 박목월朴木月·박두진朴斗鎭과 더불어 공동으로 간행한《청록집》의 시편들에서는 주로 민족의 역사적 맥락과 고전적인 전아한 미의 세계에 대한 찬양과 아울러 선취禪趣의 세계를 노래했다. 〈고사1〉〈고사2〉〈낙화洛花〉가 그 대표적인 예이다. 이들 시편에 담긴 불교적 인간의식은 사상적으로 심화되지 않고 한유閑悠의 미에 머물고 있기는 하나, 유교적 도덕주의의 격조 높은 자연인식 및 삶의 융합을 보인다는 점에서 시문학사적 의의가 있다고 평가받고 있다. 이 시집으로 박두진·박목월과 더불어 세칭 '청록파 시인'이라 불려졌다. 6·25동란 때에는 종군작가로 활동, 1952년 첫번째 시집 《풀잎단장》을 발간하고, 1956년《조지훈시선》을 발간했다. 이들에 실린 시편들은《청록집》에서 보인 전통지향적 시세계를 심화시켰다는 점에서 의미를 가지고 있다. 그러나 1957년 발간한《역사 앞에서》는 일대 시적전환을 보이고 있는데, 종래의 시들에서 나타난 시세계와는 달리 현실에 대응하는 시편들이 주류를 이루고 있다. 광복 당시의 격심한 사상적 분열현상과 국토의 양분화 현실 및 6·25라는 역사적 소용돌이 속에서의 분노를 표현한 작품으로는 〈역사 앞에서〉〈다부원多富院에서〉〈패강무정浿江無情〉 등이 있다. 특히 〈다부원에서〉는 전쟁의 참상을 사실적으로 묘사한 시로서 동족상잔의 비극적 국면이 절실하게 나타나 있다. 기타 저서로는 시집 《여운餘韻》과 수상록《창에 기대어》, 시론집 《시의 원리》, 수필집 《시와 인생》, 번역서 《채근담菜根譚》 등이 있다. 또한 후기에는 시작보다는 민족문화 개발에 주력하며, 《한국문화사서설》《신라가요연구논고》《한국민족운동사》 등의 중후한 논저를 남겼다. 1996년에는 시뿐만 아니라 다양한 분야에 걸친 그의 저작들을 한데 모은《조지훈전집》(전9권)이 간행되었다.

〈승무 僧舞〉 조지훈의 시. 1939년《문장》에 추천·발표된 작품이다. 그뒤 1946년에 발간된《청록집》에 약간의 수정을 거쳐 수록되었으며, 1952년《풀잎 단장》과 1956년 《조지훈시선》에도 재수록되었다. 섬세한 미의식과 불교세계에 대한 그의 관심을 잘 나타내고 있으며 약 250편이나 되는 그의 시중에서 가장 널리 알려진 작품이라 할 수 있다. 이 작품에는 그의 추천시기의 주된 경향인 사라져가는 민족정서에 대한 아쉬움이 그대로 표출되어 있다. "얇은 사紗 하이얀 고깔은 고이 접어서 나빌레라"로 시작되는 이 시는 1연이 각 2행씩 9연으로 구성된 작품으로서, 승무를 추는 배경이 먼저 설정되고 다음으로 승무가 진행되는 순서에 따라 동작이 변화되어가는 모습이 제시되고 있다. 그리고 승무의 동작에 비례해 그 어조와 정서가 상승되고 있다. 이 작품에서의 기법상의 두드러진 특색은 우선 시어의 세심한 선택과 감탄형 종결어미의 적절한 사용을 들 수 있다. 뿐만 아니라 율격도 처음부터 급박하지 않고, 조용하면서도 극적으로 차차 변화되어가는 승무의 과정과 잘 어울리고 있다. 또한 작중화자의 태도가 완상자적 관점玩賞者的觀點 혹은 관조적 거리를 적절하게 유지하고 있는 점도 특징 중의 하나이다. 즉, 지나친 거리조정이나 지나친 영탄은 피하면서 간간이 감탄과 탄성을 발하고 있는 것이다. 이 시는 〈고풍의상〉과 함께 그의 초기 시의 경향을 대표하는 것으로 평가되고 있다.

조철규 趙哲圭 1949~ 시조시인 · 아동문학가. 호 우백祐伯. 경북 청송 출생. 동국대 미술과 졸업. 1980년 《불교신문》 신춘문예 시조부문에 〈무미지담無味之談〉이 당선되어 등단했다. 1983년 《아동문예》에 동시 〈봄바람〉 〈여름 소나기〉 등으로 신인상을 수상했다. 시조집에 《비워 두면 되리라》, 시집에 《가난한 행복》, 동화집에 《어머니, 태어나기 전에 나는 누구여요》 《아빠 손, 엄마 품》 등이 있다.

조태일 趙泰一 1941~1999 시인. 호 죽형竹兄. 전남 곡성谷城 출생. 경희대 국문과(1966) 및 동 대학원 졸업(1973). 1964년 《경향신문》 신춘문예에 시 〈아침 선박船舶〉이 당선되어 등단했다. 이후 《신춘시》 동인으로 활약하며 〈눈깔사탕〉 〈필요한 피〉 〈홍은동의 뻐꾹새〉 〈식칼론〉 〈반란하는 빛〉 〈국토〉 등의 작품을 발표했다. 1970년까지 《시인》 주간을 지냈으며, 민족문학작가회의 상임이사 등을 역임했다. 1999년 광주대 예술대학장으로 재직하던 중 간암으로 사망했다. 시집으로 《아침 선박》 《식칼론》 《연가戀歌》 《풀꽃은 꺾이지 않는다》 《혼자 타오르고 있었네》, 연작시집 《국토》 《가거도》 등과 시론집 《살아 있는 시와 고여 있는 시》 《민중언어의 발견》 《분단과 50년대 시의 현재성》 등이 있다. 그의 시는 등단 시절부터 사람답게 사는 세상을 노래하고 이를 방해하는 요소들에 대한 저항을 담고 있다. 〈야전국 딸기밭가의 이야기〉와 같은 초기 시에서는 원시적인 삶에 기초한 순수한 세계를 보여주는데, 이는 인위적인 제도나 허위 · 위선 · 구속 등이 없는 건강한 세상에 대한 갈구 때문이다. 이러한 순결성이 파괴된 현실 앞에서 그는 절망과 패배감이 아닌 우리라는 연대의식을 통해 사람다운 세상을 만들고자 한다. 진실을 은폐하려는 기도에 당당히 맞서는 태도와 민중적 연대감의 획득은 그가 개척한 70년대 참여시의 한 차원이다. 특히 삶의 순결성을 유린하는 제도적인 폭력에 맞서서 쓰여진 〈식칼론〉은 시대적 삶에 대응하는 시인의 자세와 역사의식을 잘 드러내는 작품이다. 시집 《국토》는 반공이데올로기의 폭력과 허구성을 드러내는 한편으로 통일의 의지를 담은 걸작으로 꼽힌다. 시집 《가거도》에서는 반성을 통한 자기확인과 민중적 삶에 대한 새로운 깨달음을 보여주고 삶의 내적 충일을 통한 힘의 발견에 주목했다. 편운문학상, 전남문학상, 만해문학상 등을 수상했다.

조해일 趙海一 1942~ 소설가. 본명 해룡海龍. 중국 만주 출생. 경희대 국문과 및 동 대학원 졸업. 1970년 《중앙일보》 신춘문예에 〈매일 죽는 사람〉이 당선되어 등단했다. 이

후 중편 〈아메리카〉, 단편 〈이상한 도시의 명명이〉 〈통일절 소묘〉 〈맨드롱 따또〉 〈뿔〉 〈전문가〉 〈심리학자들〉 〈내 친구 해적〉 〈임꺽정〉 〈무쇠탈〉 〈1998년〉 등을 발표, 70년대의 유망한 문제작가로 급성장했다. 그의 소설의 특징은 우선 〈방〉 〈매일 죽는 사람〉 〈뿔〉 등의 작품에서 볼 수 있듯이 일상적 삶으로부터 일탈한, 60~70년대 도시 변두리의 궁색한 하층민들의 삶을 반어적으로 형상화하고 있다는 점에서 찾을 수 있다. 또 다른 특징은 〈자동차와 사람이 싸우면 누가 이기나〉 〈심리학자들〉 〈멘드롱 따또〉 등을 통해 변주되고 있는, 사회에 만연한 유형 · 무형의 폭력에 대한 작가의 관심이다. 그는 보이지 않지만 크고 나쁜 권력에 대해 온 시민이 궐기해야 한다는 투쟁론을 피력하지만, 이러한 논리는 극단적으로 단순화된 대립구도를 통해 우의적인 방식으로 발현된다. 중편 〈아메리카〉는 미군부대 기지촌을 중심으로 일어나는 이야기를 통해 폭력의 사회적 문제들을 보다 가시적으로 제시하고 있으며, 분단을 추상적으로 파악하지 않고 실존적으로 이해한다는 점에서 조해일의 다른 소설들과 구별된다. 또한 〈통일절 소묘〉 〈1998년〉은 미래소설적 착상으로 평화로운 세계에 대한 소망, 혹은 전율적인 폭력체제에 대한 고발을 표현했고, 〈임꺽정〉에서는 이러한 현실에 저항하는 반역아의 고민을 역사소설적 삽화로 이야기해 주었다. 창작집으로 《아메리카》 《왕십리》 《겨울여자》 《매일 죽는 사람》 《우요일 雨曜日》 《지붕 위의 남자》 《엑스》 《임꺽정에 관한 일곱 개의 이야기》 등이 있다.

〈아메리카〉 조해일의 중편소설. 1972년 《세대》에 발표된 작품으로 한국사회의 구조적 취약성을 근본적으로 해부한 역작으로 평가되고 있다. 주인공 '나'는 제대 후 숙부가 경영하는 기지촌의 홀에 취직한다. 양부인과 다름없는 댄서들과 환락의 생활에 젖어 있던 나는 그녀들의 허황하면서도 고통스러운 삶의 양식을 목격하고 기지촌의 생계가 미군들을 상대로 돈을 버는 댄서들의 수입에 의존하는 기생적 경제구조임을 깨닫는다. 미군의 무자비한 린치로 목숨을 잃는 댄서들이 나오고 그럼에도 댄서 지망자들이 계속 늘어난다는 암울한 현실을 거듭 확인한 나는 서울에 가서 취직하겠다는 뜻을 버리고 그녀들과 함께 생활할 것을 결심한다. 때마침 이 마을을 휩쓴 장마가 걷히자 그들은 새로이 각성된 삶을 향해 힘차게 일어나는 것이다. 작자는 이 작품에서 한국사회의 구조가 피식민지적 상태에 매몰되어 있으며, 한국인의 비극적인 양상이 여기에서 연유한다는 것을 분명히 지적하고 있다.

〈왕십리 往十里**〉** 조해일의 중편소설. 1974년 《문학사상》에 발표되었다. 준태는 집안의 반대로 첫사랑인 정희와의 결합이 실패하자 폭력세계에 뛰어들어 활동하다가 손 씻고 새롭게 살아가려는 인물이다. 준태의 첫사랑 정희는 엄청난 신분차이로 준태와의 결합이 이루어지지 않자 미나리꽝 장사치인 윤충근에게 시집간다. 창녀인 윤애는 준태와 사랑에 빠져 살림을 차리나 준태의 죽음으로 다시 혼자가 되는 인물이다. 이 작품은 인간을 현실적 상황에 맞서게 하는 꾸준한 긴장을 수반한다. 조해일의 소설은 작가의 경험적 현실에 바탕을 둔 것이라 할지라도 분명한 사실을 드러내지 않는다. 따라서 작품에서의 긴장은 고조된다. 소설적 의

미의 극도의 함축성이 여기서 비롯된다. 이 작품에서는 인생의 질감을 느낄 수 있게 하는 요소를 보여준다. 뛰어난 관찰력과 세부적인 묘사, 독특한 언어구사와 섬세한 문체가 그 요소를 전달한다. 작가의 소설적 기법은 모든 현학적인 심각성을 거부하면서도 일종의 유쾌한 의아감을 느끼게 하며, 한편으로는 인간의 참모습을 인식할 수 있게 하는 극적인 창의성을 보여준다. 결국 그는 아무것도 회피하지 않는다. 우리들이 처해 있는 현실적인 고뇌에 어떤 출구를 마련해주지는 않지만 그러한 고뇌를 반사해주는 여러 가지 징후를 드러낸다.

종각 鍾閣 → 박영준朴榮濬

종생기 終生記 → 이상李箱

주요섭 朱耀燮 1902~1972 소설가. 호 여심餘心. 평양 출생. 중국 호강대를 거쳐 미국 스탠퍼드대 대학원 졸업(1929). 1921년 《매일신보》에 단편 〈깨어진 항아리〉가 입선되어 등단했다. 이후 자연주의적 경향의 단편 〈추운 밤〉을 《개벽》에 발표하면서 본격적인 작품 활동을 시작했다. 1931년 동아일보사에 입사해 《신동아》의 주간으로 일하다가 1934년 중국의 북경 푸렌대 교수로 취임했다. 1943년 일본의 대륙 침략에 협조하지 않는다는 이유로 추방령을 받아 귀국했다. 1946년부터 1953년 사이 상호출판사相互出版社의 주간과 《코리아 타임스》의 주필을 역임했다. 1953년부터 경희대 교수로 재직하면서, 1954년부터는 국제펜클럽 한국본부 사무국장, 1961년 코리안리퍼블릭 이사장, 1968년 한국문학번역협회 회장 등을 역임했다. 한편, 1959년에는 독일 프랑크푸르트에서 열린 국제펜클럽 제30차 세계작가대회에 한국대표로 참가했고, 1963년 미국의 미주리대학 등 6개 대학에서 '아시아 문화 및 문학'을 강의하기도 했다. 경희대 교수로 20년을 채우는 해에 도미하기 위해 수속을 밟던 중, 전신통증으로 병상에 눕게 되었으며 심장마비로 사망했다. 유작으로 1962년 발간한 단편집 《미완성》이 있고, 그 밖의 여러 중·단편들과 영문소설 〈Kim Yu Shin〉 〈The Frost of the White Rock〉 등의 영문소설도 있다. 1921년부터 1927년까지 그의 전기 작품들이라고 할 수 있는 단편 〈추운 밤〉 〈죽음〉 〈인력거군〉 〈살인〉, 중편 〈첫사랑 값〉, 희곡 〈토적군〉, 단편 〈개밥〉 〈사랑의 값2〉 등을 계속 발표하는 한편 시도 쓰기 시작해 〈이상理想〉 〈물결〉 〈진화進化〉 〈자유〉 〈넓은 사랑〉 등을 발표했다. 신경향파작가라는 이름을 얻은 〈인력거군〉의 주인공 아찡이의 인력거를 끄는 리얼한 장면은 특히 인상적이며, 〈살인〉 〈개밥〉 등의 단편도 모두 빈민층의 빈곤과 그 생활상을 사실적 기법으로 그렸으나 그 밑바닥에는 강렬한 휴머니즘이 깔려 있고, 이 무렵의 시작품에서도 짙은 휴머니티를 엿볼 수 있다. 휴머니즘을 바탕으로 한 그의 리얼리즘 기법은 장편 연재소설인 〈구름을 잡으려고〉에서 절정에 도달했다. 20세기초에 미국 이민으로 간 것이 자기도 모르게 노예가 되었으나 탈출해 교통사고로 죽기까지의 과정을 그려, 미주美洲 이민의 참담하고 고통스러운 생활상을 그린 그의 대표작이다. 그의 작품 활동의 전성기는 단편 〈사랑 손님과 어머니〉 〈대서代書〉 〈아네모네의 마담〉 〈추물醜物〉, 중편 〈미완성未完成〉 〈봉천식당〉 등을 발표한 1930년부터 1937년까지의 시기이며, 이러한 작품들은 애정의 세계로 승화한 애틋하고 소박한 경지로 발전한 것이다. 〈사랑 손님과 어머니〉는 신경향파적인 것에서 탈피한 작품으로, 어린 딸을 서술자로 내세워 어른들의 애정심리를 묘사한 것이며, 〈아네모네의 마담〉 역시 애정세계를 그린 예술적 향기가 짙은 작품이다. 1946년부터 1958년까지의 시기에는 단편 〈대학교수와 모리배〉〈잡초〉〈해방1주년〉 등을 발표하면서 광복 후의 무질서와 혼란을 고발하고 비판하면서 사회의식을 각성하고 자아의 자각을 탐색해 나갔다. 그후 만년에는 〈열 줌의 흙〉〈여대생과 밍크코우트〉〈죽고 싶어하는 여인〉 등을 통해 삶과 죽음의 문제, 인간다운 삶의 문제 등을 다루었다. 그의 작품 경향은 크게 빈민층의 빈곤상과 그 삶을 리얼리스틱한 기법으로 보여준 1920년대의 작품과 인간의 정적인 내부세계를 통해 인간의 아름다움과 슬픔을 그리려고 했던 1930년대 자연주의적 작품으로 구분하는 것이 일반적이다.

〈사랑 손님과 어머니〉 주요섭의 단편소설. 1935년 《조광》에 발표된 작품으로 작자의 대표작으로 꼽힌다. 어린 딸을 화자로 내세워 어른들의 심리를 그린 것으로, 서정적이고 예술적인 향기가 짙은 가작이다. 어머니와 단둘이서 사는 옥희의 집에 어느 날 아버지의 친구였다는 아저씨가 하숙을 하게 된다. 아저씨하고 옥희는 금방 친해져서 뒷산에 놀러 가는데, 돌아오는 길에 유치원 친구가 "아버지하고 어디 갔다 오는구나" 하고 말한다. 옥희가 아저씨한테 아버지가 되어 주셨으면 좋겠다고 말하니까, 아저씨는 얼굴이 빨개진다. 옥희는 어머니를 기쁘게 하려고 유치원에서 꽃을 가져다가 어머니에게 준다. 그러나 갑자기 멋쩍어져서 "사랑방 아저씨가 갖다 주라구 했다"고 거짓말을 하자, 어머니의 얼굴이 빨개진다. 며칠 후, 아저씨는 예쁜 인형을 꺼내 주면서 멀리 떠나버린다. 어머니는 내 손을 잡고 뒷동산으로 올라가 아저씨가 탔을 기차가 멀리 사라지는 것을 바라본다. 그리고 내가 가져다준 꽃도 내다 버린다. 옥희는 어머니의 슬픈 듯한 얼굴을 지그시 쳐다볼 뿐이다. 이 단편소설은 1930년대 한국소설 가운데 걸작으로 평가되며, 현대 소설사에서 중요한 위치를 차지한다. 이 작품의 주제는 인습과 기성 윤리에 얽매어 좌절하는 이성간의 사랑이다. 이 작품에서 남녀 사이의 감정은 여섯 살짜리 어린아이 옥희를 통해서만 교류된다. 두 사람은 상대를 직접 보지 못하는 대신 옥희에게 상대에 대해 묻고, 옥희에게 애정을 쏟는다. 서술자인 옥희는 두 남녀의 감정을 매개하고 관찰하지만 해석자는 아니다. 이 소설은 그때까지의 한국소설이 계몽수단이거나 계급투쟁 또는 민족운동의 방편으로 쓰여온 반면, 그런 방편에서 탈출해 소설이 감당하는 정서의 세련성을 갖추고 있다. 또한 관찰자 화자의 시점을 알맞게 설정함으로써 성공을 거두고 있다.

〈아네모네의 마담〉 주요섭의 단편소설. 1936년 《조광》에 발표되었다. 다방 마담으로 있는 영숙은 손님 가운데 전문학교에 다니는 한 학생에게 마음이 끌린다. 그 학생은 다방에 와서 한쪽 구석에 조용히 앉아 있거나, 슈베르트의 〈미완성교향곡〉을 들려달라는 쪽지를 보내오기도 했다. 영숙은 그 학생이 자기를 사랑하고 있지만 용기가 없어서 고백을 못하는 것으로 생각하고, 그 학생으로 하여금 말을 걸 수 있는 계기를 만들어 주려고 노력하지만 뜻대로 되지 않는다. 하루는 그 학생이 친구와 둘이서 나타나 〈미완성교향곡〉을 듣다가 성난 호랑이처럼 달려와 레코드판을 깨어버린다. 놀란 영숙에게 그 전문학교 학생의 친구가 전후 사정을 들려준다. 사실인즉, 학생은 교수의 부인을 사랑했으나 기성윤리가 그것을 허용하지 않았기 때문에 드러내놓고 사랑할 수 없었는데 그 교수 부인이 병원에 입원해 있다가 오늘 숨졌다는 것이다. 그래서 전문학생은 심한 좌절감과 슬픔에 빠져 그런 격렬한 행동을 했다고 밝힌다. 그제서야 아네모네의 마담 영숙은 그 학생이 자기를 사랑한 것으로 착각했음을 알고 서글픈 심정에 빠진다는 내용이다. 이 소설은 주요섭 소설의 변모단계 2기에 해당하는 작품으로, 남녀간의 사랑의 감정을 조명한 작품이다. 〈사랑손님과 어머니〉〈추물〉〈왜 왔던고〉 등과 비슷한 시기에 발표된 작품으로 남녀간의 섬세한 사랑의 감정을 조용한 자세로 관찰하고 그것을 독자에게 제시하고 있다.

주요한 朱耀翰 1900~1979 시인. 호 송아頌兒. 필명은 벌꽃·낙양落陽. 평양 신양新陽 출생. 일본 메이지학원과 제일고교 졸업. 그의 문단 활동은 1917년 《청춘》에 낙양이라는 필명으로 소설 〈마을집〉을 투고하면서부터 시작되었고, 1919년 김동인金東仁과 함께 최초의 순문예동인지 《창조》를 발간하면서 본격화되었다. 대학재학시 상해의 《독립신문》 기자로 활동하기도 했다. 귀국 후 《동아일보》와 《조선일보》의 편집국장 및 논설위원을 지냈고, 일제 말기에는 실업계에 투신해 화신상회의 중역으로 있었다. 광복 후에는 흥사단에 관계하는 한편, 대한상공회의소 특별위원, 대한무역협회 회장, 국제문제연구소장, 민주당 민의원 초선 및 재선, 4·19 당시는 부흥부장관 및 상공부장관을 역임했고, 5·16 후에는 경제과학심의회 위원, 대한일보사 사장, 대한해운공사 대표이사 등을 지냈다. 주요 작품으로 창작소설에 〈마을집〉, 번역소설로 〈밤〉이 있고, 저서에 《아름다운 새벽》《복사꽃》《3인시가집三人詩歌集》《자유의 구름다리》《안도산 전서安島山全書》 등이 있다. 〈불놀이〉〈아침 처녀〉〈빗소리〉는 그 자신이 뽑은 대표작이다. 그는 미국의 시인 W. 휘트먼과 일본 낭만파 시인들의 영향을 받았으나, 낭만적 격렬성이나 심각성은 없고 전원과 자연을 구가한 맑고 서정적인 세계를 읊었다. 〈불놀이〉는 우리 나라 최초의 자유시로 평가되고 있는데, 그 이전 1918년 발표된 황석우黃錫禹나 김억金億 등의 시들이 최초의 자유시라는 주장도 있다. 작품에서 〈생生과 사死〉〈모든 것이 갈대〉〈앵두〉〈달속의 옥토끼〉〈아침 황포강에서〉〈전원송田園頌〉〈채석장採石場〉〈빗소리〉 등을 대표작으로 꼽는다. 그의 작품은 초기에는 내용에 있어서 낭만적이고 표현방법에 있어서는 상징적이었으나, 점차로 민족문학의 제창과 함께 모국어에 대한 그리움과 사랑을 모태로 하는 향토적이고 민요적인 서정시로 변모했다. 또한 광복 후에는 정치와 경제분야에 관여함에 따라 그에 관한 논문들을 많이 발표했다. 그는 한국근대시의 형성기에 그 선구자적 공적을 남긴 시인으로 평가되고 있다.

〈불놀이〉 주요한의 산문시. 원제는 〈불노리〉이다. 1919년 동인지 《창조》 창간호에 발표된 작품으로, 1924년 첫번째 시집 《아름다운 새벽》에 수록되었다. 이 시의 배경은 4월 초파일에 대동강에서 벌어진 불놀이 장면이다. 화자인 젊은이는 이 불놀이를 바라보면서 흥겹게 노는 군중에서 떨어져 앉아 죽은 애인을 그리워하며 애상에 젖는다. 그리고 자신의 슬픔에 공감하지 않는 사물과 사람들 때문에 괴로움을 느낀다. 그런데 이 혼자만의 슬픔과 '강렬한 정열에 살고 싶다'는 소망이 이율배반적인 갈등을 일으키다가 마지막에는 '확실한 오늘을 놓치지 말라'는 명령적인 단정을 내림으로써 삶의 의지를 회복한다는 내용이다. 즉, 대동강 불놀이의 서경과 화자의 주관과의 교차를 통해 그의 시대적인 아픔과 압박받는 현실에 대한 민족적인 비애 및 우울한 심금을 상징적으로 노래하고 있다. 최남선崔南善의 〈해에게서 소년에게〉가 보다 일반적인 사회성을 띠고 그 표현도 다분히 계몽적·설교적인 데 반해 〈불놀이〉는 주관적인 개인의 감정을 객관적인 사물로 변형시키고 있다. 비록 〈불놀이〉의 상징적 기법이 프랑스 상징시의 데카당한 기분만을 전달하는 데 그치기는 했으나, 상징주의를 이 땅에 전하는 데 중요한 구실을 했다. 또한, 상징시의 영향 아래 다른 시들이 가지는 리듬의 단조로움과 영상의 단일성을 깨뜨리고 다양하고 복잡한 가락을 넣어서 종래의 우리 시가 가지는 형식이나 기본 율조를 거부하고 있다. 전체 5연 35행으로 이루어진 이 시는 언뜻 보기에는 산문의 형태를 취한 듯하지만 좀더 자세히 율독하면 3·4음절을 율격 단위로 한 3음보의 자유시임을 알 수 있다. 따라서 이 작품은 시 형태면에서 보여준 자유스러운 형식과 표현에 있어서의 상징적 기법과 대담성 때문에 근대시의 조건을 거의 완벽하게 구비한 것으로 평가되고 있다. 다만 최근에 근대시로서의 특징을 갖춘 시는 〈불놀이〉 이전에도 수편이 발표되었다는 주장에 따라 이 시에 주어진 최초의 자유시로서의 문학사적 의의는 재고되고 있다.

주정주의 主情主義 인간의 정신활동에 있어서 이성이나 의지보다도 감정·정서를 중시하는 경향. 주지주의에 대비되는 말로서 낭만주의가 이 태도를 대표하는 문학사조이다. 공통개념적인 지성에 대해서 어디까지나 개인적인 감정을 우위에 두는 것이므로 당연히 개인주의적이며, 자연 속에서도 인간의 감정이 통함을 인정해 꽃이 웃고 새들이 노래하는 것처럼 느낀다. 이 계통의 문학에서는 정열의 밀도가 그 작품의 가치를 결정하는 중요한 요소가 된다. 주지주의가 사건의 객관적 처리·묘사, 플롯의 건축적 구성, 문체의 견고와 명징성에 그 역점을 두는 것이라면 주정주의는 그와 대조를 이룬다. 즉 주정주의 문학에 있어서는 빈번하게 작자 자신이 사건이나 행동에 개입해 주관적인 발언도 서슴치 않는다. 우리 나라의 주정주의 문학은 신문학사상 초기에 해당되는 이광수李光洙의 대표작 〈무정無情〉에서 발아되기 시작, 김동인金東仁을 거쳐 1920년대 《폐허》《백조》 문학에 이르러 성행했다.

주지주의 主知主義 지적 작용을 창작의 원동력으로 하는 관점. 감각이나 정서보다 이지理智를 중시하는 태도로 감정을 상위에 두는 주정주의主情主義나 의지를 상위에 두는 주의주의主意主義와 대립된다. 주지주의는 첫째 지성의 절대적 우위, 둘째 탐미주의 및 주정주의의 반대, 셋째 전통적 질서의 회복과 현대문명의 위기극복이라는 세 가지 기본적 특성을 가지고 있다. 우리 나라에서 주지주의를 이론면에 본격적으로 도입한 비평가는 최재서崔載瑞였으며, 1934년 김기림金起林이 시의 낭만주의적 요소인 감정의 자연발생적 노출이나 사상의 흥분상태를 지양하고 시작 자체의 의식성을 강조하는 시의 기술주의技術主義를 주장하면서 형태화되었다. 1930년대 주지주의의 대표적인 시인들로는 정지용鄭芝溶 · 김광균金光均 · 장만영張萬榮 · 장서언張瑞彦 등이 있으며, 1950년대 김수영金洙暎 · 박인환朴寅煥 · 김경린金璟麟 등과 《후반기》 동인들에 의해 다시 주지주의 시운동이 전개된다. 도식성을 벗어나 어느 정도 개성적 색채를 띠면서 주지주의의 시들이 개화한 것은 1950년대 하반기부터이며, 1960년대의 《현대시》《신춘시》 동인들은 1930년대의 주지주의 시가 상실했던 상징적 내면의식과 초월의식을 형상화하려 했다.

주태익 朱泰益 1918~ 극작가. 평남 대동 출생. 평양신학교 예과 수료(1940). 1947년 희곡 〈향香〉을 극단 중앙무대를 통해 상연하고 등단했다. 주요 작품에는 〈별〉〈산타클로스 선물〉〈눈 오는 밤〉 등이 있으며, 1948년 첫번째 작품집 《향》을 간행한 후, 이어 《생명은 샘물처럼》《성탄극 대본집》《이것이 인생이다》《농촌극 대본집》 등을 발간했다. 그의 작품은 주로 인간과 종교의 문제, 인위적인 환락의 허무 등을 추구하고 있다.

증인 證人 → 박연희朴淵禧

지리산 智異山 → 이병주李炳注

지맥 地脈 → 최정희崔貞熙

지성 知性

1) 1958년 을유문화사에서 발간한 계간 문예종합지. 발행인은 정진숙鄭鎭肅. 국판. 창간호에는 시에 조지훈趙芝薰의 〈여음餘音〉, 김춘수金春洙의 〈나목裸木과 시 V〉 외에 6편, 소설에 오상원吳尙源의 〈피어리드〉, 선우휘鮮于輝의 〈견제牽制〉 등과 정병욱鄭炳昱, 이어령李御寧 등의 평론 10여 편, 기타 수필 등이 수록되었다.

2) 1962년 삼중당에서 발간한 월간 종합지. 국판. 통권 4호로 그쳤다.

3) 1971년 지성사에서 발간한 월간 종합지. 변형 국판. 정치 · 시사 · 경제 등의 논문 외에 정한숙鄭漢淑의 단편 〈금어金魚〉, 이호철李浩哲의 〈그해 12월〉, 고은高銀의 시 〈신해가사辛亥歌詞〉 등이 발표되었고, 2호부터는 김동리金東里의 장편소설 〈아도阿刀〉가 연재되었으나, 2권 7호로 종간되었다.

지하촌 地下村 → 강경애姜敬愛

직녀성 織女星 → 심훈沈薰

진달래꽃 → 김소월金素月

질소비료공장 → 이북명李北鳴

찔레꽃 → 김말봉金末峰

ㅊ

차범석 車凡錫 1924~ 극작가. 전남 목포 출생. 연세대 영문과 졸업(1949). 1956년 《조선일보》 신춘문예에 단막희곡 〈귀향歸鄕〉이 당선되어 등단했다. 이후 〈껍질이 깨지는 아픔이 없이는〉 〈산불〉 〈열대어〉 〈대리인〉 〈환상여행〉 〈학이여 사랑일레라〉 등의 역작들을 꾸준히 발표했으며, 1963년부터 1983년까지 20년간 극단 산하山河의 대표로서 한국의 신극新劇을 정착시키는 데 크게 기여했다. 《껍질이 깨지는 아픔 없이는》 《대리인》 《환상여행》 《학이여 사랑일레라》 《산불》 등의 희곡집과 《동시대의 연희인식》 등의 연극평론집을 발간했다. 그의 작품 세계는 리얼리즘의 작품을 전통적으로 심화시켜 한국적인 개성을 창조하는 데 치중하고 있다. 자유당 치하 부정부패의 풍토를 예리하게 파헤친 〈껍질이 깨지는 아픔 없이는〉에서나, 6·25동란으로 젊은이들의 꿈이 무참히 깨져버린 민족수난사를 다룬 〈산불〉 〈학살의 숲〉에서나, 또는 우리 민족의 주체성이 없는 취약점을 풍자한 〈대리인〉 등에 이르기까지 한국적인 개성이 뚜렷하게 나타난 전통적인 리얼리즘의 정신으로 일관해왔다. 예술원상, 대한민국문학상, 동랑연극상 등을 수상했다.

〈산불 山―〉 차범석이 지은 5막의 장막희곡. 1962년 12월 25일부터 29일까지 이진순李眞淳 연출로 국립극단이 국립극장에서 공연해 성공을 거둔 바 있다. 1963년에 《현대문학》에도 게재되었다. 이데올로기에 의한 동족분단과 전쟁의 비참함, 그리고 파괴와 살상을 본질로 하는 전쟁 속에서의 인간의 원형과 존엄성을 묘사해 보려는 데 이 작품의 의도가 있다. 따라서 배경도 6·25동란 기간이고 빨치산이 출몰하는 산촌이 무대가 되고 있다. 6·25동란이 치열한 시기에 산촌에는 청·장년들이 모두 출정해서 여자들만 집을 지키고 있다. 그때 규복이라는 전직교사 출신의 빨치산이 젊은 과부 점례네집에 찾아들어 숨겨달라고 한다. 처음에는 점례가 규복의 협박에 못이겨 대밭에 숨겨주었으나 밥을 날라다주면서 동정심이 생기게 되었고, 점차 두 사람간에는 애욕이 불타기 시작한다. 그런데 이웃 과부 사월이가 이 사실을 눈치채고 점례에게 규복을 공유하자고 제의한다. 이때부터 규복이는 점례와 사월 두 여자와 삼각관계를 이루면서 전쟁과 이데올로기의 고통도 잊은 채 정욕의 화신으로 변한다. 그러나 세 남녀의 원색적 관계도 아군의 토벌작전이 전개되면서 곧 끝날 수밖에 없었다. 즉, 국군은 규복이가 숨어 있는 대밭을 불태웠고, 규복이는 결국 타죽고 만다. 규복이는 공산주의자도 아니면서 전쟁의 와중에 휩쓸려 좌익으로 몰렸고, 결국 참담한 최후를 맞은 것이다. 이상과 같이 〈산불〉은 전쟁 이데올로기극이면서도 토속성 짙은 전형적 리얼리즘 작품이다. 우리 나라 근대극이 그동안 추구해온 것이 본격 리얼리즘이었다고 볼 때, 이 작품이야말로 상당한 수준에 오른 이정표적인 작품이었다고 할 수 있다.

차원재 車元材 1935~ 아동문학가. 호 초강艸江. 함남 출생. 목포사범학교 졸업(1954), 고려대 교육대학원 수료(1997). 1961년 《한국일보》에 〈반달할머니와 금붕어〉를 마해송馬海松의 추천으로 연재하면서 창작 활동을 시작했다. 목포문인협회장, 문교부 교과서 편찬 집필 및 심의위원, 한국교육개발원 도덕과 집필 심의위원으로 활동했으며, 서울시교육청 장학사, 서울 4개 초등학교장 등을 역임했다. 〈잠자는 시계〉를 비롯한 단편동화를 117편 발표했으며, 〈밀물 썰물〉을 비롯 장편동화 13편을 발표했다. 작품집으로 단편동화집 《뿔난 염소》《첼로를 켜는 바람》《고장난 땅》 외에 10권과 어린이 수필집 《어린이 행복은 따로 있다》 외 다수, 시집 《풀꽃과 사랑》이 있으며, 그밖에도 번안동화, 어린이 교육자료집을 많이 펴냈다. 초기에는 재미있는 줄거리, 현실에 밀착한 주인공 어린이를 내세웠다. 그는 주로 익살스럽고 발랄한, 자기의 할일을 뚜렷하게 하거나 위기를 슬기롭게 타개하는 진취적 어린이상을 구축하고 개선의지를 내세우는 교육성 경향의 작품을 쓴다. 중기에는 등장인물이 신체적 장애를 가지고 착실하게 자기의 삶을 개척해 가는 진취적인 모습을 작품화했다. 장애 어린이가 어떤 박해와 고통이 따르더라도 극복하는 의지형이어서 독자들에게 생각하는 감동을 불러일으킨다. 후기에는 특히 도덕성을 배경에 깔고 신세대의 가치관을 적극 수용해 독자와 밀접한 작품을 쓰는데, 이들은 생산적 사고를 유발하는 작품으로 평가받고 있다. 한국아동문학상, 세종아동문학상, 한국출판저술상, 박홍근문학상, 한국일보교육자대상, 모범공무원상 등을 수상했다.

창랑정기 滄浪亭記 → 유진오兪鎭午

창작 創作 1935년 11월에 창간된 종합 문예동인지. 통권 3호까지 발행되었다. 편집인 겸 발행인이 매호 바뀌어서 1호 한적선韓笛仙, 2호 한천韓泉, 3호 신백수申百秀이다. 창작에 뜻을 둔 학생들이 문학의 질적인 향상을 부르짖으며 만든 잡지로서 주요 동인은 주영섭朱永燮 · 정병호鄭炳鎬 · 신백수 · 한천 · 황순원黃順元 · 한적선 · 장영기張泳基 등이었다. 시와 소설 · 희곡 · 평론 · 수필 등을 다양하게 실었다.

창작과 비평 創作—批評 1966년 1월에 창간된 문학비평 전문지. 계간. 발행인은 김윤수金潤洙, 편집인은 백낙청白樂晴. 창간호부터 7호까지는 문우출판사文友出版社에 의해 간행되었으나, 통권 8호부터 14호까지는 도서출판 일조각一潮閣에서 발간한 후 1969년 가을 · 겨울 합병호부터는 창작과 비평사에서 발행했다. 초창기에는 대학생을 중심으로 한 지식인층의 독자를 확보해 우리나라에서도 고급계간지가 존립할 수 있다는 가능성을 보여 이 땅에 계간지시대를 개척했다는 평을 듣기도 했다. 1980년 7월 '사회정화' 차원에서 등록이 취소되어 통권 56호를 마지막으로 종간되었으나, 1985년 10월 '통산 57호' 형태의 무크지로 발간함

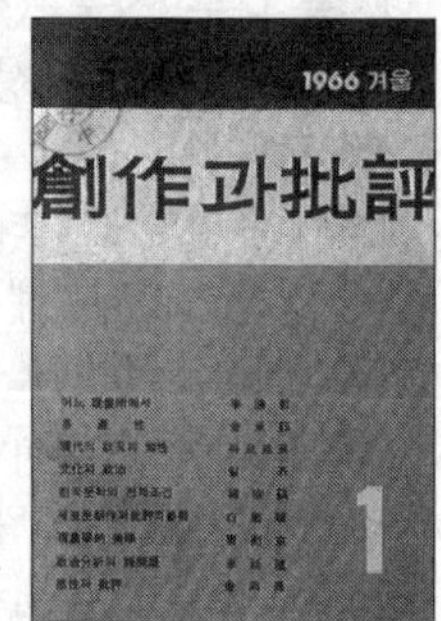

▲창작과 비평 창간호. 1966년 1월. 서울대학교도서관 소장.

으로써 출판사마저 등록을 취소당하는 사태에 이르기도 했다. 이후 1988년 복간이 허용되어 오늘에 이르고 있다. 창간호부터 가로쓰기를 비롯해 한자 줄이기와 순한글 찾아쓰기를 감행해 젊은 독자들에게 체재상의 신선감을 주었다. 제호 그대로 문예창작물과 그 비평을 주로 한 초기에는 외래지향적 취향을 많이 좇아 해외문학 및 문예에 관한 논문을 많이 소개했으나, 1970년대에 접어들면서 차츰 우리 나라 사회문제 전반에 날카로운 관심을 보이는 토착화과정으로 성장했다. 신인등용 방법의 파격적인 도입과 아울러 능력 있는 사회문제 평론의 새로운 필진발굴에도 노력을 보였다. 그 결과 1970년대의 대학을 중심으로 한 지식계층과 사회의 현실문제에 대한 날카로운 관심을 가진 일반인, 그리고 문제의식이 있는 문인들 사이에서 문예적 영향을 크게 미치면서 사회문제 전반에 대한 파급을 나타냈다. 어떤 포괄적인 우리 나라 상황을 염두에 둔 시선으로 우리 자신의 주체적인 것을 추구하는 문학 본래의 노력을 기울이면서 학술적·이론적 작업도 아울러 추진했다. 그래서 일반대중들이 읽기에는 어렵다는 비판도 없지 않았다. 그러나《창작과 비평》은 그 동안 지녀온 민족민주운동의 일관성을 유지하는 한편 새로운 세계에 신축성 있게 대응하며 독자의 지층을 넓혀 왔다.《창작과 비평》의 존재는 한 시대의 지성의 밀도 있는 포효라고 해야 할 것이다. 1972년 만해문학상을, 1982년 신동엽창작기금을, 1999년 백석문학상을 제정해 시상하고 있다.

창조 創造 우리 나라 최초의 종합 문예 동인지. 1919년 2월 창간되어 1921년 5월 통권 9호로 종간된 순수 문예 동인지이다. 도쿄 유학생 김동인金東仁·주요한朱耀翰·전영택田榮澤·김환金煥·최승만崔承萬에 의해 창간되었으며, 종간까지는 창간동인 이외에 이광수李光洙·이일李一·박석윤朴錫胤·김명순金明淳·오천석吳天錫·김관호金觀鎬·김찬영金瓚永·임장화林長和 등 13인이 있었다. 이 동인지를 통해 시 70여 편, 소설 19편, 희곡 4편, 평론 16편, 번역시 49편이 발표되었다. 현대 자유시의 효시라는 주요한의 〈불놀이〉, 사실주의 및 문장개혁에 입각한 김동인의 단편 〈약한 자의 슬픔〉〈마음이 옅은 자〉〈배따라기〉, 전영택의 〈천치天痴? 천재天才?〉 등을 실었고 문학논쟁과 문학비평이 최초로 시도되어 현대문학에 일대 전환을 촉진시켰다.《창조》는 뒤이어 나오는《폐허》《백조》 등과 함께 우리 나라 근대문학의 추춧돌과 같은 구실을 담당했다. 특히 신문학新文學이라는 커다란 명제를 앞에 놓고 방황과 모색을 계속하던 당시의 문단에 〈불놀이〉〈약한 자의 슬픔〉 같은, 내용면으로나 형식면으로나 어느 정도 완성된 작품을 선보였다는 점에서 문학사적 의의를 부여할 수 있을 것이다. 또한 핵심동인이라고 할 수 있는 김동인에 의해 근대적 소설문체의 확립이 이루어졌고, 주요한에 의해 자유시의 형태를 정립하기 위한 노력이 계속되었다는 점도 아울러 평가되어야 할 것이다.

▲**창조** 창간호. 1919년 2월.

창포 필 무렵 菖蒲— → 손소희孫素熙

채규판 蔡奎判 1940~ 시인. 호 금오金烏. 전북 옥구 출생. 원광대 국문과 및 동 대학원 졸업. 1966년 《한국일보》 신춘문예에 시 〈바람 속에 서서〉가 당선되어 등단했다. 《신춘시》 동인으로 활동했으며, 주요 작품으로 〈이미지 연습〉 〈목상木像〉 〈산山풀 시행詩行〉 〈아침을 맞으며〉 등이 있다. 시집으로 《바람속에 서서》 《이색풍토》 《채규판소곡집》 《풀길 산책》 《아침의 강》 《어린이 놀이터에서》 《만경강에 드리운 낚시 끝》 등 다수가 있고, 이밖의 저서로 《한국비교시인론》 《창작기술론》 등이 있다. 그는 사물과 사물의 관계에서 일어나는 미묘한 움직임을 포착하는 감각과 적확한 비유를 나타내는 상상력을 동시에 갖추고 있는 시인이라는 평가를 받는다. 1964년 제1회 원광문학상, 1979년 전라문학상 등을 수상했다.

채만식 蔡萬植 1902~1950 소설가 · 극작가. 호 백릉白菱 · 채옹采翁. 전북 옥구 출생. 중앙고보 졸업(1922). 일본 와세다대 영문과 중퇴(1923). 그후 《조선일보》 《동아일보》 《개벽》 등지의 기자로 활동했다. 1924년 《조선문단》에 단편 〈새길로〉를 발표하면서 등단했다. 1936년 이후는 직장을 가지지 않고 창작 생활만을 했다. 1945년 일제 탄압으로 귀향, 창작보다는 마작 등의 잡기로 울적함을 달래며 세월을 보내다 광복을 맞이했다. 이듬해 이리로 옮겨 1950년 그곳에서 폐결핵으로 숨졌다. 단편소설로는 식민지 치하 직업을 얻을 수 없는 현실적 무능을 한탄하고 자학하고 좌절하는 자신의 체험을 토대로, 자식만은 절대로 인텔리 실직자로 만들지 않겠다는 지식층의 고민을 그린 〈레디메이드 인생〉, 사회주의 운동의 몰락을 풍자한 〈치숙痴叔〉, 금광을 둘러싼 광분을 파헤친 〈금의 정열〉, 한 여인의 생애를 통해 탁류의 세계를 그린 〈탁류〉, 식민지 치하를 태평시대라고 구가하며 생활을 냉소적이고 풍자적으로 그린 〈태평천하〉 등이 있고, 희곡에 〈당랑螳螂의 전설〉, 장편소설로 〈여자의 일생〉 〈아름다운 새벽〉 〈잘난 사람들〉 등이 있다. 작품집으로는 단편집 《레디메이드 인생》 《잘난 사람들》 《낙조》 등과, 희곡집 《당랑의 전설》 등이 있다. 이밖에 1987년 추리소설 〈염마艶魔〉가 새로 발견되어 우리 나라 최초의 추리소설 작가로도 꼽힌다. 그는 주로 식민지 치하의 아픔과 갈등을 냉소적이고 풍자적인 기법으로 형상화해 이광수의 역사의식에 의한 맥을 잇고 있는 그는 사회상을 역사의식으로 투시하는 작품을 쓰면서도, 인간의 본질을 추구하는 경향으로 작품 활동을 했다. 그의 작품 세계는 당시의 현실반영과 비판에 집중되어 있다. 식민지 상황하에서의 농민의 궁핍, 지식인의 고뇌, 도시하층민의 몰락, 광복 후의 혼란상 등을 실감나게 그리면서 그 근저에 놓여 있는 역사적 · 사회적 상황을 신랄하게 비판했다. 작품기법에 있어 매우 다양한 시도를 했는데, 특히 풍자적 기법에서 큰 수확을 거두었다고 할 수 있겠고, '대화소설'이라는 형식은 그가 만들어 낸 특이한 것이다. 그가 택한 소재와 작중인물은 다양했지만 일관된 관점은 그것들이 시대와 어떠한 관련을 맺고 어떻게 변모하는가 하는 점, 그리고 시대의 정의가 무엇인가 하는 점이었다. 그런 점에서 그는 일제강점기의 작가 가운데 가장 투철한 사회의식을 가진 사실주의 작가의 한 사람이었다고 평가되고 있다. 1960년대말까지는 그에 대한 연구가 드물었으나 1970년대에 들어와 그에 대한 관심이 고조되고, 연구업적도 급격히 많아지게 되었다. 1970년대에는 중편소설 〈소년은 자란다〉 〈과도기〉, 희곡 〈가죽버선〉 등을 비롯한 많은 유작들이 발굴 · 공개되기도 했다. 그 자신이 쓴 〈자작안내自作案內〉는 그의 문학을 이해하는 데 중요한 자료이다. 1989년 창작과 비평사에서 《채만식전집》이 완간되었다.

〈레디메이드 인생 ―人生〉 채만식의 단편소설. 1934년 《신동아》에 발표되었다. 1930년대의 도시공간을 배경으로 인간관계의 긴장 및 소외감을 다룬 작품으로, 작가의 작가적 위치를 확립시켜준 작품이자 간판작품으로 일컬어질 정도의 대표작이다. 직업을 얻을 수 없는 지식인의 현실적인 무능을 한탄하는 P는 자식만은 실직자로 만들지 않겠다고 다짐, 아들이 시골에서 올라온다는 날 어느 인쇄소의 문선과장을 찾아가 아들을 무료 견습공으로 써달라고 부탁하고 돌아온다. 부자가 다 팔려가기를 기다리는 레디메이드(기성품) 인생인 것이다. 여기에서 P가 아들을 학교에 보내지 않고 인쇄소 견습공으로 취직시키는 것은 자기모순적 행동을 통해 현실에 반항하는 것으로서, 인텔리의 처우에 대한 작가 자신의 항의를 간접화한 것이라고 할 수 있다. 일제치하에서 인텔리가 겪는 좌절과 그 현실을 여실하게 그린 이 작품은, 그동안의 그의 작품들이 프로문학의 경향을 띠고 있는 데 반해 〈치숙〉 등의 작품과 함께 인텔리의 실업문제와 무능력을 유머 정신으로 설명해 가는 사회소설적 경향을 보이고 있다. 자조적인 자기풍자나 반어 등 어휘적 측면에서도 작가의 탁월함을 잘 보여준 작품이다.

〈염마 艶魔〉 채만식의 장편 탐정소설. 1934년 5월 16일부터 11월 5일까지 《조선일보》에 서동산徐東山이라는 이명異名으로 연재한 작품으로 우리 나라 최초의 탐정소설이다. 27세의 아마추어 탐정에게 부쳐져 온 잘린 손가락을 두고 벌어지는 괴사건을 그린 이 작품은 설화체의 문장으로 되어 있으며, 의성어 · 의태어 등 수식어의 잦은 사용과 첩어가 많고 빈번한 문장부호의 사용 등 채만식 소설에 공통적으로 나타난 특색을 찾아볼 수 있다. 그러나 이 작품은 본격 탐정소설로서의 기본적인 요소를 고루 갖춘 작품으로 평가되고 있으며, 이 작품이 갖는 더 큰 의의는 지금까지 우리 나라 탐정소설의 효시로 알려져 왔던 김내성金來成의 〈가상범인假想犯人〉보다 앞서 씌어졌다는 데 있다.

〈치숙 痴淑〉 채만식의 단편소설. 1938년 《동아일보》에 발표된 작품이다. 작자의 일련의 작품들과 아울러 일제강점기 지식인의 수난과 현실에 대응하는 양상을 그리고 있는 작품이다. 주인공은 민족적 저항활동으로써 사회주의운동에 참여하다가 체포되어 감옥살이를 하고 나온 지식인이다. 그는 감옥에서 얻은 폐병 때문에 현재 병석에 누워 폐인이 되어가고 있다. 1인칭 시점으로 되어 있는 이 작품은 화자인 일본인 상점의 점원 '나'와 그의 5촌 고모부인 주인공을 대립시켜 일제강점기를 살아가는 두 가지 인물유형을 제시하고 있다. '나'라는 인물은 이 시대야말로 평화로운 시대로서, 나라가 모든 것을 잘 알아서 해주고 있으므로 나라의 지시에 잘 따르면 모든 조선사람은 잘 살게 된다고 믿고 있다. 따라서 그의 눈에 그의 아저씨는 어리석은 짓을 해서 세상을 시끄럽게 하고 가족을 고생시키고 몸을 망치고 지식과 학벌을 무용지물로 만든 등신 같은 사람으로 보이는 것이다. 그는 진眞을 위僞로 보며 위를 진으로 보는 인물이다. 주인공 지식인은 현실을 똑바로 보고 이에 어떻게 대처해야 할 것인가를 잘 알고 용기 있게 자신의 생각을 실천에 옮긴 인물로서, 그 시대로서는 바람직한 지식인이라 할 수 있다. 그는 부당한 지배자에 순응해 개인의 안정된 생활을 추구하는 것은 더러운 일이라 여겨 끝까지 지배자에게 저항하고자 한다. '나'는 이 시대에 있어 가장 타기해야 할 인물로 부각되고 있다. 작자는 이 작품에서 특이한 기법을 쓰고 있다. '나'가 올바른 것처럼 보이게 하면서 속으로는 '치숙'이 정당하다는 것을 말하고 있는 것이다. '나'는 자신의 입을 통해 자신을 풍자의 대상이 되게 하고 있다. 이러한 기법은 일제강점기의 다른 어느 작품에서도 볼 수 없는 독창적 기법이다. 채만식의 작가로서의 양심과 능력을 단적으로 보여준 작품이다.

〈태평천하 太平天下〉 채만식의 중편소설. 1938년 《조광》에 연재되었다. 이 소설의 주인공이라 할 수 있는 윤직원은 만석꾼 부자로서, 돈밖에 모르는 수전노이다. 그의 아버지 윤용규는 날건달 생활을 하다가 변칙적으로 돈을 모았으나, 결국 화적떼의 손에 죽임을 당하며 재산을 약탈당한다. 윤창식은 윤직원의 장남으로서 주사이며 첩을 여럿 두고 있다. 그러나 윤창식의 차남인 윤종학은 등장인물들 중 가장 건전한 청년이다. 그는 도쿄 유학을 한 인텔리로서 사회주의 사상을 가지고 있다. 일제 식민지 시대를 태평천하라고 생각하며 살고 있는 윤직원 영감 일가를 통해 부와 인간의 도덕상을 파헤친 작품으로 〈탁류〉와 함께 채만식의 작품 중 가장 널리 읽히고 있는 소설이다. 이 소설은 한 가족의 5대에 걸친 삶을 그린 것으로서, 흔히 '가족사소설'이라 일컬어지는 유형의 작품이다. 작가 채만식은 당시의 민족적인 이상에 역행해 살고 있는 부정적인 인물들을 작품 전면에 내세우고, 이러한 인물들에 대해서 작자는 무한한 경멸감을 가지고 그들의 추행을 폭로하고 조소하며 풍자한다. 그러나 거기에서 그치지 않고 채만식은 1930년대의 한 인간형인 친일적이고 반민중적인 부정적 인물 윤직원 영감과 그 일가의 몰락과정을 풍자적으로 제시함으로써 긍정적인 방향에 대한 모색을 유도하고 있다. 이 소설이 지니고 있는 풍자성에 대해 또 한 가지 지적해야 할 사항은 판소리 사설적인 문체를 쓰고 있다는 점이다. 즉 전편이 풍자로 일관되어 있는 이 소설은 그러한 풍자가 판소리 사설적인 문체와 결합해 효과를 더하고 있는 것이다.

〈탁류 濁流〉 채만식의 단편소설. 1941년 《조선일보》에 연재된 작품으로 작자의 대표작으로 꼽힌다. 정주사의 큰딸 초봉이는 가계가 어렵게 되자 양약국 제중당에서 일을 했다. 혼기가 된데다 미모인 초봉이를 노리는 남자가 많았다. 제중당 주인 박재호, 호색가인 은행원 고태수, 동정심으로 연모하는 금호병원 남승재 등. 서울로 유인하려던 박재호는 그의 아버지의 훼방으로 실패하고, 매파에게 홀린 부모의 권고로 초봉이는 고태수와 결혼했으나, 꼽추인 장형보의 흉계로 남편을 잃고 꼽추에게 몸을 버리게 된다. 초봉이는 무작정 서울로 가다가 박재호의 유혹으로 그의 첩이 되고 얼마 후 누구 아이인지도 모르는 딸을 낳았다. 장형보가 자기의 아이라고 하며 초봉이를 빼앗았다. 남편을 죽이고, 강간하고, 선량한 박재호에게서까지 자기를 빼앗은 것이 곧 장형보인

長篇小說

濁流 (一)

蔡萬植 作

鄭玄雄 畵

▲탁류 채만식 지음. 연재 제1회. 《조선일보》 1937년 10월 12일자. 국립중앙도서관 소장.

것을 안 초봉이는 그를 죽이고 자수한다. 이 작품은 1930년 한국의 속류화된 자본주의 상을 보여주고 있다. 자본주의적 근대화가 진행되었지만 봉건적인 구습이 남아 있고, 자본주의화라는 것도 왜곡된 탐욕으로 대표되는 사회, 이것이 작가가 본 1930년대 한국사회였던 것이다. 속악한 사회현실과 한 여인의 비극적 삶을 주제로 하고 있고, 근대사회로 들어서면서의 봉건적인 윤리의식 및 여성관에 대한 모순과 비극을 배경으로 하고 있다. 타락한 인물들이 순결한 여인 초봉의 운명을 농락하는 세계가 곧 금강의 물줄기 같은 탁류라고 작가는 말하고 있다. 이 탁류에 실려가는 초봉은 끝내 환각에서 깨어나지 못한다. 작가가 부여한 '청순가련형'의 이미지 때문에 더욱더 비극적인 측면이 강조되고 있는 초봉의 운명, 그것은 결국 탁류의 거대한 물결에 휩쓸려 버리고 말게 되는 것이다.

채희문 蔡熙汶 1938~ 시인. 서울 출생. 1980년 《월간문학》에 〈겨울 야영野營〉이 당선되어 등단했다. 《미래시》 동인. 주요 작품에 〈가을 레슨〉 〈자기 빨래하기〉 〈제자리 뛰기〉 등이 있다. 저서로 시집 《가을레슨》, 역서 《문 밖에서》 《쉬쉬푸쉬》, 이밖에 《세계명작영화 100년》이 있다. 그는 주로 인간의 고독과 죽음, 그리고 이 시대의 불안한 상황의식에서 비롯된 자아의 깊은 고뇌와 한을 현장감 있는 말이나 구도적인 소박한 언어로 표현하며 독자와의 교감에 유의, 공감의 확대를 도모하고 있다.

처녀의 화환 處女一花環 → 노자영盧子永

천경자 千鏡子 1924~ 수필가 · 화가. 호 옥사玉史. 전남 고흥 출생. 일본 도쿄여자미술학교 동양화과 졸업. 섬세한 여성적인 선과 색채로 동양화의 특이한 일면을 지니게 되어 국전에서 특선을 하게 되고, 대한미술협회에서 대통령상을 받았다. 6 · 25동란 이후부터 《현대문학》 등의 문예지에 수필을 발표하기 시작, 생활주변에 어린 여성적이면서도 서정적인 세계를 보여주고 있다. 수필집으로 《유성流星이 가는 곳》 《언덕 위의 양옥집》 《사모아섬》 《천경자 남태평양에 가다》 등이 있다.

천금성 千金成 1941~ 소설가. 부산 출생. 서울대 임학과 졸업(1966). 1969년 《한국일보》 신춘문예에 단편 〈영해발 부근〉이 당선되어 등단했다. 1967년 이후 10여 년 동안 원양어선 및 외항선 선장생활을 한 그는 해양소설만을 집필했다. 창작집에 《허무의 바다》 《은빛 갈매기》 《바다의 끝》 《이상한 바다》 등이 있고, 장편소설로 《표류도》 《남지나해의 끝》 《지금은 항해중》 《인간의 욕망》(전3권) 《시지푸스의 바다》(전2권) 등을 출간했다. 신춘문예 당선작 〈영해발 부근〉을 시작으로 지금껏 발표한 모든 작품이 해양을 소재로 한 일관된 경향을 갖는다는 점에서 한국문학의 지평을 넓혔다는 평가를 받고 있다. 중편 〈하선下船〉으로 1993년 제19회 한국소설문학상을 수상했다.

천맥 天脈 → 최정희崔貞熙

천변풍경 川邊風景 → 박태원朴泰遠

천상병 千祥炳 1930~1993 시인 · 평론가. 경남 창원 출생. 서울대 상과대 수학(1955). 중학5학년 때 《죽순》에 시 〈공상空想〉 외 1편으로 추천을 받았고, 대학재학시 송영택宋永擇 등과 함께 동인지 《신작품》을 발간했다. 1952년 《문예》에 시 〈강물〉이, 《현대문학》에 평론 등이 추천되어 문단에 정식 데뷔했다. 이후 시 〈덕수궁의 오후〉 〈새〉 〈장마〉 〈간 봄〉 〈귀천歸天〉 등과 평론 〈사실의 한계〉 〈비평의 방법〉 〈젊은 동양시인의 운명〉 등을 발표했다. 시집으로 《새》 《천상병은 천상 시인이다》 등과, 시선집 《주막에서》가 있다. 시집 《새》는 가난 · 무직 · 방랑 · 주벽 등으로 많은 일화를 남긴 그가 한때 정신이상으로 행방불명된 당시 친지들이 간행한 것이다. 그의 작품 세계는 우주의 근원과 죽음의 피안, 인생의 비통한 현실 등을 간결하게 압축해 큰 공명을 불러일으킨다. 한편 평론은 이상론理想論과 공박론攻駁論이 아닌 보다 고차원적인 입장에서 작품의 세계를 깊숙히 파헤치려는 노력을 보였다. 1994년에는 천상병 시인을 기리기 위한 천상병기념관이 서울시 종로구 관훈동에 자리잡았다.

《새》 천상병의 첫번째 시집이자 그 시집의 표제시. 1971년 우문사에서 간행되었다. 사륙판. 병고로 한때 행방불명이 되었던 작자를 위해 성춘복成春福 · 김영태金榮泰 · 정인영鄭麟永 · 김시철金時哲 · 박재삼朴在森 · 이형기李炯基 · 민영閔暎 · 김구용金丘庸 등의 문우들이 주선한 우정 출판이다. 〈편지〉 〈광화문에서〉 〈그날은〉 〈나의 가난은〉 〈만추〉 〈김관식金冠植의 입관入棺〉 등 60여 편을 수록했다. 시집 《새》에 수록된 작품 〈새〉는 새를 통해 위대한 자연의 섭리와 비밀을, 새를 통해 인간의 순수성이 무엇인가를 규명하려고 한 작품으로 새를 다룬 여러 편의 시에서 보는 바와 같이, 자연 본연의 자태와 인간 본연의 순수성을 대비시킴으로써 빚어진 아주 소박한 서정의 세계를 바라보고 있다.

〈귀천 歸天〉 천상병의 대표적인 시. 티없이 맑은 서정의 세계를 군더더기 없이 쉬운 말로 간결명료하게 표현해 독자에게 친근감을 준다. 티없이 맑고 순연한 동심세계의 발상은 죽음 · 가난 · 자연 · 고독 등을 하나의 우정으로 묶는 구실을 한다. 자연과의 친화는 여유만만한 죽음에의 초연성으로 나타나는데 그것은 가난과 약한 체질적인 환경에서 오는 듯하다. 무한한 외로움, 무한한 생명력에의 향수와 애착은 이 시에 있어 하나의 끈질긴 특질이며, 작자는 이 특질들로 순연한 동심의 세계로 이끌어나감으로써 누구나 쉽게 공감할 수 있는 세계를 펼쳐보이고 있다.

천승세 千勝世 1939~ 소설가 · 극작가. 호 하동河童. 전남 목포 출생. 성균관대 국문과 졸업. 1958년 《동아일보》 신춘문예에 단편 〈점례와 소〉가 당선되어 등단했다. 이후 1964년 《경향신문》 신춘문예에 희곡 〈물꼬〉가 입선, 1965년 국립극장 현상모집에 장막극 〈만선滿船〉이 당선되었고 이 작품으로 제1회 한국연극영화예술상을 수상했다.

이후 〈내일〉〈견족犬族〉 등과 군인의 애환을 그린 〈포대령砲大領〉〈감루연습感淚練習〉, 농촌생활에서 빚어진 인정을 그리고 있는 〈달무리〉 등을 발표했다. 그는 인정주의에 입각해 인간이 인간을 찾는 정情의 세계를 파헤치고 인간사회의 비정非情을 문학적으로 승화시켰다. 소설집으로 《감루연습》《황구의 비명》《신궁》《혜자의 눈꽃》《꿈길 밖에 길이 없어》 등이 있다. 그의 전반기 작품들에는 1920~30년대 나도향 · 김유정 등과 빈궁문학의 전통을 잇는 토속적 생활현실의 세계가 주요 주제로 다루어진다. 이후 자연주의적 묘사의 사실성에 치중하면서 장인적 집중력을 발휘하던 그는 1970년대 들어 현실에 대한 인식을 더욱 투철하게 가지면서 〈낙월도〉〈신궁〉〈황구의 비명〉〈불〉〈의봉 의숙〉과 같은 대표작들을 발표했다. 이러한 작품들은 민중의 삶을 사실적으로 그려가면서 민족사의 총체적 진실에 육박해 있다. 또한 그의 작품은 토속어의 보고이며, 특히 몇몇 작품에서 보이는 무속의 생생한 재현은 중요한 민속자료로서의 가치가 높은 것으로 평가된다. 1975년 제4회 만해문학상, 1982년 제4회 성옥문화상, 1989년 제1회 자유문학상 등을 수상했다.

천승준 千勝俊 1938~ 평론가. 호 효당曉塘. 전남 목포 출생. 한국외대 독어과 졸업. 1959년 《현대문학》에 평론 〈현대적 작가형〉〈인간의 긍정〉 등이 추천되어 등단했다. 그후 〈상황과 그 극복의지〉〈서민의 미학〉〈대로大路의 증인〉〈문제작가의 문제작품 연구〉 등 다수의 평론을 발표했다. 그의 비평태도는 이범선李範宣을 논한 〈서민의 미학〉 등에서 찾아볼 수 있듯이 분석적이거나 공격적인 자세를 취하는 대신 양식에 입각, 호소하는 인상비평적인 경향을 띠고 있다. 한편 작가의 고발의식은 '그것이 신념과 사상의 체계확립에 이르지 않는 한, 본격적인 레지스탕스나 전면적인 타협이 가능하지 못한 채 선의의 적당한 적용이나 소극적인 대결자세나 전폭적인 패배와 파열로 귀결되기 쉽다'는 점을 경고했다. 그는 구체적 상황에 대한 고발과 비판을 우선적 비평과제로 삼고 있으며, 사회성의 적극적 추구가 작품의 주제를 이룬다.

천양희 千良姬 1942~ 시인. 부산 출생. 이화여대 국문과 졸업(1966). 1967년 《현대문학》에 시 〈정원庭園의 한때〉〈아침〉〈바람의 높이만큼〉 등이 추천되어 등단했다. 《기독교시단》 동인으로 활동. 주요 작품으로 〈화음和音〉〈바람 속에서〉〈우리들 표상表象〉〈꿈에 대하여〉 등이 있다. 시집으로 《신이 내게 묻는다면》《사람 그리운 도시》《독신녀에게》《마음의 수수밭》《그리움은 돌아갈 자리가 없다》《오래된 골목》 등이 있다. 그의 시세계는 느끼고 생각한 것을 진실하게 표현하는 것을 특징으로 하고 있다. 자기응시를 토양으로 삼고 있으면서, 자기의 삶의 상황과 일상적 갈등, 비극적 생生에 대한 전면적인 부정을 통해 역설적인 긍정의 세계에 도달하려 한다. 1995년 소월시문학상, 1998년 현대문학상을 수상했다.

천이두 千二斗 1930~ 평론가 · 국문학자. 전북 남원 출생. 전북대 국문과 및 동 대학원 졸업. 1959년 《현대문학》에 평론 〈인간의 속성과 모럴〉〈고독과 산문〉 등이 추천되어 등단했다. 이후 〈안타오스의 자유〉〈소월素月의 멋〉〈한국소설의 이율배반〉〈한국단편소설론〉〈소석과 현실〉〈서정주론徐廷柱論〉〈종합에의 의지〉 등의 평론을 발표했다. 그의 많은 평론들 중 〈청상靑孀의 이미지〉는 〈카인의 후예〉를 중심으로 황순원黃順元의 단편을 해부, 그의 특질이 고유한 한국적 여인상을 형상화하는 데 있다고 풀이했고, 〈피해자의 미학과 이방인의 미학〉은 이호철李浩哲의 〈닮아지는 살들〉과 서정인徐廷仁의 〈후송後送〉을 중심으로 현대소설의 주제와 기법의 특성을 논의한 것이다. 〈한적恨的 인정적 특질〉은 한국소설의 고유성을 전형적으로 반영하는 일련의 작품을 중심으로 인정주의적 특성을 구명한 것이며, 〈내적內的 자의식적 소설론〉은 인간의 내면세계를 추구한 일련의 문학이 간직한 바 그 특성과 한국문학적인 의미에 있어서의 한계를 지적한 것이다. 저서에 《한국현대소설론》《종합에의 의지》《한국소설의 관점》《문학과 시대》《한국문학과 한》《한의 구조연구》 등 다수가 있다. 그의 비평의 특색은 첫째 작품을 주된 대상으로 해 그 기법이나 구성을 해설하는 데 있으며, 둘째 한국의 전체 문학상에서 그 작품의 문학사적 위치를 해명하며, 셋째 인간상을 요약 정리해 독자 앞에 부각시켜 주는 데 있다. 1965년 현대문학상, 1975년 전북문화상, 1983년 월탄문학상, 1994년 모악문화상, 1999년 펜문학상 등을 수상했다.

철쭉제 → 문순태文淳太

청동시대 青銅時代 → 박희진朴喜璡

청록집 青鹿集 조지훈趙芝薰 · 박목월朴木月 · 박두진朴斗鎭 3인의 공동시집. 1946년 을유문화사에서 간행했다. 박목월 편에 〈임〉 〈윤사월閏四月〉 〈청노루〉 〈나그네〉 등 15편, 조지훈 편에 〈고풍의상古風衣裳〉 〈승무僧舞〉 〈완화삼玩花衫〉 등 12편, 박두진 편에 〈묘지송〉 〈도봉〉 〈설악부〉 등 12편으로 모두 39편이 수록되어 있다. '청록집' 이라는 제명은 박목월의 시 〈청노루〉에서 따온 것으로 자연을 소재로 그것을 찬미한 서정

▲**청록집** 박목월 · 조지훈 · 박두진 지음. 한국정신문화연구원도서관 소장.

시집이다. 이 시집에 수록된 시편들은 《문장》 추천작품들을 중심으로 엮어졌으며, 자연을 소재로 한 서정시라는 점과 일제말 민족어를 갈고 닦아 이루어진 시라는 점에서 동질성을 가지고 있다고 할 수 있다. 그러나 시인마다 각기 다른 개성을 드러내 보이고 있다. 박목월은 민족전통의 율조와 회화적인 감각을 바탕으로 향토성이 강한 소재를 형상화시켰으며, 조지훈은 사라져가는 민족정서에 대한 애착과 시선일여詩禪一如의 경지를 관조하는 태도를 나타내고 있다. 따라서, 동양적이며 전통지향성을 간직한 선비의 기풍을 느낄 수 있다. 박두진은 주로 자연에 대한 친화와 사랑을 보여주고 있는데, 박목월이나 조지훈에 비해 기독교사상을 바탕으로 한 정신세계를 구축했다는 점에서 특이하다고 할 수 있다. 이들 세 시인은 이 시집 출간 후 '청록파' '자연파'라고 불리게 되었으며, 광복 후에서 6 · 25동란 발발 직전까지에 이르는 한 시기에 순수시의 본보기를 제시해 주었다는 점에서 《청록집》과 청록파는 높이 평가된다.

청록파 青鹿派 1930년대 말기 《문장》 추천으로 시단에 등장한 조지훈趙芝薰 · 박목월朴木月 · 박두진朴斗鎭 3인이 공통적인 시풍을 가진 데서 연유해 붙여진 시파의 한 명칭. 1946년 이들이 3인시집 《청록집》을 간행하면서 청록파라 명명되었다. 이 세 사람

의 초기 시풍은 자연을 바탕으로 한 전통적인 한국 고유의 서정과 율격을 지닌 공통성에 있었으며, 이를 바탕으로 각기 나름대로의 시적 특성과 개성적인 시풍을 갖고 있었다. 박목월은 민요조의 리듬에 애틋하고 소박한 향토의 정취를 즐겨 썼으며, 조지훈은 전통적이며 전아한 가락을 담은 시를 쓴 것이 특징이다. 또한 박두진의 시는 건강한 자연의 생명력과 피안적인 신앙의 세계를 가지고 있었다. 동시에 이 세 시인들은 공통점도 가지고 있는데, 이들은 다 같이 문단진출이 일제말기에 이루어졌고 그것도《문장》의 추천을 통해 실현되었다는 점, 자연에 소재를 취한 시, 자연 속에 그 시심詩心을 표현한 시를 많이 남기고 있다는 점 등이 그러하다. 이들은 해방 후 민족진영의 문학단체인 청년문학가협회의 일원으로 좌익단체인 문학가동맹측의 정치공세에 맞서 문학과 시의 순수성을 주장했으며, 해방 이전의 시와 해방 이후의 시를 연결하는 가교 역할을 했다. 해방 후부터 6 · 25동란까지의 한 시기를 대표하는 한국시단의 전통을 이룩하는 데 이들의 문학사적 공이 있다.

청마시초 靑馬詩抄 → 유치환柳致環

청시 靑柿 → 김달진金達鎭

청자부 靑磁賦 → 김상옥金相沃

청춘 靑春 1914년 10월에 창간된 본격적인 월간 종합잡지. 편집 겸 발행인은 최창선崔昌善이나 실제로는 최남선崔南善이 주재했다. 《소년》《붉은 저고리》《아이들보이》《새별》의 뒤를 이어서 일반교양을 목표로 펴낸 계몽적 대중지이다. 1915년 3월에 통권 제6호가 국시위반이라는 구실로 정간되었다. 1917년 5월 속간되어 제10호와 제11호는 격월간으로 발행되었으며, 제12호는 3개월 만에, 제13호는 다시 격월로 발행되었고, 최종호인 제15호도 2개월 뒤에 나왔다. 편집내용은 정치 · 시사를 다룰 수 없었으므로, 인문과학 · 사회과학 · 자연과학을 어린이로부터 어른까지 읽을 수 있도록 흥미중심으로 엮었다. 종합지이면서도 특히 문예면에 중점을 두어 서유럽의 문학을 소개하는 한편 우리 나라 고전문학을 발굴 · 소개했으며 육당 · 춘원 중심의 신문학을 전개했다. 또한 일제의 엄격한 감시 속에서도 해외사정과 독립운동 활동상을 은연중에 알림으로써 독립정신 함양과 민족주의 사상을 고취하는 데도 힘썼다. 1918년 9월, 15호를 끝으로 일제의 탄압에 의해 폐간되었다.

▲**청춘** 최남선이 1914년에 발간한 잡지. 이광수는 여기에 〈소년의 비애〉 등을 발표한다.

청춘극장 靑春劇場 → 김내성金來成

청포도 靑葡萄 → 이육사李陸史

초당 草堂 → 강용흘姜鏞訖

초분 草墳 → 오태석吳泰錫

초식 草食 → 이제하李祭夏

초토의 시 焦土一詩 → 구상具常

초현실주의 超現實主義 쉬르리얼리즘surrealism, 수퍼리얼리즘superrealism의 번역어. 제1차 세계대전 후, 합리주의와 자연주의에 반대해 비합리적 인식과 잠재의식의 세계를 추구, 표현의 혁신을 꾀한 프랑스 중심의 전위적 예술운동으로 일종의 예술파괴운동을 벌였던 다다이즘에서 발전한 것이다. 사실성과 논리성을 벗어나 유머 · 신비 · 꿈 · 광란 · 초현실주의적 물체 · 자동기술법 등 이른바 초현실주의적 기법을 사용한다. 우리나라의 초현실주의는 1930년대 이상李箱과 《삼사문학》 동인들에게서 찾아볼 수 있다. 이들에 대해서는 다다이즘이라는 견해도 있다. 이들은 당시 모더니즘 시에 나타나는 서정적 요소에 불만, 이를 극복하기 위해 초현실주의적 경향을 취했다. 전통적인 문법이나 작시법의 부정, 즉 외부현실이나 사물의 객관적 묘사라는 태도를 거부하고, 최초로 묘사의 대상을 내면세계, 그것도 꿈과 같은 무의식의 세계에 두었다는 데서 우리 나라 시에 있어서 난해성이 유발된다. 1950년대에 당시 모더니스트들이었던 《후반기》 동인 중 조향趙鄕 · 이봉래李奉來 등에게서 다시 초현실주의가 나타났으나 미학이나 기법의 도식적 응용에 머물고 있다는 한계를 노정한다. 초현실주의적 경향의 시는 그후 1950년대 말에서 1960년대에 걸쳐 도식성이나 공소성을 벗어나 어느 정도 체험화 내지 육화되었으며, 1960년대 시인들은 기성이든 신인이든 간에 거의 조금씩 그 성격을 내포한다. 그러나 1970년대에 접어들면서부터는 이러한 경향이 필연적으로 유발하는 난해성으로 말미암아 비판이 높아졌다.

초혼 招魂 →김소월金素月

촛불 →신석정辛夕汀

최계락 崔啓洛 1930~1970 시인 · 아동문학가. 경남 진양 출생. 동아대 국문과 중퇴. 1947년 《소학생》에 동시 〈수양버들〉, 1952년 《문장》에 시 〈애가〉가 추천된 이래 시와 동시를 함께 발표했다. 1950년대 통속의 팽배 속에 혼란과 침체에 빠졌던 동시단에서 시의 순수성 옹호에 힘썼고, 1960년대 본격 동시 형성의 가교 구실을 했다. 1960년대부터는 동시적 구조의 시적 단순성을 특징으로 한 시의 창작에도 의욕을 보이면서 소박하고 전원적인 감성에의 탐닉으로 조용한 정진을 꾀했으나 그후 〈엽서 한 장에〉 〈꽃씨〉 〈밤 골목〉 등의 동시에서 보이는 전원적인 감성의 도시화 또는 소시민화 경향으로 변모했다. 시어의 정선과 연마로써 한국적 순수서정을 노래한 대표적 시인으로 평가된다. 종래의 운율을 벗어나 순전한 내재율에 의해 시를 처리해 동시도 시라는 생각으로 동시의 운율 · 이미지 · 내용의 3요소가 적절히 조화되는 동시를 썼다. 그러면서 복합적이고 입체적인 의미구조를 지닌 작품을 썼고, 조용한 관조의 자세를 보여주었다. 형태적인 측면에서도 요적謠的 외형률을 완전히 배제하고 행의 구분이나 연의 처리, 언어의 배치나 호흡 · 생략 · 절제 · 도치 등 다양한 시적기교를 구사함으로써 보다 차원 높은 경지로 끌어올렸다. 동시집으로 《꽃씨》《철둑길의 들꽃》 등이 있으며, 이밖에 편저 《어린이 세계문학》, 역서 《알프스의 소녀》, 동시선집 《창경원 동물들》 등이 있다. 부산시문화상, 소천아동문학상 등을 수상했다.

최남선 崔南善 1890~1957 시인 · 사학자. 아명 창흥昌興, 자 공륙公六, 호 육당六堂. 서울 출생. 일본 와세다대 중퇴. 1907년 자택에 신문관을 설립하고 인쇄와 출판을 겸했으며 다음해 근대화의 역군인 소년을 개화 · 계몽해 민족사에 새 국면을 타개하려는 의도로 잡지 《소년》을 창간해 논설문과 최초의 신체시 〈해海에게서 소년少年에게〉를 발표하는 한편, 이광수李光洙의 계몽적인 소설을 실어 우리 나라 근대

문학의 선구자적 역할을 했다. 1909년 안창호安昌浩와 함께 청년학우회를 설립하고, 이듬해 조선광문회를 창설해 고전을 간행했으며, 20여 종의 육전소설六錢小說을 발간했다. 그후 《아이들보이》《샛별》《청춘》 등의 잡지를 발간해 우리 나라 초창기 신문학발전에 크게 기여했다. 이후 1919년 3·1만세운동 때에는 독립선언문의 기초 책임자로 체포되기도 했다. 1922년 《동명》을 창간하고 〈조선역사통속강화〉를 연재해 민족주의 사상, 특히 조선주의 사상을 크게 고취해 한국의 민속·지리·종교·역사의 광범한 연구를 통해 민족문화의 체계수립에 독보적인 업적을 쌓았다. 1926년 《동아일보》 기행수필 〈백두산근참기〉를 연재하고 같은 해 시조집 《백팔번뇌百八煩惱》를 발간했다. 이후 《시대일보》 사장, 총독부 조선어편찬위원회 위원, 《만몽일보》 고문, 건국대학 교수 등을 역임하고, 1942년부터 학병지원을 권유하는 등의 친일행위로 해방 후 한때 반민족행위자로 기소되었으나 병보석되었다. 그는 문학·문화·언론 등 다방면에 걸친 활동을 했는데, 신문관의 설립·운영과 《소년》《붉은 저고리》《아이들보이》《청춘》 등의 잡지발간을 통해 대중의 계몽·교도를 꾀하는 한편, 창가·신체시 등 새로운 형태의 시가들을 발표해 한국 근대문학사에 새로운 시가양식이 발붙일 터전을 닦았다. 당시까지 창가·신체시를 제작·발표한 사람은 이광수가 있었는데 양과 질에서 그를 앞질렀던 것이다. 또한 그때까지 쓰여온 문장들이 대개 문주언종文主言從, 한문투가 중심이었는데 이것을 새 시대에 맞도록 구어체로 고치고 그와 동시에 우리말 위주가 되게 해서 여러 간행물과 잡지매체를 통해 그것을 선전·보급시켰다. 이로 인해 그 이전까지 주류였던 문어체 문장이 지양·극복되고 낡고 고루한 말투가 없어지는 등 문장개혁이 이루어졌다. 아울러 그는 민족문화가 형성·전개된 모습을 한국사·민속·지리 연구와 문헌의 수집·정리·발간을 통해 밝히기도 했다. 이것은 민족사의 테두리를 파악하려는 의도와 함께 그 바닥에는 한국민족의 정신적 지주를 탐구·현양하려는 의도가 깔려 있었다. 한편, 여러 분야에서 방대한 양의 업적을 발표하기도 했다. 저서로 《시조유취》《단군론》《조선역사》 등 다수가 있다. 한국근대문학 초창기에 선구적인 공적을 남긴 그는 3·1운동으로 구금 투옥되고 나서 석방된 뒤 계속 일제의 감시·규제를 받아 친일의 길을 걸었다. 그렇게 해서 식민지 정책 수행과정에서 생긴 한국사 연구기구인 조선사편수회에 관계를 가졌고, 뿐만 아니라 일제 말기에는 침략전쟁을 미화·선전하는 언론활동도 하게 되었다. 그러나 광복 후에는 민족정기를 강조하는 사람들에 의해 비난과 공격의 대상이 되었다. 총체적으로 보면 유능한 계몽운동자였고, 우리 민족의 근대화 과정에 중요한 임무를 담당한 문화운동가의 한 사람이다. 죽은 뒤인 1958년, 만년에 기거한 서울 우이동 소원素園에 기념비가 세워졌고, 1975년 15권에 달하는 방대한 양의 전집이 간행되었다.

《백팔번뇌 百八煩惱**》** 최남선의 현대시조집. 1926년 동광사에서 간행했다. 근대적인 감각과 제재로 시조라는 낡은 문학형태를 다시 살리려는 의욕에서 실험한 근대 최초의 시조집이며, 최초의 개인 창작시조집이다. 작자의 서문과 '제어題語'라는 표제하에 박한영朴漢永·홍명희洪命熹·이광수李光洙·정인보鄭寅普의 발문이 붙어 있고, 총 108수의 시조가 3부로 나뉘어 수록되어 있

▲백팔번뇌 최남선 지음. 1926년.

다. 내용을 보면, 1부는 임에 대한 애끓는 심정을, 2부는 국토순례에서의 감회를, 3부는 자기 자신을 잊고자 하는 심정을 노래했다. 서문에서 작자는 "시조를 한문자 유희의 구렁에서 건져내어 엄숙한 사상의 일용기―容器를 만들어 보려고 애썼다"라고 밝히면서 시조에 대한 자신의 의견을 피력했다. 이 시조집은 근대 최초의 개인 창작시조집으로서 현대시조의 선도적 구실을 했다는 데에 그 문학사적 의의를 갖는다.

〈해에게서 소년에게 海―少年―〉 최남선의 시. 1908년 《소년》 창간호 권두에 실린 작품으로 '신체시新體詩' 또는 '신시新詩'라고 불렸다. 4·4조나 7·5조 또는 6·5조 등의 창가 형식을 깨뜨리고 완전한 자유시의 형태로 등장했다. 그러나 실제로는 각 연의 각 행이 동일한 리듬의 반복으로 짜여져 있음을 알 수 있다. 이와 같은 사실은 이 시가 완전한 자유시가 아니라 준정형적 형태임을 말해주는 것이다. 거기다가 각 연의 앞뒤에서 의성어인 상징음이 반복되고 있는 점까지 고려한다면 이 시는 역시 '노래'로서의 요소를 더욱 중시하고 있다고 보아야 할 것이다. 과거의 창가 형식에서 진일보한 이와 같은 준정형적 형태가 더 이상 자유시로 발전하지 못한 것은 최남선 자신이 장르의식을 결여하고 있는 데서 그 원인을 찾을 수 있을 것이다. 형태면에서는 정형에서 준정형으로, 용어면에서는 율어체에서 구어체로의 변모를 보인 것은 분명 획기적인 새로움이라 할 수 있으나, 이를 인식할 만한 장르의식이 없었기 때문에 이를 더 이상 발전시키지 못하고 다시 창가체나 율어체로 되돌아가는 현상마저 나타나게 된 것이다. 따라서 최남선은 1910년을 전후한 시기에 우리 시단의 제1인자인 동시에, 우리 문학사상 최초의 자유시 형식을 정립하는 선구자가 될 수 있는 위치에 있었음에도 불구하고, 제한된 범위내에서 과도기적 구실을 수행한 것에 그치고 말았다고 할 수 있다. 그러나 이 시가 갖는 형식의 자유로움은 하나의 혁신적인 사실로 한국 근대시의 입문이 되었다는 점에서 그 나름의 가치를 갖는다.

최동호 崔東鎬 1948~ 평론가. 경기 수원 출생. 고려대 국문과 및 동 대학원 졸업. 1977년 시집 《황사黃砂의 바람》을 출간했다. 그뒤 문학평론으로 전향해 1979년 《중앙일보》 신춘문예에 〈꽃, 그 시적형상의 구조와 미학〉이 당선, 같은 해 《현대문학》에 〈윤동주 시의 의식현상〉으로 추천이 완료되었다. 이후 시론에 주력해 한국 현대시의 정신사적 측면을 규명하는 중후한 논문들을 발표하고 있다. 문학종합지 《현대문학》의 주간을 역임했고, 경희대 국문과 교수를 거쳐 현대 고려대 국문과 교수로 재직 중이다. 저서에 《시의 해석》 《식민지시대의 시인연구》 《한국 현대시의 정신사》 《불확정시대의 문학》 《평정의 시학을 위하여》 《하나의 도에 이르는 시학》 등이 있으며, 시집으로 《황사바람》 《아침 책상》 《딱따구리는 어디에 숨어 있는가》 등을 간행했다. 한국 현대시에서 서정시의 전통을 정신사적으로 해명하는 데에 관심을 기울여온 그는 주로 동양사상에 대한 천착과 그 시학적 가능성을 확립하고자 한다. 그가 주목하고 있는 노장사상이나 불교적인 선의 세계는 만해나 소월의 시, 정지용이나 김달진의 시에 대한 분석을 통해 그 입론의 가능성을 보여주고 있으며, 특히 현대시에 있어서의 정신주의적성향도 같은 맥락에서 논의하고 있다. 1985년 대한민국문학상, 1991년 소천비평문학상, 1996년 시와 시학상, 같은 해 현대불교문학상, 1998년 김환태평론문학상, 1999년 편운문학상 등을 수상했다.

최명익 崔明翊 1903~ ? 소설가. 평양 출생. 1928년 홍종인洪鍾仁·김재광金在光·한수철韓壽哲 등과 함께 동인지 《백치》를 발간했으며, 1937년에는 동인지 《단층》을 유항림兪恒林·김이석金利錫 등과 함께 주관했다. 정식으로 문단에 등단한 것은 1936년 《조광》에 단편소설 〈비 오는 날〉을 발표하고부터로, 광복 전에 중편·단편소설 10편 정도를 발표했다. 주요 작품으로 〈심문〉〈역류〉〈무성격자〉 등이 있으며, 작품집으로 《장삼이사》가 있다. 1945년 평양의 문예단체인 평양예술문화협회의 회장과 북조선문학예술 중앙상임위원을 역임했으며 평양에 거주하다가 6·25를 맞았다. 1930년대 지식인 소설의 대표적인 작가로, 이상李箱과 견주어도 손색없는 심리소설의 지평을 연 작가로 평가되는 그의 소설에 등장하는 인물들은 무력증과 자의식의 과다에 매몰된 지식인이다. 주로 지식층의 불안과 허무를 다루는 반면 심리적 강박관념을 치밀하게 관찰하고 남녀관계의 갈등이나 사회적 신념의 파탄을 의식의 흐름으로 묘사하는 것이 특징으로 꼽힌다.

〈장삼이사 張三李四〉 최명익의 단편소설. 1941년 《문장》 4월호에 발표되었다. 객관적 심리묘사와 인물묘사가 뛰어난 작품으로, 광복 후 같은 제목의 단편집이 발간되었다. 뚜렷한 이야기나 사건이랄 것은 없고, 열차 안에서 일어나는 자질구레한 일들을 '나'의 시점에서 세밀하게 묘사하고 있다. 내가 앉은 좌석의 사람들은 이야기 하나 없이 무료하게 시간을 보내고 있었다. 그러다가 별로 큰 사건이랄 것도 없는 사건이 일어난다. 내 옆의 청년이 기침을 하다가 가래침을 옆 사람의 구두에 떨어뜨린 것이다. 그 일이 계기가 되어 사람들의 시선이 옆의 신사에게 쏠리게 된다. 신사의 옆에는 화류계 여성인 듯한 여자가 앉아 있었다. 내 옆자리의 사람들은 옆의 신사가 없는 틈을 타서 그 여자의 과거에 대해, 그리고 만주에서 술집을 경영하던 일에 대해 제멋대로 떠들기 시작한다. 그러다가 신사가 들어오자 잠시 입을 다문다. 잠시 후 당꼬바지 영감의 제의로 술판이 벌어지고, 그 신사는 술집 경영의 고충과 작부들이 자꾸 도망을 가서 괴롭다는 내용의 이야기를 떠든다. 그후 내 옆의 사람들은 거의 내리고, 신사도 중간 역에서 내린다. 나는 도망가다가 잡힌 작부 옆에 앉아, 신사의 아들인 듯한 젊은이에게 뺨을 맞는 여자의 모습을 보며 멋대로 공상을 한다. 이 작품의 장점은 섬세한 심리묘사 및 관찰의 탁월함에 있다. 그것은 '나'로 나타난 1인칭시점의 효과적 기능과도 연결된다. 한편 승객들의 방관적 태도에 대한 묘사는 나의 심리상태인 연민의 태도와 대립되는 냉정성을 획득한다. 이 두 가지는 소설의 핵심을 구성하는 서사의 두 축이 된다.

최명희 崔明姬 1947~1998 소설가. 전북 전주 출생. 전북대 국문과 졸업(1972). 1997년 전북대에서 명예문학박사학위를 받았다. 1980년 《중앙일보》 신춘문예에 단편소설 〈쓰러지는 빛〉이 당선되어 등단했다. 1981년《동아일보》창간 60주년 기념 장편소설 공모에 〈혼불〉 제1부가 당선되었으며, 1988년 9월 월간《신동아》에 〈혼불〉 제2부를 연재하기 시작해, 1995년 10월까지 만 7년 2개월간 국내 월간지 사상 최장기 연재 기록을 세우기도 했다. 〈혼불〉은 이미 1990년 4권으로 출간되었으나 월간《신동아》에 연재가 끝난 이후 전체적인 수정과 보완, 교정작업에 들어간 지 1년 만인 1996년 겨울 총5부 전10권으로 출간되었다. 암으로 1998년 안타까운 삶을 마감했다. 그는 〈혼불〉이라는 투혼어린 작업을 통해 우리의 역사와 삶과 정신을 아름다운 언어로 형상화시켜 한국문학의 한 차원 높은 지평을 제시함으로써 잠재된 한국인의 정신을 일깨우고 우리말의 아름다움을 그 극한까지 보여준 작가로 평가받는다. 1999년 그의 1주기를 맞아 전북대에서 추모학술대회가 열리고 예술의 전당에서 '혼불의 밤'이 개최되는 등 그를 기리기 위한 행사들이 잇달아 마련되기도 했다. 1997년 제11회 단재상, 제16회 세종문화상, 1998년 제15회 여성동아대상, 호암상 등을 수상했다.

〈혼불 魂—〉 최명희의 대하예술소설. 총5부 전10권으로 구성되어 있다. 1980년부터 쓰기 시작해 1996년 제5부를 완성한 〈혼불〉은 만 17년이라는 긴 시간을 하나의 작품에만 쏟아붓는 투철한 작가정신을 통해 예술혼의 탁월한 경지를 보여주었다. 이 작품은 우리 한국인들이 가꾸어온 세시풍속 · 관혼상제 · 음식 · 노래 등 민속학 · 인류학적 기록들을 아름다운 모국어와 극채색으로 생생하게 복원해낸 빼어난 작품으로 평가받고 있다. 이로써 이 작품의 소설사적 지위는 확고한 것으로 굳어졌으며 우리가 대대로 전승해온 풍속의 세계를 최대한 정밀하고 자상하게 또한 아름답게 복원시키는 작업을 통해 우리 민족의 참된 형체와 정체성을 강하게 보여주었다. 다시 말해 소설 〈혼불〉은 한국인의 생활사 · 풍속사, 의례와 속신의 백과사전일 뿐 아니라 우리 문화전승의 전범이라고 할 수 있다. 엄숙한 관혼상제의 의식에서부터 일상적 풍속이나 관습의 동작 하나에 이르기까지 그 유래와 이치와 의미를 생생하게 보여줄 뿐만 아니라 모든 절차와 법도, 풍수의 이치와 무속신앙, 조선의 관제, 직제, 행정구역, 신분제도와 노비제도, 백정의 모든 작업과정, 염료제조법 등 한국인의 생활의 모든 면모를 지극히 상세하게 구성해 문학적으로 형상화하고 있다. 이 작품은 대하 서사시적 규모를 지닌 일대 거작이며 엄청나게 폭이 넓은 사회소설로 이야기 중심, 사건 중심이 아닌 소설 장르의 새로운 영토를 개척함으로써 한국문학의 한 단계 높은 차원을 보여주었다.

최미나 崔美娜 1932~ 소설가. 본명 은례恩禮. 전남 여수 출생. 전남여고 졸업. 1957년《여원》에 단편 〈등반登攀〉이 당선되고, 1959년《현대문학》에 〈고갯길〉이 추천되어 등단했다. 이후 〈그림자〉〈합류合流〉〈과정過程〉〈허지만씨〉〈만학선생〉 등을 발표했다. 그의 작풍의 특색은 인간심리의 보편적 상황과 갈등을 문학적 표현기법을 가미해 희화화하는 데 있다. 작품집에《합류》《여자가 바다를 느낄 때》《고뇌의 겨울》《뜨거운 강물》《내일의 사과나무》《세번째 만남》 등이 간행되었다. 그의 초기 작품들은 섬세한 심리묘사를 주요 특징으로 하고 있다. 1963년 전남문화상, 1989년 한국소설가협회상을 수상했다.

최상규 崔翔圭 1934~1994 소설가. 충남

보령 출생. 연세대 영문과 졸업(1957). 1956년 《문학예술》에 단편 〈포인트〉 〈단면斷面〉이 추천되어 등단했다. 이어 〈농군農軍〉 〈제1장〉 등 다수를 발표했다. 〈포인트〉는 소집영장 때문에 헤어져야 할 부부의 심정을 그리고 있다. 〈황색黃色의 서장序章〉에서는 상류사회 계급의 인간적 문제를 추구하고 있고, 〈산정山頂의 고아원孤兒院〉에서는 현대문명에 혐오를 느껴 문명과 격리된 산을 찾아 자연에의 귀의를 희구하고 있는 이른바 현대인의 도피의식을 그리고 있다. 그러나 그의 현실적 도피의식은 단순히 도피를 위한 도피가 아니라 그것을 극복, 인간이 잃어버린 고향을 되찾기 위한 데서 비롯된 것이다. 작품 〈뚫어진 하늘 아래서〉도 이러한 경향을 엿볼 수 있다. 이밖에 주요 작품으로 단편 〈사각死角〉 〈녹색의 우물〉 〈무서운 여름밤〉 〈나영裸泳〉 〈어떤 조후兆候〉, 장편 〈그 어둠의 종말〉 〈사랑의 섬〉 〈자라나는 탑塔〉 등이 있으며, 중편집 《겨울 잠행潛行》 《나방과 거품》 등을 간행했다. 초기 작품에서는 밑바닥에 깔린 야유적인 시니시즘의 냉랭함이 보였으나, 1960년대부터는 이러한 분위기가 사라지고 새로운 국면을 다각도로 개척하려는 노력이 줄기차게 시도되었다. 조직의 메커니즘에 의해서 말살되어가는 인간의 모습을 그리면서도 참다운 인간 귀의에의 염원을 갈구하고 있는 것으로 보인다. 1983년 대한민국문학상을 수상했다.

〈포인트〉 최상규의 단편소설. 1956년 《문학예술》 5월호에 추천된 작품이다. 6·25동란 후의 사회현실을 배경으로, 절망적인 상황에서의 인간의 원초적인 순수한 사랑을 주제로 하는 이 작품은 징집영장을 받고 떠나야 하는 '그'와 그의 아내의 심정을 통해 한 개인의 운명의 전환점이 어떻게 찾아오는가 하는 것을 그리고 있다. 주인공 '그'는 징집영장으로 해서 자기의 의지와는 다르게 내일이 없는 세계로 갈 수밖에 없다. 아침에 징집영장을 받은 그는 사랑하는 아내를 두고 떠난다는 것은 생각조차 할 수 없는 일이다. 그들은 그녀의 어머니의 결혼반대 때문에 정식결혼도 하지 못한 사이다. 그런데 영장 때문에 이들은 헤어져야 하는 것이다. 작자는 이 작품을 통해 그 시대 지식인들이 어쩔 수 없이 부대껴야 하는 시대상황을 '그날 아침'이라는 시간적인 배경과 '방 안'이라는 한정된 공간적 배경 속에서 진행시키고 있다. 문체는 간결체이면서 늘어놓는 말은 요설체인 것도 이 작품의 한 특징을 이루고 있다.

최서해 崔曙海 1901~1932 소설가. 본명은 학송鶴松. 함북 성진城津 출생. 유년시절 한문을 배우고 성진보통학교에 3년 정도 재학한 것 외에 이렇다 할 학교교육은 받지 못했다. 1924년 《조선문단》에 〈고국故國〉이 추천되어 등단했다. 이어 〈탈출기脫出記〉 〈기아饑餓와 살육殺戮〉을 발표하면서 신경향파 문학의 기수로 각광을 받았다. 소년시절을 빈궁 속에 지냈으며 《청춘》 《학지광》 등을 사다가 읽으면서 문학에 눈을 떴고, 그때부터 이광수李光洙의 글을 읽으면서 사숙하기 시작했다. 1918년 고향을 떠나 간도로 건너가 방랑과 노동을 하면서 문학공부를 계속했다. 1923년 간도를 나와 국경지방인 회령에서 잡역부 일을 하기도 했다. 1924년 작가로 출세할 결심을 하고 상경해 이광수를 찾았다. 그의 주선으로 양주 봉선사奉先寺에서 승려생활을 하게 되었으나, 두어 달 있다가 다시 상경해 조선문단사에 입사했다. 1927년 현대평론사의 기자로 일하기도 했고, 기생들의 잡지인 《장한》을 편집하기도 했다. 1929년 《중외일보》 기자, 1931년 《매일신보》 학예부장으로 일했다. 위문협착증으로 사망했다. 〈고국〉 이전에 처녀작 〈토혈吐血〉을 《동아일보》 월요란에 발표한 적이 있다. 주요 작품으로 〈금붕어〉 〈13원〉 〈폭군〉 〈탈출기〉 〈박돌의 죽음〉 〈기아와 살육〉 〈홍염紅焰〉 등이 꼽힌다. 대략 장편 1편, 단편 35편 내외를 발표했다. 그의 소설들은 빈궁을 소재로 가난 속에 허덕이는 사람들의 이야기가 주류를 이루는데, 대체로 세 가지 경향이 있다. 첫째, 조국에서 살지 못하고 간도로 유랑한 가난한 사람들의 이야기를 다룬 소설로 〈고국〉 〈탈출기〉 〈기아와 살육〉 〈돌아가는 날〉 〈홍염〉 등이 이에 속한다. 둘째, 함경도 지방의 시골을 배경으로 무식하고 가난한 노동자나 잡역부들의 생활을 그린 소설로 〈박돌의 죽음〉 〈큰 물 진 뒤〉 〈그믐밤〉 〈무서운 인상〉 〈낙백불우落魄不遇〉 〈인정人情〉 등이 여기에 속한다. 셋째, 잡지사 주변을 맴도는 문인들의 빈궁상을 그린 소설로 〈8개월八個月〉 〈전기轉機〉 등이 이 계열에 속한다. 그의 빈궁문학은 목적의식적인 것이 아니라 체험과 생리에서 나온 자연발생적인 것으로 그의 간결하고 직선적인 문체에 힘입어 한층 더 호소력을 지니고 있었다. 그는 스스로 프로문학을 한다고 자처하지 않았으며, 시대가 흐를수록 차차 광채를 잃어갔다. 그것은 예술의식이 투철하지 못했고, 근대 리얼리즘의 기법을 철저히 습득하지 못했으며, 다만 자신의 빈궁생활을 소재로 한 체험문학의 한계를 벗어나지 못했기 때문이다. 그러나 그는 1920년대 경향문학의 한 양상을 보여주는 데에 크나큰 기여를 했음은 부인할 수 없는 사실이며 그의 문학적 기여라 할 수 있다.

〈기아와 살육 饑餓—殺戮〉 1925년 《조선문단》 9월호에 발표된 최서해의 단편소설. 이 소설의 주인공은 중학과정을 마친 정수라는 청년이다. 그는 일자리를 얻지 못해 어머니와 아내, 딸을 데리고 북만주로 간다. 그러나 거기서도 추위와 가난 속에 아내는 산후풍으로 약 한 첩 못 쓰고 누워 있고, 어린 딸은 아랫도리조차 제대로 가리지 못한 채 굶주려 있으며, 노모는 집주인의 집세 독촉을 알리는데, 그 와중에 아내가 경련을 일으킨다. 정수는 한의원에 달려가 아내의 구원을 호소하나, 한의원은 치료비를 못 갚으면 머슴을 살겠다는 각서를 받은 뒤에야 왕진에 응한다. 침 몇 대에 아내가 의식이 들기 시작하자 정수는 보이지 않는 노모의 행방을 물으나 알 길이 없고, 수많은 마귀가 자기 가족에게 달라붙는 환영에 빠져든다. 그러다가 황급한 인기척에 놀라 깨어보니 노모가 피투성이가 되어 이웃에게 업혀온다. 가족이 굶는 것을 보다 못한 어머니가 머리 타래를 팔아 좁쌀을 사오다가 중국인 개에게 물어뜯긴 것이다. 처참하게 신음하고 있는 노모, 언제 다시 발작할지 모르는 아내, 굶주린 어린 딸, 송장처럼 길게 누워 있는 가족들 위로 피에 굶주린 마귀들이 물어뜯는 환영 속에 정수는 정신착란 증세를 일으킨다. 식칼을 들고 아내와 노모를 차례로 찌르고, 밖으로 뛰쳐나가 행인·상점 할 것 없이 닥치는 대로 찌르고 부수다가 결국에 순사를 찌르고 중국인 경찰서까지 침입, 총에 맞아 비참한 최후를 맞는다. 이 작품은 생존의 권리마저 거부당했을 때 야기될 수 있는 비극적인 생의 종말을 제시한다. 〈탈출기〉 〈박돌의 죽음〉 〈홍염〉과 같은 초기 경향파적 작품으로 분류될 수 있다. 이 소설의 가치는 1920년대 만주벌판을 무대로 신음하다 사라져간 동포들의 참상이나 그 정황을 다룬 특이함에서보다 오히려 한 가족의 수난을 통해 전민족 단위로서의 역경과 궁핍으로 확대가 가능한 그 상징적 표출 속에서 찾아져야 할 것이다. 단일한 효과·기분·정서, 집중된 인상의 제시, 그리고 서술된 시간의 단축 등의 구조적인 특성은 근대 단편소설의 특징과 부합된다.

〈**큰물 진 뒤**〉 최서해의 단편소설. 1925년 《개벽》에 발표된 작품으로 작자의 대표작 중의 하나이다. 윤호는 어려서 부모를 잃고, 부모가 물려준 밭뙈기마저 삼촌한테 빼앗기고도 말없이 살아간다. 동리 심부름을 해가며 유순하게 순종하며 살아온 윤호, 그러나 그 앞에 놓인 현실은 냉혹하기만 하다. 물난리로 1년 내내 피땀 흘려 지은 밭은 온데간데 없어지고 갓 낳은 자식마저 잃고, 해산후 몸을 풀지 못한 아내는 사경을 헤매고 있어 그의 가슴은 칼로 도려내는 듯 아프다. 어느 날 밤 커다란 대문 안으로 시커먼 그림자 하나가 숨어 들어간다. 그는 혼자 중얼거린다. "아, 못할 일이다. 내가 살자고 남을 죽여? 에라, 그만두자. 사람으로 차마." 시커먼 그림자는 잠시 후 대문을 나서서 어둠 속으로 사라진다.

〈**탈출기** 脫出記〉 최서해의 단편소설. 1925년 《조선문단》에 발표된 작품으로 자전적 요소가 많은 작자의 출세작이다. 5년 전 '나'는 어머니와 아내를 데리고, 살기 좋다는 간도땅으로 갔다. 농사를 지어 배불리 먹고 무지한 농민들을 가르쳐 이상촌을 만들겠다는 꿈이 있었다. 그러나 빈 땅은 없었고 중국인에게 소작인 노릇을 하려 해도 빚 갚을 길이 막연한 현실이었다. '나'는 허기진 배를 채우기 위해 구들을 고치고 삯김도 매고 꼴도 베어 파는 일을 했으나 이틀 사흘 굶기가 일쑤였다. 임신한 아내가 귤껍질을 주워다 먹고 있는 광경을 보고는 더욱 열심히 살 것을 결심했다. 생선장수와 두부장수, 그러나 두부는 걸핏하면 쉬어빠지는 통에 그 쉰 두붓물로 연명했다. 갓난 아이는 젖 달라 울고 겨울은 다가왔다. 땔나무를 하려다 경찰에 잡혀가 매맞기가 다반사였다. '나'는 세상이나 어머니나 아내를 위해 충실하게 살았다. 그러나 세상은 충실한 우리를 모욕하고 멸시하고 학대했다고 생각한 '나'는 최면술을 걸려는 무리들, 험악한 공기의 원류를 바로잡기 위해, 어머니와 아내와 자식을 희생하면서 어떤 집단에 가담하게 된 것이다. 주인공인 '나'는 가정을 탈출하지 않을 수 없었던 이유를 '김군'에게 편지형식으로 서술하고 있다. 이렇듯 이 작품은 서간체 형식의 1인칭 화자 시점이 가지는 장점을 살려, 일제 식민지하의 가난한 삶에 대한 현실을 폭로하고 있다. 이 소설이 발표되자 당시의 문단은 작가에게 박수를 보냈고 최서해는 그 당시 신경향 문학의 한 획을 그은 작가로 평가됐다.

최성연 崔聖淵 1914~ 시조시인. 호 소안素眼. 인천 출생. 경성 제2고보 졸업. 1955년 《동아일보》 창간 기념 현상모집에 시조 〈핏자욱〉이 당선되어 등단했다. 주요 작품에는 〈쑥스러이 죽다니〉 〈눈부신 햇살을〉 〈전화戰禍〉 〈목연木蓮〉 〈청자靑瓷의 염원念願〉 〈솔개〉 등 다수의 작품이 있으며, 시집으로 《은어銀魚》 《갈매기도 사라졌는데》 외에 논문 〈시조시인은 세기의 증언자가 되자〉 〈시조시인의 분포상 고찰〉 〈시조문학의 현주소〉 등이 있다. 1960년 인천시문화상, 1964년 경기도문화상을 수상했다.

최수철 崔秀哲 1958~ 소설가. 강원도 춘천 출생. 서울대 불문과 및 동 대학원 졸업(1984). 1981년 《조선일보》 신춘문예에 〈맹점盲點〉이 당선되어 등단했다. 이후 중·단편소설 및 장편소설 창작에 몰두, 단편 〈신유년 겨울 혹은 계륵〉 〈사소한 부재不在를 위하여〉 〈공중누각〉 〈홍도가 죽었다〉 〈소리에 대한 몽상〉 〈어젯밤에 들렸던 총성에 대해 설명드리겠습니다〉 등을 계속 발표했다. 현재 한신대 한국문화학부에 재직 중이다. 창작집으로 《공중누각》 《화두·기록·화석》 《내 정신의 그믐》 《분신들》 등이 있으며, 〈고래 뱃속에서〉 〈어느 무정부주의자의 사랑〉 〈알몸과 육성〉 〈벽화 그리는 남자〉 〈불멸과 소멸〉 등 다수의 장편을 출간했다. 이밖에 장편동화 《물음표가 느낌표에게》, 여행기 《사막에 묻힌 태양》 등이 있다. 치밀하면서도 일탈적인 문체, 인간의 본질에 대한 천착, 실험적 기법에 대한 관심 등이 그의 특성이라고 할 수 있으며, 현대인의 내면 혹은 의식의 분석을 통해 자아 정체성의 회복이라는 문제를 문학적으로 실천하고자 한다. 1988년 〈고래 뱃속에서〉로 윤동주문학상을, 1993년 〈얼음의 도가니〉로 이상문학상을 수상했다.

〈화두·기록·화석 話頭記錄化石〉 최수철의 중편소설. 1987년 문학과 지성사에서 발간한 작품집 《화두·기록·화석》에 수록되어 있는 작품이다. 외화와 내화로 구성된 액자소설 형식을 취하고 있다. 외화 부분의 화자인 '나'는 옥수사玉水寺에서 박창도와 1년 정도 함께 보낸 인연으로 그의 소지품을 떠맡게 된다. 옥수사란 고시공부를 위해 '내'가 머물던 절이며, 박창도 역시 그 절에 머물며 공부하던 사람이다. 어느 날 갑자기 박창도는 말 한 마디 없이 사라져 두 달 가깝도록 돌아오지 않았다. 절 주지의 권유로 평소 박창도와 비교적 가까운 사이였던 '내'가 그의 소지품을 보관하게 되었던 것인데, 그것은 책과 각양 각종의 필기구들, 그리고 원고뭉치였다. 폭음을 하고 난 이튿날, '나'는 박창도의 원고를 독파하고, 마침내 그 글들을 정리해서 누군가 읽기 편하도록 일목요연하게 제시하기로 마음먹는다. 내화는 박창도를 주인공으로 한, 모두 열여섯 편의 짧은 글들로 이루어져 있다. 이 글들은 일관된 스토리를 가지지 않고 따로 독립되어 있으면서, 궁극적으로 글의 주제이자 박창도 자신의 고민의 핵심이기도 했던 '사유의 자유, 글쓰기의 자유, 사람의 자유'를 드러내기 위한 삽화의 기능을 한다. 박창도는 자신의 글쓰기가 야기하는 여러 가지 불편함에 질려 글쓰기를 포기해 버리기로 결정한다. 사유의 자유, 글 자체의 자유, 그로 인한 사람의 자유. 박창도는 이 세 자유를 동시에 확보하기 위해 고민했다. 그가 마지막 도달한 결론은 쓰기보다는 읽기에 의해 구원받을지 모른다는 생각이었다. 그는 수첩을 꺼내어 마지막장에 마지막으로 이렇게 쓴다. "사유의 자유, 글 자체의 자유, 그로 인한 사람의 자유." "화두, 기록, 화석." 글쓰기라는 행위를 중심으로 그 이전 단계인 의식과 그 이후 과정인 읽기의 세 과정의 상관관계를 드러내고자 한 작품이다. 작자는 첫 창작집 《공중누각》에서 무의식 체계에 대한 탐구와 인간해체의 과정을 정밀하게 묘사해 소설문학의 새로운 지평을 열었다고 평가된 바 있다. 이 작품은 그러한 문제의식의 연장선상에서 자족적 행위로서의 글쓰기의 자유와 그것을 가능케 하는 사유의 자유의 진정한 가능성 여부에 스스로 질문을 던진 후, 그것은 '읽기'에 의해 완성될 수밖에 없음을 자기결론으로 이끌어내고 있다. 치밀한 내면의식의 묘사, 상식의 과감한 파괴를 통한 전통적 소설양식의 해체로써 한국문학의 새로운 가능성으로 주목받고 있는 작가이다.

최승범 崔勝範 1931~ 시조시인 · 국문학자. 전북 남원 출생. 전북대 대학원 박사과정 수료. 1958년 《현대문학》에 시조 〈설경雪景〉 〈소낙비〉 〈사온일四溫日〉 등을 발표하고 등단했다. 이어 〈양장시조兩章時調〉 〈운수초雲水抄〉 등을 계속 발표해 문단의 주목을 끌었다. 시조집 《후조候鳥의 노래》 《설청雪晴》 《계절의 뒤안길》 등을 펴냈으며, 수필집으로 《반숙인간기半熟人間記》 《수필 ABC》 등이 있다. 한편 시전문지 《전북문학》을 발행하면서 〈파랑새요謠에 대한 사견私見〉 등의 연구논문도 발표했다. 그의 시조는 일상적인 생활 속에서 인생의 그리움과 따스함을 느끼게 하는 독특한 시정詩情을 지니고 있다.

최승자 崔勝子 1952~ 시인. 충남 연기 출생. 고려대 독문과 수학. 《문학과 지성》을 통해 등단했다. 주요 작품으로 〈삼십세〉 〈즐거운 일기〉 등이 있으며, 시집으로 《이 시대의 사랑》 《즐거운 일기》 《연인들》 등 다섯 권이 있다. 철저한 긍정에 도달하기 위해 세계 전체에 대한 부정을 수행하는 시세계로 문단의 주목을 받았다. 1999년 발간된 《연인들》은 음양오행론과 서양점성술 등 동서양의 상징체계에 힘입어 다분히 신비주의적 색채를 띤다는 평가를 받는다.

최승호 崔勝鎬 1954~ 시인. 강원도 춘천 출생. 춘천교대 졸업(1975). 1977년 《현대시학》에 〈비발디〉 〈겨울새〉 등이 추천되어 등단했다. 주요 작품으로 〈나는 숨을 쉰다〉 〈공터〉 등을 들 수 있으며, 시집으로 《대설주의보》 《고슴도치의 마을》 《진흙소를 타고》 《회저의 밤》 등이 있다. 소설집 《시인의 사랑》을 간행하기도 했다. 그는 사실적 관찰, 단순하지 않은 사려, 감정이 억제된 논리적 사유의 언어의 세계로 시풍을 다져나가고 있다. 1982년 오늘의 작가상, 1985년 김수영문학상, 1990년 이산문학상을 수상했다.

최시병 崔時炳 1931~ 수필가 · 시인 · 아동문학가. 호 모운牟雲 · 일목日木. 일본 교토 출생. 부산대 경영대학원 졸업(1985). 격월간지 《화술》을 통해 문단에 데뷔, 《동양문학》 신인상에 수필이 당선되었으며, 한국현대아동문학가협회 이사, 동백수필문학회장으로 활동했다. 시집에 《아사달의 꽃》, 수필집에 《초가 한 채》 《보리밭둑의 환상》이 있으며, 동화집 《꿈 속의 집》 《관세음보살의 피리》가 있다.

최신해 崔臣海 1919~1991 수필가. 울산 출생. 세브란스 의전 졸업. 청량리 뇌병원을 설립해 그 원장으로 있으면서 연세대 · 서울대 · 이화여대 등에 출강하기도 했다. 1945년 《조광》에 수필 〈탐라기행耽羅紀行〉을 발표한 이후, 정신의학과 관계되는 독특한 수필을 많이 썼다. 특히 정신분석학적인 관점에서 인간 심층의 정신적 고뇌와 갈등, 현대인의 문명병적인 노이로제 등과 관련된 내용의 수필로 문명을 떨쳤다. 수필집으로 《심야의 해바라기》 《문고판 인생》 《제3의 신神》 《고독을 이겨야 하는 현대인》 등 다수가 있다. 서술어의 생략, 비약적인 표현과 넓은 지식이나 에피소드의 삽입 등으로 건조한 듯하면서도 다감한 문체를 구사하는 것이 특징이다.

최원규 崔元圭 1933~ 시인. 충남 공주 출생. 호 금정錦汀. 충남대 국문과 및 동 대학원 졸업. 1962년《자유문학》신인상에 시〈나목裸木〉이 당선되어 등단했다. 1965년 충남대 교수로 취임 이후 동 대학 문과대학장, 대만사범대학 교환교수, 중앙대학 교환교수를 역임했다. 데뷔 후 13권의 시집과 5권의 시론집 및 수필집을 발간해 창작과 학술활동을 동시에 전개했다. 한국시문학회 회장, 한국언어문학회장, 한국시인협회 및 펜클럽의 임원으로 활동했다. 시집으로《금채적金彩赤》《겨울가곡》《비 속에서》《바다와 새》《그리움 떠도는 바람되어》《산방山房에 다녀와서》 등이 있다. 작품 경향은 불교적 사유와 사물의 본질에 있어서 인과적 원리가 유추된다. 또한 그의 시세계의 주제가 빛의 해탈이거나 생성과 소멸을 극복한 목숨의 순환적 원융관계를 제시했다. 그의 시인다움은 학문적 권위로 쉽게 얻어진 것이 아니라 생활과 삶의 과정에서 획득되어진 인간적인 것이며, 그는 시류에 흔들리지 않는 한결같은 시의식의 소유자이다. 1967년 충남문화상, 1976년 현대문학상, 1986년 한국펜문학상, 1996년 현대시인상, 1999년 국민훈장 모란장 등을 수상했다.

최원식 崔元植 1949~ 평론가. 인천 출생. 서울대 국문과 및 동 대학원 졸업. 1972년《동아일보》신춘문예 평론부문에 입선하면서 등단했다.《실천문학》《한겨레신문》 등의 편집위원을 역임했으며, 현재 인하대 국문과 교수로 재직하면서《창작과 비평》 편집주간을 맡고 있다. 주요 논문으로〈은세계 연구〉〈식민지시대 소설과 동학〉〈민족문학론의 반성과 전망〉〈농민문학론을 위하여〉 등 한국 근대소설사에 관한 연구가 주를 이루고 있으며, 저서로《민족문학의 논리》《한국근대소설사론》《생산적 대화를 위하여》 등을 간행했다.

최윤 1953~ 소설가·평론가. 서울 출생. 서강대 국문과 및 동 대학원 졸업, 프랑스 프로방스대 불문학 박사학위 취득. 1978년《문학사상》에 비평부문이 당선되어 문단에 데뷔했고, 1988년《문학과 사회》에 광주민중항쟁을 다룬 중편소설〈저기 소리없이 한 점 꽃잎이 지고〉를 발표하면서 본격적인 창작 활동을 시작했다. 이후 장편〈너는 더 이상 너가 아니다〉, 중·단편〈회색 눈사람〉〈워싱톤 광장〉〈하나코는 없다〉〈푸른 기차〉 등을 잇달아 발표하면서 문단의 주목을 받았다. 그는 대체로 거대서사가 붕괴한 1990년대적 세계 속에서 건조한 삶을 살아가는 지식인의 파편적 일상을 그려나간다. 그의 소설적 소재는 매우 다양하다. 등단작인〈저기 소리없이 한 점 꽃잎이 지고〉는 광주항쟁 당시 정신적 상처를 받은 한 소녀의 방랑과정을 추적하고 있으며,〈아버지의 감시〉와〈벙어리 창〉은 이산가족의 문제를 다루고 있고,〈회색 눈사람〉은 운동권에 끼어든 한 젊은이의 기억을 재생하고 있다. 또한 1999년 발간된 작품집《열세 가지 이름의 꽃향기》의 표제작엔 고아인 트럭 운전기사와 떠돌이 여자의 순수성이 외부에 의해 짓밟히는 과정이 그려져 있으며,〈숲 속의 빈터〉에는 '폭력의 망령'에 시달리는 인물들이 등장한다. 그러나 이러한 다양한 취재에도 불구하고 그의 소설에 등장하는 주인공들은 한결같이 현실 속에서 좌절된 경험을 가지고 있다. 이처럼 정신적 상처를 간직하고 있는 인물들을 통해 작가는 겉모습과는 다른 인간의 내면을 탐구하고자 한다. 따라서 그의 초점은 전통적인 리얼리즘 소설과는 달리 현실의 무게를 간직하는 인물들의 내면적 정황을 고통 속에서 그려내는 심리적인 것이었다. 또한 그는 전통적인 사실적 서술 문체뿐만 아니라 주관적인 심리묘사, 고백체, 서정적인 문체 등 다양한 문체를 사용한다. 1992년 〈회색 눈사람〉으로 제23회 동인문학상을, 1994년 〈하나코는 없다〉로 제18회 이상문학상을 수상했다.

최은하 崔銀河 1938~ 시인 · 수필가. 본명 은규銀奎, 호 별밭. 전남 나주 출생. 경희대 국문과 및 동 대학원 졸업. 1959년 《자유문학》에 〈꽃에게〉 〈G선의 포에지〉 〈창이 없는 아뜨리에〉 등으로 추천을 받아 등단했다. 주로 서울의 중 · 고교에서 교직생활을 했으며, 현재 경희대 · 서울여대 · 숭의여대 등의 대학에 출강하며 시와 수필을 창작하고 있다. 한국기독교문인협회장, 한국현대시인협회 · 한국자유시인협회 부회장 등을 역임했고, 1999년 현재 경희문인회 부회장으로 활동하고 있다. 계간 《믿음의 문학》 발행인이다. 시집으로 《너와의 최후를 위하여》 《보안등》 《태초의 바람》 《왕십리 안개》 《바람의 초상》 《빛의 소리》 《꽃과 사랑의 그림자》 《그리움은 바람꽃으로 피어》 《안개, 바람소리 꽃뱀 울음》 《그리운 중심》 《최은하 시전집》 등과 다수의 신앙시집, 그리고 수필집 《그래도 마저 못한 말 한 마디》 《바람은 울지 않는다》 등이 있다. 인생이나 사물에 대해 어떠한 결론보다는 깊이 있는 관조로 생활주변으로부터 즉물적 포착, 추상의 사물화를 형상화하고 있다. 새로운 서정을 이미지로 재인식하는 주지적 기법을 주로 취한다. 짙은 은유와 상징으로써 문명비평과 생명의 외경, 찬미라는 기독교 신앙을 바탕으로 한 구원과 그 영광을 주제로 잡아 시 작업에 열중하고 있다. 1984년 제1회 경희문학상, 1987년 제10회 한국현대시인상, 1991년 제28회 한국문학상, 1997년 제10회 기독교문화대상 등을 수상했다.

최인석 崔仁碩 1953~ 소설가 · 극작가. 전북 남원 출생. 전북대 국문과 졸업. 1980년 《한국문학》에 희곡 〈벽과 창〉이, 1986년 《소설문학》에 장편 〈구경꾼〉이 당선되어 등단. 이후 소설창작과 희곡창작을 병행해 희곡 〈어떤 사람도 사라지지 않는다〉 〈그 찬란하던 여름을 위하여〉 〈욕쟁이 품바〉 등과 소설 〈그림 없는 그림책〉 〈심해에서〉 〈내 영혼의 우물〉 〈숨은 길〉 〈평화의 집〉 등을 꾸준히 발표했다. 소설집 《인형만들기》 《내 영혼의 우물》 《혼돈을 향하여 한 걸음》 《나를 사랑한 폐인》 《아름다운 나의 귀신》 등과 장편소설 〈구경꾼〉 〈잠과 늪〉 〈새떼〉 〈내 마음에는 악어가 산다〉 〈안에서 바깥에서〉 등을 간행했다. 튼튼한 서사구조와 독특한 작품 세계를 동시에 지닌 작가로 평가되고 있다. 1985년 대한민국문학상, 1995년 대산문학상, 1997년 박영준문학상 등을 수상했다.

최인욱 崔仁旭 1920~1972 소설가. 본명 상천相天, 호 하남河南. 경남 합천 출생. 해인불교전문학원을 거쳐 일본 니혼대 종교과 중퇴. 1938년 《매일신보》에 단편 〈시들은 마음〉이 입선, 다음해 〈산신령〉이 입선되면서 등단했다. 이어 산사山寺의 정적인 자연을 배경으로 두 남녀의 순정을 그리면서 자연과 인간과의 합일을 그린 비극적 낭만소설 〈월하취적도月下吹笛圖〉를 《조광》에 발표해 작가적 지위를 굳혔다. 초기에는 주로 동양적인 토속세계와 서정에 바탕을 둔 작풍을 보였으나, 차츰 대중적 요소가 가미된 장편 역사물에 기울어졌다. 데뷔작 〈산신령〉이나 〈월하취적도〉는 당시 문단의 복고적 민속풍물적 경향을 반영한 작품으로, 경직된 사회와 외래적 문화충격으로부터의 인간성 회복이나 자연과의 합일을 추구한 것으로 평가된다. 〈초적草笛〉은 그의 대표적 장편 역사소설로 동학혁명을 제재로 탐관오리의 횡포와 이에 항거하는 민중들의 투쟁을 다룬 것이다. 〈임꺽정林巨正〉 또한 조선 후기 민중의식의 대두를 배경으로 사실에 충실한 과거사실의 재현에 힘썼던 대표적 역사물이다. 6·25동란 이후에는 〈목숨〉 〈정찰삽화〉 등의 전란이 반영된 작품도 발표했다. 〈개나리〉 〈설한기雪寒記〉 〈벌레먹은 장미〉 〈야경夜警〉 등의 단편과 〈애정지도愛情地圖〉 〈화려한 욕망〉 〈만리장성萬里長城〉 〈자규子規야 알랴마는〉 〈태조왕건太祖王建〉 등 수많은 애정물·역사물을 남겼다. 장르에 구애 없이 장편소년소설 〈일곱별 소년〉을 비롯, 〈신문 파는 소년〉 〈운동화〉 〈푸른 계단〉 〈눈 온 아침〉 〈쥐와 뱀〉 등의 동화를 썼으며 《고문진보古文眞寶》 《요재지이聊齋志異》 등의 번역서를 내기도 했다.

〈개나리〉 최인욱의 단편소설. 1948년 《백민》에 발표된 작품이다. 일정日政과 해방이라는 두 시대에 걸친 여인의 역사를 조명한 것으로, 구성이나 문장에 있어서 그의 작품을 대표하는 역작으로 꼽힌다. 팔자소관이거니 하고 연이는 지내온 스물두 해를 회상해 본다. 그러나 절로 한숨이 나올 뿐이다. 그녀는 열일곱에 재 너머 외톨이 농사꾼에게 시집을 갔다. 남편은 동네에서도 한다하는 장정이었으나 이듬해 일본사람들의 전쟁에 징용으로 끌려가고 만다. 해방이 되자 병정으로 징용나간 젊은이들이 날마다 제 고장을 찾아들었으나, 웬일인지 연이의 남편은 돌아오지 않았다. 그러자 남편과 한 날 한 시에 떠난 이 고장의 젊은이 두 사람이 돌아와 처음 보는 네모진 유골 상자를 연이에게 건네준다. 그때 연이의 등에서는 어린것이 보채고 있었다. 초라한 오막살이, 서쪽 하늘에서 초승달이 엿보는 썩어가는 지붕에는 하얀 박꽃이 너울거리는데 방안에는 까물거리는 호롱불 밑에서 연이가 두 다리를 뻗어놓고 몸부림치고 있다. 어느 날 밤 궤짝을 열고 남편이 없는 동안 호신용으로 간직했던 식칼을 버리고 집을 팔아버린다. 그는 시숙의 집으로 옮긴 지 1년 만에 친정으로 돌아왔다. 햇수로 3년, 그동안 등에서만 곰실거리던 복돌이가 벌써 다섯 살이 된다. 친정은 가난했다. 어머니는 떡집을 벌여놓고 있었다. 올케의 구박, 조카 준이가 돌이를 괴롭히는 일 등 연이에게는 견디기 어려운 나날이었다. 그러던 중 재목상을 한다는 40대의 남자와 중매가 되어 연이는 그 남자를 따라가게 된다. 돌담장 너머로 개나리가 노랗게 핀 음력 3월 열이렛날, 돌이는 엄마와 따로 갈려 트럭에서 끌어내려진다. 연이는 그런 줄 번연히 알면서도 차 가는 대로 몸을 맡겨야만 했다.

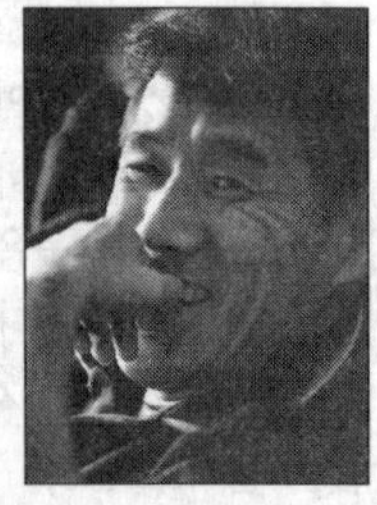

최인호 崔仁浩 1945～ 소설가. 서울 출생. 연세대 영문과 졸업. 1967년 《조선일보》 신춘문예에 단편 〈견습환자見習患者〉가 당선되어 등단했다. 이후 단편 〈2와 $\frac{1}{2}$〉 〈순례자〉 〈술꾼〉 〈사행射倖〉 〈처세술 개론〉 〈타인의 방〉 등 수십 편을 발표했다. 현재 카톨릭대 국문과 겸임교수로 있다. 그의 초기작 〈술꾼〉은 꼬마애가 술집으로 아버지를 찾아다니다가 결국 그도 술을 마시게 되고, 마침내 고아원으로 들어감으로써 아버지가 자기를 찾아오도록 만드는 이야기이다. 〈무서운 복수〉는 대학 군사훈련과 이를 반대하는 학생들의 동태 등을 그린 현실참여의 단편이고, 〈처세술 개론〉은 할머니의 유산을 탐내어 할머니에게 잘 보이기 위해 다투는 '나'와 소녀의 관계를 포착한 역작이다. 학생이나 어린이들을 다루어 특이한 심리의 변화와 기발한 사건의 국면을 포착, 참신하고 매력 있는 문장으로 구성한다. 이러한 그의 개성과 독창성으로 말미암아 인기작가로 상승, 장편소설 〈별들의 고향〉을 1972년부터 1973년까지 《조선일보》에 연재했으며, 1973년 단행본으로 간행했다. 작품집으로 《타인의 방》《우리들의 시대》《영가》《구르는 돌》《천국의 계단》《겨울 나그네》《위대한 유산》《이 지상에서 가장 큰 집》 등이 있고, 〈별들의 고향〉〈천국의 계단〉〈허수아비〉〈사랑의 기쁨〉〈구멍〉 등의 장편을 다수 간행했다. 이밖에 수필집으로 《너는 나를 사랑하느냐》《사랑아 나는 통곡한다》《작은 마음의 눈으로 사랑하라》《나는 아직도 스님이 되고 싶다》 등과 《시나리오 전집》(전3권)을 발간했다. 그는 때로는 환상적인 소설공간의 구축, 대담한 현실도전으로 폭넓은 작가의식을 보여주는데 특히 〈술꾼〉〈전람회 그림〉(I · II) 등이 구현하는 환상성과 〈미개인〉〈뭘 잃으신 게 없으십니까?〉가 제시하는 물질사회에의 비판은 문단의 큰 반응을 얻은 바 있다. 1972년 현대문학상, 1982년 이상문학상, 1998년 한국카톨릭문화상 등을 수상했다.

〈술꾼〉 최인호의 단편소설. 1970년 《현대문학》에 발표된 작품으로 〈모범동화〉〈처세술 개론〉 등과 함께 어린이를 주인공으로 내세워 도덕적 지탄의 대상이 될 수 있는 어른들의 세계를 충격적인 시각에서 바라볼 수 있게 했다. 이러한 기법은 러시아 형식주의자들의 표현을 빌면, 지각의 자동화로 인해 부재화되어 버린 일상적 생활을 존재화시키는 것이다. 습관적으로 일어나고 있는 현실에 대해서 의식의 잠을 깨워주는 이러한 기법은, 한편으로는 어린이를 주인공으로 내세움으로써 일상의 허위를 보다 충격적으로 받아들이게 만들 수 있고 다른 한편으로는 우리의 삶 속에 내재해 있는 절망의 요소를 의식화시키고 있는 것이다. 그렇기 때문에 이 계열의 소설을 읽으면 허무주의의 아름다움을 맛볼 수 있으면서도 그 다음에 오는 정체 모를 아픔을 경험하게 되는 것이다.

〈타인의 방 他人一房〉 최인호의 단편소설. 1971년 《문학과 지성》 봄호에 발표되었다. 한 남자가 출장에서 돌아와 잠들기까지의 과정이 현재형 술어로 묘사되고 있다. 자신의 방에서도 우울하고 고독해하는 그의 경우 그 방은 자신의 방이면서도 낯설고 불편하다. 곧 '타인의 방'인 셈이다. 현대인을 대표하는 그는 자기 방에서조차 타인의 방처럼 불편하고 불안해하는데, 그의 내면은 마침내 주위의 사물에까지 투영되어 그 사물들을 움직이게 한다. 그는 자신을 둘러싸고 있는 환경으로부터 철저한 소외감과 고립감을 맛보지만, 그러한 상태로부터 도망갈 수도 없다. 그가 취할 수 있는 유일한 방법은 체념하는 것뿐이다. 그런 상황은 일회성으로 끝나는 것이 아니라 또다시 반복된다. 현실에 대한 도전과 물질사회에의 비판을 그린 이 작품에서는 사물이 마치 생명체나 되듯 소리를 내며 움직이고 있기 때문에, 그것이 비록 주인공의 의식 속의 포착이라

하더라도 짙은 환상성을 풍긴다. 그러나 그의 미美는 비단 환상성에 기여하는 것이 아니라 기계화된 인정과 물질화된 생활에 대한 불화이며, 그로부터의 인간소외이다. 이른바 핵가족화한 현대의 풍속에서 소외당한 한 개인의 절규를 사물과의 교류를 통해 표출시킨, 우리 나라 소설로서는 드문 예에 속하는 성공작으로 평가된다. 작가는 이러한 작품을 통해 비친숙성, 즉 낯선 의미를 발견하는 데 성공하고 있으며, 의식추구의 문학이라는 새로운 장을 이루어놓고 있다.

〈깊고 푸른 밤〉 최인호의 단편소설. 1982년《문예중앙》에 발표되었으며 같은 해 이상문학상을 수상했다. 대중적 통속작가로 널리 알려진 최인호의 소설 중 예술성이 뛰어난 작품으로, 그 어느 곳에서도 뿌리내리고 살지 못하는 방황하는 인간의 모습을 그렸다. 그는 고등학교 2년 후배인 준호와 함께 일주일 전 지도 한 장만을 들고 로스앤젤레스를 떠났었다. 캘리포니아의 구석구석을 헤매며 요세미티를 거쳐 샌프란시스코에 들어선 그들은 이젠 바다를 볼 계획이다. 그래서 샌프란시스코에서 로스앤젤레스까지 해안선을 끼고 가는 1번도로를 택해 달리기로 한다. 일주일 내내 쉬지 않고 강행군을 벌여온 그들은 지치고 피곤했으므로 로스앤젤레스로 돌아가고 싶은 욕망뿐이었다. 돈도 거의 바닥이 나 그날 안으로 로스앤젤레스에 돌아가야만 했다. 그는 어젯밤 이곳에 도착해 준호와 겨우 안면만 있는 사람을 찾아헤매다 그들 집에서 밤늦게까지 파티를 벌였던 것을 기억한다. 지난 가을 그가 김포비행장을 떠날 때 그의 마음속에는 절박한 분노와 자포자기적 울분이 끓어오르고 있었다. 미국으로의 여행은 스스로 선택한 유배지로의 여행, 아무것도 보지 않기 위해서 떠나온 여행이었다. 준호는 한때 제법 이름이 알려진 가수였는데 인기절정에서 대마초를 피운 죄로 4년간 무대를 빼앗긴 과거를 지니고 있다. 두 아이와 아내를 갖고 있는 가장이었던 그는 자신이 노래를 하기엔 너무 늙었으며 좋지 않은 목소리를 갖고 있다는 것을 깨닫고 미국을 여행할 수 있는 기회를 갖게 되자 일단 빠져나왔다. 그는 내친 김에 미국에 눌러앉겠다고 생각했다. 그러나 로스앤젤레스에서 생활한 지 석 달 만에 그는 빈털터리가 되어갔다. 1번도로는 줄곧 해안을 끼고 뻗어나가 있다. 오가는 차는 거의 없었으며, 가도가도 끝없는 바다뿐이다. 절벽 위에서 굴러떨어져 죽는다 해도 그들의 시체는 봄이 되어서야 발견될 것이다. 아무도 그들의 신원을 확인하지 못할 것이다. 로스앤젤레스에서도 마찬가지다. 잠자코 침묵을 지키던 준호는 아내가 보내준 녹음테이프를 듣고 왜 자신이 아무것도 얻을 수 없는 남의 땅에 앉아 있는지 울며 돌아갈 것을 결심한다. 준호가 하는 것을 봐둔 대로 그는 마리화나 잎을 파이프의 섬유망 위에 띄워올린다. 그가 살아온 모든 인생, 명예와 허영, 용기와 정의, 욕망, 쾌락과 성욕, 그 모든 것들로부터 마침내 처절하게 패배당했음을 깨달았을 때 그의 분노는 재를 보이며 소멸한다. 그는 이젠 정말 돌아가야 한다고 다짐한다. 너무 지쳐 있었으므로 그 누구에게든 위로받고 싶어한다.

최인훈 崔仁勳 1936~ 소설가 · 극작가. 함북 회령 출생. 서울대 법대 중퇴. 1959년《자유문학》에 〈그레이구락부전말기Gray俱樂部顚末記〉〈라울전傳〉 등으로

추천을 받고 문단에 데뷔, 1960년 〈가면고假面考〉와 출세작 〈광장廣場〉을 발표하면서 각광을 받기 시작했다. 그뒤 〈구운몽九雲夢〉 〈금오신화金鰲神話〉 〈크리스마스 캐럴〉 〈회색인灰色人〉 〈서유기西遊記〉 〈소설가 구보씨의 1일〉 〈갈대의 사계四季〉 등의 소설과 〈옛날옛적에 훠어이 훠이〉 〈둥둥 낙랑둥〉 〈옹고집뎐〉 등의 희곡을 발표했다. 그의 소설은 1950년대 문학의 한 주류를 이루고 있는 피난민 의식을 통해 한국사회의 정치적 · 사회적 · 문화적 구조를 분석하고 해석 · 비판한다. 소설의 주인공들은 대부분 월남한 독신이나 시골에서 상경해 하숙하고 있는 뿌리 뽑힌 사람들이며, 지적 작업에 대해 긍지와 절망감을 느끼는 인물들이다. 생활에 뿌리를 내리지 못했기 때문에 그의 주인공들은 대부분 그들이 침해받고 있는 존재라는 실존적 불안에 사로잡혀 있다. 그 불안의 정체를 밝히는 것이 작자의 계속적인 명제이다. 〈가면고〉는 현대의 비극적 다양성을 회피하지 말고 받아들여야 하며, 이것을 극복하고 구원할 수 있는 것은 '사랑' 뿐이라는 결론을 보여주고, 단편 〈구운몽〉도 이와 같은 결론을 보여준다. 그러나 현대인의 소외문제와 생존의 자리를 추구한 문제작 〈광장〉에서 주인공은 남북한이나 중립국의 어디에서도 그것을 찾지 못해 선상에서 투신자살하나, 중립국으로 향하는 그의 선미船未에 따르는 갈매기가 사랑했던 두 여인을 상징하는 것이다. 〈구운몽〉의 주인공도 결국은 좌절되어 동사凍死하게 되며, 단편 〈금오신화〉의 주인공은 총격에 죽는 자기의 시체가 강물에 떠내려 가는 것을 보면서 통곡하는 것으로 끝난다. 그러나 장편 〈회색인〉은 좌절과 난파의 상황 속에서의 광장과 밀실, 전체와 자아의 부조화를 그린 것이지만, 주인공은 상황의 벽을 극복하려는 강렬한 욕망을 보여주며, 〈웃음소리〉는 온천이 있는 산 속에서 자살하려다가 남녀 한쌍의 자살한 시체를 보고 상경上京하는 것을 다루었다. 〈정오〉는 소외문제나 광장과 밀실의 부조화 등과는 관계없이 영내의 점경을 묘사한 것으로, 그의 소설의 또 다른 방향과 가능성을 보여주는 짤막한 단편이다. 작품집으로 《광장》 《총독의 소리》 《문학을 찾아서》 《서유기》 《소설가 구보씨의 1일》 《웃음소리》 《달과 소년병》 《최인훈전집》(전12권) 등이 있다. 그의 소설은 유년시절의 체험, 사회와의 접촉에서 오는 좌절과 소외문제를 기본주제로 하고 있으며, 이를 극복하는 모티브는 사랑 또는 섹스로 연결된다. 그는 현대인의 고민과 불안을 묘사하기 위해 꿈 · 일기 · 작품 · 회상 · 내적독백 등의 기교를 다채롭게 사용하면서도, 플롯을 중시하는 소설미학을 견지하고 있는 전후戰後의 가장 주목할 만한 작가 중의 한 사람으로 평가받고 있다. 1967년 동인문학상, 1994년 이산문학상, 1999년 보관문화훈장 등을 수상했다.

〈광장 廣場〉 최인훈의 장편소설. 작자의 대표작의 하나로, 1960년 《새벽》에 연재되었다. 주인공 이명준은 보람 있게 청춘을 불태우고 싶어서 남한으로 탈출해온, 고아나 다름없는 철학도다. 그는 아버지가 일급 빨갱이라는 이유로 경찰서를 드나들면서 민족의 비극을 피부로 깨닫는다. 그러나 그의 생활은 안일과 권태 속에서 헤어나지 못하고 있었다. 그런 그가 월북한 것은 인간적 확증을 얻을 수 있는 광장을 찾기 위해서였다. 하지만 북한 역시 진정한 광장은 없었다. 오직 퇴색한 구호와 기계주의적 관료제도만 있을 뿐 명준은 자기가 기댈 마지막 지점으로 발레리나인 은혜를 사랑하나, 은혜가 죽음으로써 그것도 수포로 돌아간다. 전쟁포로가 된 그가 남한도 북한도 아닌 중립국을 택한 것은 마지막으로 새로운 시도를 하고 싶었던 그의 처절한 안간힘 때문이었다. 그러나 중립국으로 가는 배 위에서 그는 투신자살을 한다. 해방 이후 6 · 25 때까지의 서울과 평양 그리고 낙동강 전선과 남지나해의 배 위를 배경으로, 이데올로기에 대한 좌절과 절망을 주제로 해, 전지적 작가시점으로 묘사한 이 작품은 남북분단의 문제를 처음으로 이데올로기적인 측면에서 다룬 본격적인 장편이다. 이데올로기의 문제는 이 소설의 제목인 '광장'이라는 상징을 통해 나타나는데, 이명준은 남한의 부조리한 광장과 북한의 허위에 찬 광장 모두에 대해서 환멸을 느낀다. 이 소설의 주인공 이명준은 남북 이데올로기 속에서 이리저리 떠밀리는 분단적 상황 인물의 한 전형이다. 즉, 사건의 전개는 주인공 이명준의 성격과는 아무 상관도 없이 남북 이데올로기에 의해서 이루어지는 것이다. 따라서 이명준은 남한이란 광장도 또 북한이란 광장도 그 환멸 때문에 선택할 수 없고, 불가불 제3국을 택할 수밖에 없는 것이다. 그는 조국의 문제에 대해 투철한 인식도 없었고, 광장을 개선할 만한 의지도 없었다. 결국 그는 죽음을 택할 수밖에 없는 것이다. 작가 자신이 밝히고 있는 바와 같이 남한의 비리나 모순에 대해 꼬집어 말할 수 있게 된 것은 자유당 정권이 무너지고서였다. 그 전에는 오직 북한 체제의 비판만 허용되었다. 이 소설은 객관적 입장에서 남한이나 북한 모두의 이데올로기나 체제비판을 발판으로 정신의 자유를 구가하고 있다.

〈웃음소리〉 최인훈의 단편소설. 1966년 《신동아》에 발표되었다. 밀린 돈을 수표로 받은 그녀는 P온천으로 죽으러 간다. P온천의 여관에서 묵고 다음날 그녀는 작정한 장소가 있는 산속으로 갔으나, 마침 두 남녀가 누워 있었다. 두 남녀 중 여자는 자기로 느껴지고, 남자는 황금의 팔을 지닌 예수로 생각되었다. 그 다음날도 그 장소에 갔으나 역시 그들이 누워 있었다. 여자의 짤막한 웃음소리가 들려왔다. 이틀이나 허사하고 그녀는 꿈과 환각에 사로잡혀 괴로움을 당했다. 사흘째 갔을 때 두 남녀가 누웠던 그 공지에는 10여 명의 사람들이 모여 있었다. 거적때기에 덮힌 두 남녀의 시체가 있었다. 주위 사람들의 이야기로는 죽은 지가 일주일 정도 되었다는 것이다. 서울로 돌아오는 열차 속에서 '여자의 짤막한 웃음소리'가 들려왔다. 그것은 자신의 웃음소리였다. 술집의 한 여급이 사랑에 실패해 자살을 결심하나, 결국 그것마저 실패하게 되는 과정을 상징적으로 절묘하게 구성한 작품이다.

〈소설가 구보씨의 1일 小說家仇甫氏——日〉 최인훈의 단편 〈소설가 구보씨의 1일〉 I · II와 1972년 《월간중앙》에 연재했던 〈갈대의 사계四季〉 등을 합친 작품이다. 〈소설가 구보씨의 1일〉이라는 제목은 박태원의 소설 제목에서 빌어온 것이다. 작자는 이 작품에서 시점까지 차용, 하숙집에서 거리로, 대학 · 다방 · 극장 · 고궁 등을 방황하며 문학평론가 · 소설가 · 고향친구 · 동창 등을 만나 오늘의 사회를 진단하고 그 문제점을 노출시키고 있다. 뚜렷한 줄거리는 없고, 소설을 쓰는 정신노동자 구보씨의 눈을 통해 투영된 현사회의 모습, 예술관 등을 그때그때 전개시켜 나간다. 불행한 시대에 태어난 한 국작가의 괴로움, 예술창조를 위한 부단한 자기연마, 대 사회관, 일상성 등을 일목요연하게 형상화시켰다는 평을 받았다.

최일남 崔一男 1932~ 소설가·언론인. 전북 전주 출생. 서울대 국문과 졸업(1957), 고려대 대학원 수료. 1953년《문예》에〈쑥이야기〉가 추천되어 등단했다. 이어〈혼사〉〈파양爬痒〉〈장장하일長長夏日〉〈진달래〉〈감나무골 낙수〉〈노기 띤 얼굴〉〈동행同行〉 등을 발표했다. 창작집으로《서울 사람들》《흔들리는 성》《홰 치는 소리》《타령》《손꼽아 헤어보니》《누님의 겨울》《장씨의 수염》《그때 말이 있었네》 등이 있다. 이밖에 다수의 장편소설과《우리 시대의 말들》《오늘을 살며 내일을 바라보며》 등의 대담집,《기쁨과 우수를 찾아서》《함께 걸으며 홀로 생각하며》 등의 산문집을 발간했다. 그의 소설이 문단의 주목을 받게 된 것은 급격한 도시화와 산업화가 진행되던 1970년대 이후이다. 이 시기에 그는 도시에 비해 상대적으로 낙후된 고향을 배경으로 그 고향의 희생을 딛고 출세한 시골 출신의 도시인들이 느끼는 부채의식, 이른바 '출세한 촌놈들'이 겪어야 하는 복잡한 이야기를 해학적이고 풍자적으로, 더러는 쓸쓸한 비애의 모습으로 표현하기 시작했다. 이후 1980년대에 들어서 그의 소설에서는 날카로운 역사적 감각, 현실에 대한 비판의식이 전면에 드러나기 시작한다.〈노래〉와〈누님의 겨울〉에서〈흐르는 북〉〈그때 말이 있었네〉에 이르기까지, 그는 역사와 현실에 대한 민감한 정치적 감각을 바탕으로 타락한 정치, 위선적인 지식인의 모습, 물질만능의 세태 등이 역설과 풍자의 언어, 유창한 문체로 형상화하고 있다. 월탄문학상, 한국소설가협회상, 한국일보문학상, 이상문학상, 인촌상 등을 수상했다.

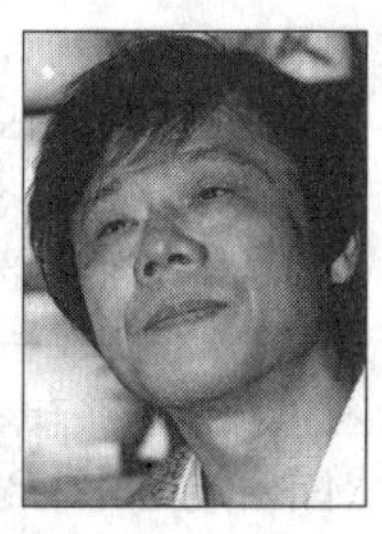

〈노란 봉투 —封套〉 최일남의 단편소설. 1973년《문학과 지성》에 발표된 작품이다. 출판사원인 기형은 동창회에서 오랜만에 광순을 만난다. 여전히 말이 없는 광순은 그들이 문학과 꿈에 부풀었던 고등학교 재학 시절, 기형보다 훨씬 앞선 고민을 하고 있던 명상적인 문학소년이었다. 동창회가 있은 며칠 후 광순은 두어 차례 기형을 찾아와 출판을 부탁하기도 하고, 그의 전직轉職을 알선하겠다고 나서기도 한다. 그러던 어느 날 기형은 길에서 일본 관광객을 안내해 주는 광순의 비굴한 모습을 목격하고 마침내 신문에서 그의 사기사건을 읽게 된다. 작자는 야심 많던 문학소년이 도시의 허욕에 물들어 이제는 허황되고 비루해진 뜨내기로 변해버린 모습을 통해 오늘날 도시민의 부유하는 생활태도와 정신풍토를 풍자적으로 보여주고 있다.

〈서울 사람들〉 최일남의 단편소설. 1975년《한국문학》1월호에 발표되었다. 한국인의 삶이 급격히 도시화·산업화에 휩쓸리게 된 것은 1970년대부터라 할 수 있다. 이때부터 사람들은 문명이 주는 안일함과 쾌락에 빠질 줄 알았으나, 그 반대급부로서 자연과의 거리, 사람 사이의 거리는 그만큼 멀어지게 되었다. 더불어 사람들은 마음의 고향을 잃어버렸다. 그러나 옛 고향의 기억을 찾아 나서는 여행 끝에는 어김없이 환멸이 따르게 마련이다. 즉, 그 여행은 '출세한 촌놈'들의 씁쓸한 귀향이 될 수밖에 없는 것이다. 소시민적 삶의 왜소함, 그 규격성과 획일성이 그 결과 당연히 삶의 문제로서 떠오르게 되었던 바, 작자는 그러한 도시 소시민들의 안일한 삶을 신랄하게 풍자한 것이다. 그는 80년대에 들어서면서 변모를 이루어 역사와 현실에 대해 민감한 정치적 감각을 유창한 문체로 형상화하기도 했다.

최일수 崔一秀 1924~1995 평론가 · 언론인. 전남 목포 출생. 목포상고를 중퇴하고 전문학교 입학자격고시에 합격. 1955년 《조선일보》 신춘문예에 평론 〈현대문학과 민족의식〉이 당선되어 등단했다. 이후 〈모더니즘 백서白書〉〈우리 문학에 있어서 신인의 위치〉〈비평의 문학성과 현대성〉〈민족적 리얼리즘〉 등의 평론을 발표했다. 1956년 이영일李英一과 함께 시와 비평연구회를 만들어 동인지 《시와 비평》을 발간했으며, 시극과 영화시를 창작하기도 했다. 저서로 《현실과 문학》《언론학예투쟁》《민족문학신론》 등이 있다. 그는 객관적 역사의식과 리얼리즘에 바탕을 둔 상황의식의 합일된 인식을 근거로 한 비판정신을 창작 의지의 우선적 과제로 강조했으며, 견고한 논리적 구조로 설득력이 강한 특징을 지니고 있다.

최일환 崔日煥 1939~ 아동문학가 · 시인. 호 해남海南. 전남 해남 출생. 명지대 졸업(1959). 1963년 《아동문학》에 동시 〈선생님은 나를〉이 추천받은 데 이어 1972년 《시문학》에 시 〈유리창〉을 발표해 등단했다. 1968년 첫 동시집 《푸른 색 웃음이》를 발간했고, 1982년 목포문인협회 회장이 되면서 첫 시집 《부뭇골 뜸북새》를 발간했다. 1986년에는 전남문인협회장 역임, 현재 목포예술단체회장으로 활동하고 있다. 시집으로 《그립다 고향친구》《갯마을의 노래》《남쪽 끝 항구에서》《두만강 강물에 손을 씻고》《바람처럼 흔적없이》 등이 있고, 동시집으로 《꽃씨 봉투》《시골 하늘에》《아침은 바다에서》《이슬방울 속에》《이름이 없어도》 등 다수가 있다. 자연과의 교류를 통한 인간성 회복을 주제로 고향산천을 찬양하면서 순수무구의 무공해 인간을 그리워하는 시들을 발표했으며, 남도 예향 목포와 전남지역 문학발전을 위해 전력을 쏟았다는 점에서 지방문학 향상의 공로를 인정받고 있다. 아동문학 작품으로는 동심의 진실성 발로에서 빚어낸 순수작품이 맥을 이루면서 어떤 시류에 영합하지 않은 채 아름다운 동시를 시적수준으로 격상시켜 쉽고도 향기 높은 동시를 쓰고 있다. 1978년 제2회 세종아동문학상, 1983년 제2회 한국예총예술인상, 1985년 제5회 남농예술상, 1989년 제21회 전남문화상, 1994년 제2회 명지문학상, 1995년 제9회 자유시인문학상, 1998년 제15회 크리스천문학상 등을 수상했다.

최재서 崔載瑞 1908~1964 평론가 · 영문학자. 호 석경우石耕牛. 황해도 해주 출생. 경성제대 영문과를 나와 영국 런던대에서 유학하고 돌아온 후 경성제대 강사, 보성전문학교 · 법학전문학교 교수 등을 지내면서 영문학을 가르치고 문학평론을 썼다. 영문학에 대한 지식을 바탕으로 한 그의 비평방법과 태도는 한국문학사에서 비평 학문화의 모델, 또는 강단비평에 관한 모델로 평가되고 있다. 그는 종래의 경향문학 비평이나 인상주의적 비평에 대해 주지주의적 비평을 시도, 우리 문학에 과학적 비평방법을 제시했다. 그는 당시의 문단에 올바른 비평자세를 정립시켜 보려는 뜻에서 〈비평의 형태와 기능〉〈취미론〉 등 비평의 본질과 방법론에 관한 글을 발표하기도 했다. 〈취미론〉에서는 개인의 취미에 근거를 둔 주관비평과 도그마의 통제를 받는 객관비평 모두를 비판했는데, 후자에 대한 비판이 더욱 강한 것으로 나타난다. 그는 주지주의 문학론을 중심으로 한 영문학의 동향을 소개하는 한편, 당시의 한국작가와 작품을 대상으로 한 평가와 해설작업도 게을리하지 않았다. 광복 후 연세대·한양대 등의 교수를 지내는 동안 문단과의 관계를 끊고 문학연구에만 전념, 〈문학의 한계〉〈문학의 목적·기능·효용〉 등 많은 논문을 발표했고 문학방면의 최고 명저로 알려져 있는 《문학원론》을 간행했다. 셰익스피어 연구에도 공이 커 국제적인 권위자로 알려져 있다. 1939년 《인문평론》을 창간·경영했던 그는 〈전형기轉形期의 평론계〉와 같은 친일의 색채가 짙은 글을 여러 편 발표하기도 했다. 1941년에는 《인문평론》을 《국민문학》으로 개제했으며, 또 일본어로 친일적인 평론을 다수 발표하기도 했다. 그러나 한국비평사에 있어서 영·미 주지주의문학론을 바탕으로 비평의 학문화를 꾀해 1930년대 한국문단이 주지주의 시대가 되게 하는 데 선구적 역할을 했다는 점은 높이 평가되어야 할 것이다.

최정석 崔井石 1924~ 수필가·국문학자. 호 수우재守愚齋. 대구 출생. 경북대 국문과 졸업. 논문 〈춘원春園과 대승불교사상〉〈소월素月과 만해滿海〉〈발심發心과 서원誓願〉 등을 발표, 불교사상에 입각한 문학작품의 내용분석에 주력하면서 특히 이광수李光洙와 한용운韓龍雲의 연구에 몰두했다. 수필작품으로는 〈불견춘不見春〉〈산정山情〉〈인간성의 옹호〉 등을 발표했으며, 수필집 《광풍제월기光風霽月記》를 간행했다. 그는 비평에서는 감상비평적 태도를 취하고 수필에서는 인간성의 옹호와 시폐時弊의 광정匡正, 그리고 고유전통에 대한 사상적 추구를 지향하고 있다. 경북수필동인회 초대회장을 역임했으며, 제13회 경북문화상을 수상했다.

최정희 崔貞熙 1912~1990 소설가. 호 담인淡人. 함남 단천 출생. 숙명여고보를 거쳐 중앙보육학교 졸업. 1932년 《시대공론》에 〈명일明日의 식대食代〉, 1933년 《형상》에 〈성좌星座〉를 발표하고 등단했다. 그러나 문학활동을 본격적으로 시작한 것은 1935년 《조광》에 〈흉가凶家〉를 발표하면서부터이다. 초기의 작품 세계는 대체로 자기고백·자기폭로적인 경향이었으나 해방 후에는 초기의 주관성을 깨뜨리고 객관적·사회적으로 시대풍경을 다루었다. 그는 비교적 여러 평론가들의 평을 받았는데 그 주된 이유는 감상에 젖어들지 않고 객관성을 유지하면서 현실을 냉철하게 관찰할 수 있는 능력 때문이었다. 그의 작품에는 여성으로서의 섬세함보다는 주제성이 항상 앞서 있는데, 1930년대 초기 작품들에는 불합리한 사회의 모순에 대한 조용한 항의가 서려 있다. 대표작으로는 초기의 〈지맥地脈〉〈인맥人脈〉〈천맥天脈〉과, 장편소설 〈인간사人間史〉를 꼽는다. 〈지맥〉은 미망인의 애정문제와 사생아에 대한 어머니의 고민을, 〈인맥〉은 남편 이외의 다른 남성과의 애정문제를, 〈천맥〉은 버림받은 여성의 모성애와 이성에의 애정을 각각 다룬 것이다. 이 3부작은 모두 여성의 불행한 운명을 다루었다는 공통점을 가지고 있고, 그러한 불행의 원인은 모두 개인에게 있으며, 그들이 도덕적 성실과 인간적 인내로써만 극복해야 할 것으로 되어 있다. 〈인간사〉는 일제 말기에서 광복, 남북분단, 6·25 등을 거쳐 4·19에 이르기까지의 사회적·역사적 변천사를

'강문오'를 중심으로 다룬 작품이다. 그의 작품 세계는 크게 체험적 인생주의, 객관적 리얼리즘, 민족적 역사의식으로 흘렀다. 작품집으로 《찬란한 대낮》이 있으며, 서울시 문화상, 한국여류문학상, 예술원상, 3·1문화상 등을 수상했다.

〈**지맥** 地脈〉 최정희의 단편소설. 1937년 《문장》에 발표되었다. 〈천맥〉 〈인맥〉과 함께 작자의 대표작의 하나이다. 주인공 은영의 불우한 생활을 통해 사회의 부조리와 비정을 고발하고 거기에 맞서 한 여성으로서 개성을 잃지 않고 지켜나가려는 긍정의 의지를 통해, 상황에 맞서는 여성상을 형상화한 소설이다. 이야기의 흐름은 대체로 평이하나, 섬세하게 다듬어진 문체는 여성 특유의 예민한 관찰력과 부드러운 감성을 느끼게 해준다. 이 작품의 문제의식은 여성의 개인적 인격 및 개인적 삶의 독자적 가치와 어머니로서의 도덕적 생활규범의 마찰을 통한 보다 현실적인 삶의 국면을 이해시키는 데에 있다고 하겠다. 그리고 이 작품은 1인칭 주인공 시점을 사용하고 있는데, 따라서 철없이 감정에 치우쳐 연애를 하다가 남의 가정을 파괴했던 체험적 자아가 이제는 성숙되었으나, 사생아의 입적이 불가능한 냉정한 제도적 모순에 직면해 분노하게 된다. 아이들을 위해 개인적 욕망을 자제하는 성숙한 서술적 자아와 미성숙한 자아 사이에는 긴장감이 조성되고 있으며, 이처럼 과거를 냉철하게 반성하고 자신을 도덕적으로 건전하게 지키려는 주인공의 노력이 이 소설의 주제라고 할 수 있다. 결말에서 밤하늘을 맑고 아름답게 수놓는 별의 심상으로써 주인공의 심정을 통합화해 한층 아름다운 주인공의 정신미를 드러내고 있다.

〈**인맥** 人脈〉 최정희의 단편소설. 1940년 《문장》에 발표되었으며, 혼외의 연정을 다루고 있고 1인칭 주인공 화자가 자신의 체험을 독백체로 기술하는 형태를 취하고 있다. 이 작품은 여성의 혼외 애정생활의 한 모습을 천착하고 있다고 할 수 있으며, 우리 삶의 기반이 가족이라는 작은 단위의 사회적 조직에 의해서 성립된다는 점을 깨우쳐 주기도 한다. 곧 이 작품에서의 작가의 의도는 개인의 자유와 도덕적 규범 사이의 구체적 삶을 객관화해 보임으로써 전통적 도덕관과 개별적 욕망의 갈등을 변증법적인 과정으로 다루어 그에 내재한 모순을 극복하는 정신적 성숙의 세계를 주제화하는 데 있다. 또한 이러한 여성들이 추구한 자유도 끝내는 경제적 조건과 사회적 관습에 속박되고 있는 현상을 일깨우고 그 한계를 깨닫게 하고 있다. 체험적·고백적 성격이 강한 1인칭 주인공시점을 사용해 사랑을 지키려고 오히려 자제하고 정상적인 삶의 궤도를 존중하게 된 성숙한 서술적 자아와, 무분별한 욕망에 휩싸여 충동적이고 파괴적 행위조차 서슴지 않았던 체험적 자아 사이의 팽팽한 긴장감을 느끼게 하기도 한다.

〈**천맥** 天脈〉 최정희의 중편소설. 1941년 《삼천리》 4월호에 발표되었다. 옥수정 보육원을 배경으로 본능적 모성애와 인간 본능의 사랑을 주제로 하는 작품은 작자의 〈지맥〉 〈인맥〉과 더불어 3부작을 이루고 있다. 여인의 도덕적인 문제와 가족제도의 전근대적 사회관습과 관련시켜 다룬 작품으로서, 작자의 문학적 역량을 과시해 문단의 주목을 끌었다. 이 소설의 주인공 연이는 아이와 함께 살면서 항상 마음에 공허감을 느낀다. 허진영은 연이의 두번째 남편으로서 의사이다. 옥수정 보육원장 선우 선생은 본명이 김선우로서, 연이의 여학교 시절 스승이다. 작자는 이들 작중인물의 행동 하나하나에 자신의 생활에서 나오는 실감을 담고 있다. 작자는 초기에 사회적인 관심의 작품을 썼으나 나중에는 설익은 이데올로기적 색채에서 벗어나 그대신 전근대적인 사상·제도·풍습 때문에 당하는 여인만의 고통, 그 심리적인 세계를 날카롭게 파고들어 사회에 폭로하는 특유의 솜씨를 보여주었다. 최정희는 온갖 문제들을 사회의식과 연결한다든지 종교적 감정으로 고민하거나 처리하려고 한다는 점 등이 다른 여류와는 대별되며 그만큼 현대의식적인 작가라는 평을 들었다.

최진성 崔辰聖 1928~ 시조시인. 전북 장수 출생. 전북대 국문과 및 동 대학원 졸업. 1953년 동인지 《시조》에 〈단장〉을 발표해 등단했다. 이후 〈고독〉〈꿈〉〈한恨〉 등을 발표해 문단에 지반을 굳혔다. 주요 작품으로 〈산정山頂에서〉〈다도해〉〈전설 속에서〉〈풍년 해바라기〉 등이 있으며, 시조집으로 《호접부蝴蝶賦》가 있다. 1972년 전북문화상을 수상했다.

최찬식 崔瓚植 1881~1951 신소설작가. 호 해동초인海東樵人·동초東樵. 경기도 광주 출생. 한성중학교를 나와 문학에 뜻을 두고 1907년 소설집 《설부총서說部叢書》를 번역, 신소설 분야에 첫발을 내디뎠다. 《자선부인회잡지》 편집인과, 《신문계》《반도시론》 등의 기자로 활동했고, 말년에는 뚝섬에 있는 그의 농장에서 최익현崔益鉉의 전기를 집필했으나 끝내지 못하고 죽었다. 주요 작품으로 〈추월색秋月色〉〈안雁의 성聲〉〈금강문金剛門〉〈도화원桃花園〉〈능라도綾羅島〉〈춘몽春夢〉 등이 꼽힌다. 그의 대부분의 작품들은 젊은이들의 애정문제와 관련되는 면을 소재로 다루어 당시 독자들에게 인기가 있었다. 따라서 그의 중심은 민족의식이나 자주독립 등 정치적인 면보다 애정문제·풍속적 윤리·도덕문제에 놓여 있다고 할 수 있다. 그것도 신식 결혼관이나 연애가 표면적으로만 등장할 뿐, 궁극적인 주제는 고대소설적인 윤리에서 벗어나지 못하고 있다는 점에서, 최찬식의 소설은 신문학 개척에 공헌함과 동시에 당대 신소설의 한계 및 통속화 현상을 대표한다고 할 수 있다.

〈능라도 綾羅島**〉** 최찬식의 신소설. 〈경중영鏡中影〉이라고도 한다. 1919년 유일서관에서 발간. 서모와 이복동생의 계교로 목숨을 잃을 뻔한 남정린은 홍춘식의 도움으로 위기를 모면한다. 자연히 가까워진 두 사람은 이후 친교를 도모하고, 정린은 춘식의 동생 도영과 정혼한다. 그러나 정린은 다시 서모의 흉계에 빠지고 이전에 정린을 구해주었던 춘식도 도망가야 될 상황에 처한다. 둘은 도쿄에서 만나기로 하고 헤어지는데, 서로 연락할 길이 막혀버려 낯선 땅에서 고생을 한다. 서모의 흉계가 사전에 발각되어 사건은 일단락되나, 주인공들이 단란한 보금자리를 마련하기까지는 파란 많은 수난과 애련을 거쳐야 한다. 최찬식의 애정을 다룬 작품 중에서도 이 소설은 그 내용을 다루는 솜씨와 폭넓은 전개, 줄거리의 다원적 구성 등으로 흥미를 배가시키고 있는 작품이다.

〈안의 성 雁一聲**〉** 최찬식의 신소설. 1914년에 박문서관에서 출간되었다. 1910년 개화기를 배경으로 서울·대구·개성·진주 등 국내의 각처뿐만 아니라, 중국·유럽·아프리카·오스트레일리아·남양군도에 걸친 광범한 무대에서 사건이 전개되는 애정소설이다. 김상현은 생선장사를 하는 춘식의 동생 박정애를 흠모해, 어머니가 택해준 정봉자를 마다하고 정애와 결혼한다. 그러나 시누이 영자와 봉자가 짜고서 정애를 모함해 정애는 친정으로 내쫓긴다. 이에 상현은 세계일주를 떠나고, 정애는 정신병에 걸린다. 이때 봉자와 영자의 죄과가 탄로나고, 시어머니는 며느리의 무죄를 깨닫고는 정애를 찾으러 떠난다. 그뒤 상현은 귀국해 판사가 되고, 정애도 회복되어 재결합한다. 한편, 회개한 봉자와 영자가 간호원이 된 뒤 중상을 입은 상현을 소생하게 함으로써 모두 상봉하고, 상현은 봉자를 부실로 맞이한다. 지식층 남녀의 삼각관계를 소재로 한 이 소설은 봉건주의 사회에서 근대적 사회로 넘어가는 과정의 사회상을 그렸으며, 자유연애라는 새로운 모럴을 제기하고 있다. 그러나 결국 일부다처라는 결말양식은 궁극적으로 이 소설의 근대성을 제한하는 한계로 평가되고 있다.

〈추월색 秋月色〉 최찬식의 장편 신소설. 1921년에 발표되었으며 그의 대표작으로 당시의 신소설 중에서 가장 널리 애독된 작품의 하나이다. 1918년 3월에는 신극단 취성좌의 첫 공연작품으로 단성사에서 상연되기도 했다. 주인공은 이정임이고, 조연 인물은 김영창이다. 이정임은 온갖 고초에도 굴하지 않는 꿋꿋한 여인이다. 그리고 김영창은 오로지 이정임만 사랑하는 순정의 남자이다. 이들 두 남녀를 중심으로, 봉건적인 유습의 타파와 신문명 의식을 고취하는 한편, 구체적으로 신교육관과 신결혼관을 내세우고 있다. 신결혼관이라 해서 자유연애를 표방하는 것은 아니다. 정임의 모럴은 한국의 전통적인 풍속, 즉 유교 가치에서 미풍양속으로 여겨왔던 열녀상에 뿌리를 두고 있으며, 그런 의미에서 춘향의 여인상을 이어받고 있다. 작품의 무대로 한국과 일본 및 중국뿐 아니라 영국에 이르기까지 광범위하게 전개되면서, 남녀간의 사랑을 소재로 하고 있는 작품이라 할 수 있다.

▲추월색 최찬식 지음. 국립중앙도서관 소장.

최창학 崔昌學 1941～ 소설가. 전북 익산 출생. 고려대 국문과 및 동 대학원 졸업. 1968년 《창작과 비평》에 지식인의 고뇌와 절망을 그린 단편 〈창〉을 발표해 문단에 데뷔한 이후, 윤리적인 삶이 왜곡되고 훼손되는 과정을 보여주는 작품들을 발표했다. 현재 서울예술대 문예창작과 교수로 재직 중이다. 소설집으로 《물을 수 없었던 물음들》 《바다 위를 나는 목》 《하늘의 침묵》 등이 있다. 그는 보편적인 선악의 문제 및 정치 · 종교 · 사회적인 문제에 관심을 두어 현실을 해부하고 고발하며, 의식의 흐름 기법을 즐겨 사용한다. 1970년대 이후에는 생존을 위해 인간 이하의 삶을 살 수밖에 없는 사람들과 광기의 증세를 보이는 사람들의 모습을 통해, 우리가 정상적이라고 여기는 삶이 그 실제에 있어서 광기에 가득한 삶이라는 것을 보여주었다. 이러한 그의 독특한 작품 세계는 상식적 내용에 안주하거나 관념적 전개에 의존하지 않고, 판단정지와 본질환원을 통해 대상 자체에로 나아가는 현상학적 방법과 밀접한 관련을 가지고 있다.

최춘해 崔春海 1932～ 아동문학가. 호 혜엄兮巖. 경북 상주 출생. 대구교대 교육원 졸업. 1967년 《매일신문》 신춘문예에 〈겨울

땅 속〉〈시계〉〈이른 아침〉〈산 위에서〉 등이 당선되고 《한국문학》의 추천을 받아 등단했다. 동시집으로 《시계가 셈을 세면》《흙처럼 나무처럼》《운동선수가 된 도원이》《나는 언제 어른이 되나》 등이 있다. 1968년 한글문학 1회 신인문학상, 1980년 세계 아동의 해 작품공모 문교부장관상, 같은 해 한국아동문학상, 1984년 세종아동문학상 등을 수상했다.

최태응 崔泰應 1917~1998 소설가. 호 백결百結. 황해도 은율 출생. 일본 니혼대 문과 수학(1941). 1939년 《문장》에 단편 〈바보 용칠이〉〈봄〉〈항구〉 등으로 추천을 받고 등단했다. 이후 〈취미와 딸과〉〈강변〉〈고향〉 등을 계속 발표했다. 초기에는 작중인물의 묘사에서 섬세하고 진실한 태도를 보였다. 그러나 광복 후에는 정치현실에도 깊은 관심을 보였다. 그의 작중인물은 모두 시대현실을 감수하는 데는 둔감하고 소박한 인물들이며, 문장은 심리적인 대화가 빈번한 가운데 깊은 여운을 남긴다. 6·25동란 때는 종군작가단의 일원으로 참가하면서 〈까치집 소동〉〈고지에서〉 등을 발표했다. 그밖의 작품으로 단편 〈여로〉, 장편 〈전후파戰後派〉〈슬픈 생존자〉 등이 있다. 작품집에 《전후파》《슬픔과 고난은 가는 곳마다》《바보 용칠이》《만춘》 등이 있으며, 1996년 《최태응전집》이 발간되었다.

최태호 崔台鎬 1915~ 아동문학가·수필가. 경기도 안성 출생. 경성사범 졸업. 주로 교육계에 종사하는 한편, 동화와 수필을 썼다. 6·25동란을 전후해 동화 〈콩나물과 방울떡〉〈이상한 안경〉, 동극 〈걸레〉 등을 발표하면서 아동문학과 관계를 맺고 본격적인 활동을 시작했다. 이후 "달 달 무슨 달/쟁반같이 둥근 달"이란 유명한 동요를 지었고, 아동소설로는 〈리터엉 할아버지〉〈백조의 선물〉 등을 발표하는 한편 풍부한 위트와 해학을 구사한 수필도 많이 발표했다. 저서로는 동화집 《리터엉 할아버지》《아름다운 이야기》《잃어버린 구슬》 등과, 수필집 《애처론》 등이 있다.

〈리터엉 할아버지〉 최태호의 동화. 1955년에 발간된 동화집 《리터엉 할아버지》에 수록되어 있다. 연령에 구애됨이 없이 다 같이 공감할 수 있고, 시대를 초월해 민담이 지닌 매력과 비밀을 동화 속에 담으려고 한 작품이며, 인간 본연의 자연스러움을 추구하면 현대의 평범한 생활 주변에서도 얼마든지 이와 같은 매력과 비밀은 발견할 수 있다는 문학신조를 가지고 쓴 작품이다. 스타일에 있어서도 단편소설식으로 꽉 짜인 구성에서 벗어나려고 했다. 그리고 민담처럼 느긋하고 구수한 맛과 분위기를 조성하기 위해 애썼다. 리터엉 할아버지란 엉터리 할아버지를 거꾸로 쓴 이름이다. 돌이·돌쇠·바위·이쁜이·엄마가 서로 어울려 살아가는 생활은 어른의 눈으로 보면 모두 엉터리 같은 이야기일 뿐이다. 그러나 소박성과 원시성이 깃들여 있는 동심의 눈으로 보면 엉터리 같은 일도 모두 진실로 받아들여질 수가 있다. 민담이 지닌 생활 속의 비밀과 매력을 현대생활 속에 재현시키려고 한 작품이다.

최하림 崔夏林 1939~ 시인. 전남 목포 출생. 1964년 《조선일보》 신춘문예에 시 〈빈약한 올페의 회상〉이 당선되어 등단했다. 이후 《산문시대》 동인으로 활동하면서 서정적인 시를 주로 썼다. 주요 작품에〈밤나라〉〈시詩는 어디에〉〈겨울산〉〈겨울 정치精緻〉〈새 섬〉 등이 있다. 시집으로 《우리들을 위하여》《작은 마을에서》《겨울꽃》《겨울 깊은 물소리》 등과 시론집 《시와 부정否定의 정신》 등이 있다. 1999년에는 그의 회갑기념 산문집 《시인을 찾아서》가 출간되었다. 여기에서는 대체로 1920년대에서 1960년대에 이르는 시기의 한국문학사를 명멸한 시인들을 에피소드 중심으로 소개한 책이다. 그의 시들은 첫번째 시집 《우리들을 위하여》에서 두번째 시집 《작은 마을에서》에 이르는 동안 상당한 변모를 보여주었고, 네번째 시집 《겨울 깊은 물소리》에 이르면 더욱더 큰 변모를 보여준다. 첫째는 그가 '우리'라고 상정했던 집단 혹은 공동체로부터 '나' 혹은 '개인'으로 시각조정을 했으며, 둘째로는 '우리'를 노래했던 초기 시들이 다소 추상적이고 상투적인 데 비해 후기 시로 갈수록 구체화되고 있다는 점이다. 이것은 보기에 따라서는 공동체 의식으로부터 개인으로 이탈해 갔다고 할 수도 있겠으나, 공동체라는 것이 개인으로 이루어진 집합개념이라고 볼 때 그 개인의식은 집단의식을 견고히 하는 의식이라고 볼 수 있을 것이다. 그는 '작은 것은 아름답다'라고 말한다. 그 작다는 것은 시인이 구체적으로 느끼는 것이고, 관계된 일이며, 원근법적인 가치가 부여된 세계이다. 따라서 그 작음은 의식화된 작음이다. 이같은 면은 그 특유의 섬세한 시각과 부드러운 성조와 더불어 후기 시에 일관되게 흐르고 있다. 1998년 발간한 다섯번째 시집 《굴참나무 숲에서 아이들이 온다》에서도 이러한 경향은 지속된다.

최해군 崔海君 1926~ 소설가. 호 솔뫼. 부산 출생. 해인대 문학과 졸업(1956). 1962년 《동아일보》 신춘문예에 희곡 〈종막終幕〉, 《부산일보》 신춘문예에 장편소설 〈사랑의 폐허廢墟에서〉가 각각 당선되어 등단했다. 이후 여러 월간지 및 문예지에 작품을 발표하며, 부산소설가협회 회장, 한국소설가협회 운영위원, 중앙위원 등을 역임했다. 주요작품으로 〈빗속에 서서〉 〈한랭지대〉 〈부처님의 미소〉 〈속연俗緣〉 〈절규〉 〈한림강의 북소리〉 〈살고 있는 사람들〉 등이 있으며, 창작집 《고향을 묻는 사람들》 《조그마한 사람들》 《기다리는 사람들》 《한 마당 한 사람들》 《얼룩진 매듭을 풀면서》 등과 장편소설 〈부산포〉(I · II · III)를 출간했다. 작품 경향은 일제가 준 민족적 질곡, 해방공간이 가진 좌우익의 갈등, 이데올로기의 제물이 된 6 · 25 등으로 인간성이 매몰되어 간 등장인물을 통해 인간성 옹호에의 길을 모색하고 있다. 이 인간성 옹호의 근간은 인간의 원초적 자유인 자연순응에 바탕을 두었다. 인간을 위해 형성된 사상이나 이데올로기가 정치적 집단의 권력구조를 유지하는 도구로 전락될 때 개별적 인간은 그 권력 아래 인간적 삶이 왜곡된다는 것이다. 이를 극복하기 위해서는 개별적 인간의 일상적인 삶을 실감나게 소설로 그려내는 일로 보고 있다. 그 삶은 자연적인 삶, 나아가 순리의 삶에 있고, 그 순리는 인위가 아닌 무위자연의 근저인 순수에서 추구해야 한다는 작가의 이념이 소설 밑바닥에 깔려 있다. 이에 따라 남북의 분단관계를 다루는 경우가 많아 '분단작가'라 일컬어지기도 한다. 인간의 본질을 자유의 입장에서 다루어 이를 구속하는 모든 요소들에 대한 날카로운 비판에 초점을 두며, 또한 이같은 휴머니즘의 내용을 희극적인 기법으로 표현하고 있는 것이 그의 문학적 특징으로 꼽히고 있다. 1964년 제3회 전국신인예술상, 1973년 제16회 부산시문화상, 1989년 제2회 우봉문학상, 1990년 제6회 한국소설문학상 등을 수상했다.

최효섭 崔孝燮 1932~ 아동문학가. 황해도

해주 출생. 연세대 대학원 및 미국 리치먼드 대 교육대학원 졸업. 1963년 《한국일보》 신춘문예에 동화 〈철이와 호랑이〉가 당선되어 등단했다. 이후 주제의식이 강한 왕성한 창작의욕을 보여주었다. 주요 작품으로 〈종달새〉 〈숲속나라의 늙은 너구리〉 〈거꾸로 돌아가는 시계〉 〈꿩들의 골짜기〉 등이 있으며, 동화집으로 《시계탑의 열두 형제》 《일곱 개의 얼굴》 《열두 개의 나무인형》 《거꾸로 돌아가는 시계》 등이 있다. 1969년 강소천아동문학상을 수상했다.

추리소설 推理小說 어떤 사건의 발달과 전개과정에 있어 추리를 기초로 지어진 소설. 종전에는 탐정소설이라는 말을 많이 쓰다가 최근에는 추리소설이라는 말이 많이 쓰이고 있다. 추리소설은 원래 영국과 미국에서 주로 발달했으며, E. A. 포를 그 원조로 본다. 우리 나라의 추리소설은 1939년 김내성金來成이 발표한 〈마인魔人〉을 비롯해 〈백가면〉 〈태풍〉 등에서부터 그 원조를 볼 수 있는데, 1987년에 채만식蔡萬植의 〈염마艶魔〉가 새로 발견되어 우리 나라 최초의 추리소설로 손꼽히게 되었다.

추식 秋湜 1920~1987 소설가 · 방송작가. 본명 성춘成春. 충북 청주 출생. 1944년부터 극단을 조직하고 희곡을 썼으며, 해방 후에는 언론계에 투신, 15년간 기자생활을 했다. 1955년 《현대문학》에 소설 〈부랑아浮浪兒〉가 추천되어 등단했다. 주요 작품으로 단편 〈모오든 나는 오라〉 〈도관장선생〉 〈다락 속의 서徐노인〉 등과, 장편 〈가시내 선생〉, 시나리오 〈견우직녀〉 〈동백아가씨〉 등이 있다. 그는 전후의 상처받은 인간들을 해학적인 문장으로 그리되 치밀하게 구성하는 리얼리즘 기법을 즐겨 사용했다. 1957년 단편 〈인간제대人間除隊〉로 한국문학상을 수상했다.

〈가시내 선생 —先生〉 추식의 장편소설. 1962년에 발표되었다. 선생을 가시내라고 마구 불러대는 섬학교에 부임한 강진숙 앞에는 몰이해와 편견과 위구심과 야유가 충만하다. 그리고 아이들은 도시락이 무엇인지도 모르는 가난 속에 살고 있다. 질병과 무지와 미신과 편견 속에 사는 섬사람들을 위해 강진숙은 의사가 되어야 했고, 계몽자가 되지 않을 수 없었다. 가시내 선생 강진숙은 그 어려운 일들을 하나하나 무사히 해치웠고, 섬사람들과 어린이들은 마침내 그러한 강진숙의 정성에 감동, 잠시의 이별도 서러워할 정도가 되었다. 강진숙의 헌신적인 노력은 이광수李光洙의 〈흙〉이나 심훈沈薰의 〈상록수常綠樹〉에서도 볼 수 없는 순정으로 다가온다.

추월색 秋月色 → 최찬식崔瓚植

축축한 화기 —火氣 → 백시종白始宗

춘향이 마음 春香— → 박재삼朴在森

치숙 痴淑 → 채만식蔡萬植

치악산 雉岳山 → 이인직李人稙

칠산리 → 이강백李康白

ㅋ

카오스의 사족—蛇足 →정한모鄭漢模

카인의 후예—後裔 →황순원黃順元

카타르시스 catharsis 정화淨化. 아리스토텔레스의 《시학詩學》 제6장 '비극의 정의' 가운데에 나오는 용어. 비극을 보거나 자기 고뇌를 하소연하거나 함으로써 억압된 슬픔이나 공포를 해소해 일종의 정화된 쾌감을 얻는 것을 말한다. 즉 비극이 그리는 주인공의 비참한 운명에 의해서 관중의 마음에 두려움과 연민의 감정이 격렬하게 유발되고, 그 과정에서 이들 인간적 정념이 어떠한 형태로든지 순화된다고 하는 일종의 정신적 승화작용으로 해석할 수 있다.

카토의 자유—自由 →정을병鄭乙炳

카프 KAPF 조선 프롤레타리아 예술가동맹의 에스페란토식 표기 'Korea Artista Proleta Federatio'의 머리글자를 딴 약칭이다. 1919년 3·1운동 이후 일제의 이른바 '문화정치' 하에서 러시아혁명 이후 세계적으로 고양된 프롤레타리아의 파고를 배경으로 조선에서도 사회주의운동이 발흥했다. 이러한 사회운동의 고양 속에서 카프는 소련의 라프RAPF와 일본의 나프NAPF에 영향을 받아 프롤레타리아 계급운동의 일환으로 문학운동을 전개했다. 문학동인단체인 염군사焰群社와 파스큘라PASKYULA의 합동체로 1925년 8월 결성된 카프는 종래의 개인적·산발적인 무목적적 신경향파新傾向派문학에서 계급의식에 입각한 조직적인 프로문학과 정치적인 계급운동을 그 목적으로 활동을 전개해나갔다. 김기진金基鎭과 박영희朴英熙가 초기 주동인물이었으며, 발기인은 이 둘을 비롯해 이호李浩·김영팔金永八·이익상李益相·박용대朴容大·이적효李赤曉·이상화李相和·김온金穩·김복진金復鎭·안석영安夕影·송영宋影 등이었으며, 발족과 동시에 최승일崔承一·조명희趙明熙·박팔양朴八陽·최서해崔曙海·이기영李箕永·이양李亮·조중곤趙重滾·윤기정尹基鼎·한설야韓雪野·유완희柳完熙·김창술金昌述·홍양명洪陽明·임화林和·안막安漠·김남천金南天 등이 참가했다. 카프 결성 뒤에도 두드러진 창작 활동은 별로 이루어지지 않고 주로 평론을 통한 정론적 예술비평이 주조를 이루었다. 이 시기의 작품으로는 박영희·김기진·최서해 등의 단편소설이 있으며, 준기관지 《문예운동》을 1926년 발간해 그들의 이념을 전파했다. 한편, 1926년말부터 카프 내부에서 계급성을 강조하는 박영희와 형식의 중요성을 강조하는 김기진 사이에서 '내용·형식 논쟁'이 전개되었다. 이 논쟁은 결국 김기진의 자설철회로 끝났고 이를 계기로 카프의 제1차방향전환이 이루어진다. 그리고 이 논쟁의 과정 속에는 당대의 사회적 분위기가 미묘하게 개입되고 있었다. 1927년 말 카프 도쿄지부는 기관지 《예술운동》을 발간하고 서울의 중앙과 갈등관계를 심화시켰으며, 제3차 조선공산당과 관련된 《무산자사》를 통해 1929년경부터 신진이론가들의 계급문예이론이 카프의 주도권을 장악했다. 임화·김남천 등 소장파들은 당시 사회운동의 조류에 발맞추어 '예술운동의 볼셰비키화'를 주장하고, '소부르주아적 편향을 척결할' 목적으로 카프의 재조직을 단행했다. 이것이 1930년 카프의 제2차 방향전환이다. 방향전환 이후 예술대중화론에 대한 내부논쟁이 벌어지고 창작방법론 문제로 심화되었으며, 소비에트의 사회주의 리얼리즘의 수용문제도 적극적으로 거론되었다. 또한 이 시기에 이르러서 어느 정도 수준에 오른 작품들이 산출되는데 이는 제논의를 통해 리얼리즘적 인식이 심화되었고, 작가들이 창작을 통해 사회적 실천을 하려는 노력들이 활발해졌기 때문이다. 그러나 이러한 카프의 활동은 영화 〈지하촌地下村〉 사건으로 1931년 1차검거, 1934년 신건설사新建設社 사건으로 2차검거를 통한 극심한 탄압으로 와해되기 시작했다. 그후 지속적인 일제의 탄압과 조직내부의 갈등으로 인한 조직원들의 전향이 계기가 되어 1935년 5월 카프는 공식적으로 해체선언을 하게 된다. 카프의 해체 이후에도 프로문학의 이론과 창작은 간헐적으로 지속되었으나, 1930년대 말에는 대부분 전향을 하거나 침묵으로 자신들의 이념을 고수하게 되었다. 그렇게 해서 일제의 학정하에서 사회주의 혁명을 목적으로 하는 프로문학 운동은 기나긴 잠복기에 돌입하게 되었다. 그러나 이러한 지하활동은 1945년 광복을 맞이함으로써 새로운 단계로 부활하게 되었다. 카프의 프로문학은 문학을 예술성, 자율성, 인간성의 탐구라는 본래의 목적에서 이탈시켜 정치조직의 선전물로 전락시켰으며, 계급운동이라는 목적의식 때문에 격조 높은 예술작품을 창작하지 못했다는 한계를 지닌다.

코스모폴리터니즘 cosmopolitanism 세계주의 또는 사해동포주의四海同胞主義. 한 지방이나 한 국가에 대한 편협된 애정이나 종족적인 편견 등을 초월해 모든 인류를 같은 동포로 생각하고, 개인을 단위로 한 세계사회의 실현을 이상으로 하는 주의를 말한다. 정치적으로는 세계연방운동 · 세계시민주의 등으로 나타나며, 문학에서는 한 국가의 테두리에만 한정되지 않는 국제간의 교류를 의미한다. 비교문학 연구의 태도 내지 대상이 되고 있다.

콤플렉스 complex 정신분석학 용어. 복잡 · 착종錯綜 · 복합체라는 뜻이지만 의학에서는 정신분석학의 용어로서 특수한 의미를 부여하고 있다. 억압당하거나 무의식계無意識界에 응고되어 있어 의식에 영향을 주는 관념, 또는 진한 감동을 수반하는 관념복합체 등 마음속에 있는 응어리를 말한다. 프로이트는 성적 억압을 중시했으나, A. 아들러, C. 융 등은 우월감, 혹은 그 이면에 잠재한 열등감을 중시했다. 콤플렉스는 무의식적인 것이며 심하면 꿈과 히스테리 증상을 일으킨다고 정신분석학에서는 말한다. 인간행동의 동기를 분석하는 유력한 실마리이기도 한 콤플렉스는 또한 문학작품 중의 인물을 움직이는 원동력의 하나이기도 하다.

큰물 진 뒤 → 최서해崔曙海

큰 산 一山 → 이호철李浩哲

ㅌ

타인의 방 他人一房 → 최인호崔仁浩

탁류 濁流 → 채만식蔡萬植

탈출기 脫出記 → 최서해崔曙海

탐미주의 耽美主義 예술사조의 하나. 유미주의唯美主義·심미주의審美主義라고도 한다. 예술이란 그 자체로서 자족한 것이며, 어떠한 이면적 목적이 그 속에 내포되거나 윤리적·정치적 또는 다른 비심미적 기준에 의해 평가되어서는 안된다는 지론에서 나온 예술사상의 일파이다. 현대 유미주의 지지자들은 소수의 초현실주의자 시인들을 제외하고는 시를 전적으로 유미적 자립의 존재로 보지 않고, 사회적이며 공공적 활동의 소산으로 취급한다. 그러나 탐미주의의 가장 확실한 특징인 '아름답다는 것은 그 자체의 독립된 중요성이고, 시인은 시 작품 속에서 기교적으로 그것을 정교하게 구성해야 한다'는 점에는 일치된 견해를 보이고 있다. 우리 나라에서는 이상李箱의 환각시에서 탐미의 흔적이 보이기 시작, 1950년대와 1960년대에 서정주徐廷柱를 위시한 전봉건全鳳健·김광림金光林 등에서 나타났고, 이로 인한 순수시 대 참여시의 논쟁이 1970년대를 계기로 전개되었다.

태백산맥 太白山脈 → 조정래趙廷來

태서문예신보 泰西文藝新報 우리 나라 최초의 주간지. 1918년 9월 창간되어 1919년 2월, 16호로 종간되었다. 주간은 장두철張斗澈로 발간 당시에는 종합지의 성격을 띠고 문예작품 외에도 취미기사를 실었으나 그 뒤 곧 문예지의 성격을 띠었다. 주요내용은

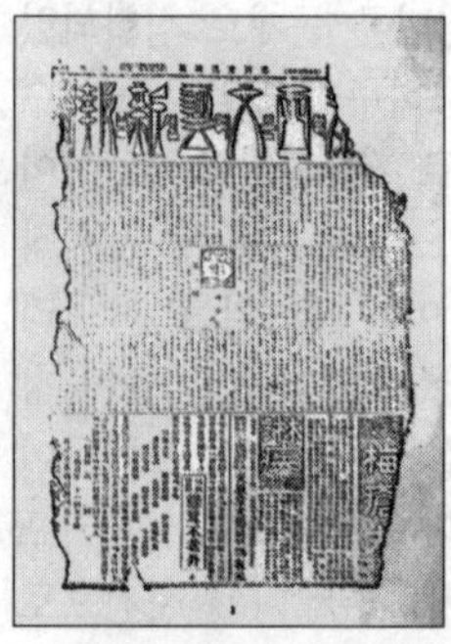

▲태서문예신보 창간호. 1918년 9월. 고려대학교 도서관 소장.

창작시·번역시·창작소설·번안소설·외국문학과 문단 사정의 소개·시론 등으로 되어 있으며, 주목할 것은 시와 해외시의 수입·소개를 겸한 이론들이다. 김억金億·이일李一·장두철 등이 중심이 되어 서구문예의 도입·소개에 주력했다. 그 가운데서도 특히 김억의 번역시와 시론은 한국 근대시 형성에 지대한 영향을 끼친 바 있으며, 이 번역시들은 뒷날 한국 최초의 시집인《오뇌의 무도》로 출판되기도 했다. 1919년 2월 16일까지 약 5개월 동안에 16호를 내고 있으니, 매주 정기적으로 발행되지는 못한 셈이지만, 당시의 사정을 고려했을 때 자주 간행된 편이라 할 수 있으며 편집·발행자들의 열의를 짐작할 수 있다. 매호 권두에는 사설을 싣고 있으며 음악·미술까지도 포함한 예술 전반을 대상으로 하고 있지만 실제로는 문학중심으로 편집되었고, 특히 시를 제외한 다른 장르는 별로 많은 지면을 차지하지 못하고 있기 때문에 거의 준準 시전문지 성격을 띠고 있다고 할 수 있다.《태서문예신보》에 실린 김억·황석우黃錫禹의 창

작시편들은 개성적인 서정을 바탕으로 한 개성적인 운율의 창조에 노력을 기울이고 있다는 사실로 미루어 이를 근대문학에 대한 최초의 자각이라고 보는 견해도 있다. 많은 번역시와 외국 시론의 소개와 함께 총 38편의 창작시를 싣고 있는 이 문예지는《창조》로부터 시작되는 한국 근대문학의 개화를 위한 밑거름이 되었다는 점에서 그 문학사적 의의를 찾을 수 있다.

태평천하 太平天下 → 채만식蔡萬植

테러리스트 → 송기숙宋基淑

토끼와 원숭이 → 마해송馬海松

토막 土幕 → 유치진柳致眞

토월회 土月會 1920년대의 대표적인 극단. 정식으로 조직된 것은 1923년 5월경, 당시 도쿄에서 대학을 다니던 박승희朴勝喜 · 김복진金復鎭 · 김기진金基鎭 · 이서구李瑞求 · 박승목朴勝木 · 김을한金乙漢 · 이제창李濟昶 등이 시작한 모임이었다. 처음에는 예술전반에 걸친 문예모임으로 시작했다. 동인들의 귀국기념으로 제1회 공연을 1923년 7월 4일 조선극장에서 개최한 후부터 연극단체로 전향했다. 이 공연을 위해서 유진 필롯 작 〈기갈飢渴〉, 안톤 체홉 작 〈곰〉, 버나드 쇼 작 〈그 남자가 그 여자의 남편에게 어떻게 거짓말했나〉, 박승희 작 〈길식吉植〉 등 단막극 4편을 선정했다. 이 첫 공연은 리얼한 연기와 무대미술이 주목을 끌었다. 그동안 과장되고 황당무계한 신파극만 보아오던 관중은 그들의 진지한 연기에 공감하고 사실적 배경화와 장치 · 소품에 호감을 가졌던 것이다. 그러나 무대경험이 없는 그들의 공연은 성공하기 어려워 빚만 지고 실패로 끝났다. 9월 18일부터 24일까지 조선극장에서 막을 올린 제2회 공연은 대성공을 거두었고, 창립공연의 빚을 청산함은 물론 우리나라의 대표적인 극단이라는 성가를 얻는 데까지 이르렀다. 토월회는 제2회 공연을 분수령으로 큰 전기를 맞게 되는데 내부 의견 불일치로 창립회원들이 대거 이탈을 하게 된 것이다. 계속적인 연극운동을 주장했던 박승희는 제2회 공연 때 가입한 신진회원들을 데리고 재발족을 했다. 새롭게 재조직된 토월회는 1924년 1월 22일부터 박승희 작 무용가극 〈사랑과 죽음〉, 홍사용 번역의 〈회색의 꿈〉을 제3회 공연에서 상연했다. 토월회는 이때부터 완전히 상업성을 띠게 되었고 곧이어 제4회 공연으로 〈부활〉과 〈사랑과 죽음〉을 재상연했다. 6 · 7회 공연부터는 개량 신파극단으로 굳어졌다고 해도 과언이 아닐 토월회는 1925년에 들어서 본격적인 흥행극단으로서의 면모를 갖추기 시작했다. 극단제도를 개혁, 합자회사를 만들어서 자본의 기초를 굳건히 함과 동시에 전무에 이서구를 앉혔다. 그러나 자금난은 좀처럼 해결되지 않았다. 각본 곤란을 겪으면서 〈춘향전〉 〈장화홍련전〉 〈심청전〉 등의 고전소설과 이광수李光洙의 〈무정〉 〈개척자〉 〈재생〉 등을 각색해 공연했다. 그러나 이미 신극의 기수라는 자긍심마저 버리고 통속작품으로 관객을 동원했던 토월회에 대해 그

▲토월회 창립동인들.

졸속에 회의를 품는 사람들이 점차 늘어갔다. 흥행위주의 극단운영과 박승희의 지나친 독주에 반발해 핵심적인 회원들이 탈퇴를 하고, 초창기에 떠나갔던 김기진 · 김복진 · 연학년 등이 합세해 백조회白鳥會라는 새 극단이 발족됨으로써 토월회는 1926년 2월 24일 제56회 공연을 마지막으로 해산하고 말았다. 그뒤 2년이 지나 박승희를 중심으로 한 전회원들이 다시 모여 재기를 다짐하게 되었다. 그러나 토월회의 재기공연 역시 타락했던 말기와 달라지지 않았다는 이유로 혹평을 받게 되었고, 재기 반년도 못되어 다시 휴면상태로 들어가고 말았다. 1929년 가을에 토월회는 두번째 재기공연을 가지게 되는데 작품으로 박승희 작의 〈아리랑고개〉를 무대에 올렸다. 일제의 식민통치로 토지를 잃고 북간도로 가는 한 실향민가족의 참담한 이야기인 이 작품은 큰 반향을 불러일으켰다. 그 뒤로부터 우리의 전통적인 민요인 〈아리랑〉은 금지곡이 되었다. 1929년 11월까지 토월회는 지방공연까지 합쳐 통산 87회의 공연을 가졌고, 총 25,000여 원의 투자를 한 것으로 추계되며, 토월회를 거친 회원수만도 적지 않았다. 그러나 토월회는 대중연예적 요소를 가미했고, 끝내는 다른 신파극단들처럼 지방으로 다니기도 하고 유랑극단 행세를 하기에 이르렀다. 이렇게 겨우 명맥을 유지하던 토월회는 1931년 발족된 지 9년 만에 해산되고 말았다. 광복직후인 1946년에 옛 단원들이 모여 토월회를 재건했으나, 박승희 작 〈사십년〉 〈의사윤봉길〉 〈모반의 혈〉 등만을 공연하고 다시 해산되고 말았다. 이처럼 여러 가지 전망상 · 경영상 문제를 가지고 있었던 토월회가 저속한 신파극단만 난무하던 1920년대에 있어서 비록 큰 성공은 거두지 못했지만 처음에는 그래도 정통적인 서구근대극(사실주의 연극)을 시도해보려 했고, 연극을 하는 방식에 있어서 정석대로 하려고 노력함으로써 저질 신파극 개선에 상당히 기여했다고 볼 수 있다. 특히 사실적 무대장치는 당시로서는 획기적인 것이었다.

토지 土地 → 박경리朴景利

통곡 痛哭 → 유주현柳周鉉

통속문학 通俗文學 순문학과 반대되는 대중문학. 예술성보다는 독자의 호기심을 만족시켜 주기 위해 흥미본위로 엮어 나가는 데 그 특색이 있다. 독자가 쉽게 읽을 수 있도록 문체에 까다로운 점이 없고, 인물이 유형적이며 스토리나 플롯에도 안이한 점이 드러난다. 통속소설 중에는 기괴한 모험을 그리는 괴기소설과 성性에 관한 것을 노골적으로 그리는 외설문학이 있으나, 흔히 사용하는 의미의 통속소설에는 포함되지 않는다. 그런 뜻에서 통속소설은 대중소설과 거의 같은 의미로 쓰이며 오락소설 · 주간지소설 · 중간소설 등이 모두 이 범주에 속한다. 현대소설 작가로 이 유형에 드는 사람은 방인근方仁根 · 김내성金來成 · 김말봉金末峰 등이며 특히 김내성은 스스로 통속작가임을 표방하고 대중을 위한 대중의 소설을 쓰겠다는 주장을 내세운 것으로도 유명하다.

ㅍ

파스큘라 PASKYULA 1923년경에 발족된 프로문학 단체. 카프KAPF가 조직되기까지 계급주의 문예운동의 일부를 담당했다. 1923년 도쿄에서 귀국한 김기진金基鎭과 그에 동조한《백조》동인들 일부를 주축으로 이루어진 문학조직으로, 그 구성원은 박영희朴英熙 · 이익상李益相 · 이상화李相和 · 김형원金炯元 · 연학년延鶴年 · 안석영安夕影 · 김복진金復鎭 등이다. 파스큘라의 명칭은 이들 구성원의 성 또는 이름의 머리 문자들을 따서 만들어진 것이다. 염군사焰群社와 함께 당시 신경향파의 주도권을 잡았으며 후에 이 둘의 발전적 종합이라고 할 수 있는 카프를 형성한다. 파스큘라는 염군사에 비해 그 구성원이 대부분 도쿄 유학생 출신으로 교양의 정도가 높은 편이었으며, 또한《백조》동인들이 주축이 되었기 때문에 문학활동의 연륜도 오래되었다. 그 구성원 일부는 연극단체인 토월회에도 관계한 바 있지만 문학 단체로서 조직활동은 별로 특기할 것이 없다. 1925년 2월 천도교 기념회관에서 문예강연 및 작품낭독회를 가졌으며, 같은 해 8월에는 사회단체와 합동으로 일본의 프로작가 나카니시中西伊之助를 초청해 강연회를 개최, 간담회를 가진 바 있다. 그러나 염군사와 같은 독자적인 기관지 발간을 기도한 바는 없는 것으로 나타난다. 카프 결성 후에는 그 조직활동에서 주도권을 장악했으나 뒤에 프로문학 운동이 이데올로기 일변도로 쏠리자 모두가 거기서 이탈한 것도 특기할 만한 사실이다. 한국 프로문학 운동의 개척자라는 점에 의의가 있다.

파초 芭蕉 → 김동명金東鳴

파편 破片 → 이동하李東河

판문점 板門店 → 이호철李浩哲

패러독스 paradox 역설逆說. 일반적 생각과는 반대되는 말로서, 일견 진리가 아닌 듯하나 실은 진리를 표현하는 수사법의 한 가지. 기론奇論, 패리悖理, 역리逆理. '아는 것을 안다고 하고, 모르는 것을 모른다고 하는 것, 이것이 아는 것이다', '용서한다는 것은 최대의 악덕이다' 등이 그 예.

패러디 parody 풍자적 모방시. 의시擬詩. 남의 작품의 시구나 문체를 따와서, 내용이 전혀 다른 것을 표현해, 외형과 내용의 부조화에서 오는 골계를 나타내는 서정시의 일종. 운문에 많으나, 산문에도 있고, 풍자의 수단으로써 여러 방면에 걸쳐 활용된다.

폐허 廢墟 1920년 7월에 창간된 문예동인지. 동인은 김억金億, 남궁벽南宮壁, 김영환金永煥, 나혜석羅蕙錫, 염상섭廉想涉, 오상순吳相淳, 황석우黃錫禹, 이익상李益相 등이었다.《폐허》의 제호는 실러의 "옛것은 멸하고, 시대는 변했다/내 생명은 폐허로부터 온다"라는 시구에서 인용한 것이다. 1921년 1월 제2호를 발행하고 종간했다. 후기에 "우리가 황량낙막荒涼落寞한 조선의 예원藝苑을 개척해 거기다 무엇을 건설하고 부활하고 이식해 백화난만百花爛漫한 화원을 만들어 놓으면, 그것이 세계예원世界藝苑의 내용, 외관을 더 풍부하게 하는 것이 아닌가"라고 했는데, 이것이 바로《폐허》를 발행한

▲폐허 창간호 표지.

취지라고 할 수 있다. 우리 문학사에서 이들을 '폐허파'라 하고, 그 문학적 경향을 퇴폐주의라 한다. 창간을 전후해 3·1운동의 실패로 인한 실망과 경제적 파탄, 지식인의 실업사태 등으로 인한 불안에 곁들여 서구의 세기말적 사상의 영향으로 희망을 잃고 의지할 지주를 잃은 전지식인을 휩쓴 당시의 퇴폐적 분위기의 소산이었다. 그러나 폐허파를 일률적으로 퇴폐주의라고 보기는 어려우며 실제로 김억·이익상 등의 견해는 오히려 퇴폐주의를 부정하고 있음을 볼 수 있다. 결국 《폐허》는 퇴폐주의·감상주의나 이상주의·낭만주의 등 여러 요소가 혼합된 양상을 보였다.

폐허 이후 廢墟以後 1924년 2월 창간된 문예동인지. 《폐허》의 뒤를 이은 문예동인지로 통권1호로 종간되었다. 동인은 오상순吳相淳, 염상섭廉想涉, 김정진金井鎭, 홍명희洪命熹, 주요한朱耀翰, 최남선崔南善, 변영로卞榮魯, 현진건玄鎭健, 김형원金炯元, 김명순金明淳, 김억金億, 조명희趙明熙, 정인보鄭寅普 등이다. 《창조》《백조》《폐허》의 동인이 고루 참여했고, 그 주조는 역시 《폐허》이다. 주요 작품은 오상순의 〈폐허의 재단〉, 염상섭의 〈잊을 수 없는 사람들〉, 주요한의 〈빗소리〉, 현진건의 〈그립은 흘긴 눈〉 등으로 이 작품들은 잡지의 무게를 더해 주었다.

포인트 → 최상규崔翔圭

폭풍의 노래 暴風― → 신석초申石艸

표문태 表文台 1914~ 소설가·수필가·극작가. 경남 밀양 출생. 경성사범 중퇴(1933). 1935년 일본 정부의 실화實話 현상모집에 당선되어 도일渡日, 일본 문예동인지 《작가》《군성》의 동인으로 활약했다. 1941년 귀국 후 《매일신보》 및 《조선중앙신문》 기자, 해양문화협회 편집국장, 《국회일보》 주필 등을 역임했다. 1945년 희곡 〈역사의 죄악〉을 《예술시대》에 발표, 국내등단했다. 소설 〈산악지대〉〈합격자 수기〉〈천국으로 가는 길〉, 희곡 〈배나무 고개〉〈장구바위가 울던 날〉, 수필 〈장미꽃과 쓰레기통〉 등이 있다. 그는 작품을 통해 참기 어려운 조국의 현실을 딛고 서서, 인내와 눈물과 사랑을 찾으려는 민족적 낭만을 추구했다.

표본실의 청개구리 標本室―青― → 염상섭廉想涉

표현주의 表現主義 expressionism 표현의 예술, 따라서 가능한 한 자아의 내면을 순수히 표현하려고 하는 주장. 정신사적으로 보면 자연주의·인상주의·상징주의 등의 전시대 사조를 극복하려는 운동으로 볼 수 있다. 동시에 1910년을 전후한 시민계급의 안일한 만족성에 대한 새로운 세대의 반항, 따라서 세대의 투쟁인 것이다. 본질성과 진실성은 이 사조의 감정의 새로운 가치들이다. 그러나 표현주의의 전개양상이 완전히 통일성을 지닌 것은 아니다. 상당히 대치된 두 개의 조류를 볼 수 있다. 깊은 영혼에서 새로운 기점을 얻으려는 비교적 내면적인 조류와, 예리한 정신으로 현실의 개조를 지향하는 조류가 있다. 후자는 실행주의적이고 극단적·과격한 정치에 참여한다. 그러나 공통적인 것은 새롭고, 인간으로서의 당연한 생의 추구로서, 여기에는 일종의 종교적 태도까지 나타나 있다. 이 모든 것은 극히 강렬히 공동적 투쟁의 의식하에 따라서 개인주의에도 불구하고 집합주의적 경향을 띠고 표현된다. 특히 이것은 예술형식에서 나타나고 있다. 정열성 · 압축성 · 공동성 · 직접성은 표현주의의 특징으로서 특히 언어에 있어서 그러하다.

푸른 하늘을 → 김수영金洙暎

풀 → 김수영金洙暎

풀과 별 1972년 7월에 창간된 월간 시 전문지. 창간 당시 발행인 김원필金元弼, 편집인 이재석李載錫, 주간 장영창張泳暢, 편집국장 김영목金英穆, 발행소는 풀과 별사社였다. 모든 인간은 천부의 시적 가능성을 갖고 있다는 전제하에 전국민이 시를 향수할 수 있도록 시와 인간, 시와 민족, 시와 독자 사이의 교양지를 목적으로 민족시의 새로운 역사를 개척한다는 창간취지를 밝히고 있다. 시인과 독자 사이의 거리를 좁혀주는 시의 대중화를 위한 5천만의 독자시단을 설정하고, 해외시인과 해외시단의 최신정보를 소개해 한국시단의 해외교류를 꾀했다. 또한 문단의 엄정중립지를 표방, 시인육성을 위해 지면의 상당부분을 신인에게 제공했다. 창간 이후 발행인이 자주 변경되다가 1975년 제호를 《월간시》로 변경 발행했으나, 1976년 1월에 폐간되었다.

풍림 風林 1936년 12월에 창간된 종합문예지. 편집 겸 발행인 홍순열洪淳烈, 풍림사에서 발행. 국판. 통권 8호로 종간했다. 건전한 문학지임을 천명했던 만큼 내용도 다채로워 시 · 소설 · 수필은 물론 평론에도 많은 지면을 할애했다. 또한 김동리金東里 · 박영준朴榮濬 · 이병각李秉珏 · 홍구洪九 · 이효석李孝石 · 유진오兪鎭午 · 채만식蔡萬植 · 윤기정尹基鼎 · 이주홍李周洪 등 광범한 문인이 동원되었으나 카프KAPF 계열의 문인이 중심이 된 잡지였다.

풍속소설 風俗小說 소설에 있어서 구조의 원리를 중심으로 분류한 소설형식의 하나. 어떤 특정한 시기의 풍속이나 사회의 한 단면이 변모되어가는 모습을 독자에게 제시하는 소설로 시정소설市井小說 · 세태소설世態小說이라고도 한다. 즉, 풍속소설은 모든 시대에 타당한 인간적 진실을 나타내려는 것이 아니라 사회의 어떤 단계의 변모의 양상과 그런 양상으로서 대표되는 한에 있어서 진실성이 있는 인간들을 묘사함으로써 만족하는 소설이다. 취급하는 내용이 과거의 체험이며 완료된 일이므로 작중인물의 살아 있는 움직임이나 정신적 갈등이 존중될 수는 없으며, 소설 속에서 사회가 재창조되는 것이 아니라 사회에 대한 작자의 관념을 예증해 가는 데 지나지 않는다. 그러므로 이와 같은 소설은 미적요소보다는 후세에 다분히 역사적인 흥미만을 줄 뿐이다. 우리나라에서는 1936년경부터 이러한 소설형식이 나타났는데, 채만식蔡萬植의 〈탁류濁流〉, 박태원朴泰遠의 〈천변풍경川邊風景〉, 유진오兪鎭午의 〈가을〉 등이 여기에 속한다.

풍유 諷諭 allegory 추상적 관념을 구체적인 비유로써 표현하는 기법. 즉 어떤 원관념 A를 나타내고자 할 때 다른 구체적인 보조관념 B를 사용해 그 유사성을 적절하게 암시하면서 원관념을 나타내는 방법. 표현된 글에는 그 표면과 배후의 이중의 의미를 가지며, 우화寓話와 구별해서 본다면 반드시 교훈성이 없어도 무방하고 동식물 외의 인물도 등장할 수 있다. 풍유는 어떤 관념이나 교훈적인 것을 전달하기 위해서는 서사시, 패사稗史, 이야기, 희곡 등의 서술형식을 이용하며, 거기에 등장하는 인물의 가면 속에 어떤 특정의 추상적인 의미·덕·악덕 등을 표현한다. 또한 인간의 여러 성질이 의인화된 동물·식물·관념 등이 등장인물이 되어 하나의 사건으로 조직되어 표현된다. 풍유는 일반적으로 교훈적이며 반드시 동식물만이 의인화되어 나타나는 우화와 구별하기도 하나, 교훈담敎訓談, 비화譬話, 우화寓話 등으로 분류된다.

풍자문학 諷刺文學 그 시대의 한 사회를 지배하고 있는 모순과 불합리성을 조롱·멸시·분노·증오 등의 여러 정서상태를 통해서 독자를 감동시켜 이를 비판하고 고발하는 사회적 문학양식. 풍자는 어리석음의 폭로, 사악함에 대한 징벌을 주축으로 하는 기지·조롱·냉소·반어·비꼼·조소·욕설 등의 어조를 포괄하므로 문학의 어느 갈래에서나 작가가 전개하는 논의나 교훈이 선행하게 된다. 문학·회화·영화를 불문하고 퇴폐한 시대나 언론이 억압당하기 쉬운 시기에 걸작이 나오는 경향이 많다. 우리나라에서는 1930년대 일제의 탄압이 강화되고 사회적·경제적 모순이 심해지면서 시도되었다. 일부 작가들은 사회적 부조리를 작품화하고자 하나 탄압으로 불가능하게 되자, 그 탈출구로 풍자적 기법을 써서 간접적인 현실비판의 작품 활동을 했다. 채만식蔡萬植은 〈레디메이드 인생〉〈사라지는 그림자〉〈천하태평춘天下太平春〉 등 우수한 풍자소설을 다수 발표했으며, 이밖에 김유정金裕貞의 〈금 따는 콩밭〉, 계용묵桂鎔默의 〈백치 아다다〉, 이기영李箕永의 〈인간수업〉 등도 당시의 풍자문학에 속한다. 풍자문학은 웃음의 쾌미가 암시하는 강력한 경계와 고발로 다른 양식의 문학에 비해 의미부여가 강하므로 문학사에서는 한 시대의 특질을 표방하는 문학작품으로 평가받는다.

풍장 風葬 → 황동규黃東奎

프롤레타리아문학 一文學 사회주의적 현실변혁이라는 실천운동 속에 위치하는 문학. 약어로 프로문학이라고도 한다. 마르크스주의 미학에 입각, 사회주의의 이념을 선전하거나 사회주의 사회건설을 위해 투쟁하는 인간을 형상화한다. 이것은 17~18세기 서구 리얼리즘문학의 현실인식 방법과 19세기 혁명적 민주주의 문학의 유산을 계승해 리얼리즘문학 계열의 한 축을 형성했으며, 1930년대 중반 이후 사회주의 리얼리즘 문학으로 정착했다. 한국 프롤레타리아문학의 경우 문학작품에서 실제로 프롤레타리아의 현실변혁적 관점이 드러난 것은 조선프롤레타리아예술동맹(KAPF)의 목적의식적 방향전환의 근거가 되었던 조명희趙明熙의 〈낙동강〉(1927) 이후라고 할 수 있다. 물론 1919년 3·1운동 이후 이전의 문학유산과 당대의 사회역사적 상황이 빚어낸 신경향파문학이 프롤레타리아문학 형성에 결정적인 영향을 준 것은 사실이었지만, 신경향파의 현실인식과 계급인식은 추상적인 차원에 머물러 있었다. 그러던 중 1925년 8월 카프KAPF가 결성됨으로써 당대 사회운동과 유기적 연관을 가지는 프롤레타리아문학의 조직적 운동이 가능하게 되었고 프롤레타리아문학에 대한 인식이 확대될 수 있었다. 카프를 중심으로 전개된 프롤레타리아문학은 '내용·형식 논쟁'과 목적의식적 방향전환, 잇따른 볼셰비키적 방향전환과 대중화 노선을 통해 조직적 운동은 물론, 문학에서 당파성이 중시되었다. 그러나 정치적 당파성을 미학적 범주로 포괄하지 못한 카프의 프롤레타리아문학의 추상적 당파성 강요는 작가를 마르크스주의의 철학적 세계관으로 무장시키려는 방향으로 나아갔고 창작의 고정화 · 도식화 경향을 낳았다. 1934년 8월 전 소비에트연방 작가회의에서 '사회주의 리얼리즘'이 프롤레타리아문학의 공식 창작방법으로 선언된 이후, 식민지 조선에서도 많은 논쟁을 거듭하면서 사회주의 리얼리즘을 정착시키고자 했다. 사회주의 리얼리즘에 이르러서 프롤레타리아문학은 철학과 정치학으로부터 상대적인 독자성을 담보할 수 있었고 독자적인 미학체계를 완성할 수 있었다. 그러나 식민지 조선의 프롤레타리아문학은 일제의 군국주의화와 정치적 탄압으로 그 성장을 정지당해야만 했고(1935년 KAPF 해체), 10여 년의 잠복기를 거쳐 '진보적 리얼리즘'으로 다시 출현, 광복 직후 구 카프계는 곧 문학가동맹을 조직, 한때 상당수의 신문과 잡지를 장악하고 계급이론에 입각한 문학활동을 내세웠다. 프롤레타리아문학은 전쟁과 혁명이 인간 삶의 중심에 밀접히 연관되었던 정치적 공간 속에서 당대문학의 주요 흐름으로 존재할 수 있었는데, 우리 문학사의 특징적인 한 줄기를 형성한 프롤레타리아문학은 현재의 민족 · 민중문학에까지 그 명맥을 잇고 있다.

플롯 plot 줄거리, 또는 이야기의 구성. 극이나 소설 · 시 등의 골격으로 작자의 의도를 바탕으로 진행되는 일련의 사건과 행동으로 이루어진다. 간혹 스토리와 혼동해서 쓰이는 수도 있지만, 스토리가 시간적 경과에 의한 줄거리 전개를 뜻하는 것이라면 플롯은 작품의 주제를 증명하는 데 관련된 등장인물 등의 내적 인과관계를 추가한 것이라고 할 수 있다. 아리스토텔레스가 《시학》에서 플롯을 비극의 가장 중요한 요소라고 주장한 이래, 작품의 묘사에 선행하는 극적 효과의 중요한 지주가 되어왔다.

피리 부는 소년 一少年 → 이주홍李周洪

피임사회 避妊社會 → 정을병鄭乙炳

피천득 皮千得 1910~ 수필가 · 시인 · 영문학자. 호 금아琴兒. 서울 출생. 상해 호강대 영문과 졸업(1931). 1930년 《신동아》에 시 〈서정소곡抒情小曲〉 〈소곡小曲〉 등을 발표해 시인으로서 기반을 굳혔으며, 1933년 〈눈보라 치는 밤의 추억〉 〈기다리는 편지〉 〈무제無題〉 〈나의 파일〉 등의 수필을 발표, 수필가로서의 활동을 겸했다. 수필집에 《인연》이 있다. 경성대 예과 교수를 거쳐 서울대 교수를 역임했다. 그의 시는 대체로 투명한 서정으로 일관되어 모든 사상 · 관념 · 대상을 배제하고 순수한 정서에 의해 생활의 서정을 노래한다. 〈꿈〉 〈편지〉 〈사랑〉 등의 시를 모아 《서정시집》을 간행했다. 또한 생활을 통한 주관적 · 명상적 소재로 쓴 수필들은 섬세한 문체로 수필문학의 정수를 보여준다. 주요 수필로 〈봄〉 〈여성의 미〉 〈구원의 여인상〉 〈인연因緣〉 등이 있으며, 시문집으로 《금아시문선琴兒詩文選》 《산호와 진주》 《생명》 등이 있고, 1997년 《피천득 문학전집》(전5권)을 간행했다. 이외에도 〈에리자베스조의 규수시인〉 〈셰익스피어의 소네트〉 등 영문학 연구와 관련된 평론을 발표하기도 했다. 1991년 대한민국 문화예술상, 1995년 인촌상 등을 수상했다.

〈봄〉 피천득의 수필. 순간마다 새로운 경이를 가지고 다가오는 봄에서 잃었던 젊음을 찾아 아름답고 힘있는 젊음의 의미를 되새겨 본 작품이다. 봄이 오면 무겁고 둔한 옷을 벗어 던지는 것만이 아니라, 젊음이 다시 오는 것만 같다고 하는, 서정적이면서 심연의 잔잔함 속에서 번져 나오는 지성의 섬광을 볼 수 있다. 그러면서도 지적인 편린이 노출되지 않고 표현 속에 용해되어 있는 데에 수필로서의 향취가 높다.

피카레스크 소설 picaresque novel 악한소설惡漢小說. 전통적인 기사들의 로맨스에 반대되는 소설로서, 주인공이 유덕有德한 기사가 아니라 악한이며, 줄거리는 로맨틱한 모험이 아니라 현실적인 소극이고, 꽉 짜여 있는 구성이 아니고 사건의 연속으로, 대부분 악한의 뉘우침과 결혼으로 끝난다.

필화사건 筆禍事件 발표된 작품이나 논설, 기사 등이 법률상 또는 사회상의 제재를 받는 사건. 한국에서 신문화 도입 후 최초의 문학 필화사건은 안국선安國善의 신소설 〈금수회의록禽獸會議錄〉에서 비롯했다. 길짐승 · 날짐승 · 벌레 · 물고기 · 풀 · 나무 · 돌들이 모여 인간세계의 비리를 비판한 이 정치소설은 당시 정부관리들의 부패와 외세의 침투를 공격하는 내용으로 발매금지되었으며, 그해 11월에 출판된 이해조李海朝의 번안소설 〈철세계鐵世界〉도 혹세무민惑世誣民한다 해서 같은 비운을 당했다. 일제시대에 민족지가 당한 필화에 못지않게 잡지의 문예면도 많은 피해를 받았다. 그 하나의 예가 《개벽》인데 34회의 발행금지를 비롯해서 72호까지 37차의 처벌을 받았고, 95개 가량의 기사가 삭제당했다. 삭제기사 중에는 김기진金基鎭의 평론 〈금일今日의 문학 명일明日의 문학〉 〈붕괴의 원리 건설의 원리〉, 이상화李相和의 저항시 〈빼앗긴 들에도 봄은 오는가〉, 정백鄭柏의 〈붉은 쥐〉, 이기영李箕永의 〈농부 정도룡〉 등이 있었다. 그리고 《개벽》 창간호에서 전문全文이 삭제된 김기전金起田의 〈금쌀악〉 〈옥가루〉는 나라 잃은 민족의 슬픔과 힘찬 건설의 충고를 내용으로 한 동요체 삼행시였다. 해방 후의 필화사건은 이범선李範宣의 〈오발탄誤發彈〉으로서 영화로 제작되었을 때 너무 어두운 현실을 그렸다는 이유로 상영금지되었다. 박계주朴啓周의 〈여수旅愁〉는 프랑스 여행을 소재로 한 르포 비슷한 소설인데, 그중 송진우 등이 '우리 나라가 신탁통치를 받았더라면 중립국이 되었을 것이다'라는 정치적 발언으로 게재중지되었다. 유주현柳周鉉의 〈임진강〉은 작가 자신도 알지 못하는 사이에 일본 조총련계 잡지에 실린 탓으로 당국의 문초를 받았고, 구상具常의 희곡 〈수치羞恥〉는 연극으로 상연되었을 때 반공법에 저촉되는 부분이 있다는 이유로 문제되었다. 곽학송郭鶴松의 〈한강漢江〉은 실명소설인데, 작중인물에 대한 작가의 주관적 해석 때문에 작중인물의 가족들의 항의를 받게 되자 신문사측에서 게재를 중지했고, 남정현南廷賢의 〈분지糞地〉는 북한의 잡지에 게재되어 반공법 저촉 혐의로 작가가 입건 구속되었다. 임중빈任重彬의 〈사회참여를 통한 학생운동〉도 역시 반공법에 저촉된다는 이유로 본인이 입건 구속되었는데, 이유는 프랑스 과격파 학생운동을 소개했기 때문이다. 김지하의 담시譚詩 〈오적五賊〉과 장시長詩 〈비어蜚語〉는 내용이 정치와 사회에 대한 신랄한 풍자를 담았다는 이유로 입건되어, 본인이 두 번 구속된 바 있다.

하

하근찬 河瑾燦 1931~ 소설가. 경북 영천 출생. 동아대 토목과 중퇴. 1957년《한국일보》신춘문예에 단편〈수난 이대受難二代〉가 당선되어 등단했다. 이 작품은 일제하의 제2차 세계대전과 6·25동란이라는 전란과정을 통해서 민족적 수난을 집약한 문제작이다. 주요 작품으로 단편〈낙뢰落雷〉〈나룻배 이야기〉〈왕릉王陵과 주둔군駐屯軍〉〈삼각三角의 집〉〈족제비〉등과 장편〈야호夜壺〉〈산에 들에〉등이 있다. 1973년 단편집《수난 이대》《산울림》《검은 자화상》등 다수를 출간했다. 마을 청년이 불구나 유골이 되어 돌아온 뒤, 다시 마을 청년을 데리러 나온 '양복장이'에게 나룻배를 대안對岸으로 몰아 승선을 거부하는〈나룻배 이야기〉, 아들을 빼앗기고 만 어머니가 자기를 속인 면장에게 변을 선사하는〈분糞〉, 들고 있는 편지 뭉치가 집집마다 통곡소리를 자아내는 전사 통지서임을 알고 냇물에 띄워보냈다가 해고되는 배달부를 그린〈홍소哄笑〉등의 주제는 민요와 현실성으로 연결된다. 대부분의 소설이 궁핍한 농촌을 무대로, 민족의 비극과 사회병리를 그 급소에서 포착해 형상화하기 때문에, 그의 작품은 구심점을 가지고 조화된 질서를 유지하고 있다는 평가를 받았다. 그의 작품 세계는 처음에는 농촌을 소재로 형성되었다. 그 농촌이 폐쇄된 자연이 아니고, 한국의 역사적 상황에 연관된 현실인 점에서 중요성을 인정받기 시작했다. 이른바 실존주의의 영향과 전후파적 취향이 소설에 지적허영 내지 관념적 난삽을 적지 않게 유행시켰던 50년대 후반에, 무지하고 가난한 시골 사람들 이야기를 들고 나와 사실 자체가 획기적이며, 이야기가 생활 속의 절실한 인정과 역사적 수난의 아픔이며, 그 아픔을 이기고 일어서는 삶에의 강한 집념인 점에서 창작의 당연하고도 새로운 본령을 일깨웠다. 1970년 한국문학상, 1983년 조연현문학상, 1984년 요산문학상, 1989년 유주현문학상, 1998년 보관문화훈장 등을 수상했다.

〈수난 이대 受難二代〉 하근찬의 단편소설. 1957년《한국일보》신춘문예에 당선된 작품이다. 아버지 박만도는 일제시대에 징용에 끌려가 남양의 어느 섬에서 동굴을 파다가 왼쪽 팔을 잃어버린 불구자로서, 지극히 평범한 촌부이다. 아들 진수는 6·25에 참전해 한쪽 다리를 잃고 상이군인이 되어 귀향한다. 이들 '수난 이대'는 그대로 우리 민족이 겪어온 수난이자 역사의 비극을 의미한다. 그러나 이 작품은 그러한 수난이나 비극을 그리는 것에 그치지 않고, 비극을 통한 인간정신의 고양 내지 휴머니즘의 회복이라는 주제를 밑바닥에 깔고 있다. 소설 마지막에서 부자가 외나무다리를 건너는 장면은 바로 수난과 비극을 극복하고 살아가고자 하는 삶의 의지가 표명된 것이라 할 수 있다. 이 작품은 상황의식의 표출이 골자인 것처럼 여겨진다. 하지만 독자가 느끼는 감명은 그와 반대로 구체적인 묘사와 진솔한 인간정신에 놓인다. 이처럼 하근찬의 작품은 서민의 애환, 즉 현실 속에서 고통받는 인물들을 다룬다. 그럼에도 이들은 끝내 삶의 긍정적인 의미를 되새기고자 노력한다. 좌절을 이겨내는 그들에게는 우리 전통사회에 면면히 흘러오던 인정이 자리잡고 있다. 이런 맥락에서 이 작품도 휴머니즘 계열의 틀을 벗어나지 않는다.

하길남 河吉男 1934～ 수필가 · 시인 · 평론가. 일본 나가노 출생. 경북대(1957) 및 경남대 졸업(1986). 1978년 《수필문학》에 수필 〈인정〉을 발표, 1982년 《현대문학》에 시 〈꿈〉을 발표, 1985년 《현대시학》에 시 〈현상붙은 시〉가 천료, 1991년 《창작수필》에 평론 〈정지용의 비극과 구원〉을 발표해 등단했다. 1982년부터 국내외의 문예지에 많은 시를 발표해 영국에서 발간되는 《International Who's who in poetry and poet's Encyclopaedia》에 이름이 등재되기도 했다. 1989년부터 작품평론에 몰두하면서 본격적으로 평론활동을 전개해, 《수필문학》 《월간문학》 등에 월평을 써왔으며, 《경남매일》 논설위원으로 일했다. 현재 창신대에서 후학을 양성하는 한편, 한국수필문학회 이사, 수필문학사 이사로 활동하고 있다. 주요 작품으로 수필 〈구름〉 〈빈 잔의 정취〉 〈내립니다〉, 시 〈흔적〉 〈인연〉 〈꽃〉 〈현상붙은 시〉, 평론 〈정목일수필연구〉 〈자기탐색의 문학-이상李箱 수필론〉 등이 있다. 수필집으로 《닮고 싶은 유산》 《그리운 이름으로》 《사랑과 죽음의 상송》 등이 있으며, 시집으로 《인당수에 부는 바람》 《생각 안에 너는 있고》가, 평론집으로 《수필문학연구와 비평》 《비평언어와 사상의 유희》가 있다. 자아탐구의 문학이라는 기치를 걸고 출발한 그의 수필에 대해 평론가 장백일은 "인간의 내면세계를 꿰뚫음으로써 인간의 실상을 추구하고자 하는 노력이 돋보이고, 그것을 수필화하려는 기법에 참신성을 보여준다"고 평가한 바 있으며, 시인 구상은 그의 시에 대해 "우화성을 특성으로 한 시의 표의 자체가 통속적이지 않고 표상자체도 서정의 농축과 참신성을 지니고 있어, 오늘날 분장한 감성의 파편들이나 무정란無精卵의 시들과는 그 부류를 달리한다"고 평가했다. 1991년 International poets Academy상, 1995년 월간수필문학상, 1998년 경남문화상 등을 수상했다.

하늘과 바람과 별과 시 —詩 → 윤동주尹東柱

하동호 河東鎬 1930～1994 평론가 · 국문학자. 경기도 강화 출생. 연세대 국문과 졸업. 주로 개화기 이후부터 1950년까지의 국어국문학 및 잡지 출판물에 대한 서지적 정리와 연구를 꾀했다. 주요 논문으로 〈한국 현대시집의 서지적 고찰〉 〈한국 최초의 문예지 창조고創造考〉 〈한국 종합잡지 60년사〉 〈1920년대 학생지의 학생문단고學生文壇考〉 등이 있다. 저서 《못 잊을 그 사람》은 원전 대조의 소월전집素月全集이며, 《한국 현대시집 전시목록展示目錄》은 우리 나라 현대시 초창기부터 1965년까지의 시집을 집성한 목록이다. 이밖에 《개화기소설연구》 《현대 한국문학 서지고》 등 다수의 연구서를 간행했다.

하성란 河成蘭 1968～ 소설가. 서울 출생. 서울예전 문예창작과 졸업. 1996년 《서울신문》 신춘문예에 〈풀〉이 당선되어 등단. 작품집으로 《루빈의 술잔》 《잊혀진 자의 고백》 《옆집 여자》 등과 장편 〈식사의 즐거움〉 등을 간행했다. 그의 작품들은 일상의 소소한 풍경을 꼼꼼히 재현하는 편집증적 묘사와 현재시제로 일관하는 형식상의 고집 등이 그 특징으로 꼽힌다. 이렇게 3인칭 관찰자 시점을 동원한 냉정하고 꼼꼼한 묘사는 대상이 되는 인물의 삭막한 내면과 황량한 외부를 효과적으로 그리는 데 탁월한 방법일 뿐만 아니라 그의 문체가 갖는 독특한 미학이라는 평가를 받는다. 1999년 〈곰팡이꽃〉으로 제30회 동인문학상을 수상했다.

하얀 도정 一道程 → 한말숙韓末淑

하여지향 何如之鄕 → 송욱宋稶

하유상 河有祥 1928～ 극작가 · 시인 · 소설가. 본명 동렬東烈. 충남 논산 출생. 서라벌예대 연극영화과 졸업. 1956년 국립극장 제1회 장막희곡모집에 〈딸들의 연인戀人〉이 당선되어 등단했다. 주요 작품으로 희곡 〈학鶴 외다리로 서다〉 〈꽃상여〉 〈지상과 천국〉, 시나리오 〈사문死門〉, TV극 〈낙오자〉 등이 있다. 작품집으로 소설집 《꽃그네》 《어느 철학교수의 실종》 《실종의 저쪽 어둠》 《30분의 미스터리》, 장편서사시집 《젊은 고기잡이의 노래》 《그대 그리는 마음에 저려오는 아픔이여》 《핏빛 하늘에 까마귀떼》, 희곡집 《미풍》 《하유상 단막극선》 《하유상 장막극선》, 방송극집 《행운》 《하유상 시나리오 선집》 등을 간행했다. 그는 희곡뿐만 아니라 소설 · TV극에 이르기까지 넓은 작품 영역에서 활동했으며, 작품 세계는 환상적인 영혼의 대화와 유머, 페이소스로써 인생의 애환을 그렸다. 1982년 신문예상, 1990년 한국추리문학공로상, 1991년 통일문학본상, 1992년 불교문학상, 1994년 대한민국문학상, 1996년 한글문학본상 등을 수상했다.

〈미풍 微風〉 하유상의 장막극. 1961년 3월 국립극단에 의해 국립극장에서 공연되었다. 이야기 줄거리보다 분위기를 위주로 한 작품으로, 몰락한 송화백 일가의 계절에 따라 일어난 자질구레한 일상의 애환을 조용히 노래하듯이 그리고 있다.

〈겁 劫〉 하유상의 단편소설. 1972년 《월간문학》에 발표되었다. 불교에 관한 내용이지만 작품의 바탕은 불교의 윤회설보다는 니체의 영겁회귀설에 두고 있다. 현세의 모든 것은 한 번 있었던 형태 그대로 조금도 변화하는 일 없이 영겁에 걸쳐 되풀이된다는 주제에, 아무런 굳은 이념도 일시에 무너질 수 있다는 주제를 곁들이고 있다. 형식은 옛날 이야기책과 같이 일체의 줄바꿈이나 대화체가 없이 서술체로만 되어 있다.

하응백 河應柏 1961～ 평론가. 대구 출생. 경희대 국문과 및 동 대학원 졸업. 1991년 《서울신문》 신춘문예에 〈부권상실의 시대, 그 소설적 변주〉가 당선되어 등단했다. 1996년부터 1998년까지 경희대 국문과 교수로 재직했으며, 현재 《문예중앙》 편집위원으로 활동하고 있다. 저서로 《김남천문학연구》 《문학으로 가는 길》 《낮은 목소리의 비평》 등이 있다. 카프KAPF 문학연구를 통해 통일시대 문학의 방향성을 모색하는 한편, 현장비평에 주력해 '한국문학의 실제상황을 알리는 감시 카메라이고, 또한 한국문학의 새로운 길을 찾기 위해 선두에 파견된 정찰병'이라는 평가를 받는다. 그의 비평은 텍스트를 세밀하게 읽어, 문학의 발생학과 운명을 넘어서는 인간의 의지를 밝히는 데 주안점을 두기 때문에 발생학적 실존주의라 불리기도 한다.

하일지 1954～ 소설가 · 시인. 본명 임종주林鍾柱. 경북 경주 출생. 프랑스 리모주대에서 박사학위 취득(1989). 귀국해 본격적으로 창작 활동에 전념. 1990년 소설《경마장 가는 길》을 민음사에서 출간해 소설가로 데뷔, 이후 1994년 시집《시계들의 푸른 명상》을 미국 Pine Press와 민음사에서 출간해 시단에도 데뷔했다. 작품집으로는《경마장 가는 길》《경마장은 네거리에서…》《경마장을 위하여》《경마장의 오리나무》《경마장에서 생긴 일》등 이른바 '경마장 시절'의 작품과《그는 나에게 지타를 아느냐고 물었다》《위험한 알리바이》《새》등이 있고, 이밖에 시집《시계들의 푸른 명상》, 문학이론서《소설의 거리에 관한 하나의 이론》이 있다. 1990년《경마장 가는 길》은 출간되자마자 포스트모더니즘 논쟁을 야기시켰다. 그의 작품은 기존의 소설문법과 달라 비평가들의 몰이해로 인한 악평을 듣기도 했지만, 소설의 새로운 기법을 개발함으로써 80년대의 획일적 문학을 종식하고 문학의 다양성을 개척하는 기폭제 구실을 했다는 평가를 받기도 했다.

하종오 河鍾五 1954~ 시인. 경북 의성 출생. 대구 한사대 졸업(1979). 1975년《현대문학》에〈사미인곡〉외 4편의 시로 추천을 받아 등단했다.《반시》동인으로 활동. 주요 작품에〈풍매화〉〈벼는 벼끼리 피는 피끼리〉〈참나무가 대나무에게〉〈사월에서 오월로〉등이 있으며, 시집으로《벼는 벼끼리 피는 피끼리》《사월에서 오월로》《넋이야 넋이로다》《정情》이 있다. 그는 맑은 감성과 순결한 언어로 이 땅에 서린 한과 소망을 노래하고 있다. 내용면에서 역사적 인식의 바탕 위에서 민족분단의 극복과 통일될 민족의 삶을 그리고 있다. 형식면에서는 전통형식을 수용하고 민요·판소리·무가를 현대적으로 재창조해 내용과 형식이 어우러진 시를 쓰고 있다.

하창수 河昌秀 1960~ 소설가. 경북 포항 출생. 영남대 경영학과 졸업. 1987년《문예중앙》신인문학상에 동학혁명을 전공하는 한 지체 부자유 대학원생의 시대와 자아 사이의 갈등을 형상화한 중편소설〈청산유감青山遺憾〉이 당선되어 등단했다. 이후 단편〈병사〉〈천원〉〈암묵과 변설〉〈지금부터 시작인 이야기〉〈칼과 꿈〉〈이야기의 유령〉, 중편〈묘지 위의 대화〉〈먼 새벽〉〈적들의 오후〉〈무비로드, 혹은 길의 환상〉등을 발표했다. 장편에는〈돌아서지 않는 사람들〉〈젊은 날은 없다〉〈그들의 나라〉〈원룸〉등이 있고, 작품집으로《지금부터 시작인 이야기》《차와 동정》《죽음과 사랑》《알》《허무총》《수선화를 꺾다》등을 출간했다. 특히 최근에 발행된 장편〈그들의 나라〉에서 작가는, 소설의 무대를 150년 전으로 옮겨 부조리한 정통과 제도의 틀을 깨고자 고투하다 좌절하는 예술가들의 삶을 통해, 작고 평범한 존재들의 열정과 예술혼을 그리고 있다. 그는 작품에서 주로 '자유의지'의 형상화에 몰두해온 것으로 알려져 있다. 1991년 제24회 한국일보문학상을 수상했다.

하청호 河清鎬 1943~ 아동문학가·시인. 호 공산公山. 경북 영천 출생. 대구사범 및 한국방송통신대 행정학과를 거쳐 계명대 교육대학원 졸업. 1972년《매일신문》, 1973년《동아일보》신춘문예에 동시가 당선, 1976년《현대시학》에 시가 추천완료되어 등단했다. 초등학교 교사·교감을 거쳐 현재 대구남부교육청 장학사로 근무하고 있다. 작품집으로 동시집《빛과 잠》외 7권, 시집《새소리 그림자는 연잎으로 뜨고》, 소년소설집《녹색잎파랑이의 비밀》외 2권, 수필집《큰 나무가 작은 나무에게》외 1권,

이론서《아동문학》등이 있으며, 그밖에 논문이 다수 있다. 동시의 철학적 형상화가 특징이며, 밝고 건강한 정신 속에 생동하는 생명력에 대한 뜨거운 애정과 신념을 나타내고 있다. 더 나아가 경이롭고 황홀한 자연의 신비를 평면적으로 그리기보다는 현실에 바탕을 두어 현실적 감동을 환상적 감동으로 승화시키고 있다. 또한 서민의식의 표출에도 남다른 애정을 가지고 서민들이 어려운 삶 속에서도 꿋꿋하게 생활하는 모습을 시화하고 있다. 1976년 세종아동문학상, 1980년 경북문학상, 1989년 대한민국문학상, 1991년 방정환문학상 등을 수상했다.

학마을 사람들 鶴— → 이범선李範宣

학지광 學之光 1914년 4월에 일본 도쿄의 한국인 학생회에서 창간된 유학생 친목 동인지. 일제의 탄압으로 휴간을 거듭하다가 1930년 4월 종간호를 냈다. 시·소설·수필·희곡·기행문·논문 등 다채로운 편집을 취했으며 논설문은 국내의 학문과 사상에 큰 영향을 끼쳤고, 특히 문학은 신문학사조의 도입과 창작에 있어서 한국현대문학 형성의 실질적인 모체가 되었다. 동인으로는 이광수李光洙·전영택田榮澤·한용운韓龍雲·김동명金東鳴·이효석李孝石·최학송崔鶴松·마해송馬海松·이헌구李軒求 등을 비롯해 다양한 사람들이 있었다.

▲학지광 창간호 표지. 1914년 4월. 고려대학교 도서관 소장.

한강은 흐른다 漢江— → 유치진柳致眞

한국문학 韓國文學 1973년 11월 창간된 문예지. 월간. 국판. 한국문학사 발행. 민족문학의 올바른 지표를 성립한다는 창간이념 아래 능력과 작품수준을 본위로 편집하며 소설을 중점적으로 다루어 활성화시키되, 문학의 인접분야에까지 확대시켜 나간다는 편집의 기본방침을 고수하고 있다. 이호철李浩哲·김원일金源一·천승세千勝世·김주영金周榮·서영은徐永恩·조선작趙善作·한승원韓勝源·이동하李東河·윤흥길尹興吉·송영宋榮 등 많은 작가들이《한국문학》을 거쳐 등단하거나 활약했다.

한국인 韓國人 → 손장순孫章純

한말숙 韓末淑 1931~ 소설가. 서울 출생. 서울대 언어학과 졸업. 1956년《현대문학》에 〈별빛 속의 계절〉〈신화神話의 단애斷崖〉 등이 추천되어 등단했다. 이후〈어떤 죽음〉〈노파와 고양이〉〈낙조 전落照前〉〈장마〉〈방관자〉〈순자네〉〈하얀 도정道程〉 등을 발표했다. 〈신화의 단애〉는 6·25사변 후의 한 전후파적 여성의 생태와 모럴을 추구한 작품이며, 〈노파와 고양이〉는 온 가족에게 소외된 고독한 노파의 정신구조를 파헤친 흥미진진한 작품이고, 〈장마〉는 자연의 위대한 파괴력에 도전하는 인간의 의지와, 그 의지로서의 원시적인 성性을 그린 작품이다. 또한 기성세대의 속물주의와 위선에 반발하고 오직 순간을 위해 삶의 허망함을 극복하려는 새 세대의 인간형을 그린 〈하얀 도정〉, 한 개의 회화 같은 내용이지만 자유간접 문체를 시도해 문체

면에서 중요성을 내포하고 있는 단편 〈방관자〉 등이 대표작으로 꼽힌다. 작품집으로 《신화의 단애》《이 하늘 밑》《신과의 약속》《잃어버린 머플러》 등과 장편 〈아름다운 영가〉〈모색시대〉, 수필집《삶의 진실을 찾아서》 등을 간행했다. 그의 작품의 매력은 소박하면서도 일상생활에서 간과하기 쉬운 문제들을 특유의 시선과 인간미로 유머감각을 살려 표현해내는 데 있다. 이러한 섬세한 시선으로 그려낸 그의 작품들은 전후파의 반항적 모럴의 추구, 소박한 인간심리의 묘사, 다양한 제재와 실험, 새로운 문체의 시도 등으로 주목을 받았다. 1964년 현대문학상, 1969년 한국일보문학상, 1999년 보관문화훈장 등을 수상했다.

〈신화의 단애 神話―斷崖〉 한말숙의 단편소설. 1957년《현대문학》6월호에 발표된 작품으로서, 〈별빛 속의 계절〉과 더불어 김동리에 의해 추천된 작품이다. 미술대학 학생이며 댄서인 진영은 방황하는 전후세대의 대표적인 여성상으로 부각되고 있다. 그녀에게는 내일보다 오늘의 삶이 중요하고, 오늘을 살기 위해서는 낡은 질서나 기성관념 같은 것은 아무런 의미도 지니지 못하는 거추장스러운 존재이며 무가치한 것으로 인식된다. 그녀는 알지도 못하는 남자에게서 30만환을 받고 일주일간 동거할 것을 승낙하기도 한다. 사랑이란 것에 관심은 있지만, 그녀에겐 그것도 막연한 추상명사로밖에는 느껴지지 않는 것이다. 사랑도 모럴도 잃고 순간의 의미만을 찾아 살아나가는 이 주인공은 고독한 실존적 존재이며 동시에 전후파 세대라고 할 수 있다. 그런 의미에서 이 작품은 6·25 직후 그 폐허 속에서 삶의 의미를, 방법을 찾지 못하고 방황하던 여러 인간형 중의 일부를 잘 표현해 준 작품이라는 평가를 받는다.

〈하얀 도정 ―道程〉 한말숙의 장편소설. 1960년《현대문학》에 연재되었던 작자의 최초의 장편소설이다. 인습에의 맹종을 거부하고 자기방식을 주장하는 새 세대의 인간형을 표현한 작품으로 속물주의와 위선에 반발을 느껴 기존의 모든 가치를 거부하던 주인공 인옥이 한 남자에게서 진실하고 참된 사랑을 발견하게 되며 이 사랑을 통해 참된 삶의 의미를 깨닫고 전 생애를 바치게 된다는 내용이다.

한무숙 韓戊淑 1918~1993 소설가. 서울 출생. 부산여고 졸업. 1942년《신시대》 장편소설 모집에 〈등불 드는 여인〉이 당선되어 등단했다. 처음에는 화가를 지망해 한때《동아일보》에 연재되던 김말봉金末峰의 장편소설 〈밀림密林〉의 삽화 242회분을 그린 일이 있다. 초기에는 근대사의 큰 흐름을 다룬 장편 〈역사는 흐른다〉와 인간의 심층심리를 파헤친 〈월운月暈〉〈감정이 있는 심연〉 등을 썼으나, 그후에는 우리 고유의 여인상에 대한 깊은 관심과 조예를 보이는 〈유수암〉〈생인손〉〈송곳〉 등의 작품을 썼다. 초기 그는 의식세계와 인습적인 현실이 교차해 빚어내는 인간비극을 주로 그렸는데, 이러한 그의 문학관은 〈감정이 있는 심연〉〈유수암〉에서도 엿볼 수 있다. 전자는 인간의 내면세계에 흐르고 있는 심층심리, 즉 인간의 저변에 꿈틀거리고 있는 콤플렉스 현상에 사로잡힌 인간의 비극을 그렸으며, 후자는 화류계 여인의 애정의 몸부림을 통해서 한 남자를 잊지 못해 상처받는 인간의 비극을 그렸다. 〈생인손〉은 그의 대표작 중의 하나로 구한말 사대부 집안의 관습·풍속·언어·의식 등을 밀도 있게 다루었으며, 특히 여인의 한맺힌 삶이 두드러지게 묘사되어 있다. 작품집으로 《월운》《감정이 있는 심연》《축제와 운명의 장소》《우리 사이 모든 것이》 등이 있다. 그는 역사의식에서는 조금 비켜서서 순수존재론적 입장을 지켰으며, 심리묘사에 능숙한 작가로 평가되었다. 자유문학상, 신사임당상을 수상했다.

〈**감정이 있는 심연** 感情—深淵〉 한무숙의 단편소설. 1957년에 발표되었다. 사회의 밑바닥에서 자란 주인공 '나'가 평생 소원이던 비자를 받고, 죄악 망상증에 걸려 정신병원에 입원중인 애인을 찾아갔다가, 되돌아나오는 그 사이에 일어났던 내면의식의 흐름을 추적한 작품이다. 오리골 큰 기와집 딸인 진아는 애정사건 관계로 법정에 선 적이 있는 고모와 그 죄를 용서하지 않는 큰 고모의 완고한 교육 속에서 성性에 대한 죄의식을 가지고 성장한다. 그것이 이성간의 포옹을 계기로 죄악망상이라는 정신병으로 발전한다. 한편, 가난 때문에 열등의식에서 헤어나지 못했던 '나'는 외국유학을 위한 비자를 얻기에 광분한다. 비자를 얻음으로써 진아의 지위와 동등해지려는 것이었다. 그러나 그런 꿈은 비자를 얻음으로써 아무 쓸모가 없는 것이 되고 만다. 이 작품은 한 인간의 저변에 꿈틀거리고 있는 콤플렉스 현상을 다룬, 이른바 심층심리를 다룬 심리소설이다. 제목 자체가 인간내면의 탐구방향을 한층 뚜렷하게 부각시켜 주고 있다. 즉 이 작품은 잠재의식 속에 있던 죄의식이 표면에 나타날 때 그것은 어떤 형태로 되는가, 또한 인간은 어쩔 수 없이 약한 존재인가 하는 문제들을 파헤치고 있는 것이다.

〈**유수암** 流水庵〉 한무숙의 중편소설. 창작집 《축제와 운명의 장소》에 수록되어 있다. 작자는 이 작품을 통해 애정에 몸부림치는 한 화류계 여인의 인간상을 파헤치고 있다. 경치 좋은 산간에 자리잡은 요정 '유수암'과 화류계의 명기名妓 진경을 중심으로 펼쳐지는 색계色界의 이야기는 퇴폐 속의 품격과 사라져가는 것의 아름다움을 돋보여준다. 이 작품에서 진경은 그 풍상의 세월을 살아왔음에도 불구하고 격조 높은 풍류와 사랑, 연약함과 강인함을 적절히 유지함으로 해서 전통적 한국 기녀의 고유한 매력을 풍겨주고 있다.

한분순 韓粉順 1943~ 시조시인. 충북 음성 출생. 서라벌예대 문예창작과 졸업. 1970년 《서울신문》 신춘문에에 시조 〈옥적玉笛〉이 당선되어 등단했다. 《한국문학》《소설문학》《여원》 등의 잡지사에서 편집 및 주간으로 활동했고, 《서울신문》《세계일보》《스포츠투데이》 등의 신문사에서 문화부장 및 편집국 부국장 등으로 일했다. 한국문인협회 이사, 한국시조시인협회 이사 역임, 현재 국제펜클럽 한국본부 이사, 한국시인협회 상임위원으로 있다. 시집으로 《실내악을 위한 주제》《서울 한낮》이 있고, 산문집으로 《한 줄기 사랑으로 네 가슴에》《어느 날 문득 사랑 앞에서》《소박한 날의 청춘》 등이 있다. 장편소설 《흑장미》를 출간하기도 했다. 그는 작품을 사실寫實하지 않고 감각화하고 있다. 세련된 감성과 섬세한 언어의 재단이 없이는 가능하지 않다. 도가적인 시풍, 번뜩이는 재치, 프리즘의 투명도를 느끼게 하는 참신성을 획득하고 있다.

한설야 韓雪野 1900~1963 소설가. 본명 병도秉道. 함남 함흥 출생. 일본 니혼대 사회학과 졸업. 1925년 《조선문단》에 단편

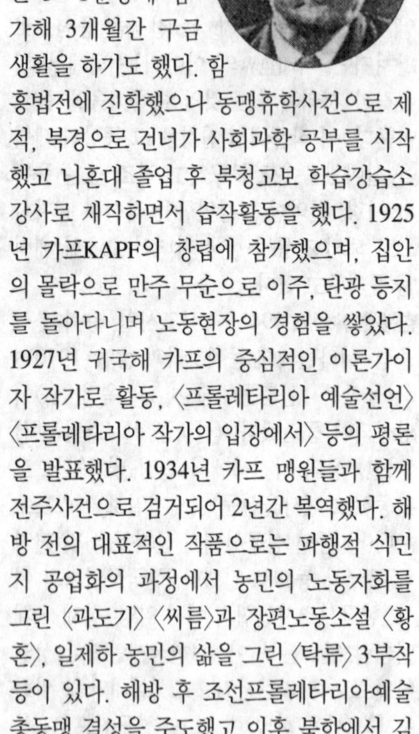

〈그날 밤〉을 발표해 등단했다. 경성고보를 거쳐 1919년 함흥고보를 졸업한 그는 3·1운동에 참가해 3개월간 구금생활을 하기도 했다. 함흥법전에 진학했으나 동맹휴학사건으로 제적, 북경으로 건너가 사회과학 공부를 시작했고 니혼대 졸업 후 북청고보 학습강습소 강사로 재직하면서 습작활동을 했다. 1925년 카프KAPF의 창립에 참가했으며, 집안의 몰락으로 만주 무순으로 이주, 탄광 등지를 돌아다니며 노동현장의 경험을 쌓았다. 1927년 귀국해 카프의 중심적인 이론가이자 작가로 활동, 〈프롤레타리아 예술선언〉 〈프롤레타리아 작가의 입장에서〉 등의 평론을 발표했다. 1934년 카프 맹원들과 함께 전주사건으로 검거되어 2년간 복역했다. 해방 전의 대표적인 작품으로는 파행적 식민지 공업화의 과정에서 농민의 노동자화를 그린 〈과도기〉 〈씨름〉과 장편노동소설 〈황혼〉, 일제하 농민의 삶을 그린 〈탁류〉 3부작 등이 있다. 해방 후 조선프롤레타리아예술총동맹 결성을 주도했고 이후 북한에서 김일성의 공식전기를 집필하기도 했다. 1951년 조선문학가총동맹 위원장, 조선작가동맹 위원장 등을 역임했고, 당 중앙위원에 선출되는 등 정치적인 면에서 북한문학예술계의 최고봉에 올랐으나 1962년 복고주의자·자유주의자로 몰려 숙청되었다. 북한에서 쓴 대표작으로는 조국해방전쟁을 다룬 〈대동강〉이 있고, 김일성의 항일무장투쟁을 형상화한 장편 〈역사〉로 인민상을 수상했다. 강인한 필력과 소박한 구성, 강건한 작풍을 보여준 작가라는 평가를 받았다.

〈황혼 黃昏〉 한설야의 장편소설. 1936년 《조선일보》에 발표되었다. 식민지 시대의 대표적 노동소설로서, 1930년대 중반의 암울한 현실 속에서도 역사적 전망을 잃지 않으려는 작가의 의지와 그 문학적 성과를 잘 보여주는 작품이다. 이 작품의 주요 등장인물은 파산으로 경영일선에서 물러난 Y방직회사의 옛주인인 김재당, 조실부모하고 서울로 유학와 S여고보를 마친 김재당 집안의 가정교사인 여순, 도쿄 유학을 한 인텔리이자 김재당의 큰아들 경재, 여순과 고향친구이고 고학생 때 어떤 사건으로 제적되어 지금은 Y방직회사 직공인 준식, 금광으로 졸부가 되어 새로 Y방직을 맡게 된 안중서, 안중서의 딸이자 경재의 약혼녀 현옥, 출옥 후 경재의 주선으로 노동자가 된 도쿄 유학생 출신의 혁명적 지식인 형철, 학교 다니다 퇴학당하고 노동자가 된 품행이 바르지 못한 여공 정님, Y방직공장의 최고참 노동자로 개량주의적 노동운동을 생각하는 동필 등이다. 이 소설에는 준식을 비롯한 노동자들의 다양한 군상, 경재와 여순 같은 소시민적 지식인의 방황과 갈등, 김재당·안중서와 같은 자본가의 형상 등 세 부류의 인물이 등장한다. 이 작품의 미덕은 이들 인물이 상호대조와 비교 속에서 그려진 데 있다. 카프의 초기 노동소설들은 지식인 전위의 일방적 활동이나 혹은 노동자 생활에의 현상적 묘사에 치우친 단편소설로서의 한계를 가졌다. 그에 비해 이 작품은 준식과 같은 혁명적 노동자뿐 아니라 동필과 같은 개량주의적 인물, 학수와 같이 여자에 빠져 고민하는 인물 등 풍부한 성격을 총체적으로 그렸다. 같은 소시민적 지식인이면서도 결단과 용기를 갖고 노동자의 길을 걸어가는 여순과, 점점 실천에서 멀어지는 나약한 지식인이 되고 마는 경재의 대조 역시 돋보인다. 공장의 여비서였다가 노동자가 되는 등 여순의 성격 발전과정에 무리한 면이 있고, 따라서 경재와의 대조 역시 작위적인 측면이 있으나 1930년대 후반의 진보적 문학으로서 이 작품의 위치는 높이 자리매김된다.

한수산 韓水山 1946~ 소설가. 강원도 춘천 출생. 경희대 영문과 졸업. 1972년 《동아일보》 신춘문예에 〈4월의 꿈〉이 당선되어 등단했다. 이듬해 《한국일보》 장편소설모집에 〈해빙기의 아침〉이 입선했다. 이후 〈미지未知의 새〉 〈어제 내린 비〉 〈비늘〉 〈문門〉 등의 단편과, 〈안개 시정거리視程距離〉 〈회선回船〉 〈모래 위의 집〉 〈부초浮草〉 등 다수의 중 · 장편을 발표했다. 한수산 소설의 특징으로는 무엇보다 영상미를 꼽을 수 있다. 또 하나의 중요한 특징은 그의 작품이 직 · 간접적으로 관심을 갖는 문제나 소재가 죽음과 관련된다는 것이다. 이의 연장에서 그의 작품은 인상주의와 존재론적 색채를 드러낸다는 평가를 받고 있다. 작품집으로 《4월의 끝》 《바다로 간 목마木馬》 《부초》 《밤의 찬가》 《이브의 성城》 《거리의 악사》 《안개》 《푸른 수첩》 《날개와 사슬》 《4백년의 약속》 등 다수가 있고, 수필집으로 《젊은 나그네》 《저녁에는 그대여 아침을 꿈꾸어라》 등을 간행했다. 1977년 오늘의 작가상, 1984년 녹원문학상, 1991년 현대문학상 등을 수상했다.

〈부초 浮草〉 한수산의 장편소설. 1976년 《세계의 문학》 겨울호에 발표되었다. 1970년대 초반을 배경으로, 뿌리내리지 못하고 떠돌아다니는 서커스단 사람들의 삶을 그리고 있는 작품이다. 한수산의 문학은 감각적 언어의 능란한 구사와 그 언어가 빚어내는 산문시적 서정성이 특징이다. 이러한 특성은 작가가 즐겨 선택하는 참담하고 비극적인 인간상황이란 소재와 맞물려 애잔하고 우울한 서정을 빚어낸다. 이 작품에서 작가는 마치 인생의 축도와 같은 서커스단의 속성을, 사라지는 것에 대한 따뜻한 애정의 눈으로 섬세하게 묘사한다. 1970년대 중반 산업화가 가속화되던 시점에 나온 이 작품은, 산업화로부터 소외된 인간군상들의 비애와 아픔을 선명하게 드러내주었다. 그러나 등장인물들을 바라보는 작가의 시각이 허무주의적이며 애상적인 쪽에 기울어져 있어 시대를 통찰하는 비전이 결여된 한계를 노출한다.

〈빛의 갑옷〉 한수산의 단편소설. 1984년 《문예중앙》 여름호에 발표되었다. 철면피라 할 만큼 괴팍한 성격의 소유자인 노인의 비참한 말년과 기도원의 허상을 묘사하고 있는 작품이다. 이 작품에서는 괴팍한 장인을 중심해서 일어나는 사건과 그 장인에 대해 사위가 느끼는 감정의 기복에 소설의 초점이 맞추어져 있다. 암으로 투병생활을 하는 이 노인은 기도원에 가서 참회하는 데도 자기의 모든 잘못은 숨기고, 전에 동업자의 돈을 속여먹었다는 말만 하는 위선성이 있는가 하면, 진통제를 먹으며 하느님께 아프지 않게 해달라고 기도하는 이중성이 있다. '빛의 갑옷'이란 말에는 특별한 의미가 있다기보다 소설의 완결성을 부여하는 장치로 이해된다.

한승원 韓勝源 1939~ 소설가. 전남 장흥 출생. 서라벌예대 문예창작과 졸업. 1968년 《신아일보》 신춘문예에 〈가증스런 바다〉가, 《대한일보》 신춘문예에 단편 〈목선木船〉이 각각 당선되어 등단했다. 〈까치노을〉〈폐촌〉〈포구의 달〉〈해변의 길손〉 등의 대표작들은 작가의 고향인 남해 바닷가를 반복적으로 다루고 있다. 한승원 소

설에서 남해 바닷가는 반복과 되풀이를 통해 한국근대사가 압축되어 있으며, 그 안에 존재하는 억압과 억압의 해소를 표출하는 원형상징적인 공간이 된다. 이러한 경향은 한승원 소설이 다루고 있는 인물상을 통해서도 확인할 수 있다. 그의 소설의 인물들은 운명에 구속된 채 운명에 맞서는 과정에서 비극을 구현한다. 그러나 한승원의 소설은 허무주의에 빠지지 않고 오히려 한 차원 고양된 세계, 즉 자신의 전존재를 걸고 운명과 대면하는 상태를 지향하고 있다. 그의 소설의 또 다른 특질은 그가 구사하는 토속적인 언어가 지니는 미적 자질에 있다. 그의 소설의 언어는 입담 좋은 사람이 연기력을 발휘하듯이 휘둘러 가는 방식으로 이어지면서 삶의 구체적인 감각과 섬세함을 표현한다. 작품집에 《한승원 창작집》《앞산도 첩첩하고》《안개바다》《아버지와 아들》《새터말 사람들》 등이 있고, 장편으로 〈우리들의 돌탑〉〈갯비나라〉〈아제아제 바라아제〉〈동학제〉〈연꽃바다〉〈사랑〉〈꿈〉 등을 간행했다. 이밖에도 수필집 · 시집이 다수 있으며 1999년에는 《한승원중 · 단편전집》이 문이당에서 출간됐다. 1980년 한국소설문학상, 1983년 대한민국문학상 및 한국문학작가상, 현대문학상, 1988년 이상문학상 등을 수상했다.

〈땅가시와 보리알〉 한승원의 단편소설. 1979년 《창작과 비평》에 발표되었다. 소설 속의 '나'는 한승원의 다른 작품들에서 많이 찾아볼 수 있는 것과 같이 학교의 선생님이다. '나'는 어린 시절 어두운 삶의 기억을 지니고 고향에 갔다가, 거기서 있었던 사실을 탈선한 제자에게 들려준다. '나'의 담임반 학생인 성준은 누이의 뒷바라지로 공부하는 학생이지만, 누나의 남자 관계를 눈치채고 가출하게 된다. 그러나 결국에는 선생님의 말에 동감하고 삶의 진실에 눈뜬다. 어두운 기억 한편에서 찾아낸 아픔을 통해 삶의 진실과 진실한 인간성을 다룬 이 작품은 한승원의 여느 소설들이 대부분 그렇듯이 '고향'을 찾아갔다가 겪게 되는 이야기를 진술하는 일종의 액자소설 형식을 취하고 있다.

〈신딸 神—**〉** 한승원의 중편소설. 1981년 《문예중앙》에 발표되었다. 발표 당시에는 〈신神딸〉이었으나 1983년 연작소설집 《불의 딸》을 간행하면서 〈불의 딸〉로 개제했다. 작가의 견해에 의하면 불과 물의 원형적 의미를 더듬어 쓴 소설로 〈불배〉〈불곰〉에 이은 두번째 작품이다. 이 작품은 심한 우울증에 빠진 주인공이, 그 병의 근원인 무당이자 실성기가 있었던 어머니의 삶을 되짚어 가면서 알 수 없는 아버지의 정체를 추적하는 여로 형식의 소설이다. 주인공은 천관산 기슭의 마을에서 무당 모녀를 둘러싸고 벌어진 일련의 사건을 대장장이의 회고를 통해 전해 듣게 되는데, 이 회고장면이 작품의 대부분을 차지함으로써 소설은 액자형식을 띠게 된다. 대장장이의 고백을 통해 주인공은 무당이었던 외할머니와 어머니의 한스러운 삶과 한편으로 샤머니즘적인 신앙에 결부된 그들의 운명적인 인생을 알게 된다. 그리고 현실과 운명의 간극을 어떤 초월적인 힘에 의해 극복하려 하나 끝내 좌절된 후

에 안게 된 한스러운 내면의 불길을, 타오르는 불을 늘 바라보는 것으로 치유하려는 어머니의 모습을 통해서 주인공 자신도 수많은 원혼들을 위해 무당이 되어야 함을 깨닫는다. 한편 이 작품은 일제하 토착신앙인 샤머니즘이 신사를 지으려는 친일파들의 책동에 의해 무너져가는 모습과 자신의 알 수 없는 출생내력이 긴밀히 관계되어 있을 뿐만 아니라 대장장이라는 한 인간의 애욕이 얽혀 있는 복합적인 상징구조를 지니고 있다. 이러한 내용이 여로 형식과 회고를 통한 액자소설 형식을 통해 짜임새 있는 구조를 이루었다고 하겠다.

한씨연대기 韓氏年代記 → 황석영黃晳暎

한여선 韓麗鮮 1951~ 시인 · 가곡작사가. 본명 정희. 충북 청주 출생. 1989년《우리문학》으로 등단했다.《한단시》동인으로 활동, 현재 한국가곡작사가협회 부회장, 계간《우리문학》편집주간으로 활동하고 있다. 그가 작사한 대표가곡으로는〈산이 날 부르네〉〈그대 아시나〉등이 있으며, 시집으로《그곳은 사통팔달 전철이나 국철이 닿지 않는 곳》이 있다.

한용운 韓龍雲 1879~1944 시인 · 승려 · 독립운동가. 본명 봉완奉琓, 법명 용운, 호 만해萬海. 충남 홍성洪城 출생. 그는 불교계의 대덕大德이었으며, 탁월한 불교운동가이기도 했다. 서당에서 한학을 배우던 중 동학혁명에 가담했으나 실패하자 강원도 인제의 백담사百潭寺에서 불문에 귀의했다. 이어 1908년 전국 사찰대표 52인의 한 사람으로 원흥사元興寺에서 원종 종무원圓宗宗務院을 설립한 후 일본에 가서 신문명을 시찰했으며〈불교유신론佛教維新論〉을 발표해 한국불교의 혁신을 꾀했다. 또한 불교잡지《유심》을 발간하고 시〈심心〉등을 발표하면서 대중의 개화 · 계몽에 힘쓰는 한편, 창작에도 힘을 기울였다. 1919년 3 · 1운동 때에는 독립선언 준비과정에서 가장 핵심적인 역할을 담당, 3년간 옥고를 치르면서〈조선독립이유서朝鮮獨立理由書〉를 집필, 그의 독립사상을 집약적으로 표현했다. 1926년 시집《님의 침묵》을 간행해 문단에 큰 충격을 던졌다. 이 시집에는〈님의 침묵〉이하 모두 88편의 시가 수록되어 있는데, 그 사상적 깊이와 예술적 차원의 높이로 만해는 한국 현대시사상 가장 빛나는 시인 가운데 한 사람이 되었다. 1931년 월간지《불교》를 인수하고 많은 논문을 발표해 불교의 대중화와 독립사상 고취에 힘을 기울였다. 1935년《조선일보》에 첫 장편〈흑풍黑風〉을 연재했으며, 그후에도 불교의 혁신과 작품 활동을 계속하다가 1944년 중풍으로 세상을 떠났다. 1973년 그의 전 저작이 수록되어 있는《한용운전집》이 간행되었다. 그의 문학의 특징은 불교사상과 독립사상이 탁월하게 예술적으로 결합된 데서 드러난다. 자유와 평등사상, 민족사상과 민중사상으로 요약되는 불교적 세계관과 독립사상은 한용운 문학의 뼈대이자 피와 살이라고 할 수 있다. 그의 문학은 불교사상과 독립사상, 문학사상이 삼위일체를 이룬다는 뜻이다. 그의 대표시집《님의 침묵》의 특징은 신성과 세속의 갈등이 적나라하게 드러난다는 점이다. 또한 충청도 방언과 토속어가 세련되지 않은 표현으로 다양하게 사용되고 있다. 이러한 향토적 정감의 방언 및 토속어 애용과 서민적인 시어의 활용은《님의 침묵》의 민중정신을 반영한 것으로 보인

다. 세속적인 정감의 진술성이 불러일으키는 인간적 설득력과 함께 세속적인 사랑을 표출하면서도 세속사의 진부함에 떨어지지 않으며, 목소리 높여 민중정신을 강조하지도 않는, 바로 이 지점에 참된 민중시로서의 만해시의 진가가 드러나는 것이다. 또한 그의 시 작품들에서 드러나는 여성주의적인 부드러움과 애한의 정조는 실상 현실의 어려움을 극복하기 위한 정신적 응전방식일 뿐 내면에 흐르는 선비정신으로서의 저항정신 및 극복정신과 조화되어 한국문학의 총체적 구조를 형성하는 것이다. 이 점에서 만해시의 극복시로서 또한 전통시로서의 접맥관계가 선명히 드러난다. 아울러 만해시는 은유와 역설 등 시의 방법과 산문적인 개방을 지향한 자유시로서의 형태를 완성시킴으로써 현대시적 특성을 지니게 된다. 이 점에서 그의 시는 타고르 등 외래시의 영향을 받아들이면서도 전통시에 그 정신과 방법상의 맥락을 계승하고 있다. 실상 그의 시는 신문학사 초기의 각종 문예사조의 범람 등 서구지향의 홍수 속에서 전통적인 시정신의 심화와 확대를 통해서 창조적 계승을 성취한 것이다. 이밖에 그는 〈님의 침묵〉과는 별도로 다수의 한시와 시조, 〈죽음〉 〈흑풍〉 〈박명〉 등의 소설도 남기고 있는데 이들 역시 불교사상과 독립사상을 예술적으로 형상화하고 있는 것이 특징이다. 이처럼 그의 문학은 험난한 역사를 살아가는 예지와 용기를 가르쳐주며, 현실적인 생의 어려움을 극복할 수 있는 신념과 희망을 불러일으켜 준다는 점에서 참된 의미를 가진다. 1962년 대한민국 건국훈장 대한민국장이 추서되었다.

《님의 침묵 —沈默》 한용운의 시집. 1926년 동서관에서 간행되었다. 대표시 〈님의 침묵〉을 비롯해서 〈독자에게〉 〈최초의 임〉 〈칠석七夕〉 〈잠 없는 꿈〉 〈참말인가요〉 〈당신을 보았습니다〉 등 90편의 시가 수록되어 있다. 이 시집 속에 수록된 일련의 시들은 불교적 비유와 고도의 상징적 기법으로 이루어진 서정시이면서, 그 속에는 깊은 사상성과 일제에 대한 저항의식, 민족에 대한 애정이 짙게 나타나 있다. 또한 이 시집 속에 수록된 시들은 모두 '님'이 침묵하는 시대에 쓰여진 것들로서 여기에서 '님'이란 우리로 하여금 무한히 동경케 하는 영원자, 혹은 절대자일 수도 있고 민족일 수도 있으며, 사랑하는 사람들일 수도 있다. 그러나 시인은 이 시집 속의 작품들을 통해 그의 종교적·사회적 활동의 전체를 관류하는 어떤 근본적인 존재방식에 대한 반성과 증언의 대상을 삼고 있다고 말할 수 있다. 진실이 부재하는 세상에 있어서의 괴로움을 노래하고 있으면서도 슬픔과 고뇌가 희망과 의지로 승화될 수 있는 것은 그의 시가 형이상학적이고 명상적이면서도 종교적·민족적 전통에 뿌리박은 고도의 역사의식에 기초하고 있기 때문일 것이다. 방법론적인 면에서 은유와 역설을 탁월하게 구사함으로써 현대시적 면모를 확보한 점, 시어면에서 충

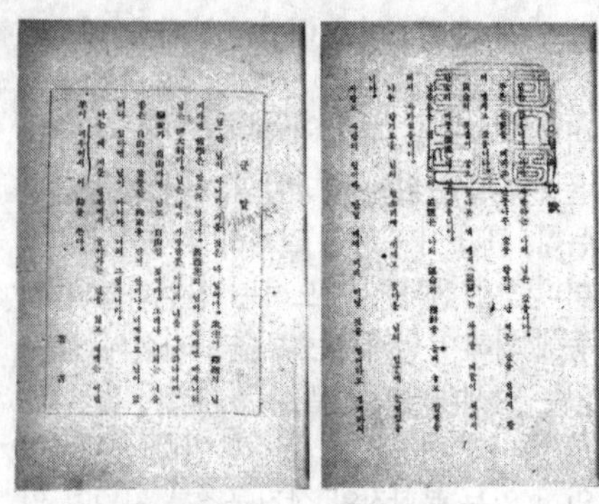
▲님의 침묵 한용운 지음. 1926년. 〈군말〉 부분(왼쪽)과 본문(오른쪽).

청방언을 활용하고 개인 시어를 구사해 민중적 정감을 드러낸 점, 이미지면에서 식물적 · 광물적 · 천체적 이미지 등을 섬세하게 조형해 시적인 심미감각을 고양시켜 준다는 점 등이 한용운 시의 특징으로 꼽힌다.

〈알 수 없어요〉 한용운의 시. 시집《님의 침묵》에 실려 있다. 이 시는 내용상 2연으로 짜여진 비연시이다. 각 시행의 구조를 보면, 전체가 의문형의 반복구문으로 이루어져 있다. 그 반복구문과 사설적인 율격이 시적 의미를 더욱 심오하게 한다. 오동잎 · 푸른 하늘 · 향기 · 작은 시내 · 저녁놀 등 자연 만유의 신비한 작용과 형상을 통해 불교의 인연설과 윤회전생의 형이상학을 시화시키고 있다.

〈흑풍 黑風**〉** 한용운의 장편소설. 1935년 4월 9일부터 1936년 2월 4일까지《조선일보》에 연재되었던 이 소설은 청조말의 격동기를 배경으로 혁명적인 주인공의 활약상을 통해 혁명을 통한 구국의지와 민족계몽을 중심주제로 하고 있다. 이러한 주제의식은 간접적으로 일제에 대한 민족의식을 일깨우고 독립투쟁을 고취하려 한 의도에 바탕하고 있다. 표제의 '흑풍'도 암울한 사회상과 변혁의 의지를 암시하고 있다. 내용은 정치사회가 극도로 피폐한 청말, 중국 항주의 가난한 소작인의 아들 서왕한이 착취를 일삼는 지주를 응징하고 상해로 간다. 그리고 고향에 돌아와 적극적인 혁명투쟁에 헌신한다는 것으로 되어 있다. 저항과 혁명, 사랑과 희생, 배반과 복수 등이 사건의 주된 흐름이다. 가진 자와 못 가진 자의 갈등이 작품 전체의 플롯을 이끌어가는 내용적 기저이다. 그러나 이러한 그의 계급갈등의 소설 테마는 사회주의 사상에 직접적으로 기인하는 것이 아니라 일제하의 당대 조선에 있어 현실에 응전력을 확보하는 병치적 은유로서의 의미를 지닌다. 왜냐하면 허약한 소작인 노동자를 착취함으로써 악인으로 매도당하는 지주 자본가는 착취세력으로서의 일본제국주의 지배자를 상징하며, 수탈과 가난에 허덕이는 선량한 소작인 노동자들은 피압박민족 · 피지배민족으로서의 조선민중을 표상하기 때문이다. 따라서 악덕지주 왕안석과 재벌 장지성을 살해하는 것을 일본 수탈자들에 대한 복수심리를 간접적으로 드러낸 것이며, 왕한의 사회체제의 모순을 개혁하려는 혁명운동은 당대 식민지 현실을 타파하려는 민족의 자주독립 의지를 상징화한 것이 된다. 계몽적 의지가 너무 노출되고, 우연성의 남발, 묘사의 상투성, 주제의 도식적 추상성, 사건전개의 목차적 구성 등이 이 소설이 지니는 한계로 지적되기도 한다.

한용환 韓龍煥 1943~ 소설가. 충남 아산 출생. 동국대 영문과 및 동 대학원 졸업. 1970년《현대문학》에 단편 〈파블로프의 개〉가 추천되어 등단했다. 부산여대 전임강사를 거쳐 동국대 국어교육과 교수로 재직하고 있다. 주요 작품으로 〈동백〉〈기차〉〈교橋〉〈조철씨趙哲氏의 어떤 행복한 아침〉〈말 또는 생애〉〈슬픔〉〈죽음〉 등이 있다. 창작집으로《조철씨의 어떤 행복한 아침》《또 다른 나라》《햇빛과 비애》 등이 있으며, 평론집으로《이광수 소설의 비평적 연구》《한국소설론의 반성》 등을 간행했다. 1985년 단편 〈호밀밭〉으로 제4회 소설문학상을 수상했다.

한운사 韓雲史 1923~ 소설가 · 극작가. 본명 춘남春南. 충북 괴산 출생. 경성대 예과를 거쳐 서울대 불문과 중퇴. 1948년 중앙방송국에 방송극 〈날아간 새〉가 당선되어 데뷔했다. 이후 〈빨간 마후라〉를 비롯해 〈현해탄玄海灘은 알고 있다〉 등의 방송극을 발표해 상업주의에 편승한 오락적인 방송극의 범람에도 불구하고 본격적인 방송극이 건재함을 보여주었다. 한편 〈이 생명 다하도록〉〈현해탄은 말이 없다〉〈승자와 패자〉〈봄부터 가을까지〉 등의 장편소설을 발표, 현대 지성인이 갈구하는 자유와 휴머니즘을 바탕으로 한 리얼리즘을 추구하는 경향을 보였다.

한정동 韓晶東 1894~1976 아동문학가. 호 서학산인棲鶴山人 · 성수星壽 · 백민白民. 평남 강서 출생. 평양고보 졸업. 1925년 《동아일보》 신춘문예에 동요 〈따오기〉가 당선되면서 작가생활을 시작했다. 〈따오기〉는 그후 윤극영尹克榮 작곡으로 지금도 널리 불리어지고 있다. 해방 전 신문사 기자로 활동했으며, 1939년 이후 진남중 교사로 재직하다가 해방을 맞았다. 그뒤 진남포 영정초등학교를 세우고 교장으로 취임했으며, 1950년 월남해 한때 부산국제신문사의 기자를 지냈고, 서울 덕성여고 교사를 역임하면서 한국아동문학회 회장으로 활동하기도 했다. 주요 작품에 동요 〈어머니생각〉〈고향생각〉〈가을나뭇잎〉〈가을소풍〉 등이 있고, 동화에 〈제비와 복남〉〈촛불〉〈눈보라 속의 우정〉〈거룩한 선물〉 등이 있다. 작품집으로 《갈잎피리》《꿈으로 가는 길》 등을 간행했다. 그는 1920년대에서 30년대까지 동요 황금시대에 왕성한 창작 활동을 전개하는 한편, 동화 · 소년소설도 발표했는데, 간결하게 표현한 정서와 애상을 주조로 한 낭만주의적 경향이 짙다. 초기 작품은 주로 민족적인 슬픔을 향토적인 애상으로 표현했고, 후기 작품은 천진스러운 동심세계를 찬미 · 표출하려는 경향을 띠었다. 그의 동요에서 찾아볼 수 있는 특징은 관용적인 문어체, 재롱 등을 구사하거나 영합주의에 빠지지 않았고, 선행 · 친애 · 동정 등 도덕심 함양의 방편으로 삼지 않았으며, 시각적인 효과를 많이 사용한 점이다. 1968년 노래동산회에서 시상하는 고마우신 선생님상을 수상했으며, 1969년 한정동아동문학상이 제정되었다.

한춘섭 韓春燮 1941~ 시조시인. 호 암천岩泉. 경기 양평 출생. 국제대 국문과를 거쳐 단국대 대학원에서 박사과정 이수(1975). 1966년 《시조문학》에 시조 〈아침 강안〉 등이 추천되어 등단했다. 주요 작품에 〈밤을 가며〉〈고향 사계사〉〈달맞이꽃〉 등이 있으며, 저서로는 《현대시조시 연구》《고시조 해설》《중국 조선족 시조시선》 등이 있다. 그는 애정이 깃든 향토색의 서정을 바탕으로 한 작품을 쓰고 있으며, 한국시조시인협회 총무이사, 한국시조학회 창립이사 등으로 활동했다. 1990년 육당시조시문학상을 수상했다.

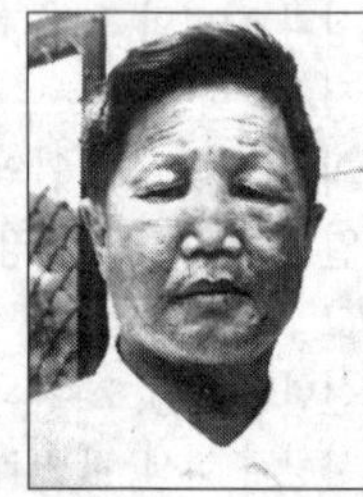

한하운 韓何雲 1920~1975 시인. 본명 태영泰永. 함남 함주 출생. 중국 북경대 졸업(1943). 1949년 《신천지》에 〈전라도全羅道 길〉 등 12편의 시를 발표하면서, 나병의 병고에서 오는 저주와 비통을 표현해 문단의 주목을 받고, 곧 이어 《한하운시초》를 간행했다. 시집으로 《보리피리》《한하운시전집》 등이 있으며, 자작시 해설집인 《황토길》, 자전집 《나의 슬픈 반생기》가 있

다. 그의 작품은 나환자라는 독특한 체험을 바탕으로 하면서도 감상성으로 흐르지 않고 객관적 어조를 유지하고 있다는 점에서 특징을 찾을 수 있다. 또한, 온전한 인간이 되기를 바라는 간절한 염원을 서정적이고 민요적인 가락으로 노래하고 있다는 점도 그의 시적특징으로 지적할 수 있다.

《한하운시초 韓何雲詩抄**》** 1949년 정음사에서 간행된 한하운의 첫번째 시집. 〈전라도길〉〈손가락 한 마디〉〈벌〉〈목숨〉〈삶〉 등 25편의 시와, 그를 시단에 소개한 이병철李秉哲의 해설이 수록되어 있다. 이 시집이 나올 때, 한하운은 방랑생활 중인 나병환자였다. 따라서, 이 시집과 그뒤 발표된 그의 모든 시에는 나병환자라는 자신의 기구한 운명과 그에 따른 처절한 체험이 주된 내용을 이루고 있다. 그 체험은 그 자체가 특이한 것이기에 호소력을 발휘할 수 있는 것이지만, 한하운은 감상을 자제하고 그것을 객관화함으로써 표현효과를 더욱 높이고 있다. 이러한 객관성은 화자의 비통한 체험에 대한 상상적 추체험을 심화시키는 요인이 되고 있는 것이다. 그리고 이 시집에는 또 처참하게 버림받은 자의 애절한 꿈을 민요적 가락으로 읊은 시도 수록되어 있다. 〈파랑새〉라는 작품이 그 대표적인 예인데, 소월 시의 민요적 기풍을 방불케 하는 이러한 경향은 두번째 시집 《보리피리》에 수록되어 있는 〈보리피리〉에도 계속 이어지고 있다. 이 시집은 한국 신문학사에 등장한 최초의 나환자 시집으로서 특이한 체험을 객관적인 어조로 혹은 민요적 가락으로 노래하고 있다는 점에서 주목된다.

《보리피리》 한하운의 두번째 시집. 1955년 인간사에서 간행되었으며, 이때 장정은 박거영朴巨影이 맡았다. 작가 자신의 서문과 박거영의 서문이 있고, 이어서 총 17편의 시작품이 3부로 나뉘어 수록되어 있다. 이 시집은 1949년에 그의 첫번째 시집 《한하운시초》가 나온 지 6년 만에 발간된 시집이다. 그가 지니고 있는 섬세한 감수성과 언어감각으로, 나병환자로서 도저히 닿을 길 없는 자연과 삶의 모습들에 대해 애절한 그리움으로 형상화하고 있기 때문에 읽는 사람들로 하여금 눈물을 자아내게 한다. 특히, 〈보리피리〉는 곡이 붙어 널리 불리고 있다.

《황토길 黃土—**》** 한하운의 자작시 해설집. 1960년 신흥출판사에서 간행했다. 사륙판. 톨스토이의 〈전쟁과 평화〉에서의 발췌문, 이준범李俊凡의 〈보리피리〉 해설과 자서自序 · 목차 · 본문의 순서로 되어 있다. 본문은 〈나의 시작과정〉〈낙화유수〉〈생명의 노래〉〈생명과 자학의 편력〉〈전라도길〉〈벌〉〈목숨〉〈데모〉〈비 오는 길〉〈운명의 반항〉 등 모두 47장으로 나뉘어 있다.

한하운시초 韓何雲詩抄 → 한하운韓何雲

한흑구 韓黑鷗 1909~1979 수필가 · 소설가. 본명 세광世光. 평양 출생. 미국 템플대 신문학과 수료(1935). 1931년 《동광》에 단편 〈황혼의 비가悲歌〉를 발표하면서 등단했다. 1934년에는 월간지 《대평양大平壤》, 이듬해에는 문예지 《백광》을 창간 · 주재했다. 미국에 유학할 때 동인지에 영시를 쓰고 필라델피아의 신문에 동양시사평론을 기고하기도 했으며, 〈호텔콘〉〈어떤 젊은 예술가〉〈사형제〉 등 다수의 소설창작과 함께 시작과 번역 · 평론을 병행했다. 1939년 흥사단 사건에 연루되어 피검된 일을 계기로 글을 발표하지 않다가 광복 후 월남해 수필창작에 주력했다. 〈하늘〉〈보리〉〈석류〉〈겨울바다〉〈들밖에 벼향기 드높을 때〉〈흙〉 등 100여 편의 수필을 남겼으며 《동광》《개벽》 등에 흑인시를 최초로 번역·소개한 공로가 있다. 수필집으로 《동해산문東海散文》과 《인생산문》이 있고, 편·역서로 《현대미국시선》이 있다. 자연물로부터 소재를 가져온 그의 작품은 서정적인 문장과 산문시적 구성으로 아름다움의 진실을 추구하고 있으며, 생명의 존엄성과 다른 생명체와 동등한 존재로서의 인간의 겸손에 관심을 표명했다. 시적구성의 아름다움과 작품에 일관하는 인생에의 관조는 한국 수필문학이 창작문학의 본령으로 자리를 굳히는 데 크게 기여했다.

함대훈 咸大勳 1907~1949 소설가·번역문학가·신극운동가. 호 일보一步. 황해도 송화 출생. 일본 도쿄외대 노어과 졸업(1931). 졸업 후 해외문학파 동인으로서 문단에 등장했다. 1931년 7월 본격적인 신극단체였던 극예술연구회 창립동인으로 연극활동에 참여해 러시아 작품을 번역하기 시작했다. 1934년에는 소설창작에 손을 대어 〈폭풍전야〉를 발표했고, 1937년에는 장편소설 〈순정해협〉을 《조광》에 연재했으며, 〈무풍지대〉 등을 발표했다. 그의 소설은 대체적으로 통속성이 짙게 깔려 있으며 어느 작품이나 모두 남녀 관계를 다루고 있는데, 연극으로 끝마치거나, 불을 지르거나, 자살하는 등으로 끝을 맺고 있다. 1930년대에 극예술연구회 동인으로 번역과 평론으로 연극운동을 했다. 특히 당시 일역을 통한 중역重譯을 하지 않고 러시아 문학을 직접 소개한 점에서 의의가 크다.

함동선 咸東鮮 1930~ 시인. 호 산목散木. 황해도 연백 출생. 서라벌예대 문예창작과(1956)와 중앙대(1958) 및 경희대 대학원 졸업(1987). 1958년 《현대문학》에 시 〈봄비〉 〈불여귀不如歸〉 〈학의 노래〉 등이 추천을 받아 등단했다. 제주대·서라벌예대 교수를 역임하고, 중앙대 문예창작과 교수로 정년(1995), 현재 명예교수로 있다. 한국현대시인협회 회장, 한국문인협회 부이사장을 역임, 현재 국제펜클럽 한국본부 부회장이다. 주요 작품으로 〈그리움〉 〈여행기〉 〈지난 봄 이야기〉 〈북한산〉 〈산에 홀로 오르는 것은〉 등이 있으며, 시집으로 《우후개화雨後開花》 《꽃이 있던 자리》 《눈 감으면 보이는 어머니》 《식민지》 《산에 홀로 오르는 것은》 《짧은 세월 긴 이야기》 등이 있다. 이밖에 《한국문학비》 《문학비 답사기》와 수필집 등을 간행했다. 그는 한국적 정서와 토착어 지향으로 우리 시의 반성과 동일성 성취에 기여했고, 사물자체를 객관화한 사물시와 객관적상관물 등의 기법으로 현대시의 다양성을 모색했다. 또한 남과 북으로 분단된 아픔을 우리 역사의 아픔으로 승화시켜 분단 극복의지를 보여주고 있다. 따라서 우리의 전통 및 고유의 생각과 우리의 현실 및 외래문화의 충격을 잘 조화시켰다는 평가를 받고 있다. 1979년 현대시인상, 1994년 펜문학상, 1995년 국민훈장석류장 및 예술문화상, 1997년 대한민국문화예술상 등을 수상했다.

함세덕 咸世德 1916~1950 극작가. 인천 출생. 인천상업학교 졸업. 1936년 《조선문학》에 단막극 〈산허구리〉를 발표한 뒤, 1939년 단막극 〈동승〉으로 《동아일보》 주최 연극 콩쿠르에 참가했다. 1940년 〈해연海燕〉이 《조선일보》 신춘문예에 당선됨으로써 정식 극작가로 등단했다. 〈낙화암〉 〈무의도기행〉 등을 계속 발표한 그는 일제 말기에는 다수의 친일연극을 창작했다. 1941년

9월 현대극장 제2회 공연작이었던 번안극 〈흑경정〉은 일제의 남진정책에 영합하는 작품이며, 〈추장 이사베라〉〈에밀레종〉 등도 국책을 선정하는 목적극이었다. 해방 직후에는 조선연극동맹에서 활동하면서 〈기미년 3월 1일〉〈고목〉〈태백산맥〉 등을 발표해 이 시기 대표적인 극작가로 확고히 자리잡았다. 1947년에 희곡집 《동승》이 발간되었다. 해방 직후 월북했다가 6·25전쟁 중 사망한 것으로 알려져 있다. 최근에 그의 희곡들의 극작 기량이 재조명되면서 연구자들의 관심을 모으고 있다. 모방작의 혐의를 받던 작품에 대해 창조성이 인정되고, 친일이나 좌익 등 이념의 색채를 띤 작품에서도 고유한 극작술이 발견되고 있다. 일반적으로 그의 작품은 시대상황에 따라 항일·친일·좌익 등 민감한 변화를 보이면서도 낭만주의적 정서에 기반을 둔 사실주의극이라는 평가를 받는다. 그는 특히 자연의 서정성과 생존의 절박성을 뚜렷이 담고 있는 어촌을 배경으로 한 작품을 다수 집필했다.

〈고목 古木〉 함세덕의 3막극. 1947년 4월 《문학》에 발표되었다. 함세덕의 이념적 지향이 잘 드러나 있는 작품이다. 이 작품의 주제는 지주와 직결되는 봉건 잔재와 일제 잔재를 타파하고 새로운 민족국가를 건설하자는 것이다. 작품 제목인 지주집의 큰 '고목'은 구시대 잔재의 상징이며, 작품의 시간 배경은 홍수가 쓸고 간 뒤의 수해복구 때로서, 이 또한 주제에 적합한 상징적 시간대이다. 이 작품은 해방 직후 혼란기에 남로당이 내걸었던 여러 정책을 작품에 반영시켜 빈부문제라든가 토지개혁·분배는 물론 과거의 문제까지 모두 들추어 지주계급을 비판한다. 등장인물 오각하가 이승만을 강하게 연상시킴으로써, 이 작품의 이념적 주제가 강화되기도 한다. 그러나 그와 더불어 이 작품에는 고목을 중심으로 한 상징기법의 활용, 한정된 시간 내에 벌어지는 갈등과 전개의 치밀한 짜임새, 대립되는 갈등세력 중 어느 한쪽에만 치우치지 않는 적절한 힘의 배분 등 능숙한 극작술이 드러나 있다. 특히 극의 후반부에서 거복을 향해 가족과 이웃들이 하나씩 포위하듯 좁혀들어오며 그의 선택을 강요하는 장면은 무대의 공간성이 잘 배려된 부분으로 평가받는다.

함수남 咸守男 1941~ 극작가. 호 정허靜虛. 전남 나주 출생. 조선대 국문과 및 동 대학원 졸업. 1982년 《월간문학》 신인상에 희곡 〈늪 지대地帶〉가 당선, 《아동문예》 신인상에 동극 〈할머니의 생일〉이 당선되어 등단했다. 한국아동문예작가회 동극분과 회장 및 한국희곡작가협회 부회장을 역임했다. 현재 광주고려고 교장으로 재직 중이다. 희곡집으로 《늪지대》《아빠의 성城》《황토재》《어린이동극집》(공저) 등이 있고, 1999년에는 소설집 《분이의 빈 공책》을 발간했다. 그의 작품들은 한결같이 압박과 피압박의 관계, 해방과 속박의 관계 등을 압축시키면서 언제나 강렬한 휴머니즘으로 회귀한다. 인간성의 상실이야말로 자기파멸의 지름길임을 강조해온 그는 그래서 자식에게 버림받은 부모이야기, 물질만능주의에 부서져가는 어느 가정이야기, 소외받고 천대받는 우리 이웃들의 이야기 등을 담담히 그리고 있다. 그의 작품 〈울어라 새여〉에 대해서 극작가 오학영은 회화의 서정미를 호남 특유의 질박한 인간본성과 서정이 혼합된 세계에서 생성된 미감으로 우리 연극계에 쇠락해가는 언어의 미학을 회복하는 데에 중요한 몫을 했다고 평가하기도 했다. 1984년 한국동극문학상, 1985년 한국희곡문학상,

1991년 동포문학상, 1992년 광주문학상 등을 수상했다.

함윤수 咸允洙 1916~1985 시인. 호 목운牧雲. 함북 경성 출생. 일본 니혼대 예술과 졸업. 1938년 시동인지《맥》창립동인으로 참가해〈앵무새〉〈유성〉등을 발표하면서 등단했다. 시집《앵무새》《은화식물지隱花植物誌》《사향묘》《함윤수시선》등을 발간했다. 초기에는〈해변〉처럼 사물을 통해 자의식적인 시세계를 표현하는 시를 발표했다. 이때문에 임화林和로부터 말초화한 장식주의적 기교파로 분류되어, 내용 없는 사치한 정신을 보여준다는 평을 받기도 했다. 그러나 시집《은화식물지》에 이르면서 어두운 시대에 현실적인 비판의식을 갖고 고뇌하는 지식인의 모습도 보여줌으로써 신세대의 인텔리겐차로 불리기도 했다. 1·4후퇴 때 월남한 이후〈부취〉〈눈으로 말하고〉〈포위된 태양〉〈원점〉등을 발표해 삶이 주는 허망함과 어두운 운명을 극복하려는 자세를 보여주었다.

함형수 咸亨洙 1914~1946 시인. 함북 경성 출생. 중앙불교전문학교 문과 중퇴(1936). 1936년《시인부락》창간호에〈해바라기의 비명碑銘〉〈형화螢火〉〈홍도紅桃〉〈그 애〉등을 발표해 시단의 총아로 불리며 화려하게 등단했다. 1939년에는《동아일보》신춘문예에〈마음〉이 당선되기도 했다. 해방 후 북한에서 정신질환에 시달리다 1946년 사망한 것으로 전해진다. 시집은 없고 전 작품이〈무서운 밤〉〈조가비〉〈회상의 방〉〈개아미와 같이〉등 30여 편 남짓하나 놀라운 착상과 구상력으로 1930년대 후반기 시인 가운데서 간과할 수 없는 중요한 위치를 차지한다. 그는 출발기부터 닫힌 세계 속의 불안과 비애, 열린 공간 속의 사랑과 동경이란 두 가지 시적경향을 갖고 있었던 것으로 파악된다. 초기작〈해바라기의 비명〉은 자신의 염원을 절규하듯이 비명 형식으로 절실하게 승화시켜서 당시 시단에서 주목받았던 작품이다.《시인부락》2호에 발표한 연작시〈소년행〉은 유년시절에 대한 어두운 기억을 암울하고 애상적인 어조로 표현하는 한편, 소년적인 동경의 세계도 아름답게 표현한 작품이다.

함혜련 咸惠蓮 1931~ 시인. 본명 재복在福, 호 혜강兮江. 강원도 강릉 출생. 강릉사범 졸업(1950). 1952년《청포도》에 작품을 발표하기 시작했으나 1959년《문예》에 시가 추천되고,《여류시》동인으로 참가하면서 본격적인 창작 활동을 시작했다. 국내 문예지와 일본·미국·대만·호주·영국 등의 문예지에 일어·영어·중어 등으로 번역된 작품들이 다수 수록·소개되기도 했다. 시집으로《문 안에서》《아침》《아침파도》《강물이 되어 바다가 되어》《바다를 낳는 여자》《물을 나르는 여인들》등 17권이 있다. 이밖에 시선집《화려한 소문》및 미국기행 에세이《하나뿐인 사랑 위해》와 한·영대역시집, 일역시집이 있다. 그의 시는 상징적 사랑 혹은 애정시에 있어서 뛰어난 함축성이 독보적이며, 용광로와 같은 내연작용을 통한 우주적 생명력에다 정신을 추구하는 박진감 넘치는 시라는 평가를 받는다. 처음부터 일관하는 '당신' 이라는 절대자로서의 대상적 인격성을 통해 그 자신의 사상과 시대의식을 전개, 귀결시키는 것이 특징으로 꼽히기도 한다. 또한 고노에이지라는 일본번역가로부터 '다른 한국시인이 그리지 않는 우주인식의 문제와 연극분야에서의 방법을 쓰며, 한국을 뛰어넘은 국제감각을 지닌 세계적인 시인' 이라는 찬사를 듣기도 했다. 제

23회 현대문학상을 수상했다.

해 →박두진朴斗鎭

해방 전후 解放前後 →이태준李泰俊

해에게서 소년에게 海一少年一 →최남선崔南善

해외문학 海外文學 해외문학연구회의 기관지. 1927년 1월 17일에 창간되어 7월 4일 통권 2호로 종간되었다. 창간호는 편집 겸 발행인이 이은송李殷松으로 서울에서 간행되었고, 2호는 편집 겸 발행인이 정인섭鄭寅燮으로 일본 도쿄의 외국문학연구회(통칭 해외문학연구회)에서 발행되었다. 《해외문학》은 그 면수도 많지 않고 2호를 발간한 데 지나지 않았으나, 그 동인들은 이른바 '해외문학파'로서 외국문학의 이식과 평론·시·소설·수필·희곡 등의 창작을 통해 반프로문학적 입장에 서서 순수문학을 옹호해 우리 문단에 큰 파문과 영향을 끼쳤다. 그 업적과 특색을 정리해 보면, 외국문학을 본격적으로 번역·소개한 점, 어느 한 나라 문학에만 치우치지 않고 영국·프랑스·독일·러시아·미국 등 여러 나라의 문학을 직접 번역·소개한 점, 주의나 분파를 초월했다는 점, 게재된 평론과 시·소설·희곡 등의 작품이 대체로 19세기 후반기 이후의 구미문학에 치중되어 있다는 점 등이다.

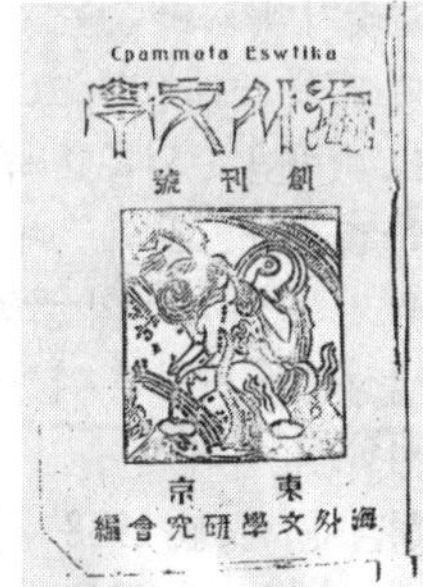

▲해외문학 1927년. 창간호 표지.

해외문학연구회 海外文學硏究會 1920년대의 일본 유학생 가운데 외국문학을 전공하는 학생들을 중심으로 이루어진 서구문학 연구단체로 1926년 발족되었다. 구성원은 이하윤異河潤·김진섭金晉燮·홍재범洪在範·손우성孫宇聲·이선근李瑄根·정인섭鄭寅燮·김명엽金明燁·김온金鎾·함대훈咸大勳 등이었다. 최초에는 동인들의 친목과 자유로운 문학토론이 위주가 된 활동을 했으나 다음해 1월에는 기관지 《해외문학》을 발간했다. 그후에 이 연구회는 장기제張起悌·김한용金翰容·이병호李炳虎·정규창丁奎昶·함일돈咸逸敦 등이 참가하고, 그후에 이헌구李軒求·이홍종李弘鍾·김광섭金珖燮·김삼규金三奎·이동석李東碩이 참가, 《해외문학》 2호의 동인이 되었다. 《해외문학》을 2호까지 내고 귀국한 이들은 국내의 문학운동에 참가해 상당한 문단세력을 갖게 되었다. 당시의 프로문학파는 이들을 소부르주아 반동적 문학집단이라는 이유로 철저히 배격하는 입장을 취했다. 그러나 폐쇄적이며 좁은 시야밖에 갖지 못했던 당시의 한국 문단에 이 연구회가 끼친 공적은 컸다. 동인들의 문단세력이 커지자 해외문학연구회 구성원들은 홍해성洪海星과 더불어 극예술연구회를 조직해 신극운동에 힘썼는데, 모윤숙毛允淑·이무영李無影 등이 이에 새로 참가해 1937년경까지 20여 회의 공연을 가지기도 했다. 또한 1931년 이후에 발간된 《시문학》《문예월간》《문학》 등도 널리 보아서는 이 연구회와 정신적 맥락이 닿은 것이라고 볼 수 있다.

해파리의 노래 →김억金億

향수 鄕愁 →정지용鄭芝溶

허근욱 許槿旭 1930~ 소설가. 호 수진秀津. 서울 출생. 이화여대 영문과 및 평양러시아어대 수료(1950). 1960년 〈내가 설 땅은 어디냐〉를 《여원》에 발표하면서 등단했다. 이후 〈옥중기〉〈멩가나무 열매 이야기〉〈젖소〉〈굴레〉〈가랫양지마을〉〈흐르는 별〉 등을 꾸준히 발표했다. 한편 KBS작가실에서 방송원고를 집필했고, KBS전문위원으로 근무하다가 1989년 정년퇴임했다. 그는 인간실존의 선택의 자유와 운명의 심연을 추구하면서 일상적인 표피를 벗기고 인간성의 본질을 조명하는 작품을 추구했다. 주요 작품집에 《흰 벽 검은 벽》《견습악녀》《끝나지 않는 겨울》《운명의 숲》, 단편집으로 《멩가나무 열매 이야기》《이 모든 시간의 끝에》, 중편집 《프로이트의 제자들》 등이 있다. 이밖에 수필집으로 《그대 영혼을 불사르리》《환상의 벼랑에서》 등을 발간했다. 1959년 〈내가 설 땅은 어디냐〉를 발표할 당시, 소설에 등장하는 인물의 이름을 실명으로 해달라는 요청으로 그에 응해 사회적으로 큰 반응을 불러일으켰다. 개인적으로 여러 가지 고충을 겪었으나 그는 이에 구애받지 않고 꾸준히 작품 활동을 계속했다. 식민지시대, 8·15해방정국, 분단시대라는 민족의 비극적인 역사로부터 비롯된 고통의 승화 속에서 인간실존의 궁극적인 목적인 해탈의 경지를 얻어 이것은 작가로 하여금 수도하듯이 글을 쓰게 했다. 그의 작품들은 그의 정신적인 산물이며 정신의 유산이라고 할 수 있는 이유가 바로 여기에 있다. 1976년 제1회 대한민국문학상, 1993년 펜문학상, 1997년 순수문학대상, 1998년 이대문학상 등을 수상했다.

허세욱 許世旭 1934∼ 시인·수필가. 호는 덕계德溪. 전북 임실 출생. 한국외대 중문학과 졸업(1959). 대만 국립사범대 대학원 졸업(1968). 한국외대 및 고려대에서 중문과 교수를 역임했다. 대만에 유학중이던 1961년 중국의 대표적인 문학지 《현대문학》과 《작품》에 중문시와 중문수필이 천료되어 문단생활을 하다가 1968년 귀국과 함께 한국문단에서 시와 수필을 발표했다. 1969년에는 시집 《청막》을 서정주徐廷柱의 서문과 함께 발간했으며, 1970년에는 《현대문학》에 시 〈표류자〉를 발표했다. 시집에 《땅밑으로 흐르는 강》《바람이 멎는 곳》 등이 있으며, 수필집에는 《움직이는 고향》《태양제》《달이 뜨면 꽃이 피고》《인간 속의 흔적》《돌을 만나면 비켜가는 물처럼》《지팡이 소리》 등이 있다. 그의 시는 한시의 영향을 받아 동양적인 정서를 간결하고 함축적인 기교로 표현하되 깊은 사유를 내재시켜 시의 신앙적인 효과를 증대시켰고, 수필은 산업주의의 속도에 파괴되고 있는 고향의식과 인간성을 회복하고 그를 선양하려는 노력 속에 따뜻한 정의 미학을 실현하고 있다. 1972년 중국문예협회에서 주관하는 중국문학상을, 1987년 현대수필문학상을 각각 수상했다.

허수경 1964∼ 시인. 경남 진주 출생. 경상대 국문과 졸업. 1987년 《실천문학》에 시를 발표하면서 등단했다. 《21세기전망》 동인으로 활동. 시집으로 《슬픔만한 거름이 어디 있으랴》《혼자 가는 먼 집》 등을 간행했다. 그는 독특한 창의 가락으로 세상 한편에 들꽃처럼 피어 있는 누추하고 쓸쓸한 마음에 대해 노래한다. 그의 시편들은 사라져가고 버림받고 외롭고 죽어 있는 모든 마음들을 따뜻한 모성의 육체로 품는다. 그렇게 그의 시는 이 세상의 긁히고 갈라지고 부러진 남성성을 탁월한 여성성의 이미지로 잉태, 시화詩化한다.

허영자 許英子 1938∼ 시인. 경남 함양 출생. 숙명여대 국문과 및 동 대학원 졸업. 1962년 《현대문학》에 시 〈도정연가道程連歌〉〈사모곡思母曲〉〈연가3수戀歌三首〉 등이 추천되어 등단했다. 이후 《청미회》 동인으로 활동하면서 시 〈가을 어느 날〉 〈꽃〉 〈홀로인 때〉 등의 전형적인 여류 서정시를 계속 발표했다. 시집으로 《가슴엔 듯 눈엔 듯》 《친전親展》 《어여쁨이야 어찌 꽃뿐이랴》 《빈 들판을 걸어가면》 《그 어둠과 빛의 사랑》 등이 있으며, 수필집으로 《한송이 꽃도 당신 뜻으로》 《내가 너의 이름을 부르면》 등이 있다. 추천 당시부터 연가풍의 주옥 같은 서정시로 격찬을 받았으며 그후 계속해서 동양적인 유현하고도 섬세한 정적세계를 아름답게 형상화했다. 1972년 한국시인협회상, 1986년 월탄문학상 등을 수상했다.

허윤석 許允碩 1915~1995 시인 · 소설가. 경기도 김포 출생. 6세 때 평북 선천으로 이주해 17세까지 음악을 공부했고, 그후 문학을 수업했다. 1935년 《조선문단》에 단편 〈사라지는 무지개와 오뉘〉를 발표했고, 김혜숙金惠淑이라는 필명으로 1936년 《동아일보》 신춘문예에 시 〈밀밭 없는 동리〉, 1937년 《매일신보》 신춘문예에 시 〈파초〉가 각각 당선되었다. 또한 1937년 《조선문단》에 〈마적〉이 수석 당선되었으나 검열에 걸려 발표되지 못했다. 해방 후에는 사건보다는 스타일에 중점을 두어 시적요소를 곁들인 새로운 산문을 구축한 〈문화사대계〉 〈옛마을〉 등의 작품과 서정적인 경지로의 전환을 보인 〈해녀〉 등의 작품을 발표했고, 〈감각파〉 〈하일夏日〉 등의 시를 발표하기도 했다. 그의 소설은 시에 접근한 혼성장르로서의 서정적 소설의 면모를 띠고 있어 간결하고 압축적인 형태미를 갖는 한편, 현실을 반영하는 측면을 갖고 있기도 하다. 6 · 25 전쟁 이후 신병으로 작품발표가 뜸하다가 1960년대 말 〈조사釣士와 기러기〉 〈구관조〉 등을 발표했다. 이밖에도 〈인人 · 원猿 · 시가詩歌 · 언어言語〉와 〈천재의 반성〉 〈타인을 대행하는 두뇌〉 등의 평론과 〈수국水菊의 생리生理〉 등의 희곡을 발표하기도 했다. 소설집 《타인을 대행하는 두뇌들》과 장편 〈구관조〉 등을 간행했다.

허준 許俊 1910~ ? 소설가. 평북 용천 출생. 일본 호세이대 졸업. 《조선일보》 기자를 지내면서, 시 〈모체母體〉, 평론 〈나의 문학 전前〉 등을 발표했다. 이후 주로 소설을 썼으며 초기 작품은 모더니즘적 경향이 짙었다. 해방 전에는 고독한 자아의 내면심리를 그려낸 〈야한기夜寒記〉 〈습작실에서〉 등을 발표했다. 해방 후 조선문학가동맹에 가담해 서울시지부장, 문학대중화운동위원회 위원 등으로 활동하다가 월북했다. 해방 전에 발표된 그의 작품은 허무와 시대적 심연에 칩거한 주인공의 의식세계를 그리고 있다. 그의 작품에서 특징적인 것은 현실세계의 압박을 운명의 힘으로 치환시키고 있다는 점이다. 〈탁류〉에서 드러나듯이 어쩔 수 없는 운명으로 말미암아 주인공은 적극적인 가능성을 모색하지 않고 자신의 고독에 침잠하면서 세상을 살아가는 것이다. 해방 직후 발표한 〈잔등〉은 1인칭 화자와 친구 방씨가 해방과 함께 만주에서 회령 · 청진을 거쳐 서울로 돌아오는 과정이 그려져 있는데, 해방의 기쁨이나 식민지 체험의 쓰라린 기억을 배제한 채 새로운 것에 대한 기대와 실망을 담담하게 표현하고 있다. 해방 직후 대부분의 작품들이 작가의 흥분을 절제하지 못하고 있었음을 상기해 볼 때, 작가적 역량이 잘 드러난 수작이라는 평가를 받고 있다. 하지만 지식인의 자의식에 기초한 엄정한 현실묘사는 〈속 습작실에서〉에 이르면서 흔들리게 된다. 이후의 작품에서는 역사현실에 대한 관심이 고조되어 나타난다. 소설집으로《잔등》이 있다.

〈습작실에서 習作室—〉 허준의 단편소설. 1941년《문장》2월호에 발표되었다. 화자인 '나'와 셋집 주인 노인의 삶의 모습을 통해서 고독의 문제를 형상화하고 있는 이 작품은 사건 서술보다는 세계와 사물을 대하는 주인공의 심리가 중심적으로 그려져 있는 심리소설이다. 원래 심리소설이란 프로이트의 무의식 이론과 베르그송의 순수기억 이론에서 바탕한 프루스트의 소설을 일컫는 말이다. 이 작품에서는 특별한 사건을 서술하기보다는 '나'와 셋집 주인 노인과의 교제와 그 노인의 주인공을 두고서 '나'의 심리적 상황이 중심적으로 그려져 있다는 점에서 심리소설적인 요소를 가지고 있는 것이다. 허준의 문학세계에서 그의 자의식의 세계에 깊은 영향을 미친 것은 허무주의이다. 이러한 허무 의식과 고독감에 젖어 있는 그의 자의식의 세계는 현실적인 문제에 휩쓸리지 않고, 현실의 일상적인 국면과 삶의 의미에 대한 심도 있는 탐색을 제시하려는 작가의식을 담고 있다. 이 작품은 허무와 나 혼자뿐이라는 고독의 의식을 통해 인간의 내면세계를 다루고 있다. 이 작품에서 작자는 현실세계의 압박을 운명의 큰 힘으로 환치시켜, 거기에서 오는 허무감을 주인공이 자꾸만 내부세계에 파고드는 원인으로 설명하고 있다.

〈잔등〉 허준의 중편소설. 1946년《대조》에 발표되었다. 해방을 맞아 만주로부터 귀환하는 '나'의 여행기이다. '나'와 친구 방方은 장춘에서부터 서울을 목적지로 삼아 긴 여정을 시작해 스무하루 만에 지금 회령에 닿아 있다. 회령에서부터 청진까지의 여행담이 작품의 주된 모티브이다. 작품이 발표된 것은 1946년 초, 해방의 감격과 열정, 그로부터 오는 과도기적 혼돈이 여전히 지속되던 시점이다. 특히 북한의 사정은 그야말로 혁명적 상황이었던 바, 허준은 그러한 상황 속에서 애써 냉정을 유지하며 인간이 의거해야 할 마지막 보루는 휴머니즘임을 강조하고 있다. 대부분의 작가들이 의식적 혹은 무의식적으로 혁명의 열기 속에 빠져들 때 허준이 냉정을 잃지 않은 가운데 이 작품과 같은 주제의 작품을 내놓은 것은 이채로움에 속한다. 그리고 그 이채로움은 소설적 진정성과도 통해 주목할 만하다. 그러나 그 이채로움은 또한 작가의 감상벽 혹은 역사를 방관하는 국외자적 입지로부터 비롯한 것이 아닐까 하는 혐의도 드러내주고 있다.

헤브라이즘 hebraism 좁은 뜻은 유태민족이 팔레스타인에 살고 있던 시대의 종교사상, 유일한 전능신과의 중개자인 모세의 십계명의 도덕률을 그 내용으로 한다. 특징은 메시아의 사상이며 선민인 유태민족이 위기에 처했을 때는 구세주가 나타난다는 것. 십계명은 모든 생활을 규율하고, 랍비라고 일컫는 성직자가 동시에 입법자로서 신정일치의 국가를 형성하고 있었다. 넓은 뜻은 헬레니즘과 대립되는 유럽 문화의 2대 원천의 하나. 지성과 감성을 자유롭게 발휘해 미를 감득하는 고대 그리스인의 생활감정에 비해, 고대 히브리민족은 인간이 아닌 신, 즉 여호와의 의지에 절대복종하는 것을 생활의 근본신념으로 했으므로 그 내용은 유신론 · 세계종말론 · 원죄사상 · 현세부정 · 성의 죄악시 · 일부일처제 · 근친혼의 부정 등으로 나타난다.

헬레니즘 hellenism 일반적으로 고대 그리스 정신 및 문화 · 예술 · 철학 · 정치 등에서 보이는 바와 같이, 인간의 가능성을 믿고 이것을 발전시키려고 하는 이상 또는 생활태도. 이것은 신의 의지에 복종해 인간을 엄격한 도덕적 훈련하에 두려고 하는 히브리즘과 대조되며, 유럽문화의 2대 원천이 된다.

현기영 玄基榮 1941~ 소설가. 제주 출생. 서울대 영어교육과 졸업. 1975년 《동아일보》 신춘문예에 단편 〈아버지〉가 당선되어 등단했다. 1979년 집회 및 시위에 관한 법률 위반으로 구금되기도 했으며, 제주 4·3 연구소 소장, 제주사회문제협의회 회장 등을 역임했다. 1994년 민족문학작가회의 부의장으로 선출되기도 했다. 주요 작품에 단편 〈꽃샘 바람〉〈아우에게〉〈폐병〉〈어떤 생애〉〈아스팔트〉〈마지막 테우리〉〈겨우살이〉, 장편 〈변방에 우는 새〉 등이 있다. 작품집으로는《순이 삼촌》《아스팔트》《바람 타는 섬》 등이 있으며, 1999년에는 장편소설 〈지상에 숟가락 하나〉를 발간했다. 이밖에 수필집으로《젊은 대지를 위해서》가 있다. 그는 초기작인 〈순이 삼촌〉〈도령마루의 까마귀〉 등을 통해 제주도가 안고 있는 정신적 상처를 외지인의 시각이 아닌 제주도민의 시각으로 다룸으로써 문단에 큰 충격을 던졌다. 이 작품들은 대부분 1948년의 제주도 4·3사건과 깊이 연관되어 있다. 그는 4·3사건이 무고한 양민의 집단학살을 가져온 광기와 폭력의 표현이었으며, 이로 인해 현재까지 제주도민 모두가 깊은 상처를 안고 있다는 점을 말하고자 한다. 제주도의 역사에 대한 작가의 깊은 애정은 1980년대에도 계속되어 장편소설 〈변방에 우짖는 새〉에서 조선 후기 이재수란을 문학적으로 재구성하는 데 성공한다. 여기에서 작가는 제주도민의 수난사를 민중적 시각에서 면밀하게 재구성하고 있을 뿐만 아니라 그 속에 감추어진 반외세·반봉건의 정신을 되살림으로써 80년대의 중요한 역사소설의 하나로 평가받기에 이른다. 그는 많은 작품들의 배경을 자신의 고향인 제주도로 설정함으로써, 아직 풀리지 않은 제주도의 모순이 결국 한반도의 보편적 상황이라고 역설하고 있다. 한결같이 깊이 있는 주제와 중후한 문체로 오늘의 삶의 의미를 되새기는 그의 작품들은 깊은 울림과 감동을 준다는 평가를 받는다. 제5회 신동엽창작기금, 제5회 만해문학상, 제2회 오영수문학상, 제32회 한국일보문학상 등을 수상했다.

〈순이 삼촌 順伊三寸〉 현기영의 중편소설. 1978년《창작과 비평》 가을호에 발표되었다. 서울의 대기업 부장인 '나'는 할아버지의 기제사를 모신 뒤의 이야기 자리에서 순이 삼촌이 돌아가셨다는 충격적인 소식을 접한다. 친척분들은 모두 그 분의 죽음에 대해 이야기하기를 꺼리다가 마지못해 입을 연다. 집을 나간 뒤 20여 일 만에, 일주도로변의 당신 소유 밭에서 시체로 발견되었다고 한다. 자살이었다. 친척들은 유서 한 장 남기지 않은 그분의 돌연한 죽음을 지병인 신경쇠약의 악화 때문이라고들 했다. 삼촌의 신경쇠약은 '나'도 이미 넌더리날 만큼 겪은 바였다. 지난 1년 동안 서울 우리 집에 계시면서 집안 살림을 돌보아 주실 때였다. 신경쇠약으로 인한 심한 환청 증세와 지나친 결벽증은 곁사람들에겐 견디기 어려운 고역이었다. 삼촌의 그 고질병과 갑작스러운 죽음은 30여 년 전 제주 땅을 휩쓸었던 엄청난 참극에 뿌리를 두고 있다는 것이 집안 어른들의 공통된 생각이었다. 순이 삼촌의 죽음에 화제가 몰리자 좌중은 30여 년 전 그해의 사건(제주 4·3항쟁)을 회상하기 시작한다. 엄혹한 반공이데올로기에 의해 그 진상조차 제대로 알려지지 않은 제주 4·3항쟁과 그 비극을 형상화한 작품이다. 작가 현기영의 원체험으로 자리잡고 있는 그 역사적 사건은 30년이 지난 뒤에도 살아남은 자의 이해관계에 얽혀 진실이 밝혀지지 않고, 그 세월의 한은 순이삼촌의 비극적 죽음을 낳게 한다. 등단 직후 계속되는 작가의 제주 역사의 소설화 작업에 성공적인 시작을 알린 작품으로 평가받는다.

현길언 玄吉彦 1940~ 소설가. 제주 남원 출생. 제주대 국문과(1965) 및 성균관대 대학원, 한양대 대학원 졸업. 1980년 《현대문학》에 〈성城 무너지는 소리〉 〈급장선거〉가 추천되어 등단했다. 제주대 교수를 거쳐 현재 한양대 국문과 교수로 재직 중이다. 초기에는 해방공간에서 제주 4·3사태를 소재로 한 작품을 많이 썼다. 이후 변동기 사회에서 좌절한 지식인의 초상과 이데올로기 폭력에 희생되는 인물상을 그린 〈열전〉 연작을 발표하기 시작했다. 1980년대 말부터 제주 4·3사태를 총체적으로 다룬 대하 장편 〈한라산〉을 쓰기 시작해 1995년에 1차 3권을 발간했고, 1999년 현재 계속 집필중이다. 대학에서 소설론과 소설창작론을 강의하면서 소설창작의 이론정립을 위해 많은 논저를 발표했다. 소설집으로 《용마龍馬의 꿈》《우리들의 스승님》《닳아지는 세월》《무지개는 일곱색이어서 아름답다》《배반의 끝》 등이 있고, 자선집으로 《우리들의 조부님》《껍질과 속살》이 있다. 장편으로 《투명한 어둠》(전2권) 《여자의 강》(전2권) 《회색 도시》《보이지 않는 얼굴》《벌거벗은 순례자》 등을 출간했다. 이밖에 소설론과 창작론에 대한 저서가 다수 있다. 초기에는 이데올로기에 희생되는 인물들의 비극적 정황을 통해서 이데올로기와 인간의 갈등에서 빚어지는 진실을 추구했고, 그러한 문제를 변동기 지식인의 왜곡된 삶을 통해서 더 심화시켜 천착했다. 작가는 학문이나 과학으로 탐색할 수 없는 인간의 실체를 규명하는 일이 소설의 몫이라고 생각해서, 인간과 사회에 대한 총체적 탐색을 장편을 통해서 꾸준히 추구했다. 1990년대 후반에 들어오면서, 작가는 인간의 존재성을 '관계' 개념에서 인식하고 〈관계〉 연작을 발표하는 한편, 극한적 상황에 처한 인간의 욕망에 억압되어 살아온 삶을 성찰하는 양식을 통해 인간 탐구의 새로운 지평을 모색하고 있다. 1985년 제5회 녹원문학상, 1985년 제주도 문화상, 1990년 현대문학상, 1992년 대한민국 문학상, 1998년 한국기독교문학상 등을 수상했다.

〈무혼굿 撫魂―〉 현길언의 중편소설. 1987년 《문학과 비평》 가을호에 발표되었다. 50대 중반의 고재현 원장은 요즘 들어 부쩍 아버지의 환영에 시달린다. 원인 모를 죽음을 당한 아버지가 피범벅이 된 얼굴로 나타나 구해줄 것을 호소하는 꿈을 종종 꾸기 때문이다. 전에도 이런 꿈을 꾼 적이 자주 있었으나 한때로 그쳤을 뿐 오랜 기억으로 남지는 않았던 터인데, 요즘 와서는 그런 꿈을 꾼 이후로는 무력감까지 느끼는 것이다. 고원장은 마침내 아버지의 원혼을 달래줄 무혼굿을 하기로 작정한다. 아버지의 죽음 이후 37년이 지났지만 원혼을 달래주어야 할 채무를 다하지 못했음을 절감한데다, 옛친구 중에 신령이 내려 무당이 된 권심방이 선뜻 일을 맡아주려고 해서 결정한 것이다. 사실 아버지가 죽은 경위, 죽은 장소는 아무도 정확히 모르고 있다. 고원장의 어머니조차 남편이 어느 날 기관원에 불려간 뒤 제주도 어느 해변에 수장되었다는 소식을 소문으로 들어 알고 있을 정도이다. 이러한 무지는 해방 직후 제주도에서 일어났던 일련의 처참하고 어두웠던 기억을 들추려 하지 않은 채 살아왔기 때문이다. 그러나 고원장이 굿을 하기로 결정한 이후 그의 아들 진균이 그동안 궁금증 속에 묻혀 있던 조부의 행적을 밝히려 나선다. 노력 끝에 진균은 마침내 한 사람의 결정적인 증인을 만나게 된다. 그는 관광 산행안내로 업을 삼고 있는 조성탁이라는 칠순 노인이다. 이 노인은 일제시에 잠깐 좌익에 몸담은 적이 있으며, 해방 후에는 고원장의 아버지 고세명과 같이 경찰에 투신해 그의 부하로 근무한 경력이 있는 인물이다. 제주도의 어느 해변에서 무혼굿이 진행되면서 고세명의 비극적이고도 부조리한 죽음은 밝혀진다. 현길언은 제주 출신 작가로서 자기 고장의 비극을 역사의 전면에 부각시켜왔다. 첫 창작집 《용마의 꿈》을 펴낸 이래 그는 '열전列傳' 이라는 이름의 연작소설로서 해방 직후 제주도에서 전개된 처참하고 불행했던 과거사를 집요하게 천착해왔다. 그가 드러내고자 한 중심적 주제는 이데올로기의 폭압과 분단상황의 비극성이었다. 이 작품 역시 제주도의 비극을 소재로 이데올로기라는 허명 아래 얼마나 부조리하고 처참한 일이 자행될 수 있었던가를 명백히 드러내 보여준다.

현대문학 現代文學 1955년 1월에 창간된 월간문예지. 현대문학사 발행. 6 · 25동란 이후 《문학예술》에 이어 두번째로 창간된 순문예지로 시 · 소설 · 희곡 · 평론 · 수필 등 문학 전분야에 걸친 작품을 게재하며, 해외문학의 번역소개, 고전의 신석新釋 소개 등에도 힘을 기울이고 있다. '문화의 핵심은 문학' 이라는 취지 아래, '한국현대문학 건설' 을 목표로 창간된 이래 창간년 5월 신인상을 제정하고 시 · 소설 · 희곡 · 평론 등 네 분야에 걸쳐 수여했으나 1978년부터는 '현대문학상' 이라 개명해 기성작가들에게도 문호를 개방하고 있다. 또한 신인추천제를 두고 신인을 발굴하고 있으며, 출판부를 두고 문학서적을 간행하고 있다. 1971년 문인극회를 창설해 공연을 실시한 바 있고, 전국순회 문예강연이나 문예창작실기강좌, 시낭송의 밤 등을 개최해 문학인구의 저변 확대에도 노력을 기울여왔다. 1971년 7월 시전문지 《시문학》을 창간했으나 1973년 5월 도서출판 성문각으로 넘어갔다. 1982년 12월부터 가로쓰기를 단행했고, 1983년 5월 출판부를 신설해 단행본의 출간을 시작했다. 서울시문화상, 문화공보부장관 공로감사패, 한국잡지협회상 경영부문, 한국잡지협회상 편집부문 등을 수상했다. 출신문인으로는 오유권吳有權 · 이범선李範宣 · 최일남崔一男 · 박재삼朴在森 · 서기원徐基源 · 한말숙韓末淑 · 김승옥金承鈺 등이 있고, 이 잡지 1996년 8월호 통권 500호에 따르면 문학의 전부문을 망라한 535명의 문인을 배출한 것으로 되어 있다. 현대문학사에서 이 잡지가 공헌한 바는 실로 크다고 할 수 있겠다.

▲**현대문학** 창간호 표지. 1955년 1월. 고려대학교도서관 소장.

현대시학 現代詩學

1) 1966년 2월 김광림金光林이 창간한 시 전문지. 현대시학사에서 발행되었다. 시 · 시론 · 시평 · 해외시동향 · 번역시 · 서평 · 시단소식 · 자료 등으로 광범위하며, '신서정주의'를 지향한 범시단적인 시전문지이다. 주요 필자는 서정주徐廷柱 · 박목월朴木月 · 김광섭金珖燮 · 신석초申石艸 · 조지훈趙芝薰 · 박두진朴斗鎭 · 신석정辛夕汀 · 김수영金洙暎 등 중진 및 중견시인들이 대거 참여했다. 유능한 신인을 발굴하기 위해 신인작품심사제를 두어 횟수에 관계없이 3편 이상이 선정 · 발표되면 기성시인으로 대우했으며, 또한 현대시학상 제도를 만들어 매년 1회씩 당해연도에 가장 우수한 작품을 선정해 작품상을 수여하기도 했다. 또한, 현대시학연구회를 결성해 전국적으로 회원을 모집하고, 강연회 및 세미나를 각 지부별로 매월 가지기로 계획하기도 했다. 통권 10호 내외로 지령紙齡이 그리 길지는 못했다.

2) 1969년 3월에 창간된 월간 시 전문지. 신국판. 현대시학사에서 발행. 시 · 시론 · 해외시 · 고전 · 시평론 등 시에 관한 전반적인 기사를 수록해 시인과 독자와의 거리를 좁히고 시인들의 발표지로서의 역할을 하기 위해 창간되었다. 1969년부터 현대시학상을 제정해 매년 우수한 시인에게 시상하고 있다. 편집위원의 명의로 된 창간사에서 범시단적인 성격을 강조해 "우리는 이 잡지를 몇몇 시인의 전유물로 만들어서는 안 된다. 범시단적으로 넓게 기회를 나누어 주어 명실상부한 범시단지를 만들 생각이다"라고 했으며, 또한 모든 것을 작품본위로 저울질할 것을 다짐하기도 했다.

현상윤 玄相允 1893~ ? 시인 · 소설가. 호 기당幾堂 · 소성小星. 평북 정주 출생. 일본 와세다대 사학과 졸업. 1910년대에 이광수李光洙 · 최남선崔南善 등과 함께 활동했다. 주로 《학지광》과 《청춘》에 시 · 소설 · 수필 · 평문을 다수 발표했다. 그의 장시 〈실락원〉은 식민지 초기 일제의 식민지 정책을 낱낱이 고발한 것이다. 3 · 1운동 당시에는 민족대표의 한 사람으로 독립운동에 참가했다가 투옥되기도 했다. 해방 후에는 고려대 초대 총장을 역임했으며, 6 · 25 당시 납북되었다. 〈친구야 아느냐〉 등의 그의 초기 시는 4 · 4조의 음수율을 기조로 하는 개화가사형의 작품들이다. 주제의식은 다소 주정적이고 자아중심적인 것들로, 시상을 어느 정도 내면화시켰다는 특징을 지닌다. 후기로 가면서 그의 시는 〈웅커리로서〉 등에서 볼 수 있듯 정형률을 벗어나 점차 자유시형에 가까워져 간다. 즉 그의 후기 시는 1920년대에 본격화되는 자유시에 이르는 과도기적 성격을 지니는 것이다. 이밖에 그는 러시아 산문시의 영향으로 산문시를 쓰기도 했고, 때로는 시조형의 시를 시도하기도 했다. 그의 소설 역시 장르적 관점에서 의미 있게 검토될 수 있다. 특히 문제될 수 있는 것은 1914년에 발표된 단편 〈한恨의 일생〉인데, 김동인의 단편보다 앞섰다는 점에서 소설사적 의미를 띤다. 이 작품은 3인칭 관점과 주인공의 행동이 기능적으로 짜여 있어 단편으로서의 구성력을 보여주고 있는 것이다. 즉 신문학 초기에 있어서 단편소설이라는 장르개념과 관련해 일정한 의의를 이 소설에 부여할 수 있을 것이다.

현재훈 玄在勳 1933~1991 소설가. 호 운산雲山. 광주 출생. 고려대 철학과 졸업(1957). 1959년 단편 〈분노憤怒〉가 《사상계》 신인상에 당선되어 등단했다. 주요 작품으로 〈환幻〉 〈기만欺瞞〉 〈묵회설默會說〉 〈육교〉

〈밤〉〈망각의 피안彼岸〉 등이 있다. 소설집으로《애정이 흐르는 강》《자욱한 강변》《밤의 추적자》《이타행》《절벽》 등을 간행했다. 〈분노〉〈자욱한 강변〉〈사자死者의 말〉 등에서 보이듯이 그의 초기 작품들은 죽음이나 종교, 좌절감 등 형이상학적 주제에 집중된 모습을 보이고 있다. 이러한 주제가 작품 세계를 지배해 인물이나 사건의 현실성은 크게 문제시되지 않고 있다. 그가 즐겨 쓰는 추리소설적 기법 역시 주제의 무게를 강화하는 데 이바지하고 있다. 문화방송국 작가실에서 근무하면서 연속극 드라마도 집필했으며 추리소설 등을 발표하기도 했다. 1984년에는 대하소설《대석가大釋迦》를 간행했다. 1985년 제1회 추리문학대상을 수상했다.

현진건 玄鎭健 1900~1943 소설가. 호 빙허憑虛. 대구 출생. 중국 호강대 수학. 처음에는 시를 썼으나 뒤에 소설로 전향했다. 시 〈상금니 이야기〉, 번역 〈행복幸福〉 등을 발표하고, 초기 연극인인 당숙 현희운玄僖運의 소개로 습작 수준의 처녀 단편 〈희생화犧牲花〉를 1920년《개벽》에 발표해 등단했다. 이 작품은 황석우黃錫禹에게서 혹평을 받았으나, 이어 빈곤 속에서도 아내의 따뜻한 위안과 원조를 그린 단편 〈빈처貧妻〉를 발표해 소설가로서의 입지를 다졌다. 이어 단편 〈이향離鄕〉, 〈타락자墮落者〉 등을 발표했고, 박종화朴鍾和·홍사용洪思容·이상화李相和·나도향羅稻香 등과 더불어《백조》의 창간동인으로 참여해 1920년대 신문학운동에 가담했다. 백조의 낭만주의 경향과는 달리 그는 리얼리즘적 단편 〈영춘류迎春柳〉, 〈유린蹂躪〉, 〈술 권하는 사회〉, 〈피아노〉 등과 장편 〈지새는 안개〉, 그리고 그의 대표작으로서 병든 아내를 두고 비 오는 날에 인력거를 끌고 나가 돈을 굉장히 많이 벌었으나 돌아오니 이미 아내가 죽어 있었다는 내용의 전형적인 사실주의 소설 〈운수 좋은 날〉 등을 발표했다. 주요 작품으로는 〈술 권하는 사회〉〈할머니의 죽음〉〈적도〉〈빈처〉〈운수 좋은 날〉〈무영탑〉〈흑치상지〉 등이 꼽히고 있다. 그의 작품 경향은 민족주의적 색채가 짙은 사실주의 계열로 지식인을 주인공으로 하는 자전적 신변소설, 하층민과 민족적 현실에 눈을 돌린 소설, 1930년대의 장편소설과 역사소설 등 세 부류로 나눌 수 있다. 첫째, 자전적 소설인 〈빈처〉〈술 권하는 사회〉〈타락〉 등에서는 순수한 젊은이가 구체적인 생활 안에 자리잡기 시작하면서 맞닥뜨리는 여러 가지 좌절의 경험을 기록함으로써 한 양심적 지식청년의 고민을 생생하게 보여준다. 둘째, 창작집《조선의 얼굴》을 간행한 시기는 그의 의식이 자전적 세계를 벗어나 식민지의 민족적 현실 및 고통받는 식민지 민중의 문제로 옮겨간다. 셋째, 장편 〈적도赤道〉에서는 삼각관계의 연애소설 구조 속에서, 그리고 〈무영탑〉〈선화공주善花公主〉 등에서는 과거의 역사를 통해 민족해방에 대한 강렬한 동경을 보여주고 있다. 그러나 1930년대의 암울한 시대적 압박으로 외면적인 통속성이 강화되고, 민족정신은 내재화·추상화되는 경향을 보인다. 그의 문학적 특징은 사실주의의 확립이라는 말로 대변된다. 장편 〈지새는 안개〉에서는 노골적인 성욕 묘사를 볼 수 있지만, 거의 모든 작품에서 일관한 치밀하고 섬세한 사실주의적 묘사를 볼 수 있다. 또한 그의 소설이 갖는 조화의 극치를 얻은 구성에서 볼 수 있듯, 반전의 기법을 사용한 단편소설 기교의 확립을 그의 문학적 특징이자 문학에의 기여라고 할 수 있다. 그는 김동인金東仁, 염상섭廉想涉과 더불어 근대 문학 초기에 단편소설 양식을 개척, 사실주의 문학의 기틀을 마련한 작가로서, 특히 식민지 시대의 현실대응 문제를 단편 기교와 더불어 탁월하게 양식화한 작가로서 문학사적 위치를 크게 차지한다.

〈빈처 貧妻〉 현진건의 단편소설. 1921년 《개벽》에 발표된 1인칭 자전적 작품이다. 가난한 소설가 '나'의 아내의 아름다운 생활 모습을 묘사한 이 소설은 작가 현진건의 창작능력을 문단에 널리 인식하게 했다. 결혼하자마자 지식에 목말라 중국으로 일본으로 방랑하다가 6년 만에 돌아왔을 때, 곱던 아내의 이마에는 두어 금 가는 줄이 그어져 있었다. '나'는 돌아와서도 언문 섞어 무엇이나 끄적거리는 무능한 소설가가 되었고, 살림은 처가덕에 얻어 사는 집에서 하며, 아내의 옷가지를 전당잡히는 것으로 근근히 살아왔으나, 이제는 더 잡힐 것도 없는 막다른 지경에 이르렀다. 아내는 차차 물질적 결핍을 불만스러워 하는 눈치이고, '나'는 그런 눈치를 지레짐작하고는 역정을 내었다. '나'는 문득 아내가 가엾은 생각이 들어 '나'도 어서 출세해 호강을 시켜주고 싶다고 했고, 아내는 그렇게 될 것이라고 힘있게 말해 주었다. 그 강한 물질적 욕구를 참아가며 눈살을 찌푸리지 않는 아내의 위안과 원조에 눈시울이 뜨거워졌다. 이 작품에는 큰 사건다운 사건이 없다. 평범한 일상생활 속에서 벌어지는 생소한 사건을 통해 가난한 아내의 헌신적 내조의 정신과 그가 생각하는 내적욕구를 한 껍질씩 벗기며 분석하고 있다. 소박한 바람이나마 당장에는 성취할 수 없는 '나'는 결국 고급 룸펜으로 머물러 있을 수밖에 없는 작가 지망의 지식인인 것이요, 따라서 이 작품은 지식인의 현실소외 문제를 다룬 소설이라 하겠다. 즉 작가의 자전적인 고백문학이라 할 수 있는 것이다. 이 작품은 또한 현진건 문학의 특성인 사실주의적 경향, 서사적 자아인 '나'라고 하는 1인칭의 자기고백적 형식의 문학 유형에 속한다. 이 소설은 묘사가 치밀하고 섬세한 사실주의적 경향의 작품이다.

〈운수 좋은 날〉 현진건의 단편소설. 1924년《개벽》에 실린 이 소설은 우리 나라 단편소설 역사의 전개과정 속에서 확고한 위치를 차지하는 고전작품 중 하나이다. 비가 내리는 날이었다. 근 열흘 동안 돈 구경을 못한 인력거꾼 김첨지는 이른 아침부터 30전, 50전짜리 일거리가 거듭 생겨 흥이 났다. 앓는 아내에게 설렁탕을, 세 살배기에게는 죽을 사줄 수도 있다. 그런데 행운은 거기에서 그치는 것이 아니었다. 동광학교에서 남대문 정거장까지 1원 50전을 내래도 좋다고 학생 하나가 성큼 올라탔다. 이왕 운수 좋은 김에 기차에서 내리는 손님을 한 번 더 태우고 가리라 했다. 인사동까지 60전에 실어다 주고, 불길한 예감을 안고 집으로 가는 길에 선술집에서 친구 치삼이를 만나 취하도록 술을 마셨다. 취중에도 아내가 그토록 먹고 싶다던 설렁탕을 사들고 집에 들어갔으나 아내는 이미 죽어 있었다. "설렁탕을 사다 놓았는데 왜 먹지를 못하니, 왜 먹지를 못하니… 괴상하게도 오늘은 운수가 좋더니만…" 김첨지는 아내의 얼굴에 제 얼굴을 비비대며 닭똥 같은 눈물을 떨어뜨리고 울었다. 한국 초기 사실주의 작품 가운데 걸작으로 평가되는 이 소설은 근대 단편소설의 정석에 따른 구성법을 써서 극적효과를 살리고 있는 것이다. 일제시대에 한 인력거꾼이 겪는 비극을 통한 하층민의 비참한 생활상을 주제로 하고 있는 이 작품에서 주인공 김첨지는 삶에 대한 애착이 강한 야성적이면서 인정미가 넘치는 인물이다. 그의 병든 아내와 김첨지의 친구 치삼이는 일제치하의 전형적인 하층민들로서, 이 모든 등장인물들은 한결같이 당대의 처절한 현실을 대변하고 있다. 또한 이 작품은 한국문학에서 20년대 중기부터 뚜렷해지는 새로운 경향과 연결되는 것이기도 하다. 즉 20년대 초의 작가들이 즐겨 다루었던 것은 지식인을 중심으로 한 소시민의 세계였다. 그러나 20년대 후기부터 서서히 민중의 움직임을 주목하게 되는데, 이 소설은 그 선구가 되는 작품 중 하나인 것이다.

〈B사감과 러브레터 ―舍監―〉 현진건의 단편소설. 1925년 《조선문단》에 발표되었다. 객관적인 3인칭 서술 계열의 소설로서, 반어적 대립과 전환을 통해 한 인간이 지니고 있는 인격의 이중성 내지는 위선의 문제를 희극적으로 해석한 심리주의 소설이라고 할 수 있다. 이 작품은 추리소설과 같은 진행법으로 전개되어 독자를 유인해간다. B사감은 '사내란 믿지 못할 것, 우리 여성을 잡아먹으려는 마귀인 것, 연애가 자유니 신성이니 하는 것도 모두 악마가 지어낸 소리인 것'이라고 확신하는 남성기피증 환자로, 연애편지와 면회 오는 남자를 극도로 싫어하며, 이미 제목에서 암시하듯 사건의 주인공으로 예정되어 있다. 그러다가 전혀 이질적인 어떤 해괴한 사건이 일어난다. 밤 한 시 경에 '난데없는 깔깔대는 웃음과 속살속살하는 말이 새어 흐르는 일'이 벌어진 것이다. 이때 작품은 희화되어 있으면서도 긴장감이 고조되기 시작한다. 그러던 어느 날

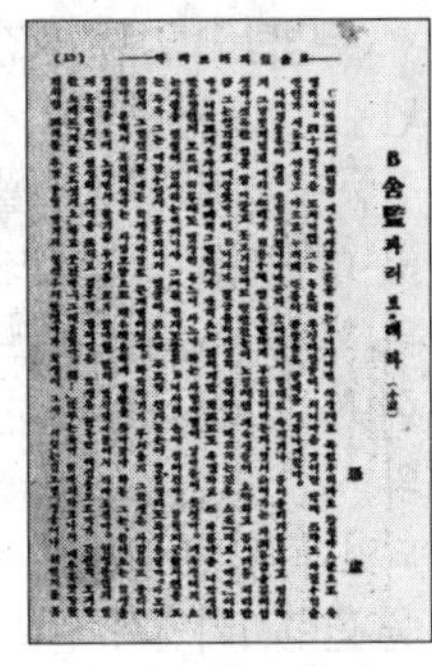
▲B사감과 러브레터 현진건 지음. 《조선문단》 1925년 2월호에 실린 소설 첫부분.

한 방에서 자던 세 처녀가 동시에 잠을 깨어 소리나는 곳으로 기어갔는데, 거기에서 놀랍게도 B사감이 러브레터를 읽으며 혼자서 사내의 목청을 내어 편지를 끌어안기도 하고, 또 계집의 음성으로 응수하며 연극을 열연하고 있는 모습을 엿보게 된다. 세 처녀는 처음에는 의아와 호기심으로 가득 차 훔쳐보기 시작했으나, 이 기괴한 사감의 행동에 대해 결코 조소하지는 않는다. B사감의 행동을 불쌍히 여기고 동정과 연민으로 바라본다. 즉 그들은 인간의 이중적인 불행한 심리, 억눌림당한 인간 본연의 심리를 이해했기 때문에 그녀를 오히려 동정했던 것이다. 이 작품은 한 인간의 극대화되고 과장된 이율배반적인 심리를 인간주의 입장에서 따스한 눈길로 다루고 있다고 볼 수 있다. 이는 바로 이 작품이 희극적인 성격을 지녔다기보다는 생의 본질적인 비극성을 해학적으로 극명히 드러내 준다는 증거이기도 하다. 그렇게 작가는 소외된 인간을 보편적 근거에서 한층 분리시킨 듯하지만 실상은 오히려 동일한 인간영역으로 끌어당기고 있다고 볼 수 있다. 현진건의 작품에서 흔히 볼 수 있는 상황과 상황의 괴리와 대립으로 규정지어지는 '아이러니'의 이원적 대조는 그의 소설의 구조적 미학으로 평가되기도 한다.

〈무영탑 無影塔〉 현진건의 장편소설. 1938년부터 1939년까지 《동아일보》에 연재된 작품이다. 1939년 9월 박문서관에서 초판이 간행되었다. 1930년대 당시 일본 군국주의 체제가 극렬해지면서 문학이 현실에 대한 직접적인 표현을 하기 어렵게 되자, 과거의 사실을 소재로 한 역사소설이 유행하게 되었다. 이에 편승해 현진건도 역사와 전설을 변형시키면서 현실적 의미를 담기 위해 이 작품을 쓰게 된 것이다. 백제의 석공石工 아사달은 신라의 불국사에서 2년 만에 다보탑을 완성하고 지금은 석가탑을 만들고 있다. 어느 날 불국사를 방문한 왕의 일행 중 이손伊飡의 딸 구슬아기는 다보탑의 아름다움에 넋을 놓고, 급기야 아사달을 사모하기에 이른다. 아사달에게는 백제의 고향에 결혼한 지 일 년밖에 되지 않은 아내 아사녀가 있다. 아사녀는 추근거리는 팽개를 피해 서라벌로 오나 남편을 만날 수가 없자 영지 못가에서 석가탑의 그림자를 기다리다가 빠져 죽는다. 구슬아기는 아사달에게 함께 달아나기를 애원하다 국법을 어긴 죄로 죽임을 당한다. 아사달은 영지 못가에 있는 바위에 아내와 구슬아기의 영상을 합해 아름다운 여인상을 조각한 뒤 그도 영지에 빠져 죽는다. 이 작품은 현진건의 기행문인 〈고도순례경주古都巡禮慶州〉에서 이미 깊은 관심을 보인 바 있는, 경주 불국사 석가탑의 조영을 둘러싼 백제 석공 아사달과 그의 아내 아사녀의 구비전승에서 소재를 택한 것이다. 다른 역사소설들과 달리 귀족적 인물이나 영웅이 아닌 일반서민 아사달을 주인공으로 취급하면서 아사달과 아사녀의 비극이 사회적 모순에서 비롯되고 있음을 보여준다. 또한 국선도파國仙道派의 귀족 유종과 경신을 긍정적으로 형상화함으로써 주체적인 민족의식을 토로하고 있다. 아울러 작가는 이 작품에서 현실과 유리된 단순한 장인에 지나지 않던 아사달이 두 여인의 비극을 통해 어떻게 진정한 예술가로 전환되는가를 그려보임으로써, 복잡한 현실 속에서 예술가의 사회적 운명과 예술의 궁극적 의의도 제시하고 있다. 낭만적 향기가 높은 역사소설이다.

현철 玄哲 1891~1965 평론가. 본명 희운僖雲, 필명은 현철 또는 효종曉鍾. 일본 메이지대 법과에 진학, 이후 진로를 바꾸어 시마무라 호게츠(島村抱月)의 예술좌 부속의 배우학교에 입학하면서 연극운동에 헌신했다. 1920년 《개벽》의 창간과 함께 문예부장으로 취임하면서 〈소설개요〉 〈희곡의 개요〉 〈현당극담〉 〈문화사업의 급선무로 민중극을 제창하노라〉 〈예술협회 극단의 제1회 시연을 보고〉 등의 연극비평을 발표했다. 이 중 본격적인 자신의 연극론인 〈현당극담〉을 통해 기성의 신파극계 전체를 비난해 이기세李基世와의 소위 신파극 · 신극 논쟁의 실마리를 제공하기도 했다. 이밖에도 희곡 소개에도 관심을 가져 1920년에는 투르게네프의 소설을 각색한 대본 〈격야隔夜〉를 《개벽》에 연재했고, 셰익스피어의 〈햄릿〉을 번역하고 체홉의 〈곰〉을 모방한 〈견犬〉을 발표하기도 했다. 그는 일본에서 배운 자연주의적 연극관에 근거해 희곡과 무대 · 의상 · 조명 · 배우 등 제반요소를 종합한 것만을 연극으로 간주했다. 그리고 우리의 전통극이나 과거의 신파극은 전혀 연극이 아니라는 편협한 연극관에 사로잡혀, 완전히 무에서 유를 창조하려는 이상론에만 매달리고 말았다. 따라서 기성 극계의 반발을 초래하고, 한국적 토양에 맞는 새로운 연극운동론을 개발하지 못한 채 무리하게 연극교육에만 몰두하다가 실패하고 만 것이다. 그러나 그가 내세운 연극관은 당시 신파극을 극복하고 서양의 근대극을 성립시키려는 의지를 확고하게 보여주는 것으로 연극사적 의의를 지닌다. 그는 근대극 수립의 방법으로 소극장운동을 제창하고, 전문연극인의 양성을 주장했으며, 서양연극의 소개와 함께 번역극 우선론을 강조했다. 이와 함께 계몽주의적 연극론에 입각한 민중극의 수립을 주장하고, 희곡 및 연극 일반론을 적극 소개했으며, 실제 공연평까지 담당해 본격적인 연극이론을 정립시키는 데에 많은 기여를 했다.

혈맥 血脈 → 김영수金永壽

혈육 血肉 → 박승희朴勝喜

혈의 누 血一淚 → 이인직李人稙

형상화 形象化 예술상의 형상화란 작가가 일정한 의도에 따라 구체적인 형체를 창조해 출현시키는 것을 의미한다. 이는 곧 현상現象에서 취한 소재가 형상적形象的 사유에 의해 새로운 창조적 세계에 다다르는 것을 말한다. 그러나 창조적 의도가 있다고 해서 반드시 이상적 형상화가 이루어지는 것은 아니며, 또한 그 의도대로 이루어졌는지 어떤지 객관적 기준을 정하기는 어렵다. 그리고 무의식 중에 쓴 문장에 예술성이 인정되는 경우도 있으므로 형상적 사유라는 것이 반드시 창조자의 의식에서 전제로 되어 있는 것은 아니며, 의도하지 않는 가운데서도 형상적 사유가 내재하고 있기 때문에 절로 형상화의 실현이 가능하다는 견해도 있다.

형식주의 形式主義 예술에 있어서 주제·내용보다 표현의 형식 자체를 중시하는 예술주의의 입장. 일본에서 쇼와 초기 예술을 이데올로기의 무기로서 정치에 이용하려는 프로 문학에 반발, 신감각파와 신흥예술파가 주장한 것. 1928년에서 1931년 사이에 '형식이 내용을 결정하는가, 내용이 형식을 결정하는가'의 논제로 이른바 형식주의 논쟁이 있었다. 사회주의 리얼리즘은 예술 및 문학창작의 다양한 실험을 형식주의로 규정, 배격했다.

호박꽃 초롱 → 강소천姜小泉

호신술 護身術 → 송영宋影

홍기삼 洪起三 1940~ 평론가. 호 육주六州. 충북 청주 출생. 서라벌예대 문예창작과 및 동국대 국문과, 동 대학원 졸업. 1963년《현대문학》에 평론〈쿠라의 미소〉〈반비평론서反批評論序〉 등으로 추천을 받고 등단했다. 이후〈전통에의 반역〉〈문학과 해프닝〉〈리얼리티와 상상력〉〈풍자문학론〉〈전환기의 문학〉 등을 계속 발표했다.《예술계》편집장, 국제펜클럽 한국본부 이사 등을 역임했으며, 현재 동국대 국문과 교수로 재직 중이다. 그의 문체는 유려하며, 전체적으로 음악성을 풍기고 작품 등의 분석의 기술상 감각성이 짙다. 주요 평론으로〈자유와 갈증〉〈이상화론李相和論〉〈유치환론柳致環論〉〈역사의식과 문학〉 등이 있다. 그는 모든 문학은 인간상호간의 신뢰의 끈이라는 전제 아래 창조적인 문학사관을 명확히 확립하고 끊임없는 자기상실의 사회에 매몰되지 않는 참된 개성미의 실현을 문학의 올바른 본질로 파악한다. 따라서 개성을 존중하고 전통미를 중시하며 인간성의 확대에 미적가치의 보편성을 둔다. 또한〈북한의 소설〉〈북한의 문예이론의 비판적 검토〉 등의 평론은 남북 문학사의 종합기술을 위해 시도된 것으로서 남북의 문화적 이질감, 비평적 척도의 차이, 현실의 왜곡상 등을 지적했다. 이러한 비평활동은 문학이 민족과 역사에 대한 광범위한 인식 속에서 파악되고 규정되어야 한다는 그의 비평관에 바탕을 둔 것이다. 평론집으로 《상황문학론》《문학사의 기술과 이해》《북한의 문예이론》 등을 발간했다. 1969년 현대문학신인상, 1972년 충북문화상 등을 수상했다.

홍명희 洪命熹 1888~1968 소설가. 호 벽초碧初. 충북 괴산 출생. 일본 도쿄다이세이중학 졸업. 경술국치 직후 귀국해 오산학교·휘문학교 등에서 교편을 잡았고, 1920년대 초반에는 한때《동아일보》편집국장을 지냈다. 시대일보사 사장으로 재직 중이었던 1927년에 민족단일 조직인 신간회의 창립에 관여해 그 부회장으로 선임되면서 사회운동에 적극 투신했고, 1930년 신간회 주최 제1차 민중대회 사건의 주모자로 잡혀 옥고를 치르기도 했다. 1945년 광복 직후에는 좌익운동에 가담하고, 조선문학가동맹 중앙집행위원장이 되기도 했고, 곧바로 월북해 북한의 부수상과 조국평화통일위원회 위원장 등을 역임했다. 그는 일제강점기 최대의 장편소설의 하나로 손꼽히는 〈임꺽정林巨正〉을 발표함으로써 문학사의 주목을 받고 있다. 이 작품은 1928년《조선일보》에 첫 연재를 시작한 뒤 세 차례에 걸쳐 중단되었다가, 광복 직후 미완의 상태로 전 10권이 간행되었다. 조선 중기에 지방의 도둑으로 실록에 그 행적이 단편적으로 기술되기도 한 임꺽정의 이야기를 방대하게 그려낸 이 작품은 작가 자신이 밝힌 바 있듯이, 반봉건적인 천민계층의 인물을 내세워 조선시대 서민들의 생활양식을 총체적으로 형상화하고 있는 것이 특징이다. 이 작품 속에서 귀족계층의 계급적 우월성이 배격되고 오히려 하층민의 활약을 당위론적인 측면에서 그려보이고 있는 것은 작가가 지니고 있는 계급적 의식과 세계관을 암시하는 것으로 볼 수 있다. 더구나, 이 작품이 식민지 현실의 모순 그 자체보다도 봉건적인 체제모순에 더욱 비판적인 점은 특기할 만하다. 이 소설에서 다양한 삽화를 처리하는 서사적 기법과 풍부한 토속어의 구사력은 조선시대 사회상과 풍속을 재현하는 데에도 크게 기여하는 것으로 평가되고 있다. 이밖에 논문으로 〈조선문학의 전통과 고전〉〈학창산화學窓散話〉 등이 있고 〈대 톨스토이의 인물과 작품〉〈문학청년들의 갈 길〉 등의 글이 있다. 1930년대 당시의 역사소설이 대부분 현실에 대한 직접적인 표현이나 비판이 일제에 의해 탄압받는 상황을 비켜가려는 의도로 과거의 역사를 소설로 형상화했던 반면, 홍명희는 역사적 진실성을 좇아가는 사실주의적 입장에서 역사에 접근했다. 그는 〈임꺽정〉으로 사실주의적 역사소설의 장을 열어간 작가로 한국문학사에 크게 자리매김하고 있다. 1998년 고향 충북 괴산군 제월리에 문학비가 건립되었다.

〈임꺽정 林巨正〉 홍명희의 역사소설. 1928년 12월 21일부터 1939년 3월 11일까지 《조선일보》에 연재되었다. 비록 중도에 연재가 중단된 일이 있기는 하지만, 해방 이전에 발표된 역사소설 중 가장 규모가 큰 대하장편소설이다. 화적패가 나타나게 되는 당시의 정치적 혼란상을 폭넓게 묘파하고, 또 양반사회에서 천민사회에 이르는 광범위한 인물설정, 조선시대 풍속의 치밀한 재구성 등으로 역사소설의 새로운 지평을 열었다. 백정계급의 인물을 선택해 긍정적으로 그려 민중의식을 구현했다. 토속적인 정서를

碧初 洪命憙先生著

義兄弟篇(下)

林巨正

動하는朝鮮語의大樹海

全文壇의우뢰가튼讚辭

全讀書府을風靡하는大豪勢!

林巨正 第一卷

朝鮮日報出版部

振替口座五八七八

▲당시로서는 유례가 드물 정도로 대대적이었던 《조선일보》의 〈임꺽정〉 출판 광고(1931. 12. 1).

표출하는 토속어의 구사가 뛰어났고, 문체에 있어서도 민중의 말투, 관청의 문제, 세련된 묘사 등 다양하게 구사했다. 그 형식은 야담의 전통에 닿아 있고, 동양의 보편적 이야기문학과도 접맥되어 전통의 현재화에 성공했다. 이러한 특성들에 덧붙여 지적할 수 있는 것은, 봉건적 요소와 반봉건적 요소의 양가적 특성과 새로운 민중정서의 구현이다. 우리의 전통적 정서는 보통 한의 정서와 골계의 정서로 대표되는데, 여기서는 활달하고 건강하고 낙천적인 민중정서가 나타난다. 특히 천민들의 강한 생명력은 스스로 세계의 중심이 되게 했다. 이 작품은 당시 대부분의 역사소설과는 그 유형을 달리하는 소설이다. 그때까지의 역사소설의 유형은 크게 두 가지가 있었다. 하나는 정사적 사실에 의거하는 과거재현형 역사소설이요, 다른 하나는 역사적 특정 사실만을 바탕 삼아 이를 허구화하는 유형이었다. 하지만 그 역사소설들은 한결같이 특수귀족이나 장군 등을 주인공으로 했다. 그러나 소외된 하층민의 저항과 사회적 모순을 타파하려는 인간의 의지를 주제로 하고 있는 이 작품은 봉건지배층 내부의 시각에서 역사를 파악하려는 왕조사 중심의 역사소설과는 크게 다르다. 여기에는 지나간 시대를 현재의 전사前史로서 진실되게 묘사하려는 사실주의적 역사소설로서의 의식이 담겨 있다. 이 작품의 리얼리즘 정신은 1970년대 들어서 〈장길산〉 〈객주〉 등의 장편 역사소설로 계승되었다.

홍문표 洪文杓 1939~ 평론가. 호 동천東川. 충남 부여 출생. 성균관대 국문과 · 서울대 교육대학원을 거쳐 고려대 대학원 국문과 졸업. 《백마문학회》 동인으로 활동했으며, 1960년대 말부터 〈전후문학의 새물결〉 〈민족문학의 근대적 전통론〉 〈한국 현대문예논쟁의 비평사적 연구〉 등의 연구논문을 발표하면서 문학활동을 시작했다. 이어 〈현대문학 그 반역의 계보〉 〈전환기의 비평과 논쟁〉 〈비인간화와 현대 휴머니즘 문학〉 등을 통해 문학의 독자적인 예술성과 역사성을 함께 검토하는 종합적인 방법론을 지향했다. 저서로 《현대문장론》 《현대문학개론》 《현대시학개론》 《현대시학이론》 《한국현대문학 논쟁의 비평사적 연구》 등을 간행했다. 특히 《한국현대문학 논쟁의 비평사적 연구》는 한국 비평문학 논쟁의 검토를 통해 한국문학의 올바른 이해와 한국비평의 바람직한 질서를 모색하고자 한 저서이다. 평론활동과 함께 시창작에도 관심을 기울여 1977년 《시문학》에 시 〈간이역 주변〉 〈수인囚人과 바다〉 등으로 추천을 받았으며, 1986년에는 시집 《수인과 바다》를 발간하기도 했다. 김환태평론상을 수상했다.

홍사용 洪思容 1900~1947 시인. 호 노작露雀. 경기도 용인 출생. 휘문의숙 졸업. 1922년 나도향羅稻香 · 현진건玄鎭健 · 박종화朴鍾和 등과 문예동인지 《백조》를 창간하고 〈백조는 흐르는데 별 하나 나 하나〉 〈꿈이면은〉 〈봄은 가더이다〉 〈나는 왕이로소이다〉 등 향토적이고 감상적인 서정시를 발표했다. 또한 민요시 〈각시풀〉 〈붉은 시름〉 등 수편, 소설 〈저승길〉 〈뺑덕이네〉 〈봉화가 켜질 때〉, 희곡 〈할미꽃〉 〈출가出家〉 〈제석除夕〉 외에도 수필 및 평문이 있다. 극단활동으로는 1923년 토월회에 가담해 문예부장직을 맡은 것을 비롯해 1927년 박진朴珍 · 이소연李素然과 함께 산유화회를 조직했고, 1930년 홍해성洪海星 · 최승일崔承一과 함께 신흥극장을 조직하기도 했다. 그는 자신이 손수 희곡작품을 써서 직접 출연하는 등 연극활동에 정열을 쏟기도 했다. 1929년경부터 친구 박진의 집에서 기거하는 등 한동안 방랑생활을 하다가 돌아와 자하문 밖 세검정 근처에서 한약방을 경영했다. 그 뒤 8 · 15광복을 맞아 근국청년단槿國青年團운동에 가담했으나, 그 뜻을 펴지 못하고 지병인 폐환으로 1947년 죽었다. 생존에는 작품집이 나오지 않았고 1976년 유족들이 시와 산문을 모아 《나는 왕이로소이다》를 간행했다. 그의 시세계는 감정의 과잉으로 표출되는 비애의 눈물과 허망감을 형상화한 초기의 사설적인 장시와 민요의 율조를 바탕으로 민족관념을 노래한 민요시로 구분된다. 시문학사적 위치로 볼 때 1920년대 초 낭만주의 운동의 선두에 섰던 그의 공적은 매우 크다고 할 수 있다.

〈나는 왕이로소이다 一王一〉 홍사용의 시. 1923년 《백조》 3호에 발표한 작자의 대표작 중 하나이다. 전체가 9연으로 되어 있으며 산문시의 성격을 띠고 있다. "나는 왕이로소이다./나는 왕이로소이다./어머니의 가장 어여쁜 아들/나는 왕이로소이다./가장 가난한 농군의 아들로서…"로 시작되는 이 시는 근대시의 활달한 시형식의 기틀을 마련해 준 작품으로 꼽힌다. 시에서 드러나는 '눈물의 왕'인 화자가 비탄하지 않을 수 없었던 것은 그의 내면으로 향한 죽음이나 허무의식 때문만이 아니었다. 그 시대 우리 민족이 처해 있던 암담한 현실과 실국失國의 한이 깔려 있다. 이런 민족적 정한과 허무의식을 기조로 한 비애와 서정은 이 시의 특색일 뿐만 아니라 백조파 동인들의 낭만적이고 감상적인 경향을 대표하기도 한다.

홍사중 洪思重 1931~ 평론가. 서울 출생. 서울대 사학과 졸업. 도미해 위스콘신대 대학원에서 미국사와 세계문학을 전공했다. 1950년 부산에서 《구도》 동인으로 문학활동을 시작, 1956년 《현대문학》에 〈현대의 지성과 신神에의 접근〉 〈근대적인 것의 한국적 구조〉 등으로 추천을 받고 등단했다. 주요 평론으로 〈리리시즘의 영토〉 〈문학정신에 관한 에스키스〉 〈지식인의 평론〉 〈한국문학의 새 과제〉 등이 있고, 저서로는 《세계문화사》 《한국지성의 고향》 등이 있다. 그는 우리 나라 작품의 고질이라고 할 비지성적 경향을 공격하고, 현대의 사상적 흐름과 유리된 상태에 있는 전근대적 소박성에서의 탈피를 주장하는 비평경향을 나타내고 있다. 시대에 따라 자신의 주체성을 확보하지 못하고 재빨리 사회환경에 적응하는 변절정신의 비밀을 캐는 한편, 전혀 저항도 못하고 변절도 못하는 가운데 은둔만을 생각하는 작가의 비극성을 예리하게 파헤치기도 한다. 특히 그는 역사학의 지식과 사관을 배경으로 문학에 거시적으로 접근, 비평활동을 전개했다.

홍석영 洪石影 1930~ 소설가. 본명은 대표大杓. 전북 익산 출생. 원광대 국문과 졸업(1957). 1960년 《자유문학》에 단편 〈황혼〉〈막다른 유예猶豫〉 등이 추천되어 등단했다. 이후 〈도시의 무덤〉〈바람에 실종하라〉〈제3권내〉 등 중·단편소설을 발표, 본격적인 창작을 시작했다. 1957년 이후 이리 남성여고 교사, 전북매일신문사 논설위원을 거쳐 원광대학교 교수로 재직했다. 원광대 문리대학장, 동 대학 인문대학장, 한국예총 이리지부장, 한국언어문학회 회장, 한국소설가협회 운영위원, 표현문학회 회장 등을 역임했다. 1996년 정년퇴임 후, 현재 원광대 명예교수로 있다. 주요 작품으로 중·단편 〈눈썹〉〈소년수〉〈바람과 사슬〉 등이 있고 장편으로 3부작 〈정여립〉이 있다. 작품집으로 《이적異蹟의 밤》《피서지》《우리들의 대부님》이 있으며, 장편 〈불꽃제단〉〈숲에서 나무되어〉 등도 출간했다. 이밖에 수필집 《후조는 날으며 자국을 남긴다》, 번역집 《한서·후한서》, 문학이론서 《현대소설의 연구》《문학개설》《삶과 허구의 진실》 등의 저서가 있다. 그의 작품은 한국전쟁을 몸으로 겪은 연대의 작가로서 철저한 리얼리즘을 통해서 분단국가가 처한 현실의 비극을 그리되, 냉전논리의 비정한 사슬에 매인 지성인의 회의와 갈등에 관심을 두었다. 그 결과 표현에 있어 극한상황과 인간행동의 가변성, 인간의 자기성찰과 고뇌, 설정된 상황에서의 탈출의지라는 양상으로 작품에 반영되었다. 1971년 전북문화상, 1972년 이리시문화장, 1979년 자유중국문학장, 1989년 한국소설문학상, 1994년 모악문학상, 1996년 국민훈장모란장 등을 수상했다.

홍성원 洪盛原 1937~ 소설가. 호 소하素夏. 경기도 수원 출생. 고려대 영문과 중퇴(1958). 1964년 《한국일보》 신춘문예에 단편 〈빙점지대氷點地帶〉가, 《세대》에 〈기관차와 송아지〉가 당선되어 등단했다. 주요 작품으로 〈디 데이의 병촌兵村〉〈타인의 광장〉〈프로방스의 이발사〉〈주말여행〉〈이인삼각二人三脚〉〈육이오〉〈따라지 산조散調〉 등이 있다. 작품집으로 《주말여행》《무서운 아이》《흔들리는 땅》 등과 장편 〈기차길〉〈병신들의 축제〉〈광대의 꿈〉〈꿈꾸는 대합실〉〈그러나〉 등이 있다. 초기의 작품은 군대라는 조직사회에서의 휴머니즘적 저항의식을 그린 것인데, 비인간적인 상황에서 인간이 얼마만큼 견딜 수 있는가, 그들의 도전과 반응의 양식을 주로 다루었다. 그러나 갈수록 그의 문학적 관심은 점차 도시사회에까지 확대되어, 그들의 어지러운 심리세계를 추구했다. 그의 작품은 주로 인간의식을 가로막는 조직사회의 현실적인 불합리의 문제를 무거운 주제의식과 심리적 리얼리즘 기법으로 전개시키며, 특히 전쟁을 배경으로 한 작품들은 주목할 만한 평가를 받았다. 1977년 대한민국문학상, 1984년 현대문학상, 1992년 이산문학상 등을 수상했다.

〈**디 데이의 병촌** ―兵村〉 홍성원의 대표적 장편소설. 1964년《동아일보》장편소설 모집 당선작으로 동지에 연재되었다. '디 데이'는 '공격개시 예정일'이란 뜻의 군대 용어. 소설을 쓰는 현중위와 군의관 구대위의 대조적인 생활태도 속에서 현중위가 구대위의 그것을 어떻게 닮아가는가 하는 것을 기록한 것이다. 현실을 현실대로 받아들이고, 휴머니즘을 버리고, 아무리 굴욕적이고 우스꽝스러운 짓일지라도 그것을 용감하게 수락하고 견디는 것, 이것은 구대위의 철학이지만, 선경이라는 여인의 굴욕을 통해 그것을 감수하고 견디는 것을 배운 현중위의 그것이기도 하다. 병대兵隊라는 이미지를 통해, 상황이 아무리 사람을 우스꽝스럽고 왜소하게 만들더라도, 사람은 이것을 용감하게 수락하고 견딤으로써 보다 큰 어떤 것이 되지 않으면 안된다는 것이 이 작품의 결론이다.

〈**남과 북** 南―北〉 홍성원의 장편소설. 1970년부터 1975년까지《세대》에 연재된 작품이다. 6 · 25동란이라는 비극적인 전쟁을 겪는 여러 인물들을 내세워 전쟁의 참혹함을 묘사하고 있다. 작품 중에는 전쟁의 참상을 묘사한 구체적인 장면으로 거적에 덮여 방치되어 있는 병사들의 시체, 목숨을 유지하기 위해 구걸하는 어린이들, 먹고 살기 위해 몸을 팔려고 외국 병사와 흥정하는 여인들이 거리를 온통 메우고 있는 대목이 나오는 것이다. 또한 사랑하는 아내를 죽인 군의 지휘관은 아내의 환영에 시달리고, 전쟁을 하는 일이 직업인 그는 전투를 평범한 일과처럼 진행시키며 밤이면 찾아오는 공허감에 잠을 이루지 못하는 나날을 보내게 된다. 그는 살아서 죽은 자를 슬퍼하기보다는 죽어서 산 자들에게 슬픔을 받는 편이 덜 괴로운 것이라고 하며, 죽은 자는 죽어서 아무것도 모르지만 산 자는 살아 있기 때문에 몸이 찢어질 것처럼 슬프고 괴롭기 마련이라고 외치기도 한다. 이 소설은 여느 전쟁 소설과는 달리 등장인물들 각 개인이 개별적으로 겪는 전쟁경험을 묘사하고 있다. 대부분의 전쟁소설은 어느 고정된 인물이나 가계가 겪는 전쟁 형태를 묘사하는 것이 통례였다. 또한 등장인물 중 사학자인 설규현은 전쟁이 강대국들에 의해 조성된 것으로서, 한국인하고는 아무 상관 없는 전쟁이라고 규정하고 있다. 등장인물 중 설경민은 설규현 박사의 아들로서 신문사 외신부 기자이며, 그는 전쟁 중 자신의 자식을 낳은 최선화를 잊지 못해 끝까지 찾아 헤맨다. 최선화는 간호보조원으로 징집되었다가 포로로 잡힌 것을 경민이 구출해 주고, 경민의 아이를 낳게 되지만 기지촌에서 양공주 생활을 하다 자살하고 만다. 박씨 가문의 세 형제 중 박한익은 우동준에게 소작을 받은 인물로서, 우동준의 딸 효진을 짝사랑하며 평생 동안 그녀를 따라다닌다. 한익의 동생 수익은 일찍 공산군에 동조해 의용군에 입대했다가 포로가 되었으나 포로 수용소에서 탈출한다. 노익은 수익과는 반대편인 국군 하사로 입대해 많은 전공을 세운다. 그외에 시골 지주인 우동준의 장남으로 대학강사인 우효중, 우동준의 딸이며 박한익의 짝사랑의 대상인 우효진, 우효중의 동생 우효석, 박노익의 상관이며 국군 연대장으로 불륜한 아내를 살해하는 오영탁 등이 등장한다. 이 작품에서 작자는 전쟁의 원인이, 이 전쟁의 참혹한 양상이 바로 '타인들의 전쟁'이라는 특이성에서 온다는 것을 강조한다. 그는 이 전쟁이 한국인과 한국인의 선택과는 관계없이 오직 한국인만을 희생으로 강요하는 잘못된 전쟁이라는 데에 분노한다. 그는 사학자 설규현의 생각을 통해 전쟁은 어떤 명목으로든 가장 큰 죄악이며, 한국전쟁은 역사상 한 번도 없었던 '생각'의 차이로 빚어지는, 그 '생각' 마저도 외국에서 잠시 빌려온 것임을 주장하고 있는 것이다.

홍신선 洪申善 1944~ 시인. 경기도 화성 출생. 동국대 국문과 및 동 대학원 졸업. 1965년 《시문학》에 〈희랍인의 피리〉 〈비유를 나무로 한 나의 노래는〉 〈이미지 연습〉 등이 추천되어 등단했다. 서울예전 · 안동대 · 수원대 등 교수로 후학을 양성하는 한편, 《시법》 《한국시》 동인으로도 활동했다. 현재 동국대 교수로 재직 중이다. 데뷔 이후 시작발표는 물론 시론에도 관심을 기울여 시평문 등을 쓰기 시작했으며, 첫 시집 《서벽당집棲碧堂集》을 상재했다. 이후 정치적 억압체제의 현실과 그 체제 속의 지식인적인 고뇌를 작품화하기 시작해 《겨울 섬》 《우리 이웃사람들》 등의 시집을 간행했다. 특히 《우리 이웃사람들》에서는 서사구조를 작품에 도입, 이야기시를 쓰면서 당대의 뿌리 뽑힌 평균인들의 삶을 사실적으로 묘사했다. 이밖에 《다시 고향에서》 《황사바람 속에서》 등의 시집과 시선집 《삶, 거듭 살아도》가 있으며, 평론집 《현실과 언어》 《상상력과 현실》 《한국시의 논리》, 연구논저 《한국근대문학이론의 연구》, 수필집 《품 안으로 날아드는 새는 잡지 않는다》 등이 있다. 작품 활동 초기에는 '절연기법'을 중심으로 언어미와 내면의식 탐구 등에 주력했으나 곧 70~80년대의 정치적 억압체제를 통과하면서 경직된 현실 속의 개인이 겪는 실존적 고뇌를 많이 담론화했다. 특히 당대 소시민들의 여러 삶의 실상과 애환을 서사구조에 담아 형상화했으나, 미학성을 중심으로 한 문학주의적 태도로 일관해 운동문학과는 일정한 거리를 유지했다. 최근에는 소비사회의 물신화된 욕망에 맞서 정신의 해방을 추구하는 선취禪趣가 담긴 작품과 죽음 내지 허무같은 존재론적 고뇌를 담론화한 작품을 선보이고 있다. 1983년 제3회 녹원문학상, 1986년 경기도문화상, 1997년 현대문학상 등을 수상했다.

홍윤숙 洪允淑 1925~ 시인. 호 여사麗史. 평북 정주 출생. 서울대 교육과 중퇴. 1947년 《문예신보》에 시 〈가을〉을 발표하면서 등단했다. 이후 〈까마귀〉 〈황혼〉 〈낙엽의 노래〉 〈역로〉 〈흐르는 창변窓邊에〉 등의 역작을 계속해서 발표, 주로 젊은 시절의 회한과 정열과 환희와 고독을 현란한 언어로 표현했으며 이러한 초기 시편들은 첫 시집 《여사시집麗史詩集》에 수록되었다. 청춘의 방황과 불안이 보였던 초기 시에 비해서, 두번째 시집 《풍차風車》에서는 한결 정돈된 시형을 통해 초기내용이 더욱 심화되었고, 이후의 작품 〈장식론〉 〈초옥의 노래〉 〈오늘 우리는〉 등을 통해서 얼마간 생활과 사물에 거리를 두고 다소 체념적인 태도를 보였다. 그러나 끝내 생활과 인생에서 떠날 수 없고 보면 생활을 통해서 시와 인생이 원숙해질 수밖에 없는 상태를 세번째 시집 《장식론》을 통해 읽을 수 있다. 생활시인 · 인생시인으로서의 그의 면모는 네번째 시집 《일상의 시계소리》에서 분명하게 드러나거니와, 특히 현저한 특징은 내면추구의 심도가 더욱 깊어졌다는 사실이다. 이후 출간된 시집으로는 《타관他關의 햇살》 《하지제夏至祭》 《사는 법》 《태양의 건너 마을》 《바람의 주소》 《사과밭 주인의 집》 《북촌의 정거장에서》 등이 있다. 한편 희곡에도 관심을 기울여 1958년 《조선일보》 신춘문예에 희곡 〈원정園丁〉이 당선되고 그해에 희곡 〈무너진 땅〉을 《현대문학》에 발표, 시극 〈여자의 공원〉이 국립극장에서 공연되기도 했다. 이어 시극집 《에덴 그후의 도시》를 간행했고, 수필집으로는 《자유 그리고 순간의 지상地上》 《하루 한순간》 《모든 시대의 모든 이의 노래》 《해질녘 한 시간》 《나의 아픔이 너의 위안이 된다면》 등이 있다. 그의 시들은 신즉물주의에 입각, 정감에 흐르지 않고 감정을 억제해가며 사물이나 관념을 통해 존재로서의 자신을 확인하고 있으며, 표현은 서술적이면서 드라마틱한 면모를 보인다. 1975년 한국시인협회상, 1985년 대한민국문화예술상 등을 수상했다.

홍은표 洪銀杓 1911~1980 아동문학가. 호 어은漁隱. 황해도 금천 출생. 1927년 《조선일보》 신춘문예에 동시 〈가을밤〉을, 《소년》에 〈어디로 가나〉를 각각 발표해 등단했다. 그는 주로 민족정서에 뿌리를 둔 동심의 세계를 그렸으며, 이후 동요 · 동시 · 동화 · 시 · 소설 · 동극 · 희곡 · 방송극 등 다채로운 창작 활동을 했다. 주요 작품으로 동시 〈봄날의 고향길〉 〈겨울밤〉 〈어디로 가나〉, 동화 〈씀바귀〉 〈첫눈 오는 밤〉, 소년소설 〈횃불이 꺼질 때〉, 동극 〈순자와 인형〉 〈눈보라〉, 장편소설 〈처녀림〉 〈별이 떨어지고〉 〈이원애사〉, 희곡 〈남풍 부는 고향〉 등이 있으며, 동극집으로 《달나라 옥토끼》 《찢어진 우산》 등이 있다.

홍진기 洪鎭沂 1936~ 시인 · 시조시인 · 소설가. 호 소정小丁, 소설 필명 수평水平. 경남 함안 출생. 동국대 국문과 졸업(1967). 이후 중등국어교사로 재직해 왔다. 1979년 《현대문학》에 시가 추천되고, 1980년 《시조문학》에 시조가 추천을 받으면서 문단에 데뷔, 시와 시조를 써오다가 1993년 《문예사조》 신인상에 소설이 당선되어 소설창작도 겸하고 있다. 경남시조문학회, 가락시조문학회를 창립했으며, 회장으로 동인지 《가락》을 5집까지 발행했다. 《문학세계》 《시세계》 기획위원을 지냈고, 《문예한국》 《해동문학》 등의 편집위원으로 후진을 양성, 한국문협 창원시지부장으로 활동하고 있다. 주요 작품으로 시 〈닭울음〉 〈고도〉 〈지게〉 〈여름〉 〈파수꾼〉, 시조 〈풍경소리〉 〈낙엽을 쓸며〉 〈팔월수첩〉 〈일상〉 〈다시 설악산에〉, 소설 〈노을에 타버린 둥지〉 〈무풍지대〉 〈학부인〉 등이 꼽힌다. 시집에 《파수꾼》 《추억의 푸른 눈빛》이 있고, 시조집으로 《기다리는 마음》 《울음 우는 도시》 《빈잔》 등이 있다. 초기에는 자연을 통해 주변과 역사를 바라보며 평범 속에 깃든 삶의 진실을 표현하는 시를 쓰다가, 중기를 넘으면서 현란한 수사나 기교보다 경험의 다양한 갈래에서 정서와 상상력과 경험의 결합에서 오는 감수성을 이미지화하는 데 주력했다. 초기 시조에서는 시적대상에 대한 탈현상과 세계를 세계 자체만의 고유정서로 객관화하는 존재론적 시론에 충실했으며, 후에는 서정성과 알레고리와 은유의 메시지를 풍기는 현실인식의 체취를 강하게 나타내면서 치열한 시정신을 삶의 현장에서 격렬하게 전개시켰다. 1983년 문화공보부장관상, 1985년 자행회총재상, 1987년 창원시문화상, 1988년 문교부장관상, 1992년 성파시조문학상, 1996년 경남예술인상 등을 수상했다.

홍효민 洪曉民 1904~1976 소설가 · 평론가. 본명은 순준淳俊. 경기도 연천 출생. 일본 세이소쿠학교 졸업. 1927년 조중곤趙重滾 · 김두용金斗鎔 등과 함께 도쿄에서 문예동인지 《제3전선》을 발간했다. 귀국한 후에 《동아일보》 《매일신보》 등의 기자를 역임했으며, 해방 후에는 홍익대 교수로 재직했다. 그는 1927년 《개척》에 평론 〈문예시평〉을 발표하면서 등단했다. 프로문학운동의 이념에 완전히 동조하지는 않았으나, 1936년 《조선문학》에 발표한 〈문학의 사회적 성격〉 등을 통해서 문학의 사회적 기능을 강조했으므로 대체로 동반자적 입장에서 평론활동을 했던 것으로 평가된다. 1935년 카프 해산 이후에는 소설에도 관심을 가져 〈인조반정仁祖反正〉 〈양귀비楊貴妃〉 〈태조대왕太祖大王〉 등의 역사소설도 썼다. 해방 직후에는 조선 프롤레타리아문학동맹에 참여했으나 이 조직이 조선문학건설본부와 통합되는 과정에서 자신의 기능분담론이 받아들여지지 않자 탈퇴했다. 이후 좌우익의 중간파적 입장을 지키면서 현실의 모든 부정적인 면을 가차없이 폭로해야 한다는 '조선적 리얼리즘'을 제창했다. 6·25 이후에는 〈애국사상과 애국문학〉 〈문학과 윤리문제〉 등을 통해 애국주의 문학론을 내세웠으며, 홍익대에서 후진양성에 주력했다.

홍희표 洪禧杓 1946~ 시인. 대전 출생. 동국대 국문과 및 동 대학원 졸업. 1967년 《현대문학》에 〈아침의 노래〉가 추천되어 등단했다. 한국문인협회 대전지회 부회장을 역임했고, 현재 목원대 교수로 재직하고 있다. 시집으로 《어군魚群의 지름길》 《청와집青蛙集》(공저) 《숙취宿醉》 《내 마음은 구겨지고》 《한 방울의 물에도》 《살풀이》 등과, 수필집으로 《교정校庭 속의 노고지리》가 있다. 그의 시는 언어의 절약과 압축에 의한 조형적 이미지와 간결하고 정연한 시형을 특색으로 하고 있으며, 시를 통해 구도적인 삶을 추구하는 경향을 보여주고 있다. 대전시문화상을 수상했다.

화두·기록·화석 話頭記錄化石 →최수철崔秀哲

화분 花粉 →이효석李孝石

화사 花蛇 →서정주徐廷柱

화산댁 華山宅 →오영수吳永壽

화상보 華想譜 →유진오兪鎭午

화수분 →전영택田榮澤

화의 혈 花一血 →이해조李海朝

환상살인 幻想殺人 →송상옥宋相玉

환희 幻戲 →나도향羅稻香

황근식 黃瑾植 1952~ 시인. 경북 영양 출생. 안동대를 거쳐 한성대 국문과 졸업. 1976년 《심상》에 신인상으로 시 〈겨울기행〉 〈표정〉이 당선되어 등단. 《신감각》 《네 사람》 등의 동인으로 활동. 주요 작품으로 〈갯메꽃〉 〈환상시첩幻想詩帖〉 등이 있으며, 시집으로 《수숫대의 꿈》이 있다. 일상과 사물을 통해 내재된 삶의 현상을 그려내는 데 주력하고 있다. 특히 삶의 실체, 혹은 삶의 질량을 시를 통해서 형상화하고 있다.

황금찬 黃錦燦 1918~ 시인. 호 후백后白. 강원도 속초 출생. 일본 다이토학원 중퇴. 1953년 《문예》에 시 〈경주를 지나며〉가, 1955년 〈접동새〉 〈여운〉 등이 《현대문학》에 추천되어 등단했다. 이후 시조적 발상으로 이룩된 향토색이 짙은 〈문〉 〈향로向路〉 〈한송이 연꽃이〉 〈탈출자〉 등을 발표했고, 1960년대에는 동인지 《시단》의 창립회원으로 활동했다. 1965년 첫번째 시집 《현장現場》을 간행, 초기의 향토적 회고와 현실의 생활감정을 노래한 10여 년간의 작품을 수록했다. 그후 《5월의 나무》 《나비와 분수》 《오후의 한강》을 발간하면서부터는 점차 현실성이 가미되어 역사적 현실을 인식하는 참여의식이 강해지고 자연과 현실의 대조, 인간의 내면세계 등을 읊었다. 그외에도 《산새》 《구름과 바위》 《한강》 《황금을 파는 가게》 《옛날과 물푸레나무》 등의 시집이 있으며 시문학상, 월탄문학상, 대한민국문학상, 서울시문화상 등을 수상했다.

황녀 皇女 → 유주현柳周鉉

황동규 黃東奎 1938~ 시인. 서울 출생. 서울대 영문과 및 동 대학원 졸업. 1958년 《현대문학》에 시 〈10월〉 〈동백나무〉 〈즐거운 편지〉 등으로 추천을 받고 등단했다. 이후 〈한밤으로〉 〈겨울의 밤노래〉 〈얼음의 비밀〉 등의 역작을 발표했으며, 이러한 초기 시들을 첫번째 시집 《어떤 개인 날》에 수록했다. 《사계》 동인으로 활약, 현재 서울대 영문과 교수로 재직 중이다. 《삼남三南에 내리는 눈》 《나는 바퀴를 보면 굴리고 싶어진다》 《몰운대행》 《풍장風葬》 《미시령 큰 바람》 《외계인》 등 다수의 시집과 평론집을 발간했다. 황동규의 시는 그리움과 기다림이 담긴 적막하고 쓸쓸한 내면풍경을 담고 있는 〈시월〉 〈즐거운 편지〉 등을 거쳐 우울한 내면세계의 묘사에서 현실의 고뇌를 껴안으려는 정열을 드러낸다. 방황하는 자, 혹은 내몰린 자의 언어를 통해 자아와 현실 사이의 갈등을 드러내고 있는 〈비가〉는 시인이 구체적인 현실세계로 진입하는 계기라고 볼 수 있다. 그는 현실과 적절한 거리를 유지한 채 고통스러운 시대를 사는 사람들의 비극적 아름다움을 시적 주제로 삼는다. 〈태평가〉를 비롯해 〈삼남에 내리는 눈〉 〈열하일기〉 등은 이러한 주제를 담고 있으면서도 감정을 통어하는 시인의 목소리가 반어적 울림으로 드러난 경우이다. 이후 황동규의 시에서 가장 두드러진 변화는 어휘와 문체에 있다. 단순하게 상용되던 자연의 이미지가 극히 억제되고 일상의 구체적인 언어들이 쉽게 눈에 띈다. 또, 고아체古雅體의 어미가 지워지고 산문체가 등장한다. 이는 언어와 작법의 변화를 통해 내적 삶에 침잠하던 시세계로부터 삶의 구체적이고 보편적인 현실로 방향을 바꾸려는 시도로 볼 수 있다. 죽음에 대한 반추를 통해 삶의 무게를 덜고 나아가 죽음조차 길들이겠다는 의지의 자유분방한 표현이 〈풍장〉 연작을 거쳐 〈견딜 수 없이 가벼운 존재들〉에 이르러 황동규의 시적 어법은 더욱 유연함을 얻는데, 이 시가 드러내는 일상적이고 자유분방한 시적 짜임새는 주체적 삶에 대한 새로운 자각을 담고 있다. 1968년 현대문학신인상, 1980년 한국문학상, 1988년 연암문학상, 1991년 김종삼문학상, 같은 해 이산문학상, 1995년 대산문학상 등을 수상했다.

〈풍장 風葬〉 황동규의 연작시. 죽음에 대한 명상이 담긴 시이다. 그 죽음의 형태는 삶의 종료라는 둔중함으로 다가오지 않는다. 시인은 죽음에 대한 시적체험을 통해 삶의 무게를 덜고 삶과 죽음이 적대적 요소가 아님을 확인하기 때문이다. 〈풍장〉 연작시는 세속의 옷을 벗고 한없이 자유롭고 가벼워지려는 시인의 의지를 담고 있다. 또한 시인이 초기 시에서 보여주었던 질서와 균형으로 통일되던 시의 어법을 탈피해 자유분방한 시어로 육체를 탈속시킨 정신의 자유로운 경지를 보여준다. 삶에 대한 달관이 싱싱한 감각에 힘입어 펼쳐지는 것은 이 때문이다. 그러한 정신적 경지는 범상한 것이 아니며 삶과 죽음에 대한 남다른 성찰이 있었기에 가능한 것이라 여겨진다.

황산덕 黃山德 1917~ 수필가·법학자. 평남 양덕 출생. 경성제대 법학과 졸업(1941). 1955년 《현대문학》에 수필 〈선線에서 면面

으로〉를 발표해 등단했다. 이후 〈나의 문학 청년 시절〉 〈문학을 한다는 것〉 〈인자仁者는 산을 좋아하는가〉 등을 발표해 깊이 있는 내용으로 주목을 받았다. 수필집으로 《자화상》 《무엇이 돌아오나》 등을 간행했다. 그는 주로 젊은 시절의 회상과 자연에 대한 인자仁者적인 교감을 주제로 한 수필들을 썼다. 1971년 국민훈장 동백장을 수상했다.

황석영 黃晳暎 1943~ 소설가. 만주 신경 출생. 동국대 철학과 졸업. 1962년 《사상계》 신인문학상에 〈입석부근立石附近〉이 입선, 1970년 《조선일보》 신춘문예에 〈탑〉이 당선되어 등단했다. 이후 〈가화假花〉 〈객지客地〉 〈한씨연대기韓氏年代記〉 등을 계속 발표해 문단의 주목을 끌었다. 주요 작품으로 단편 〈아우를 위하여〉 〈낙타눈깔〉 〈삼포가는 길〉, 장편 〈장길산張吉山〉 〈어둠의 자식들〉 등이 있다. 특히 《한국일보》에 연재되었던 대하 역사소설 〈장길산〉은 그의 작가적 역량을 마음껏 발휘한 작품으로 한국문학사상 중요한 결실의 하나로 평가된다. 창작집으로 《객지》 《북방, 멀고도 고적한 곳》 등이 있다. 초기의 작품 경향은 대체로 탐미주의적이었으나, 〈객지〉 이후 건실한 리얼리즘에 바탕을 둔 민중적인 상황에서 현실을 파악하는 입장으로 변화되었다. 특히 그가 즐겨 다루는 노동과 생산의 문제, 부와 빈곤의 문제 등은 당시 한국문학에 있어서는 거의 낯선 것으로서 새로운 가능성을 보여주었다. 그가 작품으로 보여준 민중현실은 그 속에 시대의 모순이 첨예하게 녹아 있는 것이었고, 그것들을 통해 그의 문학은 현실에 대한 비판적 거울로서 리얼리즘 문학의 뛰어난 전범이 되었다. 그러나 그의 리얼리즘은 민중현실을 그릴 때에도 어떤 도식에 빠지지 않고, 인간존재의 근본적 결핍에 시선을 드리움으로써 삶의 비극적 서정을 놓치지 않는다는 평가를 받았다. 〈장길산〉에 이어 월남전을 우리 민족의 자주적 관점에서 해부한 장편 〈무기의 그늘〉을 1988년에 내어놓음으로써 자신의 문학사적 위치를 더욱 굳건히 했다. 황석영은 1989년 일본을 거쳐 북한 방문길에 오르고 이후 독일과 미국에서 사실상의 망명생활에 들어갔다가 1993년 4월 귀국, 국가보안법 위반이라는 죄목으로 투옥되기도 했다. 1985년 유주현문학상, 1989년 만해문학상 등을 수상했다.

〈한씨연대기 韓氏年代記〉 황석영의 중편소설. 1972년 《창작과 비평》에 발표된 작품이다. 작자는 이 작품을 통해 6·25동란이라는 왜곡된 역사 속에서 정직하고 성실하게 살아가려는 한 지식인의 삶을 리얼하게 그려보임으로써 역사의 전행專行과 개인의 의지의 갈등, 역사전개의 파행 등 날카로운 비판을 가하고 있다. 평양에서 대학병원의 의사로 있는 한영덕은 전장에서 부상당한 장병들을 치료하는 데 몸을 돌보지 않고 열심이지만, 당원이 아닌 탓으로 갖은 박해 끝에 총살현장에서 기적적으로 살아나서 국군의 평양입성을 맞이하게 된다. 그러나 그는 곧 가족과 헤어져 단신 월남하는 비운을 맛보게 된다. 월남한 한영덕은 각종 직업을 전전하면서 헤어진 아들을 찾고자 하는 집념을 버리지 못해 포로수용소 부근을 배회하기도 한다. 그는 먼저 남하한 여동생 한영숙의 도움으로 약간의 안정을 얻어 재혼까지 한다. 그러나 매사에 우직하기만 한 그는 이번에는 간첩혐의로 구속되기에 이른다.

한영숙은 백방으로 그의 무죄석방을 위해 뛰어다니나 마침내 그는 다른 죄목으로 실형을 언도받는다. 실형을 끝내고 나온 그는 어느 장의사에 빌붙어 시체를 치우는 일을 하다가 아무도 돌보는 사람도 없는 가운데 죽는다. 이야기는 주로 한영덕을 중심으로 엮어지고 있지만 강력한 의지의 한영숙이 한영덕을 구출하기 위해 쏟는 끈질긴 노력은 결코 좌절하지 않는 한 인간의지의 상징이 되고 있다. 그와 납북된 경관의 미망인 사이에서 태어난 한혜자는 이 소설의 끝부분에 잠깐 등장할 뿐이지만, 역사에 대한 작자의 깊은 신뢰를 말해 주는 것으로서 매우 인상적이다.

〈**삼포가는 길** 森浦—〉 황석영의 단편소설. 1973년 《신동아》 9월호에 발표되었다. 이 시대의 황폐화와 궁핍함이 영달 같은 부랑 노동자와 정씨 같은 출감자 그리고 백화 같은 술집 작부들의 모습으로 드러나면서 일정한 시대적 전형성을 획득하고 있다. 이 소설에서 '삼포'란 어느 특정한 지명이면서 또한 어느 곳에나 있는 보편적인 지명이다. 그것은 60년대 김승옥의 〈무진기행〉에서의 '무진'이라는 지명과 마찬가지이다. '삼포'라는 곳은 톱과 망치가 든 배낭을 짊어지고 공사판을 찾아가는 부랑 노동자들의 여로와 그 여로가 이어지는 지명인 것이다. 세 등장인물은 서로의 처지를 이해하게 되는데 이야기의 끝에 이르러 정씨의 그리던 고향이 개발사업으로 인해 송두리째 사라진 사실을 통해 부랑 노무자의 정착지가 없어지는 현상을 적절히 암시하기에 이른다. 이 사실은 산업화에로의 가속에서 비롯된 70년대 한국사회의 여러 문제점이 지닌 구조와 대응된다. 주인공들 중 영달은 부랑 노무자로 일을 찾아 돌아다니는 인물이고, 고향을 찾아가는 정씨는 옥살이를 하면서 목공·용접·구두수선 등 여러 기술을 가지고는 있으나, 어디에서도 정착하지 못하고 고향 삼포를 찾아 길을 떠나다 도중에서 영달과 서로 만나며, 창녀인 백화도 도망쳐 나와 고향으로 가는 길에 만나게 된다. 도중에 음식점 주인이 백화를 찾으면 만 원을 준다는 말에도 불구하고 영달과 정씨는 백화를 도와 오히려 여비를 나누어 그녀의 차표와 빵을 사주기에 이른다. 백화는 영달의 마음씨에 감동하고 그녀의 본명을 알려주며 다시 만날 것을 이야기하며 떠난다. 영달과 정씨는 그 다음 차로 눈 오는 밤의 들길을 달려 이제는 사라진 고향을 찾아간다는 결말로 되어 있다. 객관적 시점의 일치와 암시성이 짙은 절제된 묘사와 인물에 상응하는 말씨, 눈 오는 겨울에 차차 어두워가는 배경이 모두 융합되어 단편소설의 시적 경지를 이루고 있다.

〈**장길산** 張吉山〉 황석영의 장편 역사소설. 1974년부터 1984년까지 《한국일보》에 연재되었다. 주인공 장길산은 도망친 여비女婢의 몸에서 태어나 광대들의 손에 키워지고, 백성들의 나라를 세우는 일에 우두머리가 되는 인물이다. 이갑송은 길산과 같은 재인말 출신의 광대로 힘이 장사이며, 부정한 아내를 찔러죽이고 승려가 되어 길산을 돕는다. 박대근은 송도상인의 차인행수로 길산과 형제의 의를 맺는 인물로, 나중에 송상의 거두가 되어 길산 일당을 돕는다. 마감동은 십팔반 무예를 정통으로 익힌 당대 최고의 검객이다. 그는 구월산 화적패의 모사꾼으로 있다가 길산과 손잡는데, 후에 포도종사관 최형기와 겨루다 그의 부하가 쏜 화살에 목숨을 잃는다. 우대용은 해주 선상 임유학의 충직한 도사공이었는데 길산과 함께 탈옥해 해서 앞바다를 주름잡는 해적이 되는 인물이다. 고달근은 안성 사당패의 모가비로 교활하고 냉혹한 인물로, 길산 일당을 최형기에게 밀고해 공명을 탐하다가 길산에게 죽임을 당한다. 김기는 낙백한 선비 학자인데 시절을 비관하고 자결하려다 갑송의 구원으로 되살아나 녹림당과 한패가 된다. 풍열스님은 구월산 월정사의 괴짜 주지승이며 재인말 광대들을 탑고개에 정착시키고 길산을 운부스님에게 소개시켜 준다. 이경순은 여주의 도장이며 묘옥을 사모해 부부의 인연을 맺으나 최형기 부하들에 의해 죽는다. 조선조 숙종, 신분체계가 문란해지고 봉건체제가 해체기로 접어들 무렵의 민중사를 그리고 있는 이 소설은 수난받는 민중들 사이에 내려오는 미륵신앙을 그 바닥에 깔고 있다. 미륵보살의 용화세계를 꿈꾸며 민중들이 작고 여린 힘을 모아 새 세계를 이룩하려는 여러 모습들은 소설이 연재되던 1970년대의 암울한 정치적 상황에서 현재성을 확보해내고 있다. 조선 후기의 사회변동을 탁월한 역사적 상상력으로 재구성해 냈다는 평가를 받는다.

황석우 黃錫禹 1895~1958 시인. 호 상아탑 象牙塔. 서울 출생. 일본 와세다대 정경과 중퇴. 1920년 《폐허》, 1921년 《장미촌》의 창단동인으로 활동했으며, 1928년에는 《조선시단》을 주재, 발행하기도 했다. 광복 후에는 한때 교육계에 투신해 국민대 교수를 지낸 바 있다. 대학재학 시절에 일본잡지에 글을 발표했던 것으로 전해지나 정확하지는 않으며, 우리 문단에 처음 등장한 것은 1919년 《매일신보》에 〈시화詩話〉 〈조선시단의 발족점과 자유시〉 등의 평론을 발표하면서부터였다. 그러나 본격적으로 문단 활동을 시작한 것은 1920년 김억金億 · 오상순吳相淳 등과 《폐허》 창간 동인이 되어 시 〈벽모碧毛의 묘描〉 〈애인의 인도引渡〉 〈태양의 침몰〉 〈망모亡母의 영전靈前〉 등의 시 10편 및 상징주의문학을 소개한 평론 〈일본 시단의 2대 경향〉을 발표하면서부터였다. 특히 시작품들 중 〈벽모의 묘〉는 상징파 시의 영향을 받은 것으로 알려져 있다. 그는 스스로 초창기의 한국 근대 시단의 기수로 자처, 그의 초기 시는 상징주의적 경향을 강하게 띠며, 우리 나라 상징시 운동의 선구적인 작품들로 평가된다. 그러나 우리말 사용 및 시어선택은 매우 서투른 면이 결점으로 지적되기도 했다. 초기 작품인 〈태양의 침몰〉은 그의 초기대표작으로 일컬어지는 시임에도 불구하고, 이와 같은 시어의 조야성을 여실히 드러내고 있다. 1929년에는 그의 유일한 시집인 《자연송》 및 무명의 여러 문학청년들의 작품을 모은 《청년시인백인집》을 낸 바 있다. 시집 《자연송》은 제목에서도 암시되고 있듯이, 태양 · 달 · 별 등 천체나 꽃 · 이슬과 같은 자연물들을 주로 소재로 택하고 있다는 점에서 독특한 면을 보여주었다. 한때 그의 작품에 퇴폐적인 어휘가 많이 쓰인 것으로 인해, 그를 세기말적 분위기에 싸인 《폐허》 동인의 대표격으로 평가하기도 한다.

《자연송 自然頌》 황석우의 시집. 1929년 조선시단사에서 간행되었다. 권두에 김기곤이 쓴 서문과 함께 작가 자신의 머리말과 권두언이 붙어 있다. 〈태양계, 지구〉 〈소우주, 대우주〉 〈불의 우주〉 등 129수의 시를 1부로 하고 있으며, 일본 도쿄 체류시절의 작품과 일문으로 쓴 작품을 묶은 2부로 구성되어 총 151편의 작품이 수록되어 있다. 작가도 서문에서 밝히고 있듯이 이 시집은 10여 년간의 시편 가운데서 자연시만을 골라 수록한 것이다. 작가는 이 시집 이전에 다른 사화집을 낸 적이 없음에도 불구하고 《폐허》에서부터 시작된 초기 시를 이 시집에 수록하지 않고 있는데 그것은 초기 시에 대한 작가 자신의 불만 및 자연시로만 이 시집을 엮고 싶었던 의도에서 비롯된 것으로 볼 수 있다. 그러나 이 시집에 수록된 작품들을 보면 우리말에 대한 작가의 이해부족이 적지 않게 드러난다. 또한 관념적인 한자어의 남용도 문제가 된다. 이 시집은 초기 근대시 운동에 가담했던 시인의 시작 과정과 그 실천적 한계를 잘 보여주는 것으로 평가된다.

황순구 黃淳九 1934~ 시조시인. 호 백동白洞. 경북 풍기 출생. 동국대 국문과를 거쳐 국민대 대학원 졸업. 1970년 《한국일보》 신춘문예에 시조 〈꽃의 내용〉이 당선되어 등단했다. 데뷔 후 교편 생활을 하면서 본격적인 작품 활동을 전개해왔다. 대학에서 강의도 맡아 하면서 고전과 한시연구에 몰두했다. 서일대학장을 역임, 현재 동국대 국어국문학부 교수로 재직 중이다. 한국시조학회 회장, 한국고서연구회 회장, 한국문인협회 이사, 한국시조시인협회 부회장 등을 맡고 있다. 작품집으로 시조집 《꽃이 피는 지역》, 시집 《더러는 하늘 한 자락이》, 4인 사화집 《청우靑牛》 등이 있다. 그는 인생의 의미를 미적으로 탐구하기도 하고 자연의 사물 속에 깃들인 생명의 본연한 실상을 전통적 시정을 곁들여 추구, 자연과 인생을 긍정하고 그것을 바탕으로 자기의 예술성을 형상하고 있다. 1970년 한국일보신춘문예상, 1984년 한국현대시조문학상, 1991년 한국고서연구상 등을 수상했다.

황순원 黃順元 1915~ 소설가 · 시인. 평남 대동 출생. 일본 와세다대 영문과 졸업(1939). 1931년 《동광》에 시 〈나의 꿈〉 〈아들아 무서워 말라〉 등을 발표해 등단했다. 이어 〈봄노래〉 〈7월의 추억〉 〈도주〉 〈잠〉 등을 계속 발표해 첫 시집 《방가放歌》를 간행(1934). 이 시집은 기교적 · 수사적 배려보다는 내적욕구로 씌어진 자연발생적인 작품이었다. 이 무렵, 도쿄에서 이해랑李海浪 · 김동원金東園 등과 더불어 극예술연구 단체인 학생예술좌를 창립(1934), 연극운동에도 관계했다. 한편 《삼사문학》 동인으로 참가하면서 시와 소설을 발표하기 시작했고, 첫번째 시집에 비해 기교와 기지로써 조직화된, 예술성이 높은 두번째 시집 《골동품骨董品》을 간행, 도쿄에서 간행된 동인지 《창작》에 시와 소설을 발표했다. 1940년 그는 《황순원단편집》(나중에 '늪'이라는 제목으로 바꿈)이라는 제목으로 소설집을 냄으로써 본격적인 소설가의 길로 들어선다. 이 소설집에 실린 작품들은 대부분 도시적인 느낌을 주고 있으며, 등장인물들은 무기력하거나 권태스러워하는 인물, 그리고 육체적 · 정신적으로 비정상적인 인물이 많다. 심리적인 소설이나 실험적인 기법을 사용한 소설도 많은데, 이것은 그가 기본적으로 역사나 현실의 문제보다는 개인의 내면문제에 더 관심을 갖고 있었음을 보여준다. 1941년부터 해방되기까지 황순원은 단편 〈별〉과 〈그늘〉만을 발표한 후 침묵을 지킨다. 일제의 탄압으로 발표할 곳이 없어지기도 했지만, 일본어로 친일소설을 쓰기를 거부했기 때문이었다. 그는 이 시기 고집스럽게 한글로 소설을 써서 간직, 해방 후 이 작품들을 묶어 1951년《기러기》라는 제목으로 작품집을 출간한다. 이 시기의 작품들에서 그는 비로소 토속적인 풍습과 인정의 세계에 관심을 기울인다. 1946년, 공산화된 북한에서 지주계급 출신이라는 이유로 신변의 위협을 느낀 그는 가족들을 데리고 월남해 서울중고등학교 교사가 되었다. 1948년 황순원은 해방 후의 단편만을 모은 소설집《목넘이마을의 개》를 간행, 1952년에는 6 · 25전쟁기의 피난체험을 다룬 소설집《곡예사》를 간행했다. 이 소설집들은 해방과 전쟁을 전후한 당시 우리의 현실을 직접적으로 그리고 있어, 그의 소설들 중 가장 사실적인 작품들이라 할 수 있다. 그래서 토속적인 소재나 주제에 대한 관심은 많이 사라졌는데, 대신에 부분적으로 적절히 활용했다. 이 소설집들은 주로 잔혹한 현실과 그것에 대비되는 생명에 대한 외경심과 생명의 존엄성을 그리고 있다. 1956년과 1958년에 나온 소설집《학》과《잃어버린 사람들》은, 그가 초기부터 가졌던 개인의 내면세계 추구라는 문학적 성향과 6 · 25가 남긴 전쟁의 비극적인 상처가 결합된 작품들로 이루어져 있다. 1964년에 나온 소설집《너와 나만의 시간》은 초기 단편들에서와는 달리 작가 자신의 일상적인 체험을 토대로 한 폭넓은 작품 세계를 보여주고 있으며, 짙은 인간미를 풍기고 있다. 황순원은 해방 이후 모두 일곱 편의 장편소설을 썼다. 첫 장편〈별과 같이 살다〉를 발표한 이후(1950), 광복 직후의 북한의 토지개혁을 중심으로 한 공산치하의 비인간적 폭정과 잔인성을 그려 정치적 저항정신을 나타낸〈카인의 후예後裔〉(1954), 고아원의 암흑상과 사회악을 파헤쳐 사회적 저항정신을 그린〈인간접목人間接木〉(1957), 전쟁이라는 비극적 상황 속에서 젊은이들이 어떻게 피해를 입었는가를 그려 보인 본격적 장편〈나무들 비탈에 서다〉(1960), 한국의 가장 억압받은 하층계급인 백정의 특이한 심리세계와 그들만이 가진 특이한 설화를 곁들인〈일월〉(1964), 샤머니즘과 기독교, 즉 전래적인 사상과 외래적 사조의 융합을 추구한〈움직이는 성城〉(1973),〈신들의 주사위〉(1982) 등의 작품들로 작가적 위치를 확고히 다졌다. 그의 소설작품이 갖는 전반적인 특징은 서정적이고 섬세하며, 간결한 문장과 치밀한 구성으로 인간의 본질을 추구해 삶의 의미와 그 지향점을 제시하는 데 있다.〈카인의 후예〉로 아시아자유문학상을,〈나무들 비탈에 서다〉로 예술원상을,〈일월〉로 3 · 1문화상을,〈신들의 주사위〉로 대한민국문학상을 수상했다.

〈별〉 황순원의 단편소설. 1941년《인문평론》에 발표되었다. 누이가 죽은 어머니와 꼭 닮았다는 노파의 이야기를 듣고, 아이는 속으로 몇 번이고 그 말을 부정하다. 아이는 누이를 못생겼다고 생각하는 것이다. 그는 누이가 만들어 준 인형을 땅에 묻고 만다. 그리고 누이의 애정을 부정하는 생각과 행동을 한다. 아이는 한 아름다운 소녀와 사귀게 된다. 어느 날 소녀는 모란봉에서 아이에게 입을 맞추었다. 아이에게 그 아름답던 소녀는 추하게만 보였다. 어느 날, 누이는 연애사건으로 해서 아버지에게 심한 꾸중을 듣는다. 네가 잘못되면 지하에 있는 너의 어머니에게 내가 낯을 들겠느냐는 의붓어머니의 말을 듣고 아이는 의붓어머니에게 애정을 느끼는 동시에, 죽은 어머니까지 들추게 하는 일을 누이가 저질렀다가는 용서하지 않겠다고 주먹을 쥔다. 아이는 누이를 데리고 대동강변으로 나와 치마를 벗으라 하고 그 위에 누우라 한다. 누이는 항거 없이 하라는 대로 한다. 그러나 아이는 치마로 누이를 묶어 강물에 던질 때에 이르러서는, 자기의 하는 일이면 누이는 죽는 한이 있더라도 아무 항거 없이, 어머니다운 애정으로 따라할 것만 같아, 누이가 어머니 같아서는 안 된다고 생각하며 혼자 돌아오고 만다. 누이는 딴 남자에게 시집을 갔다. 가마를 탈 때 울면서 아이를 찾는 눈치였으나, 아이는 나타나지 않는다. 시집간 지 얼마 안 되어 누이의 부고가 왔다. 아이는 슬프지도 않았다. 그러나 묻은 인형을 애써 팠다. 물론 없었다. 아이의 눈엔 눈물이 괴었다. 별이 눈에 들어왔다. 오른쪽에는 어머니의 별이었다. 그러나 왼쪽에는 누이의 별일 거라는 생각에 미치자, 누이는 아무래도 어머니처럼 아름다운 별이어서는 안 된다고 생각하며, 아이는 누이의 별을 내몰았다. 죽은 어머니에 대한 애정이, 밉게 생긴 누이가 어머니를 닮았다는 데서 누이를 미워하는, 발전된 심리적 측면을 헤친 작품으로 심리적 리얼리즘의 기법을 쓴 작품이다.

〈독 짓는 늙은이〉 황순원의 단편소설. 1950년에 발간된 단편집 《기러기》에 수록되어 있다. 주인공 송영감은 그의 아내가 젊은 조수와 함께 달아나자 일곱 살 난 어린애를 데리고 혼자 살아보려고 하지만 힘이 없고 마음에 걸려 독 짓는 일이 제대로 되지 않는다. 억지로 몇 개 만들어 굴에 넣고 불을 땠지만 독이 거의 익어갈 무렵에 독 터지는 소리와 함께 독들이 무너져 내린다. 송영감은 아이를 앵두나무집의 친절한 할머니가 말한 대로 남에게 주기로 하고 자신은 노쇠한 몸을 이끌고 독이 들어 있는 굴 속으로 들어가 누워버린다. 작가가 초기 작품에서 주로 다룬 유년기의 소년 · 소녀와 대조되는 노인의 영락한 삶을 그린 작품이다. 젊음을 상실한, 또 그로 말미암아 모든 것을 빼앗긴 송영감의 비탄과 분노는 민족항일기 말기의 암담함을 연상시킨다. 그러한 암담함 속에서도 마지막 생명의 불꽃까지 태우려는 고집스런 한 장인匠人의 모습이 선명하게 부각되어 있다. 그것은 예술가의 정열이며 삶의 의지이다. 이는 민족적으로 암울한 시기를 살아온 작가 자신의 작가적 자세의 반영이며, 이 작품의 가치이기도 하다. 송영감이 어린 자식과 독에 대해 가지는 애착과 고통을 감내하는 생명력 · 외로움 등은 존재의 아름다움이나 외로움에 대한 섬세한 지각으로 나타나는 황순원의 초기 단편들의 미학과도 결부된다. 일제시대를 배경으로, 철저한 예술가 정신을 묘사한 이 소설은 1944년 가을에 탈고되었다. 그러나 한글말살 정책이 고조된 당시 일제치하의 상황 때문에 뒤늦게 햇빛을 보게 되었다. 이 작품은 1969년 최하원崔夏圓 감독, 황해黃海 · 윤정희尹靜姬 주연으로 영화화되기도 했다.

〈소나기〉 황순원의 대표적 단편소설. 1953년 5월 《신문학》 제4집에 발표되었다. 영국의 《엔카운터Encounter》에 번역 · 게재되어 수상하기도 했다. 소년은 개울가에서 서울서 살다 온 윤초시네 증손녀딸이 벌써 며칠째 징검다리 위에 앉아 물장난을 하는 것을 지켜보았다. 어느 날 물을 움켜쥐며 장난을 치던 소녀가 갑자기 하얀 조약돌을 집어 '이 바보' 라고 외치며 소년에게 던진 후 갈밭 속으로 사라진다. 다음날 소년은 개울가로 나가보았으나 소녀가 보이지 않자 허전함을 느낀다. 이후 소년은 소녀가 던진 조약돌을 주무르는 버릇이 생기게 된다. 하루는 소년이 소녀의 물장난을 흉내내고 있는데 소녀가 뒤에 와 지켜본다. 그것을 알아차린 소년은 부끄러워 도망친다. 어느 토요일 소녀가 '비단조개'를 소년에게 보이며 말을 건넨다. 둘은 황금빛 가을 들판을 달리고 붓도랑물을 건너 산밑에 이른다. 그리고 가을꽃을 꺾으며 산을 오른다. 두 사람이 산중턱을 오르던 중 갑자기 소나기가 퍼붓는다. 비를 피해 내려오던 둘은 허물어진 원두막의 마른 수숫단 속으로 들어가 서로 몸을 맞댄다. 돌아오는 길에 붓도랑 물이 불어 소년은 소녀를 업고 건넌다. 그새 하늘은 활짝 개어 있었다. 그날 이후 소년은 오랫동안 소녀를 보지 못한다. 어느 날 소녀를 다시 만났을 때 그날 맞은 소나기로 소녀가 앓았고 아직도 다 낫지 않았음을 알게 된다. 소녀는 소년의 등에 업혀 물을 건너다 묻은 분홍 스웨터의 풀물 자국을 소년에게 보여주고는 제사를 지내려 아침에 땄다는 대추를 건넨다. 이튿날 밤 소녀에게 줄 호두를 몰래 따러 간 소년은 윤초시네가 이사를 간다는 마을 어른들의 이야기를 듣게 된다. 집으로 돌아와 자리에 누워 마음을 졸이며 호두를 만지작거리고 있던 소년은, 마을을 갔다 온 아버지가 윤초시네 집이 말할 수 없이 기울었으며, 윤초시네 증손녀딸이 죽었다고 말하는 것을 듣는다. 그리고 소녀가 죽을 때 자기가 입던 옷을 그대로 입혀서 묻어달라고 했다는 말도 듣는다. 한 폭의 수채화 같은 이 이야기는 겉으로는 소년과 소녀의 천진난만한 풋사랑을 그린 것으로 보이지만 그 안에는 죽음과 파멸의 어두운 그림자가 숨겨져 있다. 우선 작품 속의 계절이 모든 생명이 스러져가는 가을이다. 들판에는 하얀 갈꽃이 가득 피었고, 죽음을 닮은 허수아비가 서 있다. 공간적으로 볼 때 산밑까지의 황금빛 들판은 어린 시절의 낙원을 상징하지만 산은 그후로 맞이할 험난한 세상살이를 나타낸다. 이것은 소년과 소녀가 더없이 맑은 가을 햇살을 받으며 벅찬 가슴으로 그림같이 아름다운 가을 들판을 치달린 후, 산을 타다 무서운 소나기를 만난다는 이야기에서 알 수 있다. 그들이 산밑까지 갔을 때 한없이 밝던 가을 하늘이 갑자기 먹장구름에 뒤덮이고 죽음의 '보랏빛' 비를 만나게 되었다는 것은 아름답고 목가적인 삶의 뒷면에 숨어 있는 죽음을 그들이 온 몸으로 체험함을 상징적으로 보여준다. 소녀의 죽음을 가져온 '소나기'는 무섭고 잔인한 외부세계의 힘을 상징한다. 또한 이 작품은 이 힘에 대항하는 노력을 풀물 묻은 옷, 즉 그들의 사랑이 밴 옷을 죽어서까지 입고 가겠다고 한 소녀의 말을 통해 드러낸다. 그러므로 둘의 사랑은 현실에서는 비극이 되었지만 영혼의 세계에서는 영원히 교감하며 살아남게 된다. 대화와 묘사에 의한 장면전환만으로 씌어진 이 작품은 우리 나라 단편소설의 백미라 할 만하다.

〈카인의 후예 —後裔〉 황순원의 대표적 장편소설. 1953년부터 《문예》에 연재되었다가 후에 단행본으로 간행되었다. 작자는 이 작품으로 제2회 자유문학상을 수상했다. 광복 직후 북한의 공산정권 치하에서 정치적 시련을 겪던 끝에 자유를 찾아 남하할 것을 결심하게 되는 한 지식인의 삶의 과정을 통해 당시의 이념대립의 격동적 현실을 그린 저자의 대표적인 작품이다. 이 작품으로 말미암아 유년기의 성숙에로의 통과제의를 기조로 하는 초기 단편의 시詩의 세계를 청산하고, 극한상황에서의 인간의 가치를 물음으로써 역사적 현실을 인식하게 해서 그의 장편소설의 기반을 확고히 다지는 계기가 되었다. 지주의 아들인 박훈은 8 · 15해방 후 그의 토지가 공산당에게 접수되고, 또한 그의 집에서 20년 동안 토지를 관리하던 도섭영감이 인민위원장이 되어 위세를 떨치는 등 급변하는 상황을 예리하게 지켜본다. 토지개혁의 바람이 불자 마을사람들은 훈을 몰아세우고, 결국 그의 작은아버지까지 붙들려 가는 비운을 맞는다. 훈은 사촌동생 혁과 도섭영감을 죽이려 하기도 했으나 실패하고, 도섭영감도 인민위원장에서 떨어진 것이 훈의 탓이라고 여겨 훈을 죽이려 하지만 그의 아들이 말려 뜻을 이루지 못한다. 작자는 훈과 도섭영감의 관계를 통해 급변하는 상황에 따른 인간의 심리적 변화를 리얼하게 표현하고 있다. 작품의 중반 이후부터 전개되는 피와 살육 · 자살 · 전염병으로 인한 죽음을 빚는 인간의 근원적인 악의 문제는 그 뒤 〈나무들 비탈에 서다〉 등의 전쟁이라는 극한상황 속에서의 인간구원의 문제를 다룬 일련의 작품에서도 지속되었다. 1950년대 한국 전후문학에서 문학사적 의미를 가지는 대표작이다.

〈나무들 비탈에 서다〉 황순원의 장편소설. 1960년 《사상계》에 연재되었다가 그해에 단행본으로 출간되었다. 6 · 25동란이라는 비극적 상황하에서 겪지 않으면 안될 젊은이들의 피해의 양상을 그린 작품이다. 동호 · 현태 · 선우상사 · 장숙 등은 모두 전쟁의 희생자들이다. 그 피해는 외부적인 것이기보다는 내면적인 것이다. 동호 · 현태 · 선우상사는 모두 살인자들이다. 동호는 애인 옥주를 총으로 쏘아 죽이고 끝내 유리 술병 조각으로 자살한다. 살인의 죄책감 때문에 선우상사는 발광하며, 또 현태는 무위와 방탕 속에서 살인자가 되고 만다. 이들이 살인자가 되는 데는 그 나름대로의 이유가 있다. 동호는 창녀와의 교섭에서 엄청난 죄책감을 느끼나 엎친 데 덮친 격으로 옥주와의 교섭이 있은 뒤부터 걷잡을 수 없는 청교도적 자의식에 빠진다. 이 청교도적 자의식이 끝내 그를 살인자로 만들고 마는데, 이러한 현상은 선우상사나 현태, 현태에 의해서 순결을 짓밟힌 숙에 있어서도 마찬가지이다. 이런 점에서 볼 때 이 소설은 인간관계 속에서 엮어지는 자의식의 드라마라 할 수 있다. 1 · 2부로 나뉘어 2부에 와서는 '유리조각'의 의미가 상징적 표상으로 전개된다. 그것은 죄없는 수많은 젊은이들을 죽음의 골짜기로 내몰아가는 전쟁 그 자체의 상징이며, 나아가 우리들 가슴에 큰 상처를 남기는 전쟁과 그후의 암울한 분위기의 상징이다. 주인공들이 겪게 되는 피해의 상황이 실상은 유리조각과도 같은 무서운 전쟁의 생태와 깊은 관계가 있음을 보여준다. 6 · 25의 참상과 의미를 묻고자 한 본격 장편이 부재했던 상황에서 그러한 요구를 충족시킨 첫 작품이다. 이후 최인훈의 〈광장〉, 홍성원의 〈남과 북〉, 조정래의 〈태백산맥〉 등이 나와 이 작품이 감당하지 못한 소재와 주제의 무게를 전달해 주었지만, 그 이전까지 〈나무들 비탈에 서다〉가 보여준 전쟁소설로서의 성과는 뚜렷한 것이었다. 전쟁 속의 인간이 겪는 고독, 공포, 삶에의 본능, 이 전쟁을 통해 한국인이 입은 정신적 · 육체적 외상, 전후 한국사회의 황폐성 등을 상당한 수준의 리얼리즘적 성취를 통해 드러내주었기 때문이다.

〈일월 日月〉 황순원의 장편소설. 1962년부터 1964년까지 《현대문학》에 연재, 1964년 창우사에서 단행본으로 간행했다. 인간의 숙명적 존재양식의 탐구라는, 장편 작가로서의 황순원의 중심적 과제를 정면으로 추구하고 있는 작품의 하나이다. 인철은 자기가 백정의 후손이라는 사실을 알게 된 뒤부터 '자의식 과잉' 이라는 병을 앓는다. 그의 방황은 여기서부터 시작된다. 물론 그에게는 누이 같은 살가운 이해로써 감싸주는 다혜가 있고, 깜찍하고 구김 없는 애정으로 접근해 오는 나미가 있다. 그러나 그는 그녀들의 이해나 애정을 스스럼없이 받아들일 수가 없다. 그들과 어울려 현실 속의 생활인이 되기에는, 그를 언제나 관찰자로 머물게 하는 또 하나의 시선이 그의 내부에 도사리고 있기 때문이다. 그렇다고 아버지처럼 자기 위장 속에 숨어버릴 수도 없고 어머니처럼 종교라는 이름의 행복한 착각 속으로 도피할 수도 없다. 아버지는 사업의 치명적 실패로 자살하고, 남편의 사랑을 받아보지 못한 채 살아오던 어머니는 아예 기도원으로 거처를 옮겨가버리고, 누이는 불의의 교통사고를 당해 불구자가 된다. 그러나 이런 어려운 시련 끝에 인철은 다시금 자아를 바로 세울 수 있게 되고 기룡을 찾아간다. 그가 도수장에 있는 사촌 기룡을 찾은 것은, 그를 통해서 이제껏 허위의 그늘에 가리워 있었던 자기 자신을 되찾기 위함이다. 백정의 특이한 심리세계와 그 설화를 곁들인 이 작품은 인간의 숙명적 고독의 문제를 추구하는 과제를 다루고 있으며, 1966년 3 · 1문화상을 수상했다.

〈움직이는 성 —城〉 황순원의 장편소설. 1968년부터 1972년까지 《현대문학》에 연재된 작품으로 종래의 어느 소설보다 강한 주제의식을 지니고 있는 작자의 대표작이다. 1973년에 삼중당과 1980년에 문학과지성사에서 각각 출간되었다. 전래적인 것과 외래적인 것이 정신적 · 물리적인 모든 국면에서 이율배반의 양상을 띠고 있는 오늘의 사회현실을 작자는 이 작품을 통해 하나로 종합하고자 노력하고 있으며, 인물들의 자기완성을 위한 삶의 자세를 4부로 나누어 112장면을 통해 형상화하고 있다. 이 작품은 작가의 사상적 원숙기에 쓰인 문제작의 하나로서, 근대에 유입된 기독교 사상이 우리 나라에 토착화되는 과정에서 민간신앙인 무속적인 주술성과 통합되는 현상을 깊이 파헤치고 있다. 특히, 작품의 주인공들 중의 하나인 민구를 통해서 나타난 무속신앙과 기독교 사상의 근저에 도사린 주술적 공통분모의 천착은 작가의 분석적이고 비판적인 정신에 의해 얻어진 값진 해명이라고 볼 수 있다. 농학도인 준태의 비판적 자세에서는 한국인이 지닌 인식과 관념적 성향이 파헤쳐지면서 삶의 운명적 모습이 그의 행동맥락을 따라 펼쳐지고 있다. 이와는 달리 윤목사는 과거의 허물을 뉘우치고 빈민굴에 들어감으로써 참된 신앙인적 삶의 길로 탈바꿈하는 인물로 형상화되고 있다. 이 작품에서 작가는 한국인의 종교적 삶을 분석했고, 나아가 삶과 관념 및 도덕적 질서와 욕망 사이의 괴리현상도 높은 시적 통찰로 밝혀내고 있다. 우리 문학사에서 종교적 삶의 문제를 가장 밀도 있게 다룬 기념비적 작품으로 평가되고 있다.

황인숙 黃仁淑 1958~ 시인. 서울 출생. 서울예전 문예창작과 졸업. 1984년 《경향신문》 신춘문예에 시가 당선되어 등단했다. 주요 작품으로 〈잠자는 숲〉 〈링반데룽〉 〈길, 돌아오는 길〉 〈새는 하늘을 자유롭게 풀어놓고〉 〈우리 세대의 불감증〉 〈유다〉 등이 있으며, 시집으로 《새는 하늘을 자유롭게 풀어놓고》 《슬픔이 나를 깨운다》 《우리는 철새처럼 만났다》 《나의 침울한, 소중한 이여》 등을 발간했다. 그는 그의 젊음에도 불구하고 그의 독자적인 서정을 일구어왔다. 첫 시집 《새는 하늘을 자유롭게 풀어놓고》에서 그는 순수한 세계로 다가가려는 뜨거운 열망과 그럼에도 그것을 틀어막는 삶의 안타까운 한계를 보여주었다. 그러나 그의 시는 풍요하고 싱싱하며 아름답다. 황막한 것은 세계와 나를 가르는 그곳에 있는 것이며 그것을 뛰어넘으려는 꿈과, 그 꿈이 지향하고 있는 세계는 풍요하고 싱싱하며 아름다운 것임을 이 시인은 자유로운 상상력을 통해 확인하고 있기 때문이다. 또한 《나의 침울한, 소중한 이여》는 삶이 쓸쓸하고 비루하고 덧없다는 것을 알고 나서, 그래도 살아가야만 하는 삶은 어떤 것이어야 하는가를 묻고 대답하는 시집이다. 그의 시편들에서는 어지러운 삶에서 단정한 말들을 튕겨내는 강한 힘이 느껴진다.

황지우 黃芝雨 1952~ 시인. 전남 해남 출생. 서울대 미학과 졸업, 서강대 대학원 철학과 수학. 1980년 《중앙일보》 신춘문예에 〈연혁〉이 입선되었고, 《문학과 지성》에 〈대답 없는 날들을 위하여〉 등을 발표하면서 등단했다. 시집으로 《새들도 세상을 뜨는구나》《겨울-나무로부터 봄-나무에로》《나는 너다》《게눈 속의 연꽃》《어느 날 나는 흐린 주점에 앉아 있을 거다》 등이 있다. 그의 시는 섬세한 감각과 아름다운 서정이 시대에 대한 분노와 교묘히 결합되어 있어, 상당히 거칠게 보이지만 매우 여린 면을 갖기도 한다. 그리고 또 다른 특징은 여타의 참여시와 달리 시가 담고 있는 정보 내용이 아니라 그 전달의 방식에서 정치적인 의미가 발현된다는 점이다. 황지우가 정치적 의미를 전달하기 위해 사용하는 방식은 크게 둘로 나누어진다. 하나는 〈꽃말〉 등과 같이 암호만으로 그 의미를 전달하는 방식이며, 다른 하나는 〈근황〉〈박쥐〉 등에서처럼 자신이 직접 화자가 되어 풍자와 야유를 늘어놓는 방식이다. 후자의 방식은 다른 참여시에서도 종종 사용되는 것이긴 하지만, 황지우의 독설과 비유 속에는 시인 자신의 절절한 체험이 녹아 있으며 이런 구절들이 곳곳에 배치되어 독자의 상상력을 인도한다는 점에서 개성적이라 할 수 있다. 근래에는 불교사상에 깊이 몰두해 미륵의 사상과 화엄의 세계에 대한 시적인 추구작업을 수행하고 있다. 김수영문학상, 소월시문학상, 현대문학상 등을 수상했다.

황토 黃土 → 김지하金芝河

황토기 黃土記 → 김동리金東里

황토길 黃土一 → 한하운韓何雲

황혼 黃昏 → 한설야韓雪野

황희영 黃希榮 1922~1994 시조시인 · 국문학자. 호 추강秋江. 전북 익산 출생. 중앙대 대학원 졸업. 1959년 《자유문학》에 시조 〈거리는 묘지로다〉를 발표하면서 등단했다. 그후 시조문학지 《청자》를 발간하면서 많은 시조를 발표했다. 주요 작품으로 〈그날이 오면〉〈왕관〉〈꽃과 나〉〈추강秋江〉 등이 있으며, 《한국시조선집》(영문판)을 발행해 한국 시조문학의 우수성을 해외에 널리 알리는 데 공을 세우기도 했다. 시조집으로 《나의 날개를 펴리라》와 저서로 《운율연구》《한국어음운론》《신국어학개론》 등이 있다. 그는 주로 전통적 형식에 현대적 언어를 담아 현대시로 투영시켰고, 휴머니즘과 인간의 고독을 시화했다.

후송 後送 → 서정인徐廷仁

후조 候鳥 → 오영수吳永壽

후처기 後妻記 → 이옥인林玉仁

휴머니즘문학 —文學 자아의 각성을 통해 인간과 인간의 본성에 눈을 뜨고 인간을 존중하며 인간의 자유·발전에 기여하는 것을 그 정신적 기반으로 삼는 문학. 본래 휴머니즘은 문예부흥과 함께 고개를 든 사조·경향이었다. 신神 만능의 중세체제에서 인간의 자유, 인간의 해방을 부르짖는 일종의 반체제운동이기도 한 문예부흥은, 신 대신 인간의 권위, 인간의 존엄성이 문제가 되고, 그 철학적 기반 위에서 인본주의적인 사조·경향의 형성을 보게 되었다. 우리 나라의 현대문학사상 최초의 휴머니스트라고 할 만한 사람은 이광수李光洙인데 그는 〈무정無情〉을 비롯한 초기의 소설에서, 속박에서의 해방을 역설하고 자아각성을 통한 연애·교육·사회활동을 주장했다. 그러나 우리 문단에서 휴머니즘문학이 본격적으로 논의되기 시작한 때는 1930년, 백철白鐵이 《조선문단》에 〈인간묘사의 시대〉라는 논문을 발표하면서 카프KAPF의 공식적 기계주의에 반기를 들고 휴머니스트의 입장을 취하기 시작한 때부터이다. 백철의 이 선언은 찬반 양측에 다같이 상당한 물의를 일으켰으며, 휴머니즘에 관한 많은 논문들이 쏟아져 나오게 된 계기를 마련한 것이 되었다. 이 문학론들은 이후 일부 시인·작가들의 호응을 얻음으로써 명실상부한 우리 나라 현대문학사상의 한 주류의 위치를 차지하기에 이르렀다.

휴전선 休戰線 → 박봉우朴鳳宇

흑두건 黑頭巾 → 윤백남尹白南

흑맥 黑麥 → 이문희李文熙

흑풍 黑風 → 한용운韓龍雲

흙 → 이광수李光洙

흙의 노예 —奴隷 → 이무영李無影

희곡 戱曲 관객에게 보일 목적으로 어떠한 사람이 어떠한 강력한 욕망을 가지고 이를 충족시키기 위해 갈등·투쟁하는 모습을 대사로 쓴 이야기. 희곡은 관객을 상대로 한 문학형태라는 점에서 시나 소설과 차이가 난다. 즉, 소설에서는 주인공의 행동을 기술하는 데 그치나 희곡에서는 주인공이 기술·설명하는 것이 아니라 자기에게 주어진 대사를 가지고 무대에서 스스로 사건을 만들고, 성격을 구축하며 최후의 목적을 향해 움직여야 한다. 이처럼 희곡의 대사는 주인공을 움직이게 하고, 방향을 잡게 하고, 사건을 만들고 해결하게 하는 특수한 기능을 가지고 있는 것이다. 희곡은 문학의 한 장르인 동시에 연극의 한 요소라는 점에서 이원성을 지니고 있는 특수양식이다. 이러한 관점에서 볼 때, 희곡은 두 개의 힘, 즉 극작가가 제공하는 창조적인 힘과 연출자·배우·무대장치, 그밖의 모든 극장전문가들이 만들어내는 해석적인 힘을 합친 하나의 살아 있는 경험이라고 할 수 있다. 따라서 희곡은 압축이라는 측면에서 시와 동질성을 지니지만 구체적 형상화를 내재하고 있는 점에서 시와 거리가 있고, 줄거리를 요약한다는 점에서 소설과 비슷하지만 구성을 가장 중요시하고 서술을 배제한다는 점에서 소설과 차이가 있다. 희곡에서는 주인공의 심리묘사가 없다. 희곡에서의 심리묘사는 배우가 연기로써 하게 되어 있다. 극작가는 앙상한 뼈대만을 제공할 뿐으로 희곡이 구성을 그 본질로 하는 이유도 그 때문이다. 그렇기 때문에 희곡에서는 소설에서처럼 작가가 자기의 인생관을 작품에 직접적으로 설파할 수 없고 오로지 구조 속에 유기적으로 용해시켜야 하는 것이다. 사실 희곡을 읽을 때나 연구할 때는 전체 무대를 염두에 두고 접근해야 하므로 시나 소설 이상의 상상력과 구도력을 필요로 하며, 따라서 읽는 난점도 지니고 있다. 이처럼 희곡은 특수형태의 문학양식이다. 문학의 한 장르로서의 희곡에 대한 관념은 아리스토텔레스에 의해서 확립되었다. 대체로 희곡의 종류는 크게 비극과 희극으로 나누고, 희비극을 첨가하기도 한다. 제재면으로 보면, 종교극 · 역사극 · 세속극 등으로 분류해볼 수도 있다.

희극 喜劇 관객의 웃음을 자아내기 위해 경쾌하고 흥미 있는 사건 속에 인간의 성정, 행동의 모순이나 불합리한 약점, 또는 사회의 결점을 그려서 골계 · 해학 등의 미적효과를 나타내는 희곡 장르의 한 가지. 따라서 비극은 죽음, 즉 불행으로 끝나나 희극은 행복한 결말을 갖는다. 그러나 이것이 비극과 구별되는 결정적 요인은 아니고, 전체의 대화 · 상황 · 성격의 관련 속에서 나타내는 특유한 정신적 효과에서 뚜렷한 차이가 있다. 즉 비극이 공포와 연민의 정으로 감정을 정화하는 것과는 달리, 희극은 골계의 체험과 같이 도덕적 의미에서 만인을 교정하고, 미학적 인식에서 심정을 앙양시켜 웃음 속에서 건강한 자를 더 건강하게 한다. 따라서 희극의 주제는 감동과 동정을 환기하는 심각한 갈등이나 대립이 아니고, 비교적 경미한 악습 · 우행을 다룬다. 주인공은 비극과 같이 고귀한 인물은 적합하지 않고, 속되고 비속한 인물이 알맞다. 희극의 효과가 인물의 성격에 기인할 경우 성격희극이라 하고, 상황설정의 이상에서 기인하는 경우 환경희극 또는 풍습희극이라고 한다. 또 후자의 일종으로서 고의로 도입된 우연적 계기에 의해 사건의 복잡한 분규를 일거에 해결시키는 것을 계략희극이라고 한다. 이밖에도 기지 · 풍자 · 유머 등의 어느 것을 중시했는가에 따라 구별할 수도 있다.

히포크라테스 흉상 一胸像 →신상웅辛相雄

부록1

한국현대문학사 연표

1883

10.21 / 박문국, 최초의 신문 《한성순보》 창간(1884년 갑신정변으로 종간, 1886년 《한성주보》로 개제)

1886

1.25 / 박문국, 주간신문이자 《한성순보》의 복간형식으로 《한성주보》 창간(1888년 박문국 폐지와 함께 종간)

1895

4. 1 / 유길준의 《서유견문》 일본 교순사에서 간행

1896

2.15 / 일본 동경에서 한국 유학생들, 최초의 잡지 《친목회회보》 창간(발행인 최상돈)

4. 7 / 서재필, 독립협회 기관지 《독립신문》 창간(주3회, 1898. 7. 1부터 일간, 1899. 12. 4 폐간)

1898

1.26 / 배재학당 협성회, 최초의 일간지 《매일신문》의 창간허가를 받음

3.14 / 독립협회 이승만 · 양홍묵 등 《경성신문》 창간(주2회 발행)

4. 6 / 《경성신문》, 《대한황성신문》으로 개제

4.10 / 광무협회, 《대한신보》 창간(일요일만 발행)

8. 8 / 이종일 · 유영석 등 순국문일간지 《제국신문》 창간(~1910)

9. 5 / 장지연 · 남궁억 등 《대한황성신문》의 판권을 인수하고 《황성신문》으로 개제 발행(~1910)

1899

1.20 / 황국협회 홍중섭, 《시사총보》 창간(격일간)

1902

12. ? / 협률사, 〈소춘대유희〉 공연

1904

7.16 / 《대한매일신보》와 영자지 《The Korea Daily News》 창간(~1910, 사장에 영국인 베델, 총무에 양기탁)

1905

11.20 / 장지연, 《황성신문》에 〈시일야방성대곡〉을 발표

1906

1. 6 / 일진회 기관지 《국민신보》 창간

6.16 / 천도교에서 《만세보》 창간(1907. 6. 30 폐간)

6.26 / 신채호, 순한글 일간지 《가정잡지》 창간(얼마 후 재정난으로 휴간, 1908. 1. 5 복간)

7.22 / 이인직의 신소설 〈혈의 누〉, 《만세보》에 연재시작(~같은해 10. 10)

10.10 / 이인직의 신소설 〈귀의 성〉, 《만세보》에 연재시작(~1907. 5. 31)

10.19 / 천주교, 주간지 《경향신문》 창간(~1910)

11. 1 / 양재건 · 조중응 · 이인직 · 이해조 등, 최초의 소년잡지 《소년한반도》 창간(통권 6호로 종간)

1907

5.23 / 《대한매일신보》, 국한문판 외에 순한글판 신문 발간

7. 8 / 《대한신문》 창간(경영난에 빠진 《만세보》를 인수, 이완용 내각의 기관지로 출발)

7.14 / 신문지법(광무신문지법) 제정

1908

7.26 / 이인직 · 박정동 등 연극장 원각사 개설

11. 1 / 최남선, 최초의 월간 종합지 《소년》 창간(여기에 신체시 〈해에게서 소년에게〉를 발표, 1911년 폐간)

11.11 / 최초의 신극 이인직의 〈은세계〉, 원각사에서 공연

1909

2.12 / 신문관, 십전총서의 첫 권으로 《걸리버 유람기》 간행

2.23 / 출판법 공포(출판물의 원고 검열 및 배일적 출판물 압수, 연말까지 5767권)

3.18 / 유길준, 《대한문전》 간행

6. 2 / 오세창, 《대한민보》 창간

1910

4.15 / 주시경, 박문서관에서 《국어문법》 간행

5. ? / 출판규칙 발표(한인에 대하여 계출주의 채택)

7.30 / 이해조, 《자유종》 간행

8.26 / 경무총감부, 잡지 《소년》을 정간시킴(12. 7 정간해제)

10.29 / 최남선 등 조선광문회를 설립 계획, 고전정리 · 간행운동(12월 발족)

1911

4. 6 / 이해조의 장편 신소설 〈화의 혈〉, 《매일신보》에 연재시작(~6. 21, 총66회)

10. ? / 재동경한국인유학생학우회 창립

12.17 / 《경성신문》 창간

1912

2.18 / 혁신단, 연흥사에서 〈육혈포 강도〉 〈군인의 기질〉 〈친구의 형 살해〉 공연(~21일까지)

2.19 / 조중환의 혁신선미단, 〈지성감천〉으로 단성사에서 창립공연(3월 해산)

3.29 / 윤백남 · 조장환 등 문수성을 창립

8.15 / 최남선, 어린이 교양잡지 《붉은 저고리》 창간(월2회, 1937. 7. 15 종간)

1913

1. ? / 유일단, 〈혈의 누〉를 연흥사에서 공연

2. 5 / 이인직, 〈모란봉〉을 《매일신보》에 연재(~6. 3)

4. ? / 최남선, 《소년》의 후신으로 월간 《새별》 창간(1915. 1. 15 통권 16호로 종간)

4.29 / 혁신단, 신문연재소설 〈쌍옥루〉를 연흥사에서 공연

5.13 / 조중환, 번안소설 〈장한몽〉을 《매일신보》에 연재

9. 6 / 최남선, 월간 《아이들보이》 창간(1914. 9. 5 통권 12호로 종간)

1914

4. 2 / 동경유학생학우회, 《학지광》 창간(편집인 최팔용. 1930. 4. 5 통권 29호로 종간)

6.28 / 문수성, 지방공연 후 해산

10. 1 / 최남선, 《청춘》 창간(1918. 8 폐간). 최남선의 〈세계일주가〉 연재

1915

5. 2 / 《학지광》 발매 금지됨

8. ? / 안국선 《공진회》 간행

12.19 / 혁신단, 〈눈물〉 공연

12.26 / 혁신단, 〈쌍옥루〉 공연

1916

3. ? / 이기세 · 윤백남 등 예성좌 결성

3. ? / 혁신단, 이상협 번안 〈정부원〉 〈불여귀〉 공연. 예성좌, 〈코르시카 형제〉 〈아내〉 〈유언〉 〈단장록〉 공연

6. 2 / 예성좌 · 문수성 · 혁신단, 단성사에서 합동공연(최초의 대규모 신파 연극)

11.25 / 이인직 사망. 이광수의 〈문학이란 하오〉, 《매일신보》에 발표

12. ? / 예성좌, 개성 공연을 마지막으로 해산(이어 정인기의 후원으로 신극좌로 발족)

1917

1. 1 / 이광수, 장편 〈무정〉을 《매일신보》에 연재(~6. 14)

4.20 / 《조선문예》 창간(편집인 최영년, 1918.

10. 20 통권 2호로 종간)
11.10 / 이광수, 〈개척자〉를 《매일신보》에 연재

1918
2. ? / 신파극단 취성좌 결성
3. 9 / 취성좌, 신소설 〈추월색〉을 각색, 단성사에서 공연
9. 1 / 불교잡지 《우심》 창간(편집 겸 발행인 한용운)
9.26 / 문예지 《태서문예신보》 창간(주간 장두철, 1919. 2. 17 통권 16호로 종간)

1919
1. 1 / 윤백남, 장편 〈몽금〉을 《매일신보》에 연재
2. 1 / 김동인 · 전영택 · 주요한 · 김환 등, 최초의 문예동인지 《창조》 창간(1921. 5. 20 통권 16호로 종간), 주요한의 〈불놀이〉 발표
2.10 / 동경유학생 중심의 순문예잡지 《삼광》 창간(편집 겸 발행인 홍영후. 1920. 4. 15 통권 3호로 종간)
12.12 / 월간 종합잡지 《서광》 창간(1921. 1. 18 통권 8호로 종간)

1920
1. 6 / 총독부, 한글신문으로 《조선일보》《동아일보》《시사신문》의 발행 허가
3. ? / 동경유학생 김우진 · 홍해성 · 조포석 · 유춘섭 · 최승일 등, 극예술협회 조직
3. 5 / 《조선일보》 창간(발행인 예종석, 편집인 최강, 인쇄인 서만순)
4. 1 / 《동아일보》 창간(김성수 · 박영효 · 장덕수 등 발기), 《시사신문》 창간(민원식 등 발기)
4. 5 / 문예잡지 《여광》 창간
6.25 / 월간 종합지 《개벽》 창간(발행인 이두성, 편집인 이돈화. 창간호는 경무국에 의해 발매 금지. 6. 30 임시호 발행. 1926. 8. 1 일제에 의해 강제 폐간, 1934. 11. 1 복간되었으나 통권 4호로 종간. 1946. 1. 1 재간행되었으나 통권 81호로 휴간)
7. 1 / 학생잡지 《학생계》 창간
7.25 / 오상순 · 염상섭 · 황석우 · 변영로 · 김억 · 민태원 등, 순문예지 《폐허》 창간(1921. 1. 20 제2호로 종간)

1921
3.20 / 김억, 최초의 번역시집 《오뇌의 무도》를 광익서관에서 간행(1923. 8. 10 증보판은 조선도서주식회사에서 간행)
5.24 / 변영로 · 황석우 · 노자영 · 박종화 · 박영희 등 시동인지 《장미촌》 창간(주간 황석우)
8. ? / 염상섭, 최초의 자연주의 소설 〈표본실의 청개구리〉를 《개벽》에 발표
10. ? / 이기세 · 윤백남 · 민대식 등, 극단 예술협회 창립 공연

1922
1. 9 / 홍사용 · 노자영 · 박종화 · 나도향 · 이상화 · 박영희 · 현진건 등, 잡지 《백조》 창간(1923. 9 통권 3호로 종간)
1.15 / 윤백남, 민중극단 조직
11. ? / 박승희 · 이서구 · 김기진 등 7명 동경에서 토월회 조직
11. 1 / 월간지 《조선지광》 창간
11.21 / 나도향, 장편소설 〈환희〉를 《동아일보》에 연재(~1923. 3. 21)
11.22 / 《신생활》, 적화사상을 선전했다는 이유로 발매금지당하고 사장 박희도는 구속
12.24 / 이병도 · 염상섭 · 오상순 · 황석우 등 문인회를 조직

1923
? / 문학단체 파스큘라 결성
3. ? / 천도교소년회, 월간 아동잡지 《어린이》 창간(주재 방정환 · 마해송)
3.16 / 일본 동경에서 아동문학단체 색동회 결성
5. 1 / 방정환, 어린이날 제정

11.10 / 양주동 · 이장희 · 손진태 · 유엽 · 백기만 등, 문예지 《금성》 창간

12. ? / 백대진 《신생활》 창간(《신천지》의 후신)

1924

2. 1 / 김억 · 남궁벽 · 염상섭 · 오상순 · 황석우 등 문예지 《폐허 이후》 창간, 문예지 《신문예》 창간

3.31 / 《시대일보》 창간

8. ? / 김동인 · 주요한 · 김억 · 김소월 · 김관호 등, 문예지 《영대》 창간(1925. 1 폐간)

10. ? / 방인근, 문예지 《조선문단》 창간(주재 이광수)

1925

8.23 / 박영희 · 김기진 · 최서해 등 프로문화운동단체 카프 결성, 신경향파 문학운동을 일으킴

9. ? / 김영보 · 고한승 · 심훈 · 안석주 · 김영팔 등 극문회 설립

10. ? / 동경에서 조선인 프로연극단체인 조선프로극협회 결성

1926

1. 2 / 프로문학 경향지 《문예운동》 발간(박영희 · 김기진 · 홍명희 · 이상화 · 조명희 등 가담. 3호로 폐간)

4.10 / 토월회, 56회 공연을 마지막으로 해산

5.20 / 주요한, 종합잡지 《동광》 창간(1933. 1 통권 40호로 폐간당함)

8. 1 / 《개벽》 72호 정간당함(11. 1 속간)

9. ? / 나운규 감독 · 각본 · 주연 〈아리랑〉 상영

10. ? / 해외문학연구회 결성

10. 3 / 조선어연구회, 처음으로 한글날 제정 기념식 거행

11. ? / 개벽사, 《별건곤》 창간

11.10 / 종합문예지 《문예시대》 발간

12.18 / 문예운동사, 조선일보사 공동으로 기독청년회관에서 문예대강연회 개최(연사 방정환 외 6명)

12.24 / 조선프롤레타리아예술가동맹 임시총회

1927

1. ? / 서울에서 프로연극단체 불개미극단 결성

1. 1 / 해외문학 소개지이며 해외문학회의 기관지인 《해외문학》 창간(편집 이하윤)

1.20 / 월간 종합지 《현대평론》 창간

9. 1 / 조선프롤레타리아예술가동맹 임시총회

11.15 / 카프의 기관지 《예술운동》 창간

11.17 / 조선프롤레타리아예술가동맹 긴급위원회에서 교육 주간 반대 성명서 발표

1928

1. 1 / 《조선일보》 최초의 신춘현상문예작품 모집 입선 작품 발표

2. 9 / 조선프롤레타리아예술가동맹 중앙집행위원회에서 자유예술연맹과 관련된 성명서 발표

10. 1 / 기독교잡지 《신생》 창간. 박승희 등 토월회를 다시 조직하고 〈이 대감 망할 대감〉 〈사의 승리〉 〈5남매〉 등 공연

11. 7 / 시전문지 《조선시단》 창간(편집 겸 발행인 황석우)

11.21 / 홍명희, 장편 〈임거정전〉을 《조선일보》에 연재(1929. 5. 20 일시 중단했다가 1932. 12. 1 다시 연재, 1934. 9. 4까지)

1929

5. ? / 카프의 동경지부에서 무산자사 조직

5. 1 / 양주동 등, 《문예공론》 창간(편집 겸 발행인 방인근)

5.10 / 종합문예지 《조선문예》 창간(편집 겸 발행인 고병돈)

6.12 / 월간 잡지 《삼천리》 창간(주재 김동환)

1930

? / 조선프롤레타리아예술가동맹, 기관지 《군기》 창간(발행인 양창준)

3. 5 / 정지용 · 박용철 · 김영랑 등 《시문학》 창간(편자 박용철)

3.23 / 평양에서 프로연극단체 마치극장 창립

4. ? / 조선프롤레타리아예술가동맹, '카프'

로 약칭키로 함

11. ? / 이일 등 프로연극운동의 전국적인 통일을 위해 대구 가두극장 조직

1931

1. 1 / 염상섭, 장편 〈삼대〉를 《조선일보》에 연재(~9. 17)

3. ? / 개성에서 민병휘 주도로 프로연극단체 대중극장 결성

4.26 / 조선프롤레타리아예술가동맹 서기국에서 개성지부의 중앙간부 불신임과 관련된 성명서 발표

6. ? / 박영희 · 김기진 · 임화 · 김남천 등 조선프롤레타리아예술가동맹원 70여명, 종로 경찰서에 검거됨(제1차 카프 검거사건)

7. 8 / 극예술연구회 결성(11. 8 산하 단체 실험무대 조직)

7.16 / 동아일보사, 브나로드 운동 전개

10.14 / 《중외일보》, 《중앙일보》로 개제(11. 25 창간호 발행)

10.29 / 조선어학회, 한글날 제정

11. ? / 서울에서 프로연극단체 이동식 소형극장 결성, 이하윤 · 박용철 · 김영랑 등 《문예월간》 창간

11. 1 / 동아일보사 《신동아》 창간(~1936. 6 통권 59호로 종간), 이하윤 · 박용철 · 김영랑 등 《문예월간》 창간

1932

1.15 / 카프의 기관지 《집단》 창간

2. ? / 토월회의 후신으로 태양극장 설립

5.28 / 경성 메가폰 창설

10. 7 / 박영희, 이론상의 대립으로 카프의 간부 사임과 동시에 탈퇴

12. 5 / 순문예지 《문학건설》 창간(편집 겸 발행인 박동수)

1933

1. ? / 동아일보사, 여성잡지 《신가정》 창간

2. ? / 《중앙일보》, 《조선중앙일보》로 개제

3. ? / 이상춘 · 강윤희 · 김태진 《연극운동》 창간

8. ? / 이효석 · 정지용 · 이무영 · 이태준 · 김기림 등 9명, 문인 단체 구인회 조직

10.29 / 조선어학회, 한글맞춤법통일안 발표

1934

1. ? / 박용철, 《문학》 창간

4. ? / 극예술연구회, 기관지 《극예술》 창간

5. ? / 이기영 · 백철 · 박영희 등 조선프롤레타리아예술가동맹원 80명, 제2차 카프사건으로 검거됨(일명 신건설사 사건)

5. 7 / 이병기 · 김윤경 · 이병도 등 진단학회 창립

7. 9 / 문예지 《신인문학》 창간(편집 겸 발행인 노자영)

9. 1 / 시 · 소설 동인지 《삼사문학》 창간

11.28 / 진단학회, 《진단학보》 발간

1935

2.10 / 시전문지 《시원》 발간(편집 겸 발행인 오일도)

4. ? / 시전문지 《시건설》 창간(발행인 김익부)

5. 3 / 김보현 · 김두용 등, 동경에서 조선인 연극운동단체 조선예술좌 결성

5.28 / 조선프롤레타리아예술가동맹 해체

6.28 / 조선프롤레타리아예술가동맹 예심 종결 결정

8.13 / 심훈의 〈상록수〉가 《동아일보》 창간 15주년 기념 현상소설에 당선(9. 10부터 《동아일보》에 연재시작)

11. ? / 이병기 · 황순원 등 문예동인지 《창작》 발간

11. 1 / 월간 종합지 《조광》 창간(발행인 방응모, 편집인 함대훈 · 김내성, 1945년 봄 폐간)

12. ? / 대중극단 청춘좌 조직

1936

3.13 / 구인회, 동인지 《시와 소설》 발간

5.20 / 문예지 《조선문학》 창간(편집 겸 발행인 정영택)

8. ? / 극예술연구회 탈퇴파와 예술좌 합동으로 조선연극협회 창설

8.27 / 《동아일보》, 손기정 선수 일장기 말소

사건으로 무기정간
11. ? / 서정주 · 김동리 · 오장환 등 14명, 《시인부락》 창간(편집 겸 발행인 서정주)
12.18 / 조선사상범 보호관찰령 시행규칙 공포(12. 21 시행)

1937

4. 3 / 평양에서 《단층》 창간
5. 1 / 조선문예회 발족
6. 7 / 동우회 사건으로 안창호 · 이광수 등 150명 투옥
6. 8 / 서울에서 시전문지 《시인춘추》 창간(발행인 겸 편집인 이인영)
10. 2 / 조선총독부, 황국신민서사 공포
11.10 / 신석초 · 윤곤강 · 김광균 · 이육사 · 민태규 등, 시전문 동인지 《자오선》 창간(편집 겸 발행인 민태규)

1938

1. 1 / 삼천리사에서 《삼천리문학》 창간
1. 4 / 채만식, 장편 〈탁류〉를 《조선일보》에 연재(~5. 17)
2. ? / 이태준, 문예지 《문장》 창간(1942년 통권 27호로 폐간)
2.11 / 동아일보사, 제1회 연극경연대회 개최
6.15 / 시전문지 《맥》 창간(편집 겸 발행인 김정기)
7.19 / 문세영, 최초의 우리말사전 《조선어사전》 발행
10. ? / 문예 월간지 《박문》 창간

1939

2. ? / 《문장》 창간(편집 겸 발행인 김연만)
3.14 / 황군위문작가단 결성
4.12 / 조선일보사, 조선일보문화상 제정
5. ? / 극연좌, 일제의 탄압으로 해산
7. ? / 시전문지 《시학》 창간, 문예동인지 《백지》 창간
9. ? / 임화, 〈신문학사〉를 《조선일보》에 연재(~1940. 3)
10. 1 / 최재서, 《인문평론》 창간(1941. 4 통권 16호로 종간)
10.29 / 조선문인협회 결성(1943년 조선문인보국회로 개칭)
11. 1 / 영화연극전문지 《영화연극》 창간(편집 겸 발행인 최익연)

1940

2.11 / 조선총독부, 창씨개명제 실시
8.10 / 《조선일보》《동아일보》 강제 폐간
8.21 / 이광수 · 주요한 등 동우회사건으로 체형을 선고받음
12. ? / 평양에서 친일극단 국민좌 결성

1941

1.26 / 조선연극협회 결성
2. 1 / 종합지 《춘추》 창간(편집 겸 발행인 양재하)
2.11 / 조선동극협회 창립
3.16 / 유치진 등, 현대극장을 조직
4. ? / 순문예지 《문장》《인문평론》 강제폐간
6. ? / 친일 시인들, 국민시가연맹 조직
11. 1 / 《국민문학》 창간
12.23 / 조선연극협회 결성(회장 이서구)

1942

? / 친일문학지 《국민문학》, 일본어로만 발행 시작
5. ? / 잡지 《삼천리》, 《대동아》로 개제하여 친일지로 전향
10. 1 / 조선어학회 사건 발생
11. 4 / 친일 문인들, 대동아문학자대회 개최

1943

4.17 / 조선문인보국회 결성
7. ? / 윤동주, 일본에서 사상범으로 체포
9. ? / 진단학회 해산

1944

1. ? / 이육사, 북경에서 옥사
6.29 / 한용운 사망

1945

? / 《예술운동》《문화창조》《신문예》《상아탑》《예술타임스》《예술문화》 창간
2.16 / 윤동주 일본에서 옥사

8. ? / 송영 · 안영일 등 조선연극건설본부 결성
8.16 / 임화 · 김남천 · 이태준 · 이원조 등이 중심이 되어 조선문학건설본부 결성
8.18 / 조선문학건설본부, 음악 · 미술 · 영화 건설본부 등을 흡수하여 조선문화건설중앙협의회로 확대
9.17 / 한설야 · 이기영 · 윤기정 · 한효 · 이동규 등이 중심이 되어 구 카프를 계승한 조선프롤레타리아문학동맹 결성, 후에 조선프롤레타리아예술동맹으로 확대
9.18 / 박종화 · 김진섭 · 이헌구 · 김광섭 등 30여 명이 모여 중앙문화협회 결성
10. ? / 평양예술문화협회 결성(회장 최명익)
11.11 / 조 · 소 문화협회 창립
12. 1 / 월간 종합지 《백민》 창간
12.13 / 조선문학건설본부와 조선프로예맹이 조선문학동맹으로 통합
12.20 / 조선연극건설본부와 조선프롤레타리아연극동맹이 통합하여 조선연극동맹 결성

1946

1. ? / 《예술부락》 창간(주재 조연현), 《개벽》 복간
1. 1 / 문예동인지 《백맥》 창간(편집 겸 발행인 구경서)
1.15 / 서울신문사에서 종합지 《신천지》 창간
2. 8~9 / 전국조선문학자대회 개최(조선문학동맹을 조선문학가동맹으로 개칭, 민족문학의 건설이라는 노선 확립)
2.24 / 조선문학가동맹, 여타 문화단체를 규합하여 조선문화단체총연맹으로 확대
3. ? / 《인민평론》 창간
3.13 / 전조선문필가협회 결성
4. ? / 《신문학》 창간
4. 4 / 김동리 · 조연현 · 조지훈 · 임서하 등을 중심으로 조선청년문학가협회 결성
7. ? / 《문학》 창간
8. ? / 조선문학가동맹, 문학대중화운동위원회 결성(위원장 김영석)
10. ? / 제1차북조선문화인대표대회 개최. 북조선예술총연맹을 북조선문화예술총동맹으로 재조직하고 각부를 문학 · 영화 · 연극 등의 동맹 조직으로 개편(민주주의적 민족문화건설을 내세움)

1947

1. ? / 《문학평론》 창간
1.30 / 시집 《응향》 사건. 북조선문예총 제1차확대상임위원회 개최, 시집 《응향》이 조선의 현실에 대해 회의적 · 공상적 · 퇴폐적 · 현실도피적 · 절망적 경향이 있음을 지적하여 시집을 발매금지하고 가담 시인들은 자아 비판을 행함. 이 사건은 북한문예운동의 검열에 획기를 이룸.
2.12 / 전국문화단체총연합 결성(위원장 고희동, 부위원장 박종화)
2.13 / 문화옹호남조선문화인예술가총궐기대회 개최, 문화옹호공동투쟁위원회 조직
4. 1 / 모윤숙, 《문화》 창간
5. ? / 신문 《민주조선》 창간
6. ? / 문련, '문화인은 인민에 복무하자'라는 슬로건 아래 문화공작대 출범시킴
7. ? / 문화공작대, 부산에서 종합예술제 공연 도중 폭탄테러당함
10. ? / 《예술조선》 창간
10.29 / 유치진 · 이서구 등, 조선연극동맹에 대항하여 전국연극예술협회 결성
11. ? / 유치진 · 서항석 · 이광래 · 김영수 등이 좌익연극계에 맞서 무대예술원 조직

1948

4. ? / 북조선문예총 기관지 《문학예술》(《조선문학》의 전신) 창간
10. ? / 이광수 · 유진오 · 김기진 · 박영희 · 김동인 · 최재서 · 주요한 · 백철 · 정인택 · 김동환 · 모윤숙 · 장혁주 · 김용제 · 이석훈 · 정인섭 · 유치진 · 노천명 · 안함광 · 이서구 · 이헌구 등, 반민특위의 조사 내지 검거 대상이 됨
12.27 / 전국문화단체총연합, 민족정신앙양

전국문화인 총궐기대회 소집(~28)

1949

3.29 / 유진오, 조선문화단체총연맹의 지시에 따라 지리산 문화공작대장이라는 직함으로 2월말 홍순학 · 유호준 등과 입산했으나 체포, 9월말 사형선고 받음
8. ? / 《문예》 창간
12. 9 / 전조선문필가협회와 조선청년문학가협회가 발전적 해체를 하여 한국문학가협회 결성(회장 박종화, 부회장 김진섭)

1950

1. ? / 중앙국립극단 발족. 월간 《시문학》 창간
5. ? / 월간 《문학》 창간
6. ? / 전국문화단체총연합, 비상국민선전대 조직, 비상사태에 대처
9. ? / 전국문화단체총연합 관계자들, 비상국민선전대를 문총구국대로 개칭하고 종군 · 선전 · 기타 활동 시작

1951

1. ? / 대구에서 공군종군작가단 결성
6. ? / 《신조》 창간

1952

6. 2 / 자유예술인연합 결성
8. 7 / 문화보호법 공포
11. ? / 격월간 《자유예술》 창간
11. 5 / 대구에서 《시와 시론》 발간(발행인 유치환)

1953

4. 1 / 《사상계》 창간(주재 장준하)
4.14 / 문화인 등록령 공포. 학 · 예술계 반발
5. 6 / 전국문화단체총연합, 문화인 등록 시비에 대한 임시총회 개최
8. 7 / 문화보호법 공포. 평양방송, 남로당 박헌영 · 이강국 · 임화 등 12명 숙청 발표
10. ? / 《현대공론》 창간

1954

3.25 / 예술원 회원 선거(염상섭 · 박종화 · 김동리 · 조연현 · 유치진 · 서정주 · 윤백남 당선). 문총총회, 문협을 산하단체에서 제적, 예술원 회원에 당선된 인물들을 간부직에서 몰아냄, 특히 김동리의 제명을 결의
4. 1 / 《문학과 예술》 창간(주간 오영진, 2호를 발간하다가 중단, 이듬해 6월부터 《문학예술》로 속간)
5. 4 / 한국자유문학가협회 발족
6. 9 / 《한국일보》 창간
7.17 / 학 · 예술원 발족
10.23 / 국제펜클럽 한국본부 창립

1955

1. 1 / 월간 《현대문학》 창간. 손창섭, 제1회 《현대문학》 신인상 수상
2. ? / 월간 《시문학》 창간
6.12 / 한국자유문학자협회 발족(위원장 김광섭, 부위원장 이무영 · 백철)
12. ? / 김성한, 제1회 동인문학상 수상
12.15 / 북한, 박헌영 사형 공표

1956

1. 3 / 윤석중, 아동문학단체 새싹회 결성
6. 1 / 한국자유문학자협회 기관지 《자유문학》 창간(편집 겸 발행인 김기진)

1957

1.28 / 저작권법 공포
2. ? / 한국시인협회 발족. 김수영, 제1회 한국시인협회상 수상
5. 5 / 어린이헌장 제정 · 선포, 제1회 소파상 시상
9. ? / 한국시인협회 기관지 《현대시》 창간
10. 9 / 《우리말 큰사전》 완간

1958

3. 3 / 북한, 천리마운동 시작
3.10 / 계간 문예지 《지성》 창간(발행인 정진숙)
6. ? / 월간 《소설계》 창간
7. ? / 월간 《신문예》 창간

9. ? / 월간 《신문학》 창간

1959

1. ? / 월간 《문학평론》 창간
2. 5 / 〈여적餘滴〉 필화 사건으로 《경향신문》에 압수수색영장 발부
10. ? / 월간 《문학》 《문예》 창간

1960

4. ? / 계간 《한국시단》, 월간 《한국시》 창간
5. ? / 《한국일보》에 연재중이던 정비석의 장편소설 〈혁명전야〉가 연세대 학생들의 압력으로 나흘 만에 중단
6. ? / 《시조문학》 창간
12. ? / 10월에 발표된 최인훈의 〈광장〉의 평을 둘러싼 백철 · 신동한의 논쟁 시작

1961

8.28 / 《민족일보》 사건 선고(조용수 · 안신규 · 송지영 등 3명에 사형)
9. ? / 동인지 《60년대사화집》 《산문시대》 창간
12.30 / 한국문인협회 결성대회 개최(이사장 전영택, 부이사장 김광섭 · 김동리 · 이희승)

1962

1. 5 / 한국문화예술단체총연합회(예총) 결성(이사장 유치진, 부이사장 윤봉춘 · 김환기 · 이유선)
6. ? / 《현대시》 창간
6.25 / 예총, 북한 문화예술인에게 보내는 메시지 대북방송
10. ? / 월간 《아동문학》 창간
12. ? / 한국시인협회 해산

1963

1. ? / 정명환 · 조연현의 사이비 논쟁 시작
3. ? / 여류동인지 《돌과 사랑》 창간
6. ? / 동인지 《시단》 《세대》 창간

1964

4. ? / 월간 《문학춘추》 창간
5. ? / 정비석이 《동아일보》에 연재중이던 〈욕망해협〉에 대해 황산덕 · 백철 등이 지나친 애정묘사는 사회에 악영향을 끼친다고 비판
6. ? / 서울지검, 《경향신문》에 연재중이던 박용구의 소설 〈계룡산〉이 외설스럽다고 그 작가와 삽화가 김세종을 음화 등 문서반포혐의로 입건
10. ? / 장용학 · 유종호의 한자어논쟁 시작

1965

2. ? / 김수영 · 전봉건, '시인의 양심'이라는 문제를 중심으로 논쟁
3. ? / 구상의 희곡 작품인 〈수치〉, 공연을 몇 시간 앞두고 용공성을 띤 작품이라는 이유로 상연 보류 조치
4.11 / 한국시인협회 재발족(회장 신석정)
7. ? / 남정현, 《현대문학》 3월호에 실렸던 〈분지〉가 북한 노동당 기관지인 《조국통일》에 실렸다는 이유로 수사를 받음
7. 9 / 한국시인협회, 한일협정에 반대하는 82명 문인들의 성명서 발표
9. 8 / 한국여류문인협회 창립(회장 박화성)
9.22 / 《중앙일보》 창간(발행인 이병철)

1966

1. ? / 계간 《창작과 비평》 창간
7.23 / 남정현, 〈분지〉가 반공법에 위반되어 구속

1968

1. ? / 이어령 · 김수영 사이의 '시의 불온성' 논쟁
3. ? / 김수영, 반시 선언
3. 5 / 북한 최고인민위원회 상임위원회 부위원장 홍명희 사망
7.25 / 문화공보부 정식 개청

1969

1. ? / 동인지 《68문학》 창간
3. ? / 월간 《현대시학》 창간
5. ? / 계간 《상황》 창간
9. ? / 한국문인협회 기관지 《월간문학》 발간(주간 김동리)

1970

4.10 / 연극 전문지 《연극평론》 창간(편집 겸 발행인 여석기)

6. 2 / 김지하, 신민당 기관지 《민주전선》 6월 1일자에 담시 〈오적〉 게재, 반공법 위반 혐의로 구속

7. 7 / 〈오적〉 필화사건 첫 공판

9. ? / 계간 《문학과 지성》 창간, 김지하 병보석으로 풀려남

9.29 / 문화공보부, 《사상계》 등록 취소

1971

2.12 / 《다리》 필화사건

10.15 / 서울 일원에 위수령, 13개 간행물 폐간(11. 9 위수령 해제)

1972

4. ? / 김지하, 《창조》에 장시 〈비어〉 발표

5.31 / 김지하, 반공법 위반혐의로 입건

10. 1 / 월간 《문학사상》 창간

11. ? / 김지하 장시 〈비어〉 게재 관련, 《창조》 자진 폐간

1973

1. ? / 《월간문학》에 실린 최범서의 소설 〈저승소식〉이 새마을운동을 비판한 작품이라 하여 《월간문학》 판금조치

3.30 / 한국문화예술진흥원 창립(원장 곽종원, 부원장 조성길)

10. ? / 월간 시전문지 《심상》 창간

11. ? / 월간 《한국문학》 창간

1974

1. 7 / 이호철 등 문인 61명, 개헌청원 서명운동 성명 발표

2.25 / 개헌청원 성명서에 서명한 문인들이 당국에 의해 연행되어 조사받고, 동시에 문인간첩단 사건 발생하여 이호철 · 김우종 · 정을병 · 임헌영 · 장백일 구속

4.25 / 김지하 구속

7. ? / 김지하, 사형구형. 황석영 〈장길산〉을 《한국일보》에 연재 시작

11.18 / 문학인 101인 선언과 함께 자유실천문인협의회 창립

12. ? / 김동리 외 53인, 문학인 시국선언 발표

1975

2. ? / 양성우, 〈겨울공화국〉 파문으로 광주중앙여고에서 파면.

2.10 / 자유실천문인협의회, 민주회복국민회의, 민주수호국민협의회 등 14개 단체가 국민투표 불참 등에 관한 성명 발표

2.15 / 민청학련으로 구속된 김지하 출감

3.13 / 김지하, 옥중기 〈고행, 1974〉 수기가 문제되어 다시 구속

3.15 / 자유실천문인협의회, 한국기자협회 사무실에서 최근의 사태에 대한 문학인 165인 선언 발표

4. 2 / 예총, 시국안정을 위한 예술인 4천 명 성명서 발표

5. 1 / 한국문인협회, 4개항의 안보 결의문 채택

5.13 / 대통령긴급조치 9호 발표(헌법 비방 · 반대 금지)

8. ? / 문공부, 긴급조치 9호 위반과 관련, 15종의 일반도서 및 정기 간행물 판금조치

8.17 / 장준하, 등산 중 의문의 실족사

1976

6.23 / 세계시인대회, 제4차 시인대회를 '79년 여름 한국 서울에서 개최키로 결의

7. ? / 대법원, 《한양》에 국내현실을 비방하는 내용의 글을 기고했다는 혐의로 '74년 1월 구속기소되었던 이호철 · 임헌영 · 김우종 · 장병희 · 정을병씨에 대한 반공법 위반 공판서 원심 확정

9. ? / 계간 《세계의 문학》 창간

1977

1.20 / 수필문학회 재발족

6. ? / 양성우, 시 〈노예수첩〉이 긴급조치 9호를 위반하고 국가를 모독했다는 이유로 구속
8. ? / 《문학사상》, 이상문학상 제정
10. ? / 박양호, 《현대문학》에 〈미친 새〉라는 단편을 발표, 대통령 긴급조치 9호 위반으로 구속
11. ? / 계간 《문예중앙》 창간

1978
3.13 / 정부, 월북작가의 작품에 대한 규제를 완화하여 문학사 연구 분야에서는 월북 작가 및 작품의 취급과 논거를 허용키로 결정
9. ? / 김동리 · 구중서 · 홍기삼 · 임헌영, 사회주의 리얼리즘 논쟁시비

1979
3. ? / 오영수의 단편 〈특질고〉 파동으로 《문학사상》 3,4월호 자진 휴간
4.12 / 옥중에서 질병으로 고생하는 양성우의 석방을 위해 209명의 문인들이 법무부장관에게 진정서 제출
5. ? / 《사상계》가 제정 수여해 오던 동인문학상, 12년 만에 동서문화사에 의해 부활
7. 2 / 제4차 세계시인대회 개최(집행위원장 조병화)
7.17 / 송기숙 · 양성우 등 형집행정지로 출소
8.13 / 고은 등 YH농성사건 배후조종혐의로 구속
10. 9 / 임헌영 · 김남주, 남민전 사건에 연루되어 구속
12. 7 / 대통령긴급조치 9호 해제, 구속자 석방

1980
2. ? / 자유실천문인협의회, 무크지 《실천문학》 창간. 이후 무크지운동 활성화
4. ? / 월간 《소설문학》 창간
5. ? / 김남주, 남민전사건 공판에서 15년형 언도. 계엄확대 이후 소위 김대중내란음모사건으로 고은 · 송기원 구속됨
8.19 / 문화공보부, 617개 출판사 등록 취소
12. ? / 동인지 《시운동》 창간

1981
5.28 / 한수산 필화사건(《중앙일보》에 연재하고 있던 소설 〈욕망의 거리〉 가운데 내용의 일부가 문제되어 연행, 작가는 물론 중앙일보 문화부장 정규웅과 시인 박정만을 비롯하여 언론인 4명 등 모두 7명이 4박 5일간 고문을 당함)
12. ? / 계간 《예술평론》 창간

1982
2. ? / 창작과 비평사, 무크지 《한국문학의 현단계》 창간
12. ? / 동인지 《시와 자유》, 무크지 《우리 세대의 문학》 창간

1983
2. ? / 한국현대시조시인협회 창립
4. ? / 무크지 《삶과 문학》 창간
12. ? / 무크지 《문학의 시대》 창간

1984
3. ? / 시전문 무크지 《현대시》 창간
6. ? / 계간 《외국문학》 창간
12.19 / 자유실천문인협의회, '84대회 및 민족문학의 밤 개최

1985
4. ? / 계간 《실천문학》 창간
8. 1 / 창작과 표현의 자유에 대한 문학인 401인 선언 발표
8. 9 / 잡지 《민중교육》 사건으로 윤재철 · 김진경 · 송기원 등 구속
8.15 / 실천문학사 압수 수색, 《민중교육》 5천 부 압수
8.23 / 문화공보부, 언론기본법 제정 이후 처음으로 《실천문학》 등록 취소. 자유실천문인협의회, 야만적 문화말살정책을 규탄한다는 긴급성명 발표
9. 1 / 자유실천문인협의회, 언론기본법 철폐 운동 전개 결의
11. ? / 계간 《동서문학》 창간

12. 9 / 서울시, 창작과 비평사 등록 취소

1986

3. 5 / 자유실천문인협의회, 민주헌법쟁취 서명운동 참가. 《옥중시인신작시집》 발행

10.18 / 자유실천문인협의회, 박용수 · 고규태 · 김정환 연행 및 구속에 대한 항의 성명 및 농성

11. ? / 자유실천문인협의회 김정환 사무국장 집시법 위반으로 구속 기소

1987

3. ? / 계간 《문학과 비평》 창간

4.29 / 문학인 193명 호헌 조치에 반발하여 개헌 촉구 성명 발표

5.27 / 민주헌법쟁취 국민운동본부 발족, 고은 · 이호철 · 문병란 등 공동대표로 참가

8. ? / 김명인, 민중적 민족문학의 이념을 대변하는 〈지식인 문학의 위기와 새로운 민족문학의 구실〉이라는 글을 발표한 이후 민족문학논쟁 본격화

9.17 / 민족문학작가회의 창립총회 개최(회장 김정한, 부회장 고은 · 백낙청)

11. ? / 이산하, 1986년 3월 《녹두서평 · 1》에 발표했던 〈한라산〉이 문제되어 국가보안법 위반으로 구속

1988

1. ? / 무크지 《노동문학》 창간. 박노해, 제1회 노동문학상 수상

2. 1 / 문인 5백여 명, 김남주 시인의 조속 석방을 요청하는 탄원서를 법무부에 제출

3. ? / 계간 《창작과 비평》 복간, 계간 《문학과 사회》 창간

3.31 / 문화공보부, 납북시인 정지용과 김기림 작품 공식 해금

5.15 / 《한겨레신문》 창간호 발간

7. 2 / 민족문학작가회의, 남북작가회담 제안

7.19 / 이기영 · 한설야 · 홍명희 · 백인준 · 조영출을 제외한 납 · 월북작가 해금

8.29 / 제52차 국제펜서울대회 개막

10.27 / 정부, 납 · 월북 예술인 1백여 명의 정부수립 이전의 순수예술 작품에 한해 해금

12.23 / 문화예술인 대중조직인 민족문화예술인총연합 결성

1989

2. ? / 한국소설가협회, 남북소설가 교류 · 회의 제의. 북한의 조선작가동맹 중앙위원회, 남북작가회담 개최 동의. 남북작가회담추진위원으로 고은 선정

3.25 / 문익환 목사, 정부와 사전협의 없이 북한 방문. 소설가 황석영도 평양에 체류중인 것이 밝혀짐

3.27 / 남북한작가회담 대표 5명 국가보안법 위반 혐의로 불구속 입건

4. 3 / 고은 남북작가회의 예비회담 대표 구속

5. 4 / 민족문학작가회의, 문인 508인 시국선언문 발표

6. ? / 계간 《작가세계》 《예술세계》 창간

11. ? / 이시영, 《창작과 비평》 겨울호의 황석영 북한방문기 게재와 관련 구속

12.25 / 서울형사지법, 월북작가의 저작권도 보호돼야 한다며 박태원의 〈갑오농민전쟁〉을 무단출판한 공동체출판사 대표에게 벌금 선고

1990

1.20 / 한국문인협회, 북한문학예술총동맹에 문학 교류 제안

1991

5. 9 / 민족문학작가회의 임시이사회에서 김지하 제명 결의

6.24 / 독일에서 '한국의 통일과 문학의 역할' 이라는 주제로 국제세미나 개최

1992

9.28 / 국제펜클럽 '아시아문학의 주요 쟁점

에 관한 서울 심포지엄' 개최

10.29 / 서울지검은 소설 〈즐거운 사라〉 작가인 연세대 마광수 교수와 출판사 청하 대표 장석주 씨를 음란문서 제조 및 판매 혐의로 구속

1993

1.18 / 세종문화회관에서 ''93년 책의 해' 선포식

8.20 / 서울에서 '아시아 시인 회의' 개최(~8. 23)

11. 8 / '한국 책문화 특별전', '출판인쇄 1300년전'이 국립중앙박물관에서 개막

1994

7.24 / 경주에서 한국문학인대회 개최

10. 5 / 박경리 대하소설 〈토지〉 완간 기념 세미나 개최

11.19 / 민족문학작가회의 창립 20주년 기념 선언문 발표

1995

4. 1 / 문화체육부, 1996년을 '문학의 해'로 선정

12. ? / 민족문학작가회의, 기관지 《내일을 여는 작가》 창간

1996

5.21 / 재단법인 한국문학번역금고 발족

6.25 / 문학의 해 조직위원회 및 대산재단 공동주최 '문인모습 및 작고문인 육필 전시회' 개막(~7.7)

10. 3 / '문학의 해' 기념 '한민족문학인대회' 개최(17개국 재외동포 문학인 1백여 명과 국내 문학인 1천여 명 참가)

11. 2 / 장정일의 장편소설 〈내게 거짓말을 해봐〉 외설시비에 휘말림. 검찰, 작가 및 출판사에 대해 사법처리 방침 표명(작가 및 김영사 김영범 상무 구속, 작품 판금조치 당함)

12.20 / ''96 문학의 해' 폐막식

1997

1.17 / 민족문학작가회의, 안기부법과 노동관계법 철회 및 재개정을 요구하는 '현시국에 대한 문학인 849인 성명' 발표

11. 8 / 국내 첫 현대문학자료관인 동서문학관 개관

1998

6. ? / 1930년대 카프 '신건설' 사건 판결문 발굴·공개

7. 4 / 민족문학작가회의 소속 시인 고은과 소설가 김주영, 북한 문화유적답사 위해 2주간 방북

11.19 / 동서문학관 개관 1년 기념 '최남선에서 윤동주까지-일제하 한국시 100인전' 개최

11.24 / 김동리기념사업단(회장 이문구) 발족, 김동리문학상 제정(1회 수상자 서정인)

1999

6. 9 / 박경리 문학을 기리는 토지문화관 개관

11. ? / 한국소설가협회(회장 정을병), 장편문학상 제정

부록2

한국주요문학상 수상작가 · 작품목록

〈이상문학상(문학사상사/1977)〉 – 시상분야 : 소설

횟수	해당년도	수상자	수상작품
1	1977	김승옥	〈서울의 달빛 0장〉
2	1978	이청준	〈잔인한 도시〉
3	1979	오정희	〈저녁의 게임〉
4	1980	유재용	〈관계〉
5	1981	박완서	〈엄마의 말뚝 2〉
6	1982	최인호	〈깊고 푸른 밤〉
7	1983	서영은	〈먼 그대〉
8	1984	이균영	〈어두운 기억의 저편〉
9	1985	이제하	〈나그네는 길에서도 쉬지 않는다〉
10	1986	최일남	〈흐르는 북〉
11	1987	이문열	〈우리들의 일그러진 영웅〉
12	1988	임철우	〈붉은 방〉
		한승원	〈해변의 길손〉
13	1989	김채원	〈겨울의 환〉
14	1990	김원일	〈마음의 감옥〉
15	1991	조성기	〈우리 시대의 소설가〉
16	1992	양귀자	〈숨은 꽃〉
17	1993	최수철	〈얼음의 도가니〉
18	1994	최 윤	〈하나코는 없다〉
19	1995	윤후명	〈하얀 배〉
20	1996	윤대녕	〈천지간〉
21	1997	김지원	〈사랑의 예감〉
22	1998	은희경	〈아내의 상자〉
23	1999	박상우	〈내 마음의 옥탑방〉

〈동인문학상(조선일보사/1956)〉 – 시상분야 : 소설

횟수	해당년도	수상자	수상작품
1	1956	김성한	〈바비도〉
2	1957	선우휘	〈불꽃〉
3	1958	오상원	〈모반〉
4	1959	손창섭	〈잉여인간〉
5	1960	이범선	〈오발탄〉
		서기원	〈이 성숙한 밤의 포옹〉
6	1961	남정현	〈너는 뭐냐〉
7	1962	전광용	〈꺼삐딴 리〉
		이호철	〈닳아지는 살들〉
8	1964		수상자 없음
9	1965	송병수	〈잔해〉
10	1966	김승옥	〈서울 1964년 겨울〉
11	1967	최인훈	〈웃음소리〉
12	1968	이청준	〈병신과 머저리〉
13	1979	조세희	〈난장이가 쏘아올린 작은 공〉
14	1980	전상국	〈우리들의 날개〉
15	1982	오정희	〈동경〉
		이문열	〈금시조〉
16	1984	김원일	〈환멸을 찾아서〉
17	1985	정소성	〈아테네 가는 배〉
18	1987	유재용	〈어제 울린 총소리〉
19	1988	박영한	〈지옥에서 보낸 한철〉
20	1989	김문수	〈만취당기〉
21	1990	김향숙	〈안개의 덫〉
22	1991	김원우	〈방황하는 내국인〉
23	1992	최 윤	〈회색 눈사람〉

횟수	해당년도	수상자	수상작품
24	1993	송기원	〈아름다운 얼굴〉
25	1994	박완서	〈나의 가장 나종 지니인 것〉
26	1995	정 찬	〈슬픔의 노래〉
27	1996	이순원	〈수색, 어머니 가슴 속으로 흐르는 무늬〉
28	1997	신경숙	〈그는 언제 오는가〉
29	1998	이윤기	〈숨은 그림 찾기1 - 직선과 곡선〉
30	1999	하성란	〈곰팡이꽃〉

〈소월시문학상(문학사상사/1986)〉 - 시상분야 : 시

횟수	해당년도	수상자	수상작품
1	1986	오세영	〈그릇 1〉 외
2	1987	송수권	〈우리 나라의 숲과 새들〉 외
3	1988	정호승	〈임진강에서〉 외
4	1989	이성복	〈숨길 수 없는 노래〉 외
5	1990	김승희	〈떠도는 환유〉 외
6	1991	조정권	〈산정묘지〉 외
7	1992	김명인	〈화엄에 오르다〉 외
8	1993	황지우	〈뼈아픈 후회〉 외
9	1994	임영조	〈고도孤島를 위하여〉 외
10	1995	천양희	〈단추를 채우면서〉 외
11	1996	문정희	〈키 큰 남자를 보면〉 외
12	1997	김용택	〈사람들은 왜 모를까〉 외
13	1998	안도현	〈고래를 기다리며〉 외
14	1999	김정란	〈사랑으로 나는〉 외

〈오늘의 작가상(민음사/1977)〉 - 시상분야 : 시/소설

횟수	해당년도	수상자	수상작품
1	1977	한수산	《부초浮草》(소설)
2	1978	박영한	《머나먼 쏭바강》(소설)
3	1979	이문열	《사람의 아들》(소설)
4	1980	김명수	《월식月蝕》(시)
5	1981	김광규	《반달곰에게》(시)
6	1982	최승호	《대설주의보》(시)
7	1983	양선규	《편지》(소설)
8	1984	정동주	《순례자》(시)
9	1985	조성기	《에덴의 불칼(라하트 하헤렙)》(소설)
10	1986	강석경	《숲 속의 방》(소설)
11	1987	구광본	《강》(시)
12	1988	김제철	《그리운 청산》(소설)
13	1989	이석호	《섬》(소설)
14	1990	이 선	《기억의 장례》(소설)
15	1991	이갑수	《神은 망했다》(시)
16	1992	박일문	《살아남은 자의 슬픔》(소설)
17	1993	남상순	《흰뱀을 찾아서》(소설)
18	1994	임영태	《우리는 사람이 아니었어》(소설)
19	1995	이혜경	《길 위의 집》(소설)
20	1996	김이소	《거울 보는 여자》(소설)
21	1997	김호경	《낯선 천국》(소설)
22	1998	이치은	《권태로운 자들, 소파 씨의 아파트에 모이다》(소설)
23	1999	고은주	《아름다운 여름》(소설)
		우광훈	《플리머스에서의 즐거운 건맨 생활》(소설)

〈김수영문학상(민음사/1981)〉 - 시상분야 : 시

횟수	해당년도	수상자	수상작품
1	1981	정희성	《저문 강에 삽을 씻고》
2	1982	이성복	《뒹구는 돌은 언제 잠깨는가》
3	1983	황지우	《새들도 세상을 뜨는구나》
4	1984	김광규	《아니다 그렇지 않다》
5	1985	최승호	《고슴도치의 마을》
6	1986	김용택	《맑은 날》
7	1987	장정일	《햄버거에 대한 명상》
8	1989	김정웅	《천로역정, 혹은》
9	1990	이하석	《우리 낯선 사람들》
10	1991	조정권	《산정묘지》

횟수	해당년도	수상자	수상작품
11	1992	장석남	《새떼들에게로의 망명》
12	1993	이기철	《지상에서 부르고 싶은 노래》
13	1994	차창룡	《해가 지지 않는 쟁기질》
14	1995	김기택	《바늘구멍 속의 폭풍》
15	1996	유 하	《세운상가 키드의 사랑》
16	1997	김혜순	《불쌍한 사랑 기계》
17	1998	나희덕	《그곳이 멀지 않다》
18	1999	백주은	《지금 어디에 계십니까》

〈만해문학상(창작과 비평사/1973)〉 – 시상분야 : 시/소설

횟수	해당년도	수상자	수상작품
1	1974	신경림	《농무》(시)
2	1975	천승세	〈황구의 비명〉〈폭염〉(소설)
3	1988	고 은	《만인보》1 · 2 · 3 (시)
4	1989	황석영	《무기의 그늘》(소설)
5	1990	현기영	《바람 타는 섬》 (소설)
6	1991	민 영	《바람 부는 날》(시)
7	1992	김명수	《침엽수지대》 (시)
8	1993	이문구	《유자소전》 (소설)
9	1994	송기숙	《녹두장군》(전12권) (소설)
10	1995	조태일	《풀꽃은 꺾이지 않는다》(소설)
11	1996	신경숙	《외딴방》(소설)
12	1997	백무산	《인간의 시간》(소설)
13	1998		수상자 없음
14	1999	박완서	《너무도 쓸쓸한 당신》(소설)

〈현대문학상(현대문학사/1955)〉 – 시상분야 : 종합

횟수	해당년도	수상자	수상작품
1	1955	김구용	〈잃어버린 자세〉〈그네의 미소〉(시)
		손창섭	〈혈서〉〈미해결의 장〉〈인간동물원초〉(소설)
2	1956	박재삼	〈춘향이 마음〉(시)
		김광식	〈213호 주택〉(소설)
2	1956	최일수	〈현대문학의 근본특질〉(평론)
3	1957	이수복	〈꽃씨〉외 (시)
		박경리	〈불신시대〉〈영주와 고양이〉(소설)
		김양수	〈민족문학 확립의 자세〉(평론)
4	1958	구자운	〈이향이수〉〈묘비명〉(시)
		이범선	〈갈매기〉〈사망보류〉(소설)
		임희재	〈꽃잎을 먹고 사는 기관차〉(희곡)
		유종호	〈비평의 반성〉〈산문정신고〉(평론)
5	1959	정공채	〈자유〉외 (시)
		서기원	〈오늘과 내일〉(소설)
		오학영	〈심연의 다리〉〈항거〉(희곡)
		김상일	〈근대시인론〉(평론)
6	1960	김상억	〈비교록서〉(시)
		오유권	〈이역의 산장〉(소설)
		원형갑	〈해석적 비평의 길〉(평론)
7	1961	이종학	〈피의 꿈 속에서〉(시)
		이호철	〈판문점〉(소설)
8	1962	박봉우	〈사월의 화요일〉(시)
		권태웅	〈가주인산조〉(소설)
9	1963	한말숙	〈흔적〉〈광대 김서방〉(소설)
		문덕수	〈전통론을 위한 각서〉〈신라정신의 영원성과 현실성〉(평론)
10	1964	박성룡	〈동양화집〉외 (시)
		이문희	〈흑맥〉(소설)
11	1965	이성교	《산음가》(시)
		이광숙	〈탁자의 위치〉〈도박사〉(소설)
		천이두	〈한국단편소설론〉(평론)
12	1966	최상규	〈하오의 순유〉〈한춘무사〉(소설)
13	1967	황동규	〈사행시초〉외 (시)
		정을병	〈아데나이의 비명〉(소설)

횟수	해당년도	수상자	수상작품
13	1967	오혜령	〈인간적인 진실로 인간적인〉(희곡)
14	1968	김후란	《장도와 장미》(시)
		송상옥	〈열병〉(소설)
15	1969	이성부	《이성부 시집》(시)
		유현종	〈유다행전〉(소설)
		홍기삼	〈주제의 변천〉〈전위예술론〉(평론)
16	1970	유경환	〈겨울 저녁 바다〉(시)
		박순녀	〈어떤 파리〉(소설)
		이유식	〈한국소설론〉(평론)
17	1971	김영태	〈연필화 몇점〉외 (시)
		최인호	〈처세술개론〉〈타인의 방〉(소설)
		오태석	〈이식수술〉(희곡)
		김교선	〈동인東仁 문학의 근대성의 저변〉(평론)
18	1972	박재릉	《밤과 연화蓮花와 상원사上院寺》(시)
		송기숙	《백의민족》(소설)
		김윤식	〈식민지문학의 상흔과 그 극복〉(평론)
19	1973	김광협	《천파만파》(시)
		이제하	《초식》(소설)
		윤대성	〈노비문서〉(희곡)
		김영기	《한국문학과 전통》(평론)
20	1974	강우식	《사행시초》(시)
		김원일	〈잠시 눕는 풀〉〈바라암〉(소설)
		김운학	〈현대불교문학론〉〈한국적 테마론〉(평론)
21	1975	문정희	《새떼》(시극집) (시)
		김문수	《성흔》(소설)
		윤재근	〈시정신과 그 비극성〉〈이상李箱의 시사적 위치〉(평론)
22	1976	최원규	《비 속에서》(시)
22	1976	전상국	〈사형〉〈껍데기 벗기〉(소설)
		이선영	《상황의 문학》(평론)
23	1977	함혜련	《강물이 되어 바다가 되어》(시)
		이세기	〈이별의 방식〉(소설)
		윤조병	〈참새와 기관차〉(희곡)
		김용직	〈대중사회와 시의 길〉(평론)
24	1978	박제천	〈심법〉(시)
		김국태	〈우리 교실의 전설〉(소설)
		이현화	〈우리들끼리만의 한번〉(희곡)
		조병무	《가설의 옹호》(평론)
25	1979	박성숙	《소금장수 이야기》(시)
		유재용	〈두고 온 사람〉〈호도나무골 전설〉(소설)
		이재현	《이중섭》(희곡)
		정창범	〈박목월의 시적 변용〉(평론)
26	1980	김혜숙	《예감의 새》(시)
		김용운	〈산행〉(소설)
		김 현	《문학과 유토피아》(평론)
27	1981	오규원	《이 땅에 씌어지는 서정시》(시)
		조정래	〈유형의 땅〉(소설)
		홍승주	《목마른 태양》(희곡)
		김치수	〈일상언어와 문학언어〉〈박경리「토지」분석〉(시)
28	1982	김종해	〈천노 일어서다〉(시)
		윤흥길	〈완장〉(소설)
		김병익	《지성과 문학》(평론)
29	1983	이승훈	《사물들》(시)
		김용성	〈도둑일기〉(소설)
		박철희	〈근대시 형식과 조선시 논의〉《서정과 인식》(평론)
30	1984	김원호	《행복한 잠》(시)
		홍성원	〈마지막 우상〉(소설)
		김시태	《문학과 삶의 성찰》(평론)
31	1985	김철규	《저녁 혹은 패주자의 퇴로》(시)

횟수	해당년도	수상자	수상작품
31	1985	이동하	〈폭력요법〉〈폭력연구〉(소설)
32	1986	이수익	《단순한 기쁨》(시)
		송 영	〈친구〉〈보행규칙 위반자〉 외 (소설)
		오태영	〈전쟁〉〈트로이안 테바이〉(희곡)
		박동규	〈한국소설의 전개〉 외 (평론)
33	1987	김형영	《다른 하늘이 열릴 때》(시)
		한승원	〈갯비나리〉(소설)
		김숙현	〈젊은 왕자의 무덤〉(희곡)
		김재홍	《현대시와 열린 정신》(평론)
34	1988	박정만	〈다 가고〉 외 (시)
		손영목	〈바다가 부르는 소리〉〈밀랍인형들의 집〉(소설)
		조남현	《삶과 문학적 인식》(평론)
35	1989	이건청	《하이에나》(시)
		현길언	〈사제와 제물〉(소설)
		권영민	〈월북문인연구〉(평론)
36	1990	황지우	《게눈 속의 연꽃》(시)
		한수산	〈타인의 얼굴〉(소설)
		이동하	《혼돈 속의 항해》(평론)
37	1991	강은교	〈그대의 들〉 외 (시)
		이문열	〈시인과 도둑〉〈시인〉(소설)
		이남호	〈비유법 그리고 고통 혹은 절망의 양식〉〈현실에 대한 관찰과 존재에 대한 통찰〉(평론)
38	1992	임영조	《갈대는 배후가 없다》(시)
		박완서	〈꿈꾸는 인큐베이터〉(소설)
		이상옥	《이효석-문학과 생애》(평론)
39	1993	조정권	〈튀빙겐 가는 길〉(시)
		윤후명	〈별을 사랑하는 마음으로〉(소설)
		신동욱	《우리 시의 짜임과 역사적 인식》(평론)
40	1994	정현종	〈내 어깨 위의 호랑이〉 외 (시)
40	1994	신경숙	〈깊은 숨을 쉴 때마다〉(소설)
41	1995	김초혜	〈만월〉 외 4편 (시)
		양귀자	〈곰 이야기〉(소설)
		오생근	〈숨결과 웃음의 시학〉(평론)
42	1996	홍신선	〈해, 늦저녁 해〉(시)
		이순원	〈은비령〉(소설)
		홍정선	〈맥락의 독서와 비평〉(평론)
43	1997	천양희	〈오래된 골목〉 외 4편 (시)
		윤대녕	〈빛의 걸음걸이〉(소설)
		도정일	〈우리는 모르는 것을 경배하나니〉(평론)
44	1998	장석남	〈마당에 배를 매다〉 외 6편 (시)
		김영하	〈당신의 나무〉(소설)
		성민엽	〈불의 체험과 그 기록〉(평론)
45	1999	김명인	〈저 등나무 꽃그늘 아래〉 외 6편 (시)
		김인숙	〈개교기념일〉(소설)
		정과리	〈유령들의 전쟁〉〈죽음 옆의 삶, 삶 안의 죽음〉(평론)

〈한국일보문학상(한국일보사/1968)〉 - 시상분야 : 소설

횟수	해당년도	수상자	수상작품
1	1968	한말숙	〈신神과의 약속〉
2	1969	방영웅	〈달〉
3	1970	오유권	〈일가一家의 몰락〉
4	1971	강용준	〈광인일기〉
5	1972	이문구	〈장한몽長恨夢〉
6	1973	신상웅	〈심야의 정담〉
7	1974	정을병	〈병든 지구〉
8	1975	이청준	〈이어도〉
9	1976	유현종	〈들불〉
10	1977	이병주	〈망명亡命의 늪〉
11	1978	김문수	〈육아肉芽〉
12	1979	김원일	〈도요새에 관한 명상〉
13	1980	이동하	〈굶주린 혼〉

횟수	해당년도	수상자	수상작품
14	1981	최일남	〈쾌치는 소리, 세 고향〉
15	1982	윤흥길	〈꿈꾸는 자의 나성羅城〉
16	1983	김원우	〈불면수심佛面獸心〉
17	1984	임철우	〈아버지의 땅〉
18	1985	윤후명	〈섬〉
19	1986	서정인	〈달궁〉
20	1987	이제하	〈광화사狂畵師〉
21	1988	박태순	〈밤길의 사람들〉
22	1989	이인성	〈한없이 낮은 숨결〉
23	1990	김영현	〈저 깊푸른 강〉
24	1991	하창수	〈돌아서지 않는 사람들〉
25	1992	이창동	〈녹천에는 똥이 많다〉
26	1993	신경숙	〈풍금이 있던 자리〉
27	1994	구효서	〈깡통따개가 없는 마을〉
28	1995	김인숙	〈먼 길〉
29	1996	전경린	〈염소를 모는 여자〉
30	1997	성석제	〈유랑〉
		윤영수	〈착한 사람 문성현〉
31	1998	이혜경	〈그 집 앞〉
32	1999	현기영	〈지상에 숟가락 하나〉

〈중앙시조대상(중앙일보사/1982)〉 – 시상분야 : 시조

횟수	해당년도	수상자	수상작품
1	1982	김상옥	〈삼사월〉
2	1983		수상자 없음
3	1984	정완영	〈겨울관악〉
4	1985	이태극	〈박제〉
5	1985	박재삼	〈새의 독백〉
6	1987	장순하	〈징검다리〉
7	1988	이근배	〈판문점에 와서〉
8	1989	이상범	〈나무 그리고 목례〉
9	1990	김제현	〈그물〉
10	1991	송선영	〈귀성록〉
11	1992	서 벌	〈천지로 하늘이 내려〉

횟수	해당년도	수상자	수상작품
12	1993	윤금초	〈주몽의 하늘〉
13	1994	유재영	〈물총새에 관한 기억〉
14	1995	이우걸	〈나사2〉
15	1996	박시교	〈빈 손을 위하여〉
16	1997	김원각	〈일산에서〉
17	1998	김영재	〈화엄동백〉
18	1999	이지엽	〈적벽을 찾아서〉

〈한국 동시 · 동화문학상(아동문예사/1978)〉 – 시상분야 : 동시/동화

횟수	해당년도	수상자	수상작품
1	1978	정석영	〈자연공부〉 외 3편 (동시)
		김 목	〈날개 달린 장사〉 (동화)
2	1979	박용열	〈고요〉(연작시) (동시)
		송재찬	〈안개와 들꽃〉 (동화)
3	1980	김원석	〈강〉(연작시) (동시)
		김문홍	〈누나와 흰나비〉 (동화)
4	1981	오순택	〈벌레를 노래한 시〉 외 15편 (동시)
		정만영	〈별님 이야기〉 (동화)
5	1982	문삼석	〈이슬〉(연작시) (동시)
		성기정	〈빨간 지붕 이층집〉 (동화)
6	1983	노원호	〈해질 무렵〉 외 3편 (동시)
			수상자 없음 (동화)
7	1984	함종억	〈봄강〉 외 3편 (동시)
		김병규	〈귀 없는 돌미륵〉 (동화)
8	1985	박성만	〈성웅 이순신〉(서사시) (동시)
		이상교	〈숨은 별〉 (동화)
9	1986	권영상	〈동트는 하늘〉(연작시) (동시)
		이효성	〈청자돌멩이〉 (동화)
10	1987	김진광	〈시루뫼 마실 이야기〉(연작시) (동시)
		김상삼	〈고향별〉 (동화)
11	1988	정두리	〈어머니의 눈물〉 외 3편 (동시)
		최영재	〈극기훈련〉 (동화)

횟수	해당년도	수상자	수상작품
12	1989	주성호	〈바람의 고향〉(동화시) (동시)
		김재창	〈눈뜰 무렵〉 (동화)
13	1991	손동연	〈밀물 썰물〉 외 3편 (동시)
		이규희	〈악어와 악어새〉 (동화)
14	1992		수상자 없음 (동시)
		박명희	〈그해 가을〉 (동화)
15	1993	최만조	〈봄비 소리〉 외 3편 (동시)
		백시억	〈그날 그 나귀〉 (동화)
16	1994	전정남	〈오월에〉 외 3편 (동시) 、
		박성배	〈사랑의 빵〉 (동화)
17	1995	허호석	〈구슬치기〉 외 2편 (동시)
		김학선	〈대머리 비둘기 2〉 (동화)
18	1996	남진원	〈교실〉 외 3편 (동시)
		김소연	〈백두산 할아버지〉 (동화)
19	1997	유경환	〈작은 새의 친구라면〉 외 9편 (동시)
		이상배	〈언덕에서 부르는 노래〉 (동화)
20	1998	신현득	〈우윳병으로 얻어맞은 공룡〉 외 4편 (동시)
			수상자 없음 (동화)
21	1999	윤이현	〈안개 자욱히 내린 날〉 외 4편 (동시)
		이영두	〈몽마르뜨 언덕의 아리랑〉 (동화)

〈팔봉문학상(한국일보사/1990)〉 – 시상분야 : 평론

횟수	해당년도	수상자	수상작품
1	1990	김현	〈분석과 해석〉
2	1991	김윤식	〈작가와 내면풍경〉 〈우리 소설을 위한 변명〉
3	1992	김치수	〈공감의 비평을 위하여〉
4	1993	김우창	〈심미적 이성의 탐구〉
5	1994	김병익	〈숨은 진실과 문학〉
6	1995	김주연	〈사랑과 권력〉
7	1996	염무웅	〈혼돈의 시대에 구상하는 문학의 논리〉
8	1997	구중서	〈문학과 현대사상〉
9	1998	최원식	〈생산적 대화를 위하여〉
10	1999	김화영	〈소설의 꽃과 뿌리〉

참고문헌

국어국문학자료사전(국어국문학편찬위원회 편, 한국사전연구사, 1999)
남북한문학사연표(한길문학편집위원 편, 한길사, 1990)
문학비평용어사전(이상섭 저, 민음사, 1976)
문학사전(문학사전편집위원회, 강, 1997)
상상력의 마술(임순만 저, 민음사, 1996)
세계문예대사전(문덕수 편, 성문각, 1975)
월북문인연구(권영민 편, 문학사상사, 1989)
한국근현대사사전(한국사사전편찬회 편, 가람기획, 1995)
한국명작 111선(김희보 편, 가람기획, 1994)
한국문단 80년(계몽사편집부 편, 계몽사, 1991)
한국문예사전(어문각편집부 편, 어문각, 1992)
한국문학명작사전(임헌영 · 김재용 편, 한길사, 1991)
한국민족문화대백과사전(한국민족문화대백과사전 편찬부 편, 한국정신문화연구원, 1992)
한국현대문학100년 CD-ROM(서울대학교인문정보연구소 편, 문학사상사, 1999)
한국현대문학의 얼굴(김일주 저, 민음사, 1996)
한국현대문학작품연표(권영민 편, 서울대학교출판부, 1998)

한 권으로 보는 〈…100장면〉 시리즈

한 권으로 보는 세계사 101장면
김희보 지음/신국판 448쪽/8000원
●인류의 출현에서 소련의 붕괴까지 세계의 역사 가운데 전기를 이루었다고 생각되는 100대 사건을 간명하게 정리, 세계사의 흐름을 파악할 수 있게 했다.

한 권으로 보는 한국사 101장면
정성희 지음/신국판 464쪽 / 9000원
●한반도의 구석기문화 출현에서 문민정부의 등장까지 우리 역사에서 전기를 이루었다고 생각되는 100대 사건을 엄선,정리했다.

한 권으로 보는 중국사 100장면
안정애 · 양정현 지음/신국판 448쪽/9000원
●북경원인이 출현에서부터 최근의 한 · 중 수교에 이르기까지 장구한 중국의 역사에서 100대 사건을 엄선, 다기한 중국사의 흐름을 간명하게 제시했다.

한 권으로 보는 러시아사 100장면
이무열 지음/신국판 488쪽/12,000원
●러시아 대륙에 최초로 나타난 나라 키예프 러시아에서부터 '인류의 위대한 실패'로 기록된 소련의 붕괴까지, 격동의 러시아사에서 100대 사건을 간명하게 정리했다.

한 권으로 보는 미국사 100장면
유종선 지음/신국판 412쪽/9000원
●신대륙 발견에서 LA 흑인폭동에 이르기까지, 건국 200년 아메리카 합중국의 역사에서 일대 전기를 이루었다고 생각되는 100대 사건을 엄선, 간명하게 정리했다.

한 권으로 보는 해방후 정치사 100장면(증보판)
김삼웅 지음/신국판 430쪽/9000원
●해방에서부터 김대중 집권까지 반세기 동안 격동했던 한국 현대정치사 중에서 역사의 전기를 이루었다고 생각되는 102대 정치사건을 엄선, 정리했다.

한 권으로 보는 서양철학사 100장면
김형석 지음/신국판 380쪽/8000원
●철학의 탄생에서 20세기 현대사상에 이르기까지 3천 년 서양철학사를 에세이풍으로 시원스레 풀어나간 노교수의 명강의!

한 권으로 보는 불교사 100장면
임혜봉 지음/신국판 440쪽/9000원
●석가의 탄생에서부터 성철 큰스님의 입적까지 우리 불교를 중심으로 100대 사건을 엄선, 2500년 불교사의 가닥을 간명하게 정리했다.

한 권으로 보는 북한사 100장면
고태우 지음/신국판 443쪽/8000원
●김일성의 입북에서 최근 김일성의 사망, 북한의 핵문제, 김정일의 후계계승까지 북한의 역사에서 100대 사건을 엄선, 북한사의 흐름을 쉽게 짚을 수 있도록 엮었다.

한 권으로 보는 탐험사 100장면
이병철 편저/신국판 484쪽/9000원
●중세의 바다를 주름잡았던 바이킹에서부터 에베레스트를 무산소로 등정한 라인홀트 메스너까지, 이제까지 있었던 인류의 탐험사를 100장면으로 정리!

한 권으로 보는 20세기 대사건 79장면
양동주 지음/신국판 385쪽/8000원
●격동의 20세기, 어떤 대사건들이 일어났나? 20세기 100년 동안 지구상에서 일어나 세계사의 흐름을 뒤바꾼 대사건 79개를 엄선한, 살아 있는 세계현대사!

한 권으로 보는 20세기 결전 30장면
정토웅 지음/신국판 433쪽/9000원
●20세기 100년간 일어난 수많은 전쟁 중 주요 전투, 곧 '결전' 30개를 뽑아 그 전개경과와 전술, 승패요인, 전사적인 의미 등을 쉽게 풀어나간 20세기 전쟁사의 결정판!

한 권으로 보는 전쟁사 101장면
정토웅 지음/신국판 405쪽/9000원
●트로이 전쟁에서 대 이라크 전쟁인 걸프 전쟁까지, 인류 역사의 물줄기를 바꾸어온 중요 전쟁 101개를 엄선한 전쟁사 입문서!

한 권으로 보는 일본사 101장면
강창일 · 하종문 지음/신국판 456쪽/9500원
●선사문화에서 의회 부전결의까지, 일본역사의 전기를 이룬 101장면을 추려 시대순으로 정리하여 일본사의 흐름을 한눈에 파악할 수 있게 한 '새로운 일본사 읽기'!

한 권으로 보는 서양미술사 100장면

최승규 지음/올컬러 변형 4 * 6배판 386쪽/22,000원

●미술의 탄생에서 20C 신표현주의까지 1만 년 서양미술사에서 획을 긋는 걸작들 100장면을 엄선, 미술사의 흐름을 파악할 수 있도록 쓴 국내 필자의 역작!

한 권으로 보는 한국미술사 101장면

임두빈 지음/올컬러 변형 4 * 6배판 359쪽/20,000원

●선사시대 원시인들의 암각화에서 현대미술에 이르기까지 101개의 주요 작품을 위주로 일목요연하게 해설, 부담없이 읽어나가는 동안 한국미술 5천 년의 역사를 파악할 수 있도록 한 역작! 〈'98 한국간행물윤리위원회 제32차 청소년 권장도서〉 선정!

한 권으로 보는 중국미술사 101장면

장훈/노승현 옮김/올컬러 변형 4 * 6배판 359쪽/20,000원

●동양미술의 첫 샘, 중국미술을 이해하지 않고서는 우리 미술을 이해할 수 없다. 반파 채도에서 제백석까지 7000년 중국미술사로의 재미있는 여행.

한 권으로 보는 한국 최초 101장면

김은신 지음/신국판 349쪽/8000원

● '파마 값이 쌀 두 섬이었던 최초의 미장원' 에서부터, 남자가 애 받는 '해괴망측한 산부인과 병원' 까지 우리 근대문화의 뿌리를 들춰 보는 재미있는 문화기행 101장면!

역사 스테디셀러

한국 현대사 뒷얘기

김삼웅 지음/신국판 349쪽/7000원

●우리가 반드시 알고 넘어가야 할 우리 현대사의 물음표 46개! 변칙과 파행으로 얼룩진 우리 현대사의 뒷전으로 묻혀지고 숨겨져버린 비사와 뒷얘기.

해방 후 양민학살사

김삼웅 지음/신국판 304쪽/8000원

● '10월 대구양민학살' 에서 '5 · 18 광주 시민학살' 까지, 해방 후 이 땅에서 일어났던 100만 양민학살사의 총정리.

사료로 보는 20세기 한국사

김삼웅 편저/신국판 465쪽/10,000원

●활빈당선언에서 전 · 노항소심 판결까지, 20세기 100년 동안 이 땅에서 벌어진 주요한 사건 · 사태의 과정과 기록을 면밀히 돌이켜보고 정리한 140개 문건!

박열 평전

김삼웅 지음/신국판 289쪽/8000원

●일왕 폭살을 꾀한 아나키스트 박열의 최초 평전.

일본의 가장 긴 하루

한도 가즈토시/이정현 옮김/신국판288쪽/7500원

●1945년 8월 15일, 항복의 마지막 24시간 동안, 일왕궁과 정계, 군부 등에서 긴박하게 전개되었던 극한상황들을 재구성, 생생하게 보여주는 일제 패망의 드라마!

우키시마호 폭침사건진상

사이토 사쿠지 편저 / 전재진 · 무카이 미도리 편역 /신국판 304쪽/8000원

●일제의 마지막 한국인 대량학살, 징용노무자 수천 명을 태운 채 폭침시킨 우키시마호 사건의 진상 증언집.

20세기 세계사

기무라 히데스케/이윤희 옮김/신국판 304쪽/9000원

●소련현대사 전공의 저자가 민족해방운동과 사회주의 관점에서 돌아본 격동의 20세기 세계사!

한국현대사 바로잡기

김삼웅 지음 / 신국판 332쪽/8000원

●현대사 연구가인 저자가 우리 현대사에서 오도되거나 왜곡된 사건들을 골라 재조명한 책. 해방 이후 정치 · 사회적으로 가장 큰 의혹 · 의문 · 미제사건 15가지를 풍부한 자료를 통해 재정리했다.

위대한 발굴 / 위대한 탐험 / 위대한 도전

이병철 편저/올컬러 / 4 * 6배판 250쪽 안팎

●세계사를 바꾼 인류의 위대한 발굴 · 탐험 · 도전의 모든 것! 세계 역사상 인류가 성취한 위대한 기록들을 풍부한 컬러사진과 유려한 문체로 재현한 고급 읽을거리!

미스터리 세계사(전4권)

프랜시스 히칭 외/김향 옮김/신국판/각권 300쪽 안팎

●인류의 출현과 고대문명의 지혜, 불가사의한 구약성서 사건의 진실 등, 세계사 속의 풀리지 않는 미스터리들을 추적, 흥미진진하게 파헤친 역사 읽을거리!

한국 근현대사 사전

한국사사전편찬회 편/이이화 감수/신국판 2단조 596쪽/18,000원

●동학이 일어난 1860년부터 한·소 수교가 이루어진 1990년까지 우리 근현대사의 기본적인 사항 1200여 항목을 뽑아 시대순으로 해설한 우리 나라 유일의 근현대사 사전.

한국 고중세사 사전

한국사사전편찬회 편/신국판 2단조 553쪽/20,000원

●우리 나라의 역사 태동기에서부터 동학이 일어난 1860년까지 우리 고중세사에서 기본적인 사항 1400여 항목을 간명히 정리, 시대순으로 정리했다.

세계사 작은사전

이무열 엮음 / 신국판 2단조 679쪽 / 24,000원

●인류 문명의 발생부터 사회주의권 붕괴에 이르는 세계사의 전 영역에서 학습과 사회생활에 최저로 필요한 기본사항 5800여 항목을 뽑아 시대순으로 배열, 손쉽게 찾을 수 있도록 했다.

만화로 보는 한국현대사(전3권)

백무현 글·그림/290쪽 안팎/각권 6000원

●격동의 한국현대사 50년을 만화로 재현! 해방 후부터 96년 노태우·전두환 구속까지, 사건의 연속으로 점철된 우리 현대사를 조망. 주위에 권할 만한 국민 필독서!

조선의 왕(조선사회사 총서①)

신명호 지음/신국판 336쪽/값 9000원

●'조선의 왕'을 전공한 젊은 사학자 신명호씨가 왕과 왕실문화의 비밀을 꼼꼼히 파헤친 책. 출생부터 임종까지 왕의 일생을 비롯한 왕의 모든 것이 담겨 있다.

조선의 성풍속(조선사회사 총서②)

정성희 지음/신국판 352쪽/값 9000원

●"유교적 성 모럴이 지배하던 시대, 조선시대 사람들은 어떻게 살았을까?" – 조선시대의 성풍속도를 조감하면서 성 모럴이 권력과 사회구조와 얽히게 되는 복합적인 상관관계에 접근한 책.

조선시대 조선사람들(조선사회사 총서③)

이영화 지음/신국판 363쪽/값 9000원

●조선의 신분제도는 상류층에는 피나는 생존경쟁의 장이었고, 하층민에게는 가혹한 인간의 굴레였다. 신분별로 살펴본 조선시대의 사람살이. 〈'99 이달의 청소년도서〉 선정!

사관 위에는 하늘이 있소이다(조선사회사 총서④)

박홍갑 지음/신국판 360쪽/값 9000원

●세계 역사상 유례가 없는 500년 〈조선왕조실록〉을 탄생시킨 조선의 사관들, 후세에 바른 역사를 전하기 위해 붓 한 자루에 목숨을 걸었던 조선의 사관, 그들은 누구인가?

민란의 시대(조선사회사 총서⑤)

고성훈 외 지음/신국판 346쪽/값 9000원

●500년 조선왕조가 체제모순과 관료들의 극에 달한 부정부패로 말기 현상을 보이고 있을 때, 더이상 물러설 곳 없이 벼랑 끝까지 몰린 조선 민중들이 보여준 피맺힌 생존투쟁의 기록!

지워진 이름 정여립(조선사회사 총서⑥)

신정일 지음/신국판 382쪽/값 9000원

●조선조 4대사옥의 희생자들을 합친 것보다 더 많은 1천 여 호남인맥의 희생을 가져온 '조선조의 광주사태'—정여립 사건. 조선조 최대의 옥사, 기축옥사의 전모를 최초로 파헤치고 재조명한 역저!

주제별로 풀어쓴 한국사 강의록(고대편)

김기섭 지음/신국판 346쪽/값 10,000원

●고등학교 국사 교육이 학생들의 역사관을 왜곡시키고 병들게 하는 현실을 직시, 진정한 역사 공부의 초석을 다지고자 우리 고대사를 주제별로 쉽고 재미있게 쓴 역작!

섬의 세계사

박영준 지음/신국판 341쪽/값 9000원

●열강의 힘이 치열하게 맞부딪치는 세계사의 현장, 살라미스에서 남사군도까지, 세계의 유명 섬 31개에 얽힌 흥미진진한 섬의 역사를 한자리에 모아놓았다.

악녀의 세계사

김향 엮음/신국판 323쪽/ 8000원

●동서고금의 유명 악녀 41명의 기이한 행적과 유별난 삶을 섬뜩할 만큼 사실적으로 기록한 악녀열전.

사치하는 자는 장 100대에 처하라

KBS 〈TV조선왕조실록〉 제작팀 지음/신국판 314쪽 안팎/8000원

●태조의 개국에서부터 철종에 이르는 500년 조선왕조의 역사를 오늘의 시각에서 살펴볼 수 있도록 한 KBS-1TV의 야심적인 역사 다큐멘터리 〈TV조선왕조실록〉을 책으로 재구성했다. 〈책으로 보는 TV조선왕조실록〉 제1권.

전하! 뜻을 거두어 주소서

KBS 〈TV조선왕조실록〉 제작팀 지음/신국판 314쪽 안팎/8000원

●직격 인터뷰, 리포트, 증언, 역사 청문회 등 다양한 기법을 동원, 500년 조선시대를 실감 넘치게 재구성한 흥미진진한 이야기 조선시대사 그 두번째 권. 3권도 곧 출간할 예정.

조선의 상인(근간)

이영화 지음 / 신국판

세계사 산책①②③(근간)

김희보 지음 / 신국판

조선의 범죄(근간)

정성희 지음 / 신국판

사료로 보는 세계사(근간)

이무열 엮음 / 신국판

금서의 역사(근간)

이철주 지음 / 신국판

원시미술의 세계(가제 · 근간)

임두빈 지음 / 변형 4 * 6배판

무크/친일문제연구

❶일제 잔재 19가지/신국판 384쪽 / 7000원

❷친일 변절자 33인/신국판 380쪽 / 7000원

❸반민특위/신국판 368쪽 / 7000원

❹일제침략사 65장면/신국판 368쪽 / 7000원

❺조선총독 10인/신국판 228쪽 / 6000원

●매년 3 · 1절과 8 · 15 해방을 맞아 2차례씩 출간되는 친일문제 전문 무크지.

인문 스테디셀러

그래도 사람은 하늘이다

이무열 편저/신국판 356쪽/8000원

●21세기를 앞둔 오늘날 세상의 흐름을 읽어내는 데 잣대가 될 만한 경구들을 가려 뽑아 명쾌하게 풀어나간, 촌철의 경구로 세상읽기 〈오늘의 세계〉 편.

선체조 108

혜원 스님 지음/신국판 292쪽/7000원

●한국참선체조 수련선원 원장인 혜원 스님이 친절히 안내해주는 참선체조 수행서. 3단계 108행선이 당신을 '고요함과 깨어 있는 삶'에 이르게 한다.

젊은 날의 선택

김형석 지음 /신국판 257쪽/5000원

●철학계의 원로 김형석 교수가 젊은이들에게 보내는 삶의 메시지. 젊은이들에게 '살아가는 방법'에 대한 이야기들을 깊이있는 통찰로 들려주는 철학 에세이.

철학이 뭐꼬?

박영규 지음/신국판 346쪽/7500원

●탈레스에서 사르트르까지 서양 철학의 역사를 일구어온 철학자 41인의 사상을 채집, 각 철학자에 얽힌 에피소드와 그들의 핵심사상을 쉽게 풀이하여 함께 엮었다.

현대인이 만난 부처의 마음

혜원 스님 지음/신국판 297쪽/7500원

● '현대인에게 미륵의 의미는 무엇인가?' 라는 물음으로, 불교의 깊은 정신세계를 알기 쉽게 풀이. 정신과 물질세계 사이에서 방황하고 있는 현대인에게 물질과 마음에 대한 순수이해의 문을 열어 새로운 차원의 정신세계로 이끌어준다.

르네상스의 미인들

오카다 아쓰시/오근영 옮김/ 신국판 230쪽/올컬러 / 10,000원

●르네상스 미술의 거장들이 남겨놓은 '미인'들이 어떠한 과정을 거쳐 탄생했나를 낱낱이 밝혀놓은 책. 그들의 표정이나 포즈, 소도구들의 정교한 배치 등을 해부하면서, 그들이 결코 '단순하게' 탄생된 것이 아니라는 사실을 보여준다.

서울대 선정 동서고전 200선(전4권)

반덕진 편저/신국판 520쪽 안팎/각권 9000원

●서울대에서 선정한 동서양 고전 200종에 대해 해석을 가한 본격 고전 해제서. 「논어」에서 「자본론」까지 인류 지성사에 빛나는 동서양의 고전들을 오늘의 시각에서 폭넓게 재조명했다.

하늘 아래 도시, 땅 위의 건축(전2권)

김정동 지음/변형 신국판/1권 374쪽, 2권 340쪽/각권 13,000원

●목원대 건축학과 교수이자 문화재 전문위원인 김정동 교수가 동·서양의 도시와 건축들 33곳을 여행하며 그 속에서 우리의 근대사를 파헤쳐본 세계건축문화 기행서.

종정열전① - 그 누가 큰 꿈을 깨었나
종정열전② - 천고에 자취를 감춘 학처럼

임혜봉 지음/신국판/440쪽, 340쪽/①11,000원, ②9000원

●한국 불교의 거목, 20분 종정 스님들의 삶을 조망한 역저! 구한말 이후 현대에 이르기까지 종정스님들의 생애와 흔적을 일목요연하게 서술한 전기집.

구약성서를 아십니까? / 신약성서를 아십니까?

아토다 다카시/김향 엮음/신국판 각권 300쪽 안팎/각권 7000원

●서구의 원점인 〈성서〉의 세계를, 지엽 말단은 잘라버리고 에센스만을 추출, 추리작가적 안목과 식견으로 명쾌하게 풀어나간 역작!

인디아, 그 역사와 문화

스탠리 월퍼트 지음 / 이창식 · 신현승 옮김 / 신국판 400쪽 / 12,000원

●가장 신비스러우면서도 가장 현실적이며, 가장 종교적이면서도 가장 세속적인 나라—인도! 인도학의 최고 권위자인 저자가, 역사 · 문화 · 예술 등 인도의 모든 것을 이 한권에 담았다.

성풍속으로 보는 일본문화

이경덕 편저 / 신국판 / 345쪽 / 9000원

●남신과 여신의 교접으로 국토가 탄생되었다는 신화를 갖고 있는 일본. 일본인과 일본문화의 올바른 이해를 위해 그들의 '가볍고 당당한 성'을 풍부한 사례와 도판을 곁들여 명쾌하게 해설한 책.

문학 스테디셀러

한 권으로 보는 세계명작 111선

가람기획 편집부 엮음/신국판 432쪽/7000원

●세계 각국을 대표하는 고전 걸작 · 현대 문제작 111편을 엄선, 줄거리와 주인공의 성격, 삶의 방식, 명언 · 명문구와 작가 소개를 겸한 세계명작 가이드북의 결정판.

한 권으로 보는 한국명작 111선

김희보 엮음/신국판 467쪽/8000원

●이인직의 「혈의 누」에서 이문열의 「사람의 아들」까지, 우리 소설 명작 111편의 내용과 작품해설, 작가 생애, 하이라이트를 소개한 우리 명작의 빼어난 가이드북.

나는 곰이라구요!

프랭크 태실린/이충호 옮김/신국판 128쪽/4000원

●겨울잠을 자는 동안 주변이 온통 공장으로 변해 버린 것을 뒤늦게 안 곰이 자신을 털보 노동자쯤으로 여기는 인간들을 상대로 '참된 나'를 찾기 위해 분투하는 과정을 재미있는 그림을 곁들여 묘사한 우화.

다람쥐를 잡으면 운동화를 사야지

홍순돈 지음/신국판 216쪽/6000원

●한 소아과 의사가 들려주는 그리운 친구, 그리운 시절의 흙담길 고향 이야기. 어린 날의 추억들을 계절별로 엮은 56편의 이 고향 이야기는 오늘을 살아가는 아버지 세대의 진솔한 초상으로, 세대를 뛰어넘는 훈훈함이 깃들어 있다.

사랑코트에 사람이 살고 있었네

김상열 지음/신국판 323쪽/7000원

●〈월간 구룡〉지에 5년간 인기리에 연재된 수필을 모아 엮은 에세이집. 머지않아 사라질 모든 것들에게 보내는 저자의 따뜻한 시선이 묻어 있는 책.

거미여인의 키스

마누엘 피그/이동수 옮김/신국판 325쪽/4500원

●마르케스 이후 남미의 대표 작가 피그의 소설. 호모와 혁명가가 한 감방 안에서 벌이는 희한한 사랑 애기. 영화화와 연극으로 더 잘 알려진 문학성 높은 소설.

들국화의 무덤

이토 사치오 외/김향 · 김현주 옮김/신국판 288쪽/6000원

●순결하고도 애절한 사랑, 그런 만큼 쉬 깨뜨려지고 덧없이 스러지는 사랑 앞에 인간은 숙명을 느끼고, 체념한다. 더없이 애틋하면서도 지순한 사랑 이야기 4편이 실려 있다.

푸른 오후

윌리엄 보이드/이창식 옮김/신국판 361쪽/7000원

●미서전쟁의 승리로 필리핀을 집어삼킨 미군점령하 마닐라에서 벌어지는 연쇄 살인사건과 위험한 사랑을 고도의 추리기법으로 엮어낸 장편소설!

우편엽서

보내는 사람

주소

□□□-□□□

도서출판 가람기획 계간 문예교실 STUDENT LITERATURE

서울시 마포구 구수동 68 - 8 진영빌딩 4F **도서출판 가람기획**
전화 (02) 3275 - 2915 ~ 7 팩스 (02) 3275 - 2918
e-mail : garam815@chollian.net
121 - 130

가람기획 독자카드

「한 권으로 보는 세계사 101장면」을 비롯한 '장면 시리즈'로 잘 알려진 도서출판 가람기획은 역사 · 사회 · 천문학 분야의 교양 읽을거리를 외곬으로 기획, 출간해온 출판사입니다. 이 독자카드를 작성해서 보내주신 분은 가람기획의 독자회원으로 모시고, 저희 출판사의 도서목록을 보내드립니다. 또한 가람기획에서 발행한 책들을 구입하실 때 10%의 할인혜택을 드립니다. 귀하가 보내주신 엽서는 가람기획의 좋은 책 기획에 소중한 밑거름으로 쓰입니다.

이름 : 성별 □남 □여

직업 : 나이

전화 :

주소 :

이번에 사신 책 구입하신 곳 ( )에 있는 ( )서점

▶ 회원 가입 여부 □ 기존 회원(독자번호 :) □ 신규 회원

▶ 이 책을 구입하시게 된 동기는?

□소개기사( )를 보고 □광고( )를 보고

□주위에서 권해서 □출판사를 믿고 □글쓴이를 보고

□서점에서 책을 고르다가(제목 / 표지 / 내용) □선물

▶ 구입하신 책을 읽고 난 소감이나 가람기획에 바라고 싶은 의견(제목 · 표지 · 편집 · 내용 등)

▶ 그 동안 구입하셨던 가람기획의 책 중 인상에 남는 것은? :

▶ 구독하시는 신문이나 잡지 :

▶ 앞으로 가람기획에서 출판했으면 하는 책의 내용이나 종류는?

▶ 가람기획의 책을 주문하세요.(책 정가의 10% DC, 발송료는 본사가 부담합니다.)

책 이 름	가격	주 문 량

(예금주 : 이광식) 국민은행 : 822-21-0090-623 한빛은행 : 051-551611-02-002
조흥은행 : 362-04-172883 (송금하신 후 전화를 주시면 바로 책을 보내드리겠습니다.)